读客

读客外国小说文库

激发个人成长

CARRION COMFORT

魔鬼在你身后 Ⅰ

[美] 丹·西蒙斯 著
DAN SIMMONS
汪洋 译

江苏凤凰文艺出版社
JIANGSU PHOENIX LITERATURE AND
ART PUBLISHING, LTD

献给埃德·布赖恩特[1]

① 埃德是爱德华的昵称。爱德华·布赖恩特（Edward Bryant，1945—），美国科幻小说和恐怖小说作家。

目　录

3 / 044

查尔斯顿，1980年12月13日，星期六

我不会让自己在如此美丽的早晨为年纪烦心。我感觉自己精力充沛，干劲十足。我诚实地向尼娜和威利表达了我要退出游戏的意愿。

4 / 069

查尔斯顿，1980年12月16日，星期二

鲍比·乔伊·金特里治安官在椅子上往后一靠，又喝了一口罐装皇冠可乐。他的双脚搭在乱糟糟的桌面上。他挪动庞大的身躯，想让自己更舒服些，紧绷的皮制枪带却吱吱作响。

5 / 093

华盛顿特区，1980年12月16日，星期二

哈罗德讨厌坐飞机。他讨厌将自己的性命交到飞行员手中。他清晰地记得散布在几英里范围内的飞机残骸，记得草地上粉红的尸块，就像正在太阳下晾晒的鲑鱼片。可怜的威利。

6 / 120

查尔斯顿，1980年12月16日，星期二

年轻女人站得笔直，她双臂前伸，双手紧握枪把，枪口瞄准了索尔·拉斯基的胸膛。如果他从衣柜中走出来，她就会开枪。

7 / 160

查尔斯顿，1980年12月17日，星期三

一开始，鲍比·乔伊·金特里治安官很高兴发现有人在跟踪自己。他之前从未被人跟踪过，倒是常跟踪人。

8 / 168

巴伐利亚–爱森斯坦旅馆，1980年12月18日，星期四

哈罗德之前也遭遇过免控者，即念控力无法操控的人。但这种人凤毛麟角。

9 / 178

华盛顿特区，1980年12月18日，星期四

C. 阿诺德·巴伦特离开五月花酒店，和新当选总统乘车经过联邦调查局大楼前往机场。

10 / 186

查尔斯顿，1980年12月17日，星期三

街上孩童的打闹吵醒了索尔，他有好几秒都不知道自己身在何处。这里不是他的公寓。

11 / 219

巴伐利亚–爱森斯坦旅馆，1980年12月19日，星期五

宅邸前有两具尸体。哈罗德和玛利亚·陈在一排稀疏的云杉树后挤成一团，轮流拿望远镜观察尸体。

12 / 235

查尔斯顿，1980年12月18日，星期四

索尔摊开双手："我承认，我的故事听上去不可思议。如果你相信世上存在精神吸血鬼，那任何逻辑都站不住脚了。任何一个犯人都有可能是无辜的，任何一件证据都有可能是无效的。"

二十周年纪念版序言

读者朋友，你们一定知道吸血鬼吧？传说中，它们是一群行尸走肉，会吸人血，会变形，会像蝙蝠一样飞行，必须在它们心脏上插上木桩才能将其杀死。但我很遗憾地告诉你们，这种吸血鬼是不存在的，只不过是虚构的产物。在这一点上，你们必须相信我。我去过弗拉德·采佩什[①]的出生地（锡吉什瓦拉）和墓地——斯纳哥夫岛（墓里是空的），也去过罗马尼亚、特兰西瓦尼亚[②]和喀尔巴阡山脉中摇摇欲坠的城堡（不是布朗城堡，那是骗游客用的，而是弗拉德的真正城堡，罗马尼亚人对其讳莫如深），但我很遗憾地告诉大家，德古拉和吸血鬼都是无稽之谈。

但精神吸血鬼是真实存在的。

可以说，我们中的绝大多数人都被精神吸血鬼“进食”过不止一次。这些恶魔连孩子都不放过。

精神吸血鬼以暴力为食，但对他们来说，终极的暴力是将他们的意志强加在你们身上。我很早之前就发现，这种强加意志的行为，以及一个人对另一个人的控制，是一种暴力的形式，而我

① 弗拉德·采佩什（Vlad Tepes，1431—1476），瓦拉几亚大公，著名的吸血鬼德古拉伯爵的原型。

② 特兰西瓦尼亚（Transsilvania），罗马尼亚中西部地区，中世纪时曾是个公国。

们只要有机会使用这种暴力，就会对其上瘾。

作为成年人，我们在工作中几乎都遭遇过精神吸血鬼的攻击——心胸狭窄、崇尚权力的经理让我们工作不顺，生活悲惨；管理者或监督者武断地指使我们，他们对权力甘之如饴，就像精神吸血鬼吮吸温血一样。我们在日常生活中也能遇到精神吸血鬼——在高速公路上，在公共场所，在政治生活中。可悲的是，我们许多人在私人关系中也遇得到精神吸血鬼。

没有人的脖子上留有真正吸血鬼的咬痕，但精神吸血鬼却在我们的心灵上留下了难以愈合的伤口。一旦精神吸血鬼入侵我们的生活，他/她/它就可以随时回来"进食"。他们向来都是这样做的。

你很有可能已经遇到了一个生活在我们当中、最罕见也最危险的精神吸血鬼。如果你遇到了，那几乎可以肯定，这个精神吸血鬼已经对你使用了念控力，扭曲你的意志，吸食你的灵魂。

起初，我并没有打算为《魔鬼在你身后》（该书最早出版于1989年）二十周年纪念版撰写序言，但最后，我得到了一天的时间来写这段文字。我很珍惜这次机会。在这么短的时间里写就的文章，难免会包含一些大多数作家——包括我在内——竭力在序言中避免的东西，那就是近乎残酷的诚实。

我几乎从不在序言中透露创作长篇或短篇小说的情况（我首先就不怎么写序言）。只有极少的几次，我谈了谈写作创意，但我总是避免谈小说本身得以出版的历史逸事。可是这本书不一样。精神吸血鬼就生活在我们当中，而《魔鬼在你身后》就是关于它们的史诗故事。这本书的创作、编辑、出版历程充满了艰辛，有挣扎，也有噩梦，可以说也是一个（荒唐的）史诗般的故事。

在这个故事里，有一张丑陋的蜘蛛网——这是事实，也是比喻。而我们遭遇真正的精神吸血鬼时的感觉，就像是被粘在致命蜘蛛网上的苍蝇。《魔鬼在你身后》是我的第二部小说，但结果却成了我与真正的精神吸血鬼之间的搏斗，这场史诗般的搏斗定义了我的人格，也决定了我的生活和事业。

所以，尽管没有插图，尽管缺乏润色，我还是打算将《魔鬼在你身后》诞生的真实故事告诉你们。我要告诉你们，在那既快乐又痛苦的几年里，这本书是怎样将我带入了那张精神吸血鬼的噩梦般的蜘蛛网里。

在我的所有已出版的作品中，《魔鬼在你身后》是唯一一部基于梦中形象创作的小说。现在常听到有人说，一些作家根据梦境来创作小说，但我很少遇到这样的作家。（我喜欢同各行各业的专业人士打交道，他们的工作并不依赖于做梦、嗑药或是灵光乍现）一些读者和不搞文学的人想当然地认为，我们作家经常在梦中找到灵感。但除了偶尔提供几个鲜明的形象，梦境大多是不可靠的，不能利用它们来构思情节，讲述故事。我本人就从未靠做梦来辅助创作。

然而，《魔鬼在你身后》的核心形象却来自我的一个梦。事实上，我清楚记得的只是一小段梦，前后都被截去，只剩下这段插曲。没有情节，连荒谬的情节也没有，只是一个形象。

我梦见我看见一个老妇人在黑暗的森林里奔跑，树木密密麻麻地排列着，老妇人跑得不快——她太老了，动作已不灵敏——但她明显正在躲避什么。我听见震耳欲聋的噪声。梦中光线昏暗，可能是日落后，也可能是黎明前，森林幽深黑暗，老妇人正在逃避那越来越响的可怕咆哮。这时，我看见这咆哮来自于一架飞在树冠之上、正从侧面靠近的巨大的黑色直升机。直升机显然正在追击逃跑的老妇人。我看着她，突然，一个念头涌上心头：她不是受害者，不是被迫害的无辜者，而是一种非人类的存在，直升机里的杀手应该找到她，应该杀了她。我不知道为什么这个面容和善的老妇人会是恶魔，但我在梦里非常肯定，她就是恶魔，而且必须被消灭。

然后我就醒了。

这场梦发生于1982年的夏天，那时我正在创作第一部长篇小说《迦梨之歌》[1]。这个形象同这部小说没有任何关系，所以我将它存储在记忆深处，暂时忘却了。当年我还是一名全职教师，只能在不到三个月的暑假里将构思好的小说写出来。对于要当全职作家的人来说，这是很好的训练，因为全职作家这辈子都在一个接一个的截稿日期之间奋战。

前一年，也就是1981年，我已经开始职业写作。在那之前，我差点儿放弃了发表小说的梦想——当我妻子告诉我她已怀孕，我就决定不再为能发表小说而继续奋斗了（我已奋斗了三年）——但一件事改变了我。作为封笔前的最后一次努力，我去参加了一个夏季作家讲习班，想听听一直喜欢的作家的演讲，乔治·R. R. 马丁就是其中一位。可是，你必须提交一篇小说才能参加这个讲习班，所以我就交了一篇。然后，我遇到了哈兰·埃利斯，那天他在点评学员的作品，其中就包括我的。我们对他的点评终生难忘。

---

① Song of Kali，初版于1985年上市。这部长篇处女作一举拿下了奇幻小说的最高奖项世界奇幻文学奖。

与哈兰的那次相遇，可以说谱写了一段传奇（在哈兰为我的第一部短篇小说集《碎石祷者》[①]写的序言，以及我的自序中，你们可以看到对这件事的描述）。我承认，对于我这样的年轻作者来说，除非发生奇迹，否则不可能发表作品，但哈兰的点评给了我莫大的鼓舞。

他在讲习班上告诉我，我别无选择，我就是那种凤毛麟角般的存在——作家。无论我是不是以发表作品为目标训练自己，我都永远是作家。于是，我又重新继续写作，同时继续从事教学。1981年秋季，我将一篇短篇卖给了《全知》杂志。同一年，在《全知》杂志发表那篇小说之前，我得知我提交给讲习班的小说《冥河逆流而上》，被选为《迷离境界杂志》首届短篇小说大赛未出道作家组的并列第一名。原来，哈兰是四位评委之一。另外三位是卡罗尔·塞林（已故编剧罗德·塞林的妻子）、罗伯特·布洛赫（《惊魂记》作者）和理查德·马西森。如果不是哈兰看到我的名字和小说后主动避嫌，我本可以一举夺魁，而不是与人并列第一。《迷离境界杂志》的编辑说，那场比赛他们收到了一万五千多篇参赛作品。

当时的写作者都渴望自己的作品能发表。现在也一样。于是，1982年，我的参赛作品《冥河逆流而上》发表在《迷离境界杂志》上。几星期后，我的另一篇短篇——《我不敢在梦中见到的眼睛》，后来我将其扩写成了长篇小说《透明人魔》[②]——又在《全知》杂志上发表。

1982年夏天，我完成了第一部长篇小说《迦梨之歌》。它后

① Prayers to Broken Stones，初版于1990年上市。

② The Hollow Man，初版于1992年上市，并于次年获得轨迹奖提名。

来赢得了世界奇幻大奖，也成为历史上第一部赢得该奖项的处女作。1982年夏天，我想起了在森林中躲避直升机的那个可怕的老妇人，于是写了名为《魔鬼在你身后》的短中篇或者中篇（我总是忘记这两者的具体字数），将其卖给了《全知》杂志。这篇小说成了《全知》杂志历史上首部分两次刊载完的作品。

那篇小说中还没有森林，也没有直升机——最初的故事发生在南卡罗来纳州查尔斯顿的一个周末，老精神吸血鬼们在梅勒妮·福勒的家里重聚——但至少我明白为什么梦中森林里的老妇人会那么可怕。她是一个精神吸血鬼。

生活给予了我厚赠。1982年2月，就在我的作品第一次发表在《迷离境界杂志》上的时候，我们的女儿简出生了。那年夏天，我创作了《迦梨之歌》，将其寄给了我的新经纪人和朋友——理查德·柯蒂斯。虽然没有出版社愿意买这部小说，但那不是我的问题。我相信理查德早晚会为它找到出版商的。与此同时，我还是一名六年级教师，一如既往地热爱并赞美自己从事的教育工作。我利用一切可用的时间写短篇小说，晚上写，早上写，周末写，尤其是在老师的特别福利——暑假里写。

到1984年，《迦梨之歌》仍然没有卖出去——这本书的加尔各答背景和悲剧基调有效地吓走了出版商——但我得到了一份新的正职工作：同另外三个老师一起，为我们的大型学区设计新的六年级天才培训班项目。这个项目规模惊人，远超我们的预期。参与该项目的四名教师负责设计项目，从数以千计的六年级学生中遴选天才学生，然后编写并教授课程。这份工作令其中两名教师精疲力竭，第二天就辞职了。但剩下的两名，弗兰克和我坚持了下去，最终设计出了APEX（Advanced ProG.R.ams for Excellence，优等生高级项目）。校董事会要求项目名用首字母缩写表示，而他们否定了GANDALF（Gifted and Able Learners Forum，天才超能学生论坛）和LPOP（Little ProG.R.am on the Prairie，大草原上的小项目）。

APEX旨在为数以千计的高智商儿童服务。该服务分两个层次：第一个层次面向从幼儿园到十九所小学的六年级学生；更令人兴奋的是第二个层级，它面向从三年级到六年级的学生。孩子们将在APEX中心受训，每隔八个星期就学习一轮新的课程。本学区任何满足年龄条件的孩子都可以提出申请，然后参加半个小时的DAT（能力展现任务）测试。该测试旨在发现三岁到十五岁之间的优等生，他们在某学科拥有优于其他学生的学习能力，包括文学、历史、科学、艺术、音乐、“演艺”、数学、海洋学、生物学、社会研究，等等。每八个星期左右，就会有几百名毛遂自荐的学生来APEX中心，学习新一轮课程。其中一些孩子有资格参加每周五个上午的APEX课程，一连八周，并持续数年。这些高级课程专门为优等生设置，在课程之间还会有独立的特殊培训。

我负责的一堂课是讲解卡尔·萨根的《宇宙》，采用的是大学水平的课程，但扩展阅读材料是我撰写的。这堂课讲授的科学知识都是高中以上的水平，而听这堂课的都是学习能力超强的五六年级学生，他们从来没有被冠以“天才”或“神童”之类的头衔。直到今天，我都认为APEX是美国历史上最成功的“天才/神童”超前学习项目。在APEX中心接受培训的一批批学生（每批数百人）所完成的作品、设计的方案、展现的思维水平，足以让全国任何一位高级教师感到震惊。

设计、管理APEX项目并亲自参与教学，是我当时乃至迄今从事过的最成功、最具创造性的工作——尽管我现在已经出版过二十七本书。整整三年，我每周都会在APEX项目上倾注一百个小时的心血：开会，回顾并研究相关领域的知识，撰写高级课程，策划新课程，设计最重要的DAT测试（用于发现天才儿童），培训他人做这种设计，培训他人做DAT所需的全面能力群体评估，对八百多名在职老师进行天才/神童培训项目和教室教学的培训，以及大量行政工作。APEX项目日常服务的孩子高达数千，我还要同这些孩子的父母和相关人士会面……而在这三年里，我从未因为经常加班而抱怨过一次，因为我乐在其中。我有幸同如此优秀的孩子一起，为实现高远的目标而奋斗，我感觉就像注射了海洛因一样，兴奋又上瘾。我喜欢这份工作。

1985年，我在APEX办公室接到一通电话，是我的经纪人理查德·柯蒂斯打来的。他通知我，《迦梨之歌》终于卖出去了。被双日①、兰登书屋②和班坦图书③等许多出版社“几乎拒绝”之后，一家名叫蓝鸟书店的出版社——由詹姆斯·法兰科④创办——愿意冒险购买这部由不知名作家创作的小说，预付金为五千美元。

我当晚回到家，将这个消息告诉卡伦，我俩高兴得绕着厨房跳起舞来。三岁的简被卡伦和我先后抱起，跟着跳舞，尽管她似乎并不愿意。我当时觉得生活简直美好极了。

在1990年华纳出版公司的平装版《魔鬼在你身后》的封底

① Doubleday，历史悠久的美国出版社，始创于1897年，总部设在纽约。

② Random House，德国媒体集团贝塔斯曼（Bertelsmann AG）旗下的一家出版社，于1927年成立，总部设在美国纽约市。

③ Bantam Books，美国兰登书屋的子公司，成立于1945年。

④ 詹姆斯·法兰科（James Frenkel，1948—），美国知名出版人、编辑、经纪人。

上，写着一段文字，可以当作对1985年的我的告诫和警示——

所有人都以暴力为食，但只有那些拥有念控力的家伙才能品尝到终极权力的滋味。

普通吸血鬼侵占的是肉体，只有操控活人的吸血鬼才能亵渎灵魂。

他们经年累月地积聚力量。他们谋划罪恶的游戏。他们发动彼此攻伐的战争。而他们中的胜利者将对整个世界为所欲为，无人能挡。

你们看到了吧，精神吸血鬼有无穷的耐心。他们会耐心等待下去，在你最掉以轻心的时候给你猝不及防的一击。

《迦梨之歌》卖得并不太好，但获得了一定关注，最后还被提名并获得了世界奇幻奖。

没多久，我的经纪人又带来“好消息”，说詹姆斯·法兰科想买我的第二本书。梦中森林里的老妇人在我脑中挥之不去——实际上，我这辈子都痴迷于用精神的力量强迫他人服从这一主题——于是我提出要写一部超长的小说，名叫《魔鬼在你身后》。

詹姆斯·法兰科同意了。这一次，蓝鸟书店愿意给我惊人的两万五千美元预付金，而且只要签合同就付一半定金。卡伦和我（还有小简）一直都靠我的教师薪水勉强度日，这笔钱让我们欣喜若狂。这一次，我们三人不仅在厨房里跳舞，还穿过了我们房子的小客厅，直接出了前门。

接下来，我开始创作史诗巨著《魔鬼在你身后》。（我从一开始就警告詹姆斯·法兰科，这会是一本很厚很厚的书。我还很年轻，至少当作家还不久，对于暴力，以及将自己的观念强加于我们的人，我有很多话要说。这个故事以纳粹对犹太人的大屠杀开始，一直讲述到糟糕的二十世纪八十年代的暴力事件，比如1980年和1981年的谋杀约翰·列侬、枪击教皇和刺杀美国总统）

读者朋友，你遇到过的最可怕的精神吸血鬼是谁？

是你那吹毛求疵、对你指手画脚、令你痛不欲生的老板吗？

是你那心机重重、玩弄爱情的恋人吗？

是你那魔鬼般的导师吗？

是你那索求无度、喜怒无常、同你争执不下的孩子吗？

抑或是某个你从未想过会是精神吸血鬼的人？他潜伏在阴影中积蓄力量，等待着你自投罗网，然后吸干你的灵魂。

1985年到1986年，我只有不到一年的时间写作《魔鬼在你身后》。但对于一个热情勃发的年轻小说家来说，足够了。

当然，我每周还要为APEX项目工作八十个小时以上，但这不成问题。夜晚、周末、同卡伦和小简看电视，进电影院，外出游玩，短途旅行……一切休闲时间都被占用了。我在黄色稿纸上运笔如飞，写作到深夜。我一大早就爬起来——我常常不得不六点半以前离家，带着满巴士的孩子去APEX中心，然后七点刚过就得开始上课——将昨晚手写的章节用打字机疯狂地打出来。我花了一大笔钱，从文具租赁行买了一台返修过的二手IBM Selectric打字机。我下了好大决心才购入这台设备，因为以前那台Olivetti小打字机已经不能胜任新的艰巨任务——一部最终长达一千五百多页的大部头。

《魔鬼在你身后》是如此之复杂——至少对我来说是如此——角色是如此之多，我职业生涯中第一次，也是唯一一次，由卧室改装的办公室里堆满了牛皮纸纸条。我在纸条上记录了众多角色的行为、互动以及最终命运，并用不同颜色的记号笔勾出来。我记得，梅勒妮·福勒是红色，索尔·拉斯基是蓝色，尼娜·德雷顿是淡黄色，托尼·哈罗德是黄绿色，上校——也就是威利——是纳粹制服般的黑色。我的书房墙上画满了五颜六色的线条，杂乱地交错着，在重要的交叉点旁还写有潦草的注释。有的线条会突然断掉，因为那条线代表的角色死了。从地板堆到天花板的牛皮纸纸条，看上去就像坏掉的地震检波器吐出的纸带。

秋过冬来，冬去春至，写满字的黄色稿纸、参考书、地图和打字机打出的《魔鬼在你身后》的稿子在身边越累越高，堆成了小山。我不时会告知詹姆斯·法兰科我的这本书会有多厚，而我的出版商兼编辑的回答总是三个字："没问题。"

这本书计划1986年秋天写完。那年夏天，我聘请APEX项目的秘书阿琳为我工作。她每天在自己家中，根据我修订过的已打出的稿子，将其重新再打出来。当时，我有五六十本字迹潦草、布满涂改痕迹的稿纸，我自己打出来的稿子也有两英尺半高。

那年夏天，我每天有十六到二十个小时用于创作《魔鬼在你身后》。简有时候会来书房找我玩，但她在那个小房间里几乎找不到落脚的空地。卡伦会在晚上十点或十一点来对我说晚安。她知道，我还会继续工作四五个小时，直至寂静的凌晨。每天阿琳都会将她打出的倒数第二稿带给我，而我又会在稿子上做修改，再返给她，然后继续手写剩下的几百页。我就像疯了一样。但我喜欢这种状态。

卡伦和我本来对必须支付给阿琳的昂贵打字费而忧心，但后来我们打消了顾虑。签订合同之后拿到的一万两千五百美元不是一笔小钱，书稿交出之后，我们又能拿到一万两千五百美元。而1987年初出版精装本后，我们还能拿到六千两百五十美元。就算我必须将预付金的一半拿出来购买打字机、聘请打字员、购买记号笔，那又如何？不管怎样，我都得把书写完！

那年夏末，我终于完成了《魔鬼在你身后》，总共一千五百三十四页。我同詹姆斯·法兰科上次联系还是在好几个星期前，当我把这部巨著的最终长度告诉他的时候，他的反应是："真长，但别担心，我们可以出成一本书。"（法兰科一页都没读过，但他喜欢我口头汇报的故事情节）

在理论上的暑假即将结束的最后几天，我夜以继日地将部分章节的最后定稿打出来，阿琳则以更快的速度将我给她的其他章节打出来。我们在学校开学、我必须重新将每周八十到一百个小时投入APEX教学之前的一天大功告成。我请了一天假，带着卡伦和简去了我们镇上的小公共游泳池。我躺在夏末的阳光中（我像蛆一样苍白），看着周围别的家庭和游泳者，我暗暗感叹：这会儿——这短短几小时——就是我的暑假啊。

但我觉得，所有付出都是值得的。

就在我准备将《魔鬼在你身后》交给法兰科的时候，我得知了两件事：第一，我的第一部小说《迦梨之歌》入围世界奇幻奖，成为最后六个候选作品之一；第二，蓝鸟书店破产了。

“何时姊妹再相逢？”莎士比亚《麦克白》中的三个女巫之一问。女巫有可能说的是人类大脑的三个主要部分。

几十年前，国家心理健康研究所脑进化和行为实验室主任保罗·麦克莱恩提出了人类“三位一体脑”理论。这个理论引发了争议，先是被认可，后来遭否定，但他提出的解剖学和进化论上的核心证据却十分明确：我们的大脑是数亿年进化的结果，今天我们的大脑由三个主要部分构成：最新发展出来、也最高级的、位于外层的新皮质，只有我们人类、高等灵长目、鲸鱼和海豚拥有足够复杂、足够多的新皮质；边缘系统——该部分控制我们的肢体动作——所有哺乳动物和一部分爬行动物都有边缘系统；隐藏最深的，是爬行动物脑，这一部分早在几亿年前就进化出来了，早期爬行动物和恐龙的大脑中就只有这一部分。

这就相当于，一部iPod的基础运行组件是一台古老的Commodore 64[①]，而Commodore 64的基础运行组件是一把锈迹斑斑的算盘。

爬行动物脑关心的是领地，是仪式和模仿，是打斗和逃跑，是愤怒、暴力和侵害，是种群内部的等级。

它念念不忘的就是种群内部的等级。

卡尔·萨根提醒我们，“冷血杀手”这个词十分精确，因为人类的极端暴力行为都是大脑底层的爬行动物脑所驱使的，其背后是充满攻击性的等级观念，以及“要么杀人，要么被杀”的紧迫意识。正如马基雅维利对王子的谏言，如果通过语言和其他高等大脑功能操纵他人失败，就必须“有意地采用野兽的方式”。

---

① 1982年的一款64KB内存家用电脑。

古代希腊人从来没有梦想过平等和博爱。他们认为，世界处在一刻不停的竞争（agon）当中——没错，agon就是agony（痛苦、挣扎）的词根——世界上的每个人、每种东西都始终处在竞争中，竞争的结果将人和物分为三等：次等、高等，以及同等。

然而，爬行动物脑——我们所有人大脑中都有这一部分，而我们当中精神吸血鬼的大脑则被这部分所占据——却没有“同等”这一概念，它只知道“高等”和“次等”。恐龙这样的原始掠食者就是这样思维的，所以，如果有必要，它们会杀了你，让自己进入“高等”之列。

在现代人类的大脑中，新皮质占了总质量的百分之八十五左右，但许多证据表明，我们的大部分个人行为——社会行为、政治行为、性行为、官僚行为，以及无休无止的战争——都是由爬行动物脑所操控的。

G. K. 切斯特顿[①]曾写道：“你虽然或可摆脱不兼容或偶发的规律，但……不要煽动三角形挣脱三边的捆绑，这只会叫三角形死于非命。[②]”

作为教师（我接受过纽约州教育服务协作机构的培训，有资格测试、诊断、矫正学习障碍），我曾教过近乎自闭的孩子，以及患有青春型精神分裂症的孩子。在我十八年的教学生涯中，我接触过心智不健全的孩子，包括两名反社会人格分子。

所有的孩子，特别是年纪不大的孩子，如果让他们不受干扰

---

① 吉尔伯特·基思·切斯特顿（1874—1936），英国作家，首开以犯罪心理学方式推理案情之先河，笔下塑造的最著名形象是布朗神父。

② 译文出自《回到正统》，庄柔玉译，生活·读书·新知三联书店，2011年5月第1版，第38页。

地玩玩具，就经常会表现出重复性的行为。在那些精神有残疾或心智不健全的孩子身上，这种重复性的行为会更严重。这在医学上被称为“持续重复症”，其表现是不能停下某种行为，比如在眼前挥手扇风，或者不断摇晃、哼唱。在那些患有自闭症的孩子身上，这种重复性的行为会更复杂，比如，他们必须随时随地带着自制的硬纸板“机器”和绳子做的“电线”，不然就会变得十分消沉。

在自然状态下，所有孩子的重复性的行为——男孩身上最明显，女孩身上更隐蔽——都是在对自己进行接纳和包容，一旦这种尝试失败，孩子就会失魂落魄、孤独无助。

孩子大脑里的新皮质还在发育之中，这一部分对他们行为的控制力还很弱。

相反，爬行动物脑反而十分活跃。有时候，这部分大脑会驱使他们做出可怕的行为。

蒙田在他的《随笔集》第十卷中写道：“……经常，事情是逆向而行的；我们对孩子的喧闹、游戏和稚拙，仍然较之他们长大后循规蹈矩的行为更感到兴趣，仿佛我们爱他们只是把他们当作消遣，当作小猴，而不是当作人。[①]”

但以专业的眼光观察，孩子自己玩耍时不像猴子，而更像迅猛龙。

精神吸血鬼是大脑新皮质先天被抑制的进化案例，他们的额叶罕见地发达，导致神经元的自转轴垂直于物理极性磁场轴，所以他们的大脑成了一种简陋的全息影像发生器，而不是波前坍塌

① 译文出自《蒙田随笔全集》，潘丽珍等译，译林出版社，1996年12月第1版，第63页。

干扰仪——我们的大脑是后一种情况。换言之，精神吸血鬼的爬行动物脑可以将纯粹的意志力“投射”到其他人脑中相对比较被动的新皮质、边缘系统和爬行动物脑中，尽管目前还不知道这种“投射”是通过电磁波谱进行的，还是某种其他范围的能量。

精神吸血鬼的大脑虽然也有高等新皮质，但那只是一种附属物。精神吸血鬼可以流利地说话，或者伪装出利他主义行为和社交礼仪，但精神吸血鬼（就像反社会人格者）真正关心的，只有打斗和逃跑、优势和劣势、等级和控制。

还有暴力。他们永远都热衷暴力。

用暴力将他们的意志强加在你的意志之上。他们活着就是为了操控你。

1986年10月，我去罗得岛的普罗维登斯参加第十二届世界奇幻大会。在此之前，我很少参加科幻或奇幻大会，一方面是因为没有时间，另一方面是因为囊中羞涩。

1986年，卡伦和我其实也无法负担从科罗拉多到罗得岛的机票，但几个星期以来，大会相关人士都在“强烈建议”我参加，我的经纪人和其他作家解释说，这可能意味着我的小说赢得了世界奇幻奖，所以组织者希望我去现场领奖。我之前还从未亲自领取过写作方面的大奖。（我曾经在《迷离境界杂志》短篇小说大赛中与人共同获奖，我在电视上看见罗德·塞林的老友杰克·克卢格曼替我从主持人麦克·道格拉斯手上领取了罗德·塞林纪念奖奖状。颁奖仪式前三十分钟左右，杂志社的人才打电话让我打开电视。大约一个月后，我终于收到了邮寄回来的奖状，但奖状包装得不好，镀金边框的一边都被撞掉了。因为长时间暴露在阳光下，奖状上评委的签名也都看不清了。这些评委是：哈兰·埃利斯、卡罗尔·塞林、罗伯特·布洛赫、理查德·马西森——其中三人被我奉为写作偶像）

1986年10月，我们想去普罗维登斯，但我们无法负担两个人的费用。于是，尽管非常不情愿，但卡伦只好同四岁的简留在家里，我则请了一天假，飞到那里参加周末举行的活动。

我将《魔鬼在你身后》的终稿带在身上，它比我的行李箱还重。

蓝鸟书店破产之后，我的手稿——尽管蓝鸟里没有一个人读过——成了蓝鸟的“资产”，被打包交给了债权人，就像办公家具和打字机一样。我宁愿相信，吉姆付出了很大的努力，给包括《魔鬼在你身后》在内的未能出版的文学资产寻找新东家。

总而言之，一个大出版社——现在姑隐其名，原因很快就会揭晓——得到了尚待出版的《魔鬼在你身后》。我的经纪人安慰我这是好事，因为大出版社的印量会更高，发行也会更好。他还告诉我，参加世界奇幻奖的颁奖宴会对我来说是一次机会，我可以认识我的新出版商——更重要的是，认识我的新编辑。

一念及此，我就十分兴奋。法兰科是《迦梨之歌》的出版人和临时编辑，但他的编辑和修改很少很潦草。当然，这主要是我的责任。1986年之前，我发表的都是短篇小说，与我搭档的都是十分优秀的编辑，比如《全知》杂志的埃伦·达特洛，《阿西莫夫科幻杂志》的肖娜·麦卡锡。但我还没有同图书编辑合作过，我很期待能有这样的经历。

到了普罗维登斯之后，我仍然不相信《迦梨之歌》真的能获奖，尽管活动举办者是那么急切地要求我到场。在世界奇幻奖的历史上，还没有处女作能得奖。何况，同时被提名的作品全都来头不小，有克莱夫·巴克的《诅咒游戏》、彼得·凯里的《骗子》、丽莎·戈尔茨坦的《梦想年代》、保罗·黑兹尔的《冬王》，以及安妮·赖斯的《吸血鬼莱斯特》。《迦梨之歌》只出版发行了几千本精装书，又有几个人会真的读过呢？

不过，无论能不能得奖，只要能见到我的新编辑，将《魔鬼在你身后》的完整手稿交给它的新主人，也就算不枉此行了。

颁奖宴会举行前一天，我和我的编辑在普罗维登斯比尔特莫酒店的酒吧中见面了。我之前已经见过了我的新出版商，对他很有好感。

我还记得我吃力地搬出装手稿的大箱子的样子。那一幕像极了斯波尔丁·格雷那部令人又哭又笑的独角戏电影《箱中怪物》。电影里，他的桌上也摆着一只大箱子，里面装着他永远都写不完的小说。

我的新编辑是个女人，刚满二十一岁，刚被出版社任命为“恐怖小说”部门的主编。我也姑隐其名吧。

在普罗维登斯比尔特莫酒店的酒吧中，我头一个小时几乎没有说话。我的新编辑问我除了写作还干什么，我告诉她我的职业是教师，还介绍了正在进行的APEX项目。

“哦，天才/神童培训项目啊。”她轻蔑地挥了挥苍白的手，“我参加过很多次。”

我解释说，我们从不给任何孩子贴“天才”的标签，只是为他们提供学习能力超前的孩子需要的诸多领域的高水平指导。

“我很小的时候，他们就告诉我母亲我是个天才。”我的编辑又挥了下手，“但我们天才知道自己是天才。”

我不回应，只是听她说。“我不会做被动的编辑，”我的新编辑说，“我也不会做好好先生。我们会把这看成是你的第一本小说。你会收到我写的详细修改意见，每一页都是单倍行距。我不会漏过任何一处改动。”

“太——”我说。我本来还要说“好了”两字，但我刚说出一个“太”，就又得听她说了。

“我会在我们公司缔造一个恐怖小说的新王朝，”我的编辑说，“或者说帝国。我将把整个行业的水平提升到新高度。我还没有读你的这本书，我们还没有买你的这本书，但通过我的编辑，它会达到我们的标准，否则根本就进不了待出版名单。”

“太——”我说。

“我知道，你的这本书……有点儿像是剽窃了罗宾森①的《念控力》的创意……但我不相信这个设定撑得起那么长的故事。”她向我的大箱子投去恶意而挑剔的目光。

我没有接话。

“总之先看它能不能改出来吧。”她说。然后我只是默默地喝可乐，听她讲述她读书时参加的天才培训项目，以及她在出版业迅速成名的传奇经历。

第二天，《迦梨之歌》赢得世界奇幻奖的时候，我的妻子卡伦竟然出现在了晚宴上。原来，在我走后，她找她哥哥借钱买了机票。当主持人宣布《迦梨之歌》获奖时，我很开心她能在场。

---

① 弗兰克·罗宾森（1926－2014），美国科幻和科技惊悚小说作家。

下面我要写的东西，可能会让卡伦抡拳打我。

我给自己定了一个规矩，绝不写别人的负面形象（尤其是女人的），即便在小说中也不写（除了个别大反派）。我知道，大多数情况下，人们对自己的面貌、体重都无能为力，还会不时穿错衣服。我自己就是活生生的证明。

然而，在1986年的那场颁奖宴会上，和我们坐在一起的新编辑却真的很奇葩，她的奇葩着装暗喻了我以后十八个月的生活——那是我人生中最痛苦的一段时期——所以我觉得有必要讲讲她有多奇葩。

我的新编辑又矮又胖，而且非常非常苍白，这些都无关紧要。但她那天下午的穿着实在让人无语。她只穿着黑色比基尼小内裤和黑色胸罩，没有穿其他内衣。我之所以看得到这些，是因为她的“长袍”不过是菱形大网眼黑色连体丝袜，让我不禁联想到渔网。我小时候和父亲去伊利诺伊河或明尼苏达州的湖泊上捕鱼时，用的就是这种网。（有一次，我抓住的一条大鳗鱼大网眼中溜走了，但我没有发现，因为我觉得自己网到了一条大蛇，吓得转身就朝反方向全速逃跑。爸爸一把拽住我的皮带，把我甩回了船上，而那条鳗鱼已经穿过网眼溜回河里了）

总而言之，连体丝袜这种服装穿在身上，本来就让观者很不舒服，而她那天穿的这套又太小了，浑身上下的菱形网眼里都是鼓出来的白花花的肉。成年之后，为了避免成为最性感的怪胎，我学会了与女人保持礼貌的目光接触，不管对方的长相或穿着如何。但她这身黑色网眼蜘蛛网“长袍”让我着实不忍直视。这身穿着根本谈不上性感。我的新编辑看上去就像是被缠进了蜘蛛网里。蜘蛛网不断收缩、闭合、勒紧、挤压，似乎要将它的猎物置于死地。我当时脑子里只有一个念头：穿这身肯定很不舒服吧。

后来我才知道，她当天那身黑网是一个比喻。这张网网住的不是她，而是我。在未来的十几个月里，这张网将缠在我身上，越勒越紧。

卡伦和我那年秋天从普罗维登斯回来之后，我告诉她，我的书稿将面临大规模的编辑和修改。我们决定，我将尽其所能地协助编辑完成这项艰巨的任务。

1987年1月开学后，那个学期，我每天仍然要花很长时间为APEX项目工作，但每天的最后几小时，我可以去拜访由我们监督其项目进展的十九所学校中的一所或几所，所以我可以每天只坐班半天——当然，这也意味着，我的收入会减半。虽然我每天仍然有八小时、每周仍然有八十小时为APEX项目工作，但在工作日的下午，我可以抽出几个小时出来。我的新出版商和编辑将在1986年圣诞节前把修改建议反馈给我，我打算用挤出来的这几个小时处理他们的反馈。

说实话，我收入减半后，卡伦和我的生活将十分拮据——我们的主要收入来源依然是我的工资，我们还有一个四岁的女孩要养，房贷也才刚还两年。当初我们之所以敢于贷款，就是因为我们觉得写小说可能会提高收入。何况我们还被告知，如果我的修改令新编辑满意，就能拿到剩下一半预付金的一半，并在出版之后拿到另一半——尽管我的书离出版那天似乎还遥遥无期。

于是，我做出了令教师同事和学区管理者惊讶的举动：拿着一半的薪水，却干了百分之九十该干的工作，为的仅仅是每个工作日下午能抽出两三个小时来。我的编辑承诺说，她的“详细修改建议”将在感恩节前发给我。

可是，1986年的感恩节前，我并没有收到她的建议，直到圣诞节都没有。

我继续拿着一半的薪水干着全天的活儿，望眼欲穿地等着。

直到1987年的复活节，她的修改建议都不见踪影。四月过去了，五月上旬也过去了。我仍在等待。

就在正常学年就快结束的时候（这一学年，我只拿了一半的薪水，但几乎干完了全部工作），我的编辑的信件终于雪片般飞来（那时候还没有电子邮件这种东西）。

她兑现了承诺——她的信写了很多页，全是单倍行距。第一份修改建议信长达十六页。

但我几乎无法理解她的修改建议。它们是相互矛盾的。我很快就明白，她的主要意图是，《魔鬼在你身后》必须大幅缩减字数，我当然知道出版商提出这种要求的原因。这本书太长了，很不适合出版。不过，我大概就在那时同罗伯特·里克·麦卡蒙谈了谈——他的畅销恐怖小说《天鹅之歌》也是大部头——里克说，一本书只要上了五百页，其单位成本就会降下来。他说出版商只是习惯性地对大部头持谨慎态度，除非是斯蒂芬·金写的（就连金，出版商也让他把《末日逼近》删了六万字）。

不管怎样，我硬着头皮开始删改《魔鬼在你身后》，同时尽量完整地保留本书的灵魂。但这几乎是一个不可能完成的任务。我这边还没改完，她那边又寄来了二十页的修改。这一次，我的编辑告诉我：“删掉大屠杀的情节。这同故事核心没有关系，只会拖慢情节。”

同故事核心没有关系？

在我看来，大屠杀这部分就是小说的核心。

自从高中以来，我就对大屠杀倍感兴趣——就算说“着迷”也并不过分。读大学的时候，我曾查阅德语文献，对特别行动队进行了独立研究。这支队伍的大部分成员是前警察、公务员，甚至还有教师，负责对东线的犹太人进行集体枪决。

现代发达国家的一群文明程度应该最高的人，为什么会变得如此野蛮残暴？

德国将现代工业国家的力量同行政和技术手段结合起来，用于达到种族灭绝的目的，这就是大屠杀。在我看来，大屠杀恰恰是我们这个时代对邪恶的登峰造极的崇拜。毫无疑问，大屠杀是二十世纪最惨痛的历史教训。

它也是《魔鬼在你身后》的内涵、血肉和灵魂。“删掉它。”我对编辑解释的时候，她斩钉截铁地说。

那年夏天，我都在改写、删减《魔鬼在你身后》，在不伤害或阉割小说精华的前提下平衡编辑的出版要求和我的创作理念。但无论我怎么做，我的编辑都不满意。苦苦挣扎九个月后，我感觉自己落入了一张越缩越紧的蜘蛛网中。

编辑的修改建议纷至沓来。

到1987年夏天，我收到的最新修改建议是：“分成两本书重写。”

但我做不到这一点。分拆为上下册的做法会显得太做作，就像我之前看过的那种古老的星期六系列电影，总是故意留一个所谓的悬念。我做不出这样的事。

1987年夏天结束的时候，我的职业生涯遭遇了新的转折。为了表示“所有的教师都是可以交换岗位的”“不需要天才来教育天才儿童”，校区管理者宣布，他们将把APEX项目的设计者/课程编写者/协调者/教师调回针对普通学生的教学中，然后随机挑选他们的继任者。

我热爱教学。我也热爱针对普通学生的教学。但我知道一个校区管理者不知道的小秘密：教育天才儿童（以及为他们编写合适的课程）确实需要天才。APEX是我当时从事过的最富创造性和最成功的项目，而一旦那些没有能力或意愿为APEX项目奉献时间和创造力的老师接手负责，这个项目的生命力就终止了。

于是，卡伦和我做出了我们生命中也许是最危险也最大胆的决定：我将辞去教职，全职写作。不错，和一年前一样，《魔鬼在你身后》依然没有被出版商接纳，那六千五百美元也依然是镜花水月。而且，为了取悦我那难以取悦的编辑，我不得不经常重写，从而无法着手创作别的长篇小说，甚至连写短篇小说的机会也少得可怜。但如果我全职写作的话……

这是个疯狂的决定。但我们还是迈出了这一步。那年秋天，自从1953年去上幼儿园之后，我有生以来第一次没有在九月去学校。实事求是地说，与学校的分别让我的心灵备受创伤。

时间进入九月和十月，我依然在等待明确的修改指示。我渐渐意识到，我的新出版商对《魔鬼在你身后》根本就没有兴趣。他们没有将其列入出版计划，没有支付预付金，他们只是将其作为欠他们债的破产了的短命出版社的一份资产接收过来。我的那位在过去十四个月里寄来如此之多（无法理解、无从着手的）单倍行距修改信的编辑也对《魔鬼在你身后》没有多少兴趣。她的工作是重塑整个恐怖小说行业，将她的出版社打造成这个行业的杰出承包商，而不是“修改”由名不见经传的作家创作的这部冗长而凌乱的作品。

1987年10月下旬，我陷入了恐慌。虽然两个多月前学校就开学了，但我还是飞到马萨诸塞州——这是少数几个认真对待天才/神童培训计划的州之一——在波士顿地区寻找一份天才/神童培训计划协调员的工作。这种工作的竞争异常激烈，参与竞争的老师和行政人员往往都有博士学位。

我拿到了波士顿附近地区的三份录取通知书，但我最终选择返回科罗拉多。卡伦和我认为，既然在必要的时候可以获得比之前的教职更好的工作，那我就应该暂时放弃登上这艘救生船，转而集中精力促成《魔鬼在你身后》的出版，并创作更多长篇小说。

我们开始靠微薄的积蓄和教师退休金度日。我还记得，那年初冬，我在密苏里和纽约的教师养老金账户里发现还有几百美元之后，我们跳着舞大肆庆祝了一番，就像又卖出了一部小说一样高兴。

毫不夸张地说，我们已经在寅吃卯粮了。

1988年初，在我同我的编辑相识十八个月之后，她给我提出了最后一条修改建议："保留《魔鬼在你身后》这个书名，把其他的都推倒重来。"

我受够了。

我浪费了一年半时间来修改小说，损失了一半的教师薪水，还放弃了正式的工作，结果却一无所获。

我给我的经纪人理查德·柯蒂斯打了个电话，说我想从这个出版商手里将我的小说买回来。我当时没有钱，我打算卖掉房子，把小说买回来，然后……

理查德解释说，我用不着卖房子。他会去同这个出版商磋商赎回《魔鬼在你身后》，争取让他们同意，在我找到新的出版商买这本书之后，再偿还他们预支的一万两千五百美元。

我暂时松了口气。

当然，我不相信还会有出版商买这本书。

达尔顿·特朗勃[1]——优秀的反战小说和电影《约翰尼上战场》的作者——没有写完最后一部长篇小说《野牛之夜》，就去世了。

特朗勃出生于1905年，在科罗拉多的大章克申长大。我非常了解那个地方。特朗勃在1939年出版了《约翰尼上战场》，这部小说是受到报纸上的一篇文章的启发而创作的，那篇文章报道了一位在一战中严重毁容的英国军官。（讽刺的是，作为当时乃至迄今最残酷无情的反战小说，《约翰尼上战场》在二战之前的日本最受欢迎，尽管这个国家已经走上了全面军国主义的道路。或者正是基于这个原因，特朗勃自己后来说，他欣喜地看到，美国参战的时候，他的书已经绝版。他后来撰写了《东京上空三十秒》的剧本，这部电影描写了1942年4月吉米·杜利特尔率领的空袭东京行动，由斯宾塞·特蕾西和范·约翰逊主演）

1943年，特朗勃加入共产党，但很快就因为太忙而无法参加会议，或担负积极角色。不过这并没有让他逃过麦肯锡的指控。他因为拒绝在国会非美活动调查委员会上出席作证，成了臭名昭著的“好莱坞十人帮”之一，1950年被关入监狱，刑期一年。

---

① 达尔顿·特朗勃（Dalton Trumbo，1905—1976）美国编剧、小说家。

我认为我同达尔顿·特朗勃只有两点相同。第一，我们都是快枪手。（他创作了《罗马假日》的剧本，但伊恩·麦克莱伦·亨特“代替”他出现在职员表里，而亨特因此获得了奥斯卡最佳编剧。后来特朗勃以真名创作了《斯巴达克斯》《出埃及记》《蝴蝶》等许多获奖影片）第二，我们都痴迷于将一个人的意志强加于另一个人这种邪恶的暴行。

《野牛之夜》在特朗勃去世后出版，而我直到写完《魔鬼在你身后》之后才读到这本书。他在书中试图解释人性的最黑暗面，正是这些黑暗面导致了纳粹对犹太人的大屠杀（并且还将不可避免地导致未来的大屠杀。）书名中的野牛是指一种毛发浓密的欧洲野牛，现在已经灭绝。

《野牛之夜》至少有一部分是以名为格里班的年轻纳粹为第一视角的自传，这名纳粹后来成了奥斯维辛集中营的指挥官。

同大多数恶魔一样，格里班并不觉得自己是恶魔。他的大部分第一人称叙述是在为第三帝国的“最终解决方案”辩护，认为这同美国南方邦联试图阻止黑人与白人混血一样。在他看来，自己在捍卫种族纯洁性方面同罗伯特·E. 李[①]没有分别。

当然，事实上，格里班是精神吸血鬼。他追求的不是种族纯洁性，而是对他人的控制。在我们物种的近代历史中，1936年至1945年的欧洲是精神吸血的灾难传播得最快最彻底的地方。

尽管我读《野牛之夜》是几十年前，但我至今仍记得全书开头不久的一个情节，那是格里班讲述的他十多岁时干过的一件事：他带着纯真可爱的雅利安金发小表妹去树林，到了那里，他

① 罗伯特·爱德华·李（1807—1870），美国内战时期南部邦联的总司令。

发现自己可以完全操控八九岁的小表妹。

“蹲下。”他命令道。她惊恐地蹲下。“脱掉内裤。”他接着命令。她乖乖服从。“现在撒尿。”他继续命令。

她最终哆哆嗦嗦地撒了尿。

格里班看着小表妹在自己面前撒尿，竟然感到性兴奋——不是因为她暴露出的性器官，而是因为他对她可以为所欲为。他当时就意识到，在适当的条件下，一个人可以让其他人做你想让他们做的任何事。这个想法令他产生了高潮，不仅在当时，更在之后的奥斯维辛。

这是一个可怕的想法。但我认为，这也是一个重要的事实。

绝对的权力不仅会带来绝对的腐败，还会让我们对绝对的控制产生欲望，对鲜血带来的权力产生欲望。一旦我们品尝了这种权力的滋味，就会像吸食了海洛因一样不可自拔。让我们上瘾的，是精神吸血。

当我读到特朗勃未能完成的《野牛之夜》的初稿，我就知道自己创作《魔鬼在你身后》并争取将其出版的努力没有白废，尽管这本书可能永远都没有付梓的那一天。

1986年至1987年，当我意识到，我的编辑和出版商绝不会花时间理解并出版我的小说，我便开始忙碌起来。

早在从他们手中赎回《魔鬼在你身后》开始之前，我就已经开始疯狂地创作。1987年辞职后的那个秋天，对我来说最艰难的事是承认我实际上已经失业。一想到这里我就抓狂。我辛辛苦苦地念完大学和研究生，毕业后就从事教师工作。可是现在，我一没有班可上，二没有收入来养家——半点儿都没有——我害怕极了。（卡伦比我冷静许多，尽管我们最后连教师退休基金的养老金都花掉了。她知道，在美国三亿人口里，只有不到五百人是全职作家，可以单单靠写小说谋生。但她仍然相信，我们的状况会好起来，我的写作生涯会走出低谷。至少她是这么告诉我的……而我被她说服了）

理查德·柯蒂斯继续为我这个不怎么知名的作者服务，四处寻找愿意购买长达一千页（打印稿）的长篇恐怖小说的出版商。我则坚持创作新的小说。

我创作了《重力相》，一部充满哲理的小说，讲述“阿波罗”登月计划的前宇航员的中年危机。主人公曾在月面行走，却发现那感觉像是模拟出来的。

我创作了《海伯利安》——一部恢宏的杰克·万斯[1]式的科幻小说。但彼时科幻小说已经日渐式微，大多数都在描写黑暗的未来，或者是赛博朋克风格。

我知道，如果将《海伯利安》的故事讲完，那又会是一部一千五百页的书，但我决定再也不为争取出版这种大部头而吃苦头了。我得成长为重磅作者之后，才有机会争取到将其作为单行本出版。紧接着，我开始创作这个故事的第二部分，但形式上是《海伯利安》的续作，名叫《海伯利安的陨落》。

我又为《全知》杂志写了两个短篇，为黑暗丰收出版社[2]的一个名叫《夜视5》的作品集写了四个短篇。这个作品集只收录了

① 杰克·万斯（Jack Vance，1916—2013），美国科幻作家，代表作为《濒死的地球》。万斯开创了科幻小说中的一个新流派，写的是“仿佛旧日重现的遥远未来世界”，被一些人称为“未来奇幻”或“科学奇幻”。

② Dark Harvest Press，于二十世纪八十年代在芝加哥成立的一家小型出版公司。

三位作家的作品，另外两位是乔治·R.R.马丁和斯蒂芬·金。

《海伯利安》和《重力相》都卖给了班坦图书，前者作为科幻小说，后者作为主流小说。《重力相》还作为第一篇小说入选了名叫“光谱”的品牌书系，该品牌专攻“近科幻主流小说”。（他们后来将《重力相》重新贴上了“科幻”的标签。它也许是我最中意的一部小说，但它真的不是科幻）

然后……《魔鬼在你身后》卖出去了。

预付金非常低，还不足以支付我从原出版商手里将其赎回的钱，但我可以用别的小说的预付金弥补差额。我的新出版商——就是将我的三篇短篇小说同乔治·马丁和斯蒂芬·金的作品混合成作品集出版的黑暗丰收出版社——专注于特殊限量版图书出版，而《魔鬼在你身后》的印量很低，只有精装本三千册。

但我不在乎，因为《魔鬼在你身后》终于可以出版了。

新出版商同样没有对我的书稿进行真正的编辑和修改。我记得，我的两名男性出版商给我的全部修改建议只有两条：将“mantle”改为“mantel”，把“adrenaline”里面的最后一个“e”去掉。（我没接纳最后一条，尽管“adrenalin”也并不算错）

就在《海伯利安》快要创作完成时，他们寄来了《魔鬼在你身后》的校对稿，要求我三天之内修改完毕。我简直快忙疯了。

然后，他们给我介绍了他们唯一可以聘请的设计师——这位设计师要设计封面、扉页和内文的大概十幅插图。（为《魔鬼在你身后》设计插图？我觉得这么做怪怪的，但这毕竟是限量版，而我对这种图书的操作手法一无所知）但我有一点非常清楚：我不喜欢这位设计师的作品。

于是，在全套设计稿截稿前五个星期，我请到了本地的一位设计师朋友凯西——凯瑟琳·麦克尼尔·谢尔曼——同我一起设计封面、扉页和十幅内文插图。

出于某种原因，凯西和我决定采用刮版画作为基本的构图方式。刮版画做起来很有趣——用刀片把一张大刮画板上的黑色图层刮去，露出白底，从而形成一定的明暗效果。不过，刮版画相当于负片构图，做起来相当考验人——就像把挂车倒进弯曲的小巷。凯西和我都很久没有玩过刮版画了，所以我们兴致勃勃地干了起来。

这个过程确实很有趣。每天在楼上写十五个小时的小说之后，我会下楼进入小地下室，来到胡乱拼凑出的临时画板前，一点点地创作《魔鬼在你身后》的内文插图。

至于封面，则是我画的图，卡西着的色。我用刮版画和彩色墨水创作了扉页。

这些插图——至少我画的插图——相当粗糙，但又透露着诡异的张力。至少我是满意的。

《魔鬼在你身后》最终出版后，我们邀请两位出版商——保罗和斯科特——参加了出版庆祝会。保罗和斯科特都拒绝坐飞机，所以他们从芝加哥开车来到科罗拉多帮助我们庆祝。我们的小房子里一下子容纳了大约六十名客人，拥挤不堪。卡伦定制了一个蛋糕，蛋糕表面用彩色糖霜完美地复制了《魔鬼在你身后》的封面。我刚购入了一台小黑白影印机（用来复印最终版的手稿，不过我得用好几个小时才能一页页地将手稿复印完毕）。我还记得，我们喝了几杯酒之后做了一个小游戏。我的客人——作家、设计师、出版商和其他朋友——分别单独进入我的小书房，影印一样东西，然后拿着自己的“作品”接受评判。

我还记得，我们七岁的女儿简一直在楼梯上看我们开庆祝会，但她参加了这个游戏，并且高票获胜。她的影印作品是她的泰迪熊。

那一天，真好。那一年，真好。

随着时间的流逝，我早年涉足的恐怖小说领域出现了一种奇怪的现象。我的前编辑达成了她的目标——缔造了一个恐怖小说“帝国”。她和其他出版社的编辑觉得，读者再怎么看恐怖小说都看不厌（因为读者似乎永远都不会厌倦斯蒂芬·金或者迪恩·孔茨的作品），于是出版了数不胜数的恐怖小说。然而几年之后，劣币开始驱逐良币。市场饱和了。读者先是觉得腻烦，继而开始产生戒备心理，因为他们发现充斥市场的几乎全是低质量的恐怖小说。

我看到，有一段时间，恐怖小说作为一个类型几乎彻底消亡。一些连锁书店取消了“恐怖小说”分类。二十世纪八十年代末九十年代初，许多恐怖小说作家，包括我自己，都转行写别的类型小说去了。

后来，几位杰出作家的优秀作品重新定义了恐怖小说，这一门类才得以再获生机。

主约翰出版社[1]的出版人赫布·叶林是我的朋友，应他的邀请，我曾在洛杉矶同他和他的老朋友们聚过一晚。他的老朋友有罗伯特·布洛赫（《惊魂记》作者）、喜剧演员兼广播明星斯坦·弗雷伯格（二十世纪六十年代热门喜剧专辑《美国》的作者

① Lord John Press，私人图书公司。

兼演员），以及雷·布拉德伯里。几十年来，他们都保持着每个月抽一个晚上聚在一起闲聊的习惯。

那一晚令我终身难忘。

罗伯特·布洛赫警告我，一旦开聊，我就听不到他说话了。他是对的。（我爱罗伯特·布洛赫）整个晚上都是弗雷伯格和布拉德伯里在发言，他们那晚聊的话题是：我们生活中那些魔鬼般的导师。

对弗雷伯格来说，这个人是他的老板鲍勃·克拉姆佩特。二十世纪五十年代，他曾担任艾美奖最佳人偶剧得主《该比尼了》的编剧和人偶操纵者，而这部电视剧的制片人克拉姆佩特是个卑鄙无耻的小人，他甚至让他的编剧们去洛杉矶街头“朋友的车”中工作，而弗雷伯格和另一个编剧发现，那根本就不是他朋友的车。有一次，克拉姆佩特为他们安排了繁华街一座空房子里的“写作办公室”。尽管那里没有电也没有自来水，但为了省钱，斯坦·弗雷伯格和同样收入微薄的写作搭档道斯·巴特勒只好搬去那里住。

然后，一天早晨，他们醒来之后发现，他们的“办公室”和家正在被搬到同一条街上的新地点。

不过，弗雷伯格的终极导师/恶魔是百老汇经理戴维·梅里克。他同梅里克之间爱恨交织的关系让我忽而大笑、忽而痛哭。

然后，雷·布拉德伯里开始讲述他的终极导师/恶魔——约翰·休斯顿。

1953年，布拉德伯里还是一名年轻而无知的科幻作家，他正同好友雷·哈里豪森在长滩寻找恐龙方面的书，这时他接到消息，说休斯顿想见他。第二天，布拉德伯里前往休斯顿在洛杉矶入住的酒店，这位导演通告了布拉德伯里一个惊人的决定——他已选定年轻的布拉德伯里将《大白鲸》改编为电影，但布拉德伯里之前从未有编剧经验。约翰·休斯顿坚持让布拉德伯里和他妻子去休斯顿在爱尔兰的宅邸中写作。

布拉德伯里向休斯顿先生坦白，他从没读完过那本书。“那你今晚回家就读吧，然后明天回来告诉我，你会帮我杀掉那头该死的白鲸。”约翰·休斯顿用独特的低沉嗓音说。

在接下来的一两个小时里，布拉德伯里的讲述常常被斯坦·弗雷伯格随意打断，要么是做补充，要么是大声质问。但那可以说是我听过的最有趣也最悲伤的故事，或许只有布雷伯格同戴维·梅里克之间的故事可与其相比。

布拉德伯里描述了自己在休斯顿的爱尔兰宅邸中的悲惨遭遇。休斯顿会在一群又一群来他家做客的名人面前取笑、嘲弄布拉德伯里，让这个无知的年轻作家大出洋相。那些名人有著名作家和导演，也有劳伦·巴考尔和汉弗莱·博加特这样的明星。可是，每当休斯顿喝了酒，就会变得特别尖酸刻薄。

“我有一个习惯，就是在与人分别的时候会送上祝福。”布拉德伯里说，“我现在仍然保留了这个习惯。不过，一天晚上，我在一家爱尔兰酒吧外向朋友们送上祝福的时候，休斯顿突然大发雷霆地大声责怪我：‘你以为你是谁！该死的教皇吗？少装圣人了！’”

在折磨达到巅峰的时候，布拉德伯里和他的妻子考虑过悄悄打电话叫一辆出租车，让司机天黑后到休斯顿宅邸的长车道尽头接走他们，乘下一趟返回美国的飞机回家。让《大白鲸》见鬼去吧。没有人受得了那种虐待。

不过，导师/魔鬼总是知道被自己折磨的人会何时崩溃，休斯顿也不例外。

洛杉矶那晚，我看见布拉德伯里将四十多年前那晚发生的一幕幕表演出来。尽管长桌边坐着许多名人，布拉德伯里和他的妻子却打算匆匆吃完晚餐，悄悄带着行李上出租车，逃离那个魔窟。但就在这时候——布拉德伯里可以惟妙惟肖地模仿约翰·休斯顿的低沉嗓音——休斯顿让在座者都安静下来，宣布道："今晚有不少才俊到场，但只有一位称得上天才。我现在就要向诸位介绍这个天才。这个年轻人写了一个超级精彩的故事，关于一座灯塔、一只雾号角，还有一头恐龙。"

约翰·休斯顿将布拉德伯里的小说《浓雾号角》完完整整地表演出来——一会儿是灯塔守护者，一会儿是吹响的雾号角，一会儿是吼叫的恐龙。最后，休斯顿让年轻的布拉德伯里站起身，接受桌边所有人的掌声致敬。

在这之后，雷·布拉德伯里和他的妻子玛吉（玛格丽特）起身上楼，打开行李箱，取消了出租车，退掉了回美国的机票。

就这样，这位导师／恶魔将他们玩弄于股掌之间，长达八个月。

我也有自己的导师，只是他当时隐于幕后。

我后来发现，一个叫迪恩·孔茨的人是1986年世界奇幻奖的五位评委之一。（埃伦·达特洛是另一位）

孔茨看到了《迦梨之歌》的闪光之处，强烈建议其他评委认真阅读这本大部头，尽管一些评委很不情愿将这个知名奖项颁给第一次创作长篇的作家。

后来，《魔鬼在你身后》由黑暗丰收出版社出版了特殊限量版精装书。（加利福尼亚州的一个年轻投机者卖掉了母亲的保险，买了一千本精装书，相当于总印数的三分之一。在橙县的一个书店里，当他拖着一千本书来找我签名的时候，我直接把他和他的跟班赶了出去。后来我听说，这家伙一直等着这些书升值之后脱手牟利，却付不起仓储费，于是仓库老板将书没收，并以定价出售。我尽量回购了这些书。我扯远了）虽然黑暗丰收出版社的精装本《魔鬼在你身后》在市场上来去匆匆，迪恩·孔茨却说服了华纳图书将其出版成九百多页的小号字平装本。他为我做的一切，我之前全不知情，我甚至从未见过孔茨本人。

1990年，《魔鬼在你身后》的平装本出版。同一年，《海伯利安的陨落》由双日出版集团出版，我的长中篇《午夜的熵之床》由主约翰出版社出版，我的第一部短篇小说集《碎石祷者》也出版了。（诚如我前面所说，我很忙碌）

在我未曾谋面、也未曾与之交谈过的这位畅销书作家的鼎力帮助下，读者终于可以在书店找到并阅读全本的《魔鬼在你身后》。而他之所以这么做，仅仅是因为他认为这是一本值得一读的书。

何时姊妹再相逢，
雷电轰轰雨蒙蒙？
且等烽烟静四陲，
败军高奏凯歌回。
半山夕照尚含辉。[①]

---

① 译文出自《麦克白中英文对照全译本》，莎士比亚著，朱生豪译，中国国际广播出版社，2001年6月第1版，第7页。

读者朋友，我希望你们能喜欢《魔鬼在你身后》二十周年纪念版。祝你们能在生活中避开真正的精神吸血鬼——他们会像猫玩毛线球一样耍弄你们。最后，读者朋友，我祝你们能战胜生活中不得不遭遇的那些恶魔……也祝你们能遇到一位给你们不断带来惊喜的导师。

丹·西蒙斯

2009年7月，于科罗拉多

不，我不会从绝望中寻找慰安，做腐朽的慰藉
不会解散（也许已松了的）人最后的缆绳
或者万分厌倦，喊一声“我不能再忍”……

——杰拉德·曼利·霍普金斯[1]

① 杰拉德·曼利·霍普金斯（1844—1889），英国诗人。该诗出自霍普金斯的十四行诗《腐尸之宴》，译文出自《英国维多利亚时代诗选》，飞白译，湖南人民出版社，1985年6月第1版，第290页。

楔　子

切姆诺集中营

1942年

索尔·拉斯基躺在死亡集中营里行将咽气的人堆中，思考自己的人生。他在黑暗和寒冷中不停地颤抖，强迫自己去回忆那个春日早晨的细节——金色的阳光轻抚着溪边垂柳的枝条，叔叔农场的石头房子后面，盛开着一片白色的雏菊。

牢房里阒寂无声，只能偶尔听到刺耳的咳嗽声和窸窸窣窣的刨挖声——垂死者正徒劳地在冰冷的稻草中寻找温暖。不知何处，一个老人发出一阵撕心裂肺的咳嗽，宣告他那漫长而无望的挣扎的终结。老人不到天亮就会死。即便他挨过了今晚，也无法在早上点名时出现在雪地上，这意味着，明日正午前，他就会被处决。

探照灯的强光透过结霜的窗户射进来，索尔蠕动着躲开，背靠在床板的木榫眼上。木刺隔着单薄的衣服刮擦着他的脊柱和肋骨。寒冷和疲惫袭来，他的双腿止不住地打战。索尔抓住瘦小的大腿用力拧，直至颤抖停止。

我要活下来。这个念头仿佛一道贯穿意识深处的命令，就连他那饥饿酸痛的身体也不能抗拒。

索尔还是孩童的时候——那似乎是亘古之前了——他的叔叔默什答应带他去克拉科[1]附近的农场钓鱼，就在那晚入睡前，他学会了一个本领：他在大脑中想象出一块光滑椭圆的石头，将他希望醒来的时间写在上面，然后把石头抛入清澈的池塘，看着它沉入深水。每一次，他都能在第二天准时醒来，神清气爽地呼吸着早晨冷冽的空气，享受着黎明前珍贵的短暂时光。用不了多久，他的弟弟妹妹就会跟着起床，打破这完美的宁静。

我要活下来。索尔用力闭上眼，想象着那块石头沉入清澈的水中。他的身体再次颤抖起来，他更加用力地贴紧背后粗糙的木板。这是他第一千次试图在稻草窝中蜷得更深。年迈的希斯楚克先生和年轻的易卜拉欣同他共享这张床的时候，情况要好一些。但易卜拉欣在矿场被枪决了，而希斯楚克先生两天前在采石场一屁股坐下就拒绝再起来。党卫军头子格鲁厄克放出了恶犬，但那个老人只轻轻挥了挥骨瘦如柴的手臂，仿佛带着欣喜般对看着他的其他囚犯告别。五秒钟后，那只德国牧羊犬就撕破了他的喉咙。

我要活下来。这个念头超越了语言和文字，化为一串强大的音符。在集中营的五个月里，每当索尔目睹残忍，经历苦难，这串音符就会奏响。我要活下来。这明亮而温暖的音符，抵消了那个逐渐吞噬他内心的大坑带来的寒冷与眩晕。大坑。索尔曾见过大坑。他同其他囚犯一道，铲起冰冷的黑土，撒在余温尚存的尸体上。被掩埋者中有的还能蠕动。他见过一个孩子无力地舞动着手臂，就像是在火车站欢迎亲人，又像是在梦中抽搐。索尔和其

① 波兰南部城市。

他囚犯挖出大坑，然后撒上石灰。党卫军士兵就坐在大坑边，晃荡着腿，柔软白皙的双手握着冲锋枪的黑色钢制枪管，坑坑洼洼的下巴上贴着橡皮膏，掩饰刮胡子时不慎留下的伤口。那伤口已经开始愈合，而索尔掩埋的白色躯体还在泥土下微微痉挛。冬日的空气中，弥漫着白雾般的石灰粉尘，索尔的眼眶都被熏红了。

我要活下来。索尔专心聆听着这串洪亮的音符，忘记了四肢的颤抖。两层床铺之上，有人正在黑夜中抽泣。索尔感觉虱子爬过他的手脚，搜寻着他越来越低的体温。他蜷得更紧了，用所有心思去领悟那串驱魔咒般的音符——它不合常理，但又不容置疑，命令着他继续活下去。

石头沉入蔚蓝的深渊。半睡半醒之间，索尔看到了石头上模糊的字母。我要活下来。

索尔猛地睁开眼，但让他浑身凉透的，不是从窗户缝隙中飕飕钻进来的寒风，而是脑海中浮现出的一句话：今天是本月的第三个星期四。索尔几乎可以确定今天是第三个星期四。他们第三个星期四来，但并非总是如此。也许这个星期四不来。索尔用前臂挡住脸，蜷缩得更像子宫中的婴儿了。

牢房大门被撞开时，他刚沉入梦乡。五个人闯了进来——两个端着冲锋枪的党卫军士兵、一个普通陆军军士、沙夫纳中尉，还有一个索尔从未见过的年轻上校。上校长着一副苍白的雅利安人面孔，眉毛上搭着一缕金发。他们拿着电筒，光柱扫过一层层货架般的床铺。没有一个囚犯被惊动。八十五具骷髅在黑暗中屏住呼吸，索尔听不到一丝声响。他自己也屏住了呼吸。

德国人朝牢房中迈出五步，冷风呼啸而入。索尔看见门外的光映出他们巨大的身躯，他们呼出的气体凝结成缭绕的白雾。索尔将自己沉入松脆的稻草中。

“你！”一个声音高叫着。电筒灯柱落在一个戴着帽子、穿着条纹服的人身上。索尔发现，那人就蜷伏在六排之外的底层床铺深处。

“出来！快！”见那人没动，党卫军士兵粗暴地将他拽进了过道。索尔听见了光脚拖地的声音。

“你，出来！”然后又是一声“你！”现在，三个垂死者站在巨大的黑影前，如同三个轻飘飘的稻草人。黑影停在四排床铺之外。党卫军士兵转过身，手电光柱在中间一排床铺上扫来扫去。一双双红眼反着光，如同从半开的棺材中往外瞪视的受惊的老鼠。

我要活下来。这句话第一次由命令变为祈祷。他们从来没有一次从一个牢房里带走四人以上。

“你。”拿电筒的人转过身，将刺眼的灯光射到索尔脸上。索尔没有动弹。他屏住呼吸，举手挡在脸前几厘米处，手背成了他眼中的宇宙。那只手皮肤苍白，像蛆一样白，布满了斑点。手背上的汗毛很黑，索尔满怀敬畏地盯着那些汗毛。在电筒的照射下，他的手和手臂似乎都变透明了。他可以看见肌肉的纹理和筋腱的形状，还有随着狂跳的心脏微微搏动的蓝色血管。

“你，出来。”时间仿佛放缓了脚步，转变了方向。索尔人生中的每一秒，每一次狂喜，每一句陈词滥调，每一个被遗忘的下午，全连成了一条线，通往这一刻，这个交叉点。索尔凄苦地咧开嘴。很久之前他就决定，不会任由他们在夜里将他带出去。他们必须在这里当着其他囚犯的面杀死他。至少他可以决定他的杀手何时杀他，想到这里，他镇静了许多。

“快！”一名党卫军士兵朝他吼道。士兵和他都向前迈了一步。索尔被强光刺得睁不开眼，他感受到扑面而来的冷空气，闻到打湿的羊毛的气味和士兵呼出的杜松子酒的香味。他皮肤一紧，等着他们粗大的手落下来。

“不！”年轻的少校喝道。索尔眼中的他，只是亮光中一个黑色的人形剪影。“退下！”少校上前一步，党卫军士兵立即后退。索尔抬头望着这个黑影，时间似乎瞬间停滞。没有人说话。他们呼出的白雾缭绕在身边。

“过来！”少校温柔地说。这不是命令。他的声音很轻，几乎称得上亲切，就像是在呼唤爱犬，或者鼓励孩子摇摇晃晃地走出人生的第一步。“到这儿来！”

索尔咬紧牙关，闭上双眼。他们来抓他的话，他就会咬他们。他会咬住喉咙，撕开血管，嚼碎软骨，直到他们开枪。他们不得不开枪，他们会被迫……

“过来！”少校轻轻敲了敲索尔的膝盖。索尔的嘴咧得更开了，就像将要狂吠的狗。他要扑到这个混蛋身上，当着他的同伙的面，撕破他的喉咙，掏出他的肠子……

“过来！”索尔突然感到，有东西击中了他。没有一个德国人在动，一寸都没有，但有东西狠狠击中了他的脊柱底部。他尖叫起来。有东西击中了他，进入了他体内。

索尔感觉仿佛有一根铁棍被野蛮地插入了他的肛门。但没有任何东西碰到他，没有任何人接近他。索尔再次失声尖叫，但上下颚却被某种看不见的力量猛然合上。

“到这儿来，你这犹太人！”

索尔感到了那东西。它在他体内横冲直撞，迫使他挺直背，双手双脚剧烈抽搐。就在他体内。他感觉似乎有一只老虎钳夹住了他脑袋，不住地挤压。他试图尖叫，但那东西让他发不出声。他在稻草上挣扎，神经失控，尿湿了裤子。然后他夸张地弓起身，滚落到地板上。士兵们纷纷后退。

“起来！”索尔的背又弓起来，他不得不跪在地上。他的双臂不由自主地抖动着。他感觉脑子里有什么东西。在那灼热的疼痛背后，暗藏着某种冰冷的存在。凌乱的影像从他眼前闪过。

索尔站起身。“走！”他听见一个党卫军士兵低沉的笑声，闻到羊毛和钢铁的味道，脚底踩在冰凉的木刺上。索尔朝开着的门和门后的白色光亮走去。少校默默跟在身后，冷静地拿着一只手套拍打着自己的大腿。索尔踉踉跄跄地走下楼梯，差点儿摔倒，但又被一只看不见的手扶起。那只手挤捏着他的大脑，灼热和刺痛传遍他的每一条神经。他光着脚，却感觉不到冷。他领着一行人穿过积雪和冻土，走向等在外面的卡车。

我要活下来，索尔·拉斯基想。但在一阵无声的冷笑和一个比他强大无数倍的意志面前，这串神奇的音符已经四散而逃。

Part 1
开　局

1

查尔斯顿[1]

1980年12月12日，星期五

“披头士”约翰[2]之死要算在尼娜的账上。我觉得她的品位太差了。她将剪贴簿摊在我的红木咖啡桌上，里面的剪报按时间顺序整齐排列，全是死亡记录，赤裸裸地宣示着她的“进食”成绩。尼娜·德雷顿的笑容一如往常的灿烂，但她淡蓝色的眸子中却没有流露半点儿温暖。

“我们应该等威利来了再开始。”我说。

“当然，梅勒妮。你说得对。我犯糊涂了。规则我也知道。”尼娜站起身，开始在房间中走来走去，漫不经心地触摸家具，偶尔对着一尊陶瓷小雕像或一段刺绣轻声惊叫。房子的这部分曾经是温室，而我现在将其用作针线房。绿色植物沐浴在晨光中。白天这里温暖而舒适，但如今是冬天，晚上这里太冷，不适合长待。而且，我也不喜欢窗外沉沉的黑暗。

“我喜欢这座房子。”尼娜说，转身对我笑道，“我早就想

---

① 美国南卡罗来纳州港口城市。

② 即“披头士”乐队的约翰·列侬。

回查尔斯顿了。我们应该每次都在这儿聚会。”

我知道，尼娜憎恶这个城市，这座房子。“威利会不满的。”我说，“你知道他喜欢炫耀他在贝弗利山上的房子，还有他的新女朋友。”

“还有男朋友。”尼娜乐呵呵地补充道。尽管尼娜的心理阴暗了许多，但她的笑却没有多大变化，同我很久以前第一次听到时一样沙哑而单纯。我当年就是被她的笑所吸引——一个孤独少女迷上了另一个少女的温暖，就像飞蛾扑火一般。但现在，这笑却只能让我背脊发凉，心生戒备。过去几十年里，已经有太多的飞蛾扑入尼娜的火焰。

“我叫人上茶。”我说。

索恩先生端上了茶，茶具用的是我最好的韦奇伍德[①]皇家瓷器。尼娜和我坐在透过窗户射入的阳光里，日影渐渐西斜，我们平静地聊着琐事——发表对经济的无知评论，谈谈对方没空读的书，对最近飞行途中遇见的下层人报以同情。如果有人从花园窥见我们，会觉得这是风韵犹存的侄女在拜访亲爱的姑妈（我可不愿别人把我们当成一对母女）。我虽说并不时髦，但至少穿着不俗。我花了大笔钱从苏格兰和法国购入羊毛裙子和丝绸衬衫。但在尼娜身边，我总觉得相形见绌。这天她穿着一条优雅的淡蓝色裙子。如果我没有认错设计师的话，那一定价值数千美元。在裙子的衬托下，她的肤色比平时更完美，蓝色的眼睛也愈发有神。她的头发同我一样花白，不过她留了长发，并用发夹将其固定在脑后，看上去别致而清爽，而在她的光芒下，我的短卷发似乎也

① Wedgwood，1759年成立的英国国宝级品牌，以精致骨瓷闻名。

被染成了蓝色。

没有人会认为我比尼娜年轻四岁。时光对她仁慈多了，而她也“进食”得更频繁。

她放下茶杯和托盘，又在房间里漫无目的地转起来。她很少像现在这么紧张。她在玻璃陈列柜前停下，目光扫过喜姆瓷娃娃[①]、白蜡国际象棋，最后停在一件物品上。

“天啊，梅勒妮。一把手枪！你怎么会将一把古老的手枪放在这种地方？”她讶异地说。

“这是一件传家宝，”我说，“非常昂贵。你说得对，把手枪放在这里确实不妥。但整座房子里就只有这一个可以上锁的柜子，而霍奇斯夫人经常带她的孙辈过来……”

“你是说，这把枪里有子弹？”

“当然没有。”我撒谎道，“但不能让孩子们玩这种东西……”我讪讪地说。

尼娜点了点头，并没有掩饰笑容中的傲慢与不屑。她来到南侧的窗户边眺望花园。

该死！尼娜·德雷顿显然没有认出那把手枪。

查尔斯·埃德加·拉齐蒙特死的时候，我们的恋爱关系正好维持了五个月零两天。尽管并未公开宣布，但我们是打算结婚的。那五个月可以说是时代的缩影——天真、轻浮、做作、浪漫。但浪漫在这里是一个不折不扣的贬义词，因为只有不成熟的人，或者不成熟的社会，才会像我们那样执迷于美好或乏味的理

---

① 德国喜姆（Hummels）瓷娃娃诞生于1935年，所有娃娃形象均来自名为喜姆的修女的画稿，由德国著名的Goebel瓷厂制作并盖印，以示瓷偶的出厂年份。模子用过二十次后，便会销毁，从此不再有同款瓷偶。被全世界的收藏家喜爱。

想。我们就像是无知又无畏的孩子，手里玩耍着上了膛的枪。

尼娜——那会儿她还是尼娜·霍金斯——有自己的男友，一个高大、笨拙、好心肠的英国人，名叫罗杰·哈里森。哈里森先生同尼娜是一年前在伦敦认识的，那时霍金斯一家刚刚开始周游欧洲列国。哈里森对尼娜一见倾心，于是一路追随。在遭到了尼娜父亲（一个无趣的女帽头饰商，总在担心别人怀疑他的社会地位）的申斥之后，哈里森返回伦敦"处理私事"。但几个月后，他又出现在了纽约，彼时尼娜父亲正要将她送回查尔斯顿的姑妈家，以结束另一段恋情。这个愚蠢的英国人顽固地追随她到了南方，但一直循规蹈矩，不敢有违礼节。

我们是两对快乐的恋人。在西莉亚表姐的六月舞会上认识尼娜之后，我们四人租船沿库珀河而上，到丹尼尔岛野餐。罗杰·哈里森总是一本正经，而查尔斯最爱插科打诨。罗杰对善意的玩笑并不反感，因为他很快也呵呵地跟着大家笑起来。

尼娜开心极了。两位绅士都关注她。尽管查尔斯一再表白他最中意的人是我，但我们都明白，尼娜·霍金斯这样的女子，无论走到哪里，都注定会成为男人献殷勤的对象。查尔斯顿的乡绅名流也注意到了我们四人的魅力。那年夏天在查尔斯顿的两个月里，任何社交活动——派对也好，远足也罢——如果没有邀请我们参加，都会被认为是不完美的。西莉亚和罗瑞恩表姐甚至哄骗她们的父母提前两个星期去缅因州度假，那样她们就能自由地同我们一起寻欢作乐。

我想不起尼娜是什么时候提议搞一场决斗的。或许是某个漫长而炎热的夜晚，尼娜到我家过夜，偷偷爬上我的床，同我窃窃私语，咯咯傻笑。听到黑人女佣从黑暗的走廊中走过，我们连忙捂上了嘴。可以说，这个主意源自不着边际的浪漫幻想。查尔斯和罗杰为了我们而决斗，这样的念头令我们浑身战栗。如今想来，这不过是某种形式的性兴奋。

如果我们没有“念控力”的话，这本来可以是很安全的。男人对我们唯命是从，渴望被我们呼来唤去，所以，当他们将我们的疯狂想象付诸实施时，我们从未想过这有何异常。那会儿还没有什么通灵学，所谓降灵会也只是装神弄鬼的游戏。一连几个星期，我们都沉溺于这隐秘的幻想之中，但我们中的一个——也可能是我们两人一起——使用了念控力，将幻想变成了现实。

从某种意义上说，这是我们的第一次“进食”。

我忘了争吵爆发的原因是什么，可能是查尔斯的一个笑话被故意曲解了。我不记得查尔斯和罗杰找了谁做自己的决斗助手。但我记得那几天罗杰·哈里森流露出的伤感和困惑。决斗这种事与他的本性相悖，但他又不得不面对，所以他郁郁寡欢。我还记得那几天查尔斯的情绪起伏——时而大笑，时而暴怒，决斗前一晚还止不住地流泪，吻我。

我清晰地记得那天早上有多么美。我们骑马来到决斗场，河面笼罩着氤氲的晨雾，阳光弥散在雾中。我记得尼娜紧握着我的手，我能感到她难以抑制的激动，仿佛是贯穿我身体的电流。

那天早上的大多数场景我都忘了。或许，第一次“进食”的快感让我丧失了意识。在那个可爱的早晨，两个即将以死相搏的男人身上所散发男人气概吞没了我。我为之恐惧、兴奋、骄傲……高筒靴结结实实地踩在草地上时，我才真真切切地意识到，这场决斗不是幻想，而是即将发生的事实。我听见有人在数步子。我模糊地记得手枪在我手里的感觉……也许是在查尔斯手中的感觉，我无法确定……随着一声爆响，我同他的连接被断开。我闻到了刺鼻的火药味，恢复了神志。

死的是查尔斯。我从未忘记从他胸部的小圆洞里汩汩涌出的鲜血。我跑到他身边时，他的白衬衫已经被染成了深红。他耷拉着脑袋，口水垂落在殷红的胸膛，眼睛翻白，如同嵌在头颅里的两枚蛋——这一幕从未出现在我们的幻想中。查尔斯颤抖着咽下最后一口气，罗杰·哈里森在他身边啜泣不止。

我已完全不记得接下来的几个小时发生了什么。直到第二天早上，我打开布袋，才发现查尔斯的手枪同我的其他物品躺在一起。我为什么会留下这把左轮手枪？如果我要从倒地身亡的恋人身上带走一个纪念品，为什么偏偏选择这块铁疙瘩？我为什么要掰开他的手指，取走我们的罪证？

尼娜·德雷顿显然没有认出那把手枪。

“威利到了。”

向我们通报客人到来的消息的不是索恩先生，而是尼娜的“秘书”——可恶的巴雷特·克拉默小姐。克拉默的外貌同她的名字一样缺乏女性特征：黑色的短发，宽阔的双肩，盛气凌人的眼神。我觉得只有同性恋和罪犯才会有这种眼神。克拉默看上去三十五岁左右。

“谢谢，亲爱的巴雷特。”尼娜说。

我去迎接威利，但索恩先生已经将他领进了屋。我们在门厅里相遇。

“梅勒妮，你看上去真精神。”威利说，然后用惊叹的语气称赞道，“尼娜！我每次见你，你都年轻了几岁！”与尼娜分别一段时间后再见到她时，男人都会为她倾倒。他们热情地拥抱亲吻。威利看起来愈发放荡。他的羊驼绒夹克合身而考究，高领毛衣盖住了脖子上的赘肉。不过，当他取下时髦的跑车帽时，暴露出几乎秃顶的脑袋，故意往前梳的几缕白发也被弄乱了。威利激动得涨红了脸，但他鼻子和脸颊上的红斑显然是过量服用酒精和毒品所致。

“女士们，我的两个随从你们都见过吧？汤姆·雷诺兹和詹森·鲁哈。”威利话音一落，两个男人就迈进了狭窄的门厅。雷诺兹先生矮小，金发，一笑就露出满口整齐的假牙。鲁哈先生则是一个魁梧的黑人，走路的姿势很笨拙，一脸怒气，仿佛刚跟人打过架。我肯定尼娜和我都没见过威利的这两个傀儡。

“我们去客厅谈吧。”我提议道。我们围坐在我祖母留下的乔治亚风格茶桌旁。“再上点儿茶来，索恩先生。”我说。克拉默小姐闻言也识趣地退下了。但威利的两个傀儡仍然站在门口，一面跺着脚，一面小心翼翼地打量着陈列柜里的水晶。

“詹森！”威利打了个响指。黑人犹豫片刻，递上来一个昂贵的皮质公文包。威利将包放在茶桌上，用粗短的手指打开锁。“你们去找福勒女士的仆人，给自己弄点儿喝的。”威利吩咐道。

两个傀儡离开后，威利摇了摇头，对尼娜笑道：“抱歉，亲爱的尼娜。”

尼娜将手放在威利的手腕上，满怀期待地探出身子。“梅勒妮坚持等你来了再开始游戏。我却差点儿把你忘了，你看我有多粗心！”

威利皱起眉。五十年过去了，他仍然讨厌别人叫他威利。在洛杉矶，他是“比尔·波登大哥”。他回祖国德国的时候——他很少回去，因为那里很危险——他又会变回拥有领地、森林和猎场的威廉·冯·伯夏特勋爵。但自从1925年在维也纳认识他起，尼娜就一直叫他威利。

“你来，威利。”尼娜说，“你先来。”

我还记得，之前我们重聚时，会在头几天聊聊各自的生活。但现在连闲谈都省去了。威利露齿一笑，从公文包中取出剪报、笔记本和一摞录像带。他刚把东西摆满小茶桌，索恩先生就将茶和尼娜的剪贴簿从针线房带了过来。威利粗鲁地清出一小块区域。

乍看上去，威利·伯夏特和索恩先生有不少相似之处，甚至有点儿难分彼此。两人都面色红润，但威利的红润是放纵和激动的结果，而索恩先生已经清心寡欲多年。威利努力掩饰自己几乎秃顶的事实——他就像长着兽疥癣的黄鼠狼——索恩先生的秃头却光滑而平顺，似乎他这辈子从未有过头发。两人的眼睛都是灰色的，但索恩的眼神中透露着一股子超然，而威利的目光却如同北海的冬季般寒冷，时常折射出他变幻莫测的情绪——自豪、仇恨、痛苦，以及毁灭带来的欢愉。威利从未将使用“念控力”的行为描述为“进食”——显然只有我才会用这样的词语——但威利有时会提到“狩猎”。或许，他在洛杉矶一尘不染的街道上跟踪猎物时，想到了家乡的黑森林。我很想知道，威利是否梦到过森林。他是否怀念过绿色羊毛猎装、家臣的掌声和野猪濒死时喷出的鲜血？他是否记得长筒靴踏在鹅卵石上的橐橐声和副官敲门的砰砰声？或许，威利仍然将“狩猎”同他曾见证的欧洲那段黑暗岁月联系在一起。

我称其为“进食”，威利称其为“狩猎”，但我从未听过尼娜用一个词指代我们的那种行为。

“你的录像机呢？”威利问，“我全都录下来了。”

“哦，威利，”尼娜用夸张的语气说，“你知道梅勒妮。她非常传统。她没有录像机。”

“我连电视都没有。”我说。

尼娜笑了。

“该死。”威利嘟囔道，“没事儿。我还有别的记录。”他解开绑在一摞黑色小笔记本上的橡皮筋。“只是影像的冲击力更大点儿。洛杉矶警察局对‘好莱坞扼颈魔’进行了全面报道，我还在录像带里做了编辑……哎，算了。”他将录像带丢回公文包，猛地合上盖子。

“二十三。”他说，“这一年中，我做了二十三次案。好像也没过那么久，对吧？”

“给我们看看。”尼娜说。她探出身子，蓝色的眼睛熠熠生辉，“我在《新闻六十分》上看到对‘扼颈魔’的采访之后就很感兴趣。是你操控他干的吧？他看上去非常……”

“不错，是我操控他干的。他什么人都不是。一个胆小的矮个子。只是我邻居家的园丁。我留下他的命，以便警察审讯他，洗脱我的嫌疑。媒体对他不感兴趣之后的第二个月，他就在牢房里上吊自杀了。但这个案子还不够有趣，你们来瞅瞅这个。”威利的手指扫过几张黑白照片。全国广播公司的高管杀死了五个家人，还将来他家做客的肥皂剧女演员淹死在游泳池里，然后戳了自己几十刀，在浴室墙壁上用鲜血写了三个字：五十刀。“你是在重温昔日的辉煌吗，威利？”尼娜问，“模仿‘犹太猪去死’？“

“不是，该死。我只是觉得这样写可以赚分。那女孩在我的计划中本来就是要被淹死的。”

“操控他困难么？”我好奇地问。

威利眉毛一挑，“不怎么困难。他好酒，还嗑药。我不需要怎么费力。而且他恨自己的家人。大部分人都这样。”

“你是说加利福尼亚的大部分人吧。”尼娜一本正经地评论道。她的父亲是跳到有轨电车前面自杀的。

我问：“你们是在哪儿建立连接的？”

“同往常一样，在一场派对上。他从一个导演那里买可卡因，那导演曾经毁了我的一部……”

“你没有在同他第一次建立连接的时候就搞定他？”

威利对我皱了皱眉。他压抑住怒火，脸却憋得更红了。“是的。我后来又见过他两次。有一次我坐在车上，看到他在手淫。”

“你赚分了。”尼娜说，“但你因为多次建立连接先失了分。如果他的精神有那么空虚，那你碰他一下他就会被操控。给我们说说别的案子吧。”

威利如往常一样对案子分了类：可怜的贫民窟谋杀，两场家内杀戮，一场演变为枪击案的高速公路撞车。“我在人群里同他建立了连接。他的枪就放在仪表盘下的储物箱里。”

“两分。”尼娜说。

威利将最精彩的案子留在最后：一个曾经很红的童星遭遇了匪夷所思的事故。他在贝沙湾高档社区的公寓里打开煤气，等煤气充满房间后，他点燃了火柴。大火还吞噬了另外两个人。

“等等，你只能在童星身上赚分。”尼娜说。

“这真是你干的？或许只是一场事故……”

“别瞎说！”威利怒吼道，转身面对我，“操控这孩子可费劲了。他的精神力非常强。我阻止他回想起煤气已经打开——用了很大的劲才阻止了两个小时——然后强迫他进入房间。他挣扎着不愿划燃火柴。”

“你应该让他用打火机。”尼娜说。

“他不抽烟。”威利说，“他去年戒烟了。”

“是啊。”尼娜笑道，“我还记得他给约翰尼·卡尔森[①]提过。”我不知道尼娜是不是在开玩笑。

然后我们开始打分。尼娜说话最多。威利起初闷闷不乐，然后夸夸其谈，接着又闷闷不乐。有一次，他伸手拍了拍我的膝盖，笑着寻求帮助。我什么也没说。他最后放弃了，走到客厅另一头的酒柜边，拿起我父亲的细颈酒瓶，给自己倒了一杯波旁威士忌。夕阳余晖透过肮脏的窗玻璃，给站在橡木橱柜边的威利染上一层红晕。他的小眼睛里仿佛燃烧着一团火。

“四十一分。”尼娜最后说。她一脸灿烂地抬起头，晃了晃手中的计算器，仿佛那证明了客观事实。“我算出来是四十一分。梅勒妮，你呢？”

“别算了。”威利插话道，“现在给我们看看你干了多少案子，尼娜。”他的声音平板而空洞。就连威利也对游戏没那么热衷了。

尼娜开口前，索恩先生进屋通报说，晚餐已经准备就绪。我们转移到饭厅，威利又给自己倒了一杯威士忌，尼娜则因为游戏的中断而假装不悦地抖了抖手。在红木长桌旁落座后，我就努力扮演好女主人的角色。进餐时不准谈论游戏，这是几十年前就定下的规矩。我们边喝汤边讨论威利的新电影，以及尼娜新开的另

---

① 约翰尼·卡尔森（1925—2005），美国电视节目主持人。

一家服装连锁店。尼娜在《时尚》杂志上的专栏被停了，但据说另一份大报想邀请她继续写下去。

我的两位客人都对索恩先生烤的火腿赞赏有加，但我觉得调味酱有点儿太甜了。天完全黑下来的时候，我们还在吃巧克力奶油慕斯。尼娜的头发在吊灯灯光下愈发光亮，但我担心自己的头发更蓝了。

厨房里突然传来了声音。魁梧的黑人出现在旋转门口。一双白人的手扳着他的肩膀，他的表情就像个发牢骚的孩子。

“……我们都在这儿待了……”那双白手将他从门口拉开了。

“不好意思，女士们。”威利用餐巾擦了擦嘴，站起身。这么多年来，他的行动一直如此优雅。

尼娜搅拌着自己的巧克力。我们听到厨房传来一声怒骂，然后是一记响亮的耳光——听起来如同小口径步枪开了一枪。我抬起头，看见索恩先生在我身边收拾装甜食的盘子。

“请给我们大家再弄点儿咖啡来，索恩先生。”

他点点头，笑容温柔。

弗兰兹·安东·梅斯梅尔[①]知道世间存在这种“念控力”，尽管他不是很懂个中缘由。我怀疑梅斯梅尔自己也掌握了一点儿这种“念控力”。现代伪科学曾研究过这种“念控力”，对它重新命名，剔除了它的大部分功能，混淆了它的用途与起源，但它的真面目从未被揭开。他们根本不明白“进食”是什么。

我对现代暴力的兴起深感绝望。我经常会对未来完全丧失希

① 弗兰兹·安东·梅斯梅尔（1734—1815），德国医生，催眠术的发明者。

望，霍普金斯将这种感觉称为“魔鬼在你身后”。每当我看到美国人的暴行，看到针对教皇、总统和无数其他人随意发动的袭击，我就会忍不住想，是不是还有人也具备这种“念控力”，抑或杀戮已经成了现代人的生存方式。

所有人都有使用暴力的倾向，人与人之间也向来存在支配与被支配的关系，但几乎没有人能像我们一样，品尝到终极权力的滋味。没有这种“念控力”的人，永远不懂夺走一个人性命的无上快乐。跟踪然后猎杀，践踏所有规则和法律却不受惩罚，夺走受害人的最后一丝生存希望——这一切所带来的快感，就像令人无法自拔的性爱，普通杀人狂是永远体会不到的。

我对现代暴力深感绝望。这种暴力不仅没有特色，而且质量低下，所有人都可以使用。我原本有一台电视机，但越战高潮时被我卖了。镜头中遥不可及的死亡片段在我看来不值一提。但我相信，我身边的畜生们应该不会无动于衷。战争和对战争的晚间报道结束后，这群已经上瘾的畜生还要求看到更多。于是，血腥杀戮继续在这个国家的街头和电影银幕上上演。我知道，这种瘾很难戒。

对具备“进食”能力的我们来说，死亡是神圣的。而从电视上看到的暴力死亡是被玷污了的。

“到我了！到我了！”尼娜的声音仍然与当年她参加西莉亚表姐的舞会时差不多。

我们回到客厅，威利喝完了咖啡，吩咐索恩先生给他弄一杯白兰地。我有点儿担心威利。他的贴身傀儡竟然会轻举妄动，这说明他的“念控力”已开始衰退。但尼娜似乎没有觉察到这一点。

“我都按时间顺序排好了。”尼娜说。她在茶桌上打开剪贴簿，威利仔细查看，偶尔问个问题，但更多的时候是称赞。我也随声附和，不过绝大多数遇害者我都不认识——当然，除了那个披头士。尼娜将他的案子放在最后。

“上帝啊，尼娜，那是你干的？”威利的质问带着怒火。尼娜之前的“进食”方式往往是林荫大道上的自杀，或者夫妻吵架最后持枪互射，用的都是昂贵的小口径女士枪。而披头士的作案手法更像是威利的风格。也许威利感觉自己被抢了饭碗。“我是说……你冒了很大的风险。这家伙……这家伙太他妈有名了。”

尼娜大笑着放下计算器，“亲爱的威利，游戏玩的就是心跳，难道不是吗？”

威利迈开步子，走到酒柜前，又给自己倒了杯白兰地。风吹着光秃的树枝，拍打着窗玻璃。我不喜欢冬天。即便在南方，冬天也令人萎靡不振。

“那家伙……他叫什么来着？他的枪不是在夏威夷买的吗？”威利站在房间另一头说，“既然他已经在跟踪披头士了，那动手开枪也应该出自他的意愿吧。”

“亲爱的威利，”尼娜的声音冰冷，犹如窗外刮过枝头的寒风，“我可没说那家伙精神正常。你操控的对象里又有几个是精神正常的，威利？但我最终促使他开了枪，亲爱的。是我选择的时间和地点。你看不出地点里的名堂吗，威利？完全模仿的是几年前的一部巫术电影……”

“我没看出来。”威利说。他重重地坐进沙发里，洒了几滴酒在高档夹克上，但他浑然不觉。他的秃头反射着台灯的光芒。他的老年斑在夜晚愈发显眼，而他的脖子上堆满了肉褶子，半掩在高领毛衣下。他突然抬起头对我一笑，仿佛我们有所预谋一样。“这跟那个作家有点儿像，对吧，梅勒妮？”

尼娜低头看着放在大腿上的双手。她指尖发白，指甲经过精心修剪。

《精神吸血鬼》——那个作家打算如此命名自己的书。我有时怀疑他什么也写不出来。他叫什么来着？好像是个俄国名字。

威利和我收到了尼娜的电报：快来，我需要你们。这就足够了。我第二天早上就坐上了飞往纽约的航班。那是一架C–69型星座式客运飞机，螺旋桨驱动，噪声很大。整个旅途中，我用了大部分时间告诉过于热心的空中小姐，我很好，我什么都不要。她一定认为我是头一次坐飞机的老奶奶。

威利比我先到二十分钟。尼娜看上去筋疲力尽，歇斯底里。两天前，她去曼哈顿南区参加一个派对——她懒得告诉我们有什么名人在场——同一个年轻作家在角落里边吃奶油火锅边聊起来。作家给她透露了一些秘密。根据尼娜的描述，那家伙邋里邋遢，留着小胡子，戴着厚镜片眼镜，旧格子衫外罩着灯芯绒西装夹克。尼娜说，这年头，成功的派对上总能看到这些家伙掺杂在人群中。她没有称其为“垮掉的一代”，因为这个词已经过时了。但当时还没有出现“嬉皮士”这个词，所以尼娜也没那么叫他。他是那种生活无着的作家，只能靠卖血和将电视剧改编成小说勉强糊口。好像叫亚历山大什么的。

他告诉尼娜，他已经构思良久，打算写一本关于谋杀的书。书的主旨是，当下的大部分杀人案都是一群通灵杀手所为，他称其为“精神吸血鬼”，后者通过操控他人来实施恐怖的杀戮。作家说，已经有出版商对他的故事大纲感兴趣了，明天就会跟他签合同——

前提是将书名更改为《僵尸代理人》，并且多加些性描写。

“那又怎样？”威利反感地说，“你把我们大老远地叫过来，就为了这事儿？我自己都可以把那个点子买过来拍一部戏。”

为了审问亚历山大，第二天晚上尼娜临时举办了一个派对。我没有参加。尼娜说，派对不太成功，但威利借此机会同那个年轻小说家谈了很久。

那年夏天，波登制作了《巴黎回忆》《三人秋千》，以及至少两部完全看过即忘的彩色故事片，在露天电影院里巡回播放。年轻作家极度渴望同比尔·波登合作。他透露说，小说的情节相当老套，并且只有十多页草稿。不过，如果波登愿意送他去好莱坞获得灵感的话，他可以在五个星期或者三个星期内，对原稿进行“加工”。

那天晚上，我们讨论了威利直接买断小说稿的可能性，但威利当时手头吃紧，而尼娜坚持要防患于未然。结果，年轻作家用吉列刮胡刀片划开了大腿动脉，然后跑到格林尼治村狭窄的小巷里死了。我相信没有人会翻看他遗留下的那堆乱糟糟的手稿。

“这跟那个作家有点儿像，对吧，梅勒妮？”威利拍着我的膝盖。我点点头。“他是我的。”威利接着说，“但尼娜想抢走，你还记得吧？”

我又点了点头。实际上，他不是尼娜的，也不是威利的。我之所以没有去参加派对，就是为了悄悄跟踪他，与他建立连接。这对我来说太简单了。我坐在他出租屋对面拥挤的小熟食店里。杀死他易如反掌。我下手太快，以至于都没什么“进食”的感觉。人们冲出门外，观察尖叫从何而来。我一直慢慢用茶，直到救护车离开。

“荒唐。”尼娜说，忙碌地敲击着小计算器上的键盘，“这个得多少分？”她看着我。我看着威利。

“六分。”他耸耸肩。尼娜做了简单的加法。

“三十八分。”她说，夸张地叹了口气，“你又赢了，威利。准确地说，你又打败我了。我们得听听梅勒妮的成绩。你一直很安静，肯定是想后发制人吧，梅勒妮？”

“是啊，”威利说，“该你赢了。你都好几年没赢过了。”

“我一件案子也没做。”我说。我本以为他们会劈头盖脸问一堆问题，但房间却陷入了寂静，只听得到壁炉台上时钟的嘀嗒声。尼娜别过头，凝视着角落里的阴影。

“一件都没有？”威利反问。

“有……有一件。”我最后说，“但那只碰巧罢了。我撞见他们抢劫一个老人……纯属偶然。”

威利烦躁起来。他站起身，走到窗边，将一把直背椅转过来，横跨其上，双臂抱胸。“你是什么意思？”

“你打算退出游戏了？”尼娜转头看着我。我默认。

“为什么？”威利怒问。我摸着裙子上并不存在的接缝。提问的是威利，但我最终开口时却直勾勾看着尼娜，“我累了。这个游戏我们玩了太久。我猜是我老了吧。”

“不‘进食’的话，你会更老。”威利说。他的身体、声音和面色都表明，他正怒火中烧。“上帝啊，梅勒妮，你看上去已经老了！你看上去糟透了。所以我们才会狩猎。到镜子里瞧瞧你自己吧！你累了，不想再玩儿了，但你想因此老死吗？啊？”威利站起身，背对我们。

“荒唐！”尼娜恢复了咄咄逼人的口吻，“梅勒妮累了，威利。态度温和点儿。我们都有疲倦的时候。我还记得战后你是什么模样——就像条丧家之犬。你憋在巴登的家里，都不愿出门。后来我们把你弄到新泽西，你还是闷闷不乐，自怨自艾。是梅勒妮发明了游戏，好让你觉得好受些。所以请你安静些！不要对一位疲惫而忧郁的女士说她看上去糟透了。说老实话，威利，你有时候真的没脑子，特别讨人厌。”

我预估了他们可能做出的各种反应，这是我最害怕的一种。这意味着，尼娜也对这个游戏感到厌倦了——她已经准备好将游戏提升到新的水平。

“谢谢，亲爱的尼娜。”我说，“我知道你会理解我的。”

她伸手碰了碰我的膝盖，以示支持。尽管隔着羊毛裙子，我还是感觉到了她冰冷的指尖。

我的两位客人不愿留下过夜。我再三恳求，说索恩先生已经给他们铺好了床。

“下次吧。”威利说，“下次吧，亲爱的梅勒妮。下次我们痛痛快快地玩一周末，就像以前那样！”威利的情绪好多了，因为我们各自付给了他一千美元“奖金”。他本来赌气不想收，但我让索恩先生拿出一张写着“威廉[1]·D. 波登”名字的支票，他的自尊心顿时得到满足。

我再次请他留下，但他说得连夜飞回芝加哥，同一位获奖作家商讨电影剧本。他在门厅里给了我一个临别拥抱，他的傀儡就站在我身后。有那么一瞬间，我觉得很害怕。

① 比尔是威廉的昵称。

但他们离开了。金发小伙子对我露齿而笑，而那个黑人只是点点头。然后，房子里就只剩下了尼娜和我。

其实不然。门厅尽头，克拉默小姐就站在尼娜身边。旋转门背后还有索恩先生——是我让他留在厨房里的。

克拉默小姐向前迈出三步。我屏住呼吸。索恩先生将手放在旋转门上。这个古铜肤色、身材粗壮的女人走到门厅的壁橱边，取出尼娜的大衣，帮她穿上。

“你真的不在这儿过夜？”

“不了，谢谢亲爱的。我答应了巴雷特，今晚要开车去希尔顿·海德岛。”

“但天色已经晚了……”

“我们已经订了房间。谢谢你，梅勒妮。保持联络。”

“好吧。”

“我是说真的。我们必须经常谈谈。我完全明白你的感受，但你也得明白，对威利来说，游戏仍然很重要。我们必须想一个不伤害他感情的办法来结束游戏。或许，明年春天我们可以去他那个阴森的巴伐利亚大宅子找他——就是被他叫作卡琳宫的地方。去欧洲大陆走走吧，亲爱的，对你的身心都会大有裨益的。”

“好吧。”

“等我把新开的连锁店搞定之后，我会联系你的。我们需要一起待一段时间，梅勒妮……就我们两个人……就像以前一样。”她在我的脸颊旁轻吻了一下，抓着我的前臂说，“再见，亲爱的。”

“再见，尼娜。”

我将白兰地酒杯带回厨房。索恩先生默默地接过杯子。

“去看看房子是否安全。”我说。索恩先生点点头，去检查门窗和报警系统。现在才九点四十五分，但我已经非常疲惫了。上了年纪的缘故吧，我想。我走上宽阔的楼梯——整座房子就属楼梯最精致——换上睡衣，准备睡觉。暴风雨来了，冰冷的雨滴敲打着窗户，演奏出悲伤的旋律。

我梳着头发，希望它能更长点儿，这时索恩先生从门口探出头。我转身看着他。他的手摸进背心口袋，取出一把刀子。我点点头。他收起刀刃，关上门。我听见他走下楼梯，来到前厅的椅子边。他晚上将在椅子里睡觉。

我觉得那晚我梦到了吸血鬼。或者说，我入睡之前一直想着它们，直到天亮了脑子里都残存着它们的影像。在人类所有自制的可怜的恐怖形象中，只有吸血鬼谈得上有那么一点儿高贵。同袭击的对象人类一样，吸血鬼听从内心黑暗的欲望。但同人类猎物不同，吸血鬼做出污秽行径的理由是正当的——为了获得永生。这里面蕴含着高贵，还有悲伤。

威利说得对——我确实老了。过去一年，我的衰老速度比过去十年更甚。但我没有“进食”。虽然我饥饿难当，虽然镜中的我垂垂老矣，虽然黑暗的欲望支配了我们那么多年，但我没有“进食”。

我努力回想着查理[①]的音容笑貌，昏昏睡去。我很饿。

① 查尔斯的昵称。

2

贝弗利山

1980年12月13日，星期六

托尼[1]·哈罗德家的前草坪上有一个圆形大喷泉，喷泉里竖立着一尊正在撒尿的半人半羊的森林之神雕像，俯视着好莱坞方向的山谷，露出一副永恒不变的鬼脸，既像在皱眉，又像在冷笑。了解托尼·哈罗德的人都清楚哪一副表情更准确。

这座宅子是从一位默片演员手里买来的。在默片时代的辉煌过后，这位演员好不容易才实现了转型，但就在他的第一部有声片在葛洛曼的中国剧院上映后三个月，他因为喉癌过世了。他的遗孀拒绝离开庞大的宅邸，继续在这里住了三十五年。靠好莱坞旧友和之前曾被抛弃的亲戚的支持，她才得以支付税款。1959年，老夫人去世之后，一个为多丽丝·戴[2]写了五部浪漫喜剧的编剧买下了这座宅子。编剧对长满杂草的花园和发出霉味的二楼书房深为不满。后来，这位编剧债务缠身，在盆栽棚里朝自己脑袋开了一枪。第二

① 托尼·哈罗德，本名安东尼·哈罗德，托尼是安东尼的昵称。

② 多丽丝·戴（Doris Day，1924—），美国歌手兼电影演员，有“雀斑皇后”之称。

天他的尸体才被园丁发现，但担心非法移民身份暴露的园丁没有报案。直到十二天后，电影编剧协会的一个律师来找他商量一起剽窃案的辩护策略时，他的尸体才再次被发现。

接下来，这座宅子几度易主。首先是一个知名女演员，她在第五段和第六段婚姻之间的空档期住进来；然后是一个特效技师，他死于1976年片场食堂的火灾；接着是一个阿拉伯酋长，他将半人半羊雕像涂成粉色，还给它取了个犹太名字。1979年，该酋长在经利雅得去朝圣时，被自己的姐夫暗杀。四天后，托尼·哈罗德买下了宅子。

“太他妈漂亮了！”哈罗德同房地产经纪人站在石板小路上仰视撒尿的半人半羊雕像时赞叹道，“这地方我要了。”一个小时后，他就支付了六十万美元的首付金。那会儿他甚至都没有进过宅子里面。

莎依拉·伯灵顿听说过关于托尼·哈罗德冲动行为的传闻。哈罗德曾在两百位客人面前侮辱了杜鲁门·卡波特[①]。1978年，他同吉米·卡特总统的一名亲密助手差点儿因为持有毒品被捕，但因为缺乏证据，两人免于牢狱之灾。后来有谣传说，这是哈罗德故意同那个可怜的佐治亚州人开的玩笑。奔驰车沿着蜿蜒的车道驶向大宅，莎依拉靠在车窗上，观看那尊半人半羊雕像。她母亲不在身边，这让她心里发慌。缺席这次旅行的还有罗兰（她的经纪人）、理查德（她母亲的经纪人）、考尔斯（她的司机兼保镖）、伊斯塔班（她的发型师）。莎依拉今年十七岁，但已经做了九年知名模特，两年电影明星。不过，奔驰车在哈罗德宅子雕

① 杜鲁门·卡波特（1924—1984），美国作家，代表作有《冷血》等。

刻精美的前门停下时，她觉得自己就像是童话里被迫造访愤怒巨怪的公主。

不，不是巨怪，莎依拉想。去年春天斯蒂芬和莱斯利的派对结束后，诺曼·梅勒是怎么称呼托尼·哈罗德的来着？恶毒的小山精？我必须穿过小山精的洞穴才能找到宝物。

按下门铃的时候，莎依拉感觉脖子上的肌肉都绷紧了。她暗暗安慰自己，波登先生也会在的。她喜欢那位上年纪的制片人，他总是彬彬有礼，说话带着好听的欧洲口音。如果母亲发现莎依拉秘密安排了这次会面，一定会大发雷霆。莎依拉想到这里，脖子上的肌肉又紧绷起来。她正打算转身离开，大门就开了。

“啊，你是伯灵顿小姐吧？”托尼·哈罗德站在门口，穿着一件天鹅绒长袍，裸露的一团黑色胸毛中夹杂着几根白毛。莎依拉瞪着他，怀疑他长袍下面什么也没穿。

“你好。”莎依拉说，跟着她将来的联合制片人进入门厅。初看之下，托尼·哈罗德与巨怪并不搭界。他身材不高——莎依拉是五英尺十一英寸[①]，即便在模特中也算高的，而哈罗德顶多五英尺七英寸——长手臂和宽手掌与他的单薄体形极不相称。他剪着黑色短发，卷曲的刘海盖在白皙的高额头上。哈罗德肤色泛黄，更像是肮脏的东北城市的居民，而不像是在洛杉矶居住了十二年的人。他脸上棱角分明，嘴里满是小牙齿，一条粉红色的舌头不住地舔着下唇。他眼窝深陷，眼眶有点儿发肿，但他目光凌厉，令莎依拉不禁倒吸一口冷气。莎依拉对眼神尤为敏感——她自己的眼睛就非常漂亮——而托尼·哈罗德只看了她一眼就将

① 相当于一米八的身高。1英尺=0.3048米，1英寸=2.54厘米。

她深深震撼。

“进来吧，孩子。你的随从呢？你不是到哪儿都跟着一群保护公主的禁卫军吗？”

“您说什么？”莎依拉问，但立马后悔了。这场会面太重要，她可不能跟不上节奏。

“算了。”哈罗德说，退了一步看着她。他将双手塞进长袍口袋，但莎依拉还是看到了他惨白的长手指。这让她想到了《霍比特人》中的咕噜姆。

“上帝啊，你真他妈的漂亮。”矮个子男人说，“我知道你长得不错，但没想到你这么动人。小伙子们肯定被你迷得神魂颠倒了吧。”

莎依拉全身僵硬。她对听到脏话有心理准备，但她打小就厌恶满嘴污言秽语的人。“波登先生来了吗？”她冷冷地问。

哈罗德微微一笑，摇头道：“还没有。威利去东边拜访老朋友了……或许是南边……叫什么斯顿的地方。”

莎依拉犹豫起来。她本已准备好同波登先生及其联合制片人签合同，但一想到要和托尼·哈罗德这样的人合作，就忍不住发抖。

要不是一个漂亮女人突然出现，她或许会找个借口离开。

“伯灵顿小姐，请允许我向你介绍我的助手：玛利亚·陈。”哈罗德说，“玛利亚，这位是莎依拉·伯灵顿，一位非常出色的女演员，我们的下一部电影可能由她出演。”

“你好，陈小姐。”莎依拉打量着这个年长的女人。她三十多岁，拥有模特般的身材和面孔，突出的颧骨和乌黑浓密的头发彰显着东方人的血统。两个美女见面时的尴尬很快被陈的温和微笑化解了。

“伯灵顿小姐，很高兴认识你。”陈的握手力度恰如其分，既有力又不至于引人反感，“我已经仰慕你很久了。你有一种罕见的特质。我觉得《时尚》上艾夫登[1]给你拍的照片很精彩。”

“谢谢，陈小姐。”

“叫我玛利亚吧。”她笑道，将头发撩到肩后，转身对哈罗德说，“游泳池的水温正好合适。我已经吩咐下去，四十五分钟内都拒接电话。”

哈罗德点头道：“自从去年春天在文图拉高速公路遭遇车祸之后，我就觉得每天在按摩浴缸里待会儿对我非常有帮助。”他说。见莎依拉尚在犹豫，他又淡淡一笑，“游泳池规则是，得穿泳衣。”哈罗德解开他的长袍，露出一条红色游泳裤，上面用金色的线绣着姓名首字母。“你可以让玛利亚带你去换衣服，也可以等威利回来之后再来讨论电影的事。”

莎依拉大脑飞速转动。她判断自己很难长时间向罗兰和她母亲隐瞒这笔交易。这也许是她唯一一次可以按自己意愿拍电影的机会。“我没有带泳衣。”她说。

玛利亚·陈笑起来：“这不是问题。托尼为各种体形的客人都准备了泳衣。他甚至给他的姑妈准备了一套。”

莎依拉也笑了起来。她跟着玛利亚沿着长长的走廊走开，穿过一个布置着组合式家具和大电视屏幕的房间，经过摆着电子视频设备的架子，沿着另一条短走廊进入一个更衣间。拉开的宽大抽屉里是形形色色的男式和女式泳装。

“你先在这儿换衣服吧。”玛利亚·陈说。

---

① 理查德·艾夫登（Richard Avedon，1923—2004），美国知名时尚和人像摄影师。

“你会来游泳池吗？”

“我要等会儿再来。我得先替托尼写几封信。好好玩水吧……伯灵顿小姐……不要被托尼吓到。他偶尔不稳重，但为人相当公平。”

莎依拉点头，玛利亚·陈关门离开。莎依拉打量着一堆泳衣。从前卫的法国比基尼到连体泳衣，再到保守的两件式泳衣，无所不包。吊牌上的牌子有高太丝、克里斯汀·迪奥和科尔。莎依拉挑了一件橘色抹胸式泳衣，既不是特别暴露，又可以恰如其分地展现她的长腿。她知道这套泳衣会衬出她小而结实的双乳，而橘色与她眼睛的淡褐色相得益彰。

莎依拉推开另一扇门，进入一个三面被玻璃墙包围的温室，里面长着繁茂的热带植物。第四面墙上也安着一面显示屏，旁边是一道门。从不知隐藏在何处的扬声器里传出柔和的古典音乐。空气异常潮湿。莎依拉看见外面有一个更大的游泳池，池水正反射着清晨的阳光。托尼·哈罗德泡在按摩浴缸，正在啜饮高脚杯中的饮料。莎依拉感觉潮湿炎热的空气就像一条裹着她的湿漉漉的毯子。

“你怎么现在才来，孩子？我先进来了。”

莎依拉笑着坐在按摩浴缸的边上，与哈罗德保持五英尺的距离——太远了会显得不尊重，太近了又显得过于亲密。她若无其事地踢着泛着泡沫的池水，展示着小腿和大腿上的完美肌肉。

“我们开始谈吧。”哈罗德建议道，露出了淡淡的嘲讽般的微笑，舌头飞快地舔了一下下唇。

“我本不应该来这儿。”莎依拉轻声说，“这种事都由我的经纪人处理，而且每次接新活儿之前我都会同母亲商量……就算是周末的模特工作也不例外。我是应波登先生的请求来这儿的。他对我们一直很好……”

“是啊，他也迷你迷得不行。”哈罗德打断道，将高脚杯放在一本名叫《白色口水》的畅销书上。“这本书老套得掉牙，是写给不懂文学的十四岁孩子和每个月排队买言情小说的白痴家庭主妇看的。写给植物人看的意淫之作，轻而易举地卖了三百万册。它还没出版我们就买下电影改编权了。威利在出版社的一个朋友透露说，这堆狗屎会爆冷门。”

“听起来非常吸引人。”莎依拉细声细气地说。

“当然，电影会大刀阔斧地改编，只保留主线和性爱情节。但我们会找优秀的编剧。迈克尔·梅–德雷仑已经在写剧本了，舒伯特·威廉姆斯答应执导。”

“舒[1]·威廉姆斯？”莎依拉惊讶地问。威廉姆斯刚为米高梅导演了一部乔治·C. 斯科特[2]出演的影片，广受赞誉。她低头看着水面上的泡沫，“恐怕我们不会对这种电影感兴趣。”莎依拉说，“我母亲……我们对选择什么类型的片子开始我的电影生涯非常谨慎。”

哈罗德呵呵一笑，喝完饮料，“两年前，你在沙纳里执导的《希望》里同莱恩·奥尼尔同台演出——快死的孩子和快死的骗子在墨西哥小诊所相遇，放弃无谓的治疗，在仅剩的几个星期里找到真正的快乐。真他妈操蛋！借用查尔斯·钱普林的一句影评：这个片子甜得发腻，光看个开头就足以让糖尿病人发病。”

“发行和推广没做好……”

---

① 舒伯特的昵称。

② 乔治·C. 斯科特（1927—1999），美国演员，代表作为《巴顿将军》。

“幸亏没做好，孩子。去年，你妈又让你出演了一部音乐剧，希望你能成为另一个《音乐之声》里的朱莉·安德鲁斯[①]。但你没有。因为现在是八十年代不是六十年代。我并非你的经纪人，伯灵顿小姐，但我必须说，你妈和你的经纪人将你的电影生涯领上了邪路。他们想把你打造成玛丽·奥斯蒙德[②]。我知道你是基督教徒，但你是《时尚》杂志的封面女郎，而且只有十七岁，你可不能自毁前途。他们要把你包装成天真无邪的十二岁童星，但你早就过了那个年纪。”

莎依拉身子一动不动，大脑飞转，却想不出一句话来。她很想告诉这个可恶的小巨怪去死吧，但她只是呆呆地坐在按摩浴缸边。她的未来取决于接下来的几分钟，但此刻她脑子一团乱。

哈罗德从水中爬出来，朝草丛中的小吧台走去。他向高脚杯中倒入葡萄汁，回头看着莎依拉。“要喝点儿什么？我这儿啥都有。如果你今天不想喝酒，我这儿还有夏威夷果汁。”

莎依拉摇头。

制片人重新躺进按摩浴缸，将酒杯放在胸口。他抬头看着墙上的镜子，微微点头。“好了，”他说，“我们来聊聊那部叫《白色口水》的片子吧。”

“恐怕我们没兴趣……”

“你会拿到四十万美元预付金。”哈罗德说，“还有一笔票房分红。但最重要的是为你今后赢得名声，到哪儿都吃得开。相

---

① 朱莉·安德鲁斯（Julie Andrews，1935—），英国女演员，1965年由她主演的电影《音乐之声》取得巨大成功，为她赢得了当年金球奖最佳女主角和奥斯卡最佳女主角提名。随后，一系列电影拍摄使她蝉联了两年的好莱坞最卖座的女明星。

② 玛丽·奥斯蒙德（Marie Osmond，1959—），美国女演员、歌手，也是商业演出团队“奥斯蒙德家族”的一员。

信我，孩子，这部片子一定会火的。剧本修改过一遍之后，我就预见到票房必定火暴。”

“恐怕不行，哈罗德先生。波登先生说过，如果我听过剧情之后觉得不感兴趣，就可以……”

“三月份开拍。”哈罗德说，喝了一大口饮料，然后闭上眼，“计划十二个星期拍完，加后期制作之类的，总共二十个星期。拍摄地点包括阿尔及尔[1]、西班牙等地，还要在埃及待几天，然后去派恩伍德电影公司的摄影棚拍一些宫廷场景。”

莎依拉站起身，双腿上挂着亮晶晶的水珠。她双手叉腰，怒视着按摩浴缸中的丑陋矮子。哈罗德没有睁眼。

“你没听见我说什么吗，哈罗德先生？”她厉声道，“我说不，不！我不会出演你的影片。我连剧本都没看到。《白色口水》什么的，你想找谁拍都成，就是……”

“就是别找你，对吧？”哈罗德睁开眼。莎依拉觉得他就像是一只醒来的蜥蜴。哈罗德苍白的胸口周围尽是泡沫。

“再见，哈罗德先生。”莎依拉·伯灵顿说完，转身就走。

刚走三步，哈罗德张口道：“你害怕裸戏，孩子？”

她踌躇片刻，继续迈步。

“害怕裸戏。”哈罗德重复道，但这次不是在发问。

莎依拉走到门口时猛然转身，比画着夸张的手势，“我连剧本都没看到！”她的声音都沙哑了，眼中噙满泪水。

“当然会有裸戏。”哈罗德兀自说下去，仿佛压根儿没听见她的话，“你会在戏中做爱。可以用替身，但我们不会。你自己

---

① 阿尔及利亚首都。

能演，孩子。”

莎依拉摇头。她的愤怒难以名状。她转过身，盲目地摸索着门把。

“停手。”托尼·哈罗德用几不可闻的微弱声音说。但话音刚落她就停了下来。她感到冰冷的手指扼住了她的脖子，让她直想尖叫。

“过来。”

莎依拉转身朝他走去。哈罗德将手放在胸口。他的眼睛微微睁开——眼皮很厚，眼里仿佛还有黏液，就像是一头鳄鱼。莎依拉如同分裂成两个人，一个在恐惧地尖叫，另一个则在满怀好奇地观察。

“坐下。”

她在按摩浴缸边坐下，距他三英尺。她的长腿放进按摩浴缸。白色的泡沫拍打着她古铜色的大腿。她的精神脱离了肉体，正从高处俯瞰着自己，就像是医生在检查病人。

“我说了，你自己能演，孩子。所有人都多多少少有点儿裸露欲，但你可以边裸露边挣钱。”

莎依拉痴痴呆呆地抬起头，望着托尼·哈罗德的眼睛。斑驳的日光中，他的瞳孔缩成两个黑洞。

“就像现在。”哈罗德轻声说。他也可能什么也没说，而是直接将这几个字传进莎依拉的大脑，如同冰冷的硬币投入黑水之中。“这里非常暖和。你不需要穿泳衣，对吧？根本不需要。”

莎依拉瞪着他。在她意识的最深处，自己是一个就快哭出来的小孩。她惊恐地看着自己抬起右手，轻轻地拉扯着抹胸。她望着托尼·哈罗德。

哈罗德轻轻一笑，点了点头。

仿佛得到许可一般，莎依拉用力拽下泳衣。她盯着哈罗德，却看不清哈罗德的脸。按摩浴缸循环泵机的嗡嗡声越来越响，直到在她耳中有如轰鸣。同时，一股温暖的快感注入莎依拉全身。

“这里真的很暖和。”托尼·哈罗德说。

莎依拉双手捧着脸，小心翼翼地触摸着自己。

“这儿太暖和了。”托尼·哈罗德说，“我俩都不用穿泳衣。”他最后啜了一口葡萄汁，站起身，将高脚杯放在远离按摩浴缸的地方。

莎依拉朝前爬去，长发盖在脸上，冰冷的地砖滑过臀部。她微微张着嘴，用手肘做支撑。哈罗德后仰着身子，正悠闲地用脚拍打着水。莎依拉停下来，抬头看他。哈罗德的低语在她脑中越来越响，仿佛那也是快感的一部分。

她抬起头，看到他脸上的笑容消失了。哈罗德的眼睛就像苍白面具上打出的两个孔，里面没有一丝温暖和激动，只有满满的杀意，就像是注视着猎物的猎食者。莎依拉毫不在乎。她不知道自己看到了什么。她只知道，大脑里的快感越发强烈，让她几乎感到了疼痛。纯粹的欢愉贯穿她的神经，就像嗑了药一样。

玛利亚·陈进来了，将电话线插入墙上的插座，然后把电话放在哈罗身边。“是华盛顿打来的。”她说，瞟了眼莎依拉，然后离开了。

莎依拉猛然清醒，几乎要痛哭起来。她茫然地注视着虚空，不一会儿，她便退回了满是泡沫的按摩浴缸中，双臂抱住上身，剧烈地颤抖起来。

“我是哈罗德。”制片人说，然后站起身，走了三步，披上长袍。她的颤抖愈发剧烈。她如坠冰窟，十指插入头发，低头呆呆地看着水中的泡沫。

“是我。”哈罗德说，“操他妈的蛋。什么时候？他们确定他在飞机上？操。两个人都在？另一个叫什么名字来着？操！不，不。我来处理。不。我说我来处理。是的。不，我需要两天。是的，我马上就来。”哈罗德扣下话筒，跨上一张藤椅，重重地躺在上面。

莎依拉用力伸出手，将泳衣拉进了浴缸。她仍在发抖，还反胃头晕。她蹲在冒泡的水中，穿上泳衣。她放肆地抽泣着，混乱的大脑里反复回荡着一句话：这是一场噩梦。

哈罗德拿起遥控器，对着墙上的大屏幕按下开关。屏幕登时亮了，出现了莎依拉·伯灵顿坐在按摩浴缸边的身影。她侧着脸，目光呆滞，仿佛在做一场美梦。然后她开始脱掉泳衣。

“不！”莎依拉尖叫起来，疯狂地拍打着水。

哈罗德转头看着她，仿佛刚注意到她的存在。他的薄嘴唇扭曲起来，露出拙劣的微笑。“恐怕我们的计划得有些变化。”他柔声道，“波登先生无法参与这部电影的制作了。我将是唯一的制片人。”

莎依拉停止击水。一缕缕打湿的头发盖在脸上。她大张着嘴，口水顺着下巴流下。现场只听得见她控制不住的哭泣声和循环泵的嗡嗡声。

“拍摄计划保持不变。”哈罗德心不在焉地说。他抬头看着屏幕。莎依拉·伯灵顿全身赤裸，正在黑色地砖上爬行。一个赤身男人的躯干进入画面。镜头拉近，映出莎依拉的脸。她的面颊蹭着一条汗毛密集的白腿。她的眼睛散发着情欲，嘴巴像离水的鱼一样一张一合。“波登先生再也没法和我们拍电影了。”哈罗德说，转头看着她，缓缓眨着眼，“从现在开始，只有我和你了，孩子。”

哈罗德的嘴唇抽动了一下，莎依拉又看到了那排白色的小尖牙。“波登先生再也没法同任何人拍电影了。”哈罗德将视线重新投向屏幕，“威利死了。”他轻声说。

3

查尔斯顿

1980年12月13日，星期六

阳光穿过树叶缝隙唤醒了我。这是一个普通的温暖而晴朗的冬日。在北方过冬是一种挣扎，在南方则要惬意得多。我看到了红色屋顶上的矮棕榈叶。索恩先生送早餐来的时候，我让他把窗户打开了一条小缝。我喝着咖啡，听着孩子们在院子里玩耍。许多年前，索恩先生还会在早餐盘里附上一份报纸。但我很早就知道，早晨阅读这个世界的蠢事和丑闻只会影响一整天的心情。其实，我越来越不关心人类的琐事了。十二年前，我的生活中便不再有报纸、电话和电视。这没有给我造成任何不良后果，除非你将自我满足视为一种疾病。想到威利没法播放他的录像带，我就忍不住笑了。他真是孩子气。

"今天是星期六，对吧，索恩先生？"他点头，我示意他把盘子收走，"我们今天出去走走。"我说，"去萨姆特堡[①]怎么样？到亨利餐厅吃晚饭。"

---

① 查尔斯顿港的一处石制防御工事，始建于1827年，以美国独立战争英雄托马斯·萨姆特将军的姓来命名。

索恩先生犹豫了一下，离开房间时还差点儿跌倒。我正在系长袍上的腰带，见状停了下来。索恩先生向来不会在我面前有失礼的举动。看来他也老了吧。他收拾好餐盘和碗碟，点了点头，朝厨房走去。

我不会让自己在如此美丽的早晨为年纪烦心。我感觉自己精力充沛，干劲十足。昨晚的重聚并不成功，但也算不上失败。我诚实地向尼娜和威利表达了我要退出游戏的意愿。接下来的几个星期乃至几个月，他们——至少尼娜会沉思这一决定的后果，等他们决定单独或联合采取行动的时候，我早就走了。我在佛罗里达、密歇根、伦敦和法国南部，甚至新德里都备有新的（和旧的）身份。密歇根暂时不在选择之列——我已经不再适应那里的严酷天气了。新德里也不再是战前我曾小住的那个地方了，外国人在那里已不受欢迎。

尼娜说对了一件事——重返欧洲会对我所有裨益。我已经在渴望灿烂的阳光了。我在土伦[①]的那座古老避暑别墅附近的村民们一定会热情地欢迎我吧。

屋外空气凉爽。我穿着一条样式简单的印花裙，披着一件春天穿的外套。右腿的关节炎让我在走下楼梯时有些吃力，但我手里拄着父亲留下的拐杖。我们从格林威尔移居到查尔斯顿的那个夏天，一个年轻的黑仆为我父亲制作了这根拐杖。我们走进园中，沐浴着和煦的微风，我情不自禁地笑了起来。

霍奇斯夫人走出门口，来到阳光下。在无水的喷泉附近玩耍的是她的孙女及其朋友。从两百年前开始，这个院子就由三栋砖

① 法国东南港口城市。

房的住户分享。只是我的房子没有被改建成昂贵的公寓。

“早上好，福勒女士。”

“早上好，霍奇斯夫人。今天天气真好。”

“是啊。你是要去购物吗？”

“只是出去走走，霍奇斯夫人。霍奇斯先生没出来吗？我总是在星期六上午看到他在院子里劳动。”

一个女孩跑到我们中间，霍奇斯夫人皱了皱眉。小女孩的朋友也尖叫着跑了过来。“哦，乔治已经去码头了。”

“白天也去？”霍奇斯先生常常上夜班。出门的时候，穿着笔挺的保安制服，帽檐下露着银丝，胳膊下夹着黑色饭盒。他皮肤糙，弓形腿，像极了老牛仔。霍奇斯先生老早就该退休了，但他觉得不工作就是另一种形式的死刑。

“是的。仓库的一个黑人保安辞职了，他们就让乔治去顶班。我劝过他，他年纪大了，一周已经有四天上夜班，周末就别去折腾了，但你也知道，乔治那人不会听我的。”

“好吧，请代我向他问好。”绕着喷泉疯跑的女孩们让我紧张起来。

霍奇斯夫人陪我走到锻铁门前。“你是要去度假吗，福勒女士？”

“差不多已经定了，霍奇斯夫人。”说完，我和索恩斯先生就来到人行道上，漫步前往古炮台[①]。狭窄的马路上有几辆车在缓慢行驶，游客正在观看老城区，但总的来说，这一天非常宁静。我们来到百老汇街，在看到海水之前，游艇的桅杆和帆船就

① 查尔斯顿的一处地标性海堤。美国内战期间曾在此设置大炮，因此得名。

映入了眼帘。

“请你去买票吧，索恩先生。”我说，“我想去看看萨姆特堡。”

住在旅游胜地的人基本都不关心门口的景点，我也不例外。我今天去萨姆特堡，只是兴之所至罢了。我越来越清楚地意识到，自己将永远同这里说再见了。做出迁离的决定容易，面对决定所带来的后果却相当困难。

今天基本没什么游客。渡船正驶离码头，进入平静的港湾。温暖的阳光和柴油机单调的嗡嗡声令我昏昏欲睡。我们进入岛上的码头时我才醒过来。

我同其他旅客走了一会儿。萨姆特堡的底下几层如墓穴般安静，公园服务站的年轻职员用平板的腔调为我们解说。进入博物馆里观看布满灰尘的微缩立体布景和华而不实的幻灯片后，我们离开别的游客，重新爬上楼梯。我示意索恩先生留在楼梯顶端，自己则来到了外墙上。外墙上只有一对年轻的夫妇，背着孩子，拿着廉价的相机。

这一刻非常惬意。正午的风暴正在酝酿，西方的天空阴云密布，笼罩着城市里教堂的塔尖、砖塔和光秃秃的树枝。尽管相隔两英里，我仍能看到人们在古炮台步行道上散步。大风卷起浪头砸在摇晃的渡船和木制码头上。空气中闻得到水汽的味道，预计黄昏时分就会降雨。

不难想象萨姆特堡战役打响那天的情形。炮弹铺天盖地地落下，直到堡垒顶部都被轰成一堆碎石。人们在古炮台背后的房顶上欢呼。花哨的裙子和丝绸阳伞一定让北方枪手暴怒，以至于有人朝屋顶开枪。从某种程度说，标志内战爆发的萨姆特堡战役就像一场闹剧。

一个黑色的东西像鲨鱼一样悄无声息地划过灰暗的水面，引起了我的注意。我从对历史的回忆中惊醒，我认出那是一艘携带“北极星”导弹的战略核潜艇，虽然古老，但显然仍能工作。潜艇浮出水面，白色的泡沫从海豚般的船身两侧滑落。指挥塔上出现了几个人，裹着厚重的大衣，戴着帽檐压低的帽子。一个看似船长的人的脖子上，挂着一副大得离谱的双筒望远镜。他正朝沙利文岛的方向指指点点。我注视着他。我试图同他建立连接，我的视野开始模糊。他的感受从遥远的地方传来。

紧张。海水飞沫带来的喜悦。北方和西北方吹来的微风。封闭的潜艇空间中的焦虑。刚刚从左舷浮现出的沙质浅滩。

有人从我身后靠近，我惊讶地转过身。

是索恩先生。他来到我身边。我正要开口命令他返回楼梯顶端，就意识到他走上来的原因。那个给妻子拍照的年轻人正朝我走来。索恩先生拦住了他。

“嘿，不好意思，夫人。请问您和您先生能帮我们拍照吗？”

我点点头，索恩先生接过相机。他手指很长，相机在他手里显得特别小。拍了两张照片后，这对夫妻就心满意足了——他们取得了来过这儿的记录，可以留给后人。小伙子痴痴一笑，点了点头。冷风吹来，他们的孩子开始哭闹。我回头去看潜艇，它已经开走了，指挥塔成了水天之间的一条线。

一个陌生人告诉我威利的死讯时，渡船正在靠拢城里的码头，我们即将上岸。

“太可怕了，是吧？”那个絮叨的老女人跟着我来到甲板上。风越来越冷，我有意躲了她两次，但这个愚蠢的女人还是紧追不放，显然将我选作了她在旅途最后阶段的说话对象。

尽管我一言不发，索恩先生对她怒目而视，但她就是不放弃。“又黑又冷，一定很可怕吧。”她继续说。

“你在说什么？”不祥的预感促使我发问。

“空难啊。你没听说？坠进沼泽里一定很可怕。我今早给我女儿说……”

“空难？什么时候？”我尖声问。

老女人一惊，但脸上仍挂着空洞的笑容。“昨晚发生的。我今早给我女儿说……”

“什么地方？什么飞机？”索恩先生听见我语气有变，也凑上前来。

“昨晚那架从查尔斯顿起飞的飞机。”老女人用颤抖的声音说，“休息室的报纸上都登出来了。真的太可怕了。八十五人全部遇难。我告诉我女儿……”

我将老女人留在栏杆边，转身进入快餐部。我在那里找到了一张揉皱的报纸，简短而醒目的标题下就是坠机的详细报道。前往芝加哥的417航班于凌晨零点十八分从查尔斯顿国际机场起飞，二十分钟后，飞机在距哥伦比亚[①]不远的空中爆炸。机身残片和尸体碎块落入康加里沼泽，被那里的渔夫发现。机上没有幸存者。联邦航空管理局、全国运输安全委员会和联邦调查局正在展开调查。

我突然感到强烈的耳鸣，连忙坐下，以防摔倒。我满手是汗，撑在座椅的皮套上。人们从我身前走过，前去出口。

---

① 美国南卡罗来纳州首府和最大城市。

威利死了。被谋杀了。尼娜杀了他。我考虑了尼娜和威利合谋的可能性，他们精心制造了这起事故，好让我认为只剩下一个威胁。但我很快判断这一理由站不住脚。（如果尼娜将威利纳入了计划之中，那就没有必要设计如此荒谬的阴谋）

威利死了。他的尸块散布在阴暗的、散发着恶臭的沼泽里。我可以想象出他人生最后几秒钟在干什么。他坐在舒适的头等舱里，手里拿着酒杯，也许还在同他粗野无礼的傀儡窃窃私语。然后爆炸发生了。他尖叫着陷入黑暗。飞机倾斜着坠入沼泽。我浑身颤抖，紧抓住座椅的金属扶手。

尼娜是怎么做到的？尼娜有能力操控威利的傀儡，何况威利现在的“念控力”已经下降，但她没有理由这么做。她完全可以操控飞机上的任何人。但实施爆炸的过程很不容易。需要精心准备炸弹，还要费尽心思组织被操控者的记忆，而且只能在我们坐着喝咖啡和白兰地的时候进行操控。但尼娜做得到。是的，她可以。她选择这个时间杀死威利，只意味着一件事。

最后一个游客走出了船舱。我感觉船轻轻撞在码头上。索恩先生出现在门口。

尼娜选择这个时间意味着，她试图同时解决我和威利。显然她已经策划良久。她一直等着我们重聚的这天，等着我羞怯地宣布退出游戏。难怪她表现得如此通融大度！但她还是犯了一个错误。她选择先向威利下手，是因为她断定我不会在她转过头来对付我之前听到威利死亡的消息。她知道，我不关心每天的新闻，而且几乎从不离开那座房子。但她应该不会如此轻率。难道说，她觉得我已经完全丧失了“念控力”，威利才是她最大的威胁？

我摇了摇头，同索恩先生走出船舱。下午的天色分外昏暗，寒风钻进我的薄外套的领口。泪水模糊了我的双眼，以至于看不清下船的跳板。我是在为威利难过吗？他只是一个自负的、虚弱的、愚蠢的老头儿。我是在为尼娜的背叛难过吗？或许只是冷风刺眼的缘故吧。

老城区的街道上几乎看不到行人。大宅窗户前，光秃秃的树枝在风中乱舞。索恩先生走在我身边。冷风令我的关节炎发作，从右腿到髋骨一阵刺疼。我更多地把身体重心转移到了父亲的拐杖上。

她下一步会做什么？我停下来。一页报纸被风裹挟而来，缠在我的脚踝上，然后又被吹走了。

她会怎么对付我？我知道她就在城里。她可以远距离操控某人，但那需要消耗巨大的精力，需要非常了解那人。而且一旦与那人丧失了连接，想远距离重新建立连接会非常困难，几乎不可能做到。我们都不知道这是为什么，但现在这已不重要。我一想到尼娜仍在这里，在我附近，心脏就狂跳不止。

无论尼娜操控的是谁，我都会看到袭击我的人。我知道尼娜的行事风格。威利的死当然是她最不个性化的一次“进食”，但那只是技术层面的操作。尼娜显然已经决定同我清算旧账，而威利成了她的绊脚石，她必须在展开下一步行动前，清除这个不大不小的威胁。在尼娜看来，她为威利选择的死亡方式是饱含同情和关爱的，而且她想让我知道，空难的幕后策划者是她。从某种意义上说，正是她的这种虚荣心让我产生了警觉。

我很想马上离开。我本可以让索恩先生从车库开出奥迪，在一小时之内摆脱尼娜，再用数小时前往崭新的生活。当然，房子里有一些值钱的物品，但我存在别处的钱足以抵消这些损失。我很想抛开过去的身份，以及利用这一身份积累的一切。

但是不行，我还不能走。

从街对面望过去，我的房子阴森可怖。我关上二楼的窗帘了吗？霍奇斯夫人的孙女和她的小伙伴在院子里蹦蹦跳跳。我犹豫不决地站在路边，用父亲的拐杖反复敲打着一棵树的黑色树皮。我知道，犹豫是不对的，但我已经很多年没有被迫在压力下做出决定了。

“索恩先生，请去检查一下房子。每个房间都要查看。然后赶紧回来。”

我看着索恩先生的黑色大衣融入阴暗的院中，这时一道寒风袭来，我感觉独自站在这里特别无助。我来回打量着街道，寻找黑发的克拉默小姐的踪影，但我只看到街道远端一个推着婴儿车的年轻女人。

二楼的窗帘被倏地拉开，索恩先生朝外张望了一会儿，然后转身离开，我则仍旧注视着黑色的方形窗户。院子里传来的叫声令我一惊，但那只是小女孩——她叫什么名字来着？——在呼唤她的朋友。对了，是凯瑟琳。两个孩子坐在喷泉边，打开了一盒动物饼干。我紧盯着她们，然后放下心来。我甚至嘲笑起自己的被害妄想。有那么一瞬，我考虑过直接操控索恩先生，但一想到自己将无助地待在街上，就打消了这个念头。一旦你与被操控者建立连接，你虽然还能感知自身，但那种感觉已经相当微弱。

快！我本能地警告自己。我这一侧的人行道上走来了两个络腮胡子男人。我穿过街，站在我家门前。两个男人打着手势对笑。一个人朝我瞟了一眼。**快**！

索恩先生从房子里走出来，锁上门，穿过院子朝我走来。一个女孩对他说了句话，递出了饼干盒，但他没有搭理。街对面的两个男人从我家门口径直走开。索恩先生将大前门的钥匙交给我。我把钥匙放进大衣口袋，目光锐利地看着他。他点点头，露出平静的微笑，仿佛是在嘲讽我大惊小怪。

“你确定检查完了？”我问。

他点头。

“所有房间都检查了？”

他点头。

“报警系统呢？”

他点头。

“地下室看过了吗？”

他点头。

“没有被扰动的痕迹？”

索恩先生再次点头。

我的手放在金属大门上，但我犹豫了。焦虑就像胆汁一样涌上我的喉头。我是一个愚蠢的老女人，在寒风中又累又痛。但我不能打开那道门。

“跟我来。”我穿过街道，快步离开房子，“我们先去亨利餐厅吃饭，等会儿再回来。”但我其实并不是去那家老餐厅，我只是慌乱之中逃离这座房子。直到来到海滨的古炮台步行道，我才冷静下来。我没有看到其他人。街上有几辆车，但要接近我们的话，就必须穿过一片开阔地带。乌云低垂，海水卷着白色浪头拍向海堤。

户外的空气和昏暗的暮色令我的思维清晰起来。我整整一天都不在家，尼娜的任何计划都无法付诸实施。即便存在一丝风险，尼娜都不会继续待下去。就在我站在古炮台步行道上瑟瑟发抖时，她应该已经搭上了返回纽约的飞机。我明早就会收到她发来的电报。我甚至猜得出电报的内容：**梅勒妮，威利死得太惨了。我很伤心。你能同我一起去参加葬礼吗？爱你的，尼娜。**

我意识到，我之所以犹豫不决，是因为还渴望着返回温暖舒适的家。我只不过是害怕摆脱旧躯壳罢了。我可以待在安全的地方，让索恩先生回家取唯一一样我不能留下的东西，然后从车库中开出车，在尼娜发来电报之前，载着我远走高飞。那样一来，怅惘地度过来日的就不是我，而是尼娜。我笑了，开始思索给索恩先生的命令该如何措辞。

"梅勒妮。"

我猛然转过头。索恩先生已经二十八年不说话了，但他现在发出了声音。

"梅勒妮。"他面庞扭曲，咧开嘴，露出黑牙。他右手拿着刀，我瞪大了眼。看到他空洞的灰色眸子，我立刻明白了。

"梅勒妮。"

他挥刀向我刺来。我无力阻止。但幸运地是，我转身的时候，手提包也转了过来。刀刺穿外套，撕裂皮制手提包，扎入我的左肋。但手提包减缓了冲击，救了我一命。

我举起父亲的沉重拐杖，直接插入索恩先生的左眼。他瞬间失去平衡，但没吭一声，然后再次挥刀袭来，但我后退了两步，而他的视野已经模糊。我双手握住拐棍，笨拙地劈砍下去。不可思议的是，棍子再次准确击中了他的眼窝。我又后退了三步。

血顺着他的左脸流下，眼珠挂在了面颊上。但他依然咧嘴笑着，抬起头，缓缓举起左手，扯出了眼珠，将它抛入海湾。他扑向我。我转身便逃。

我努力迈腿。但跑出二十步，右腿的疼痛就让我只能蹒跚而行。再迈十五步，我就上气不接下气了，心脏仿佛要爆炸一般。我感觉血沿着左半身流下，伤口微微刺痛，就像冰块贴在了皮肤上。我回头一看，发现索恩先生正以远超我的速度大步赶来。正常情况下，他四步就能追上我。但操控一个人跑步是很难的，何况那人还遭到了重创。我再次回头，却差点儿滑倒。索恩先生的嘴咧得更开了，血从眼窝中汩汩涌出，染红了牙齿。我们附近没有第三人。

我爬下阶梯，紧握着扶手，以免摔倒。我沿着蜿蜒的步行道和沥青小路来到街上。街灯闪了几下便亮了。我身后的索恩先生两步就跳下了阶梯。感谢上帝，为了乘船我穿的是平底鞋。我加快了脚步。两个老人拼了老命你追我赶，却如同在播放慢动作一般，如果有人看到这古怪的一幕，不知做何感想？但没有人看到这一幕。

我转入一条小街。商店都关着门，仓库里空空荡荡。左边是百老汇街，右边半个街区外，一个瘦长人影从昏暗的临街店铺中走出。我朝那人走去，但我已经接近晕厥的边缘。我的腿严重抽筋，前所未有的疼痛更让我几乎瘫倒在人行道上。索恩先生就在我身后二十步，而且我们之间的距离正在迅速缩短。

前方的高个子是一个穿着棕色尼龙夹克的黑人。他拿着一个装有带相框的黑白照片的箱子。他先看到了我，然后越过我的肩头看到了十步之外的追踪者。

“嘿！”他人刚发出一个音节，我就用念控力进入他的意志。他就像提线人偶一般乱抖，大张着嘴，眼神呆滞，在索恩先生即将抓住我外套之前，他倒在了我们之间。

箱子飞进了空中，玻璃在人行道上打碎。长长的棕色手指伸向白色的喉咙。索恩先生反手一击，推开了黑人，但黑人紧抓住他不放。两人就像一对不熟练的舞者一样扭在一块儿。我来到一条小巷的入口，将脸靠在冰冷的砖墙上，令意志重返体内。操控这个陌生人消耗了我极大的精力。我看着那个高大的男人跌跌撞撞的身影，竟然想发笑。

索恩先生将刀插入黑人的胃部，抽出来，再次插入。黑人的指甲抠入索恩先生尚存的右眼，牙齿咬进了索恩先生的颈静脉。我模糊地感觉到冰冷的刀第三次扎入黑人体内，但他的心脏还在跳动，所以他还能被操控。黑人跳起来，用剪刀腿撂翻了索恩先生，上下颌在索恩先生肌肉紧绷的脖子上合拢，指甲在白色皮肤上划出一条条血痕。两人齐齐摔倒。

杀了他。黑人的手指摸索着索恩先生的眼睛，但索恩先生用左手拧断了黑人的手腕。黑人的手指继续抓挠。索恩先生的前臂顶住黑人的胸部，用尽力气将他整个人举起来，如同父亲躺在地上抛起孩子。黑人的牙齿咬下一片肉，但那不足以致命。索恩先生又从上、左、右三方刺了三刀。第二刀重创了黑人的咽喉，鲜血喷溅在两人身上。黑人的腿抽搐了两下，索恩先生将他推向一边。我转过身，快步沿小巷走开。

暮色昏暗，我发现自己走进了死胡同。仓库背面和古炮台码头无窗的金属一侧面朝海湾。左边有一条弯弯曲曲的街道，但太长、太黑、太荒凉，我不敢尝试逃往那个方向。我转过头，刚好看见一团黑影进入我身后的小巷。

我试图建立连接，但我找不到对象。什么都没有。索恩先生仿佛根本不存在。我不知道尼娜到底是怎么做到这一点的。

码头的侧门是关闭的。正门差不多在一百码开外，而且也是紧锁的。索恩先生冲出小巷，左右打量，搜索我的身影。在昏暗的光线下，他遍布鲜血的面庞看上去几乎是黑的。他开始跌跌撞撞地朝我走来。

我举起父亲的拐杖，打碎了门玻璃的下半部，从玻璃残片中伸出手。如果门的上部或下部有门闩，那我就死定了。所幸只有简单的旋转把手和门闩。我的手指摸到冰冷的金属，索恩先生迈上我身后的人行道时，我拉开了门闩，转进屋内，插上了门闩。

屋内很黑。寒气从水泥地面传上来，一艘艘小船在各自的泊位上随波起伏。五十码外的办公室里透出一缕灯光。我期望这里能有报警系统，但码头太老了，没钱安装。索恩先生的前臂击碎了门中剩下的玻璃，我连忙朝光亮处走。索恩先生抽回手臂，朝门踹了一脚，门闩带着木屑脱落下来。我瞟了眼办公室，但那里只传来电台谈话节目的声音。办公室的门看似遥不可及。索恩先生又猛踹一脚。

我转向右边，跳到了一艘正在靠岸的颠簸的观光游艇上。我迈出五步，进入狭窄的前部船舱，关上轻薄的舱门，透过耐热有机玻璃舷窗往外看。

索恩先生的第三脚将门踹飞，壮硕的身躯填满了门框。他右手紧握的刀反射着远处街灯的微弱光芒。

求求你们了，求求你们察觉到这阵喧闹。但办公室中没有动静，仍然只听得见收音机中刺耳的说话声。索恩先生迈出四步，停下来，跳到第一艘船上。那是一艘装有船尾马达的小船，不带船舱，六秒之后他就返回了水泥路面。第二艘船上有一个小船舱，索恩先生踹开小舱门，舱门轰然作响。他不一会儿就又返回了路面。我的船在这排船中排在第八位。我不知道为什么他没有听见我狂野的心跳。

我转移到另一侧，透过右舷舷窗望出去。光线被朦胧的有机玻璃涣散扭曲，我隐约看见了某人的白发，收音机调到另一个台。长条形的房间中回荡着巨大的音乐声。我又返回另一个舷窗前。索恩先生刚结束对第四艘船的搜查。

我闭上眼睛，强迫自己放缓呼吸，努力回忆那个每天傍晚都会沿街走来的弓形腿老头儿。索恩先生检查完了第五艘船，那是一艘长点儿的游艇，有好几处可供藏身之所。但他搜索完后再次返回了路面。

忘掉保温杯里的咖啡。忘掉填字游戏。快来找我！

第六艘船也是一艘装有船尾马达的小船。索恩先生只是扫了一眼，并没有跳上去。第七艘船是一艘帆船，桅杆折叠起来，帆布覆盖在座舱上。索恩先生抽出刀子，刺穿了厚厚的帆布，然后用一双血手扯开帆布，就像掀开裹尸布。但他一无所获，返回了路面。

忘掉咖啡！去找！快！

索恩先生跳上第八艘船的船头。我感到船身为之一震。我无处可藏，除了座位下的小储物格，但就算我蜷缩起来也挤不进去。我解开了系在长椅坐垫上的帆布绳，但我粗重的喘息在狭窄的空间中似乎特别响亮。我将坐垫挡在我面前，蜷缩成胎儿的姿势，索恩先生在右舷舷窗外走来走去。**快！**他的脸突然凑到有机玻璃舷窗上，距我的头仅一英尺。他的嘴以不可思议的弧度咧开了。**快！**他走进船舱。

快！**快**！**快**！

索恩先生蹲在舱门前。我试图用腿抵住那扇百叶门，但我的右腿不听使唤。索恩先生一拳砸穿了薄薄的木板，抓住了我的脚踝。

“你在这儿啊！”

霍奇斯先生用颤抖的声音说，手电筒朝我们这边照过来。索恩先生用力推门。我的左腿痛苦地弯曲起来。索恩先生的左手继续拽着我的脚踝，而拿刀的右手从打开的门缝中伸进来。

“嘿——”霍奇斯先生喊道。我的意志费力地进入他。老男人顿时定住，扔掉电筒，解除了左轮手枪的保险。

索恩先生前后挥舞着刀子，一时间，坐垫泡沫横飞。刀片划伤了我的小指指尖。

快！**马上**！**快**！

霍奇斯先生双手握住左轮手枪，开了一枪。子弹在黑暗中不知去向，但枪声在水泥地面和水面上回荡。**走近点儿，你这蠢货**！**行动**！索恩先生又在推门，身体往门缝里挤。他松开我的脚踝，解放了他的左臂，但几乎就在同时，他的手就伸进船舱抓我。我向上摸索，打开了头顶的灯。我看到他空空的黑眼窝。外面的灯光透过碎玻璃，在他毁容的脸上留下黄色的条纹。我爬到左边，但索恩先生的手攥着我的大衣，使劲将我从长椅上拽开。他双腿跪地，右手得以更自由地挥砍。

快！霍奇斯先生的第二枪击中了索恩先生的右臂。他一屁股坐下，疼得直哼哼。我的大衣被撕裂，扣子撒在了甲板上。刀插进我耳边的舱壁，然后又抽了回去。

霍奇斯先生蹒跚着跳上船头，几乎跌倒，然后慢慢绕到了右舷。我将舱门压在索恩的手臂上，但他毫不放松，继续将我朝他拽。我只好跪在地上。刀锋袭来，砍穿了泡沫坐垫，也划过我的大衣。我手上的坐垫所剩无几。霍奇斯先生已来到四英尺开外，双手持枪，放在船舱顶部。

索恩先生抽回刀，摆出斗牛士持剑的姿势，咧嘴露出血红的牙齿，仿佛在发出胜利的尖叫。我看见，尼娜的疯狂在他仅存的眼睛中燃烧。

霍奇斯先生开枪了。子弹击穿索恩先生的脊柱，钻进左舷排水孔。索恩先生张开双臂向后倒下，像一条刚被抛上甲板的大鱼一样扑腾。他僵直而苍白的手指无力地敲打着甲板，手里的刀落在甲板上。我让霍奇斯先生上前几步，将枪口顶在索恩先生的太阳穴，再次扣动扳机。声音沉闷而空洞。

码头办公室的厕所里有一个急救包。我让霍奇斯先生站在门口警戒，自己在厕所里包扎受伤的小指，然后吃下三颗阿司匹林。

我的外套已惨不忍睹，血染红了我的印花裙。我从未喜欢过这条裙子——我觉得它单调而且过时——但我喜欢这件外套。我头发蓬乱，上面粘着泡沫小球。我把水泼在脸上，用手反复梳头。不可思议的是，被刀扎穿的手提包还在身上，但包中的大部分东西都掉了。我将钥匙、钱包、放大镜和面巾纸装进外套的大口袋，然后把手提包丢在厕所。父亲的拐杖也掉了，但我想不起我是在哪儿把它弄掉的。

我小心翼翼地将沉甸甸的左轮手枪从霍奇斯先生手里取下来。这老头儿的手臂保持平直，手指依然弯着。我摸索了一会儿，终于打开了转轮。还剩两发子弹未射出。这蠢货竟然带着六个弹巢都填满子弹的手枪转悠！许多年前那个快乐的夏天，查尔斯对我说过：**一定要保证至少一个弹巢是空的**。那时候，我们常到岛上做射击训练。我和尼娜依偎在严肃的教练的怀里，任由他们抬着我们的臂膀，辅导我们瞄准。我们会不时发出紧张的尖叫。温暖而明亮的日光下，查尔斯教导我，**必须计算子弹的数量**，我则神魂颠倒地靠在他身上，闻着他身上散发的甜甜的刮胡水和烟草的味道。

我的念控力稍有松懈，霍奇斯先生就微微发颤，大张着嘴，露出脱位的假牙。我看了眼他磨旧的皮制枪带，上面没有多余的子弹。我不知道他把子弹藏在什么地方了。我搜索他的记忆，但这老头儿混乱的思想中没有丝毫线索。他的大脑反复重播着刚才那一幕：将枪口顶在索恩先生太阳穴上，开枪……

“来吧。”我将他毫无表情的脸上的眼镜摆正，把左轮手枪插入枪套，操控他带我离开码头。外面黑极了。我们经过一盏又一盏街灯，走了六个街区，老头儿开始剧烈颤抖，我这才意识到忘了让他穿外套。我加大了念控力的力道，他停止了颤抖。

我的房子看上去就像四十五分钟前一样。房子里没有灯光。我们进入院子。我在塞满东西的口袋里寻找钥匙。我的外套是松开的，晚风寒冷刺骨。院子另一头的房子里亮着灯，小女孩的笑声从窗户飘出来。我操控霍奇斯加快脚步，以免他的孙女发现他进入我家。霍奇斯先生握着左轮手枪先进屋。我令他打开灯，然后自己才进去。

客厅空荡荡的，没有被扰动的迹象。桌面反射着客厅吊灯的光芒。我坐在门厅的仿威廉斯堡椅上，花了一分钟让心跳恢复正常。我没有让霍奇斯先生落下左轮手枪的击铁。他的手臂开始发抖。最后我站起来，沿着走廊进入温室。

克拉默小姐撞开旋转门，从厨房中猛冲过来，手里拿着烧得通红的拨火棍。霍奇斯先生被撞得一歪，一枪打在地板上，没有对她造成任何伤害。克拉默小姐举起拨火棍准备再次发起攻击，枪从霍奇斯先生无力的手中掉下来。

我转身往后跑。拨火棍打在霍奇斯先生的头上，砰砰作响。我忙里出错，没有选择院子，而是跑上了楼。克拉默小姐跳上楼梯紧跟上来。在关上沉重的卧室门之前，我瞥见她疯狂的瞪圆的眼睛和高举在手中的拨火棍。门刚上锁，克拉默小姐就开始撞门。厚重的橡木门纹丝不动。她用拨火棍一遍又一遍地敲打着门和门框。

我转过身，搜寻熟悉的房间，但找不到一样可以帮我的东西，连一部电话都没有。房间没有壁橱，只有一个古老的衣柜。我快步来到窗边，拉开窗户。呼救会引起别人的注意，但丝毫阻止不了门外的怪物。她正在撬门。我看到对面窗户中的影子，做出无奈的决定。

两分钟后，我模模糊糊地感觉到卧室门就快撑不住了。我听见拨火棍撬动门铰链的嘎吱声。门开了。

克拉默小姐浑身是汗。她张着嘴，口水流下下巴。她的眼睛空洞无神。她和我都没有听到她身后一双穿着拖鞋的脚走上楼梯的声音。

继续走，举起枪，扣下扳机。我一遍遍地下达着命令。**两只手握住枪。瞄准。**克拉默小姐突然觉察到危险——准确地说，是尼娜觉察到危险，因为克拉默小姐已经不存在了。她转过身，看见矮小的凯瑟琳站在最高一级楼梯上，拿着女孩爷爷的左轮手枪，瞄准了她，手指扣在扳机上。另一个女孩在院子里大声呼唤着凯瑟琳。

尼娜意识到必须对付这个威胁。克拉默小姐举起拨火棍，转身进入走廊，这时凯瑟琳扣下了扳机。后坐力将她震下了楼梯。克拉默小姐的左胸绽开一朵红色的小花。她踉跄了几步，左手抓住栏杆，跟在女孩身后东倒西歪地冲下楼梯。她手里挥舞着拨火棍，我松开了对女孩的操控。我赶到楼梯口。我必须亲眼看到。

克拉默小姐翻着眼白抬头看我。她男性化的衬衣被自己的血染红，但她还在动，还在攻击。她左手拾起手枪，嘴张得更大了，一串声音从喉管中发出，如同散热器中漏出的蒸汽。

“梅勒妮……梅勒妮……”

我闭上眼。克拉默小姐开始爬上楼梯。

凯瑟琳的朋友从打开的门中冲进来，三步两步就跳上楼梯，紧紧搂住克拉默小姐的脖子。两人向后滚下楼梯，经过凯瑟琳，栽到楼下锃亮的地板上。

那女孩只有一点儿擦伤。我走下楼梯，将她拖离克拉默小姐。她的脸颊上有一处瘀青，手臂和前额上有些划痕。她不断地眨着眼，蓝色的眸子里充满困惑。

克拉默小姐的脖子断了。我捡起手枪，踢开拨火棍，朝她走去。她的头以不可思议的角度偏着，但她还没死。她瘫痪在地，尿已流到地板上，但她仍然眨着眼，牙齿上下打战。我得抓紧时间。霍奇斯家里传出大人的呼唤。通往院子的大门敞开着。我面朝女孩：“起来。”她眨了下眼，挣扎着站起身。

我关上门，从衣架上取下一件古铜色雨衣，用一分钟时间把口袋中的东西转移到雨衣中，然后丢掉了那件破损的春季外套。呼喊声从院子中传来。

我跪在克拉默小姐身边，双手捧起她的脸，用力稳住她的上下颌。她又翻起了白眼，但我粗暴地摇晃她的脑袋，直到我又能看到她的虹膜。我身体前倾，脸贴在她的脸上。

“我会来找你的，尼娜。”我大声说。

我一松手，她的头落在地板上。我快步走向温室，那里是我的刺绣间。我没有时间上楼拿钥匙，所以我举起温莎椅，砸碎了橱柜。雨衣口袋刚容我放下从橱柜中取出的东西。

女孩仍然站在走廊里。我将霍奇斯先生的手枪交给她。她的左臂以古怪的角度垂着，我怀疑她可能骨折了。敲门声传来，有人在拧门把手。

“跟我来。”我小声说，领着女孩进入饭厅。我们越过克拉默小姐的尸体，穿过昏暗的厨房。敲门声越来越响。我们离开房子，进入小巷。

老城区的这个部分有三家旅馆。一家是汽车旅馆，在十个街区之外，舒服但价格偏贵。我立刻否定。另一家是规模较小的家庭旅馆，离这儿只有一个街区，闹中取静。我去别的城市时会首选这样的旅馆入住。我也否定了。第三家旅馆在两个半街区之外，是百老汇街上的一座老式宅子，被改造成小旅馆，每个房间都摆着昂贵的古董，价格高得令人咋舌。我匆匆赶去那里，女孩紧跟在我身边。她手里还拿着枪，但我让她脱掉了毛衣裹住枪。因为腿部的剧痛，我不时往女孩那侧倾斜。

曼萨德旅馆的经理认出了我。见我头发凌乱，他不禁微微上挑起眉毛。女孩站在十英尺外的门厅里，藏在暗处。

“我在找我的一个朋友。”我故作热情地说，“她名叫德雷顿夫人。”

经理皱眉：“唔……不好意思，我们这儿没有这个人。”

“也许她是用未出嫁时的名字登记的。”我说，“尼娜·霍金斯。她是一位极富魅力的老妇人，比我年轻几岁，长长的银发。也许是她朋友帮她登记的……一个漂亮的黑发年轻女人，名叫巴雷特·克拉默……”

“不好意思，还是没有。”经理用怪异的平板声调答道，“没有人用这个名字入住。您的朋友说不定过阵子才来，要不您先给她留个话。”

“不用。”我说，“不用留话。”

我领着女孩转入一条通往厕所和楼梯的走廊。“我能向您打听个事儿吗？”我对路过的旅馆服务员说。

“您说，夫人。”他站住，不耐烦地将他的黑色长发撩到肩后。同时操控两个人是极其困难的，只能迅速完成两者之间的切换。如果我不想丧失对小女孩的操控，就得马上从服务员口中问出答案。

“我在找一个朋友。”我说，“一位极富魅力的老妇人。蓝眼睛，长长的银发。她的旅伴是个头发乌黑卷曲的年轻女人。”

“这里没有入住这样的人，夫人。”

我伸出手，抓住他的前臂。我松开了女孩，将注意力转移到服务员身上。“你确定？”

“哈里森夫人。”他眼神空洞地望着我背后，“北面的207号房。”

我笑了。**哈里森夫人**。上帝啊，尼娜真是蠢到家了。我身边的女孩突然呜咽起来，浑身一软，靠在了墙上。我当即做出一个决定：放女孩走。我觉得那是出于同情，但其实是因为她的左臂已经无用了。

“你叫什么名字？”我问孩子，轻抚着她的刘海。她困惑地眼珠乱转。“你的**名字**。”我提醒道。

“艾丽西亚。”她嗫嚅道。

“听我说，艾丽西亚，我要你现在回家。快点，但不要跑。”

“我的**手臂**痛。”她嘴唇颤抖着说。我又摸着她的前额，轻轻**进入**她的意志。

“你要回家。”我说着，“你的手臂不痛。你什么都记不起来。这就是一场梦。你会忘得一干二净。回家吧。快点，但不要跑。”我从她手里取过手枪，但没有把它从毛衣里解开，“再见，艾丽西亚。”

她眨眨眼，穿过门厅，朝大门走去。我环顾四周，然后将枪交给服务员。“藏在你的马甲下面。”我说。

“谁啊。”尼娜柔声问。

“服务员阿尔伯特，夫人。您的车到门口了，我来把您的行李运下去。”

随着“咔嗒”一声，门开了一条缝，但门链仍没取掉。

阿尔伯特盯着尼娜，眨了眨眼，羞赧地笑了，将头发撩到肩后。我紧贴着墙壁。

“好。”她放下门链，退了两步。我进入房间时，她已经转过身给行李箱上锁。

“你好，尼娜。”我轻轻说。她后背一挺，但动作相当优雅。床单上还留有她睡过的凹痕。她缓缓转过身。她穿着一条我从未见过的粉色裙子。

“你好，梅勒妮。”她笑了，眼睛蓝得透明。我让服务员用霍奇斯先生的手枪指着她。他持枪的手非常稳。他扳起击铁。尼娜双手交叠放在身前，始终与我对视着。

“为什么？”我问。

尼娜用几乎觉察不到的幅度耸耸肩。有那么一瞬，我以为她要大笑出来。我受不了她的笑——尖厉刺耳，就像是一个孩子，每次都让我悚然心惊。但她只是闭上眼，脸上依然挂着微笑。

“为什么用哈里森夫人这个名字？”我问。

“你不明白吗，亲爱的？我觉得我欠他的。可怜的罗杰。我有没有告诉你他是怎么死的？不，我肯定没说过。你也从没问过，亲爱的梅勒妮。”她睁开眼。我瞟了眼服务员，他举枪的手依然很稳。他接下来要做的只是轻轻扣下扳机。

“他是淹死的，亲爱的。”尼娜说，“可怜的罗杰从蒸汽船上跳了下去。那艘船叫什么来着？就是载他回英国那艘。我当时就觉得奇怪——他自杀前才给我写了信，答应一定会娶我。这故事难道不是特别悲惨吗，梅勒妮？你觉得他为什么做出那种事？我想我们永远不会知道，对吧？”

“我想我们永远不会知道。”我说。我暗暗命令服务员扣下扳机。

但什么也没发生。

我连忙看向右侧。服务员将头转向我。**我没有让他那样做**。他僵直的手臂也转了过来，手枪就像是风向标的箭头。

不！我青筋暴起，奋力夺取服务员的控制权。手臂的转速慢了下来，但枪口最终还是对准了我的脸。尼娜现在大笑起来，笑声在狭小的房间里格外响亮。

“再见，亲爱的梅勒妮。”说完尼娜又笑了，对服务员点了点头。击铁落下时，我死死盯着黑洞洞的枪口。

空弹巢。又是空的。还是空的。“再见，尼娜。”我说，从雨衣口袋里取出查尔斯的手枪。炸药的爆裂震麻了我的手腕，一片青烟在房间里弥漫开来。一个比硬币还小的圆洞出现在尼娜前额正中。有短短的一瞬间，她继续站在那里，仿佛什么都没发生。然后她向后倒下，身体被高床回弹，脸朝下栽在地板上。

我转向服务员，用我手中古老却保养良好的左轮手枪换下他手中无用的武器。这时我才第一次察觉，这个服务员的年纪与查尔斯相仿，头发也几乎是相同的颜色。我探出身子，在他唇上轻轻吻了一下。

“阿尔伯特，”我低语道，“枪里还有四发子弹。每个人都必须数清自己还剩多少子弹，对不对？去前厅杀死经理，再杀死离他最近的一个人。然后将枪管伸进自己嘴里，扣下扳机。如果没有击发就再扣一次。先藏好手枪，到前厅之后再掏出来。”

我们进入走廊，走廊已经骚乱起来。

“叫救护车！”我大喊道，“出事了。快叫救护车！”有人听到呼喊便真的去打电话了。我两眼一黑，靠在一位白发绅士身上。人们跑来跑去，有人停下往房间里窥视一眼，然后便尖叫起来。突然，门厅传来三声枪响。混乱中，我溜下后面的楼梯，走出防火门，消失在夜色里。

4

查尔斯顿

1980年12月16日，星期二

鲍比·乔伊·金特里治安官在椅子上往后一靠，又喝了一口罐装皇冠可乐。他的双脚搭在乱糟糟的桌面上。他挪动庞大的身躯，想让自己更舒服些，紧绷的皮制枪带却吱吱作响。这是县政府大楼一个小办公室，四周的煤渣砖墙和旧木板将它同外面的喧嚣隔开。木板和煤渣砖上的油漆都脱落了，但颜色深浅稍有不同。办公室里拥挤不堪，摆着一张大办公桌、三个高高的文件柜、一张堆满书和文件夹的长桌子、一块黑板、两把黑木椅——上面同样凌乱地放着装订好的文件和分散的纸张。墙上安着搁板，搁板上的东西也是东倒西歪。

“我在这儿没什么好做的了。”理查德·海恩斯探员说。这名联邦调查局特工扫开几个文件夹，坐在桌子边缘。棕色裤子上的折痕清晰可见。

“确实。”金特里治安官赞同道，轻轻打了个嗝，将罐装可乐放在膝盖上。“没理由再待下去。回家去吧。”

这两名执法人员基本没有相似之处。金特里三十五岁左右，个子虽高，但已经发福，皮带勒进大肚子，棕色的制服衬衫就像小了一号，让他整体看上去就像是讽刺漫画里的人物。他面庞红润，长着不太明显的雀斑。尽管发际线越来越靠后，而且长着双下巴，金特里却是一副开朗、友好，甚至有点儿淘气的模样，如同一个老男孩。

金特里治安官声音柔和，慢条斯理。西部乡村歌曲和博尔特·雷诺兹拍摄的露天电影中也经常听得见这种腔调。敞开领口的衬衣、紧绷的肚子、慵懒的口气——金特里的这副特征同乱糟糟的办公室的氛围相得益彰。但这个胖子的动作里却透露着一丝格格不入的敏捷，甚至可以说是优雅。

联邦调查局的理查德·M. 海恩斯探员更加表里如一。海恩斯比金特里大足足十岁，但他看上去年轻多了。他穿着一件Jos. A. Bank[①]牌浅灰色三套件夏装和米黄色衬衫，暗红色薄软丝绸衬领带是同样的牌子，编号280235。他的短发经过精心梳理，只在鬓角浮现出些许银丝。海恩斯神情严肃，一丝不苟，与他的方脸和偏瘦的体型相称。他每周锻炼四次，以保证腹部平坦结实。他的声音平板而坚定，深沉但不洪亮。J. 埃德加·胡佛[②]手下所有的探员似乎都是一个模子里印出来的。

两人的差别远远不止外表方面。理查德·海恩斯加入联邦调查局之前，曾在乔治敦大学度过了三年平庸的大学生活。他后来接受的一系列训练弥补了学历上的不足。

---

① 美国一家男士经典定制服装和休闲服、运动服、鞋类和佩饰零售商，成立于1905年，是一家百年老店。

② J. 埃德加·胡佛（1895—1972），美国联邦调查局首任局长，也是任职时间最长的局长。

鲍比·乔伊·金特里本科毕业于杜克大学，主攻艺术和历史专业，然后又去西北大学攻读历史学硕士学位。鲍比·乔伊的叔叔李在斯巴达堡附近某县担任治安官，1967年夏天，他雇鲍比·乔伊担任兼职助手。这是金特里第一次接触警察工作。一年后，鲍比·乔伊硕士毕业，在芝加哥公园里目睹了暴怒的警察用警棍殴打正在和平解散的反战示威者。

金特里返回南部家乡，在亚特兰大的莫尔豪斯学院教了两年书，然后找了份保安的工作，同时开始创作一本书，研究被解放黑人事务管理局及其在美国内战后重建中的作用。这本书从未完成，但金特里发现自己喜欢有作息规律的保安工作，尽管他的体重节节攀升。1976年，他移居查尔斯顿，加入警察队伍，担任巡警。一年后，杜克大学邀请他去当一年历史系副教授，但他拒绝了。他已经习惯了警察工作，习惯了每天同醉汉和疯子打交道，习惯了每天都能遇到新状况。一年后，他竟然参加竞选查尔斯顿县治安官。令所有人惊讶的是，他竟然当选了。当地的一位专栏作家评论说：查尔斯顿是一个古怪的城市，城里的居民无比热爱自己的历史，以致满怀期待地选举了一名历史学家担任治安官。但金特里觉得自己不是什么历史学家，而是不折不扣的警察。

“你还需要我在这儿吗？”海恩斯说。

“嗯？你说什么？”金特里刚才有点儿走神，现在才反应过来。他把空咖啡罐捏扁，扔进垃圾筐，却被筐中别的被捏扁的咖啡罐反弹了出来。

“我是说，如果你不需要我在这儿的话，我就去给加拉格尔说说，然后今晚返回华盛顿。特里和联邦航空管理局的调查组会留下，我们可以通过他们保持联系。”

“嗯，好。”金特里说，“我们非常感谢你的协助，迪克[1]。你和特里比我们整个警局的人都了解这种事。”

海恩斯刚一起身，治安官的秘书就把头伸进了门缝。这女人戴着带挂链的莱茵石眼镜，留着二十年前就过时的发型。“治安官，那个纽约的精神病医生来了。”

“该死，我差点儿忘了。”金特里挣扎着站起身，“谢谢你，琳达·梅。请叫他进来。”

海恩斯走向门口，“治安官，有事就给我电话……”

“迪克，你能留下旁听吗？我忘了这家伙要来，但他可能会为我们提供一些关于福勒家凶杀案的信息。他昨天主动打电话来，说他是德雷顿夫人的精神病医生，刚好就在这里出差。你能等两分钟吗？如果你要去赶飞机的话，完事儿后我会让汤米用警车送你回汽车旅馆。”

海恩斯微微一笑，摊开手掌道：“我不急，治安官。我很乐意听听精神病医生是怎么说的。”联邦调查局探员走到一把椅子前，挪开了椅子上的白色麦当劳纸袋。

“谢谢，迪克。非常感谢。”金特里说，用手抹了把脸。门上传来敲门声，他走上前去，一个蓄着络腮胡、穿着灯芯绒西装夹克的男人进了门。

“你是金特里治安官吧。”男人的说“金”字时口音很重。

“我是鲍比·乔伊·金特里。”治安官的一双大手握住了对方伸出的手，“你就是拉斯基博士吧？”

“索尔·拉斯基。”精神病医生的身高还算正常，但站在大

① 理查德的昵称。

块头的金特里身边就显得相当矮小。他体型瘦削，眉毛花白且离眼很远，胡子黑白交杂，棕色的眼睛流露出悲伤的神情，似乎比身上的其他部位都苍老。眼镜镜片之间的部分由胶纸带固定。

“这位是联邦调查局的理查德·海恩斯探员。”金特里一挥手，说，“是我让迪克来这儿的，希望你别介意。他见多识广，提的问题也许比我更靠谱些。”

精神病医生对海恩斯微微颔首。“我还不知道，联邦调查局也加入了地方凶杀案的调查。”拉斯基说。他声音轻柔，英国口音几乎听不出来，句法和发音都严格受控。

“一般情况下，我们不会加入。”海恩斯说，“但这个案子中的一些要素，可能在我们的管辖范围内。”

“哦？怎么回事？”拉斯基问。

海恩斯双臂抱胸，清了清嗓子，“首先，这个案子涉嫌绑架，医生，以及侵犯遇害者的公民权利。我们的法医专家正在向当地执法机构提供援助。”

“迪克来这儿是因为那架飞机爆炸的案子。”金特里说，“嘿，坐下吧，医生。坐这儿，我把东西给你清一下。”他将椅子上的杂志、文件夹和泡沫塑料咖啡杯转移到桌上，回到自己的椅子里。“你昨天说，你可以提供一些有用的信息，帮我们破解这个案子。”

“纽约的小报称其为‘曼德萨旅馆凶杀案’。”拉斯基说，顺手推了推鼻梁上的眼镜。

“总比‘查尔斯顿大屠杀’好。”金特里说，“但其实这个说法并不准确，因为大多数遇害者并不在曼德萨旅馆。九个人被杀在这儿是超级新闻，但换作在纽约的话就不稀奇了吧。”

“也许吧。”拉基斯说，“但这个案子里，无论是遇害者还是嫌疑人，都有许多有趣的地方。”

“不错。”金特里说，“但我们这会儿仍然毫无头绪，如果你能提供线索的话就太好了，拉斯基博士。”

“我非常乐意予以协助，但我只能略尽绵力。”

“你是德雷顿夫人的精神病医生？”海恩斯问。

“可以这么说。”索尔·拉斯基顿了顿，扯着胡须思索。他的眼睛很大，眼皮沉重，似乎很久没有睡过好觉了。“我只见过德雷顿夫人三次，最近一次在九月。我八月在哥伦比亚大学做过一次演讲，演讲结束后，她主动找到我。后来……我给她做过两次治疗。”

“但她曾是你的病人吧？”海恩斯胡安换上了检察官似的平板而专注的口吻。

“可以这么说。”拉斯基说，“不过我其实没有医生执照。你知道，我在哥伦比亚大学教书，偶尔在那儿的诊所里做心理咨询……驻校心理学家艾伦·海陶尔觉得有些学生应该看精神病医生。我有时候也给教师看病……”

“德雷顿夫人是学生？”

“不，我相信她不是学生。”拉斯基说，“她时常旁听我讲授的研究生课程，参加晚上的讨论会。她……她对我写的一本书表示出兴趣……”

“《暴力病理学》。”金特里治安官说。

拉斯基眨了眨眼，扶了下眼镜，“我昨天应该没有向你提及我的著作的名字吧，金特里治安官？”

金特里双手交叠放在肚上，露齿一笑，“你没有提过，教授。但我去年春天读过这本书。实际上，我读了两遍。我刚想起作者的名字。我觉得那本书太棒了。你也应该看看，迪克。”

“我很惊讶你竟然找到了这本书。”他转身面对联邦调查局特工，“那是一本学术书，研究的是某些病例的历史。只印了两千册。学术出版社出版的。大部分卖出的书都用于纽约和加利福尼亚的教学了。”

“拉斯基博士认为，有些人更容易产生……你是怎么说的来着？更容易产生暴力倾向。我说得对吧？”金特里问。

“不错。”

“某些人……地点……或者时间会促使他们实施暴力，而他们从未想过自己会做出如此残暴的行为。在我看来，本书的主旨就是这个。”

拉斯基又对治安官眨了眨眼，“总结得非常精准。”他说。

海恩斯站起身，走到文件柜边靠在上面。他双臂抱胸，眉头微皱。“等等，有些事我不明白。你是说，德雷顿夫人主动找到你……表示对你的书很感兴趣，然后成了你的病人，对吧？”

“是的，我同意在工作领域同她接触。”

“你同她有私人关系吗？”

“没有。”拉斯基说，“我只见过她三次。第一次在我的讲座之后，讲座主题是第三帝国的暴行。后来我又见过她两次——两次都是在诊所进行一个小时的治疗。”

“我明白了。”海恩斯说，但他的声音明显透着疑虑，“你认为治疗中的发现有利于我们理清目前的迷局？”

“恐怕不是的。”拉斯基说，“在不违背保密原则的前提下，我可以告诉你们，德雷顿夫人与她早已过世的父亲之间存在纠葛。我看不出我们的谈话对破解她的被害有何帮助。”

“嗯……”海恩斯走回自己的椅子，瞟了眼自己的手表。

金特里微笑着打开了门，“琳达·梅！亲爱的，你能给我们弄点儿咖啡上来吗？谢谢。”

“拉斯基博士，也许你已经猜到，我们知道是谁杀了你的病人。”海恩斯说，“我们现在缺的是动机。”

“我知道。”拉斯基说，捋了捋胡子，“是当地的一个年轻男人，对吧？”

“阿尔伯特·拉佛勒特。”金特里说，“他十九岁，是旅馆服务员。”

“确信他就是凶手？”

“毫无疑问他就是。”金特里说，“有五个证人向我们证实，阿尔伯特走出电梯，来到柜台前，枪杀了他的老板、曼萨德旅馆的经理凯尔·安德森，子弹正中心窝。我们在他的西服上发现了火药燃烧的痕迹。凶手用的是点45口径柯尔特单动转轮手枪。不是廉价的仿造品，医生，而是货真价实的柯尔特手枪，有出厂编号可查。一把真正的老古董。凶手就是用这把枪抵在凯尔的胸口扣下了扳机。证人说他开枪前一个字都没说。然后他转身朝伦纳德·惠特尼开枪，正中后者的面部。”

“惠特尼先生是什么人？”精神病医生问。

海恩斯清了清嗓子，答道：“伦纳德·惠特尼是从亚特兰大来的商人。他刚走出旅馆餐厅就中枪了。据我们所知，他与旅馆中别的遇害者没有任何关系。”

“不错。”金特里说，“然后阿尔伯特将枪管塞进自己嘴里，扣下了扳机。五位证人都没有干预他的行为。短短几秒之内，他就完成了杀人和自杀。”

“用的就是杀死德雷顿夫人的那把枪？”

“是的。”

“有人看到他杀死德雷顿夫人吗？”

“没有人直接看到。”金特里说，“但有两个人看见阿尔伯特从传出枪声的房间里出来，进了电梯。枪响之后就有人发现德雷顿夫人倒在血泊中。但没有人记得男孩手里拿着左轮手枪。这没什么稀奇的——就算你拿着一条猪腿钻进人群也可能没人察觉。”

“第一个发现德雷顿夫人尸体的是谁？”

“不清楚。”治安官说，“当时走廊里一团混乱，然后门厅又发生了枪击。”

“拉斯基博士，”海恩斯说，“如果你不能提供有关德雷顿夫人的线索，那我认为你了解这些信息是无用的。”联邦调查局探员明显打算结束谈话，但这时秘书把咖啡送了进来。海恩斯将泡沫塑料咖啡杯放在文件柜上。拉斯基感激地笑了，啜了口微温的饮料。金特里的咖啡杯很大，侧面印着“老板”二字。“谢谢你，琳达·梅。”

拉斯基微微耸肩，“我只是希望尽可能地提供帮助。”他轻声说，“我知道你们二位都非常忙。我不会再占用你们的时间。”他将咖啡杯放在桌子上，起身欲走。

“等等！”鲍比·乔伊·金特里说，“既然你已经来了，我还想听听你的看法。”他转身对海恩斯说，“两年前，纽约警察局在侦破‘山姆之子’案的时候，咨询了拉斯基教授。”

“我参与过许多案件咨询。”拉斯基说，“那次我们帮助警察对凶手进行人格分析，但最后我们被证明错得离谱。警察三下五除二就抓到了凶手。”

“不错。”金特里说，“但你写了一本研究连环杀手的书。迪克和我非常希望听听你对这个案子的看法。”他起身走到长黑板前。黑板上用胶纸带贴着一层棕色包装纸。金特里掀起包装纸，露出了满黑板的人名和时间。“你也许听说过这上面的其他角色。”

“听说过一部分。”拉斯基说，“纽约的报纸对尼娜·德雷顿、那个小女孩和她爷爷表达了强烈的兴趣。”

“是的，那孩子叫凯茜[①]。”金特里说，用指关节在女孩的名字旁敲了敲，“凯瑟琳·玛丽·埃利奥特。十岁。上四年级。我昨天看到了她的照片，相当可爱，比案卷里的现场照片好看多了。”金特里顿了顿，揉搓着脸颊。拉斯基又啜了口咖啡，等待治安官继续。“凶杀案现场有四个。”治安官指着街道地图说，“一人死在卡尔豪恩街，一人死在大约一个街区之外的古炮台码头，三人死在福勒家……”他敲了敲画着三个叉的方形小区域，“四人死在曼萨德旅馆。”

“这些案子之间有联系吗？”拉斯基问。

“问题就在这儿。”金特里叹气道，“看似有，但却找不出来，你明白我的意思吧？”他指了指遇害者的名字，“普雷斯顿先生被砍死在卡尔豪恩街，他在老城区生活了二十六年，是摄影师兼商人。我们推断他只是无辜的局外人，而杀死他的人死在了这儿……”

① 凯瑟琳的昵称。

"卡尔·索恩。"拉斯基念出了遇害者的名字。

"失踪的福勒夫人的仆人。"海恩斯说。

"是的。"金特里说，"尽管他在驾照上的名字是卡尔·索恩，但今天我们从国际刑警组织得到消息，指纹比对结果显示，此人原名奥斯卡·菲利克斯·豪普特，本是瑞士的一个小偷，常在旅馆行窃。1953年，他在伯尔尼[①]失踪了。"

"上帝啊。"精神病医生嘟哝道，"他们竟然会把小偷的指纹信息保存这么久。"

"豪普特不止是小偷。"海恩斯插话道，"他是1953年发生的一起凶杀案的主要嫌疑人。一个法国巨商在泡温泉时被残忍地杀害了，案发后豪普特就失踪了。瑞士警察当时认为豪普特很可能死于欧洲犯罪集团之手。"

"我想他们搞错了。"金特里治安官说。

"你凭什么质疑国际刑警组织？"拉斯基问。

"只是一种直觉。"金特里说，回头看着黑板，"不管他是叫卡尔·索恩还是奥斯卡·菲利克斯·豪普特，这个人都死在了码头。如果血案就此结束，那我们还可以拼凑出他的作案动机……比如偷船……豪普特脑中的子弹来自于巡夜的保安的手枪，点38口径。问题是，豪普特除了身中两枪之外，还被打得遍体鳞伤。他衣服上有两种血迹——我是说，除了他自己的还有两种。而他指甲里的皮肤和皮下组织样本来自普雷斯顿先生，这说明袭击普雷斯顿先生的就是他。"

"我被弄糊涂了。"索尔·拉斯基说。

---

① 瑞士首都。

“更让人糊涂的还在后头呢。”金特里用指关节敲了敲另外三个遇害者的名字：巴雷特·克拉默、乔治·霍奇斯、凯瑟琳·玛丽·埃利奥特。“你认识这位女士吗，教授？”

“巴雷特·克拉默？”拉斯基问，“不，我只是在报纸上见过她的名字。”

“唔……我赌你猜不到她的身份——她是德雷顿夫人的旅伴。我猜认从纽约来认领尸体的人会称她是德雷顿夫人的‘行政助理’。三十五岁左右的女人，皮肤微黑，身材有些魁梧。”

“我对她没有印象。”拉斯基说，“德雷顿夫人来做治疗的时候她没有跟来。我同德雷顿夫人第一次见面的时候，她或许也在下面听讲座。但我没有注意到她。”

“霍奇斯先生用点38口径史密斯&韦森左轮手枪朝克拉默小姐开枪。但验尸官非常肯定，她的死亡不是枪击造成的。她在福勒家从楼梯上摔下，折断了脖子。医务人员赶到时她还活着，但被送到急救室时已经死了。检查不出脑电波了。

“诡异的是，现场调查人员发现，霍奇斯先生根本没有朝克拉默小姐开枪。他的尸体是在这里被发现的——”金特里敲了敲黑板，“在福勒家的走廊里。他的左轮手枪却被发现于德雷顿夫人在曼萨德旅馆的房间地板上。总结起来，一共有八个遇害者——算上阿尔伯特·拉佛勒特的话就是九个——还有五件凶器……”

“五件凶器？”拉斯基问，“抱歉，治安官。我并非想有意打断你。”

“没事儿。我们发现了五件凶器：阿尔伯特用的古老的点45口径左轮手枪，霍奇斯的点38口径左轮手枪，插在豪普特身上的一把刀，克拉默用来杀小女孩的拨火棍……”

“巴雷特·克拉默杀了小女孩？”

“呃……至少拨火棍上都是她的指纹。而且女孩的血溅满了克拉默全身。”

“你只说了四件武器啊。”

“嗯……哦，还有一个我们在码头后门发现的木制拐杖，上面也有血。”

索尔·拉斯基摇摇头，望向理查德·海恩斯。联邦调查局探员双臂抱胸，紧盯着黑板。他看上去异常疲惫而愤慨。

“真是一团乱麻，对吧，教授？”金特里总结道，走回自己的椅子，叹息一声，跌坐进去。他靠在椅背上，从大咖啡杯中啜了口冷咖啡。“你有什么看法？”

拉斯基懊丧地摇了摇头。他注视着黑板，似乎在将上面的信息都记在脑中。一分钟后，他挠着胡子轻轻说道：“恐怕我也没什么看法。但我要问一个显而易见的问题。”

“什么问题？”

“福勒夫人去哪儿了？大屠杀就在她家里发生，而她却不知去向。”

“应该是福勒女士，”金特里纠正道，“邻居告诉我们，她是查尔斯顿的一位老处女。而称呼这类人为‘女士’是查尔斯顿将近两百年的传统。言归正传，关于你的问题，答案是：我们找不到梅勒妮·福勒。有人报告说，德雷顿夫人中枪后，曾在旅馆楼上走廊看到一个身份不明的老妇人，但无法确认那就是福勒女士。我们已经向附近三个州发了通缉令，但目前还没有收到任何反馈。”

“她或许是解开谜团的关键。”拉斯基的语气不太确定。

“呃……也许吧。我们在古炮台码头的厕所背后发现了她被划烂的手提包。上面的血迹同卡尔的巴黎产弹簧刀上的血迹相吻合。”

“上帝啊。”精神病医生感叹道，“这说不通啊。”

众人陷入沉默，然后海恩斯起身道：“也许真相比我们想象的简单。”他扯了扯袖口，“凶杀案发生前一天，德雷顿夫人去拜访福勒夫人……抱歉，是福勒女士。房间里发现的德雷顿夫人的指纹证明她去过那里，一个邻居也看到她进入了福勒女士家。德雷顿夫人错误地雇用了巴雷特·克拉默当她的助理。早在1968年，克拉默就在费城和巴尔的摩受到了指控。”

“什么指控？”拉斯基问。

“卖淫和吸毒。”联邦调查局探员厉声说，“克拉默小姐和福勒的这个仆人索恩勾结在一起，谋害他们的老主人。毕竟，德雷顿夫人的房子据说价值高达两百万美元，而福勒夫人在查尔斯顿的银行里有一笔不小的存款。”

“那他们是怎样——”精神病医生开口道。

“等我说完。于是，克拉默和索恩——或者是豪普特——杀害了福勒夫人，处理了她的尸体……港口巡逻队正在海湾搜索。但是，福勒的邻居，那个老保安干扰了他们的计划。保安射杀了豪普特，回到福勒家，正好遇到克拉默。老人的孙女在院子对面，看到爷爷后跑过去，结果同爷爷一起遇害。阿尔伯特·拉佛勒特是另一个同谋者。见克拉默和豪普特没有出现，他惊慌失措，杀死了德雷顿夫人后逃走。”

金特里在椅子里前后摇晃，双手十指交叉，放在肚上，微笑着问："那摄影师约瑟夫·普雷斯顿之死如何解释？"

"就像你说的那样，他只是个无辜的局外人。"海恩斯答道，"他或许看见了豪普特抛尸，于是那个德国佬杀了他。普雷斯顿指甲里的皮肤和皮下组织样本与豪普特脸上的爪痕完全吻合。"

"嗯。那他的眼睛呢？"金特里问。

"他的眼睛？谁的眼睛？"精神病医生将目光从治安官转移到联邦调查局探员身上。

"豪普特的。"金特里答道，"他的眼睛不见了。有人用棍子将他的左眼刺穿了。"

海恩斯耸耸肩，"但这是唯一说得通的解释：两个惯犯受雇于两个有钱的老妇人，他们打算绑架或者谋杀主人，却半路失控，于是演变成连环杀戮。"

"嗯，有这个可能。"金特里说。

众人再次沉默。索尔·拉斯基听见从县政府大楼别的办公室里传来的笑声，还有马路上的警笛声。但不久后房间又陷入寂静。

"你怎么看，教授？你有别的解释吗？"金特里问。

索尔·拉斯基缓缓摇头，"我也一头雾水。"

"用你书里的说法解释得通吗？所谓'暴力共鸣'？"金特里问。

"唔……"拉斯基说，"这跟我设想的'暴力共鸣'不一样。虽然表面上看确实发生了一连串暴力事件，但我看不出有何催化剂。"

"催化剂？"海恩斯重复道，"什么意思？"

金特里将脚放在桌上，用红色印花手帕擦了擦脖子。"拉斯基博士的书讨论了促使人们杀戮的条件。”

“我不明白。”海恩斯说，“不会是老生常谈，主张贫困和社会地位导致犯罪吧？”联邦调查局探员的语气表明了他对这一观点的态度。

“不是。”拉斯基说，“我在书中提出了一种假说，即某些环境、条件、机构或者是个人，可以促使他人形成应激反应，导致暴力行为，乃至杀人。而这些原因或动机与暴力行为之间缺乏直接的因果关系。”

联邦调查局探员皱眉道：“我还是不明白。”

“你见过我们这儿的牢房了吗，迪克？没有？那你走之前就应该去看看。去年八月我们把牢房刷成了粉色。我们戏称那是‘粉色希尔顿酒店’。但这种做法很有效，刷上粉色之后，监狱里的暴力事件减少了大概百分之六十。当然，这同我们现在谈论的问题刚刚相反，对吧，教授？”

拉斯基扶了扶镜框。在他举起手的时候，金特里瞥见他的前臂上有一串淡淡的数字文身。“不错，但道理是一样的。实验表明，色彩环境可以对受试者的态度和行为造成莫大的影响。在这样的环境下暴力事件的发生率会降低，其原因尚不明确，但诚如治安官所言，从数据上看，两者之间确实存在一定的关系，即通过更改色彩变量就能让人产生某种精神生理反应。我的理论是，某些难以理解的暴力事件，是由一连串复杂的刺激因素导致的。”

“糟了。”海恩斯说，看了眼手表，然后又盯着金特里。治安官把脚放在桌上，惬意地坐在椅子里。海恩斯捋了捋灰色裤子上并不存在的线头。“我看不出你的理论对我们有何帮助，拉斯基博士。”联邦调查局探员说，“金特里治安官面对的是血淋淋的凶杀案，不是实验室里的小白鼠。”

拉斯基点头，微微耸肩。“我只是刚好也在查尔斯顿，”他说，“所以决定告诉治安官我同德雷顿夫人之间的关系，并且提供力所能及的帮助。我知道我占用了二位的宝贵时间。谢谢你的咖啡，治安官。”

精神病医生起身朝门口走去。

“谢谢你的帮助，教授。”金特里说，用红手帕擤了擤鼻涕，“对了，我还要问你一个问题。”

拉斯基的一只手抓住门把，等着治安官发问。

“拉斯基博士，你是否认为，这一连串凶杀案是两个老太太——尼娜·德雷顿和梅勒妮·福勒吵架造成的？罪魁祸首会不会是她们？”

拉斯基的脸上毫无表情。他眨了眨眼，眼神忧伤。“有可能。但这解释不了曼萨德旅馆的凶杀案，对吧？”他说。

“是的，解释不了。”金特里赞同道，用手帕最后一次揩了下鼻子，“就这样吧。非常感谢，教授。谢谢你支持我们的工作。如果你想起了别的关于德雷顿夫人的信息，可以为我们解开谜团提供线索，请给我们打个电话，好吗？”

“当然。”精神病医生说，“祝你们好运。”

等门关上后，海恩斯开口道：“我们应该查查拉斯基。”

金特里拿着喝空的咖啡杯，在手中缓缓旋转。“已经做了。他没有什么可疑的。”

海恩斯眨眼道：“他今天来之前你就调查过他了？”

金特里露齿一笑，放下咖啡杯。“在他昨天打来电话之后就调查了。如果不是对他有所怀疑，我才不会给纽约打电话呢。”

“我会让局里面调查他的行踪……”

“星期六晚上他在哥伦比亚大学做讲座。”金特里插话道，“那是关于街头暴力的公共论坛的一部分。讲座完了之后他参加了欢迎会，直到十一点才结束。我同系主任确认过。”

“我会查一下他的档案。”海恩斯说，“他说尼娜·德雷顿找他做精神病治疗，我觉得不像是真的。”

“好。”金特里说，“查查最好，迪克。”

联邦调查局探员拿起雨衣和公文包，最后看了眼治安官，登时定住了。金特里双手紧握，指关节都发白了。他的蓝色眸子里酝酿着暴怒。金特里抬头看着海恩斯。

“迪克，在这个案子上，我需要你全力以赴地帮助我。”

“我当然会全力以赴。”

“我是说真的。”金特里双手举起一支铅笔，“不管凶手是谁，甭指望在我管辖的地面犯下九起血案还能逃之夭夭。我一定要找出真凶。”

“好。”海恩斯说。

“我一定要找出真凶。”金特里重复了一遍。他抬起头，目光冰冷。铅笔在他手中被折断。“然后把他们抓获归案。我一定会的，我发誓。”

海恩斯点点头，说了句“再见”就走了。联邦调查局探员离开后，金特里默默地注视着那扇绿色的门良久。最后，他低头看着手中断裂的铅笔。他没有微笑，而是慢慢地、认真地继续将铅笔一截截地折断。

海恩斯打了辆出租车回酒店，结了账，乘同一辆车前往查尔斯顿国际机场。他到得很早。行李过安检后，他就在机场大厅里走来走去，买了本《新闻周刊》，最后来到侧廊里的一个公用电话亭，拨打了一个华盛顿区号的号码。

“您拨打的电话暂时无法接通。”一段录制好的女人的声音响起，“请重拨，或者联系贝尔公司区域服务代表。”

“理查德·M. 海恩斯。”联邦调查局探员说。他回头看了眼身后，一个女人正带着孩子去厕所，路过电话亭。“考文垂。有线电话。请接779–491。”

听筒里传来咔嗒一声，然后是一阵轻微的嗡嗡，接着又响起一段录制好的声音。“本公司正闭门清点存货。如果你想留言，请等待提示音。留言没有时间限制。”半分钟后，听筒里终于传出温柔的提示音。

“我是海恩斯。我正要离开查尔斯顿，一个名叫索尔·拉斯基的精神病医生今天来找金特里谈话。拉斯基说他在哥伦比亚大学工作。他写过一本名叫《暴力病理学》的书。学术出版社出版。他说他在纽约同尼娜·德雷顿见过三次。他说自己不认识巴雷特·克拉默，但他可能在撒谎。拉斯基的手臂上有一个集中营文身，编号4490182。此外，金特里调查了卡尔·索恩，发现他本是一个瑞士小偷，真名奥斯卡·菲利克斯·豪普特。金特里很邋遢，但并不愚蠢。他急于侦破这起案子。我明天提交报告。同时我建议对拉斯基和金特里治安官实施监控，或者取消这两人的生存权，以防万一。我今天晚上八点到家。等待进一步指示。海恩斯。有线电话。考文垂。”

理查德·海恩斯探员挂断电话，拿上公文包，快步汇入涌向登机口的人流。

索尔·拉斯基离开了县政府大楼，进入一条小街，他租的丰田车就停在那里。天下着小雨，索尔却觉得空气异常温暖。这里的气温有十五六摄氏度。而前天他离开纽约的时候，那里已经下雪了，气温连续数日只有零下六七摄氏度。

索尔坐在车中，看着雨水顺着挡风玻璃流下。车里弥漫着皮革和雪茄的味道。他竟然止不住地颤抖起来。索尔紧抓方向盘，终于让上半身停止颤抖，但腿还是在微微打战。他用力捏住大腿肌肉，思考别的事情，比如春天，还有去年夏天他在阿迪伦达克山区发现的平静湖泊，还有他在锡耶纳路过的荒凉山谷，谷中罗马时代的石柱被沙尘覆满，孤独地矗立在页岩悬崖边。

几分钟后，索尔发动了汽车，在雨后滑溜的街道上漫无目的地行驶。路上的车很少。他本打算沿着52号公路前往他入住的汽车旅馆，但他最后掉头往南，上了东湾大道，前往查尔斯顿的老城区。

曼萨德旅馆的标志是一直延伸到路缘的拱形绿色雨棚。索尔扫了眼雨棚下黑漆漆的旅馆入口，将车开走了。三个街区之外，他右转进入一条狭窄的小巷。锻铁栅栏将院子同砖砌的人行道隔开。索尔减缓车速，轻轻地数着门牌号。

梅勒妮·福勒的家没有一点儿光亮。院子空荡荡的，北面的房子窗帘紧闭。院门上了挂锁，缠着链子。挂锁看上去很新。

索尔在下条街左转，然后又左转，最后在离百老汇街不远的地方找到了空位，将车停在一辆货运卡车后面。雨越下越大。索尔从后座抽出一顶白色网球帽，拉低帽檐，盖住额头，竖起灯芯绒西装夹克的领子。

他走进刚才那条小巷，巷子从街区正中穿过，两侧是小车库、茂密的枝叶、高高的栅栏，还有数不清的垃圾桶。索尔像开车时一样数着门牌号，但为了避免弄错，他还必须确认哪家的南窗附近有两株看似枯死的矮棕榈。他双手插在口袋里漫步。尽管知道自己形迹可疑，但他对此无能为力。雨继续下着。冬天的夜晚来得早，天色已经开始变暗。顶多再过半个小时，天就会全黑。索尔深呼吸三次，沿着十英尺长的车道来到一座被废弃的小马车车库。窗户被涂黑，但看得出这里从未被当作机动车车库使用。后栅栏上设有高高的铁丝网，铁丝网上爬着葡萄藤，灌木的枝丫从孔洞中支出来。黑色铁栅栏上有一道矮门，但门已经上了挂锁，缠着链子。挂在链子上的黄色胶带上印着一行字：**严禁擅自入内——查尔斯顿县治安官办公室封**。

索尔犹豫了。雨点噼噼啪啪地敲在马车车库的石板屋顶上，这是他唯一能听见的声音。他伸出手，抓住栅栏，左脚踩上门的横梁，身子翻到生锈的铁刺上，小心翼翼地保持平衡，然后跳到后院的石板上。

索尔蹲了一会儿，张开手指，按在湿漉漉的石头上。他的右腿抽筋了。索尔听见心脏怦怦狂跳，附近的一条小狗突然汪汪狂吠。等吠声停止，索尔迅速经过花丛和打翻的鸟水盆，来到一条木制后门廊。门廊的历史明显比砖房久远。朦胧的微光中，周围环境的声音仿佛被雨帘隔绝开，而索尔的脚步声却被无限放大。他看到左边窗玻璃背后的植物，那里是由温室扩建而成的花园。他试着推了推门廊的纱门。门嘎吱着打开，索尔走进黑暗当中。

室内又长又窄，空气中弥漫着腐土的味道。索尔看见靠在砖房的架子上放着许多空陶罐。深处有一道紧闭的大门，门上装着铅玻璃，门框装饰线条优美。索尔知道这里门窗都上了锁，也知道这里安装了报警系统，但他确定那只是一套内部报警系统，没有与警察局联网。

但如果警察后来把报警系统联网了怎么办？索尔摇了摇头，摸黑来到一排架子后面的狭窄玻璃前往里窥探。他看到一台冰箱的白色轮廓。突然，远方传来隆隆雷声，落在屋顶和灌木上的雨点越来越密。索尔将陶罐放在柜台的空位上，把手上的黑土抹掉，拆下一条三英尺长的搁板。柜台上方的窗户被从里面上了锁。索尔蹲在地上，用指头压了压玻璃，然后转身寻找最大最重的陶罐。

闪电划破夜空，映在破碎的窗玻璃上。随后传来的雷声都没有玻璃被打碎的声音刺耳。索尔再次举起陶罐，将窗框上的玻璃残片敲掉，手伸进去，在黑暗中摸索门闩。不会有一只手摸到我的手吧？他突然冒出这个幼稚的念头，不禁脖颈发凉。他摸到窗链，用力一拉，窗户朝内打开。他蜷缩着身子钻进去，脚踩着桌上的碎玻璃，然后重重地落在厨房的地板上。

这座老宅子里有一些轻微响动：雨水从窗外的排水槽里流过；冰箱咔嗒一响，开始新一轮制冷循环，却把他吓得心脏都差点儿停跳。他意识到房里仍然通电。不知从何处传来如同指甲挠抓玻璃的声音。

厨房有三扇旋转门通向外面。索尔从正前方的一扇进入长长的走廊。尽管光线微弱，他还是看见距厨房门几码远的地板碎裂了。他在楼梯底部停下，期待能看到用粉笔标出的尸体形状，就像他在自己钟爱的美国侦探电影里常见的一样。但地上什么都没有，除了第一级楼梯附近的地板上的一大片污渍。索尔看了眼通往门厅的短走廊，然后进入一个豪华的大房间。那里似乎是客厅，装修风格显然属于上世纪。光线透过肮脏的窗户射进来。壁炉架上挂钟的指针停留在三点二十六分。华丽的家具和装满水晶与瓷器的高橱柜令人窒息。索尔拉了拉衣领，快速打量了一遍客厅。房间里气味**刺鼻**，弥漫着漆料、滑石粉和腐肉的味道，令索尔联想到克拉科的老姑妈达奴塔的小房间。达奴塔去世时一百零三岁。

门厅的另一头是空荡荡的饭厅。索尔迈步走过去，吊灯似乎在微微摇晃。门厅里立着一个空帽架，两根黑拐杖靠在墙上。一辆卡车缓缓从门外通过，房间都在轻颤。

饭厅后面的温室比其他房间明亮许多。索尔站在里面，感觉似乎周围毫无遮挡一般。雨已经停了，他看见玫瑰从花园沾着雨珠的绿叶间探出来。用不了几分钟，天就会黑了。

一个漂亮的橱柜被砸开，露出破裂的樱桃木，地上散落着碎玻璃。索尔小心翼翼地迈过去，蹲下身。中层搁板上，有一些翻倒的小雕像和白蜡器皿。

索尔起身，环顾四周。一股莫名的恐惧涌上心头。腐肉的味道似乎跟着他进了屋。他的右手不自觉地反复捏紧和放松。他可以现在就离开，从旋转门直接进入厨房，然后在两分钟内翻出栅栏。

索尔转身，沿着漆黑的走廊来到楼梯。他手下的楼梯扶手平滑而冰冷。尽管楼梯对面的墙上有一个圆形小窗户，楼梯尽头却笼罩在黑暗之中。他在楼梯顶端停下。右侧的一扇门被撞开，铰链脱落，门框破裂。索尔强迫自己进入卧室。这里闻上去就像是停电了好几个星期的冻肉库。角落里的高衣柜就像一条竖起来的棺材，塞满了衣服。沉重的窗帘挡在面向院子的窗户前。一副昂贵的象牙梳子摆在古老的梳妆桌上。梳妆镜模糊而肮脏。高床收拾得相当整洁。

索尔正欲转身离开，这时他听到了一个声音。

他登时定住，双手不自觉地捏成了拳头。房间里的异样只有那腐肉般的味道。他想告诉自己，那不过是外面被堵住的排水槽中水流的声音。但那声音越来越清晰了。

楼下传来了脚步声，轻微而坚定。来者开始登楼梯。

索尔转身，四大步走到大衣柜前。柜门打开时没发出任何声响，他躲进了老妇人穿的一堆羊毛衣服中。变形的门关不严，昏暗的光线透入门缝。从门缝中看出去，一半都是高床的黑色轮廓。

来者迈上最后几级台阶，沉默良久，然后进了屋。脚步声非常轻柔。

索尔屏住呼吸。羊毛和樟脑球的味道混合着腐肉的臭味钻进他的鼻孔，几乎让他喘不过气来。厚重的裙子和围巾裹着他，缠绕着他的肩膀和脖子。

索尔听不出脚步声是否消失，但他的耳朵里嗡嗡作响。幽闭恐惧症攫住了他。他的注意力无法集中在门缝中透出的光线上。他想起了落在朝天的面庞上的黑土，想起了黑土中挣扎的惨白胳膊，想起了短胡茬的下巴上的橡皮膏，想起了瘦骨嶙峋的腿，想起了那个冬天飘荡在大坑上空的棕色羊毛制服的味道，想起了大坑中像蛆虫一样无助地蠕动着的垂死者。

索尔大声喘息起来。他在裹住自己的羊毛衣服中挣扎，伸手去推衣柜门。

但他的手还没碰到门，门就从外面被粗暴地拉开了。

5

华盛顿特区

1980年12月16日，星期二

托尼·哈罗德和玛利亚·陈乘飞机在华盛顿国家机场降落，租了辆车，直接开往乔治敦。正午刚过不久。经过第十四街大桥的时候，他们看到了灰暗的流速缓慢的波托马克河。国家广场上的树都掉光了叶子。威斯康星大道并不拥挤。

“就在这儿。”哈罗德说。玛利亚驾车驶上M街。冬日里的高价联排别墅仿佛正聚在一起取暖。他们寻找的房子与这些别墅差不多。淡黄色车库门前有一个禁止停车的区域。一对身着厚毛皮大衣的恋人牵着贵宾犬从门口经过。

“我在这儿等着。”玛利亚·陈说。

“不。”哈罗德说，“你先开走。每隔十分钟从这里经过一次。”

她犹豫片刻，哈罗德下了车，她将车开走，超了一辆豪华轿车。

哈罗德径直朝车库走去。门口的控制键盘上有四个塑料按钮和一条小槽。哈罗德从钱包中取出一张信用卡插入槽中。咔嗒一声。他上前一步，将第三个按钮按了四次，然后又按了另外三个按钮。车库嘎吱打开。哈罗德收回卡，进入车库。

身后的门关闭之后，空荡荡的车库里伸手不见五指。哈罗德闻不出石油或汽油的味道，空气里只飘荡着水泥和木板的气味。他三步走到车库中心，站直身子。他没有费力去寻找门或电灯开关。哈罗德听到了细微的电子仪器声，那表明墙上的监控摄像机发现了他，并在检查有无人尾随。他猜这应该是红外线摄像机，或者装备了微光镜头。不过他根本不关心这个。另一扇门上的监控摄像机转过来瞄准他。哈罗德拉下了短皮夹克的拉链。

"请摘下墨镜，哈罗德先生。"声音从墙上的标准家用对讲机中传来。

"去死吧。"哈罗德轻快地说，摘下了飞行员墨镜。门开了，哈罗德戴上墨镜，两个身穿黑西装的高个子男人走进来。其中一个身材魁梧，看样子就像保镖；另一个是黑人，更高更瘦，让人不知为何一见就心生畏惧。

"先生，请举起你的双臂。"魁梧的保镖说。

"死一边去。"哈罗德说。他讨厌被男人触碰，甚至想一想都觉得恶心。两个男子耐心等待。哈罗德举起双臂。魁梧的保镖公事公办地搜了他一遍身，然后朝黑人点了点头。

"请走这边，哈罗德先生。"高个子黑人领他入门，经过未经使用的厨房，进入一条明亮的走廊，经过几个未装修的空房间，在一条楼梯下停住。"请到左边的第一个房间，哈罗德先生。"他指了指楼上，"他们在等你。"

哈罗德一言不发，爬上楼梯。橡木楼梯的表面平整光亮，咚咚的脚步声在整个房子里回荡。他闻到了新刷的油漆的味道。

“哈罗德先生，很高兴你能来。”五个男人坐在折叠椅上，形成一个松散的圆圈。这个房间原本可能是主卧，或者大书房。地上没铺地板，白色百叶窗，壁炉里没生火。哈罗德认识这些人——准确地说，是知道他们的名字。从左到右依次是：特拉斯科、科尔本、萨特、巴伦特和开普勒。他们穿着价值不菲但风格保守的西装，连坐姿都是统一的：挺直背，翘着腿，双臂抱胸。其中三人身边放着公文包，三人戴着墨镜。他们都是白人，年龄从四十八九到六十出头不等，巴伦特最为年长。科尔本基本秃头，而另外四人是标准的国会议员发型。刚才开口的是特拉斯科，他补充道：“你来晚了，哈罗德先生。”

“是啊。”托尼·哈罗德说，上前几步。房间里没为他准备椅子。他脱掉皮夹克，披在肩头，用一根手指钩住。他穿着一件光鲜的红色丝绸衬衫，最上面的扣子解开，露出金项链上挂着的鲨鱼牙垂饰；黑色灯芯绒裤子上，金色的R2-D2[①]皮带扣颇为显眼，那是乔治·卢卡斯[②]亲自送给他的；短靴鞋底又厚又高。“航班晚点了。”

特拉斯科点点头。科尔本清了清嗓子，似乎要开口说话，但最后只是扶了扶塑料镜框。

“你们有什么消息？”哈罗德问，但他没等待答案，径直走向壁橱，取出一把金属折叠椅，反向放在圆圈的空隙中。他横跨上去，将夹克搭在椅背上。“没有新消息？”他问，“难道我大老远跑来却一无所获？”

“我们正想问你有什么消息呢。”巴伦特说，声音抑扬顿

① 电影《星球大战》中的机器人。

② 乔治·卢卡斯（George Lucas，1944—），电影《星球大战》的导演。

挫，充满磁性，混杂着东海岸和英格兰口音。巴伦特显然不需要通过提高音量来吸引注意。房间里的所有人都在听他说话。

哈罗德耸肩道："我在威利的葬礼上发表了悼词。"他说，"他埋在森林草坪墓地。我很伤心。大概有两百名好莱坞名人来参加葬礼。其中十到十五人见过威利。"

"我是问他的家。"巴伦特耐心地说，"你有没有按要求搜查他的家？"

"搜查了。"

"结果呢？"

"一无所获。"哈罗德说，然后就闭上了嘴。嘴角肌肉紧绷，常见的讥讽和冷幽默在苍白的脸上浑然不见。"我只有两个小时。我花了一个小时寻找威利过去的男宠。他们有威利家的钥匙，会像秃鹫啄食腐尸一样瓜分掉他家里的财产……"

"他们是否被威利操控？"科尔本问，声音中带着焦急。

"应该没有。要知道，威利的念控力衰退了。也许他在他们身上施加了点儿条件反射。不过我怀疑他连这点也做不到了。毕竟，他那么有钱，在电影圈呼风唤雨，不需要使用念控力也会有大把的人巴结。"

"搜查结果？"巴伦特说。

"我搜查了一个小时左右。威利的律师汤姆·马圭尔是我的老朋友，他允许我查看了威利保险柜里和桌子上的文件。没有太多发现，只是剧本和电影方面的资料。还有些股票，但算不上什么资产。威利坚持只往电影工业里投资。还发现了许多商业信函，几乎都是公函。昨天公布了他的遗嘱，我得到了他的房子……前提是缴清该死的税。他的大部分钱都投到项目里面了。

他的其他钱都留给了好莱坞反虐待动物协会。”

“反虐待动物协会？”特拉斯科问。

“你没听错。老威利是个动物痴。他老是抱怨电影里虐待动物，还四处奔走，建议通过更严厉的法律规定，禁止用马进行特技表演之类。”

“继续。”巴伦特说，“就没有涉及威利过往经历的材料？”

“没有。”

“没有泄露他拥有念控力的材料？”

“没有。”

“也没有提及我们的材料？”萨特问。

哈罗德坐直身子：“当然没有。你知道，威利对俱乐部一无所知。”

巴伦特点点头，手指相抵成尖塔状，“真的一无所知，哈罗德先生？”

“绝对不知道。”

“但他知道你有念控力。”

“嗯……当然。但你很多年前就允许他知道。你让我去接近他的时候就说过。”

“不错。”

“威利认为我的念控力比他弱，所以靠不住。我不用像他那样一直操控某人，而且我有自己的偏好……”

“你不操控男人。”特拉斯科说。

“我有自己的偏好。”哈罗德说，“威利啥都不知道。他自己的念控力衰退到只能操控雷诺兹和鲁哈这两个傀儡，却仍然瞧不起我。即便是这两个人，他也有一半的时间控制不了。”

巴伦特又点了点头：“你认为他已经无法使用念控力取消他人的生存权了？”

“当然不是。”哈罗德说，“他完全可以利用他的两个傀儡或者某个男宠杀人，但他还没有那么蠢。”

“你让他去查尔斯顿同这两个女人……呃……重聚？”开普勒问。

哈罗德紧握搭在椅背上的皮夹克，“我‘让’他？什么意思？好吧，就算是我让他去的。我的工作是监视他，我无权限制他出行。威利经常满世界飞。”

“你认为他们重聚后做了什么？”巴伦特问。

哈罗德耸耸肩，“同老友聊聊过去的时光。要我说的话，他还会同两个老婆娘做爱。但我他妈的怎么知道真的发生了什么。他通常只外出两三天。这从来都不是什么问题。”

巴伦特转头面朝科尔本，打了个手势。秃顶男人打开公文包，取出一个棕色小册子，看起来像是相册。他起身走过来交给哈罗德。

“这是啥东西？”

“你看看。”巴伦特指示道。

哈罗德翻了翻相册，一开始很快，但后来慢下来。他一口气读完了几份剪报，然后摘下墨镜。没有人说话。M街上传来了汽车喇叭声。

“这不是威利的东西。”哈罗德说。

“不错。”巴伦特说，“这是尼娜·德雷顿的。”

“难以置信。太他妈难以置信了。这不像是真的。这个老婆娘一定是倚老卖老，疯言疯语。她还以为自己生活在美好的过去呢。”

“不。”巴伦特说，“里面的大多数案子她都在场。她很可能就是真凶。”

“我操。”哈罗德说，戴上墨镜，揉搓双颊，“这东西你们是从哪儿弄来的？她纽约的公寓？”

“不是。”科尔本答道，“上周六威利的飞机坠毁后，我们就派人去了查尔斯顿。他从验尸官那里拿到了尼娜·德雷顿的物品，当地警察都没机会看到这些东西。”

“你确定？”哈罗德问。

“是的。”

“问题是，”巴伦特说，“这三个老家伙是不是还在玩那种维也纳游戏？如果是的话，你的朋友威利的遗物中是否有相应的文字记录？”

哈罗德摇头，一言不发。

科尔本从公文包中取出一个文件夹，“飞机残骸中没有发现可以确定威利身份的东西。当然，我们找到了部分可识别的物品。大部分乘客都还没打捞上来。已经从沼泽中拖出的尸体都支离破碎，很难立刻辨认。爆炸非常强烈。沼泽恶劣的条件妨碍了搜寻，令调查者举步维艰。”

“是哪个老婆娘干的？”哈罗德问。

“我们不确定。”科尔本说，“不过，威利的朋友福勒夫人是上周唯一的幸存者。按逻辑推断，她应该就是嫌疑人。”

“威利死得真他妈窝囊。”哈罗德自言自语道。

“死没死还两说呢。”巴伦特说。

“什么？”哈罗德靠到椅背上，双腿打直，鞋跟在橡木地板上留下黑色的印记，“你是说，他不在飞机上？”

“票务代理记得威利和他的两个傀儡上了飞机。”科尔本说，“威利同那个黑人傀儡发生了争吵。”

“詹森·鲁哈。”哈罗德说，“那个没脑子的蠢蛋。”

巴伦特说：“不能百分百确定他们一直留在飞机上。舱门关闭之前，票务代理离开了登机区域几分钟。”

“但同样没有证据表明威利不在飞机上。”哈罗德说。

科尔本将文件夹放在一边，“是的。不过，在找到波登先生的尸体之前，我们都不能贸然判定他已经被……呃……消除了。”

“被消除了。”哈罗德重复道。

巴伦特起身来到窗边，将挂在白色百叶窗上的窗帘拉开。他的皮肤如同瓷器般光滑。“哈罗德先生，威利·冯·伯夏特有没有可能知道岛俱乐部？”

哈罗德猛地仰头，仿佛挨了一记耳光。“不知道。绝对不知道。”

“你确定？”

“确定。”

“你从未提过？有没有间接说起过？”

“我他妈为什么要那么做？没有，威利什么都不知道。”

“你确定？”

“威利是个老头儿，巴伦特。真的很老了。他差不多快疯了，因为他无法再操控他人，特别是操控他人杀人。我是说杀人，科尔本。不是消除他人，不是取消他人的生存权，不是带着极端偏见终结他人，不是任何该死的婉转表达。威利通过杀人保持年轻，而他现在做不到了，所以这个可怜的老家伙蔫儿了，就像被太阳晒干的李子。如果他知道你们该死的岛俱乐部，就算爬他也会爬到这儿来，乞求你们让他加入。”

“这也是你的岛俱乐部，哈罗德。”巴伦特说。

“说是这么说，但我从未参加过你们的活动，所以我总以为自己是外人。”哈罗德说。

“明年入夏后的第二个星期，你会收到邀请。第一个星期的活动……呃……你没必要参加吧？”

“也许没有。但我想同权贵们聊聊天。”

巴伦特大笑，其他几人也跟着笑了。

“上帝啊，哈罗德，”萨特说，“你难道在浮华城还没见够权贵吗？”

“考虑到你的偏好和我们的客人名单，你第一星期来难道不会不自在么？”特拉斯科说。

哈罗德转头看着特拉斯科。哈罗德的眼睛眯成了一条缝。“你们知道我是什么意思。不要跟我装傻充愣。”他语速极缓，每说一个字就像一枚子弹被推入枪膛。

“我们知道你是什么意思，哈罗德先生。”巴伦特说，声音平稳，英国腔听上去明显了许多，“你今年或许就能遂了心愿。你知道今年六月谁会来岛上吗？”

哈罗德耸耸肩，将视线从特拉斯科身上挪开。“我想还是那帮渴望夏令营的男孩子吧。亨利·基辛格[①]会再次出现。也许还

① 亨利·基辛格（1923—），美国政治家，1973年到1977年任美国国务卿。

会有一位前总统。”

“两位前总统。”巴伦特微笑道，“以及联邦德国总理。但他们都不重要。重要的是下一届总统。”

“下一届总统？上帝啊，你们不是刚把总统扶上位吗？”

“是的，但他老了。”特拉斯科说，其他人都笑了，仿佛这是一个心照不宣的笑话。

“我是说真的。”巴伦特说，“今年你就可以遂愿，哈罗德先生。等你帮我们收拾了查尔斯顿的残局，你就可以堂堂正正地加入俱乐部，成为我们的一员。”

“怎么收拾？”

“首先，帮我们确定威廉·D. 波登，也就是威廉·冯·伯夏特已经死了。我们将继续自己的调查。也许很快就能发现他的尸体。而你要帮我们消除其他可能的隐患。”

“没问题。还有呢？”

“其次，在波登先生的男宠像秃鹫一样瓜分他家之前，再次彻底搜查他家，确保他绝对没有留下任何可能让大家出丑的东西。”

“我今晚就飞回去。”哈罗德说，“我明天早上就回到威利家。”

“很好。最后，我们需要你协助我们处理查尔斯顿的漏网之鱼。”

“什么漏网之鱼？”

“梅勒妮·福勒，她杀死了尼娜·德雷顿，而且威利的死也应该算在她头上。”

“你们觉得她还活着？”

“是的。”

“你们让我去找她？”

“不，”科尔本说，“我们会找到她。”

“她出国了怎么办？我是她的话就会这么干。”

“我们会找到她。”科尔本说。

“你们让我干什么？”

“她被抓住的时候，你要在场。”科尔本说，“我们想让你取消她的生存权。”

“消除她。”特拉斯科说，淡淡一笑。

“带着极端偏见终结她。”开普勒说。

哈罗德眨眨眼，望向站在窗边的巴伦特。高个子男人转身微笑道：“是你付入会费的时候了，哈罗德先生。我们会找到福勒，然后你要杀死这个多管闲事的婊子。”

哈罗德和玛利亚·陈赶到杜勒斯国际机场，搭乘夜间航班直飞洛杉矶。飞机因机械故障晚点了二十分钟。哈罗德渴得要命。他讨厌坐飞机。他讨厌将自己的性命交到飞行员手中。他知道数据显示飞机是最安全的交通工具，但数据对他毫无意义。他清晰地记得散布在几英里范围内的飞机残骸，记得炽热的金属碎片，记得草地上粉红的尸块，就像正在太阳下晾晒的鲑鱼片。可怜的威利。

“他们为什么不在起飞之前送饮料？”他说。玛利亚·陈只是微微一笑。

飞机滑入跑道，跑道两侧的灯都亮了，但飞机飞上云层之后，太阳还未完全下山。哈罗德打开公文包，取出厚厚一摞纸。

那是五部可能投拍的电影的剧本。其中两部太长了，剧本超过一百五十页，他直接扔回公文包没看。另外一部的开头晦涩难懂，他将其放在一旁。就在他拿起第四部剧本看了八页的时候，空姐上来询问大家想喝什么。

“伏特加，加冰块。”哈罗德说。玛利亚·陈什么都没要。年轻的空姐转身离开的时候，哈罗德抬头盯着她。在哈罗德看来，人类公司历史中最愚蠢的行为莫过于航空公司迫于性别歧视指控而雇用男性空乘。就连如今的空姐看上去都更老更丑了。但这个例外。她年轻而漂亮，与航空公司广告中的模特不一样。她是个性感的尤物，北欧人长相，金发碧眼，布满雀斑的双颊微微泛红，制服下的双乳高挺。以身高而论，她的乳房有点儿过于丰满了。

“谢谢，亲爱的。”哈罗德说，将杯子放在面前的搁板上。她起身的时候，他摸着她的手问：“你叫什么名字？”

“克丽丝汀。”她笑道，飞速抽回了手，“我朋友叫我克丽丝。”

“克丽丝，到这儿坐会儿。”哈罗德拍了拍宽大的座椅扶手，“咱们聊会儿。”

克丽丝汀再次露出微笑，但这只是敷衍，所以相当机械。“抱歉，先生。飞机本就晚点了，我现在得去为大家准备食物。”

“我在看电影剧本。”哈罗德说，“我很可能会把它拍出来。里面有个角色，似乎就是为你这样的漂亮姑娘准备的。”

“谢谢，但我真的必须去帮劳丽和柯尔特准备食物了。”说着她就要走。

哈罗德一把抓住她的手腕，“在你去找劳丽和柯尔特之前，能否再给我弄一杯加冰伏特加。”

她慢慢抽出胳膊，很想揉一揉被哈罗德抓痛的手腕，但强忍住了。她敛起了笑容。

微笑着给哈罗德送来牛排和龙虾的是劳丽，但并没有酒。他无心用餐。外面一片黑暗，只有左舷机翼尾端的信号灯在闪烁。哈罗德打开头顶的阅读灯，但最后将剧本收了起来。他注视着来回穿梭专心工作的克丽丝汀。前来收拾哈罗德没有吃的食物的是柯尔特。“想再来点儿咖啡吗，先生？”

哈罗德一言不发。他看见金发空姐同一个商人说笑，还来到哈罗德座位的前两排，给一个昏昏欲睡的五岁孩子送了个枕头。

“托尼。”玛利亚·陈开口道。

“闭嘴。”哈罗德说。

柯尔特和劳丽到别处忙碌之后，只剩下克丽丝汀一个人待在客舱前部的厕所附近。这时哈罗德站了起来。女孩在过道里侧身让他挤过去，但似乎并没有认出是他。

厕所里没有人。哈罗德走进去，打开门，探出头说：“不好意思，小姐。”

“怎么了？”正在收拾盘子的克丽丝汀抬起头。

“马桶好像没水了。”

“没水压了？”

“是一点儿水都没有了。”哈罗德说，侧身让她进来。哈罗德回头看见头等舱的乘客有的正戴着耳机听音乐，有的在读书，有的在睡觉。只有玛利亚·陈在看着他这个方向。

“现在好像又可以了。”空姐说。哈罗德来到她身后，插上了门闩。克丽丝汀直起腰，转过身。哈罗德在她张口发声之前就抓住了她的前臂。

安静。哈罗德的脸贴上了她的脸。厕所非常小，舱壁和金属盥洗台传来喷气引擎的细微震动。

女孩眼睛圆睁，分开了嘴唇，想要尖叫。但哈罗德用念控力**钳住**了她的意志，她什么也没说出来。他用力抓住女孩的前臂，用更大的力气紧盯着女孩的眼睛。他感到了女孩的意志如同水流一样反抗着他的意志，他奋力逆流而行。女孩的身体和意志都在挣扎。他将女孩的意志牢牢压住，就像年幼时在摔跤比赛中将伊丽莎白表妹压在身下一样。当时他一不小心就处在了上方，握住表妹的手腕，将她的双臂摁在地上，他感到既尴尬又兴奋。

停下。克丽丝汀停止了反抗，意志松懈下来。哈罗德感到一股令人震颤的温暖。随着他的意志侵入并控制女孩的思维，女孩的自我彻底丧失，就像是一盏被哈罗德吹灭的残灯。他轻松地穿过她的思维通道，抵达了快感中心。他没有花时间爱抚她。他对她的快感不感兴趣。他要的是她的臣服。

别动。哈罗德的脸贴得更紧了。他看到克丽丝汀泛红的双颊上淡金色的汗毛。她的眼睛睁得很大，眼珠很蓝，瞳孔扩张到极限。她的双唇潮湿，微微张开。哈罗德将嘴凑到她的嘴上，温柔地咬住她的下唇，然后将舌头伸入她口中。

克丽丝汀一动不动，只是轻轻地呼出一口气。倘若她是清醒的，这将是叹息、呻吟或是尖叫。她嘴里有薄荷糖的味道。哈罗德又咬了她的下唇一下，这次使劲得多，然后他将脸挪开，露出笑容。一小滴血从她的嘴唇落下，缓缓滑到她的下巴。她凝视着哈罗德身后，毫无表情，但木然的双眼透露出一丝恐惧，仿佛是铁笼里意识到自己被囚禁却又无可奈何的动物。

哈罗德松开她的前臂，抚摸她的下巴。他享受着她无望的挣扎，和他对她的绝对控制。她的恐惧就像是浓郁的香水一样充塞着他的鼻腔。他对她痛苦的低声哀求置若罔闻，顺着熟悉的通路来到她思维的中枢。他随心所欲地塑造着她的意志，就像是揉捏面团一般容易。她再次发出叹息。

站着别动。哈罗德扯掉她的制服上衣，衣服落在她身后的盥洗台上。狭小的舱室中回荡着他粗重的喘息和引擎的噪声。

别出声。她米黄色的衬衣领口上，缠着一条红黄相间的丝绸围巾。哈罗德没有去动围巾，直接解开了她的衬衣纽扣。他粗暴地将衬衣从裙子里扯出来时，她开始颤抖，但他增强了对她意志的操控。她停止颤抖。

克丽丝汀的嘴小幅张合，唾液和血液在下唇上颤动。

别动。哈罗德将衬衣从她肩膀上扯掉，挂在松软的胳膊上。她的手指抽搐了几下。

闭嘴。闭嘴。闭嘴。站着别动，婊子。飞机左偏得更厉害。哈罗德紧压着她，身体在她柔软的小腹上摩擦。

门上传来“咔嗒、咔嗒”的声响。有人想进厕所。

“克丽丝汀？你在里面吗？”是空姐的声音，门锁又咔嗒作响。“克丽丝汀？我是柯尔特。”

“克丽丝汀？出什么事了？气流有点儿不稳定。克丽丝汀？”飞机又向右偏斜。盥洗台的台面随引擎震动。哈罗德用力撞击，将她整个人都抬起来，再次撞击。

“你是在找那位空姐吗？”玛利亚·陈的声音从薄门板外传进来。“她在帮一个生病的老妇人……老妇人病得相当严重。”

然后两人低声嘟哝起来，听不清在说什么。他享受她的肉体，她的汗水，更享受她的恐惧。她犹如他手中的一个巨大而柔软的洋娃娃。他们的思想与感觉交汇为肉体的快感。

“我会告诉她你在找她。”玛利亚·陈说。距哈罗德面部几英尺的门上响起了轻叩声。

飞机再次颠簸摇摆。哈罗德缓缓松开意志之钳。她的思维一团乱麻，真实的记忆与虚幻的梦境纠缠不清。哈罗德让她俯身在盥洗台上，然后拉开门闩。

“安全带提示灯亮了，托尼。”玛利亚·陈单薄的身影出现在门口。

“好。”

“怎么回事？”克丽丝汀茫然道，视线仍未定焦，“怎么回事？”她将头埋进金属盆里，静静地呕吐。

玛利亚进入厕所，扶住女孩的肩膀。女孩吐完之后，玛利亚用湿毛巾轻拍她的脸。飞机就像巨浪中的小船一样摇晃，哈罗德站在过道里，抓住门框维持平衡。

“怎么回事？”克丽丝汀问，呆滞地望着玛利亚·陈，“我不……为什么我……”

玛利亚一面抚摸女孩的额头，一面看着哈罗德。“你最好去坐下，托尼。不系安全带会给你惹麻烦的。”

哈罗德回到他的座位，取出他之前阅读的剧本。不一会儿，玛利亚·陈也回到了座位。气流扰动愈发剧烈，客舱前部传来柯尔特焦急不已的询问声。

“我不知道。”克丽丝汀用干瘪的声音答道，“我不知道。”

哈罗德对此置若罔闻，在手稿的空白处做笔记。几分钟后，他抬起头，发现玛利亚·陈正盯着他。他嘴角肌肉下拉，露出一个微笑。“我不喜欢等那么久都没喝到第二杯酒。”他柔声道。

玛利亚·陈别过头，望着舷窗外的黑暗和机翼尾部闪烁的红色信号灯。

第二天一大早，托尼·哈罗德就驱车前往威利家。门卫老远就认出了他的车，在红色法拉利停下来之前就打开了门。

“早上好，查克。”

“早上好，哈罗德先生。我还不习惯这么早就在这儿见到你。”

“我也不习惯这么早来这儿。但我得查阅更多的商业文件。威利投了些新项目，我得把账目理清——尤其是一部叫《白色口水》的电影。”

“我看过那本畅销书。”

“这儿还有保安吗，查克？”

“有。至少在下个月的拍卖会之前都有。”

“马圭尔还在给你发工资吧？”

“是的。从物业收入里发。”

“好。回头见，查克。”

“回头见，哈罗德先生。”

他满意地踩下油门，加速沿着长长的车道开上去。清晨的阳光透过车道两边的白杨射下来，车厢内忽明忽暗。法拉利绕过正门前干涸的喷泉，停在西厢前。威利的办公室就在西厢。

比尔·波登的豪宅沐浴在晨光中，面积超过数英亩，就像是拉丁美洲小国的宫殿。通往院子的门开着，院子连接着门廊，门廊毗邻通风的房间，这些房间又通过铺着地砖的走廊连着别的房间。这里似乎是历经数代、不停扩建而成，而不是1938年的炎热夏天由一位不著名的电影大亨投资建成。这位大亨三年后在看样片时猝死。

哈罗德用钥匙打开门，进入西厢。透过百叶窗的光线在秘书办公室的地毯上投下一条条黄色的光带。房间十分整洁，打字机罩着罩子，桌面擦得一尘不染。哈罗德想起往日这里繁忙的电话铃声和办公室噪声，心里不由得一阵凄楚。威利的办公室就在会议室后的第三个房间。

哈罗德从口袋里掏出一张写有密码的纸条，打开保险箱。他将带颜色标志的文件和折叠起来的资料放在威利宽大的白色办公桌的中央。他打开文件柜，叹了口气。看来他得工作一上午了。

三个小时后，桌面凌乱一片，哈罗德伸伸腰，打了个哈欠，坐在椅子上撑住桌子往后一推。威廉·波登的文件中没有什么会让俱乐部暴露的东西。唯一谈得上恼人的，只有个把赖债不还的人，以及过分追求电影院质量的人。哈罗德起身来到墙边练了练拳。阿迪达斯跑鞋让他感觉轻盈而敏捷。他穿着一件淡蓝色慢跑运动衣，腕部和膝部的拉链都敞开着。他饿了。他轻手轻脚沿着西厢的走廊进入一个有喷泉的院子，运动鞋踩在走廊的地砖上发出吱吱的声响。他穿过院子和一个有顶棚的阳台，通过南门进入厨房。那个阳台大得足以举办美国演员工会的大会了。厨房的冰箱里还有食物，他打开一瓶香槟，将蛋黄酱涂抹在一片法国面包上，这时他听到了一阵噪声。他拿着香槟瓶，穿过宽大的饭厅，进入客厅。

“嘿，你在干什么？”哈罗德大吼道。二十五英尺之外，一个男人正弓着身翻找放在架子上的录像带。男人飞快地站起身，上半身的影子落在角落里二十英尺宽的屏幕上。

“哦，是你啊。”哈罗德说。这家伙是威利的一个男宠。哈罗德和汤姆·马圭尔几天前将他赶跑了。他很年轻，一头金发，古铜色的皮肤堪称完美，世界上恐怕没几个人能拥有这种肤色。他只穿着毛边短裤和运动鞋，上半身肌肉隆起。发达的三角肌和胸肌表明他经常健身。哈罗德甚至怀疑，有人经常在他结实的肚子上碎石头。

“是我。”在哈罗德听来，这孩子的声更像是海军陆战队的训练官，而不是马里布海滩[1]的同性恋。“你想怎么样？”

哈罗德慵懒地叹了口气，喝了一大口香槟，然后擦了擦嘴。“赶紧滚，小子。你这是私闯民宅。”

金发帅哥噘嘴道：“谁说的？比尔是我的一个朋友。”

“呵呵。”

“我有权待在这儿。我珍视我们之间的关系。”

“放你娘的屁。”哈罗德说，“快滚，不然就把你扔出去。”

“谁来把我扔出去？”

“我。”哈罗德说。

“就你一个人？”男孩起身抖了抖胸肌。哈罗德不知道自己看到的是二头肌还是三头肌。他们就像是柏油帆布下的沙鼠。

“我，还有警察。”哈罗德说，走到组合式家具旁，拿起桌

① 美国加利福尼亚州的一段海滩，以冲浪闻名，许多电影明星都住在附近。

上的电话。

“没门儿。”男孩从哈罗德左手中夺走话筒，拔出了电话线。仿佛这样做还不够似的，他又骂骂咧咧地将连在墙上的十五英尺长的电话线扯了下来。

哈罗德耸耸肩，放下香槟瓶。“冷静，布鲁西[1]。还有别的电话。威利家哪儿都有电话。”

男孩三个箭步冲到哈罗德面前，挡住他。“看谁快，狗娘养的。”

“狗娘养的？天，我从埃文斯通高中毕业之后就没听过这个词。你还能再冒点儿脏话出来吗，布鲁西？”

“别叫我布鲁西，猪头。”

“我又听到一句脏话。”哈罗德说，想从男孩身边绕开。男孩伸出三根指头顶在哈罗德的胸膛上一推。哈罗德撞到了家具上。男孩往后一跳，身体下蹲，双臂呈格斗姿势。“空手道？”哈罗德说，“嘿，没必要动手吧。”他的声音中透露着一丝颤抖。

“猪头。”男孩说，“狗娘养的。”

“重复说过的话，这可是年老的表现。”哈罗德转身就跑。男孩扑上来。哈罗德已经完全背对着他，猛然抓起香槟瓶，砸在男孩的左太阳穴上。瓶子没有裂开。击打的声音并不大，就像是用一只死猫敲打大钟。男孩右膝跪地，垂下了脑袋。哈罗德上前一步，把孩子的脑袋当成了橄榄球，抬腿踢向他的下巴。

“哎哟！”托尼·哈罗德抓住阿迪达斯跑鞋呻吟起来，缩回右脚，左腿单腿跳跃。男孩则被踢飞，撞在身后的家具上，弹回

---

① 布鲁斯的昵称。

来，双膝跪地，如同在上帝面前忏悔的信徒。哈罗德又拿起桌角沉甸甸的墨西哥台灯，砸在男孩漂亮的脸蛋上。与酒瓶不同，台灯这次稀里哗啦碎了一地。男孩的鼻子和其他突出器官也随之破裂。他侧身倒在厚厚的地毯上，就像水肺潜水员从橡皮筏上入水一样。

哈罗德从男孩身上跨过去，来到厨房的一部电话机前。“查克？我是托尼·哈罗德。让伦纳德替你守前门，你开车上来好不好？威利留了些行李，得拿去丢掉。”

不一会儿，威利的男宠被载去急诊室，哈罗德又喝了杯香槟，吃了抹着鱼酱的法国面包，然后漫步返回威利的录像收藏馆。那里的架子上摆放着三百盘录像带，其中一些是威利早期的成功之作，比如《三人秋千》《海滩派对生物》和《巴黎回忆》。旁边放着哈罗德同威利联合制作的片子，包括《舞会大屠杀》《死了的孩子们》，以及《沃尔珀吉斯之夜[①]》的两部续作。架子上还摆着威利中意的试镜片、剪余片、试播片、三集电视情景喜剧《他的和她的》——三集之后威利就放弃了——杰里·达米阿诺的所有X级电影、一些新片，以及一大堆五花八门的其他带子。男孩抽出了几盘录像带，哈罗德跪下查看。第一盘上的标签写着：**A与B**。哈罗德打开投影仪，将录像带塞进录像机。屏幕上显现出一行字：**亚历山大与拜伦，4月23日**。

开头几个镜头是威利的大游泳池。镜头右扫，经过瀑布，对着威利打开的卧室门。一个穿着红色比基尼短裤的瘦弱的年轻男人跳了出来。他假装随意地朝镜头挥手，然后不自在地站在游泳

---

① 又名五朔节之夜，一些欧洲国家和美国的一些斯堪的那维亚人聚居区于五月一日前一天的晚上庆祝春天到来，以音乐、歌唱、篝火为特色。

池边。哈罗德觉得他看上去就像是平胸而贫血的女神维纳斯。突然，威利那浑身肌肉的男宠从阴影中冒出来。他穿着更短的红短裤，一出现就摆出各种各样充满力量的姿势。瘦男人——他应该叫亚历山大吧？——开始用夸张的肢体动作和面部表情表达他对肌肉男的崇拜。哈罗德知道，威利为自己的家庭摄像装置配备了高质量的麦克风，但这段实录影片却是彻头彻尾的哑剧。

威利的男宠最后摆出屈体的姿势。亚历山大这次跪在地上，如同在膜拜阿多尼斯[1]一般。阿多尼斯保持着最后的姿势，亚历山大伸手拉下了他的比基尼短裤。他被太阳晒成古铜色的肤色完美极了。哈罗德关闭了录像。

"拜伦？"哈罗德喃喃道，"上帝啊。"哈罗德用十五分钟才找到那盘放在《冷血》和《热夜》之间名为《我的死亡时间》的录像带。哈罗德坐在长凳上，翻来覆去地摩挲着手中的录像带。他突然感觉心里空落落的，很想直接冲出房门驾车离开。但他还是将录像带放进了机器中，按下播放键，探出身子。

"你好，托尼。"威利说，"我正在从坟墓中同你打招呼。"他在屏幕中看上去比真实生活中更大。他坐在游泳池旁的网椅中，身后的棕榈树叶随风翻舞，但镜头中除了他就没有别人，甚至连仆人都没有。威利的白发是往前梳的，但哈罗德看到了头皮光秃部分的晒伤。这个老人穿着一件宽松而鲜艳的夏威夷衬衫和大号绿色短裤。他的膝盖是白色的。哈罗德心脏狂跳。"如果你发现了这盘录像带，"威利说，"那我一定遭遇了不幸，永远地离开了你。托尼，我相信你将是第一个发现……这份

① 希腊神话中被爱神阿佛洛狄忒所恋的美少年。

遗嘱的人，而且你将一个人观看录像。”

哈罗德握紧拳头。他拿不准这盘带子是什么时候录的，但看上去挺新。

“我相信你已经处理了我留下的所有未尽事务。”威利说，“我知道你会管理好制片公司。放心，我的朋友，如果我的遗嘱已经公布，你不用担心。我不会在片尾来个大转折。这座房子是你的。我只是想跟自己的老朋友说说话。”

“操。”哈罗德咬牙咒骂道，手臂上泛起了鸡皮疙瘩。

“……好好享用这座房子吧。”威利说，“我知道你从不真正喜欢这里，但如果有人想买，你可以转手卖掉，赚上一大笔。或许，你可以在这里拍摄我们的片子——《白色口水》。”

这盘带子是最近录的。天气温暖，哈罗德却忍不住发抖。

“托尼，我想和你说的话不多。我像对待亲生儿子一样对待你，**不是吗**[1]？如果不是儿子，那就是最爱的侄子。但你对我却不够诚实。你有一些从未向我提及的朋友，对不对？不过话说回来，世上没有纯洁无瑕的友谊。我也没有向你透露我的一些朋友的情况。我们都有自己的生活要过，对不对？”

哈罗德直挺挺地坐在那儿，一动不动，几乎忘了呼吸。

“但这个问题已经不重要了。”威利说，从镜头前别开脸，望着游泳池水面上跳跃的光点。“如果你看到这盘带子，那我一定死了。没有人可以永生，托尼。你到我这把年纪就会明白……”威利转回头看着镜头，“希望你也能活到我这把年纪。”他微微一笑，露出完美的牙齿，“我还有三点要说，托

① 原文为德语，“nicht wahr”。

尼。第一，我很遗憾你没有学下棋。你知道下棋对我来说很重要。这不仅是游戏，我的朋友。**是**[①]，绝不仅仅是游戏。你曾说你要过自己的生活，没时间玩这种游戏。但我要说，绝不能不给学习留出时间，托尼。即便是一个死人也能让你学到东西。**第二**[②]，第二点，我必须告诉你，我向来憎恶威利这个名字。如果我们来生再见，托尼，我会要求你换一个名字称呼我。冯·伯夏特先生就不错。或者主人。你**相信**来生吗，托尼？我相信。你觉得来生会是什么样子？我认为天堂就是一个美妙的岛，在那里，你的所有需求都会得到满足，还有一群有趣的人可以聊天。在那里，你可以随心所欲地狩猎。多么令人向往的画面啊，对不对？”

哈罗德眨了眨眼。他经常看到一种表达——“突然间浑身冒冷汗”——但他从未有过这种经历。而现在他有了。

“最后，托尼。我想问你，哈罗德这名字是怎么回事？你说你来自中西部的天主教家庭，你也常常呼唤上帝，但我觉得哈罗德这个名字或许有别的出处，对不对？我猜我亲爱的侄子应该是犹太人。不过这已经无关紧要了。如果我们在天堂重逢，可以谈谈这个问题。另外，我在录像后面加了些新闻剪辑。虽说你平常没工夫看新闻，但我加的这段应该很有启发意义。再见，托尼。再见。”威利朝摄像机挥了挥手。录像带空白了几秒，然后便是五个月前的一条当本地新闻，报道的是“好莱坞扼颈魔”被捕的事。然后是更多的新闻片段，囊括了一年里许多件看似不相干的凶案。二十五分钟后，录像带播完了。哈罗德关上录像机。他双

---

① 原文中为德语，“Ja”。

② 原文中说了两遍“第二”，第一遍是德语“Zweitens”。

手抱头了很久。最后他站起身，取出录像带，放进夹克口袋，离开了豪宅。

他发动汽车，挂到最高挡，以远高于八十英里的时速驶上好莱坞高速公路。没有人阻拦他。他开上自家的车道，在森林之神的邪恶目光中停下。这时他的慢跑服已浸透了汗水。

哈罗德来到按摩浴缸旁边的酒吧，往高脚杯中倒入伏特加。他四口就将整杯酒灌下肚，将录像带拿出口袋。他将磁带从塑料盒里扯出来，扔在地板上，然后拿到游泳池外的阳台上的旧烧烤坑中烧掉。几分钟后，坑里只剩下灰烬。哈罗德将塑料盒在石烟囱上反复击打，直到壳子粉碎。他将塑料碎片丢进简易浴室旁的垃圾桶，然后又进屋喝了一杯伏特加，这次在酒里加了酸橙汁。

哈罗德脱掉衣服，躺在按摩浴缸里。玛利亚·陈拿着当天的邮件和记录他指示的录音机进来时，他差不多睡着了。

“放那儿就成。”他说，继续睡觉。十五分钟后，他开始翻阅那摞邮件，时而对着索尼录音机做记录或简短答复。四部新剧本已送到。汤姆·马圭尔还寄来了一大堆关于威利房子的文件，涉及拍卖和缴税等。此外还有三封派对邀请函，哈罗德做了记录，考虑参加其中一个。一个自命不凡的年轻编剧迈克尔·梅-德雷南寄来了一张手写便笺，抱怨说舒伯特·威廉姆斯导演正在重写德雷南的剧本，而**这该死的剧本德雷南自己都还没写完**。他请求哈罗德出面干预，否则他就会退出这个项目。哈罗德将便笺扔到一旁，指示说不回复。

最后一封信装在一个粉色小信封中，上面盖着洛杉矶宝马山花园的邮戳。哈罗德撕开信封。信纸的大小刚好与信封相符，还散发着淡淡的香水味。信上的字写得密密麻麻，歪斜得厉害，字母“i”上的点是圈，显得很幼稚。

亲爱的哈罗德先生：

我不知道上周六我出了什么状况。我可能永远也搞不明白。但我不会责怪你。我原谅你，尽管我不能原谅自己。

今天，我的经纪人罗兰·塞勒斯收到了邀请我加盟您的电影的合同。我告诉罗兰和我母亲，这里面肯定有误会。我在波登先生去世之前同他谈论过这部电影，但我没有做出任何承诺。

我不能在职业生涯的这个节点上参与这一项目，哈罗德先生。你一定理解我的处境。但这并不意味着我们未来不能在别的电影项目上合作。我相信你能理解我的决定，并消除所有破坏我们未来合作关系的障碍，包括某些令彼此尴尬的片段。

我知道我信得过您。您一定会做出正确的选择，哈罗德先生。您上周六提到，您知道我是基督徒。您肯定也明白，我的信仰是非常坚定的，任何东西都无法动摇我对上帝及其律令的遵从。

我祈祷并深知，上帝将帮助你找到正确的行为方式。

莎依拉·伯灵顿敬上

哈罗德将散发着香味的信纸放回信封。**莎依拉·伯灵顿**。他都快把她忘了。他拿起小录音机，对着内置麦克说：“玛利亚，给汤姆·马圭尔写信。亲爱的汤姆，我将尽快走完法律程序，请继续按你的提议进行拍卖。另起一行。得知你和卡尔喜欢我送他的生日礼物，我很高兴。我就知道你们会喜欢那些X级剪余片的。我会再送给你们一盘录像带。别问我任何问题，好好享受便是。可以随意拷贝。说不定马弗·桑德伯恩和‘四星’律师行的其他人也能从中找到乐趣。另起一行。房产转让文书我会尽快给你。我的会计会联系你。另起一行。替我向萨拉和孩子们问好。落款：最真挚的祝福。哦，玛利亚，房产转让文书今天拿给我签字好吗？把编号165的录像带用快递连同这封信一起送出去。”

6

查尔斯顿

1980年12月16日，星期二

年轻女人站得笔直，她双臂前伸，双手紧握枪把，枪口瞄准了索尔·拉斯基的胸膛。索尔知道，如果他从衣柜中走出来，她就会开枪。但黑暗之中大坑的腥臭充斥鼻腔，他无论如何也不能再在那狭小的空间里待下去。他跌跌撞撞地来到卧室的昏暗光线之中。

女人后退一步，手臂与地面平行。但她没有开枪。索尔发现这是个年轻的黑人女性，白色的雨衣和和黑人发式的短发上沾着水汽。她样子不错，但索尔很难将注意力从她瞄准自己的手枪上挪开。那是一把小自动手枪——索尔猜是点32口径的。小归小，黑洞洞的枪口还是吸引了索尔的所有关注。

“举起手来。”她说，声音平稳而性感，带着南部口音，明显教养良好。索尔举起手，在脖颈后十指交叉。

“你是谁？”她问，双手仍然紧握着枪，但看起来对如何用枪并无自信。她同他相隔太近，只有四英尺。索尔有把握在她扣下扳机前挡开枪管。但他没这样做。“你是谁？”她又问道。

“我叫索尔·拉斯基。”

“你在这儿做什么？”

“我也想问你这个问题。”

“回答我。”她冲他挥了挥枪，催促他回答。索尔现在知道，对方在枪械方面只是个被电视洗脑的门外汉，觉得枪就像魔棒，可以让别人对持枪者俯首听命。他注视着他。她二十出头，比他的第一印象更年轻。她长着一张迷人的鹅蛋脸，五官精致，嘴唇丰满，一双大眼在昏暗的光线中似乎全是黑的。她的皮肤同加了奶油的咖啡别无二致。

“我只是到处看看。”索尔佯装镇定地说，但他的身体已不自觉做出了反应——睾丸上升到体内，他渴望能躲在某人后面，任何人都行，甚至是他自己——每次面对枪口他都会这样。

“这个地方被警察查封了。”她说。索尔发现，她对“警察”一词的发音与美国纽约黑人一致。

“是的。”他说，“我知道。”

“你在这儿干什么？”

索尔犹豫起来，看着她的眼睛。她眼里充满焦虑、紧张和强烈的关注。他知道她没有被操控，于是放下心来，将真相告诉她。“我是一名医生。”他说，“精神病医生。我对上周发生在这里的凶杀案很感兴趣。”

“精神病医生？”年轻女人半信半疑，持枪的手没有一丝动摇。房子里已经很黑了，唯一的光线来自于院子外的一盏煤气灯。“你为什么擅自闯进来？”她问。

索尔耸耸肩。他的手举酸了。“我能把手放下来吗？”

“不行。”

索尔点头道："我担心警方不会同意我进这里看，所以才会擅自闯入。我本以为这里残存着一些线索，有助于解释那场凶案，但我什么也没找到。"

"我应该叫警察来。"女人说。

"去叫吧。"索尔说，"我没在楼下发现电话，但别的地方肯定有。叫警察好了，给金特里治安官打电话。我会面临擅闯凶案现场的指控，而你除了这个，还将被指控非法持有枪支并用其威胁他人。我猜这支枪没有注册，对吧？"

女人听到金特里的名字，不禁抬起了头。她没有理会索尔的问题。"对于上周六的凶案，你知道些什么？"她在说到最后一个字的时候，声音颤抖起来。

索尔身体后仰，缓解脖子和手臂上的酸痛。"仅限于我在报纸上看到的内容。"他说，"但我曾经见过当事者之一——尼娜·德雷顿。我认为，这个案子的真相比金特里治安官和联邦调查局的海恩斯探员想象的更复杂。"

"什么意思？"

"我是说，上个星期六这座城市死了九个人，却没有人能解释清楚他们为什么会死。"索尔说，"我认为，这九个人的死背后有一条共同的、被警方忽视的线索。我的胳膊举疼了，小姐。我现在要放下胳膊，但我不会有更多的动作。"他抢在她答话之前就放下了手。她往后退了一步。街上的车载广播狂响了一秒就被关闭了。他们对峙在古老的宅子中。

"我觉得你在撒谎。"年轻女人说，"你就是一个普通窃贼，或者你是来这里猎奇，搜集纪念品，或者你本身就同凶案有关系。"

索尔一言不发，只是在黑暗中凝视着女人，她手中的小自动武器几乎看不见了。他觉察到她的犹疑。过了一会儿，他开口道："普雷斯顿，约瑟夫·普雷斯顿，那个摄影师，你是她妻子？不，你不是。金特里治安官说普雷斯顿先生在这里生活了……二十六年。你应该是他的女儿。对，女儿。"

女人又后退了一步。

"你父亲是在街上遇害的。"索尔说，"他死得很惨，而且死得莫名其妙。警方给不了你任何结论，你对他们十分不满。所以你到这里等待，监视这座房子。你很可能已经监视了好几天。然后你看到一个戴网球帽的人翻过了栅栏。你觉得，**这家伙或许能告诉我一些东西**。我说得对吗？"女孩保持沉默，但放下了枪。索尔看见她的肩膀在微微耸动，他怀疑她在抽泣。

"也许我能帮你。"他说，轻轻摸着她的胳膊，"也许我们携起手来就能有所发现。来吧，我们离开这座房子。这里到处都是死亡的味道。"

雨停了。花园里飘荡着被打湿的树叶和泥土的芬芳。女孩带着索尔来到马车车库背后，老的铁栅栏和新的铁丝网之间开着一个窟窿。他跟在她身后挤了出去。索尔注意到她将手枪放进了白雨衣的口袋里。他们走在巷子里，脚踩在煤渣上沙沙作响。夜里寒气逼人。

"你怎么知道我是谁？"她问。

"我只是在猜。"

他们走到街上，默默地站了一会儿。"我的车停在前面。"年轻女人终于说。

“哦？那你怎么会看到我？”

“你驾车驶过的时候我发现了你。你面色凝重，而且你差点儿就在房子前面停下了。你绕过路口之后，我也跟了上来。”

“嗯，”索尔说，“我是个差劲的密探。”

“你真是精神病医生？”

“是的。”

“你不是本地人吧。”

“我是从纽约来的。有时候在哥伦比亚大学的诊所上班。”

“你是美国公民？”

“是的。”

“但我听你的口音……像是德国人？”

“我不是德国人。”索尔说，“我出生在波兰。你叫什么名字？”

“娜塔莉。”她说，“娜塔莉·普雷斯顿。我父亲是……你都知道。”

“不，”索尔说，“我知道得非常有限。此刻我只明确地知道一件事。”

“什么事？”年轻女人的目光中带着渴望。

“我饿了。”索尔说，“早饭过后我就没进食过，除了在治安官办公室喝了点儿劣质咖啡。如果你愿意同我共进晚餐的话，我们就可以继续谈。”

“可以，但你必须答应我两个条件。”娜塔莉·普雷斯顿说。

“什么条件？”

“首先，你必须把你知道的一切有助于解开我父亲凶案之谜的事都告诉我。”

“还有呢？”

“第二，你必须把这顶湿漉漉的网球帽摘下来，我们才能吃饭。”

“我同意。”索尔·拉斯基说。

他们用餐的地点叫亨利餐厅，就在几个街区外，靠近老市场。从外面看，这家餐厅一点儿都不吸引人。正面墙壁上刷着白涂料，墙上没有窗户，也没有任何装饰，除了挂在窄门上的一个亮灯的招牌。餐厅内部陈旧而昏暗，让索尔想起了小时候偶尔同家人去的罗兹[①]附近的一家小饭店。几个穿白夹克的高个子黑人低调地在桌子间穿梭。空气中弥漫着浓郁的红酒、啤酒和海鲜的味道。

“太好了，”索尔说，“如果这儿的食物吃着有闻着那么鲜美就好了。”他没有失望。娜塔莉点了一份虾仁沙拉，索尔点了份烤肉串，串着剑鱼肉、蔬菜和小土豆。他们喝着冰白葡萄酒，天马行空地聊着各种话题。娜塔莉得知，索尔一个人住，但他的女管家特玛很烦，唠唠叨叨，还总爱给他看病。他告诉娜塔莉，特玛成天说他患有精神病，还为他寻找治疗方法，只要有特玛在身边，他就用不着请别的精神病医生来给自己治疗。

“你没有家人吗？”娜塔莉问。

“只在美国有一个外甥。”索尔说，对前来收盘子的服务员点了点头，“我在以色列有个表弟，还有许多远亲。”

索尔得知，娜塔莉的母亲几年前过世了，她正在上研究生。

① 罗兹（Lodz），波兰第三大城市，罗兹省首府，位于波兰中部，是重要的犹太文化中心。

"你说你要去北方的大学？"他问。

"呃，算不上真正的北方。我要去的是圣路易斯[①]的华盛顿大学。"

"你为什么选那么远的学校？这里就有查尔斯顿大学啊。我有个朋友曾在南卡罗来纳州大学教过一阵子书。就在哥伦比亚，对吧？"

"是的。"

"沃弗德学院也在南卡罗来纳州吧？"

"当然。"娜塔莉说，"格林维尔还有鲍伯琼斯大学。但我父亲希望我尽量远离这里。圣路易斯的华盛顿大学的研究生院很不错……非常适合艺术专业的学生去读。至少可以争取到奖学金。"

"你是艺术家？"

"摄影师。"娜塔莉说，"也拍点儿电影，画点儿素描和油画。我辅修英文。我的本科是在俄亥俄州的奥伯林学院读的。你听说过吗？"

"听说过。"

"我的一个朋友——出色的水彩画家戴安娜·戈尔德——去年劝我，教书会很有趣，我表示同意。天，我为什么告诉你这些？"

索尔笑了。服务员拿来了账单，索尔坚持自己埋单。他给了服务员一笔慷慨的小费。

"你是不是打算什么都不告诉我？"娜塔莉说，声音里带着一丝痛苦。

---

① 圣路易斯（City of Saint Louis），美国密苏里州东部大城市，位于密西西比河中游河畔，几乎处于美国的几何中心。

“相反，”索尔说，“我将对你讲的比我对其他任何人的都多。但问题是……为什么？”

“什么意思？”

“我是说……为什么我们相信彼此？你看见一个陌生人闯入一座房子，两小时后，我们用过美餐，坐这儿聊天。我则遇到了一个用枪近距离指着我的年轻女人，几个小时后，我打算将自己隐瞒了许多年的秘密与这个女人分享。为什么会这样，普雷斯顿女士？”

“是普雷斯顿小姐。或者娜塔莉。我只能解释我的行为。”

“请解释。”

“因为你有一张诚实的脸，拉基斯医生。也许诚实这个词不对。应该说，你有一张充满关爱的脸。你体会过悲伤……”娜塔莉欲言又止。

“我们都体会过悲伤。”索尔轻柔地说。

黑人女孩点头道：“但没人从悲伤中学习。我觉得悲伤教会了你许多。我从你的眼睛里看出来的。我只能表达到这种程度。”

“眼睛？”索尔问，“我们的判断和未来都建立在眼睛上？”

娜塔莉抬头看着他：“为什么不行？还有别的办法吗？”这不是质疑，而是在严肃地提问。

索尔缓缓摇了摇头：“可能没有更好的办法了。一开始只能如此。”

他们驶出了查尔斯顿老城区，向西南方向进发。索尔开着租来的丰田，跟着女孩的绿色雪佛兰新星。他们沿着17号高速公路穿过了阿什利河，几分钟后，停在一个叫圣安德鲁斯的地方。那里是平民街区，一排白木屋，看上去很整洁。索尔将车驶上车道，停在娜塔莉·普雷斯顿的车的后面。

房子里干净而舒适，洋溢着家的气息。一张摇椅和一套沉重的沙发占据了小客厅的大部分空间。壁炉里已经放好柴火，随时可以生火。壁炉架上摆放着一盆瑞典常青藤和数不清的装着家人相片的相框。墙上的照片更多，但是艺术作品，不是普通快照。娜塔莉打开灯，将外套挂在衣帽架上，索尔则在逐次观看照片。

“安塞尔·亚当斯。”索尔盯着一张黑白照片说。照片中挂着一轮惨白的月亮，月亮下是一个孤寂的村庄和一片墓地。“我听说过这个人。”另一张照片上，一团浓雾正朝山上的一座城市袭来。

“那是迈纳·怀特的作品。”娜塔莉说，“我父亲在五十年代早期就认识他。”此外还有伊莫根·坎宁安、塞巴斯蒂安·米利托、乔治·泰斯、安德鲁·柯尔特兹和罗伯特·弗兰克等人的作品。弗兰德的作品令索尔驻足。一个身穿黑西装、手持拐杖的男人站在一座古老的房子或旅馆的门廊里。通往二楼的楼梯挡住了男人的脸。索尔想向左走两步，看清男人的脸。照片让他莫名地伤感。“抱歉我没听说过这些摄影师。”索尔说，“他们很有名吗？”

“有些很有名。”娜塔莉说，“现在这些照片的价值是我父亲买价的几百倍，但他永远不会卖这些照片。”

索尔拿起一张黑人家庭野餐的照片。妻子笑容温暖大方，梳着二十世纪六十年代初的发式。“这是你母亲？”

“是的。”娜塔莉说，“她在1968年6月死于一场离奇的事故。刚好是罗伯特·肯尼迪遇刺后两天。当时我九岁。”

照片中的小女孩站在野餐桌上，笑嘻嘻地眯眼看着爸爸。旁边还有娜塔莉父亲的一幅肖像。画中的男人比照片中更老，表情严肃，但十分英俊。清瘦的身形和炯炯有神的眼睛酷似去掉双下巴的马丁·路德·金。“这幅肖像画得真好。”他说。

“谢谢。我是去年夏天画的。”

索尔环顾四周。“你父亲的作品呢？”

“在这儿。”娜塔莉说，领索尔进入饭厅，“父亲不愿把自己的作品同其他人的放在同一个房间里。”

餐桌对面一架老钢琴上方的墙上，挂着四张黑白照片。两张是从不同角度拍摄的光影斑驳的古老砖房，另一张是延伸到天边的海滩和大海的广角照片，最后一张是一条林中小路，运用了平面、光影和组合等多种手法。

“真漂亮。”索尔说，“但照片里没有人。”

娜塔莉轻声笑道：“不错。父亲吃的就是摄影这碗饭，他说自己绝不能把摄影只是当作爱好。而且，他是个腼腆内向的人。他不喜欢趁人不备抓拍……如果我拍了这种照片，他就会让我去获得当事人的许可。他讨厌侵犯他人的隐私。他只是……只是……很害羞，每次我们叫比萨外卖，他都是让我去打电话。”娜塔莉的声音低沉下来，转过身说，“你想喝点儿咖啡吗？”

“好。”索尔说。厨房旁就是暗室。那里起初一定是食品储藏室或另一个浴室。“你和你父亲就在这里洗照片？”索尔问。娜塔莉点点头，打开了安全灯。房间里的物品井然有序。放大器、托盘、化学试剂瓶，所有东西都整整齐齐地放在架子上，贴着标签。水槽上方的尼龙线上夹着八到十张照片。索尔仔细查看，都是福勒家的照片，拍摄的时间点不同，角度不同，光影条件也不同。

“你拍的？”

“是的。”娜塔莉说，“我知道这样做很傻，不过总好过整天坐在车里等待有所发现。”她耸了耸肩，“我曾每天都去找警察或治安官，但他们根本帮不上忙。你想在咖啡里加奶油还是加糖？”

索尔摇了摇头，他们进入客厅，来到壁炉旁，娜塔莉躺在摇椅里，索尔坐在沙发上。咖啡杯的杯壁极薄，几乎透明。娜塔莉用拨火棍捅了捅柴火和引火物，然后点燃了蜡捻子。火顺利地燃起来。两人坐着看了会儿跳跃的火焰。

“上周六，我同朋友在克莱顿采购圣诞节所需的商品。”娜塔莉最终开口道，“那里是圣路易斯的郊区。我们去看了场电影——罗宾·威廉姆斯演的《大力水手》。大概晚上十一点半，我回到大学城的公寓。电话铃一响，我就知道出事了。我说不清这是为什么。平常我有不少朋友也半夜给我打电话。我的好朋友弗雷德里克每天都十一点过才从计算机中心出来，然后约我一起去吃比萨。但这一次，我知道是长途电话，而且不会有什么好消息。电话另一头是查尔斯顿老家的邻居卡尔弗夫人。她和我母亲曾是好朋友。她嘴里不停地念叨出事了。一两分钟后我才明白，父亲死了，被人杀死了。

“我乘星期天最早的航班回到查尔斯顿。但现场早就封锁起来。我在圣路易斯的时候给殡仪馆打过电话，但等我到这儿之后，殡仪馆却关门了，我得到处求人让我进去，他们才放我进去。卡尔弗夫人来机场接我，但她哭个不停，没有下车。

“我看不出那具尸体就是父亲——即使在星期二的葬礼上，他被化了妆，我也仍然认不出来。我六神无主。星期天我去警察总部，没有人知道到底出了什么事。他们承诺一个叫霍尔曼的探员会在晚上联系我，但那人直到星期一下午才给我打电话。倒是那位县治安官金特里先生——你说你见过他——星期天的时候来了殡仪馆，然后开车送我回家，并尽其所能地回答我的问题。其他人都只知道问我问题。

“星期一，我的姑妈利厄和她的孩子都来了。我一直忙到星期三才有时间思考。许多人来参加了葬礼。我差点儿忘了父亲的人缘有多好。老城区的许多人都来了，金特里治安官也来了。

“姑妈想住上一两个星期，但他的儿子弗洛伊德必须返回蒙哥马利[1]。我告诉姑姑我没事。我说我也许要到她那里过圣诞。”索尔身体前倾，双手紧握。她叹了口气，指了指面朝街道的窗户。“往年的这个周末，我和父亲都开始买圣诞树了。比别人晚了许多，但父亲总是说，圣诞树立几天就好，放在家里好几周就没意思了。我们总是在萨凡纳[2]的冰雪皇后买圣诞树。我星期六才给他买了彭德尔顿红色格子衬衫。我把衬衫也带回来了。我不知道我为什么这么做，但我现在只能把衬衫带回去。”说着，她垂下了头，“失陪一会儿。”她快步走进厨房。

索尔坐着看了几分钟的壁炉中的火焰，十指紧扣。然后他也进了厨房。她靠在厨房餐桌上，胳膊僵硬，左手牢牢抓着一包面巾纸。索尔站在三英尺开外。

“我都被气疯了。”她说，没有看索尔。

“是的。”

“我是说，他们似乎觉得他根本不重要。你懂我的意思吗？”

---

① 蒙哥马利（Montgomery），美国亚拉巴马州的首府，也是该州第二大城市。

② 萨凡纳（Savannah），美国乔治亚州大西洋岸港口及旅游城市。

“我懂。”

“小时候我在电视上看牛仔片。”她说，“片子里总有些人会被杀死——不是英雄，也不是坏人，只是个普通人——他的死对世界没有任何影响，就像他从未出现在世上一样，你懂吗？这样的情节令我困扰。我只有六七岁，但竟然因此而烦恼。我经常会去想那个人，想他一定有自己的父母，想他用了这么多年才长大成人，想他那天早上穿了什么衣服，然后——砰！他就不存在了，因为编剧想告诉大家好人的枪法有多快。我觉得这他妈的完全没道理……”娜塔莉用右手手掌拍打着餐桌。

索尔上前抚摸着她的左臂。“是的，”他说，“完全没道理。”

“我只是太生气了。”她说，“我父亲是活生生的一个人。他从来没有伤害过任何人。从来没有。他是我所知道的最和蔼可亲的人，但他却被杀死了，而且死得不明不白。狗日的警察不知道他为什么会死。哦，不好意思，我说脏话了……”

索尔将她搂在怀里，她放声痛哭。

娜塔莉加热了咖啡。她坐在摇椅里。索尔站在壁炉旁，漫不经心地抚摸着瑞典常青藤的叶子。“凶手有三个。”他说，“梅勒妮·福勒、尼娜·德雷顿，以及来自加利福尼亚的一个名叫波登的男人。他们都是凶手。”

“凶手？但警察说，福勒女士是个老太太……年纪很大……而德雷顿夫人是遇害者。”

“他们三个都是凶手。”索尔说。

“没有人提到过波登这个名字。”娜塔莉说。

“他来过查尔斯顿。”索尔说，“他登上了周五晚上起飞、周六凌晨爆炸的那架飞机——准确地说，他应该登上了那架飞机。”

“我不明白。飞机爆炸是在我父亲被杀前好几个小时发生的。这个波登……或者另外两个你提到的人怎么可能同我父亲的死有关？”

“他们利用人……”索尔说，“他们……操控人。他们每个人都有自己操控的傀儡。很难一句话解释清楚。”

“你是说，他们同黑社会有关系？”

索尔笑道：“我倒希望能那么简单。”

娜塔莉摇头道：“我不明白。”

“故事很长。”索尔说，“其中大部分都不可思议。你最好不要听，否则你就会觉得我是个疯子，或者你会担心自己将被卷入深不可测的危险之中。”

“我已经被卷进来了。”娜塔莉坚定地说。

“是的。”索尔踌躇片刻，“但你没必要冒险。”

“如果只有冒险才能找到杀害我父亲的凶手，这个险我必须冒。无论你讲不讲你的故事，无论你带不带我一起行动，我都会追查下去，拉斯基博士。我发誓我将一查到底。”

索尔注视着这个年轻女人良久，然后叹气道：“好吧，我相信你会查下去。但也许你听完我的故事就会改变主意。在解释那三个老人的杀戮之前——你父亲的血债就要算在他们头上——我必须先向你讲述我自己的故事。我之前从未向人讲过。这是个非常长的故事。”

“请讲吧。”娜塔莉·普雷斯顿说，“我真的很想听。”

“我1925年出生于波兰的罗兹。”索尔说，“我家比较富裕，我父亲是医生。我们是犹太人，但并非正统犹太人。我母亲年轻的时候考虑皈依天主教。我父亲认为自己首先是医生，然后是波兰人，再次是欧洲公民，最后才是犹太人。或许连第四都排不到。

“我小时候。罗兹同所有其他城市一样，是适合犹太人生活的。六十万居民中的三分之一都是犹太人。许多重要的市民、商人、工匠都是犹太人。我母亲的几个朋友是艺术圈的活跃分子。她叔叔常年在交响乐队表演。但到我十岁的时候，这一切都变了。宣称将驱逐犹太人的当地政党上台。仿佛受到邻国德国的反犹浪潮的传染，波兰也开始把我们视为敌人。我父亲将这归咎于我们刚熬过去的艰难岁月。他不时抱怨，欧洲的犹太人已经对屡遭集体迫害习以为常。‘我们都是人，’他说，‘只是被暂时区分开而已。’我想，父亲至死都笃信这一点。”

索尔中断讲述，来回踱步，最终走到沙发背后停下来，双手放在沙发靠背上。“娜塔莉，我不擅长讲故事。我不知道哪些是必须说的，哪些是可以省略的。也许我们可以下次再谈。”

“不。”娜塔莉说，“就现在说。说多久都没关系。你说过，你的故事有助于解释我父亲为何遇害。”

“是的。”

“继续吧。把故事全讲出来。”

索尔点点头，绕过沙发，坐进长椅，将双肘撑在膝盖上，一边比画着大手一边说：“德国人占领罗兹的时候，我十四岁。那是1939年9月。一开始情况并不糟。他们下令成立犹太议会，商定如何管理第三帝国的新前哨基地。我父亲说，这表明任何人都可以通过文明的方式沟通。他不相信世界上存在十恶不赦的魔鬼。虽然我母亲大力反对，但我父亲还是主动加入了议会。已经有三十一名德高望重的犹太人接受了任命。一个月后的十一月初，德国人将议会成员送进了集中营，还焚毁了犹太教堂。

“全家商量是不是逃去克拉科附近默什叔叔家的农场。罗兹的粮食已经严重短缺。我们夏天常去叔叔的农场，所以到那里同亲人团聚听上去十分诱人。默什叔叔告诉我们，他的女儿丽贝卡嫁给了一个美国犹太人，正打算去巴勒斯坦开发农场。这些年来，丽贝卡一直强烈建议家族的其他年轻人到她那儿去。我自己就非常乐意。同其他犹太人一样，我已经被赶出了罗兹的学校。默什叔叔曾在华沙大学教书，我知道他很乐意教导我。德国人颁布的新法律规定，我父亲只能给犹太人看病——他们中的大多数居住遥远的贫民区。我们几乎没有理由再留下，却有数不清的理由离开。

“但我们留下来了。我们计划遵照惯例，六月份去默什叔叔家，到时候再决定是否返回罗兹。我们真是太天真了。

“1940年3月，盖世太保将我们从家里赶出来，关进城里新建的犹太隔离区。4月5日我生日那天，隔离区被完全关闭，犹太人被严禁踏出隔离区半步。

“德国人又建立了犹太议会，这次我父亲被要求在议会中任职。我们一家八口挤在一个房间中，一个名叫柴姆·伦高斯基的长老经常来找我父亲，彻夜谈论如何管理犹太隔离区。不可思议的是，尽管隔离区人满为患，饿殍遍地，大家却普遍服从管理。我重返学校上学。父亲不去议会开会的时候，就去他和伦高斯基白手起家建起的医院上班，每天工作十六个小时。

“我们就这样挨过了一年。以我的年龄而论，我的身材太瘦弱了。但我很快就学会了如何在隔离区生存，尽管我不得不去偷窃食物储藏起来，拿值钱货去找德国士兵换取食物和香烟。1941年秋天，德国人将数千欧洲西部的犹太人装进了隔离区。有的甚至是从卢森堡运过来的。大多数是德国犹太人，他们瞧不起我们。我同来自法兰克福的一个比我大的男孩打了一架。他比我高大许多。我当时十六岁，但往往被误认为只有十三岁。我把他打翻在地。他挣扎着想站起来，我操起一块板子砸过去，在他额头上撕开一条又深又长的口子。他上周才被车厢密闭的火车运到这里，身体还十分虚弱。我忘了我们为什么打架了。

“那天冬天，我妹妹斯特法死于斑疹伤寒。数千人被这种病夺走了性命。开春后，德国人在东线连战连捷，我们都在庆幸春天的来临。父亲乐观地认为，苏联将迅速陷落，整个战争将于八月前结束。他希望许多犹太人被安置在东部新征服的城市。‘我们将成为第三帝国的农夫。’他说，‘但当农民也不算糟糕。’

“五月，大部分德国和非波兰裔犹太人都被送到了南部的奥斯维辛。在被火车一列列地拉到集中营之前，我们几乎都没听过奥斯维辛这个名字。

“那个春天之前，我们这个隔离区一直被当作临时的畜栏。现在，运送牲口的火车一天发四趟。作为犹太议会的成员，我父亲被迫监督对犹太人的集中与驱逐。这项工作进行得井然有序。我父亲憎恶自己。为了赎罪，他将大把时间都用在了医院。

“六月底，终于轮到我们被驱逐了。那正是往年我们去默什叔叔农场的时间。我们一家七口被要求到火车站报到。我母亲和我弟弟约瑟夫都哭了。但我们还是去了车站。我觉得父亲似乎解脱了。

“我们没有被送到奥斯维辛，而是被送到了北部的切姆诺，一个距罗兹不到七十公里的镇子。我小时候曾有个叫莫尔德柴的玩伴，他家就来自切姆诺。我后来才知道，就在去年冬天，可怜的斯特法死于斑疹伤寒的时候，德国人在切姆诺进行了第一次毒气实验……

“同之前听说的故事不同，我们前往集中营的旅途还算舒适。我们挤在车厢里，但那是普通的客车车厢。那天是6月24日，天气很好。到达切姆诺的一瞬，我还以为自己是来默什叔叔家做客的。切姆诺站很小，只是被茂密森林环绕的乡村车站。德国士兵带我们上了卡车，但士兵们显得轻松而愉快，既没有推搡，也没有叫喊。车开到了几公里外的一片开阔地，集中营就建在那里。我们一到就开始登记。我清楚地记得集中营外碎石路上的一排办公桌，还有林子里鸟儿的鸣唱。然后我们按性别分开沐浴消毒。我忙着跟在成年男性后面，没来得及看到我母亲和四个妹妹消失在女囚区的栅栏后面。

“我们被勒令脱掉衣服，排成一排。去年冬天我刚开始发育，所以非常害羞。我不记得有人恐吓我们。那天气温宜人。我们被告知洗完澡之后再吃饭。空气里仿佛带着节日的气氛。我看见前方的空地里停着一辆大篷卡车，车身上描绘着鲜艳的动物和树木图案。我们这排人开始朝空地走去，一个戴着厚镜片眼镜、表情腼腆的年轻党卫军中尉走上前来，将老幼患病者与强壮者分开。中尉来到我面前的时候犹豫了。我仍然个头矮小，但去年冬天我吃得相对较好，于是春天猛长了几厘米。他微微一笑，挥了挥短棍，让我站到少数身强力壮者当中。父亲也被分到了这排。

八岁的约瑟夫则被留下同孩子与老人在一起。约瑟夫哭起来，父亲拒绝离开他。我也回到父亲和约瑟夫身边。年轻的党卫军中尉朝士兵打了个手势。父亲让我回去，但我不同意。

“于是我这辈子第一次被父亲打了。他把我推开，说：‘走！’我摇头，留在原地。身材壮硕的士兵气势汹汹地走上来。父亲又打了我一下，这次非常用力，边打边喊：‘走！’我又惊又痛，在士兵到达前踉踉跄跄地返回强壮者当中。党卫军继续挑选。我对父亲很气愤。我不知道为什么我们不能一起洗澡。他在那么多人面前羞辱了我。我含着委屈的泪水注视父亲离开。他赤裸的后背在晨光中异常苍白。他抱着已经停止哭泣、正四处打量的约瑟夫。父亲从我的视野中消失之前，最后回头看了我一眼。

“当天抵达集中营的人中，包括我在内，有五分之一没有被消毒。我们被直接送到牢房，领到了粗糙的囚服。

“那天下午和晚上，我都没有见到父亲。我在肮脏的牢房里努力入睡时，感到前所未有地孤独。我觉得其他家人都在集中营的另一头，而父亲无情地将我同他们分开了。

“第二天早上，我们吃过土豆汤，就被分配了劳动任务。我所在的一组被带到森林里。那里已经挖出了一个大坑，两百英尺长，四十英尺宽，至少十五英尺深。泥土有刚被翻动的痕迹，我判断附近有刚被填满的其他大坑。腐尸的气味相当明显，但我仍然不愿承认残酷的现实，直到当天第一辆大篷卡车到来。就是我昨天见过的那种大篷卡车。

“切姆诺是他们的实验场。希姆莱[1]下令毒气室使用氰化

---

① 海因里希·希姆莱（Heinrich Himmler，1900—1945），历任纳粹党卫队队长、盖世太保首脑、内政部长等要职。

氢，但那年夏天，他们用的仍然是一氧化碳，运尸体用的则是颜色鲜艳的大篷卡车。

“我们的任务是将尸体分开——准确地说，是撬开——扔进大坑，铺上泥土和石灰，等待下一批尸体到来。一氧化碳不是很有效，经常有一半的遇害者没被毒死，于是由守候在大坑边的骷髅师[1]士兵补射。骷髅师士兵会在等待下一辆车到来的间隙抽烟、说笑。但这时候，仍然有个别人挨过了毒气和补射，蠕动着被我们活埋。

“那天傍晚，我浑身粪便和血污回到了牢房。我考虑过死，但我最终决定活下来。无论如何都要活下来。直面一切活下来。为了活而活下来。

“我谎称我是牙医的儿子，接受过牙医训练。看见我这么小的牙医学徒，犯人头目都笑了。但第二周我就被安排了拔牙的任务。我同另外三个犹太人在赤裸的尸体堆中搜寻项链、金饰品和一切值钱的东西。我们用金属钩伸进肛门和阴道探查。然后我用老虎钳拔掉金牙和牙齿填充物。我常被派到大坑中工作。一个名叫鲍尔的党卫军士兵常把土块扔到我头上哈哈大笑。他自己也有两颗金牙。

“一两周后，负责掩埋尸体的犹太人也会被定期屠杀，工作由新一拨人接替。也许我手脚麻利，干活高效，我在大坑干了九个星期。每天早上我都觉得今天会轮到自己被杀。每天晚上，我听着下面床铺的老人念诵祷文，反复呼唤先知的名字，我则开始向上帝祈祷，尽管我已经不再信仰上帝。‘再多给我一天吧。’

① 波兰战役之后，德军组建了一些新的党卫军作战师，其中就有臭名昭著的“骷髅师”，党卫队中的反人类罪大多是这类部队犯下的。

我说，‘再多给我一天吧。’但我最信任的是我自己的求生意愿。也许这是年轻人的唯我主义，但我告诉自己，只要我坚信自己能活下去，那这一愿望就一定能实现。

“八月，集中营扩建，我被调派到了森林旅。我们砍掉树木，拔掉树桩，将石头运去修路。每隔几天都会有劳工在完成工作后被送上大篷卡车，或者直接押到大坑边。所以森林旅的成员始终在变。十一月落下了那年的第一场雪，而我已经是森林旅中最长命的囚犯了，除了老卡尔斯基。”

“卡尔斯基是什么人？”娜塔莉问。

“犯人头目。这种人手持鞭子，管理其他囚犯。”

“他们为虎作伥？”

“有专业论文论述犯人头目及其对纳粹主子的认同。”索尔说，“斯坦利·埃尔金斯和其他学者研究了集中营里囚犯的臣服现象，并将其与美国黑奴的温顺做对比。今年九月，我还参加了研讨斯德哥尔摩综合征的会议。患斯德哥尔摩综合征的人不仅与自己的加害者站在一起，甚至积极地支持加害者。”

“就像那个帕蒂·赫斯特[1]。”娜塔莉说。

“是的。我对这种意志上的征服研究了很久，不过这个我们等会儿再说。现在，我想说的只是，如果我在集中营里还有可取之处的话，那就是**我没有成为犯人头目**。

“1942年11月，集中营改造完成，我从临时牢房转移回正式牢房。我被安排负责掩埋尸体。焚尸炉已经建成，但他们低估了被送往集中营的犹太人的数量，所以大篷卡车和大坑仍在发挥作

① 美国报业大王威廉·赫斯特的孙女。1974年被绑架后加入绑匪组织，参与抢劫银行。

用。他们不再需要我给尸体拔牙了。我铺上石灰，在初冬的寒气中瑟瑟发抖，然后就是等待。我知道，用不了多久，我就会成为一具被他人埋葬的尸体。

“1942年11月19日，星期四，那天晚上发生了一件事。”索尔陷入沉默。几秒钟后，他起身走到了壁炉边。火几乎熄灭了。“娜塔莉，你能给我弄点儿比咖啡更烈的饮料吗？比如雪利酒？”

“当然可以。”娜塔莉说，“白兰地怎么样？”

“太棒了。”

她不一会儿就拿着一大杯白兰地回来了，索尔翻拨了木炭，添加了柴火，让火又熊熊燃起来。

“谢谢，亲爱的。”他晃了晃杯中琥珀色的液体，深吸一口气，然后一饮而尽。壁炉中的柴火发出噼噼啪啪的爆裂声。“星期四——我有把握那天是1942年11月19日——五名德国人深夜来到我们的牢房。他们之前来过。每次来都会带走四个人。那些人后来再没回来过。另外七个牢房中的囚犯告诉我们，他们那里也发生了同样的事。我们不知道纳粹为何要进行这种秘密清除行动，明明每天都有数千人被公然埋进大坑，没必要多此一举。有谣言说，他们是被带去做医学实验了。

“那天晚上，一个上校带着士兵来到我们的牢房。这一晚，他们选择了我。

“我决定反抗。这和我不惜一切活下来的初衷相悖，但一想到被拽进外面的黑暗之中，我就惊恐得丧失了所有对生的希望。我做好了反抗的准备。士兵勒令我下床的时候我就知道，我马上就要死了。我打算在他们杀死我之前至少干掉一头德国猪。

“但他们没有杀我。上校只是命令我离开牢房，而我服从了。准确地说，是我的身体背叛了我。不是因为我胆怯，而是因为上校进入了我的大脑。我不知道该如何表述。我能清楚地感觉到他进入了我的大脑，就像子弹穿透肉体般刺痛。我感觉到他在操控我的肌肉，驱使我走过地板，离开牢房。党卫军士兵则在一旁大笑。

“很难描述我当时的感觉，只能称其为‘精神强奸’，但即便这个词也无法准确表达我受到侵犯的感觉。我那时不相信——现在也仍然不相信世上存在恶魔附身或超自然现象。上校具备一种恐怖的通灵或心理能力，可以直接操控他人的意志。

“我们被装上了一辆卡车。这本身就不可思议。除了从切姆诺车站到集中营坐过火车，犹太人被禁止乘坐任何交通工具。波兰的那个冬天，奴隶比燃料便宜多了。

“他们将我们载到森林。卡车上有十六个人，包括从女囚牢房里带出来的一个年轻女人。精神强奸暂时结束了，但我却感觉自己的精神涂满了秽物，比每天在大坑工作时沾满全身的粪便还要肮脏。别的犹太人都在窃窃私语，从他们的表情我知道，我是唯一被精神强奸的。老实说，我甚至怀疑自己发疯了。

“车开了不到一个小时。一名士兵手持冲锋枪在车后部看管我们。集中营的士兵从不在营内携带自动武器，因为一旦囚犯造反抢走了武器，后果不堪设想。牢房的恐怖经历令我身心疲惫，不然我早就把德国人制服了，至少也会从卡车上跳下去。但上校就在卡车车厢内，尽管我见不到他，却仍然被恐惧牢牢摄住。

“午夜过后，我们抵达了森林深处的一座巨大的建筑。美国人会叫那里城堡，但那里比城堡有过之而无不及。我祖国的黑森林中，也隐藏着这种古老的大会堂——由石头堆砌而成，历史久远不可考，由隐居的家族一代代扩建而成，这些家族的祖先可以追溯到基督诞生之前。卡车停下来，我们被赶到了离大厅不远的一个地窖之中。凋敝的花园中停着几辆军车，大厅里传出闹哄哄的噪声，我推断德国人将这里强占后建成休闲娱乐中心，给有特权的部队使用。被关进黑暗的地窖之后，我听见另一辆卡车的一个立陶宛犹太人说，他认识车上的标志，它属于三号特别行动队①，他们扫荡了他的家乡德文斯科附近的所有犹太村庄。就连执行集中营种族灭绝任务的党卫军骷髅师也害怕特别行动队。

“不久后，士兵拿着火把回来了。地窖里有三十二个犹太人。我们被平分为两组，领到楼上不同的房间。我们这组人被勒令穿上粗糙的红色长套衫，身前画有白色标记。我不明白我的标记——一座塔，或是一根巴洛克风格的灯柱——是什么意思。我身边的人的衣服上绘有大象抬起右前腿的图案。

“我们被带到了大会堂。大厅里的场景就像是中世纪画家耶罗尼米斯·博斯②的作品一样。数百名党卫军和特别行动队士兵随意闲逛、赌博、强奸。波兰的农村姑娘——有些只是孩子——充当他们的仆人和奴隶。墙上插着火把，仿佛地狱中摇曳的火焰。食物被扔在地上，任其腐烂。有数百年历史的挂毯被炉火熏黑污染。德国士兵用刺刀将姓名刻在一张曾经精美的宴会桌上，将其划得遍体鳞伤。喝得酩酊大醉的士兵躺在地上呼呼大睡，鼾

① 特别行动队，实际上就是流动屠杀队，由德国党卫军和警察组成，听命于德国保安警察和纳粹党卫队保安处长官，其任务是谋杀所谓的“民族敌人”或“政治敌人”。

② 耶罗尼米斯·博斯（Hieronymus Bosch，1450—1516），荷兰画家，他的画作多在描绘罪恶与人类道德的沉沦。

声如雷。我看见两个士兵在地毯上撒尿，那块地毯应是某次十字军东征时从圣地[1]带回来的。

“大厅非常大，但大厅中央明显有一片正方形空地，边长十一米。地上铺着四英尺见方的地砖，黑白交错排列。空地两端的石板上，摆着两把沉重的椅子。椅子上方就是阳台。年轻的上校就坐在其中一把椅子上。他金发白肤，典型的雅利安人，双手惨白枯瘦。另一把椅子里坐着一个老人，如同大会堂一样古老。老人也穿着党卫军制服，而且是将军制服，但他看上去就像是被调皮的孩子穿上宽松制服的干皱蜡人。

“另一辆卡车上的犹太人被从侧门领进来。他们穿着淡蓝色长套衫，身前画着与我们类似的黑色标记。我看见另一组有个女人的身前标记是王冠，恍然大悟。尽管仍处在恐惧和疲惫之中，我还是意识到正在发生什么事——它荒诞不经，但又不由我不相信。

“我们被要求站到自己的方格里。我是兵，白方王翼象前兵。我站在上校右前方，距他三米，面朝那个满脸惧色的立陶宛犹太人——他是黑方的象前兵。

“叫喊和歌唱停下来。德国士兵聚到在空地边上，推搡着争抢位置。有人爬上楼梯，或者为了获得更好的视野而挤到阳台上。大厅里安静了半分钟，只听得到火把燃烧的毕剥声和人群沉重的呼吸声。我们三十二个饥肠辘辘、面色苍白的犹太人站在被分配的位置上，瞪着眼不敢大声呼吸，等待着即将降临的一切。

“老人在自己的椅子上探出身子，朝上校挥了挥手。年轻的

---

① 《圣经》中的巴勒斯坦地区。

上校微微一笑，点了点头。游戏开始了。

“上校再次点头，我左边的兵——一个留着白胡茬的憔悴老人——向前迈出两格。老人也让自己的兵上前两格。这两个可怜的囚犯脚步蹒跚，神情困惑，可见他们的身体并不由自己操控。

“我同父亲和叔叔玩过国际象棋。我知道标准的开局法。对弈者没有标新立异。上校瞟了眼右边，一个充当马的粗壮波兰人来到我面前一格。老人也让他的后翼马上前。上校让我们的象——左臂裹着绷带的矮个子男人——从我身后站到后翼马所在列与第五行相交的方格中。老人将他的后前兵上前一格。

“我当时想，如果我不是兵就好了。我面前的粗壮农民——我方马——几乎无法让我感到安全。我右边的另一个兵回头去看，然后露出龇牙咧嘴的表情，因为上校强迫他面朝前方。我没有回头。我的腿开始打战。

“上校让后前兵前进两格，站在王前兵旁边。我们的后前兵是一个男孩，可能刚满十岁，他偷偷摸摸地左右打量了一下，没有转动脑袋。我面前由农民充当的马是男孩与老人的王翼兵之间唯一的保护。

“老人左手微微一挥，他的象走到了充当他的王后的丹麦女人面前。象的脸煞白。上校第五步调出了另一个马。我看不见那个人的脸。每走一步棋，棋盘周围的党卫军都会叫嚷鼓掌，如同足球比赛的观众一样。我听见有人称呼上校的对手为‘老家伙’，而上校被称作‘大师’。

“老人弓着背探出身，就像一只苍白的蜘蛛。他将王翼马挪到了象前兵前。马年轻而强壮，他应该刚来集中营没几天。他脸上挂着白痴般的笑容，仿佛在享受这场可怕的游戏。似乎是为了回应他的笑容，上校将我们虚弱的象挪到了黑方马的位置。这时我认出了那个象。他是我们牢房的木匠，两天前给士兵修桑拿房时，被锯子割伤了手。他举起没受伤的手，拍了下黑方马的肩膀，就像朋友之间在换岗交接。

“我没有看见枪口的闪光。我身后阳台上有人开了枪，我被吓得跳了起来，正欲逃走，却被上校的意志之钳牢牢控制住。充当马的年轻人脸上的笑容在红色和灰色的迷雾中消失了，颅骨被子弹打碎。他身后的兵们都惊恐地蹲下，但又被逼着痛苦地站起来。马的尸体滚到了他出发的位置。黑兵所在的白色方格上已经出现了一摊血。两个党卫军士兵上来拖走了尸体。颅骨碎片和脑花溅到了附近的几个黑棋上。但其他人都没有受伤。房间里爆发出一阵欢呼。

“老人再次探出身子，他的象斜走到我们象的位置。黑象轻轻碰了碰木匠裹着绷带的手臂。这次枪声过了片刻才响起。子弹射入我们象的左肩胛骨，矮个子木匠向前踉跄了两步，然后坚持站立了一秒钟，抬起右臂，像是要挠左肩上的痒痒，然后双腿一弯，倒在了地砖上。一个士兵上来，用鲁格尔手枪顶住木匠的脑袋，开了一枪，然后将仍在痉挛的尸体从棋盘上拽走。游戏继续进行。

“上校让我们的王后上前两格。我同王后之间只隔着一个方格，可以看到她几乎都把指甲啃光了。这让我想起了我的妹妹斯特法，泪水竟然模糊了我的视线。这是我第一次为斯特法流泪。

“老人在醉汉的喧闹中又走了一步棋。他的王前兵快速吃掉了我们的后前兵。我们的兵是一个蓄着大胡子的波兰人，明显是正统犹太人。有人朝他连开两枪。黑方王前兵的身上覆满了我们后前兵的鲜血。

“我面前一个棋子都没有了。我看着三行之外黑马的脸。火把投下长长的阴影。党卫军士兵在棋盘外大喊着支招。我不敢回头去看上校，但我看到老人在他的宝座上挪动身子。他肯定意识到自己正在失去棋盘中部的控制权。他转过头，让自己的王翼马前兵上前一格。上校将我们仅存的象挪到与那个兵相邻的一格，挡住对方的兵，同时威胁老人的象。人群又欢呼起来。

“开局结束了，两个玩家进入中盘。双方都王车易位，并且将车投入了战场。上校让我们的王后站到我面前。我盯着她的长套衫下凸起的肩胛骨，还有背上卷曲的头发。我握紧拳头，然后松开。游戏开始后我还没有走过一步。我头痛欲裂，眼冒金星。我担心我会晕倒。接下来会发生什么？上校会任由我瘫倒吗？还是说，我丧失意志之后身体仍然会站立在这儿？我大口喘息，努力将注意力集中在远端墙壁火光摇曳的挂毯上。

“黑方第十四步，老人让他的象吃掉棋盘中部我们的马。这次没有开枪。一个大块头党卫军士兵来到棋盘上，将一把匕首递给了黑方象。大厅陷入沉默。火光鬼魅般舞动。农民蠕动着身体，似乎在奋力挣扎。我看见他臂膀的肌肉紧绷，徒劳地抵抗着上校的操控。黑方象匕首一挥，割断了农民的喉咙。党卫军士兵收回匕首，给另外两个士兵打了个手势，让他们上来收尸。游戏继续。

“我们的一个车吃掉了他们进逼的象。这次又使用了匕首。我站在年轻的王后身后，紧闭双眼。后面几步我都闭着眼，直到上校将我们的王后前挪一格。王后离开我的时候，我真想放声大哭。老人立刻将他的王后——一个年轻的丹麦女孩——沿斜线挪到他的车所在列的第五个方格。对方的王后在斜线上离我只有一格，中间没有其他棋子。我怕得几乎就要失禁。

“上校开始主动攻击。首先他让王翼马前兵上前。老人派出了他的车前兵迎击。对方的兵是个红脸男人，我认出他是森林旅的一员。上校也派出了我们的车前兵。我很难看见那边的情况。大多数囚犯都比我高，我只能看见他们的后背、肩膀、光头和汗水。他们是一群惊恐不已的人肉棋子。我在大脑中想象着棋局。我知道，我背后的那排只有我们的国王和一个车。而我这一排除我之外只有王前兵。我的前面和左面是一堆后、兵、车、象。更靠左的地方孤独地站立着我们仅存的马。他的左边则是陷入僵局的两个车前兵。黑方王后仍然在我右边威胁我。

“我们的国王——一个骨瘦如柴的六十多岁的犹太人——朝右上方斜走了一格。老人将他的车都调到了国王所在的列。突然，我们的王后后退到我们车所在列的第二格。我彻底孤立了。我盯着正前方四格之外的立陶宛犹太人，他也正盯着我，眼里流露出困兽般的恐惧。

“我被突然驱使向前，双脚在大理石地砖上拖行。我的大脑里有一种可怕的东西在推我，约束我，强迫我闭上嘴，将尖叫咽回肚子。我停在我们王后先前所在的位置，左右都有一个白兵。老人让他的黑马上前与我相对，我们之间隔着一个白格子。人群的叫喊声更大了，有节奏地反复呼喊着‘大师！大师！’的口号。

“我又迈出了一步——这次只有一格。我现在是越过棋盘中央的唯一白棋。黑方王后就在我的右后方某处。她就像阳台上的那个枪手一样，虽然看不见，却随时可以要我的命，让我感觉有如芒刺在背。我前方半米处就是黑方马那汗涔涔的脸和深陷的眼窝。他后面是哆嗦着的利维坦犹太人。

“黑方车从我左侧经过，进入白方兵所在的方格，两者扭打起来。一开始我还以为上校和老人失去了对棋子的控制，后来才意识到这是游戏的一部分。德国士兵尖叫着围观杀戮。黑方车更强壮，或者说没有受到约束，所以他占了上风，双手死死勒住白方兵的喉咙。漫长的胡乱挣扎过后，白方兵终于不动了。

“我们的兵刚被拖走，上校就将仅存的马挪入方格中，搏斗继续上演。这次被杀死的是黑方车。他赤裸的双脚从地板上拖过，突出眼眶的双眼茫然瞪视着虚空。

“黑方马步履艰难地从我面前走过，然后又在方格中上演了搏斗。两人势均力敌，双腿打战，手指却在挖对方的眼睛。最后，白方马被挤出了方格，进入我身后的空格。开枪者肯定在我正前方的阳台上。我感到子弹从耳边呼啸而过，扎进白方马的身体。白方马朝我一个踉跄，扑倒在地。他的手抓住我的脚踝，寻求援助。但我没有转身。

“我们的王后又站到我身后。我右边的黑方兵前进一步威胁她。如果我可以控制自己的身体的话，我一定会抓住他。但我的身体不听我使唤。王后后退了三格。老人将他的后前兵上前一格。上校也调出了我们的另一个象前兵。

“‘大师！大师！’人群高呼着。老人将他的王后后退了两格。

“我又被挪动了，和立陶宛犹太人面对面。他僵硬地站着，恐惧令他动弹不得。他是否知道，只要我们在同一纵列，我就不可能伤害到他？也许他不知道，但我知道，黑方王后可以随时干掉我。只有我身后五格的我方王后能给我安全感。但倘若老家伙愿意换后怎么办？但他只是将他的车挪回了王原来所在的方格。

“我的左侧传来一阵骚动：另一个象前兵将黑方兵吃掉，然后又被剩下的黑方象吃掉。我成了敌人地盘上唯一的白棋。上校将白方王后挪到我身后的方格。无论接下来发生什么，我都不会是一个人。我屏住呼吸等待。

“结果什么都没有发生。老人从他高高的宝座上走下来，打了个手势就离开了。他认输了。醉醺醺的特别行动队士兵们大喊着起哄。一小队佩戴骷髅头标记的士兵冲到上校面前，将他抬到肩上在房间里游行。我留在原地，面对着立陶宛人。我们傻兮兮地对视着。游戏结束了，我知道自己为上校取胜发挥了作用，但我头脑迟钝，所以我说不清是什么作用。我眼中所见，全是疲惫而困惑的犹太人如释重负。大厅里回荡着士兵的叫声和歌声。充当白棋的人中死了六个。黑棋也被干掉了六个子。我们剩下的人可以动了。我转身拥抱身后的女人。她在抽泣。‘舍拉姆[①]。’我说，吻了吻她的手，‘舍拉姆’。立陶宛犹太人双腿一软，跪在他所在的白色方格里。我扶他站起来。

“手持冲锋枪的一队士兵领着我们穿过人群，进入空荡荡的门厅。他们命令我们脱掉长套衫，堆在一起。然后，他们把我们赶到了漆黑的户外，准备射杀我们。

“他们命令我们为自己挖掘墓穴。房后四十米的空地里放着六把铁铲，我们用铲子挖出了一个浅浅的宽壕沟，士兵们有的手

① 犹太人传统的招呼、道别语，意为“平安”。

持火把，有的站在黑暗中抽烟。地上有血。冻土坚硬得跟石头一样。我们只能挖半米深。我听见门房里传出连续的笑声。高处的窗户中透着光，在石板山墙上投下长方形的光斑。恐惧和劳作使我们几近麻木。我赤裸的双脚已经变成了蓝白色，我几乎感觉不到自己的脚趾头。我们差不多挖好了坑。我知道我必须做出决定。周围异常昏暗，我觉得最大的希望是往森林方向逃。如果所有人一起拔腿就跑，成功的概率会更大，但有几个年老的犹太人显然又冷又累，行动不便，而且我们不能对话沟通。站在壕沟几米外的两个女人徒劳地遮掩着赤裸的身体，德国士兵则在一旁讲着粗俗的笑话，并用火把凑拢她们。

“我不知道是该逃跑，还是该用长把铁铲打倒一个士兵，抢过冲锋枪。他们虽然是特别行动队骷髅师，但他们酩酊大醉，戒备松懈。我必须做出决定。

“我拿起了铁铲。选择了一个离我几步之遥、正在打瞌睡的矮个子守卫。我抓紧了长把手。

“‘住手！我的兵呢？’金发上校从雪地里朝我们走来。他穿着一件厚重的长大衣，戴着军帽。他走到手持火把的士兵当中，打量四周。他在找他的兵，但是哪个兵呢？

“‘你！过来！’他指着我说。我闻言大惊，还以为又要遭受精神强奸。但这次没有。我从浅坑中跳上来，将铲子交给一个士兵，赤裸全身、战战兢兢地来到被尊称为‘大师’的上校面前。

“‘你们必须把他们解决掉。’他用德语对负责的士兵说，‘快！’

“领头的士兵点点头，将犹太人聚拢到一块儿。壕沟远端的两个女人用火柴棍似的胳膊拥抱着彼此。领头的士兵命令所有人躺在冰冷的壕沟中。三个抗命的男人被当场射杀。充当黑方国王的男人在我两米开外抽搐着倒下。我低头看着自己毫无血色的双脚，努力保持不动，但颤抖还是加剧了。其他犹太人被勒令将尸体滚进大坑。现场阒寂无声。苍白的背部和臀部在火把的光芒中分外耀眼。领头的士兵再次下令，枪声再起。

“整个过程持续不到一分钟。冲锋枪和轻型卡宾枪的枪声断断续续，每次枪声一响，一个赤裸的身影就会栽入坑中，痉挛两下，然后不动了。那两个女人死的时候仍拥抱着彼此。立陶宛犹太人用希伯来语大喊，跪在地上，张开双臂——我至今都不知道他是在乞求士兵怜悯还是苍天开眼——然后他就被自动武器打成了马蜂窝。

“我站在原地，盯着自己的双脚瑟瑟发抖，暗暗祈祷自己能隐形。但在其他犹太人被杀光之前，领头的士兵就转身背对我，说：‘是这个吗，上校？’

“‘他是我忠诚的兵吧？’上校说，‘我们必须去狩猎。’他说。

“‘狩猎？’领头的士兵问，‘今晚上？’‘黎明开始。’‘老家伙也去？’‘是的。’

“‘好的，上校。’我看见领头的士兵露出厌恶的神色，因为他今晚睡不成觉了。

“士兵开始铲起冻土撒在尸体上，我被带回门房，被关进了几个小时前待过的地窖。我的双脚发痒，然后像火燎般难受。疼痛锥心刺骨。尽管如此，我还是睡着了。但不久领头的士兵就回来打开了我的镣铐，命令我穿上衣服：内裤、蓝色羊毛裤、衬衣、厚毛衣、厚袜子，以及有点偏小的皮靴。这只是一套普通的衣服，但对于穿了好几个月破烂囚服的我来说，感觉就像高档的华服。

“领头的士兵将我带到外面。四个党卫军士兵站在雪地中等我。他们配备有电筒和重型步枪，其中一人还牵着一条德国牧羊犬。我们等待上校和老家伙的时候，那条狗被绳子拽着，把我闻了又闻。大会堂陷入黑暗，叫嚷声也平息了。黎明即将降临，天空中开始露出灰白色。

“上校和老将军现身的时候，士兵们关了手电筒。上校和老将军没穿制服，而是身着沉重的绿色狩猎夹克，披着狩猎斗篷，每人手中一把非战斗用、大口径、带瞄准镜的步枪，我立刻反应过来，我知道接下来会发生什么，但我太累了，根本不在乎。

“上校挥了挥手，士兵们就从我身边走开，站在两名军官身边。我不知所措地在原地站了一分钟，拒绝去做他们要我做的事。领头的士兵用蹩脚的波兰语对我喊：‘快跑！跑起来，你这个犹太害虫！快！’但我仍然没有挪步。狗狂吠着朝我扑过来。领头的士兵举起手枪，朝我双脚之间的雪地开了一枪。我没有挪步。然后我感到上校在试探性地触碰我的意志。

“**跑，我的小兵**！**跑**！我脑中柔滑的低语我让头晕作呕。我转身跑进森林。

“我的身体条件不容我跑多久。没过几分钟，我就气喘吁吁，步履蹒跚。我的脚印在雪地上清晰可见，但我对此无能为力。我跌跌撞撞，辨不清方向——我希望自己是往南方去的——这时天色越来越亮。我身后传来狗的狂叫，我知道狩猎队开始跟踪了。

“没走到一公里，我就来到了一块约二百米宽、没有树和灌木的开阔地。铁丝网横亘在这片无主之地的中央，但它不是我停下脚步的原因。在空地的中央竖着一块牌子，上面用德语和波兰语写着：**雷区！禁入！**

“狗叫声越来越近。我左转，忍着痛、喘着气小跑起来。我现在知道我逃无可逃。整个大会堂都被雷区包围起来，形成了封闭的私人猎场。我唯一的希望是找到昨天晚上我们来时走的路——那仿佛是很久之前的事了。那条路上肯定会有关卡和哨兵，但我如今只有这一条生路。我宁愿被哨兵打死，也不愿被身后的恶魔猎杀。我下定决心，如果最后找不到那条路，我就直接跑进雷区，一死了之。

“我刚跑到一条浅浅的小溪，精神强奸就又开始了。我僵住，注视着半冰封的溪流，这时我感到他进入了我的大脑。我抗争了几秒钟，抓挠自己的太阳穴，跪在雪地里，但上校已经进入了我，他的意志塞满了我的大脑，就像水无情地灌进落水者的口鼻肺一样——不，应该说，那感觉比这更糟，就像一条巨大的绦虫钻进我的头颅，在大脑中挖凿。我尖叫，却发不出任何声音。

“**过来，我的小兵**！上校在我脑中低语。他的思想将我的思想驱逐进黑暗的深渊。一张张脸，一个个地点从我眼前掠过。我被仇恨和自大所鼓动。我的嘴中弥漫开血的腥甜味。**过来**！我脑中的低语令我恶心，仿佛一个男人将舌头伸进了我的嘴。

“我看见自己跑进小溪，转身朝西边，也就是狩猎队的方向跑去。我用尽全力地跑，痛苦地喘息着。冰水刺激着我的双腿，令我的羊毛裤愈发沉重。我的鼻子开始流血，血沿着我的脸和脖子淌下来。

“**来吧**！我离开了小溪，跌跌撞撞地跑出森林，来到一堆巨石之上。我的身体像提线人偶一样抽搐，但我还是爬到石头缝隙之中。我躺在里面，脸贴着石头，血滴落在冰冻的苔藓上。我听见狩猎队的声音越来越近，他们就在树林背后不到五十步的地方。我猜他们会包围我所在的那堆巨石，然后上校会令我站出来，以方便他们瞄准射击。我努力挪动腿和胳膊，但我觉得连接大脑和身体的神经似乎被切断了。我被死死地摁在原地，仿佛巨石正压在我身上。

“我听见有人交谈，然后不可思议的事情发生了：狩猎队沿着我十分钟前走的路离开了。我听见狗边叫边循着我的足迹追踪。为什么上校要玩弄我？我努力读懂他的想法，但我的意志还没触碰到他的意志，就被他像赶苍蝇一样一巴掌打飞了。

“我突然又能动了，佝偻着跑过森林，然后趴在雪地上爬行。我闻到了香烟的气味，然后看到了他们——老人和他的士兵就在一块空地里。老人坐在一根原木上，猎枪横放在双腿上。领头的士兵站在他身边，背对着我，手指悠闲地敲打着枪托。

“我站起来就跑，速度比之前都快。领头士兵刚转过身，我就跳起来，用肩膀撞到他身上。我比领头士兵矮，而且轻许多，但我还是将他撞倒在地。我打了个滚，无声地惨叫。我只想重新获得身体的控制权，逃进森林，但我发现自己抢走了老人的猎枪，将雕工精美的枪托当作木棍，敲打领头士兵的脸和脖子。领头士兵试图站起来，我将他又打趴下。他摸索着自己的枪，我一脚踩住他的手，然后用枪托猛砸他的脸，直到他的骨头被砸碎，脸上血肉模糊，形容莫辨。然后我放下枪，转身面对老人。

“他仍坐在原木上，一只手拿着鲁格尔手枪，香烟叼在薄薄的唇间。他看上去仿佛有上千岁，但他遍布皱纹的脸上挂着微笑。

“‘是你！’他说。我知道他不是在和我说话。‘是我。老家伙。’我惊讶地听见自己正用德语说话，‘游戏结束了。’

“‘走着瞧。’老人说，举起手枪就射。我跳起来闪躲，子弹穿过我的毛衣，擦着我的肋骨飞过。我抢在他再次开枪前抓住他的手腕，我们在雪地上纠缠旋转，仿佛在跳一种怪异的舞蹈——一个瘦小的、血流满面的年轻犹太人搂着一个穿羊毛长大衣的老人。老人的鲁格尔手枪又响了，但只是对空发射，毫无威胁，然后我抢到了枪，跳后几步，举起了枪。

“‘不！’老人尖叫起来，然后我感到**他**也进入了我的大脑，就像脑袋挨了一记重锤。两条寄生虫争夺着我身体的控制权，我陷入茫然无神的状态。不一会儿，我就像是从我身体上方某处俯视自己一样。我看见老人僵立着，而我的身体剧烈抽搐，仿佛重症癫痫发作。我双眼翻白，像白痴一样大张着嘴。尿打湿了我的裤子，在寒冷的空气中冒着热气。

“然后，我又能从自己的眼睛观看了。老人的意志被赶出了我的大脑。他后退三步，重重地坐在原木上。‘威利，’他说，‘我的朋友……’

“我抬起胳膊，朝老人脸上开了两枪，朝心脏开了一枪。他向后倒去，我站在原地，盯着他钉着平头钉的靴底。

“**我们来了，我的小兵**。上校在我脑中低语。**等着我们**。于是我继续等，直到听见树林后面传来人的喊叫和德国牧羊犬的狂吠。我手里还握着枪。我努力放松全身，将所有的意志和能量都集中在我的右手上，竭力避免去想我要做什么。狩猎队就要进入我视野的时候，上校对我的操控松懈下来，我得到了机会。那是我一生中最关键也最艰难的决定。我的指头只需扳动一毫米，但这个动作将耗费我的所有力气和决心。

“我成功了。鲁格尔手枪开火了，子弹在贴着我的大腿飞过，击中了我右脚的小趾。钻心的疼痛传来。这一枪让上校也大吃一惊，我感到他的意志从我脑中脱走了几秒。

“我转身就跑，在雪地上留下血红的足迹。我身后传来愤怒的嘶喊。自动步枪嗒嗒嗒地开火。我听见子弹嗖嗖地从我身边飞过。但上校没有操控我。我抵达了雷区，未作丝毫停留就跑了进去。我用双手分开铁丝网，踢开缠绕的铁丝，继续奔跑。不可思议地是，我竟然毫发无损地跑过了雷区。就在这时，上校的意志又进入了我的大脑。

“**停下！**我停下，转身看到四个士兵和上校站在死亡地带的另一头。**回来，小兵**，上校低语着。**游戏结束了**。

“我试图将鲁格尔手枪抵在自己的太阳穴上。但我做不到。我的身体开始走向他们，重新进入雷区。他们朝我举起了枪。就在这时，那条德国牧羊犬挣脱了牵着它的德国士兵朝我冲过来。它刚跑进雷区，距上校还不足二十英尺，地雷就爆炸了。那是一枚反坦克地雷，威力巨大。泥土、金属和狗的尸块在空中飞散。我看见狩猎队的五个人都往后退去，一种软软的东西击中我的胸膛，我倒在地上。

“我挣扎着站起来，看见德国牧羊犬的头掉在我的脚边。上校和另外两个党卫军士兵趴在地上摇晃脑袋，显然被震晕了。另外两个党卫军士兵没有动了。上校不再控制我的意志。我举起鲁格尔手枪，将所有子弹都射向上校。但他们距我太远了，我的手抖得厉害，没有一发子弹击中他们。我不再留恋，转身就跑。

“直到今天，我也不知道为什么上校允许我逃走。也许他在爆炸中受伤了。也许他继续操控我的话，会让别人知道老人之死是他所为。我不知道答案。但到了今天，我怀疑我之所以能成功脱逃，是因为这符合了上校的意图……”

索尔停止讲述。壁炉中的火已经熄灭，时间早已进入凌晨。他同娜塔莉·普雷斯顿坐在几乎全黑的室内。最后半个小时的叙述中，索尔声音低沉而沙哑。

“你太累了。”娜塔莉说。

索尔未加否认。自从星期天早上在报纸上看到“威廉·波登”的照片后，他已经两天两晚没合眼。

“但故事还没结束，对吧？”娜塔莉说，“你故事中的上校同杀害我父亲的人有关，对吧？”

索尔点头。

娜塔莉离开房间，不一会儿就拿着被褥和厚枕头回来，将长椅弄成简易床。“今晚就在这儿睡吧。”她说，“明天上午接着说。我为你做早餐。”

“我在汽车旅馆有房间。”索尔用沙哑的声音说。但一想到要沿着52号公路开那么远，那就恨不得立刻闭眼睡过去。

“但我希望你留下。”她说，“我想听……不，我需要听完故事剩余的部分。”她顿了顿，然后说，“而且我也不想今晚一个人待在这座房子里。”

索尔点点头。

“太好了。”娜塔莉说，“厕所盥洗台上有一支新牙刷。我可以给你拿一套我父亲留下的干净睡衣……”

“不。”索尔说，“我不需要。”

“好吧。”娜塔莉说。走到通往短走廊的门口，她突然停下，“索尔……”她揉着胳膊吞吞吐吐地说，“这些……这些都是真的吧？”

“是的。”

“你口中的上校上周在查尔斯顿，对吧？他是杀害我父亲的凶手之一？”

“我想是的。”

娜塔莉点点头，想要说些什么，但最后只是轻咬着嘴唇道：“晚安，索尔。”

“晚安，娜塔莉。”

尽管疲惫不已，索尔·拉斯基还是未能立即入睡。他看着窗外的车灯扫过墙上的照片，努力回想美好的事物，回想轻抚着溪边垂柳枝条的金色阳光，回想叔叔农场上盛开的那片白色雏菊。但当他最终入睡时，他梦到的却是美丽的六月里第一天，他的弟弟约瑟夫跟着他来到牧场上的马戏团，装饰华丽的马戏团马车带着欢笑的孩子们来到一个早已挖好的大坑……

7

查尔斯顿

1980年12月17日，星期三

一开始，鲍比·乔伊·金特里治安官很高兴发现有人在跟踪自己。他之前从未被人跟踪过，倒是常跟踪人。昨天他还跟踪了那个精神病医生拉斯基，看见后者闯入福勒家。金特里治安官在琳达·梅那辆不起眼的到汽车中耐心监视，看见拉斯基和那个姓普雷斯顿的女孩离开福勒家去吃完饭，再到圣安德鲁斯的咖啡店喝咖啡聊天，然后回到普雷斯顿家。他守候在普雷斯顿家门外，但直到深夜也没有什么发现。第二天一大早，他就开着自己的车返回普雷斯顿家，结果精神病医生租来的丰田还停在车道上。医生和那姑娘是什么关系？金特里对拉斯基报以强烈的怀疑。一开始通过电话接触时他就起了疑心——身为警察，对嫌犯的怀疑可以说是一种本能，一种基于常年工作经验而形成的挥之不去却又说不清道不明的感觉。所以，他昨天跟踪了拉斯基。而现在，他——查尔斯顿县治安官鲍比·乔伊·金特里——被人跟踪了。

他刚发现这点的时候几乎不敢相信。这天是星期三，他如往常一样早上六点起床。昨晚他喝了太多咖啡，没睡几个小时，所以他起床时备感疲惫。但他还是开车去了圣安德鲁斯的普雷斯顿家，确认拉斯基在那里过了夜，然后在路过里弗斯大街的萨拉·迪克森餐厅时，买了一个面包，前往汉普顿公园采访卢埃林夫人。这位女士的丈夫在四天前，即曼德萨旅馆凶杀案那晚离开了查尔斯顿，然后星期天凌晨在亚特兰大死于交通事故。佐治亚州警打电话通知她，她丈夫在亚特兰大郊外的285号州际高速公路的支路上以85英里的时速撞上了立交桥桥墩。卢埃林夫人只问了州警一个问题："阿瑟怎么会跑去亚特兰大？他星期六晚上只是出去买雪茄和报纸啊。"

金特里觉得这是个中肯的问题。他询问了卢埃林夫人半小时。上午九点，他离开卢埃林的砖房时，这个问题仍未得到解答。就在这时，金特里发现半个街区外，有一辆绿色的普利茅斯停在路边大树的树荫中。

那天早晨从萨拉·迪克森餐厅的停车场将车开出时，他第一次注意到这辆普利茅斯。他之所以对这辆车有印象，只是因为它挂着马里兰州的车牌。金特里知道，出于职业习惯，警察总是观察细致入微，但大部分观察到的信息其实都没用。他坐到停在卢埃林家外的警车的方向盘后，调整了一下后视镜，仔细观察后面那辆普利茅斯。就是在餐厅见过的那辆。那辆车的挡风玻璃反光，他看不见车内是否有人。金特里耸耸肩，将车从路边开走，在第一个红绿灯路口左转。就在金特里的车即将驶离视线范围时，普利茅斯开动了。金特里再次左转，往南行驶，盘算着是返回县政府大楼处理公文，还是返回圣安德鲁斯。他看见那辆绿色轿车紧随其后，离他仅两个车身。

金特里放缓车速，一双巨大红润的手敲击着方向盘，嘴里吹着西部乡村小调。他一边听着警用无线电通话中嘶哑的声音，一边思考着自己被跟踪的原因。原因并不多。在他认识的人里，除了这几年被他送进监狱的好事之徒外，没人有理由找鲍比·乔伊·金特里算老账，更别提跟踪他了。金特里怀疑自己是不是太敏感了，查尔斯顿的绿色普利茅斯可不止一辆。但是带马里兰州牌照的绿色普利茅斯呢？警察的直觉让他不敢掉以轻心。金特里决定绕远路回办公室。

他在卡侬大街左转，汇入拥挤的车流。绿色普利茅斯继续跟着他，位于三辆车之后。如果不是早就知道自己被跟踪了，金特里此时根本发现不了它。卢埃林夫人家住在汉普顿公园附近的冷清小路上，只有在那儿，跟踪者才有可能暴露行迹。金特里将警车开上斜坡，进入26号州际高速公路，向北行驶了一英里多点儿，然后下高速公路，沿小巷向东进入米廷街。普利茅斯的身影一直在后视镜里，车多的时候它就躲在别的车后面，没车的时候它就拉开与金特里的距离。

“有两下子啊。”金特里说，继续向北，进入查尔斯顿高地，经过右侧的海军基地。透过起重机吊臂之间的缝隙，可以看到庞大的灰色舰船。他左转进入多彻斯特路，再次开上26号州际高速公路，这次是往南开。后视镜里看不到普利茅斯了。他一面嘲笑自己在有线电视频道看了太多的惊悚片，一面打算在闹市区附近下州际高速公路。就在这时，半英里后的半挂车换道，金特里瞥见了后面那辆车绿色的引擎盖。

金特里从221号出口下州际高速公路，回到县政府大楼附近的狭窄街道。天空飘起了毛毛雨。普利茅斯的司机和金特里几乎同一时间打开了雨刮。治安官试图找出对方犯了哪条法律。但他一时半会儿也找不到。好吧，金特里想，怎么才能甩掉这个尾巴呢？他想到他在电影中看过的高速追逐，但现实中行不通。他努力回想他读过的间谍小说中的间谍技术，但他能想到的只是在莫斯科地铁站换车。这也不行。他的淡黑色警车两侧都喷涂着**查尔斯顿县治安官**的字样，目标太明显了。

金特里知道，他可以打开警用无线电，绕着街区开几圈，然后县警察局的警车和高速公路巡逻车就会到下一个大路口等那个胆小鬼。但之后呢？金特里想象着自己站在特兰特法官面前，被指控骚扰一名外地游客的情景。这名游客会说，他只是在寻找前往萨姆特堡的渡口，所以才会一路跟随当地警察。

金特里知道，明智的做法是岿然不动。让他跟踪好了，几天、几个星期、几年都行，金特里总有一天会知道他在玩什么把戏。普利茅斯里的家伙可能是传票送达员、记者、耶和华见证会会员，或者州长新成立的打击警察腐败行动小组的成员。金特里深知，他最好回办公室工作，把这件事抛诸脑后，静观其变。

“去他妈的静观其变。”金特里骂道。他脾气向来不好。他一甩方向盘，将车在潮湿的硬路面上转了一百八十度的弯，然后打开警灯和警笛，沿着狭窄的单行道加速朝尾随的普利茅斯前进。他右手打开了手枪枪套，回头扫了一眼，确认警棍放在往常的位置。然后他开始猛踩油门，狂按喇叭。

普利茅斯的司机被吓了一跳。车上只有一人，见金特里冲来，连忙右转躲避。金特里从左侧插上，挡住了它。普利茅斯佯装左转，猛地朝右加速，驶上人行道，试图从警车边挤过去。金特里向左猛打方向盘，跃上人行道，朝普利茅斯径直撞去。

普利茅斯侧滑，右后挡泥板撞翻了一排垃圾桶，车身侧面撞在一根电线杆上。金特里将警车停在车头冒烟的普利茅斯前面，恰好截断了后者唯一的脱逃路径。然后金特脱下安全带，下了车，左手举起沉甸甸的警棍。

“能给我看看你的驾照和行驶证吗，先生？”金特里问。面孔苍白消瘦的司机从车内瞪着他。普利茅斯副驾驶一侧的门被撞凹。司机的发线后退，头发乌黑。金特里估计他四十五岁上下。他穿着黑西装、白衬衣，打着肯尼迪时代的黑色细领带。

金特里观察着男人笨手笨脚地翻找钱包，“能出示一下钱包里的身份证吗，先生？”男人停下手，眨了眨眼，转身去拿身份证。

金特里立即上前，左手拉开门，让警棍悬在腰间的皮带上，右手则去摸鲁格黑鹰手枪的枪把。“先生！请你出来……该死！”

司机抽出一把枪，转身就对准金特里的脸。金特里接近一百一十公斤的身子扑上前去，扼住男人的手腕。男人开了两次枪，一发子弹擦着治安官的耳朵射进车顶，另一发子弹击中普利茅斯的挡风玻璃。金特里双手抓住男人的手腕，两人扭打在座位上，就像是在露天电影院亲热的年轻人。两人都喘着粗气。金特里的警棍插进了方向盘，普利茅斯喇叭长鸣，就像一头中枪的野兽。司机举起左手抓治安官的脸。金特里埋头撞司机，一下，两下，第三下过后，他听见司机呻吟了一声，晕死过去。枪从司机的手中滑落，被变速杆弹开，顺着金特里的腿掉到了车外的路面上。金特里担心枪走火打中自己，但所幸没有发生意外。

“该死！”金特里抬起身子，将司机问拉出驾驶室。他一把揪住司机的衣领，确认手枪掉到车门下后，他将司机摔到了八英尺开外。司机跌跌撞撞地爬起来，金特里已经抽出了鲁格黑鹰手枪。那是他叔叔退休时送给他的，在他手里分外有质感。

“别过来！”金特里大喝道。十多个人从沿街铺面走出来看热闹。金特里命令他们不得靠近。司机身后只有一堵砖墙，金特里不愉快地意识到，自己将不得不对这王八蛋开枪。金特里还从未枪击过任何人。训练中，他被要求双手平举握枪，双脚齐肩站立。但此时金特里却是弯着胳膊，枪口朝天。雨雾笼罩着治安官红润的脸庞。“打完了。”他呼哧呼哧地喘着气，“放轻松，小子。我们谈谈。”

司机从口袋里抓出一把弹簧刀。刀片咔嗒一声弹了出来。男人半蹲着，微微左右摇晃，不持刀的手五指张开，持刀的手拇指扣在刀把上，五英寸的刀片熟练地划出弧线。金特里将落地的枪踢到车底，后退了三步。

“来吧，小子。”金特里说，“别干傻事。把刀放下。”两个人之间仅仅相隔十五英尺，他不能忽略对方猛冲过来的可能性，但金特里也明白，在这个距离上，子弹比刀子更具杀伤力。不过，他也记得黑鹰手枪在四十步开外击穿黑色靶纸后留下的大洞。他可不愿看到点357口径子弹打中十五英尺外的人体后是一番怎样的景象。

“把刀放下。”金特里说。他声音平板，尽量避免带上威胁的口吻。“我们冷静一下，好好谈谈。”金特里拉开普利茅斯车门之后，男人就没有说过一句话，只是痛苦地哼哼了几声。他牙关紧咬，齿缝间发出一种奇怪的啸叫，就像是蒸汽从开水壶中喷出时的呜呜声。他垂直地举起刀子。

“别动！”金特里单手握枪，枪口瞄准男人细领带的正中。如果男人挥刀欲砍，金特里就不得不开枪。他的手指扣紧扳机，再用一点儿劲就能击发。

这时，金特里看到了惊悚的一幕，心脏几乎为之停跳。司机的脸抽搐起来，如同一张脱落的橡皮面具。他双眼圆睁，惊恐万端，眼珠在眼眶中乱窜，就像是受到惊吓的小动物。金特里看见那张面皮下闪现出另一个人。然后，司机的脸和脖子上的肌肉都僵硬了，似乎有人在用力扯下那张橡皮面具一般。刀子一点点举起来，直到放在司机的下巴下。从这个位置，已经可以准确地将刀掷出。

“嘿！”金特里大喊一声，松开了紧扣扳机的手指。

司机将刀扎进了自己的喉咙。那动作不是刺，不是戳，不是砍，而是像外科医生开刀，或者在西瓜上雕刻。然后，他缓慢而有力地将刀片沿着下颌从左到右拉开一条口子。

“哦，上帝啊。”金特里喃喃道。围观者中有人发出尖叫。鲜血顺着男人的白衬衫流下，就像装满红漆的气球爆炸了。男人抽出刀，不可思议地继续站立了十到十二秒，双腿分开，身体僵硬，面无表情，血如瀑布般顺着他的躯干流下，滴落在地上的声音似乎都听得见。接着他仰面倒地，双腿痉挛。

“别过来！”金特里朝围观者大喊道，向前跑去。他一脚踩住男人的右手手腕，用警棍敲掉他手里的刀。男人后仰着头，露出脖子上鲜红的切口，仿佛鲨鱼露出的冷笑。在血涌的间隙，金特里看见了断裂的软骨和参差不齐的灰白组织纤维。男人的肺中灌满了血，胸部上下起伏。

金特里跑到警车旁，呼叫救护车。他再次大声警告围观者不要上前，然后把警棍伸到普利茅斯车底下，掏出男人的手枪。那是一把九毫米口径的勃朗宁，双排弹夹，握在手里颇为沉重。他弹起保险栓，把枪别在腰间，跪在奄奄一息的男人面前。

司机已经双腿蜷曲，向右侧卧，胳膊笔直，双拳紧握。他身下已经形成了一个四英尺见方的血池，心脏每跳动一次，血就又从伤口喷出一分。金特里跪在血泊中，试图用双手封堵住伤口。但伤口又大又不整齐，男人的衬衫五秒后就被血染透了。男人的眼睛死死地盯着虚空中的一个点，这个特征金特里在数不清的尸体上都见过。

粗重的呼吸停止了，伤口中也不再冒血泡，这时远处隐隐传来救护车的警报声。

金特里往后挪了几英寸，在大腿上揩了揩手。司机的钱包在扭打过程中掉在了地上，金特里将它捡起来，以免被流过来的血污染。他违反了处理物证的程序，打开钱包，草草翻找了一下。只发现九百美元现金和一小张鲍比·乔伊·金特里治安官的黑白照片。没有发现驾照、信用卡、家人照片、名片或者收据。

“这他妈的都是怎么回事啊。”金特里小声咕哝。雨已经停了。司机的尸体静静地躺在身边，那张惨白的脸看上去就像蜡做的。金特里摇了摇头，茫然注视着骚动的人群和急匆匆赶过来的警察及医护人员。“这他妈的都是怎么回事啊！”他大叫起来。

但没有人回答。

8

巴伐利亚-爱森斯坦旅馆

1980年12月18日，星期四

托尼·哈罗德和玛利亚·陈从慕尼黑向西北行驶，经过德根多夫和雷根，深入德国西部毗邻捷克的森林和群山之中。

这辆租借的宝马哈罗德开得异常吃力。在湿滑的坡道转弯时，他挂到抵挡慢慢开；到了直路上，他立刻飙升到时速一百二十公里。尽管精力高度集中地驾驶了许久，飞行过程中累积的紧张感还是没有被驱除。他曾试图在飞行途中睡觉，但他从未忘记自己正被关在冰冷的大西洋上空的一个加压而易碎的罐子里。哈罗德打了个寒战，调高了宝马空调的温度，超了两辆车。白雪覆盖着大地。他们进入更崎岖的山区后，路两边都是雪堆。

两个小时前，他们驶上高速公路，离开慕尼黑。玛利亚研究了地图，说："达蒙就在几英里之外。"

"那又怎么样？"哈罗德说。

"那里有过一个集中营。"她说，"二战期间关押了许多犹太人。"

"那又怎么样？"哈罗德说，"那是他妈的多少年前的事了。”

“没有多少年。”玛利亚·陈说。

哈罗德在92号出口下高速，进入另一条车满为患的高速公路。他将宝马驶入左车道，车速保持每小时一百公里。“你什么时候出生的？”他问。

“1948年。”玛利亚·陈说。

“你出生之前的事情，你都用不着关心。”哈罗德说，“那都是陈谷子烂芝麻了。”

玛利亚·陈陷入沉默，注视着窗外冰封的伊萨河。午后昏暗的天空中，光线愈来愈暗了。

哈罗德瞟了眼自己的秘书，想起了他第一次看到她的情景。那是四年之前，即1976年的夏天。他奉威利之命，去香港拜会费氏兄弟，商讨资助某部没脑子的功夫片。当时美国上下都沉浸在庆祝建国两百周年的狂热之中，哈罗德巴不得出国透透气。一天夜里，费氏兄弟中的弟弟带哈罗德去了趟九龙。

他们来到一座高层建筑的第八层，光顾了高档酒吧兼夜总会，同一群美丽而世故的女人开心地聊天。过了好一阵子，他才意识到，这里是妓院，而这些女人是妓女。

哈罗德兴味索然，正欲起身离开，这时他发现了一个欧亚混血美女独自坐在吧台前，眼中流露出毫不掩饰的冷漠。他问费那女人是谁，大块头亚洲人露齿一笑，道：“她出身悲惨。母亲是美国传教士，父亲是中国内地的教师。但他们一家到香港后不久，她母亲和父亲就先后过世了。玛利亚·陈留在香港，当了模特，名气很大，赚了不少钱。”

“模特？”哈罗德问，“模特在这儿干什么？”

费耸耸肩，咧嘴一笑，露出金牙，“她挣得多，但想要得更多。她有种特别烧钱的嗜好。她想去美国——她是美国公民——但她回不去，因为她那种嗜好。”

哈罗德点头问：“可卡因？”

“海洛因。”费笑道，“你想见见她？”

哈罗德想见她。相互介绍后，吧台上就剩下他们两人。玛利亚·陈说：“我听说过你。你拍烂片，你自己也是个烂人。”

哈罗德点头同意，“我也听说过你。你嗑药，还是个婊子。”

他看见玛利亚·陈要扇他耳光，立刻用念控力制止她。但他失败了。响亮的掌掴声引得酒吧里的其他人停止谈话，朝这边看过来。但不久背景噪声就复原了。哈罗德取下手帕擦了擦嘴。她的戒指划破了他的嘴唇。

哈罗德之前也遭遇过免控者，即不受念控力操控的人。但这种人凤毛麟角。而且之前他都提前知道对方的身份，所以能避免受到对方伤害。“好吧，”他说，“介绍结束了。现在我要跟你做笔买卖。”

“我对你能给我的东西一点儿都不感兴趣。”玛利亚·陈说。她说得斩钉截铁，但她并没有转身离开。

哈罗德点点头，大脑飞速转动。他想起了几个月来一直烦扰他的那件事：同威利工作让他胆战心惊。那个老家伙很少运用念控力，但他偶一展露，哈罗德就发现他的念控力比自己强大多了。就算哈罗德耗费数月乃至数年精心培养一个助手，威利也能转瞬间将其转变为自己的傀儡。自从那个该死的岛俱乐部引诱他接近危险的威利之后，他就一直生活在焦虑之中。如果威利发现他别有所图，那他就会死无葬身之地……

“我将给你一份美国的工作。”哈罗德说，“做我的私人助理，还有我当董事长的制片公司的行政秘书。”

玛利亚·陈冷冷地看着他，漂亮的褐色眼睛中没有透露出一点儿激动。

“一年五万美元。”他说，“还有津贴。”

她眼睛眨都没眨一下，“我在香港挣得更多。”她说，“我为什么要放弃模特事业，屈尊去当你的小秘书？”她在“小”字上加重了语气，表达了对这一工作的鄙视。

“津贴非常丰厚。”哈罗德说。见玛利亚没说话，他继续道，“你想要什么我就给你什么。”他柔声道，“你再也不用亲自劳神去购买东西。”

玛利亚·陈又眨了眨眼。刚才矜持的面具被立刻卸下。她低头看着自己的双手。

“你考虑一下。”哈罗德说，“我住在维多利亚和阿尔伯特酒店，下周二早上离开。”

直到哈罗德离开夜总会，她都没有抬头。星期二早上，哈罗德收拾停当，服务员将行李带到楼下，他在镜中最后一次打量自己，给香蕉共和国牌狩猎夹克扣上扣子。这时，玛利亚·陈出现在门口。

“除了私人助理，我还要做哪些事？”她说。

哈罗德缓缓转身，强忍住笑意，耸肩道：“我下达的任何指令。”他说，然后终于笑了，“但不是你担心的那种事。我不需要把妓女留在身边。”

“我有一个条件。”玛利亚·陈说。

哈罗德瞪大了眼倾听。

“明年的某个时候，我想要……结束我的嗜好。”她说，“你们美国人是怎么说的？我要戒除毒瘾。我定下时间后……你就帮我安排。”

哈罗德思考片刻。他不知道玛利亚·陈戒毒对他有没有好处，但他怀疑玛利亚·陈永远也不会真的提出戒毒的要求。等她提了再想怎么办吧。他喜欢自己身边有一个美丽聪明而且不会受威利操控的助理。“我同意。”他说，“咱们去办你的签证吧。”

“不用了。”玛利亚·陈站到一旁，让他走在她前面去电梯，“所有手续都办好了。”

开出德根多夫三十公里后便是雷根。雷根是一座位于悬崖之下的中世纪城市。他们沿着蜿蜒的山路来到城市近郊，车灯照亮了路边树下的一块椭圆形木板，玛利亚·陈指着木板问：“你注意到这一路都有这样的板子吗？”

“注意到了。”哈罗德说，然后减速急转弯。

“导游手册上说，那是指导村民去参加葬礼用的。”他说，“每块板子上都写着一个逝者的名字和祷语。”

“真可爱。”哈罗德说。他们驾车穿过一个镇子。路旁的街灯亮了，小巷路面的鹅卵石湿漉漉的。镇子背后一道林木茂密的山脊上，矗立着一座黑黢黢的建筑。

“那座城堡曾属于亨德伯爵。”玛利亚·陈读着导游手册，“他夫人将他们的孩子淹死在雷根河后，他下令将他夫人活埋。”

哈罗德一言不发。

“这段历史很有趣，对吧？”玛利亚·陈说。

哈罗德减速左转，进入11号高速公路，驶向森林密布的山区。引擎盖的凹槽中已经有了积雪。哈罗德伸手夺走玛利亚·陈手中的导游手册，关掉了头灯。“帮个忙好吗？”他说，“闭上你的臭嘴。”

他们抵达巴伐利亚-爱森斯坦旅馆时，已经晚上九点过了。但他们预定的房间还空着，勉强容得下五张桌子的餐厅里也仍然有食物供应。一个巨大的壁炉中火焰熊熊，为整个房间提供热量和光线。他们静静地用完餐。

哈罗德在路上瞥见过巴伐利亚-爱森斯坦旅馆，感觉它又小又空。这座巴伐利亚风格的建筑孤零零地矗立在黑暗群山之间的狭窄峡谷中，只有一条通往外界的路。这让哈罗德联想到了纽约南部卡茨基尔山中被遗弃的殖民地。郊区的路牌告诉他们，这里距离捷克只有几公里。

他们回到三楼的套二客房前，哈罗德说：“我下去洗洗桑拿。你准备一下明天的事情。”

旅馆有二十个房间，客人基本都穿越国境来阿波尔山滑雪的。阿波尔山位于旅馆北部几英里，海拔一千四百米。一楼的公共休息室里坐着几对男女，喝着啤酒或热巧克力，不时开心地说笑几句。但哈罗德觉得德国腔听上去很不自然。

桑拿房设在地下室，只不过是一个白色雪松木箱子。哈罗德将温度调高，在外面的小更衣室中脱掉衣服，裹着一条毛巾就进去了。门上用蹩脚的英文写着提示：**客人请注意，桑拿房中可以**

不穿衣服。德国人洗桑拿时习惯一丝不挂，之前肯定有美国客人见到这一幕后大感惊讶。

他几乎就要睡着的时候，两个女孩进来了。她们非常年轻——顶多十九岁——都是德国人，进来的时候还在咯咯地笑。见到哈罗德在里面，她们也没停下来。“晚上好。”金发女郎中较高的那个说。她们身上都缠着毛巾。哈罗德也缠着毛巾，他用力抬起沉重的眼皮，偷偷打量着女孩们，没说一句话。

哈罗德想起差不多三年前的那天，玛利亚·陈告诉他，他应该帮她戒毒了。

“我凭什么帮你？”他说。

“因为你答应过我。”她答道。

哈罗德盯着玛利亚·陈。他俩之间的关系一直相当紧张。他曾屡次向她求爱，但都被她严厉拒绝。一天晚上，他悄悄溜进她的房里。尽管那时已经是凌晨两点多，她却仍坐在床上读书。哈罗德站在门口，她冷静地放下书，从床头柜的抽屉中取出一把点38口径左轮手枪，优雅地放在大腿上，问：“你来干什么，托尼？”他摇着头，悻悻离开了。

“好吧。我答应过你。”哈罗德说，“你让我干什么？”玛利亚·陈告诉了他该怎么做。

她被关在地下室的一个小房间中，整整三个星期没出来。刚开始的时候，她用长指甲抓破墙和门上的衬垫。那是她同哈罗德一起装上去的。她尖叫着又敲又打，撕扯着床垫和枕头，然后继续尖叫。只有坐在隔壁房间中的哈罗德听得到尖叫。

他将饭菜从门下方的缝隙中塞给她，但她没有吃。一连两天她都蜷着身子躺在床垫上，不停地出汗、发抖，一会儿虚弱地呻吟，一会儿又发了疯似的尖叫。最后，哈罗德只好进入房间，陪了她三天三夜。在她坐得起来的时候，就扶着她去上厕所；在她坐不起来的时候，就给她洗脸，照顾她饮食。第十五天，她连续睡了二十四小时，其间哈罗德给她擦了澡。他拿着毛巾拂拭她苍白的面颊、完美的乳房和蒙着细汗的大腿，脑中浮现出她身着丝绸衣服出现在他办公室的模样。如果她不是免控者该多好啊，他忍不住想。

擦完澡，哈罗德给她穿上了柔软的睡衣，换上干净的床单和毯子，留她独自继续睡觉。

三个星期的强行戒断期结束后，她终于走出了地下室，穿着打扮和气质举止像往常一样完美无瑕。那三个星期里发生的事情，两人从未提起。

较小的德国女孩笑嘻嘻地将双臂举过头顶，对她朋友说了几句话。哈罗德透过水蒸气注视着她们。他的黑眼就像是沉重眼皮下的两个黑洞。

较大的女孩眨了几下眼，解开了毛巾。她的乳房坚挺而丰满。年轻女孩仍然高举着胳膊，惊讶得一动不动。哈罗德看见了她胳肢窝下厚密的腋毛，讶异于德国女孩竟然不刮那里的毛。较小的女孩说了几句话，停下来，然后也开始脱自己的毛巾。她动作笨拙，仿佛并不熟悉这项任务。较大的女孩伸手去摸较小女孩的乳房，这时毛巾终于落了下来。

原来是姐妹啊，哈罗德眯缝着眼，享受着两姐妹的春光。**柯尔斯顿和伽比**。同时操控两个人可不容易。他必须来回转移念控力施加的对象，并且保证操控一个人的时候另一个人不会失控。

这就像是自己跟自己打网球——没人愿意长时间玩这个游戏。但这次他用不了多长时间。哈罗德闭上眼睛笑了。

哈罗德回房的时候，玛利亚·陈正站在窗口，望着下面站在马拉雪橇周围唱圣歌的一小群人。她刚转过身，窗外就爆发出一阵欢笑。

“东西呢？”哈罗德问。他穿着丝绸睡衣，披着金色睡袍。他的头发还是湿的。

玛利亚·陈打开她的手提箱，取出点45口径自动手枪，将它放在咖啡桌上。

哈罗德拿起枪，扣了几下扳机，点头道：“我就说他们不会在海关为难你吧。弹匣呢？”

玛利亚从手提箱里取出三个金属弹匣，将它们放在桌上。哈罗德将未上弹的手枪推过玻璃桌面，搁在玛利亚·陈手边。

“好吧。”他说，“我们来瞅瞅这个该死的地方。”他在桌上展开绿白相间的地形图，将手枪和弹匣压在两端。他粗短的食指停在一条红线附近。红线两侧都是点。“巴伐利亚–爱森斯坦旅店，”他说，“我们在这个位置。”然后戳着西北方向一英寸的一个点，“威利的城堡就在这座山背后……”

“阿尔伯山。”玛利亚·陈说。

“管它叫什么呢。威利的宅邸就在森林里……”

“巴伐利亚森林。”玛利亚·陈说。

哈罗德瞪了她一分钟，然后才将注意力转移回地图上。“那里是国家公园的一部分……但仍属私人领地。真他妈见鬼。”

“美国的国家公园中也有私人领地。”玛利亚·陈说，“不过，宅邸应该是空的。”

“是啊。”哈罗德说，他卷起地图，进入自己的房间。不一会儿，他带着一杯苏格兰威士忌回来了。他在西斯罗机场买了一瓶免税威士忌。“你知道该怎么做吗？”他问。

“明白。”玛利亚·陈说。

“如果他不在，那就不用费劲了。”哈罗德说，“如果他在，只有一个人，而且想同我们说话，那也没问题。”

“如果他不想说话呢？”

哈罗德坐下，把酒杯放在桌上，将弹匣咔嗒一声推入枪膛。他递出枪，玛利亚·陈接了过去。“那你就开枪。”哈罗德说，“杀了他，还有他身边的人。打头。如果有时间的话，打两下。”他走到隔开两个房间的门边，停下来问：“还有别的问题吗？”

“没有了。”玛利亚·陈说。

哈罗德进入自己的房间，关上门。玛利亚·陈听见上锁的声音。她又坐了一会儿，拿着枪，听着街上间或飘上来的和谐的节日歌声，注视着托尼·哈罗德的门下缝隙中透出的黄色光带。

9

华盛顿特区

1980年12月18日，星期四

C. 阿诺德·巴伦特离开五月花酒店，和新当选总统乘车经过联邦调查局大楼前往机场。他的轿车前有一辆灰色奔驰带路，后面有一辆蓝色奔驰护送；两辆车都是他的一个伙伴派出的，车上的人训练有素，不亚于五月花酒店的特勤局特工。

“我想今天谈得非常顺利。”车上的另一位乘客查尔斯·科尔本说。

巴伦特点点头。

“总统对你的建议持欢迎态度。”科尔本说，“听上去，明年六月他可能会返回岛俱乐部的休养所。这倒是创了个记录——还没有现任总统去过那儿呢。”

“新当选总统。”巴伦特说。

“呃？”

“你说总统对我们的建议持欢迎态度。”巴伦特说，“你指的是新当选总统。现任总统卡特到一月份才下台。”

科尔本自我解嘲地笑了下。

“你的情报机构对那些人质有什么说法？”巴伦特轻声问。

“什么意思？”

“他们会在卡特任期结束前几个小时被释放吗？还是说，要等到新总统上台？”

科尔本耸耸肩，“我们是联邦调查局，不是中央情报局。我们的管辖范围是国内，不是国外。”

巴伦特点点头，脸上仍然挂着微笑。“你们国内的工作之一就是监视中央情报局。”他说，“我再问你一遍，人质什么时候能回来[①]？”

科尔本皱起眉，看着国家广场上光秃秃的树。“我们顶多能做到就职典礼前后二十四小时。”他说，“但过去一年半，阿亚图拉[②]一直对卡特态度强硬。我认为他不可能将这份大礼送给卡特。”

“我见过他一次，”巴伦特说，“他是个有意思的人。”

“什么？你见过谁？”科尔本不解地问。过去四年，卡特一家曾多次拜访巴伦特的棕榈泉别墅和千岛城堡。

“阿亚图拉·霍梅尼。”巴伦特耐心地说，“他被赶出伊朗来法国避难后不久，我就开车从巴黎去见过他。我的一个朋友告诉我，那个伊玛目[③]很有趣。”

“有趣？”科尔本说，“那个疯狂的王八蛋？”

科尔本的脏话令巴伦特眉头微蹙。巴伦特不喜欢脏话。本周

① 指1979年伊朗爆发的扣留美国外交官和平民为人质的事件。

② 阿亚图拉·霍梅尼（1902—1989），伊朗什叶派宗教学者（大阿亚图拉），1979年伊朗革命的政治和精神领袖。

③ 伊斯兰教领袖的头衔。

早些时候，同托尼·哈罗德说话的时候，他使用了“婊子”这个词，但那是因为他觉得，对粗俗的人说粗俗的话，才能把道理讲明白。查尔斯·科尔本也是个粗俗的人。“是很有趣。”巴伦特说，有点儿后悔自己提到这件事。“我们同那位宗教领袖进行了十五分钟谈话——尽管我被告知阿亚图拉懂法语，但他还是用了翻译——你就算做梦也想不到，那家伙在我们会面结束前干了什么。”

“要求你支持他的革命？”科尔本说，听语气明显对这个问题不感兴趣，“我不猜了。”

“他试图操控我。”巴伦特说着又笑了，这次是对那一幕发自心底地感到好笑，“我本能地感觉到他在我的大脑中乱摸。他认为自己是这世界上唯一有念控力的人。他认为自己是神。”

科尔本又耸了耸肩，“如果卡特有胆在他们绑架人质的头一周就派出B-52轰炸机的话，他就不会觉得自己是神了。”

巴伦特改换了话题，“我们的朋友哈罗德先生今天在哪儿？”

科尔本取出吸入器，在左右鼻孔各喷了一下，鼻子眉毛都挤到了一块儿。“他和他的助理昨晚去联邦德国了。”

“去他的朋友威利的祖国确认威利是否健在？”巴伦特说。

“不错。”

“你有派人去吗？”

科尔本摇了摇头，“没必要。特拉斯科已经派人去查看城堡了——他们是他在中情局时结识的法兰克福和慕尼黑的线人——哈罗德也要去那儿。我们会监听中情局的通信。”

“我们能有发现吗？”

查尔斯·科尔本耸肩道。

“你不会认为波登还活着吧？”巴伦特问。

“我不觉得他有那么狡猾。”科尔本说，“找到那个姓德雷顿的女人商量做掉他的是我们。我们一致认为，他的行为太招摇了，对吧？”

“但德雷顿也太不谨慎了。”C. 阿诺德·巴伦特说，“哎，真是可惜。”

“可惜什么？”

巴伦特看着光头的官僚，“他们中没有一个是岛俱乐部的成员。”他说，“他们都是了不起的人啊。”

“屁，”科尔本说，“他们都他妈的是疯子。”

车停了。科尔本身边车门的门锁啪嗒一声开了。巴伦特望着窗外新联邦调查局大楼丑陋的侧门。“你到了。”他说。科尔本站到路边，司机即将关门时，巴伦特说：“查尔斯，你说脏话的习惯真应该好好改改了。”说完车就走了，留下光头官僚愣愣地看着它离开。

几分钟后车就到了机场。巴伦特的747飞机停在一个私人机库外等他，飞机引擎嗡嗡作响，空调已经开启，巴伦特最钟爱的座位旁，放着一杯冰矿泉水。飞行员唐·米切尔来到尾舱，朝他敬了个礼。“一切准确就绪，巴伦特先生。”他说，“我们需要通知塔台执行哪一套飞行方案。您要到哪儿去，先生？”

“我想去我的岛。”巴伦特说，啜了口矿泉水。米切尔淡淡一笑。这是个古老的笑话。C. 阿诺德·巴伦特在全世界拥有超过四百座岛，其中二十多座上都建有房子。“遵命。”飞行员说，等待进一步指示。

“告诉塔台，我们选择方案E。”巴伦特说。他拿着玻璃杯走到卧室门前。“我准备好后会通知你。”

“好的。”米切尔说，“十五分钟内我们随时都可以起飞。”

巴伦特点点，等待飞行员离开。

见巴伦特进门，理查德·海恩斯探员连忙从超大号的床上站起来，但巴伦特挥了挥手，让他继续坐下去。巴伦特喝完杯中水，脱掉西装外套、领带和衬衣。他将皱巴巴的衬衣扔到大篮子里，从嵌在舱壁中的抽屉里取出一件新衬衣。

“告诉我，理查德。”巴伦特边扣扣子边说，“你有什么新发现？”

海恩斯眨眨眼，开口道：“您同新当选总统见面之前，科尔本主管和特拉斯科先生又碰了一次头。特拉斯科是过渡小组的一员……”

“这个我知道了。”巴伦特说，依然没坐下，“查尔斯顿那边的情况怎么样了？”

“联邦调查局在执行监视。”海恩斯说，“坠机调查组认定飞机是被一枚炸弹摧毁的。机上有一个名叫乔治·哈默尔的乘客，他使用的信用卡是在缅因州巴港偷来的。”

“缅因州？”巴伦特说。尼曼·特拉斯科是来自缅因州的参议员的“助手”。“太粗心了。”

“是啊。”海恩斯说，“您下令不干涉金特里治安官调查，科尔本先生对此非常窝火。他昨天在五月花酒店同特拉斯科先生和开普勒先生见了面，我肯定他们昨天晚上派了自己的人去查尔斯顿。”

"特拉斯科手下的保密检查员[1]？"

"是的。"

"好。继续讲，理查德。"

"东部时间大约今天上午九点二十分，金特里治安官拦截了一个开着1976年产普利茅斯车跟踪他的男人。金特里试图逮捕此人。那人先是抵抗，然后用法国产弹簧刀割断了自己的喉咙。他被送到查尔斯顿综合医院之前就死了。指纹和驾照都查不出结果。牙医记录也在查，但需要再等几天。"

"如果是特拉斯科的保密检查员干的，那就什么都查不出来。"巴伦特沉思道，"治安官受伤了吗？"

"根据我们的监视小组报告，他没有受伤。"

巴伦特点点头，从架子上抽出一条领带，系在脖子上。他用意志力触碰理查德·海恩斯探员的思想。海恩斯是免控者，在他的思想、欲望和隐秘的冲动之外，笼罩着坚硬的防护层。同其他拥有念控力的人——包括巴伦特自己——一样，科尔本选择由一名免控者做自己的最亲密的助手。科尔本觉得，尽管自己控制不了海恩斯，但海恩斯也不会被具有更强念控力的人所操控。

巴伦特在海恩斯的思想防护层上慢慢摸索，终于找到了裂隙，一头扎进去，突破海恩斯可怜的防御，将自己的意志注入联邦调查局特工的思维中。他抚摸着海恩斯的快感中心，特工闭上了眼睛，就像电流正在通过身体。

"姓福勒的女人在哪儿？"巴伦特问。

海恩斯睁开眼睛，"星期一晚上在亚特兰大机场跟丢她之后

① 调查政府人员泄密情况的人员。

就没有消息了。”

“电话也没查出结果？”

“没有。机场工作人员觉得电话是本地人打的。”

“你觉得科尔本、开普勒或者特拉斯科会找到关于她或者威利下落的信息吗？”

海恩斯犹豫片刻，道：“我想不会。如果找到了这两人，就会通过联邦调查局的正常程序上报。科尔本得到消息的同时，我也会知道。”

“我希望你能在他之前知道。”巴伦特微笑道，“谢谢你，理查德。我一直都觉得你最能给我带来惊喜。你需要联系我的时候，雷斯特会在老地方等你。你一得到关于姓福勒的女人或者我们的朋友在德国的消息，就立刻告诉我。”

“好的。”海恩斯转身欲走。

“哦，理查德。”巴伦特套上一件蓝色细羊毛上衣，“你觉得金特里治安官和那个精神病医生……”

“拉斯基。”海恩斯说。

“是的。”巴伦特笑道，“你仍然认为应该取消这些人的生存权？”

“是的。”海恩斯皱眉，谨慎措辞道，“金特里聪明过头了。”他说，“起初我觉得他之所以对曼萨德旅馆凶杀案恼火，是案子破不了让他丢了脸，但我离开查尔斯顿时，发现他已经对案件产生了强烈的个人兴趣。蠢到家的胖警察。”

“但是他聪明。”巴伦特说。

“是啊。”海恩斯再次皱眉，“我不知道拉斯基是什么情况，但他涉入太深了……他认识德雷顿夫人，而且……”

“我们对拉斯基博士还有别的计划。”巴伦特说，他瞪了这个联邦调查局特工很久，“理查德？”

“我在听，先生。”

巴伦特将手指相抵成尖塔状，“有件事我一直想问你，理查德。科尔本先生加入俱乐部前，你为他工作了几年，对吧？”巴伦特用塔尖敲了敲下唇，“我的问题是，理查德……呃……为什么？”

海恩斯疑惑地皱起眉。

“我是说，”巴伦特继续道，“既然你不受他控制，为什么还对查尔斯俯首听命？”

海恩斯笑逐颜开，露出完美的牙齿。“这个，”他说，“我想是因为我热爱我的工作吧。今天就到这里吧，巴伦特先生？”

巴伦特瞪了他一下，然后说：“好的。”

海恩斯离开五分钟后，巴伦特用内部通话器通知飞行员：“唐纳德，现在可以起飞了。我想去我的岛。”

10

查尔斯顿

1980年12月17日，星期三

街上孩童的打闹吵醒了索尔，他有好几秒都不知道自己身在何处。这里不是他的公寓。他躺在窗边的一张沙发床里，窗上挂着黄色窗帘。他短暂地回想起了罗兹的老家、孩子们的欢笑……斯特法和约瑟夫……

不，那些叫声是英语。查尔斯顿。娜塔莉·普雷斯顿。他想起自己讲完了故事，突然尴尬起来，就像那个年轻的黑人女孩看到了他的裸体一样。为什么他会告诉她那些事？都过去这么多年了，为什么……

“早上好。”娜塔莉从厨房中探进头来。她穿着一件红色运动衫和一条看起来很柔软的牛仔裤。

索尔坐起身，揉了揉眼睛。他的衬衫和裤子整齐地放在沙发扶手上。“早上好。”

“鸡蛋、熏猪肉、烤面包可以吗？”她问。空气中传来新焙咖啡的味道。

“听上去很诱人。”索尔说，“只是我不吃熏猪肉。”

娜塔莉手握拳，做了个敲头的动作，“我真笨。”她说，“宗教禁忌，对吧？”

“我胆固醇高。”索尔说。

他们边吃早餐边聊琐事——纽约的生活，圣路易斯的学校，南方的成长经历，等等。

“很难解释为什么，”娜塔莉说，“但黑人在南方反而比在北方生活得更轻松。这里仍然存在种族歧视，但是……我不知道怎么才说得清楚……情况在发生变化。也许是因为这里的人长期同黑人打交道，久而久之便坦诚相见了。而在北方，白人对黑人仍然残酷而吝啬。”

“我并不觉得圣路易斯是北方城市。”索尔微笑着说。他吃完了最后一片面包，啜了口咖啡。

娜塔莉大笑起来。“但它也不是南方城市。”她说，“只是个中西部城市，更像是芝加哥。”

“你在芝加哥待过？”

“今年夏天去过那儿。”娜塔莉说，“父亲托《芝加哥论坛报》的一位老朋友，给我谋了份摄影方面的工作。”她沉默下来，盯着自己的咖啡杯。

索尔柔声道：“很难受吧？你本已忘了一个人，却又在不经意间提到这个人的名字，于是所有的回忆都汹涌而来……”

娜塔莉点点头。

索尔透过厨房窗户望着矮棕榈的叶子。窗户开了条缝，暖风从纱窗中吹进来。他简直不敢相信，现在是十二月中旬。

“你接受的是教师的系统培训，”索尔说，“但你最爱的却是摄影。”

娜塔莉再次点头，起身给两个咖啡杯里加满咖啡。“这是父亲和我达成的协议。”她说，这次露出了笑容，“如果我答应他，接受他所谓‘诚实劳动’方面的培训，他就继续帮我摄影。”

“你会去当老师吗？”

“也许吧。”娜塔莉说。

她再次对他笑了，笑容温暖而羞涩。索尔察觉到她有一口完美的牙齿。

索尔帮她洗早餐盘，擦干净，然后两人倒上新鲜咖啡，来到狭小的前门廊上。路上车流稀少，孩子们的欢笑声已经听不见了。索尔意识到今天是星期三，孩子们此刻应该在学校了。他们坐进白色藤椅，面对彼此，娜塔莉肩膀上搭着一件薄毛衣，索尔仍然穿着昨天那件灯芯绒西装夹克。

“你说还要继续讲故事。”娜塔莉静静地说。

索尔点点头。“你不觉得第一部分很神奇吗？”他问，“不是疯子的疯话？”

“你是精神病医生。”娜塔莉说，“你不会是疯子。”

索尔朗声笑道：“说到这个，故事可多了……”

娜塔莉微笑着说：“先将昨晚的故事讲完。”

索尔陷入沉默，看着杯中打着旋儿的黑咖啡。“你从上校的手上逃脱了。”娜塔莉提醒道。

索尔闭上眼睛，一分钟后才睁开眼，清了清嗓子，讲述起来。他柔和悦耳的声音中不带任何感情，顶多只有那么一丝淡淡的悲伤。

几分钟后，娜塔莉闭上眼睛，想象着索尔描述的画面。

“1942年冬天，波兰犹太人没有一个真正意义上逃脱纳粹的魔爪。我有几个星期都在罗兹北部和西部的森林中徘徊。我脚上虽然不再流血，但不可避免地感染了。我抹上苔藓，裹上破布，继续蹒跚前进。我身侧和右大腿上的伤口火燎般疼了几天，然后就结痂了。我从农舍中偷食物，远离公路，躲避森林中活动的少数波兰游击队。游击队杀起犹太人来同德国人一样不眨眼。

“我都不知道那年冬天我是怎么活下来的。我记得，有两户农民——他们都是天主教徒——允许我在他们谷仓的稻草堆中藏身，还在他们食不果腹的情况下给我送来食物。

“开春后，我继续向南，想去克拉科附近默什叔叔家的农场。我没有身份证，但我加入了一队回家的工人当中，他们刚在东部战线为德国人修了防御工事。1943年春天，形势已经非常明朗：苏联红军不久就会进入波兰。

“就在我离默什叔叔家的农场只有八公里的时候，一个工人告发了我。我被波兰伪政府警察逮捕了，他们审讯了我三天，但我觉得他们并不想从我口中逼问出什么，只是想找个由头打人。最后，他们将我交给了德国人。

“盖世太保对我不感兴趣。他们很可能认为我只是成千上万从城市中逃跑或在运输过程中逃脱的犹太人之一。德国人搜捕犹太人的大网上有许多漏洞。只有在被占领国家国民的帮助下，犹太人才几乎无法逃脱被送往集中营受死的命运，波兰就是最好的例子。

“不知为何，我被送往了东方。我没有被送到奥斯维辛、切姆诺、贝尔泽克或特雷布林卡，这些集中营距我更近，但我被送到了波兰的另一头。在闷罐车中煎熬四天之后——期间死了三分之一的人——门被哐当一声拉开，我们蹒跚着下车，在多日未见的阳光中使劲眨眼。我们发现自己被送到了索比堡。

“在索比堡，我又看到了上校。索比堡是一个死亡集中营。那里没有奥斯维辛和贝尔森的工厂，不像特莱西恩施塔特和切姆诺一样搞欺骗，在门上挂上‘劳动带来自由’之类的可笑标语。1942年至1943年，德国人有十六个奥斯维辛那样的大型集中营，五十多个小集中营，数百个劳动营，其中只有三个死亡集中营是专门用于种族灭绝的，它们是贝尔泽克、特雷布林卡和索比堡。它们只存在了二十个月，却有两百万犹太人在那里被屠杀。

“索比堡是一个小集中营——比切姆诺还小，位于布格河畔。战前这条河是波兰的东部国境。1943年夏天，苏联红军将德国国防军逼退到这条河边。索比堡西部是帕克祖原始森林，又名猫头鹰森林。

“整个索比堡只有三四个美国橄榄球球场大，却运转得十分高效。它只有一个任务，那就是执行希姆莱的‘最终解决方案’。

“我认为自己这次死定了。我们下车后被赶到一道高篱笆后面，沿着一条铁丝网走廊往里走。他们在铁丝网中塞了茅草，我们只看得到一座高塔、树冠和正前方的两根砖砌烟囱。沿路的指示牌上写着我们要经历的三道程序——吃饭，洗澡，上天——充满了党卫军式的幽默。我们被送去洗澡。

“那天，从法国和丹麦送来的犹太人都在规规矩矩地走路，但我记得波兰犹太人很不老实，德国人一边咒骂一边用枪托驱赶他们。我旁边的一个老人大声辱骂他见到的所有德国人，还对脱他衣服的党卫军挥拳头。

“我已经想不起我进入浴室时的感觉了。我应该没有愤怒，只有一点儿生气。也许我最大的感受是轻松。近四年的时间里，支撑我的是一条简单的命令：我要活下来。为了执行这条命令，我眼睁睁地看着我的同胞、看着其他犹太人、看着我的家人被送入邪恶的德国屠杀机器的大口。不仅如此，我从某种意义上还帮助了德国人。现在，我终于可以歇息了。为了生存，我已经竭尽全力。现在，一切都结束了。我唯一的遗憾是，我杀死的不是上校，而是那个老人。那一刻，上校成了带给我无尽苦难的罪魁祸首。1943年6月，浴室的沉重铁门关闭时，我脑子里浮现出的就是上校的脸。

“我们挤成了一团，推搡，叫喊，呻吟。足足一分钟，什么事情都没有发生。然后，管子开始震动，嘎吱作响。毒气就要来了。人们纷纷从喷头下躲开，但我没有。我站在喷头的正下方，抬起头。我想起了我的家人。我遗憾自己没有机会同母亲和妹妹道别。就在这一刻，仇恨终于填满了我的心胸。我怒火中烧，上校的脸占据了我所有的思维。人们大声哭喊，管子嘎吱晃动着，将里面的东西喷在我们身上。

“是水。水。浴室尽管每天都会用毒气杀死数千人，但同样每个月会给少数人真正的淋浴。浴室没有被封闭。我们被领到外面，除掉身上的虱子，剃了光头。我拿到一套囚服。我的手臂上被文上了一串数字。我想不起自己是否感到了疼。

“索比堡每个月都会选出少数囚犯来从事集中营的日常杂务。我们这拨人被选中了。

“我呆呆地回到刺眼的阳光下，仍然不敢相信自己还活着。

但就在这时，我终于意识到，我被某种主宰命运的存在选中了，我活下来是为了完成某项任务。我依旧拒绝相信上帝——任何背叛了他的子民的神都不值得我信仰——但从那一刻起，我相信我能继续活下去，一定是有理由的。那个理由具象化为上校那张狰狞的面孔，我至死都会将它烙印在脑中。没有一个犹太人能说得清为何我们的民族会遭遇这场空前的灾难，更别说我当时只是个十七岁的少年，但我完全理解上校有多么邪恶。我要活下来。我要活下来，尽管我已经无法对活下来的命令做出反应。我要活下来，坦然应对命运施加给我的一切。我要活下来，就算吃再多的苦，受再多的罪，我也要消灭上校。

“接下来的三个月，我都住在索比堡的一号集中营。二号集中营是一个火车站。没有人从三号集中营里回来。他们让我吃什么我就吃什么，让我什么时候睡觉我就什么时候睡觉，让我什么时候排便就什么时候排便。我从事所谓‘火车站突击队队员’的工作。我披着蓝色袍子，穿着绣有黄色‘BK’标志的蓝色工作服。我每天都要接待好几拨被送到集中营的犹太人。直到现在，我晚上都无法安睡。我常在梦中看见那些闷罐车，车上用粉笔写着那些人的来源地：图罗宾、格兹考、乌罗达瓦、希德尔斯、伊斯比卡、马库格佐、卡莫罗、扎莫斯科……我们从那些头晕目眩的犹太人手中接过行李，发给他们行李寄存单。因为波兰犹太人往往会激烈反抗——这减缓了屠杀的速度——我们只好故技重施，告诉那些幸存下来的犹太人，索比堡只是中转站，在这里短暂休息后，他们将被安置到别的安置中心。有段时间，车站的站牌上甚至标出了到那些子虚乌有的安置中心的距离。火车不断将犹太人从各地送来：巴拉诺、里基、杜比恩卡、比阿拉泼拉斯卡、乌查聂、德姆布林、雷乔伊克……我们每天至少要寄一次明信片给那些仍在路上的犹太人。明信片的内容都是预先写好的：**我们已经抵达了安置中心。这里的农活很重，但阳光很好，食物也好多了。希望能尽快见到你。**犹太人被要求在明信片上写下地址，签好名，然后他们就被送进了毒气室。夏季快结束时，大部分犹太人隔离区都被清空了，就不再需要玩这个把戏了。康斯科沃拉、约泽福、米稠、格拉波维克、卢布林、罗兹——来自这些地方的火车都没有运来活人。这时，我们就只好将行李寄存单放在一边，爬上弥漫着腐臭味的车厢，将赤裸的尸体拖下来。这活儿我在切姆诺也干过，但这里的尸体有时会僵硬地搂抱在一起，因为火车偶尔会在郊外的岔轨上停留几天乃至几个星期，饱受烈日暴晒。有一次，我见到一个年轻女人同一个孩子和一个老妇人紧抱在一块儿。我去拉女人，结果竟然把她的胳膊拧下来了。

“我诅咒上帝，脑海中浮现出上校挂着冷笑的苍白面容。我要活下来。

“七月，海因里希·希姆莱访问了索比堡。那天刚好从西边运来了一批犹太人，所以他可以目睹屠杀的全过程。从火车到站到六个焚尸炉中的最后一缕青烟消散，总共不到两个小时。在此期间，犹太人的每一件物品都被没收、分类、登记、保存。就连女人的头发都在二号集中营剪下来，编成毡子，或者絮进U型潜艇士兵的拖鞋衬里。

“我在到达区搜检行李时，集中营司令官领着希姆莱及其随从经过。我对希姆莱没有多少印象——他留着小胡子，戴着眼镜，个子不高——但我立即认出了走在他身后的金发军官。是上校。上校两次俯身在希姆莱耳边低语，这位党卫队全国领袖转过头，对上校露出古怪的阴柔笑容。

“他们走到距我只有五米的地方。我弯腰工作，抬头偷偷瞟了上校一眼。他正直勾勾地看着我。我觉得他没有认出我。虽然我逃离切姆诺只有八个月，但在上校眼中，我肯定只是一个搜检死者行李的普通犹太人。这是老天赐给我的大好良机，但我犹豫了，于是一切都不可挽回。我觉得我当时可以够到上校。我可以在枪声响起前，掐住他的脖子。我甚至可能抢走希姆莱身边军官的配枪，在上校还未反应过来之前打死他。

“我至今都不明白，当时阻止我动手的除了惊讶和犹豫之外还有什么。肯定不是恐惧。早在毒气室大门被关上之前的几个星期，我的恐惧就同我的其他感情一同消失了。不论出于何种原因，我犹豫了几秒，也许有一分钟，于是时机永远地丧失了。

“希姆莱一行继续前进，穿过大门，朝集中营司令官的办公楼走去，那里又被称作‘快乐的跳蚤’。我看着他们消失在门后，士兵瓦格纳开始对我大吼大叫，命令我继续工作，或者去‘医院’。没有人去了医院还能回来。我低下头，接着干活儿。

“那天剩余的时间我都紧盯着门口，晚上也没有睡觉。我第二天也在寻找再见到上校的机会。但我失败了。希姆莱一行当天晚上就离开了。

“10月14日，索比堡的犹太人发动了起义。我事先也听闻了起义的消息，但那听起来相当不靠谱，我压根儿没有理会。他们反复商量，最后定下的方案居然是杀死几个士兵，然后一千来个犹太人发疯似的跑向大门。大多数起义者在头一分钟就被机关枪扫倒。疯狂的行动爆发时，我刚从车站干完活儿回来。押送我们的下士被冲在最前面的起义者打倒。我别无选择，只好跟着大家一起跑。我知道我的蓝色工作服会引来哨塔上乌克兰人的射击。但我躲到了大树背后，我身边的两个女人则中弹倒地。我在树下换上一个老人的灰色囚服。老人刚逃入森林的安全地带就被一发流弹夺走了性命。

“我想那天有大概两百人逃离了集中营。我们要么孤身一人，要么三五成群，大多数情况下都没有组织。获得自由后，筹划逃亡的人们无法保证大家的生存。大多数犹太人和苏联囚犯后来都被德国人追捕射杀，或者被波兰游击队发现后遇害。许多人在附近的农场中寻求庇护，但很快就被告发。一部分人在森林里活了下来，一部分人穿过布格河，去找向西推进的苏联红军。我很幸运。进入森林后的第三天，我被一个名叫奇尔的犹太游击队发现，他们的首领是一条英勇无畏的汉子，名叫耶切尔·格林斯潘。他将我带进游击队，命令队医照料我，使我恢复体重和健康。从上一年冬天起，我的脚第一次得到了适当的治疗。我同奇尔游击队在猫头鹰森林中游弋了五个月。我充当队医雅克兹克的助手，挽救了不少人的性命，有时甚至是德国人的性命。

“大逃亡后不久，纳粹就关闭了索比堡集中营。他们摧毁了牢房，撤走了焚化炉，将来不及烧掉的数千具尸体埋进大坑，在上面种上土豆。游击队庆祝犹太圣节的时候，德国国防军纷纷往西部和南部撤退，整个波兰陷入混乱之中。三月份，苏联红军解放了我们活动的区域。对我来说，战争结束了。

“我被苏联人扣押审讯了几个月。奇尔游击队的个别队员被送到苏联集中营，但我在五月份获释，回到了罗兹。但我已经无家可归。犹太人隔离区被夷为平地。我们位于城西的老房子也在战斗中被毁。

“1945年8月，我来到克拉科，骑自行车去默什叔叔家的农场。那里已经被另一家人——一个基督教家庭——占据。他们在战争期间从市政当局买下了农场。他们说他们对农场前主人的行踪一无所知。

“我离开农场，回到切姆诺。苏联人将那里列为禁区，我无法靠近。我在集中营附近露宿了五天，走遍了每一条土路和小径。最后，我找到了大会堂的废墟。它毁于炮弹轰炸，或是由撤退的德国人主动焚毁，只剩下倒塌的石料、烧焦的木材，还有孤零零的中央大烟囱。我没有找到大厅中的棋盘方格。

“在埋尸体的浅坑中，我发现了最近被挖掘的痕迹。那一带到处都是苏联烟头。我在当地小旅馆里问到此事，镇上居民坚称他们从未听说有人挖出了大坑中的尸体。他们还带着几分愠色说，这里的所有人都认为，就像德国人宣称的那样，切姆诺不过是个临时关押囚犯和政治犯的拘留营。我厌倦了露宿，本打算在小旅馆过夜，然后骑车返回南方，但竟然被拒绝了。他们不允许犹太人住店。第二天，我搭上去克拉科的火车，希望在那里找到一份工作。

“1945年到1946年的冬天同1941年到1942年的冬天一样难挨。新政府正在组建，但最严峻的现实问题是食物短缺、燃油告急、黑市交易、大批难民回乡，以及苏联的占领。尤其是苏联的占领。数百年来，我们都在同俄国人打仗，曾经征服过他们，也曾经抵抗过他们的进攻，然后在他们的威胁下生活，而现在，我们不得不把他们当作解放者一样欢迎。我们刚从德国人的噩梦中醒来，迎来的却是苏联解放的寒冷早晨。同我的祖国波兰一样，我疲惫、麻木，甚至对自己能幸存感到讶异。于是我把所有精力都集中在生活上，努力再熬过一个冬天。

“1946年春天，我收到了堂姐丽贝卡寄来的一封信。她和她的美国丈夫住在特拉维夫。几个月来，她一直在写信、联系官员、给相关机构发电报，试图找到亲人的信息。她通过国际红十字组织才与我取得联络。

“我回了一封信，很快就收到堂姐的电报，催促我去巴勒斯坦与她会合。她和丈夫戴维会电汇给我旅费。

“我不是犹太复国主义者——事实上，我们全家从不认为巴勒斯坦会成为一个犹太国家——但当我走下人满为患的土耳其货船，双脚站在后来被称作以色列的土地上时，我仿佛卸下了肩上的一副沉重枷锁。1939年9月8日至今，我第一次感觉到可以自由呼吸了。我承认，那天我激动地跪在地上，放声痛哭。

“也许我太天真了。几天之后，我抵达巴勒斯坦，耶路撒冷的大卫王酒店发生了爆炸。那里是英军司令部的所在。后来我才知道，丽贝卡和她丈夫戴维都是哈伽拿[①]的积极分子。

“一年半后，我同他们一起参加了独立战争。尽管我曾有参加游击队的经历，但我在战场上的职责仍然是医生。我并不仇恨阿拉伯人。

“丽贝卡坚持让我继续读书。戴维那时已经成了一个备受尊重的美国公司的以色列经理，钱对他来说不成问题。然而，我在罗兹读书时并不用功，战争又让我有足足五年未接受教育，当我要重返教室时，已经是个二十三岁的男人，心灵饱受创伤，而且变得愤世嫉俗。

① 英国统治下巴勒斯坦的地下犹太军事组织，后成为以色列正规军的核心。

“不可思议的是，我学得很好。我1950年进入大学，三年后进入医学院。我在特拉维夫学习了两年，在伦敦学习了十五个月，在罗马学习了一年，然后又在苏黎世度过了一个阴雨连绵的春天。一有机会我就会回以色列，在戴维和丽贝卡夏天待的农场附近的居民点工作，同老朋友聊天叙旧。我已经亏欠我堂姐和堂姐夫太多，但丽贝卡说，作为艾希科尔家族拉斯基一脉的唯一幸存者，我获得再多的照顾都不过分。

“我选择了精神病学。在我看来，我之前所有的医科学习，都是在为我最终研究人类的精神做准备。我很快就对人类的暴力和支配行为产生了强烈的兴趣。我惊讶地发现，这一方面的研究几乎还是空白。有充足的数据可以解释狮群中的支配等级机制，有大量关于鸟类啄序[①]的研究，灵长类动物学家也提供了越来越多的信息，描述我们近亲的社会组织中的支配与侵害行为，但关于人类暴力行为的机制及其与社会秩序的关系却鲜有人问津。很快我就形成了自己的理论和猜想。

“在我从事研究的这许多年里，我对上校进行了多方面调查。我对他的基本情况有所了解。我知道他是三号特别行动队的军官。我见到他同希姆莱在一起。我记得老家伙临死前称他‘威利’。我联系了不同占领区的盟国战争罪行委员会、红十字会、苏联人民法西斯战争罪法庭、犹太委员会，还有数不清的政府机构，但一无所获。五年后，我找到以色列情报机构摩萨德。他们至少对我的故事非常感兴趣，但当时摩萨德还不像现在这样高

① 鸟类中存在的社会等级，其中每一只鸟能啄咬比其低下的鸟而又被等级比它高的鸟啄咬。

效。何况，他们还有更重要的人物要追查，比如艾希曼[①]、穆雷尔[②]和门格勒[③]。而只有我一个大屠杀幸存者向他们反映了上校的罪行，自然引不起他们的关注。1955年，我前往奥地利，同纳粹猎人西蒙·维森塔尔会谈。

“维森塔尔的‘资料中心’位于维也纳贫民区的一座破烂建筑的底楼。那座建筑看起来就像被废弃的战时临时住宅。维森塔尔在那里有三个房间，其中两个房间里全是塞满文件的柜子，而他的办公室里除了地板空无一物。维森塔尔是个神经质的人，眼神中透露着不安。那双眼睛我总感觉似曾相识，起初我认为那是因为他是个狂人，后来我才想起，我每天早上刮胡子的时候，在镜子里无数次见过相同的一双眼睛。

“我的故事，我只给维森塔尔讲了个大概，说上校在切姆诺驱使囚犯供士兵取乐。当我提到后来我在索比堡再次见到上校，而上校成了海因里希·希姆莱的随从时，维森塔尔竖起了耳朵。‘你确定？’他问。‘确定。’我说。

“尽管维森塔尔非常忙，但还是抽出了两天时间帮我追查上校。在他资料浩繁的文件库中，维森塔尔收藏有无数的文件、索

---

① 阿道夫·艾希曼（1906—1962），德国纳粹军官，盖世太保的犹太部门头目（1939—1945），对于在第二次世界大战中数以百万计的犹太人的被杀负有重要责任，战后逃往南美，在1960年被以色列秘密组织逮捕，在以色列被审判和处决。

② 弗朗兹·穆雷尔（1912—1994），人称“维尔纽斯的屠夫”，奥地利党卫军军官，他建立、组织并统治了维尔纽斯犹太人隔离区。

③ 约瑟夫·门格勒（1911—1979），人称“死亡天使”，德国纳粹党卫队军官和奥斯威辛集中营的“医师”，负责裁决将囚犯送到毒气室杀死，或者成为强制劳动劳工，并且对集中营里的人进行残酷、科学价值不明的人体实验。战争结束后，他先是使用假名隐匿在德国，然后逃亡至南美洲不同国家居住，直到意外溺死在巴西，对遗体的DNA测试才确认了他的身份。

引表和交叉索引表，包括两万两千多名党卫军士兵的姓名。我们搜索了特别行动队人事档案中的照片、军事院校的毕业照、新闻剪报，以及党卫军官方杂志《黑色军团》上的照片。搜索一天之后，我已经眼花缭乱了。那天晚上，我梦见一脸假笑的纳粹领袖向德国国防军军官授予勋章。但我们没有发现上校的线索。

“第二天傍晚时分，我终于在1942年11月23日的一张报纸照片上看出了蛛丝马迹。照片上是冯·布勒男爵，一位普鲁士贵族，一战英雄，战后在军中任将军。根据照片下的文字说明，冯·布勒将军在东线英勇反击苏联装甲师时牺牲了。我盯着泛黄的报纸上那张沟壑纵横的面庞看了许久。他就是老家伙。我将剪报放回文件夹，继续搜寻。

“我们到圣斯蒂芬大教堂旁的小餐馆吃完饭，维森塔尔忍不住感叹：‘要是知道上校姓什么就好了。如果知道他的姓，我肯定能把他揪出来。所有党卫军和盖世太保军官的姓名都有记录。没有姓名就无从入手啊。’

“我耸肩道：‘我明天上午返回特拉维夫。’我们几乎查遍了维森塔尔所有关于特别行动队和东部战线的剪报，而我还有许多研究工作没有完成。

“‘不行！’维森塔尔厉声道，‘你是罗兹犹太人隔离区、切姆诺集中营和索比堡集中营的幸存者。你肯定能提供这些地方其他纳粹军官的信息。你至少应该下星期结束再走。我要采访你，并将采访记录下来。你提供的信息将异常宝贵。’

“‘不。’我说，‘我对其他军官不感兴趣。我只想找到上校。’

“维森塔尔盯着他的咖啡好一会儿，然后抬头看着我，眼神

怪异。‘看来，你一心只想复仇。’

“‘是的。’我说，‘你何尝不是呢？’‘不，’维森塔尔悲伤地摇头道，‘也许我们都很执着。但我追求的是正义，而你追求的是复仇。’

“‘在这件事情上，复仇和正义是一回事。’我说。维森塔尔再次摇头，‘正义必须得到伸张。’他用几不可闻的声音说，‘无名坟墓中的亡魂，焚尸炉中的枯骨，被驱赶被屠戮的千千万万犹太人需要正义，而不是复仇。’

“‘为什么？’我大喊，自己都被吓了一跳。‘因为，死了的人已经死了，而活着的人还要活下去。’

“我鄙夷地摇着头。但后来的日子里，我经常回忆这段对话。

“维森塔尔无比失望，但他答应帮我继续搜寻可能符合我对上校描述的纳粹军官。十五个月后，就在我毕业后几天，我收到了西蒙·维森塔尔的信，里面是党卫队特别分队第四队B小队向特别行动队‘特别顾问’开具的支付凭证的影印件。维森塔尔圈出了威廉·冯·伯夏特上校的名字，他由莱茵哈德·海德里希任命，前往第三特别行动队执行特殊任务。影印件上还别着一份维森塔尔从他的档案中取出的剪报。在为德国国防军举行的柏林爱乐乐团音乐会上，七个面带微笑的青年军官正对着镜头摆姿势。剪报上的时间是：1941年6月23日。乐团演奏的是瓦格纳的作品。剪报上列有军官们的姓名。左数第五位就是脸色苍白的上校，他的帽檐压得很低，面前的战友挡住了他的大部分面容。根据照片下的文字介绍，他是威廉·冯·伯夏特中尉。

“两天后，我来到维也纳。维森塔尔命令他的通信员调查冯·伯夏特的背景，但结果令人失望。冯·伯夏特来自普鲁士和东巴伐利亚的古老贵族家庭。他的家族财产来源于土地、矿山和艺术品进口。维森塔尔的通信员搜遍了远至1880年的资料，却找不到威廉·冯·伯夏特受洗的资料。但他们发现了一份阵亡通知。根据1945年7月19日《雷根报》上的报道，威廉·冯·伯夏特上校在保卫柏林、抵抗苏联入侵者时英勇牺牲。消息传到老伯爵和伯爵夫人耳中时，他们正在巴伐利亚森林的夏日别墅瓦尔德海姆中，那里距巴伐利亚-爱森斯坦旅馆不远。他的家人正在寻求盟军的同意，关闭夏季别墅，返回不来梅附近的家中，为上校举行葬礼。文章还说，威廉·冯·伯夏特因其英勇行为而获得了珍贵的铁十字勋章，并在其牺牲前被推荐担任党卫军副总指挥。

“维森塔尔命令继续寻找别的线索。但他们一无所获。1956年，冯·伯夏特家族只剩下他的一个住在不来梅的老婶婶和两个不争气的侄子，他们因为战后的蹩脚投资将家族财富基本败光。东巴伐利亚的巨大宅邸被荒废多年，那里的狩猎区被卖了交税。据维森塔尔在东欧国家的少数联络员报告，苏联人和东德人对威廉·冯·伯夏特之死一无所知。

“我飞到不来梅同上校的婶婶谈话，但那个女人年纪太大，回忆不起她的家族中有什么人叫威利。她以为是她哥哥派我来带她去瓦尔德海姆的夏季音乐节。上校的一个侄子拒绝见我。我在布鲁塞尔找到了上校的另一个侄子，此人是个纨绔子弟，正要去法国泡温泉。他告诉我，他同威廉叔叔只见过一面，那是1937年，当时他只有九岁，只记得叔叔穿着漂亮的丝绸制服，歪戴着硬草帽。他知道叔叔是战斗英雄，在抗击共产主义的过程中牺牲。我回到了特拉维夫。

“我在以色列行医多年后发现，精神病学学位只是进入这一研究领域的基本资格罢了。所有精神病医生都将穷其一生研究人性的复杂和弱点，但饶是如此，也未必能窥其万一。1960年，我堂姐丽贝卡因癌症去世。戴维强烈建议我去美国继续研究人类的支配机制。我说我在特拉维夫就有足够的研究材料，但戴维半开玩笑似的说，世界上各式各样的暴力在美国都能找到样本。1964年1月，我来到纽约。当时美国刚哀悼完遇刺身亡的总统，转身就忘记了悲伤，沉浸到一个名叫披头士的英国摇滚乐队带来的年轻人的疯狂之中。哥伦比亚大学给我提供了一年访问教授的资格。我可以在那里写完暴力病理学的书，然后成为美国公民。

“1964年11月，我决定留在美国。我在新泽西州的普林斯顿拜访朋友，晚餐后，他们满怀歉意地问我是否可以同他们一起观看一个小时的电视。我自己没有电视，我告诉他们我愿意。结果我们看到的是一部纪念肯尼迪总统遇刺一周年的纪录片。我对这个片子很感兴趣。尽管以色列人一般只关心自己的事务，但美国总统之死还是让我们备感震惊。我见过总统在达拉斯的车队，被肯尼迪幼子向父亲棺木敬礼的画面所感动，还读过杰克·卢比杀死刺杀总统嫌疑人的报道，但我从来没有见过奥斯瓦尔德遭遇枪击的真实画面，而现在纪录片中就在播放这段录像——穿着黑毛衣、得意扬扬地笑着的矮个子，戴着斯特森帽子、典型美国人模样的达拉斯便衣警察，冲出人群的粗壮男人，顶住奥斯瓦尔德肚子的手枪，沉闷的枪响——这让我回忆起苍白的裸尸落入大坑的声音——奥斯瓦尔德面部扭曲地捂着肚子，警察同卢比扭打起来。摄像机在混乱中被打翻在地，被踢到了人群之中。

“‘上帝啊，上帝！’我用波兰语大叫着跳了起来。上校也在人群之中！

“我无法向邀请我做客的朋友解释我为什么会激动。我当晚就离开了，坐火车去纽约。第二天一大早我就来到播放纪录片的电视台的曼哈顿办公室。我托大学和出版社的朋友帮忙，获准观看电视台的电影胶卷、录像带和所谓的‘剪余片’。我看纪录片时，那张脸只在人群中闪现了几秒。曾和我共事的一个研究生热心地从动态视频中截取了静态画面，并将其尽可能放大给我看。

“与屏幕上匆匆闪现的人影相比，这张脸的辨识度反而更低——得克萨斯牛仔帽帽檐间的模糊白影，一丝若有若无的微笑，黑黑的眼窝就像是颅脑上开着的两个洞。这张照片在法庭上绝不可能被认可为证据，但我知道那就是上校。

“我飞到了达拉斯。当局对媒体的批评和世界舆论仍然十分敏感。几乎没有人愿意开口谈论此事，更没有人愿意同我在地下车库里交流。我出示了两张照片，一张来自录像截图，一张来自柏林的老报纸配图，但所有人都不认识上校。我同记者谈过，同当事人谈过。我甚至试图同刺客的刺客杰克·卢比对话，但未能获准。李·哈维·奥斯瓦尔德遇刺一年后，上校的踪迹仍旧毫无头绪。

“我回到纽约，联系了以色列大使馆的朋友。他们说以色列情报人员绝不会在美国的土地上活动，但他们答应帮我打听。我雇了一名达拉斯的私人侦探，他的酬金高达七千美元，但他的调查结果可以归纳为四个字：一无所获。大使馆没有收费，因为他们同样没有查到线索，但我想我在大使馆的朋友肯定觉得我疯了，因为我居然在总统被刺杀的现场寻找战犯。以他们的经验，大多数前纳粹分子都会隐姓埋名，远离公众视线。

“我开始怀疑是不是自己弄错了。显然，那张让我常年噩梦不断的面庞，已经在我的大脑里根深蒂固，无法抹除。作为精神病医生，我知道我为何会对他念念不忘。他的脸已经在索比堡的毒气室里烙进我的大脑。找到上校成了我坚持活下去的原因。如果上校死了，我也没有理由再活下去了。

“作为精神病医生，我知道这是一种精神疾病。我知道。但我不愿‘治疗’我自己。**上校是真实存在的。上校与老人用真人当棋子下国际象棋也是真实存在的**。上校不会死在柏林外临时搭建的防御工事里。他是魔鬼。魔鬼是不会自己死的，只能被杀死。

“1965年夏天，我终于获准同杰克·卢比谈话，但他并没有提供多少有用信息。牢狱生活已经令他形容消瘦，精神萎靡，皮肤都是褶子，就像挂在骨头上的破布。他眼神游离，声音嘶哑。我试着诱导他回忆刺杀奥斯瓦尔德的细节，但他只是耸耸肩，将之前在无数次审问中说过的话重复了一遍。他说直到枪声响起他才意识到他杀了奥斯瓦尔德。他获准进入现场只是个意外。他看到奥斯瓦尔德时，一股强烈的冲动攫住了他——就是这个家伙杀死了他敬爱的总统。

“我向他出示了上校的照片。他无力地摇了摇头。他只认出了几个达拉斯的探员和一些记者，但他从未见过这个男人。我问他：‘在朝奥斯瓦尔德开枪之前，有没有感觉到异常？’他抬起疲惫的脸，像极了一条短脚猎狗。我在他眼中看到了一闪而过的困惑，但他旋即又用呆板的声调回答：‘没有。没什么异常。我只是一想到奥斯瓦尔德就生气。他杀死了肯尼迪总统，让肯尼迪夫人失去丈夫，孩子们失去父亲，而他自己还活着。’

“一年之后，1966年12月，卢比被送入帕克兰德医院治疗癌症。听到这个消息时，我并不惊讶。我在采访他的时候就发现，他已经病入膏肓。1967年1月他病逝的时候，几乎没有人为之哀痛。杰克·卢比代表的是一个所有美国人都宁愿忘掉的年代。

“六十年代后期，我在研究和教学方面投入了更多的精力。我努力让自己相信，我可以通过专心工作来祛除上校的魅影。但在我内心最深处，我知道那是不可能的。

“我在充斥着暴力的年代研究暴力。为什么有人能轻而易举地支配别人？在我的研究中，受试群体由互不相识的男女随机组成，他们被要求完成某项任务。无论我进行多少次实验，在群体形成后三十分钟内都会形成社会秩序。群体成员通常都不知道群体中形成了等级，但他们几乎都可以指出群体中‘最重要的人’或‘最活跃的人’是谁。我的研究生和我对受试者做了采访，认真阅读谈话记录，长时间观看录像带。我们模仿了受试者与权威人物——大学系主任、警察、老师、国税局官员、狱警、牧师——发生的冲突。等级与支配的问题总是比简单的社会地位更复杂。

“在同一时期，我开始和纽约警察合作，研究凶杀案罪犯的资料。数据相当有趣，但同罪犯的谈话令人沮丧，研究也未取得实质性结果。

“人类暴力的根源何在？暴力和以暴力相威胁在日常互动中发挥着什么作用？通过回答这些问题，我天真地希望某天能解释为什么阿道夫·希特勒这样聪明且具欺骗性的精神变态者，能将人类历史上最伟大的一个文明变成一台毫无主见与道德的杀戮机器。我早已知道，人类之外的高级动物拥有某种建立支配关系和社会等级的机制。这种等级的建立通常不会伴随严重的伤害。即使狼、虎之类的凶猛捕食者，在发出清晰的臣服信号之后也会立即中止狂暴的对抗，以免导致死亡或严重残疾。但人类呢？我们是像许多人猜想的那样，缺乏这种本能的臣服-认可机制，所以注定战争不断？难道我们同类相残的疯狂行为是由我们的基因先天决定的？我认为不是。

“通过数年时间搜集数据，提出假设，我渐渐形成了一个奇怪而不科学的理论。但我只能将这个理论藏在心底，因为如果我将其告诉同事，我的专业名望就必然受损。人类进化出的支配会不会是一种通灵现象，即我的一些不够理性的朋友所说的超心理现象？政治家的苍白吸引力——媒体美其名曰“人格魅力”——显然不是建立在魁梧身材、繁殖能力或威吓展示的基础之上。或许，在人脑的某个脑叶或半球之中，存在着一块专门投射这种个人统治感的区域。我知道，神经病学研究表明，我们的等级意识源自大脑最原始部分——即所谓的“爬行动物脑”。进化——变异——会不会赋予了某些人近似移情或心灵感应的能力，而该能力可以在生存竞争中发挥无比强大的作用？这种能力在支配欲望的驱使下，会不会最终演变为暴力？具有这种能力的人是否还是真正的人？

“最后，我能做的只是不停地归纳上校的意志进入我大脑时我的感觉。尽管数十年过去了，那种悲惨经历的细节已被淡忘，但精神强奸所带来的痛苦、恶心和恐惧却仍然能让我喘息着从梦中惊醒。我继续教学、研究，继续穿行在灰暗而平淡的日子中。去年春天，我有天早上醒来，意识到自己老了。自从上次在录像中看到上校的脸，已经过去了十六年。倘若那确实是上校，倘若他还活在这个世界上，他也是一个耄耋老人了。我在脑中勾画出那个牙齿掉光、身体发抖的老战犯。上校很可能已经死了。

“我忘了，恶魔是不会自己死的，只能被杀死。

“不到五个月前，我几乎同上校在纽约街头相遇。那是个酷热的七月傍晚。我走在中央公园西街，思考着一篇关于监狱改革的文章，这时上校从不到五十英尺外的一家餐厅出来，招手叫了一辆出租车。他身边跟着一位上了年纪但仍然美丽的女士，她的白发垂在一套昂贵的丝绸晚礼服上。上校自己则身着黑西装。他肤色偏黑，身材匀称。他的头发已所剩不多，而且从金色变成了白色。但他那张愈发丰满红润的脸庞上仍透露着冷酷与专横。

“我呆呆站在原地盯了他好几秒，然后拔腿追赶出租车。车汇入车流当中。我在车辆的缝隙中穿梭，疯狂地想追上去。坐在后排的乘客从未回头。出租车越开越远，我蹒跚着回到路边，差点儿摔在地上。

“餐厅的领班服务员也没帮到我。他承认当晚确实有这样一对仪表不凡的老年男女在这里用餐，但他并不知道他们的姓名。而且他们也没有预约。

“接下来的好几周，我都在中央公园西街一带游荡，搜寻每一条街道，扫描每一辆路过的出租车中乘客的脸。我还雇了一个年轻的纽约侦探做帮手，但我的钱再次打了水漂。

“然后我便陷入了所谓的‘神经崩溃’当中。我失眠了。工作进行不下去，大学里的课也被取消了，或者由紧张的助教代替我上。我已连续多天都不换衣服，回家后除了吃饭就是来回踱步。我常常夜深了仍在外晃荡，被警察盘查了好几次。幸亏我在哥伦比亚大学的教职和神奇的‘博士’头衔救了我，否则我早被送到贝尔维尤医院了。后来有天晚上，我躺在家里的地板上，突然意识到我一直忽略了一个问题——**上校身边的那个女人很面熟**。

“那天晚上剩下的时光和第二天白天，我都在努力回忆我在哪儿见过那个女人。我可以肯定是在某张照片上。她的形象让我回忆起了一种模糊的感觉——慵懒、焦虑，伴随着柔和的音乐。

“那天下午五点十五分，我叫了辆出租，风驰电掣般赶到我牙医的诊所。他那天不在，诊所关着门，但我编造了一个蹩脚的故事，还严厉训斥了接待员，终于让他同意我翻阅等候室里的一堆老杂志，有《十七岁》《智族》《小姐》《美国新闻》《世界报道》《时代》《新闻周刊》《时尚》《消费者报道》和《网球世界》。当我第二次翻阅所有杂志时，接待员开始对我的疯狂状态感到警惕。我之所以还在继续搜寻，纯粹是因为我的执念——我坚信，没有牙医会在一年之内将等候室内的杂志更换四次以上。接待员气势汹汹地威胁说要报警。

“我找到了。在《时尚》杂志充满浮华广告和夸张宣传语的封面附近，有一张那个女人的小黑白照片。照片位于购买饰品的专栏顶部，下方写着女人的名字：**尼娜·德雷顿**。

“对尼娜·德雷顿的追查迅速展开。我雇用的纽约私人侦探哈灵顿很高兴着手调查这条更确切的线索。二十四小时后，他给了我一份关于那个女人的厚厚资料。大部分信息都来源于公共数据源。

“尼娜·德雷顿夫人是一位有钱的寡妇，在纽约时尚界颇有名气，拥有一家服装连锁店，1940年8月，她同美国航空公司的创始人之一——帕克·阿伦·德雷顿结婚。结婚十个月后，她的丈夫就去世了。她孤身一人，巧施手腕，投资屡屡得手，跻身数家大公司的董事会——之前那些公司从未有过女董事。德雷顿夫人如今只经营服装店生意，但她依然是几家知名慈善组织的董事，同许多政客、艺术家、作家相熟，同纽约的一位著名作曲家兼指挥家传出过绯闻，在公园大道有一套位于十六楼的大房子，还有好几处避暑和度假别墅。

“找机会与她见上一面并不难。我查找我的病人名单，很快发现了一个有钱的躁狂抑郁症患者，他与德雷顿夫人住在同一座大楼，而且有相同的社交圈子。

“在我的这位前患者的安排下，八月的第二个周末，我在一个露天招待会上同尼娜·德雷顿见上了面。客人很少。许多富人都逃离这座城市，去海边或山中避暑了。但德雷顿夫人参加了招待会。

“在同她握手、注视她澄净的蓝色眸子之前，我就已经百分百地确定她就是他们中的一员。她具有同上校一样的能力。她光彩照人，是整个院子的焦点，就连日本灯笼似乎也因为她而变得更亮了。我感到喉头发紧，仿佛有一只冰冷的手掐住了我的脖子。她或许觉察到了我的反应，或许她喜欢引诱精神病医生，尼娜·德雷顿那晚对我总是言辞闪烁，带着几分蔑视，也带着几分挑逗。

“我邀请她参加周末我在哥伦比亚大学的讲座。出乎意料的是，她竟然来了。她身后跟着一个凶神恶煞般的矮个子女人，名叫巴雷特·克拉默。

“我讲的是第三帝国蓄意的暴力政策及其与当今第三世界政权之间的关系。我的论述建立在一个与当今观念背道而驰的假设之上——数以百万计的德国人之所以在二战中沦为野蛮的刽子手，至少部分原因应归结为一小股人构成的秘密组织，这些人都具有强大的人格力量。我讲话期间，德雷顿夫人坐在第五排对我微笑，那笑容让我想到了正要吞掉老鼠的猫。

“讲座结束后，德雷顿夫人表示希望同我私下谈谈。她问我是否还在给病人看病，并要求接受我的专业诊断。我有些犹豫，但我和她都知道我会答应她。

“我见过她两次，两次都在九月份。她同意我对她展开治疗。尼娜·德雷顿相信她的失眠同数十年前的父亲之死有直接联系。她说她常做噩梦，梦中她将父亲推到波士顿的有轨电车前，导致父亲被撞死，但当时她在数英里之外。‘我们总是杀害我们爱的人，这是真的吗，拉斯基博士？’我告诉她，我认为事实可能恰恰相反。我们总是去杀——至少想去杀那些我们表面上爱但实际上恨的人。尼娜·德雷顿只是对我微微一笑。

“我建议第三次治疗时采用催眠术，令她重新体验得知父亲死讯时的反应。她同意了，但不出我所料，十月初她秘书打来电话，取消了后面的所有治疗。但我已经雇用了一名私人侦探，专门监视德雷顿夫人。

“说到私人侦探，我得先澄清他的形象。一般人的印象中，私人侦探都是愤世嫉俗的前警察，但我雇用的是一个二十四岁的普林斯顿大学辍学生，他在空闲时间写诗。弗朗西斯·泽维尔·哈灵顿已经在私人侦探这一行干了两年，但他为了能进入德雷顿夫人用午餐的餐馆，必须购买一套新西装。我下达二十四小时监视的指令后，哈灵顿又聘请了两个兄弟会的朋友照看侦探事务所。但哈灵顿并不愚蠢，他的工作迅速而富有成果。他每周一和周五上午都会将报告送到我桌上。他的一些侦探手法从严格意义上说并不合法，比如搞到尼娜·德雷顿的电话账单复印件。这个女人同很多很多人通过电话。哈灵顿将有通话记录的人的姓名和地址都罗列了出来。其中一些是名人，还有一些引人联想。但没有一条线索指向上校。

“几个星期过去了，我几乎用光了积蓄，获得的却只有尼娜·德雷顿的日常生活、午餐偏好、生意往来、电话号码的记录。年轻的哈灵顿知道我的资源有限，于是好心地建议截获德雷顿夫人的邮件并窃听她的电话。我反对这么干，至少必须再等几个星期。我不想过早地暴露。

“后来，也就是两个星期前，德雷顿夫人给我打了电话。她邀请我参加12月17日在她家召开的圣诞宴会。她说她亲自打电话给我，我就没有借口不去了。她想让我见她的一个好莱坞好朋友。此人是制片人，据说非常想见我。她给那人送了一本我的书——《暴力病理学》，他对这本书赞不绝口。

“‘他叫什么名字？’我问。‘名字并不重要。’她答道，‘你见到他就能认出来了。’

“挂断电话后，我激动得发抖，直到足足一分钟后才拨出了哈灵顿的电话。当晚，哈灵顿带着他的两个朋友过来同我商讨对策。我们再次梳理了电话账单。这次我们打算拨打所有未列入洛杉矶市号码簿的洛杉矶本地号码。当打到第六通电话时，听筒里传来一个年轻的声音：‘这里是波登先生家。’‘请问是托马斯·波登家吗？’弗朗西斯问。‘你打错号码了！’对方怒吼道，‘这里是威廉·波登先生家。’

“我将这个名字写在我办公室的黑板上。威廉·冯·伯夏特。威廉·波登。这太符合人性了。奸夫在酒店通奸的时候会用与真名相近的假名登记；通缉犯有六个假名，其中五个的“名”都与真实姓名的“名”一致。我们的姓名里有一种神奇的东西，无论理由多么冠冕堂皇，我们都无法将其舍弃。

“于是星期一，也就是查尔斯顿凶杀案爆发前四天，哈灵顿飞到了洛杉矶。我本来打算自己去的，但弗朗西斯提出最好先由他去查查这个波登，拍点儿他的照片，确认他就是冯·伯夏特。我还是想去，但我意识到自己毫无计划。虽然过去了这么多年，我却从未想到一旦找到上校之后怎么办。

“星期一晚上，哈灵顿打电话回来报告说，飞机上的电影糟透了，他落脚的酒店显然比不上贝弗利山威尔希尔酒店，贝沙湾的警察相当爱管闲事，只要你在社区里开车转两圈，或者把车停在蜿蜒的车道上窥视影星的家，他们就会上来盘查驱逐。星期二，他打电话回来询问有没有查出更多关于德雷顿夫人的信息。我告诉他，他的两个朋友——丹尼斯和塞尔比——精力都没有他旺盛，而德雷顿夫人仍在照常打理生意。弗朗西斯接着说，他去过波登的电影公司，但这一趟一无所获。尽管波登在公司里有办公室，但没人知道他何时会来。上一次有人看到他来上班是在1979年。弗朗西斯希望能找到一张波登的照片，但没有人能提供。他本想向那里的秘书出示冯·伯夏特在柏林拍的照片，但最终没有这样做，因为——用他自己的话说——‘那样做不够酷’。他计划第二天带着照相机和长焦镜头去波登的贝沙湾豪宅偷拍。

“星期三，哈灵顿没有在约定的时间打电话，我打电话去旅馆询问，得知他没有退房，但那天晚上他没有来前台拿钥匙。星期四早上，我向洛杉矶警察局报案。他们答应查一下，但根据我提供的相当有限的信息，他们认为哈灵顿不太可能遇害了。‘这是一座繁忙的城市，’接电话的警察说，‘有很多事情都可以吸

引住一名年轻人，让他忘了打电话。’

“我那天都在努力联系丹尼斯和塞尔比，但始终联系不上。就连弗朗西斯事务所的电话答录机都没工作。我前往尼娜·德雷顿在公园大道的公寓。门厅中的保安告诉我，德雷顿夫人在去休假了，我不能上楼。

“星期五整整一天，我都把自己关在家里等待。晚上十一点半，我接到了洛杉矶警察的电话。他们打开了哈灵顿在贝弗利山酒店的房间，他的衣服和行李都不见了，房间里没有他遭到杀害的迹象。警察问我，他的329.48美元房费该由谁来付。

“那天晚上，我强迫自己按计划去一个朋友家吃晚饭。从公交车站到格林尼治村只有两个街区，但这段路那晚却仿佛没有尽头。星期六傍晚，就是你父亲在查尔斯顿遇害的晚上，我在大学参加关于城市暴力的研讨会。与会者有两百多人，其中还有几名政党候选人。整个讨论过程中，我不时打量观众席，希望能看到尼娜·德雷顿那眼镜蛇似的微笑，或者上校那双冰冷的眼睛。我感觉自己又变成了棋子，但这次下棋的是谁呢？

“星期天，我读到了早报，第一次得知查尔斯顿的凶杀案。报纸的其他位置上，有一小段专栏文章，说一架飞机在星期六凌晨坠毁在南卡罗来纳，好莱坞制片人威廉·D. 波登不幸搭乘了那架飞机。专栏里还附有那位神秘制片人的罕见照片。照片拍摄于六十年代，照片中的上校正在微笑。”

索尔不再说话了。他们的咖啡杯放在门廊栏杆上，咖啡已经冷了，但他们全然不觉。索尔说话期间，栏杆的阴影在他腿上慢慢移动。谈话中止后，远处街道的声响也变得隐约可闻。

“是谁杀了我父亲？”娜塔莉问。她紧拽毛衣，揉着胳膊，像是很冷似的。

“我不知道。”索尔说。

“梅勒妮·福勒是他们的同伙，对吧？”

“是的，几乎可以肯定。”

“可能是她干的？”

“是的。”

“你确定尼娜·德雷顿死了？”

“是的。我去过停尸房，看过现场照片，读过解剖报告。”

“但她也许在死之前杀害了我父亲，对吧？”

索尔犹豫起来，“有这个可能，”他说。

“波登——就是上校——他应该在星期五晚上的飞机事故中死了。”

索尔点头。

“你认为他死了吗？”娜塔莉问。

索尔说：“不。”

娜塔莉站起身，在小门廊里走来走去。“你有他还活着的证据吗？”她问。

“没有。”

“但你认为他还活着？”

“是的。”

“他或者那个姓福勒的女人都可能杀了我父亲？”

“是的。”

“你仍然在追踪他？追踪波登……或者冯·伯夏特？”

“是的。”

“我的上帝啊。”娜塔莉走进屋内，带回两杯白兰地。她递给索尔一杯，然后将另一杯一饮而尽。她从毛衣口袋里取出一包烟，摸出火柴，用颤抖的手点燃一支烟。

“抽烟对身体不好。”索尔轻声道。

娜塔莉哼了一声。“这些人是吸血鬼，对吧？”她说。

“吸血鬼？”索尔摇摇头，不是太明白她的意思。

“他们操控别人，然后将这些人像塑料包装一样扔掉。”她说，“他们就像深夜档电视剧里的吸血鬼。但他们是真实存在的。”

“吸血鬼。”索尔说，立马意识到自己说的是波兰语，“是的。”他换成英语说，“这个比喻不错。”

“那么，”娜塔莉说，“我们现在干什么？”

“我们？”索尔闻言一惊。他用手揉了揉膝盖。

“我们。”娜塔莉说，声音中带着愤怒，“你和我。我们。你讲了这么久的故事，并不是为了打发时间吧？你需要一个同伴。好了，我们下一步怎么办？”

索尔摇摇头，挠了挠胡须。“我不知道为什么我告诉你这些。”他说，“但是……”

“但是什么？”

“非常危险。弗兰西斯，还有其他人……”

娜塔莉走上前来，蹲下，用右手抚摸他的手臂。“我父亲名叫约瑟夫·伦纳德·普雷斯顿，”她轻声说，“四十八岁……明年二月六日满四十九岁。他是个好人，一个好父亲，一个好摄影师，一个非常穷的生意人。他笑起来的时候……”娜塔莉哽咽了一下，“他笑起来的时候，你很难不跟着他一起笑。”

她静静地在地上蹲了几秒钟，抚摸他手腕上褪色的蓝色数字，然后她说："你接下来怎么办？"

索尔深吸一口气："我不知道。星期六我要飞到华盛顿去见一个人……这个人手上可能掌握着上校是否还活着的信息。"

"然后怎么办？"娜塔莉追问。

"然后等。"索尔说，"我们边等边留意各种信息，查看报纸。"

"报纸？"娜塔莉说，"查什么？"

"凶杀案。"索尔说。

娜塔莉眨眼，身体后仰。她右手里的烟快要熄灭了，她将烟头在木地板上捻灭。"你没搞错吧？这个姓福勒的女人，还有你所说的上校肯定已经离开这个国家……躲起来了。他们怎么会又这么快出来杀人？"

索尔耸耸肩。他突然感到非常累。"那是他们的本性。"他说，"吸血鬼必须'进食'。"

娜塔莉站起身，走来门廊的角落里。"你找到——我们找到他们之后怎么办？"她问。

"找到之后再决定。"索尔说，"我们首先必须找到他们。"

"必须用木桩刺穿吸血鬼的心脏才能杀死它。"娜塔莉说。

索尔没有回应。

娜塔莉又掏出一根烟，但没有点燃。"你靠他们太近的话，会不会被他们发现？"她说，"他们会不会掉过头来对付你？"

"那问题就简单了。"索尔说。

娜塔莉正要开口，只见一辆涂着县政府标识的黑色汽车停在路边，驾驶室里走出一个身材肥胖、面色红润、戴着高顶阔边帽的男人。“金特里治安官。”娜塔莉说。

胖警官盯了他们一会儿，然后缓缓走过来，似乎有些拿不定主意。金特里在门廊台阶处站定，脱下帽子。他那仿佛被阳光灼伤的脸上流露出惊讶的表情，就像一个小男孩看到了什么可怕的东西一样。

“早上好，普雷斯顿女士，拉斯基教授。”金特里说。

“早上好，治安官。”娜塔莉说。

索尔看着金特里。这个南方警察就像从漫画里走出来似的，但他的眼睛和昨天一样透着机敏。这同他的整体形象格格不入。

“我需要帮助。”金特里说，声音里带着一丝痛苦。

“什么帮助？”娜塔莉问。索尔听出了她很热情。

金特里低头盯着手中的帽子。他用粗短粉嫩的手指优雅地捏了捏帽子，抬头看着两人。“我的地面上死了九个人。”他说，“他们死得非常蹊跷，无法用常理解释。两个小时前，我拦下一个人，他的钱包里什么都没有，除了我的照片。他没有同我说话，直接割断了自己的喉咙。”金特里看着娜塔莉，然后又看着索尔。“出于某种说不清道不明的原因，”他说，“我有一种直觉，觉得你们可能会帮到我。”

索尔和娜塔莉默默地盯着他。

“你们能帮我吗？”金特里最后问，“你们愿意帮我吗？”

娜塔莉看着索尔，索尔挠了挠胡子，摘掉眼镜后又戴上，看着娜塔莉，微微点头。

“进来吧，治安官。”娜塔莉说着，打开了前门，“我来弄午饭。可能要花点儿时间。”

11

巴伐利亚–爱森斯坦旅馆

1980年12月19日，星期五

托尼·哈罗德和玛利亚·陈在小旅馆的餐厅里吃了早饭。他们七点就下楼了，但已经有一拨人吃完饭去滑雪了。石质壁炉里噼里啪啦地烧着柴火。透过南墙上的小窗户，哈罗德可以看见白雪和蓝天。

“你觉得他在吗？”玛利亚·陈边喝咖啡边轻声问。

哈罗德耸耸肩。“我他妈的怎么知道？”昨天他还坚信威利不可能在家族宅邸中，因为他已经在飞机事故中遇难了。他还记得，威利五年前曾同他谈起过这座家族宅邸。哈罗德当时醉得非常厉害，威利刚结束为期三周的欧洲之行，突然含着眼泪说：“谁说我不能再回家了，呃，托尼？谁说的？”然后开始描述德国南部他母亲的家。他无意间提到了附近城镇的名字。哈罗德之前认为，这趟德国之行只是为了消除一种令人不安的可能性，仅此而已。但如今，在明亮的晨光中，玛利亚·陈坐在他对面，手提包里装着9毫米口径勃朗宁手枪，那本不可能的事情似乎已经就是事实一般。

“汤姆和詹森怎么办？”玛利亚·陈说。她穿着时髦的蓝色灯芯绒灯笼裤、长筒袜、粉红色圆领毛衣、深蓝色和粉色相间的价值六百美元的滑雪毛衣。她的黑发束在脑后。虽然脸上化了妆，但看上去很清爽。哈罗德觉得，这个年轻的欧亚混血儿就像同父亲的朋友一起来滑雪的女童子军。

“如果要杀他们的话，先干掉汤姆。”他告诉她，“比起那个黑鬼，威利更擅长操作雷诺兹。不过，鲁哈很壮……非常强壮。一定要将他一击毙命。在如果事态非常紧急的话，你就应该直奔主题，先干掉威利。一枪爆头。干掉了他，雷诺兹和鲁哈就不是威胁了。没有威利的命令，他们连尿都不敢去撒。”

玛利亚·陈眨眨眼，环顾四周。另外四张桌子边上坐着的都是有说有笑的德国男女。看上去没人听见哈罗德的轻声指示。

哈罗德打了个手势，女服务员上来添了咖啡。哈罗德啜了一口，皱起眉。他不知道，玛利亚·陈会不会按他的指示开枪杀人。他只能猜她会，毕竟她之前从未违背过他的命令。他忽然非常希望这女人不是免控者。但如果他的帮手不是免控者，那就很可能会被威利操控，反过来对付他。哈罗德不敢低估那德国老头儿的念控力——威利能把两个傀儡带在身边，可见其能力依然惊人。哈罗德曾以为威利的念控力衰退了——他年纪不小了，堕落的生活过了几十年，还吸毒——但鉴于最近的一连串事件，再抱有这样的观点显然是危险而愚蠢的。哈罗德摇了摇头。该死。狗日的岛俱乐部把他整惨了。哈罗德压根儿没兴趣招惹那个查尔斯顿老婊子。同威利·波登——也就是冯·伯夏特——玩了五十年那种游戏的人，托尼·哈罗德可不想招惹。倘若巴伦特那伙人发现威利还活着，他们会干什么呢？哈罗德还记得六天前自己听到威利死讯时的情形。他首先是一串关切的询问——威利正在进行的项目怎么办？投资怎么办？——然后他忍不住放松下来。那个老混蛋终于死了。许多年来，哈罗德一直都在担心那个老家伙会发现岛俱乐部，发现托尼在监视他……

“我认为天堂就是一个美妙的岛，在那里，你可以随心所欲地狩猎。对不对，托尼？”威利是不是在录像里说过这样的话？哈罗德还记得，看到威利在录像中说出这些话时，自己感觉就像没入了冰水之中。但威利决不可能知道他是卧底。何况，录像是在飞机坠毁之前录制的。威利已经死了。

即便他当时没死，哈罗德想，离死期也不远了。“准备好了吗？”他说。

玛利亚·陈用亚麻手帕擦了擦嘴，点点头。

“我们走。”托尼·哈罗德说。

“那边是捷克斯洛伐克？”哈罗德说。他们从西北方开出镇子的时候，他瞥了眼火车站外边境线上的关卡，那是一座白色建筑，有几个穿着绿色制服、戴着形状古怪的头盔的卫兵。路牌上写着一个德语词：**检查站**。

“不错。”玛利亚·陈说。

“没什么。”哈罗德说。他沿着山谷中蜿蜒的道路行驶，从通向阿波尔山和小阿波尔湖的岔路前经过。他看见远山上的白色滑雪道，还有小点一样的缆车。轮胎上装着防滑链和车顶架的小车在冰雪小径上飞奔。冷风从车后窗钻进来，吹得哈罗德瑟瑟发抖。玛利亚·陈早上在旅馆租的两套越野雪橇从副驾驶一侧的后窗中伸出去。“我们需要用到那些鬼东西吗？”他问，朝后座偏了偏头。

玛利亚·陈微微一笑，举起手，露出涂了指甲油的指甲。“很有可能。”她说。她看了眼道路图，又同地形图做了下对比。“左转，”她说，“六公里后，就能抵达通往他家宅邸的私人小路。”

所谓“私人小路”在最后一公里半只是林间雪地上的两条车辙，宝马车只能打着滑开过去。“有人最近来过这儿。”哈罗德说，“距宅邸还有多远？”

“过桥后还有一公里。”玛利亚·陈说。

穿过一片光秃秃的树林，转了个弯，一座桥进入眼帘——一个看上去比捷克边境上的路障更坚固的条纹路障后面，是一座短木桥。下游二十码外，有一座阿尔卑斯山中常见的小木屋。两个人走出小屋，朝宝马慢慢走来。时值寒冬，哈罗德以为这种地方的人都应该穿着皮短裤和毡帽，但这两个人穿着棕色羊毛裤和亮闪闪的羽绒背心。看上去他们像是父子，儿子大概近三十岁，臂弯里松垮垮地搂着一支猎枪。

“早上好，你们迷路了吗[①]？”年长者微笑着问道，“此处是私人领地[②]。”

玛利亚·陈翻译道：“他们说早上好，问我们是不是迷路了。他们说这里是私人领地。”

哈罗德朝两人报以微笑。父亲咧嘴一笑，露出金牙。儿子则面无表情。“我们没有迷路。”哈罗德说，“我们来见威利——冯·伯夏特先生。是他邀请的。我们是从加利福尼亚来的。”

---

① 此处原文为德语：Guten Morgen, haben Sie sich verfahren?

② 原文为德语：Das hier ist ein Privatgrundstück.

年长者不解地皱起眉，玛利亚·陈用连珠炮似的德语翻译了一遍。

“他说冯·伯夏特先生不住在这儿。”玛利亚·陈翻译道，“他离开很多年了。宅邸已经关闭。关闭很久了。没有人会去那个地方。”

哈罗德笑着摇了摇头：“那你们怎么还在守护这个地方？”

玛利亚·陈换成德语，又问了一遍。

年长者笑了。“伯夏特家雇我们守护这里，以免遭到破坏。”玛利亚·陈解释道，“呃……不久之后……这里将是国家公园的一部分。老宅子会被拆掉。在那之前，侄子——我猜是冯·伯夏特的侄子——从波恩给我们汇钱，我们负责将偷猎者和闯入者赶走。我父亲之前做的就是这份工作。我的儿子将会找一份新工作。”她补充道，“他们不会让我们进去的，托尼。”

哈罗德将比尔·波登的下一部片子《白色口水》三页传单递过去，里面夹着一张一百马克的钞票。“告诉他，我们千里迢迢从好莱坞赶来，寻找拍摄场地，”哈罗德说，“告诉他，那座老城堡是理想的鬼片外景地。”

玛利亚·陈翻译过去。老人看了看传单和钱，然后若无其事地递回来，又用德语说了一大段话。

“他说什么？”哈罗德问。

“他同意那座城堡是绝佳的恐怖片拍摄场所。”玛利亚·陈说，“还说那里确实闹鬼。他觉得那里不需要更多的鬼了。他叫我们回去，以免困在这里。还祝我们日安。”

“让他去死吧。”哈罗德笑着对两个男人说。

"Vielen Dank für Ihre Hilfe[①]。"玛利亚·陈说。

"Bitte sehr[②]。"老人说。

"不客气[③]。"持枪的年轻人说。

哈罗德驾驶宝马沿着长长的小道往回走，在一条乡间公路往西转，行驶了半英里，然后将车停在一道铁丝网前十五英尺的浅雪地里。他从后备箱里取出剪铁丝网的剪子，剪了四道口子。他抬起穿皮靴的脚踢开铁丝。从公路上看不到口子，因为被树挡住了，而且基本没有车经过。哈罗德回到车中，将登山靴换成了脚趾部分十分滑稽的越野滑雪靴，让玛利亚·陈帮他穿上雪橇。

哈罗德滑过两次雪，都是在太阳谷进行的越野滑雪，其中一次是和迪诺·德·劳伦蒂斯[④]的侄女，以及安·玛格丽特[⑤]，他对这两次滑雪经历并无好感。

玛利亚·陈将手提包留在车中，把勃朗宁手枪插在灯芯绒裤的腰带里，用毛衣盖好，在羽绒背心的口袋里放了一个备用弹匣，将一副小望远镜挂在脖子上，然后带头钻进了铁丝网上的口子。哈罗德笨拙地滑着雪橇跟在后面。

头一英里，他跌倒了两次，然后一边骂娘一边挣扎着站起来。玛利亚·陈微笑着看着他。四周一片安静，只听得到雪橇滑

---

① 德语：非常感谢你们的帮助。

② 德语：不客气。

③ 年轻人说的是英语。

④ 迪诺·德·劳伦蒂斯（Dino De Laurentiis，1919—2010），著名电影制作人，欧美电影界泰斗人物。

⑤ 安·玛格丽特（Ann Margaret，1941—），出生于瑞典斯德哥尔摩，美国电影演员、歌唱家、舞蹈家。

雪的刷刷声、哈罗德沉重的喘息声，以及偶尔的松鼠吱吱声。他们滑了两英里，玛利亚·陈停下来，查看了指南针和地形图。

“有一条小河。”她说，“我们可以从下面的独木桥过河。然后再走一公里，就会看到开阔地中的宅邸了。”她指着森林中林木密集的一部分。

还有三个橄榄球场的距离，哈罗德上气不接下气地想。他记得那个年轻人拿的猎枪，勃朗宁手枪与其相比简直不堪一击。在他的脑海中，詹森、鲁哈和威利的其他众多奴仆正端着乌兹冲锋枪和Mac-10冲锋枪在森林里等他们。哈罗德深吸一口气，意识到自己紧张得要命。去死吧，他想。他已经不辞辛苦来到这个地方，在确认威利是否还活着之前他绝不会离开。“走吧。”他说。玛利亚·陈点点头，将地图揣进口袋，优雅地带头滑走了。

宅邸前有两具尸体。

哈罗德和玛利亚·陈在一排稀疏的云杉树后挤成一团，轮流拿望远镜观察尸体。凭肉眼从五十码开外很难分辨雪地里的两堆黑色物体是什么——可能是被丢弃的衣物——但透过望远镜可以看见苍白的面颊和扭曲的四肢。对熟睡的人来说，那种扭曲的角度会带来极大的痛苦。但那两个人并没有熟睡。

哈罗德凝神细看。两个男人。穿着深色外套，戴着皮手套。其中一人的软呢帽掉在六英尺外的雪地里。两具尸体周围的雪地上血迹斑斑。一串脚印伴随着滴滴血痕通往古老宅邸的法式大门。东边三十码外，雪地上有两条平行的压痕，一串前往或离开宅邸的足迹，还有一圈粉末状的雪脊，仿佛是一个大排风扇朝地下吹出来似的。**直升机来过**，哈罗德想。

没有汽车、雪地车或雪橇的痕迹。连接车道和宅邸之间的小路不过是一条林间缝隙。从这儿看不到那座木屋和木桥。

眼前的宅邸比通常的大房子宏伟，但同真正的城堡还相去甚远。给人的感觉是，它最早只有一个威严的中央大厅，然后通过一代代的扩建，增加了楼层和侧翼。石头的颜色和窗户的大小不一，但整体呈现出阴暗的效果：黑石头、小窗户、窄门，光秃秃的枝丫在厚墙上投下斑驳的阴影。哈罗德觉得这里比威利在贝沙湾的拉丁风格别墅更符合威利的性格。

“现在怎么办？”玛利亚·陈低声问。

“闭嘴。”哈罗德说，举起望远镜再次观察那两具尸体。它们相距不远。其中一具尸体的脸朝着另一侧，几乎被雪掩埋了。哈罗德只看到黑色的短发在风中微颤。但另一具躺在地上的尸体却翻着白眼，望着屋外的长青植物，仿佛在等待哈罗德的到来。

哈罗德猜他们没死多久。尸体还没有被鸟和野兽啄食。

“我们走吧，托尼。”

“给我闭嘴。”哈罗德放下望远镜，细细思量。从这个位置，他们看不到宅邸的另一侧。在靠近宅邸之前，他们最好待在树林里，滑雪橇绕着宅邸侦察一圈。哈罗德眯眼观察门前的一大片空地。空地四周都散布着树。返回森林再小心翼翼地绕到另一侧去可能花费一个小时甚至更久。乌云蔽日，寒风乍起。天空飘起了小雪。刚才摔跤残留在身上的雪融化了，浸透了哈罗德的牛仔裤，他的双腿因为过量运动而隐隐作痛。尽管还不到正午，昏暗的天光却让人觉得现在已经是黄昏了。

“我们走吧，托尼。”玛利亚·陈的声音中既没有哀求也没有恐惧，只有平静的执着。

“给我枪。”他说。她从腰带中取出枪递给他，他把枪对准阴暗的房子和黑色的尸体。“你过去。”他说，“滑雪橇过去。我在这儿掩护你。我觉得那座该死的房子是空的。”

玛利亚·陈看着他。她黑色的眸子中没有流露出质疑或反抗，只有好奇，就像她今天第一次认识他一样。

“快走！”哈罗德吼道，压低了手枪。他不知道如果她拒不从命该怎么办。

玛利亚·陈转过身，用滑雪杖优雅地拨开挡在身前的常青植物，朝宅邸方向滑去。哈罗德弯着腰，离开一直站着的地方，最后在一棵被松树围绕的阔叶树前停下。他举起望远镜。玛利亚·陈已经来到了尸体边。她停下来，将滑雪杖插入雪地，望着房子。她回头朝她离开哈罗德的地方看了眼，然后朝宅邸滑过去，在法式大门前停下，然后右转，绕着宅邸巡视。她消失在了房子右侧——那个角落离车道最近——哈罗德脱掉了雪橇，在树下一块干燥的地方蹲下来。

等了一段无比漫长的时间，她终于从宅邸的另一侧出现了，滑雪回到中央的法式大门，朝哈罗德原先站的地方挥了挥手。

哈罗德又等了两分钟，然后俯下身，朝房子跑过去。他本以为没了雪橇动作能更灵活，但结果证明他错了。雪只没到他的膝盖，但减慢了他的速度，还让他屡屡跌倒。他每走十英尺就会摔一次，然后深一脚浅一脚地继续向前。他总共摔三次，其中一次还将手枪都落在雪里了。他检查了枪管是否被堵住，将雪渣从枪把上擦掉，接着跌跌撞撞地走过去。

他在尸体旁边停了下来。

托尼·哈罗德制作了二十八部电影，除了三部其余都是同威利一起制作的。所有二十八部电影都充斥着性和暴力，两者通常纠缠在一块儿。五部“沃尔珀吉斯之夜”系列电影——哈罗德最成功的投资——只是一连串的凶杀，几乎全发生在性交前后或性交过程中。故事主要以凶手的视角呈现。哈罗德总是在拍枪击时来片场。他看过人们被捅死、射杀、刺穿、烧死、开膛破肚、砍头。他长时间观察过特效师的工作，知道血袋、气袋、被挖出的眼睛和液压装置的所有秘密。他亲自撰写了《沃尔珀吉斯之夜5：噩梦依旧》的中的一个场景：保姆的药物胶囊被蒙面杀手格伦暗中替换成爆炸胶囊，她吞下后脑袋被炸开了花。

然而，托尼·哈罗德从未亲眼见过真正的遇害者尸体。他之前接触过的尸体只有躺在精致棺材里的母亲和米拉姨妈。那时殡仪馆中还有其他的送葬者，而且他跟尸体之间还有隔着一定的缓冲带。他参加母亲葬礼时只有九岁，参加姨妈葬礼时只有十三岁。从未有人向哈罗德提起过他的父亲。

躺在威利·波登家族宅邸外的一具尸体身中五六枪，另一具尸体的喉管被撕开了。两者都流了大量的血。血量之丰令哈罗德不可思议，就像有个过分热情的导演将许多桶红油漆倒在了现场一样。只需根据尸体、血迹和雪上的痕迹，哈罗德就可以重建犯现场。一架直升机曾降落在离房子一百英尺之外的空地上。这两人从直升机上跳下来，穿着锃亮的黑皮鞋，朝法式大门走去。他们在石板路上开始了打斗。在哈罗德的想象中，小个子——面朝下埋在雪中的那人——突然转身扑向自己的同伴，又咬又抓。大个子连连后退——哈罗德在雪地上看到了一串鞋印——然后举起鲁格尔手枪连发数枪。矮个子步步紧逼，面部中弹后仍然没有停步。矮个子右脸上有两个边缘粗糙的洞，裸露的牙齿之间还咬着大个子的一块肌肉。小个子倒地后，大个子又蹒跚了几码远。他的喉管已经破裂，但到现在颈动脉才开始向德国凛冽的冷空气中猛烈喷发鲜血。他跌倒在地，翻滚了几圈，死时眼睛盯着哈罗德和玛利亚·陈之前藏身的常青植物丛。大个子的胳膊半举在空中，那是尸僵造成的，仿佛雕像一般。哈罗德知道，人死后尸僵的形成和消失都有一定的时间规律，但他记不得具体是多长了。他并不在乎。他认为这两人是同伙，一起下飞机，一起死，但光凭脚印不足以支撑这一判断。哈罗德并不在乎。从法式大门到直升机降落点之间还有一串脚印，可见曾有数人从房子里出来，乘直升机离开。关于直升机从何而来，谁在驾驶，谁上了直升机，直升机去了哪里，哈罗德毫无头绪，也并不在乎。

“托尼？”玛利亚·陈轻声呼唤。

“等一下。”哈罗德说。他转过身，蹒跚着离开血泊，呕吐在雪地里。他弯着腰，嘴中满是早餐时咽下肚的咖啡和德国香肠的味道。吐完之后，他捧起干净的雪，塞进嘴里，清洁了口腔，然后站起身，绕过尸体，来到石板路上的玛利亚·陈身边。

“门没有关。”她耳语道。

哈罗德只看得见窗户后的窗帘。雪越下越大，漫天飞雪中，几乎都看不见两百英尺外的树。哈罗德点点头，吸了一口气。“去把那家伙的手枪取过来。”他说，“查找他们的身份证件。”

玛利亚·陈瞟了眼哈罗德，朝尸体滑过去。她撬开大个子的手，取出手枪。大个子的钱包中有身份证件。另一具尸体的大衣口袋中有皮夹和护照。玛利亚·陈把两具尸体在雪中翻转过来，才找到了哈罗德想要的东西。她回到石板路上时，蓝毛衣和羽绒背心上都沾着血。她脱掉雪橇，抓雪在胳膊和背心上揉搓。

哈罗德翻了翻皮夹和护照。大个子名叫弗兰克·李，有一张用慕尼黑临时地址登记的国际驾照，还有一张姓名相同、使用了三年的迈阿密驾照。小个子名叫埃利斯·罗伯特·斯隆，三十二岁，纽约居民，签证和护照上盖着联邦德国、比利时、奥地利的章，皮夹里有八百美元和六百德国马克。哈罗德摇了摇头，将签证、护照和皮夹都丢在了石板路。这些东西没有提供什么重要信息——他知道自己只是在拖延进入宅邸的时间。

“跟着我。”他说，迈进了大门。

宅邸很大，很冷，很黑，很空——哈罗德渴望它是空的。他不想再同威利说话。他知道，如果见到了他的这位好莱坞老导师，自己的第一反应会是将勃朗宁手枪中的所有子弹都射进威利的脑袋——如果威利允许的话。托尼·哈罗德不会天真到相信自己的念控力可以与威利相比。哈罗德虽然告诉巴伦特和岛俱乐部的其他人，威利的念控力在消退——事实也确实如此——但他深知，就算威利的能力降到最低，也可以在十秒之内打败托尼·哈罗德。那个老混蛋是个魔鬼。哈罗德真希望自己没有来德国，没有离开加利福尼亚，没有同意巴伦特和岛俱乐部的其他人强迫他与威利打交道的要求。“做好准备。”他急切地压低声音说，听上去很傻气，然后带着玛利亚·陈朝宅邸深处走去。

每个房间里的家具上都盖着白布。同外面的尸体一样，这样的场景哈罗德也在无数的电影中见过，但亲眼看到之后却让人背脊发凉。哈罗德将手枪对准盖着白布的椅子和台灯，似乎布下会有东西站起来朝他走来，就像卡彭特的第一部《月光光心慌慌》

电影里披着床单的角色一样。

主门厅宽敞而空旷，铺着黑色和白色的方形地砖。哈罗德和玛利亚·陈轻手轻脚地走着，但脚步声依然在大厅中回荡。哈罗德觉得自己穿着的方脚趾越野滑雪靴傻极了。玛利亚·陈冷静地跟在他身后，手里拿着沾血的鲁格尔手枪，枪口朝下。她没有流露出一丝半点紧张，仿佛正在哈罗德好莱坞的家中寻找一本放错位置的杂志。

哈罗德用十五分钟才确认宅邸的一楼和空洞的大地窖里没有人。这座大房子到处都是衰败的迹象，如果没有房外的尸体，哈罗德简直敢断定这里有许多年无人问津。“上楼。”他咕哝道，依然高举着手枪，指节都已经发白。

西厢里阴暗而寒冷，甚至连家具都没有，但进入通往东厢的走廊后，哈罗德和玛利亚·陈都定住了。乍一眼看去，走廊似乎被巨大的冰玻璃所阻隔——哈罗德想到了日瓦戈医生和女护士拉娜返回被寒冬蹂躏的乡村别墅的场景——但哈罗德小心翼翼地凑上前去，发现所谓的冰玻璃只是一层悬挂在天花板上的透明薄塑料窗帘，反射着淡淡的光线。前进了六英尺，又是一道透明窗帘。这是封锁东厢的简单绝热装置。五十英尺长的走廊十分昏暗，只有从几扇打开的门中透出淡淡的光。哈罗德对玛利亚·陈点点头，悄悄地向前挪动，双手紧握着手枪，双腿分开。他转过门口，做好射击姿势，警惕得如同一只猫。他脑子里闪过查尔斯·布朗森和克林特·伊斯特伍德[①]的形象。玛利亚·陈站在塑料窗帘边观察着他。

① 这两人均是美国著名动作片男演员。

“他妈的。”如此高度紧张了近十分钟后，哈罗德说。他表现得很失望——作为肾上腺素大量分泌的副作用，他也确实有些失望。

房子里空无一人，除非还有他们所不知道的房间。走廊上的四个房间看上去有人近期入住过——床没有铺好，冰箱里塞满了食物，盘子还是热的，桌上零散地放着些文件。其中一个房间是书房，有许多书架和一张古老的马鬃沙发，壁炉里的灰烬还带着余温。哈罗德忍不住想，也许早来几个小时就能碰到威利了。很有可能是坐直升机来的不速之客促使威利匆匆离开的。但这里没有留下衣物和其他私人物品。住在这里的人做好了随时撤离的准备。书房小窗旁的厚重桌子上，摆着一大盘国际象棋，棋盘上，雕工精细的棋子正在厮杀。哈罗德走到摊着报纸的桌旁，用手枪捅了捅桌上所剩无几的文件。肾上腺素的作用已经消退，他喘息起来，身体止不住地颤抖，恨不得立刻长出翅膀飞到别处。

文件是用德语写的。尽管哈罗德不懂德语，但他还是觉得这些都是细碎记录——财产税、土地使用报告、借贷账目。他将桌面清空，检查了几个抽屉，然后决定离开。

“托尼！”

玛利亚·陈的叫声令他手持勃朗宁手枪迅速转身。

她站在棋桌旁。哈罗德凑上前去，以为她发现了窗户外的什么情况，但她紧盯着的是那副大棋盘。哈罗德的视线也落在了棋盘上。一分钟后，他放下了拿枪的手，单膝跪下，喃喃道：“我的上帝啊。”

哈罗德对国际象棋知之甚少，只在小时候玩过几次，但他看得出，棋盘上的这局棋刚开始不久。只有几个棋子被吃掉——两个黑棋、一个白棋——被放在棋盘边。哈罗德一点点向前挪，仍然单膝跪地，眼睛离最近的棋子只有几英寸。

棋子是用象牙和乌木手工雕刻出来的。每个棋子都五六英寸高，刀工异常细致，必定花了威利一大笔钱。差不多三十年前，哈罗德下他此生第二盘、也是最后一盘棋时，败在另一个男孩手上。那孩子嘲笑他过早地调出了王后，还说只有业余选手才会一开局就动用王后。但眼前的棋盘上，黑白双方的王后都出动了。白方王后站在棋盘中央，就在白方兵的正前方。黑方王后已经被吃掉，正孤独地站在棋盘外。哈罗德凑近了仔细看。黑方王后的容貌优雅，充满着贵族气质，虽然脸部轮廓难掩岁月的痕迹，但仍然美丽。哈罗德五天前在华盛顿特区见过这张脸——C. 阿诺德·巴伦特向他出示了一张老妇人的照片，她是查尔斯顿凶杀案中被射杀的死者，不慎将恐怖的剪贴簿落在了旅馆房间。托尼·哈罗德盯着的黑方王后是尼娜·德雷顿。

哈罗德连忙查看剩余棋子。大多数脸他都不认识，但有几张却像电影中的特写镜头一样清晰地跃入他的视野。

白方国王是威利。尽管那张脸更年轻，线条更分明，头发更茂密，还穿着已经在德国不再合法的制服，但它无可置疑就是威利。黑方国王是C. 阿诺德·巴伦特，一副正装打扮。哈罗德认出黑方象是查尔斯·C. 科尔本。白方象则是吉米·韦恩·萨特牧师。开普勒稳居第一排黑兵的行列，但黑方马已经跳过了排列整齐的兵，加入了战斗。哈罗德将将黑方马轻轻地转过来，认出那张痛苦而刻板的脸属于聂曼·特拉斯科。

白方王后是个矮胖的老女人，哈罗德不认识，但他很容易就猜出了她的身份。“我们会找到福勒，”巴伦特曾说，“然后你要杀死这个多管闲事的婊子。”白方王后和两个白方兵已经深入黑方的领地。哈罗德认不出那个被黑棋包围的白方兵，看上去是一个五十多岁或六十出头的老人，留着胡子，戴着眼镜。从容貌看，哈罗德觉得他是犹太人。另一个白方兵在威利的马前的四格里，暴露在黑方几个棋子的攻击之下。哈罗德缓缓地转过这个兵，他迅速认出了那是谁。托尼·哈罗德正盯着自己的脸。

“操！”哈罗德的喊声在巨大的宅邸里回荡。他再次尖叫起来，用勃朗宁手枪的枪管横扫棋盘，一次，两次，三次，将象牙和乌木棋子打落在地。

玛利亚·陈后退两步，凝望着窗外。乌云低垂，吞噬了最后一缕阳光，黑黢黢的森林笼罩在灰蒙蒙的雾中，纷纷扬扬的大雪掩埋了如掉落的棋子般躺在领地草坪里的两具尸体。

12

查尔斯顿

1980年12月18日，星期四

“天似乎要下雪了。”索尔·拉斯基说。三人坐在金特里治安官的车里：索尔和金特里在前排，娜塔莉在后排。雨轻轻柔柔地下着，气温约十摄氏度。娜塔莉和金特里穿着夹克，索尔穿着蓝色厚毛衣，外面罩着一件旧花呢西装夹克。他用食指推了推鼻梁上的眼镜，透过淌着雨水的挡风玻璃眯眼望着外面。“还有六天就是圣诞节了，”他说，“但依然没有下雪。我都不知道你们南方人怎么会习惯这种天气。”

“我七岁的时候才第一次看到雪。”鲍比·乔伊·金特里说，“学校把我们放了回去。地上的积雪不到一英寸深，但我们全都像世界末日到了似的往家里跑。我扔了雪球……那是我人生捏的第一个雪球……打碎了老麦克吉尔弗雷夫人的门廊窗户。对当时的我来说，那简直就跟世界末日没两样。我等了三个小时父亲才回来，我没吃到晚餐，还挨了一顿揍，但我很高兴这事儿就这么完了。”金特里摁下按钮，雨刮器刮了一下，两下，然后嘎吱一声返回原位。被刮干净的区域又落上了雨点。“我每次见到雪，就会想起挨打，忍住不哭。”金特里说，他嗓音低沉悦耳，拉斯基已经相当熟悉，“我觉得这里的冬天是越来越冷了，雪也下得越来越频繁了。”

“那个医生还没来？”娜塔莉从后排问。

“没有。现在差三分钟才四点。”金特里说，“卡尔豪恩医生老了，听说行动不便，但他就像老挂钟一样准时。他说他四点到，那就会四点到。”

话音刚落，一辆长长的黑色卡迪拉克就停到了路边，开始倒入金特里巡逻车前五个车位的空位里。

索尔看着那座建筑。这里距老城区几英里，既有迷人的历史遗迹，也能享受现代的便利。一座古老的监狱被改造成联排房屋和办公室——增添了窗户和车库，喷洗干净砖石，添置了一批木制家具，给老家具重新上漆、维修。在索尔看来，翻新进行得相当仔细。“你确定艾丽西亚的父母愿意干这个？”他问。

金特里脱掉帽子，用手帕擦了擦帽子内侧的皮带。“真的愿意。”他说，“凯泽夫人非常担心那个女孩，说艾丽西亚一直不怎么吃饭，还噩梦连连，长时间坐在那里发呆。”

“就在六天前，她亲眼看见自己最好的朋友被杀死。”娜塔莉说，“可怜的孩子。”

“死的还有她最好朋友的爷爷，”金特里说，“也许还有别的什么认识的人。”

“你觉得她去过曼萨德旅馆？”索尔问。

“没人记得她去过。”治安官说，“但这并不等于她没去过。大部分人都注意不到周围发生的大部分事，除非他们受过专门训练。当然，有人观察入微，什么都记得。但这些人没有路过凶案现场。”

“艾丽西亚被发现的时候，离现场很近，对吧？”索尔问。

“就在两个凶案现场之间。一个邻居大妈发现她站在街角，哭哭啼啼，不知所措，就在福勒家和曼萨德旅馆之间。”

“她的胳膊好点儿了吗？”娜塔莉问。

金特里转头去看后座的女人。他微微一笑，小小的蓝眼睛放出的光芒比车外昏暗的冬日阳光都明亮。“当然好了，夫人。只是简单的骨折。”

“你要是再叫我夫人，治安官，我就让你的手臂骨折。”娜塔莉说。

“好的，夫人。”金特里正经八百地答道，将视线再次投往挡风玻璃之外。“老医生回来了。他那把黑伞还是二战前在英国买的了，好像是去参加伦敦市立医院的夏季讲座。他是战前救灾规划小组的成员。我记得多年前他告诉我的叔叔李，德国开始空袭后，英国的每周伤亡数节节攀升，但实际上，英国医生早就做好了应付百倍伤亡数的准备。我不是说，他们已经准备好救治那么多伤员。我的意思是……他们预计到会有更多伤亡。”

“卡尔豪恩医生在催眠方面有经验吗？”索尔问。

“应该有吧。”金特里拉长腔调说，“1939年他去英国就是为了建议英国佬使用催眠术。那里的一些专家认为空袭对市民造成了严重的精神损伤，而杰克可以用催眠后暗示①来帮助他们恢复心理健康。”他打开车门，“你来吗，普雷斯顿女士？”

“当然。”娜塔莉说着就进入了雨中。

---

① 被催眠者经催眠进入催眠状态时，催眠师所输入的指令或暗示，在催眠状态解除后仍能继续发生效应，称催眠后暗示。

金特里也下了车，但没有迈步。雨轻轻地打在他的帽檐上。“你应该不想进去吧，教授？”他问。

“是的。我不想进去。”索尔说，“我不想干扰催眠的过程。但我非常想知道那孩子会说什么。”

“我也是。”金特里说，“无论是什么结果，我都会尽量去理解接受。”他关上车门跑开，去追娜塔莉·普雷斯顿——对他这样的大个子来说，他跑步的姿势可谓优雅。

尽量去理解接受，索尔想。**是的，你必须那样做**。

“我相信你。”昨天听完索尔的故事后，鲍比·乔伊·金特里治安官说。

索尔尽量浓缩了故事，将耗费了昨天晚上和今天上午大部分时光讲述的故事总结为四十五分钟的梗概。娜塔莉打断了他几次，请他讲述略过的细节。金特里问了几个具体的问题。他们边吃午饭边听索尔讲。一个小时后，故事结束了，午饭吃完了，金特里治安官点头说：“我相信你。”

索尔眨了眨眼。“就这么简单？”他问。

金特里点点头。“是啊。”治安官转头看着娜塔莉，“你相信他的话吗，普雷斯顿女士？”

年轻女人只犹豫了一秒钟，“是的，我相信。”她看着索尔，“我一直相信他。”

金特里没再说话。

索尔扯了扯胡须，摘下眼镜擦拭，然后戴回去。“难道你们不觉得我说的……太离奇了吗？”

“当然觉得。”金特里说，“但我的辖区内死了九个人，而我不知道他们的死之间有何关联，这也挺离奇的。”治安官探出身子，“你之前有没有对别人讲过这些？我是说，整个故事。”

索尔挠了挠胡子。“我给丽贝卡堂姐说过。”他轻声说，“在她1960年去世前不久。”

“她相信你吗？”金特里问。

索尔迎上治安官的视线，“她爱我。战争一结束她就找到了我，帮助我的人生步入正轨。她相信我。她说她相信我。我选择相信她。但你们为什么相信这个故事？”

娜塔莉没有答话。金特里靠在椅背上，椅背嘎吱作响。“就我个人来说，教授，”他说，“我得承认我有两个缺点。第一，我喜欢根据一个人的话和给我的第一印象来判断这个人。拿你们昨天在我办公室见到的那个联邦调查局特工为例——他叫迪克·海恩斯——他说的话都合情合理而且非常坦率。他看起来也没问题。但我的直觉告诉我，他不可靠。海恩斯先生同我们不是一路人。我是说，他的门廊亮着灯，但屋子里并没有人。你懂我的意思吧？有很多人都像他这样表里不一。如果我觉得你可靠，那我就会相信你。就这么简单。这也给我带来了很多麻烦。

“第二，我喜欢读书。我没结婚，除了工作没别的爱好。我曾经想当历史学家……后来想当卡顿和图奇曼那样的畅销历史作家……后来想当小说家。虽然我太懒了，一样也没有当成，但我还是会大量阅读。我喜欢白烂小说。我给自己定了个规矩——每读三本严肃著作，我就会读一本白烂小说。写得很好的白烂小说，但依然是白烂小说。我读侦探小说——约翰·D. 麦克唐纳、帕克、韦斯特莱克；我读我悬疑小说——路德拉姆、特雷瓦尼安、勒卡雷和德顿；我读恐怖小说——斯蒂芬·金、斯蒂夫·拉斯尼克·特姆……这些人的作品。”他对索尔露出微笑，“你的故事并没有那么离奇。”

索尔对治安官皱眉道：“金特里先生，你的意思是，你读了许多离奇的小说，所以你觉得我的离奇故事不够离奇？”

金特里摇头道：“不是。我是说，你的故事与事实相契合，而且是我听到的第一个能将那些凶杀案串联起来的说法。”

“海恩斯认为，”索尔说，“索恩——那个老女人的仆人——和那个叫克拉默的女人勾结在一起，偷窃雇主的财物。”

“海恩斯在放屁——请原谅我说了脏话，女士。”金特里说，“那个叫阿尔伯特·拉佛勒特的小个子，也就是那个在曼德萨旅馆发疯的服务员，绝对不可能与什么人合谋。我认识阿尔伯特的父亲。那孩子的智力水平勉强达到给自己系鞋带的程度，但他是个好孩子。他在高中不玩橄榄球，他告诉他爸爸，那是因为他不想伤害别人。”

“但我的故事脱离了常理……进入了超自然的领域。”索尔说。他觉得同治安官争辩十分愚蠢，但他就是无法接受这个南方人这么快就接受了他的故事。

金特里耸肩道：“我一直讨厌吸血鬼电影。电影里吸血鬼在尸体脖子上咬出两个洞后，尸体就死而复活了。两小时的电影中，好人总是要花一个半小时说服其他好人相信吸血鬼是真实存在的。”

索尔捏了捏胡须。

“不论你出于何种理由，”金特里轻声说，“你确实给我们说了一个故事。于是就有三种可能。第一，你可能参与了谋杀。我的意思是，我知道你没有亲自动手杀人。星期六下午和晚上，你都在哥伦比亚大学参与研讨会。但你还是可能牵涉其中。或许你催眠了德雷顿夫人。我知道，我知道，催眠没那么简单。但要操控别人的意志也很难啊。

“第二，你可能是个疯子。疯疯癫癫地跑出来，嚷嚷着自己杀了人。

“第三，你可能说的是实话。我现在相信第三种可能。何况，我自己也遇到了一些怪事，只有你的理论能够解释。”

“什么怪事？”索尔问。

“今天早上有个人在跟踪我。被我发现后，他没有同我说话，而是立刻自杀了。”金特里说，“还有那个老太太的剪贴簿。”

“剪贴簿？”索尔说。

“什么剪贴簿？”娜塔莉问。

金特里脱下帽子，捏在手中，皱眉看着它。“德雷顿夫人被枪杀后，我是最早赶到现场的执法人员。”他说，“法医正在搬运尸体，凶案组的便衣警察正在楼下计算尸体数量，我在老太太的房间里翻找了一会儿。我本不应这样做，破坏了程序。但管他的呢，我只是一个土头土脑的警察。我在她的手提箱里发现了这个厚厚的剪贴簿，顺手翻了几页。里面全是关于凶杀案的剪报——约翰·列侬的，还有其他许多人的。大都发生在纽约。最早一起发生在去年一月。第二天，警察开始调查，联邦调查局的人却多管闲事地跑了过来。星期天傍晚，我到停尸房去的时候，剪贴簿已经不翼而飞了，没有人见过那东西，警察的犯罪现场记录中也没有，停尸房也没有收到过，什么都没有。”

“你没有问别人？”索尔问。

“当然问了。”金特里说，“所有凶案组的法医都问过了。没有人见到过。其他物品都放在停尸房，而且在星期天上午做了登记——老太太的内衣、衣服、降压药——但就是没有剪贴簿，那里面收集了大约二十件凶杀案的新闻报道。”

“谁做的物证登记？”索尔问。

“凶案组和联邦调查局。”金特里说，“但停尸房的职员托比·哈特纳说，我们的海恩斯先生在凶案组达到之前就在查看被没收的东西。迪克一下飞机就直奔停尸房。”

索尔清了清嗓子，“你认为是联邦调查局隐匿了证据？”

金特里治安官瞪大了眼睛，装出一副无辜的样子，“联邦调查局怎么会干这种事？”

三人都沉默了。最后娜塔莉·普雷斯顿说：“治安官，如果那种吸血鬼杀死了我父亲，我们接下来怎么办？”

金特里双手交叠放在肚子上，看着索尔。治安官的眼睛像海一样蓝。“问得好，普雷斯顿女士。”他说，“你怎么看，拉斯基博士？就算我们抓住了上校或者那个姓福勒的女人，或者两个人都抓住了。你不觉得让大陪审团同意起诉他们很困难吗？”

索尔摊开双手：“我承认，我的故事听上去不可思议。如果你相信世上存在精神吸血鬼，那任何逻辑都站不住脚了。任何一个犯人都有可能是无辜的，任何一件证据都有可能是无效的。我明白你的意思，治安官。”

“不，”金特里说，“没这么严重。我是说，大部分凶杀案都是普通凶杀案，对吧？莫非你真相信有成千上万只精神吸血鬼在外面游荡？”

索尔闭上眼睛。“我虔诚祈祷事实不是这样。”他说。

金特里点点头："所以我们遇到的只是特例。我们又回到了普雷斯顿的问题上：我们接下来怎么办？"

索尔深吸一口气："我需要你们帮忙……监视。有可能——尽管可能性很小——两个幸存者中的一个会返回查尔斯顿。也许梅勒妮·福勒没来得及将重要的东西从家里转移走。也许威廉·波登会回来找她——如果他没死的话。"

"然后呢？"娜塔莉问，"他们是无法被惩罚的，至少法院惩罚不了他们。如果我们真的给你找到了他们，你能做什么呢？"

索尔低下头，扶了扶眼镜，用颤抖的手指捋了下眉毛。"这个问题我想了四十年，"他用低沉嗓音说，"我依然没有答案。但我觉得，上校和我注定会再次见面。"

"他们不是永生不死的，对吧？"金特里说。

"什么？"索尔说，"他们当然不是永生不死的。"

"你可以悄悄地走到他们身后，打爆他们的头，对吧？"治安官说，"他们不会在下一个满月之夜死而复生吧？"

索尔盯着治安官。一分钟后，他说："你是什么意思，治安官？"

"我的意思……就算你的假设成立，那些家伙真的具备你说的那种能力……那他们就是我见过的最可怕的生物。寻找他们，就像是夜晚拿着黄麻袋，徒手在沼泽里寻找水蝮蛇一样。不过，一旦找到了他们，他们就可以成为攻击目标，就同你我，同约翰·F. 肯尼迪和约翰·列侬一样。只要你手上有狙击枪，那就可以轻松干掉他们，对不对，教授？"

索尔平静地盯着治安官："我没有狙击枪。"他说。

金特里点点头：“你有没有从纽约带枪过来？”

索尔摇头。

“你没有枪吗，教授？”

“没有。”

金特里转头看着娜塔莉：“但你有吧，夫人？你说你昨天尾随教授进入福勒家，打算持枪逮捕他。”

娜塔莉脸红了。索尔这才发现，她脸红时咖啡色的皮肤会变得非常黑。

“枪不是我的，”她说，“是我父亲的。他把枪藏在摄影工作室里。他有持枪许可证。因为工作室曾遭到盗窃。我路过工作室，顺带取走了枪。”

“我能看看吗？”金特里柔声道。

娜塔莉打开门厅壁橱，从雨衣口袋中取出那把枪，将它放在桌上。金特里用食指拨了枪管一下，使其不对准任何人。

“你懂机械吧，教授？”金特里问。

“这把枪不懂。”索尔说。

“你呢，普雷斯顿女士？”金特里说，“你了解枪械吗？”

娜塔莉像感到寒意似的揉着胳膊。“我在圣路易斯的朋友曾向我演示过如何射击，”她说，“瞄准，然后扣动扳机。没那么复杂。”

“你熟悉这把枪吗？”金特里问。

娜塔莉摇头：“这把枪是父亲在我去上学之后买的。我觉得他从未使用过。我想象不出他朝人开枪的样子。”

金特里抬起眉毛，拿起手枪，对着地板，手指小心翼翼地放在扳机护圈上。“上子弹了吗？”

“没有，”娜塔莉说，“我昨天离开家之前就把所有子弹都取出来了。”

这次轮到索尔抬眉毛了。

金特里点点头，按住弹匣解脱柄，将黑色塑料枪把里的弹匣退出来，递到索尔面前，让他看到枪里没子弹。

“点32口径，对吧？”索尔说。

“骆玛点32短枪身自动手枪。”治安官赞成道，“很好的小型手枪。普雷斯顿先生很可能花了三百美元才买到。普雷斯顿女士，我知道没人喜欢听别人的建议，但我想给你提几条，行不？”

娜塔莉迅速点了下头。

“第一，”金特里说，“不要把枪随便对准人，除非你想开枪打他。第二，不要拿空枪威胁别人。第三，如果你非得用空枪，必须确保里面没子弹。”金特里指着手枪说，“看到那个小指示器了吗，夫人？就是那个红色的东西？那东西叫上弹指示器，红色表示里面有子弹。”金特里拉动滑套，一发子弹从枪膛中滑出来，当啷一声掉在桌上。

娜塔莉脸色煞白。“不可能。”她小声说，“我取出子弹的时候还专门数过。一共七发。”

“你父亲肯定先将一发子弹塞进了弹仓，然后落下了击铁。”金特里说，“有人会这么干，这样就能在枪里带八发子弹，而不是通常的七发。”治安官将空弹匣插回原位，扣下了扳机。

金属撞击的“咔嗒”声让娜塔莉身体微微一颤。她瞟了眼金特里说的“上弹指示器”，红色标记已经不见了。她想起昨天曾用这把枪指着索尔……想起自己多么确信枪里没子弹……不禁感到一阵目眩。

“你这是什么意思，治安官？”索尔问。

金特里耸耸肩，将那把小枪放在桌上。“我觉得，如果我们要追踪这些凶手，那最好还是先了解一下武器常识。”

“你不明白。”索尔说，“武器对这些人没有用。他们可以让你把武器对准自己。他们能把你变成武器。如果我们三个去追踪上校，或者那个姓福勒的女人，我们说不定会被弄得自相残杀。”

“我知道。”金特里说，“我也知道，如果我们找到了他们，就容易下手对付他们。他们之所以危险，主要是因为没有人知道他们的存在。而现在我们知道了。”

“但我们不知道他们在哪儿。”索尔说，“我觉得我离他们很近了……很近……”

“波登有背景可查。”金特里说，“他开了一家电影制作公司，有同事，有朋友。我们可以从这方面入手。”

索尔摇头，“我曾以为派弗朗西斯·哈灵顿去调查会很安全。”他说，“如果波登就是上校，那他可能认出我。我以为弗朗西斯不会出事，但现在我几乎可以肯定他死了。我不想让任何人直接卷入——”

“我们已经被卷进来了。”金特里打断道，“我们在一条船上。”

“他说得对。”娜塔莉说。

两个男人都转头看着她。她的语气再次坚定起来，“如果你不是疯子，索尔，”她说，“那我的父亲就是被这些变态的王八蛋杀死的。不管你们参不参加，我都会找到凶手，为我父亲讨个公道。”

“那就假设我们都没疯吧。”金特里说，“索尔，尼娜·德雷顿在两次治疗中有没有给你透露什么线索？”

“没有。”索尔说，“她提到了她父亲的死。我推测她父亲是她用念控力杀死的。”

“没有提到波登或者梅勒妮·福勒？”

“没有直接说起。但她提到了三十年代早期在维也纳的朋友。从她的描述推断，那些朋友可能是上校和那个姓福勒的女人。”

“发现有价值的信息了吗？”

“没有。我只听出了女人之间的争风吃醋。”

“索尔，你曾被上校操控过。”治安官说。

“是的。”

“但你记得自己被操控过。你不是说杰克·卢比和其他人在被操控之后都失忆了吗？”

“是的。”索尔说，“我认为，被上校和其他精神吸血鬼操控后的人如果记得这段经历的话，那感觉就像做了一场梦。”

“就像精神病患者觉得病情发作的那段时间是在做梦？”

“不完全是。”索尔说，“有时候，精神病患者会觉得正常生活是在做梦，而发病时——他们向别人施加痛苦和死亡的时候——反而才是真正的活着。但上校和其他精神吸血鬼操控过的人不一定都是精神病，他们只是受害者。”

“但你清晰地记得上校……操控你的感觉。”金特里说，“这是为什么？”

索尔摘下眼镜擦了擦。“我跟他们不一样。那是战争期间，我是集中营里的犹太人。他以为我必死无疑，所以没有必要花精力抹除我的记忆。何况，我凭意志力开枪打中了自己的脚，摆脱了上校的操控，吓了他一跳……”

“我正想问你这件事。”金特里说，“你说疼痛令上校放开了对你的操控一两分钟——”

“只有几秒钟。”索尔说。

“好吧，几秒钟。但他们在查尔斯顿操控的人肯定都遭遇了巨大的痛楚。豪普特——也就是索恩，那个曾当过小偷的家伙，梅勒妮·福勒将他留在身边做仆人——他失去了一只眼睛，却依旧没有停下脚步。那个叫凯瑟琳的女孩被活活打死。巴雷特·克拉默从楼梯上摔下来，然后被枪杀。普雷斯顿先生则……好了，你知道我是什么意思……”

“是的。”索尔说，“这个问题我想了很久。幸运的是，上校在我脑子里的时候——我不知道别的表达方式——我能偶尔瞥见他的思想……”

“就像心灵感应？”娜塔莉问。

“不。”索尔说，“跟小说中描绘的心灵感应不一样。那种感觉更像是在清醒的时候捕捉梦中的片段。操控我去杀老家伙——就是那个老党卫军的时候，上校同我合二为一了。根据我对上校思想的窥视，我知道这种融合很不寻常。他想百分百地体验我的感觉。我觉得，一般情况下，在他自己和受害者的痛苦之间有一道缓冲。”

“就像关掉声音看电视？”金特里说。

“差不多。”索尔说，“但对于念控者而言，受害者体验到的一切他都没有遗漏，除了痛苦。我觉得，上校不仅享受自己杀人时遇害人的痛苦，而且享受操控别人去杀人的感觉……”

“你觉得那种记忆真的可以被消除？”金特里问。

“你是说被操控者的记忆？”索尔问。见金特里点头，他答道：“不会，只是被掩盖起来了，就像遭遇严重精神创伤的人将痛苦的经历隐藏在潜意识深处一样。”

金特里站起身，脸上露出大大的笑容，拍了索尔的肩膀一下。“教授，”他保持着笑意说，“你刚才提供了一个检测真伪记忆的方法，一个检测谁疯谁没疯的方法。”

“真的？”索尔问。金特里笑对着满脸疑惑的娜塔莉·普雷斯顿。索尔似乎开始懂了。

“真的。”金特里说，“我们明天做了这种检测，就什么都知道了。”

索尔坐在金特里治安官的车中，听着雨“啪啪啪”打在车窗上。金特里和娜塔莉跟着老医生进入诊所后，已经过了差不多一个小时。几分钟后，一辆蓝色丰田停在了街对面，索尔瞥见一个金发女孩下了车，左臂用吊带悬着，眼神黯淡而疲惫，被身着一丝不苟却毫无新意的职业套装的年轻父母领进了诊所。

索尔继续等待。他擅长等待，他十多岁在死亡集中营里学会了这种技能。他在脑中第二十次告诉自己，将娜塔莉·普雷斯顿和金特里治安官牵扯进来是有理由的，尽管这些理由非常脆弱——他已经束手无策；在孤独和怀疑中坚持了这么多年，他突然开始相信这两个人能做自己的同伴；还有，他需要把自己的故事讲出来。

索尔摇摇头。从理智上说，他知道这是一个错误。但从感情上说，讲述自己的故事发挥了不可思议的治疗效果。正是因为有这些同伴同自己并肩战斗，索尔才能平静地坐在金特里的车中，心甘情愿地等待。

索尔累了。他知道，这份疲劳不仅是缺乏睡眠和肾上腺素大量分泌的副作用所致。它的起源可以追溯到切姆诺集中营，这么多年来，它就像骨挫伤一般一直隐隐作痛。同他手臂内侧的文身一样，这种疲惫感会始终陪伴着他，直到他进入坟墓。索尔又摇了摇头，摘下眼镜，揉了揉鼻梁。**振作起来吧，老家伙**，他想。**厌世可是一种惹人烦的思想**。他想起了戴维在以色列的农场，想起了离果园和农田很远的自己那九英亩土地，想起了他去美国前不久他同戴维和丽贝卡在那里进行的野餐。戴维和丽贝卡的双胞胎儿子艾伦和艾萨克才七岁，在大人周围玩着牛仔和印第安人的游戏。他们嬉戏打闹的场所虽然已是废墟和沟壑，但两千年前，罗马军团曾在那里追杀以色列游击队。

艾伦，索尔想。他定于星期六下午同这孩子在华盛顿见面。想到这次又要将一位家人卷入噩梦当中，他就忍不住胃里一紧。**他知道多少了**？索尔想。**我怎样才能避免将他卷进来呢**？

那对父母带着孩子走出诊所，医生跟在后面，同男人握了握手，然后那家人就离开了。索尔发现雨停了。金特里和娜塔莉·普雷斯顿也走出来，同老医生简单地交谈了几句，然后脚步轻快地走向巡逻车。

胖治安官把自己挤到方向盘后，年轻女人也坐到了后座上，索尔问："怎么样？"

"什么怎么样？"金特里摘掉帽子，用手帕擦了擦眉毛，摇下车窗。索尔闻到空气中青草的气味。金特里回头看着娜塔莉，"你给他说说吧。"

娜塔莉吸了口气，点点头。她看起来既震惊又难受，但她的声音依然明快而坚定。“卡尔豪恩医生的办公室里有一个紧邻诊断室的观察室。”她说，“两者之间隔着一块单向玻璃。艾丽西亚的父母可以在观察室内看到医生诊断的过程。金特里治安官介绍我时说我是他的助手。”

“就这起调查来说，你确实是我的助手。”金特里说，“但只有县政府宣布紧急状态之后，我才可以任命手下，不然你早就是普雷斯顿副治安官了。”

娜塔莉笑道：“艾丽西亚的父母不反对我们旁听。卡尔豪恩医生用一个会发光的节拍器模样的小工具催眠女孩——”

“不错不错。”索尔说，尽量压制住不耐烦的情绪。“那孩子说了什么？”

娜塔莉眼神迷离，回忆着当时的情况。“医生让女孩回忆那天——也就是上周六的详细经历。艾丽西亚被催眠前，脸上肌肉松弛，毫无表情。被催眠后，她一下子就来了精神，脸上放出光彩。她正在同她的朋友凯瑟琳谈话——就是那个遇害的女孩。”

“不错。”索尔说，这次没有不耐烦。

“她同凯瑟琳在霍奇斯夫人的客厅里玩耍。凯瑟琳的妹妹黛博拉在另一个房间看电视。突然，凯瑟琳丢下手中的芭比娃娃跑了出去——穿过院子，跑到了福勒夫人家。艾丽西亚在她身后叫她……站在院子里大喊……”娜塔莉颤抖起来，“然后艾丽西亚就不说话了，面部肌肉再次松弛下来。她说只能讲这么多了。”

“她仍处在被催眠状态？”索尔问。

金特里答道：“她仍处在被催眠状态，但她无法继续讲述后来发生的事。卡尔豪恩医生想了很多办法帮助她。但她依然目光涣散，说她只能讲这么多。”

“这就完了？”索尔问。

“没有。”娜塔莉说。她望着车外被雨水冲刷干净的街道，然后回头看着索尔。她的嘴唇绷得紧紧的。

“然后卡尔豪恩医生说：‘你要进入院子对面的房子，告诉我们你是谁。’艾丽西亚这次没有丝毫犹豫，她用苍老而嘶哑、仿佛换了一个人似的声音说：‘我是梅勒妮·福勒。’”

索尔坐直了身子。他感觉有人用冰冷的手指触碰到脊梁，皮肤骤然紧缩。

“然后卡尔豪恩医生问她——梅勒妮·福勒——能不能告诉我们后来的事。”娜塔莉说，“小艾丽西亚的脸顿时泛出了皱纹……她用老太太的声音说：‘我来了，尼娜。’她不停地重复着这句话，音量越来越大，最后竟成了尖叫：‘我来了，尼娜！’”

“上帝啊。”索尔说。

“卡尔豪恩医生被吓得不轻。”娜塔莉说，“他让女孩平静下来，将她带出催眠状态，告诉她，醒来之后就会开心，精神也会振作起来。女孩看上去……很不开心。她醒过来后就哭了，说她的胳膊疼。她母亲说，自从凶杀案那晚找到女孩之后，这还是她第一次喊疼。”

“她的父母对卡尔豪恩医生的治疗有何看法？”索尔问。

“他们很难受。”娜塔莉说，“女孩开始尖叫之后，艾丽西亚的母亲就离开观察室去陪她了。但催眠结束之后，他们似乎都大大地松了口气。艾丽西亚的父亲告诉卡尔豪恩，女孩能感到胳膊疼了，还会哭了，这已经比上周的失神状态好多了。”

“卡尔豪恩医生怎么说？”索尔问。

金特里把手臂搭在座椅椅背上，“医生说这似乎是‘精神创伤引发的移情’。”他说，“他建议他们去找他认识的一位萨凡纳的全职精神病医生看看，那名医生擅长治疗儿童患者。然后他们讨论了半天接受这种治疗的话，他们买的保险能报多少钱。”

索尔点头，三人在沉默中坐了一会儿。窗外，夕阳从云层缝隙中投下，洒在树、草和挂着水滴的灌木上。索尔吸了一口饱含青草芳香的空气，提醒自己现在是十二月。他仿佛不再受时间和空间的约束，被卷入了暗流之中，只能身不由己地漂到未知之地。

“我提议我们现在就去吃饭，边吃边聊。”金特里突然说，“教授，你明天一大早就要乘飞机回华盛顿，对吧？”

“是的。”索尔说。

“那我们走吧。”金特里说，“我请你吃饭。”

他们来到老城区百老汇街的一家高档海鲜餐厅。有不少人在排队等号，但餐厅经理一见到金特里就将他们带到侧面的一个房间，仿佛变魔法一般弄出来一张空桌。房间里到处都是人，他们只好谈论大众话题：纽约的天气、查尔斯顿的天气、摄影、伊朗人质危机、查尔斯顿的政治、纽约的政治、美国的政治。他们对刚刚结束的全国大选的结果都不怎么开心。喝完餐后咖啡，他们回到金特里的车上，取出毛衣和雨衣，然后沿着古炮台堤墙散步。

晚风清凉。最后一丝云朵已经消散。尽管城市存在光污染，但冬季的星座依然清晰可见。港口东侧芒特普莱森特区的街灯亮着。一条小船闪着绿色和红色的航行灯，沿着近岸内航线的浮标，经过尖岬向西驶去。索尔、娜塔莉和金特里背后，数十座古老宅邸的高大窗户中透露出橙色和黄色的光。

他们来到古炮台堤墙上。海水拍打着十英尺下的石块。金特里环顾四周，没有发现旁人，然后轻声问："那接来怎么办，教授？"

"问得好。"索尔说，"你有什么建议？"

"星期六下午你要在华盛顿与人碰面，这同我们……讨论的事情有关吗？"娜塔莉问。

"有可能。"索尔说，"很有可能。只有见过面才知道。很抱歉我不能细说。因为牵扯到……我的家人。"

"那跟踪我的人呢，他是不是也同这件事有关？"金特里说。

"是的。"索尔说，"联邦调查局有没有给你名字？"

"没有。"治安官说，"根据记录，车是五个月前在马里兰州的罗克韦尔被盗的。但没有任何信息可以确定跟踪者的身份。没有指纹，没有牙医记录……什么都没有。"

"这难道不奇怪吗？"娜塔莉问。

"几乎从未听说有这种事。"金特里说。他拾起一块石头，抛进了海湾。"在今天这个社会，所有人都会留下某种形式的记录。"

"或许联邦调查局的人还不够努力。"索尔说，"你是这么想的吧？"

金特里又抛了一块石头，耸耸肩。他之前穿着平民的衣服——黑色的宽松裤子，老旧的方格衬衫——但在来古炮台散步之前，他已经从巡逻车的后备箱里取出了笨重的治安官大衣和被汗水打湿的牛仔帽，恢复成南方治安官的形象。"我觉得联邦调查局不会用那种街头混混模样的人。"他说，"如果那家伙不是他们的人，他又是被谁操控的呢？为什么宁愿让他自杀也不愿他被捕呢？”

“这倒是同上校的行事风格相符。”索尔说，“但最有可能操控他的是那个姓福勒的女人。”

金特里又抛了一块石头，眯眼望着两英里外萨姆特堡的灯光。“但这说不通啊。”他说，“你的上校对我可没兴趣……在你给我讲故事之前，索尔，我从未听说过这个人。如果福勒女士担心有人抓他，那她应该跟踪高速公路巡警、凶案组警察，或者联邦调查局的探员。但这家伙的钱包里除了我的照片什么都没有。”

“那张照片在你身上吗？”索尔问。

金特里点点头，在大衣口袋里取出来，交给精神病医生。索尔走到附近的路灯下，借着光查看。“有趣。”索尔说，“你背后是县政府大门的正面吗？”

“当然。”

“照片上有什么东西可以表明它的拍摄时间吗？”

“有啊。”金特里说，“看见我下巴上的创可贴了吗？”

“看到了。”

“我用的是我父亲的折叠式剃刀——那把刀是我爷爷留下来的——我很少会刮伤自己。但上个星期天早上，雷斯特——我的一个副治安官——一大早就叫醒了我，我竟然把下巴刮破了口子。我那天基本都贴着创可贴。”

“星期天？”娜塔莉说。

“是的。”

“这么说，想跟踪你的人是那天拍的这张照片……看上去是35毫米胶片，对吧？”索尔说。

"是的。"

"星期天在街对面拍下你的照片，然后派人星期四跟踪你。"

"是的。"

"我能看看照片吗？"娜塔莉问。她在灯下研究了一分钟，然后说，"照相机中有内置测光仪……你看，门这儿的曝光比你脸上多。镜头很可能是200毫米的。这种相机非常大。相片是在私人暗室中洗出来的，而不是照相馆。"

"你怎么知道？"金特里问。

"看到这儿的切口了吗？如果是专业照相馆做的，绝不可能切成这样。他们根本不会这么切……我觉得是长焦镜头拍摄的……但照片是匆忙洗出来的。冲洗彩色照片的私人暗室现在非常普遍。上校或福勒女士绝不可能在后备箱里洗照片，他们也得找这种私人暗室。你最近有没有看到拿长焦镜头单反相机的人，治安官？"

金特里对她露齿一笑。"迪克·海恩斯有那玩意儿。"他说，"小柯尼卡相机，大博士能镜头。"

娜塔莉将照片还回去，皱眉问索尔："会不会存在更多的……精神吸血鬼？"

索尔双臂抱胸，回头看着市区。"我不知道，"他说，"这么多年来，我一致认为上校是唯一一个有那种能力的人，是第三帝国孵化出的……可怕的怪物。后来，我们的研究表明，影响他人行为与反应的能力并不是独一无二的。翻阅史书，我不禁怀疑希特勒、拉斯普廷和甘地这样的人也拥有这种能力。也许这种怪物在历史上绵延不绝，上校、那个姓福勒的女人、尼娜·德雷顿，还有别的什么人只是最近一拨……”

“就是说，可能存在别的精神吸血鬼？”

“是的。”索尔说。

“出于某种原因，他们对我很感兴趣。”鲍比·乔伊·金特里说。

“是的。

“好吧，咱们兜了一圈又回来了。”治安官说。

“未必。”索尔说，“明天我会在华盛顿再打听消息。治安官你呢，可以继续追查福勒女士的下落，关注空难调查的最新进展。”

“我呢？”娜塔莉问。

索尔犹豫片刻，“你最好回圣路易斯……”

“但我可以在这儿帮忙，”年轻女人坚持道，“我能做什么？”

“我有些想法。”金特里说，“明天送教授去机场的路上，我们可以好好谈谈。”

“好吧。”娜塔莉说，“我至少过了新年再走。”

“我会告诉你纽约我家和办公室的电话。”索尔说，“我们至少每隔一天通一次电话。治安官，即便我们的调查一无所获，我们依然可以通过新闻媒体寻找他们……”

“哦？什么意思？”

“普雷斯顿小姐将他们比作吸血鬼是有一定道理的。”索尔说，“同吸血鬼一样，他们都被黑暗的欲望所驱使。而只要他们出来满足欲望，就不可能不被注意到。”

“你是说，会有更多凶杀案的报道？”金特里说。

“不错。”

“但我们这个国家每天的凶杀案比英国全年的都要多。”金特里说。

“是的，但上校这些人有些……古怪的嗜好。”索尔轻声说，“我觉得他们不可能完全改变习惯，我们仍能从众多的凶杀案中嗅出他们变态心理的味道。”

“好吧。”金特里说，“如果别的办法都行不通，那我们就只好等这些……这些精神吸血鬼再次开始杀戮，从新闻线索中追踪他们。但我们找到他们之后该怎么办？”

索尔从裤兜中掏出手帕，摘下眼镜，一边擦拭镜片，一边眯眼望着港口里的灯光。在他眼中，灯光模糊而迷离，夜色正在蔓延、渗透。“我们找到他们，跟踪他们，抓捕他们。”他说，“然后，我们用对付所有别的吸血鬼的方式对付他们。”他戴上眼镜，朝娜塔莉和治安官冷冷一笑，“我们用木桩扎进他们的心脏，砍掉他们的脑袋，将大蒜塞进他们的嘴。如果这些都不管用……”索尔的笑意中透着无尽的悲凉，“……我们再想别的办法。”

13

查尔斯顿

1980年12月24日，星期三

这是娜塔莉·普雷斯顿度过的最孤独的圣诞前夜，她决定做点事驱散孤独。她拿上钱包和带135毫米人像镜头的尼康相机，离开家，驾车缓缓地进入查尔斯顿的老城区。时间还不到下午四点，但光线已经开始暗淡下来。

她驶过古老的房子和豪华的商店，听着广播里的圣诞音乐，心中思绪翻腾。

她想念父亲。尽管过去几年她同父亲见面的次数越来越少，但一想到他不在了——不在任何地方，不再想念她，不再等她——她就感觉五内俱焚，想放声痛哭。

她在电话里听到父亲遇害的消息时并没有哭。弗雷德送她去圣路易斯机场的时候，她也没有哭——弗雷德坚持要陪她，她坚决不让，他只好同意。她在葬礼上没有哭，在朋友和亲戚来抚慰她时没有哭。她父亲过世五天后，也就是她返回查尔斯顿四天后，一天晚上她睡不着，只好找书来看。她找到了一本平装书——由戴尔公司出版的吉恩·谢泼德的幽默小说。那本书掉下来，刚好摊到一页，页边上是父亲字体宽大的笔迹：**今年圣诞节给娜特**[1]**的礼物**。书中讲述了一个男孩在百货公司拜访圣诞老人的有趣经历，这让娜塔莉想起了四岁的时候，她自己的父母带她去市中心，排队等了一个小时，结果她在看到圣诞老人的时候却害怕得跑开了。读完书后，娜塔莉笑着笑着就流泪了，然后痛哭失声。她那天晚上哭了很久，天亮前只睡了大概一个钟头，然后起了床，感觉空虚、疲惫，但并不头晕恶心，没有患病般难受。她知道，更可怕的事还在等着她。

娜塔莉左转，经过彩虹街屋——一排五颜六色、刷着灰泥的联排房屋——煤气灯一盏盏亮了，街屋五颜六色的外表黯淡下来。她继续思考着。

留在查尔斯顿是个错误。邻居卡尔弗夫人几乎每个小时都会过来，但娜塔莉发现同这位老寡妇聊天相当疲乏且痛苦。她开始怀疑，卡尔弗夫人本来想成为第二位普雷斯顿夫人的。每当听到门上传来熟悉而胆怯的敲门声，娜塔莉就想去卧室躲起来。

弗雷德里克[2]每天晚上八点整都会从圣路易斯打电话："宝贝，回来吧。继续留在你父亲的房子里对你没有任何好处。我想念你，宝贝。回家吧，回到弗雷德里克身边吧。"她能想象她的朋友和曾经的情人说这话时脸上严肃的表情。但大学城那间小公寓对她来讲已经不是家……而弗雷德里克在阿拉莫街的杂乱房间也只是他睡觉的地方。每天有十四个小时他都泡在电脑中心，苦苦钻研银河星团物质的分布机制。弗雷德里克是个聪明但基础教育不足的孩子。两人是通过朋友介绍认识的。弗雷德两次去越南

① 娜特，娜塔莉的昵称。
② 弗雷德是弗雷德里克的昵称。

服役之后，就变得脾气暴躁，动不动就火冒三丈地捍卫自尊，而且斗志高昂地想要成为杰出的研究型数学家。娜塔莉认识弗雷德的时候他就是这样，而娜塔莉去年还同他谈了大半年的恋爱。至少那时候她以为自己喜欢他。“回家吧，宝贝。”每晚娜塔莉都能听到这样的声音，但娜塔莉却仍然未能从丧父之痛中走出来，所以她虽然孤独却总是告诉弗雷德：“再等几天吧，弗雷德里克。再等几天吧。”

再等几天干什么呢？她想。灯光从南古炮台沿线的古老大房子的窗户中射出，照亮了门廊、矮棕榈、圆顶屋和栏杆。她一直非常喜欢城市的这个部分。她还是孩子的时候，父亲常带她沿着古炮台散步。十二岁之后她才意识到，这里没有黑人居住，而且所有漂亮的老宅子和漂亮的老商铺都是白人的。很多年后，她忍不住惊叹自己身为六十年代在南方成长起来的黑人女孩，竟然这么晚才知道这一事实。她从未注意到，她晚上散步时路过的大街，她从小梦想拥有的古老大房子，同一些游泳池、电影院和教堂一样，是不允许黑人进入的，她也从未想过要进去。她简直不敢相信，自己竟然没有觉察到每天要忍受如此多的不公平。等娜塔莉可以独自在查尔斯顿大街上旅行的时候，厚颜无耻的标记已经被取掉，公共喷泉真正对所有人开放。但习惯仍然存在，两个世纪的传统所造就的隔阂依然保留了下来。娜塔莉至今都记得，1972年11月一个潮湿寒冷的日子，她站在“老南方”[①]古炮台南端离这儿不远的地方，盯着那些大房子，意识到她的家人从未住过，将来也不会住到那里。但这个念头只是在她脑中一闪而过。

① 美国南北战争前的南方。

娜塔莉继承了母亲的眼睛和父亲的自尊。约瑟夫·普雷斯顿是第一个在赫赫有名的海滨区开店的黑人商人，而她是约瑟夫·普雷斯顿的女儿。

娜塔莉沿着多克街行驶，经过翻修一新的多克街剧院。剧院二楼阳台上装饰着锻铁做的花与藤蔓。

她已经回家十天了。这十天里，她过着与之前迥然不同的生活。金特里现在应该下班了，在古老的县政府大楼里同他的副手和秘书互致晚安和圣诞祝福。他马上就会给她打电话。

她将车停在圣迈克尔教堂附近，心里想着金特里——罗伯特·约瑟夫·金特里。

上个星期五，将索尔·拉斯基送到机场去后，她同金特里几乎整天都待在一起。第二天也是。第一天他们谈论的基本全是拉斯基的故事，以及通过意志控制他人这种概念。“倘若教授是个疯子，他的理论不会伤害任何人。”金特里说，“如果他不是疯子，他的理论就能解释为什么许多人都受到了伤害。”

娜塔莉告诉治安官，她曾经从自己的房间偷窥过教授。那时，筋疲力尽的纽约精神病医生正从厕所回到她的客厅沙发上睡觉。他光着脚，只穿着裤子还有一条“老人内裤”。娜塔莉看过他的右脚，小拇指不见了，苍白皮肤上的伤疤状如血管。

“这什么也证明不了。”金特里提醒她。

星期天他们还讨论过别的事情。金特里在家里为他俩做了饭。娜塔莉喜欢治安官的房子——一座离老城区十分钟车程的维多利亚时代的古老建筑。整个社区都在改变之中——一些房子已经失修破碎，有的房子正在翻修一新。金特里的街区里住了许多年轻男女——有黑人也有白人——门前步行路上停着三轮车，门口的小片草坪上躺着跳绳，后院里传来阵阵欢笑声。

一楼的三个房间都堆满了书：与门厅相连的图书馆兼书房的墙上有内嵌式的漂亮书架；饭厅凸窗的两侧都是手工木制书架；厨房砖墙上有廉价的金属书架。金特里做色拉的时候，娜塔莉获准参观治安官的藏书。她在一个个房间里逡巡，用崇拜的目光欣赏着古老的皮革书，浏览着历史、社会、心理等十多个主题的藏书，对一排排间谍、神秘和悬疑小说报以微笑。金特里的书房太舒服了，她恨不得立刻蜷进椅子里，捧上一本书阅读。看着铺满纸张和文件的卷盖式写字台，衬垫超厚的皮革低背沙发椅，还有满墙的内嵌式书架，她不禁感叹自己在圣路易斯的工作室有多么寒碜。鲍比·乔伊·金特里治安官的书房就像他父亲的暗室一样，给人的感觉温馨而舒适，仿佛世界中心一般。

色拉已经做好，烤宽面条放进烤箱，她同金特里坐在书房中，喝着纯正的苏格兰威士忌，再次聊起了天——话题再次回到索尔·拉斯基的故事上。他们探讨了故事的可信度，以及自己对故事的看法。

“我感觉他是典型的偏执狂。”金特里说，“不过，如果一个欧洲犹太人在大屠杀前十年就预见到大屠杀的细节，那任何优秀的心理学家，即便是犹太心理学家，也会将他诊断为患有偏执型精神分裂症。”

他们悠闲地享用着晚餐，观看着窗外黑暗渐渐降临。金特里在满是酒瓶的地下室里翻找了一圈，娜塔莉建议他建一个酒窖，这让他窘红了脸，最后他带着两瓶赤霞珠干红葡萄酒上来佐餐。她觉得晚餐棒极了，称赞他是一个懂美食的大厨。他讥讽说，厨艺好的女人就是好厨师，而会做饭的老光棍就是懂美食的大厨。

她哈哈大笑，答应放弃这一成见。

成见。圣诞前夜，将车停在圣迈克尔教堂旁，孤独地坐在气温迅速下降的车中，娜塔莉想到了成见。

娜塔莉对索尔·拉斯基的形象就抱有成见：纽约来的波兰裔犹太人，满脸络腮胡，黑暗的欧洲岁月给了他一双黑洞洞的眼睛——那种黑暗，娜塔莉永远永远想象不到，更无法理解。一位教授……一个精神病医生……在语言方面外行的娜塔莉听来，他那略带异国色彩的口音也许同弗洛伊德的维也纳方言差不多。这个人的眼镜竟然是用胶布粘起来的，同娜塔莉的埃伦姨妈一样。娜塔莉出生不久，姨妈就患了老年痴呆症——现在称为“阿尔茨海默病”——直到十一年后过世。

索尔·拉斯基的容貌、声音、行为举止都同娜塔莉认识的大部分人不一样，无论是黑人还是白人。娜塔莉对犹太人的成见是大而化之的——黑衣服，奇怪的风俗，少数族裔的模样，比黑人更热衷金钱和权力——索尔·拉基斯的特点可以说完全与她对犹太人的成见相符。

但拉斯基不是一般的犹太人。娜塔莉知道，自己没有摆脱先入为主的思维定式。她只有二十一岁，但见过聪明人——比如她父亲和弗雷德里克——不会用固定的思维去看待所有的人和事。虽然她的父亲敏感而慷慨，对自己的种族和家族深感自豪，但他认为所谓“新南方”运动是一场危险的实验，各种肤色的激进分子妄图用这种理念去改变现有的体制，而现有体制已经比以前大有改善，允许他这样的有色人种通过奋斗去获取成功和尊严。

弗雷德里克将人归为三类：体制的盲从者，体制的操纵者，体制的受害者。弗雷德里克对体制看得非常清楚：发动越南战争的是政治体制；维持这场战争的是权力体制；将他送到战争怪兽巨口的是社会体制。弗雷德里克用两种方法应对体制：首先，他让自己投身到冷门的数学研究中，从而跳出体制；然后让自己精通这门研究，凭此安身立命，从而躲避体制。与此同时，他把大量的时间花在与电脑交互上，以躲避复杂的人际交往。他同娜塔莉做爱时狂暴而强悍，就像在同一个试图侵犯他的人搏斗。他还在自己乱七八糟的公寓中教娜塔莉如何使用点38口径左轮手枪。

娜塔莉不禁打了个寒战，于是发动引擎，打开空调。她驶离圣迈克尔教堂，看到人们已经来教堂参加圣诞前夜的礼拜，然后转弯进入百老汇街。她想起这么多年来，每个圣诞节的上午，父亲都会带她前往离家三个街区的浸礼会教堂参加礼拜。她本来决定今年圣诞不再陪他去教堂，不再曲意迎合父亲。她知道这样做会伤害他，激怒他，但她已经准备好坚持自己的观点。空虚在娜塔莉的胸中累积成悲伤，甚至连身体都开始疼痛起来。此时此刻，如果可以的话，她不惜放弃一切，换取同父亲明早去教堂的机会。

娜塔莉九岁时的夏天，她母亲死于一场事故。那天晚上，她父亲跪在她身旁，紧握着娜塔莉的双手，告诉她，那是一场飞来横祸。她母亲正下班回家，穿过一个公园，走到距离大街一百英尺的地方时，五个醉酒白人大学生驾驶一辆敞篷车，冒冒失失地穿过土质松软的草坪，绕过喷泉时轮子打滑，撞上了正要回家同丈夫和女儿举行下午野餐的三十二岁的母亲。据目击者说，母亲直到最后一刻才发现那辆车。看着撞死她的那辆车飞驰而去，母亲脸上没有震惊或恐惧的表情，只有惊讶。

四年级的第一天，娜塔莉的老师让他们写一篇关于暑假经历的文章。娜塔莉盯着试卷看了十分钟，然后用昨天新买的钢笔一笔一画、认认真真地写下这样一段话：**这个夏天我参加了母亲的葬礼。我母亲非常温柔和蔼。她非常爱我。她死得太年轻了。有群冒失鬼开车撞死了她。他们没有进监狱，也没有遭到任何惩罚。母亲的葬礼结束后，我父亲和我去利厄姨妈家待了三天，但后来我们回来了。我非常想念我的母亲。**

写完文章后，娜塔莉请求去上厕所。她快步走过既熟悉又陌生的走廊，在女厕所的第三个隔间里静静地反复呕吐。

成见。娜塔莉转弯离开百老汇街，前往梅勒妮·福勒家。她每天都走这条路，熟悉的愤怒和痛苦涌上心头。她知道，驱使自己每天开去福勒家的是一种本能，就像牙齿掉了之后，舌头会本能地去搜索那个空缺一样。她每天都去看这座房子——现在隔壁的房子也同福勒家一样黑，因为霍奇斯夫人已经搬走了——她想起了上个星期二，自己跟随那个满脸胡子的男人进入这座房子的情形。

索尔·拉斯基。他不是娜塔莉成见中的犹太人。娜塔莉想着他悲伤的眼神与柔和的声音，揣测着他此时身在何方。到底发生了什么事？他答应每隔一天就打电话回来的，但自从星期五将他送到查尔斯顿机场之后，她和金特里就再也没有收到他的讯息。昨天，也就是星期二，金特里给索尔的家和大学办公室都打了电话。家里的电话无人应答，大学那边接电话的是心理系的一个秘书，说拉斯基博士度假去了，一月六日才回来；还说拉斯基博士十二月十六日去查尔斯顿之后就再没跟办公室联系过，但他肯定会在一月六日回来。他那天要接着授课。

星期天，她和金特里坐在书房里聊天，娜塔莉给治安官展示了一则新闻报道——华盛顿的一个参议员的办公室昨晚发生爆炸，四人死亡——她怀疑这可能与索尔当天的会面有关。

金特里笑着提醒她，行政办公大楼的一个警卫也死于同一事故，华盛顿警察和联邦调查局都认定这只是一起独立的恐怖袭击，已经确认死亡的四人中没有索尔·拉斯基，这起愚蠢的暴力行为同索尔描述的噩梦没有关联。

娜塔莉笑着表示同意，呷了一口苏格兰威士忌。三天之后，他们仍未收到索尔的消息。

星期一早上，金特里从办公室给她打来电话。“我们正在正式调查曼萨德旅馆凶杀案，你能帮我们吗？”他问。

“当然可以。”娜塔莉说，“我怎么帮你呢？”

“我们正在寻找梅勒妮·福勒女士的照片。”金特里说，“凶案组和联邦调查局分局没有找到这个老太太的任何照片。他们找不到他的亲戚，邻居们也没有她的照片，搜查了她的家也一无所获。通缉令里有对她的文字描述，但我觉得照片更有用，你说呢？”

“我怎么帮你呢？”娜塔莉问。

“十五分钟后，在福勒家前面和我碰面。”金特里说，“我会在翻领里插一枝玫瑰。”

金特里到的时候，制服衬衫的纽扣眼里插了一枝玫瑰。他们一起朝福勒家锁上的院门走去，他做了个夸张的手势，将花献给了她。

“我为何受此馈赠？”娜塔莉问，嗅了嗅淡粉色的花朵。

“你将从事一项漫长的、令人沮丧的、很可能毫无收获的调查，而这也许是你能得到的唯一回报。”金特里说，然后拿出一个钥匙环，找出一把沉甸甸的老式钥匙，打开了大门。

“我们是要再次搜查福勒家吗？”娜塔莉问。她非常不想再去那个地方。她想起五天前跟随索尔进入房子的情形，忍不住打了个寒战。

“不。”金特里说，领着她往院子另一头的另一座砖房走去。他从钥匙环上找到另一把钥匙，打开了雕刻着花纹的木门。“丈夫和孙女遇害后，鲁丝·霍奇斯去城市西端的舍伍德森林新区同女儿一起住了。我获准拿到了钥匙环。”

房里光线昏暗——浸了油的木板，老式的家具——但这里没有福勒家那种发霉的、死气沉沉的味道。上到二楼，金特里打开一个小房间的台灯，房里有一张办公桌、一张沙发，墙上还挂着赛马的版画。“这是乔治·霍奇斯的书房。”金特里说。治安官摸着一本集邮册，轻轻翻动硬质书页，拿起一个放大镜。“这个可怜的老家伙从未伤害过任何人。在邮局当了三十六年职员，最近九年在码头当保安，然后遇到了这件事……”金特里摇了摇头，“霍奇斯夫人说，直到三年前，乔治都经常拿相机拍照，但福勒女士从不允许他给她拍照——老太太坚决拒绝出现在照片之中——但乔治留下了许多胶片，霍奇斯夫人不能确定，乔治有没有无意间拍到梅勒妮·福勒……”

“所以你让我来寻找片子里有没有她。”娜塔莉说，“我当然愿意帮忙，但我从未见过梅勒妮·福勒。”

“不错。”金特里说，“但我会告诉你通缉令中对她外形的描述。只要见到片子里有七十岁左右老太太的，就都挑出来。”他顿了顿，“你和你父亲有看片台之类的东西吗？”

“在摄影工作室里有。”娜塔莉说，“一个五英尺长的大看片台。但用幻灯机不是更好吗？”

"用看片台速度会更快。"金特里说，打开了橱柜门。

"上帝啊。"娜塔莉说。

橱柜很大，里面是一层层的手工书架。左侧的书架上是书和贴着"邮票"标签的盒子，但后部和右侧，从地板到天花板的书架上，堆满了打开了的长盒子，里面装着黄色的柯达幻灯片收纳器。娜塔莉惊讶万分，看着金特里说："这里有几千张胶片，"她说，"也许是几万张。"

金特里举起双手，手掌向上，促狭地咧嘴笑道："我说过这份工作要志愿者来做。我本来打算让我的副手来干，但我副手中唯一有时间的雷斯特是个蠢货——他是个好人，但人很笨——我担心他集中不了精神。"

"嗯，"娜塔莉说，"强烈推荐你来找我这个查尔斯顿最好的看片师。"

金特里继续对她咧嘴一笑。

"算了。"娜塔莉说，"我反正没事干。罗恩·杰瑟普——我父亲的律师——正在联系沙特伯格连锁摄影店，希望能把经营权卖出去，或者干脆将整座房子都卖了，但工作室现在还可以任我使用。好吧，我们开始吧。"

"我来帮你把这些盒子搬到车上吧。"金特里说。

"非常感谢。"娜塔莉说，闻了下玫瑰，叹了口气。

胶片有数千张，每一张都是业余抓拍水平，甚至更糟。娜塔莉知道，拍一张好照片有多么难。她九岁的时候，父亲送给了她一台廉价的手动雅西卡，那是她人生的第一台照相机。随后很多年，她都一直在提高摄影水平，以取悦父亲。可是上帝啊，一个摄影历史长达二三十年的的人，怎么可能没有拍下一两张过得去的照片呢?

但乔治·霍奇斯做到了。他拍的有家人的照片、度假时的照片、度假中家人的照片、房子和船的照片、像房子一样大的船的照片、特殊事件照片、节日照片——从1948年到1977年，每年霍奇斯家的圣诞树娜塔莉都看过了——以及平日生活中的照片，但每张照片都是抓拍水平或更糟。在几十年的摄影生涯中，乔治·霍奇斯从未学会不能对着太阳拍照，不能让照片中的人对着太阳眯眼睛，不能让照片中的人背后出现树木、杆子等东西，以免让它们看上去像是多出来的耳朵，或者过时的烫发，更别提不能让地平线偏斜，不能让被拍摄的人看上去太生硬，不能从很远的地方拍静物，不能过分依赖闪光灯，不能在被拍的人和物离镜头太近或太远的时候依赖闪光灯，不能在拍人物像时把他从头到脚都拍下来。

但这最后一条业余摄影爱好者的习惯让娜塔莉发现了梅勒妮·福勒。

晚上七点刚过，金特里便带着中餐外卖来工作室了。两人站在看片台旁吃完了饭。娜塔莉指着一堆可疑的胶片说："我觉得这些片子里的老太太都不可能是福勒。她们都是主动摆拍的，而且绝大多数年龄不符。霍奇斯先生在收纳盒上标了拍摄的年份。"

"不错。"金特里说，拿着胶片在看片台上扫视了一下，"没有与外貌描述特别相符的。头发不对。霍奇斯夫人说，福勒女士的发型一直保持着六十年代末的风格，短短的卷发，带一点儿蓝色。给人的感觉跟你现在差不多。"

"谢谢。"娜塔莉笑着说，放下装着糖醋排骨的白色纸盒，解下另一个黄色收纳盒上的橡皮筋。她开始按顺序将胶片取出排好。“看完之后，还要把地上一捆捆的胶片重新放回去。”她说，“你觉得霍奇斯夫人会看这些玩意儿么？”

“多半不会。”金特里说，“霍奇斯夫人说，乔治之所以最终放弃了摄影，原因之一就是，他从不喜欢这些胶片。”

“我不知道他为什么不喜欢。”娜塔莉边说边取出霍奇斯先生为儿子劳伦斯和儿媳纳丁拍的第三百组照片——大部分胶片上都有标签——两口子站在院子里，眯眼对着明晃晃的太阳，抱着同样眯着眼的婴儿劳雷尔，三岁的凯瑟琳拽着母亲的超短裙，同样眯着眼。劳伦斯穿着白袜子、黑皮鞋。“等等！”娜塔莉说。

听见娜塔莉突然兴奋起来，金特里将其他胶片放下，探出身子问：“怎么了？”

娜塔莉用食指戳在第十张胶片上。“那里，看到了吗？那两个人。高个子男人没有头发，那不会是……他叫什么来着？”

“索恩先生，”金特里说，“也叫奥斯卡·菲利克斯·豪普特。不错就是他。那么穿着圆鼓鼓的裙子、留着蓝色短卷发的女人就是……呵呵，你好啊，福勒女士。”二人紧靠在一起，用一个大大的放大镜观察照片。

“她没注意到这家人在拍照片。”娜塔莉轻声说。

“嗯。”金特里赞同道，“不知道为什么。”

“根据这家人合影照片的数量，”娜塔莉说，“我估计霍奇斯先生一年三百六十五天有两百天都让他们站在同一个地方拍照，福勒女士很可能把他们错当作院子里的雕像了。”

“是啊。”金特里咧嘴笑道，“对了，这些胶片洗出来看得清吗？我是说看清福勒女士。”

“应该可以。”娜塔莉换上截然不同的口吻道，“他用的似乎是柯达克罗姆64日光胶卷，这种胶卷分辨率很高，放大许多倍之后也不会模糊。在这儿、这儿和这儿截下来，就可以得到一张清晰的四分之三侧面照。”

“好极了！”金特里说，“你出色地完成了任务。我们接下来……嘿，你怎么了？”

娜塔莉抬头看着治安官，紧抓自己的上臂，试图停止颤抖。但她停不下来。“她看上去没有七八十岁。”她说。

金特里重新看着底片。“这张照片是……我看看……是大概五年前拍的。不过你是对的。她看起来只有六十岁左右。但法院文件显示，从二十年代末这座房子就是她的了。但让你颤抖的不是这个问题，对吧？”

“嗯。”娜塔莉说，“我看了那么多张小凯瑟琳的照片，我几乎忘记这个孩子已经死了……她的爷爷，拍这些照片的人，也已经死了。”

金特里点点头，注视着低头观看底片的娜塔莉。他抬起左手，伸到她的肩膀上方，落了下去。娜塔莉没有察觉他的这个举动。她的身子俯得更低了。

“这很可能就是杀害他们的恶魔。”她说，“这个表面上极其普通的小老太太。她就像一只看似无害的黑寡妇大蜘蛛，一旦有猎物进入她编的网，就会被立刻捕杀。它主动出击的时候更是心狠手辣，我父亲就是它的牺牲品。”娜塔莉关闭了看片台的灯，将胶片交给金特里，“给你。我明天上午再检查剩下的胶片，看是否还能再有发现。你去把胶片洗出来，放在搜查证、备忘录或者通缉令里。”

金特里点点头，小心翼翼地拿起胶片，手臂伸直，仿佛他拿着的是一只活着的毒蜘蛛。

娜塔莉将车停在福勒家对面，一如往常地看了会儿那座老房子，然后准备开到别的地方，打电话约金特里吃晚餐。这时她忽然僵住了。她将车停在公园里，关掉引擎。她颤颤巍巍地举起尼康相机，透过取景器观察，将135毫米镜头放在驾驶席一侧半开的车窗上固定。

福勒家的灯亮了。在二楼。不是临街的房间，但也离这些房间不远，因为光线泻入二楼走廊，从百叶窗的缝隙里透了出来。娜塔莉前三天晚上都从这里路过，但都没看到过房间里有光。

她放下照相机，深吸一口气。她的心脏不规则地狂跳起来。总不会是那个老太太吧？十多个州的警察和联邦调查局探员正在搜捕她，她不会大摇大摆地回家收拾房间吧。

但一定不是她吗？

不可能，娜塔莉想。一定存在更合理的解释。也许金特里或者别的什么调查员在里面。凶案组的警察是可能出现在那里的。金特里说过，他们正考虑将老太太的物品封存起来，直到听证和调查结束。可能存在一百条合理的解释。

灯光熄灭了。

娜塔莉猛地一跳，就像有人摸了她的后脖颈一样。她把滑落的相机捡起来，将镜头重新对准二楼窗户。白色百叶窗缝隙中的光线消失了。

娜塔莉小心翼翼地将相机放在副驾驶席上，靠在椅背上，深呼吸了几次，从中控台取出钱包，放在大腿上。她一边紧盯着黑漆漆的房屋正面，一边从钱包中摸出了点32口径骆玛自动手枪，然后将钱包放回原处。她将小手枪的枪管搭在方向盘下部的圆弧上，手的压力自动解除了枪把上的保险。还有一重保险，但她不可以用不到一秒就解除保险。星期二晚上，金特里曾带她去私人靶场，教她上弹、握枪、射击。现在，七发子弹都塞在了弹匣里。上弹指示器红得像血一样。

娜塔莉脑子里念头乱窜，就像寻找迷宫入口的实验室老鼠一样。到底该怎么做？为什么要轻举妄动？之前这里也进过小偷——索尔就曾偷偷进来过——索尔他妈的到哪儿去了？难道这次又是他？这个念头还未成形就被娜塔莉否定了。那又会是谁呢？娜塔莉脑中浮现出胶片上梅勒妮·福勒和索恩先生的身影。不，索恩已经死了。梅勒妮·福勒可能也死了。**那会是谁**？

娜塔莉握紧了枪把，提防着不去碰扳机，盯着黑黢黢的房子。她的呼吸急促但不混乱。

快走。给金特里打电话。

打哪个电话？办公室的还是家里的？随便哪个都行。如果是他的副手接电话也没关系。现在是圣诞前夜七点。治安官办公室或者说警察局的反应速度有多快？最近的电话在哪里？娜塔莉努力回想，但只能想起之前开车经过的灭了灯的店铺和餐馆。

开车去县政府大楼或金特里家吧。只有十分钟的车程。**不管房子里是谁，都会在十分钟后离开**。就这么办。

娜塔莉知道，她自己不能进房子里去。她第一次进去就已经相当愚蠢了。愤怒、悲伤蒙蔽了他，让她浑浑噩噩地瞎逞能。今晚如果再进去，她就是糊涂透顶，不管手上有枪还是没枪。

娜塔莉还是小女孩的时候，喜欢周五或周六晚上熬夜看魔怪片。父亲允许她打开折叠床，这样她就可以在电视看完之后直接去睡觉，但她通常还没看完就已经睡着了。有时候父亲也会同她一起看电视——父亲穿着蓝白相间的条纹睡衣，她穿着法兰绒睡衣——他们躺在沙发上，边吃爆米花边评论荒唐的情节冲突。他们都无比赞同一个观点：决不同情愚蠢的女主人公。穿花边睡衣的女主人公被反复警告，**绝对不要打开黑暗走廊尽头那扇关着的门**。但你猜大家离开后她干了什么？每当星期五晚上的女主人公打开了那扇关着的门，娜塔莉和她父亲就会转而支持门后的恶魔。娜塔莉的父亲经常如此评论女主人公的这种行为：蠢货总会为自己的愚蠢付出代价。

娜塔莉打开车门，来到街上。握在右手中的自动手枪给人一种奇怪的沉重感。她站定片刻，凝视着两座漆黑的房子和邻近的院子。三十英尺外的街灯照亮了砖块，驱散了树下的阴影。**就到门口去看看**，她想。见到人出来的话，跑掉就是了。大门微掩着。她用左手摸了摸冰凉的金属，望着黑色的窗户。肾上腺素刺激着她的心脏怦怦地撞击着肋骨，但也让她感觉自己强壮、轻盈、敏捷。她手里是一把真的手枪。她像金特里教她的那样解除保险。只有在被攻击的情况下她才会开枪——无论被以何种方式攻击，她都会开枪。

她知道现在应该回到车上去，离开这里，给金特里打电话。但她推开了门，进入了院子。

她在硕大的古老喷泉投下的影子中站了好一会儿，注视着福勒家的窗户和前门。她觉得自己就像是个十岁的孩子，正鼓起勇气去摸鬼屋的前门。**之前窗户里还亮着灯**。

如果有人曾经来过，他们可能已经从后门离开，就像她和索尔之前那样。他们不可能堂而皇之地从面朝人行道的前门出来。总而言之，她已经走得够远了。是时候回到该死的车上开走了。

娜塔莉朝小门廊慢慢走去，轻轻举起手枪。从她站立的地方，可以看到门廊顶下的阴影中隐藏的东西。前门是部分打开的。娜塔莉大口喘着气，但仍然感觉快要窒息了。她深呼吸了三次，第三次的时候憋住了气。她的呼吸和脉搏稳定下来。她伸出枪，轻轻地推了下门。门悄无声息地朝里打开了，仿佛铰链完全没有摩擦一样。从门缝中可以看到木质门厅和楼梯的下层阶梯。娜塔莉的脑海中浮现出凯瑟琳·霍奇斯和那个叫克拉默的女人在死的地方留下的血迹，而有人正从楼梯上走下来。娜塔莉先看到一双脚，然后是两条腿……

去死吧，娜塔莉想，转身就跑。她的鞋跟踩在了一块松脱的圆石上，她差点儿在跑到大门前跌倒。她努力恢复平衡，惊恐地回头看了眼打开的房门、影影绰绰的喷泉，砖、玻璃和石头上斑驳的黑影，然后跑出大门，穿过街道，哆哆嗦嗦地打开车门，钻了进去。

她“啪嗒”一声关上车锁。在把枪丢在副驾驶席上之前，她想起了还需要将枪的保险复位。她祈祷车钥匙还没有拔出来，结果她果然摸到了车钥匙。引擎立刻发动了。

娜塔莉的手刚放在变速杆上，就有人从后排抱住了她，一只手捂住她的嘴，另一只手老练地掐住了她的咽喉。她尖叫起来，但那只捂住嘴的手压制了声音，将气息憋进她的气管。她的双手抓到了一件厚外套，然后是捂住她脸和掐住她脖子的厚手套。她在驾驶席上努力挺起身子，试图挣脱控制，用手和指甲攻击袭击者。

枪。娜塔莉伸出右手，却够不着副驾驶席。她敲了敲变速杆，然后又去抓身后的人。她身体已经僵硬，半个身子腾空，膝盖抵在方向盘的底部。她感到一张湿漉漉、肥嘟嘟的脸贴在她的脖子和右脸颊上。她的左手手指抓到了一顶厚帽子。捂住她的嘴的手松开了，掐住了她的喉咙。袭击者长长的右胳膊伸向副驾驶席，娜塔莉听到手枪啪地落在橡胶脚垫上。那只手又回来掐住她的喉咙，她奋力抓扯着厚手套。她试图去抓压在她脖子上的脸，但袭击者轻易地挡开了她的胳膊。她的嘴没被捂住了，但她肺里却没有足够的空气供她发出尖叫。她眼冒金星，耳朵嗡嗡作响。

这就是快被勒死的感觉吧，她想。她抓着车座外套，踢着仪表盘，努力抬高膝盖去按响喇叭。她瞥见内后视镜中她脖子附近那对充血的眼睛和红彤彤的脸颊。她意识到自己的皮肤也是红的，光线也是红的，整个视野中都充斥着红点。

袭击者紧贴着她的脖子，呼出的气体喷在她脸上，低沉的声音在她耳边喃喃道：“你想找到那个女人？去德国城吧。”

娜塔莉猛然挺身，以最快的速度用脑袋向后侧方的袭击者撞上去。剧烈的疼痛令她心满意足。

扼住她咽喉的手松开了片刻，娜塔莉向前瘫倒，痛苦地深吸一口气，气体通过疼痛的咽喉进入肺部，她又吸一口气，身子右倾，手越过变速杆，去副驾驶席上摸枪。

袭击者再次掐住她的喉咙，这次更加用力，这次似乎在摸索她的要害。她又被拽了起来。

她眼睛中闪过无数红点，脖子上传来烧灼般的疼痛。然后她就什么都不知道了。

Part 2
中　局

回忆啊，回忆层峦叠嶂，壁立千仞，令人胆战，悬崖峭壁，莫测其深。

——杰拉德·曼利·霍普金斯

14

梅勒妮

我的记忆已经一团糨糊。我清晰地记得我在查尔斯顿的最后几小时发生的事，却对随后的日子没什么印象。我还记得格朗布索普的那间阴森育儿室里与真人大小相仿的玩偶男孩，它有着一对玻璃眼，头发被揪掉了好几束。我不知道自己为何竟记得这东西，我在那里只待过很短一段时间。我记得，直升机撞上桥的那天早上，在冬季的晨光中，孩子们在森林后的山坡上玩耍，那个女孩在唱歌。当然，我也记得那张铺着白色床单的床，那里禁锢着我的那副臭皮囊。我记得尼娜从死亡中苏醒，蓝色的嘴唇后露出黄色的牙齿，蓝色的眼睛从堆满蛆的眼窝中浮出来，苍白的额头上硬币大小的孔中又流出了血。但这段记忆不是真实的。我猜这一定是我的幻想。

每当我试图回想在查尔斯顿最后一次重聚后的分分秒秒、日日夜夜，都会首先感到一阵狂喜和快活，仿佛整个人都年轻了。我以为最糟糕的一段时光已经过去了。

我多么愚蠢啊。

我自由了！

我终于摆脱威利和尼娜了！终于不用再参加那个游戏了！终于不用再噩梦缠身了！

我离开喧嚣混乱的曼萨德旅馆，缓缓穿行在阒寂的黑夜之中。尽管遭受到疼痛的折磨，我那天却感到前所未有的活力，似乎一下年轻了几十岁。自由了！我步伐轻盈，享受着深夜冷冽的空气。警笛的哀鸣划空而来，但我置若罔闻。我终于自由了！

我在一个繁忙的交叉路口停下。红灯亮起，一辆车身修长的蓝色轿车——我猜是克莱斯勒——停了下来。我走下人行道，敲了敲副驾驶席一侧的车窗。司机是一个魁梧的秃顶中年男人，他探出身子，狐疑地看着我，然后微微一笑，按下电钮，落下窗户。“你好，夫人，出什么事了吗？”

我点点头，上了车。坐垫是人造天鹅绒，质地柔软。“开走吧。”我说。

几分钟后，我们驶上了州际高速公路，朝市外开去。我只在下达命令时才开口。尽管我精疲力竭，但保持对司机的操控却易如反掌。青春的活力重新注入我体内，我仿佛获得了一种久违的力量。我靠在椅背上，查尔斯顿的灯光朝身后退去。离开查尔斯顿几英里之后，我才发现司机在抽雪茄。我憎恨雪茄。他落下车窗，将雪茄扔了出去。我让他调了调空调的温度，继续默默地朝西北方向驶去。

午夜前不久，我们经过了一片沼泽，威利的飞机就坠落在那里。我闭上眼睛，回忆着早年在维也纳的岁月：黄色灯光下，在露天啤酒馆里畅饮；深夜沿着多瑙河散步；我们三人因为有彼此的陪伴而激动不已；第一次有意识的“进食”所带来的兴奋。我同威利相识后的头几年，每个夏天我们都会去不同的欧洲国家首都或度假胜地。我曾认为自己可能爱上了他。但我对亲爱的查尔斯仍然念念不忘，所以夜深人静时，我总是刻意抑制自己对帅气的年轻旅伴产生感情。我睁开眼睛，盯着右侧窗户外路边森林和灌木组成的黑墙。我知道，威利支离破碎的尸体散落在淤泥、昆虫和爬行动物之间。但我的心中平静得没有一丝波澜。

我们在哥伦比亚加满油，继续前进。司机付款之后，我拿起他的钱包检查了一番。他只剩下三十美元，还有几张卡和照片。他的名字无关紧要，所以我只是匆匆扫了眼驾照，但没有费神去记住名字。

驾驶几乎就是反射动作。我几乎毫不费力就能让他完成这项任务。我们沿着20号州际高速公路行驶，从奥古斯塔进入佐治亚州，路上我还打了一会儿瞌睡。我醒的时候，他烦躁起来，开始嘟哝着迷惑地摇头，但我立刻加强了操控，他便又专心致志地盯着路面开车。我再次闭上眼睛，车头灯和尾部反射板的影像进入我的大脑。

我们在凌晨三点过一点儿抵达亚特兰大。我从没喜欢过亚特兰大。潮水区[1]文化的优雅和魅力在这里荡然无存。这座城市从未尊重过南方的风格，至今仍在朝各个方向扩张，营建无穷无尽的工业园和毫无规划的住宅区。我们在一座大型体育馆附近下了州际高速公路。中心区的街道很是荒凉。我让司机将我带去银行，我的目的地就是那里，但黑洞洞的玻璃前门只是徒增我的沮丧而已。我一度认为，将我的新身份的文件存在银行保险柜里是

① 弗吉尼亚州东南部和北卡罗来纳州东北部区域，大西洋沿海平原的一部分。

个好主意，但我做梦也没想到我会在星期天凌晨三点半需要这些文件。

要是我没有在白天的混乱中丢掉手提包就好了。黑色雨衣的口袋鼓囊囊的，我把破损大衣里所有的东西都转移到雨衣口袋里了。我看了下钱包，确认保险柜钥匙和银行卡还在里面。我让司机绕着市中心开了几圈，但这一举动似乎毫无价值。大部分十字路口都闪着黄灯，偶尔有一辆警车缓缓驶过，废气在冷空气中如烟雾般缭绕。

市中心有几家体面的酒店，就在我的银行附近，但我衣着不整，还没有行李，显然无法入住。我命令司机——这次没有说出声——把我们带上另一条高速公路，往郊区驶去。四十分钟后，我们终于发现了一个亮着“还有空房”标志的汽车旅馆。绿色路牌说这里是桑迪斯普灵斯。路边的旅馆让人产生不了入住的欲望，不是叫“高速8号”就是叫“旅馆6号”，似乎不带数字人就记不住一样。我考虑过派司机去前台，但司机或许需要与人对话，而我太累了，无法自如地操控他。我后悔没来得及把他的意志调教得恰到好处，但现在后悔已于事无补。最后，我对着内后视镜将头发梳好，进入旅馆，亲自给我们办了入住手续。旅馆职员是一个睡眼惺忪的女人，穿着短裤和脏兮兮的摩斯大学T恤。我编造了我们的姓名、住址和驾驶证编号，但那女人甚至都没抬头去看门外引擎正在空转的奔驰。按照这种低廉旅馆的惯例，她要求我提前付款。

“住一个晚上？”她问。

“两个晚上。”我说，“我丈夫明天一整天都会在外面办事。他是可口可乐公司的销售员，打算去拜访工厂。我打算——”

“六十三美元八十五美分。”她说。

想当年，这笔钱可以支持我们一家人在缅因州的高级酒店住上整整一个星期。我把钱给了那女人。

她递给我一把钥匙，上面挂着一棵塑料松树。“2116号房，把车绕到背后，停在垃圾桶旁边。”

我们把车绕到背后，停在了垃圾桶旁边。不可思议的是，停车场竟然全都是车，甚至有几辆半挂车停在后围栏附近。我打开门，回到车边。司机趴在方向盘上，浑身发抖，额头上全是汗，牙齿打着架。他正在努力恢复清醒。我非常疲惫，但我对他的操控却没有放松。我十分想念索恩先生。这么多年以来，即便我不把自己的愿望大声说出来，索恩先生也能心领神会。但操控这个矮胖的男人却令人沮丧，就像习惯了打造精钢的人如今却不得不面对一堆铁渣。我犹豫不决。将他保留在我身边直到星期一是有好处的，其中最大的好处就是那辆车。但风险比收益更大——可能已经有人发现他失踪了，警察也开始留意这辆车。虽然也有这样的担心，但让我最终做出决断的是我的精神状态——逃亡初期的欢欣已经被疲惫所替代。我必须睡觉，必须从那个噩梦所造成的身心俱疲中恢复过来。如果没有适当的调教，司机就很有可能在我睡觉的时候挣脱控制。

我弯下身子，轻轻抚摸着他的脖子。“你将返回州际高速公路。”我嘟囔道，“绕着这座城转圈。每经过一个出口，就将时速提升十英里。经过第四个出口时，闭上你的眼睛，我叫你睁开你再睁开。如果你听懂了就点头。”

男人点了点头。他双眼圆睁，目光呆滞。我本不想“进食”

他，但现在我没有别的办法。

“去吧。”我说。

我注视着奔驰离开停车场，左转驶上高速公路。闭上眼睛，我能看见长长的引擎盖，对面来车的头灯光芒，以及加速之后超过的其他车辆的尾部反射板。我能感觉到空气的嗡鸣，羊毛衫下的前臂痒痒的。我嘴中尝得到雪茄苦涩的味道。我打了个寒战，微微收回心神。经过第一个出口的时候，司机平稳地将时速提升至六十五英里。他已在几英里之外，我的感觉越来越模糊。我似乎听到了停车场的噪声，感到了拂面的微风。车速达到每小时九十五英里时，司机闭上了眼，但我对这一刻只有若有如无的感觉。

不出所料，汽车旅馆里的陈设异常简单。这无关紧要。我脱掉雨衣和破损的印花裙子。我的身体左侧只有轻微的擦伤，但我的裙子和连身衬衣毁了。我小手指上的伤口比身侧的伤口疼得多。我强忍睡意，洗了个热水澡，还洗了头，然后裹着两条毛巾坐下，痛哭失声。我甚至连睡衣和换洗的内衣都没有。我没有牙刷。银行要星期一早上才会开，也就是二十四小时之后。我只能坐着哭泣。我太老了，已经被人遗忘，孤独无助。我想回家睡在自己的床上，像往常一样，享受早上索恩先生送来的咖啡和羊角面包。我哭得更像是惨遭遗弃的孩子，而不像一把年纪的老妇人。

过了一会儿，我侧躺在床上，毛巾依旧裹着身子，盖上被子和床罩，昏昏睡去。

我睡到第二天中午，被试图进入房间的女服务员吵醒了。我到厕所喝了一杯水，尽量不去看镜中的自己的影像，然后回到床上继续睡。拉上窗帘后，房间很黑，通风机发出轻微的运转声。

我就像一头回到阴暗巢穴中的受伤的野兽一样，再次昏睡过去。我不记得自己做了梦。

那天晚上我醒来，比前一天更加眩晕无力，浑身疼痛。我试图改善自己的形象。但我无从下手。印花裙烂了，我只得随时把雨衣穿上。我的头发亟须打理。尽管如此，我的皮肤却散发着光泽，下巴上的肌肉也紧绷起来，岁月在额头刻下的皱纹也似乎被抚平了。我感觉自己更年轻了。尽管前一天被惊吓得不轻，但这次“进食”让我感觉好极了。

在停满车的停车场另一头有一个餐馆。那里的环境令人很不舒服——灯亮得可以当手术室，红格子塑料台布上还留着小工用脏海绵擦拭过的湿漉漉的痕迹，大大的塑料菜单上印着旅馆“推荐菜品”的彩色照片。我认为这些照片是给不识字的顾客准备的，他们看不懂那些夸张的宣传语——“绝味松脆薯条！”“经典南方风味玉米片，与祖母做的一个味道！”菜单上充斥着独白和感叹号。一篇附文解释了这些奇怪的南方美食是什么，鼓动北方游客大胆一试。薯条和玉米片只是贫困的黑人果腹用的粗粮罢了，不知为何竟然成了下一代人的“灵魂食品”。我点了茶和英式小松饼，然后足足等了半个小时。邻桌是一个缺乏教养的北方家庭，叽叽喳喳地说个不停，吃饭的声音还特别大。我脑子里再次冒出一个念头：如果法律规定孩子和大人必须在不同的公共设施进食的话，这个国家一定会更加井然有序。

回到汽车旅馆之后，天已经黑了。我无事可做，只好打开电视。我已经有十多年不看电视了，但电视节目基本没什么变化。体育频道被崇尚蛮勇的橄榄球比赛占据。“教育”频道反复灌输着相扑的美学。第三个频道里播放着一部不时被广告打断的电视电影，女主角是一个雏妓，一名社会工作者苦心孤诣地想把她从堕落的生活中拯救出来。这白痴节目让我想起了年轻时常见的那种专门刊登侦探小说的廉价报纸。通过谴责令人愤怒的禁忌行为——我年轻时是“自由恋爱”，现在则是媒体所说的“儿童色情”——反而让我们沉迷于令人兴奋的禁忌行为的细节之中。

最后一个频道是本地新闻。

年轻的黑人女播音员播送着关于“查尔斯顿凶杀案”的报道，整个过程中都面带微笑。警察在调查嫌疑人和作案动机。证人描述着查尔斯顿那家著名旅馆里的大屠杀。州警察和联邦调查局正在追查福勒夫人的下落。她常年居住在查尔斯顿，她的一名仆人也是遇害者。这个老太太没有留下任何照片。这个报道持续了不到四十五秒。

我关上电视和电灯，躺在黑暗中瑟瑟发抖。我告诉自己，四十八小时后，我就可以住进法国南部安全而温暖的别墅里了。我闭上眼睛，努力想象着通往水井的石板路两侧的小白花。有那么一瞬，我甚至闻到了南方夏季风暴带来的海水的咸腥味。我想起了遍布山谷的方形果园，想起了果园附近镇子里红色和橘红色的倾斜的梯形屋顶。这幅画面突然叠加在尼娜留在我脑海中的最后的影像之上。她瞪大了蔚蓝的眼睛，似乎不相信自己看到的东西。她的嘴微微张开，额头上的孔洞仿佛只是一个污点，她用指甲修剪整齐的长指头轻轻一抹，就能将其擦去。然后，半睡半醒之间的我看见血从那个洞里，还有尼娜的嘴、鼻和大大的眼睛里汩汩流出。

我把被单拉到下巴下，竭力排空所的杂念。

我只是需要一个手提袋。可是，如果我打车去市中心的银行的话，就没有钱买手提袋。但到银行去就必须有手提袋。我又数了数钱夹里的现金，但就算把零钱算上，钱还是不够。我站在汽车旅馆的房间里，我叫来的出租车在停车场里不耐烦地按起了喇叭。

进城的路上，我让司机在一家打折药店停下，解决了烦恼我的问题。我花了七美元，买了一个秸秆编织的“大手提袋”。这趟车打下来——车停下等我在药店买东西的时间也要算钱——只花了十三美元多一点儿。我给司机一美元小费，兜里还剩些零钱。

我站在人行道上，等待银行开门。我猜自己看上去一定很怪。头发毫无发型可言，脸上没有化妆，黑色雨衣上还残留着手枪火药的味道，领口的扣子勒得我脖子生疼。我右手抓着硬邦邦的新手提袋。要是我再穿着一双网球鞋的话，就活脱脱一副“购物大妈”的形象。这时我想起自己脚上穿的是低跟甲板鞋，看起来同运动鞋确实有几分相似。

不可思议的是，经理助理认出了我，看上去还很高兴。“啊，斯特朗夫人。很高兴再看到你！”他说。我怯生生地走向他的柜台。

我十分惊讶。上次我来银行是差不多两年前了。我的账户上也没存什么巨款，不值得经理助理对我如此殷勤。我惊慌了好几秒，心想警察一定已经查到这里了，我落入了他们的圈套。我扫了眼银行里的顾客和工作人员，试图分辨哪些是便衣警察。但经理助理态度随和，满脸堆笑，让我长舒了一口气。这个家伙只是对自己能记住客户的名字备感自豪罢了，此外别无深意。

“好久都没见到您了。”他笑容可掬地说，将我上下打量了一遍。

“两年了。”我说。

“您丈夫身体好吗？”

我丈夫？我竭力回想上次来银行的时候编了什么故事。我没有提到……我忽然想到，他说的是那个每次我来都默默站在我身边的秃头高个子绅士。“啊，”我说，“你是指索恩先生吧？他是我的秘书。他已经不再为我服务了。而真正的斯特朗先生已经在1956年因为癌症过世了。”

“噢，不好意思。”经理助理说，他原本红润的面庞变得更红了。

我点了点头。神秘的斯特朗先生让我们两人都沉默了几秒。

“呃……您今天来要办什么业务呢，斯特朗夫人？是存钱吧？”

“是取钱。”我说，“不过我要先看看我的保险箱。”

我的钱夹里长期放着六七张银行卡，我小心翼翼地取出这家银行的卡递过去。打开保险箱需要同时使用两把钥匙，我们举行了这一庄重的仪式，然后我就被留在了一个小私密空间中，打开通往新生活的那扇门。

护照已经有四年历史了，但仍然有效。它是美国建国两百年纪念版护照——就是背景上有红蓝标志的那种——亚特兰大邮局里的工作人员告诉我，这种护照将来会很值钱。由不同面额的纸币构成的一万两千美元现金也仍然有效。这笔钱相当重，我将钱包好，塞进鼓囊囊的手提袋里，祈祷这廉价的秸秆编织袋不会中途断裂。以斯特朗夫人名义购买的股票和债券并不是我现在最需要的，但我还是将它们塞进了袋子，放在现金上面。我没有拿走福特千里马的钥匙。我可不想费时费力地把那辆车从车库里开出来。如果它在机场停车场被人发现，就会引起怀疑。保险箱里的最后一样东西是一把小小的伯莱塔手枪，本来是给索恩先生在必要的时候使用的，但我要去的地方不需要枪。

这是我当时的打算。

我郑重其事地将保险箱还了回去，然后排队等待出纳员。

“你想把一万美元都取出来？”栅栏背后的女孩嚼着口香糖问道。

“是的，单子上写得很清楚。”

“就是说，你要关闭在我们这儿的账户？”

“不错。”我很想知道需要多少年训练才能打造出如此办事高效的员工。女孩朝经理助理站着的地方瞟了一眼，后者正十指交叉放在肚子上，俨然一个职业送葬者。他微微点头，女孩加快了吐口香糖泡泡速度。“好的，夫人。你想换成什么取出来？”

我很想说，**都给我换成秘鲁硬币吧**。“请换成旅行支票吧。”我微笑着说，“一千美元换成五十美元面额的支票。一千美元换成一百美元面额的支票。其余的换成五百美元面额的支票。”

“要收取一定手续费。”女孩微微皱眉道，仿佛我会因此而改变主意。

“没关系，亲爱的。”我说。天才刚亮不久，我感觉自己如朝阳般充满活力。法国南部应该很凉爽，但阳光充足宜人。“别着急，亲爱的。”

亚特兰大的喜来登酒店与银行相距两个街区。我在那里订了个房间。用信用卡的话，酒店要求留下复印件。所以我用五百美元面额的旅行支票付了款，把零钱放进了钱夹。这里比汽车旅馆的房间稍微好点儿，但风格同样单调乏味。我用房间里的电话联系了市中心的一家旅行社。在电脑上查询了一会儿之后，电话另一头的年轻女孩给了我两个选择：要么乘坐当天下午六点起飞的环球航空公司航班，要么乘坐当天晚上十点起飞的泛美航空公司航班。前者会在伦敦的希思罗机场停留四十分钟再飞往巴黎，后者将直飞巴黎。无论选哪一班飞机，我都得乘同一班傍晚起飞的飞机从巴黎前往马赛。女孩推荐我选择泛美航空，因为机票稍微便宜点儿，但我决定坐环球航空的头等舱。

酒店附近有三家还算像样的商店。我给三家商店都打了电话，询问能否将商品送到顾客所在的酒店。只有一家表示愿意，于是我打车去了那家商店购物。

我买了八套阿尔伯特·尼彭牌外套，四条裙子——其中一条是皮尔·卡丹设计的绿色羊毛裙——全套古奇行李，两套伊万-皮科内正装——如果是在几天前，我会觉得其中一条更适合比我年轻得多的女性——充足的内衣裤，两个手提包，三套睡衣，一套舒适的蓝色睡袍，五双鞋子——其中一双是百丽的黑色高跟鞋——六套羊毛衫，两顶帽子——一顶宽檐草帽，同我七美元买的秸秆编织袋挺配——十几件衬衫，梳妆用具，化妆品，一瓶自称是也的确是“世界上最贵香水”的让·巴杜香水，一个电子闹钟，一个价值十九美元的计算器，尼龙长袜（不是护腿长袜，也不是古怪的连袜裤，而是真正的尼龙袜），六本平装畅销书，一本法国旅行指南，一个更大的钱夹，一堆巧克力和英国饼干，还有一个小金属箱。然后，商店工作人员安排人手把我买的东西送去酒店，我则来到隔壁的伊丽莎白·雅顿沙龙做了一次彻彻底底的美容护理。

不久后，我容光焕发，神清气爽，穿着舒适的裙子和白衬衣回到了喜来登。我点了份午餐——咖啡、冷烤牛肉三明治伴第戎芥末、土豆色拉、香草冰激凌——在服务生将午餐送进房间时给了他小费。电视里播放着午间新闻，但并没有提到星期六在查尔斯顿发生的凶杀案。我进入浴室，花很长时间洗了个热水澡。

我计划旅行时穿深蓝色正装。然后，我穿着内衣开始收拾行李。我将换洗衣物、一件睡衣、梳妆用具、零食、两本平装书和大部分现金都装进了随身行李箱里。我不得不叫服务员送剪刀上来，剪掉了所有的价目牌。下午两点，我收拾完毕。但那个小箱子只填满了一半，我只好用橱柜里的一条毛巾填满剩余的空间，以免物品移动。我躺下来小睡一会儿。四点十五分会有一辆豪华轿车送我去机场。我发现电子闹钟的灰色显示屏上跳动的黑色数字很有趣。我不知道这玩意儿是怎么运作的。二十世纪的最后四分之一里，产生了太多我不懂的东西。但这无关紧要。我嘴角挂着微笑，沉入梦乡。

亚特兰大机场同我去过的其他所有机场没有太大区别。我十分怀念几十年前那些规模宏大的火车站：鼎盛时期的纽约中央车站，地上铺满大理石，明亮而肃穆；战前的柏林火车站，尽管没有屋顶遮挡，却雄伟而庄严。我甚至想到了孟买的维多利亚火车站，尽管那里的建筑风格颇为浮夸，而且里里外外都是吵吵嚷嚷的农民。无论高低贵贱，在亚特兰大机场都享受同样的待遇：铺着地砖的宽阔无边的中央大厅，形状一模一样的塑料椅，一排排默默显示着飞机抵达与离开时间的电子屏。通道里都是步履匆匆的商人和大汗淋漓、大声喧哗的男女。这些对我来说都无关紧要。二十分钟后，我就自由了。

我已经办完行李托运手续，只带着随身行李箱和手提包。一名航空公司员工用电动车载我穿过中央大厅。其实，我的关节炎一直困扰着我，星期六的剧烈运动令我的双腿至今都酸痛不已。我办了登机手续，得知头等舱是不许洗澡的。然后我就坐着等待登机。

“福勒女士。梅勒妮·福勒女士，请接听离您最近的白色呼叫电话。”

我浑身僵直，听着这段广播。我到机场后，喇叭里就一直在说个不停，一会儿呼叫乘客，一会儿威胁将对停在装卸区的车开罚单并拖离，一会儿宣称机场方面对像豺狼一样在机场游荡的宗教狂热分子不负责任。我一定是听错了！如果广播呼叫的是我的名字，我老早就会听见。我坐直身子，屏住呼吸，听着那个中性的声音念诵着被呼叫者的名字。我听见蕾妮·福勒小姐的名字时，终于松了口气。难怪我会听错，我已经连续几天、甚至几周精神高度紧绷了。刚入秋我就惦记着重聚的事情。

“福勒女士。梅勒妮·福勒。请接听离您最近的白色呼叫电话。”

我的心脏停跳了一拍。我感觉胸部肌肉紧缩导致的疼痛。**肯定弄错了。我的名字很普通。我肯定自己听错了**……

“斯特朗夫人。比阿特丽斯·斯特朗。请接听离您最近的白色呼叫电话。伯格斯特罗姆。哈罗德·伯格斯特罗姆……”

就在那一霎，我几乎就要晕倒在环球航空公司海外航班候机厅里。红蓝两色的房间越来越模糊，我的视野中闪光小点胡乱飞舞，我不由得低下了头。然后我站起身，迈开步子，紧抓着手提包、编织袋和随身行李箱。一个穿着蓝色制服、佩戴着姓名牌的男人从我身边走过，我抓住他的胳膊问："在哪儿？"

他不解地盯着我。

"白色电话。"我气喘吁吁地问，"白色电话在哪儿？"

他指着旁边的一面墙。我提心吊胆地走过去，仿佛那东西不是电话而是毒蛇。我不敢伸手去碰电话——我犹豫的时间只有一会儿，但感觉却像是一千年——然后，我放下随身行李箱，取下话筒，对着话筒说出了我的新名字。一个陌生的声音说："您就是斯特朗夫人吧？请稍等，有人打电话找您。"

我一动不动地站在原地，话筒里传来转接电话的"咔嗒"声。然后，我听见了一个空洞的、带着回声的声音，仿佛说话者处在一条隧道或一个空房间，或一个坟墓。我对这个声音再熟悉不过了。

"梅勒妮？梅勒妮，亲爱的，我是尼娜……梅勒妮？亲爱的，我是尼娜……"

我扔掉话筒，连连后退。我身边的喧嚣吵嚷如潮水般退却，化为若有若无的遥远的背景噪声。我仿佛注视着一条长长的隧道，小小的人影在隧道里上下跳跃。我惊恐万端，逃命般穿过中央大厅，忘了随身行李箱和箱子里的钱，忘了航班，忘了一切。我的耳朵里只听得见那个死气沉沉的声音，如同深夜里的尖叫一般反复回响。

快到大门时，一个搬运工快步朝我走来。我未做细想，只瞟了眼那个黑人他就跌倒在地。我从未如此粗暴而迅速地操控过任何人。男人蜷缩在地上，如同癫痫发作一般，不停地用面部撞击地砖。人们纷纷赶到搬运工身边，我钻出了自动打开的门。

我站在路边，努力压制着心头的恐惧与困惑，但徒劳无功。每个靠近我的人的面庞都变成了尼娜那副苍白的微笑的脸。我转过身，手悬在胸前，紧抓着手提包和编织袋，俨然一个即将精神崩溃的老妇人。**梅勒妮？亲爱的，我是尼娜……**

“想打车吗，女士？”

我转头去看发问的人。一辆绿白相间的出租车不知何时停在了我身边。这辆车背后有一长串候客的出租车。司机是白人，三十多岁，胡子刮得很干净，但因为皮肤太白，可以隐隐看见明天即将长出的胡茬。

“您要坐出租吗？”

我点点头，却怎么样也拉不开门。司机探过身子，为我开了门。车厢的空气里混合着香烟、汗水和塑料的味道。车迅速驶离环形车道，我转过身，隔着后挡风玻璃张望。绿色的灯光掠过窗户和车顶，我看不出是否有车在跟踪我们。路上的车多得令人发狂。

“我说，您这是要去哪儿啊？”司机大声问。

我眨眨眼，大脑一片空白。“市中心？”他说，“酒店？”

“是的。”我结结巴巴地答道，就像个与他语言不通的外国人。

“哪家酒店？”

我左眼忽然疼痛起来。接着，这股疼痛如同会流动一般，从我的头颅蔓延到脖子，乃至全身。我忽然感到无法呼吸，只得直挺挺地坐在车上，紧抓着手提包和编织袋，等待疼痛消退下去。“还是说去别的地方？”司机问。

“不好意思，你说什么？”我的声音干涩，就像拂过玉米秆的热风。

“上不上高速呢？”

“喜来登。”这三个音节对我来说毫无意义。疼痛开始消退，但脑袋依旧发晕。

“市中心的还是机场的？”

“市中心。”我说，对自己在同司机谈什么压根儿不清楚。

“好的。”

我靠在冰冷的座背上。臭烘烘的车内，灯光以固定的频率扫过，让人不由得昏昏欲睡。我集中精力调整呼吸。耳朵里的嗡鸣愈来愈小，我听见了轮胎碾过潮湿路面的声音。**梅勒妮，亲爱的……**

“你叫什么名字？”我低声问。

“呃？”

“你叫什么名字。”我厉声道。

“斯蒂夫·伦顿。那边的工作证上写着呢。为什么问我的名字？”

“你住在哪儿？”

“问这个干什么？”

我懒得跟他磨叽，猛然侵入了他的意志。尽管我头痛，还阵阵犯晕，但我还是运用了念控力。冲击是如此猛烈，司机一下子趴在了方向盘上。几秒之后，我才让他直起腰，将注意力转移到前方的路面上。

“你住在哪儿？”

无数影像闪过脑海。一个站在车库前的金发女人。

说出来。

“比尤拉高地。”司机声音呆板。

“离这儿远吗？”

“十五分钟车程。”

“你一个人住吗？”

悲伤。茫然。妒忌。金发女人抱着流着鼻涕的孩子。愤怒的争吵。远去的红裙子。从视野中消失的旅行车。顾影自怜。痛不欲生。一首令人伤感的西部乡村歌曲。

“去你家。”我说。我闭上眼，听着轮胎刷刷地碾过湿滑的路面。

司机家里没有亮灯。这片新社区的房子都一样狭小而简陋——灰泥墙，一扇对着方形小院子的“观景窗”，一个同房子其他部分加在一起大小相仿的车库。没有人看见我们的车开了回来。司机打开车库门，将出租车开进去。车库里停着一辆新型别克，深蓝色，也可能是黑色，灯光太暗我看不分明。我让他把别克车退到车道上，然后回来。我没有让他熄掉出租车的引擎。司机拉下了车库门。

“带我看看你家。”我柔声道。这里和我想象得一样，令人备感压抑。洗碗池里堆满了盘子，袜子和内裤胡乱地扔在卧室地板上，报纸到处都是，画像里天真无邪的孩子俯视着这一团乱麻。

“你的枪在哪儿？”我问。我不需要四处翻找就知道他有武器。这里毕竟是南方。司机眨眨眼，带我来到楼下灯光昏暗的工作间。煤渣砖墙上挂着裸女老挂历。司机朝一个廉价的金属柜点点头，那里放着一把霰弹枪、一把猎枪和两把手枪。手枪被油腻的烂布裹着。一把是打靶用手枪，长枪管，单发射击，小口径；另一把是更常见的左轮手枪，点38口径，六英寸长枪管，与查尔斯的遗物有点儿像。我把三盒子弹和左轮手枪放进编织袋，然后我们上楼进入厨房。

他把别克的钥匙给我。我们坐在厨房餐桌旁。我思考着要让他在字条上写什么。他这样的人并不罕见——孤独，自责，生活难以为继。警察会发现枪不见了，而且肯定会寻找别克车，但字条上真实的笔迹，以及他选择的死亡方式，应该会消除警察对他或许死于他杀的怀疑。

司机回到了出租车上。对着厨房门的车库只开了几秒钟，尾气就已经熏得我开始流泪了。出租车的引擎听上去无比嘈杂。我最后瞟了眼司机，他身体直挺，双手紧握方向盘，双眼仿佛正紧盯着高速公路的尽头。我关上了厨房门。

我应该立即离开，但我得先坐下。我双手颤抖，右腿也不住地打战，引发髋关节刺痛。我紧抓住覆在桌面上的福米加抗热硬塑料薄板，闭上眼睛。**梅勒妮？亲爱的，我是尼娜**……我绝没有听错这个声音。要么就是尼娜仍在追杀我，要么就是我疯了。**她额头的洞有硬币大小，是完美的圆形。我没有看见洞里有血。**

我在碗橱里寻找红酒或白兰地，但我只找到了半瓶杰克·丹尼尔斯威士忌。我发现一个干净的玻璃杯，将酒倒进去喝光。灼烧感从喉咙和胃中传来，但我将杯子洗干净放回碗橱时双手不再像之前那么颤抖了。

一个念头闪过脑海：回机场去怎么样？我立即放弃了这个想法。我的行李已经在去巴黎的路上了。我可以乘稍晚的泛美航空公司航班跟过去，但单是想到要坐飞机，我就不寒而栗。**威利将身体陷入座椅，转头与同伴对话。然后——爆炸，尖叫，夜空中漫长的下坠，坠入深渊**。不，我以后都不想坐飞机了。

出租车引擎的轰鸣透过车库门传来。单调而重复的悸动。司机进入车库已经半个多小时了。我应该离开了。

我环顾左右，确认附近没人，然后关上了前门。我仿佛听见了司机心脏停跳的声音。钻进别克车后，车库内出租车的引擎声就几乎听不到了。惊慌的我无法把钥匙插进点火开关，但过了几秒后，我放慢速度再次尝试，引擎立刻就启动了。我又花了一分钟调整座椅、后视镜，以及寻找车灯开关。我已经有很多年没开过车了——我是说真正自己开车。我把车退出车道，沿着蜿蜒的住宅区街道缓缓前行。我突然想起，自己既没有目标，也没有备案。我之前所有的注意力都集中在土伦附近的别墅和那里的新身份上。比阿特丽斯·斯特朗只不过是一副面具，一个旅行中临时用的别名。我突然意识到，我落在机场电话旁的随身行李箱中有一万二千美元现金。我的手提袋和编织袋中还有九千美元旅行支票，我的护照和其他身份证件也在里面，但我现在所有的衣服只剩身上这件深蓝色正装。想起早上买的那么多漂亮衣服，我就喉头一紧，流出了眼泪。交通信号灯变绿了，身后某个白痴正不耐烦地按着喇叭。我连忙摇了摇头，发动了汽车。

所幸我找到了州际高速公路，往北开去。瞥见指示机场出口的绿色路牌时，我不由得犹豫起来。我的随身行李箱也许还在电话旁边。改签航班也很容易。但我径直开了过去。这世界上没有任何东西可以让我再次返回那座灯火通明的大陵墓，去听尼娜的喃喃呼唤。我又一次颤抖起来，因为一幅画面涌入了我的脑海：尼娜一本正经地坐在环球航空公司的候机厅里——两个小时前我也在那里待过——穿着我最后一次见她时她穿的那条粉红色裙子，手提包放在大腿上，双手十指交叉放在手提包上；她的眼睛还是那么蓝，额头上有一个硬币大小的孔洞，孔洞四周有一片瘀青；她嘴咧得很开，但笑容苍白；她的牙齿仿佛被磨尖了一般。她也将登上飞机。她在等我。

我不停地瞟后视镜，变化车道和车速，我甚至下了两次高速，但刚下来就从另一侧的坡道重返高速。很难判断是否有人在跟踪我，但我想应该没有。对面来车的车灯晃得我眼睛生疼。我的双手又发抖了。我把车窗打开一条小缝，让夜晚的冷空气刺激我的脖颈。我后悔没有带上那瓶威士忌。

路牌告诉我，沿着85号州际高速公路向北，即可抵达北卡罗来纳州的夏洛特。我讨厌北方。北方佬沉默寡言，北方城市灰扑扑的，北方气候寒冷，很少看得到太阳。所有认识我的人都知道，我憎恨北方，尤其是北方的冬天。除非万不得已，我绝不会去那里。

我跟在一排车后面，从立体交叉桥驶下了高速。头顶上悬挂的路牌告诉我，我离北卡罗来纳州的夏洛特还有两百四十英里，离北卡罗来纳州的达勒姆还有三百三十七英里，离弗吉尼亚州的里士满还有五百四十英里，离华盛顿特区还有六百五十英里。

我用尽全身力气抓紧方向盘，跟上周围车辆的疯狂速度，向北驶入夜色之中。

“嘿，女士！”

我猛地醒来，盯着窗外离我只有几英寸的鬼影。借着明媚的阳光，我看见他那啮齿动物般的面孔几乎被长发覆盖，小小的眼睛滴溜乱转，长鼻子，皮肤脏兮兮，嘴唇干裂。鬼影挤出一个微笑，露出一排尖尖的黄牙，门牙断了。这个男孩顶多十七岁。

“嘿，女士，你同我顺路吗？”

我坐起来摇摇头。临近正午的阳光射入密封的车中，我感觉相当暖和。我把别克车内部打量了一圈，一时间竟想不起自己为什么睡在车里，而不是在家里的床上。然后我想起自己开了一整夜的车，最后在疲惫的重压下停在空荡荡的路边休息区，沉沉睡去。我开了多久？我模模糊糊地记得自己在停车之前不久路过一个路牌，上面写着北卡罗来纳州的格陵斯堡出口。

"女士！"邋遢鬼用脏兮兮的指节敲打着车窗。

我摁下按钮，降下车窗，但什么都没有发生。幽闭恐惧症让我手足无措，但片刻之后我就想起引擎还没发动。这辆古怪的机器里的一切都是电动的。我注意到燃料指示器几乎还是满格。我想起昨晚我放弃了好几个自助加油站，最后才在一家有工作人员的加油站停下来。无论如何我都不会自降身价，去亲手给我的车加油。车窗嘶嘶落下。

"我能搭个便车吗，女士？"男孩的鼻音同他的外貌一样令人恶心。他穿着肮脏的军款夹克，只携带着小背包和睡袋。他背后，过往车辆的挡风玻璃反射着阳光。我突然感觉自己就像一个逃课生，挣脱了束缚，自由自在。车外的男孩抽了抽鼻子，又用袖子擦了擦。

"你要搭多远？"我问。

"北边。"男孩耸了耸肩。我忍不住叹息，我们竟然培养出了这样一代人，连一个简单的问题都无法回答。

"你父母知道你在搭便车吗？"

他又耸了耸肩，其实只是提起了一侧的肩膀，仿佛耸双肩的动作会消耗太大的能量。我立即猜出，这个男孩是出逃者，很有可能是小偷。谁都不会蠢到把这样一个危险人物带上车。

“上来吧。”我说，按下车锁开关，打开了副驾驶一侧的车门。

我们在达勒姆停下吃早餐。看着塑料菜单上的图案，男孩皱起眉，眯眼看着我。“呃，我不能吃。我没钱买这个。你知道，我的钱都花在去我叔叔家的路上了，但是……”

“没关系。”我说，“我请你。”他说他要去华盛顿他叔叔家，我假装相信。我再次问他要搭多远的便车，他眯眼反问我：“你要走多远？”我暗示华盛顿是我的目的地，他再次露出被尼古丁染黄的牙齿，说：“不错，我叔叔就住那儿。我就是要去那儿，去我叔叔家，就在华盛顿。”男孩对女服务员嘟囔了两句下单，然后俯身玩起了叉子。我最近见过的年轻人都同这孩子一个德行，说不清他们是真的智力低下，还是缺乏教育。如今三十岁以下的人基本都可以归入这两类。

我啜了口咖啡，问：“你说你叫文森特？”

“是啊。”男孩把头埋在杯子上，就像一匹低头喝水的马。两者发出的饮水声如出一辙。

“好名字。文森特什么？”

“呃？”

“你姓什么，文森特？”

男孩再次低头饮水，为自己争取思考的时间。他飞快地瞟了我一眼，如同怯生生的耗子。“呃……文森特·皮尔斯。”

我点点头。男孩差点儿说成了文森特·普赖斯[①]。六十年代晚

① 文森特·普赖斯（1911—1993），美国著名恐怖片演员。

期，我在马德里的艺术品拍卖会上与普赖斯见过一面。他是个非常温柔的男人，举止优雅，一双随时都软绵绵的大手。我们讨论了艺术、烹饪和西班牙文化。当时，普赖斯正在代表某个美国大公司收购原创艺术品。我觉得他相当讨人喜欢。直到许多年后，我才发现他曾出演过那么多恐怖电影。说不定他和威利还曾经合作过。

“你搭便车去华盛顿你叔叔家？”

“是啊。”

“圣诞假期。”我说，“学校肯定放假了吧。”

“是啊。”

“你叔叔住在华盛顿的什么地方？”

文森特再次埋下头。他的头发就像一团从油里捞出来的乱麻。每隔几秒，他就会懒洋洋地举起一只手，把一缕头发从眼前拨开。这动作就像抽搐一样停不下来。我认识这个流浪汉不到一小时，但他的怪癖已经令我发狂了。

“是城郊的住宅区吧？”我提醒道。

“不错。”

“哪个住宅区，文森特？华盛顿城郊的住宅区可不少。或许我们会路过那里，然后我就可以把你放下。是比较高档的社区吧？”

“是啊。我叔叔，他很有钱。我们家非常富，你知道吧？”

我不由得瞟了眼他肮脏的军款夹克，夹克如今敞开着，露出一件破破烂烂的黑色运动衫。他的脏兮兮的牛仔裤已经被穿破了几个洞。当然，我知道他这副打扮根本无法透露身份。文森特可以是J. 保罗·格蒂[①]的孙子，以穿这种破衣烂衫为荣。我记得，我

① J. 保罗·格蒂（1892—1976），美国石油大亨。

的查尔斯穿的是崭新的丝绸西装。我记得，罗杰·哈里森每次见面都会精心打扮；即使是一趟短途远足，他也要穿上旅行斗篷、外套和马裤；出席晚上的活动时，他会系领带，穿上晚礼服。在装束方面，美国平等主义倾向显然已登峰造极。原本丰富多彩的服装被缩减到社会最低着装水平——仅供裹体的几块烂布。

“切维柴斯？”我问。

“呃？”文森特眯眼看着我。

“你叔叔住的社区是不是切维柴斯？”

他摇摇头。

“贝塞斯达？银泉？塔科马公园？”

文森特皱着眉，似乎在思考这些名字。他正要开口，我就打断了他。

“哦，我知道了。”我说，“如果你叔叔是富人，那他就很可能住在贝沙湾。对不对？”

“不错。”文森特说，松了一大口气，“就是那个地方。”

我点点头，我的烤面包和茶到了。文森特的鸡蛋、香肠、土豆煎饼、火腿和奶蛋饼也摆在他面前。我们默默地吃着饭，只听得见他“啪嗒、啪嗒”的进食声。

过达勒姆之后，85号州际高速公路又恢复成正北走向。我们吃完早餐后一个小时多一点儿就进入了弗吉尼亚州。我小时候，家人常带我到弗吉尼亚拜访朋友和亲戚。我们一般会坐火车，但我最中意的交通工具是停靠在纽波特纽斯的小而舒适的夜班邮船。而现在，我开着一辆体型过大、动力不足的别克，向北行驶在四车道的高速公路上，听着广播中的黑人福音音乐，把车窗留下一条缝，以驱散呼呼大睡的搭便车者身上散发的汗味和尿味。

我们经过了里士满。文森特醒来的时候，已经是傍晚时分了。我问他是否愿意开会儿车。为了能跟上其他车的速度，我手脚肌肉紧绷，现在已经酸痛起来。高速路上没人遵守五十五英里时速的限制。我的眼睛也干涩难受。

“好啊。你真让开？”文森特问。

“是的。”我说，“我想你会开得很认真吧。”

“那当然。”

我们找到一个休息区，交换了位置。文森特单手搭在方向盘上，眼皮子都快合上了，我不由得担心他会打瞌睡，但我转念一想，现代汽车的操控已经相当简单，即便是黑猩猩也能开，便不再担忧。我把座椅放倒到最低位置，闭上眼睛。“到阿灵顿之后叫醒我，好吗，文森特？”

他咕哝了两句。我把手提包放在前排两个座椅中间，我知道文森特会不时朝手提包瞟一眼。我从厚厚一摞现金里抽出钱来付早餐费的时候，就发现他沉重的眼皮突然抬起了一下。我这时候睡觉实际上冒了很大的风险，但我实在太困了。华盛顿的广播电台里播放着巴赫的协奏曲。轮胎摩擦地面的刷刷声和错车时的嗖嗖声让我不到一分钟就沉入了梦乡。

汽车的晃动刚一消失，我就警觉地彻底清醒过来，就像捕食者觉察到猎物在靠近一样。

我们停在一个未完工的休息区里。冬季黄昏斜射的阳光表明我已经睡了大概一个小时；繁忙的车流表明我们已经离华盛顿不远。文森特手中的折叠小刀表明我遇上了麻烦。他数了数我的旅行支票，抬头看着我。我无动于衷地盯着他。

“你得给我签字。”他压低声音说。

我继续盯着他。

“你他妈的必须在这些东西上签字。”搭便车者低吼道。他的头发掉下来挡住了眼睛，他拨开了头发。“你马上给我签字。”

“不。”

文森特惊讶地瞪大了眼睛。口水濡湿了薄嘴唇。我觉得他真的会杀了我——尽管是在光天化日之下，二十码外就是穿梭的车流，除了波托马克河没有地方可以抛尸——但即便是迟钝的文森特也明白，他需要我在支票上签字。

“听着，老太婆。”他说，一把抓住了我的裙子，“如果你不签字，我就会把你的鼻子割下来。听懂了吗，老太婆？”刀片离我的眼睛只有几英寸。

我看了眼抓住我裙子的那双脏手，忍不住叹息。我忽然想起三十年前进入酒店房间的情形——那是在另一个国家，另一个世界——我看见一个光头但很英俊、穿着晚礼服的男人在翻找我的首饰盒。那个小偷被发现后，自嘲地笑了笑，对我微微鞠躬。我想念索恩先生的那份优雅。我对他的操控是如此轻松，他甚至不需要我的任何调教，就可以静静地完成我下达的指令。

“快点。”抓着我裙子的肮脏男孩催促道，把刀子举到我的脖子上。“这是你自找的。”文森特说。他眼中闪过一道光，我知道那同钱没有任何关系。

“好的。”我说。他的动作骤然僵住。他挣扎了几秒钟，直到额头上青筋暴起。他咬牙切齿，眼睛圆睁，持刀的手掉转方向，刀尖对准自己的脸。

“开始吧。”我轻声说。

锋利的刀片旋转到与脸垂直的位置，然后插入薄薄的嘴唇，插入破损的黄色门牙。

“现在——”我轻声说。

刀片进入他口中，割开牙龈和舌头。他抿上嘴唇，盖住刀片。柔软的上腭一碰到刀尖，刀片就染上了鲜血。

“该上课了。”我露出微笑，开始给他上第一堂课。

15

华盛顿特区

1980年12月20日，星期六

索尔·拉斯基一动不动地站着观察画中的女孩。女孩也一动不动地盯着索尔，眼睛一眨不眨，仿佛被定住了一般。她戴着一顶草帽，在头上微微后倾，白色的宽松衣服上系着灰色的围裙。她金发碧眼，手臂伸直，双手交叠，放在身前，带着与年龄不相称的女性的优雅。

有人走到他和那幅画中间。索尔后退两步，向旁边挪动，以便更好地看画。戴草帽的女孩继续盯着他空出来的地方。索尔说不清这幅画是哪里打动了他。玛丽·卡萨特[①]的大部分作品都是用彩色粉笔勾勒出柔和而模糊的轮廓，给人多愁善感的感觉。但差不多二十年前，他第一次造访国家美术馆时，就被这幅画深深地吸引了。从此之后，每次到华盛顿，他都会如同朝圣一般来瞻仰这幅《戴草帽的女孩》。他觉得，也许是女孩圆嘟嘟的面庞和深邃的目光让他想起了妹妹斯特法——妹妹在二战中死于斑疹伤

① 玛丽·卡萨特（1844—1926），美国画家和图形艺术家。

寒——不过斯特法的头发要黑得多，眼睛也不是蓝色的。

索尔从画前转身离开。每次他到美术馆来都告诫自己，这次必须去看看别的地方，把更多的时间花在欣赏当代作品上，但每次他都在这里长时间地注视这个女孩。下次一定得改，他想。

下午一点，索尔来到美术馆餐厅门口，扫视了一圈餐桌。餐厅里已经没几个人了。他很快就看到了坐在角落里的一张小桌旁的艾伦，身后是一盆高高的盆栽。索尔朝他挥了挥手，朝年轻人走去。

"你好，索尔舅舅。"

"你好，艾伦。"

他的外甥站起身，给了索尔一个拥抱。索尔笑逐颜开，抓住男孩的手臂，打量着对方。这孩子已经长大了。三月份艾伦就二十六岁了，但他依然消瘦。艾伦笑起来的样子像极了戴维，黑色卷发和眼镜背后的大眼睛明显继承自丽贝卡，深深的肤色和高高的颧骨则是戴维的特征——这是土生土长的以色列人的独特遗传。"六日战争"[①]爆发的时候，艾伦和他的孪生哥哥才十三岁，身材比同龄人矮小。战争结束五个小时后，索尔才乘飞机来到特拉维夫，无缘作为医务人员参战。但艾伦和艾萨克对舅舅反复讲述了他们的哥哥——空军上尉阿夫纳的丰功伟绩。索尔还详细了解了艾伦和艾萨克的表哥柴姆在戈兰高地率领部队英勇战斗的事迹。两年后，年轻的阿夫纳阵亡了——他驾驶的飞机在埃以消耗战[②]中被埃及发射的地对空导弹击中。第二年八月，柴姆也

① 1967年6月，以色列和与埃及、叙利亚、约旦等阿拉伯国家之间发生的战争。

② 1967年至1970年埃及与以色列之间的有限战争。

牺牲了——在赎罪日战争[①]中死于错误安放的以色列地雷。那年夏天，艾伦十八岁。他从小就患有哮喘，身体虚弱，尽管他几次三番请求参军，但他的父亲戴维就是不同意。

艾伦坚持要像他哥哥艾萨克那样，成为突击队员或者伞兵。但因为哮喘病和近视眼，他被军队拒之门外。艾伦大学毕业后，想出了最后一招。他找到父亲，请求——应该是恳求——父亲托情报部门的熟人为他谋一个职位。1974年6月，艾伦加入了摩萨德。

他没有接受户外行动的训练。摩萨德里有一大批特工曾是突击队员和战斗英雄，不需要让这个瘦小而聪明、总是病恹恹的年轻人去从事高风险的工作。艾伦接受过标准的自卫训练，掌握了武器的操作技巧，甚至精于使用点22口径伯莱塔手枪——这种小手枪当时广受摩萨德特工喜爱。不过，他的本职工作是与密码打交道。在特拉维夫干了三年情报联络，再在西奈半岛干了一年的战场通信后，艾伦来到以色列驻美国大使馆，加入了一个特别工作组。虽然他是戴维·艾希科尔的儿子，但他完全是凭自己的能力才得到这次工作机会的。

“你过得怎么样，索尔舅舅？”艾伦用希伯来语问。

“很好。”索尔说，“请说英语。”

“好的。”艾伦的英语纯正而自然。

“你父亲和你哥哥现在怎样了？”

“比我们上次谈话时好多了。”艾伦说，“医生认为父亲今年夏天可以在农场里待一段时间。艾萨克已经被提拔为上校。”

“很好，很好。”索尔说。他低头看着外甥摆出来的三份材

① 1973年10月6日至26日，埃及、叙利亚同以色列之间发生的战争。

料，心里盘算着如何才能既获取艾伦可以的提供情报，又避免将外甥牵扯进来。

就像看穿了他的心思似的，艾伦探过身子，压低声音，急切地问："索尔舅舅，你到底遇到了什么麻烦？"

索尔眨眨眼。六天前，他给艾打电话，问他能否打探到威廉·波登的信息，或者弗朗西斯·哈灵顿的下落。这是一个错误的决定。这么多年来，索尔都竭力避免与亲人见面或发生联系，但他一想到年轻的哈灵顿无缘无故消失了就心急如焚，而他去查尔斯顿之后，很可能会漏掉关于波登，也就是上校的关键信息。艾伦用加密电话打过来说："索尔舅舅，你是想查那个德国上校，对吧？"索尔未加否认。家族中的每个人都知道，索尔二战时在集中营遇到了一个纳粹军官，此人战后逍遥法外，索尔对此耿耿于怀。"摩萨德绝不会在美国展开行动，这个你应该很清楚吧？"艾伦补充道。索尔用沉默回答了一切。当伊尔贡[①]和哈伽拿还是活跃的非法武装时，他就同艾伦的父亲一起工作，购买美国武器和兵工厂，将其拆卸后分装运回巴勒斯坦组装起来，装备给犹太军人，以应对以色列建国之初阿拉伯军队的入侵。"好吧。"艾伦读懂了舅舅的沉默，"我尽量想办法。"

索尔又眨了眨眼，摘下眼镜，用手帕擦拭。

"唔，你是什么意思？"艾伦问。

"我对那个叫波登的人很感兴趣。弗朗西斯是我的学生，他去洛杉矶调查这个人。也许是离婚之类的官司，谁知道呢？弗朗西斯没有按时回来，我听说波登先生也死了。我的一个朋友托我

① 英国统治下巴勒斯坦的地下犹太军事组织。

帮忙查查。我就想到了你，艾伦。”

“嗯。”艾伦说。他静静地注视着自己的舅舅，最终摇了摇头，发出一声叹息。他打量四周，确认没有人在近旁偷听或偷窥。然后他打开了第一份材料。“我星期一飞去了洛杉矶。”艾伦说。

“你去了！”索尔吃了一惊。他本以为外甥只会在华盛顿打几个电话，动用以色列大使馆里的电脑搜索——特别是摩萨德特工所在的六个房间的电脑——调阅以色列或者美国的秘密档案。但他做梦也没想到，这孩子居然第二天就亲自乘飞机飞去了西海岸。

艾伦挥了挥手，“这没什么。”他说，“我累积了好几个星期的假期呢。你什么时候开口求过我们，索尔舅舅？从我小时候起，你就不停地帮助我们，不求回报。你从纽约寄回来的钱供我在海法读完了大学。你只是请我帮一个小忙，我怎么会说不呢？”

索尔揉了揉额头，“你不是詹姆斯·邦德，莫迪。”他说，提到了艾伦的小名，“何况，摩萨德是不能在美国工作的。”

艾伦对此置若罔闻，“我只是去度假，索尔舅舅。”他说，“你想不想听我在度假期间做了什么？”

索尔点点头。

“这是哈灵顿先生待的地方。”艾伦说，将贝弗利山的一家酒店的黑白照片推过桌子。索尔没有拿起照片，看了一眼就又推了回去。

“我掌握的消息非常有限。”艾伦说，“哈灵顿先生是十二月八号入住酒店的。有女服务员记得，九号早上，一个与哈灵顿容貌近似的红发年轻人在酒店咖啡馆用过早餐。有搬运工记得，那个星期二的下午三点，有人驾驶黄色达特桑汽车离开了酒店停车场，哈灵顿租借的也是同一款车。但搬运工说他不能完全确认开车的就是哈灵顿。”艾伦递过来两张纸，“这是报纸上的报道的影印本——只有一段话——还有警察的报告。十号，也就是星期三，黄色达特桑被发现时，停在机场的赫兹租车行附近。租车行找不到车主，只好将账单寄给了哈灵顿的母亲。十五号，也就是星期一，我到洛杉矶的当天，哈灵顿的母亲收到一张匿名汇票，要求支付329.48美元的房费。汇票的信封上盖着纽约的邮戳。你知道这是怎么回事吗，索尔舅舅？”

索尔看着他。

“我猜你不知道。”艾伦说，合上文件夹。“但真正诡异的是，就在同一周，哈灵顿先生业余侦探事务所的两个兼职助手——丹尼斯·利兰和塞尔比·怀特——死于交通事故。十二月十二日，星期五，接到一通长途电话之后，他们驾车从纽约前往波士顿……你怎么了，索尔舅舅？”

“没什么。”

“你刚才似乎很不舒服。你认识这两个人吗？怀特是哈灵顿在普林斯顿大学的同学……他来自海安尼斯港的怀特家族。”

“我之前见过他们一次。”索尔说，“你接着说吧。”

艾伦微微眯眼看着舅舅。索尔记得，艾伦小时候听他讲离奇的睡前故事时，也曾露出过同样怀疑的表情。“无论发生了什么，看上去都是职业杀手所为。”艾伦说，“像是美国黑道家族——新黑手党——干的勾当。出手干净利落。撞死利兰和怀特的卡车至今下落不明。哈灵顿则永远失踪了。但问题是，弗朗西斯·哈灵顿在加利福尼亚究竟干了什么，惹怒了职业杀手——如果杀他们的是黑手党的话——以至于不惜采用古老的方式斩草除根？为什么要将三个人都杀掉？利兰和怀特都有正式工作。他们之所以掺和到哈灵顿的半吊子侦探事务所里，纯粹是为了给自己在周末找点儿乐子。”哈灵顿去年就接了三个案子，其中两个是帮朋友处理离婚；第三个案子是为一个又老又穷的蠢货寻找四十八年前遗弃他的亲生父母。”

“这些信息你都是怎么查出来的？”索尔轻声问。

“星期三我回来之后同弗朗西斯的兼职秘书谈过，然后在一天晚上去了趟侦探事务所。”

“我收回之前说过的话，莫迪。你确实有几分像詹姆斯·邦德。”

“嗯。”艾伦说。他扫了一圈餐厅，发现这里已经不提供午餐了，顾客也越来越少。还有些吃得慢的人留在座位上，索尔和艾伦并没有显得非常可疑。所有顾客离他们都有十五英尺以上。餐厅外的地下室走廊里，一个孩子正放声大哭。“我还没说完，索尔舅舅。”他竭力模仿牛仔拉长调子说话。

“继续吧。”

“秘书说，哈灵顿经常接到一个从未表露自己身份的人的电话。”艾伦说，“警察想知道那人是谁。她告诉警察她不知道……哈灵顿没有留下关于这个案子的任何记录，除了差旅费之类。不论这个新客户是谁，他委托的案子都让弗朗西斯忙得不可开交，不得不请大学同学来帮忙。”

“嗯。”索尔说。

艾伦啜了口咖啡，“你说哈灵顿是你的一个学生，索尔舅舅。但哥伦比亚大学的档案室里找不到他的成绩单。”

“他旁听了两门课。”索尔说，“战争和人类行为，以及侵害心理学。弗朗西斯没有从普林斯顿大学毕业不是因为他迟钝——他很聪明，但他厌学。不过我的课他爱听。继续说吧，莫迪。”

艾伦抿着嘴，神情坚定，索尔忍不住联想到艾伦的父亲戴维·艾希科尔。在特拉维夫郊外的农场里，索尔同戴维曾就游击队的道德问题争论到深夜，当时戴维的表情也是如此倔强。“秘书告诉警察，哈灵顿的客户听上去像个犹太人。”艾伦说，“她说她仅凭口音就能判断对方是不是犹太人。这个人说话带着外国口音，也许是来自德国或匈牙利。”

“哦？”

“你不打算对我说实话吗，索尔舅舅？”

“现在还不能说，莫迪。我自己都还没有彻底弄清楚。”

艾伦继续抿着嘴。他拍了拍另外两个文件夹。这两个比第一个更厚。“虽然哈灵顿这条线没查出什么，但这里的材料可劲爆得多。”他说，“我觉得这笔交易划得来。”

索尔眉毛微抬：“不是说帮我的忙吗？怎么变成交易了？”

艾伦叹了口气，打开了第二个文件夹。“威廉·D. 波登，1906年8月8日出生于俄亥俄州的哈巴德。我查到了他1906年的出生证，但此后四十年里，他竟然没有留下任何档案，而到1946年，社保卡、驾照等身份证明却一股脑儿全冒出来了。联邦调查局的电脑常会注意到这种异常，但对威廉的问题却没有人质疑。我猜，如果我们去哈巴德的墓地走一趟，就会发现夭折的比利[1]·波登的小墓碑——愿天使守护他安息。然而，1946年初，

① 威廉的昵称。

在新泽西州的纽华克，成人后的波登先生却突然从天而降，并在第二年搬到纽约。不管这个人是谁，他都相当有钱。他是1948和1949年百老汇演出的幕后赞助者，但他同他赞助的大演员们很少交往，至少我在专栏中没有找到任何关于他的闲话。当年曾参加演出、如今已成了老太太的演员也不记得有他这个人。

“1950年，波登去了洛杉矶，并于同一年投资拍摄了第一部电影，从此干上了制片人这一行。六十年代，他名声渐起。好莱坞内部人士称他为‘德国佬’或‘比尔·波登大哥’。他时常召开派对，但并不大张旗鼓，没有引起警察的注意。那家伙简直是个圣人——没有交通违章，甚至没有乱穿马路——什么不良记录都没有。但也有可能他权势极大，以至于将所有不良记录都抹除了。你怎么看，索尔舅舅？”

“你还查到了什么？”

“没有了。”艾伦说，“除了一些电影公司的广告，还有波登先生在贝沙湾的宅邸前门的照片——上面看不到房子——还有《洛杉矶时报》和《综艺》杂志对他上周六遭遇空难的报道。”

“我能看看这些材料吗？”索尔问。

索尔看完之后，艾伦静静地说：“他是你追踪的那个德国人吗，索尔舅舅？是那个上校吗？”

“很可能是。”索尔说，“我想弄个明白。”

“所以，波登所乘坐的飞机遭遇炸弹袭击的同一周，你就派弗朗西斯·哈灵顿去调查他？”

“是的。”

“你的学生和他的两个助手都在随后三天死了。”

“在你告诉我之前，我不知道丹尼斯和塞尔比死了。”索尔说，“我真的没有意识到他们可能遭遇危险。”

“什么危险？”艾伦追问。

“现在我真的不知道。”索尔说。

“告诉我你知道些什么，索尔舅舅。也许我们能帮你。”

“我们？”

“利瓦伊、丹、杰克·科恩和伯格曼先生。”

“大使馆的人？”

“杰克是我上司，但也是我朋友。”艾伦说，“把实情告诉我们，我们就会帮你。”

“不。”索尔说。

“是不能告诉我还是不想告诉我？”

索尔回头张望，“餐厅马上就要关门了。”他说，“我们能去别的地方吗？”

艾伦嘴角的肌肉松弛下来，“那边的三个人——门口的一对男女，还有离你最近的小伙子——都是我们的人。如果我们需要掩护的话，他们可以一直留在这里。”

“你把掌握的情况都告诉他们了？”

“没有。只有利瓦伊知道。他毕竟是负责拍照的。”

“拍什么照？”

艾伦从第三个也是最后一个文件夹中取出一张照片。照片里是一个黑头发的矮个子男人，穿着领口敞开的衬衫，眼皮耷拉在黑色的眼睛上，嘴角露出狰狞的曲线。此人正在过一条狭窄的街道，大衣的下摆在身后飘舞。“他是谁？”索尔问。

“哈罗德，”艾伦说，“托尼·哈罗德。”

“威廉·波登的搭档。”索尔说，“《综艺》登了他的名字。”

艾伦又从文件夹中取出两张照片。照片中，哈罗德站在车库门口，手拿信用卡，明显正要将卡插入砖墙里的小装置中。索尔之前见过这种保险锁。“这是在哪儿拍的？”他问。

“乔治敦，四天之前。”

“这里的乔治敦？”索尔问，“他在华盛顿干什么？你为什么要拍他的照？”

“是利瓦伊拍的。”艾伦微笑道，“我星期一参加了在森林草地公墓举行的波登先生的葬礼。托尼·哈罗德发表了悼词。我简单查了查他的背景就得知，哈罗德先生同波登先生关系密切。所以星期二哈罗德飞到华盛顿后，我就跟着他飞了过来。反正当时已到回家的时间了。”

索尔摇了摇头，“你一直跟踪他到乔治敦？”

“不必我亲自去做，索尔舅舅。我给利瓦伊打了电话，他从机场一路跟踪哈罗德。我后来才同他会合，然后拍了照片。在把照片给丹或伯格曼先生看之前，我想先同你谈谈。”

索尔对着两张照片皱起眉，“我没看出这两张照片有什么特别的意义。”他说，“难道是这个地址重要？”

“不。”艾伦说，“这是HRL集团的子公司租的一座联排房屋。”

索尔耸耸肩，“这有什么意义？”

“没有。”艾伦说，“但这些照片就有意义了。”他把五张照片从桌面上推到索尔面前。“利瓦伊开的是一辆贝尔电话公司的厢式货车。”艾伦略带得意地说，“他顺着电话杆爬上了三十英尺，拍下了这批人离开的照片。这是一条极其隐蔽的小巷，豪华轿车就停在巷子里。这批人沿着这里的房后便道出来，打开大门，直接上车。邻居都发现不了他们。从巷子两端也看不到他们。天衣无缝。”

黑白照片拍下了每一个人从门口进入轿车的瞬间。图像因为被放大了许多而显得有些模糊。索尔逐个仔细看过，说：“我不认识他们，莫迪。”

艾伦双手捧着脑袋，“你在这个国家生活多久了，索尔舅舅？”见索尔一言不发，艾伦用指头戳着一个小眼睛、宽下巴、一头白色卷发的男人的照片，“这是詹姆斯·韦恩·萨特，在他的信徒中，他有个更熟悉的名字：‘吉米[1]·韦恩牧师’。有点儿印象吗？”

“没有。”索尔说。

“一个通过电视传教的福音传教士。”艾伦说，“最初发迹于阿拉巴马州多森的一个露天电影教堂，现在他拥有卫星和有线电视频道，公司利润每年七千八百万美元，还不用交税。他的政治思想比匈奴王阿提拉还右倾。如果吉米·韦恩牧师宣告苏联是撒旦的傀儡——他在电视上天天都这么说——就会有一千二百万人欢呼‘哈利路亚’。就连贝京总理[2]也要对这个混蛋表示友好。教徒的捐款有一部分被用于购买武器，运到了以色列。这一切都是为了拯救圣地。”

“以色列同激进的右翼分子有联系，这并不是什么新闻。”索尔说，“你和你的朋友利瓦伊忙活了半天就查到了这个？也许

① 詹姆斯的昵称。

② 梅纳赫姆·贝京（1913—1992），以色列政治家，1977年至1983年任以色列总理。

哈罗德先生是韦恩的信徒。”

艾伦扭了扭身子，将哈罗德和萨特的照片放进文件夹，对过来加咖啡的女服务员露出微笑。餐厅里现在基本没人了。女服务员走后，艾伦略带激动地说：“在这批人里，吉米·韦恩·萨特是我们最不需要担心的，索尔舅舅。你认识这个人吗？”他指着一个面容消瘦、眼窝深陷的黑发男人问。

“不认识。”

“他是聂曼·特拉斯科，”艾伦说，“来自缅因州的凯洛格参议员的资深顾问，想起来了吗？去年夏天，他在党内投票中差点儿被提名为副总统。”

“真的？”索尔说，“哪个党？”

艾伦摇摇头，“索尔舅舅，你这样两耳不闻窗外事，还能做成什么事呢？”

索尔微笑道：“我对时政了解不多。我每星期都要负责三门大学本科课程，还要被迫担任指导教授。我在诊所里的研究日程也排得满满的。我的第二本书计划在一月六日出版……”

“好吧……”艾伦说。

“每周我在诊所至少要亲自从事十二小时心理咨询。十二月份我参加了四个研讨会，两个在欧洲；还在四本刊物上发表论文……”

“嗯。”艾伦说。

“上周之所以比较清闲，是因为我只需要主持大学里的一次小组讨论。”索尔说，“一般情况下，我每周都有两个晚上要花在市长委员会和州顾问委员会的事务上。现在，请你告诉我，莫迪，为什么特拉斯科先生很重要？就因为他是凯洛格参议员的顾问？”

“他是最重要的顾问。”艾伦说，“据说，凯洛格就连去不去上厕所都要咨询聂曼·特拉斯科。上一轮竞选时，特拉斯科还给了一大笔赞助。传说他出现的地方就一定会砸钱。”“阔绰。”索尔说，“这位绅士又是谁？”他敲了敲另一张照片中同查尔顿·赫斯顿①有点儿像的人的额头。

“约瑟夫·菲利普·开普勒。”艾伦说，“曾担任林登·约翰逊总统任期内中央情报局的三号人物，国务院的纠纷调解人。现在他是美国公共电视网的媒体顾问和评论员。”

“不错。”索尔说，“我觉得他有点儿眼熟。他是不是在主持星期天晚上的节目？”

“叫作《快速问答》。”艾伦说，“请政府官僚上节目加以羞辱。这个人——”艾伦沉着脸，敲了敲一个光头矮个子男人的照片，“是查尔斯·C. 科尔本，联邦调查局局长的特别助理。”

“有趣的头衔。”索尔说，“可能有用，也可能完全没用。”

“这个人的出现意义重大。”艾伦说，“在所有参与水门事件的嫌疑人中，科尔本是唯一一个没有遭到惩罚的中层干部。他是白宫在联邦调查局中的联络人。有人说戈登·利迪②的那些匪夷所思的行为也出自他的策划。他不但没有遭到指控，在其他人滚蛋之后，他反而更加重要了。”

“这些到底都意味着什么，莫迪？”

---

① 查尔顿·赫斯顿（Charlton Heston，1923—2008），美国男演员，经常扮演英雄人物，代表作《宾虚》。

② 戈登·利迪（Gordon Liddy，1930—），水门事件的策划者与实施者。

“少安毋躁，索尔舅舅。我最后介绍的这位才是最重要的人物。”艾伦把其他照片都收了起来，单独留下一张，上面的老人身材瘦削，衣着精致，看上去六十出头，一头惹眼的白发，发型完美无缺。尽管被放大的黑白照片不甚清晰，但索尔仍能看出，微黑的肤色、高雅的穿着和潜在的气场背后，是巨大的财富在做支撑。

“C. 阿诺德·巴伦特。”艾伦说，顿了顿，接着道，“他被称为‘总统的朋友’。从艾森豪威尔开始，每位总统都带着家人至少去过一次巴伦特的隐蔽庄园度假。巴伦特的父亲C. 阿诺德一世是做钢铁和铁路生意的百万富翁，但同巴伦特的数十亿身家比起来，他父亲简直就是穷光蛋。曼哈顿的每一座摩天大楼顶楼中，都有至少一个公司的母公司隶属于C. 阿诺德·巴伦特控制的财团所管理的企业集团。从媒体、芯片、电影到石油、艺术品，乃至婴儿食品，只要是赚钱的领域，巴伦特都有涉足。”

“他姓名中的‘C’代表什么？”索尔问。

“没有人知道。”艾伦说，“C. 阿诺德一世从没透露过，他的儿子也对此缄口不提。反正每次总统全家去拜访巴伦特的庄园时，特勤局的人都很开心。巴伦特的那些大房子通常都在岛上——他拥有的岛屿遍布全球，索尔舅舅——那里的陈设、安保、直升机升降场、卫星通信甚至比白宫都高级。

“每年，通常在六月，巴伦特的西方传统基金会都会举行‘夏令营’——西半球最有权势的人将狂欢一个星期。这个活动纯粹是邀请制的，你想得到邀请，必须至少是内阁成员，或者即将入阁，或者曾经叱咤风云。过去几年曾有传言说，德国前总理同美国前国务卿和前总统围着篝火唱歌跳舞，歌词淫秽不堪。领导人到了那里，就能无所顾忌地展露自己最真实的一面……”

索尔看着艾伦将最后一张照片收起来。“告诉我，这些意味着什么，艾伦。为什么来自好莱坞的托尼·哈罗德会同这五个我应该认识但实际上不认识的五个人秘密会面呢？”

艾伦将文件夹放进公文包，十指交叉，嘴角的线条紧绷起来。“这个应该我问你，索尔舅舅。一个电影制片人——你认为他是你一直追踪的那个纳粹上校——死于炸弹导致的空难。你让你的一个有钱的大学学生充当业余侦探，去好莱坞调查这个制片人的历史，结果你的学生遭到绑架——很可能已被杀害——同时他的两名助手也死了。一个星期后，那个纳粹制片人的搭档——据说既行骗也猥亵儿童——飞到华盛顿同一群权威人士和幕后的权力掮客会面，而这群人堪称亚西尔·阿拉法特的第一届执行委员会之后最奇怪的组合。到底发生了什么事，索尔舅舅？”

索尔摘下眼镜，擦了擦镜片。他有整整一分钟都没说话。艾伦在一旁静候。“莫迪，”索尔终于说，“我不知道发生了什么事。我只对上校感兴趣——我相信上校就是威廉·D. 波登。今天之前，我从未听说过这些人。我不知道波登是谁。直到看到星期天《纽约时报》上他的照片，我才断定他就是党卫军的威廉·冯·伯夏特上校……”索尔停下，戴上眼镜，手指颤抖着抚摸额头。他知道，在外甥眼中，自己看上去肯定是一个受惊而困惑的老人。在那一刻，他没有丝毫伪装。

“索尔舅舅，你可以告诉我背后的秘密。”艾伦用希伯来语说，“让我帮你。”

索尔点点头。他感觉眼中涌出了泪水，立即把头别向一边。

“如果这个秘密对于以色列很重要，或者构成了威胁，”艾伦迫切地说，“我们需要携手合作，索尔舅舅。”

索尔坐直身子。威胁……他的眼前突然浮现出切姆诺集中营中的场景——父亲带着小约瑟夫，排在一列肤色苍白的裸体男人和男孩之间。他的脸颊又感到被掌掴后火辣辣的刺疼。他知道，正如他父亲当年所深知的一样，拯救家人有时候是最优先的考量，乃至唯一的考量。他双手握住艾伦的手。“莫迪……你必须相信我。我认为这些事彼此之间并无关联。波登很有可能并不是我在集中营中认识的那个上校。弗朗西斯·哈灵顿很聪明，但情绪不稳定——他总是半途而废，所以三年前从普林斯顿大学辍学了。我给了他一大笔预付金，资助他调查威廉·波登的背景。我肯定弗朗西斯的母亲，或者秘书，或者女朋友会收到他寄的明信片，地址是波拉岛之类的地方，时间是将来的任何一天——”

“索尔舅舅——”

“请听我说，莫迪。弗朗西斯的朋友……他们死于交通事故。总会有人死于事故，你不知道吗？你的表哥柴姆就是从戈兰高地开着吉普去见一个跟妓女差不多的女孩的时候——”

“索尔舅舅——”

“听着，莫迪，你又在扮演詹姆斯·邦德了，就像你小时候扮演超人一样，你记得吗？我来你家的夏天，你九岁，本来早就过了将毛巾缠在脖子上从阳台往下跳的年纪，但你还是乐此不疲。结果整个夏天你都不能同你最喜欢的舅舅玩，因为你左腿上打着石膏。”

艾伦脸红了，低头看着自己的手。

“你们拍的照片很有趣，莫迪。但它们意味着什么？针对耶路撒冷的阴谋？阿拉法特的法塔赫小分队打算将炸弹运到边境上？莫迪，你看到的是几个有钱有势的人在纸醉金迷的城市中同一个色情片制作人见了一面。你觉得这是一场秘密会议？你自己说过，C. 阿诺德·巴伦特拥有的岛屿和宅邸比白宫都安全。他们之所以偷偷摸摸，是因为他们干的事见不得光。谁知道这些人在交易什么肮脏的小电影，或者福音派的韦恩·吉姆牧师资助了什么肮脏的小电影。”

“是吉米·韦恩。”艾伦说。

“管他叫什么。”索尔说，“你真的觉得，为了这个讨论色情电影的愚蠢会议，你犯得着去打扰大使馆的上司，正式派出特工参与调查，甚至让病中的戴维烦心？”

艾伦瘦削的面庞涨得通红，索尔觉得这个年轻人就要哭出来了。

“这么说，索尔舅舅，你什么都不想告诉我？”

索尔子又摸着外甥的手说：“我以你去世母亲的名义起誓，莫迪，我已经把合理的解释告诉了你。我还会在华盛顿待上一两天，说不准会再来看你和黛博拉，同你谈谈。你家在河对岸，对不对？”

“亚历山大。”艾伦说，“今晚怎么样？”

“我有个会要开。”索尔说，“但明天……我很期待能吃一顿家庭风味的菜肴。”索尔回头看着餐厅里的三个以色列人，现在他们是除索尔和艾伦之外这里唯一的客人。“我们怎么给他们说？”

艾伦扶了扶眼镜，“只有利瓦伊知道为什么我们来这儿。我们反正要出来吃午饭……”艾伦忽然正色道，“你知道自己在做什么吧，索尔舅舅？”

“当然。”索尔说，“我现在想尽量少做点儿事，趁剩余的假期好好放松一下，为一月份的教学工作做点儿准备。莫迪，你不会让他们——”索尔偏了偏脑袋，“跟踪我吧？我打算今晚同一个女同事吃饭，他们跟在后面会让我很尴尬。”

艾伦咧嘴笑道：“我们反正腾不出人手。只有利瓦伊是负责外勤的。哈利和芭芭拉同我一样做密码方面的工作。”两人站起来，“那就明天吧，索尔舅舅？我来接你。”

“不用，我租了辆车。”索尔说，“六点如何？”

“尽量早点儿吧。”艾伦说，“晚饭前还可以同我的双胞胎孩子玩一会儿。”

“那就四点半。”索尔说。

“你会和我谈谈？”

“我保证。”索尔说。

两人沿着楼梯来到美术馆穹顶之下，互相拥抱，然后分头离开。索尔留在礼品店，直到看见哈里、芭芭拉和那个名叫利瓦伊的皮肤黝黑的男人离开之后，他才慢慢走上楼，来到印象派画作展区。

戴草帽的女孩仍在那里等着他，抬头望着画外的他，带着一丝惊讶、迷惑和悲伤，索尔不禁为之着迷。他长时间站在那儿，家庭、复仇、恐惧……思绪纷杂。把两个非犹太人卷入本不属于他们的战斗，这疯狂的行为是否道德？他暗暗自问。

他决定返回酒店，痛痛快快地洗个热水澡，读点儿莫蒂默·阿德勒[1]的书。然后给查尔斯顿打电话，同娜塔莉和治安官

---

① 莫蒂默·阿德勒（Mortimer J. Adler，1902—2001），美国哲学家。

谈谈。他会告诉他们，他同艾伦的会面很顺利，他现在知道，那个遇难航班上的制片人不是他噩梦中挥之不去的德国上校。他会承认，自己最近压力极大，他们得自己去思考尼娜·德雷顿和查尔斯顿凶杀案是怎么回事。

索尔站在戴草帽的女孩的画像前，陷入沉思。这时，一个低沉的声音冷不防从背后传来："这幅画真漂亮是吧？但可悲的是，当年给画家做模特的女孩早已化作枯骨了。"

索尔连忙转身。弗朗西斯·哈灵顿站在那里，眼里放射着怪异的光芒，长着雀斑的脸面如死灰，毫无生气。然后，他松弛的嘴角如同被钩子勾起似的向上一挑，露出一排牙齿，像是在大笑，却又无比痛苦。他抬起双臂，仿佛要给索尔一个熊抱。

"**好久不见，老朋友**。"那个已不是弗朗西斯·哈灵顿的怪物用德语说，"**你还好吗，我钟爱的小兵**？"

16

查尔斯顿

1980年12月25日，星期四

医院门厅的等候区中央，竖立着一棵三英尺高的银色圣诞树，树下放着五个包装得闪闪发光的空礼物盒，树枝上挂着纸做的装饰品。阳光照射着白色和黄色的方形地砖。

鲍比·乔伊·金特里治安官穿过门厅，朝电梯走去时，对接待员点了点头。“早上好，圣诞快乐，豪厄尔女士。”他大声说。金特里敲了下电梯按钮，胳膊下夹着一个白色大纸袋子。

“圣诞快乐，治安官！”这位七十岁的志愿者大声回复道，“哦，治安官，我能耽误你一会儿吗？”

“甭客气，女士。”金特里从打开的电梯厢门前转过身，走向接待柜台。豪厄尔女士穿着一件淡绿色的罩衣，与她面前柜台上塑料松树的深绿色树枝形成鲜明对比。柜台上铺着福米加抗热硬塑料薄板。剪影出版社的两本言情小说摊开放在名片整理夹旁边。“你找我什么事，豪厄尔女士？”金特里问。

老妇人身子前倾，摘下双光眼镜，吊在缀有珠子的链子上。“他们昨晚带来了一个黑人女性。”她抑制着兴奋小声说，尽量让自己显得不那么八卦。

“然后呢？”

“奥林德护士说，你一晚上都坐着没合眼——就像个警卫一样——还说今早你离开时候，让你的副手留在房间外面。”

“那个是雷斯特。”金特里说，把纸袋换到另一侧的胳膊下夹着。“雷斯特和我是治安官办公室里唯一没结婚的，节假日一般由我们值班。”

“不错。”豪厄尔女士说，感觉治安官有点儿偏题，“但我们——奥林德护士和我——怀疑，昨晚是圣诞前夜啊，你说这个女孩大半夜的是因为犯了什么罪被抓进来的？我知道，这是公务，但这女孩应该是曼德萨旅馆凶杀案的嫌疑人，所以得强行带回来，对吧？”

金特里微微一笑，探出身子，“豪厄尔女士，你能保密么？”

接待员将厚镜片眼镜推回原位，噘起嘴，坐直身子，点点头。“当然，治安官。”她说，“我绝不外传。”

金特里点点头，凑到老妇人耳边，轻声道：“普雷斯顿小姐是我的未婚妻。但她不愿意嫁给我，我将她关在地下室里。我们昨晚去饮酒作乐的时候，她试图逃跑，我只好将她痛打一顿。雷斯特这会儿正拿枪对着她等我回来。”

金特里回头眨了下眼，然后进入电梯。豪厄尔女士的眼镜滑到了鼻尖上，嘴巴微微张开。

娜塔莉抬起头，看见金特里走进双人房。之前她一直独自留在房中。

“早上好。圣诞快乐！”他大声说，将滚轮托盘桌拉过来，把白色袋子砰地放托盘上。然后模仿圣诞老人，“呵呵呵”地笑了两声。

“圣诞快乐。”娜塔莉说，声音紧张而沙哑。她五官扭曲，用左手去摸脖子。

“你看到那里的瘀伤了吗？”金特里问，再次探出身子亲自查看。

“看到了。”娜塔莉喃喃道。

“干这事儿的人肯定有同范·克莱本[①]一样长的手指头。”金特里说，“你的脑袋感觉怎么样？”

娜塔莉摸着脑袋右侧的一大块绷带。“这是怎么回事？”她用沙哑的嗓音问，“我记得被人扼住了喉咙，但我不记得有人打过我的脑袋……”

金特里开始将泡沫塑料食物盒从纸袋子里取出来。“医生来过了吗？”

“我醒后就没见到过。”

“医生认为你在同袭击者搏斗的时候脑袋撞到了车门门框上。”金特里说，他取下装热咖啡的泡沫塑料杯的盖子和装橙汁的透明塑料杯的盖子。“只是流了点儿血。你是因为被勒住了脖子才昏迷的。”

娜塔莉摸着脖子，似乎心有余悸，“我现在知道被绞死是什么滋味了。”她轻声说，带着一丝浅笑。

金特里摇摇头。“不。你是因为大脑缺血才昏迷的，而不是

① 范·克莱本（1934—2013），美国钢琴家。

因为无法呼吸。袭击者是内行。只要再用些劲，你的大脑肯定会有损伤。你想配着英式小松饼吃煎蛋吗？”

娜塔莉盯着面前丰盛的早餐：咖啡、烤松饼、鸡蛋、熏猪肉、香肠、橙汁、水果。“你到底是从哪儿买到这些的？”她不可思议地问，“他们已经给我买了一大堆食物了——水煮蛋、淡茶。什么馆子会在圣诞节早上开门？”

金特里摘下帽子，贴在胸口，娜塔莉的话让他有点儿受伤。“馆子？馆子？这是一座虔诚的基督城市，圣诞节早上所有馆子都关了，除了州际高速公路边汤姆·德尔菲的馆子——汤姆是无神论者。女士，这些食物是鄙人下厨做的。趁着食物还热，赶紧吃了吧。”

“谢谢你……治安官。”娜塔莉说，“但我一个人吃不完……”

“你不用都吃完。”金特里说，“我也要吃早饭。给你胡椒。”

“但我的喉咙……”

“医生说你的喉咙会痛一段时间，但吃饭没有问题。吃吧。”

娜塔莉张开嘴，一句话也没说，拿起了叉子。

金特里从纸袋里取出一个小半导体收音机，放在桌上。大多数电台都在播放圣诞音乐。他找到一个在播放汉德尔[①]的《弥赛亚》的古典音乐台，调高了音量。

娜塔莉似乎很喜欢吃煎蛋。她啜了口热咖啡，说：“早餐太棒

① 汉德尔（1685—1759），德裔英国作曲家。

了，治安官。雷斯特呢？”

“他可算不上出色的副手。”金特里说。

“不，我是说，他还在这儿吗？”

“不在了。”金特里说，“他要在警察局值班到中午。然后斯图亚特会来接替他。别担心，雷斯特已经吃过早饭了。”

“咖啡很香。”娜塔莉说。她隔着一堆泡沫塑料容器看着金特里。“雷斯特说，你整晚都待在这儿。”

金特里同时耸肩并摘下帽子，并没有接娜塔莉的话。“该死的鸡蛋在我把它们放进泡沫塑料盒子的时候就凉了。”他说。

“你觉得袭击我的人……会回来吗？”娜塔莉问。

“不会。”金特里说，“但我们没说上什么话他们就给你打了针。我觉得你醒了之后应该有人在这儿同你聊天。”

“所以你在医院的椅子里过了圣诞前夜？”娜塔莉说。

金特里咧嘴一笑，“管他的呢。总比连续第二十年看《脱线先生的圣诞颂歌》有趣得多。”

“你昨晚为什么那么快就找到了我？”娜塔莉问，声音依然沙哑，但已经没有刚才那么紧张了。

“我们说好了要见面的啊。”金特里说，“我发现你不在家，而我的电话答录机里一条信息都没有，于是我在回家的路上顺道去了趟福勒家。我知道你有每天去福勒家监视一会儿的习惯。”

“但你没看见袭击我的人。”

“没有。只看见你蹲坐在前排座位上，拿着一部沾血的相机。”

娜塔莉摇摇头。“我还是想不起用相机打了他。”她说，

“我想摸出父亲的枪。”

“嗯，这倒提醒我了——”金特里说，走到搭在椅子上的绿色治安官制服前，在口袋中拿出点32口径自动手枪，将它放在托盘桌的远端靠近橙汁的位置。“我把保险复位了。”他说，“枪里还有子弹呢。”

娜塔莉拿起一块烤面包片，但没有咬下去。

“是谁？”金特里摇头，“你说他是白人。”

“是的。我只看到他的鼻子……还有一点面颊……还有他的眼睛，但我肯定他是白人……”

“年龄呢？”

“我不肯定。我感觉他跟你的年龄差不多——三十出头的样子。”

“除了你昨晚告诉我的情况，你现在有没有想起新的东西？”金特里问。

“没有了。”娜塔莉说，“我跑回车上的时候，他就在车里。他一定是趴在后排座的地板上……”娜塔莉放下烤面包片，瑟瑟发抖。

“他破坏了车顶灯。”金特里说，将最后一点煎蛋吃完。“所以你打开驾驶座一侧的车门时，顶灯没有亮。你说你看见福勒家二楼上有灯光？”

“是的。亮灯的不是走廊或者卧室，或许是从楼上的客房里传来的。我透过百叶窗的缝隙看到了。”

“这个也吃了吧。”金特里将装着熏肉的小盘子推到她面前，“你知道福勒家的电是关了的吧？”

娜塔莉眉毛上挑。“不知道。”她说。

"很可能是手电筒的光。"金特里说，"但也可能是那种大型的手提电灯。"

"就是说，你相信我的话？"

金特里把泡沫塑料盒合上，正要扔到附近塑料桶里，闻言停下，盯着娜塔莉说："我为什么不相信你？你脖子上的勒痕又不是自己弄的。"

"但为什么有人想杀我？"娜塔莉用几不可闻的声音问。

金特里将她面前的盘子和盒子收起来。"呃……"他说，"袭击你的人并没打算杀你。他想伤害你。"

"那他成功了。"娜塔莉说，轻轻地触碰自己的脖子和缠着绑带的脑袋。

"还有惊吓你。"

"我赞同。"娜塔莉说，把周围打量了一圈，"天啊，我讨厌医院。"

"那人还对你说了话。"金特里说，"再给我说一遍。"

娜塔莉闭上眼睛。"'你想找到那个女人？去德国城吧。'"

"再说一遍。"金特里说，"用相同的语调，相同的风格。"

娜塔莉用平板、毫无感情的声调重复了一遍。

"就这样？"金特里，"没有口音和方言？"

"没有。"娜塔莉说，"就像广播里的播音员播放天气预报一样，单调得很。"

"没有本地口音？"金特里说。

"没有。"

"北方口音呢？"金特里问。他用纯正的纽约口音将那句话重复了一遍，娜塔莉不顾喉咙疼痛，大笑了出来。

“不像。”她说。

“新英格兰口音？德国口音？新泽西口音？美国犹太人口音？”金特里问，然后完美地用三种方言将那句话重复了一遍。

“不像。”娜塔莉笑道，“你模仿得真像，但他——毫无口音可言。”

“那声调和声音高低呢？”

“深沉，但没有你深沉。”娜塔莉说，“感觉就像轻柔的男中音。”

“会不会是个女人？”金特里问。

娜塔莉眨了眨眼。她想起了从后视镜中瞥见的袭击者，尽管她当时眼睛已经充血，但她仍然看见了对方瘦削的面庞和深蓝灰色的眼睛。她回想着袭击者胳膊和手的力量，**对方也可能是女人**，她猜想，**力气非常大的女人**。“不会。”她大声说，“我感觉袭击者是男的——不知你懂不懂我的意思。我并不是说自己曾被男人袭击过。况且，他又没强暴我——”她突然惊慌地说不出话来。

“我懂你的意思。”金特里说，“无论对方是谁，他都并不打算杀你。有谁会向自己将杀的人传递消息的？”

“消息？”娜塔莉说。

“说‘警告’才更恰当吧。”金特里更正道，“警方将这起案子归为可能带强奸意图的偶发袭击。既然袭击者没有抢走你的钱包，我很难断定这是抢劫。”他把托盘上的东西都清走，只留下咖啡杯，然后从掏空的白袋子中取出一根短短的温度计。“还想再喝点咖啡吗？”

娜塔莉犹豫片刻。“好吧。”她最后说，把杯子推给他，“这玩意儿通常都会弄得我神经过敏，但喝了似乎能抵消他们昨晚给我的那一针的效果。”

“何况今天是圣诞节。”金特里说，为自己和娜塔莉都倒上了咖啡。他们坐下聆听《弥赛亚》高昂的终章。

音乐结束后，电台主持人开始讨论节目，娜塔莉说：“我昨晚本可以不待在这儿的，对吧？”

“你受到了极大的精神创伤。”金特里说，“你昏迷了至少十分钟。”你的头撞到了保险带的扣子上，缝了八针。

“但你可以把我送回家去，对吧？”

“不错。”金特里说，“但我不想让你回家。你不适合单独待着，也绝不会同意去我家，我又不愿意圣诞前夜坐在自己没有标志的警车里，一晚上都守在你家门外。而且，医生说你必须留院观察一晚。”

“我宁愿去你家。”娜塔莉柔声道，但并无卖弄风情的意味。“我很害怕。”她说。

金特里点点头。“是啊。”他喝完杯中的咖啡，“我也害怕。我甚至不知道这是为什么，但我感觉，我们已经深深陷入了一个说不清道不明的事情当中。”

“看来你仍然相信索尔的故事？”

“他离开之后六天都没消息，我很不安。”金特里说，“就算我们不全信他的话也知道，这里头一定有蹊跷。”

“你觉得你能抓住昨晚袭击我的人吗？”娜塔莉问。她突然感觉很累，躺到枕头上，将床调得更高。

“袭击者没有留下指纹或其他痕迹。”金特里说，“我们在检验尼康相机上的血迹，但也不会查出多少信息。我们只能继续深入调查。”

“那个人可能再次袭击我。”娜塔莉说。

“呃……我觉得他不会了。”金特里说，“我认为他们已经把消息传递出去了。”

“‘你想找到那个女人？去德国城吧。’”娜塔莉拉长声调说，“那个女人会是梅勒妮·福勒吗？”

“你觉得会是别人吗？”

“不会。德国城在哪儿？那是真实存在的地点吗？你觉得这跟索尔所说的上校是否相关？比如说，这是某种暗号？”

“我知道北方城市里有好几个德国城。”金特里说，“费城有一个历史悠久的城区叫这个名字。但全国很可能有一百个叫这个名字的城镇。我这儿的地图上没有标出来，但我打算去图书馆好好查查。这不像是暗号，只是个地名。”

“但为什么那人会告诉我福勒在这个地方呢？”娜塔莉问，“谁会知道她在那里？”

“问得好。”金特里说，“我还不知道答案。如果索尔的故事是真的，那他似乎也有许多不明之处。”

“昨晚那个人……他会是福勒夫人派来的吗？索尔说，上校可以用意念控制他。福勒夫人会不会也有这种能力？她会不会仍然留在查尔斯顿，故意误导我们？”

“当然有可能。”金特里说，“但这种可能性经不起推敲。倘若梅勒妮·福勒还活着，并且留在查尔斯顿，那为什么把她的踪迹暴露给我们？我们算什么？已经有两个市级机构、三个省级机构，还有该死的联邦调查局在全力侦破这个案子。三大电视网上周都做了报道。五十名记者参加了上周一的地方检察官新闻发布会，其中一些还在追踪这个案子——尽管他们已不再关注我们警察局——所以我才没有把你昨晚将车停在福勒家对面写进案情记录里。倘若这件事被媒体知道了，第二天的新闻标题一定是《查尔斯顿凶杀案元凶再下毒手，一人几乎丧命》。”

“那你觉得哪种可能性更高呢？”娜塔莉问。金特里收拾完屋子，将托盘桌挪开，坐在床沿上。对他这种大块头来说，他的举止堪称敏捷而优雅，仿佛在粉色皮肤和脂肪下藏着一个技能娴熟的运动员。“假定索尔的故事是真的，”金特里轻声说，“那查尔斯顿凶杀案就可以解释为精神吸血鬼之间互相攻击。尼娜·德雷顿死了。我在她被送到停尸房之前和之后都见过她的尸体。无论她是什么，她现在都只存在于记忆中了。认领她尸体的人将她火化了，现在她只是一把骨灰。”

“谁认领了尸体？”娜塔莉问。

“不是她的家人或者朋友。”金特里说，“是一个律师——他是她房产的遗嘱执行人——以及她担任董事的公司的两个成员。”

“尼娜·德雷顿死了，”娜塔莉说，“剩下的还有谁？”

金特里伸出三个手指，“梅勒妮·福勒、威廉·波登，即索尔口中的上校——”

“这才两个。”娜塔莉盯着剩下的一根手指说，“还有一个是谁？”

“不知道，但候选人有一百万。”金特里说，晃了晃十根指头。“嘿，我给你准备了一份礼物。”他走到自己脱下的制服边，拿出了一个信封，里面装着圣诞节贺卡和飞机票。

“回圣路易斯的飞机？”娜塔莉说，“明天的？”

“不错。今天的机票买不到了。”

“你是想把我赶走吗，治安官？”

“可以这么说。”金特里一笑，“我知道这相当无礼，但我觉得你最好躲得远远的，直到这堆乱七八糟的问题解决之后再回来。”

“我真不知道该说什么。”娜塔莉说，“为什么我回圣路易斯去就安全了？如果有人要追杀我，那他难道不会跟我去圣路易斯吗？”

金特里双臂抱胸，“你说得有道理，但我认为不会有人跟踪你，你觉得呢？”见娜塔莉没有回答，他继续说，“你曾说过你在那边有朋友——弗雷德里克可以陪你——”

“我不需要保镖或保姆。”娜塔莉冷冷地说。

“是的。”金特里说，“但你回去之后就会有一群朋友陪伴，还有事情可做，然后你就可以忘了这里的不愉快。”

“那谁去寻找杀害我父亲的凶手？”娜塔莉说，“谁去监视福勒家，等待索尔的消息？”

“我会让副手去监视福勒家。”金特里说，“霍奇斯夫人同意我的人待在她家中——在楼上霍奇斯先生的书房里，从那儿可以俯瞰整个院子。”

“那你干什么？”

金特里将帽子从床上拿起来，折起帽顶，戴上帽子。“我有点儿想去度假。”他说。

“度假！”娜塔莉惊呼道，“你居然有心情度假？这摊子事你不管啦？”

金特里笑道："局里的人也是这么说我的。我工作繁重，过去两年都没有休过假，至少累积了五个星期的假。如果我愿意，至少能休一两个星期。"

"什么时候开始度假？"娜塔莉问。

"明天。"

"你上哪儿度假？"娜塔莉的声音中不止是好奇。

金特里揉了揉脸颊。"我想溜达到北方去，在纽约玩几天。我很久没去那里了。然后我打算去华盛顿玩一两天。"

"你是去找索尔吧？"娜塔莉说。

"我可以把他找出来。"金特里拉长声调说，瞟了眼手表，"嘿，时间不早了。医生大概九点钟会过来，然后你八成就可以走了。"他顿了顿，"你刚才提到，你可以到我家做客？"

娜塔莉在枕头上撑起身子。"你这是在邀请我？"她问。

"是的。"金特里说，"你回圣路易斯之前，我希望你不要在自己家待太久。当然，你今晚上也可以住酒店，我可以安排雷斯特或者斯图亚特和我轮流看护你——"

"治安官，"她说，"在我答应你之前，我希望同你商量一件事。"

金特里严肃起来："请说，女士。"

"我厌倦了叫你'治安官'，更厌烦被你称作'女士'。"娜塔莉说，"咱们不如直呼名字算了。"

"我无所谓。"金特里咧嘴一笑，"女士。"

"只有一个问题。"娜塔莉说，"我没法叫你鲍比·乔伊。"

"我手下也不这么称呼我。"金特里说，"直到我当上查尔斯顿这儿的治安官，他们才开始流行叫我鲍比·乔伊。这名字仅限于工作期间使用。”

“工作之外人们叫你什么？”娜塔莉问。

“胖墩儿。”金特里笑道，“我妈叫我罗布。”

“好吧。”娜塔莉说，“谢谢你的邀请，罗布。我愿意去你家做客。”

他们在娜塔莉的家停了很长时间，容她打包行李，给她父亲的律师和几个朋友打电话。处置房产和卖掉摄影工作室需要至少一个月。娜塔莉没理由再留在家里。

圣诞节这天温暖而晴朗。金特里缓缓驾车返回城中，沿着科斯格罗夫大道穿过阿什利河，再进入米廷街。今天是星期四，但感觉却像是星期天。

他们早早地吃了晚饭。金特里准备了烤火腿、土豆泥、奶酪酱拌花椰菜、巧克力奶油。圆形餐桌摆放在大凸窗旁边，两人啜着咖啡，欣赏着暮色渐染的房屋和树木。然后他们披上夹克，出门散步。走着走着，天上的星都亮了。父母呼唤孩子结束与新玩具的玩耍回家。黑暗的房间中闪现出电视的彩色光亮。

“你觉得索尔还好吗？”这还是今天他们头一回聊到严肃话题。

金特里把双手深深地插入夹克口袋中。“我说不准。”他说，“但我感觉肯定出事了。”

“我不想回圣路易斯躲起来。”娜塔莉说，“无论发生了什么事，我都要坚持调查下去。我觉得这是我欠父亲的。”

金特里没有争辩。“我跟你说，我去查出教授在哪儿，然后我们再同他联系上，计划下一步行动。我认为一个人做这个工作会更容易。”

“但梅勒妮·福勒可能就在查尔斯顿。”娜塔莉说，“我们甚至不知道昨晚袭击者的意图。”

“我认为那个老太太不在这儿。”金特里说，然后告诉娜塔莉，凶案发生那晚，阿瑟·卢埃林开车去附近商店买雪茄，结果以九十七英里的时速撞上了亚特兰大郊外的桥墩。“卢埃林先生要去的商店离曼德萨旅馆不远。”金特里说。

“如果梅勒妮·福勒具有索尔说的那种念控力……”

“不错。”金特里说，“乍听上去不可思议，但细想起来完全说得通。”

“你认为她躲在亚特兰大？”

“不。”金特里说，“她不会待在与事发地太近的地方。我猜她会尽快乘飞机或开车离开那里。我这一个星期都在打电话打探消息。一个星期前的星期一，哈兹菲尔德国际机场发生了一场骚动。一个女人将装有一万二千美元现金的随身行李箱落在了那儿。没人可以描述她的长相。机场的一个四十岁的行李搬运工突然癫痫发作死亡，但他之前几乎拥有完美的健康记录。我调查了那晚所有的非正常死亡。一家六口乘坐旅行车在285号州际高速公路上被一辆半挂车追尾，全家遇难——半挂车司机打瞌睡了。罗克代尔公园有人射杀了自己的姐夫，起因是家中一艘老船的归属权纠纷。亚特兰大体育馆附近发现了一个流浪汉的尸体，治安官办公室说死亡时间已接近一周。一个叫斯蒂文·伦顿的人在自家自杀了。据警方了解，他在妻子离开之后就一直郁郁寡欢。”

“这同梅勒妮·福勒有什么关系？”娜塔莉问。

“这也是我在琢磨的。”金特里说。他们来到一个小公园。

娜塔莉坐在秋千上，轻巧地前后晃荡。金特里手抓另一架秋千的铁链。“伦顿先生自杀的蹊跷之处是，他是在上班的时候自尽的。大多数人都不会选择在上班时间自杀。你绝对猜不到，他是在哪里搭上最后一个乘客的……”

娜塔莉停止摇荡，“我……哦！机场？”

“不错。”

她摇摇头，“这说不通啊。如果梅勒妮·福勒要从亚特兰大机场乘飞机离开，那为什么要把钱留下，还费神费力地去杀搬运工和出租车司机？”

“可以想象，肯定有事情惊吓到了她。”金特里说，“也许她临时改变了计划。出租车司机的私人轿车不见了——他的前妻向警察抱怨了近一个星期，车才被找到。”

“在什么地方发现的？”娜塔莉问。

“华盛顿特区。”金特里说，“就在市中心。”

“这说不通啊。”娜塔莉说，“司机自杀，有人偷走他的车，丢在华盛顿——难道这种解释不是更简单么？”

“是简单。”金特里说，“不过，如果我们采信索尔·拉斯基的故事，那这一系列巧合都可以简单地解释清楚。我一直笃信奥卡姆剃刀理论[1]。”

娜塔莉一笑，又荡起了秋千，“但这把剃刀你得谨慎使用。刀锋如果变钝，就会割到自己的喉咙。”

“嗯。”金特里说。他感觉舒服极了。晚风阵阵，生锈的秋千嘎吱作响，勾起他童年的回忆，还有娜塔莉陪在他身边，这让

① 即“如无必要，勿增实体”。其含义是，在试图了解某事物时，不采用不必要的信息是获得最佳解释的最快途径。

他很开心。

娜塔莉又停下晃荡，“我不能置身事外。”她说，“或许，你去华盛顿的同时，我可以去亚特兰大调查那里的事。”

“我只去几天。”金特里说，“你一到圣路易斯，我就会立刻同你联系。”

“索尔·拉斯基也说过会很快同我们联系。”

“听着，”金特里说，“我有一台电话答录机。我还有一种设备，可以在我回不了家的时候在电话里听到录音。我老爱弄丢东西，所以这种回放设备我买了两部。你可以拿一部。我会在每天上午十一点和晚上十一点打一次我自己的电话。如果你有事要告诉我，就在答录机里留言吧。你也可以通过同样的方式听取我的留言。”

娜塔莉眨眨眼，“你直接给我打电话不是更简单吗？”

“是简单，但你同我联系就比较困难了。”

“但是……那样我岂不是会听到你的私人信息？”

金特里在夜色中对她咧嘴一笑，“我对你没有什么秘密好隐瞒的。”他说，“或者说，我给你了那个电子设备之后就没什么好隐瞒的了。”

“我万分期待。”娜塔莉说。

他们回到金特里家时，发现有人正在等他们。长长的门廊的阴影深处，烟头的微光忽明忽暗。金特里和娜塔莉在石板路上停下来，治安官缓缓解开夹克，娜塔莉瞥见了插在腰带里的左轮手枪的枪把。“是谁？”金特里轻声问。

烟头的光忽地一亮，然后消失了，一个黑影站起来。娜塔莉抓住金特里的左臂，高大的黑影朝他们走来，在门廊的台阶旁停下。“你好，罗布。”一个深沉而沙哑的声音传来，“今晚很适合飞行。你想去海边兜兜风么？”

“你好，达利尔。”金特里说，娜塔莉感觉大块头治安官放松下来。

娜塔莉的眼睛逐渐适应了黑暗，终于看清对面是一个瘦高的男人，留着两侧发白的长发。他下身是一条破破烂烂的牛仔裤，脚上趿拉着拖鞋，上身是印着褪色的**克莱姆森大学**字样的运动衫。他脸上坑坑洼洼，面色深沉，与莫里斯·尤德尔[①]有几分相似，只是更年轻。

“娜塔莉，”金特里说，“这位是达利尔·米克斯，他在港口另一头做包机生意。每年都要载着一个摇滚乐队到处表演，他自己也会敲鼓。他觉得自己既是查克·耶格[②]也是弗兰克·扎帕[③]。达利尔和我是同学。达利尔，这位是娜塔莉·普雷斯顿女士。”

“很高兴认识你。”米克斯说。

他友好地同娜塔莉握了下手，娜塔莉喜欢他手上传来的力量感。“拖些椅子过来。”金特里说，“我给大家弄点儿啤酒。”

米克斯将烟头摁灭在栏杆上，然后丢进草丛，娜塔莉将一把藤椅转过来面朝门廊里的秋千。米克斯坐在秋千上，跷起二郎腿，拖鞋挂在脚趾上晃荡。

“你们俩上的是哪个学校？”娜塔莉问。她觉得米克斯看上

---

① 莫里斯·尤德尔（1922—1998），美国众议员议员。

② 查克·耶格（1923—），美国空军英雄。

③ 弗兰克·扎帕（1940—1993），美国歌手、唱片制作人。

去比罗布年纪大。

“西北大学。”米克斯用沙哑而友善的声音说，“但罗布以优等成绩毕业，而我因为成绩不及格而被学校除名，只好应征入伍。我们做了几年的室友。在那个大城市里，我俩都是没见过什么世面的南部小子。”

“是啊。”金特里说，带回来三罐冰冻的米狮龙啤酒。“达利尔确实是在南部长大的——芝加哥南部。他从来没有穿越梅森-迪克森线[①]，除了有一年来这儿找我玩了一个暑假。从越南回来之后，他就非常明智地搬到了这儿来。他也没有被开除。他是主动辍学参军的，尽管他在念大学之前就是海军陆战队员，而且在大学期间还是活跃的反战分子。”

米克斯喝了一大口啤酒，在微光中盯着啤酒罐，做了个鬼脸。“上帝啊，罗布，你还在喝这狗尿？我得告诉你多少遍，柏斯特啤酒才是好东西？”

“你去过越南？”娜塔莉问。她想起弗雷德里克，他拒绝谈论早年的从军生涯，就连听到越南这个词都会火冒三丈。

米克斯微笑着点头。“不错，女士。我在那儿当了两年的FAC——也就是空军前进控制员。我驾驶派柏小熊轻航机先行侦察，告诉驾驶机动性能更好的喷气机的飞行员，哪里适合投放武器装备。我在越南期间从没有愤怒地开过一枪。这简直就是最轻松的工作了。”

“达利尔被从天上射下来过两次。”金特里说，“他是我认识的唯一一个抽屉里堆满奖章的四十岁的嬉皮士。”

---

① 美国宾夕法尼亚州和马里兰州的分界线，也是南北战争之前美国的南北区域分界线。

“都是我在军人消费合作社里买的。”米克斯说。他喝完最后一口啤酒，打了个饱嗝，说：“我想今晚我是不能飞了，对吧，罗布？”

“下次吧，我的朋友。”金特里说。

米克斯点点头，站起身，朝娜塔莉鞠躬。“很高兴认识你，女士。如果你需要给庄稼撒药，或者包机旅行，或者好的鼓手，只需要到普莱森特山机场来找我就行了。”

“我会的。”娜塔莉微笑着说。

米克斯拍了拍金特里的肩膀，跳下台阶，进入黑暗中，吹着《情天未了缘》的主题曲的口哨离开了。

他们整晚都在听音乐，聊童年，玩象棋，讨论在南方长大在北方上学的经历，洗盘子，末了还喝了白兰地。娜塔莉发现他们在一起时都毫不紧张，仿佛彼此相识很多年了一样。

娜塔莉看到漂亮的客房时，不由得惊喜起来，金特里将这里打扫得一尘不染。实木家具和简单的铁床让这里看上去像是震颤教[①]教徒的房间。但好在床单是彩色的，墙上还装饰着精致的菠萝印花图案，才避免了斯巴达式的刻板单调。

金特里打开门厅厕所，指给她看干净的毛巾在哪儿，祝她晚安，最后一遍检查了门锁和院子里的灯，然后回去自己的卧室。他换上一套舒服而干净的长运动裤和T恤。过去八年里，他曾因肾结石四次入院，每一次都是深夜发作的。肾结石是钙结晶——尽管他一日三餐都是低钙食物，但他还是不可避免地患上了结石

① 十八世纪中叶时兴起于英国的基督教的一派，因其教徒在礼拜中做身体震荡之舞而得名，提倡财产共有及独身。

病——每次刚一发作，剧痛就让他丧失了行动能力，除了打电话叫救护车送他去急诊室。肾结石令金特里苦恼不已，病发之前他无法预测或阻止，病发之后他也只能把自己完全交给医生。不过，他早就将睡衣换成了长运动裤和T恤，所以在被送去医院的晚上——这种事平均两年发生一次——他到医院时就不至于身上还穿着睡衣。

金特里将枪套和点357口径鲁格黑鹰手枪挂在床边的椅子上。他每晚都将枪放在那儿，这样在黑暗中只需一伸手就能够到。

金特里没有立刻去睡觉。他知道两个房间之外就住着一个美丽的年轻女人。他也知道，今晚自己不能沿着走廊去她的房间。他知道他们互相倾慕——他被娜塔莉所吸引，而他也猜得出娜塔莉也喜欢他。金特里看着反射在天花板上的车灯，微微蹙眉。今晚不行。无论这种关系有何结果，今晚都不是确立关系的时机。治安官凭直觉敏锐地认识到，娜塔莉·普雷斯顿必须离开查尔斯顿，离开这疯狂的混乱。金特里的直觉总是非常准，这直觉已经救了他很多次。他相信自己的直觉。

把她接到自己家来住风险极大，但他不知道还有什么别的办法可以在她明早登机之前确保她的安全。有人在跟踪他——不是一个，而是好几个。直到昨天——也就是星期三，圣诞节前夜——他才确认这一点。他上午独自驾车转悠了超过九十分钟，明确了事实，并且记下了跟踪他的车辆。这次跟踪者比上周那个老到多了——实际上，跟踪进行得隐蔽而专业，倘若不是金特里早就绷起了神经，他绝对发现不了自己正在被跟踪。

至少有五辆车跟踪他，其中一辆是出租车，另外四辆则毫不起眼。不过有三辆车前一天曾经同他玩过猫鼠游戏。一辆车远远地跟在他后面，从不接近。如果他突然变换方向甩掉了这辆车，另一辆车就会跟上。金特里用两天才发现，在他前面还有接应的车辆。实施如此细致的跟踪，至少需要六辆车，十二个人，而且彼此间采用无线电通信。金特里曾考虑过，会不会是查尔斯顿警察局的内务部在调查他，但他很快放弃了这个想法。首先，他的档案记录、生活作风、待处理的案件数量都不足以让内务部出马。其次，查尔斯顿警察局的预算不允许如此劳师动众。再次，他认识的警察绝不会如此劳神费力地跟踪嫌疑人。

那跟踪者会是谁呢？联邦调查局？金特里不喜欢也不信任理查德·海恩斯，但他知道联邦调查局没有理由怀疑查尔斯顿的治安官参与了飞机爆炸案或曼萨德旅馆凶杀案。难道是中央情报局？金特里摇摇头，凝视着天花板。

娜塔莉发出尖叫时，金特里刚刚入睡——他梦见自己回到了芝加哥，在大学里寻找教室。

金特里抓起鲁格手枪，冲进走廊，头脑完全清醒过来。他听见隐隐的哭声，然后便是啜泣。金特里单膝跪在门外，伸手拧了下门把——门没上锁——将门猛然打开，身子闪到门边。四秒钟后，他蹲伏着出现在门口，伸直胳膊，持枪的手来回舞动。

娜塔莉独自坐在床上哭泣，双手捂住脸。金特里环视屋内，检查窗户是否还关着，将鲁格手枪轻轻放在床头柜上，坐在她身边的床沿上。

“我……我……我很抱歉。”她泪眼婆娑，结结巴巴地说，声音中满是惊恐和尴尬。“我每次刚……刚睡着，就会梦见那个人……从车……车座背后……勒我……”她强行忍住哭泣，打了个嗝，摸索着床头柜上的纸巾盒。

金特里用左臂搂住她。她身体僵直了一会儿，然后就软绵绵地瘫在了他怀里，头发触碰着他的面颊和下巴。她继续颤抖了几分钟。“没事了。”金特里一边抚摸着她的后背，一边喃喃低语，“一切都会好起来的。”她就像一只受惊的小猫，在主人温柔的抚摸下渐趋平静。

过了一阵子，金特里觉得她应该已经睡着，自己也快要沉入梦乡。这时，娜塔莉慢慢抬起头，双臂搂住他的脖子，开始亲吻他。他们吻得很久、很轻，让他们迷醉。她的双乳贴在他身上，柔软而丰满。

又过了一阵子，她跨坐在了他身上，金特里看着她颀长的脖子。她没有发出声音，但激情令她仰起了椭圆形的脸。他们十指相扣，他再次感觉到了她身体深处传来的颤抖，但这次颤抖的原因不是恐惧……

娜塔莉去圣路易斯的航班比金特里去纽约的航班早两个小时。她吻别了治安官。两人都在南方出生成长，深知南方的风俗——尽管如今已是1980年，但在这里，黑人女性和白人男性在公开场合亲吻还是会招来侧目与腹诽。但他们对此毫不介意。

“送给你的礼物。”金特里说，给了她一本《新闻周刊》、一份晨报，还有另一部留言播放器。“我试试今晚能不能听到你的留言。”他说。

娜塔莉点点头。她拿定主意不再说话，迅速转身，沿着机场斜坡快速离开了。

一个小时后，飞机已经飞到肯塔基州上空。娜塔莉放下《新闻周刊》，拿起报纸，看到了那篇将彻底改变她人生的文章。那篇文章刊登在第三页。

费城（美联社）

圣诞节前夜，德国城四名年轻的黑帮成员惨遭杀害，但费城警方仍然没有掌握可靠的线索和嫌疑人。凶案组的里奥·哈特韦尔警督称，这是他“入行十年来见过的最可怕的案件”。

圣诞节早上，在德国城的集市广场发现了未成年人街头黑帮“灵魂砖厂”的四名成员的尸体。警方没有透露遇害者的姓名和凶案的细节，但可以确定的是，四名遇害者的年龄介于十四到十七岁之间，尸体残缺不全。有目击者称，四个男孩都遭斩首，但负责调查的哈特韦尔警督对此未做评论。

“我们已经开始了仔细调查。”德国城凶案组的托马斯·莫拉诺队长说，“各种可疑的线索我们都在追查。”

费城的德国城地区有黑帮暴力犯罪的历史。1980年已经有两人死于黑帮火并，1979年则有六人丧命。“圣诞节前夜凶杀案令人瞠目。”德国城社区活动中心主任威廉·伍兹牧师说，“过去十个月，黑帮暴力犯罪一直在减少。我不知道现在黑帮之间有什么争执与仇杀。”

“灵魂砖厂”是德国城数十个未成年人黑帮之一，据说由大约四十个全职成员和八十个外围成员构成。大多数费城街头黑帮常年同地方执法部门冲突，不过最近几年，政府出台了许多帮扶计划，比如“圣约家园”“社区接触”。四个遇害的未成年人均来自“灵魂砖厂”。

娜塔莉立刻本能地意识到，这肯定同梅勒妮·福勒脱不开干系。她不知道为什么查尔斯顿的老太太会卷入费城的黑帮火并，但她仿佛再次感觉到一双手勒住她的脖颈，一个温暖的声音在她右耳边嘶嘶作响：“想找到那个女人？去德国城吧。”

在圣路易斯国际机场——当地人仍然管那里叫“兰伯特机场”——娜塔莉做出了决定，然后趁恐惧还没有阻止自己，立刻展开了行动。她知道，一旦自己给弗雷德里克打了电话，见到她的朋友，她就再也走不了了。娜塔莉闭上眼睛，眼前浮现出父亲的模样——孤零零地躺在冷清的殡仪馆，脸上还没有化妆，愤怒的殡仪业者反复抱怨着：“家属明天才能来。”

娜塔莉用信用卡购买了机票，搭乘环球航空公司的下一班飞机去费城。她检查了一下钱夹，里面还有两百美元现金和六百五十美元旅行支票。她暑假期间曾在《芝加哥太阳时报》打工，记者证仍揣在身上。她给报社的图片编辑本·耶茨打了个电话。

“娜特！”他的声音透过电话中的静电噪声和机场的背景噪声传来，“你不是要五月份才毕业么？”

“没错，本。”娜塔莉说，“但我要在费城待几天，你需要那件黑帮凶杀案的照片吗？”

“当然。”耶茨将信将疑地说，“什么黑帮凶杀案？”

娜塔莉把案情简介了一番。

“那个案子是不会流出照片的。就算警方愿意发布什么照片，也会直接电传给媒体。”

“可如果我搞到些有用的东西的话，你会要吗，本？”

“当然。”图片编辑说，“出什么事了，娜特？你和乔伊[1]怎么样了？”

娜塔莉感觉肚子遭到猛的一击。不知为何，本没有听说她父亲的死讯。她平复了呼吸，然后说：“这个我过一阵子给你说，本。现在我有事请你帮忙。如果费城警方打电话找你，你能告诉他我是《芝加哥太阳时报》的自由撰稿人吗？”

沉默只持续了几秒，“好的，娜特。我答应你。但你要及时向我通报进展，好吗？”

“当然，本。我一有消息就通知你。我保证。”

离开之前，娜塔莉给大学的计算机中心打去电话，给弗雷德里克留了个口信，说她很快就会联系他。然后，她拨打了查尔斯顿金特里家的电话。答录机播放了一段金特里的话，发出“哔”的一声，然后娜塔莉开口道：“罗布，我是娜塔莉。”她说自己改变了计划，还说了这么做的原因，然后她顿了顿，道：“小心，罗布。”

直飞费城的飞机非常拥挤。坐在她旁边的黑人穿着极其考究，虽然脖子粗，下巴圆，但看上去挺英俊。他正埋头阅读《华尔街时报》，娜塔莉盯着舷窗外看了一会儿，然后开始打瞌睡。四十五分钟后，她醒了，感觉头晕眼花，有些后悔自己踏上了这趟可能徒劳无功的旅程。她把查尔斯顿的报纸从相机包里取出来，第十次阅读那篇文章。她感觉自己似乎离开查尔斯顿——离开罗布·金特里——很多天了。

“我看见你在看我家那边发生的案子？”

---

① 约瑟夫的昵称。

娜塔莉转过头，坐在她身边的衣着考究的男人放下了《华尔街时报》。他举起一杯苏格兰威士忌，对她面露微笑。“空姐来送饮料的时候，你在睡觉。”他说，“你想让我把她叫回来吗？”

“不用了，谢谢。”娜塔莉说。男人的举止让她感觉隐隐的不安，但他的笑容、温柔的声音和随和的态度都表明，他是个热心而温暖的人。“‘你家那边’是什么意思？”她问。

男人拿酒杯的手伸向她的报纸。“黑帮那些事。”他说，“我住在德国城。这种破事时有发生。”

“你能给我讲讲吗？”娜塔莉问，“关于黑帮……还有黑帮凶杀案。”

“我可以给你讲讲黑帮。”他的声音让娜塔莉想起了演员詹姆斯·厄尔·琼斯[①]的低音，“但我不清楚什么黑帮凶杀案。这几天我都不在费城。”他的笑容更加灿烂了，“何况，小姐，我来自一个更积极向上的街区。你到费城后会去德国城吗？”

“我不知道。”娜塔莉说，“为什么这么问？”

大个子男人的嘴角咧得更开了，但他的眼神依旧难以捉摸。“我只是希望你去看看。”他若无其事地说，“德国城是一个有趣的地方，历史悠久。你可以在那里看到美丽和富裕，也可以看到贫民窟和黑帮。我希望你去费城游览的时候对这两方面都有了解。除非，你本来就住在那儿？我不应该妄下结论。”

娜塔莉强迫自己放松。她不能一直都保持在妄想和焦虑之中。“不，我是去游览的。”她说，“我愿意了解关于费城的一

① 詹姆斯·厄尔·琼斯（1931—）美国最成功的黑人演员之一。

切——好的方面，以及坏的方面。”

“那就好。”她的旅伴说，“我还要来杯酒。”他朝空姐挥了挥手，“你真的不想喝点儿什么吗？”

“可以来杯可乐。”娜塔莉说。

他点了两种饮料，然后转身对娜塔莉一笑。“点好了。”他说，“如果我要担当你的正式导游的话，我们应该首先自我介绍一下吧。”

“我叫娜塔莉·普雷斯顿。”娜塔莉说。

“很高兴认识你，普雷斯顿小姐。”她的邻座优雅地点了下头，“我叫詹森·鲁哈。听候你的吩咐。”

波音727飞机继续向东飞行，很快就被罩入了冬季夜晚的黑色大氅之中。

图书在版编目（CIP）数据

魔鬼在你身后：全3册 / (美) 丹 · 西蒙斯 (Dan Simmons) 著；汪洋译. -- 南京：江苏凤凰文艺出版社, 2017.12

书名原文: Carrion Comfort

ISBN 978-7-5594-0218-9

Ⅰ. ①魔… Ⅱ. ①丹… ②汪… Ⅲ. ①长篇小说—美国—现代 Ⅳ. ①I712.45

中国版本图书馆CIP数据核字(2017)第085363号

图字：10-2017-141号

书　　名　魔鬼在你身后

著　　者　（美）丹 · 西蒙斯
译　　者　汪　洋
责任编辑　丁小卉　姚　丽
特邀编辑　叶　子　闵　唯
责任监制　刘　巍　江伟明
策　　划　读客图书
版　　权　读客图书
封面设计　读客图书　021-33608311
出版发行　江苏凤凰文艺出版社
出版社地址　南京市中央路165号，邮编：210009
出版社网址　http://www.jswenyi.com
印　　刷　三河市龙大印装有限公司
开　　本　890mm x 1270mm　1/32
印　　张　38.75
字　　数　835千
版　　次　2017年12月第1版　2017年12月第1次印刷
标准书号　ISBN 978-7-5594-0218-9
定　　价　158.00元

如有印刷、装订质量问题，请致电010-85866447（免费更换，邮寄到付）

读客

读客外国小说文库

激发个人成长

CARRION COMFORT

魔鬼在你身后 II

[美] 丹·西蒙斯 著
DAN SIMMONS
汪洋 译

江苏凤凰文艺出版社
JIANGSU PHOENIX LITERATURE AND
ART PUBLISHING, LTD

目 录

Part 2 中局

21 / 069

德国城，1980年12月27日，星期六

“他狗日的当然砍了。他用镰刀和铲子把他们的脑袋割下来了，放到大街边的停车计时器上，知道吧？”

22 / 077

贝弗利山，1980年12月27日，星期六

哈罗德刚站起身，举起胳膊，一个大小和重量相当于铁砧的东西就落在了他的额头上，将他狠狠打了下去——打进座椅，打进坐垫，打进突然变得如木薯淀粉般绵软的地板。

23 / 098

梅勒妮

我从未操控过文森特这样的人。我之前把他的思想比作丛林，现在我发现这个比喻更恰当了。在他仅存的意识中掠过的影像，几乎全同暴力、死亡和毁灭有关。

24 / 104

华盛顿特区，1980年12月27日，星期六

索尔·拉斯基躺在金属坟墓里，思考着自己的人生。他的左肩和左臂一直在疼，脑袋发晕，指头如同被针扎一般，右臂因为接受了太多次注射而几乎麻木。

25 / 116

华盛顿特区，1980年12月28日，星期天

他始终坚持原来的说法——索尔·拉斯基在寻找纳粹战犯报宿仇，金特里则试图将他们同查尔斯顿凶杀案建立联系。

26 / 138

德国城，1980年12月29日，星期一

应马文的要求，娜塔莉和他们去了现场，并拍下了被肢解的尸体的照片。然后她跌跌撞撞地来到黑暗的角落，静静地呕吐。

27 / 158

德国城，1980年12月28日，星期天

哈罗德在早上七点醒来，却感觉头痛欲裂。他坐在床沿上，思索着自己身处好莱坞日落大道的哪家旅馆，这时他想起了昨晚发生的事。“操。”哈罗德说。

28 / 170

梅勒妮

我那晚太累了，没有精力操控文森特出去，尽管我对那张照片始终放心不下。一切都可以等等再说。更重要的是育儿室里的声音。

29 / 182

德国城，1980年12月29日，星期一

他们星期一下午为索尔·拉斯基做了手术。他昏迷了大概二十分钟，然后眩晕了一个小时。当他恢复神智以后，他发现自己还是在那个小囚室里。

30 / 198

德国城，1980年12月30日，星期二

在金特里看来，世界好像变成了一个荒诞的噩梦，因果链条全都断了。

31 / 215

德国城，1980年12月31日，星期三

房间没有窗户，寒冷刺骨，更像是一个橱柜，六英尺长，四英尺宽，立着三面石墙和一扇厚厚的木门。娜塔莉一直对着门又敲又踢，直到手脚上都有了瘀青，但门纹丝不动。

32 / 223

德国城，1980年12月31日，星期三

五天以来，他都生活在噩梦当中。金特里认识到，在这个陌生之地，他只能同这群孩子一起，对抗掌权的成年人。

33 / 241

德国城，1981年1月1日，星期四

娜塔莉·普雷斯顿躺在地上，举着双手，试图挡住文森特的利刃。这时，六英尺外走廊尽头格朗布索普的前门被剧烈的爆炸轰开了。

34 / 254

梅勒妮

我痛恨离开格朗布索普，但当时已经别无选择。附近的局势已然失控，黑鬼们选择在新年前夜发动愚蠢的暴乱。

35 / 265

费城，1981年1月1日，星期四

贾斯汀跪在玫瑰花丛中，将昏迷的老妇人的头抬起来，靠在自己的膝盖上，拉起她的手——那只手冷冰冰的。

Part 3　终局

40 / 352

墨西哥，蒂华纳，1981年4月20日，星期三

半个地球之外，目光锐利的年轻以色列人正全副武装地在居民点外围巡逻，蒙面的巴勒斯坦解放组织杀手——他们都只是孩子——正在给卡拉什尼科夫自动步枪上机油，等待夜晚发动袭击。

41 / 376

华盛顿特区，1981年4月21日，星期二

返回东岸的飞机上，杰克·科恩一直在想索尔和娜塔莉的事。三十年的情报工作经验告诉他，每次行动最后伤亡的往往都是非专业人员。他提醒自己，这不是他们之前执行的那种行动。它到底是什么呢?

42 / 382

怀俄明州，梅里登附近，1981年4月22日，星期三

汤姆·沃尔特斯中尉笑了，将自己固定在椅子里，把点45口径手枪的枪口伸进嘴中，让准星顶住上颚，用大拇指扣动了扳机。

43 / 391

梅勒妮

我有无穷无尽的健康脑组织可用！我接触过的所有人都会为我捐献神经元、神经突触、语言集群和记忆存储器。现在，我真真正正永生不死了。

Part 2
中　局

17

弗吉尼亚州亚历山大市

1980年12月25日，星期四

圣诞节凌晨两点，他们找到了艾伦·艾希科尔和他的家人。

艾伦那晚睡得断断续续的。午夜过后，他起床下楼，吃了两块邻居温特沃思家送的假日饼干。昨晚过得很惬意，这是他们连续第三年同温特沃思家及西格拉姆夫妇共进圣诞前夜晚餐。艾伦的妻子黛博拉是犹太人，但他俩的宗教信仰都不虔诚。黛博拉不喜欢艾伦仍把自己看作犹太复国主义者。艾伦时常觉得，妻子已经完全适应了美国的生活。对每件事，她都能考虑周全，但有时也会陷入妄想。出席大使馆宴会时，黛博拉会捍卫巴勒斯坦解放组织的观点，这让艾伦非常恼火。不，不是巴勒斯坦解放组织——艾伦在心里纠正自己，吃下了第三块也是最后一块饼干——是巴勒斯斯坦人的观点。她说自己只是就事论事，但她比艾伦能言善辩多了。艾伦有时觉得自己除了密码之外一窍不通。索尔舅舅总是喜欢同黛博拉辩论。

索尔舅舅。这四天来他都在反复思考，是否将舅舅失踪一事汇报给他的上司、华盛顿大使馆摩萨德站长杰克·科恩。杰克是个身材矮小、沉默寡言的男人，表面上和蔼可亲，但总透露着一丝不协调。四年前，他在恩德比机场人质营救行动[①]中担任伞兵部队上尉；在赎罪日战争期间，他策划截获了一枚埃及地对空导弹。杰克可以判断索尔的失踪是不是严重事态。但利瓦伊提醒艾伦谨慎行事。利瓦伊·科尔是艾伦在密码工作方面的同伴，曾帮助艾伦拍照，并确认照片中人物的身份。利瓦伊非常热情——他断定艾伦的舅舅肯定遇到了某件大事——但他认为，必须在获得更详尽的信息之后才能去找杰克·科恩，或者大使的随员伯格曼先生。上个星期天，利瓦伊悄悄帮助艾伦检查了当地酒店，但并没有发现索尔·拉斯基的踪迹。

凌晨一点过十分，艾伦关了厨房灯，检查了楼下门厅里的安全面板，然后上楼躺在床上，凝视着天花板。

双胞胎女儿非常失望，因为艾伦告诉贝克[②]和里哈，索尔舅公会在星期六晚上来。索尔每年只会从纽约来这里三四次，但艾伦四岁的双胞胎女儿非常喜欢舅公到家里来。艾伦明白这种感情，当年他在特拉维夫还是孩子的时候，也天天期待着索尔的到来。每个家庭都应该有这样一个舅舅，他不迎合孩子，但关心孩子的诉求，总会买来令孩子称心如意的礼物——不必太大，但总是能满足孩子真实的深层需求——还会用干涩而平静的声音讲笑话和故事，比其他自以为是的大人好玩儿多了。这样家庭聚会的机会，索尔一般是不会错过的。

利瓦伊提出，索尔也许被卷入了星期六对凯洛格参议员办公

① 恩德比是乌干达南部城市，位于维多利亚湖畔，1976年在其机场，以色列突击队救出了被巴勒斯坦人劫持的法航班机上的大多数人质。

② 丽贝卡的昵称。

室的炸弹袭击。这明显同聂曼·特拉斯科有关，但艾伦知道，他的舅舅绝不会参与炸弹袭击。二十世纪四十年代，从艾伦的父亲到梅纳赫姆·贝京，所有人都参与了哈伽拿的活动。建立国家后，这些前游击队员又谴责这种活动是恐怖主义。艾伦知道，索尔曾经在三次战争中奔赴前线，但三次都是作为医生而不是战士去的。他记得，在特拉维夫的公寓中，还有农场的夏夜里，他半睡半醒间，听到父亲和索尔舅舅争论轰炸的道德问题。索尔大声指出，以色列用A-4天鹰式攻击机发起的报复袭击，同巴勒斯坦解放组织游击队用卡拉什尼科夫自动步枪发起的报复袭击，两者没有本质的区别，因为袭击都造成了无辜孩童的牺牲。

尽管对参议员办公室爆炸案展开了四天的调查，但利瓦伊和艾伦仍一无所获。利瓦伊向在美国司法部和联邦调查局的熟人打听，但对方要么就说自己对此一无所知，要么就表示不能泄露这个案子的信息。艾伦又打电话回纽约，但照样没有索尔的消息。

他会没事的，艾伦想。然后耳畔想起了索尔的声音：**你不是詹姆斯·邦德，莫迪**。

艾伦沉入梦乡，梦见双胞胎女儿正在温特沃思家的圣诞树旁玩耍。这时，他听见了走廊中传来一个声音。

艾伦立刻清醒过来。他掀开被子，从床头柜上拿起眼镜，从抽屉中取出上了弹的点22伯莱塔手枪。

“你怎——”黛博拉嘟囔道。

“别出声。”他压低声音说。

没有人可以进入这个屋子却不触发警报。过去的许多年中，大使馆一直将亚历山大市的这座房子当作情报人员的秘密联络点。这里位于一条死胡同中，远离公路。院子里亮着泛光灯，大门和围墙上密布电子传感器，一旦有人入侵，就会触发主卧室和楼下门厅的安全面板上的警报。这座房子装有强化钢板门和门锁系统，即便最专业的窃贼也无从下手。门上和窗户上的传感器也连接着安保系统。

外围装置经常无故报警，黛博拉对此非常恼火，搬来后不久就拆除了部分警报系统。艾伦因此罕见地对她大发雷霆。现在黛博拉接受了房子原来的安保设施，姑且将其看作生活在偏僻郊区所付出的代价。艾伦讨厌住在离大使馆和大使馆其他雇员这么远的地方，但双胞胎女儿喜欢乡下，黛博拉喜欢女儿们开心，所以他也只好接受现实。他认为闯入者不可能突破两层楼的安保系统而不触发警报。

走廊里又响起一个声音，从后部楼梯和双胞胎的房间传来的。艾伦似乎听见有人在低语。艾伦给黛博拉打了个手势，让她下床趴在地板上。黛博拉将电话拖到地板上藏起来。艾伦朝打开的卧室门走了三步。他呼吸沉重，用左手推了推眼镜，右手高举着伯莱塔手枪，将第一发子弹上膛，进入走廊。

走廊另一头的阴影中站着三个人，或许更多，与他相距不到五米。他们穿着厚重的工装夹克，戴着手套和滑雪面罩。站在前面的两人用长管手枪对着丽贝卡和里哈的头。女孩的嘴巴被捂住了，惊恐地瞪大了眼睛，穿着睡裤的苍白双腿在黑夹克前来回晃荡。

艾伦双腿分开，双手持枪，条件反射般摆出了射击姿势。他仿佛听见了老教官伊利亚胡那缓慢而严厉的声音："对方没准备好，**开枪**；对方准备好了，**开枪**；对方持有人质，**开枪**；对方不止一个人，**开枪**。朝每个目标开两枪，**两枪**。不要去想——直接**开枪**。"

但他们劫持的不是人质，而是他的**女儿**——丽贝卡和里哈。艾伦看见了他们睡衣上的米老鼠图案。他将小伯莱塔手枪对准第一个戴滑雪面罩的人。尽管光线昏暗，但在这个距离上，他敢打赌，自己可以将两发子弹送入对方的脑袋，然后转身，手臂保持平直，朝第二个人的脸开两枪。在十五英尺的距离上，艾伦可以将整个弹匣中的十发点22口径子弹都打进拳头大小的圆环中。

但他们劫持的是他的**女儿**。

“把枪放下。”戴滑雪面罩的男人瓮声瓮气地说。他的枪——一把装有黑色消音器的长枪管鲁格尔手枪——甚至都没有瞄准贝基[①]的头。艾伦断定自己可以在两人开枪之前打中他们。他感到赤裸的脚跟踩在木地板上。他进入走廊已经两秒。特拉维夫那个炎热的夏天，伊利亚胡教导他们：**绝不能放下武器。绝不能。一定要坚持射杀。就算你和人质受伤或死亡，只要射杀了敌人，也比放下武器强得多。**

“把枪放下。”

艾伦蹲伏着将伯莱塔放在地板上，张开双手。“请不要伤害我的女儿。”

入侵者一共有八人。他们用外科胶带把艾伦的双手绑在身后，从床后拖出黛博拉，将他们一家四口都带到楼下的客厅里。两个戴滑雪面罩的男人进入了厨房。

“莫迪，电话线断了。”黛博拉喘息着说，然后拽她的男人用胶条封住了她的嘴。

---

① 丽贝卡的昵称。

艾伦点点头。他觉得现在最好保持缄默。

入侵者的头领让艾伦坐在钢琴凳上。黛博拉和女孩们坐在地板上，背对白墙。他们没有捆绑孩子们的手腕，也没有封住她们的嘴巴。女孩们哭哭啼啼地抱紧了母亲。她们两边各蹲着一个穿工装夹克、牛仔裤，戴滑雪面罩的人。头领点一下头，所有六个人都脱掉了滑雪面罩。

哦，上帝啊，他们要杀死我们，艾伦想。在这一刻，艾伦愿意放弃自己拥有的以及希望拥有的一切，去换取时间倒流三分钟。如果能回去的话，他会毫不犹豫地开两枪，转身，再开两枪，转身……

露出面容的六个入侵者都是白人，古铜皮肤，穿着整洁。他们看上去不像是巴勒斯坦特工或巴德尔–迈霍夫团伙[①]成员。他们就像是艾伦每天在华盛顿街上擦身而过的路人。站在他面前的人弯下身，脸凑在他跟前几英寸处。这家伙眼睛碧蓝，牙齿洁白，操一口淡淡的美国中西部口音："我们想和你谈谈，艾伦。"

艾伦点点头。他的双手被牢牢绑在身后，血液循环似乎都被切断了。如果他在钢琴凳上后仰，就能将这个近在咫尺的英俊男人狠狠踢上一脚。另外五个入侵者持有武器，而且离他太远，他无论如何也无法够到。艾伦感到嘴中发苦，心脏狂跳。

"照片在哪里？"他身边的英俊男人问。

"什么照片？"艾伦不相信自己竟然还能发出声，而且竟然如此坚定平静。

"哦，莫迪，别跟我们要花腔了。"男人说，朝墙边的瘦男

① 德国左翼恐怖主义组织。

人点了下头，那人面无表情地立刻抽了四岁的贝基一耳光。

孩子放声痛哭。黛博拉试图挣脱束缚，被胶带封住的口中传出模糊的怒吼。艾伦从钢琴凳上跳下来。“你这个混蛋！”他用希伯来语骂道。英俊男人从旁猛踹艾伦的腿。艾伦向右重重地摔在地上，鼻子和下巴撞到了磨光的地板。两个孩子都尖叫起来。艾伦听见撕胶带的声音，尖叫很快停止了。瘦男人走过来，将艾伦拽起来，推到钢琴凳上坐好。

“照片在房间里吗？”英俊男人轻声问。

“没有。”艾伦说。血从鼻子流到了上唇。他后仰着头，感到下巴已经肿起来了。他的右臂都麻木了。“它们放在大使馆的保险箱里。”他说，舔走了一部分血。

英俊男人点点头，微笑起来。“除了你的索尔舅舅，还有谁见过这些照片？”

“利瓦伊·科尔。”艾伦说。

“密码事务负责人。”男人轻声说，带着一丝鼓励。

“代理负责人。”艾伦说。也许他还有一线生机。他的心脏再次狂跳起来。“乌里·戴维在休假。”

“还有谁见过？”

“没有了。”艾伦坚定地说。

英俊男人摇了摇头，似乎对艾伦感到失望。他对第三个男人点点头，后者便抬起穿着皮靴的脚狠狠踹向黛博拉身侧。

“**没人了！**”艾伦大喊，“我**发誓**！利瓦伊说要获得更多信息之后才同杰克·科恩谈。我发誓。我可以把照片给你们。利瓦伊把底片放在保险箱里。你可以把所有照片都——”

“嘘——嘘——”英俊男人说。他转身面对从厨房出来的两个人，后者点了点头。英俊男人说："上楼。"于是四个手下上去了。

艾伦突然闻到了煤气的味道。**他们把煤气阀门打开了**，他想。**打开了阀门**。上帝啊，为什么？

剩下的三个手下将孩子们的胳膊和腿、黛博拉的腿都绑了起来。艾伦疯狂地搜寻可以用来谈判的筹码。"我现在就可以带你们过去。"他说，"那里基本上没人了。你们可以派人跟我去。我会为你们找到照片——还有你们需要的任何资料。告诉我你们需要什么，我就会同你们一起去，我发誓——"

"嘘——"英俊男人说，"哈尼·亚当见过吗？"

"没有。"艾伦说。他们小心翼翼地将黛博[1]和女孩们平放在地上，谨防她们的头撞到地板上。黛博拉看上去白得吓人，眼珠上翻。艾伦怀疑她已经晕过去了。

"芭芭拉·格林？"

"没有。"

"默什·赫佐格？"

"没有。"

"保罗·本-布林德希？"

"没有。"

"默什·赫佐格？"

"没有。"

"柴姆·佐尔科夫？"

"没有。"

---

① 黛博拉的昵称。

"兹维·霍非？"

"没有。"

男人将大使馆各级工作人员到大使的私人服务人员的名字都念了个遍。艾伦终于意识到，这从一开始就是个游戏——用这种不会引起激烈反抗的方式来拖住他，以便另外四人在楼上和书房中搜查。艾伦愿意玩任何游戏，揭露任何秘密，只要能让黛博拉和女儿们不再挨打，哪怕只有几分钟。一个孩子呻吟着试图翻身。瘦男人拍了拍她小小的肩膀。

上楼搜索的四个男人回来了。个子最高的男人摇了摇头。

英俊男人叹了口气，说："好吧。动手吧。"

上过楼的一个人拿着双胞胎床上的白色床单，用外科胶带将床单悬挂在墙上。他们让黛博拉和孩子们靠在床单上。

"把她弄醒。"

瘦男人从口袋中取出一个嗅盐胶囊，在黛博拉的鼻子下打开。她的头猛然一抖，完全清醒过来。两人抓住艾伦的头发和肩膀，将他拖到墙边跪下。

瘦男人后退两步，打开一台即显胶片照相机，照了三张照片。他等照片显像，递给英俊男人看。另一个男人取出一台小型索尼录音机，将麦克风凑到艾伦脸边。

"请把下面这段话念出来。"英俊男人说，打开一张皱巴巴的纸，上面隔行打印着一段话。男人将纸放在距艾伦眼睛十英寸的地方。

"不。"艾伦说，挺起胸膛，等着拳头落下。他幻想着这样能改变他们的计划，赢得一点儿时间。

英俊的男人若有所思地点点头，转过身去。"杀掉一个孩子。”他轻声说，“随便哪个都行。”

“不，等等，请不要这样做！我念！”艾伦尖叫起来。瘦男人已经将消音器抵在了丽贝卡的太阳穴上，扳起了击铁。他动作流畅，对艾伦的尖叫充耳不闻。

“请等一下，唐纳德。”英俊男人说。他又将那张纸放在艾伦的脸前，按下了录音键。

“索尔舅舅，黛博、孩子们和我都很好，请照他们说的做……”艾伦念道。他把短短几行字念完，用时不到一分钟。

“非常好，艾伦。”英俊男人说。两人又揪住艾伦的头发，用力往后拽。艾伦一边艰难地呼吸，一边用眼角余光打量周围。

床单被拿走了，被带到了视野之外。一个人从夹克口袋中取出一卷黑色的塑料帆布，摊开放在黛博拉面前的地板上。帆布只有3×4平方英尺大，闻起来如同廉价的浴帘。

“把他带过来。”英俊男人说，艾伦又被拽到钢琴凳上。他们一松开艾伦的头发，他就展开了行动——他的双腿像弹簧一样猛然一蹬，头顶撞上英俊男人的下巴，然后转身顶上另一个人的肚子，挣脱三双抓住他的手，朝某人的下身踢去，没踢中，然后朝一个人扑过去压在身下，另外两人又压在他身上，用力打他的右脸……

“我们重新开始。”英俊男人平静地说。他用手指摸着下巴的伤口，张大嘴，拉伸下颚肌肉。淤伤应该主要集中在下巴上。

“你们是谁？”艾伦喘着粗气问。他们将他拽起来，重新坐在钢琴凳上。他的踝关节也被胶带捆绑起来。

没有人回答。瘦男人将黛博拉拖过来，让她跪在黑色的塑料帆布上。两人拿着六英寸长的细铁丝，一头削尖，另一头镶嵌在裹着胶带的木柄里。房间中满是煤气的味道，令艾伦直想吐。

“你们要干什么？”艾伦喉咙干涩，音节出口时成了喀喀的声响。虽然英俊男人答了话，艾伦却觉得大脑就像碾到了黑冰的车一样脱离了控制，视角也随之转换，从上空俯视着这一切。他心里知道即将发生什么，却无法接受这样的结果。即便用尽全力，他也无法改变过去或者将来。他被深深的无助感攫住，历代犹太人都有过这样的体会——在焚尸炉的火焰里，在毒气室的门口，在看到古老的城市燃起熊熊火光，听到近旁的异教徒疯狂叫喊时，犹太人只能默默承受命运的摧残，毫无反抗之力。索尔舅舅知道他的对手有多可怕，艾伦想，用力闭上眼睛，希望自己听不懂接下来的话。

“这里将发生煤气爆炸。”英俊男人说，他的语调极富耐性，就像老师在教导孩子一样，“然后是一场大火。人们将在床上找到被烧焦的尸体。优秀的法医或验尸官可以分辨出，死者是生前还是死后被焚烧的，但他们发现不了你们身上有什么蹊跷。铁丝会从眼角插进去，直接伸进脑中。即便是在没被烧焦的尸体上，那个小洞也几乎看不见。”他吩咐其他人，“我想，艾希科尔夫人应该死在楼上，每条胳膊搂着一个孩子，做出差点儿就逃离火灾现场的样子。先杀那个女人，然后杀双胞胎。”

艾伦耸起肩膀，大声呼号，双脚乱蹬。但他被牢牢地摁在原位。“你们是谁？”他尖叫道。

出人意料的是，英俊男人做出了回应。“我们是谁？”他说，“我们谁都不是。我们并不存在。”然后他挪开身子，好让艾伦能亲眼看到其他入侵者在干什么。

最后，他们拿着铁丝来到艾伦面前时，他没有半点儿反抗。

18

梅勒妮

坐公交车北上，穿越巴尔的摩无穷无尽的连栋贫民区和威尔明顿阴沟一样的工业区，我不禁联想到圣奥古斯丁文章中的一句话："魔鬼把他的城市建在北方。"

我一直不喜欢北方的城市。那里充斥着疯狂和冷漠，煤烟和沙粒遮蔽天空，绝望笼罩在肮脏的街道和同样不洁的居民身上。我一直认为，尼娜最明显的背叛就是放弃了南方，投身纽约的冰冷峡谷。我不打算前往纽约那么靠北的地方。

雪花飘忽而至，为沉闷的风景增添了一抹亮色，我将注意力转移到公交车内部。过道对面的女人从书上抬起头，向我羞赧地笑了笑。这是我们离开华盛顿郊区后，她第三次对我笑。我点点头，继续织毛衣。她估计只有五十出头，但长年的未婚生活让她看起来老了二十岁。我已经开始考虑利用这个怯懦的女人解决我的问题。

我的一个问题。

离开了华盛顿我很高兴。我年轻的时候，非常喜欢那个有点儿南方味道的冷清城市。直到二战期间，它都给人以休闲而混乱的感觉。但现在，那里喧闹嘈杂，高楼林立，仿佛一座自我标榜的巨大陵墓，里面住的全是蝇营狗苟、热衷权力的虫子。

我瞟了眼窗外纷纷洒洒的雪片，竟一时想不起今天是几月几号，大脑中唯一出现的三个字是“星期四”。星期二和星期三晚上，我们都是在距离华盛顿中心几英里的一座沉闷的汽车旅馆度过的。星期三，我让文森特把别克车开到国会大厦附近，将其抛弃，然后走回汽车旅馆。这一趟路花了他三小时，但文森特没有抱怨。他将来也不会抱怨。星期二晚上，我让他用针线给自己封上了嘴，我在烛火上给针简单消过毒。

星期三上午，我去购物中心做采购，买了些裙子、袍子、内衣，但同我在亚特兰大丢失的那些高档货相比，它们寒酸得简直让人想哭。丑陋的编织袋里还有差不多九千美元。当然，在查尔斯顿、明尼阿波利斯、新德里和土伦的保险柜和储蓄账户中，还有更多的钱，但目前我并不打算去取。如果尼娜知道我在亚特兰大的银行有储蓄，那她也肯定知道我在其他地方也存着钱。

尼娜死了，我想。

但她的念控力是我们当中最强的。她能在同我聊天的同时，操控威利的一个傀儡摧毁飞机。她的念控力强得难以置信，令人惊恐，甚至在她死后都能影响到我。尼娜·德雷顿的肉身在棺材中腐朽的同时，她的念控力却愈发强大。我的心脏开始狂跳。我转过头，瞥了眼公交车后排阴影中的人脸……

尼娜死了。

今天是星期四，离圣诞节正好一个星期。也就是说，今天应该是12月18日。我同尼娜、威利的重聚发生在12月12日。这两天之间似乎隔着无穷的时间。过去二十年，除了必要的放纵，我的生活基本上一成不变。可是现在，一切都变了。

“不好意思，”坐在过道对面的女人说，“你的毛衣打得可真好啊。是给你的孙辈打的吗？”

我转过头，对那个女人露出灿烂的笑容。年轻的时候，在知道有许多事是女孩子不该做的之前，我常常同父亲去钓鱼。令我最兴奋的，是鱼儿咬钩时从鱼线传来的拉扯感，还有浮标一上一下的运动。真正考验渔夫技能的，正是鱼钩将咬稳而未咬稳的那个瞬间。

“不错，就是。”我说。一想到有个哭哭啼啼的孙子，我就禁不住反胃。但我很早之前就发现，在公众场合打毛衣对调整情绪大有裨益，而且还是很好的伪装。

“孙子？”

“孙女。”我说，悄悄侵入了那女人的意识。我没有遭到任何抵抗，就像走进了开着门的房间。我尽可能谨慎地穿过精神的走廊和通道，穿过一扇扇门，尽量让自己显得不像入侵者，直到最后发现她脑中的快感中心。我就像抚摸波斯猫一样爱抚着她——虽然我讨厌猫——我感到她的快乐涌遍全身。快感释放得如此突然，就像一股温暖的尿液意外地流了出来。

“哦。”她呻吟了一声，不期而至的快感令她羞红了脸。“孙女。真好。”

我适时地调整爱抚的强度——我说话时就加强，她偷看我时就减弱。这种技术有人掌握得十分娴熟——对年轻人而言，这叫调情；对政治家而言，这叫展示魅力。

倘若具备念控力的是一位演讲大师，那他就能煽动起群众的狂热。阿道夫·希特勒的同辈和同事经常提及但又极少深思的一个事实是，他出现的地方，人们总是感觉很舒服。我只要把这个女人好好调教几个星期，她便会对我的操控上瘾，其程度甚至强于海洛因。我们之所以喜欢恋爱的感觉，就是因为这是最接近心灵上瘾的状态。

这个孤独的女人看上去比她的真实年龄大很多，而我则恰恰与她相反。同我闲聊了两句后，她拍了拍身边的座位，又红着脸说："这儿还有空座。你愿不愿过来坐，这样我们就不用这么大声地说话了？"

"当然愿意。"我说，将针线放进了编织袋。这套道具已经发挥了它的作用。

她的名字是安妮·毕晓普。她正要返回费城的家，之前她在华盛顿的妹妹家里住了很长时间，但并不开心。聊了十分钟之后，我基本就掌握了所需要知道的一切。精神抚慰其实并不需要，这个女人渴望找人说话。

安妮来自于一个受人尊重的富裕费城家庭。他父亲设立的信托基金成了她主要的收入来源。她从没有结过婚。这个衰老的女人照顾了自己患病的弟弟保罗整整三十二年。保罗患有神经系统疾病，先是下身瘫痪，最后渐渐全身瘫痪。今年五月，保罗去世了，安妮·毕晓普不习惯不再照顾弟弟的生活，于是她造访了妹妹伊莱恩家。这是他们姐妹八年来第一次重聚，但双方并不愉快。安妮对伊莱恩粗鲁的丈夫和不懂礼貌的孩子很不满，而她妹妹家显然也受不了安妮姨妈长期寡居养成的习惯。

我对安妮·毕晓普这种人非常了解——在长期冬眠生活中，我一直戴着这种老处女的面具。她是一颗寻找轨道的卫星，任何一颗能让她免于冰冷、孤独的星球都能将她捕获。下身瘫痪的弟弟对她来说是上帝的恩赐。尽管全身心地奉献给丈夫或孩子也是她的一种可能的生活方式，但照顾身体虚弱的弟弟为她提供了更多的借口，免去正常生活中的种种义务和烦扰。这种女人表面上不知利己专门利人，其实却是不折不扣的自私鬼。虽然她在提到去世的亲爱弟弟时，语气悲悯而慈爱，但我察觉到她对尿盆和轮椅的变态迷恋。三十年来，她牺牲了青春年华、牺牲了做母亲的机会，去伺候一个半死不活的人吃喝拉撒，这实际上是一种病态的放纵。我太了解安妮·毕晓普了，她不过是在慢性自杀，但又乐在其中。想到这里，我都为自己身为她的同性而感到羞耻。通常遇到这样的家伙，我都会忍不住让他们把自己的手插进喉咙里，直到他们恶心呕吐，并因吸入自己的呕吐物而死。

当她讲述痛苦经历而落泪时，我拍着她的手臂说："我懂，我懂。我懂那是什么感觉。"

"你真的懂？"安妮说，"找到一个对你的痛苦感同身受的人太不容易了。我觉得我们之间有许多相通之处。"

我点点头，看着安妮·毕晓普。尽管她实际上只有五十二岁，但说她七十岁了也有人信。她穿得不算差，但因为人不精神，所以套装也好礼服也罢，到她身上都像是皱巴巴的普通家居服。她的头发是棕色的，但已经开始泛白，那条中分线似乎四十五年都没有变过，刘海松垮垮地垂在额前。她画着黑色的眼线，一哭就全花了。她嘴唇单薄，神态古板，虽然称不上刻薄，但显然极少开口大笑。她的脸上刻满深深的皱纹，仿佛受地球重力作用一般，皱纹的曲线都是朝下的。她性格怯懦，思想浅薄，会依附于任何可以提供庇护的人，如同一只受惊的松鼠。

她是完美的操控对象。

我向她讲述了我的故事，用的是比阿特丽斯·斯特朗这个化名，因为这是我仍在使用的身份。我的丈夫是萨凡纳的一位成功的银行家，但八年前去世了，留下一套房产给我妹妹的儿子托德管理。托德不仅对房子管理不善，还败光了家中的遗产。去年秋天，他同他没规矩的妻子一起在一场严重交通事故中死了，害得我来负担葬礼费用，还有他欠的一屁股债。托德的儿子文森特也只好由我来抚养。我自己的儿子和他怀孕的妻子在日本冲绳的一所教会学校教书。我已经卖掉了萨凡纳的房子，还掉了最后一笔债，带着甥孙一起去北方，希望能开始一段新生活。

这个故事蹩脚极了。但我通过不时爱抚她的快感中心，让她相信这些都是真的。

"你外甥非常英俊。"安妮说。

我笑了笑，瞟了眼坐在过道对面的文森特。他上身穿着廉价的白衬衫和蓝色的防风夹克，打着黑领带，下身穿着皱巴巴的宽松长裤，还有我们在华盛顿的凯马特[1]买的一双黑色鞋子。我修剪了他的头发，但最后决定留着他的长发。现在，这些头发都干净整齐地扎在了脑后。他面无表情地注视着窗外的雪花和往后退去的景物。但我没办法改变他短小的下巴和脸上的青春痘。"谢谢。"我说，"他同他母亲长得很像。愿上帝使她灵魂安息。"

"他真安静啊。"安妮说。

我点点头，眼泪滑过脸颊。"那场事故……"我故意欲言又止，"可怜的孩子在事故中失去了大部分舌头。他们告诉我，他

---

① 美国的一家连锁廉价超市。

再也不能说话了。”

“亲爱的，”安妮说，“上帝的意志是无法理解的，只能默默承受他的安排。”

大巴车在凌驾于费城南部绵延不绝的贫民窟之上的高速公路上奔驰。我们在车里互相安慰。

安妮·毕晓普很开心，因为我们接受了她的邀请，要去她家陪她几天。

费城闹市区人满为患，又闹又脏。我们来到地铁站，文森特带着我们的包，安妮买了从切斯纳特山到切尔腾大道的车票。在大巴上她已经给我描述过她在德国城的可爱房子。虽然她提到，近几十年来，这座城市因为引入了“不良元素”而日渐堕落，但我脑中的德国城还是砖头和钢铁构成的费城中独立的世界。事实证明我错了。透过车窗玻璃，我看见微茫的暮色中一排排破旧的房屋和工厂，狭窄的街道上堆着被丢弃的汽车，大片的空地，随处都有黑鬼出没。除了能在火车车厢中和同铁轨平行的高速路上的汽车中偶尔看到几个白人外，整个城市似乎都被黑鬼占满了。我有气无力、无精打采地坐在座位里，透过脏兮兮的车窗，看着穿着西装夹克的黑鬼小孩在空地上瞎跑，黑鬼男人在冷清的街道上要死不活地走着，黑鬼女人推着偷来的购物车。每扇黑黢黢的窗户背后，似乎都藏着一张黑鬼的脸……

我将脑袋靠在冰冷的窗户上，按捺住想哭的冲动。我的父亲是对的，在一战前最后一段晴朗的日子里，他曾经预言，一旦黑鬼获得投票权，这个国家就会开始腐烂。他们将一个曾经伟大的国家变成了肮脏、懒惰、绝望的废墟。

尼娜永远也不可能在这儿找到我。我过去几天的行动轨迹是完全随机的，同安妮待一周或几周——即便这意味着住进这群失业的黑鬼中间——将会在原有的随机模式上增加更多随机元素。

我们在郊区一个名叫切尔腾大道的车站下车。轨道两边都是水泥墙，城市就在轨道的上方。我突然害怕起来，累得不愿沿着阶梯爬上街道。我让大家坐在一条深黄色的硬木长椅上休息了几分钟。一列火车呼啸着从我们面前驶过，返回市中心。一群黑鬼小孩蹦蹦跳跳地跑上阶梯，一边叫喊着脏话，一边互相推搡。我隐隐听见外面街道传来的声音。寒风瑟瑟，雪花飘飘扬扬地落在我们所在的候车区。文森特对此毫无反应，也没有拉上防风夹克的拉链。

“我们去打辆车吧。”安妮说。

我点点头，但直到我看见两只体型大如猫的老鼠之后才站起来。那两只老鼠从轨道对面的水泥墙缝隙中钻出来，开始在垃圾堆和干涸的下水道里搜寻食物。

出租车司机也是黑人，满脸不高兴的样子。我们只坐了八个街区，他却明显多收了我们的钱。德国城里的建筑有石质的，也有砖砌的，随处可见霓虹灯和广告牌。切尔腾大道和德国城大道上车满为患，道路两边尽是廉价商店和酒吧，还有北方城市中常见的生活垃圾。但德国城大道上有真正的电车。在银行、酒吧、杂货铺中间，还零星可见古老的石质建筑，或者十九世纪的砖砌商店，或者树立着铁栅栏和绿色雕像的一小片公园。两个世纪前，这里一定是一个小村落，住着一群有教养的农夫和商人，他们选择在距费城六到十英里的地方生活。一百年前，这里一定是一个宁静的小镇，从费城坐火车只需几分钟就能到达——那时这里依然迷人，纵横交错的乡间小路旁坐落着一座座大房子，公路旁偶尔会有一两家旅馆。但今天，费城已经将德国城整个吞噬掉了，就像一条巨大的鲤鱼吞掉了比它漂亮得多的小鱼，只留下一具白骨，同消化液中的残渣混在一起。

安妮红着脸向我们介绍她的小房子，可见她真的对此备感骄傲。这座白色木房的风格完全与时代脱节，很可能是农舍改建而成，位于一条名叫女王巷的窄街上，距德国城大道几十码。房子周围立着高高的木栅栏，但破损严重，而且前部的栅栏上还喷有涂鸦。房前有一个很小的院子，根本不能同我在查尔斯顿的院子相提并论。前门廊也很小，二楼上只有两个小天窗。院子里长着两棵低矮的桃树，看起来已经不能再开花了。房子前面有一个前窗上趴满死苍蝇的干洗店；后面有一座似乎被遗弃了几十年的三层高的房子，只有偶尔在窗后闪现的人脸能表明那里还有人住。街对面有仓库、改造成复式住宅的下陷的砖砌房，以及往南延伸了半个街区的联排房屋。

“虽然简陋，但毕竟是家啊。”安妮说，等着我反驳她的前半段话。我反驳了。

安妮的大卧室和稍小的客房在二楼。厨房旁边的小卧室是他弟弟住过的，至今仍闻得到药和雪茄的味道。安妮显然打算将楼下的这个房间给文森特住，而把小客房给我住。我“帮助”她把楼上的两间房给了我们，让她自己去住楼下的房间。她收拾衣服和个人物品的时候，我参观了房子剩余的部分。

饭厅太小太拘谨。小客厅里摆了太多的家具，墙上挂了太多的画。厨房则同安妮本人一样，古板得令人反感。安妮弟弟的房间。一个厕所。一条小小的后门廊。后院只有狗圈那么小。

我打开后门，放入一点儿新鲜空气。一只灰色的肥猫从我脚边掠过。“哦，那是绒毛。”安妮说，怀里抱着自己的衣服进入小卧室。“它是我的小乖乖。帕格内里夫人一直替我照看它，但它知道妈妈回家了。对吧，小乖乖？”她在同猫说话。

我笑着往后退了几步。我这个年纪的女人本应喜欢猫，一有机会就陪在它身边，像个白痴似的围着这种傲慢而多变的动物。我小时候——差不多六七岁——我姨妈每个夏天来访时都会带着她的暹罗肥猫。我老是担心这个怪物晚上会趴在我脸上，把我憋死。我记得，一天下午，大人们去后院喝柠檬水的时候，我将那只猫塞进麻袋，在邻居的马车车库后的水槽里把它溺死，将湿漉漉的尸体抛在谷仓后一群黄狗经常出没的地方。等我把安妮“调教”好之后，她的“小乖乖”也会遭遇相似的事故。

对于拥有念控力的人来说，操控相对简单，调教则要困难得多。差不多半个世纪前，尼娜、威利和我在维也纳开始游戏的时候，我们热衷于操控他人——通常是陌生人——每次用完这些傀儡之后就将其抛弃，从未考虑过这样做是否必要。后来，随着我们年岁日长，对念控力的掌握越来越熟练，我们都发现自己需要一个侍从——一半是奴仆，一半是保镖——我们用不着花什么力气操控他们，他们就能自动地满足我们的需求。索恩先生跟了我大概二十五年，在那之前，伴我左右的是特勒蒙特女士，再之前是一个年轻人——出于年轻时的多愁善感，我给他取了个名字叫查尔斯，以纪念我最后的情人。尼娜和威利的侍从则不计其数——威利最后的侍从是那两个不懂礼貌的傀儡，而尼娜最后的侍从是讨厌的巴雷特·克拉默小姐。调教侍从需要时间，起初的几天最为关键。窍门是，掏空其独立自主的人格，使其一言一行都为自己的主人服务。侍从虽然丧失了自主性，但在简单的日常工作上，又必须具备自动性，不需主子直接动用念控力。如果要带着被调教好的侍从到公众场合去，就必须至少让其伪装出原有的人格特征。

调教的好处非常明显。虽然同时操控两个人非常困难——这几乎是不可能的，但尼娜也许可以做到——命令两个被调教好的傀儡却非常简单。威利每次旅行都会带着至少两个“男朋友”，而在成为女权主义者之前，尼娜常常大摇大摆地同五六个年轻的单身帅哥旅行。

安妮·毕晓普很容易调教，她似乎渴望被征服。我在她家休息了三天，她就被我调教得服服帖帖。文森特则同她完全不一样。我起初的“调教”摧毁了他所有的自主意识，但他的潜意识却混乱而不受约束，充斥着汹涌的仇恨、恐惧、嫉妒、欲望和黑暗的冲动。我不想清除这些，因为它们将成为日后我可以利用的能量之源。1980年圣诞节前的那个周末，我坐在安妮略带酸臭味的家中，探索着文森特潜意识的迷宫，留下记号，设下机关，留待以后使用。

12月21日，星期天，上午九点左右，我吃着安妮准备的早餐，询问着她的朋友、收入和生活。结果发现她没有朋友，生活也乏善可陈。邻居帕格内里夫人偶尔会来拜访，帮忙照看绒毛。提到那只失踪的猫，安妮眼中就噙满了泪水。我感觉她的意识突然打滑，就像碾上了黑冰的车一样。我紧握住她的意识缰绳，将她拽回最新、最核心的精神轨道——取悦我。

安妮的储蓄有七万三千美元。如同许许多多自私的老女人一样，她这辈子几十年来都生活在贫困的边缘，却把现金、股票和债券一点点存起来，如同储藏了一大堆橡子却永远也吃不上的松鼠一样。而现在，她无聊的人生即将走向无聊的终点。我建议她下周将各种有价证券转换为现金。安妮认为这是个好主意。

我们讨论她收入来源的时候，她提到了格朗布索普。“我平时会看守那个地方，偶尔会带些人参观。那里关闭很长时间之后，我还会去检查。协会会给我一笔报酬。”

“什么协会？”我问。

“费城古迹保护协会。”安妮说。

“格朗布索普是什么样的古迹呢？”我问。

“我很乐意带你去参观。”安妮热切地说，“离这儿不到一个街区。”

这三天来，我都在安妮的小房子里休息，调教这两个人，已经感到有些厌倦了。我点头道：“那早餐过后去吧，如果我想出去走走的话……”

即便是现在，我都难以描述格朗布索普的魅力和诡异。它坐落在德国城大道破旧的砖砌路旁。在酒吧、杂货铺、熟食铺和廉价小商品店中间，矗立着几座古老而精致的建筑。沿着与主干道相交的狭窄街道走不远，便是贫民窟、联排房屋和空地。德国城大道5267号，在停车计时器的警戒线和两棵被烟熏黑、树皮龟裂的橡树后面，在与汽车、电车和无穷无尽的黑鬼行人相距不到十英尺的地方，便是格朗布索普。它围着石墙，挂着百叶窗，屋顶盖着木瓦。

前门有两扇。安妮拿出钥匙串，带我们从东门进入。建筑内部光线昏暗，因为窗户都被厚重的窗帘遮住了，百叶窗也都紧闭着。空气中弥漫着有几个世纪历史的木材和油漆的味道。我却感觉像回家了一般温暖。

“这里是1744年由约翰·维斯特建造的。”安妮说，她的声音越来越高亢，带上了导游的语气。“他是费城的一个商人，这里是他的避暑别墅。后来维斯特家人全年都住在这里。”

我们从小门厅进入客厅。宽大的木地板被抛光得锃亮，天花板的造型优雅简洁，状如结婚戒指。在小壁炉旁边有一把翼型靠背的椅子。一张古老的椅边桌[①]上放着一根蜡烛。房间里没有电灯和电源插座。

“在德国城战争期间，”安妮说，“英国将军詹姆斯·阿格纽就死在这个房子里。他留下的血迹至今都看得见。”她指着地板说。

我瞟了眼地板上淡淡的污渍。“外面没有任何标记啊。”我说。

“窗户上原本贴着一张小卡片。”安妮说，“星期二和星期四下午两点至五点，这座房子接受公众参观。协会为关注那段历史的人提供私人旅行服务。这里现在是关闭状态——而且至少还要再关一个月——因为已经启动的厨房改造工程的资金尚未到位。”

“现在谁住在这里？”我问。

安妮大笑起来，如同耗子在吱吱尖叫。“现在没人住这儿。”她说，“这里不通电，除了在壁炉里烧柴之外没有别的取

① 床或沙发旁带抽屉的小桌子。

暖方式，而且也没有水管。每六到八个星期，我都会来这里检查一次。协会的维弗里夫人则会定期巡视。”

我点点头。“这里还有一扇‘求爱门①’。”我说。

“哦，不错。”安妮说，“你知道这儿的习俗。葬礼上也有用。”

“给我们介绍下别的部分吧。”我说。

饭厅里的桌椅形制粗糙，充满殖民地早期的简朴风格。还有木匠师傅干活儿用的工作台。安妮指着一把椅子说，这是由所罗门·富塞尔制作的，独立礼堂②里的椅子也出自此人之手。

厨房外就是后院，尽管如今那里只有棕色的冻土和未融的积雪，我还是能看出老式花园的格局，想必夏天那里将是鲜花盛开的景致。厨房地板是石质的，壁炉大得可以直着身子走进去。墙上挂着五花八门的旧工具和器皿——古董大剪刀、四英尺长的大镰刀、锄头、耙子、铁夹，等等——旁边还放着一块带踏板的大磨刀石。厨房的一个角落裂开了很大一部分，旁边堆着石头，一层丑陋的黑色塑料盖着洞口。安妮指着那里说：“那边的石头是松的。十一月维修期间，工人发现地板下有一扇腐朽的木门，门下是一段部分坍塌的隧道。”

“逃跑用的？”

“很有可能。”安妮说，“这里建造的时候，印第安人还会不时来骚扰。”

“通往哪里？”

“在附近的车库外发现了石砌出口。”安妮说，指了指结冰

---

① 客厅中直接通往街上的门。向维斯特家族的女性献殷勤的情郎从这道门入内。

② 位于费城，美国《独立宣言》签署的地方。

的窗户，“但协会现在资金紧张，无力继续发掘，要等到明年二月初，费城历史委员会才会拨下一笔款来。”

“文森特愿意去隧道里看看。”我说。

“哦，”安妮显得有些犹豫，用手摸了摸前额，“这可能不太合适——”

“文森特会去看看。”我说。

“好吧。”安妮同意道。

客厅里亮着一支蜡烛，但我还得派文森特回安妮的家拿火柴。他掀开塑料防水布，顺着短梯进入隧道，我闭上眼睛，用文森特的眼睛观察。

泥土、石头、潮湿而腐朽的气味。隧道就在后院地面下方十二英尺。新伐的木材支撑着部分重见天日的隧道的顶部。我把文森特带上地面，睁开眼睛。

“你愿意去楼上看看吗？”安妮问。我没有说话，也没有点头，只是通过意念表示同意。

我一上楼，就听见育儿室里传来的耳语声。

“传说这间房子闹鬼。”安妮说，“维弗里夫人的狗都不敢进来。”

我以为安妮听到了耳语，但我搜索她的意识，发现她对此毫无感知，只是一个劲儿地想取悦我。

我朝房内走去。俯瞰街道的百叶窗关得严严实实，几乎没有光漏进来。昏暗的光线中，我隐约看见一个低矮的金属摇篮，样式丑陋而古老，就像给邪婴住的生锈笼子。房间里还有两张小网床和一把儿童椅。但真正引人注意的是那些玩具、人偶和一个真人大小的人体模特。角落里有一个很大的娃娃屋。这玩意儿似乎也是从另一个时空穿越而来——应该是房子建成后至少一个世纪才出现——但最令人惊异的是，尽管它已经腐烂而且部分坍塌，却像一个真正被遗弃的家一样。我甚至怀疑老鼠会从那小小的走廊里匆匆跑过。在娃娃屋旁边，六个玩偶被扔在一张低矮的网床上。只有一个玩偶看上去像是十八世纪传下来的，其他几个玩偶都特别逼真，宛如真正孩子的发霉尸体。

然而，最触目惊心的是那个人体模特。它的大小宛如七八岁的男孩，身上穿着模仿独立战争时期风格的衣服，但布已经褪色，线也脱了，房间里弥漫着腐败的羊毛的味道。模特的手、脖子和脸上的许多地方的粉色外皮都不见了，露出下面的黑瓷。原本由真人头发制作的假发已经大块脱落，露出布满裂缝的头皮。眼睛逼真极了，我发现它们是义眼。在腐朽的人体模特身上，只有这双玻璃眼睛至今仍闪亮如新。

不知为何，我觉得耳语是人体模特发出的，但我朝模特走去时，那种声音反而减弱了。是墙在说话。安妮和文森特默默地注视着我，我靠在石灰墙上，凝神倾听。我听见了声音，但词语无法分辨。听上去不止一个人在说话，可我隐隐感觉，我不是在偷听他人谈话——那些话是直接对我说的。

“你听到什么了吗？”我问安妮。

她皱起眉，努力思考做出何种反应才最能取悦我。“只听到外面车流的声音。”她最后说，“还有街上孩子们的叫喊。”

我摇了摇头，又把耳朵贴在墙上。耳语仍在继续，既不紧迫，也无恶意。在那轻声细语中，我似乎分辨出了我的名字的音节。我不相信鬼魂。我不相信超自然现象。但随着我日渐衰老，我也开始相信，就像无线电波在发射器关闭后仍然会传播很远一样，某些人的意念也会在他们死后继续扩散开去。尼娜曾告诉我，考古学家发现了一个几千年前的陶罐，它的制作者用指尖将声音记录在旋转的陶罐的沟槽里，如同针尖将声音刻进唱片里一般。我不知道这是否属实，但我开始相信信息是可以脱离发送者而延续下去的。某些人，特别是我们这种掌握念控力的人，或许可以将意志镌刻在物品之上，就像我们将其施加于他人一样。

我又想到了尼娜，连忙从墙边挪开。耳语消失了。“不。”我大声说，“这同尼娜没有关系。声音听上去是友好的。”

我的两个侍从都默默地盯着我。安妮不知道该说什么，而文森特是无法说话。我朝他们微笑，安妮也报之以微笑。

“走吧。”我说，“我们先吃午饭，然后再过来。我很喜欢格朗布索普。你带我来这儿，做得很好。”

安妮·毕晓普笑开了花。

星期一中午，安妮和文森特将一张滚移式折叠床和一块新床垫带到了格朗布索普，购买了更多的蜡烛和三个煤油小暖炉，用罐头和不易腐败的食物堆满了一半的厨房隔板，将小罐装煤气炉放在巨大的案桌上，把每一个房间打扫干净。我把床放在育儿室里。安妮带来了干净床单、毯子和她钟爱的安曼派[①]教徒的被子。文森特将新铲子和铁桶放在厨房的一面墙下。对于水管的缺失，我就无能为力了，只好在大多数时间都待在安妮家里。我只是希望，在我最终前往格朗布索普的时候，能过得尽量舒服些。

星期一下午，安妮将她所有的积蓄都取了出来——总计约

① 十七世纪由基督教新教中瑞士孟诺派所创，其教徒主要移居美国宾夕法尼亚州，以严格的教义及朴素的生活方式著称。

四万二千美元——并且开始将股票、债券和证券都换成现金。有时她得付罚金，但我们俩都不在乎。我将钱放进了我的行李箱。

下午四点，外面只剩下一丝冬季的日光，而在十几支蜡烛的照耀下，格朗布索普的每个房间都亮堂堂的。客厅、厨房和育儿室也被煤油炉烘得暖暖的。文森特已经在隧道里挖了三个小时，并把土运到后院远端角落一棵巨大的银杏树下。这是一项肮脏、困难而且可能很危险的工作，但干这活儿对文森特有好处。沉重的劳动有助于释放他被积压的愤怒。我知道文森特很强壮——尽管他身材瘦小，面色消沉——但直到现在，我才认识到他那魔鬼般的力量到底有多可怕。刚挖了一下午，他就几乎将隧道长度延长了一倍。

在格朗布索普的第一天晚上，我没有睡觉。我们吹灭蜡烛，关上炉子，准备离开的时候，我独自来到育儿室。那里只点着一根蜡烛，破玩偶的纽扣眼睛和真人大小的男孩的玻璃眼睛里，反射着烛火的光芒。

耳语越来越响。虽然无法辨别字词，但我能听出话语中的感激之情。他们对我充满好意，欢迎我回去。

星期二，圣诞前夜，文森特搬运了半吨土。我们又挖了十二英尺，发现隧道虽已建成两百多年，但大部分都完好无损，只是有很少一部分石头松动了，还有一些泥土掉落了下来。星期三上午，文森特打通了出口。出口不远处就是一条小巷，毗邻我们后面的联排房屋的后院。他用木板盖住出口，回到格朗布索普。文森特看上去邋遢极了。浑身上下都是土，工作服又破又脏，散乱的长发一缕缕挂在脸上。那天格朗布索普只有一个大热水瓶。我让文森特脱掉衣服，坐在厨房的煤油炉边上，自己则走回安妮家，用她的洗衣机和干衣机洗净他的衣服。

安妮整个下午都在准备晚餐。街上光线昏暗，几乎没有行人。一辆孤零零的电车从旁驶过，车厢里洒满温暖的黄色灯光。天开始下雪了。

我发现，自己竟在毫无护卫的情况下单独行走。通常来说，倘若没有精心调教过的侍从陪同，我绝不会在城市里行走哪怕一个街区。然而，在格朗布索普一天的工作，以及育儿室中带着警示意味的耳语让我分了神。另外，我脑子里还想着圣诞节的事。

圣诞节对我来说一直都很重要。我还记得，小时候每逢圣诞，我们都会立起高高的圣诞树，享用丰盛的圣诞大餐。父亲会把火鸡切开分给大家。我的任务是给仆人们分发礼物。我记得，自己会提前几个星期构思对仆人们的感谢词。他们大多是年老的黑人。大部分仆人我都会大加表扬，即便有人因为懒惰而需要斥责，也只是故意轻描淡写而已。最好的礼物和最动人的赞美都是为哈丽特阿姨准备的。她是一个乳房丰满的老妇人，不仅是我的奶妈，还一手将我带大。

有趣的是，很多年后，尼娜、威利和我在维也纳相识时，居然发现我们的童年有如此多的相似之处，其中就包括善待仆人。在维也纳的时候，圣诞节对我来说也是重要时光。1928年冬天，我们坐雪橇沿多瑙河前往城市南部威利租的别墅。只是最近几年，我才没有尽情过圣诞节。两个星期前，我同尼娜重聚的时候，曾探讨过如今的圣诞节已被可悲的世俗化了。人们已经不知道基督教为何物了。

八个男孩，全都是黑人。我不知道他们有多少岁。他们都比我高，其中三四个的唇上还长着淡淡的黑胡须。他们绕过布林赫斯特街的拐角，进入德国城大道，朝我径直走过来，一路嚷嚷着脏话。一个男孩还提着一台大收音机，放着聒噪的音乐。

我惊讶地抬起头，脑子里还想着圣诞节和早已不在的朋友。我不由自主地停下来，等他们走下人行道，给我让路。或许是我脸上的某种神情，或许是我骄傲的姿态，或许是我表现出的“不尊重”——北方城市黑人居住区中的白人见到黑人往往都会畏畏缩缩——他们中的一个人注意到了我。

“你他妈的在看什么，老太婆？”一个戴着红色帽子的高个儿男孩问。他缺了门牙，脸上写满蔑视，那是他的种族几千年来都生活在蒙昧之中所致。

“我等着你们这些孩子给我让路呢。”我说，声音轻柔而有礼貌。一般情况下，我会什么都不说，但我当时心有旁骛。

“孩子！”戴红帽的男孩说，“你他妈叫谁孩子呢？”其他男孩在我身边围成了半个圈。我盯着他们头上的虚空。

“嘿，你他妈的以为自己是谁啊？”一个穿着脏兮兮的灰色西装夹克的胖小子说。

我一言不发。

“走吧。”一个不那么粗鲁的矮个子男孩说。他长着一双蓝眼睛。“走吧，伙计们。”

他们开始转身，但戴着红帽子的黑鬼还要撂最后一句话。“老婊子，看清楚我们是谁，居然叫我们给你让路。”他说，然后做了个要戳我胸口或肩膀的动作。

我连忙往后一退，以免被他碰到。我的鞋跟扎进人行道的一条裂缝里，我身子一歪，舞动双臂，重重地跌在人行道和马路之间，坐在雪和狗屎之上。大部分黑鬼都哄笑起来。

蓝眼睛的矮个子男孩挥了挥手，让他们收声，然后走上前来。“你没事吧，夫人？”他伸出手想帮我站起来。

我盯着他，但没有扶他的手。过了一会儿，他耸耸肩，领着其他黑鬼走开了。他们那恶心的音乐回荡在店铺之间。

我一直坐在原地，等那八个黑鬼离开之后，我才试图站起来。但我最终不得不放弃，改为手脚并用，爬到停车计时器旁，勉强撑起身子。我在计时器上靠了一会儿，瑟瑟发抖。偶尔会有一辆车经过——或许是有人正赶着回家过圣诞——车轮溅起的污泥落到我身上。有一次，两个年轻而肥胖的女黑鬼从我身边走过，大声交谈着，如同在种植园里种地。但她们没有停下来帮助我。

到安妮家之后，我依然颤抖不止。后来我才意识到，我本可以让她出来帮助我，但当时我的大脑已经混乱了。冷风吹得我流泪，冻结在脸颊上。

安妮立刻给我弄来一盆热水，帮我脱掉湿透的衣服，在我洗澡的时候给我准备好干衣服。

我吃饭的时候已是晚上九点——我独自进餐，安妮坐在隔壁——我吃完甜点、樱桃饼之后，终于想起该做什么了。

我带上睡袍和其他必需品。我让安妮给她自己带上铺盖卷，给文森特带上换洗衣物，还有多余的食物和饮料，以及我向亚特兰大出租车司机“借”的手枪。

我们没花多久就返回了格朗布索普，路上平安无事。雪越下越大。我没有去看我栽倒的地方。

文森特依旧坐在远处。他换上干净衣服，狼吞虎咽地吃东西。文森特就算少吃几顿也没什么好担心的，但他挖了两天隧道，已经消耗了数千卡路里的能量，我想让他补充能量。文森特的手、胳膊、头发依然很脏，覆盖着黏糊糊的红土。他吃饭的样子和发出的声音都像极了野兽。

吃完饭，文森特开始用磨刀石磨砺镰刀和铲子，后者是安妮两天前在切尔腾大道的五金店买的。

我上楼到育儿室睡觉的时候，已经快到半夜了。我关上门，换上睡袍。

摇曳的烛光中，男孩大小的人体模型亮闪闪的玻璃眼睛注视着我。安妮坐在楼下的客厅里，愉快地盯着前门，脸上挂着微笑，上了弹的点38口径手枪稳稳地放在她大腿的围裙上。

文森特拖着镰刀和铲子穿过黑暗的隧道，带着湿气的泥土沾在他的脸和头发上。我闭上眼睛，借助昏暗的街灯，看见雪片纷扬而下。文森特的身影出现在车库边，拖出两件长长的杀器，沿着小巷快步走开。

空气冷冽澄澈。我能感觉到文森特有力而平稳的心跳，感觉到他的肾上腺素涌入血管，思想如同狂风中的树叶上下翻飞。

文森特咧开嘴，很大很大，如同咆哮的野兽。我仿佛也感到了嘴角被撕裂的疼痛。

我们沿着巷子快速移动，来到一片贫民窟的入口前。前面是一排被熏黑的联排房屋，一直往南延伸到最浓的阴影之中。我们停下脚步，我让文森特朝那八个黑鬼消失的方向抬起头。我能感觉到文森特鼻孔大张，在夜晚的空气中嗅探黑鬼的味道。

雪已经下得很大了。夜晚静谧，只听得见远处教堂的钟声，宣告着救世主的诞生日。文森特低下头，将铲子和镰刀扛在肩上，跑入小巷远端的黑暗之中。

在格朗布索普的育儿室里，我微笑着转头面对墙壁。墙后隐约的耳语越来越响，就像涨潮的海水一样。

19

华盛顿特区

1980年12月20日，星期六

“你对暴力的本质一无所知。”曾是弗朗西斯·哈灵顿的那个怪物，对索尔·拉斯基如是说。

我们沿着国家广场朝东向国会大厦走去。冬日黄昏的冷光洒在花岗岩建筑上，路上的公交和轿车排出一股股白色的废气。几只鸽子在空无一人的长椅上快活地跳来跳去。

索尔感到胃和大腿上部微微痉挛，他知道这不仅仅是寒冷所致。他们离开国家美术馆后，他一直处在极度兴奋的状态。**等了这么多年**，他终于等到了。

“你把自己培养成了暴力专家。”哈灵顿用德语说。索尔从未听过这孩子讲过这种语言。“但你其实对暴力一无所知。”

“什么意思？”索尔用英语问，将双手插进外套口袋。他的脑袋不停转动，一会儿去看从国家美术馆东栋走出的男人，一会儿去瞅独自坐在远方公园长椅上的男人，一会儿试图看清一辆缓慢移动的轿车的偏光挡风玻璃后的人。**你在哪儿，上校**？一想到纳粹上校或许就在附近，索尔的呼吸都困难起来。

“你认为暴力是非常态。”哈灵顿继续用纯正的德语说，“但实际上，它却是常态，是人类生存状态的本质。”

索尔强迫自己把注意力转移到对话上。他必须把上校引出来——想办法帮弗朗西斯摆脱那个老家伙的控制——他必须找到上校本人。“荒谬。”索尔说，“暴力是人类普遍存在的缺陷。但它不是人类生存状态的本质，它只是一种疾病。疾病是可以根除的，比如小儿麻痹症，还有天花。同样的道理，我们也可以根除暴力。”索尔不知不觉换上了学者的口吻。**你在哪儿，上校**？

哈灵顿大笑起来。那是老人才能发出的笑声，不连贯，还带着痰音。索尔注视着身边的年轻人，不禁毛骨悚然。他突然觉得，弗朗西斯的脸——红短发，高颧骨上长着雀斑——仿佛是覆盖在另一个人的颅骨上的面具。长雨衣下，哈灵顿的身体看上去竟然很结实，就像这孩子增肥了或者穿着好几件毛衣一样。

“你根除不了暴力，正如你根除不了爱、仇恨和笑声一样。”威利·冯·伯夏特的声音从弗朗西斯·哈灵顿的嘴里冒出来，“对暴力的热爱是我们人性的一部分。即便是弱者也希望能成为挥舞皮鞭的强者。”

“荒谬。”索尔说。

“荒谬？”哈灵顿反问道。他们穿过麦迪逊大道，来到国会大厦倒映池下的国家广场。哈灵顿坐在面向第三街的公园长椅上。索尔也坐在椅子上，检视视野中的每一张脸。这里没有多少人。没有一个像上校。

“我亲爱的犹太人，”哈灵顿说，“看看以色列都干了什么。”

“什么？”索尔转身看着弗朗西斯。这不是他所认识的那个孩子。“什么意思？”

“你的第二祖国最擅长向敌人施加暴力。”哈灵顿说，“它的哲学是‘以牙还牙’，它的策略是有仇必报，它的骄傲是反应迅捷的陆军和空军。”

“以色列只是在自卫。”索尔说。这场荒诞不经的对话让他有些头晕。夕阳的余晖落在他们上方的国会大厦穹顶上。

哈灵顿又笑了。“不错，我忠实的小兵。以自卫为借口的暴力往往更好听。德国国防军也打过同样的旗号。以色列有敌人，不是吗？第三帝国也有敌人。但这些敌人都不如犹太人坏，因为你们在摧毁第三帝国的时候把自己描述为绝望的受害者，而在向巴勒斯坦人施加暴力的时候又把自己吹嘘为英雄。”

索尔没有接话。上校只是在用反犹主义思想挑衅他。“你找我干什么？”索尔淡淡地问。

哈灵顿扬起眉毛。“难道我就不能来找一位老朋友聊点儿有趣的话题吗？”他用英语说。

“你是怎么找到我的？”

哈灵顿耸耸肩。“可以说，**是你找到了我**。”他用不属于弗朗西斯·哈灵顿的怪异而沙哑的声音说，“得知我可爱的小兵到了查尔斯顿，我惊讶极了。这儿离切姆诺可真远啊，我的小逃兵。”

索尔本想问：**你是怎么认出我的**？但话到嘴边又咽了回去。大约四十年前被上校精神强奸的那段经历，在两人之间形成了一种难以言传、难以抹除的亲密感。索尔知道，尽管岁月侵蚀了人的样貌，他还是可以在人群中一眼就认出上校——实际上，他之前就在纪录片中发现了上校。于是索尔改口问：“你从查尔斯顿就开始跟踪我？”

哈灵顿笑道："如果能听听你在哥伦比亚大学的讲座，我会非常开心。或许我们可以讨论一下第三帝国的道德问题。"

"或许吧。"索尔说，"或许我们可以讨论一下得了狂犬病的狗有没有理智的问题。不过，这个问题只有一个解决方案：杀了那条狗。"

"不错。"哈灵顿说，"这是另一种形式的最终解决方案。你们犹太人从来都不是软弱的民族。"

索尔颤抖起来。在这个说话冷静的傀儡背后，藏着一个亲手杀害了几十乃至几千人的恶魔。在索尔看来，上校之所以会找到他，并且从查尔斯顿一直跟踪他，无非就是为了杀掉他。威廉·冯·伯夏特上校——又名威廉·波登——处心积虑地制造自己已死的假象。索尔可能是世界上唯一知道他身份的人，上校完全没有必要在索尔面前现身，除非他打算玩最后一场猫鼠游戏。索尔的手探入口袋深处，抓住一摞包装好的硬币。自从三十六年前离开波兰的猫头鹰森林之后，这是他唯一随身携带的武器。

如果他能把弗朗西斯打晕——索尔知道，这比功夫电影里难多了——接下来怎么办？逃跑。但是，要怎样阻止上校侵入他的思想呢？一想到要再次经历精神强奸，索尔就浑身发抖。他可不愿恍恍惚惚地闯进黄昏的车流，稀里糊涂地死去……

他不会抛弃弗朗西斯。索尔捏紧银币，开始慢慢抽出拳头。他不知道这个孩子是不是还能复原——索尔瞥了眼这张人皮面具，心想他应该没救了——但自己必须试试。他怎样才能把一个昏迷的人在国家广场上搬运一个街区，抬到租来的车上？索尔知道，在华盛顿，这种事应该不是第一次发生。他决定将昏迷的弗朗西斯留在长椅上，跑回车边，快速驾车来到第三街，靠边停下，再将这个高个子的年轻人甩进后座。

索尔想不出任何能防止上校侵入自己思想的办法。无妨。他若无其事地将握着硬币的拳头从口袋里拿出来，用身体挡住。

“我想带你去见一个人。”哈灵顿说。

“什么？”索尔的心脏狂跳起来，以至于几乎说不出话。

“我想带你去见一个人。”上校重复道，让哈灵顿站了起来，“我想你乐意见他。”

索尔仍坐在原位。他拳头握得太紧，连胳膊也跟着抖起来。

“你跟我走么，犹太人？”上校的德语腔调同三十八年前他在切姆诺的牢房里说话时一模一样。

“走。”索尔说着站起身，将双手放进外套口袋，跟着弗朗西斯·哈灵顿步入骤然降临的黑暗之中。

这是今年最短的一天。一些耐寒的游客正在等公交，或者匆匆走向自己的汽车。索尔与哈灵顿沿着宪法大道经过国会大厦，站在参议员办公大楼室内停车场的出口边。几分钟后，自动门打开了，一辆轿车缓缓驶出。哈灵顿快步走下斜坡，索尔紧随其后，在金属门落下时迅速低头。两个警卫发现了他们，其中一个红脸的胖警卫朝他们走来。“你们他妈的怎么跑这儿来了！”他嚷嚷道，“快点滚开，不然我就逮捕你们。”

“嘿，抱歉！”哈灵顿喊道，恢复了弗朗西斯·哈灵顿的声音，“我们本来获准见凯洛格参议员，但他让我们进的那道门关上了，我们去敲门的时候没有人应门——”

“走主门。”警卫说，继续挥着手。另一个警卫站在岗亭旁边，右手按在转轮手枪上，警觉地注视着索尔和哈灵顿。“五点后就不能再进了。马上滚开，不然我就逮捕你们，快点儿！”

“这就走。”哈灵顿热情地答应着，从大衣下掏出一把自动手枪，不容分说就开了一枪。子弹从警卫的右眼射入，贯穿头颅。另一个警卫被这突如其来的变故吓得动弹不得。第一枪响起的时候，索尔也不禁缩了缩头。但他现在发现，另一个警卫之所以不动，不是因为恐惧而做出的自然反应。那人正用尽全身力气，试图移动右臂，但他的手却像中风了一样颤抖不已。他的额头和上唇渗出了密密的汗水，双眼瞪得大如铜铃。

“太晚了。”哈灵顿说，朝那人的胸膛和脖子连射四枪。

索尔听见噗噗噗几声闷响，意识到那枪管之所以长是因为安装了消音器。他迈开脚步，但一看见哈灵顿朝他挥了挥枪，他就立刻僵住了。“把他们拖进来。”索尔只好照做。他把胖警卫拽上斜坡，放进警亭里。他呼出的气体遇冷立刻凝成了雾。

哈灵顿卸下弹匣，又啪的一声拍入另一个弹匣。他蹲下来，捡起五个弹壳。“我们上楼吧。”他说。

“他们有监控摄像头。”索尔气喘吁吁地说。

“是啊，但只在楼里面有。”哈灵顿说，又换成了德语，“地下室里只有一部电话。”

“他们会发现警卫不见了。”索尔用更笃定的声音说。

“你是肯定的。”哈灵顿说，“我建议你快点儿上楼。”

他们来到一楼，进入走廊。一个正读报的警卫惊讶地抬起头：“抱歉，先生，这里关闭了——”哈灵顿朝他的胸膛开了两枪，把他的尸体拖进楼梯间。索尔无力地靠在木门上。他感觉双腿发软，怀疑自己快要病了。他考虑过逃跑，考虑过尖叫，但最终只是抓着栎木门撑住身体。

“电梯。”哈灵顿说。

三楼的走廊里空无一人，但索尔听见拐角后面传来谈笑的声音。哈灵顿打开了右侧的第四道门。

一个年轻人正在将防尘罩罩在IBM打字机上。“抱歉，”她说，“现在已经过了——”

哈灵顿发射的子弹准确地射入了她的左太阳穴。她瘫倒在地，几乎没有发出半点儿声响。哈灵顿从地上捡起滑落的防尘罩，重新罩在打字机上，然后揪住索尔的外套，拽着他穿过一个空接待室和一个没有照明的大办公室。从窗帘的缝隙中，索尔瞥见了被灯光照亮的国会大厦圆顶。

哈灵顿打开了另一扇门，迈进房间。“你好，特拉斯科。”他用英语说。

桌后的瘦男人略显诧异地抬起头。几乎就在同时，一个穿着棕色西装的矮壮男人从皮沙发上猛地扑向他们。哈灵顿朝保镖开了两枪，上前检查了从保镖手中掉落的枪，然后朝他的左耳后部开了第三枪。保镖在地上抽搐，脚踢了下厚地毯，然后便一动不动了。

聂曼·特拉斯科毫无反应，依然用左手拿着三环活页笔记本，右手握着克洛斯金笔。

“坐下。”哈灵顿说，指了指皮沙发。

“你是谁？”特拉斯科问哈灵顿，声音中带着淡淡的好奇。

“问答环节留到稍后进行。”哈灵顿说，“首先，我要提醒你，我的这位朋友——”他指着索尔说，“不容侵犯。如果他受惊从沙发上站了起来，我就会松开左手。”

“松开左手？”特拉斯科问。

哈灵顿进入房间的时候，左手是空的，但现在，他的左手握着一个手掌大小的塑料环，中心有一个球形按钮，一条绝缘导线延伸进雨衣的袖口里。他的拇指按在球形按钮上。

“哦，我明白了。”特拉斯科不耐烦地说，放下了三环活页笔记本，用两只手握住金笔。“炸弹？”

“C-4。”哈灵顿说，用持枪的手解开雨衣扣子。他穿着肥大的钓鱼背心，背心的每一个口袋都鼓囊囊的。索尔看见了一圈圈引线。“十二磅塑胶炸弹。”哈灵顿补充道。

特拉斯科点点头。他表面上很镇定，但握笔的手指指尖都发白了。“足够了。”他说，“你想干什么？”

“我想和你们谈谈。”哈灵顿说，坐在特拉斯科桌前三英尺的椅子里。

“当然可以。”特拉斯科说着，靠在椅背上，瞟了眼索尔，“请开始吧。”

“让科尔本先生和巴伦特先生也加入电话会议。”哈灵顿说。

“抱歉。”特拉斯科说，搁下钢笔，张开手，“科尔本正在前往切维柴斯，而巴伦特先生已经出国了。”

哈灵顿点点头。“我数到六。”他说，“如果你不打电话，我就松开拇指。一……二……”

哈灵顿数到“四”时，特拉斯科拿起电话，但用了好几分钟才打通。科尔本此时正在岩溪高速公路上，而巴伦特在缅因。

“打开免提。”哈灵顿说。

“什么事，聂曼？”一个略带剑桥腔的平静声音说，“理查德，你也在线吗？”

“是的。”科尔本咕哝道，“我不知道这是他妈的怎么回事。特拉斯科，你让我足足等了两分钟。”

“我遇上了点儿小麻烦。”特拉斯科说。

“聂曼，这可不是保密线路。”索尔猜这个温柔的声音是巴伦特发出的，“你身边没有别人吧？”

特拉斯科看着哈灵顿，犹豫了片刻。见弗朗西斯只是对他微笑，特拉斯科说：“有。两位先生正同我一起在凯洛格参议员的办公室。”

科尔本的声音尖厉起来：“你他妈的搞什么啊，特拉斯科？这到底是怎么回事？”

“镇定，理查德。”巴伦特说，“继续讲，聂曼。”

特拉斯科手掌向上抬起手，示意哈灵顿先讲。

“巴伦特先生，我们想申请加入你的俱乐部。”哈灵顿说。

“不好意思，请问怎么称呼？”巴伦特说。

“我叫弗朗西斯·哈灵顿，”哈灵顿说，“我的雇主是哥伦比亚大学的索尔·拉斯基博士。”

“特拉斯科！”科尔本又嚷嚷起来，“这是怎么回事？”

“闭嘴。”巴伦特说，“哈灵顿先生，拉斯基博士，很高兴认识你们。我能帮你们做些什么呢？”

沙发上的索尔·拉斯基发出无力的叹息。在自己的名字被泄露之前，他还抱有一丝从这场噩梦中逃脱的希望。可是现在，尽管他不知道上校在玩什么把戏，也不知道这些人同威利、尼娜和福勒三人之间的关系，但他怀疑上校已经做好了牺牲他的打算，不然也不会说出他的真名实姓。

“你提到了俱乐部。”巴伦特提醒，“能说得再具体些吗？”

哈灵顿露出阴森的诡笑，继续举着左臂，拇指按在炸弹按钮上。“我想加入你的俱乐部。”他说。

巴伦特好像被逗乐了：“我参加了许多俱乐部，哈灵顿先生。你能不能说得再具体点儿？”

“我只对入会门槛最高的俱乐部感兴趣。”哈灵顿说，“而且我一直对岛情有独钟。”

巴伦特笑道：“我也是，哈灵顿先生。不过，尽管特拉斯科先生是慷慨的资助者，但我参加的大部分俱乐部都需要特别推荐。你提到你的雇主拉斯基博士也在。那么博士，你也想加入我的俱乐部吗？”

索尔对改变当下的处境束手无策，只好继续保持沉默。

“或许你……呃……也代表了别人。”巴伦特说。

哈灵顿只是呵呵一笑。

“他身上携带了十二磅塑胶炸弹，手里握着引爆器。”特拉斯科冷冷地说，“我觉得这算得上是特别推荐了。我们大家为什么不坐下来好好谈谈呢？”

“我已经让我的人过来了。”科尔本的声音干脆利落，“撑住，特拉斯科。”

聂曼·特拉斯科叹息着揉了揉眉毛，俯身在电话扬声器上，“科尔本，你个狗娘养的，如果你让你的人靠近这座大楼十个街区以内，我就会亲手将你的心掏出来。别他妈给老子捣乱。巴伦特，你还在听吗？”

C. 阿诺德·巴伦特仿佛压根儿就没听见之前的对话：“不好意思，哈灵顿先生，我给自己定了个规矩，决不在我参加的俱乐部的选拔委员会中任职。不过，我很乐意不时发展几名新会员。也许你可以告诉我，我应该到哪儿去联系那些我一直想发展的新会员。”

哈灵顿冷哼了一声。

就在这时，索尔·拉斯基觉察到特拉斯科悄悄侵入了他的思维。感觉非常疼，就像有人用又长又尖的铁丝扎进了他的耳朵。他颤抖了一下，但无法叫出声来。他的目光移动到落在地毯上的手机上，离死去的警卫伸出的手仅一英尺。他感觉到特拉斯科在冷静地计算：用两秒跳起来，用一秒开枪打中哈灵顿的脑袋，同时抓住他的拳头，摁住引爆器。索尔感觉自己的手在不受控制地一张一合，看见自己的双腿在拉伸，就像即将开跑的运动员在做热身一样。索尔自己的思想仿佛被禁锢在一间小小的阁楼里，即使想尖叫也发不出声音。这就是弗朗西斯这几周来的感受吗？

“威廉·波登。”巴伦特说。

索尔差点儿忘了这场对话的主题。特拉斯科挪了挪索尔的右腿，改换了他的重心，绷紧右臂肌肉。

“我不认识这个人。”哈灵顿冷冷地说，“下一个。”

索尔感觉浑身的肌肉都紧张了起来，特拉斯科即将发动攻击。他察觉到计划有微小的调整。特拉斯科将让他冲上前去，抓住哈灵顿的拳头，使其不松开，直到将哈灵顿推进参议员的主办公室，然后用自己的身体挡住爆炸能量，而特拉斯科将躲在厚重的橡木桌下。索尔想尖叫出声，提醒上校。

“梅勒妮·福勒小姐。”巴伦特说。

“哦，这个我认识。”哈灵顿说，“你可以在德国城找到她。”

“哪个德国城？”特拉斯科问，暗暗让索尔做好了攻击准备。别管那把枪。抓住手。把他使劲往后推。把你自己置于哈灵顿和特拉斯科的桌子之间。

“费城郊区。”哈灵顿热情地说，“我想不起准确的地址了，但如果你把女王巷的住户都查一遍的话，就一定能找到那个老太太。”

“很好。”巴伦特说，“还有一件事。如果你可以——”

“失陪一会儿。”哈灵顿说，又像老人一样笑了起来，“老天啊，特拉斯科，你觉得我察觉不到吗？就算给你一个月，你也操控不了这具躯壳……老天啊，你太笨拙了，简直就像个想在黑漆漆的电影院里吃女生豆腐的小男生……我有说错吗？快点儿放了我的犹太朋友。只要他动一下，我就引爆炸弹。那张桌子会被炸成碎片……”

索尔瘫倒在沙发上。他突然从意志之钳下摆脱出来，肌肉不禁开始痉挛。

“我们刚才说到哪儿了，巴伦特先生？”哈灵顿说。

电话扬声器中发出了几秒噪声，然后才传来巴伦特平静的声音：“抱歉，哈灵顿先生。我是在私人飞机上同你通话，恐怕我现在得走了。谢谢你打来电话。期待不久后能同你再次通话。”

“巴伦特！”特拉斯科大叫起来，“你他妈的别挂——”

“再见。”巴伦特说。

被挂断的线路传来嘟嘟嘟的噪声。

“科尔本！”特拉斯科尖叫起来，“说话啊！”

扬声器中传来科尔本深沉的声音：“去死吧，聂曼老头儿！”然后便是电话被挂断的咔嗒声。

特拉斯科抬起头，表情有如一头困兽。

“没关系。”哈灵顿安慰道，“我可以给你留下联系方式。

我们将来还可以做交易，特拉斯科先生。但我希望是私下里进行。拉斯基博士，你能回避一下吗？”

索尔扶了扶眼镜，眨了眨眼，然后站起来。特拉斯科恶狠狠地瞪着他。哈灵顿的嘴角泛起微笑。索尔转过身，快步穿过参议员办公室。在到达第一间等候室时，他已经跑了起来。直到离开办公室，沿着走廊狂奔之后，他才想起了那个秘书。他犹豫了一下，然后再次发足狂奔。

四人从前方拐角后冒出来。索尔回头看见五个穿黑西装的人从另一个方向跑过来，其中两个人拐进了特拉斯科的办公室。

索尔转过头，看见走廊尽头的三人齐刷刷地双手握住转轮手枪，手臂伸得笔直。即便从如此远看，黑洞洞的枪口也显得很大。索尔突然觉得思想又失控了。

弗朗西斯·哈灵顿在自己的思想囚笼中发出无声的尖叫。他隐隐觉得索尔突然在黑暗中出现。他们一起透过哈灵顿的眼睛，看见聂曼·特拉斯科嘴里叫嚷着，身体离开椅子，但腿还没完全打直，举起双手苦苦哀求。

“再见。”上校用弗朗西斯·哈灵顿的声音说，扣下了扳机。

伴随着橙色的火球，通往走廊的南门和门周围的墙被轰开。索尔的身子飞起来，砸向三个穿黑西装的人。他们持枪的手臂猛地抬起，其中一人的枪还走火了——但在充斥走廊的爆炸声中，根本听不到这声枪响——然后他们也飞了起来，翻滚着砸在走廊尽头的墙上。不到一秒钟后，索尔的身子也撞上了墙。

索尔两眼一黑，昏了过去。即便如此，他还是听见了那低沉的回响——不是爆炸声，而是上校在用苍老的声音说“**再见**”。

20

纽约

1980年12月26日，星期五

金特里治安官喜欢坐飞机旅行，但几乎不关心目的地是哪儿。他喜欢坐飞机，因为他觉得，被固定在加压机舱的二等座上，飞在几千英尺的高空之中，乃是沉思的良机。在他看来，目的地纽约是一座诱惑之城，充斥着各种疯狂：街头暴力、偏执、信息泛滥、快节奏但无思想。金特里很早之前就断定自己不适合在大城市生活。

金特里对曼哈顿比较熟悉。十多年前，越南战争打得如火如荼的时候，他还是一个大学生，曾同朋友们在那里待过几个周末。有一次，他们在芝加哥的赫兹租车行租了一辆车。那家店在大学旁边，他的女朋友就在里面工作。他们将车的里程表减去了两千英里，然后便肆无忌惮地开车。在不眠不休地疯玩了四天之后，他们六人最后在凌晨返回芝加哥郊区，转悠了两个小时，结果最后显示的里程数还是超出了初始里程数。

金特里坐摆渡大巴前往机场大厅，然后打了辆车去时代广场旁边的艾迪森酒店。那里年代久远，名声不再，顾客大多是妓女和偏远地区来的游客，但它仍旧保留着一丝成熟的威严。咖啡店里的波多黎各厨师说话很大声，常带脏字，但他的厨艺还不错。这里的房费只有通常曼哈顿酒店的三分之一。上次他来纽约，还是为了押送一个在查尔斯顿杀害了四名便利店职员的十八岁引渡犯。那次是县政府给的钱，选的房间。

金特里冲了个澡，消除旅途的疲惫，穿上舒适的蓝色灯芯绒宽松长裤、旧高领毛衣、黑褐色的灯芯绒西装夹克和大衣，还戴上一顶软帽。这套装备在查尔斯顿还能对付，却难以抵御纽约的寒风。他踌躇了一会儿，将点357口径鲁格尔手枪从行李箱中取出来，藏在大衣口袋里——结果鼓出来了，太暴露，显然不行。他将枪插进裤腰带。这也不行。他没有配鲁格尔手枪的枪套。上班的时候，他总是穿着制服，拴着带枪套的皮带。不上班的时候，他总是随身携带警察局配发的点38口径警用手枪。他到底为什么没拿那把小枪，而把鲁格尔带来了啊？他最后只好把转轮手枪藏进西装夹克的口袋里，解开大衣扣子直面寒风，但不解开夹克口子，以此掩藏那把硕大的手枪。管他的呢，金特里想。并非人人都是斯蒂夫·麦奎因[①]。

九点离开之前，他给查尔斯顿家里打了个电话，启动了答录机。他觉得娜塔莉应该没有留言，但飞行途中他都在思念她，非常想听到她的声音。结果第一条留言就是她的："罗布，我是娜塔莉。现在是圣路易斯时间下午两点左右。我刚回到圣路易斯，但我将乘下一个航班去费城。我觉得，我找到了梅勒妮·福勒藏身地的线索。你去看看今天查尔斯顿报纸的第三页，或者纽约的

① 斯蒂夫·麦奎因（1930—1980），美国动作影星。

一份报纸。德国城发生了黑帮火并。我也不知道为什么那个老太太会同街头纷争产生联系，但那里是德国城。索尔说过，只有从一系列看似疯狂的暴力案件中寻找，才能发现那些恶魔的踪迹。我答应你，我会尽量小心……我会打探一下，有没有值得我们进一步跟进的线索。今晚入住宾馆后，我会再给你留言。小心，罗布。”

“该死。”金特里挂上电话，轻声说。他再次拨打自己的电话号码，在听到留言提醒后，他叹了口气，然后在哔的一声后说：“娜塔莉，你他妈的不要去费城，不要去德国城。有人在圣诞前夜看到了你。你他妈的如果不想待在圣路易斯，就到纽约来找我吧。我俩分头展开调查是愚蠢的。听到留言后马上给我打电话。”他念出酒店电话和房间号码，顿了顿，然后挂上电话。“该死。”他说，一拳砸在廉价桌子上，桌子都摇晃了起来。

金特里坐地铁前往格林尼治村[1]，在圣文森特医疗中心下车。他在车上翻开小笔记本，把他做的所有笔记都看了一遍：索尔的地址，娜塔莉说索尔提到一个叫特玛的女管家，索尔在哥伦比亚大学的分机号码，大概两个星期前金特里曾打过的系主任的电话号码，已故的尼娜·德雷顿的电话号码。不是很多，他想。他给哥伦比亚大学打去电话，被告知心理系办公室到下周一之前都没人。

从索尔邻居口中了解的情况并不符合金特里对一名纽约精神病医生的预期。但治安官提醒自己，索尔的主要身份是教授，而不是精神病医生。于是邻居的描述看上去就准确多了。这一带多

① 美国纽约市下曼哈顿居民区。

是四五层高的合租公寓，几乎每一个街角都找得到餐馆或熟食店。密密麻麻的建筑让人感觉这里就是一个小城镇。几对恋人匆匆走过——其中一对是两个紧牵着手的男人——但金特里知道，这些钢筋水泥笼子里的人大都是上班族，从事出版、经纪、代理等工作，职位介于秘书和副总裁之间，每月收入数千美元，在格林尼治村里租两三间房，等着鲤鱼跳龙门的机会——升到更高的职位，在位置更好的大办公室里上班，住到中央公园西街上的褐砂石房屋里，打车几分钟就能来上班。狂风乍起，金特里紧了紧大衣，加快了脚步。

索尔·拉斯基博士不在家。金特里对此并不感到意外。他又敲了敲门，站在狭小的楼梯平台上等了一会儿。电视里的声音和婴儿的哭声混在一起，空气中隐约飘荡着熏牛肉和卷心菜的味道。他从钱包中取出信用卡，轻轻松松打开了门锁。金特里不禁摇头：索尔·拉斯基是全国知名的暴力行为研究专家，是死亡集中营的幸存者，但他家里的安保设施却有太多值得改进的地方。

按照格林尼治村的标准，这儿是一个大公寓，有舒适的客厅、小厨房、更小的卧室，以及大书房。每个房间，甚至厕所里都有书。书房里满是笔记本、文件，柜子里摆满了仔细贴上标签的摘要和几百本书，其中不少是德语和波兰语的。金特里查看了每个房间，用一分钟驻足在IBM打字机前，翻看放在旁边的一摞手稿，然后准备离开。他感觉自己像入侵者。公寓看起来已经有一两个星期无人居住了。厨房里一尘不染，冰箱里空无一物，但门口没有堆积的邮件，也没有发现主人不在家的其他迹象。金特里查看了电话附近，没有发现字条，然后又把每个房间快速检查了一遍，确保没有遗漏任何有关索尔行踪的线索。最后，他悄悄离开了公寓。

走下一段楼梯后，他遇到了一个老妇人，银色的发髻盘在脑后。金特里站定，等老妇人从他身边经过，然后他拉下自己的布帽，说："不好意思，夫人。您是特玛吗？"

女人停下来，狐疑地盯着他。"我不认识你。"她说话带着浓重的东欧腔。

"您是不认识我，夫人。"金特里说，摘下了帽子，"很抱歉直接称呼了您的名，但索尔并没有提过您姓什么。"

"瓦利谢兹尔斯基夫人。"老妇人说，"你是谁？"

"我是鲍比·金特里治安官。"他说，"我是索尔的朋友。我正在找他。"

"拉斯基博士从没提到过什么金特里治安官。"她把"金"字念得特别重。

"是的，他应该没提过。我们是他几周前来查尔斯顿时认识的。南卡罗来纳州的查尔斯顿。也许他提过他要去那儿？"

"拉斯基博士只是说他有事要出去。"老妇人厉声说，然后哼了一下，"他还以为我是瞎子，看不到桌上的机票！他说他要去两天，或者三天，还托我给植物浇水。如果我偷懒的话，他的植物十天就会死。"

"瓦利谢兹尔斯基夫人，上周您见过拉斯基博士吗？"金特里问。

老妇人往下扯了扯自己的毛衣，一言不发。

"我们约好了。"金特里话说，"索尔说他回来就给我打电话——他很可能是上周六回来的。但我没有接到他的电话。"

"他没有时间观念。"老妇人说，"上周他的外甥从华盛顿给我打电话。‘索尔舅舅还好吧？他答应星期六来我家吃晚饭的。’我知道拉斯基博士，他肯定是搞忘了这回事，去参加什么地方的研讨会了。我要不要给他外甥说一下呢？那是博士在美国的唯一亲人了。”

“是那个在华盛顿工作的外甥吗？”金特里说。

“不然还会是谁？”

金特里点点头，发现老妇人的举止和声调都表明她已经谈得不耐烦了。“索尔说我可以通过他的外甥联系他，但我把他外甥的电话弄丢了。他就住在华盛顿，对吧？”

“不是。”瓦利谢兹尔斯基夫人说，“大使馆在城里。拉斯基博士说他外甥一家现在住在乡下。”

“索尔有可能在波兰大使馆吗？”

老妇人眯眼盯着他：“拉斯基博士为什么会在波兰大使馆？艾伦在以色列大使馆工作，但他不住在那儿。你说你是治安官？博士同治安官有什么关系？”

“我是他的书迷。”金特里说，按了下圆珠笔，在印刷拙劣的名片背后画了几笔，“这是我今晚住的地方。另一个是我在查尔斯顿的家庭电话。索尔一回来，就让他给我打电话。这很重要。”他开始走下楼梯，“哦，对了，”他仰头叫她，“索尔外甥的姓里有一个‘e’还是两个‘e’？”

“艾希科尔里怎么可能有两个‘e’？”瓦利谢兹尔斯基夫人笑道。

“是啊，怎么可能呢？”金特里说，迈着沉重的脚步下了楼。

娜塔莉没有打来电话。金特里等到十点，又给查尔斯顿家中打去电话，但听到的依旧是她原来的留言以及他对她的严厉告诫。十一点十分，他又打了个电话。依旧没有新留言。凌晨一点一刻，他放弃等待，去床上睡觉。透过薄墙壁，他听见五六个伊朗人在吵架。凌晨三点，金特里又给查尔斯顿家中打了电话。依旧没有新留言。他自己留了段话，为上次留言中说脏话道歉，并再次强调她绝不能独自一人在费城溜达。

第二天早上一大早，金特里在电话答录机中留下了他预订了房间的华盛顿酒店的名字，然后搭乘八点十五分起飞的短途飞机去华盛顿。飞行的时间太短，他无法深入思考问题，于是从行李箱中拿出笔记本和一份文件研究起来。

娜塔莉看到12月20日参议员办公楼的爆炸案，担心索尔可能牵涉其中。金特里指出，不是美国发生的任何一起谋杀、事故和恐怖袭击都可以归咎于索尔口中那个垂垂老矣的上校。他提醒娜塔莉，电视新闻说，这场造成六人死亡的爆炸的主谋可能是波多黎各民族主义者。他指出，对参议员办公大楼的袭击是索尔到华盛顿后几个小时发生的，他的名字并没有出现在死者名单之中——尽管恐怖分子的身份还没有确定，而娜塔莉越来越怀疑袭击者同索尔有关。娜塔莉倒是安心了，但金特里心中的疑问没有消除。

金特里到达联邦调查局大楼时，已经十一点多了。他不知道星期六这里有没有人上班。接待员告诉他，理查德·海恩斯探员在办公室，然后花了几分钟时间才打通海恩斯的电话。她告诉金特里，海恩斯探员愿意见他。金特里暗暗兴奋。一个穿着昂贵西装、留着古怪小胡子的年轻人——就像吉米·奥尔森[1]在扮演特

① 《超人》漫画中的一个摄影记者。

工——领着金特里来到安检区，给他拍了照，记录了相关信息，用金属探测器把他全身扫了个遍，然后发给他一张访客通行证。金特里庆幸自己把鲁格尔手枪留在了宾馆的行李箱里。年轻人一言不发地带着金特里经过走廊，进入电梯，穿过一片布满小隔间的区域，然后经过另一条走廊，来到挂着“理查德·海恩斯探员”铭牌的门前，砰砰砰地敲了几下。海恩斯的声音传来：“请进。”年轻人点点头，转身离开。金特里好不容易才按捺住叫他回来给他小费的冲动。

理查德·海恩斯的办公室很大，装饰富有品位，同金特里又小又乱的办公室判若云泥。墙上挂着许多照片，金特里发现其中一张照片上，一个长着双下巴和大眼睛的男人正在同年轻时的理查德·海恩斯握手。那人极有可能是现已逝世的J. 埃德加·胡佛。海恩斯挥了挥手，让他坐下，并没有起身同他握手。

“什么风把你吹到华盛顿来了，金特里治安官？”海恩斯用平稳的男中音问。

金特里在小椅子里挪了挪肥硕的身躯，试图找到更舒服的坐姿，但发现这椅子被设计出来就是为了让人坐着不舒服的，于是清了清喉咙，说：“我只是在休假，迪克，顺道来跟你打个招呼。”

海恩斯眉毛一扬，手仍然没有停止翻动文件。“谢谢，治安官。但本周末我们这儿忙翻天了。我们掌握的关于曼萨德旅馆凶杀案的资料，已经通过特里和亚特兰大分局送给你了。”

金特里跷起二郎腿，耸肩道：“我只是碰巧到这一带来，所以顺道来看你。你们这儿可真是警备森严啊，迪克。”

海恩斯冷哼了两下。

“嘿，”金特里说，“你的下巴怎么了？好像被狠狠打了一拳。抓嫌疑人的时候弄的？”

海恩斯摸着下巴，一张创可贴贴在一块面积很大的淡黄色伤口上，肉色的化妆品没能将其掩盖住。他沮丧地笑了笑：“这不是工伤，治安官。圣诞节那天，我从浴缸里出来的时候滑倒了，下巴撞到了毛巾架上。还好我没被撞死。”

“是啊。据说大部分事故都是发生在家里。”金特里拉长腔调说。

海恩斯点点头，瞥了眼手表。

“对了，”金特里说，“你有没有收到我们发给你的照片？”

“照片？”海恩斯说，“哦，是那个失踪的女人吧？福勒夫人？我收到了，谢谢，治安官。已经发给所有外勤探员了。”

“很好。”金特里说，“掌握她的下落了吗？”

“福勒夫人？我依然认为她死了。我想我们可能永远也发现不了她的尸体。”

“很有可能。”金特里赞同道，“对了，迪克，我坐公交车过来的时候经过国会大厦，看到马路斜对面有一栋楼，警察在外面设置了路障，二楼的窗户正在修理。那里就是你们所说的——”

“参议员办公大楼。”海恩斯说。

“不错。那些恐怖分子就是在那儿把参议员炸死的吧？”

“只有一个恐怖分子。”海恩斯说，“爆炸发生的时候，来自缅因州的参议员不在华盛顿。他的政治顾问——共和党里的重要人物，名叫特拉斯科——被炸死了。其他死者都是小角色。”

“这案子你也参与调查了吧？”

海恩斯叹了口气，放下文件。“我们这个机构非常大，治安官。有许多探员，分管不同的工作。”

“当然。”金特里说，“据说那个恐怖分子是波多黎各人，对吗？”

“抱歉，治安官。我们不能讨论正在进行的调查。”

“当然。”金特里说，“对了，你还记得那个纽约的精神病医生拉斯基博士吗？”

“在哥伦比亚大学教书的索尔·拉斯基？”海恩斯说，“还记得。我们调查了他十三号的行踪。他在参加研讨会——同你获得的情报一样。他来查尔斯顿很可能是为自己的下本书做宣传。”

“有可能。”金特里说，“问题是，他本打算给我提供一些关于这场凶杀案的情报，但现在我找不到他了。你们没有跟踪他吧？”

“没有。”海恩斯说，又瞟了眼手表，“我们为什么要那么做？”

“没必要。但我觉得拉斯基来华盛顿了，可能是上周六。就是参议员办公大楼遭到恐怖袭击那天。”

“所以呢？”海恩斯说。

金特里耸了耸肩。“我只是觉得，这个家伙会自己去解决问题。我觉得他可能会来华盛顿。”

“他没有来。”海恩斯说，“治安官，我乐意同你说话，但再过几分钟会有另一个人来见我。”

“没问题。”金特里说，站起身，拽了拽帽子，“你应该找人看看。”

"看什么？"海恩斯问。

"你的下巴。"金特里说，"撞得可真厉害。"

金特里沿着第九街前往国家广场，然后穿过宾夕法尼亚大道，经过司法部。他直接来到宪法大道，沿着第九街经过国税局大楼，然后又来到宾夕法尼亚大道，轻快地跳上老邮局大楼的楼梯。似乎没有人跟踪他。他继续沿着宾夕法尼亚大道前往珀欣公园，然后在街对面凝视白宫屋顶。他很想知道吉米·卡特现在是不是在里面，思索人质问题，将他的无能归咎于伊朗人的奸诈。

金特里坐在公园长椅上，将笔记本从口袋里拿出来，翻了翻写满潦草字迹的纸页，合上笔记本，长叹一口气。

死胡同。

索尔会不会是骗子？一个患有被害妄想症的疯子？

不可能。

为什么？

就是不可能。

好吧，那他到底在哪儿？走去国会图书馆，翻查上个星期的报纸、讣告、事故报告。给医院打电话。

他会不会被当作身份未明的波多黎各人送到了停尸房？

这说不通啊。上校同参议员的顾问有什么关系？

他跟肯尼迪和卢比有什么关系？

金特里揉了揉眼睛。他坐在娜塔莉·普雷斯顿的厨房里听索尔的故事的时候，几乎信以为真。因为索尔的故事在逻辑上是自洽的。一系列毫无关联的血案背后，是拥有念控力的两三个恶魔的杀戮游戏。但现在想想，这一切简直荒谬。除非……

除非拥有念控力的恶魔不止这几个。

金特里坐直身子。索尔到华盛顿来肯定是找人谈话的。虽然他曾对金特里和娜塔莉讲述了自己的秘密，但他没有透露他要见的人。**应该是家人。**为什么？金特里还记得，索尔在提到他雇的私人侦探弗朗西斯·哈灵顿失踪时，神情异常哀伤。所以索尔也许是来寻求帮助的。以色列大使馆的外甥？但也可能是别人。**会是谁呢？**美国政府？索尔判断，联邦政府不会保护一个垂老的前纳粹。但是，如果上校、福勒和德雷顿这样的人不止一个呢？

治安官打了个寒战，裹紧大衣。这天天气晴好，气温在三十多华氏度。暗淡的日光给公园里褐色的枯草染上了一层金黄。

他在华盛顿酒店附近的拐角处找到了一部公用电话，用信用卡给查尔斯顿打去电话。娜塔莉还是没有消息。金特里听到了自己的留言，记下了宾馆的房间号，然后给以色列大使馆打去电话。今天是犹太人的安息日，金特里怀疑使馆没人上班。

一个女人接起了电话。

“你好。”金特里说，忍住突然想说“舍拉姆”的冲动，“我找艾伦·艾希科尔。”

女人顿了一下，问：“请问你是谁？”

“我是罗伯特·金特里治安官。”

“请稍等。”

金特里足足等了两分钟。他把话筒握在怀里，注视着街对面的财政部大楼。

倘若有更多像上校那样的精神吸血鬼，那许多问题都容易解释了。比如，上校为什么会选择假死，为什么查尔斯顿县治安官会被跟踪一周半，为什么某个联邦调查局探员的话让金特里恨不得打掉他的牙，以及为什么谋杀现场发现的可怕剪贴簿会无缘无故消失……

“你好。”

“哦，你好，艾希科尔先生，我是鲍比·金特里治安官——”

“我不是艾希科尔，我是杰克·科恩。”

“哦，科恩先生，我要找艾伦·艾希科尔。”

“我是艾希科尔先生所在部门的负责人。请告诉我你找他什么事，治安官。”

“科恩先生，我找他实际上是为了点儿私事。”

“你是艾伦的朋友吗，金特里治安官？”

金特里知道出事了，但不知道到底是什么事。“不是。”他说，“准确地说，我是艾伦的舅舅索尔·拉斯基的朋友。我需要同艾伦通话。”

科恩犹豫了一下：“你最好能亲自到这儿来，治安官。”

金特里瞟了眼手表。“我不知道是不是还有时间，科恩先生。如果你能让我同艾伦见面，我会考虑是否过来。”

“很好。你在哪儿打的电话，治安官？就在华盛顿吗？”

“是的。”金特里，“我打的是公用电话。”

“你就在城里吗？你可以找人问问怎么来大使馆。”

金特里按捺住怒火。“我就在华盛顿酒店旁边，”他说，“让艾希科尔接电话，或者把我的电话号码转告他。如果我要到大使馆见他，我会自己打车来。”

“好吧，治安官。请十分钟之后再打电话过来。”金特里还没来得及抗议，科恩就挂断了电话。

他在酒店前来回踱步，恨不得立刻就回酒店收拾行李直飞费城。但这是疯狂之举。他知道，在查尔斯顿找一个人有多难——他在那里有六个副手，还有许多信息源。孤身前往费城找人无异于大海捞针。

他提前两分钟打了电话，接电话的是同一个女人。“好的，治安官。请稍等。”

金特里叹了口气，靠在公用电话亭的金属框上。他感觉一个尖尖的东西顶在了他的身侧。金特里转过身，看见两个男人紧贴着他，不像是排队打电话的。那个高个子还对他咧嘴笑。金特里低下头，看见顶着他的是一支小口径自动手枪的枪管。

“到那边的车上去。”笑盈盈的高个子说。他拍了拍金特里的背，就像他们是久别重逢的老朋友一样。枪管顶得更深了。

这个男人离金特里很近。他觉得，他有很大把握可以在他开枪前将枪推开。但另一个男人站在五英尺外，右手揣在雨衣口袋里。无论金特里如何反抗，这家伙都可以弹无虚发。

“快走。”高个子男人说。金特里迈开脚步。

车开得很平稳。他们绕过椭圆广场，前往林肯纪念堂，又绕过潮汐湖，沿着杰弗逊大道前往国会大厦，经过联合车站，然后又绕回来。这辆车豪华而宽敞，行驶起来几乎听不到噪声。关上车窗后，车外看不见车内。驾驶室一侧的门自动关闭，司机背后有一扇有机玻璃将其与乘客隔开。金特里坐中间，挟持他的人坐他两边。他对面的折叠座椅上大剌剌地坐着一个人，白发凌乱，眼神哀伤，粗糙的麻子脸竟然透着几分英俊。

“我告诉你们，”金特里说，“绑架在这个国家是犯法的。”

白发男人轻声说：“能给我看看你的证件吗，金特里先生？”

金特里本想自以为是地抗议一番，但结果只是耸耸肩，递上钱包。掏钱包的时候，没人扑上来——他上车之前已经被搜过身了。“听你的声音，像是杰克·科恩。”

“我就是杰克·科恩。”对方说，在金特里的钱包里仔细翻找，“你的身份证件齐全，还有信用卡，这些都表明，你是南方某城的治安官，名叫罗伯特·约瑟夫·金特里。”

“我的朋友和选民叫我鲍比·乔伊。”

“在美国这个地方，身份证件几乎说明不了任何问题。”科恩说。

金特里耸耸肩。他很想骂脏话，但最后只是说：“我能看看你的身份证件吗？”

“我是杰克·科恩。”

“嗯。你真的是艾伦·艾希科尔的上司？”

“我是大使馆通信与密码部门的负责人。”科恩说。

“就是艾伦所在的部门？”

“是的。”科恩说，“你现在才知道？”

“要我说的话，你们中有人就是艾伦·艾希科尔。”金特里说，“我从没见过他。看目前的情形，我也不打算见他。”

“为什么，金特里先生？”科恩的声音冰冷得如同刺刀。

“我猜的。”金特里说，“我打电话找艾伦，但整个大使馆都在借故拖延，同时你们这伙人跳上车，火速找到我，持枪劫持我上车。如果你们确实是以色列大使馆的工作人员——我不知道你们有没有撒谎——那你们的行为就有些过火了。要知道，以色列可是美国在中东忠实而可靠的盟友。我估计艾伦·艾希科尔已经死了，或者失踪了，你们有些恼火……以至于敢用枪顶着一位正式选举出的执法官员。”

“接着说。”科恩说。

“去死吧。”金特里说，“话我说完了。你必须先告诉我发生了什么，然后我才会告诉你我为什么要找艾伦·艾希科尔。”

“我们会……呃……通过别的方式邀请你加入讨论。”科恩说，语气已经不再咄咄逼人，但金特里依然感到了对方的威胁。

“我才不信呢。”金特里说，“我知道以色列人的手段。不管怎样，我什么都不会说的，除非你告诉我一些值得了解的信息。”

科恩瞟了眼窗外的大理石建筑，然后又盯着金特里说：“艾伦·艾希科尔死了。他、他的妻子和两个孩子，都被杀死了。”

“什么时候？”金特里说。

“两天前。”

“圣诞节。”金特里喃喃道，“这个假期可真够乱的。他们是怎么死的？”

“有人把铁丝扎进了他的脑子。”科恩说，听他的口气，好像只是在描述一种修发动机的新办法。

“哦，上帝啊。”金特里惊叹道，“我怎么没在报纸上看到过这消息？”

“他家里发生了爆炸。”科恩说，“弗吉尼亚州的验尸官认定是意外死亡——煤气泄漏。媒体没有发现艾伦和大使馆的关联。”

“你们自己的医生找出了真实死因？”

“是的。”科恩说，“就在昨天。”

“但是，为什么你们怀疑我？”金特里问，“艾伦肯定已经……等等，我提到了索尔·拉斯基。你们认为索尔同艾伦的死有关。”

“是的。”科恩说。

“好吧，”金特里叹息道，“是谁杀了艾伦·艾希科尔？”

科恩摇了摇头：“我们正想问你呢，金特里治安官。”

金特里思索起来。

“你应该知道，”科恩继续说，“目前正值敏感时期，以色列如果这时候冒犯美国，会引发灾难性的后果。所以，最好你能自证清白，然后我们放了你。否则，我们就会让你消失——这样对大家来说都方便。”

“闭嘴。”金特里说，“我在想问题呢。”

他们第三次经过杰弗逊纪念堂，然后驶过一座桥。前方浮现出高大的华盛顿纪念碑。“索尔·拉斯基十天前来查尔斯顿调查曼萨德旅馆凶杀案——哥伦比亚广播公司称其为‘查尔斯顿大屠杀’——这个你听说过吧？”

“听说过。”科恩说，“有人劫杀了几个老人，还把无辜的证人灭了口，对吧？”

“差不多。”金特里说，“牵扯到这个案子里的老人中，有一个是前纳粹军官，名叫威廉·D. 波登。”

“一个电影制片人。”坐在金特里左边的高个子卷发以色列人说。金特里被吓得跳了起来。他差点儿忘了两边的劫持者是可以说话的。

“是啊。”他说，“从切姆诺和索比堡逃亡之后，索尔·拉斯基已经追踪了这个纳粹军官近四十年。”

“那是什么地方？”金特里右边的年轻人问。

金特里瞪大了眼睛。科恩用希伯来语厉声说了两句，年轻人立刻羞红了脸。

“那个叫波登的德国人……不是已经死了吗？”科恩说。

“表面上，他死于一场空难。”金特里说，“但索尔不这么看。”

“拉斯基博士认为曾经折磨他的恶魔还活着。”科恩沉思道，“但波登同查尔斯顿的谋杀有什么关系？”

金特里摘掉布帽，戳着帽顶。“算旧账。”金特里说，“索尔也说不准。他只是觉得上校——那是他对波登的称呼——跟案子有牵连。”

“为什么拉斯基会去见艾伦？”

金特里摇头道：“我不知道他们有没有见面。就连艾伦·艾希科尔这个人，我也是昨天才知道他的存在。12月20日，索尔从查尔斯顿飞到华盛顿来同人会面，但他没告诉我对方是谁。我们说好了要保持联络，但他离开查尔斯顿之后我就没有他的消息。我昨天去了索尔纽约的公寓，同他的女管家谈了话——”

“特玛。”高个子插话道，被科恩瞪了一眼，连忙噤声。

“对。”金特里说，“她提到了艾伦。于是我就来这儿了。”

“拉斯基博士打算同艾伦谈什么？”科恩问。

金特里将帽子放在膝盖上，摊开双手。“我他妈怎么知道？我觉得，索尔想打听出更多关于波登在加州的生活信息。艾伦能不能帮到他呢？”

科恩咬着嘴想了会儿，答道：“同他舅舅见面之前，艾伦因为私事请了四天假，用其中一段时间去了加州。”

“他在那里了解到什么？”金特里问。

“我们不知道。”

“你们怎么知道他同索尔见过面？索尔有没有来大使馆？”

高个子用希伯来语说了一句警告似的话。科恩驳斥了他。“没有，”科恩说，“一个星期前，拉斯基博士和艾伦在国家美术馆见过面。艾伦和他的同事利瓦伊·科尔认为这次会面非常重要。据他们在大使馆的朋友说，艾伦和利瓦伊那周将一些他们认为非常重要的文件存在了密码保险箱里。”

“文件是什么内容？”金特里问，他知道对方没有答案。

“我们不知道。”科恩说，“艾伦全家遇害后几个小时，利瓦伊·科尔登录大使馆电脑，取走了文件。之后我们就再也没见过他。”科恩揉了揉鼻梁，“这没有道理。利瓦伊是单身汉，在美国没有家人，以色列也没有。他是一名狂热的犹太复国主义者，曾在突击队中服役。我不知道他们用什么来要挟他。按照常理，他们应该干掉的人是利瓦伊，而对艾伦·艾希科尔，他们应该实施敲诈。当然，问题是：他们是谁？”

金特里无言以对。

“好了，治安官。”科恩说，“现在请把你掌握的情况告诉我们。”

“我知道的跟你们差不多。”金特里说，“除非你想听听索尔·拉斯基的故事。”**我该怎么讲述，才能不提及上校和那些老太太的念控力呢？**金特里想，**他们不会相信我的，而他们不相信我就意味着我死定了。**

“我们想知道一切。”科恩说，“从头开始讲。”

车经过林肯纪念堂，朝潮汐湖驶去。

21

德国城

1980年12月27日，星期六

娜塔莉·普雷斯顿用135毫米镜头的尼康相机记录下这座濒死城市里的颓败与荒唐：石头房子，砖砌房屋，一座建筑风格特意与两边十八世纪建筑相融的银行，摆满破烂的古董店，杂乱的救世军零售店，堆着报废车辆的空地，垃圾遍地的狭窄街巷。娜塔莉在相机中装进黑白Plus-X胶卷，这种胶卷拍出的画面清晰度高，通过漫长的曝光可以将墙上的每一道裂缝缺口都显现出来。但她没有找到梅勒妮·福勒的踪迹。

装上胶卷之后，她鼓起勇气，给点32口径骆玛自动手枪也装上了子弹。现在那把枪就藏在她的大手提包底部，上面盖着硬纸板做的假底子，再上面放着杂物和镜头盖。这座城市在白天就没那么可怕了。前一天晚上，飞机入夜后才降落，她感到迷乱而茫然，听任飞机上坐在她旁边的旅客詹森·鲁哈开车带她来到德国城。他说他顺路。他的灰色奔驰停在可以过夜的停车场里。起初她很高兴自己答应了鲁哈。车开了很久：先下高速公路，经过两层的大桥，进入费城中心区，然后进入一条繁忙的绕城高速，又穿过原来那条河（也许是另一条河），来到德国城大道。那是一条宽敞的砖铺大街，蜿蜒着穿过黑漆漆的贫民区和空荡荡的商店。鲁哈建议她住的旅馆位于德国城中心，车快到的时候，娜塔莉几乎肯定对方将对自己提出性要求。“我能陪你上去待会儿吗？”或者“我想带你参观我家——离这儿不远。”也许是前者。他没有戴结婚戒指，但这无关紧要。娜塔莉唯一确定的是对方会主动示好，而她会笨拙地拒绝。

她错了。他把车停在老旅馆前，帮她卸下行李，祝她好运，然后就开走了。她怀疑他是个同性恋。

娜塔莉在十一点前给查尔斯顿打去电话，在罗布的电话答录机上留下她的酒店电话号码和房间号。她本以为他会在十一点刚过就打来电话，劝她回圣路易斯去，但他没有。娜塔莉略感失望，同时还有点儿莫名的伤心。她强忍着睡意，在十一点半又给查尔斯顿打去电话，然后用罗布借给她的机器听取了留言，但磁带上只有她的两通电话，没有他的留言。她带着困惑和一丝恐惧入睡了。

天亮后就好多了。虽然金特里仍然没有留言，但她给《费城问询报》的编辑打去电话，在报上与她相熟的芝加哥的编辑的名字后，对方向她提供了一些黑帮凶杀案的照片。这个案子的细节还不清楚，但可以明确的是，四个黑帮成员都被斩首了。“灵魂砖厂”的总部设在离布林赫斯特街不远的市政府兴建的社区活动中心，与切尔腾大道上娜塔莉所住的宾馆相距一英里左右。娜塔莉查到社区活动中心的电话号码，打过去，自称是《芝加哥太阳时报》的记者。一个名叫比尔·伍兹的牧师答应三点接受采访，但只给了她十五分钟。

娜塔莉在德国城里逛了一天，沿着令人备感压抑的小街边走边拍照。这里散发着异样的魅力。在切尔腾大道的西边和东边，是过时的复式公寓，里面住的既有黑人也有白人，过着差不多的中产阶级生活。在布林赫斯特街东边，则是一片衰败的景象——黑压压的联排房屋，被遗弃的汽车，眼神空洞而绝望的人们。

不过，太阳好歹是出来了，孩子们跟在她身后嬉戏，哀求她给他们拍照。娜塔莉只好答应。一辆火车呼啸着从头顶驶过，一个女人在半个街区外的门口怒吼起来，孩子们就像被风刮走的树叶一样一哄而散。

上午十点、十二点、下午两点，她分别给查尔斯顿打去电话，但都没有收到罗布的留言。她决定晚上十一点再打一次。该死。

下午三点，她叩响了一座二十年代风格的大房子的门，周围有碎石小路、黑漆漆的公寓楼和工厂院落。环形门廊的栏杆已经损毁。三楼的窗户被钉上了木板，但有人在木板上涂了一层薄薄的廉价黄色油漆。整座房子看上去就像得了黄疸病一样。

比尔·伍兹牧师皮肤白皙，身材矮胖。他同娜塔莉坐在一楼凌乱的办公室里，向她抱怨说，政府的经费根本不够用，管理社区活动中心这种地方简直就是噩梦，青年团体乃至于整个社区都不配合。他没有使用“黑帮”这个词。娜塔莉瞥见走廊里有年轻黑人男性走来走去，听见地下室和二楼传来叫声和笑声。

“我能不能和灵魂砖厂……社团的人谈谈？”她问。

“哦，不行。”伍兹大叫起来，“那些孩子只愿意同电视台的人谈。他们喜欢上电视。”

“他们住在这儿？”娜塔莉问。

“哦，当然没有。他们只是在这儿集会，聊天找乐子。”

“我需要同他们谈谈。”娜塔莉说，从椅子上站起来。

“恐怕……嘿，等等！”

娜塔莉沿着走廊大步走开，打开一扇门，爬上一段狭窄的楼梯，来到二楼。那里的地板上残留着石灰，十几个黑人待在房间里，有的围在台球桌旁，有的躺在床垫上。娜塔莉发现，金属百叶窗旁放着四支泵动式霰弹枪。

她的出现让所有人都愣住了。一个二十出头、特别瘦的高个子从台球杆上抬起头，怒斥道：“你想干什么，婊子？”

“我想同你们谈谈。”

“操。”一个躺在床垫上留着胡子的年轻人说，“听听，‘我想同你们谈谈’。你他妈的从哪儿来的，婊子？南方的什么鬼地方吗？”

“我想做一次采访。”娜塔莉说，惊讶地发现自己竟然声音镇定，双腿也没有打战，“关于你们的成员遇害的案子。”

对方陷入沉默，房间中的气氛诡异起来。率先开口的高个子年轻人举起台球杆，缓缓朝她走来。他在她四英尺开外停住，伸出球杆，将垩白色的顶端从她的鹅绒夹克的前襟滑下来，再滑过女式衬衣，挂在牛仔裤的皮带上。“我会让你采访的，婊子。非常详细的采访。你听明白了吗？”

娜塔莉强忍住没有退缩。她将尼康相机拨到身侧，从大衣口袋中取出霍奇斯先生拍的一张彩色照片。“你们有人见过这个女人吗？”

拿台球杆的男人看了一下，冲一个顶多十四岁的男孩招了招手。男孩上前细看，点点头，回到原来窗边的位置。

“叫马文上来。”拿台球杆的男人喝道，“快点儿！”

马文·盖尔十九岁，相貌英俊，淡蓝色的眼睛，长长的睫毛，肤色同娜塔莉一模一样，天生具备领袖气质。他一进屋，娜塔莉就觉察出了这一点。整个房间的焦点都转移了，其他人的姿态发生了微妙的变化，马文成了他们关注的中心。马文要求知道照片上的白人女性是谁，而娜塔莉坚持要求先听他们讲讲那起屠杀。

最后，马文咧开嘴，露出了漂亮的牙齿："你真的想知道，宝贝？"

"是的。"娜塔莉说。只有弗雷德里克叫她宝贝。在这儿听到这个词让她感到很尴尬。

马文拍了拍手掌。"勒罗伊、卡尔文、蒙克、路易斯、乔治，跟我走。"他说，"其他人留在这儿。"

抗议声四起。

"给老子闭嘴！"马文吼道，"我们要去打仗，你们知不知道？外面有人想干掉我们。我们要查清楚这个白人老婊子是谁，跟这件事有什么关系，然后我们就知道要对付的人是谁。懂了吗？懂了。所以你们他妈的都给老子闭嘴！"

他们回到了床垫上和桌球台边。

这会儿是下午四点，天色已经暗淡下来。娜塔莉拉紧大衣拉链，在寒风中打了个冷战。他们沿着布林赫斯特街向北走——那条路的上方就是铁路高架桥——进入一条跟巷子差不多的街，接着向西走。路上没有街灯。看天色很可能下雪。夜晚的空气中弥漫着污水和煤烟的味道。

他们停在一条真正的巷子的入口前。马文指着十四岁的男孩说：“蒙克，告诉她发生了什么事。”

男孩将双手插进口袋，朝结冰的枯草和空工地的碎砖上吐了一口痰，“穆罕默德和另外三个人，他们走到了这儿，知道吧？我跟在他们后面，但还没到这儿，知道吧？那天是圣诞节，穆罕默德和托比抽了点儿白粉，知道吧？我们撇下我，去兹格的哥哥家再买点儿白粉，知道吧？在普拉斯基镇，对吧？我当时已经抽高了，没看到他们离开，所以只好跑去追他们，知道吧？”

“说说那个该死的白人。”马文说。

“那个该死的白人从这条巷子里出来，冲穆罕默德竖起了中指。就在这个地方。我在半个街区外，听见老穆罕默德说：‘操，你他妈活腻啦？’然后那个该死的小白人就在那儿冲穆罕默德和其他三个兄弟竖中指。”

“那人长什么样？”娜塔莉问。

“闭嘴。”马文喝道，“问题我来提。告诉她那人长什么样。”

“他长得像一坨屎。”蒙克说，又吐了口痰。他双手仍插在口袋里，下巴在肩膀上蹭了一下。“那个小王八蛋看起来就像刚从粪坑里捞出来似的，知道吧？就像有一年都在吃垃圾过活，知道吧？头发缠得一条条的，就像盖在他脸上的肮脏藤蔓，知道吧？浑身上下似乎都在滴血，知道吧？”蒙克不禁颤抖起来。

“你确定他是白人？”娜塔莉问。

马文瞪大眼睛，但蒙克大笑道：“当然是白人。他是个狗日的白鬼。我不骗你。”

“给她说说那把镰刀。”马文说。

蒙克迅速点头：“那个该死的白人沿着巷子跑过来。穆罕默德、托比和其他人都站在那儿，没反应过来，知道吧？然后穆罕默德说：‘抓住他！’他们就冲了上去，知道吧？他们身上没带什么像样的武器，只有小刀，知道吧？但没关系，他们会把那个小王八蛋撕成碎片。”

“给她说说那把镰刀。”

“好。”蒙克的眼神迷离起来，“我听到吵闹声，就上来看出了什么事。我可不是逃跑的孬种，知道吧？我觉得刚被放出来，不能又杀人，知道吧？我看着那个狗日的走过来，但最后流血的不是他，知道吧？他手里拿着镰刀——就像动画片里那种。”

“哪部动画片？”娜塔莉问。

“操，就是那个骷髅啊，拿着棍子，棍子上绑着镰刀。卡通片里一有死人他就会出现。操。”

“长柄大镰刀？”娜塔莉问，“用来收割小麦的那种？”

“就是那个。”蒙克指着娜塔莉说，“但那个狗日的魔鬼砍的是穆罕默德和其他兄弟。他的动作很快。操，真他妈的快极了。我就在那儿，什么都看到了……”他指着一个大垃圾桶，“我一直藏着，等他把大伙儿都杀了，知道吧？然后等他走了很久才出来。我可不想死啊。后来天亮了，我就去通报马文，知道吧？”

马文双臂抱胸，盯着娜塔莉问：“够了吗，宝贝？”

现在天色很暗。娜塔莉看见小巷尽头的灯光和车流，那里应该是德国城大道。“还差点儿，”她说，“他……那个狗日的白人把他们都杀了？”

蒙克抱臂笑道：“你他妈的知道啊。他杀人花了不少时间。他喜欢干那勾当。”

“他们被斩首了？”

“什么？”

“她的意思是，他是不是砍掉了他们的脑袋。”马文说，“告诉她，蒙克。”

“他狗日的当然砍了。他用镰刀和铲子把他们的脑袋割下来了，放到大街边的停车计时器上，知道吧？”

“上帝啊。”娜塔莉说。雪片拍打着她的脸，在面颊和睫毛上冻结起来。

“还没完呢。”蒙克说，他的笑声跟抽泣没太大区别。“他把他们的心脏都掏出来了。我猜他把他们的心脏吃掉了。”

娜塔莉连连后退，转身欲走。但目力所及，全是砖头和黑暗，她只好一动不动地站在原地。

马文抓住她的胳膊。“走吧，宝贝。和我们回去。现在该你告诉我们了。该你给我们说了。”

22

贝弗利山

1980年12月27日，星期六

华盛顿的电话打来的时候，托尼·哈罗德正同一个老女星颠鸾倒凤。

塔丽·伊斯腾四十二岁，至少比她希望得到的《白色口水》中的角色老二十岁，但她乳房的手感和形状都适合那个角色。哈罗德看见了她乳房和胸腔交界处淡粉色的线条——硅胶应该就是从那里注入的。塔丽头后仰，张大嘴，双肩乱颤，伪装着兴奋。哈罗德并没有操控她，只是在利用她。

“来吧，宝贝，给我。来吧，给我。”老女星呻吟道。1963年的《综艺》杂志曾称她是“下一个伊丽莎白·泰勒”，但她后来成了下一个斯黛拉·史蒂文斯[①]。

十五分钟，从激情退化为简单的摩擦，再退化为必须完成的工作。哈罗德已经丧失了投入感和兴奋感，他觉得自己还不如去操木板上的一个洞。

① 斯黛拉·史蒂文斯（1936—）二十世纪六十年代好莱坞性感女星、海报女郎，主演的角色多是风流美艳的女性。

“来吧，宝贝。”她气喘吁吁，表演到位。

“闭嘴。”哈罗德说。他闭上眼睛，回想两个星期前从华盛顿回来的航班上的空姐。他上一个干的女人就是她吗？还是桑拿房里那两个互相抚摸的德国女孩？不，他不愿意再想到德国。

“来吧，宝贝。”塔丽嗫嚅道。她高昂起头，就像识途的马驹看到了前方的马厩一样。

塔丽呻吟着浑身触电般颤抖，全身筋肉紧绷，伪造出完美的高潮，简直可以去拿奥斯卡终身成就奖了。

“哦，宝贝，宝贝，你太棒了。”她嘟囔着，双手插进他的头发，脸贴在他的肩膀上。

哈罗德睁开眼，看见电话来电提醒灯在闪。“下去。”他说。

塔丽偎依在他身边。他告诉玛利亚·陈，自己可以接电话。

“哈罗德，我是查尔斯·科尔本。”话筒里传来那个恶棍熟悉的声音。

“什么事？”

“你今晚飞到费城来。我们在机场见。”

哈罗德将塔丽的手从自己的腹股沟推开，盯着天花板。

“哈罗德，你还在吗？”

“在。为什么要去费城？”

“叫你去你就去。”

“我要是不想去呢？”

这次轮到科尔本沉默了。

“我上周就给你们说过，我不干了。”哈罗德说，瞟了眼塔丽·伊斯腾。她正在抽含薄荷醇的烟。她的眼睛蓝得就像哈罗德游泳池里的水，却空洞无神。

“不干了？想都别想。”科尔本说，“你知道特拉斯科出什么事了吗？”

“知道。”

“那意味着，岛俱乐部执行委员会中出现了空位。”

“恐怕我已经不感兴趣了。”

科尔本大笑：“哈罗德，你这个蠢货。你最好祈祷我们会继续对你保持兴趣。因为一旦我们对你不感兴趣，你的那帮好莱坞朋友就得又来森林草地公墓参加一次葬礼。两点的航班，联合航空。”

哈罗德小心翼翼地放下听筒，滚下床，披上缀有字母图案的橙色睡袍。

塔丽掐灭了烟头，从长长的睫毛后翻眼看着他。她玉体横陈的样子让哈罗德想起了简·曼斯菲尔德[①]在一部低预算色情电影中样子。拍完这部电影后不久，曼斯菲尔德就在交通事故中丢掉了脑袋。“宝贝，”她呻吟道，似乎还沉浸在高潮所带来的满足之中，“你想谈谈吗？”

“谈什么？”

“当然那是那部电影，小傻瓜。”她笑道。

“好啊。”哈罗德说，站在吧台前，给自己倒了一杯橙汁。“电影名叫《白色口水》，根据去年秋天几乎每个收银台前都摆着的畅销书改编。导演是舒·威廉姆斯。我们的预算是一千二百万美元，但艾伦估计我们会超支。预付金一百万。”

哈罗德知道塔丽几乎真要高潮了。“罗尼说我特别适合那个

① 简·曼斯菲尔德（1933—1967），美国女演员。死于交通事故。

角色。”她低声说。

“他拿着你的钱，自然会那么说。”哈罗德喝了一大口橙汁。罗尼·布鲁斯是她的经纪人和宠物。

“罗尼告诉我，你说我特别合适。”她的声音里带着一点点不悦。

“我是说过。”哈罗德说，“你也确实是合适的人选。”他露出鳄鱼般的笑容，“当然不是主角。你老了二十五岁，屁股太肥，奶子太假。”

塔丽啊的惨叫了一声，如同被人打中了肚子。她动了动嘴，但没有说出一个字。

哈罗德喝完了饮料。他感到眼皮特别沉：“女主角有个四处找她的中年姑妈。对白不多，不过有一出大戏——一群阿拉伯人将在马拉喀什的集市里强奸她。”

塔丽终于忍不住骂了起来：“你这个侏儒王八蛋……”

哈罗德露齿一笑：“好好想想吧，宝贝。让罗尼给我打个电话，我们一起吃个午饭。”他放下酒杯，朝按摩浴缸走去。

“为什么要半夜坐飞机？”玛利亚·陈问，此时飞机已在堪萨斯上空。

哈罗德望着窗外的夜色：“我猜他们只是在戏弄我。”他靠在椅背上，看着玛利亚·陈。从德国回来之后，他们之间的关系就变得微妙起来。他闭上眼睛，脑中浮现出那枚雕刻着自己的脸的象牙棋子，然后又睁开眼。

“费城那边出了什么事？”玛利亚·陈问。

哈罗德想到了一句W. C. 菲尔兹[1]用费城开的一句精妙玩笑，但他太累了，没心情说笑。“我不知道，”他说，“可能是找到威利或者那个姓福勒的女人了。”

“如果是威利，你会怎么办？”

“撒腿就跑。”哈罗德说，“我希望你能帮我。”他环顾四周，“你有没有按我的吩咐把勃朗宁手枪藏起来？”

“有。”她把用来估算购衣开支的计算器放在一边，“如果是那个姓福勒的女人呢？”

三排之内都没有旁人。头等舱的其他旅客都在睡觉。“如果只是那个女人的话，”哈罗德说，“我就会杀了她。”

“你一个人杀还是我们一起杀？”玛利亚·陈问。

“我一个人。”哈罗德厉声道。

“你有把握杀得了？”

哈罗德瞪大了眼睛，恨不得一拳头打碎她那排完美无瑕的牙齿。捆绑也好，扒衣服也好，只要能打破她那东方式的镇定，怎么弄都行。只要能有那么一次。他恨不得就在这架联合航空的头等舱里，就在洛杉矶经芝加哥前往费城的航班上，推倒她狂操。“当然有把握。”他说，“她只是个老太太而已。”

“威利也是老人。”

“你知道威利能干什么。他肯定从慕尼黑直接飞到华盛顿，干掉了特拉斯科。他是个疯子。”

“但你对那个姓福勒的女人一无所知。”

哈罗德摇头。“她是个女人。”他说，“世界上有不少坏女

---

① W. C. 菲尔兹（1880—1946），美国喜剧演员。

人，但她们没有一个比威利·波登更坏。”

他们的转机航班在黎明前半个小时抵达了费城。哈罗德没能睡成觉，从芝加哥起飞之后，头等舱的空调就坏了。哈罗德的眼睛又干又涩，眼皮子重得就像挂了个瓶子。但让他更恼火的是，一边的玛利亚·陈却显得异常清醒。

迎接他们的是三个西装革履的联邦调查局探员。领队的下巴上贴着创可贴，但仍然看得见浅浅的淤痕。他说：“你是哈罗德先生吧？我们会把你带去见科尔本先生。”

哈罗德将自己的随身行李交给帅气的探员：“好的，咱们走吧。我想躺床上睡会儿。”

探员将行李交给一名下属，领着他们下电梯，穿过几道写着“禁止通行”的门，来到候机楼同一个私人机库之间的停机坪上。东方的云层缝隙中，露出了一道红黄色的光芒。太阳就快升起来了，不过停机坪上还亮着灯。

“操。”哈罗德愤怒地说。那是一架昂贵的六座直升机，流线型机身上喷涂着橘色和白色的条纹，螺旋桨缓缓转动，导航灯忽明忽灭。一个探员撑着舱门，另一个探员拖着哈罗德和玛利亚·陈的行李。查尔斯·科尔本坐在舱门后。“操。”哈罗德继续咒骂。玛利亚·陈点点头。哈罗德讨厌坐飞机，尤其讨厌坐直升机。有段时间，每一个好莱坞五星级导演都会把他给的预算的三分之一拿去买这种危险的机器，在外景基地上空隆隆作响地俯冲、盘旋，就像发了疯的秃鹫。托尼·哈罗德打死也不会坐这种机器。

“你们他妈的就没有地面交通工具吗？”他在怠速引擎的低

沉轰响中尖叫。

“上来！”科尔本喊道。

哈罗德又咒骂了几句，跟随玛利亚·陈上了直升机。他知道螺旋桨离地至少有八英尺，但任何正常人走到这些旋转的桨片之下时，都会不禁俯下身子，像螃蟹一样横向挪动。

他们坐到后座，还没把安全带系好，科尔本就已经转过椅子，对飞行员竖起了大拇指。哈罗德发现那名飞行员仿佛特别有范儿——穿着磨旧的皮夹克，戴着红帽子，脸型粗犷，眼神犀利，仿佛见惯了激烈的战斗，而对其他东西都不感兴趣。飞行员对耳麦说了两句，然后左手前推一个操纵杆，右手后拉另一个操纵杆。直升机呼啸着升了起来，机头下沉，在地面以上六英尺的地方平稳地向前飞。“操。”哈罗德嘟囔着。他们就像坐在有上千个滚珠轴承的滑板上一样。

来到远离机库和候机楼的开阔区域，飞行员同塔台叽咕了两句，然后就攀升起来。哈罗德瞥见许多炼油厂、一条河，还有一艘巨大的油轮从身下掠过，然后闭上了眼。

“那个老女人就在这座城里。”科尔本说。

“梅勒妮·福勒？”哈罗德说。

“你他妈的以为我说的是谁？”科尔本咆哮道，“海伦·海斯[①]？”

“她在哪儿？”

“你会知道的。”

“你是怎么发现她的？”

---

① 海伦·海丝（1900—1993），美国女演员，被誉为美国戏剧界的第一夫人。

“这不用你操心。”

“下面怎么办？”

“时间到了我自然会告诉你。”

哈罗德睁开眼。“我喜欢同你说话，查克[1]，感觉就像对着你的屁眼说话一样。”

秃头男人眯眼看着哈罗德，笑道：“托尼，我觉得你就是一坨屎，但不知为何，巴伦特先生认为你可能会成为俱乐部的成员。这是你的大好机会。别浪费了。”

哈罗德大笑，闭上了眼。

玛利亚·陈注视着他们。直升机正沿着一条蜿蜒的灰色河流飞行，费城中心区的高楼大厦向后退去。他们的右边是参差不齐的房子和砖灰色的街区，高速公路交错其间。他们的左边是沿着河流绵延不绝的公园和山丘，光秃秃的树和一堆堆的雪点缀其间。太阳升起来了，金色的光柱楔入地平线和低矮的云层之间，高层建筑和山坡上住宅的窗户反射着阳光。科尔本将手放到玛利亚的膝盖上，“我的飞行员是参加过越战的老兵。”他说，“他跟你一样。”

“我从来没去过越南。”玛利亚·陈淡淡地说。

“是啊。”科尔本朝她的大腿摸过去。哈罗德看样子在睡觉。“我是说，他也是免控者。没人能操控他。”

玛利亚·陈夹紧双腿，用自己的手挡住了联邦调查局探员的手。机舱里的另外三个探员注视着这一幕，下巴上有淤痕的男人微微一笑。

① 查尔斯的昵称。

“查克，”哈罗德开口道，眼睛仍然闭着，“你是左撇子还是右撇子？”

科尔本皱眉道：“问这个干什么？”

“我在想，如果我打断你的右手，你还能不能再打飞机。”哈罗德说着睁开了眼睛。两人怒目相对。另外三个探员用仿佛是精心设计出的动作解开了大衣纽扣。

“进入目标区域。”飞行员说。

科尔本抽回自己的手，转身对飞行员说：“把我们放到通信中心附近。”他并不需要下这道命令。这里是衰败社区里的一个街区，由联排房屋和被遗弃的工厂组成，外围是高高的木栅栏。空地中央附近有四座相连的拖车式活动房屋，轿车和厢式货车停在它们南边。一辆货车和两座活动房屋的顶上安装有微波天线。地面上已经有一个用橙色塑料板标出来的降落点。

除了玛利亚·陈，所有人都是俯下身子走出桨片旋转范围的。哈罗德的助手挺胸抬头地走着，小心翼翼地在水坑与淤泥之间寻找着落脚点，举手投足间没有流露出半点紧张。飞行员留在直升机上，螺旋桨仍未停止转动。

“在这儿稍作停留，”科尔本说，领着一队人进入一座活动房屋，“然后你就有活儿干了。”

“我今早只有一项任务：找一张床。”哈罗德说。

中央两座活动房屋呈南北走向，由一扇共用的大门首尾相连。西壁是电视屏幕和通信控制台，八个穿着白衬衫、系着黑领带的人正在座椅里监视屏幕，时而对着麦克风低语。

“这里看起来就像该死的控制大厅。”

科尔本点头：“这里是我们的通信和控制中心。”他的声音中流露出淡淡的骄傲。第一个控制面板前的人抬起头，科尔本对他说：“拉里，这两位是哈罗德先生和陈小姐。局长请他们飞过来看看我们的行动情况。”拉里对两位“大人物”点点头。哈罗德意识到，这些是普通的联邦调查局工作人员，对哈罗德一行的真实目的一无所知。

“屏幕上是什么？”哈罗德问。

科尔本指着第一个屏幕说：“这是女王巷的一座房子，嫌疑人和一名身份不明的白人男性就住在里面。房子属于一个叫安妮·玛丽·毕晓普的女人，五十三岁，未婚。自从他弟弟今年五月去世后，她就一直独居。A组已经在街对面的仓库二楼设置了监视点。第二个屏幕上是同一座房子的后部图像——从小巷对面联排房屋空置的三楼拍摄。第三个屏幕显示的是小巷里的图像，从一辆喷涂着‘贝尔电话’字样的流动厢式货车上拍摄。”

“她现在就在这座房子里？”哈罗德问，冲那座小白房的黑白图像点点头。

科尔本摇了摇头，领着他们走到显示着一座石头老房子的屏幕前。摄像机明显正在一条繁忙的街道对面的一楼进行拍摄，路过的车辆不时会挡住镜头。“她目前在格朗布索普。”科尔本说。

“在哪儿？”

“格朗布索普。”科尔本指着屏幕上方挂在墙上的两幅被放大了的建筑图，“是一处历史古迹，但平常都对公众关闭。她有许多时间都待在那里。”

“如果我没理解错的话，”哈罗德道，“我们说的这个老太太躲进了一处国家级遗址里，对吧？”

“不是国家级遗址。”科尔本厉声道，“只是本地的一处历史古迹。但她有许多时间都待在那里。每天早上——至少是我们开始监视后的两天早上——她和另一个老太太还有那个男孩就会回到女王巷的房子，很可能是回去洗澡和吃热饭。”

“上帝啊。”哈罗德说，看了一圈房间里的人员和设备，“你为这件小破事安排了多少人，查克？”

“六十四人。”科尔本说，“本地警察知道我们的存在，他们收到了命令，不会来打扰我们。到最后阶段，我们还需要他们提供交通管制方面的配合。”

哈罗德咧嘴一笑，看着玛利亚·陈。“六十四个联邦调查局探员，一架直升机，一套价值百万的星球大战级设备——这一切都是为了找到一个八十岁的婊子。”拉里和另外两名探员困惑地抬起头。“好好干，伙计们。”哈罗德用最符合“大人物”身份的语调说，“你们是国家的骄傲。”

“去我办公室吧。”科尔本冷冷地说。

科尔本的办公室比小隔间大，比正常房间小，占据了南边东西走向的整座活动房屋。

“北边的活动房屋是干什么用的？”哈罗德问。他、玛利亚·陈和联邦调查局局长特别助理坐在一张小桌边。

科尔本犹豫了一会儿。“扣押和审讯。”他最后说。

“你打算审讯那个姓福勒的女人？”

“不，”科尔本说，“她太危险了。我们打算杀了她。”

“你们这会儿就在审讯什么人吗？”

“有可能。”科尔本说，“但这个你不需要知道。”

哈罗德叹息道：“好吧，查克，我需要知道什么？”

科尔本瞟了眼玛利亚·陈。“这是机密。你能让康妮·宗[①]暂时回避一下吗，托尼？”

“不行。”哈罗德说，“另外，如果你再对她动手动脚，巴伦特就得再找一个人参加岛俱乐部了。”

科尔本淡淡一笑：“这个问题我们迟早会解决。不过，现在你得去完成一项工作。”他将一张照片从桌上推过来。

哈罗德端详起来：偏光镜头快照，彩色，户外光线，年轻的黑人女性，二十二或二十三岁，在街角等待信号灯变色。她满头卷发，但没有一般非洲人那么长，眼神深邃，精致的椭圆形脸庞，嘴唇丰满。哈罗德的目光落在她的双乳上，但她穿的骆驼绒大衣太厚，根本看不出身材。“这妞儿长得还可以。”他说，“没有达到女星的水平，但我可以给她试镜的机会，或者一个小角色。她叫他妈的什么名字？”

“娜塔莉·普雷斯顿。”科尔本说。

哈罗德茫然地瞪着他。

“几个星期前，她父亲卷入了尼娜·德雷顿和梅勒妮·福勒在查尔斯顿的争斗。”

“然后呢？”

“然后他就死了，而年轻的普雷斯顿小姐就到费城来了。”

“现在？”

“是的。”

“你们觉得她是来跟踪那个姓福勒的婊子的？”

“不，托尼。我们觉得这个丧父的女人离开父亲的遗体，放

---

① 中文名宗毓华（1946—），美国新闻播音员。这里用这位家喻户晓的播音员代指华裔。

弃她在圣路易斯的研究生学业，飞到费城的德国城来，是因为突然开始对美国的早期历史感兴趣。她当然是来跟踪那个老太太的，你这个蠢货。”

“她是怎么找到福勒的？”哈罗德紧盯着照片说。

“通过黑帮。”科尔本说。哈罗德白了他一眼，他继续说：“上帝啊，好莱坞难道就没有报纸和电视吗？”

“我正忙着筹备一部预算一千二百万美元的电影。”哈罗德说，“黑帮发生什么事了？”

科尔本向哈罗德讲述了圣诞前夜的凶杀案：“后来又死了两个。”他说，“死得相当恐怖。”

“为什么这块性感巧克力会把费城黑帮火并同梅勒妮·福勒联系起来？”哈罗德说，“你又是怎么掌握她和那个老太太的行踪的？”

“我们有自己的情报源。”科尔本说，“我们窃听了这个黑人婊子的电话和与她同居的一个白人治安官的电话。他们在他的电话答录机里留了些有趣的消息。我们派人去他家，删掉了我们不想保留的信息。”

哈罗德摇头道：“我不明白。我他妈的要做什么？”

科尔本拿起一把拆信刀，在手里把玩起来。“巴伦特先生说，你自己看着办，托尼。”

“办什么？”哈罗德将照片还给玛利亚·陈。

“解决普雷斯顿小姐。”

“呵呵，”哈罗德说，“我们说好了，要对付的是姓福勒的女人。只有她。”

科尔本抬起眉毛。“怎么了，托尼？这妞儿像坐飞机一样可怕吗？你还怕什么，电影大亨？”

哈罗德揉了揉眼睛，打了个哈欠。

“把这个任务干好。”科尔本说，“也许你根本不需要操梅勒妮·福勒的心。”

“谁说的？”

“巴伦特先生说的。上帝啊，哈罗德，你简直是拿到了进入史上最精英的俱乐部的免费门票。你居然不想要。我知道你是个蠢货，但没想到你会这么蠢。”

哈罗德又打了个哈欠。“你们这帮智力植物人难道就没发现，你们根本不需要我来干这份脏活儿？”他说，“你说过，老太太已经在你们的严密监视之下。把望远瞄准器装在狙击枪上，问题就解决了。这个叫娜塔莉什么的小妞儿又有什么大不了的？她有念控力？”

“没有。”科尔本说，“娜塔莉·普雷斯顿在奥伯林学院获得了学士学位，硕士已经读了两年，再读一年就能拿教师执照。一个特别没有暴力倾向的姑娘。”

“那为什么找我？”

“会费。”科尔本说，“我们都要付会费。”

哈罗德从玛利亚·陈手里拿回照片。“你想让我干什么？拘押审讯？”

“没有必要。”科尔本说，“我们掌握了所有她可能给我们的信息——从另一个信息源掌握的。我们只是想让她出局。”

“永远出局？”

科尔本忍俊不禁：“那你认为呢，哈罗德先生？”

“我想把她弄到贝弗利山度个假。”哈罗德说。他的眼皮都快合上了。他伸出舌头快速舔了下嘴唇。

科尔本又笑了。“随你便。”他说，“不过，你最后必须永远解决这个——你怎么说的来着？永远解决这块性感巧克力。在那之前，你想对她干什么是你的事，托尼。只要别出岔子。”

“不会的。”哈罗德说。他瞟了眼玛利亚·陈，又把目光落在照片上。“你知道她现在在哪儿？”

“知道。”科尔本说。他拿起文件夹，看了看电脑打印出的文件。“她还在切尔腾·阿姆斯旅馆，离这儿大概十二个街区。海恩斯现在就可以开车送你过去。”

“好啊。”哈罗德说，“但首先，我们需要酒店房间——一人一间，最好是高等套房。然后我们要睡七八个小时。”

“但巴伦特先生——”

“去他妈的C. 阿诺德·巴伦特。”哈罗德微笑着说，“他要是不满意的话，就让他自己来搞定这个妞儿吧。现在，让海恩斯把我们送到一家上档次的酒店去。

“娜塔莉·普雷斯顿怎么办？”

哈罗德站在门边。“我猜，你们也监视这个女人了？”

“当然。”

“那就告诉你的伙计，再盯她八九个小时，查克。”他转身朝门口走去，但又停下来，盯着科尔本，“你还没回答我的问题呢。你们几天前就把梅勒妮·福勒捏在了手里，为什么拖到现在都不吃掉？为什么你们不干掉她离开这儿？”

科尔本拿起拆信刀。“因为我们在等，看梅勒妮和你的前老板波登先生之间有没有关联。我们在等威利犯错，露出尾巴。”

“如果他露出尾巴了呢？”

科尔本咧嘴一笑，将拆信刀的背面从自己的喉咙上划过。“如果他露出了尾巴，那你的朋友威利就会很惨。他会希望自己留在特拉斯科的办公室里一起被炸弹炸死。”

哈罗德和玛利亚住进了切斯特纳特山旅馆，一个距离德国城大道七英里的高级汽车旅馆。那里远离贫民窟和主城区，周围都是林荫道和僻静的办公区。科尔本也住那里。下巴带淤痕的探员留下了一辆车，还有一个金发的联邦调查局探员。哈罗德睡了六个小时，醒来后比刚到费城时还迷茫疲惫。玛利亚·陈给他倒了一杯加了伏特加的橙汁，坐在床边看他喝下去。

“你打算怎么对付那个女孩？”她问。

哈罗德放下酒杯，搓了搓脸。“这跟你有什么关系？”

“没关系。”

“那你就不需要知道。”

“你想让我和你一起去吗？”

哈罗德思索了一下。行动时没个照应，他会很不舒服。但这次或许不需要。他越想越觉得不需要。“不用了。”他说，“你待在这儿，同派拉蒙电影公司保持联系。我很快就会回来。”

玛利亚·陈一言不发地离开了房间。

哈罗德冲了个澡，穿上高翻领丝绸睡袍、昂贵的羊毛拖鞋、羊毛衬里的黑色紧腰短夹克、然后拨通科尔本给他的电话号码。

“娜塔莉还在吧？”哈罗德问。

“她刚才在贫民窟里溜达，但现在回旅馆吃饭了。”科尔本说，“她同那个黑鬼黑帮走得很近。”

“就是那个成员减损的黑帮？”

科尔本痛快地大笑起来。

“这他妈有什么好笑的？”哈罗德说。

“注意措辞。”科尔本笑道，“成员减损。没错，就是这么回事。后面两个人被剁成了肉酱，生殖器也被割掉了。”

“上帝啊。”哈罗德说，“你认为这是梅勒妮·福勒干的？”

“我们不知道。”科尔本答道，“凶案发生的时候，我们没有看到那个一直跟着她的孩子离开格朗布索普。但她可能操控的是别人。”

“你们对格朗布索普实施的是哪种监视？”

“不能说滴水不漏。”科尔本说，“我们不可能在每条巷子都安排贝尔电话的厢式货车。即便是老太太也会起疑的。但房子前后我们都设置了摄像机，还有探员分散在整个街区监控。那个老婊子一伸头，我们就能发现。”

“不赖。”哈罗德说，“听着，如果我今晚解决了那个黑妞儿，我要求明天早上就离开。”

“这个得听巴伦特的。”

“操。”哈罗德说，“我才不会待在这儿等威利·波登现身呢。那不知要等到何年何月去了。威利已经死了。”

“等不了太久。”科尔本说，“我们获准解决掉那个老太太。”

“今天？”

“不是，但会很快。”

“什么时候？”

“你需要知道的时候我们会告诉你。”

“很高兴和你谈话，屁眼。”哈罗德说，挂断了电话。

一个年轻的金发探员开车把哈罗德送进城，指出切尔腾·阿姆斯旅馆的所在，在半个街区外找到一个车位停车。哈罗德给了他两角五分硬币的小费。

那是一家老旅馆，在衰败的环境中努力维持着自己的尊严。门厅破破烂烂，但酒吧兼餐厅是舒服的暗色调，而且最近翻新过。哈罗德觉得，来这里吃午饭的顾客大多是这一带残存的少数白人商贩。那个黑人姑娘很容易被发现——她独自坐在角落里，边吃色拉边读平装书。她跟偏光镜头拍的快照里一样迷人，甚至更性感，因为哈罗德发现她古铜色的衬衫下有一对丰满的乳房。哈罗德在酒吧里待了一会儿，寻找负责盯梢的联邦调查局探员。一个年轻男人正独自坐在吧台边，穿着昂贵的三件套西装，戴着助听器——肯定就是这家伙了。那个偏胖的黑人正在吃烧蛤糊，哈罗德盯着他看了好一会儿，每隔几分钟就打量一下娜塔莉的动静。**他们现在雇用黑鬼当探员了**？哈罗德想，**也许是有硬性规定吧**。他猜门厅里至少还有一个探员，很可能是在看报纸。他端起加伏特加的奎宁水，朝娜塔莉·普雷斯顿所在的桌子走去。“嗨，介意我同你一起坐会儿吗？”

年轻女人从书上抬起头。哈罗德看到了章节名：《教育是一种保护行为》。“是的。”她说，“我介意。”

“那没关系。”哈罗德说，将夹克搭在椅背上，“我不介意。”他径直坐了下来。

娜塔莉·普雷斯顿张开嘴。哈罗德伸出意志之钳，**夹住她**——动作轻柔。没有声音发出来。她想起身，却半途动弹不得。她的眼睛瞪得大如铜铃。

哈罗德冲她微微一笑，软软地靠在椅背上。近旁没有人能听到他们的对话。他双手十指交叉放在肚子上。“你叫娜塔莉。”他说，“我叫托尼。我们找点儿乐子怎么样？”他松开了意志之钳，让她能微微发声，但不至于叫喊。她低下头，大口喘气。

哈罗德摇摇头。“游戏不是这么玩的，娜塔莉宝贝。我刚才问你，要不要找点儿乐子？”

娜塔莉·普雷斯顿抬起头，就像刚慢跑完一样喘着气，棕色的眸子里闪着微光。她清了清喉咙，发现自己能开口说话了：“去死吧……你这个混蛋……”

哈罗德挺直了身子。“呵呵，”他说，“**错误**答案。”

他看着娜塔莉因为脑中的剧痛而弯下身。哈罗德小时候曾患过严重的偏头疼，他知道如何分享。一个服务员从旁走过，说：“你还好吧，小姐？”

娜塔莉慢慢直起身子，就像一个松开发条的机械玩偶一样。她用沙哑的声音说：“我很好。”她说，“只是有点儿痛经。”

服务员尴尬地走开了。哈罗德自嘲地笑了。**上帝啊**，他想，**我他妈的真是个腹语天才**。他探过身子，抚摸她的手。她试图挣脱。哈罗德用了些力气才制住她。她流露出困兽般的眼神，这正是哈罗德所乐见的。

“我们再从头来过。”哈罗德耳语道，“今晚你想干什么，娜塔莉？”

“我想……为你……”每个音节仿佛都是从她嘴里挤出来似的，但哈罗德不在乎。娜塔莉的棕色眼睛中噙满泪水。

“还有呢？”哈罗德问。他眉头紧皱，加大了控制的力度。这块巧克力比之前他上过的女人更难对付些。“还有呢？”

“我想……要你……操我。”

“好的，宝贝。接下来几个小时我都没有更好的事情可做。我们去你房间吧。”

他们站起身。“最后留点儿小费。”哈罗德说。娜塔莉在桌上留下十美元钞票。

离开酒吧的时候，哈罗德对两名监视的探员挤了挤眼睛。在他们等电梯的时候，另一个穿黑西装的探员放下报纸，窥视他们。但没有人跟他们进电梯来到三楼。

哈罗德从她兜里拿出钥匙，打开门。他检查房间的时候，娜塔莉留在原地，眼神空洞地盯着前方。房间小而整洁——床、梳妆台、旋转台上的黑白电视、矮架子上打开的行李箱。哈罗德拿起她的内衣贴在脸上嗅了嗅，扫了眼厕所，又看了看窗外的防火梯、小巷和远处低矮的房顶。

“好吧！”他兴高采烈地说，将她的内衣扔到一旁，从墙边拖来一把绿色矮椅坐下，“表演开始了，宝贝。”她站在他和墙之间，胳膊垂在身侧，表情松弛，但哈罗德可以看到她正在努力抗拒他的操控，以至于肩膀会不时微微颤抖。哈罗德微笑着加大了意志之钳的力道。“上床前来段脱衣舞会很有趣，你觉得呢？”他说。

娜塔莉·普雷斯顿目光平视，举起手，慢慢解开衬衣纽扣。她脱下衬衣扔在地上。她穿着老式的白色胸罩，这让哈罗德想起了某人……谁来着？他突然想起了两个星期前干过的那个空姐。空姐的肌肤洁白如雪，而这婊子的皮肤却漆黑如炭。为什么她们都会选择穿这种毫无特色、毫不性感的胸罩？

哈罗德点点头，娜塔莉手伸到背后，解开胸罩的挂钩。胸罩滑落下来。“好吧。”他轻声说，“现在可以——”

突然传来哐当一声巨响。哈罗德转身看见门被撞开，一个巨大的身影闯进来，挡住了走廊里的灯光。这时哈罗德才想起，他把勃朗宁手枪留在了玛利亚·陈的行李箱里。

哈罗德刚站起身，举起胳膊，一个大小和重量相当于铁砧的东西就落在了他的额头上，将他狠狠打了下去——打进座椅，打进坐垫，打进突然变得如木薯淀粉般绵软的地板，打进下面等待他的温暖的黑暗之中。

23

梅勒妮

文森特这孩子的身体很难保持干净。他是那种每一个毛孔都似乎在排泄污物的孩子。我刚把他的指甲清洗干净，过了一个小时就又黑了。让他的衣服保持干净堪比一场漫长的战斗。

圣诞节那天我们休息。安妮做了饭，把节日唱片放在老式留声机上，洗了一大堆衣服。我则在阅读并思考《圣经》的章节。那天过得十分平静。安妮偶尔会做出想开电视的举动——在遇到我之前，她每天都会看六到八个小时电视——但这时调教就会发挥作用，促使她找别的事情去做。到安妮家住的头一个星期，我也没头没脑地看过几小时电视。一天晚上，十一点新闻中播放了三十秒关于“查尔斯顿凶杀案”的跟踪报道。“州警察还在寻找那个失踪的女人。”播音员说。我决定之后再也不在安妮·毕晓普家看电视了。

圣诞节过后两天的星期六，安妮和我外出购物。她有一辆1953年产的丑陋的绿色德索托，从正面看，这辆车像极了一条受惊的鱼。安妮开得过于谨慎，半天没出德国城，我只好让她把车停在路边，由文森特代为驾驶。在她的带领下，我们远离费城，进入一个奢华的购物广场。广场所在的地方名叫“波斯王”，这是我听过的最荒诞的郊区地名。我们逛了几个小时。我买了好几件漂亮衣服，但恐怕没有一件比得上我落在亚特兰大机场的那些。有一件三百美元的大衣穿上去特别舒服——深蓝色，象牙色纽扣——我觉得可以帮我抵御北方刺骨的严寒。安妮喜欢给我买这些东西，我不想剥夺她的这份喜悦。

那天晚上，我回到格朗布索普。在烛光的照耀下，从一个房间移动到另一个房间，只有身后的影子和墙里的耳语相随，这感觉惬意极了。那天下午，安妮在购物广场的一家运动商品店买了两支霰弹枪。年轻的售货员一头油腻的金发，穿着肮脏的运动鞋。听到这个老女人是给自己成年的儿子买枪时，他几乎被这纯洁的母爱感动了。他推荐了两种昂贵的泵动式霰弹枪——一种12号口径，一种16号口径，看她的儿子喜欢哪种狩猎活动。安妮把两把枪都买了，还为每把枪买了六盒子弹。现在，就在我拿着烛台在格朗布索普的一个个房间穿行时，文森特正在厨房的冰冷阴影中给武器上油。

我从未操控过文森特这样的人。我之前把他的思想比作丛林，现在我发现这个比喻更恰当了。在他仅存的意识中掠过的影像，几乎全同暴力、死亡和毁灭有关。我瞥见了他的家人被杀死后的场景——母亲在厨房，父亲在床上，姐姐在洗衣房的地砖上——我不知道这是真实还是幻想。我猜文森特也不知道。我从未问过他。即便我问了，他也回答不出来。

操控文森特就像驾驭烈马，只有松开缰绳，才能让他达成你的目的。他瘦小的身体中蕴藏着不可解释的强大力量，似乎他的血液里随时都充满了肾上腺素，而当他兴奋的时候，就会突变为超人。被他的亢奋所感染，我仿佛也一天比一天更年轻。我知道，在我回到法国南部家中时——很可能是下个月——我会青春四射，连尼娜都认不出来。

圣诞节前夜以来的这些天，只有一件扫兴的事：我仍然会做关于尼娜的噩梦。梦的内容几乎都是一样的：尼娜睁开眼睛；尼娜的脸白如面具，额头上开了个硬币大小的洞；尼娜从棺材里坐起来，露出发黄的尖牙，蓝色的眼睛从眼窝中浮出来，下面跟着一波蠕动的蛆虫。

我不喜欢这样的梦。

星期六晚上，我把安妮留在格朗布索普的一楼看门，我则蜷缩在育儿室的滚移式折叠床里，任凭耳语声带我昏昏入梦。

文森特从隧道中钻出去。这一过程同分娩很像：长而窄的隧道，粗糙的墙壁向内挤压，甜腥的泥土味散发着鲜血似的味道，出口处的小洞，静谧的夜晚空气如同突然而至的光与声。

文森特无声无息地穿过黑暗的小巷，越过栅栏，经过空地，进入下一条街的阴影之中。霰弹枪留在格朗布索普的厨房里，他只携带了镰刀——长手柄缩短了十三英寸——还有匕首。

我相信，一到夏天，这里的街道上就会遍布黑鬼——胖女人坐在门廊上，像狒狒一样喋喋不休，或者痴呆地盯着破衣烂衫的孩子玩耍；懒散的男人在酒吧和街角溜达，没有工作，没有理想，没有收入来源。但今晚，严冬的街道上黑暗而寂静，小房子的小窗户里没有灯光，联排房屋前门紧闭。文森特像影子一样——不，他变成了无声无息的影子——从小巷到街道，从街道到空地，从空地到破败的院子，自由地穿行着。

两个晚上之前，他跟踪黑帮成员到了一座古老的大房子，四周全是空地，不远处就是高架铁路，穿过贫民区的路基仿佛畸形的长城。文明的白人妄图借此将野蛮的黑人圈禁起来，结果只是徒劳。文森特匍匐在一辆被废弃的汽车旁的荒草里，静静观察。

黑影在亮灯的房间窗户前晃动，如同一群卡通人物在上演滑稽歌舞。最后走出五个人。昏暗的光线中我无从辨别，但这无关紧要。他们进入铁路路基旁的一条狭窄小巷。身影即将消失前，文森特跟了上去。文森特几乎毫不费力地在黑夜中穿行，无声无息的跟踪令我兴奋不已。文森特的眼睛在几近全黑的环境中仍能像大多数人在白天一样视物。我仿佛附身在了一只强壮灵敏的大猫身上——一只饥饿的正在觅食的大猫。

那群黑鬼中有两个女孩。见他们停下来，文森特也止住脚步。他在空气中嗅探，寻找着公鹿们强烈的动物般的味道。如今在南方已经不能用公鹿称呼黑人，但别的词都不及它形象。众所周知，男黑鬼很容易激动，一靠近发情的母鹿，就会像公鹿一样狂暴。那两个女孩一定正在发情期。文森特看着他们在路基的阴影中交配，第三个男孩在旁边观看，等待别人干完了自己上。女孩们赤裸的黑腿随着男孩臀部一上一下的有力撞击而一开一合。文森特的整个身体都蓄势待发，但我让他转过头，等男孩们发泄完毕，女孩们边叫边笑——犹如街头吃饱了的野猫，单纯而无知——朝家里走去。然后，我放开了文森特。

当他们走到布林赫斯特街尽头废弃鞋厂旁的拐弯处时，文森特动手了。镰刀砍进第一个男孩的肚子，径直扎到脊椎上。文森特没有将它拔出来，拿着匕首就冲向第二个男孩。第三个男孩见状奔逃。

第二次世界大战前，我经常去影院——那时的电影还没有堕落成如今这种淫秽、弱智的垃圾。我特别喜欢看黑人仆人受到惊吓的场面。我记得小时候看过《一个国家的诞生》[①]，里面的黑人孩子见到有人披着白床单而被吓得半死，我不禁放声大笑。我记得同尼娜和威利坐在维也纳的廉价影院里观看一部哈罗德·劳埃德[②]的老无声电影，笨头笨脑的斯特品·费驰[③]总是引得观众哄堂大笑。我记得在电视上看过一部鲍勃·霍普[④]的老电影——1960年，电视开始变得粗俗之后，我便彻底不看了——鲍勃·霍普的黑人助手在闹鬼的房子里被吓得屁滚尿流，我被逗得哈哈直笑。文森特干掉的第二个黑鬼长得有点儿像这些喜剧演员中的一个——体格魁梧，脸色煞白，眼珠突出，一只手捂住张大的嘴，双膝并拢，两脚外张。文森特用匕首行凶的时候，我忍不住在格朗布索普安静的育儿室里开怀大笑。

第三个男孩跑掉了。文森特想要追上去，就像一条试图挣脱绳索的狗，但我牢牢攥住了绳索。黑鬼熟悉街区环境，而文森特长于隐蔽和突袭。我知道这个游戏有多危险，我可不想在他身上倾注大量心血后把他白白浪费。不过，在把他弄回来之前，我让他在已经放倒的两人身上尽情地释放暴力。这没有花多长时间。在他大脑丛林最深处潜伏的欲望得到了满足。

他脱掉第二个男孩的夹克，一张照片掉了下来。文森特没有留意，但我让他放下镰刀，捡起了照片。那是索恩先生和我的照片。

---

① 1915年首映的美国电影，因为对白人优越主义的提倡和对3K党的美化引起了极大的争议。

② 哈罗德·劳埃德（1893—1971），美国男演员，电影多为滑稽戏，跟查理·卓别林齐名。

③ 斯特品·费驰（1902－1985），美国黑人喜剧演员。

④ 鲍勃·霍普（1903－2003），美国喜剧演员。

我在格朗布索普育儿室的床上噌的坐了起来。

文森特立刻返回。我同他在厨房见面，从他脏兮兮的手指间取过照片。图像不甚清晰，显然是从一张更大的照片上截取了一部分放大而成，但毫无疑问，上面的一男一女就是索恩先生和我。我立刻就猜到，这是霍奇斯先生拍的。这么多年来，我常常遇见那个可怜的矮男人用他可怜的小相机给他可怜的家人拍照。我认为我已经做足了防范措施，避免被拍进他的相片，但显然百密一疏。

我坐在格朗布索普冷清的砖石厨房中的烛火旁。这张照片怎么落到一个年轻黑鬼的手上了？显然有人在搜索我。那人是谁？警察吗？他们怎么知道我在费城？难道是尼娜？

这都说不通啊。

我让文森特在安妮买的一个硕大的镀锌浴盆里洗了澡。她拿来了一个煤油暖炉，但那晚冷极了，文森特沐浴时，白色的肌肤上升腾起一缕缕白雾。过了一会儿，我去帮他洗头。多么温馨的画面啊——两位高贵的姨妈给刚下战场的英雄侄子洗澡，烛光将我们高大的身影投射在粗糙的墙壁上。

“文森特，亲爱的。”我一边用洗发剂揉搓他的长发，一边低语，“我们必须查出照片是怎么来的。不是今晚，亲爱的。你的杰作被发现后，街上会乱上一阵子。但是要快。找出是谁把照片交给黑人男孩之后，你就把那人带到我这儿来。”

24

华盛顿特区

1980年12月27日，星期六

索尔·拉斯基躺在金属坟墓里，思考着自己的人生。空调吹得他不禁打起了冷战，于是把膝盖紧贴在胸口。他努力回忆在叔叔农场的那个春日早晨的细节。他想起金色的阳光轻抚着垂柳的枝条，叔叔石砌谷仓后面盛开着一片白色雏菊。

索尔很痛。他的左肩和左臂一直在疼，脑袋发晕，指头如同被针扎一般，右臂因为接受了太多次注射而几乎麻木。在索尔看来，疼痛是值得欢迎和鼓励的。在药物催生的意识迷雾之中，疼痛是唯一可靠的灯塔。

索尔的时间感已经混乱了。他隐约觉察到这点，但对此无可奈何。细节是清晰的——至少到参议员办公大楼爆炸之前是这样——但他无法按照时间顺序将这些片段串联起来。上分钟他还躺在冰冷的不锈钢囚室里的小床上——内嵌式的床，空调出风口格栅，不锈钢长椅和马桶，能向上缩入墙中的金属门——下一分钟他就蜷缩在冰冷的稻草里，波兰夜晚的寒风从破窗户中吹进来，他知道，上校和德国士兵很快就会来抓自己了。

疼痛就是灯塔。爆炸后的头几天，他只有区区几分钟是清醒的，而这种清醒还是拜疼痛所赐。接上断裂的锁骨时，他感到锥心的剧痛。穿绿色手术服的医务人员，消毒的环境——说明这里可能是手术室，或者恢复室。后来他被突然推进白色走廊，然后是不锈钢囚室。周围换上了穿西装的男人，夹在口袋上或翻领上的花花绿绿的身份卡。他感到有人在给自己打针，接下便是凌乱而不连贯的梦。

第一波审讯中，他的身体又承受了一番疼痛。审讯者有两个，一个秃头矮个儿，另一个金发平头。秃头用金属棍击打索尔的肩膀，索尔喊叫起来，疼得流下了眼泪，但他并不排斥疼痛——他渴望着笼罩在意识上的迷雾被吹散。

“你知道我的名字吗？”秃头问。

“不知道。”

“你外甥告诉了你什么？”

“没什么。”

“你还对谁讲了威廉·波登等人的事？”

“没有人。”

后来——或者是先前，索尔并不确定——疼痛消失了，取而代之的是注射带来的愉悦的眩晕。“你知道我的名字吗？”

“查尔斯·C. 科尔本，联邦调查局局长特别助理。”

“谁告诉你的？”

“艾伦。”

“艾伦还告诉了你什么？”

索尔将记忆中他同艾伦的对话完完整整地复述了一遍。

“谁还知道威利·波登？”

“治安官，还有那个女孩。”索尔交代了金特里和娜塔莉的情况。

“把你知道的一切都告诉我。”

索尔把他知道的一切都告诉了他。

索尔时而清醒，时而迷糊，梦境断断续续，若虚若实。索尔每次睁眼都能看见那个不锈钢囚室。简易床嵌在墙壁里。马桶特别小，没有冲水装置，而是不定期地自动冲水。索尔睡觉的时候，饭被放在不锈钢托盘上送进来。他坐在不锈钢长椅上吃饭，将托盘留在原地。等他一觉醒来，盘子就不见了。不时有穿着白色制服的人进门给他打针，或者将他带入白色走廊，进入迎面便是镜子的小房间。科尔本或者某个穿着灰色制服的人会提问。如果他拒绝回答，就会挨更多针。然后他立刻就会陷入迷乱的梦境，极度渴望与这些人做朋友，把他们想知道的一切都告诉他们。有好几次，他感觉有人——也许是科尔本——溜进他的大脑，四十年前被精神强奸的感觉复苏了。但这种感觉很少出现，大多数情况下都是针剂让他吐露真相。

索尔被卷入了时间的乱流——他在默什叔叔的农场上呼唤妹妹斯特法，在罗兹的隔离区快步跟上父亲，在大坑里铲土盖到尸体上，边喝柠檬水边同金特里和娜塔莉谈话，在特拉维夫附近戴维和丽贝卡的农场同十岁的艾伦和艾萨克玩耍。

现在，药物造成的混乱感渐渐消退，时间又连缀为统一体。索尔蜷缩着躺在床垫上——床上没有被褥，通风口里吹出刺骨的冷气——思索着自己和自己的谎言。他欺骗自己已经很多年了。寻找上校是在自欺，是在给自己以不行动的借口。当精神病医生也是在自欺，是在用学术将自己同给自己恐惧的梦魇隔开。在三场以色列战争中当军医也是在自欺，是在避免直接参与战斗。

躺在药物天堂和痛苦现实之间的灰色腹地，索尔看穿了自己的谎言人生。他之所以把尼娜和威利的事告诉查尔斯顿治安官与那个叫普雷斯顿的女孩，不是为了帮助他们，而是因为他暗地里期待着他们能展开行动——代替他去复仇。索尔之所以让艾伦去寻找弗朗西斯·哈灵顿，并不是因为他太忙了，而是因为他暗地里期待艾伦和摩萨德能帮他去做本来该他去做的事。他现在意识到，二十年前，他将上校的事告诉丽贝卡的部分动机，是隐隐希望她能转告戴维，然后戴维能用他强有力的美国加以色列式行事方式施以援手……

索尔瑟瑟发抖，将膝盖顶在胸口，痴痴地回顾着写满谎言的人生。

除了仅有的几次——比如在切姆诺集中营中下定决心与其被带走杀掉不如奋起反抗——他这一辈子都在不断地妥协。掌权者仿佛也意识到了这一点。现在回想起来，他之所以在切姆诺被分配去大坑，在索比堡被分配去车站，并不是运气使然。那些掌握他生死的混蛋意识到，索尔·拉斯基是一个天生的囚犯头目，一个通敌者，一个可以放心使用的人。这个囚犯不会反抗，不会为了别人牺牲自己，即使丧失尊严也不会。他从索比堡和上校的狩猎场逃脱，很大程度上也是偶然，并非主动求生的结果。

索尔翻下床，倾斜着站在狭小的金属囚室中。他穿着灰色囚服。他们取走了他的眼镜，几英尺开外的金属表面都是模糊的、虚幻的。他的左臂本来悬在吊带上，但现在带子也松了。他刚去解带子，肩膀和脖子就感到一股剧痛，仿佛被烙铁烧灼一般，大脑瞬间一片空白。

索尔蹒跚着来到不锈钢长椅边，重重地坐下。

金特里、娜塔莉、艾伦及其家人——他们全都有危险。谁会对他们下毒手？索尔把头埋入双膝之间，眩晕感淹没了他。他怎么会愚蠢地认为只有威利和那两个老太太具备那种可怕的能力？还有谁拥有同上校一样的能力和嗜好？索尔声音沙哑地大笑起来。他连如何对付上校的详尽方案都没想好，就贸然将金特里、娜塔莉和艾伦卷进来。他曾构思过一个极不成熟的诱捕方案，在这个方案中，上校不知道他的存在，而他的朋友也都处在安全距离之外。然后呢？用摩萨德点22口径伯莱塔小手枪干掉上校？

索尔靠在冰冷的金属墙上，脸颊贴着壁面。有多少人因为他的懦弱和畏缩而牺牲？斯特法、约瑟夫、他的父母、岌岌可危的治安官和娜塔莉。对了，还有弗朗西斯·哈灵顿。想到特拉斯科办公室发生爆炸之前，弗朗西斯用低沉的声音说的那句“再见”，索尔就忍不住呻吟起来。在那之前一秒，上校透过弗朗西斯的眼睛向他投来一瞥。索尔知道，那孩子的意识就被囚禁在自己的身体之中，等待着无可避免的牺牲。是索尔将这孩子派去加利福尼亚的。他的朋友——塞尔比·怀特和丹尼斯·利兰——也是索尔·拉斯基懦弱祭坛上的祭品。

索尔不知道为什么这次他们隔了这么久都没来给他打针。也许他们已经放弃了审问，下一次来就是带他去处决。他不在乎。愤怒如同电流一样袭遍伤痕累累的身体。在子弹贯穿头颅之前，他会行动。他会反击。索尔·拉斯基很乐意用自己的牺牲去提醒艾伦和另外两人。但如果有得选，他宁愿赌上所有人的性命，只要能反击上校，或者任何一个傲慢的混蛋——这些人统治着世界，把他人当作棋子，无视他们的痛苦。

门哐当一声打开了。三个穿着白大褂的彪形大汉走进来。索尔站起身，摇摇晃晃地走向他们，抡起拳头狠狠朝第一个人的脸上砸去。

“嘿，”大个子男人轻而易举地抓住索尔的胳膊，别到他身后，笑着说，“这个老犹太人想跟我们玩玩。”

索尔挣扎起来，但在大个子看来，他的力气跟孩子差不多。见第二个男人撸起袖子，索尔几乎就要哭出声了。

“你要同我们再见了。”第三个男人说，将针扎进了索尔细小的胳膊，“一路顺风，老头儿。”

他们等了三分钟，放了他，转身离开。索尔紧握着拳头，蹒跚着跟上。在门关上之前，他就已经昏迷过去。

他梦见由人领着走路。他听见喷气引擎的声音，闻到雪茄残留的气味。他又走了起来，一双强有力的手拽着他的上臂。光线异常明亮。闭上眼睛，他听见火车车轮哐啷哐啷地碾过铁轨，带着他们前往切姆诺。

索尔坐进某种交通工具舒适的座椅里。他听见有节奏的隆隆声，但他用了几分钟才分辨出这声音来自直升机。他的眼睛是闭上的。他的头下垫着枕头，但他的脸贴着玻璃或者有机玻璃。他感觉自己穿着衣服，而且又戴上了眼镜。有人在轻声交谈，不时响起刺耳的无线电通话声。索尔紧闭双眼，理清思绪，祈祷抓他的人还没有发现药物的效力在衰退。

“我们知道你醒了。”一个男人在他耳边说，声音听上去竟然十分熟悉。

索尔睁开眼，忍着疼痛转动脑袋，扶了扶眼镜。现在是晚上。他和三个男人坐在一架设备齐全的直升机的后座里。一名飞行员和一名副驾驶坐在被设备灯光映红的驾驶舱里。索尔右侧的舷窗外漆黑一片。他左侧坐着理查德·海恩斯探员，公文包放在大腿上，正借着小小的头灯阅读报纸。索尔清了清嗓子，舔了舔干涸的嘴唇，但就在他张口之前，海恩斯说："我们马上降落。做好准备。"联邦调查局探员的下巴上残留着淤痕。

索尔想到了一个恰当的问题，但最终没提。他低下头，这才发现他的左腕上铐着手铐，另一头铐在海恩斯的右腕上。"现在几点了？"他用嘶哑的声音说。

"大概十点。"

索尔又瞥了眼身后黑沉沉的天空，看来对方没骗自己。"星期几？"

"星期六。"海恩斯微笑着咕哝道。

"几号？"

联邦调查局探员想了想，轻微耸肩："12月27日。"

索尔忽然头晕目眩，闭上了眼。他浪费了一星期。但他感觉时间似乎更久。他的左臂和左肩可恶地疼痛起来。他低下头，意识到自己穿着白衬衣、黑西装，打着黑领带。这不是他的衣服。他摘掉眼镜。镜片的度数是准确的，但镜框是崭新的。他仔细打量与他同机的五个人。他只认识海恩斯。"你为科尔本工作。"索尔说。见探员没有回答，索尔接着说："你到查尔斯顿去干扰当地警察的调查。你把尼娜·德雷顿的剪贴簿从停尸房拿走了。"

"系好安全带。"海恩斯说，"我们就要降落了。"

接下来的画面令索尔叹为观止。他起初以为那是一艘商业远洋邮轮，船上灯火辉煌，照亮了夜空，倒映在身后墨绿色的水波之上。但直升机朝后甲板上发光的橙色十字标记降落时，索尔才意识到，这应该是一艘私人游轮。船身修长洁白，有橄榄球场那么长。船员们挥舞着发光棒，指挥直升机在刺眼的聚光灯下轻轻降落在甲板上。后座的四人离机之后，直升机的螺旋桨转速也慢了下来。

几个穿白色制服的船员迎上来。在能直立之后，海恩斯解开手铐，放进外套口袋。索尔揉了揉腕上蓝色数字文身的下方。

“走这边。”一行人上了阶梯，沿着宽阔的通道前进。船没有晃动，索尔的腿却在打战。海恩斯有两次伸手扶他。索尔呼吸着暖湿的热带空气，还隐隐地带着植物的芬芳。经过普通客舱、特等客舱和酒吧时，他透过打开的门看到了里面华丽的陈设，随处可见地毯、铜饰或者金饰。这艘船堪称漂浮在海上的五星级酒店。他们从舰桥附近经过，索尔瞥见了正在值班的穿制服的船员，电子设备闪烁着绿光。他们乘电梯来到一个私人特等客舱，那里竟然还有阳台——或许“天桥”才是更准确的描述。一个身穿昂贵白色夹克的男人坐在房间里，喝着高脚杯中的饮料。索尔注视着那人背后大概一英里开外的一座岛——棕榈树和各种热带植物上挂着数百个日本灯笼，白晃晃的路灯排列在通道两侧，一条被几十支火把照亮的长海滩。白石悬崖上，矗立着一座木墙红瓦的城堡，被垂直的探照灯光束照亮，让索尔联想到关于三十年代纽伦堡纳粹党代会的电影。

“你知道我是谁吗？”坐在帆布椅中的男人问。

索尔眯眼看着他：“你们不会是在拍信用卡广告吧？”

海恩斯踹了下索尔的脚后跟，索尔倒在甲板上。

“让我们单独待会儿，理查德。”

海恩斯和其他人离开了。索尔痛苦地站起来。

“你知道我是谁吗？”

“你是C. 阿诺德·巴伦特。”索尔说。他舔了舔口腔，血液的味道和热带植物的气息在他脑中混合起来。“好像没有人知道C指的是什么。”

“克里斯蒂安。”巴伦特说，“我父亲是个特别虔诚的信徒。”巴伦特说，指了指旁边的躺椅，“请坐，拉斯基博士。”

“不用了。”索尔挪动到阳台，或者是天桥的栏杆边。三十英尺下的海面上泛起了白浪。索尔牢牢抓住栏杆，回头看着巴伦特，“你难道不是冒险同我单独在一起吗？”

“不怕，拉斯基博士。”巴伦特说，“我从不冒险。”

索尔冲黑夜下灯火辉煌的城堡点了点头：“那是你的？”

“基金会的。”巴伦特说，啜了一大口冷饮，“你知道你为什么来这里吗，拉斯基博士？”

索尔扶了扶眼镜：“巴伦特先生，我甚至都不知道‘这里’是什么地方，也不知道为什么我还活着。”

巴伦特点点头。“第二个问题更应景。”他说，“我猜……呃……药物在你身体里已经基本消退了，你能对这个问题做出一些结论。”

索尔摇了摇下唇。他意识到他自己正在浑身发抖——他饥肠辘辘，还严重脱水。药物完全排出身体可能需要两个星期。“你觉得，通过我可以找到上校。”

巴伦特大笑起来：“上校。这称呼真是古怪。我想这是他在你心目中的形象吧，毕竟你们有一段特别的关系。告诉我，拉斯基博士，集中营真的有媒体报道中那样恐怖吗？我总是怀疑，媒体试图夸大事实。或许是为了在潜意识中赎罪吧。”

索尔注视着对方，将他身上的每一个细节都看得一清二楚——完美的古铜色肌肤、丝制西装夹克、古奇软鞋、小拇指上的紫晶戒指。索尔什么都没说。

“你不说也没关系。”巴伦特说，“你刚才说得不错。你之所以还活着，是因为你是波登先生的信使，我们非常想和他谈谈。”

“我不是他的信使。”索尔不快地咕哝。

巴伦特挥了挥修剪过指甲的手。“那你就是他发出的信息。”他说，“两者之间没有本质区别。”

一串钟声响起，游艇加快速度，转向左侧，似乎打算绕岛航行。索尔看见一个亮着水银灯的长码头。

“我们想让你给波登先生带个信。”巴伦特说。

“如果你把我关起来打针，那就很难做到。”索尔说。参议员办公楼爆炸之后，他第一次看到了一线希望。

“不错。”巴伦特说，“我们会确保你有机会再次见到他……呃……在他自己选择的地方。”

“你知道上校在哪儿？”

“我们知道……呃……他选择动手的地点。”

“如果我见到他，”索尔说，“我会杀了他。”

巴伦特轻声笑起来，露出洁白整齐的牙齿：“这几乎是不可能的，拉斯基博士。不过，如果你愿意为我们传话，我们会非常感激的。”

索尔深吸了一口带着海水气息的空气。他不知道为什么巴伦特及其党羽选择他来传话，为什么自己会获准做这件事，但他知道，一旦自己完成了他们交代的任务，就会被毫不留情地干掉。他头晕目眩，仿佛喝醉了一样。“你们想让我带什么话？”

“你告诉威利·波登，俱乐部欢迎他成为执行委员会的一员。”

“就这个？”

“是的。”巴伦特说，“你走之前想吃点儿什么或者喝点儿什么吗？”

索尔闭了一会儿眼。船的起伏顺着双腿和骨盆传上来。他牢牢地抓住栏杆，睁开眼。“你们同他们没什么不同。”他对巴伦特说。

“跟谁？”

“第三帝国的官员，”索尔说，“指挥官、特别行动队队员、铁路工程师、法本公司[①]的企业家，还有那些在大坑边上晃荡肥腿、满嘴啤酒味的士兵。”

巴伦特思索了片刻。“是的，”他最后开口道，“我想我们最终都没有什么不同。理查德！请护送拉斯基去他的目的地，好吗？”

他们乘直升机前往那座大岛的小型机场，然后坐私人飞机向北继而向西飞，身后的天空渐渐泛起了鱼肚白。索尔小睡了一个小时，然后降落了。这是他一个星期以来头一次无拘无束地睡觉。海恩斯摇醒了他：“瞧。”

索尔盯着照片。艾伦、黛博拉和孩子们被结结实实地捆着，

① 全称为“染料工业利益集团”，一家建立于1925年的德国化工企业，全盛时期曾是德国最大的公司及世界最大的化学工业康采恩之一。第二次世界大战期间，法本公司参与了众多战争罪行，战后被盟国勒令解散。

但明显还活着。背景是白色的，让人无从分辨他们的地址。闪光灯照亮了孩子们瞪圆的眼睛和惊恐的表情。海恩斯举起一个小录音机。“索尔舅舅，”艾伦的声音传来，“请照他们说的做。如果你照他们说的做，他们就不会伤害我们。实行他们的指令，我们就能获得释放。求你了，索尔舅舅……”录音戛然而止。

“如果你试图联络他们或者大使馆，我们就会杀死他们。”海恩斯对他耳语道。两名探员已经入睡。“按我们说的做，他们就没事。你懂了吗？”

“懂了。”索尔说，将脸贴在冰冷的有机玻璃上。他们的飞机正在朝一座美国大城的中心下降。索尔看见街灯下办公大楼之间的砖房和白色塔尖。他当即明白了，外甥全家必死无疑。

25

华盛顿特区

1980年12月28日，星期天

鲍比·乔伊·金特里治安官非常生气。这是一辆自动挡福特品脱，但金特里像操纵普通六挡手动挡汽车一样，从二挡升为三挡。他刚从绕城公路进入95号高速公路，就强行将时速提升至七十二英里，将跟随他的绿色奔驰甩开，全然不顾马里兰州高速交警可能会将他拦截下来。金特里将行李箱拽到前排座椅上，在箱子外袋中翻出上了弹的鲁格尔手枪，放进中控台，然后将箱子扔到后排。金特里非常生气。

以色列人一直把他留到了黎明，先在他们该死的轿车里审讯他，然后在罗德维尔附近的一个秘密联络点，然后又回到那辆该死的车里。他始终坚持原来的说法——索尔·拉斯基在寻找纳粹战犯报宿仇，金特里则试图将他们同查尔斯顿凶杀案建立联系。以色列人没有对他使用暴力，也没有威胁使用暴力——除了科恩一开始的那几句——但他们分成几组，不断重复同样的问题，把他弄得疲惫不堪。他们真的是以色列人吗？金特里感觉他们是。他相信杰克·科恩没有伪造身份，并且接受了艾伦·艾希科尔和他全家都已遇害的事实。但是金特里知道，一盘危机四伏的大棋已经开局，而他不过是对弈者眼中微不足道的讨厌虫罢了。金特里猛踩油门，将时速提至七十五英里，瞟了眼鲁格尔手枪，然后将时速降至六十二。绿色的奔驰跟在两辆车之后。

经过这漫长的一夜，金特里很想爬上旅馆房间的大床，一直睡到元旦前夜。但他到了门厅后，找到一部公用电话，拨打了查尔斯顿家的号码。答录机上依旧什么都没有。他又给自己的办公室打电话，雷斯特告诉他没有人留言，还问他假期过得如何。金特里说很好，景点都看了个遍。然后他拨打了娜塔莉在圣路易斯的电话号码。一个男人接起电话，金特里说他要找娜塔莉。

“你他妈的是谁啊？”对方怒气冲冲地问。

“我是金特里治安官。你是谁？”

“操，娜特上周给我提到了你。听起来你就是那种典型的南方混蛋条子。你他妈的找娜塔莉什么事？”

“我想同她通话。她在那边吗？”

“不在，操，她不在这儿。我不想在你身上浪费时间，臭条子。”

“弗雷德里克。”金特里说。

“什么？”

“你是弗雷德里克。娜塔莉给我提到过你。”

“少他妈的废话。”

“你从越南回来之后，有两年都不曾打过领带。”金特里说，“你认为数学是这世上最接近永恒真理的东西。从晚上八点到凌晨三点，你都在计算机中心工作，但星期六除外。”

电话另一头陷入了沉默。

“娜塔莉在哪儿？”金特里逼问道，“我这是在办理公务，关系到她父亲的案子。她自己也可能有危险。”

“你他妈的什么意思？”

“她在哪儿？”金特里厉声问。

“德国城。”对方气鼓鼓地说，“宾夕法尼亚州的那个。”

“她到那儿之后有没有给你打过电话？”

“打过。星期五晚上。我不在家，但斯坦记下了留言，说她住在切尔腾·阿姆斯旅馆。我给那里打过六次电话，但她都不在。她也没有给我回电话。”

“把旅馆的电话号码给我。”金特里将号码记在随身携带的小笔记本上。

“娜特到底遇到什么麻烦了？”

“听好了，小子。”金特里说，“普雷斯顿小姐正在寻找杀害她父亲的人。我不希望她找到那些人，或者让那些人找到她。如果她回到圣路易斯，你必须确保她不再离开，而且在未来几周决不让她独处，听明白了吗？”

“明白了。”对方强压住怒火说。金特里知道，对方绝不愿意再接他的电话了。

他本来打算上床睡觉，恢复精神。但他给切尔腾·阿姆斯旅馆打去了电话，给不在旅馆的普雷斯顿小姐留了言，然后租了一辆车——这在星期天凌晨可不容易——结了房费，收拾好行李，驾车北上。

那辆绿色的奔驰跟了金特里四十英里，与他相隔两辆车。一离开巴尔的摩，他就进入了斯诺登河大道，行驶了一英里，进入一号高速公路，见到路边的第一个餐馆就停了下来。

奔驰车停在高速公路对面一块大空地的远端。金特里点了咖啡和油炸圈饼，拦下了一个端着一盘脏碟子经过的年轻小工，“孩子，你想不想挣二十美元？”男孩狐疑地眯眼看着他。“我想让你帮我去看看那边那辆车。”金特里指着奔驰说，“你若无其事地走过去，记下车牌号，还有其他观察到的信息。”

金特里还没喝完咖啡，男孩就回来了。他上气不接下气地报告完毕，最后说：“天啊，我猜他们没有发现我，我就像平时尼克吩咐我中午做的一样，把垃圾带出去丢进垃圾桶。天啊，他们到底是谁？”金特里给男孩付了钱，去上了厕所，在后门厅里找到一部公用电话，拨打了巴尔的摩港湾隧道管理处的号码。星期天早上管理处不上班，但自动答录机告诉了他一个紧急号码。他拨过去，话筒里传来一个疲惫的女人的声音。

“操，我不应该给你打电话，因为如果他们知道了就会杀了我。”金特里说，“但是尼克、路易斯和德尔波特刚走，他们要闹革命，第一步就是炸港湾隧道。”

女人声音里的倦意一扫而空，问金特里叫什么。金特里听见哔的一声，知道对方按下了录音机。

“没时间啦！没时间啦！”他大声嚷嚷起来，“德尔波特拿了枪，路易斯从工地里弄来三十六捆炸药，塞进了后备厢的暗格里。尼克说，今天就要闹革命。他还给他们弄个了假身份证。”

女人用尖厉的声音问了个问题，但金特里打断了她：“我必须走了。如果被他们发现，我就死定了。他们在德尔波特的车上——一辆绿色的1976年款雷巴戎，马里兰州牌照：DB7269。德尔波特在开车。他留着胡子，穿着蓝色西装。哦，天啊，他们都有枪，整辆车随时可能被引爆。”金特里挂断电话，要来一杯外卖的咖啡，付了钱，慢悠悠地朝品脱走去。

他离隧道只有几英里，并不急于去那里，于是他驾车驶入马里兰州大学，在劳登公园墓地里溜达了一圈，然后沿着码头往下开。星期天路上车不多，奔驰只好远远地跟在后面，以免被发现。但司机很厉害，既没有完全跟丢金特里，也没有表现得特别显眼。

金特里根据交通指示牌来到港湾隧道高速公路，付了过路费，一边慢慢在灯火通明的隧道里穿行，一边在后视镜里观看。奔驰车没能抵达收费站。三辆高速巡逻车、一辆黑色无标志的厢式货车、一辆蓝色旅行车在距隧道入口五十码的地方将它团团围住。另外四辆巡逻车在后面阻断交通。金特里看见有人手持霰弹枪和手枪趴在引擎盖上，奔驰里的三个人将胳膊伸出窗外挥动，然后他猛踩油门，用最快的速度驶离隧道。如果跟踪他的是联邦调查局的人，那很可能几分钟就能摆脱警察的纠缠。但如果他们是携带武器的以色列人，那就只能祈求上帝保佑了。

金特里驶出隧道之后，立刻下了高速公路，在中心区附近迷了一小会儿路，然后看到了约翰·霍普金斯大学，这才找准方向，沿着一号高速公路驶出了城。路上车辆稀少。出城几英里，他就发现了通往马里兰州德国城的出口，不禁面露莞尔。美国到底有多少个德国城？他希望娜塔莉没有选对。

金特里十点半到达费城郊区，十一点到达德国城。奔驰车已经不见踪影，如果有人继续跟踪，那他们就太悄无声息了，以至于金特里都没有察觉出来。切尔腾·阿姆斯旅馆看上去曾经辉煌，但已经很难东山再起。金特里将品脱停在半个街区之外，把鲁格尔手枪放进西装夹克的口袋，返回旅馆。路上他见到了五个醉汉——三个黑人，两个白人，蜷缩在门口。

金特里请前台给普雷斯顿女士的房间打电话，但她没有回应。办事员是一个好管闲事的矮个子白人，鼻子硕大，头上只剩下三缕头发，从左耳上方梳到右耳上方。金特里请他用万能钥匙打开房间，办事员冷笑着摇了摇头。金特里出示了警徽，办事员又笑了。“查尔斯顿？朋友，你这警徽是从廉价商店买来的吧？佐治亚州警察在这儿可没有司法权。”

金特里点头，叹了口气，把空荡荡的门厅扫视了一圈，然后转过身，抓住办事员油腻的领带的领结下方四英寸处。他只猛拉了一下，但已经足够将办事员的下巴和鼻子拽到离桌面八英寸的地方。“听着，朋友。”金特里压低声音说，“我来这儿是同富兰克林街警察局的唐纳德·罗马诺警长联合侦办凶杀案的。有人冷血地杀害了六个人，而普雷斯顿女士可能掌握了凶手的信息。我不眠不休四十八个小时才赶到这里。你是愿意直接拿钥匙开门呢，还是愿意让我把你脑袋往桌上撞他妈几下，然后打电话叫罗马诺过来？”

办事员在身后翻找了一番，拿出一把钥匙。金特里松开他，他马上像被揭开盖子的玩偶盒里的玩偶一样跳了起来，揉着喉结，试着吞咽口水。

金特里朝电梯迈出三步，转过身，又两大步返回前台，在红脸的办事员退开之前再次揪住他的领带。金特里把他拽过来，微笑着说：“孩子，查尔斯顿县在南卡罗来纳州，不是佐治亚州。记住喽。等会儿我会再考你的。”

娜塔莉的房间里没有尸体。除了天花板附近被碾死的虫子留下的污迹外，房间里也没有什么血痕。没有勒索信。她的行李箱打开着，放在可折叠的架子上。衣服叠放得整整齐齐。一双晚礼服鞋搁在地板上。两天前她去查尔斯顿机场时穿的裙子挂在打开的衣柜里。厕所里没有放化妆品。淋浴间是干的，但一块香皂被打开包装用过了。她的相机包和相机都不在房里。要么服务员已经理过床，要么娜塔莉昨晚就没有在床上睡过觉。

考虑到切尔腾·阿姆斯旅馆的效率，金特里认为应该是她没有上床睡觉。

他坐在床沿上，搓了搓脸。他想不到更好的行动方案，只能去德国城转转，希望能碰巧遇见娜塔莉。当然，他还得每隔一小时回一次旅馆，以免旅馆服务员或者经理给那个费城警察打电话。外面空气冷冽，不过去转上几个小时对他来说也无妨。

金特里脱下大衣和西装夹克，躺在床上，将鲁格尔手枪放在右手里，两分钟后就睡了过去。

他在漆黑的屋子里醒过来，晕头转向，感觉很不舒服。他父亲送给他的劳力士手表上的读数是四点三十五分。外面只有一丝微光，但房里已经漆黑了。金特里回到厕所洗脸，然后给楼下的前台打去电话。普雷斯顿小姐还没有回来，也没有给她留言。

金特里走了半个街区去他的车，将行李箱搬到后备厢里，然后开始在附近转悠。他沿着德国城大道朝东南方向走了几个街区，经过一个围着栅栏的小公园。他本想停下来喝杯啤酒，但酒吧都关门了。金特里觉得今天应该不是星期天，但他也说不清今天到底是星期几。他返回车边拿行李箱回旅馆的时候，天空已经飘起了小雪。前台换了一个更年轻、更有礼貌的办事员。金特里办理了入住手续，预付了三十二美元，正打算跟着搬运工去自己的房间，这时他想到了问问娜塔莉的情况。万能钥匙仍在金特里手上，也许那个大鼻子办事员下班的时候没有向接班的人提过这一点。

“您好。”年轻的办事员说，“普雷斯顿小姐大概十五分钟前来查问了给她的留言。”

金特里眨眨眼：“她还在这儿吗？”

“她回自己的房间待了几分钟，先生。但我刚才看见那位女士去了餐厅。”

金特里对他道了谢，给了搬运工三美元小费，请他把行李搬上楼，然后直接走进那个小小的酒吧兼餐厅。

看见娜塔莉坐在房间对面的小桌旁时，他感到心脏都快跳出来了。他迈步朝她走去，中途停下脚步。一个穿着昂贵皮夹克的黑发矮个儿男人来到她桌旁，同她说起了话。娜塔莉抬头看着那个男人，脸上的表情异常古怪。

金特里犹豫了片刻，加入排队取沙拉配菜和调料的队伍中。直到坐进座位，他才再次朝娜塔莉的方向看过去。女服务员快步走过来，他点了一杯咖啡，然后慢慢吃饭，避免直接去看娜塔莉那桌。

金特里感到情况很不对劲。他认识娜塔莉·普雷斯顿不到两个星期，但他知道她是多么有活力的人。他已经开始领悟她情绪中的微妙变化，那是她性格的一部分。但现在，他在娜塔莉身上既没有看到活力，也没有情绪的微妙变化。娜塔莉盯着那个男人，就像被下了药或者被切除了脑白质。她会不时说两句话，嘴巴抽动的样子让金特里想到他母亲中风之后、去世之前那几年。

除了黑发、夹克、十指交叉放在桌上的苍白的手之外，金特里还希望能看到那个男人更多的特征。那个男人后来果然转过了头，金特里瞥见了他半闭的眼皮，蜡黄色的肌肤，薄嘴唇的小嘴。他在看谁呢？金特里从旁边的桌上拿起一份报纸，在接下来的几分钟里都伪装成独自吃沙拉的胖销售员。

他再次将目光投向娜塔莉时，发现这个房间里至少还有两个人也在关注同她说话的男人。警察？联邦调查局探员？以色列人？金特里吃完沙拉，叉起一个樱桃番茄，思索着这天已经翻来覆去想过上千遍的问题：我和娜塔莉到底遇到了什么事？

接下来怎么办？最坏的情况：蜥蜴眼是他们中的一员，是索尔所说的恶魔中的一分子，而他对娜塔莉抱着恶意。餐厅里监视他的人则是行动后备队。门厅里估计还有更多。如果蜥蜴眼带着娜塔莉离开，而金特里跟了上去，他就会立刻暴露。他必须抢先一步行动才有胜算，但蜥蜴眼下一步会干什么呢？

金特里付过账，回去取大衣，发现娜塔莉和那个男人从座位上站了起来。她在二十英尺外盯着金特里，但眼神空洞，仿佛没有认出他。金特里快步穿过门厅，在前门停下来，故意做出穿上大衣的动作。

男人带着娜塔莉走向电梯，中途停下来对另一个坐在破烂长沙发上的男人做了个下流的手势。金特里决定放胆一搏。娜塔莉的房间是312。金特里订的房间是310。旅馆只有三层客房。如果那个蜥蜴眼不是把娜塔莉带去她房间，那金特里就赌输了。

他迅速走到楼梯间，一次跨上两三级台阶，在最后一层楼梯平台上停下，喘了十秒钟气，然后打开门，正好看见那个男人跟随娜塔莉进入了312房。他在原地站了接近一分钟，确认门厅里的监视者没有跟上来。见无人出现，他蹑手蹑脚地沿着走廊来到312房门口，用三根手指触摸娜塔莉的房门。他摸到了鲁格尔手枪的枪把，但决定不用枪。如果这个人具有索尔口中上校的那种能力，那他就能让金特里把转轮手枪的枪口对准金特里自己。如果他没有上校的那种能力，那金特里不用武器也能对付他。

上帝啊，金特里想，如果我闯进去，而这个人只是娜塔莉邀请上来的一个好朋友怎么办？他回想起她脸上的表情，然后悄悄地将万能钥匙插入锁眼。

金特里闪进屋内，身形填满了短小的玄关。他看见那个男人坐在椅子上，转过身，张开嘴要说话。金特里过了半秒才发现，娜塔莉半裸着身子，脸上写满了惊恐，然后他挥起手臂，捏紧拳头，朝那个男人的头顶砸下去，就像敲钉子一样。那人本想站起来，现在却深深地陷进了松软的坐垫里，在椅子上弹跳了两下，然后瘫在椅子的左扶手上，昏死了过去。

金特里确认此人已无法动弹，便转身去帮娜塔莉。她的衬衣扣子都开了，胸罩也脱落了，但她没有寻找东西蔽体。她的整个身子都开始颤抖，仿佛癫痫发作一般。金特里脱下大衣，裹在她身上。她身子一软，倒进他怀里，默默地左右摇晃着脑袋。她试着说什么，但牙齿上下打战，金特里几乎完全听不懂。“哦……罗布……呼……呼……他要……我……不能……”

金特里抱紧她，抚摸着她的头发。他不安地思索着自己接下来该做什么。

“哦，天啊……我想……我想吐。”娜塔莉跑进了厕所。

干呕的声音从紧闭的门后传来。金特里俯下身，把那个昏迷的男人放在地板上，将他全身上下迅速而高效地检查了一遍，发现了他的钱夹。此人名叫安东尼[1]·哈罗德，住在贝弗利山。哈罗德先生有大概三十张信用卡，一张花花公子俱乐部会员卡，一张证明他在美国作家协会很有地位的卡片，以及表明他同好莱坞有关的其他塑料和纸质卡片。夹克口袋里有一把切斯特纳特山旅馆房间的钥匙。娜塔莉从厕所里整理好衣服出来，洗过的脸上还挂着水珠。这时哈罗德开始动了起来，他呻吟了一声，由仰卧翻为侧卧。

"你这王八蛋。"娜塔莉怒不可遏地说，朝倒地的男人的腹股沟踢了一脚。她穿着硬邦邦的低跟平底鞋，而她这一脚的力道足以在四十码外射门。她瞄准哈罗德的睾丸，但哈罗德正在翻身，所以那一脚击中了他的臀部，他在地上转了两圈，脑袋重重地撞在床的木腿上。

"悠着点儿。"金特里说，跪下检查男人的脉搏和呼吸。加利福尼亚州贝弗利山的安东尼·哈罗德还活着，但陷入了深度昏迷。金特里移到门口。房间没有门闩，也没有门链，但另一副锁是上好了的。他回来搂住娜塔莉。

"罗布，"她喘息着说，"他就在我的脑子里。他强迫我做事，强迫我说话……"

"现在没事了。"金特里说，"我们马上离开这里。"他收拾好她别的鞋子，啪的扣上行李箱，帮她穿上大衣，将她的相机包挂在她肩上。"有一条防火梯通往那边的巷子。你觉得自己能同我下去吧？"

"可以。但为什么我们得……"

---

① 托尼是安东尼的昵称。

"离开这儿之后我们再谈啊。我的车就在半个街区外。走吧。"

外面很黑。防火梯又松又滑。离地最后八英尺的时候，金特里从嘎吱作响的生锈梯子上跳了下去。他本以为旅馆里会冲出一群工作人员，但结果没有任何人从后门出现。

他帮娜塔莉爬下最后几级，然后快速钻进漆黑的小巷。金特里闻到了雪和腐烂垃圾的味道。他们进入德国城大道，向西走了三十码，然后绕过距金特里的品脱十码的拐角。视野里没有人。金特里点火，挂挡，转入切尔腾大道，一路上没有人从沿街店面和远处的旅馆里出来。

"我们去哪儿？"娜塔莉问。

"我不知道。我们先离开这个鬼地方，然后思考去哪儿的问题。"

"好的。"

金特里转向东边的德国城大道。但一辆电车正在同方向行驶，他不得不慢下来。

"该死。"他说。

"怎么了？"

"哦，没什么。我把自己的行李箱留在旅馆房间了。"

"里面有什么重要的东西吗？"

金特里想到了那箱换洗的衬衣和裤子，笑道："没有。我打死都不会回去。"

"罗布，到底出了什么事？"

金特里摇摇头："我以为你可以告诉我呢。"

娜塔莉浑身颤抖："我从没有……没有那种感觉。我什么都做不了，就像我的整个身体都不是我的了一样。”

“至少我们知道索尔所说的恶魔是真实存在的。”

娜塔莉放声笑道：“罗布，那个老太太——梅勒妮·福勒——在这儿。在德国城的什么地方。马文那帮人见过她。她昨晚杀了黑帮的人。我同——”

“等一等。”金特里说，超过了电车，还有一辆印有SEPTA[1]标志的城市公交。笔直的街道前方空无一人。“谁是马文？”

“马文是灵魂砖厂的头目，”娜塔莉说，“他……”

有车猛地撞上了品脱的后部。娜塔莉被向前弹了出去，双手捂住头，以免脑袋直接撞到挡风玻璃上。金特里咒骂了一句，转头去看身后。公交车再次加速朝他们撞来，巨大的进气栅塞满了品脱的整个后窗。“撑住！”金特里大叫，将油门踩到了底。公交车冲上来，在品脱加速脱离之前再次撞到它的尾部。

金特里将品脱的时速提升至五十五英里，在不平整的砖铺路面和电车车轨上颠簸。隔着关闭的车窗，他依然能听见公交车奋力加速时柴油引擎的轰鸣。“该死。”金特里说。一个街区前，一辆半挂车正在倒车进入装货区，暂时堵住了通道。金特里考虑开到右边的人行道上，但他看到一个老人正在垃圾箱里翻找，于是猛打方向盘，进入左边的窄街，品脱的车尾蹭到了路缘。听声音，金特里猜第一下撞击就让后保险杠松脱了，这会儿正被拖在车尾哐当哐当直响。两边的排屋飞速地往后闪。旧车、新模型车、没有轮子的车体残骸堆在街边。

“它还跟着呢！”娜塔莉大叫起来。

---

① Southeastern Pennsylvania Transportation Authority，宾夕法尼亚州东南部交通管理局。

金特里瞟了眼后视镜，刚好看见那辆大公交转弯驶上人行道，撞翻了两个禁止停车的标志牌和一个邮箱，裹挟着一团柴油废气，沿着山坡加速追来。金特里看到了第一次撞击在公交车宽大前保险杠上留下的小凹痕。“真他妈难以置信。”金特里说。

山脚是一个丁字路口，前方是被雪覆盖的铁路路基，东西两边是空地和仓库。金特里向左猛打方向盘，后保险杠被震得更松了，四缸小引擎的转速也达到了峰值。“他们会不会追上我们？”娜塔莉问。公交车呼啸着绕过拐角，中途暂时借道铁路路基，然后返回人行道。金特里瞥见司机穿着卡其布衣服，伸直双臂操控着方向盘，后面的过道中隐约可见人形黑影。

“除非我们犯傻，不然他们是抓不住我们的。”金特里说。在一座废弃的工厂前，窄街突然右折，在空无一人的廉租公寓和布满砖块的空地之间向下延伸了五十码，最后被一段铁路路基截断。路边没有树立“此路不通”的标志。

“你没骗我？”娜塔莉说。

“当然没有。”金特里在狭窄的弯道里将品脱刹住。他知道，品脱是绝对爬不上那段堆满垃圾的三十英尺高的山坡的。他们左边是一座空砖房，大门高耸，二十英尺高的铁丝网围栏将泥泞的停车场同街道分开。金特里认为品脱能撞开大门，但开阔的停车场对改善他们目前的处境没有帮助。他们右边是一排两层楼房，窗户上钉着木板，门上全都喷着涂鸦。街上有一条小巷通向东边。

他们身后的公交车也绕过拐角，朝山下驶来。司机降了两个挡位，车就像是屁股中枪的野兽一样痛苦哀鸣。

“下车！”金特里大叫。他抓起娜塔莉的行李箱，娜塔莉则抓起相机包。两人一同冲进右边的小巷。

公交车猛冲下山，撞在品脱的左保险杠上。小车转了一百八十度，金属横飞，后视镜碎裂，公交车则向左偏转，右轮压上路基，车身几乎倾倒，然后冲断铁丝网围栏，在停车场的冰冻污泥中停了下来。然后引擎再次发动，公交车倒退碾过倒地的围栏，直直撞在品脱副驾驶一侧的车门，将那辆租来的车推到路边。金特里和娜塔莉在不到二十英尺外的小巷里目睹了这一幕。品脱撞在消防栓上，伴随着金属撕裂的嘎吱声整个翻转了过来。破裂的消防栓没有喷水，但汽油的味道立刻在夜晚的空气中弥漫开来。

“这是一场噩梦。”娜塔莉说。

金特里发现自己已经拔出了鲁格尔手枪，握在右手中。他摇了摇头，将枪放进大衣口袋。

公交车再次换挡，开到街道中央，拖曳在车尾的破损的铬合金零件被柴油废气吞没了。金特里拉着娜塔莉往四英尺宽的小巷深处退了几步。

“这是谁干的？”娜塔莉压低声音问。

“我不知道。”金特里终于相信——基于本能，而不是理智——索尔和娜塔莉经历的这一连串匪夷所思的事件都是人为的。他记得，很多年前读过《驱魔人》。小说中的牧师在目睹邪恶的神秘力量之后由衷地感到欣喜，因为魔鬼的存在表明了——或者说证明了——上帝的存在，这让牧师的信仰得以坚定。但是，索尔和娜塔莉的经历又证明了什么呢？是人类的邪恶，还是人类与生俱来的通灵力有多么强大？

“车停下来了。”娜塔莉说。公交车倒退着撞上路基，强行左转，最终再次面朝向上延伸的街道。

“或许结束了。”金特里说，搂住身边这个瑟瑟发抖的女人，“无论如何，那辆该死的公交车开不到咱们这个地方来。”

公交车的车门在背朝他们的一侧，但他们都听到了压缩空气发出的咝咝声。车厢惨白的灯光下，人影开始晃动。在被绑架参加这场疯狂的追逐之后，那些乘客会是什么感受呢？司机又在做什么呢？金特里看见一个模糊的高大黑影俯在方向盘上，七个乘客开始不情愿地动起来，三个在前，四个在后。他们走路的样子宛如戴着钢支架的小儿麻痹症患者，或者笨拙的提线人偶。他们排着队，拖着沉重的步伐，有序地往前行进。领头的老头儿趴在地上，爬进了小巷，向狗一样边走边嗅地面。

“哦，上帝啊。”娜塔莉惊呼道。

他们撒腿就逃，跳过废墟，浑然不顾手臂和肩膀被砖墙擦伤。金特里发现自己左手仍然提着娜塔莉的行李箱，右手则紧攥着娜塔莉的手。小巷尽头拉着一张生锈的铁丝网。金特里听见身后传来野兽般沉重的喘息。他松开娜塔莉的手，抱着行李猛地向前冲去，把铁丝网撞开。

他们跑进一条街，右边是死胡同，但左边向下延伸，从漆黑的铁路高架桥下穿过，继续向北，穿过亮着灯的联排房屋。金特里选择左转，但还没跑到破烂的人行道就被娜塔莉超过了。有人钻过了铁丝网。金特里转头，越过肩膀看见一个穿西装的白发男人像多伯曼氏短尾狗一样爬过倾斜的石板。金特里抽出鲁格尔手枪，发足狂奔。

铁路桥下的阴影中有暗冰。娜塔莉先跑进去，金特里看见她身子一斜，整个人重重地摔进了阴影里。他赶紧停步，但还是脚下一滑，单膝跪在了地上。

“娜塔莉！”

“我很好。”

他循声摸过去，帮她站了起来。“我要把你的行李箱放这儿。”他说。

娜塔莉大笑一声：“走吧。”他们进入一条两侧停满车的街道，大多数都是报废车辆，让整条街显得更窄了。楼房里没有半点光亮，但偶尔会从联排房屋的窗户中透出灯光。路上没有街灯。金特里听见山上传来啪啪啪的脚步声，在铁路桥下回荡。那个人影跌倒时并没有发出喊叫或咒骂，只听得到他在结冰的砖块上摸索的声音。

“那边。”金特里大喊，推着娜塔莉朝一百英尺外山上第一座亮灯的房子前进。

他呼哧呼哧地喘着气，到达三级台阶的水泥门廊时都有些站立不稳了。他转过身警戒后方，娜塔莉敲门呼救。一个黑影拉下一片破烂的百叶窗瞅了一眼，但没有人应门。“求求你们了！”娜塔莉尖叫起来。

“娜塔莉！”金特里喊道。穿着又破又脏的西装的男人正以百米冲刺的速度缩短他们之间最后三十英尺的距离。借助从窗户中透出的光，金特里看见他翻白的眼睛和张大的嘴，口水从唇边流到下巴和衣领上。金特里用鲁格尔手枪瞄准了对方，扳起了击铁。但他又落下击铁，放下了枪。“去他妈的。”他说，肩膀下垂，迎接来人的冲击。

袭击者全速撞到金特里的肩上，但被挡了回去，背朝下落在人行道和最矮的台阶之间，脑袋砰的一声撞地后弹起。金特里探过身子，老人却一下子爬起来，不顾从蓬乱头发中滴落的鲜血，径直朝金特里的脖子咬去，嘴里的假牙咔嗒作响。治安官一把揪住他的翻领，将他甩到街上，紧接着松手。那人落在地上，打了个滚，发出仿佛带着笑的兽性怒吼，大口喘息着。金特里用鲁格尔手枪的枪管将他击倒。他趴在地上，不停地抽搐。

金特里坐在最低的台阶上，脑袋夹在双膝之间。娜塔莉对着门又踢又砸："请让我们进去！"

"我是警察！"金特里用最后的气力喊道，"让我们进去。"但门依然没开。

桥下传来更多脚步声。"上帝啊，"金特里上气不接下气地说，"我记得……索尔说……上校一次……只能操控……一个人。"

一个高个子女人从桥下的阴影中现身。她没有穿鞋，正手持利刃奔过来。

"快走。"金特里说。他们往山上跑了三十英尺，听见拐弯处传来公交车的怒吼。闪烁的车灯照亮了左侧联排房屋的砖墙。

金特里搜索着小巷、空地，或者任何可以藏身的地方。但身后是连绵不断的联排房屋，他们只有往下跑到一百二十英尺外的铁路桥。"回到那边去！"他大叫，"爬上铁路路基。"他转过身，那个没穿鞋的女人刚好冲过了最后十英尺，撞进他的怀里。两人跌倒在湿冷的街上，扭打翻滚。金特里扔掉鲁格尔手枪，挡住她的头和一张一合的嘴，努力勒住她的脖子。这个女人非常强壮。她转过头，深深地咬进他的左手。金特里握紧拳头，朝她下巴袭去，但她的脑袋一垂，用颅骨挡住了大部分冲击。金特里把她推开，思考着如何既把她打晕，又不至于伤她太重。她的右手趁机绕到他的胳膊下。金特里感到一个冰冷的物体刺入体内，只能呆呆地看着她用剪刀又扎了一下。她举起手臂，正要发起第三次袭击，金特里一个大抡拳朝她打去。这一拳力道极大，倘若击中，她的脑袋说不定都会被打掉。但他没有击中。

金发女人向后跳了两步，将剪刀举到与眼睛平齐的位置。这时娜塔莉用尽全身气力将鼓囊囊的相机包朝女人的脑袋砸去。她一声不吭地倒在街上。金特里腿一软，单膝跪地。他的左侧腹和左手如火烧一般。公交车的啸叫越来越响，头灯的光芒将他们包裹起来。金特里摸索着掉在地上的鲁格尔手枪。他知道枪肯定在地上。公交车距他们五十英尺，正加速朝山下驶来。

娜塔莉摸到了枪。她丢下了相机包，两腿分开站立，双手握枪，按照金特里的教导开了四枪。

“不！”金特里大叫。但第一枪已经打中了车头灯。紧接着第二枪击中了驾驶席左侧的挡风玻璃。在后坐力的作用下，后两发子弹都偏高了。

金特里抓起相机包，拽着娜塔莉朝路缘和联排房屋的门廊跑去。公交车左转撞向他们，被门廊挡住，火星飞溅。右轮碾过昏迷的金发女人时，车身明显颠簸了一下。娜塔莉和金特里互相搀扶着站起来，公交车车轮在冰上打滑，向左转了九十度，侧身进入铁路桥下方。他们听见金属在木头上刮擦的尖厉声响。

“快！”金特里喘着气说。两人朝路基跑去。金特里半蹲着身子，左臂紧贴在身侧。

柴油引擎再度咆哮，一束头灯光柱斜斜地从地下通道里射出，公交车的后轮空转，找到支撑点，然后又转动起来。一条横木被嘎吱嘎吱压断，公交车尾部突了出来。金特里和娜塔莉已来到路基下，开始攀爬堆满垃圾、结了冰的斜坡。一圈生锈的铁丝钩住了金特里的踝部，他重重地摔在地上。有那么一秒，车头灯光照亮了他全身，他低头看见外套被撕开，鲜血顺着手臂流到被咬伤的手上。他转头去看娜塔莉，后者正上前抓住他的右臂，将他扶起来。“把鲁格尔手枪给我。”他说。

公交车沿着山坡向上倒退。“给我枪。”

娜塔莉将枪交到他手上时，司机刚好挂到了一挡上。街上的两具尸体都被压扁了。“走！”金特里命令道。娜塔莉转过身，手脚并用往上爬。金特里紧随其后。但他们还没爬到一半就遇到了铁丝网。

公交车快速换挡加速，发动机的巨大轰鸣在砖楼之间回荡，车头灯光斜射上来，正好照亮了坡上的金特里和娜塔莉。那是一段蛇腹式铁丝网，从坡下是看不见的。娜塔莉被第二圈铁丝网上的刺钩住。金特里将铁丝从娜塔莉的裤腿上扯开，向上推她。她走了四步又被钩住。金特里转过身，在山坡上站稳，举起了鲁格尔手枪。公交车的长度几乎同路基的高度相仿。金特里的大衣妨碍了他的行动，于是他脱掉大衣，侧着身子，举起鲁格尔手枪，但胳膊软弱无力。

公交车碾过尸体，继续换挡，冲上一段看不见的路缘，以免车头撞到冻土里，然后开始爬坡。

金特里故意压低胳膊，抵消向斜下方射击时可能偏高的倾向。覆盖着积雪的坡面的反光清晰地映出了司机的脸。那是一个穿卡其服、眼睛圆睁的女人。

他们……他……反正也不会让她活下去，金特里想，打出了最后两发子弹。司机的正前方出现两道闪光，整面挡风玻璃霎时变白、碎裂。金特里转身狂奔。公交车的进气栅撞上他时，他同娜塔莉相距十英尺。他飞了起来，就像被胡乱抛入空中的婴儿。他重重地摔在地上，左侧身着地。他感到娜塔莉凑过来，俯在一条冰冷的铁轨上看着他。

公交车冲到距离路基顶部五英尺的地方，失去了牵引力，车轮打着滑往后退，车头灯光束乱晃。右后保险杠撞在人行道上，发出最后一声巨响。整辆车几乎要尾部着地竖起来，但车头撞在斜坡上，反弹回三十度，车身慢慢偏向右侧，差点儿四脚朝天，但最后还是侧翻了，轮子兀自空转着。

“别动。”娜塔莉压低声音说。但金特里还是挣扎着站了起来。他看着坡下，看见鲁格尔手枪仍死死攥在他的右手里时，几乎笑出声来。他想把枪放在大衣口袋，却发现大衣和西装夹克全都不在身上了，只好把枪别在腰带上。

娜塔莉扶他站起来。“我们接下来怎么办？”她用几不可闻的声音问。

金特里努力理清思绪。“等警察和消防队，还有救护车。”他说。他知道这个主意有问题，但他累得不愿去想哪里不对。

更多联排房屋里亮起了灯，但还是没有一个人走出屋。金特里靠在娜塔莉身上，在寒风中矗立了漫长的几分钟。天空中飘起了雪花。救护车没有来。

坡下传来沉闷的撞击声，倾覆的公交车的一扇玻璃被敲碎，玻璃落了一地。至少三个黑影从车里钻出来，就像巨大的黑蜘蛛一样迅速爬过公交车的金属残骸。

金特里和娜塔莉默默转身，互相搀扶着，沿铁轨快速离开。他有一次栽倒在铁轨上，耳中嗡鸣不止。娜塔莉把他拉起来，拖着他就跑。他隐隐听见背后的脚步声。

“那边！”娜塔莉突然大叫起来，“那边！我知道我们在哪儿了。”金特里睁开眼，看见两片空地之间的一座古老的三层建筑，十多扇窗户里都亮着光。

他脚下一个踉跄，从陡峭的山坡摔下去。锐器扎伤了右腿。他摇摇晃晃地站起来，然后帮娜塔莉站起来。一列短程往返火车从他们上方呼啸而过。

门廊上有人。黑人口音的对骂。金特里看到两个拿着霰弹枪的年轻人。他的手去摸鲁格尔手枪，却怎么也握不住枪把。

娜塔莉的声音从极远的地方传来，急促而迫切。金特里决定闭一会儿眼睛，好恢复气力。

他的身子瘫软下去，一双强有力的手抱住了他。

26

德国城

1980年12月29日，星期一

星期一全天娜塔莉都在照看罗布。他高烧不退，神志不清，偶尔还会说梦话。她昨晚躺在他身边，小心翼翼地避免触碰他裹着绷带的胸部和左手。有一次，他在梦中伸出右手，轻轻地抚摸她的头发。

星期天晚上，她同金特里蹒跚着走向社区活动中心的前门时，马文·盖尔看上去并不是特别开心。

“你的胖子朋友是什么人？”马文从门廊最上层台阶说。他两边站着勒罗伊和卡尔文，手里拿着枪管锯短了的霰弹枪。

“他是罗布·金特里治安官。”娜塔莉说，但话一出口就后悔了——黑帮对执法官员可没什么好感。“他受伤了。”

“我知道了，宝贝。你为什么不把他带去白人的医院？”

“有人在追杀我们，马文。让我们进去。”娜塔莉知道，如果自己能得到这位深孚众望的年轻黑帮首领的信任，他就会听她的话。娜塔莉周末的大部分时间都待在社区活动中心。星期六晚上，蒙克和莱昂内尔被杀的消息传来时，她就在那里。应马文的要求，她和他们去了现场，并拍下了被肢解的尸体的照片。然后她跌跌撞撞地来到黑暗的角落，静静地呕吐。后来，马文告诉她，蒙克遇害前正拿着梅勒妮·福勒的照片，挨家挨户地询问，试图从冷漠的居民口中问出老太太的线索。蒙克的尸体上没有发现那张照片。听到这个消息，娜塔莉如坠冰窟。

不可思议的是，警察和新闻媒体都对杀戮漠不关心。整个过程只有一个目击者——十五岁的乔治，他惊恐万分地逃出来，只对灵魂砖厂的人透露了这件事。是黑帮不让走漏风声的。两具被肢解的尸体被裹在浴帘里，储藏在路易斯·泰勒租的地下室的冰柜里。蒙克独自住在帕斯特里斯街附近一座即将被废弃的房子里，而莱昂内尔同他母亲住在布林赫斯特街，但那个老女人绝大部分时间都是醉醺醺的，几天之内都不会想起自己的儿子。

“我们首先做掉干这事的混蛋，然后告诉警察和电视台。”马文星期六那晚如此决定，“如果我们现在就报警，他们就不敢出来了。”黑帮成员都遵守了他的命令。娜塔莉同他们一直待到星期天下午，反复向他们解释梅勒妮·福勒所拥有的超能力——当然，她对真相有所保留——听取他们的作战计划。计划十分简单：找到姓福勒的女人和她身边的“白鬼”，然后杀了他们。

星期天晚上，大雪纷扬，她站在人行道上，搀扶着半昏迷的大块头罗布·金特里，急切地求救道：“有人在追杀我们。”

马文左手一挥。路易斯、勒罗伊和娜塔莉不认识的一个黑帮成员就从门廊上跳下来，消失在夜色中。“谁在追杀你们，宝贝？”

“我不知道。一群人。”

“他们就像那个白鬼一样，被邪灵附体了？”

“是的。”

“还是那个老太太干的？”

“也许是。我不知道。但罗布受伤了。有人在追杀我们。让我们进屋。求你了。”

马文用冰冷而美丽的蓝眸子看着她，然后走到一旁，示意他们进屋。金特里被搬到地下室的床垫上。娜塔莉坚持要求叫医生，或者救护车，但马文摇头拒绝。“宝贝，在找到那个老巫婆之前，我们不能让任何人知道我们死了两个同伴。绝不能因为你受伤的白人男友就让我们承担风险。我们会让杰克森过来看看。”

杰克森是乔治的同父异母哥哥，三十岁，寡言，秃顶，曾在越战中当军医，读了两年半的医学院就辍学了，不过医术还是过硬的。他带着装有绷带、注射器和药剂的帆布背包来到地下室。“断了两根肋骨。”他检查完金特里后说，“这里有很深的割痕，但肋骨不是因此而断的。如果刺入的位置再低半英寸，深一英寸半，他早就死了。他的手肯定被人咬过。他还很可能有脑震荡。但没有打X光就说不准有多严重。请到外面守着，我要给他做治疗。”他止住了伤口的流血，清理并包扎了较深的伤口，包扎了胸部，然后给金特里打了一针，以防几乎被咬穿的左手手掌遭到感染。最后，他在金特里的鼻子下打开了一个小瓶子，治安官金特里立刻醒了过来。“这是几根手指？”

“三根。”金特里说，“我到底在哪儿？”

他们谈了几分钟，杰克森断定金特里的脑震荡并不严重，然后又给金特里打了一针，令其再次昏睡过去。“他会好起来的。我明天再同你们联系。”

“你为什么不念完医学院？”娜塔莉好奇地问，旋即羞红了脸。

杰克森耸耸肩：“太多狗屁要学了，还不如回这儿来。记住，每隔几小时就把他叫醒一次。”

马文让他们在地下室一个用帘子隔出的角落里睡觉。她每隔九十分钟就叫醒金特里一次。娜塔莉最后一次叫醒他时，手表显示的时间是凌晨四点三十八分。金特里轻轻地抚摸着她的头发。

“这一带出现了些形迹可疑的人。”勒罗伊说。

十多个黑帮成员围在厨房餐桌周围，有的坐在餐桌上晃着腿，有的靠在橱柜和墙上。金特里一直睡到下午两点，醒来时饥肠辘辘。下午四点，作战会议正式举行时，金特里还在吃饭——他拿钱给一个年轻的喽啰给他买来了中式快餐。除了马文沉默少语的女朋友卡拉，娜塔莉是房间里唯一的女性。

“什么可疑的人？”金特里问，嘴里嚼着木须肉。

勒罗伊看着马文，见马文点了点头，他才答道：“可疑的白人警察。同你一样。”

“穿着制服？”金特里问。缠绕在胸部和侧腹部的绷带让他看起来更胖了。

“没有。”勒罗伊说，“他们是便衣。黑裤子，防风夹克，帆布鞋。这群混蛋想让自己打扮得更像本地人。哼。”

“他们在哪儿？”

马文答道：“伙计，他们到处都是。布林赫斯特街两头停着两辆没有标志的厢式货车。在离格林巷和女王巷不远的巷子里，还停着一辆冒牌的电话公司的车。教堂和这里之间有十二个人，分别坐在四辆没有标志的轿车里。女王巷和德国城的一些建筑的二楼上也有人在监视。”

“总共有多少人？”金特里问。

“四十，或者五十。”

“八小时一班？”

“是啊。那群混蛋以为自己穿着隐身衣呢，堂而皇之地坐在阿什米德街的自助洗衣店附近。他们是那个街区唯一的白人，就像伯利恒钢铁公司的工人一样按时上下班。有个混蛋专门负责给他们拿油炸圈饼。”

“是费城警察？”

名叫卡尔文的瘦高个儿笑道：“屁，才不是呢。本地警察蹲点儿的时候，穿的都是班仑西服、白袜子和宽大的皮鞋。”

“何况，他们的人数实在太多了。”马文说，“本地所有管凶杀和毒品的警察都派出来也没有五十个。他们很可能是联邦缉毒警察。”

“或者联邦调查局探员。”金特里说，心不在焉地揉着左边的太阳穴。娜塔莉发现他疼得咧了下嘴。

“不错。”马文的眼神迷离起来，思索了几分钟。“有可能。我不明白。为什么要出动这么多人？我本以为他们是为了追捕杀害我们兄弟的凶手。但白人警察从不关心黑鬼的死活，除非……他们早就想抓那个老巫婆和她操控的杀人狂，对不对，宝贝？”

“可能是。”娜塔莉说，“但实际情况要复杂得多……”

“什么意思？”

金特里直挺挺地挪到桌边，将绑着绷带的左手放在桌上，

“还有人拥有……这种魔力。”他说，“其中一个很可能藏身在这座城市里，还有些人身居高位。他们之间好像爆发了内斗。”

“伙计，我喜欢你的口音。”勒罗伊瓮声瓮气地说，模仿起金特里缓慢而轻柔的声调，“他们之间好像爆发了内斗。”

“我也觉得你的方言很好听。”金特里拉长腔调说。

勒罗伊抬起身子，脸色大变：“你他妈说什么？”

“闭上你的臭嘴，勒罗伊。”马文柔声道，“闭嘴。”然后他把视线投向金特里，“好吧，治安官先生，告诉我……那个藏起来的人，他是白人吧？”

“是。”

“要抓他的混蛋也是白人吧？”

“是。”

“其他可能的涉案者也是白人吧？”

“不错。”

“他们同老巫婆和她操控的杀人狂一样坏，对不对？”

“是。”

马文叹了口气。“那就说得通了。”他的手伸进工装夹克的大口袋，掏出金特里的鲁格尔手枪，将它啪的放在桌上，“你带的这铁疙瘩可真大，治安官先生。就没想过上子弹？”

金特里没有去拿手枪。“我的行李箱中还有子弹。”

“你的行李箱呢？别说在那辆压扁的品脱里，因为车已经不见了。”

“马文回巷子里取我的包，”娜塔莉说，“结果发现包不见了。不见的还有你租的品脱，还有那辆公交车。”

“公交车？”金特里的眉毛抬得太高，以至于疼得龇牙咧嘴，抱住了头。“公交车不见了？我们来这儿之后多久你回去的？”

“六个小时。”勒罗伊说。

“宝贝告诉我们，你被一辆坏公交车追杀，”马文说，“她说你开枪杀了它。也许它爬进草丛里死了，治安官先生”。

“六个小时。”金特里说，靠在冰箱上。“有新闻吗？全国的电视网络可能都在报道这件事吧。”

“没有新闻。”娜塔莉说，“没有电视报道。就连《费城问询报》的侧边栏都没有上。”

“上帝啊，”金特里说，“他们一定手眼通天，才能如此快地收拾残局并掩盖真相。公交车上至少有……四个人死了。”

“是啊，SEPTA肯定气死了。”卡尔文说，“我建议你们在这儿的时候，不要乘坐任何公共交通工具。杀了他们的公交车，SEPTA肯定气疯了。”卡尔文笑得前仰后合，差点儿从椅子上摔下来。

“那你的行李箱在哪儿？”马文说。

金特里从遐想中回过神来：“我把它留在切尔腾·阿姆斯旅馆了。310房间。但我只付了一晚的房费。他们可能已经把箱子取走了。”

马文在椅子上转了个圈。“泰勒，你在阿姆斯旅馆工作。你能进储藏室吧，伙计？”

“当然。”泰勒是一个十七八岁的男孩，瘦削的脸上满是黑色痘痕。

“也许很危险。”金特里说，“箱子可能在储藏室，也可能不在。如果在，就难免会有人看守。”

“一个被巫术操控的白人？”马文问。

“可能不止一个。”

“泰勒。”马文说。这是一道命令。名叫泰勒的男孩露齿一笑，从餐桌上跳下，消失在门外。

“我们有事要谈。”马文说，“白人请回避。”

娜塔莉和金特里站在社区活动中心狭小的后门廊上，看着最后一道微弱的光线被黑暗吞没。他们面前长长的空地上堆满了被白雪覆盖的碎砖，空地另一头有两座被废弃的楼房。煤油灯光从几扇脏兮兮的窗户中透出，表明那里仍然有人居住。寒意逼人。一盏街灯在半个街区外孤独地亮着，不时映出飘落的雪花。

“我们要留在这儿吗？”娜塔莉问。

金特里看着她。他的肩上披着军用毛毯，而不是夹克，脑袋从毛毯里支出来。“今晚只能如此了。”他说，“我们虽然不是朋友，但我们有共同的敌人。”

“马文·盖尔很聪明。”娜塔莉说。

“而且有威信。”金特里说。

“你说他为什么会把生命浪费在做黑帮首领上？”

金特里在微光中眯上眼睛：“我在芝加哥读大学时，曾同当地的黑帮打过点儿交道。有些个黑帮首领不着调——其中一个是精神病——但大多数都很聪明。如果阿尔法型个体处在闭合系统之中，就会上升到权力等级的最高层。黑帮就是这样的系统。”

“什么是阿尔法型个体？”

金特里大笑起来，但疼得连忙收声，捂住胸部。“动物行为学中，处在某种动物——公羊、麻雀或者狼——啄序或者统治等级最高层的个体，被称作阿尔法雄性。我觉得‘雄性’这个词失之偏颇，所以代之以中性的‘个体’。我认为，歧视和其他阻碍进步的恶习让社会产生了过多的阿尔法个体。或许这是某种自然选择的过程，不同种族和文化的群体借此在不公平的社会中争取自己的权益。”

娜塔莉伸出手，隔着毛毯抚摸他的手臂。“我说罗布，作为‘老好人’治安官，你的一些想法可真有意思。”

金特里垂下视线。“这并不是我独创的想法。索尔·拉斯基在他的著作《暴力病理学》中探讨了类似的问题。他认为，在一个饱受践踏、毫无希望的社会中，更容易产生疯狂的斗士，因为国家和文明的存亡都寄托在这些人身上——他们可以说是特化的阿尔法个体。希特勒也是这种个体，只是更变态，更极端。”

一片雪花落在娜塔莉的睫毛上。她眨了眨眼，让雪花飘落。“你觉得索尔还活着吗？”

“从逻辑上说，他应该已经死了。”金特里说，然后讲述了几天前他同摩萨德特工之间的漫长谈话。他把毛毯裹得更紧了，将绑着绷带的手放在破裂的门廊栏杆上。“不过，”他说，“我总觉得他还没死，还活在什么地方。”

“他被人控制起来了？”

“是的，除非他故意彻底隐藏行踪。但他在那样做之前会警告我们的。”

“怎么警告？”娜塔莉问，“你和我在你的电话答录机上留的言都被人抹去了。我们都不能彼此通信，索尔如何能联系上我们？何况他还在东躲西藏。”

“有道理。”金特里说。娜塔莉颤抖起来。金特里凑过去，将她也裹进了毯子里。“在想昨天的事儿？”他问。

她点点头。每当她开始不安的时候，就不禁会想到安东尼·哈罗德的意志在她脑里的那种感觉，然后她就会全身发抖，仿佛在回忆自己被强奸的惨痛经历。那就是一种强奸。

“结束了。”他说，“他们不会伤害你了。”

“但他们还逍遥法外。”娜塔莉喃喃道。

“是的。所以我们今晚最好不要离开费城。”

“你还是认为，让公交车——让公交车上的人追杀我们的，不是哈罗德？”

“不可能是他。”金特里说，“我们离开旅馆的时候，那家伙千真万确已经昏迷了。他也许过十分钟后醒了，但他绝不可能进行意念操控。而且，你不是说你觉得他只是在女人身上使用巫术吗？”

“我说过。但那只是我当时的一种感觉。”

“相信你的感觉。”金特里说，“昨晚被操控来攻击我们的人中也有男人。”

“如果不是安东尼·哈罗德干的，还会是谁？”天已经全黑了，远方隐隐传来了警报声。街灯，窗中透出的微光，反射着无数水银灯光芒的低矮的云层——这一切在娜塔莉看来都显得虚无缥缈。在这条由肮脏的砖头、生锈的金属和黑暗的街道组成的山谷之中，光线显得格格不入。

“我不知道。”金特里说，“但我知道，我们现在的任务是躲起来偷生。现在回想昨天的遭遇，我几乎可以肯定，追杀我们的人并不是真的要杀死我们——至少不是要真的杀死你——而是要把我们困在这里。”

娜塔莉惊讶地张大了嘴："怎么能这么说？看看他们都干了什么！公交车……那些人……看看他们都对你做了什么。"

"我知道。"金特里说，"但你想想，他们完全可以采用更简单的方法干掉我们。"

"什么方法？"娜塔莉话音刚落就意识到罗布要说什么。

"如果他们看到了我们并且派人追杀我们，"金特里说，"那他们完全可以直接操控我们。我手上一直都拿着枪。他们可以操控我开枪杀死你，然后自杀。"

娜塔莉在毛毯下瑟瑟发抖。金特里用右臂搂住她。她说："你认为他们并不是真的要杀我们？"

"那是一种可能——"金特里突然打住话头。

娜塔莉知道他不敢往下想。"另一种可能呢？"她追问。

金特里紧闭嘴唇，惨然一笑，"另一种可能是——这也与证据相符——他们断定我们逃不掉，所以在弄死我们之前姑且拿我们寻开心。"

她身后的门被突然推开，娜塔莉被吓得跳了起来。进来的是勒罗伊。"嘿，马文叫你们俩进来。泰勒把你的行李箱带回来了。路易斯也带回了好消息。他和乔治发现了那个老巫婆住的地方，然后等她睡着了做了她，还有那个白鬼。"

娜塔莉的心脏狂跳起来。"'做了'是什么意思？"

勒罗伊笑道："就是杀了啊。路易斯趁老巫婆睡觉的时候割断了她的喉管。乔治和赛奇用刀子捅死了白鬼。捅了十几刀呢，伙计。都砍成肉泥了。那狗日的再也不能动灵魂砖厂的人了。"

娜塔莉和金特里面面相觑，跟随勒罗伊进入房间，房里的人都在兴高采烈地庆祝。

路易斯·索拉兹身材魁梧，肤色浅黑，眼睛大而有神。他坐在厨房餐桌的上首，卡拉和另一个年轻女人清理着他脖子上的伤口。他的黄色衬衣上血痕斑斑。

“你脖子怎么了，伙计？”马文问。他刚从楼上下来。“你不是说你割了老巫婆的喉吗？”

路易斯兴奋地点着头。他试图说话，但只能发出含混不清的喉音。最后他好不容易才用嘶哑而微弱的声音说：“不错。白鬼先动手伤了我。”卡拉拍了下路易斯捂住伤口的双手，路易斯把手挪开，卡拉为他包扎。

马文从桌上探过身子。“我听不懂，伙计。你说你趁巫婆睡觉的时候做了她，但白鬼在那之前伤了你？乔治和赛奇他妈的在哪儿？”

“他们留在那儿了，头儿。”

“他们没事吧？”

“没事。乔治想把白鬼的头砍下来，但赛奇说要等等。”

“等什么？”马文说。

“等你啊，头儿。”

娜塔莉和金特里站在人群尾部。她带着狐疑的表情看着罗布，后者在毛毯下面耸了耸肩。

马文双臂抱胸，叹息道：“好吧。路易斯，你从头再说一遍。”

路易斯摸着绑着绷带的脖子，“疼啊，头儿。”

“说！”马文厉声道。

“好的好的。乔治、赛奇和我，我们仨按你说的同别人聊着天。我觉得我们干得很棒，假装什么都没看见，知道吧？然后我们来到德国城，看见她从维斯特老宅附近的餐厅出来。”

“山姆大叔的美味餐厅？”卡尔文问。

“对，就是那个。”路易斯咧嘴一笑，“出来的就是老巫婆本人。”

“就是照片上那个人？”娜塔莉问。所有人都转头看着她，路易斯表情讶异地盯了她很久。娜塔莉怀疑作战会议上女人不应该插嘴。她清了清嗓子，继续说：“我提供的照片帮上忙了吧？”

“是啊。”路易斯用嘶哑的声音说，“但那个白鬼也跟着她。”

“你确定是他？”勒罗伊厉声问。

“当然。”路易斯说，“乔治以前见过他，你记得吧？一个皮包骨头的家伙，头发又长又油。眼神古怪。老巫婆和白鬼，你说咱们这儿还会有第二对这样的人？”

房里的二十五个人哄堂大笑。娜塔莉觉得那是焦虑解除之后轻松的笑声。

“继续。”马文说。

“我们跟上他们，头儿。他们进了一座老房子。我们跟上去。赛奇说叫你来。但我说先观察一下。乔治爬上路边的树，看见老巫婆在睡觉。我说咱们干吧。赛奇说好。他撬开了门，我们进了屋。”

“房子在哪儿？”马文问。

“我带你去，头儿。”

“告诉我。”马文大声说，一把揪住路易斯的衣领。

胖子男孩疼得呜咽起来，捂住了脖子。“在女王巷，头儿。

离主街不远。我带你去，头儿。赛奇和乔治还在那边。”

“接着说。”马文轻声说。

“我们悄悄溜进去。”路易斯说，“当时才四点，你知道吧？但老巫婆已经在楼上的一个堆满玩偶的房子里睡了……”

“玩偶？”

“是啊。像是小孩的房间。但她看上去并不像在睡觉，更像是抽嗨了。”

“精神恍惚？”娜塔莉问。

路易斯看着她：“啊，就是那意思。”

“然后呢？”金特里说。

路易斯对大家咧嘴一笑：“然后我就割断了她的喉管。”

“她死了？”勒罗伊说。

路易斯的嘴咧得更大了：“没错。她死了。”

“那个白鬼呢？”马文问。

“赛奇、乔治和我，我们仨在厨房里找到了他。他正在磨他那把弯刀。”

“镰刀？”娜塔莉问。

“没错。”路易斯说，“他还有一把小刀，知道吧？我们去抢刀子的时候，他用那玩意儿伤了我。然后赛奇和乔治就捅他，把他捅成了马蜂窝，还割了他的喉。”

“他死了？”

“没错。”

“你确定？”

“当然确定。你觉得我们分不清人有没有死吗，头儿？”

马文瞪着路易斯。黑帮首领骇人的蓝眼睛中射出一道怪异的光。“这个白人混蛋杀了我们五个兄弟，包括六英尺两英寸高、脾气暴躁的穆罕默德。你、赛奇和小个子乔治怎么能如此轻松地杀死他？”

路易斯耸耸肩：“我不知道，头儿。女巫婆死了之后，白鬼就没那么可怕了，只是一个皮包骨头的白人小孩。赛奇割断他喉管的时候他还哭呢。”

马文摇了摇头：“我不明白，伙计。听起来太轻松了。没惊动条子吧？”

路易斯瞪着马文：“嘿，头儿，”他最后说，“赛奇让我马上带你过去。你到底要不要去看看？”

“当然要。”马文说，“当然。”

“你不能去。”金特里说。

“为什么？”娜塔莉问，“马文希望我能拍点儿照片。”

“我他妈才不管马文想要什么呢。”金特里说，“你给我待在这儿。”

他们进入二楼的一个凹室，拉上帘子。所有黑帮成员都在楼下。金特里把行李箱带上楼，开始换上灯芯绒裤子和毛衣。娜塔莉看见缠在胸部的绷带渗出了血。“你受伤了。”她说，“你也不应该去。”

“我必须去确认姓福勒的女人是否死了。”

“我也想看看——”

“不行。”金特里在毛衣上套了件羽绒背心，转身面对她。“娜塔莉——”他举起大手，温柔地抚摸着她的脸颊，“求你了。你……你对我很重要。”

娜塔莉轻轻靠拢他，同时避免触碰到他身侧的伤口。她抬头吻他，把脸贴在他的毛衣上，低语道："你对我也很重要，罗布。"

"看清楚之后我立刻回来。"

"可是照片——"

"我用你的尼康相机拍，好吗？"

"行。但我总是感觉——"

"听着，"金特里拉长腔调，一字一顿地说，"这个叫马文的家伙可不是笨蛋。他不会冒险干傻事的。"

"你也别干傻事。"

"不会的。我得走了。"金特里把她拉到面前。她用力搂住金特里，仿佛忘记了金特里断掉的肋骨。两人深吻起来。

娜塔莉从二楼窗户目送一行人离开。路易斯带头，后面跟着马文，勒罗伊，一个名叫卡尔文的高个儿年轻人，一个面色阴沉、年纪较大、名叫特劳特的黑帮成员，一对娜塔莉不认识的双胞胎男孩，以及杰克森。前军医是在其他人出发之后加入进来的。除了路易斯、金特里和杰克森，所有人都携带了武器。卡尔文和勒罗伊把枪管被锯短的霰弹枪藏在宽松的大衣下，特劳特扛着点22口径长管步枪，双胞胎男孩拿着被罗布称作"周六晚间特价菜"的廉价小手枪。金特里让马文归还鲁格尔手枪，但黑帮首领大笑两声，上好子弹，把枪放到了自己的军装夹克的口袋里。他们离开的时候，金特里抬起头，朝她挥了挥尼康相机。

娜塔莉坐在角落里的床垫上，强忍住泪水，脑子里盘算着事态演变的各种可能。

如果梅勒妮·福勒死了，他们可能会活着回来。只是可能。但如果遇到罗布说的那些身居高位的人怎么办？遇到上校怎么办？

还有安东尼·哈罗德。一想到那个蜥蜴眼王八蛋，娜塔莉就怒火中烧。在被哈罗德操控的几分钟里，她感受到他对女人既怕又恨，这令她不禁作呕。她真后悔当时没把那张丑陋的脸踢烂。

楼梯上传来一阵脚步声，她不禁站了起来。

有人出现在楼梯顶端的微光之中。二楼本来只有她一个人。泰勒留下来总负责，一些黑帮成员去通知别的同伙，娜塔莉听见一楼传来的大笑。楼梯顶端的人犹豫着朝娜塔莉走来，娜塔莉瞥见来人的手和脸都是苍白的。

她迅速转身。楼上没有武器。她跑向被一盏吊灯照得通亮的台球桌，拿起台球杆，双手握住杆子，大声问："谁？"

"我。"社区活动中心负责人比尔·伍兹走到灯光下，"抱歉吓到你了。"

娜塔莉稍稍松懈，但并未放下杆子："我还以为你走了呢。"

身体虚弱的牧师俯在桌上，玩弄着白色主球，"哦，我整个下午都在进进出出的。你知道马文和其他孩子们去哪儿了吗？"

"不知道。"

伍兹摇摇头，扶了扶眼镜："这些孩子受到了严重的歧视和剥削。你知不知道，本地区黑人少年的失业率超过百分之九十？"

"不知道。"娜塔莉说。她绕到台球桌另一侧，与这个瘦弱的男人相对，但她觉得对方只是渴望交流。

"主街上的商店和餐馆几乎清一色都是白人开的，大部分是犹太人。"伍兹说，"他们不再住这儿了，但他们还在控制这里的商业。历史仍在重演。"

"你说什么？"娜塔莉问。她估计罗布等人已经到现场了。

如果死去的女人不是梅勒妮·福勒，罗布会做什么？

“我说犹太人。”伍兹说。他坐到台球桌的边缘上，把裤腿扯下去，摸着嘴唇上的小胡子。那条毛茸茸的黑线就像扭曲的毛毛虫。“在美国的城市中，下层人民长期饱受犹太人剥削。你是黑人，普雷斯顿小姐，你应该对此有深刻的认识。”

“我不知道你在说什么。”娜塔莉说，这时楼下突然传来一声巨响。

“天啊！”伍兹大叫，娜塔莉跑到了一扇窗户前。停在路边的两辆废弃的汽车发生了猛烈燃烧。火焰蹿上三十英尺，照亮了对面的空地和荒废的联排房屋，以及北面的铁路路基。十多个黑帮成员跑到人行道上，一边嚷嚷一边挥舞着霰弹枪和其他武器。

“我得回青年活动中心给消防队打电话。”伍兹说，“这儿的电话不能——”

娜塔莉转过头，发现牧师突然打住话头的原因——伍兹正注视着一个站在楼梯顶端的人，后者刚好处在吊灯投射的光圈范围之外。

他年轻而瘦弱，就像一具面无血色的尸体，穿着一件又破又脏的军装夹克，面颊苍白而消瘦，蓬乱的头发盖住了深陷的眼窝。他大张着嘴，但只有一小截粉红的舌头像被斩断了身体的小动物一样，在黑漆漆的洞里蠕动。他拿着一把比自己身高还长的镰刀，向前迈出一步，影子跃上斑驳的石灰墙，足有十英尺高。

“你不是这儿的人。”比尔·伍兹牧师开口道。镰刀带着啸叫划过一道弧线。伍兹的脑袋没有完全脱落——颈部以下的身子慢慢倒下时，肉块和碎骨还松垮垮地连着头颅。鲜血喷溅到台球桌的桌面上，灌满了最近的球袋。长发怪物默默地将镰刀从尸体上拽下来，转头面对娜塔莉。

就在伍兹说人生最后一句话的时候，娜塔莉已经在用台球杆打碎玻璃了。所有窗户上都安装了金属栅栏，她用尽气力大声呼救，被自己的歇斯底里吓到，恢复了理智。窗外的火焰和人群的吵闹掩盖了她的尖叫。没有人抬头。

娜塔莉将台球杆厚重的一端向外，跑到台球桌边。拿着镰刀的怪物步步进逼。娜塔莉向右挪动，两人之间始终隔着台球桌。她朝楼梯方向看了一眼，发现自己绝不可能在被抓住之前跑下楼梯。她两股战战，几欲跌倒。娜塔莉大声尖叫呼救，挥舞台球杆，感觉肾上腺素大量分泌。长发怪物快速向右移动。娜塔莉也快速移动，不让怪物绕过桌子，同时不动声色地朝楼梯靠近。怪物举起镰刀，打碎了吊灯的玻璃灯罩，灯也随之晃动起来。

娜塔莉听见咕嘟咕嘟的水涌声，低头去看，意识到那是趴在桌上的尸体还在从脖子里往外冒血。但血很快就止住了。吊灯每晃动一次，血和台面呢的颜色就从红色和绿色变成黑色和灰色。桌对面的怪物跳起来，似乎要飞过台球桌，挥舞镰刀朝她砍下来。娜塔莉不禁惊声尖叫。

她跳开袭来的利刃，将台球杆像矛一样刺进去。他朝她倒下来，她感觉台球杆的顶端没入了怪物的夹克里。台球杆的底端撞在地板上，她单膝跪地，将杆子当作杠杆，把他从头顶甩过去。

他扑通一声背部着地，趴在地上拿着镰刀朝她的腿砍下来，刀面贴着地板发出嗞嗞的摩擦声。娜塔莉一个挺身，从刀锋两英尺外躲过，朝楼梯跑过去，而怪物打了个滚，也站了起来。

她把台球杆朝他扔去，听见砰的一声，但没有时间去看打没打中。娜塔莉一步三级地跑下楼。身后传来沉重的脚步声。

她跳上走廊，撞上了厨房门口的卡拉，但没有因此停下脚步。

“你要去哪儿，姑娘？”卡拉大声问。

“快跑！”

镰刀刀把从厨房门口射进来，狠狠击中了卡拉的眉心。这个美丽的女孩一声不吭地向后倒去，脑袋撞在炉子底部。娜塔莉砰的关上后门，跳过栏杆，落在下方四英尺结冰的地面上，顺势一滚，爬起来，听见身后的门被猛地撞开。

娜塔莉在夜晚冷冽的空气中狂奔，穿过社区活动中心背后的荒地和一条伸手不见五指的小巷，越过一条街，再进入另一条小巷。她身后的脚步声越来越响，越来越近。她听见沉重的呼吸声，就像野兽在呼呼喘气。

娜塔莉埋下头，继续飞奔。

27

德国城

1980年12月28日，星期天

星期天晚上，科尔本和开普勒开车将托尼·哈罗德送回切斯特纳特山旅馆。恍惚间，哈罗德听见另外两人在谈话。他半躺在后座上，手里拿着冰袋敷住伤口。脑袋里和脖子上的疼痛感时强时弱，他的意识也时而清醒时而模糊。他不清楚为什么约瑟夫·开普勒会来这儿，也不清楚他从何而来。

“要我说的话，这活儿干得很糙。”开普勒说。

“话虽如此，”科尔本说，“但你难道不享受吗？你看见司机把油门踩到底时乘客们的表情了吗？”科尔本孩子似的傻笑了两声。

“现在死了三个平民，伤了五个，还有一辆公交车报废。这一切都得给出合理的解释。”

“海恩斯正在处理。”科尔本说，“这很简单。我们得到了最高层的支持，记得吗？”

“我觉得巴伦特听到这个消息不会高兴的。”

“去他妈的巴伦特。”

哈罗德呻吟着张开嘴。天黑了，街上几乎没有人。车驶过砖块或电车轨道时，痉挛般的疼痛都会随着车身的颠簸而传入颅骨。他试图说话，却发现舌头变大了，不听使唤。他决定闭上眼睛。

“……重要的是让他们待在隔离区里。”科尔本说。

“如果我们不去支援，后果不堪设想。”

“但是我们去了。你觉得我会放心让后座的那个蠢货去完成重要任务？”

哈罗德闭上眼，思索他们说的是谁。开普勒的声音再次传来：“你确定那两个家伙被老头子操控了？”

“你说被威利·波登操控了？”科尔本说，“不，但我们确定那个犹太人被他操控了。巴伦特认为，德国佬在做掉特拉斯科之后，还打算干一票更大的。”

“为什么波登会首先对特拉斯科下手？”

科尔本笑道：“老聂曼派了几个保密检查员去德国杀波登，结果这些人都被装进了尸袋。特拉斯科自己也死于非命。”

“波登为什么会来这儿？来找那个老太婆？”

“谁他妈知道？那些老不死的统统都疯了。”

“你知道波登在哪儿吗？”

“你认为我们知道的话还会这样瞎折腾吗？巴伦特说，姓福勒的婊子是我们最好的诱饵，但我他妈的已经厌倦了等待。让本地警察和媒体不关注这件事可是相当费劲。”

“何况你还把公交车弄成了一堆破铁。”开普勒说。

“不是我，是我们。”科尔本说，随即两人大笑起来。

科尔本和一个她不认识的人扶着托尼·哈罗德进入汽车旅馆

套房的客厅时，玛利亚·陈惊讶地抬起了头。“你老板今晚不自量力了。”科尔本说，松开哈罗德的肩膀，让他跌进沙发里。

哈罗德挣扎着在沙发上坐起来，摇晃了两下，又倒在靠垫里。

“出了什么事？”玛利亚·陈问。

“托尼今晚同一位女士风流快活的时候，被她妒火中烧的男朋友逮了个正着。”科尔本笑道。

“我们让行动中心的医生给他看过了。”另一个男人说，他长得有点儿像查尔顿·赫斯顿。“医生认为他只是有点儿脑震荡，不严重。”

“我们得回去了。”科尔本说，“你的哈罗德搞砸了任务，黑鬼城肯定会闹翻天的。”他指着玛利亚·陈说，“确保他明早十点到指挥车来，听明白了吗？”

玛利亚·陈一言未发，脸上也没有任何表情。科尔本满意地哼了两下，同另一个人离开了房间。

哈罗德当晚依旧神志不清。他模模糊糊地记得在一个铺着地砖的小卫生间里反复呕吐，记得玛利亚·陈温柔地脱下他的衣服，记得冰凉的被单裹住他的身子。有人在半夜把浸了冷水的帕子敷在他额头上。他醒了一次，发现玛利亚·陈睡在他身旁。她穿着白色的胸罩和内裤，皮肤是棕色的。他伸手去摸她，但一阵眩晕袭来，他只好又闭了会儿眼睛。

哈罗德在早上七点醒来，却感觉头痛欲裂。他摸了摸身旁，发现玛利亚·陈已经离开了，于是呻吟着坐了起来。他坐在床沿上，思索着自己身处好莱坞日落大道的哪家旅馆，这时他想起了昨晚发生的事。“操。”哈罗德说。

他用了四十五分钟洗澡、剃须。他几乎确信，自己的脑袋只要一动就会掉下来，而他可不想趴在地上找脑袋。

哈罗德刚穿着橙色睡袍进入卧室，玛利亚·陈就大摇大摆地进了屋。

“早上好。”她说。

“好个屁。”

“天气真好。”

“好个鬼。”

“我从咖啡馆带来一点儿早餐。我们吃点儿东西好不好？”

“闭上你的臭嘴好不好？”

玛利亚·陈微微一笑，将白色的外卖纸袋放在房间远端的餐桌上，从手提包中取出勃朗宁手枪，“托尼，听着，我再次提议我们一起吃早餐，如果你再对我说一个脏字，或者表现出一丁点儿不乐意，我就会把这把枪里所有的子弹都射入冰箱。我猜，这噪声对你现在不稳定的健康状况来说并无益处。”

哈罗德目瞪口呆地看着她：“你敢……”

玛利亚·陈拉动滑套，扳起击铁，瞄准冰箱，半闭着眼睛别开脸。

“等等！”哈罗德喊道。

“你愿意同我吃早餐吗？”

哈罗德举起双手揉太阳穴。“我很乐意。”他最后说。

玛利亚带来四个盖着盖子的泡沫塑料杯。吃完鸡蛋、腌肉、冷薯饼后，他们又各自喝了杯咖啡。

“我愿意拿一万美元出来查出打我的人是谁。”哈罗德说。

玛利亚·陈拿出哈罗德的支票簿和签合同用的高仕钢笔。“你的袭击者是鲍比·乔伊·金特里治安官。他来自查尔斯顿。巴伦特认为他来这儿是为了找那个女孩，而那个女孩来这儿是为了找梅勒妮·福勒。他们所有人都跟威利有关。”

哈罗德放下杯子，用睡袍的口袋盖擦掉洒出来的咖啡。“你他妈的是怎么知道的？”

“是约瑟夫告诉我的。”

“约瑟夫他妈的又是谁？”

“你想让我开枪吗？”玛利亚·陈用一根指头指着冰箱。

“谁是约瑟夫？”

“约瑟夫·开普勒。”

“开普勒。我好像梦见过他来这儿。开普特他妈的来这儿干什么？”

“巴伦特先生昨天派他来的。”玛利亚·陈说，“海恩斯的手下通过无线电报告治安官和女孩逃走的时候，他和科尔本先生就在旅馆外面。巴伦特先生不想让这两人离开。是科尔本先生首先操控了公交车。”

“操控了什么？”

玛利亚·陈又解释了一遍。

“太他妈精彩了。”哈罗德说。他闭上眼，缓缓按摩着头皮。“该死的警察让我脑袋上冒出了鸭蛋大的包。他狗日的到底是用什么东西打的我？”

“他的拳头。”

“没开玩笑？”

“没开玩笑。”玛利亚·陈说。

哈罗德睁开眼："这都是痔疮男J. P. 开普勒告诉你的？你昨晚和他睡了？"

"约瑟夫和我今早一起去慢跑了。"

"他住在这儿？"

"1010号房间。隔壁住着海恩斯和科尔本先生。"

哈罗德站起来，晃了两下，蹒跚着走向厕所。

玛利亚·陈说："科尔本先生要求你上午十点去指挥车。"

哈罗德咧嘴一笑，折回来，拿起手枪，说："让他去死吧。"

电话铃于十点十三分响起。十点十五分三十秒，托尼·哈罗德从床上坐起来，摸到了电话："喂？"

"哈罗德，你他妈的给我过来。"

"查克？是你吗？"

"是。"

"去死吧，查克。"

玛利亚·陈接起那晚打来的第二通电话。哈罗德刚穿好衣服，准备出去吃晚饭。

"我觉得你应该接听这通电话，托尼。"她说。

哈罗德抓住话筒："喂，怎么了？"

"你会对我们的发现感兴趣的。"开普勒说。

"什么发现？"

"昨晚偷袭你的治安官开始行动了。"

"在哪儿？"

"来指挥车，我们告诉你。"

“你他妈能派辆车来吗？”

“留守汽车旅馆的探员会开车送你过来。”

“好。”哈罗德说，“别让那个猪头跑了。我要跟他算账。”

“那你最好快点儿。”开普勒说。

哈罗德迈进狭窄的控制室时，漆黑的天空中雪花曼舞。开普勒正俯身观看屏幕中的视频，见他们进来，抬头说：“晚上好，托尼、陈女士。”

“该死的警察在哪儿？”哈罗德问。

开普勒指着显示安妮·毕晓普的家和一条空巷子的屏幕，“二十分钟前，他们经过了女王巷中的蓝队监控站。”

“他现在在哪儿？”

“我们不知道。科尔本的人没有跟上他们。”

“没有跟上？”哈罗德说，“老天。科尔本在这个地区可有三四十个探员——”

“近百人。”开普勒打断道，“华盛顿今早派来了增援。”

“一百个该死的联邦调查局探员，却没有在全是黑鬼的贫民区跟上一个白人胖警察？”

操作台边的几个人不悦地抬起头，开普勒示意哈罗德和玛利亚·陈进科尔本的办公室。门关上后，开普勒说：“金队受命跟踪治安官和同他一起的年轻黑人。但金队的监控车临时出了状况，导致他们无法执行任务。”

“什么状况？”

“他们待在伪装的美国电话电报公司的车里，有人扎破了车胎。”

哈罗德失声大笑：“他们为什么不走路跟踪？”

开普勒在科尔本的座椅里往后一靠，双手十指交叉放在肚子上：“首先，因为金队的值班队员都是白人，在黑人区行动会显得十分可疑。其次，他们接到的命令是不能离开监控车。”

“为什么？”

开普勒淡淡一笑：“那一带治安状况极差。科尔本和其他人担心车会被抢走。”

哈罗德狂笑不已，最后说：“查克这会儿在哪儿？”

开普勒对北面墙边控制台上的一部无线电通话器点点头，噼噼啪啪的噪声和含混不清的通话声从机器里传出来，“他在直升机里。”

“难怪。”哈罗德说，然后双臂抱胸，皱眉道，“我想看看这个该死的治安官长什么样。”

开普勒摁下内部通话按钮，轻声说了两句。三十秒后，控制台上的一块屏幕亮了，显示金特里跟着一队人从镜头前经过。夜视镜头给画面蒙上了一层绿白色的薄纱，但哈罗德还是从一群年轻黑人中认出了那个大块头白人。苍白的数字在屏幕下方跳动，显示出拍摄的时间。

“我很快就会又见到他。”哈罗德低声说。

“我们还有一队人在步行搜寻。”开普勒说，“我们非常肯定，所有人都会回到社区活动中心，那里是黑帮的聚集地。”

突然，无线电频段监控器开始嗞嗞作响，开普勒打开无线电通话器。查尔斯·科尔本的声音已经兴奋得颤抖起来：“红队队长呼叫城堡，红队队长呼叫城堡。一号黑鬼洞附近的街上有一处起火。重复，一号黑鬼洞附近的街上有一处——不对，有两处起火。”

“一号黑鬼洞是什么？”玛利亚·陈问。

“社区活动中心。”开普勒说，切换着监控屏幕上的画面。“我刚才说到的黑帮聚会的古老大宅子，查尔斯管它叫一号黑鬼洞。”屏幕上显示出半个街区外的火焰。摄像机似乎位于停在街边的车里。夜视装置将两辆燃烧的汽车变成了两团跳跃的火光，充斥着整个屏幕，直到有人切换了镜头。虽然光线昏暗了不少，但仍能看见人影从房子里跑出，挥舞着武器。开普勒打开音频。“……呃……红队队长，这里是一号黑鬼洞附近的绿队。没有发现入侵者。”

“该死。”科尔本的声音传来，“叫黄队和灰队坚守岗位。紫队，北面有人来吗？”

“没有，红队队长。”

“城堡，你听见了吗？”

“听见了，红队队长。”活动房屋控制室里的探员厌恶地答道。

“把昨天我们用过的急救车开过去，在惊动消防队之前把火扑灭。”

“是，红队队长。”

“什么急救车？”哈罗德问开普勒。

“科尔本从纽约带来的。本次行动之所以每天消耗二十万美元，这辆车是原因之一。”

哈罗德摇了摇头：“一百个联邦调查局探员、直升机、急救车，动用这么多人力物力，就是为了逮住两个牙都掉光了的老家伙。”

“也许没掉光。”开普勒说，把脚放在科尔本的桌上，悠然自得地说，“他们中至少有一个还能咬人哩。”

哈罗德和玛利亚·陈在椅子上转过身，靠在椅背上欣赏这场好戏。

星期二上午，科尔本决定上午九点在五千英尺高空召开会议。哈罗德表现出反感，但还是登上了直升机。开普勒和玛利亚·陈相视而笑。两人脸上还带着一丝红晕，因为他们刚在切斯特纳特山上跑了六英里。理查德·海恩斯坐在副驾驶的位置上，戴着飞行眼镜的免控者飞行员面无表情。科尔本在活动座椅上转过来，面对后排座上的三人。直升机先向南朝河边和费尔蒙特公园飞，然后向东前往高速公路，再向北向西飞向德国城。

“我们仍然不知道昨晚的火并是怎么回事。”科尔本说，“黑鬼们自相残杀。也许威利或者那个老婊子也牵扯其中。不过，这里不断攀升的伤亡率促使巴伦特做出了抉择。他向我们下达了指令。行动可以展开了。”

“太好了。”哈罗德说，“因为我今晚就会离开这个鬼地方。”

“不行。”科尔本说，“我们必须在四十八小时内逼你的朋友威利现身。然后我们再对付那个姓福勒的婊子。”

“你甚至都不知道威利是不是在这儿。”哈罗德说，“我还是认为他死了。”

科尔本摇摇头，抬起一根手指指着哈罗德：“你说谎。那个老混蛋就在这里策划着阴谋，这一点你同我们一样心知肚明。我们不知道姓福勒的女人是不是他的同伙，但到星期四上午，这一切都不再重要了。”

“为什么要等那么久？”开普勒问，“哈罗德来了。你的人都就各位了。”

科尔本耸耸肩。“巴伦特想利用那个犹太人。如果威利咬钩，我们就会立刻行动。如果他不咬钩，我们就会干掉犹太人和老太太，然后观察事态如何发展。”

“什么犹太人？”托尼·哈罗德问。

“你的老朋友威利很久之前操控过的一个人。”科尔本说，“巴伦特调教了他，打算放他出去对付那个德国佬。”

“别说威利是我的朋友。”哈罗德怒斥道。

“好啊。”科尔本说，“你的老板是不是更好听点儿？”

“你们别斗嘴了。”开普勒冷冷地说，“把行动计划告诉哈罗德。”

科尔本探出身子，对飞行员说了些话。他们悬停在灰褐色的德国城之上。“星期四上午，我们会封锁整个德国城。”科尔本说，“不准进，也不准出。我们会精准定位姓福勒的女人的位置。一般情况下，她都待在德国城大道上的格朗布索普过夜。海恩斯会率领战术小分队强行进入，控制住姓毕晓普的女人和福勒操控的那个孩子。然后就轮到你上场了，托尼。你来对付落单的福勒。”

哈罗德双臂抱胸，俯瞰着空荡荡的街道。“然后干什么？”

“然后你干掉她。”

“就这么简单？”

“就这么简单，哈罗德。巴伦特说，你可以操控任何你想操控的人，但你别指望我们帮你。”

“为什么必须是我？”

“会费，哈罗德。你得交会费。”

“我还以为你要审讯她呢。”

开普勒说：“我们考虑过，但巴伦特先生认为消除她更重要。我们的真正目标是逼那个德国佬现身。”

哈罗德咬着大拇指，俯瞰着屋顶。“如果我没有……没有消除她会如何？”

科尔本微微一笑。“那样的话，我们就会亲自动手，而你也将丧失入会资格。这会让我们大家都伤心的，哈罗德。”

“但我们还有犹太人可以利用。”开普勒说，“我们不知道那样做会带来什么结果。”

“你们什么时候开始利用犹太人？”哈罗德问。

科尔本看了眼手表。“已经开始了。”他说，示意飞行员降低高度，“想看看下面发生了什么吗？”

28

梅勒妮

我们度过了一个平静的周末。

星期天，安妮为我们三人烹制了可靠的菜肴。酿猪排味道鲜美，但我发现她喜欢把蔬菜炖得过烂。文森特收拾桌子，安妮和我则用她最好的瓷杯饮茶。查尔斯顿家中我自己的玮致活瓷器已经蒙灰了吧，想到这里，我就不仅怅然若失，心头泛起淡淡的乡愁。

我那晚太累了，没有精力操控文森特出去，尽管我对那张照片始终放心不下。一切都可以等等再说。更重要的是育儿室里的声音。那声音一晚比一晚清晰，现在几乎可以分辨它的内容了。前天晚上，我在睡觉之前给文森特洗完澡，然后发现自己竟然能听出那声音至少是三个人发出的——一个男孩，两个女孩。在有两个世纪历史的育儿室里听见孩子的声音也并非全无可能。

星期天晚上，九点过后，安妮和文森特同我回到格朗布索普。附近响起了凄厉的警报声。关好门窗后，我将安妮留在门廊，文森特留在厨房，独自上了楼。那天晚上十分寒冷。我爬到被子下，注视着取暖器里烧得通红的铁丝。真人大小的男孩人体模型的眼睛反射着红光，他所剩无几的头发也被染成了橙色。

墙后的声音异常清晰。

星期一，我将文森特派了出去。

文森特带着我从亚特兰大出租车司机家借的匕首和转轮手枪。他在一辆被遗弃的轿车的破烂后座里蹲了几个小时，看着路过的年轻黑人。有一次，一个满脸胡茬的醉汉把脑袋伸进后排窗户，大叫了几声。但文森特张开嘴，发出嘶嘶的嘘声，醉汉离开消失了。

终于，文森特发现了一个他认识的人。是星期六晚上逃掉的那个男孩。他同一个大块头的少年和一个年纪偏大的男孩走在一起。文森特等他们走出一个街区后才跟上去。

他们从安妮家经过，继续往南，进入火车高架桥下的人造峡谷，来到一幢位于东西走向的街上被遗弃的公寓楼。那座楼拙劣地模仿了南北战争之前的建筑风格，四根不成比例的柱子支撑着平坦的挑檐，高高的窗户上的窗楣都腐朽了，一段残破的锻铁栅栏中荒草凄凄，生锈的锡罐散落其间。一楼的窗户上钉着木板，主门上拴着锁链，但男孩们来到一扇窗栏被扳开、窗框被打烂的地下室窗户前，钻了进去。

文森特慢跑回四个街区外的安妮家，我让他取走安妮床上的大羽毛枕头，塞进特大号帆布背包，又慢跑回那座公寓楼。天空是铅灰的，阳光是慵懒的，雪片漫无目的地飘舞着。空气中充斥着汽车尾气和雪茄烟的余味。街上几乎没有车。一辆列车从旁经过，文森特将背包塞进窗户，自己跟着爬了进去。

男孩们在三楼，蹲在地上围成一个紧密的圈，四周是掉落的石灰碎屑和一摊摊融化的冰水。窗户被砸烂了，透过天花板上的缝隙可以瞥见灰色的天空。墙上画满涂鸦。三个男孩都双膝跪地，拿着勺子在酒精罐上加热，用膜拜的眼神看着勺中冒着泡的白粉。他们裸露着左臂，橡胶管紧扎在二头肌上。注射器放在他们面前的脏毯子上。透过文森特的眼睛，我发现这里在举行圣礼——城中黑鬼在绝望中祈求解脱的最神圣的仪式。

两个男孩抬起头，看见文森特从藏身处走出来，将枕头像盾牌一样举在身前。那个年轻的男孩——星期六晚上逃掉的那个——大叫起来，文森特径直将子弹送入他的嘴。羽毛像雪片一样飘舞，空气中弥漫着枕套烧煳的味道。年纪稍大的男孩转身，双膝曳地而行，双手在石灰碎块里乱摸。文森特又开了两枪，第一枪将男孩打翻在地，第二枪打偏了。男孩捂住自己的肚子蜷缩在地上打滚，仿佛沙滩上搁浅的海洋生物。文森特将枕头用力按在黑鬼写满惊恐的脸上，枪管顶进枕头里，又开了一枪。男孩在一阵剧烈的抽搐后不动了。

文森特举起转轮手枪，转身面对第三个男孩。他是体型最魁梧的那个。他继续跪在原地，就连注射器都留在左臂上，眼珠子瞪得都快掉出来了。那张胖乎乎的黑脸上浮现出教徒般的敬畏。

文森特将手枪放进夹克口袋，打开长匕首。男孩动了起来，但非常缓慢，仿佛置身水下一般。文森特踹中他的额头，他向后倒下，文森特跪在他的胸口上。注射器掉在脏地板上。文森特将刀尖扎入男孩的喉结右侧。

这时我才意识到我忘了一件事。我的大部分精力都用在控制文森特身上，但我还需要让这个黑人男孩告诉我照片的事——是谁把照片带来费城的？怎么会落到这个黑人废物手中？他们拿照片干什么？但文森特无法张嘴发问。我考虑过直接操控这个黑人男孩，但现在我已经不具备这个能力了。尽管难度很大，但操控你从未亲眼见过的人是可行的。之前我曾操控过这样的人帮我跑腿，但这一次我面临着两重困难。首先，同时操控并审讯某人几乎是不可能的。尽管他们的思想仍不时会有闪光，尤其是在刚被操控的那一刹那，但操控的前提就是压制他们的自主意识，所以他们会丧失理性思维的能力。我一旦操控了那个胖黑鬼，就无法读取他的思想，就像他无法读取我的思想一样。操控他就如同搭乘一辆令人恶心但又不得不坐的车做短途旅行，车可以带我去目的地，但它不会回答我的问题。其次，如果我分神去操控黑人男孩——或许操控他返回安妮家——文森特就可能抑制不住冲动，割断男孩的喉管。

我陷入了困境。

最终，我让文森特把男孩控制在原地，然后派安妮过去。我不习惯独处，即使在格朗布索普也一样，但我别无选择。我不打算把男孩带回安妮家或我这儿，以免他或文森特被人发现。

安妮开着德索托去，将车停在街边，小心翼翼地锁好车门。她很难爬进地下室的窗户，所以我让文森特拖着大块头男孩下楼，两人一起撬开了一扇便门的锁。安妮开始审讯的时候，一楼已经几乎伸手不见五指了。

“照片是从哪儿来的？”

男孩眼睛瞪得更大了，舔了舔嘴唇。“什么照片？”

文森特在男孩肚子上狠狠来了一拳。黑鬼呻吟着扭曲起来。文森特将匕首顶在他已被割出口子的脖子上。

“那张老太太的照片。星期天死的一个男孩带在身上来着。”她柔声说。拜先前的调教所赐，操控文森特的同时可以毫不费力地支配她。

“你是说那个老巫婆？”男孩用嘶哑的声音问，“但你不是她啊！”

安妮和我都笑了：“谁是老巫婆？”

男孩艰难地吞了口唾液，表情相当滑稽。“就是操控白鬼——操控这家伙的老太太。那个女人是这么说的。”

“什么女人？”

“一个口音古怪的女人。”

“怎么古怪？”

“就像……”他上气不接下气，仿佛刚完成百米冲刺，“就像那个白人肥佬。他们都是从南边来的。”

“照片是她带来的？还是那个……肥胖的警察？”

“她带来的。就在前天。她是来找老巫婆的。马文看了照片，立刻就想起来了。现在我们都在找呢。”

“找照片中的女人？那个……巫婆？”

“是啊。”男孩开始扭曲起来。文森特用手掌根猛击他的脑侧，将他打翻在地，然后往墙上猛撞了两下，抓住他的衬衣衣襟，将他拎起来。刀尖离黑鬼的眼睛只有一英寸。

“我们接着谈。”安妮柔声道，“你把我想知道的一切都告诉我。”

男孩没有反抗。

最后，我把文森特支出了屋，开始操控那个男孩。几乎易如反掌。我模仿不了他那吊儿郎当的走路方式，但我没必要那么做。更重要的是他的说话方式——语气、用词、句法。我让他同安妮谈了一个多小时，然后才直接操控他。他根本没有像样的抵抗。起初我需要很费力才能用他的声音和语气说话，但随着我逐渐放松，任由男孩的下意识主导发音，我渐渐地熟稔了他那套俚语方言。我想没有人会听出有什么不对劲。

安妮开车将文森特和那个名叫路易斯的男孩放在格朗布索普附近。文森特消失了几分钟，带回了转轮手枪的子弹。我让路易斯返回他们的社区活动中心，文森特通过隧道进入屋内，安妮把车停进了女王巷她家后面的车库。

路易斯轻而易举地骗过了其他黑帮成员。有一两次，我感觉自己对路易斯的操控松懈了片刻，便立刻用喉咙上的伤情加以掩饰。我第一眼就认出了黑帮首领马文。圣诞节前夜，我躺在狗屎里的时候，他就是用那双蓝色的眸子毫无怜悯地盯着我。我期待着找这个男孩算账。

讨论过程中，就在我开始认为一切尽在掌控的时候，人群后部的一个黑人女孩说："就是照片上那个人？"我惊得差点儿松脱了对路易斯的控制。她说起话来没有平板、恶心的北方腔。那是来自我家乡的声音。在她旁边，有一个可笑地裹在毛毯中的白人胖子，看上去异常眼熟。一分钟后，我意识到他肯定也来自查尔斯顿。我好像很多年前在霍奇斯夫人的晚报上见过他的照片，在一篇关于选举的文章里。

"听起来太轻松了，"马文说，"没惊动条子吧？"

他说的是警察。通过审问路易斯，我得知附近来了不少便衣警察。我同他都不清楚为什么他们会出现在这里，但我猜之前被消除的五个人——尽管他们只是命如草芥的黑帮成员——多多少少引起了警方的注意。"条子"这个词相当粗鄙，但这让我茅塞顿开。这个红脸的白人是查尔斯顿的警察——准确地说，是治安官，如果我没记错的话。几年前，我曾读过一篇关于他的文章。

“嘿，头儿，”我让路易斯对马文说，“赛奇让我马上带你过去。你到底要不要去看看？”

来自查尔斯顿的这两个人和附近无数的便衣令我焦虑不已，但这种焦虑被近乎狂喜的激动所抵消。我太兴奋了。随着游戏的进行，我感觉自己正变得越来越年轻。

时间点的把控非常巧妙。路易斯带着黑帮首领、我记不起名字的治安官和其他六人进入公寓楼附近的街道时，文森特引爆了安置在废弃车辆中的汽油弹。我的意志当时已经从路易斯转移到文森特身上。我操控文森特跑步绕到社区活动中心背后，干掉留在后门廊上唯一一个黑帮成员，然后拿着长柄镰刀上了楼。

我本希望那个女孩能同路易斯和其他人离开。那会让我省不少力气，但我很早就学会了抛弃幻想，面对现实。我想让那个女孩活着。

我同女孩在社区活动中心的二楼进行了混战。我努力控制文森特，以免他过于粗暴，这时我又被迫去关照路易斯那边。由于这短暂的分神，女孩逃到了房子背后的街上。我让文森特追上去，将注意力转移到路易斯身上。他这时正站在公寓楼附近的人行道上，身体左摇右晃。

“你他妈怎么了，伙计？”黑帮首领的名字好像叫马文。

“没什么，头儿。”我让路易斯说，“喉咙痛。”

“你确定他们在这儿？”那个叫勒罗伊的人问，“我什么都没听见啊。”

“他们在后门。”我让路易斯说。白人治安官站在这个街区唯一一盏亮着的街灯旁。据我观察，他没有携带武器，只是拿着霍奇斯先生常常摆弄的那部照相机。两辆短途列车呼啸而过，消失在水泥山谷的尽头。

“便门是打开的。”路易斯说，“来吧，我带你们去。”他先前已经拉下了夹克拉链。毛衣和粗糙的羊毛衬衫下，传来出租车司机的转轮手枪的冰冷触觉。先前穿过黑巷子的时候，文森特已经给枪上了子弹。

马文犹豫不决。“不。”他说，“勒罗伊、杰克森、他和我进去。”他竖起大拇指指着治安官，“路易斯，你同卡尔文、特劳特、双胞胎G. R. 和G. B. 留在这儿。”

我让路易斯耸耸肩。治安官盯了我好一会儿才转身跟上马文和其他两人，绕到便门去。“他们在三楼！”我让路易斯在他们身后大喊，“在后门！”

他们消失在大雪纷飞的夜色之中。我的时间不多了。此时此刻，我的意识被分为三份：第一份感受着育儿室里暖炉的光芒和人体模型的目光；第二份控制着文森特在黑暗的小巷里奔跑，听着前方猎物沉重的喘息；第三份则要关照路易斯，因为那个叫卡尔文的男孩跺着脚说：“操，冷死了。伙计，你有东西可以抽吗？”

“有啊。”我让路易斯说，“我这儿有好东西。”他把手伸进衬衣，取出手枪，从两英尺外朝卡尔文的肚子开枪。高个儿男孩没有倒地，而是往后踉跄了几步，用手捂住面前外套上的孔洞，喃喃道：“我操……”双胞胎看到这一幕，连忙转身跑回女王巷。名叫特劳特的二十岁男人从大衣下抽出长管转轮手枪。路易斯转过身，举起枪，射中了特劳特的左眼。枪声响彻寒夜。

卡尔文跪倒在街上，双手捧着肚子，看起来无比愤怒。他在我打算离开时抓住路易斯的腿："我操，你为啥这么干？"

双胞胎朝女王巷停着的车跑去，从那里传来三声尖厉的闷响，路易斯感觉有东西击中了左上臂。我切断了痛感，让受伤处陷入麻木状态。他举枪朝子弹射来的方向开枪，把弹匣中的子弹都打光了。有人尖叫起来，然后又是一枪射来，但没有击中任何东西。

我让路易斯丢掉转轮手枪，撕开卡尔文的大衣，抽出霰弹枪，走到特劳特身边，掰开后者紧握的手指，取走手枪。女王巷又传来三声枪响，子弹射入卡尔文的声音就像是锤子砸在牛肉上。不可思议的是，高个儿男孩仍然死死地抱着路易斯的腿。"操，为什么？"他反复轻声念叨着。路易斯将他推开，将手枪揣进外套口袋，举起枪管被锯短的霰弹枪，朝公寓楼侧面跑去。女王巷方向没有再响起枪声。

文森特将女孩逼进了距离德国城大道不远的一座漆黑的联排房屋里。他站在门口，听见她在房屋后部被烧成炭的木头和垮塌的楼梯上摸爬。窗户上钉着木板。据他所知，这座楼里只有一道门。我最大限度地动用念控力，让文森特进入房内，蹲在黑暗之中，一边侧耳倾听，一边嗅着空气中那个女人发出的微弱但香甜的恐惧味道，长柄镰刀在手中轻轻前后挥舞。

路易斯闪进公寓楼的侧门，以免被人发觉。楼里的人肯定已经听见了枪声，或者发现了三楼的尸体。

路易斯快步穿过走廊，没有人开枪。他在第一个房间外停下，朝里窥探。房间里没有灯。主楼梯方向传来了响动，路易斯操起霰弹枪就射，后坐力把他的右臂震得弹了起来。他将短枪托顶在大腿上，泵入一发子弹，然后蹲下来，凝望着远端的阴影。

在这一瞬间，两个年轻男人的感知在我的意志中重叠——文森特和路易斯，两人相距一英里以上，几乎以相同的姿势蹲着，聚精会神地捕捉着细微的声响。接着，闪光和咆哮同时从黑暗中传出，灰泥块砸在路易斯的脸上，文森特和我条件反射般地缩了一下。我让路易斯站起身，朝闪光跑去，开枪，停下，再泵入子弹，继续跑。

堆满垃圾的楼梯上响起了脚步声。有人在二楼大叫。

路易斯蹲在楼梯底部，我的大脑飞速转动。显然路易斯已经不堪使用了，他的左上臂中了弹，行动能力已大幅下降。虽然我很乐意操控楼里的另一个人，但那样会顾此失彼。我既要让安妮在格朗布索普的一楼保持警惕，又要让文森特在联排房屋中守株待兔，还要让路易斯继续攻击。我想操控那个蓝眼黑鬼的意志，非常想。我还想再看到治安官，尽量靠近他。我有问题要问他，得到答案之后我可能还会利用他。

楼梯平台上闪出一支手枪，楼梯栏杆被子弹打得木屑横飞。路易斯蹲得更深了。对方有四人。马文有一把硕大的转轮手枪，在社区活动中心的时候，他大笑着拒绝把枪还给警长；勒罗伊有一支枪管被锯短的霰弹枪，同路易斯手中那把一模一样；治安官表面上没有任何武器；年纪偏大的黑鬼杰克森背着一个蓝色背包；年轻的双胞胎G. B. 和G. R. 可能正拿着廉价小手枪往回赶。

跑上楼梯，一下踩空了一级楼梯，向前栽倒在二楼的楼梯平台上。十五英尺外，霰弹枪开了火。

子弹撕开了路易斯的头皮和脸颊。我切断了痛感，但用手背碰了碰脸颊和左耳。左耳不见了。路易斯伸直手臂，朝闪光的方向扣动了霰弹枪扳机。

“该死！”一个黑人口音高喊道，我猜那是勒罗伊。

有人从相对的方向用手枪射击，子弹击穿了路易斯的小腿，射入栏杆挡板中。我让路易斯朝手枪闪光的方向冲去，将霰弹枪顶在胸膛泵入子弹。有人朝黑暗的走廊远端跑去，球拍之类的东西从手中滑落。路易斯停下脚步，发现黑暗背景中一个浅色的人影，举起了霰弹枪。那个人影在路易斯开枪的同时滚向一扇方形的木门。借助枪口闪光，可以看见木门被轰开，但叫马文的人也随之消失不见。

路易斯泵入子弹，持枪的手臂绕过拐角，扣动了扳机。什么反应都没有。他又泵入子弹开枪，还是没有反应。我让他丢掉了这把无用的武器，但有人又用手枪击中了路易斯的左锁骨，他的身子被打得转了个圈，撞到一面墙上，瘫倒在地。他顺势抽出长管手枪。另一发子弹射来，但打在了路易斯头顶三英尺的墙里。我帮他仔细瞄准——不偏不倚地对准枪口闪光的方位。

枪没有响。路易斯摸索着保险栓，发现了拉杆，推下去，朝角落里开了两枪，然后侧身压在废掉的胳膊上，挣扎着站起来。

路易斯撞上了什么人，不禁倒抽一口凉气，同时听见对方惊呼了一声。两人倒在角落中。从对方的体型判断，我猜他是治安官。我举起枪，顶在他的胸口。

视野中突然出现一道白色闪光。路易斯连忙后退，我看见治安官站在那儿，按下了照相机的电子闪光按钮——第二下，第三下。路易斯使劲眨眼，试图消除视网膜上的蓝色残影。我强迫他转过身，举枪对准治安官，但太晚了。就在我们努力从蓝色迷雾中分辨人影时，蹲在地上的黑帮首领双手紧握大转轮手枪，朝我们开了两枪。

第一发子弹击中路易斯的腹股沟，第二发子弹击碎了他的肋骨。我没有感到痛苦，只是觉得身子一震。倘若第三发子弹没有打中他的脸，我也许还能继续操控他。

一阵嘈杂的噪声过后，我丧失了同路易斯的连接。我之前经历过许多次受控者突然死亡的情形，一直都是这样令人不安，就像正通着电话却突然断线了一样。

我休息了片刻。然后，我听见了煤油炉的嗞嗞声，看到了真人大小的人体模型那张布满疥癣的脸。这时，育儿室墙中的耳语变得清晰可闻。“**梅勒妮，**”他们呼唤着，“**梅勒妮，有危险。听我们的。**”

我一边倾听，一边把注意力转向文森特。

充斥着煤灰味的联排房屋深处的摸索声几乎停了下来。女孩无路可逃了。

我感觉肾上腺素进入文森特强壮的躯体，驱使他站起来，操起象征死亡的镰刀，穿过黑暗，静静地、稳稳地朝她走去。

29

德国城

1980年12月29日，星期一

他们星期一下午为索尔·拉斯基做了手术。他昏迷了大概二十分钟，然后眩晕了一个小时。当他恢复神智以后，他发现自己还是在那个小囚室里。自从星期天上午开始，他就一直被关在这里。他揭开伤口上的纱布，观察切口。

他们切开了他左下臂中肉较多的部分，大概在集中营囚犯编号文身上的三英寸处。手术进行得非常成功，切口被谨慎地缝合起来。尽管术后的疼痛和肿胀是正常的，但索尔还是看到了一个从未有过的包块。他们在他前臂的大块肌肉之下嵌入了一个厚硬币大小的东西。索尔把纱布盖回去，躺在床上思索起来。

他有大把时间来思考。他们没有释放他，也没有在星期天上午利用他，这出乎他的意料。但他知道，他们把他带到费城来肯定是有理由的。

直升机降落在一个大机场的偏远地带，索尔被蒙上眼睛，转移到一辆豪华轿车里。车走走停停，窗外隐隐传来街市的喧闹，他判断他们是在经过城市商业区。有一次，他听见了车胎从金属桥面碾过时发出的嘎吱声音。

车摇摇晃晃地驶过一个路面坑洼的区域，然后停了下来。如果没有偶尔听到的城市里独特的声响——遥远的警笛、人群的呼喊、加速的短途区间列车——索尔会以为他们来到了偏僻的乡村。看来，这里应该是城中一块破败的区域。空地？工地？公园？他被领着走上三级台阶，穿过一扇门，向右进入一条狭窄的走廊，再次右转。他有两次撞上了墙，墙的质感和撞击在小屋中的回声让他相信，他来到了拖车式活动房屋中。

这里的囚室比华盛顿的那个更坚固，更有特点。里面有一张简易床，一个化学剂马桶，一扇通风窗——窗户中不时传出低语和笑声。索尔渴望能读到一本书。他的身体几乎能适应各种环境，但他一天不看书就会很难受。他记得在罗兹的隔离区里，他的父亲主动收集图书，建立了一个可以外借图书的图书馆。有时候，被赶往集中营的人也把书带走了，索尔的父亲就叹息着将书目上的相应书名划掉。但通常情况下，疲惫的男人和眼神悲伤的女人会虔诚地将书还回来，有时候还夹着书签。“你们回来之后可以接着再看。”索尔的父亲会说，对方则会点点头。

科尔本进来了两三次，三心二意地审讯了一番，但索尔觉得那人对自己并无兴趣。同索尔一样，科尔本在等待着什么。所有活动房屋中的人都在等待。索尔感觉得到。但他们在等待什么呢？

索尔用这段时间思考。他想到了上校、梅勒妮·福勒、科尔本、巴伦特，还有不知道姓名的其他人。他奋斗了这么多年，却犯了一个根本的致命错误。他认为，如果他能明白这些恶魔的心理，就能将他们治愈。他意识到，他之所以孜孜不倦地寻找上校，并非仅仅是为了抹平自己的心理创伤，还带有强烈的科学探索性质，就像疾病控制中心的免疫学家锲而不舍地提取新的致命病毒一样。从寻找到明白再到治疗，这一过程充满乐趣，能激发智力上的愉悦感。

然而，恶魔身上的病毒却没有抗生素可以治愈。

很多年前，索尔就熟悉劳伦斯·柯尔伯格[①]的研究和理论。科尔伯格毕生致力研究伦理和道德发展理论。对于一个专攻战后心理治疗理论的精神病医生来说，科尔伯格的思想看似简单得近乎幼稚，但躺在囚室中静听换气机嗡鸣时，索尔意识到，科尔伯格的道德发展理论恰好可以用来解释索尔目前面临的处境。

柯尔伯格发现，道德发展分为七个阶段——不同的文明、时间和空间都适用。第一阶段是婴儿——没有善恶观念，所有行为都出自需求和欲望，只受负面刺激的约束。伦理判断基于趋利避害的先天本能。第二阶段，人会通过接受权威来对“对与错”做出反应。“大人物”的观点左右了道德选择。到第三阶段，人会受规则的约束。“我按规矩办事。”第四阶段，伦理由大多数人支配。第五阶段，为了确立和捍卫维护大众利益的法律，或者捍卫异见者的合法权利，人会甘愿牺牲生命。第五阶段的人将会是出色的美国公民自由协会律师。索尔在纽约就扮演了第五阶段的角色。第六阶段的人则可以超越第五阶段对法律的尊重，着眼于公共利益和更高的伦理实体，不受民族、文化和社会的约束。第七阶段的人则只遵守宇宙法则，能达到这一境界的人凤毛麟角，代表是耶稣、甘地和佛陀。

柯尔伯格是一位理论家——索尔同他本人见过几次，十分欣赏

① 劳伦斯·柯尔伯格（Lawrence Kohlberg，1927—1987），美国心理学家，以道德发展阶段理论著称。

他孩子似的幽默感——他甚至乐于道破自身理论的自相矛盾之处。在纽约城市大学亨特学院的一次鸡尾酒会上，科尔伯格曾说，美国是一个第五阶段国家，其创立者是一群世所罕见的第六阶段者，但其国民则主要处在第四阶段和第三阶段。柯尔伯格强调，我们在日常抉择中一般会低于我们的最高道德发展阶段，而我们从不会超越我们的道德发展阶段。柯尔伯格哀伤地指出，所有第七阶段者的教诲最终都会土崩瓦解。基督将衣钵传给了第三阶段的保罗，而佛陀的继任者们从未超过甚至极少达到第六阶段。

然而，柯尔伯格对他后来的研究则异常严肃。他发现，实际上还存在着一个“零阶段”。尽管他起初震惊得不敢相信，但最终慢慢接受。世界上存在着毫无道德感的人，他们就连胎儿阶段的道德感都不具备，趋利避害的基本逻辑在他们身上完全不适用。他们几乎可以说不是人。

零阶段者可以到街上随便枪杀行人，然后若无其事地走开，不带半点愧疚与悔意。零阶段者不愿被抓住或被惩罚，但并不将自己的行为建立在避免惩罚之上。他们之所以犯罪，并不是因为犯罪带来的愉悦超越了对惩罚的畏惧。他们无法区分犯罪行为和日常行为。他们道德意识一片空白。数以百计的研究者验证了科尔伯格的假设，得出了可靠的数据和确切的结论。在任意时间段的任意文明当中，有百分之一到二的人处于道德发展的零阶段。

星期一下午，他们又来了。科尔本和海恩斯按住索尔，第三个人给他注射针剂。三分钟后他就丧失了意识。醒来之后，他头痛欲裂，左臂发麻。他的身体中被植入了某种东西。

索尔检查了切口，耸耸肩，翻过身，陷入沉思。

星期二的某个时间点——他不知道具体是什么时间——他们释放了他。海恩斯蒙住他的眼，科尔本说："我们会放了你，但你只能在六个街区的范围内活动。你不能用电话。随后会有人通知你做什么。不要主动同任何人说话。如果你不听话，你的外甥艾伦和他的妻儿都不会好受。你听明白了吗？"

"明白了。"

他们把他带上轿车。不到五分钟车就停了下来。科尔本摘掉了蒙眼布，将索尔推出了车门。

索尔站在路边，在下午的昏暗光线中呆呆地眨着眼。他没来得及看见远去的车的车牌号。索尔往后退了两步，撞到了一个拿着购物袋的黑人女性，连忙道歉，但嘴角忍不住流露出微笑。他沿着狭窄的人行道行走，观察着路上的一切——砖砌的路面，破败的店铺，低垂的灰云……一张报纸被风吹得紧贴在铜绿色的灯柱上。索尔加快脚步，忍住左臂的疼痛，穿过马路，漫无目的地对电车司机挥手，惹得电车司机连连咒骂。他终于**自由**了。

索尔知道，他看到的是幻象。路上与他擦肩而过的行人中，无疑有人正在监视他、跟踪他。路上的轿车和厢式货车中，肯定有几个面无表情、一身黑西装的特工，正用无线电通报着情况。他手臂上的包块中很可能有一个无线电发射机或者爆炸装置，或者两者都有。但这些都无关紧要。

索尔的口袋里空无一物，于是他走向第一个看到的人——一个穿着红色厚呢短外套的大个子黑人，请对方给他一枚硬币。黑人瞪着这个突然出现、满脸络腮胡的陌生人，举起大手，似乎要一巴掌将索尔拍开，然后摇摇头，递给索尔一张五美元钞票。

“快找人帮帮你吧，兄弟。”大个子用低沉的声音说。

索尔走进街角的咖啡店，将五美元换成硬币，用门厅里的公用电话联络华盛顿的以色列大使馆。他们不能为他接通艾伦·艾希科尔或利瓦伊·科尔的电话。索尔报上了自己的姓名。接线员的呼吸并没有加快，但她的语调明显变了，“好的，拉斯基博士。请你稍等，我肯定科恩先生非常愿意同你通话。”

“我在宾夕法尼亚州的费城，打的是公用电话。”索尔说，报上了自己的电话号码。“电话费快用完了。你们能打过来吗？”

“当然。”以色列大使馆的接线员说。

索尔挂断了电话。电话响了。他接起来，但话筒里传出一阵杂音，然后就是一片静默。他来到另一部电话前，试图给大使馆打一通由对方付费的电话，但这条电话线也断了。

他离开电话亭，在人行道上漫无目的地走。莫迪和他的妻儿都死了。索尔早有预感，但现在他已可以断定。他们再也不能威胁他了。索尔停下脚步，环顾四周，试图找出跟踪他的探员。街上几乎没有白人，但这无关紧要，因为联邦调查局有黑人探员。

一个身穿昂贵骆驼绒大衣的英俊黑人男子穿过大街，朝索尔走来。那人身材魁梧，戴着硕大的反光墨镜，提着价格不菲的皮箱。他仿佛认识索尔一样，在索尔面前站定，脱掉鹿皮手套，笑盈盈地伸出手。索尔握住了他的手。

“欢迎你，我的小兵。”男人用流利的波兰语说，“到你加入我们的时候了。”

“你是上校。”索尔感到内心深处微妙地激动起来。他摆摆头，那种感觉便消退了几分。

黑人微笑着用德语说："上校——我已经好多年没听人用这个光荣的头衔称呼我了。"他在霍恩和哈德艺术餐厅门口停下，打着手势问，"你饿不饿？"

"你杀了弗朗西斯。"

那人心不在焉地搓了搓脸。"弗朗西斯？恐怕我不知……哦，我想起来了。那个年轻的侦探。他呀……"他微笑着摇了摇头，"来吧，我请你吃顿迟到的午餐。"

"你知道他们在监视我们。"索尔说。

"当然。我们也在监视他们。但现在展开行动对他们并不利。"他为索尔打开门，"请进。"他用英语说。

"我的名字是詹森·鲁哈。"他们在几乎空无一人的餐馆中落座后，黑人开口道。鲁哈点了干酪汉堡、洋葱圈和香草麦芽冰激凌。索尔则只是注视着面前的一杯咖啡。

"你的名字是威廉·冯·伯夏特。"索尔说，"如果真的有詹森·鲁哈这个人，他也被摧毁很久了。"

詹森·鲁哈粗鲁地挥了挥手，摘掉墨镜。"这只是名称的问题。你喜欢这场游戏吗？"

"不喜欢。艾伦·艾希科尔死了吗？"

"你外甥？恐怕他死了。"

"艾伦的家人呢？"

"也都过世了。"

索尔深吸一口气。"怎么死的？"

"据我所知，科尔本先生派出他的走狗海恩斯，带人前往你外甥家，然后放了火。但我敢肯定，你不幸的外甥一家在火燃起来就已经死了。”

“海恩斯！”

詹森·鲁哈啜着长吸管，咬了一大口干酪汉堡，优雅地用手帕擦了擦嘴角，笑道：“你玩国际象棋吧，博士。”这不是问句。鲁哈递给索尔一个洋葱圈。索尔瞪着他。鲁哈吞掉洋葱，说：“如果你喜欢这场游戏的话，博士，你肯定会非常欣赏现在的局面。”

“你觉得这是一场游戏？”

“当然。最好不要把生命和你自己看得那么重要。”

“我一定会找出你，杀了你。”索尔轻声说。

詹森·鲁哈点点头，又咬了一口干酪汉堡。“如果你见到的是我的真身，肯定会试着杀我的。现在你已别无选择。”

“你是什么意思？”

“我是说，C. 阿诺德·巴伦特先生——所谓岛俱乐部的可敬的会长——已经调教好了你，让你去杀全世界都认为已遇难的一位电影制片人。”

索尔喝了口冷咖啡，掩饰自己的困惑。“巴伦特没有这么做。”

“他当然做了。”鲁哈说，“否则他也不会单独和你会面。你觉得你跟他谈了多久？”

“几分钟。”索尔说。

“更有可能是几个小时。他调教你的目的有两个：一是一见到我就杀了我，二是确保你不会对巴伦特先生构成威胁。”

“什么意思？”

鲁哈吃完最后一点儿洋葱圈。“来做一个简单的游戏吧——

想象出巴伦特先生，然后想象你自己去袭击他。”

索尔皱起了眉，但还是尝试按吩咐做，结果发现那几乎是不可能的。每次回想上次见到巴伦特的样子——悠然自得的神情，古铜色的皮肤，坐在俯瞰大海的游艇阳台上——他都会惊讶地发现，自己心中竟然涌起了一股夹杂着友爱、愉快和忠诚的情感。他强迫自己想象袭击巴伦特，朝那张光滑俊俏的脸挥舞拳头……

疼痛和眩晕突然袭来，令索尔弯下了腰。他大口喘息着，几乎要吐出来。额头和面颊上冷汗直冒。索尔哆哆嗦嗦地摸到水杯，痉挛着吞下水，努力去想别的事，腹部的疼痛这才稍稍缓解。

“很有趣吧？”鲁哈说，“这就是巴伦特的绝技。同他独处过的人都别想伤害他。对许多人来说，为巴伦特先生效命是快乐之源。”

索尔喝完水，用手帕擦掉眉毛上的汗水。“你为什么要和他斗？”

“和他斗？不，我亲爱的小兵。我不是在和他斗。我是在玩他。”鲁哈扫视四周，“到目前为止，他们还无法窃听我们的谈话。但很快就会有一辆厢式货车停到餐馆外，我们之间的隐私就得不到保证了。我们该出去散散步了。”

“要是我不去呢？”

詹森·鲁哈耸耸肩，“几个小时之后，这场游戏就会变得非常有趣。你在里面扮演着一个角色。如果你想对付那些杀害你外甥全家的人，那同我在一起就会达成这个目的。我会给你自由——至少不用再受制于他们。”

“但要受制于你？”

“这取决于你自己，亲爱的小兵。来吧，是时候决断了。”

“我总有一天会杀了你。”索尔说。

鲁哈露齿一笑，戴上手套和墨镜。“好啦，好啦。你跟我走吗？”

索尔站起身，朝窗外望去。一辆绿色厢式货车已停在路边。索尔跟着詹森·鲁哈走出餐馆。

德国城大道附近的街道狭窄而混乱。这些高高细细的房子曾是舒适的住宅——让索尔联想到阿姆斯特丹的类似建筑——但这会儿都成了拥挤的贫民窟。街旁的小商铺过去也许是社区中心——小熟食店、小杂货店、手工鞋店——但现在它们都破败了，窗户上爬满死苍蝇。有的房子被改造成廉价出租屋。一个黑乎乎的三岁小孩站在橱窗背后，把脸和脏兮兮的手指使劲贴在玻璃上。

“你说你在‘玩’巴伦特，这是什么意思？”索尔问。他回头张望，但没看到那辆绿色厢式货车。这说明不了什么。索尔肯定他们仍处在监视之下。他想找的人是上校，而不是那些探员。

“我们在下棋。”鲁哈说，别过了脸。索尔看见脏玻璃映出了自己。

“而赌注就是我们的性命。”索尔说。他竭力思考着如何才能让上校暴露自己的位置。

鲁哈大笑起来，露出白色的大牙。“不，我的小兵。”他用德语说，“你们的性命无足轻重。赌注就是制定游戏规则的人。”

“游戏？”索尔问。他们转进另一条小街。除了街尾从洗衣店里出来的两个胖胖的黑女人，街上空无一人。

“你应该知道岛俱乐部和它每年举行的游戏吧？”上校说，“巴伦特先生和别的胆小鬼害怕让我去玩。他们知道我的加入会把游戏带入更高的层次，一个更符合超人种族的层次。”

“你在战争中难道还没有玩够吗？”

鲁哈又咧嘴一笑。“你想激怒我。”他轻声说，“愚蠢的想法。”他们来到洗衣店旁的一座普通的煤渣砖建筑前，停下脚步。“答案是‘没有’。”他说，“我在战争中没有玩够。岛俱乐部不过是能对政治首脑施加点儿影响，就以为自己掌握了至高无上的力量。”鲁哈朝人行道上啐了一口，“等我给游戏制定好规则，他们就会见识到真正的力量。世界是一块爬满蛆虫的腐肉，小兵。我们将用火来将其净化。他们操控的只是可怜的傀儡，而我指挥的是千军万马。我将让他们看到，真正的念控者能随心所欲地毁灭整座城市，甚至消除整个种族。我将让他们看到，全球级别的游戏是什么意思。我们都会死，小兵。但巴伦特先生不知道的是，这个世界没有理由比我们存活得更久。”

索尔站在人行道上，瞪大了眼睛。寒风掀起他的大衣，他全身冒出了鸡皮疙瘩。

“我们到了。”鲁哈说，掏出一串钥匙，打开他们面前这座普通建筑的门。他迈入黑暗之中，朝索尔挥手，“你要不要进来，小兵？”

索尔咽了口唾液。“你比我想象中更疯狂。”他喃喃地说。

鲁哈点点头。“也许吧。”他轻声道，“但如果你跟我进来，就有机会继续玩下去。很遗憾，不是更大的那场游戏。那场游戏中没有你的位置。但你不可避免的牺牲将促使游戏开始。如果你现在跟我走——当然是出于你自愿——我就会解除巴伦特先生施加在你身上的束缚，好让你继续充当我忠实的小兵。”

索尔站在寒风中，紧握着拳头，感受着左臂手术切口传来的阵阵疼痛。他迈入了黑暗之中。

鲁哈咧嘴一笑，关上了身后的门。索尔在微茫的光线中努力眨眼。这里是仓库的一楼，面积很大。但除了地上的锯屑和一堆堆装货用的滑动垫木，这里空无一物。一条木制楼梯通向二楼。鲁哈指了指楼梯，索尔便登了上去。

“上帝啊。”索尔说。借助从天窗中透进来的微光，他看见二楼放着一张桌子和四把椅子，其中两把椅子被两具赤裸的尸体所占据。

索尔走上前去仔细查看。尸体冰冷而僵硬，一个是黑人，身高与体重同鲁哈相仿。他睁着眼，眼珠浑浊。另一具尸体是白人，年纪比索尔大几岁，留着胡子，秃顶，大张着嘴。腮帮子和鼻子上扩张的毛细血管表明他是一个重度嗜酒者。

他看着鲁哈脱掉昂贵的骆驼绒大衣。“我们的替身？”索尔问。

“当然。”上校通过鲁哈说，“我已经去除了巴伦特先生在你思想中植入的所有或者大部分不可克制的冲动。我们即将进入下一步，你准备好了吗，小兵？”

“好了。”索尔说。**我将继续寻找杀死你的方法**，他想。

“很好。”鲁哈说，瞥了眼手表，“在科尔本决定加入我们的派对之前，还有大概三十分钟。应该够用了。”他把皮箱放在黑人尸体左臂旁边的桌上，猛地打开，索尔看见哈灵顿绑在身上的那种塑胶炸弹。

“够干什么用？”索尔问。

“做准备。这座建筑有一条爬行通道，通往隔壁地下室。从隔壁地下室可以进入这座城市古老排洪下水道系统的一小段。这一段只有一个街区的长度，但刚好位于最近的警戒圈之外。有一辆车在等我。你可以去你想去的任何地方。”

“你太他妈的聪明了，我都忍不住想吐。”索尔说，“这个金蝉脱壳的计策行不通。”

“哦？”鲁哈抬起浓密的眉毛。

索尔脱掉大衣，卷起袖子。手臂上的绷带被药膏染成了浅黄色。“他们昨天给我做了手术，我猜是植入了无线电发射机。”

“就是那东西。”鲁哈说。他从皮箱中取出裹在绿布里的一组工具。打开绿布后，是一瓶碘酒和反射着微光的外科手术器械。“取出来顶多二十分钟，你说呢？”

索尔拿起装在消毒袋中的手术刀：“你打算亲自操刀？”

“除非你要求这么做。”鲁哈说，“我必须声明，我从未接受过医疗训练。”

“那就我来吧。”索尔说，往箱子里看了看，抬起头，“没有注射器？没有局部麻醉剂？”

房间里的景象映在詹森·鲁哈的反光墨镜里，他宽大的脸上毫无表情：“很不幸，没有。你觉得你的自由价值几何呢，拉斯基博士？”

“你疯了，上校先生。”索尔说。他坐在桌旁，摆出手术器械，把碘酒瓶放到面前。

鲁哈从桌下取出一个运动包。“我们先换衣服吧。”他说，“我怕等会儿你就不愿换了。”

给两具尸体穿上他们的衣服后，索尔换上了宽松的牛仔裤、黑色高领毛衣、小了半码的厚重皮鞋，鲁哈说：“还剩大概十八分钟，博士。”

“坐下。”索尔说，“我要告诉你，若我昏厥过去你该如何做。”他从一个透明的袋子中取出纱布和绷带，“你得把手术切口包扎起来。”

“尽管吩咐，博士。”

索尔摇摇头，抬头看了眼天窗，然后垂下视线，稳稳地一刀割了下去。

索尔没有昏厥，但他尖叫了两次。无线电发射器从肌肉纤维中分离出来后，他俯下身呕吐起来。鲁哈草草地将伤口缝合，贴上创可贴，缠上纱布和绷带，然后给半昏迷的精神病医生披上一件厚大衣。“我们超了五分钟。”鲁哈说，“快！”

一楼远端角落里的滑动垫木下有一个活板门。两人跳进门中，鲁哈把门拉下时，索尔听到了直升机的轰鸣和远处的撞门声。“快！”狭窄而黑暗的隧道中，大个子黑人低吼道。索尔试着蹲下爬行，手臂上的疼痛让他大叫起来，身子往前栽倒。上面发生的剧烈爆炸震动着地面，粉尘和蜘蛛网掉在索尔的脸上和头发上。“快！”鲁哈催促道，推着索尔继续前进。

鲁哈踢开松脱的水泥块，进入弥漫着霉味和旧报纸味的黑暗地下室，将索尔从地上拽起来，赶着他继续前进。他们挤过一道铁丝网和一堆乱砖，然后再次爬行。索尔的双手和双膝都没入冰水之中，摸着滑溜溜、黏糊糊的东西。索尔试着弯起左臂，单手加双腿爬行。但他的手滑了两次，左肩撞到了洞壁，夹克也弄湿了。鲁哈大笑着从后推他。索尔闭上眼睛，想到了索比堡，想到了那群兴奋地叫喊着的军官，还有寂静的猫头鹰森林。

他们终于能直起身子站立了。鲁哈换到前面，走了一百步，右转进入一条更窄的管道，在一铁丝网栅下止步。他用强壮的臂膀挪开铁丝网。索尔在昏暗的光线中眯着眼，抑制住眩晕，手悄悄探进大衣口袋，握住他偷偷藏起来的解剖刀的冰冷把手。鲁哈正在对皮箱中的定时装置做最后的调整。

“啊，好了。”鲁哈喘息着推开铁丝网，双手保持着高举状态。他的夹克敞开着，暴露出薄布下的肚子和胸膛。索尔集中精神，手持手术刀，瞄准鲁哈脊柱后的某个部位刺了过去。

詹森·鲁哈的左手瞬间落下，一把抓住了索尔的前臂，手术刀停在鲁哈胸骨前三英寸处。“啧啧。”鲁哈说，右手砍在索尔流血的左臂上。索尔倒吸一口冷气，双膝跪地，痛得眼冒金星。鲁哈从索尔的右手中轻轻取出手术刀。“调皮，真调皮，犹太小兵。”他低声说，“再见。”

光线被挡住片刻，然后鲁哈就消失不见了。索尔跪在黑暗中，额头浸在冰水里，努力保持着清醒。**为什么？**他想，**为什么还要清醒？睡一会儿吧。**

闭嘴！他怒骂自己。

他最终站起来时，仿佛已经过了一个世纪。他举起未受伤的右臂，抓住上方的铁丝网，试图将自己拽起来，钻过洞口。他尝试了五次，每次都落下来，污水浸透了牛仔裤。但最后，他终于爬到了阳光下。

下水道的出口位于一个金属垃圾桶背后，距离巷口十几英尺。他跌跌撞撞地走出小巷，进入一条不知名的街道。长长的山坡两边都是联排房屋。

索尔走了半个街区，突然头晕目眩，不得不停下脚步，扶住左臂。伤口裂开了。血浸透了厚厚的夹克，顺着胳膊流下来，染红了大衣左侧。他回首来时路，发现一条暗红色的血迹，忍不住笑出声来。他紧压住胳膊，蹒跚着走向一个被废弃的商店的窗户。他感觉路面忽高忽低，仿佛波浪中起伏的小舢板。

天已经黑了。在远方街灯的照耀下，飘飘洒洒的雪花就像是飞舞的萤火虫。索尔这一侧的人行道上，一个魁梧的黑影正朝他走来。索尔踉跄着躲到商店的门口，紧贴着粗糙的墙面蹲下，抱住双膝，尽量让自己看上去就像蜷缩在角落里醉鬼。

那人从眼前慢慢走过的时候，索尔感到左臂肌肉传来被撕裂般的疼痛。他抓住手臂，咬紧牙关，以至于自己都听见了牙齿发出的嘎吱声。索尔看见那人右手握着某种沉甸甸的金属物体。

沉重的脚步声在山下几码处戛然而止，那人缓缓转过身。索尔感觉眼前更黑了，向左转过身，隐隐感觉脑袋撞上了门。他的左臂仿佛被火烤一般，手腕和手上沾满了鲜血。

手电筒的光柱刺进双眼。大个子男人俯下身，挡住了街道，挡住了整个世界。索尔握紧右拳，竭力保持清醒，但他的意识如同被卷入了漩涡，不断下沉。一只强有力的手抓住了他的右肩。

“上帝啊。”一个缓慢而熟悉的声音传来，“索尔，是你吗？”

索尔点点头，感觉大脑仍在转动，下巴顶在胸口，闭着眼。那个温柔的声音继续在他耳边说着什么，但他已听不明白。鲍比·乔伊·金特里治安官用强壮臂膀将他揽入怀中，就像抱起一个熟睡的婴儿。

30

德国城

1980年12月30日，星期二

金特里怀疑自己快疯了。飞奔回社区活动中心时，他不停地祈祷索尔还没昏过去，可以同他谈谈。在金特里看来，世界好像变成了一个荒诞的噩梦，因果链条全都断了。

双胞胎之一G.B.在半个街区外拦住了金特里。治安官瞪着廉价手枪的枪口，咆哮道："让我过去！马文知道我要回来。"

"但他不知道你带回来了一个死白人。"

"他没死，而且可能会帮到我们。如果他真的死了，我一定会让马文找你算账的。快点儿让我过去。"

G.B.踌躇不决。"操，条子。"他最后说，但还是闪到了路边。金特里又穿过三个岗哨才抵达活动中心。马文将防御半径向外推进了一百码。本街区所有陌生车辆如果坚持不走就会被投掷燃烧弹。一辆绿色厢式货车的前排坐着两个白人，车厢里不知塞了多少个黑人，他们接到勒罗伊的最后通牒后考虑了三十秒，然后以最快的速度飞驰而去。也许是勒罗伊右手中装着一公升壳牌石油的瓶子说服了他们。

星期一的晚上开启了通往噩梦的大门。

马文和其他人通过小巷和后院回到社区活动中心。勒罗伊身中十多发霰弹，血流不止。公寓楼里的一通枪战之后，除了马文，所有人都陷入了歇斯底里的状态。他们把卡尔文和特劳特的尸体拽进活动中心，马文本来打算派杰克森和泰勒开吉姆·伍兹的密封式运货小卡车回公寓楼去，但混乱之中这道命令几个小时都没执行。直到天亮之前不久，他们才弄来一辆卡车。但那五具尸体已经不见了，二楼和三楼只剩一摊摊不知是谁留下的鲜血。现场没有警察。

他们回到社区活动中心，这里也一片狼藉。几乎每一片阴影中都有弹孔。车上的火已被扑灭，但黑烟依然像死亡阴云一样笼罩在街区之上。

他们一到活动中心，泰勒就激动地说起来："白鬼来这儿啦，头儿。来屋子里啦。他砍死了伍兹和卡拉，头儿。拉吉看见他穿过了院子，追杀那个拍照的女人，头儿——"

"卡拉在哪儿？！"马文厉声问。这还是金特里第一次听见这个年轻人大喊大叫。

"卡拉在楼上。"泰勒说，"窗帘后面的床垫上，伤得很重。"金特里随他们上了楼。大多数黑帮成员都盯着台球桌上伍兹的无头尸体，但马文和杰克森径直朝卡拉走去。四个女孩正在那里照顾昏迷的卡拉。

"情况看上去相当不妙。"杰克森说。女孩漂亮的脸蛋几乎全毁了，额头古怪地肿胀起来，眼睛上蒙着一层即将干涸的血。"应该送她去医院。脉搏太弱，血压太低。"

"嘿，伙计！"勒罗伊抗议道，露出布满弹孔的右臂和右腿，“我也受伤了。让我同你们一起去医院接受治疗——”

“你留在这儿！”马文高声命令道，“把这些混蛋聚起来。半个街区之内都不许任何人靠近，懂吗？叫谢尔曼和爱德华多去狗镇，告诉曼尼，我们去年帮他们摆平了帕斯托里斯惹的麻烦，他答应在我们需要的时候也帮我们，而现在，我们需要他们了。告诉斯奎兹，马上把所有兄弟都派出去给我找。我想知道那个老巫婆在什么地方。”

马文继续发号施令，杰克森小心翼翼地抱着卡拉下楼。金特里趁机把泰勒拉到一边，问：“娜塔莉在哪儿？”

黑人男孩摇了摇头，金特里的大手钳住他的上臂，他疼得龇牙咧嘴。“我操。白鬼在追杀她。拉吉看见他们跑过了楼房之间的院子。但外面太黑了。我们也追了一段，什么也没看见。”

“那是多久之前的事？”金特里钳得更用力了。

“嘿，我操。二十分钟前。或者二十五分钟前。”

金特里飞速下楼，在马文离开前追上他。“把枪还给我。”

黑帮首领用淡蓝色的眼睛冷冷地盯着他。

“那个混蛋在追杀娜塔莉，我要去阻止他。把鲁格尔手枪还给我。”他伸出手。

勒罗伊右手操起霰弹枪，枪口对准金特里。他看向马文，等待指令。

马文抽出沉甸甸的鲁格尔手枪，递给金特里。“干掉他。”

“好。”金特里跑上楼，翻出多余的子弹装填进手枪。马格南转轮手枪的子弹分量十足，他顺利地将它们塞入了鲁格尔的弹巢。他发现持枪的手不由自主地抖动起来。他俯下身，深呼吸了几次，直到手不再颤抖，然后下楼找出手电筒，进入黑夜之中。

杰克森查看伤口的时候，索尔·拉斯基刚好醒了过来。“看起来，有人用开罐头刀给你动了手术。”前军医说，“伸出你的右胳膊。我要先给你来一针吗啡。”

索尔躺在床垫上，脸和嘴唇惨白异常。“谢谢。”

“甭谢我。你要付我钱的。有黑人弟兄也要这吗啡呢。”他动作娴熟地完成了注射，“你们白人根本不知道爱惜身体。”

趁吗啡还没有把精神病医生放倒，金特里语速极快地问：“你他妈的在这儿干什么，索尔？”

老人摇摇头。“说来话长。我们要对付的人比我预想的更多，治安官……”

“我们会把他们一个个都挖出来。”金特里说，“你知道你的上校在哪儿吗？”

杰克森清理完伤口，开始重新缝合。索尔瞥了一眼就别过了头。“不知道具体在哪儿。但他就在这里。就在附近。我刚遇到一个叫詹森·鲁哈的黑人。上校操控他做傀儡很多年了。其他念控者——科尔本、海恩斯——放了我，希望我能带他们找到上校。”

“海恩斯！”金特里说，“我压根儿不喜欢那个混蛋。”

索尔舔了舔嘴唇，声音越来越沉重，仿佛梦呓。“娜塔莉？她在这儿？”

金特里把头别向一边，怒视着阴影。“她在这儿。有人……把她带走了……就在二十四小时之前。”

索尔挣扎着试图坐起来。杰克森骂了一声，把他往后按回去。“还活着吗？”索尔好不容易挤出几个字。

“我不知道。过去二十四个小时，我都在街上找她。”金特里说，揉了揉眼睛。他已经连续四十八个小时以上没睡觉了。

“既然梅勒妮·福勒杀了那么多人，她绝无理由放过娜塔莉。”他说，“但不知为何我没有放弃寻找。我有一种感觉。如果你能告诉我你知道的一切，或许我们一起能——”金特里打住话头。杰克森就快完成缝合了。索尔·拉斯基已经昏迷过去。

“卡拉的情况如何？”金特里边走进厨房边问。

马文从桌上抬起头。桌上摆着一张廉价的市区地图，四角压着啤酒罐和薯片袋。勒罗伊坐在他旁边，衣衫褴褛，露出下面的白色绷带。马文的助手进进出出，但所有人都安静而有序，气氛与昨日的混乱迥然不同。“她情况不妙。”马文说，“医生说她伤得很重。卡桑德拉和谢丽正在那边照顾她。如果出了状况，他们就会派人过来通知我。”

金特里点点头，坐在桌边。疲惫释放的毒素侵蚀着神经，让他眼前蒙上了一层薄薄的白雾。他用力搓了搓脸。

“楼上那家伙能帮你找到你的女人？”

金特里眨眨眼。“我不知道。”

“他能帮我们找到老巫婆？”

“也许能。”他说，“杰克森说，过两个小时他就能开口说话了。你们有什么收获吗？”

“只是时间问题。”马文说，“只是时间问题。我们动员了所有后备力量，甚至包括女孩们，正在逐户盘问。只要那个白人老太太在这儿，就绝不可能没有人见过。我们很快就能发现她。我们已经准备好对付她。”

金特里努力捕捉着脑中闪过的想说的话，他的舌头似乎越来越不听使唤了。“你知道，这里还有其他人——联邦调查局探员。”

马文大笑，笑声冰冷。“是啊，他们到处都是。但他们没让本地警察和媒体插手，对不对？”

“当然。”金特里说，“但我要说的是，他们同老巫婆一样危险。其中一些……拥有同老巫婆一样的超能力。而他们追捕的人比他们危险得多。”

“你觉得他们有没有操控灵魂砖厂的人？”马文问。

“没有。”

“他们同那个白鬼有关吗？”

“没有。”

“那就先让他们等着。如果他们碍事，就一起干掉。”

“你要对付的可是四五十个便衣联邦调查局探员。”金特里说，“他们通常都全副武装。”

马文耸耸肩。有人冲进来在他耳边小声报告了两句。黑帮首领立即冷静地下达了命令。来人迅速离开了。

金特里拿起一个罐子，发现里面还剩一点儿温啤酒，喝了一口。“你就没想过全身而退？”他说，“我的意思是，让你的人都藏起来，任由这些精神吸血鬼斗个你死我活。”

马文直勾勾地注视着金特里。“你不懂。”他用耳语般轻微的声音说，“白人、政府、条子，还有狡猾的政客——他们已经把我们欺压了太久。那个白鬼并不是第一个虐杀我们的人，但他跑到了我们的地盘上撒野。你和娜塔莉说，幕后真凶是老巫婆，我相信你们。我感觉你们是对的。但迫害我们的不止老巫婆一个。在她背后，还有许多对我们挥舞屠刀的人。他们嚣张了太久。但我们是灵魂砖厂。他们这次杀害的人——穆罕默德、乔治、卡尔文，或许还有卡拉——他们是我们的人。我们要让白鬼和老巫婆血债血偿。我们不指望有人帮助我们，但如果你想同我们在一起的话也可以。”

“我想同你们在一起。”金特里说。他的声音越来越慢，就像每分钟转速降到四十五转的唱片一样。

马文点点头，站起身。他紧抓住金特里的胳膊，把后者拽了起来，朝楼梯方向推。“你现在要做的是睡觉。等事情有眉目了我们会叫醒你。”

第二天凌晨五点半，杰克森叫醒了他：“你的朋友醒了。”前军医说。

金特里向他道谢，然后在床垫边沿坐了几分钟，努力撑起头，让大脑恢复运转。在去见索尔之前，他先拖着沉重的脚步下楼，用古老的咖啡壶煮了咖啡，端着两杯热气腾腾的咖啡回到楼上。十多个黑帮成员在不同房间的床垫上鼾声如雷。他没有看见马文和勒罗伊。

索尔接过咖啡杯，衷心地道了谢：“我醒来时还以为刚刚做了个噩梦。”他说，“我以为自己睡在家中，等会儿要去大学给学生上课。然后，我感到了这个——”他抬起绑着绷带的左臂。

“你是怎么弄伤的？”金特里问。

索尔啜了口咖啡，说：“这么着吧，治安官，我们来做个交易。我先开始，把我掌握的最重要的信息说出来。然后你也把你掌握的最重要的信息说出来。如果我们的信息能相互印证，那就能拼凑出一个完整的故事。你同意吗？”

“同意。”金特里说。

他们聊了一个半小时，然后又用半小时相互提问。结束对话后，金特里扶着老人起身，走到装了栅栏的窗边，望着渐渐发白的天空。

“今天是元旦前一天。”金特里说。

索尔伸手去扶眼镜，却发现自己没戴。“太不可思议了，不是吗？”

“是的。”金特里说，“但娜塔莉·普雷斯顿就在外面的某个地方。在找到她之前，我不会离开这个城市。”他们返回凹室，拿到索尔的眼镜，然后一起下楼去找吃的东西。

上午十点，马文和勒罗伊都回来了，同两个高个子拉美裔聊得火热。路边停着三辆跑车，车里塞满了墨西哥移民，不怀好意地看着社区活动中心门廊上的黑人。黑人也怒视着他们。

厨房成了指挥中心，未受邀请不得入内。二十分钟后，两个拉美裔离开了，索尔和金特里被叫进了屋。马文、勒罗伊、双胞胎中的一个，还有另外六七个黑帮成员默默地注视着他们。

“卡拉情况如何？”金特里问。

“她死了。”马文看着索尔，“你对杰克森说，你想和我谈谈？”

“是的。”索尔说，“我觉得你们可以帮我找到我被囚禁的地点。离这儿应该不远。”

“我们为什么要帮你？”

“那里是监视本地区的警察的指挥中心。”

“那又怎么样？让他们监视好了。”

索尔扯着胡须说：“我觉得，那些警察——联邦调查局的探员——知道梅勒妮·福勒在哪儿。”

马文猛地抬头："你确定？"

"不能完全肯定。"索尔说，"但根据我的所见所闻，他们应该知道。我认为，上校出于自己的目的，把她的行踪透露给了他们。"

"这个上校就是你说的更厉害的角色？"

"是的。"

"街上都是条子。他们中有人知道老巫婆的下落吧？"

"有可能。"索尔说，"但如果我们去指挥中心，去同那里的人谈谈，我们获知她下落的可能性就更大。"

"指挥中心在哪儿？"马文说。

"距这儿八分钟车程，在一片空地里。"索尔说，"有直升机定时起降。指挥中心位于临时建筑里，可能是活动房屋，或者建筑工地的那种拖车。"

跟金特里和五个黑帮成员离开活动中心时，索尔戴上了帽兜和手套。金特里建议，如果科尔本和海恩斯认为索尔死了，那还是让他们继续这样认为下去为好。他们驾驶伍兹的密封式运货小卡车，先沿德国城大道向西，然后沿切尔腾大道往南，再沿一条不知名的道路，向西进入仓库区。

"有一辆蓝色福特在跟踪我们。"方向盘后的勒罗伊说。

"甩掉它。"马文说。

密封式运货小卡车越过一个乱七八糟的停车场，穿过一条小巷，停在一座覆盖着白铁皮窝棚下。马文、索尔、金特里和G双胞胎中的一个跳下车，躲在窝棚门口的阴影中。卡车沿着小巷飞驰而去，向东转进一条窄街。二十秒后，一辆载有三个白人的蓝色福特呼啸而过。

“这边。”马文说，带着他们穿过一片堆满油桶和金属尾矿的荒地，前往一块小废物堆积场。那里被压扁的汽车堆了三十英尺高。马文和更年轻的黑人男孩三下五除二就爬了上去。金特里和索尔则费了很长时间。

“就是那里吗？”马文问。索尔爬上最后六英尺，终于到达了这堆锈铁的顶部，靠在气喘吁吁的治安官身上。马文将一副小望远镜递给精神病医生。

索尔用敞开的夹克裹住左臂，通过镜片望过去。一道高高的木栅栏围住了半个街区大的区域。区域南部有一块已经挖好并浇筑了水泥的地基。两台推土机、一台反铲挖土机和一台更小的设备闲置在一旁。区域中央，三套活动房屋组成了一个缺了中间一横的“E”字，附近停着七辆政府公车和一辆贝尔电话公司的厢式货车。中间的一座活动房屋顶部支出了长长的微波天线。空地里设置有一圈红灯，金属杆上挂着一只松垮垮的风向袋。

“应该就是。”索尔·拉斯基说。

一个穿衬衣的男人从中央活动房屋里走出来。二十码外有三个活动厕所，停在轿车旁边。男人急匆匆地进入其中一个厕所。

“你想同那里的某个人谈谈？”马文问。

“不错。”索尔说。置身生锈的金属堆中，他们很难被发现。但金特里和其他人还是不由自主地在车轴、轮胎和车顶盖背后蹲了下来。

马文瞟了眼手表。“还有五个小时天黑。”他说，“我们到时候再动手。”

“该死！”金特里骂道，“我们还得等那么久？”

仿佛要回应他的不满，一架直升机从北方飞来，绕着空地转了一圈，降落在那圈红灯之中。一个穿着鹅绒西装夹克的男人跳下直升机，跑向活动房屋。索尔再次从马文手里拿过望远镜，捕捉到了查尔斯·科尔本的那张圆脸。“那个家伙咱们千万别招惹。”他说，“等他走了再说。”

马文耸耸肩。

“我们先离开这儿。”金特里说，“我自己去找娜塔莉。”

“不行。”索尔说，帽兜下传出的声音不甚清晰，“我也要去。”

“你是在找她的尸体吗？”索尔·拉斯基问，两人在又一座倾圮的联排房屋中翻动着砖块。

金特里坐在一道三英尺高的砖墙上。最后一丝昏暗的天光从天花板的缝隙和屋顶的孔洞中透进来。“不错。”金特里说，“我想她已经是一具尸体了。”

“你认为梅勒妮·福勒操控的傀儡杀了她，把她尸体留在了这样的废墟中？”

金特里低下头，取出鲁格尔手枪。弹巢里填满了子弹，保险已解除。那天早上金特里给枪反复上了油，用起来相当顺滑。他叹气道：“至少那是一种确切的结果。为什么那个老太婆要让她活着，索尔？”

索尔找到一块石头坐下：“同精神病患者打交道会面临的一个问题就是，他们的思维过程是很难进入的。但我认为这是好事。如果大家都能明白疯子的思想，那无疑我们自己也会更接近疯狂。”

“你确定姓福勒的女人是精神病患者？”

索尔摊开右手，把帽兜往上拉，做成一顶针织帽的形状，“就目前对精神病的定义而言，她符合所有的条件。问题是，她的精神世界是扭曲变态的，而她的超能力又让她相信并维持这个世界。”索尔扶了扶眼镜，“从本质上说，纳粹德国也是相同的问题。精神病就像病毒一样，一旦被宿主接受，就能疯狂增殖并传播。”

“你是说，纳粹德国之所以会做出那么多匪夷所思的行为，就是因为你的上校和梅勒妮·福勒那样的人？”

“不是。”索尔说，金特里从没听过索尔的声音如此坚定，“我都不确定那些家伙是不是真正的人类。我把他们视作有缺陷的变异体——在近一百万年的进化中，人与人之间的支配关系作为生物特征遗传了下去，而他们正是这种进化的受害者。制造出崇尚暴力的法西斯社会的不是上校们和梅勒妮·福勒们，也不是巴伦特们或者科尔本们。”

“那是谁制造的？”

索尔指了指碎玻璃窗外依稀可辨的街道：“黑帮成员认为，有几十名联邦调查局探员参与这场行动。我可以推测，只有科尔本一人具备这种可怕的怪异能力，其他人‘只是服从命令’，或者说只是社会机器的一部分，但正是他们帮助了暴力病毒的扩散。德国人是设计和生产机器的专家，集中营是更大的死亡机器的一部分，它没有被摧毁，只是以另一种形式重建出来罢了。”

金特里站起身，朝后墙上的一个洞走去。“走吧，我们可以在天黑之前搜索完这个街区。”

他们在两座摇摇欲坠的联排房屋的灰烬和烧焦的椽子之间发现了一些可疑物质。“我肯定这东西来自她星期一穿的衬衣。”金特里说。他指着那块布，借助手电筒的光芒在那层灰烬上仔细辨别，“这里有许多脚印。他们似乎在这里发生了搏斗，就在角落这儿。她或许被顶到了墙上，然后这枚钉子撕破了她的衬衣袖子。”

“或者，她被扛在了某人的肩膀上。”索尔说。精神病医生用右手捧着左臂，脸苍白异常。

“嗯。我们来找找血迹之类的东西吧。”两人在越来越暗的光线中搜寻了二十分钟，但一无所获。他们走出房子，盘算着娜塔莉的绑架者在小巷和空楼的迷宫中选择了哪条路，这时叫泰勒的年轻人挥着手朝他们跑过来。金特里拿鲁格尔手枪的手耷拉在身侧。男孩在距他们十英尺的地方停下来。“嘿，马文叫你们俩回去。勒罗伊抓住了活动房屋里的一个家伙。他告诉了马文哪里可以找到老巫婆。”

“格朗布索普。”马文说，“她在格朗布索普。”

“格朗布索普是什么？”索尔问。

金特里和精神病医生同另外三十人都挤在厨房里。更多的黑帮成员留在走廊和楼下的房间里。马文坐在厨房餐桌的顶部，大笑道：“我也问了相同的问题：格朗布索普是什么？然后那个家伙告诉我那鬼地方在哪儿。我发现我知道那儿。”

“是德国城大道上的一座老房子。”勒罗伊说，“非常古老。它建起来的时候白人还戴着可笑的三角帽呢。”

“你们审问的是谁？”索尔问。

“呃？”勒罗伊说。

“你们抓住的是谁？”金特里解释道。

马文露齿一笑：“勒罗伊、G.B.和我，我们天黑后返回了指挥中心。直升机走了。我们到厕所旁等着，然后就抓了这家伙。他裤子上别着枪。G.B.和我，我们让那家伙先脱掉裤子。勒罗伊把卡车开到边上等着。他脱完裤子，我们就把他带走了。”

“他这会儿在哪儿？”金特里问。

“还在伍兹牧师的卡车上。你问这干吗？”

“我想同他谈谈。”

“呵呵，他这会儿睡了。”马文说，“那家伙说他是特工，视频方面的技术人员，但他拒绝同我们谈，说他什么都不知道，还说我们遇到大麻烦了，得罪了联邦调查局之类的。勒罗伊和G.B.帮他开了口。杰克森说他没什么大碍，但他这会儿睡了。”

“姓福勒的女人在德国城大道上一个叫格朗布索普的地方，”金特里说，“那个探员是这么说的吧？”

“没错。”马文说，“老巫婆一直同另一个白人婊子住在女王巷。我们早该想到这一点。白人老婊子都凑在一块儿。”

“她在这个叫格朗布索普的地方干什么？”

马文耸耸肩。“联邦探员说她这周在那里待的时间很多。我们猜白鬼就是从那里来的。”

金特里从人墙中挤进来，站在马文身边。“好。我们知道她在哪儿了。走吧。”

“现在还不行。”马文说。他转身对勒罗伊说了些什么，但金特里抓住他的肩膀，把他扳了过来。

“去他妈的‘现在还不行’！”金特里说，“娜塔莉·普雷斯顿说不定就在那里，而且还活着。咱们走！”

马文抬起头，用冰冷的蓝眼睛注视着金特里。“松手，伙计。咱们要干就得干好。泰勒出去同爱德华多和他的兄弟们谈了。G.R.和G.B.到格朗布索普探风了。莉拉和其他女孩去确认条子们的位置了。”

“那我自己去。”金特里说，转身欲走。

“不行。”马文说，“只要你靠近那个地方，条子就会认出你，我们就无法发动突袭了。你必须等我们做好准备，否则我们就不会带你去。”

金特里转过身。魁梧的白人治安官怒不可遏地逼近马文身边，但后者没有半点儿畏缩。“想让我不去，除非杀了我。”金特里说。

“我知道。”马文说。

房间里的气氛陡然紧张起来。有人打开了收音机，黑人灵魂音乐在空气中回荡了好几秒，机器才被关上。

“再等几个小时吧。”马文说，“我知道你从南边来。再等几个小时吧。我们一起去。”

金特里硕大的躯体开始慢慢松弛。他举起右手，马文紧握住，两人十指交扣。“那就再等几个小时。”金特里说。

“好的，兄弟。”马文笑着说。

金特里坐在空荡荡的二楼的床垫上，这天第三次给鲁格尔手枪做清洗和上油。天花板上挂着一盏吊灯，薄纱灯罩已经破裂。那是房间里唯一的光源。台球桌上布满斑驳的污渍。

索尔·拉斯基走到灯光照射的范围内，迟疑不定地环顾四周，然后来到金特里坐的地方。

“你好，索尔。”金特里头也不抬地打招呼。

“晚上好，治安官。”

“既然我们共同经历了这么多事，索尔，你还是直接叫我罗布吧。”

“好，罗布。”

金特里将旋转枪膛啪的一声扣回原位，转了几圈。然后，他小心翼翼、聚精会神地将子弹一发发塞入弹巢。

索尔说：“马文正在派出先遣小队。两三人一队。”

“好。”

“我决定加入泰勒那队——去进攻指挥中心。”索尔说，“是我给的建议。声东击西。”

金特里抬头看了他一眼，又垂下了视线：“好。”

“我并非不想跟他们一起去杀姓福勒的女人，”索尔说，“但我觉得他们不明白科尔本有多危险——”

“我明白。”金特里说，“他们有没有说什么时候去？”

“午夜后不久。”索尔说。

金特里把枪放在一边，将床垫像枕头一样靠在墙上。他将双手十指交叉垫在脑后，躺在床垫上。“马上就是元旦了。”他说，“新年快乐。”

索尔摘下眼镜，用纸巾擦了擦：“你对娜塔莉·普雷斯顿了解得越来越深了，是吧？”

“你离开查尔斯顿之后，她还继续待了几天。”金特里说，“不错，我了解她更深了。”

“一个了不起的姑娘。”索尔说，“只要和她聊过天，就会觉得她像老朋友一样可亲。她真的是一个非常聪明、机敏的人。”

“是的。”金特里说。

“她说不定还活着。”索尔说。

金特里仰视着天花板。上面的阴影让他联想到台球桌上的血渍。“索尔，”他说，“如果她还活着，我就一定要把她从这场噩梦中救出来。”

“我相信你可以做到。”索尔说，“不好意思，我必须在狂欢开始前睡上一两个小时。”他朝靠窗的一张床垫走去。

金特里靠着床垫，抬头看了会儿天花板。后来他们上楼找他时，他已经做好了准备，跃跃欲试。

31

德国城

1980年12月31日，星期三

房间没有窗户，寒冷刺骨，更像是一个橱柜，六英尺长，四英尺宽，立着三面石墙和一扇厚厚的木门。娜塔莉一直对着门又敲又踢，直到手脚上都有了瘀青，但门纹丝不动。她知道，橡木门外肯定上了门链，插了门闩。

寒冷让她醒了过来。恐惧令她恶心想吐，额头上的伤口也随之剧痛起来。她立刻想起自己躲在烧焦的木头后面，世界满是灰烬的味道。她记得，拿着镰刀的可怕影子从黑暗中潜行而至，她跳起来，扔出了抓在手里的砖块，试图从矫捷的黑影身边跑过去。但她的上臂被怪物牢牢钳住，她尖叫着两腿乱蹬。然后脑袋上就狠狠挨了一拳，太阳穴和眉毛附近又吃了一拳，血流进了她的左眼，她感觉自己被抬起来带走了。她瞥见了天空、雪片和倾斜的街灯，然后就昏死过去了。

她醒来后，被寒冷和黑暗包围。有好一阵子，她都怀疑自己眼瞎了。她从石板上的毛毯中爬出来，摸到了粗糙的四壁，这里是一间木结构囚室。天花板高得够不着。一面墙上有冰冷的金属架，似乎之前上面还放着搁板。几分钟后，娜塔莉分辨出上下门缝中一缕缕相对较浅的条纹，那算不上光亮，只是室外黑暗中的一层淡淡的反光。

娜塔莉重新摸到那两床毛毯，蹲在角落里瑟瑟发抖。她头痛欲裂，眩晕和恐怖让她直想呕吐。娜塔莉从小就希望自己能临危不乱，勇气过人，从小就希望自己能成为父亲那样的人——在别人束手无策的时候能挺身而出——但是现在，她绝望地蜷缩在角落里，剧烈地颤抖着，向不知名的神祇祈祷着白鬼不会回来。房间里虽然寒冷，但比不上冰冷刺骨的户外。这里更像是一个湿冷的洞穴。娜塔莉不知道她身在何处。时间缓缓流逝，她差点儿昏睡过去，但仍未停止颤抖。这时，门下缝隙中的光线晃动起来。她听见几道门闩被打开的声音，梅勒妮·福勒走了进来。

娜塔莉确定来者就是梅勒妮·福勒，尽管老太婆手持的蜡烛从下方照亮了她的脸，呈现出一副诡异而滑稽的容貌：面颊和眼睛周围沟壑纵横；脖子上堆积着松弛的皮肤，如同缠绕着一圈绳索；眼睛犹如黑坑中的大理石，左眼皮耷拉着；稀疏的蓝白色头发在满是斑点的头皮上支棱着，仿佛圣人头顶的光环。在这个形象背后，娜塔莉认出了白鬼的消瘦身形，头发覆盖在沾着泥血的脸上，断裂的牙齿反射着蜡烛的黄光。他的手是空的，惨白的指头会不时抽动两下，仿佛电流穿过身体一般。

“晚上好，亲爱的。”梅勒妮·福勒说。她穿着长睡衣和厚厚的廉价长袍，两脚蹬着粉色绒毛拖鞋。

娜塔莉将毛毯裹得更近了，一言不发。

“这儿冷吗，亲爱的？”老太婆问，“实不相瞒，整个房子都很冷。我不知道在中央供暖未开通前，北方人是怎么活下来的。”她面露微笑，完美而光滑的假牙反射着烛光，“你能不能同我谈一会儿，亲爱的？”

娜塔莉本想趁自己尚未被制伏，突袭那个女人，从她身边窜入后面的黑房间。她瞥见那里有一张长木桌——显然是古董——以及背后的石墙。但是，在她和那个房间之间，还站着一双眼神犹如魔鬼的男孩。

“你把我的一张相片从查尔斯顿一直带到这座城市来，对不对，亲爱的？”

娜塔莉瞪大了眼睛。

梅勒妮·福勒哀伤地摇了摇头。“我并不想伤害你，亲爱的，但如果你不主动和我谈，我就只好请文森特向你提出抗议。”

娜塔莉看见白鬼向前迈了一步，心脏都跳到嗓子眼儿上。

“你是从哪儿拿到照片的，亲爱的？”

娜塔莉努力咽下一口唾液，好让自己的喉咙能发声。“从霍奇斯先生那里。”

“霍奇斯先生给你的？”梅勒妮·福勒狐疑地问。

“不，霍奇斯夫人允许我们查阅霍奇斯先生的幻灯片。”

“我们是谁？”老太婆微微一笑。烛光中的颧骨撑着干瘪的皮肤，仿佛是尖刀顶着羊皮纸。

娜塔莉闷默不作声。

“我猜‘我们’包括你和警长。”梅勒妮·福勒轻声说，“你和一个查尔斯顿的治安官大老远地跑来骚扰一个从没有伤害过你们的老妇人，这到底是为什么呢？”

娜塔莉怒火中烧，驱散了怯懦和恐惧，连四肢都突然充满了力量。“你杀了我父亲！”她怒吼道，背擦蹭着粗糙的石壁，试图站立起来。

老太婆似乎很迷惑："你父亲？你肯定弄错了，亲爱的。"

娜塔莉摇摇头，强忍住热泪。"你操控你那该死的仆人杀了他，毫无理由地杀了他。"

"我的仆人？索恩先生？恐怕你弄错了，亲爱的。"

娜塔莉恨不得啐一口蓝发恶魔，但她嘴里没有唾液。

"还有谁在找我？"老太婆问，"只有你同治安官两个人吗？你们是怎么跟踪我到这儿的？"

娜塔莉用力大笑一声，听起来就像摇晃罐头里的种子发出的沙沙声。"**所有人**都知道你在这儿。我们都知道了，关于你、那个老纳粹，还有你的另一个朋友。你再也不能杀人了。无论你怎么对付我，你都注定会完蛋……"她没能说下去，因为她的心脏狂跳不已，连胸部都疼痛了起来。

老太婆警觉起来。"尼娜？"她说，"尼娜派你来的？"

娜塔莉愣了片刻，然后想起尼娜就是索尔·拉斯基描述的恶魔三人组中的第三个，罗布也曾向她讲述过曼萨德旅馆凶杀案的案情。娜塔莉瞪着梅勒妮·福勒瞳孔疯狂放大的眼睛，意识到对方已方寸大乱。"是的。"娜塔莉一口咬定，她知道自己可能在引火烧身，但她决定放手一搏，"是尼娜派我来的。尼娜知道你在哪儿。"

老太婆摇晃着往后退了两步，似乎被人击中了面部一样。她惊恐地张着嘴，抓住门，以免摔倒。她看着那个叫文森特的魔鬼，但后者没有伸手扶她。她大口喘着气。"我累了。我们下次再谈。下次。"门哐啷一声关闭，门闩重新插上。

娜塔莉蹲在黑暗中瑟瑟发抖。灰白的光带从厚门上下漏进来。娜塔莉昏昏欲睡，发热头疼。她被尿憋醒了，但囚室里没有地方解手。她拍门大喊，直到声音嘶哑，但毫无反应。最后，她在远端的角落里发现了一块石头，将它从泥里刨出来，把凹坑当作厕所。拉完后，她将毛毯拉到门口附近，躺在那里啜泣。她惊醒过来时外面又黑了。门闩再次被拉开，厚门嘎吱嘎吱地开了。文森特一个人站在门口。

娜塔莉连忙往后退去，摸索被刨出来的石头当作武器，但那小子眨眼间就冲过来，抓住她的头发，将她拎了起来。他的左胳膊勒住她的脖子，令她窒息、绝望。娜塔莉闭上了眼睛。

白鬼粗鲁地将她从囚室里拽出来，半拖半推地把她往一条窄走廊赶。娜塔莉在上楼梯之前，看到了殖民地时代风格的阴暗厨房和小壁炉中燃着煤油炉的小客厅。上楼后，经过一段漆黑的短走廊，文森特将她推进一个被烛光照亮的房间。

娜塔莉惊讶地注视着眼前的一幕。梅勒妮·福勒像胎儿一样蜷缩着，躺在低矮的滚移式折叠床上的一堆被子和毛毯下面。房间的天花板很高，只有一扇破窗户，窗上挂着帘子。地板、桌子、画框、床沿、壁炉架上都至少放着三根蜡烛，老太婆的床四周也摆着一圈蜡烛。这里到处都是死了很久的孩子的破烂纪念品——破碎的娃娃屋；金属围栏小床，如同关小兽的箱子；古老的布玩偶；令人毛骨悚然的四英尺的男孩人体模型，仿佛长期遭受核辐射：头发脱落，头皮斑驳，脸上掉漆，露出暗红的皮下血管。

梅勒妮·福勒转身看着她。“你听到了吗？”她喃喃道。

娜塔莉侧过脑袋。她只听见文森特的沉重呼吸和她自己的剧烈心跳。她没有应声。

"他们说，时间就快到了。"老太婆说，"我让安妮回家去准备好车。"

娜塔莉朝楼梯瞥了一眼。文森特挡住了逃跑路线。她扫视屋内，寻找可用作武器的东西。金属小床太大，人体模型太怪。如果她手里有一把刀，或者某种锋利的东西，她就可以径直刺向老太婆的喉咙。如果老巫婆死了，白鬼会做什么？梅勒妮·福勒看上去好像死了。忽明忽暗的灯光中，她的皮肤和头发一样蓝，耷拉的左眼皮似乎完全闭合了。

"告诉我，尼娜想要什么？"梅勒妮·福勒低语道，她的眼珠来回移动，追逐着娜塔莉的视线，"尼娜，告诉我你想要什么。我并不打算杀你，亲爱的。你听得见那些声音么，亲爱的？他们告诉我你来了，还有那场火和那条河。我应该穿好衣服，但我的干净衣服都在安妮家，太远了，我走不回去。我得歇息一阵。安妮回来的时候会把衣服带来的。你会喜欢安妮的，尼娜。如果你需要她，她就是你的。"

娜塔莉微微喘息着，内心生出一种奇怪的惧意。这也许是她最后的机会了。她应该试着绕过文森特，下楼寻找出口吗？还是直接攻击老太婆。她看着梅勒妮·福勒。这是一个苍老的女人，身上散发着婴儿粉和汗水的味道。就在这一刻，娜塔莉确信这个恶魔就是杀死她父亲的元凶。她想起自己最后一次看到父亲的情形——感恩节后第三天，父亲在机场同她拥抱告别。她还记得父亲身上的肥皂和烟草的味道，还有那哀伤的眼神。

娜塔莉决心让梅勒妮·福勒偿命。她绷紧肌肉，准备纵身跃起。

"我受够了你的无礼，女黑鬼！"老太婆咆哮道，"你上来干什么？回去干你该干的事。你知道爸爸会怎么对付坏黑鬼！”床上的老太婆闭上了眼睛。

娜塔莉感觉头颅仿佛被斧子劈开，脑子如同着火一般。她转过身，向前栽倒，努力恢复平衡。她跌跌撞撞，手脚乱舞，运动神经仿佛都不听使唤了。她撞在墙上，再次撞墙，向后倒在文森特身上。男孩的一双脏手捏住了她的乳房。他呼出的气体如同腐尸。他撕开了娜塔莉前胸的衬衫。

“不，不。”床上的老女人说，“到楼下去做。做完之后把尸体带回安妮家。”老巫婆用手肘撑起身子，一只眼睛睁开盯着娜塔莉，另一只眼睛只露出眼白和耷拉在上面的厚眼皮。“你骗了我。你根本就没有带来尼娜的口信。”

娜塔莉张开嘴想说些什么，或者发出尖叫，但文森特揪住了她的头发，用一只强有力的手捂住了她的脸。她被从房间里拖出来，推下楼梯。娜塔莉差点儿摔晕过去。她的手在粗糙的地板上乱摸。文森特并不着急。他从容不迫地走下楼梯，在她跪在地上时抓住她，一脚狠狠地踹在她的身侧。

娜塔莉滚到了墙边，试图紧紧蜷缩起来，好像那样就能不被发现。文森特双手抓住她的头发，用力拖拽。

她爬起来，尖叫着竭尽全力去踢他的睾丸。他轻而易举地抓住了她的脚，猛地一拧。娜塔莉顺势转身，但速度不够快。她听见膝关节发出嘎的一声，像干树枝一样断了。她重重地摔在地上，双手和左肩着地。疼痛如同升腾的火焰般沿着右腿传来。

娜塔莉回过头，刚好看见文森特从军装夹克中抽出刀子，甩开长长的刀片。她试图爬开，但他伸手揪住她的衬衣，将她半举起来。衬衣又裂了，文森特索性将残存的衣料全部撕碎。娜塔莉继续沿着黑暗的走廊爬行，希望能摸到前面地板上某种可以用作武器的东西。但那里只有冰冷的地板。

她翻身躺在地板上，文森特迈开穿着靴子的脚，跨立她的身上。娜塔莉转过头咬上去，牙齿刺破肮脏的牛仔裤，深深地扎入他的小腿肌肉。他没有丝毫退缩，也没有发出半点声音。刀片从她耳边划过，割断了胸罩带，背上长长的勒痕隐隐作痛。

娜塔莉喘了口气，再次扭动身体，伸出双手，徒劳地试图阻止再度袭来的刀片。

这时，门外传来了爆炸声。

32

德国城

1980年12月31日，星期三

“问题是，”托尼·哈罗德说，“我之前从未杀过人。”

“一个人都没杀过？”玛利亚·陈问。

“一个都没有。”哈罗德说，“从没杀过。”

玛利亚·陈点点头，给两人的杯子中加入香槟。他们赤身裸体躺在切斯特纳特山旅馆2010房的长浴缸里，面朝对方。镜子中反射着唯一一根芳香蜡烛的光芒。哈罗德往后一靠，耷拉着眼皮注视着玛利亚·陈。玛利亚的棕色双腿从他苍白的膝盖之间伸出来，她两股分开，脚踝在泡沫中触碰着他的肋骨。泡沫几乎掩盖了她的右乳房，但他可以看到另一个乳房。她向后仰头，啜饮了几口漫出杯沿的香槟。哈罗德欣赏着她脖子的优美曲线和浓密的黑发。

“现在是午夜。”玛利亚·陈说，瞟了眼柜台上的劳力士金表，“新年快乐。”

“新年快乐。”哈罗德说。他们碰了一下杯。晚上九点他们就开始喝酒。泡澡是玛利亚·陈提议的。“从没杀过人。”哈罗德嘟囔道，“没有必要。”

“看来你这次要破例了。”玛利亚·陈说，“约瑟夫今天离开的时候，再次重申了巴伦特的要求，坚持要你去——”

“知道。”哈罗德起身将酒杯放在柜台上。他擦干身体，伸出手。玛利亚·陈握住他的手，缓缓地从泡沫中站起来。哈罗德用毛巾轻柔地为她擦拭，从身后抱住她，用厚毛巾裹住她的胸。哈罗德丢掉毛巾，抱起玛利亚·陈，将她抱进卧室。

哈罗德仿佛又体会到了初试云雨的感觉。自从十五岁以来，就从没有一个女人主动和他上床。玛利亚·陈的肌肤散发着香皂和肉桂的味道。

电话响了起来，不停地响。

哈罗德摇了摇头。玛利亚·陈吻了一下他的手，滑到床沿边接起电话，将话筒递给了他。

“哈罗德，你必须立刻过来。”科尔本的声音中透露着兴奋，“这里已经炸开了锅！”

科尔本回到控制室，屏幕前坐满了人，有的在匆匆做笔记，有的在对着耳麦低语。“加拉格尔他妈的在哪儿？”科尔本咆哮道。

“仍然没有消息，长官。”二号控制台的技术员说。

“该死。”科尔斯说，“告诉绿队停止搜索，让他们去支援市场附近的蓝二队。”

“遵命，长官。”

科尔本沿着狭窄的通道来到最后一个控制台前。“黑鬼们还在城堡里？”

“是的，长官。”屏幕前的年轻女人答道。她拨动开关，屏幕画面就从安妮·毕晓普的房前转移到房子后面的小巷。尽管装有夜视镜头，小巷深处五十米开外车库附近的人影依旧模糊难辨。

科尔本发现了十二个人影。“接通金一队。”他厉声道。

“是，长官。”技术员递给他一副耳麦。

“彼得森，我看到十二个黑鬼。他妈的到底出了什么事？”

“我不知道，长官。你想要我们跟上去吗？”

“不用。”科尔本说，“待命吧。”

“阿什米德街上也有八个不明身份的人。”五号控制台前的探员说，“刚刚经过白队。”

科尔本扯下耳麦。“海恩斯在哪儿？”

“刚接到哈罗德和他的秘书。”一号控制台前的探员说，“预计五分钟后到达。”

科尔本点燃烟，拍了拍一名女技术员的肩膀。“通知哈耶克马上把直升机开过来。”

“是，长官。”

詹姆斯·伦纳德探员一脚迈出科尔本的办公室，招手让他过来。“巴伦特先生的电话，三号线。”

科尔本关上门。“我是科尔本。”

“新年好，查尔斯。”巴伦特的声音传出话筒，从背景噪声和空洞的声调判断，这应该是一通卫星电话。

“好。”科尔本说，“什么事？”

“我刚同约瑟夫聊过。”巴伦特说，“他对任务的进展表示担心。”

“他又说什么了？”科尔本说，“开普勒总喜欢叽叽歪歪。如果他那么担心，为什么不他妈的待在这儿？”

“约瑟夫说，他需要去纽约处理别的事情。”巴伦特说，停顿了一会儿，继续道，“有没有我们朋友的迹象？”

“你说那个德国佬？”科尔本说，“没有。昨天仓库爆炸之后到现在，一直没有发现他的踪迹。”

“你觉得，为什么威利愿意牺牲自己的一个傀儡来干掉拉斯基博士呢？为什么要杀不必杀的人？约瑟夫说，想阻止消防队介入是不可能的。”

“我他妈的怎么知道？”科尔本怒吼道，“我们甚至都不能确定那两具尸体是鲁哈和那个犹太人的。”

“你的法证调查员不是在分析吗，查尔斯？”

“不错。但明天是联邦假日。何况，据我们所知，鲁哈和拉斯基坐在三十磅C–4塑胶炸弹上，能调查的东西不多。”

“我明白，查尔斯。”

“我得走了，”科尔本说，“这里有新情况了。”

“什么情况？”巴伦特透过噪声问。

“没什么大不了。一群该死的黑帮小子在隔离区里干蠢事。

“他们干扰不了早上要做的事吧？”巴伦特问。

“不会。”科尔本提高了声调，“我已经让哈罗德过来了。如果需要的话，我们能在十分钟之内封锁该区域，提前处理掉姓福勒的女人。”

“你认为哈罗德先生胜任这项工作吗，查尔斯？”

科尔本摁灭了烟头，又点了一根烟。“我觉得哈罗德连自己的屁股都揩不干净。”他说，“问题是，他搞砸之后我们怎么办？”

“你应该有备选方案了。”巴伦特说。

“嗯。海恩斯将介入，处理掉老太婆。哈罗德只要一搞砸，我就会亲自收拾这个好莱坞骗子。”

“你打算结果他？”

“我打算把警用手枪伸进那混球的嘴巴里，一枪打爆他的头，脑浆涂满西费城。”科尔本说。

两人沉默了片刻，电话中只听得见沙沙的背景噪声。“只要你觉得必要就行。”巴伦特最后说。

“对了，”科尔本说，“他的华人秘书也得消失。”

“当然。”巴伦特说，“查尔斯，还有一件事——”

伦纳德探员把头探进办公室说：“海恩斯带哈罗德先生和那个女孩到了。他们都在直升机上。”

科尔本点点头。“好。什么事？”他对巴伦特说。

“明天对我们来说都很重要。”巴伦特说，“但请记住，老太婆被干掉之后，波登先生就是我们最感兴趣的目标。你必须先联系上他，同他谈判，但如果形势不允许，就结果他。岛俱乐部仰仗你的判断，查尔斯。”

“好。”科尔本说，“我会记住的。我稍后再同你谈，好吧？”

“祝你好运，查尔斯。”巴伦特说。话筒里咝咝了两声就静默了。科尔本挂断电话，穿上防弹衣，戴上棒球帽，把点38口径手枪和夹式枪套放进防寒西装夹克的口袋里。

他蹲着身子跑向直升机打开的舱门，螺旋桨越转越快。

索尔·拉斯基、泰勒、杰克森和灵魂砖厂的六个年轻成员看着直升机升起来，往西北方向飞去。密封式运货小卡车停在高高的木栅栏外，半个街区外便是联邦调查局指挥中心的入口大门。

“你怎么看？”泰勒问索尔，“你说的巫师是不是走了？”

“有可能。”索尔说，“我们是不是在建筑工地这头？”

“可以这么讲。”泰勒说。

“你确定你没钥匙也能发动那玩意儿？”

杰克森说：“开玩笑。被扔到越南丛林打仗前，我在建筑工程营的汽车中心干了三个月呢。你妈是车的话我都能发动起来。”

“能把推土机发动起来就行。”索尔说。他知道——杰克森也知道——要发动推土机可不是摆弄电线那么简单。

“嘿，”杰克森说，“我把它发动起来之后，你能驾驶吗？”

“我有四年时间在修建和维护居民点，”索尔说，“你妈是土的话我都推得动。”

“小心你的措辞，伙计。”杰克森说，嘴咧得更大了，“别跟我学。论说脏话，你们白人还差得远呢。”

“在我们这个文化种群中，”索尔说，“我们有咒骂上帝的习惯，还有比这更好的锻炼吗？”

杰克森失声大笑，拍了拍索尔的肩膀。

“别斗嘴了。”泰勒说，“我们已经晚了两分钟。”

“你确定手表没坏？”索尔问。

泰勒似乎被激怒了。他伸出手，露出腕上戴的艾尔琴夫人手表，表里嵌着二十四克拉镶金钻石。“这表五年也不会误差一秒，”他说，“我们得行动了。”

“好。”索尔说，“我们怎么进去？”

“鲶鱼！”泰勒大喊一声，身后的一个男孩就推开后门，爬上厢式货车的车顶，跳到十英尺高的木栅栏上，翻到另一侧，消失在黑暗中。另外五个人紧跟上去。他们都背着沉重的背包，包里的瓶子当当作响。

索尔看了眼自己缠着绷带的左臂。

“走吧。”泰勒说，将他拉出了车。

“胳膊会疼的。”杰克森说，“要来一针吗？”

“不。”索尔说，跟着其他人翻过了栅栏。

“这可不合法。”托尼·哈罗德说。直升机的高度只有三百英尺，街灯、高楼和高速公路从身下掠过。

“警用直升机。”科尔本说，“我们有特别许可证。”

科尔本转动座椅，身子几乎都要探出右舷打开的窗户了。冷空气呼啸而入，像看不见的刀片一样刮着哈罗德和玛利亚·陈。科尔本握着一支架在打开的窗户上的柯尔特点30口径军用狙击枪，硕大的夜视镜、激光瞄准装置和大号弹匣让整把枪显得相当笨重。科尔本露齿一笑，对着风衣帽兜下的耳麦小声说了两句。飞行员立刻陡然右转，在德国城大道上空盘旋。

哈罗德双手紧抓着衬垫座椅，紧闭双眼。他知道，自己全靠安全带才没有滚出打开的窗户，从三十层楼的高度坠落到下面的街道上。

“红队队长呼叫控制中心，”科尔本说，“报告状态。”

“这里是控制中心。”伦纳德探员的声音传来，“蓝二队报告，四辆拉丁裔男人乘坐的汽车从切尔腾和市场进入隔离区。还有身份不明的群体进入一号城堡和二号城堡后的巷子。十五个身份不明的黑人刚刚经过阿什米德街上的白二队。报告完毕。”

科尔本转身对哈罗德露齿一笑。“我觉得这是要群殴的架势。元旦前夜，白人阿飞对黑人流氓。”

“已经过了午夜。”玛利亚·陈说，“现在是元旦了。”

“管他妈的是不是元旦。”科尔本说，“只要他们不打扰我们的‘日出行动’，他们想怎么群殴都行。对吧，哈罗德？”

托尼·哈罗德紧抓座椅，一言不发。

金特里治安官气喘吁吁地跑着，避免掉队。马文和勒罗带着十个黑帮成员，呈松散队列，穿梭小巷、后院、布满垃圾的空地和被废弃的建筑所组成的迷宫之中。他们来到一条巷子的入口，马文挥手示意所有人蹲下。金特里看见六十码开外停着一辆厢式货车，中间隔着垃圾桶和倾斜的车库。

“联邦调查局的条子。”勒罗伊咕哝道。这个留着胡子的年轻人瞟了眼手边，咧嘴笑道：“我们早到了一分钟。”

金特里双手撑在膝上，呼哧呼哧地喘气。他觉得肋骨生疼，无比希望自己待在查尔斯顿的家里，听着戴夫·布鲁贝克[①]的四重奏，读着布鲁斯·卡顿[②]的作品。金特里把脑袋靠在冰冷的砖上，思考着他们离开社区活动中心时发生的事。这件事促使他改变了对德国城和灵魂砖厂的看法。

最后一队人即将离开的时候，一个男孩——顶多七八岁——跑了进来。他直接跑到马文跟前，“斯蒂维[③]，”黑帮首领说，“我让你别过来的。”

---

① 戴夫·布鲁贝克（1920—2012）美国爵士钢琴家、作曲家。

② 布鲁斯·卡顿（1899—1978），美国历史学家、记者。

③ 斯蒂夫的昵称。

男孩哭个不停，用胳膊擦掉眼泪。“妈妈说，你应该立刻回家，马文。妈妈说她和玛丽塔需要你回来，你应该立刻回家。”

马文将男孩带到另一个房间，一条胳膊搂着他。金特里听见马文说：“……你告诉妈妈，我明天一大早就回来。玛丽塔留下来打理事情。你把我的话带给她们，好吗，斯蒂维？”

金特里受到了很大的触动。五天以来，他都生活在噩梦当中，而黑帮也是噩梦的一部分。围绕金特里发生了一连串痛苦、黑暗、看似毫无关联的事件，德国城及其居民便是其中一环。他知道黑帮成员都很年轻——杰克森除外，但他是一个迷失者，一个访客，一个无处可去只好重返鬼屋的鬼魂。寒冷的街头几乎看不到别的成年人，只是偶尔有几个脸上带伤、沉默不语的女人匆匆走过。老人从酒馆门后窥探，酒鬼躺在肮脏的店门口。他知道，这不是这里应有的样子。一到夏天，街道上和门廊里就会挤满男女老幼，孩子们跳绳，少年们打篮球，小伙子大笑着靠在锃亮的汽车上。他知道，这噩梦般的空虚感是寒冷的天气、街头的暴力以及潜伏的敌人所致。随着斯蒂维的到来，金特里认识到，在这个陌生之地，他只能同这群孩子一起，对抗掌权的成年人。

“他们来了，伙计。”勒罗伊低声道。

三辆低底盘汽车呼啸着停在小巷另一头的街上。一群男人边笑边唱着歌，用西班牙语嚷嚷。几个人朝厢式货车走来，拿棒球棒和铁管敲打车身。车灯亮了。车里也有人大叫起来。三个人从厢式货车的侧面跳出来，其中一个朝天上放了一枪。

“行动。”马文说。

一行人悄悄地沿小巷前进了二十码，紧贴着车库和栅栏这一侧。他们在车库后的一块空地停下，大多数人都靠在低矮的金属栅栏上。厢式货车的方向又传来枪声。金特里听见低底盘汽车加速朝德国城大道驶去。

“这儿就是格朗布索普。”勒罗伊说。透过栅栏的缝隙，金特里看见一个小院子、光秃秃的大树，还有一座石头房子的背部。

马文爬到金特里身边：“一楼窗户都上了铁条。房后一扇门，房前两扇门。我们前后并进。行动。”马文、勒罗伊、G.B.和G.R.兄弟，还有另外两人如同魅影一样翻过了栅栏，金特里却被铁丝网挂住，单膝着地落在冻土上。他将鲁格尔手枪从口袋里抽出来，跑步跟上。

马文和G.B.示意金特里去房子侧面。两人都拿着泵动式霰弹枪，马文在头上缠了一条红围巾。“我们负责临街的门。”

在石头房子和隔壁的熟食店之间，有一道四英尺高的木栅栏。一辆空电车缓缓驶过之后，勒罗伊一脚踢开门，同G.B.大胆地闯进去，冷静地走过破碎的窗户，向两道前门走去。每道门两侧立着低矮的栏杆。地窖门上了挂锁，几乎都在朝人行道这边倾斜了。金特里后退两步，抬头观察这座老房子的前部。九扇窗户中都没有透出光亮。德国城大道上一片阒寂，除了两个街区外正向西驶去的电车。明亮的“防范犯罪”的街灯在店面和砖墙上投下黄色的光亮。已进入深夜，空气异常寒冷。

“动手。”马文说。G.B.迈上台阶，用力踢踹。坚固的橡木门纹丝不动。马文点点头，两人将子弹泵入弹仓，后退两步，朝门锁射击。木屑飞溅，金特里连忙转身，本能地捂住眼睛。两人再次开枪，金特里转过头，刚好看见西侧的门被轰开了。G.B.对马文露齿一笑，举起手做了个庆祝胜利的敬礼，但就在这时，一个小红点出现在他的胸口，然后移到他的脑袋上。G.B.抬起头，摸着额头，于是光点出现在他的手背上。他转头看着马文，一脸惊讶。枪声轻微而遥远。G.B.的尸体撞在木门上，接着反弹回人行道。

金特里看到那孩子的整个额头几乎都不见了，然后他拔腿就跑，跌倒在地，手脚并用，摸索通往侧面院子的门。他模糊地记得，马文跳过低矮的栏杆，俯身冲进了打开的西侧门。小红点在金特里头上的石头上舞动，两发子弹射来，石屑掉落在他脸上。他穿过侧门，朝右滚动，结果撞到了硬物上。又有几发子弹撕开栅栏，嵌进他左边的冻土里。金特里盲目地爬向院子尾部。更多的子弹从大街方向射来，但都没有击中他附近。

勒罗伊气喘吁吁地跑上来，单膝跪下。“这都是他妈的怎么回事？”

“有人正从对面射击。”金特里喘着粗气说，惊讶地发现自己竟然还拿着鲁格尔手枪，“可能在二楼或楼顶，使用了激光瞄准装置。”

“马文呢?

“进去了。G.B.已经死了。”

勒罗伊站起来，挥了挥胳膊，然后离开了。六个黑影从金特里面前经过，朝房前跑去。

金特里跑到石头房子的侧面，窥视后院。后门大开着，房里透着微光。一辆厢式货车停到了小巷里，车门打开，借助车内的灯光，金特里瞥见一个男人从驾驶席上跳下，仓库附近的阴影中爆出几声枪响。男人朝车内倒下，门被拉上。有人从仓库方向叫喊起来，金特里看到几个黑影飞速朝大树跑去。头顶传来直升机的轰鸣，一道刺眼的白色光柱射下来，照亮了大半个后院。金特里叫不上名字的一个男孩如同被车头灯照射的鹿一样定在原地，抬头朝光柱眯眼看去。金特里看见一个红色光点跃上男孩的胸膛，转眼间男孩的胸膛就炸裂开来。金特里没有听见枪声。

金特里双手紧握鲁格尔手枪，朝探照灯的方向连射三枪。光柱并没有熄灭，但开始猛烈晃动，扫过树枝、楼顶和厢式货车。直升机盘旋着升入夜空。

房前枪声大作。金特里听见有人发出痛苦的尖叫。小巷里的厢式货车的反击也愈发密集。金特里听见附近又来了很多车。他瞥了眼鲁格尔手枪，决定节约时间，不再装弹，径直奔向格朗布索普打开的后门。

索尔·拉斯基已经很多年没有驾驶过推土机了，但杰克森刚给推土机更换了磁电机，接通了电源，索尔就钻进驾驶室操作了起来。自从近二十年前帮助清除定居点之后，他这方面的技能就被搁置一旁，但现在又渐渐在他脑中复苏。所幸这是一辆美国毛虫履带车D-7，由定居点用过的推土机直接演变而来。但一番摆弄之后，机器却毫无反应。

“嘿！”蹲在驾驶席旁、绰号“鲶鱼”的瘦男孩叫起来，“你他妈的知道自己在干什么吗？”

“当然！”索尔高喊着回应。他摸到另一个操作杆，往后一拉，引擎终于咆哮了起来。他找油门，但太多的牵引力被传输到右侧履带上，差点将蹲在索尔左侧启动第二辆挖土机的杰克曼撞倒。索尔立即调整方向，差点儿失速，最终将它对准了六十码开外的指挥中心。柴油废气和黑烟直扑面庞。索尔瞟了眼右边，看见三个黑帮成员从推土机旁的坑洼地面全速冲过。

“这玩意儿就不能再快点儿？”鲶鱼尖叫起来。

索尔听见刺耳的刮擦声，意识到自己没有举起刮板。他立即调整，推土机前进得顺畅多了。在他后面，杰克森的推土机也咆哮着驶出了建筑工地。

“到那边后你打算怎么办？”鲶鱼大声问。

“等着瞧吧！”索尔扶了扶眼镜。他压根儿不知道他要做什么。但他很清楚，联邦调查局特工随时可能冲出来，从左右两侧向他开火。移动缓慢的推土机很容易就会沦为攻击目标。他们顺利靠近活动房屋的概率似乎极低。索尔几十年来首次感到如此没有信心。

马尔科姆·杜普利斯率领八个灵魂砖厂成员进入安妮·毕晓普的家。马文认定老巫婆在别的地方——德国城大道上的老房子里——但马尔科姆的小组被派去搜查女王巷的这座房子。他们没有无线电。马文给每一组安排了至少两个“矮人”——来自附属黑帮的八到十一岁的孩子——担当跑腿传信的。马文那边一直没有消息，但马尔科姆一听到德国城大道方向传来的枪声，就领着四人离开小巷，进入安妮·毕晓普的后院。另外四人留下继续观察那辆静候在巷尾阴影中的电话公司的厢式货车。

马尔科姆、唐尼·考尔斯和胖胖的小杰米——路易斯·索拉兹的小弟弟——当先锋，一脚踹开厨房门，冲了进去。马尔科姆挥舞着用七十五美元从穆罕默德那里买来的9毫米口径自动手枪，枪上了油，亮闪闪的。松垮垮的弹匣里有十四发子弹。唐尼拿的是一把自制小手枪，枪管里只有一发点22口径子弹。杰米则只带了一把小刀。

住在那儿的老女人不在家，也没有老巫婆和白鬼的影子。他们用三分钟将这座小房子搜了个遍，然后马尔科姆回到厨房，而唐尼去搜查前院。

“楼上的床被弄得乱七八糟。”杰米说，“好像他们是匆忙收拾离开的。”

“知道了。”马尔科姆说。他对后院的人挥了挥手，杰弗森——他们这组十岁的“矮人”——快步上前。“去德国城大道上的老房子看看马文那边——”

这时忽然响起了车库门嘎吱打开的声音和引擎的轰鸣。马尔科姆对其他人打了个手势，冲出后门，跑进小巷。一辆模样古怪的轿车刚好驶出车库。车没有开大灯，驾驶席上的老妇人怯生生地双手紧握方向盘。马尔科姆认出这个白人就是毕晓普女士。他曾无数次目睹她在这一带活动。他小时候甚至还为她剪过草坪。

五个黑帮成员挡住车的去路，马尔科姆走到驾驶席一侧。老妇人满脸惊恐地左顾右盼，然后落下车窗。她声音古怪，仿佛梦呓：“你们这些孩子快让开。我必须走了。”

马尔科姆瞟了眼车内。车内只有毕晓普女士。他放下手枪，探出身子。“抱歉，你现在哪儿都不能去，要等——”

安妮·毕晓普忽然伸出双手，手指弯曲成钩状。要不是本能地把头往后一仰，马尔科姆的双眼可能都被抠出来了。饶是如此，老妇人的长指甲还是在他的面颊和眼皮上留下了八条血痕。马尔科姆惨叫起来。那辆破车轰鸣着冲了出去，将小杰弗森撞到半空，左轮从杰米身上碾过。

马尔科姆咒骂了两句，在煤渣中摸索掉落的手枪，然后单膝下跪，朝远去的汽车连续开了三枪，直到有人大叫着提醒他注意。马尔科姆猛然转身，保持单膝跪地的姿势。停在巷尾的电话公司的厢式货车正朝他呼啸而来。马尔科姆连忙掉转枪口，但立即发现这个错误的动作只是浪费时间。他张开嘴放声尖叫。

联邦调查局的厢式货车的前保险杠撞到马尔科姆的脸上时，时速已达至少六十英里。

“快离开！”托尼·哈罗德高喊起来。刚才有东西击中了左起落橇，火花四溅。他们此时正悬停在一座平顶建筑上方六十英尺处，科尔本脸上挂着愚蠢的狞笑，疯狂地用《星球大战》电影中才有的狙击枪向下射击。飞行员哈耶克显然同意哈罗德的建议，因为他在科尔本从窗前转过头下达命令之前就已经操作飞机右倾爬升。理查德·海恩斯淡定地坐在副驾驶的位置，注视着窗外，仿佛正在欣赏夜景一般。玛利亚·陈坐在哈罗德右侧，紧闭双眼。

“红队队长呼叫控制中心。”科尔本说。哈罗德和玛利亚·陈都戴着耳麦——在风声、引擎声和螺旋桨声中，得靠这东西才能内部通话。“红队队长呼叫控制中心！”

“这里是控制中心。”一个女人的声音传来，“请讲，红队队长。”

“出了什么状况？二号城堡这里到处都是黑鬼。”

“是的，红队队长。绿队报告说，一群数量未知的黑人正试图强行闯入二号城堡。金队正在追踪1953年款德索托轿车内的二号目标，该目标正沿着与女王巷平行的街道向北行驶。”白队、蓝队、灰队、银队、黄队都报告说，遭遇到不明身份的敌对分子。市长已经打来两次电话了。完毕。”

“市长？”科尔本说，“上帝啊。伦纳德到底在哪儿？完毕。”

“伦纳德探员出去调查建筑工地上的骚乱了。你一回来我就让他联系你，红队队长。完毕。”

“操。”科尔本说，“听好了，我会把海恩斯放下去，监督二号城堡的战况。让蓝队和白队封锁市场至阿什米德街之间的区域。告诉绿队和黄队，不许任何人进出二号城堡。懂了吗？”

“明白，红队队长。我们——”耳机中传出尖厉的啸叫，通信随之中断。

“他妈的。”科尔本说，“控制中心？控制中心？海恩斯，切换到战术频道25。金队吗？这里是红队队长。彼得森，收到请回复。”

“收到，红队队长。”声音中透露着紧张。

“你他妈的在哪儿？完毕。”

“沿德国城大道向西追踪二号目标，红队队长。完毕。”

“姓毕晓普的女人？她在哪儿？”

“啊……我们需要支援，红队队长。”同一个声音打断道，“这里来了两辆车，满载拉丁裔男子。啊……我过一会儿再联系你，红队队长，完毕。”

科尔本探出身子，对飞行员大喊道：“降落。”

戴着棒球帽的男人嚼着口香糖，冷静地答道：“没有空地，长官。我们只能在一千英尺的高度悬停。”

“放屁。”科尔本说，“降落到德国城大道上。马上！”

飞行员朝右瞟了一眼，转动机头，点了点头。直升机如同失控的电梯一样坠落，托尼·哈罗德几乎尖叫起来。街灯向他们快速逼近，左侧一个街区外闪过一团火光。飞行员紧急拉升机头刹车，轻轻停在街道中央的沥青路面上。海恩斯立刻跳下直升机，优雅地蹲伏着跑向路边。

“起飞！”科尔本大喊道，对飞行员竖起大拇指上下比画。

“不！”哈罗德尖叫着。他对玛利亚·陈点点头，两人便开始解开腰上的安全带，“我们也要出去。”

“出去个鬼。”科尔本在内部通话器中说。

哈罗德摘下耳麦，玛利亚·陈从手提包中拿出勃朗宁手枪，瞄准科尔本的胸膛。“我们现在就要出去！”哈罗德吼道。

“你死定了，哈罗德。”科尔本轻声说。

托尼·哈罗德摇摇头。“我没听见，查克。”他大喊着，“跳！”哈罗德从左侧门跳下去，朝海恩斯消失的方向的一条小巷跑去。玛利亚·陈又等了三十秒，朝门挪去。

“你俩都死定了。”科尔本微笑着说。他看了看固定在右舷舱壁上的狙击枪，放松下来。

玛利亚·陈点点头，跳出舱门就跑。

“升高一百英尺。”科尔本对麦克风说。

直升机避开电线和房顶，机头左转，在德国城大道上方十层楼高的位置悬停。科尔本将柯尔特点30口径狙击枪放在射击支架上，透过夜视仪扫视小巷。但他没有发现运动的物体。“太他妈多的突出物了。”科尔本咕哝道。战术频道里的人喋喋不休地说着，语气急迫。他听见海恩斯要求绿一队的狙击小组予以回应。

科尔本摇摇头。“返回二号城堡。”他厉声道，“我们过会儿再收拾这个猪头。”

直升机掉转机头，前倾机身，一面爬升，一面向东飞去。

33

德国城

1981年1月1日，星期四

娜塔莉·普雷斯顿躺在地上，举着双手，试图挡住文森特的利刃。这时，六英尺外走廊尽头格朗布索普的前门被剧烈的爆炸轰开了。狭窄的走廊里木片横飞。紧接着发生了第二次爆炸，娜塔莉转头向左，看向门外，正好看见一扇临街的门被炸开。

四周突然安静下来，文森特却后仰着脑袋，仿佛编程错乱的机器人。刀子在他右手发着寒光。娜塔莉没有动，也没有说话和呼吸。

第二组爆炸传来，这次来自更远的地方。突然，一个黑影猛冲上门廊，滚进火炉旁的高背椅里。一把霰弹枪从光滑木地板上滑过，撞到了桌腿上。

文森特从她身上跨过，大步走进门廊。文森特将马文·盖尔举起来时，娜塔莉瞥见了马文那蓝色的大眼睛，然后她跪在地上，摸索着朝房后前进。膝部的剧痛令她几乎尖叫起来，但她紧咬嘴唇，直到嘴里尝到血腥味都没有出声。门外的叫喊更嘈杂了，他听见马文和白鬼在门廊里扭打的声音。娜塔莉爬到厨房门口，挣扎着用左腿支撑身体站起来。这是一个长长的房间，破碎的窗户，大壁炉，长桌上燃烧着两支蜡烛，沉重的大门上着锁。一把泵动式霰弹枪靠在门旁的墙上。

娜塔莉低唤了一声，朝霰弹枪单腿跳过去。就在她即将碰到枪的时候，门外连续三次炸响。伴随着第四次和第五次炸响，铁锁和木闩被打烂，碎片扎入她的左腿和左臂。娜塔莉跳到一边，将重心转移到右脚，然后撞上桌子，将其拖倒，狠狠地摔在石板上。门又遭到两次轰击，开始明显内倾。娜塔莉前方六英尺处，食品储藏室的门大开着，为她提供了藏身之所。她摸索着前进，刚跌跌撞撞地没入黑暗之中，就有人踹翻了厨房门。

一个男孩冲进来，娜塔莉认出他是马文手下的双胞胎之一。紧接着又闯进了另一个小伙子。两人手中都拿着霰弹枪，跳到了被轰翻的门后。

“别开枪！”娜塔莉大叫道，“是我！”

“你是谁？”双胞胎之一大声问。他站起来，小幅挥舞着霰弹枪。

马文·盖尔摇摇晃晃地进入厨房时，娜塔莉溜进了食品储藏室。马文的手臂和胸膛上都有血痕，他拖着霰弹枪，枪托着地，仿佛太累了举不起来一样。

“马文！操，你怎么进来了？”双胞胎之一站起身，放下武器。另一个男孩从桌后抬起了头。

马文操起霰弹枪，连开两枪。双胞胎之一被轰进壁炉之中。第二个男孩滚到角落里，叫嚷着试图站起来。马文转身从齐腰的位置开枪。男孩撞到墙上，前扑，跌入阴影中看不见的洞里。

娜塔莉意识到自己蹲在地上，捂住已经断开的胸罩。透过食品储藏室门上的裂缝，她发现马文像木头人一样笨拙地走到壁炉边，检视双胞胎之一的尸体。他转过身，低头查看洞口，然后垂下霰弹枪，再次射击。

娜塔莉单腿跳跃，沿着走廊飞速离开，胸罩掉落了也不顾。她的上半身已经爬满鸡皮疙瘩。外面传来霰弹枪开火的巨响。

这完全是一场噩梦，娜塔莉想。**我会让自己醒过来的**。但折断的脚踝传来的剧痛又无比清晰地提醒着她，这不是梦。

文森特跨进走廊，双腿岔开，长刀握在右手，但并不用力。

娜塔莉站定，扶住墙裙保持平衡。她的左边就是通往二楼的陡楼梯。

文森特朝她迈出一步。

娜塔莉向左一跳，脚踝撞在楼梯上，疼得失声尖叫。她抽泣着将身子往楼上拖，听见罗布·金特里的呼唤从厨房传来。

索尔·拉斯基原本建议，针对控制中心的袭击要迅速，最大限度地制造混乱之后就撤退。理想状态下不会有伤亡，最好不用开枪。私下里，他希望在那儿发现科尔本或海恩斯。现在，他开着推土机，二十码外就是活动房屋，他开始怀疑原来的计划是否可行。

左边突然传来爆炸声，原来是泰勒和其他人将瓶装汽油弹扔进了停着的车里，火焰蹿上二十英尺高的空中，整块空地都被短暂地照亮了。一个身穿白色T恤、系着黑领带的人走出主拖车，惊讶地注视着火焰，然后看到了正在逼近的推土机，连忙惊呼，并从腰带的小枪套里抽出一把手枪。

索尔距离活动房屋十码。他举起推土机刮板，充当盾牌，但很快发现自己的视线也全被挡住了。在巨大的引擎轰鸣中，他没有听见人群的叫喊，也没有听见另一发燃烧弹的爆炸声，但有什么东西击中了刮板，发出当当两声，然后进气栅上传来更巨大的闷响。推土机纹丝不动。索尔将刮板抬高一英尺，透过缝隙看见刚才那人躲进了活动房屋。

“我在这儿下车！”鲶鱼大叫着，越过右履带跳了下去，消失在黑暗之中。

索尔本想跟着跳，但他最后耸耸肩，抓住操作杆，撑住身体，又将刮板抬高了一英尺。

通过活动房屋的最后十英尺的路有些向上倾斜，推土机刮板扎入活动房屋的位置离地八英尺，就在门的右侧，一时间木质入口平台木屑横飞，扭曲变形。索尔向前一扑，咬到了自己的舌头，他立刻坐直身子，开足马力。随着履带的转动，长条形的活动房屋也开始倾斜起来。

杰克森驾驶的推土机刮板扎入门左侧二十英尺处，整个建筑都颤抖不已。薄薄的铝皮被撕裂成扭曲的金属条。整个窗户组件都散架了，被压在索尔推土机的履带之下。索尔一开始觉得，刮板会直接将整个活动房屋犁穿，但几秒过后，刮板就碰到了坚硬的金属。两辆推土机加大力道，伴随着金属连接盘的刺耳尖啸，中间的活动房屋与前后两座活动房屋分开，并向后倾斜。

主门在索尔左肩几英尺外打开，一个男人探出上半身，挥舞着转轮手枪寻找目标，然后失去重心的活动房屋便翻倒了。男人的手臂直指天空，开出两枪，接着消失不见。

索尔将推土机挂到空挡上，跳下车。杰克森也离开了他那辆推土机，两人蹲在联邦调查局的一辆车的挡泥板背后，疲惫地默默对视着。

“现在怎么办？”过了好一会儿，杰克森问。

特工们正陆陆续续从遭到破坏侧翻在地的活动房屋中爬出来。索尔看见一个女人正在同伴的帮助下钻出房顶的裂缝。大多数特工都神情迷乱，坐在冰冷的地面上，或者像交通事故后的幸存者一样茫然无措，但有几个人抽出了手枪。索尔知道，继续留在原地是愚蠢的。泰勒和其他人都不见踪影，索尔猜他们已经返回卡车。“我要找人。”

索尔耐心等待，直到最后一批特工从活动房屋中爬出来，如同从被打翻的蚁丘中逃出来的蚂蚁。但他没有发现查尔斯·科尔本或者理查德·海恩斯。索尔失望透了。

“我们最好赶快离开。”杰克森小声说，“他们正在集结。”

索尔点点头，跟随这个大个子进入阴影当中。

勒罗伊看见G.B.的尸体躺在路边，瞥见街对面三楼传来枪口的闪光，连忙趴在地上，翻滚至大门。高速子弹撕开了他左侧的栅栏。听声音，房子西边和德国城大道上的兄弟们正在还击。但他知道，他们的手枪和仅有的几把霰弹枪根本无法同联邦调查局的条子抗衡。勒罗伊将脸紧贴在冰冷的地面，又有一波子弹射穿栅栏。“真他妈疯了，操。”他嘟囔道。

勒罗伊右臂十英寸外，一具尸体躺在墙边。勒罗伊将那个大块头翻过来，听见旧帆布背包里传出瓶瓶罐罐的叮当声，浓烈的汽油味涌入鼻腔。

死者是迪特·科尔曼，他在德国城高中上高年级，刚加入灵魂砖厂不久。迪特曾与勒罗伊的妹妹约会过几次。勒罗伊知道，这孩子更喜欢学校里的戏剧俱乐部和电脑实验室，而不是街头斗殴，但他这几年都在央求马文允许他入伙。黑帮首领一个星期前才给了他这个机会。高速子弹将这孩子的大半个脖子都打飞了。

勒罗伊把尸体拖过来，取下背包带，同时自言自语道："你他妈太蠢了，勒罗伊。蠢到家了，伙计。总是干蠢事。"

他将背包背在自己身上，拽紧背包带，感觉破瓶中漏出的汽油渗到了他背上，摇了摇头。他把毫无用处的点25口径小手枪塞进皮带，未作细想就推开门，发足狂奔。

两声枪响后，他感觉有东西咬上了他运动鞋的鞋跟，但勒罗伊没有停下。他挤过小巷入口的一排垃圾桶，然后用力蹦高，试图够到防火梯。"从一开始就是个烂点子。"他一边抱怨一边费力地攀爬防火梯。

三楼小巷这一侧没有窗户，只有一扇上了锁的金属门，外侧没有把手。"蠢蛋，蠢蛋。"勒罗伊咒骂着，蹲在门右侧。他拍了拍裤子和大衣上的口袋。没有火柴，没有打火机，什么都没有。他失声大笑，三个黑影从房子后部跑进了小巷。从他们上方三十英尺的地方，勒罗伊看见了他们的白脸白手。他们正仰着头，举起枪。"这下跑不掉了，伙计。"他嘀咕道。

第一发子弹尖啸着穿过格栅，火花迸射，他将脸和肚子紧贴在砖墙上。第二发子弹击穿了他右脚运动鞋的鞋跟，他的腿弹了一英尺高。勒罗伊突然感到腿上没知觉了，瞪大眼睛看着白色运动鞋顶端的黑洞洞的弹孔。"开玩笑的吧？"他嘟囔道。

铁门打开了，一个身穿黑西装的人来到防火梯上。他带着一把模样古怪的来复枪。勒罗伊把枪抢了过来，用枪砸他咽喉，将他的身体压在栏杆上往后推，用麻木的右腿挡住即将关闭的门。下面没有再开枪，但勒罗伊看见一张张晃动的白脸——他们正在寻找射击角度。被压在勒罗伊身下那人挣扎起来，气急败坏地咒骂，一只手去抓勒罗伊的脸，另一只手去拽顶在他脖上的枪托。

勒罗伊用全身的力量撞过去，肩膀顶着那人，将他推过了栏杆。“有火柴吗，伙计？”他问。他们身后传来脚步声。勒罗伊左手伸进特工的外套口袋，取出一个金色打火机。“天啊，谢谢你。”勒罗伊大声说，松开了手，那人同他的来复枪一起坠入三十英尺下的小巷。勒罗伊刚进入房间，下面就再次枪声大作。

“你有没有……”另一个白人一边拔出手枪一边说。另外三个白人站在窗边，那里架着枪，还放着固定在沉重三脚架上的望远镜。勒罗伊瞥见了几把折叠椅，堆满食物和易拉罐的扑克桌，还有墙边的无线电设备。

“别动！”白人大喊道，用手枪瞄准勒罗伊的胸膛。勒罗伊的双手已经举起来了。他的拇指打燃火石，感受到右耳边那团微弱火焰的热量。“撞大运了。第一次就打燃了。”勒罗伊说，将打火机丢进了打开的背包里，壳牌无铅高级汽油被瞬间点燃。

爆炸发生的时候，安妮·毕晓普距离格朗布索普已有半个街区。她以十五英里的时速继续平稳驾驶，双手紧抓住德索托的方向盘，双眼平视前方，一眨不眨。格朗布索普对面建筑的三楼上所有的窗户都被炸成了碎片。闪光的玻璃碴儿像雪花一样洒落在德国城大道上。三十秒后，火焰蹿了起来。安妮·毕晓普将车停在格朗布索普前的路边，切换到驻车挡。考虑到这车已有三分之一个世纪的年纪，她还是小心翼翼地拉起了手刹。

建筑中蹿出的火焰愈发明亮，给格朗布索普和整个街区都染上了橘红色。她听见零星的枪响。五十码外，几个长腿的身影快速穿过街道。就在德索托的右轮旁，一个男孩趴在地上。他炸裂的脑袋下是一摊黑血，蜿蜒着流入了下水道。

街对面燃烧的建筑发出巨大的爆响，就像数百根粗树枝被同时折断。不时传出的枪声如同爆米花被爆出时的炸响。有人在远处尖叫。还有警笛的长啸。安妮·毕晓普坐在1953年款德索托里，眼睛平视前方，双手紧握方向盘，等候候命。

金特里快速穿过打开的后门，手持鲁格尔手枪在身前防御。他躲到一张打翻了的桌子背后，重重地单膝跪下，打量四周。

这间老厨房里被两根蜡烛照亮，一根放在灶台上，一根倒在地板上。名叫G.R.的双胞胎之一死了，就躺在金特里身后六英尺的大壁炉里，他的羽绒服从脖子到胯部都被撕成了碎条。羽绒覆盖在尸体的脸、躯干和腿上。厨房的其他部分都是空荡荡的。在走廊入口附近，一扇小门开着，通往食品储藏室之类的小房间，但看不清里面的情况。

金特里将鲁格尔手枪对准食品储藏室的门，但后面的走廊里却传来了声响。他意识到自己正在用嘴使劲呼吸，然后憋气十秒。门外的枪声突然暂停了，在短暂的寂静中，金特里听见身后的阴暗角落里传出轻微的刮擦声。他跪在地上转身，看见马文·盖尔从石地板里钻出来，就像从游泳池中站起来一样。尽管灯光昏暗，金特里还是看见黑帮首领的面部几乎毫无表情，眼睛眯成一条缝，只看得见眼白，而不见虹膜。

“马文？”金特里大声问。与此同时，男孩从他钻出的洞里抽出霰弹枪，瞄准金特里的头，扣下了扳机。

撞针发出清亮的咔嗒声。

就在马文泵入霰弹，继续射击的同时，金特里用鲁格尔手枪瞄准了马文。霰弹枪的击铁再次打空。

金特里用力扣动扳机，才将鲁格尔手枪的击铁扳起来。但他现在又用大拇指扣住击铁，使其落下。“该死。”他轻轻说，向前一跳。那个状如马文·盖尔的怪物丢下霰弹枪，摸索着爬出隧道口。

男孩比罗布·金特里更矮更轻，但更年轻，更敏捷，而且驱动他的是恶魔的力量。金特里知道，如果公平比拼，自己无论如何也战胜不了对方。于是他跳进角落，趁马文站立未稳，狠狠地用鲁格尔手枪砸过去，长长的枪管扎在年轻人的太阳穴上。马文瘫软下去，打了个滚，然后不动了。

金特里蹲在他身边，发现男孩仍有脉搏。他抬起头，看见那个白鬼正站在食品储藏室的门旁。金特里开了两枪，第一枪打在白鬼脚下的石板上，但白鬼闪开了。第二枪击穿了食品储藏室的门。走廊里传来沉重的脚步声。门外响起了爆炸的闷响。

“娜塔莉！”金特里呼唤道。他等了片刻，又大喊起来。

“我在这儿，罗布！小心啊，他——”娜塔莉的声音戛然而止。她似乎就在走廊里。

金特里站起身，推开桌子，朝她声音传来的方向跑去。

娜塔莉在楼梯上尽可能往上爬，希望能踹到文森特的脸。突然，她发现自己并非独自战斗。她强迫自己不去回头，而是抬头往上看。

梅勒妮·福勒站在楼梯顶端，距娜塔莉的脑袋只有三英尺。她穿着长长的法兰绒睡袍，里面是廉价的粉色睡衣，脚上蹬着毛茸茸的粉色拖鞋。育儿室里的灯光照亮了一张苍老的脸，上面沟壑纵横，如同紧贴在死人头颅上的一层面皮。如麦芒般竖起的蓝色头发异常稀疏，有的地方甚至成块脱落，露出斑驳的头皮，似乎是饱受化疗之苦的病人。梅勒妮·福勒的左眼紧闭，古怪地凹陷着，右眼只是一个黄球。她嘴角挂着微笑，娜塔莉看见她的上假牙松垮垮地吊在牙床上。她的舌头在烛光中如同干涸的血一样暗黑。

“你真可耻，亲爱的。”梅勒妮·福勒说，“盖住你的裸体。”娜塔莉浑身发抖，抓起裤子碎片掩住胸部。老太婆的声音如同一条嘶嘶吐信的毒蛇，她呼出的气体散发着腐朽的气味。娜塔莉努力向她爬去，想用双手钳住她那有如缠绕着一圈麻绳的脖子。

“娜塔莉！”罗布大叫着。

她抓住破裂的木制台阶，大声回应。文森特在哪儿？她正想提醒罗布，梅勒妮·福勒已经迈下三级阶梯，用一只粉色拖鞋轻敲她的肩膀。“嘘，亲爱的。”

金特里举着手枪走过走廊。他抬头看向娜塔莉，眼睛骤然瞪大：“娜塔莉，上帝啊。”

“罗布！”她大喊道，尽量利用仍能掌控自己意志的每一秒，“小心啊！白鬼就在这儿——”

“嘘，亲爱的。”梅勒妮·福勒说。老太婆偏着脑袋，疯狂的眼睛仔细打量着金特里。“我知道你是谁。”她说，口水顺着松脱的假牙滴落，“但我没有投你的票。”

金特里瞟了眼身后，门廊和前门没有动静。他走上楼梯，后背紧贴着墙壁，举起转轮手枪，对准梅勒妮·福勒的胸膛。

老太婆缓缓摇头。

转轮手枪缓缓下移，仿佛被强力磁铁吸引。一阵颤抖后，枪又停稳了，但枪口已经对准娜塔莉·普雷斯顿的脸。

“好了，就是现在。”梅勒妮·福勒喃喃道。

金特里的身体痉挛，眼睛圆睁，脸涨得越来越红。他的手臂剧烈地颤抖着，似乎身体里的每一条神经都在抵抗大脑的命令。他的手紧握着手枪，手指在扳机上绷紧。

“好了。”梅勒妮·福勒的声音中已经透露出不耐烦。

金特里的脸上密汗涔涔。透过敞开的夹克，可以看到衬衫已被汗水浸透。脖子上青筋突起，太阳穴上的血管似乎随时都要爆裂。他那吃力而痛苦的表情，往往只出现在一个竭尽所有力量、心智和意志去完成不可能完成的任务的人的脸上。他的手指在扳机上绷紧又松开，然后再次绷紧，直到转轮手枪的击铁立起来，向后倒下。

娜塔莉无法动弹。她只能直勾勾地注视着那张愤怒的脸。金特里的两只蓝眼睛里已经空无一物。

“你太磨蹭了。”梅勒妮·福勒嘀咕道。她抹了下额头，似乎是觉得累了。

金特里向后飞出去，似乎刚才一直在跟巨人拔河，而现在巨人突然松开了绳子一样。他踉跄了几步，沿着墙滑倒，转轮手枪掉在地上。他张着嘴大口喘气。娜塔莉的目光同罗布的短暂交汇，她看到了罗布脸上写满喜悦。

文森特从门廊里推门而入，手持刀子在齐腰高的位置连刺治安官两下。金特里张大嘴，用双手按住脖子，仿佛那样就能封住喷涌的血流一样。头三秒这一招似乎还管用，但鲜血很快就从他的指缝里渗出来，以超乎想象的血量染红了他的手、胸膛和躯干。金特里顺着墙壁侧滑下去，直到脑袋和左肩轻轻地碰到地板。他的目光始终停留在娜塔莉脸上，最后慢慢合上眼，就像一个下午打盹儿的孩子。金特里的身体抽搐了一下，然后安静地步入了死亡。

“不！”娜塔莉尖叫着跳起来。她本已爬上八级台阶，但现在她脑袋朝下跳了下去，重重地撞在最低的台阶上，她感觉肩膀上的骨头似乎都裂开了。但她全然不顾疼痛，也不顾脑子里如同扑窗飞蛾般挠着她的意志的那只手，毅然从实木地板上滚过去，碾过罗布的腿，然后撞在文森特的腿肚子上。

娜塔莉脑子里一片空白。她只是听任身体去做它应做之事，去执行她在一跃而起之前很久就下达的命令。

被撞后的文森特在她身上摇摇晃晃，挥舞着胳膊保持平衡。他必须转动上半身，才能将刀子朝她刺去。

娜塔莉又下意识地继续翻滚，右手去摸那把她知道掉在什么地方的转轮手枪。枪一到手，她就拿起来朝文森特张开的嘴开了一枪。

后坐力将她掀倒在地，而子弹将文森特整个人都打入空中。他撞在离地板七英尺的墙上，顺着墙壁滑下来，留下一条宽宽的血迹。

梅勒妮·福勒拖着沉重的脚步缓缓走下楼梯，拖鞋在木地板上发出轻柔的刮擦声。

娜塔莉努力用左臂将自己撑起来，却身子一斜，倒在罗布的腿上。她放下手枪，支撑自己坐起来。她不得不先擦干眼泪，才能瞄准梅勒妮·福勒。

老太婆就在五英尺之外，与她相距两级台阶。娜塔莉本以为她脑中的手指会抓住她，制止她，但什么都没有发生。她扣下扳机，一次，两次，三次。

“你必须数清自己还剩多少子弹，亲爱的。”老太婆低语道。她走下楼梯，迈过娜塔莉的腿，然后蹒跚着朝门口走去。她突然停下，转过头：“再见，尼娜。我们还会再见的。”

梅勒妮·福勒最后一次将走廊和房子扫视了一圈，然后打开被炸裂的前门，走进被火光照亮的街道，消失了。

娜塔莉扔掉手枪，失声痛哭。她爬到罗布身边，拽住他的肩膀，将他从文森特四肢摊开的尸体下拖出来，把他的头放在她腿上。鲜血浸染了她的大腿和地板。她撕下衬衣的布条，用力擦拭他的外套和胸口，但最后放弃了。

五分钟后，索尔·拉斯基进来的时候，门外已经火光熊熊，警笛大作，枪声不绝。他们发现了娜塔莉，罗布的头枕在她的大腿上。她正轻轻地给他唱着歌，温柔地抚摸着他的额头。

34

梅勒妮

我痛恨离开格朗布索普，但当时已经别无选择。附近的局势已然失控，黑鬼们选择在新年前夜发动愚蠢的暴乱——我很久之前在报纸上看到过此类报道。这都是近二三十年来所谓公民权运动闹的。在那之前，根本没有这种事。父亲常说，黑鬼就爱得寸进尺。

尼娜的使者——如果没有那头幼稚的卷发，她还算是个迷人的黑姑娘——几乎让我相信，她并不是尼娜派来的。但我看穿了她的诡计。是那些声音告诉我的。我在格朗布索普的最后一天里，那些声音非常响亮。我承认，对次要的事情，我无暇关注，因为我要集中精神去理解那些声音——一个男孩和一个女孩，带着奇异的英伦腔——要告诉我什么。

其中一些话我听不懂。他们警告我要当心火、桥、河还有棋盘。我怀疑这些是他们生命中实际出现过的事物，或许暗示了结束他们年轻生命的那场灾难。但针对尼娜发出的警告相当明确。

最后，尼娜的两个使者——远从查尔斯顿而来——只不过给我制造了些小麻烦罢了。损失了文森特，我很遗憾，但说实话，他已经发挥了自己的价值。对在格朗布索普发生的最后那段事，我已经记不清楚，但我依然记得，我的右半脑疼得十分厉害。在安妮收拾好东西来接我之前，我让她带上了一瓶德里斯坦[1]。在如此寒冷、潮湿、不适合生存的北方天气中，我的鼻窦反应激烈也没什么好奇怪的。

我离开格朗布索普的时候，安妮的身子探过副驾驶座，替我打开了车门。街对面的建筑正在燃烧，无疑是黑鬼强盗干的。霍奇斯夫人来我家做客的时候，常常抱怨说，那些又穷又饿、饱受歧视的少数族群一有机会就会盗窃高价电视机和衣服。在她看来，黑人在当奴仆的时候就爱偷白人主人的东西，现在他们享受各种福利之后仍然恶习难改。在这一点上，我同那个爱管闲事的老女人持有同样的看法。

安妮的德索托的后座上放着三个箱子。大的那个箱子里装着我的衣服，另一个箱子里装着现金和安妮积攒的股票，小巷子里装着安妮的衣服和个人物品。我的编织袋也在。后排的脚垫上，放着那把安妮一直藏在家中的12号口径霰弹枪。

“我们走吧，亲爱的。”我说，身子靠在椅背上。

安妮·毕晓普慢腾腾地开动了车。我们离开了格朗布索普和燃烧的建筑，沿着德国城大道缓缓向西北前进。我回头望去，发现在女王巷同德国城大道相交的地方发生了争斗。一辆厢式货车和两辆低底盘、不起眼的轿车停在岔路口。没有警察的踪影。

我们经过佩恩街，正要进入教堂街的时候，两辆商务厢式货车从街对面开出来，挡住了路。我让安妮把车开到左侧的人行道

① 一种治疗鼻塞的喷雾剂。

上，勉强通过。有人从车上跳下来，挥舞着武器，但他们的注意力很快被我盯住的一个人吸引过去——那人将手中的转轮手枪对准了自己的同事，开始射击。

真白痴。如果他们要抓捕黑鬼强盗，就应该心无旁骛，不要来打扰两位白人女士。

我们来到市场街。即便在黑暗之中，我也能看到那尊铜铸的北方士兵雕像。我们第一次外出时，安妮告诉我，雕像的花岗岩底座是从葛底斯堡运来的。我想象着那天在雨中撤军的李将军，尽管作战不力，但他并未被打败。他将美国南部邦联的尊严从大屠杀的战场完完整整地带了回来。想到这里，选择暂避锋芒的我的心情便好了一些。

消防车、警车和其他应急车辆沿着德国城大道飞驰而来。我们身后，一辆厢式货车和黑色轿车正在加速。我听见古怪的噪声，抬头看见屋顶上方闪烁着红绿色的灯光。

"左转。"我说。话音刚落，我们就与消防车擦身而过，我甚至看到了戴着头盔的司机的脸。我闭上眼，强行侵入他的意志。长长的消防车突然冲进对面车道，越过电车轨道，撞上厢式货车的副驾驶门旁。厢式货车打了几个滚，最后四角朝天停在市场广场的中央。我瞥见黑色轿车急踩刹车，以免撞上横挡在路上的那堵红墙。我们驶入校舍街，离开了车祸现场。

我帮安妮做过许多事，但让她以超过三十英里的时速前进是最困难的。我必须集中所有的注意力才能让她按照我的要求操控汽车。最后，我通过她的感官瞥见了掠过的街道，听到了头顶直升机的螺旋桨轰鸣，看到了街上稀稀拉拉的车辆紧急给我们让路。

校舍街是一条让人觉得很舒服的街道，但它并不适合1953年款德索托以八十五英里的时速飞驰。一辆绿色轿车悄然跟上我们。直升机会不时在我们左右两侧的房顶上现身。我让安妮踩下刹车，转弯，然后加速。突然，右后侧的窗户炸裂开来，玻璃飞溅进车内。我转过头，看见拳头大小的两个洞。

我们朝里奇大道靠近的时候，一个没穿外套的男人正在路边打毛衣。他径直冲了出来，挡住绿车的去路。我从后视镜中看到绿车连忙右转，以七十英里的时速撞到路沿上，在空中旋转了整整一周，滚进了吉诺汉堡店的玻璃门。

我在仪表盘旁的储物箱中找到了一张费城地图，同时通过安妮操控汽车。我想上高速，离开这座噩梦般的城市。尽管大量绿色标志、箭头和立交桥迎面而来，但我根本不知道该选哪条路。

巨大的噪声透过破碎的窗户穿进来，大型直升机出现在我们右侧三十英尺处。借助街灯的光亮，我看见驾驶舱远端的飞行员，还看见后排一个戴棒球帽的男人在黑暗中朝我们探出身子。那个男人像疯子一样咧嘴笑着，抱着什么东西。

我让安妮右转，驶入一条入口坡道。德索托的左后轮碾过软软的路肩。我立即将所有注意力转移到打方向盘、踩油门上，努力避免我们撞车。

我们绕着似乎无休无止的立体交叉公路盘旋，直升机转移到我们左侧。一个红点从安妮那侧的窗户和她的左脸一闪而过。我立即让安妮将油门踩到底，老破车飞也似的蹿出去，红点消失了，什么东西砰的一声击中了左后方的挡泥板。

我们突然来到一座横跨河流的高桥上。我不想上桥，我想上高速。

直升机又来到我们右侧，与我们高度平齐。一道红光扫过我的眼睛，我让安妮向左猛打方向盘，来到一辆大众小型公共汽车旁，把它当作我们和那架飞行机器之间的屏障。大众的司机突然向前栽倒，公共汽车紧急右转，撞上了栏杆。直升机靠上来，以八十英里的时速在我们侧面飞行。

我们下了桥。安妮向左急转，我们穿过道路中间的隔离带，差点儿撞上一辆半挂车，半挂车司机愤怒地朝我们狂按汽笛。我们在一面写着“总统房”的标志牌处下了高速，面前出现了一条四车道的道路，路上没有别的车，路旁的水银蒸气灯营造出一种人造阳光的效果。红红绿绿的光扫过，直升机在我们头上十五英尺处轰隆作响，绕了个圈，然后在我们前方一百米处悬停空中，舷侧对准我们。

强光之下，我们暴露无遗，只能沦为砧板上任人宰割的鱼肉。我让安妮紧急左转。德索托的轮胎在沥青路面上嘎吱作响，然后找到抓地力，将我们带入一条没有标志的支线道路，宽度仅相当于私人车道。

这条路向东南方向延伸，顶上就是地图上标示为“斯古吉尔河高速公路”的高架桥部分。这里很难说是“路”，只是一条辙痕累累、遍布碎石的小径。一排排水泥支柱被车头灯扫过，几乎就要蹭到窗户。安妮的外衣和毛衣都被汗湿了，脸上的表情无比怪异。直升机又在我们左侧现身，在与高速公路平行的一条铁路线上方低空飞行。水泥支柱在我们和直升机之间飞速掠过。速度计上的读数已达每小时一百英里。

我们头上的高架桥到了终点，但紧接着又是立体交叉公路的迷宫，迷宫中有数以百计的支柱、桥墩和十字撑条。那是一片钢筋水泥构成的森林。

我尽量控制住安妮，以防她猛踩刹车，造成刹车锁死。但我们的车还是在一个橄榄球场大小的空地里滑行了一半的距离，激起的尘土将我们整个罩住，只有车头灯的黄色光柱能够斜刺出去。烟尘消散后，我们发现自己停在一座小房子大小的桥墩旁，相距不到一码。

德索托绕着柱子转，在桥塔之间慢慢穿行，小心翼翼地从一条车道下方进入另一条车道下方，以躲避直升机的攻击。我们头上的立体交叉公路上至少有十五条车道，许多车道都通往一座桥，桥下是更多的石头和钢铁支撑物。

我们又缓行了五十码，进入迷宫之中。我让安妮把车停在一个水泥岛旁边，熄火，关灯。

我睁开眼睛。我们就像侵入风格怪异的大教堂的老鼠。支撑路基的巨大支柱高达五十英尺到八十英尺不等，横跨漆黑的斯古吉尔河的三座桥下的支柱则更高。周围一片寂静，只听得见头顶遥远的车流声，以及更远处的火车汽笛声。我数到了三百，惴惴不安地祈祷着直升机跟丢了我们，飞到了别处。

但我最后还是听到了令人心惊肉跳的直升机轰鸣。

那架邪恶的机器悬停在最高的路基下三十英尺，引擎声和螺旋桨转动的声音在路面和地面之间回荡，一束探照灯射向前方。直升机飞得很慢，以免螺旋桨碰到桥塔或路基，像一只警觉的猫一样转动着机身。

探照灯最后发现了我们，我们在它残酷的注视下动弹不得。我当时已经让安妮下了车。她笨拙地举起霰弹枪，架在德索托的车顶上。

我刚让她开枪就发现动手早了，直升机离我们太远了。霰弹枪只是增加了已经难以忍受的噪声而已，没取得任何实际效果。

后坐力让安妮后退了两步。一发高速子弹将霰弹枪弹入空中，还把安妮也震倒了。我连忙坐在车地板上，第二发子弹打碎了挡风玻璃，玻璃碴儿落满了前座。

安妮爬起来，摇摇晃晃地返回车中，用左手转动点火钥匙。她的右臂已经废了，几乎要从肩膀上脱落下来。撕开的布料和羊绒下，露出白森森的骨头。

我们就在直升机下方行驶，就像是绝望的老鼠在受惊的猫脚下逃窜。我们开上一条碎石路，暂时偏离了河的流向，沿着树木繁茂的峭壁朝一座黑漆漆的桥驶去。

直升机紧跟着我们，但碎石路两侧高耸着光秃秃的树木，为穿行其间的我们提供了防护。我们钻出树林，出现在一条山脊上，右侧是向南蜿蜒的高速公路，左侧是铁路与河流。我看见我们走的这条路向左弯曲成钩状，连接着两座黑漆漆的桥的最南端。我们别无选择。直升机又追上了我们，这里的树太少，不能提供掩护，而德索托根本不可能开下陡峭而树木繁密的路堤，转移到数百码之下的高速公路上。

我们左转，加速开到桥上，然后停下来。

这是一座铁路桥，年代久远。在两侧低矮的石基上树立着铁栏杆。生锈的铁轨，陈旧的枕木，还有一条狭窄的煤渣路，延伸到前方的黑暗中。而这一切的正下方八十英尺处就是河。

三十英尺外，一道坚固的路障挡住了去路。就算冲破路障也没用。路基太窄了，而且没有遮蔽，枕木也会降低行驶的速度。

我们最多停留了二十秒，但已经很久了。伴随着螺旋桨的轰鸣，尘土裹着小树枝笼罩了我们。直升机硕大的身影挡住了天空，我连忙俯身。挡风玻璃上出现了五个弹孔，方向盘和仪表盘被击碎。安妮·毕晓普手臂乱舞，子弹射穿了她的胃、胸和脸。

我打开车门逃跑。一只拖鞋顺着路基滑落到灌木丛中。我的睡衣和睡袍在螺旋桨搅出的龙卷风中翻飞。直升机猛扑上来，从我头上五英尺掠过，消失在山脊背后。

我沿着枕木蹒跚而行，离开了铁路桥。我的视线越过山脊和高速公路上朦胧的光亮，看见昏暗的费尔蒙特公园。安妮曾告诉我，那是世界上最大的市政公园，沿河有四千多英亩森林。如果我能到那里去……

直升机升到树冠上方，如同在蛛网上爬行的蜘蛛。

它侧着身子朝我飞来。我看见一条笔直的细线透过舷窗刺穿了浑浊的空气。

我立刻转身，跌跌撞撞地返回桥上，朝德索托走去。他们就是想把我赶回车上。

路基右侧的灌木丛中有一条小路。我顺着陡坡滑下去，摔了一跤，丢掉了另一只拖鞋，跌坐在冰冷潮湿的地面上。直升机悬停在河上方五十英尺处，探照灯光柱在岸边来回扫射。我连滚带爬地滑下陡峭的山坡，荆棘和树枝刮擦着我的皮肤。探照灯再次聚焦在我身上。我站起身，挡住眼睛，眯眼看着光柱。要是我可以操纵那个飞行员……

一发子弹射穿了我的睡衣镶边。

我趴下来，手脚并用，在桥下四十英尺的山坡上爬行。直升机机头下沉，跟了上来。

直升机里的人不是尼娜。那会是谁？我爬到一根朽木旁，放声痛哭。两发子弹击中了木头。我竭力蜷缩起来，头痛欲裂。我的睡衣和睡袍都被弄脏了。

直升机在与我几乎平齐的位置悬停，大概相距三四十英尺，并不在桥的正下方。直升机旋转机身，仿佛是戏耍猎物的猛兽。我抬起头，将所有注意力都投向那架机器及其乘客身上。我强忍着头痛，将意志之爪更远、更用力、更坚定地伸了出去。

但毫无反应。

直升机上有两个人。飞行员是免控者，我的意志之手无法触碰。另一个是念控者——不是威利，但同威利一样狂热地嗜血。如果不认识他，不当面见到他，我是绝不可能凌驾于他的念控力从而操控他的。

但**他**可以杀了**我**。

我拼命向前爬，爬向二十英尺外的一道石拱门。子弹倏地射进土中，离我的手只有十英寸。

我沿着小路往后躲入浓密的灌木丛中。子弹几乎擦着我的脚后跟飞过。

我把脸贴在地上，后背顶着朽木，闭上了双眼。一发子弹撕开了软绵绵的木头，离我的脊柱只有几英尺。另一发子弹嗖地射入我双腿之间的泥土中。

安妮被四发子弹射中。一发射穿了她的胃，差点儿打碎她的脊柱。一发击中了她的肋骨，从胸腔中反弹出去，打烂了左臂。第三发子弹则击穿了她的右肺，卡在右肩胛骨中。最后一发子弹击中了她的左脸，打掉了舌头和大部分牙齿，从右颚骨射出。

要操控她的话，我就得体验她死时的所有痛苦。我决不允许她脱离我的掌控。我不允许她死。我还要用她干最后一件事。

引擎被点燃。自动变速器的挡位是驻车挡。为了调至行车挡，安妮必须把头从破损的方向盘中伸下去，用仅剩的门牙将金属变速杆拉到挡位上。她还拉起了手刹，这是她几十年来养成的习惯。我们用她的膝盖顶起并松开了手刹。

她的视野模糊了，最后一片漆黑。我用意志力强行恢复了视力。颚骨的碎骨残存在右眼中，但这没关系。她将紧握的右手挂在破损的方向盘上。

我睁开自己的眼睛。一个红点在我旁边的枯草上跳动，找到了我的胳膊，移到了我的脸上。那根朽木已经被射得千疮百孔。

我努力眨眼，仿佛这样就能挣脱那道红光一样。

德索托猛然加速，撞断了高处的栏杆，声音之大，即使在螺旋桨的轰鸣中也听得见。我抬起头，看见车头灯的两束光芒刺入夜空，然后向下扫去。1953年款德索托几乎笔直地从桥上坠落下去，我隐约瞟见了黑洞洞的变速器和承油盘。

飞行员十分优秀。他肯定是用眼角余光瞥见了头上的异动，几乎同时作出了反应。直升机的引擎尖叫起来，机身前倾，尽管下面就是宽阔的河面。只有一条螺旋桨的顶端碰到了掉落的轿车。

但这就够了。

那道红光从我眼中消失了。扭曲变形的金属发出痛苦的尖叫。直升机似乎将来自螺旋桨的所有能量都转移到了机身上。细长的舱体反时针旋转了一次，三次，五次，然后重重地撞在铁路桥的石拱门上。

没有火。没有爆炸。钢铁、有机玻璃和铝组成的残骸无声无息地落入六十英尺下的河中，水花四溅。而三秒钟之前，在不到十英尺之外的地方，德索托已经没入水下。

水流汹涌。诡异的是，直升机的探照灯竟然继续亮了几秒。

在灯光的照耀下，可以看见那死亡的机器越沉越深，被水流裹挟着往下游而去。这一切发生得太突然，超乎想象。不久探照灯就灭了，黑水像肮脏的裹尸布一样，将一切覆盖起来。

一分钟后，我坐直了身。半个小时后，我努力站起来。万籁俱寂，只听得见水流的潺潺声，以及远方看不见的高速公路那不变的窃窃私语。

过了一会儿，我把睡袍上的小树枝和尘土掸掉，紧了紧睡衣带子，开始沿着小路缓缓往上爬。

35

费城

1981年1月1日，星期四

孩子们获准早餐前出门玩耍一个小时。清晨空气凛冽而清爽，初升的太阳就像远方一个橘红色的圆球，正要从无数光秃秃的树枝中挣脱出来。三个孩子欢笑着玩耍，在通往森林和森林背后的河流的长坡上摔跟头。年纪最大的塔拉三个星期前刚满八岁。阿里森六岁。红发的贾斯汀则要到四月才满五岁。

他们的笑声和叫声在覆盖着森林的山中回荡。这时，一个老妇人从树后现身，缓缓走向他们，三个孩子见状全都抬起了头。

“您怎么还穿着浴袍呢？”阿里森问。

老妇人在他们五英尺远的地方站定，面露微笑。她的声音听起来相当怪异：“哦，今天早晨真是晴朗，我打算先出来散散步再换衣服。”

三个孩子点点头，接受了老妇人的解释。他们也总是喜欢穿着睡衣在外玩耍。

“你怎么没有牙齿呢？”贾斯汀问。

“闭嘴。”塔拉连忙制止他。

贾斯汀不安地垂下视线。

“你们住哪里？”老妇人问。

“我们住在城堡里。”阿里森说。她指着山上的一座灰色石头建造的高大而古老的建筑。在数百英亩的公共用地中，只孤零零地坐落着这一座私宅。一条弯弯曲曲的狭窄沥青路沿着山脊延伸进森林中。

“我父亲是公园副主管。”塔拉大声宣告。

“是吗？”老妇人说，“现在你们的父母在家吗？”

“爸爸还在睡觉。”阿里森说，“他和妈妈昨天参加新年晚会，很晚才睡。妈妈醒了，但她头痛，还在休息。我们等会儿才吃早饭。”

“我们要吃法式烤面包。”贾斯汀说。

“还要看玫瑰花车游行呢。”塔拉补充道。

老妇人微笑着仰望那座房子。她的牙龈呈淡粉色。

“你想看我表演空翻吗？”贾斯汀问，拉了拉她的手。

“空翻？”老妇人说，“当然想看啦。”

贾斯汀拉开夹克拉链，趴在地上，笨拙地向前翻滚，后背着地，运动鞋啪的拍在地面上：“看到了吗？”

“漂亮！”老妇人高声道，鼓起了掌，随后转身去看房子。

“我叫塔拉。”塔拉说，“这是阿里森。贾斯汀还是个小娃娃。”

“我才不是呢！”贾斯汀说。

“你是。”塔拉一本正经地说，“全家人里你最小，所以你是小娃娃。妈妈说的。”

贾斯汀眉头紧皱，过来牵住老妇人的手。“你是一位慈祥的老奶奶。”他说。

老妇人心不在焉摸着贾斯汀的头。“你们有车吗？”她问。

“当然，”阿里森说，“我们有一辆福特野马和一辆蓝色窝窝。”

“蓝色窝窝？”

“她是说蓝色沃尔沃。”塔拉摇着头说，“贾斯汀这么说，妈妈爸爸也跟着这么说。他们觉得这很可爱。”她做了个鬼脸。

“今早还有别的人在家里吗？”老妇人问。

“呃……卡罗尔姨妈说要来，但她去别的地方了。爸爸说这更好，因为卡罗尔姨妈是个讨厌鬼。”贾斯汀说。

“闭嘴！”塔拉喝道，作势要打贾斯汀的胳膊。男孩躲到了老妇人背后。

“你们在城堡里一定很孤独吧。”老妇人说，“你们就不害怕强盗或者坏人吗？”

“不怕。”阿里森说，朝远方的树木扔去一块石头，“爸爸说公园是最安全的地方了。整个城里就这儿最适合我们孩子了。”

贾斯汀抬头看着老妇人的脸。“嘿，”他说，“你的脸怎么了？”

“我有点儿头疼，亲爱的。”老妇人说，用颤巍巍的手指摸了下前额。

“就像妈妈一样。”塔拉说，“你昨晚上也参加新年晚会了吗？”

老妇人微微一笑，露出牙龈，仰望着房子。“公园副主管，这职务听起来非常重要。”她说。

“是的。”塔拉说。另外两个孩子已丧失了对话的兴趣，开始玩起了拔河。

“你父亲总得有东西来保护公园不受坏人破坏吧？”老妇人问，“比如一把手枪？”

“哦，是的。他有一把手枪。”塔拉爽朗地说，“但我们不能玩枪。他把枪放橱柜里。抽屉里有个蓝黄相间的盒子，那儿放着子弹。”

老妇人微笑着点头。

“你想听我唱歌吗？”阿里森问，中断了同贾斯汀进行的激烈的拔河比赛。

“当然想听，亲爱的。”

孩子们盘腿坐在草地上。老妇人继续站着。在他们身后，橘红色的太阳终于从晨雾和光秃秃的树枝中挣脱出来，跃入清冷的碧空之中。

阿里森坐直身子，双手十指交叉，演唱了三段，披头士的《嘿，朱迪》的三段，每一个音调和音节都清亮无比，就像晨曦中草尖上晶莹的露水。她唱完后，老妇人露出了微笑，孩子们都默默地坐着。

老妇人的眼里噙满眼泪。“我想现在就见见你们的父母。”她柔声道。

阿里森抓住老妇人的左手，贾斯汀抓住她的右手，塔拉在前面带路。就在他们走上通往厨房门的石板路的时候，老妇人把手放在太阳穴上，转身欲走。

“你不进来吗？”塔拉问。

“等会儿。”老妇人用古怪的声音说，“我突然感到头很痛。我明天再来吧。”

孩子们看着老妇人犹犹豫豫地往后退了几步，轻唤一声，便摔倒在玫瑰花丛中。他们马上跑过去，贾斯汀扶着她的肩膀。老妇人脸色苍白，眉毛痛苦地拧在一块儿。她的左眼全闭上了，另一只眼里只有眼白。老妇人大张着嘴，露出血红色的牙龈和苍白的舌头。舌头向内卷曲，仿佛是一只正朝她喉咙钻的鼹鼠。从下巴垂下一条长长的亮亮的口水。

“她是不是死了？”贾斯汀喘着气说。

塔拉咬着指关节。“我想没有。我不知道。我去找爸爸过来。”她转身朝房子跑去。阿里森犹豫了一秒，然后转身跟上了姐姐。

贾斯汀跪在玫瑰花丛中，将昏迷的老妇人的头抬起来，靠在自己的膝盖上，拉起她的手——那只手冷冰冰的。

其他人从房里出来的时候，看见贾斯汀正跪在地上，轻轻地拍着老妇人的手，嘴里反复念叨着：“别死好吗，慈祥的老奶奶？别死好吗，慈祥的老奶奶？”

Part 3
终　局

我醒来，感到黑暗在降临，而不是白天。

——杰拉德·曼利·霍普金斯

36

阿拉巴马，多森

1981年4月1日，星期三

世界圣经外联中心位于阿拉巴马州多森以南五英里，占地超过一百六十英亩，由二十三座醒目的白色建筑构成。建筑群的中心是由巨大的大理石和玻璃构成的礼拜殿。那是一个铺着地毯、挂着窗帘的圆形剧场，可以供六千名信徒在舒适的空调环境中礼拜。半英里长的信仰大道上，每一块金砖象征着五千美元的捐赠，每一块银砖象征着一千美元的捐赠，每一块白砖象征着五百美元的捐赠。如果乘飞机前来——中心拥有的三架里尔公务机——客人常常会俯瞰信仰大道，发现它看上去就像是一个大大的白色笑容，露出几颗金牙和一排银色填充物。这个笑容每年都在变大，金牙也越来越多。

从礼拜堂穿过信仰大道，对面就是圣经外联通信中心。那是一座长长的低矮建筑，如果没有通用电话与电子设备公司的六个巨型圆盘式卫星天线，这里很容易被误认为大型电脑工厂或者研究机构。中心称其二十四小时电视广播由三个通信卫星中转到有线电视公司、电视台和教会拥有的地面接收站，能覆盖超过九十个国家和一亿观众。通信中心还拥有电脑化的印刷厂、音像出版公司、录音棚，以及四台接入了全球福音信息网络的大型电脑。

信仰大道从戒备森严的区域延伸出来后，与251号县道相连。这里矗立着吉米·韦恩·萨特圣经大学和萨特基督教商业学校。八百名学生在这两个不具资质的学校上学，其中六百五十人住在校园里被严格分隔开的宿舍里，如罗伊·罗杰斯西栋、戴尔·伊凡斯东栋，亚当·史密斯南栋。

其他的建筑有水泥柱子和大理石的表面，看起来介于现代佛教寺庙和带窗户的大型陵墓之间。负责管理、安保、运输、通信和金融的大批工人就在这些建筑中工作。世界圣经外联中心的收入和花销都对外保密，但众所周知，中心建筑群1978年落成，耗资超过四千五百万美元。还有流言说，现在每个月中心收到的捐赠有一百五十万美元左右。

鉴于八十年代即将迎来迅速的金融增长，世界圣经外联中心准备多元化发展——多森基督教购物中心、基督教安眠连锁汽车旅馆，以及佐治亚州耗资一亿六千五百万美元的圣经世界游乐园都已经开始建设。

世界圣经外联中心是一个非盈利的宗教组织，它建立了需纳税的公司实体——信仰实业——负责将来的商业扩张和争取免税特权。吉米·韦恩·萨特牧师是外联中心的主席，也是信仰实业董事会主席和唯一董事。

吉米·韦恩·萨特牧师戴上金框双光眼镜，冲着三号摄像机露出微笑。“我只是一个乡下传教士。”他说，“我不懂这些夸张的金融和法律词汇……”

“吉米，”他的随从说，此人身材肥胖，戴着玳瑁框的眼镜，激动得下颚都在颤动，“这些事——国税局的调查，还有联邦通信委员会的迫害——明显是敌人的伎俩——”

“但我一眼就能看穿是不是迫害。”萨特继续道。他注意到镜头固定在他身上，声音便拔高了许多，微笑也更加淡然。他看见三号摄像机上前，拉进镜头，给他拍面部特写。楼上导播室里的导演蒂姆·麦金托什很了解萨特，因为他们已经合作五年，录制过超过一万次节目。“我能闻出恶魔的恶臭，而这些事就散发着恶魔的味道。恶魔最热衷于阻绝上帝的声音……恶魔最热衷于用政府的权威把上帝的声音同祈求上帝帮助、宽恕和拯救的人阻隔开来……”

“而这次迫害明显是——”他的随从开口道。

“但耶稣不会在人民需要他的时候抛弃他们！”吉米·韦恩·萨特喊道。他起身移动，晃动着身后的麦克风传声线，仿佛拽着撒旦的尾巴。“耶稣支持我们……耶稣在为我们呐喊，在咒骂敌人和敌人的使徒……”

“阿门！”采访椅上肥胖的前电视女演员叫道。一年前，在休斯敦的一场电视直播节目中，耶稣治好了她的乳腺癌。

“赞美耶稣！”长椅上留着小胡子的男人欢呼道。在过去十六年里，他写了九本世界末日方面的书。

“耶稣不会关心这些……集权政府的官僚……”萨特说这个词时口水都快喷出来了，“就像高贵的狮子不会关心小跳蚤的叮咬一样！”

“是的，耶稣！”一个男歌星感叹道，他从1957年起就没有出过一张畅销唱片。三位嘉宾似乎用的是同一个牌子的发胶，并且在西尔斯百货公司的同一个区域购买的打折针织品。

萨特停下来，扯了扯麦克风传声线，转身盯着观众。以电视的标准而论，舞台相当大——比大多数百老汇舞台都大——总共三层，铺着红蓝相间的地毯，到处都摆着新鲜的白花。最上一层主要用于圣诗班唱歌，看起来如同铺着地毯的阳台，背后是三面大教堂风格的窗户，永恒的夕阳——或者朝阳——的光芒透过窗户射进来。中间一层有一个噼啪作响的壁炉——即使多森阴凉处的气温都是一百华氏度①的时候，壁炉也仍在燃烧；这层的中心是对话/采访区，放着仿古瓷器、金丝椅凳，还有一张路易十四时代风格的写字桌，吉米·韦恩·萨特牧师经常坐在这张桌后一把只比教皇皇冠稍显逊色的华贵高背椅中。

现在，萨特牧师跳到了最底层，那里有铺着地毯的斜坡，还有从主舞台延伸出的半圆形区域，可以供导演利用深位摄像机的角度将萨特和六百名观众在一个镜头里拍摄下来。这个摄影棚平常用于摄制《圣经早餐时间》节目，以及时间更长的《同吉米·韦恩·萨特谈圣经外联》节目。需要更多演员或者更多观众的节目都在礼拜殿或者室外进行拍摄。

“我只是一个普通的乡下传教士。”萨特突然换作对话的语调说，“但有上帝和你们的帮助，我们会经受住这些考验和苦难。有上帝和你们的帮助，我们会熬过这段饱经迫害的黑暗岁月。到那时，我们耳中上帝的声音将更加洪亮，更加坚定，更加清楚！”

萨特用丝绸手帕擦了擦额头上的汗珠。“但是，如果我们要

① 接近三十八摄氏度。

继续播送节目，亲爱的朋友……如果我们要继续通过福音将上帝的箴言传达给你们……我们需要你们的帮助。我们需要你们的祈祷，我们需要你们写信谴责迫害我们的集权政府官僚，我们需要你们爱的捐助……我们需要你们拿出任何可以拿出的东西，帮助我们继续将上帝之音传达给你们。我们知道你们不会让我们失望。在你们准备捐赠的时候——请使用克里斯、凯和莱尔教友本周送给你们的那些爱的信封——来听听我们圣经外联中心自己的歌手盖尔在福音吉他的伴奏下演唱的歌曲——《你不需要理解，你只需牵住他的手》。”

现场导演向萨特伸出四根指头倒计时。短暂的捐赠时间结束时，导演又挥了下指挥棒提示萨特。牧师坐在写字桌后，旁边的椅子空空的。长椅开始显得拥挤了。

萨特表情放松，甚至有些快活，对着二号摄像机的镜头露出微笑。“朋友们，提到上帝爱的力量，提到永恒拯救的力量，提到重生的恩赐……我就不得不怀着巨大的喜悦向你们介绍我们的下一位嘉宾。他曾经多年迷失在传说中西岸的罪恶之网里……这个原本善良的灵魂远离基督的圣光，拒绝听从上帝的箴言，堕入了恐惧与通奸的黑暗森林……但今晚，就在这里，我们就要见证耶稣无限的慈悲和力量，他是如此博爱，不会让任何愿意重回正轨的灵魂继续迷失……欢迎好莱坞著名导演和制片人——**安东尼·哈罗德！**”

哈罗德在六百名根本不知道他是谁的基督教徒的掌声中穿过巨大的舞台，朝吉米·韦恩·萨特伸出手，但后者跳了起来，拥抱哈罗德，挥手示意他坐进嘉宾席。哈罗德落座后，紧张地跷起了腿。歌星从长椅上对他露齿而笑，世界末日作家冷静地注视着他，肥胖的女演员妩媚地向他献上一个飞吻。哈罗德穿着牛仔裤、他最喜欢的蛇皮牛仔靴和红色丝绸衬衫，衬衫领口敞开，皮带扣是《星球大战》中的R2–D2机器人。

吉米·韦恩·萨特身子前倾，双手十指交叉。“好了，安东尼。”

哈罗德不自信地微笑了一下，眯眼看着观众。摄影棚的灯光太强烈，他只能瞥见一两道眼镜的反光。

“安东尼，你在浮华城里浸淫多少年了？”

“呃……十六年。”哈罗德说，清了清嗓子，“从1964年开始……那时我十九岁。我一开始是编剧。”

“安东尼……”萨特探出身子，声音既愉悦又阴险，“好莱坞真的像传说中那样邪恶吗？请注意，我不是说整个好莱坞，不是那里的所有人。凯和我在那边有几个基督徒好朋友，包括你，安东尼。但总体而言，好莱坞就像传说中那样邪恶吗？”

“非常邪恶。”哈罗德说，放下了跷起的腿，“那里的情况……非常糟。”

“离婚？”萨特说。

“十分常见。”

“毒品？”

“人人都是瘾君子。”

“都是毒性强烈的玩意儿？”

“是的。”

“可卡因？”

“同糖果一样常见。”

“海洛因？”

“即使明星的胳膊上也有注射毒品留下的针孔，吉米。”

“人们会亵渎上帝的圣名吗？”

“经常。”

“咒骂上帝？”

“那里流行这个。”

“崇拜撒旦？”

“据说有。”

“崇拜万能的金钱？”

“毫无疑问。”

“上帝的第七条戒律呢，安东尼？”

“呃……”

“就是‘不可奸淫’？”

“呃……我得说，他们完全没放在心上……”

“你见过那些疯狂的好莱坞派对吧，安东尼？”

“我受邀参加过……”

“吸毒，通奸，奸淫，追求万能的金钱，崇拜魔鬼，藐视上帝的戒律……”

“是的。”哈罗德说，“这还只是一个不怎么疯狂的派对。”观众发出一种介乎咳嗽和捂住嘴的喘气之间的声音。

吉米·韦恩·萨特牧师将手指相抵成尖塔状。“安东尼，告诉我们你的故事，你的过去，你的堕落，还有你最终是怎样摆脱这个……这个……浮华的地狱的。”

哈罗德嘴角抽动，微微一笑：“这个嘛，吉米，我很年轻……容易受到影响……愿意跟随他人。我承认，那种生活方式引诱我在黑暗的道路上走了很多年。”

“还有那些世俗的报酬……”萨特提醒道。

哈罗德点点头，找到了那台亮着红灯的摄像机，表情既真诚又带着一丝悲伤。“就像你在这儿说过的，吉米，魔鬼有自己的手段。钱……多到我不知道怎么花的钱，吉米。好车。大房子。女人……漂亮女人……身材火辣的著名影星……我要做的只是接起电话，吉米。我产生了错觉，以为自己拥有巨大的权力和崇高的地位。我纵酒，吸毒。通往地狱之路也许就在热气腾腾的浴缸里，吉米。”

“阿门！”肥胖的女演员尖叫道。

萨特点点头，表情庄严而忧虑：“可是，安东尼，最可怕的是，我们最担心的情况是，正是这些人在为我们的孩子拍电影，制作所谓的娱乐节目，对吗？”

“不错，吉米。他们拍电影只考虑一件事，那就是利润。”

一号摄像机拉近给萨特一个特写，萨特紧盯着镜头。他脸上的轻率已经消失不见。线条分明的下巴，乌黑的眉毛，长长的卷曲的白发，这些让他看起来如同一位《旧约》中的先知。“我们孩子看到的是狗屎。狗屎和垃圾。我们大多数人小时候，存下硬币去看电影——如果我们被允许去看电影的话——我们会去看星期六的下午场动画片。动画片都去哪儿了，安东尼？看完动画片，我们会看西部片。还记得胡特·吉布森吗？记得卡西迪牛仔吗？记得罗伊·罗杰斯吗？上帝保佑他。罗伊是我们上周节目的嘉宾。他是个慷慨大方的好人。然后，我们会看一部约翰·韦恩的电影。最后我们会回家，知道好人取得了胜利，而美国是得到上帝保佑的国家。还记得《海蜂突击队》中的约翰·韦恩吗？我们会回到家人身边。还记得《安迪·哈代》中的米基·鲁尼吗？我们回到家里，知道家庭非常重要，知道国家非常重要，知道善良、尊重、权威、互爱非常重要，知道自律和自制非常重要，知道**上帝非常重要！**”

萨特摘下双光眼镜，他的前额和上唇布满了细汗，“但我们的孩子**现在**看什么？！他们看色情片，看不敬奉上帝的污秽的垃圾。现在去看电影，我是说PG级[①]电影，还不是R级[②]或X级[③]电影——后面这两种片子像癌症一样到处扩散。现在，每个孩子都能进影院去看，年龄限制根本不存在，但这种电影分级制度本来就是伪善之举。垃圾就是垃圾。不适合十六岁孩子看的东西也不适合对上帝怀有畏惧之心的成年人。但就是这些孩子们能看的PG级电影，也有裸露场面，还能听到污言秽语，一会儿一句脏话。电影摧毁了家庭和国家，嘲讽上帝的戒律，把性爱、暴力教给孩子，让他们狂躁不安，满口污秽。你们问我能做什么？我们能做什么？我会说：尊奉上帝，谨遵他的教导，这样就自然不会对那些垃圾感兴趣。让你们的**孩子**接受耶稣，从**心底里**接受耶稣，将耶稣奉为他们的**拯救者**，他们**自身**的拯救者，然后他们就自然不会去看那些垃圾电影，不会被罪恶之城好莱坞所吸引。‘父不审判什么人，乃将审判的事全交与子……并且因为他是人子，就赐给他行审判的权柄……时候要到，凡在坟墓里的，都要听见他的

① 辅导级，一些内容可能不适合儿童观。该级别的电影基本没有性爱、吸毒和裸体场面，即使有时间也很短，此外，恐怖和暴力场面不会超出适度的范围。

② 限制级，17岁以下观众要求有父母或成人陪同观看。该级别的影片包含成人内容，里面有较多的性爱、暴力、吸毒、过分血腥等场面和脏话。

③ 即NC-17级，17岁以下禁止观看，即成人片。

声音，就出来。行善的复活得生，作恶的复活定罪。’[1]《约翰福音》第五章第二十二节、二十六节、二十八节。”

人群呼喊着哈利路亚。“赞美耶稣！”歌星欢呼道。世界末日作家闭上双眼频频点头。肥胖女演员掩面而泣。

“安东尼。”萨特低声说，众人把注意力转移回他身上，“你接受上帝了吗？”

“接受了，吉米。我找到了上帝……”

“你将上帝奉为自己的拯救者？”

“是的，吉米。我从心底里信仰耶稣……”

“你允许他带领你走出恐惧和通奸的黑暗森林，走出好莱坞的虚伪与病态，进入上帝治愈灵魂的圣光之中？”

“我已经这么做了，吉米。基督已经让我重获生命中的喜悦，赐予我继续生活和工作的理由。”

“赞美上帝吧。”萨特低语道，露出天使般的微笑。他摇了摇头，仿佛醉了，然后转头再次面对三号摄像机。现场导演急切地转动手指。“好消息是，在不久的将来——我希望能很快——安东尼将把自己的技能、才华和专长贡献给一项非常特殊的圣经外联项目。我们现在还不能过分透露这个项目的具体内容，但我们相信，安东尼将用好莱坞的杰出技能来把上帝的箴言传达给渴望获取纯正家庭娱乐节目的善良基督徒。”

观众和其他嘉宾报以热烈的掌声。萨特朝麦克风探出身子，以便自己的声音能盖过噪声：“明天将为大家奉上基督音乐会，邀请到的嘉宾有帕特·布恩、帕西·迪伦、‘好消息’乐队，当然

① 译文出自《圣经》和合本，下同。

还有我们自己的歌手盖尔和福音吉他……”

掌声愈发热烈，电子提词器闪过一行字。三号摄像机上前给萨特拍下一个大大的面部特写。牧师微笑道：“在下次节目之前，请记住《约翰福音》第三章第十六节吧：‘上帝爱世人，甚至将他独一的儿子赐给他们，叫一切信他的人不致灭亡，反得永生。’再见！上帝保佑你们！”

表示录制中的红色指示灯刚一熄灭，萨特和哈罗德就离开了舞台，这时掌声都尚未结束。他们快步走过铺着地毯、开着空调的走廊。玛利亚·陈和牧师的妻子凯正在萨特的外间办公室等他们。“你怎么看，亲爱的？”萨特问。

凯·埃伦·萨特高挑苗条，脸上涂着厚厚的脂粉，发型仿佛来自于古埃及。“太棒了，亲爱的。堪称完美。”

“我们需要剪掉那个糊涂蛋歌星对犹太人在唱片业所作所为的长篇大论。”萨特说，“不过，我们反正在正式播出前会剪掉大约二十分钟的内容。”他戴上双光眼镜，眯眼看着妻子，“你们两位女士要去哪儿？”

“我打算带玛利亚参观已婚学生宿舍的托儿所。”凯·萨特说。

“很好，很好！”牧师说，“安东尼和我还要谈一会儿。然后我们就送你们搭飞机去亚特兰大。”

玛利亚·陈瞟了眼哈罗德。哈罗德耸耸肩。埃伦·萨特一边快活地同玛利亚·陈聊着天，一边带着她走开了。

吉米·韦恩·萨特牧师的办公室非常大，铺着厚厚的地毯，装饰以米黄色和棕黄色为主，与中心其他地方的红、白、蓝为主的风格形成鲜明对比。一面长长的墙上装着曲面玻璃，可以俯瞰牧场和开发者保留下的一小片森林。萨特宽大的书桌背后，三十英尺长的墙上挂满了他同名人政要的合照、奖状、贡献纪念奖牌、匾额，以及其他彰显吉米·韦恩·萨特地位和权力的证书。

哈罗德在一把椅子里摊开四肢，用力伸腿："累死人了！"

萨特脱下夏装夹克，搭在皮制老板椅的靠背上，坐下来，挽起袖子，双手十指交叉垫在脑后。"安东尼，这同你想象中一样好玩儿，对吧？"

哈罗德用手指梳了梳烫发："我只希望我的赞助人不要看见这段节目。"

萨特微笑道："为什么，安东尼？同宗教打交道会影响你在电影界的声誉吗？"

"看上去像傻瓜会影响我的声誉。"哈罗德说，瞟了眼房间远端的厨房区，"我能喝点儿酒吗？"

"当然可以。"萨特说，"你不介意自己动手吧？你知道怎么弄。"

未等萨特说完，哈罗德已经穿过了房间。他将斯米诺伏特加倒进酒杯，加入冰块，然后从暗柜中取出另外一瓶酒。"你来杯波旁威士忌？"

"有劳。"萨特说。

哈罗德将掺好的酒递过去，牧师说："我邀请你来我这儿玩几天，你接受了我的邀请，现在你还满意吗，安东尼？"

哈罗德啜了口伏特加。"你真的觉得把我弄上节目跟他们摊牌是明智之举？"

"他们知道你在这里。"萨特说，"开普勒在跟踪你，而他和C教友在监视我。也许你的出现会让他们糊涂一会儿。"

“反正让我糊涂了。”哈罗德说，又倒了杯酒。

萨特咯咯一笑，开始翻检桌上的文件。“安东尼，希望你不要以为我对牧师工作心存不敬。”

哈罗德停住了往杯中扔冰块的动作，瞪着萨特。“你就别装了。”他说，“这个鬼地方是我见过的最虚伪的陷阱。”

“一点儿都不虚伪。”萨特说，“我的牧师身份是真实的。我对人民的关心是真实的。我对上帝赐予我的念控力的态度是真实的。”

哈罗德摇摇头。“吉米·韦恩，这两天来，你一直带着我在这个原教旨主义的迪士尼乐园里转悠，我看到的每一样东西被设计出来都只有一个目的，就是把那些迂腐的白痴的钱从他们在凯马特买的仿牛皮钱包里骗出来。你动用机器把含有支票的信封筛选出来。你动用电脑扫描信件，自动回复。你设置了呼叫中心，发动地毯式邮件推广，还把礼拜仪式录制成电视节目。你让所有媒体大亨都相形见绌。”

“安东尼，安东尼。”萨特直摇头，“你看穿了外表，触及了深层的本质。收看宗教节目的虔诚信徒大多是傻子、乡巴佬，还有福音派的脑残，但这并不能证明我在虚假传道，安东尼。”

“不能？”

“当然不能。我爱这些人！”萨特用巨拳敲打着桌子，“五十年前，我还是个年轻的福音传教士，只有七岁，跟着父亲和埃尔姑姑到处搞帐篷布道集会。那时我就已经知道，上帝赐予我念控力是有理由的，并不仅仅是为了赚钱。”萨特拿起一张纸，透过双光眼镜注视着它，“安东尼，告诉我，你觉得是谁写下了这些文字——

“牧师……‘害怕科学的进步，就像女巫害怕晨光的降临，因为科学将颠覆她们赖以谋生的骗局。’”

萨特从双光眼镜背后翻眼看着哈罗德：“告诉我，你觉得这是谁写的，安东尼。”

哈罗德耸耸肩。“H. L. 门肯？还是玛德琳·穆雷·欧海尔[①]？”

萨特摇头道：“是杰弗逊，安东尼。托马斯·杰弗逊[②]。”

“所以呢？”

萨特用肥大的手指指着哈罗德：“你没看出来吗，安东尼？福音派认为这个国家是建立在宗教信条之上的，是一个基督教国家，但事实上，大多数开国元勋都像杰弗逊一样，是无神论者，或者唯一神论者[③]……”

“所以呢？”

“所以，这个国家的建立者是一帮糊涂的、世俗的人本主义者，安东尼。所以我们在学校里不再教授神学。所以每天都有上百万女性堕胎。上帝之所以赐予我念控力，就是为了让我去打动民众的心灵，让美国重新成为基督教国家，安东尼。”

“所以你想让我帮你，而你也会支持我，并且保护我不受岛俱乐部的骚扰。”哈罗德说。

---

① 两人都是美国著名的无神主义者。

② 托马斯·杰斐逊（1743—1826），美国第三任总统，《美国独立宣言》的主要起草人，美国开国元勋中最具影响力者之一。

③ 基督教中的一派，排斥三位一体说，主张唯一的神格，不承认基督是神。

“如果你帮我，孩子，”萨特微笑着说，“我就不会让他们来烦你。”

“听起来你想当总统啊。”哈罗德说，“昨天我们不是讨论过要调整岛俱乐部的等级吗？”

萨特摊开手，手掌向上：“野心大点儿哪里不对了，安东尼？C教友、开普勒、特拉斯科和科尔本都在政界浸淫几十年了。四十年前，我在巴吞鲁日①的保守派牧师的一个政治集会上认识了C教友。让一个虔诚的基督徒入主白宫也没什么不好。”

“吉米·卡特难道不是一个虔诚的基督徒？”哈罗德说。

“吉米·卡特是一个福音派的懦夫。”萨特说，“一个真正的基督徒知道该如何对付那个迫害美国公民的异教徒阿亚图拉。《圣经》教导我们‘以牙还牙，以眼还眼’。我们应该打得那些该死的什叶派穆斯林满地找牙。”

“照全国保守派政治行动委员会的说法，就是基督徒把里根②送上总统宝座的。”哈罗德说，起身又去倒伏特加。他向来厌烦谈论政治。

“放屁。”吉米·韦恩·萨特说，“是C教友、开普勒和特拉斯科把我们的朋友罗纳德送上总统宝座的。全国保守派政治行动委员会的笨蛋太幼稚了。这个国家正在右倾，但将有暂时的反复。到1988年或者1992年，会有真正的基督徒候选人上台。”

“是你吗？”哈罗德说，“你前面不是还有人吗？”

萨特皱眉问：“例如谁？”

---

① 美国路易斯安那州的首府。

② 罗纳德·里根（1911—2004），美国第40任（第49–50届）总统（1981—1989）。

“叫什么来着？”哈罗德说，“发起争取道德多数运动的那个家伙。法尔维尔。”

萨特笑道：“杰里是我们华盛顿的右翼朋友打造出来的傀儡。他的赞助资金耗光之后，所有人都会发现他只是个提线人偶，而且还是个不怎么聪明的人偶。”

“那些老头子呢？”哈罗德说，努力回忆那些他在洛杉矶有线电视上看到的神棍的名字，“雷克斯·霍巴特……”

“是汉巴特。”萨特纠正道，“还有奥拉尔·罗伯茨。你疯了吗，安东尼？”

“什么意思？”

萨特从保湿盒里抽出一支哈瓦那雪茄点燃。“你说的这些家伙，靴子上还沾着牛粪呢。”吉米·韦恩·萨特牧师说，“他们会在电视上说：‘把你身上不舒服的地方贴上电视屏幕，我能治好它！’安东尼，你能想象一个用祈祷来治疗痔疮、脓肿、溃疡、阴道感染的人同外国政要会面，在林肯睡过的卧室里睡觉？”

“你吓到我了。”哈罗德说，开始喝第四杯伏特加，“那其他人呢？就是你的那些竞争者？”

萨特牧师又把双手十指交叉垫在脑后，微笑道：“吉米和塔米么……他们有一半时间都在疲于应付联邦通信委员会，所以我根本不用担心他们。何况，他们经常轮流精神崩溃。我不怪吉姆。如果我有那样的老婆也会崩溃的。此外，还有路易斯安那的斯瓦格。他很聪明，安东尼。但我认为他的真正愿望是像他表弟一样当摇滚明星……”

“他表弟？”哈罗德问。

“杰里·李·刘易斯。”萨特说，“还有谁来着？对了，帕特·罗伯森。我猜帕特会参加1984年或1988年的竞选。他很难对付。他控制的庞大网络让我的圣经外联中心相形见绌。但帕特有自己的缺点。人们有时会忘了他是个牧师，就连帕特自己也忘了……”

“你讲的这些都很有趣。”哈罗德说，“但我们似乎忘了我来这儿的理由。”

萨特摘下眼镜，取出嘴里的雪茄，瞪着哈罗德说：“安东尼，你来这儿是因为你遇上了大麻烦。如果没有人帮你，俱乐部就会把你弄到岛上，当成晚餐后的消遣……”

“嘿，”哈罗德说，“我可是执行委员会的合格成员。”

“是的。”萨特说，“特拉斯科死了，科尔本死了，开普勒缩头缩尾，C教友对费城的大失败感到很丢脸。”

“我跟那件事没有半点儿关系。”哈罗德说。

“你就是从费城脱身出来的。”萨特说，“上帝啊，那里真是一团糟。五名联邦调查局特工和科尔本手下的六名特工死了，十多名当地黑人死了，一名当地牧师死了，火灾，爆炸，私人和公共财产的重大损失……”

“媒体采信了黑帮火并的说法。”哈罗德说，“联邦调查局特工之所以出现，是为了对付持有武器的黑人恐怖分子……”

“是啊。这件事闹得很大，市长办公室都知道了，甚至惊动了华盛顿。你知道理查德·海恩斯正在秘密而谨慎地为C教友工作吧？”

“谁他妈会理会这破事儿。”哈罗德说。

“说得对。”吉米·韦恩·萨特微笑道，“但你难道没发现吗，你是在一个相当敏感的时期进入执行委员会的。”

“你确定他们想利用我找到威利？”哈罗德问。

“当然。”萨特说。

“找到之后就抛弃我？”

“当然。”萨特说。

“为什么？”哈罗德问，“为什么他们要招惹威利这个残忍的疯子？”

“《旧约》里有一句古老的沙漠谚语。”萨尔说。

“什么谚语？”

“‘与其让骆驼从帐篷外往里撒尿，不如让它从帐篷里往外撒尿。’”萨特吟咏道。

“谢谢，牧师。”哈罗德说。

“不客气，安东尼。”萨特瞟了眼手表，“你最好抓紧，否则就赶不上去亚特兰大的飞机了。”

哈罗德打一个激灵，“你知道为什么巴伦特要在星期六开这个会吗？”

“我想C教友开会是为了星期一的事。”

“里根遭枪击……”

“不错。”萨特说，“但是，你知道枪响的时候，是谁站在总统身后三步远的地方吗？”

哈罗德挑起眉毛。

“不错，就是C教友自己。”萨特说，“我想我们有许多东西要谈。”

“耶稣啊。”哈罗德说。

吉米·韦恩·萨特紧皱眉头，“不许你在这个房间里亵渎上帝之名。”他厉声道，“我建议你也不要在C教友面前这么做。”

哈罗德朝门口走去，突然停下。“对了，吉米，为什么你叫巴伦特‘C教友’？”

“因为C. 阿诺德不喜欢我叫他的教名。”萨特说。

哈罗德惊愕地问：“你知道他的教名？”

“当然。”萨特说，“我们从三十年代起就认识了，那时我们还是孩子呢。”

“他的教名是什么？”

“C. 阿诺德的教名是克里斯蒂安。”萨特微笑道。

“啊？

“克里斯蒂安。”萨特重复道，“克里斯蒂安·阿诺德·巴伦特。他的父亲信仰基督[1]，尽管C教友不信。”

“操。”哈罗德咒骂道，在萨特开口之前就匆匆走出了房间。

---

① 克里斯蒂安的英文意思是基督徒。

37

以色列，凯撒利亚

1981年4月2日，星期二

娜塔莉·普雷斯顿从维也纳乘以色列航空公司的航班，于当地时间上午十点半降落在戴维·本-古里安机场。以色列海关冷静、高效，而且彬彬有礼。“欢迎回到以色列，哈普肖小姐。”柜台后的人边说边检查她的两个包。这是她第三次持假护照进入这个国家，但她的心脏仍然狂跳不已。尽管是摩萨德——以色列自己的情报机构——伪造了这本护照，但她并没有因此而安心。

通关后，她搭上以色列航空公司的公交车前往特拉维夫，然后从杰夫路上的公交站步行去哈马斯特路上的ITS/Avis租车公司。她预缴了四百美元，以按周计费的方式租了一辆1975年款欧宝轿车。但这辆车的刹车不好，每次停车都会往左偏。

娜塔莉离开特拉维夫丑陋的郊区时，刚过正午不久。她开车沿着海法的海岸公路向北驶去。天气晴朗，气温逼近六十华氏度。高速公路和地中海反射着强烈的阳光，娜塔莉不得不戴上墨镜。驶出特拉维夫大约二十英里后，她穿过了内塔尼亚胡——一个岸边高崖上乱糟糟的度假小镇。又驶出几英里之后，她看到了指示牌，开下四车道高速公路，进入一条绕着沙丘向海滩延伸的更窄的沥青路。她瞟了眼罗马时代留下来的引水桥和巨大堡垒，顺着古老的海岸公路经过丹·凯撒利亚酒店。酒店里有十八洞的高尔夫球场，周围环绕着高高的栅栏和蛇腹式铁丝网。

她向东驶上一条石子路，根据指示牌前往米根·迈克尔定居点，直到被一条更窄的小路横向截断。车颠簸着爬了四分之一英里山路，穿过角豆树林，绕过浓密的开心果丛，间或经过几棵松树，最后停在一个挂着锁的大门前。娜塔莉下车伸了伸腿，朝山顶的白房子挥手。

索尔·拉斯基走下小路，放她进来。他减了肥，胡子也刮干净了。他穿着肥大的卡其短裤和白色的T恤，与瘦小的身形不协调地搭配着，让他看上去就像是《桂河大桥》[①]里的战俘——肤色黝黑，皮包骨头。头上光秃的部分因为被晒伤而更加显眼，但头发更白更长了，顺着耳朵和后脖颈弯曲着垂下来。破烂的玳瑁框的眼镜不见了，取而代之的是一副银色的飞行眼镜，在强光中能自动变暗。左臂上的伤疤依然鲜红。

他打开了门锁，两人飞快地拥抱了一下。

“顺利吗？”他问。

“非常顺利。”娜塔莉说，“西蒙·维森塔尔让我带他向你问好。”

“他身体还好吧？”

“在他这个岁数的人来说相当不错了。”

“他是否引导你找到了正确的情报源？”

① 一部获得奥斯卡最佳影片等七项大奖的二战题材影片，发行于1957年。

"比这还好。"娜塔莉说，"他亲自帮我查找了情报。如果在他的小办公室里找不到，他就让调查员从维也纳的各个图书馆和档案馆把资料带过来。"

"太好了。"索尔说，"带回来了吗？"

娜塔莉指了指后座上的大箱子："全是复印件。真可怕，索尔。你现在还是每周去两次犹太大屠杀纪念馆吗？"

"没有。"索尔说，"离这儿不远有个地方，名叫犹太隔离区斗士之家，波兰人建的。"

"跟犹太大屠杀纪念馆差不多吗？"

"规模小些。"索尔说，"只要知道遇难者的名字和他们的故事，去那里就够了。开进来吧，我锁上门之后搭你的车上去。"

山顶上有一个非常大的白房子。娜塔莉顺着房后的路开下南坡，停在一片果园旁的白墙平房边。这里的风景美极了。西面的果园和耕地之外，是起伏的沙丘、遗址和碧浪翻滚的地中海。透过南面蒸腾的热气，可以看见内坦亚[①]植被茂密的悬崖。东面横亘着连绵的群山和飘着橘子香味的沙龙山谷。北面圣殿骑士城堡之外，矗立着所罗门王时代遗留下来的堡垒，在卡梅尔山的绿色山脊上，排列着海法狭窄的被雨水冲刷过的石街。娜塔莉很高兴自己回来了。

索尔帮她开着门，等她提着箱子进去。这个小屋同她八天前离开时一模一样。客厅是长条形的，连着小厨房和饭厅。饭厅里

① 以色列的一座城市，位于地中海沿岸。

放着一张小木桌和三把椅子。客厅里有壁炉，炉边放着另一把椅子。灿烂的阳光透过小窗投射在刷了白灰的墙上。房间有两个卧室。娜塔莉提着包进入她的房间，扔在大床上。索尔在她床头柜的白色花瓶里插上了新鲜的花束。

她回到客厅的时候，索尔正在泡咖啡。“旅行愉快吧？”他问，“没出状况吧？”

“没有。”娜塔莉说，将一摞档案放在粗糙的木桌上。“萨拉·哈普肖看到了娜塔莉·普雷斯顿从未去过的地方。”

索尔点点头，将一杯浓浓的黑咖啡放在她面前。

“这里没出状况吧？”

“没有。”索尔说，“没有什么意料之外的情况。”

她从一个蓝碗中舀了点儿糖放入咖啡，搅了搅。她感到非常疲惫。索尔坐到她对面，拍了拍她的手。虽然他消瘦的脸上沟壑纵横，但她还是觉得他蓄胡子的时候看起来更年轻。那是三个月前，但感觉就好像几个世纪之前一样。

“杰克提供了更多的消息。”他说，“你想出去散散步吗？”

她瞟了眼自己的咖啡。

“你可以边走边喝。”索尔说，“我们去古竞技场吧。”他起身返回卧室，不一会儿就回来了，穿着宽松的卡其衬衣，下摆没有扎进裤子。但这没能掩藏住他插在腰间的点45口径自动手枪。

他们缓步西行，走下山坡，经过栅栏和橘园，来到沙丘边。沙子已经侵入了耕地和私人别墅的绿地。索尔越过沙丘顶部，来到一段引水桥的表面。引水桥距沙地二十五英尺，延伸数英里，通往一片遗址和海边的新建筑。一个穿着白衬衫的小伙子朝他们跑过来，一边大叫一边挥着胳膊，但索尔用希伯来语对他小声说了几句，小伙子就点点头离开了。索尔开始沿着引水桥凹凸不平的表面行走。

“你同他说了些什么？”娜塔莉问。

“我说我认识弗洛瓦、艾维约纳和内格夫三人。”索尔说，“他们从五十年代就开始在这儿挖掘古代遗址。”

“就这个？”

“是的。”索尔说。他停下脚步，环顾四周。地中海就在他们右边；前方一英里处，一片低矮的新建筑沐浴在下午的阳光中。

“你当初说自己在这儿有房子，我还以为是沙漠中的窝棚呢。”娜塔莉说。

“战争结束后不久我来这儿时，住的确实是窝棚。”索尔说，“我们首先建造并扩大了迦实、卡法维特金、玛根米卡伊尔等定居点。独立战争之后，戴维和丽贝卡在这儿建造了农场……”

“这里简直就是庄园。”娜塔莉说。

索尔微微一笑，将最后一口咖啡喝掉：“罗斯切尔德男爵的家才是庄园。现在那里成了五星级的丹·凯撒利亚酒店。”

“我喜欢这些遗址。”娜塔莉说，“引水桥、剧院，还有十字军城，它们都那么……那么古老。”

索尔点头道：“我在美国的时候，就无比怀念这里厚重的历史感。”

娜塔莉将背包从肩上取下来，把喝完的咖啡杯放进去，用毛巾仔细包裹起来。“我怀念美国。”她说，望着被沙海包围的黄色的石砌引水桥，“我觉得我怀念美国。”她说，“我在那边的最后几天就像噩梦一样。”

索尔一言不发，两人就这样平静地坐了几分钟。

娜塔莉首先开口：“不知道谁去参加了罗布的葬礼。”

索尔瞥了她一眼，他的偏光眼镜反射着阳光。“杰克·科恩写信来说，金特里治安官葬在查尔斯顿的一个墓园里，当地有关部门和警察局的人参加了葬礼。”

“是啊。”娜塔莉说，“但我问的是同他亲近的人。有亲人参加吗？他的朋友达利尔·米克斯在不在？有没有爱他的人送他最后一程？”娜塔莉哽咽了。

索尔把手帕递给她。“你去的话太危险了。”他柔声道，“他们会认出你的。何况，你的身体条件也不允许。耶路撒冷医院的医生说你的踝关节是粉碎性骨折。”索尔冲她微微一笑，接过递回来的手帕。“我看你今天已经完全不瘸了。”

“是啊。”娜塔莉说，“我好很多了。”她也对索尔报以微笑，“好了，”她说，“谁先说？”

“你先吧。”索尔说，“杰克提供了一些非常有趣的信息，但我想先听听维也纳那边的情况。”

娜塔莉点点头。“酒店档案表明，梅勒妮·福勒小姐和尼娜·霍金斯小姐——霍金斯是德雷顿的娘家姓——曾在1925年、1926年和1927年入住帝国酒店，在1933年、1934年和1935年入住大都会酒店。他们可能在别的年份也入住过别的酒店，只是由于战争或别的什么原因，那些酒店遗失了档案。维森塔尔先生还在查。”

“冯·伯夏特呢？”索尔说。

“没有入住记录。”娜塔莉说，“但维森塔尔证实，从1922

年到1939年，威廉·冯·伯夏特在维也纳城外的佩希托尔茨多夫租了一座小别墅。战后那里就被拆毁了。”

“其他方面的情况呢？”索尔问，“比如犯罪记录。”

“着重调查了杀人案。”娜塔莉说，“大部分都是常见的街头暴力、政治谋杀、激情犯罪，等等。但是，到1925年夏天，出现了三件怪异的、无法解释的杀人案。两个身份显赫的男人和一个女人——维也纳著名的交际花——被熟人杀死。这三个案子里的凶手都没有杀人动机，没有不在场证据，没有任何借口。报纸上称他们是‘炎夏失心疯’，因为每个凶手都坚称对自己的所作所为没有任何记忆。三人都被宣判有罪。一人被执行死刑，一人自杀，还有一人被送往精神病院，一个星期后淹死在鱼塘里。”

“听起来像是我们年轻的精神吸血鬼开始狩猎了。”索尔说，“初尝血腥味。”

“维森塔尔先生不知道这些都是他们所为。”娜塔莉说，“但他继续调查了下去。1926年夏天出现了三件无法解释的杀人案。1927年6月到8月之间出现了十一件，但那年夏天发生了一起失败的暴乱，示威行动失控，八十名工人死亡，维也纳当局没工夫理会几个下层小市民的死亡。”

“看来，我们的魔鬼三人组更换了下手的对象。”索尔说，“也许，在自己的社交圈中杀人让他们备感压力。”

“我们没有找到1928年冬天或夏天类似的犯罪记录。”娜塔莉说，“但到1929年，在奥地利度假小镇巴德伊舍有七人神秘失踪。维也纳的报纸都说这是‘早诺狼人’所为，因为所有消失的人——其中有些是维也纳或柏林的达官显贵——最后被看到的地点是广场上的早诺咖啡店。”

“但无法确认我们年轻的德国人和他的两位美国女伴在场？”索尔问。

“还没有证据。”娜塔莉说，“但维森塔尔先生指出，那一带曾经有许多私人别墅和酒店。”

索尔满意地点点头。两人抬起头，看到五架以色列F-16战斗机组成的编队从地中海上空呼啸着掠过，往南而去。

“这只是开始。”索尔说，“我们需要更多的详细资料，现在的还远远不够，但好歹是个开始。”他们默默地坐了几分钟。太阳向西南偏移，将他们所在的引水桥的影子投在沙丘之上。世界笼罩在金红的光芒之中。最后，索尔开口道：“大希律王，一个摇尾乞怜的献媚者，在公元前二十二年建造了这座城市，将其先给了恺撒·奥古斯都。到公元六年，这里已经是权力的中心，出现了歌剧院、竞技场和引水桥。彼拉多在这里担任了十年罗马帝国的犹太总督。”

娜塔莉对他皱起眉：“二月我们刚来这儿的时候，你就给我说过这些。”

“不错。”索尔说，“瞧。”他指着已经掩没了石拱的沙丘，“一百五十年来，引水桥的大部分都埋在沙里。我们坐着的这条引水桥是六十年代初才挖出来的。”

“所以呢？”

“想想恺撒的权力。”索尔问，“想想大希律王献媚的诡计，还有使徒保罗被囚禁在这里时感到的恐惧和忧虑。”索尔等了几秒，“都消失了，被时间之沙掩埋。权力烟消云散，权力的象征物倾塌荒废，只剩下石头和记忆。”

“你想说什么，索尔？”娜塔莉问。

“上校和姓福勒的女人现在应该至少七十多岁了。”索尔说，“艾伦给我的照片上的男人看上去六十多岁。正如罗布·金特里说过的一样，他们逃不掉衰老和死亡。他们不会在下次满月时复活。”

“那我们就待在这儿？”娜塔莉愤怒地咆哮起来，“我们就这么躲起来，直到这些……这些恶魔老死？或者互相残杀而死？”

“也可以待在别的安全的地方。”索尔说，“如果我们不躲起来，那就只有一个选择——杀人。”

娜塔莉站起身，在狭窄的石墙上踱来踱去：“你忘了，索尔，我已经杀人了。我枪杀了老太婆操控的那个可怕男孩——文森特。”

“他那个时候不能算是人。”索尔说，“杀他的人是梅勒妮·福勒，不是你。你只是将他的身体从她的操控下释放出来。”

“在我看来，他们都不是人。”娜塔莉说，“我们必须回去。”

“是的，不过——”索尔说。

“我不相信你居然阻止我追踪她们。”娜塔莉说，“杰克·科恩在华盛顿用电脑挖掘出那么多信息，他正在为我们冒险。我在多伦多、法国和维也纳调查了好几个星期，而你在犹太大屠杀纪念馆也待了数百小时……”

索尔站起身。“这只是个建议。”他说，“至少，不必我们两个人都去……”

“哦，原来是这么回事。”娜塔莉说，“你少来，索尔。他们杀了我父亲。他们杀了罗布。他们中有人用肮脏的意志侵犯了我。虽然只有我和你两个人，虽然我还不知道怎么办，但我会回去。不管你回不回去，索尔，我都要回去。”

“好吧。”索尔·拉斯基说，将背包递给了她，握住了她的手。“你真的确定？”

“我确定。”娜塔莉说，“给我说说科恩发现的新东西。”

“晚点儿吧。”索尔说，“晚饭后再谈。”他轻轻拉着她的手臂，沿着引水桥往回走。他们的影子纠缠、融合在一起，投在逼近引水桥的高高沙丘上。

索尔准备了丰盛的晚餐，有带新鲜水果的沙拉、硬面包圈（但模样和味道都不像真的硬面包圈）、用东方风格烹饪的羊肉，还有香甜的土耳其咖啡。直到天都黑了，他们才进入他的房间，打开了嗞嗞作响的科尔曼灯笼。

长长的桌子上堆满了文件夹、复印资料、照片——最上面的照片中是温驯地盯着镜头的集中营俘虏——还有被索尔写得密密麻麻的黄色便笺簿。粗糙的白墙上贴着层层叠叠的白纸，上面都是名字、日期和集中营的地图。娜塔莉发现了一张从报纸上复印下来的老照片，照片里，年轻的上校和几名党卫军军官正在微笑。照片旁边是一张8×10英寸大小的彩色照片，照片里梅勒妮·福勒正同她的男仆穿过查尔斯顿的家的院子。

他们坐在沉重而舒适的椅子里，索尔将厚厚一沓资料拿过来。“杰克认为他们找到了梅勒妮·福勒。”他说。

娜塔莉挺直身子：“她在哪儿？”

“查尔斯顿，”索尔说，“她的老房子里。”

娜塔莉缓缓摇头："不可能。她不会那么笨。"

索尔打开文件夹，看着以色列大使馆专用信纸上打印出的文字。"福勒家被查封了，等待梅勒妮·福勒的状态从法律上得到最终确定。法院需要等一段时间才能宣布她在法律意义上死亡了。处理她的房产则需要更长的时间。她没有在世的亲人。但是，一个名叫霍华德·沃登的人出现了，声称是梅勒妮·福勒的侄孙。他出示了信件和文件，包括一份1978年1月8日签署的遗嘱。遗嘱中，福勒表示从即日起，将房子和房中的财产都转让给他——而不是她死后才转让——并授予他处置之全权。沃登解释说，老太太之所以这么早就立遗嘱，是因为担心自己健康恶化，衰老加剧。他说当时他认为这只不过是在履行一个法律手续，他打心底里希望姑婆能在那座房子里终老。但现在，既然他的姑婆消失了，而且很可能死了，他认为自己有义务来打理这座房子。他目前正同家人住在那里。"

"他会不会真的是福勒的远亲呢？"娜塔莉问。

"不太可能。"索尔说，"杰克调查了沃登的背景。他在俄亥俄长大，十四年前搬到费城。过去四年里，他都是市政公园的副主管。实际上，过去三年他都住在费尔蒙特公园——"

"费尔蒙特公园！"娜塔莉惊呼，"梅勒妮·福勒就是在那儿消失的。"

"不错。"索尔说，"来自费城的情报显示，沃登三十七岁，已婚，有三个孩子，两个女孩一个男孩。在查尔斯顿，他的妻子也与描述相吻合，但他们只有一个孩子——一个名叫贾斯汀的男孩。"

"可是——"娜塔莉插嘴道。

“等等，还有呢。”索尔说，“邻居霍奇斯家也被卖出去了。买主是斯蒂芬·哈特曼医生。哈特曼医生同他的妻子和二十三岁的女儿住在那里。”

“这有什么问题？”娜塔莉问，“我能理解为什么霍奇斯夫人不想回那座房子。”

“是的。”索尔说，将飞行眼镜推到鼻梁上方，“但哈特曼医生似乎也来自费城。他是一名事业有成的精神病医生，但突然放弃了工作，结了婚，并在三月离开了那里——刚好是霍华德·沃登和他的家人打算迁往南方那一周。哈特曼医生的新婚妻子——这是他的第三任妻子，他的朋友都对他的再婚感到惊讶——名叫苏珊·欧德史密斯，婚前是费城综合医院重症监护病房的护士长……”

“医生同护士结婚没什么值得大惊小怪的吧？”娜塔莉问。

“是的。”索尔说，“但根据杰克·科恩的调查，哈特曼医生同欧德史密斯护士在辞职结婚之前关系冷淡，仅限于工作上的交往。更有趣的是，这对愉快的新婚夫妇都没有一个二十三岁的女儿……”

“那谁是……”

“查尔斯顿那个叫康斯坦斯·哈特曼的女孩同费城综合医院重症监护病房的一个护士非常像，护士叫康妮·休厄尔，同欧德史密斯护士同一周辞职了。休厄尔离开公寓和朋友的时候并未说她将去何方。”

娜塔莉站起身，在小房间里来回踱步，对灯笼的咝咝声和她投在墙上的巨大影子浑然不察。“看来，我们可以推断梅勒妮·福勒在费城的疯狂之夜受了伤。报纸上说，在联邦调查局的直升机坠毁地附近的斯古吉尔河里发现了一辆车和一具尸体。死的不是她。我知道她肯定还活着。我能感觉到。对，她肯定受伤了。科恩有没有查过医院记录？”

“当然查了。”索尔说，“他发现联邦调查局的人——或者伪装成联邦调查局的人——在他之前去过了。他没有找到梅勒妮·福勒的治疗记录。医院收治了许多老太太，但没有人符合福勒女士的特征。”

“这并不能说明什么。”娜塔莉说，“那个老恶魔肯定掩藏了自己的行迹。我们知道她的手段。”娜塔莉打了个寒战，揉了揉胳膊，“看来，为了能好好疗伤，梅勒妮·福勒调教了一组僵尸，把他们带回了查尔斯顿。我猜，沃登夫妇一定还带着一位身体虚弱的老太太。”

“是沃登夫人的母亲。”索尔淡淡一笑，“邻居们都没见过她，但有人告诉杰克，沃登夫妇搬来了许多病房里的设备。而更诡异的是，根据杰克在费城的调查，南希·沃登的母亲早在1969年就去世了。”

娜塔莉兴奋地走来走去。“那个医生，叫什么来着……”

“哈特曼。”

“对……他和欧德史密斯护士负责为福勒提供一流的医疗服务。”娜塔莉停下脚步，等着索尔，“天啊，索尔，这也太冒险了！如果警察……”她打住话头。

“你说到点子上了。”索尔说，“哪儿的警察？查尔斯顿的警察不会怀疑沃登先生的病弱岳母就是失踪的梅勒妮·福勒。金特里治安官或许会起疑——罗布有一个不同寻常的大脑——但他已经死了。”

娜塔莉迅速垂下视线，深吸一口气。“巴伦特那伙人呢？”她说，“联邦调查局的人和其他特工呢？”

“也许他们停战了。”索尔说，“也许巴伦特先生和他幸存下来的朋友不能再承受十二月的那种曝光。如果你是梅勒妮·福勒，娜塔莉，你的同类同你一样嗜血，同你一样不愿暴露身份，你会去哪儿？”

娜塔莉缓缓点头：“去一座因为发生了一连串离奇凶杀案而受到全国关注的房子。福勒的思维真是不可思议。”

“是的，”索尔说，“不可思议。但对我们来说，则是天大的幸运。杰克·科恩已经最大限度地给予了我们帮助，差点儿惹恼他的上司。我给他发了加密信息感谢他，并让他暂时中止调查，等待我们的消息。”

“要是其他人相信我们就好了！”娜塔莉大声叹息。

索尔摇摇头：“就连杰克·科恩也知道并且相信我们故事的一部分。他确信的是，有人杀害了艾伦·艾希科尔全家，而上校和美国当局以某种未知的方式卷入了这次谋杀。”

娜塔莉坐下。“天啊，索尔，沃登的另外两个孩子去哪儿了？杰克·科恩提到过的那两个女孩？”

索尔合上文件夹，摇摇头。“杰克没查出来。”他说，“沃登夫妇并没有哀伤的表现。费城和查尔斯顿也都没有女孩的死亡通告。他们有可能被送到了近亲那里，但杰克无法在不被人察觉的情况下核实这件事。看来，那个老太婆可能只是厌倦了身边有太多的小孩。”

娜塔莉的嘴唇都白了。“那个婊子必须死。”她咬牙切齿地说。

“是的。”索尔说，“但我们必须坚持既定的方案，特别是在确定她的所在之后。”

“好吧。”娜塔莉说，“但一想到她还在那里肆无忌惮地作恶……”

“他们不会横行太久。”索尔说，“我是说所有的精神吸血鬼。但如果我们要打败他们，就必须制订周密的计划。罗布·金特里的死要算在我的头上。艾伦全家的死也要算在我的头上。我错以为，只要悄悄接近这些恶魔，就不会有危险。但事实证明金特里是对的，他说我这样做等于是闭上眼睛去抓毒蛇。”他又合上了一个文件夹，手指在上面抚摸着，“如果我们要重返沼泽，那我们就必须成为猎人，而不仅仅是等着这些致命的猛兽发动袭击。”

“你没有见过她。”娜塔莉喃喃道，“她……她不是人。我是有机会的，索尔。她的注意力被分散了。在那短暂的几秒钟里，我手里就有一把上了弹的枪……但我朝错误的对象开了枪。杀死罗布的不是文森特，而是她。我的脑筋没来得及转过弯。”

索尔紧紧地抓住她的上臂，“别自责了。梅勒妮·福勒只是巢穴中的一条毒蛇而已。如果你杀了她，其他毒蛇仍会逍遥法外。而如果我们没猜错，是姓福勒的女人杀了查尔斯·科尔本。”

“但如果我……”

“别自责了。”索尔语气强硬地说，拍了拍她的头，又摸了摸她的脸，“你太累了，我的朋友。如果你愿意，明天可以同我一起去犹太隔离区斗士之家。”

“我愿意。”娜塔莉说。她埋下头，索尔吻了下她的头顶。

娜塔莉上床休息后，索尔打开贴着“托尼·哈罗德”标签的文件夹，看了会儿并不算多的资料。最后，他放下文件，走向前门，打开门。月亮已经升起来了，将银辉洒在山坡和远处的沙丘上。戴维·艾希科尔的大房子里没有一丝灯光，安静地躺在山坡上。从西边飘来橘子和海水的气味。

几分钟后，索尔锁上门，上了门闩，合上百叶窗，然后进入自己的房间。他打开了维森塔尔寄来的第一份文件。在一摞写着烦琐的波兰公文和简洁的德国国防军速记符号的表格上，夹着一张照片。照片中的女孩十八九岁，小小的嘴巴，苍白的面颊，一头黑发裹在棉头巾下。一双乌黑的大眼睛。索尔的目光在照片上停留了好几分钟。他很想知道，盯着镜头的女孩在想什么，她是何时死的，怎样死的，有谁为她的死而悲伤。他很想知道，答案是否就在这份档案里。但档案里至少记录了一些简单的事实，比如她何时因为犹太人的身份而被捕，何时被送往集中营。或许——只是或许——档案的最后一行写着她的死亡日期。她短暂的生命终结时，她的希望、思想、感情，还有未来的所有可能，都像撒入空中的灰烬一样，随风而逝。

索尔叹了口气，开始阅读。

第二天，他们起得很早。索尔准备了丰盛的早餐。他坚称这是以色列传统。太阳还没有完全爬上山，他们就把背包扔进了他那辆古老路虎的后座上，沿着海岸高速公路向北行驶。四十分钟后，他们就抵达了卡梅尔山脚下的港口城市海法。“你的头在你身上好像迦密山。你头上的发是紫黑色。”索尔迎着风背诵道。

“真美。”娜塔莉说，“《所罗门之歌》里的？”

“对，也叫《雅歌》。”索尔说。

在海法湾北面的坡地附近，交通指示牌上写着“阿卡”，并附上这个城市曾用的两个名称：“阿科尔”和“圣冉·达克”。娜塔莉望着西面沐浴在灿烂阳光下的那座白色的有围墙的城市。今天看起来会很暖和。

一条狭窄的公路从阿卡–纳哈里亚高速公路分出去，通往一个居民点。睡眼蒙眬的门卫挥手示意索尔通过。他们穿过嫩绿的草地和居民点，来到一座巨大的建筑前，门口用希伯来语和英语写着——犹太隔离区斗士之家——还注明了开放的时间。一个右手少了三根手指的矮个子男人走出来，用希伯来语同索尔交谈。索尔朝男人手里塞了一些钱，男人便带他们进去，边笑边对娜塔莉反复说“舍拉姆”。

“非常感谢。”娜塔莉用希伯来语说，“早上好。”

“舍拉姆。”矮个子男人微笑道，“待会儿见。”

娜塔莉看着男人离开，然后缓步浏览玻璃柜里的陈列品，有日记、手稿，以及绝望的华沙犹太隔离区起义的遗物。墙上挂着被放大的纳粹屠杀隔离区里犹太人的照片。“这里同犹太大屠杀纪念馆不一样，”她说，“这里没有压抑的感觉，或许是天花板更高的缘故。”

索尔拖过一条矮长椅，跷腿坐在上面。他把一摞档案放在左边，一个电池供电的频闪灯放在右边。“设立这个地方的目的，更多的是歌颂反抗精神，而非纪念大屠杀。”他说。

娜塔莉驻足凝视着一张照片，照片上是刚从运牲口的车上下来的一家人，他们的家当堆在旁边的地上。她迅速转过身：“你能催眠我吗，索尔？”

索尔扶了扶眼镜："可以。但需要花很长的时间。怎么了？"

娜塔莉耸耸肩："我很想体会一下被催眠的感觉。催眠对你来说似乎很……轻松。"

"拜经验所赐。"索尔说，"多年以来，我都在用自我催眠的方法对抗偏头痛。"

娜塔莉拿起一个文件夹，看着里面一张年轻女人的照片，"你真的能将大屠杀的记忆变成自己的潜意识？"

索尔搓了搓脸颊。"意识是分层的。"他说，"在某些层次，我只是通过隔绝那些阻碍我恢复记忆的东西，来恢复已经存在的记忆。在另一些层次上，我通过同情与我有相同经历的人来让自己适当迷失。"

娜塔莉转过头："这样做起作用了吗？"

"起作用了。特别是在下意识地吸收一些传记数据上。"

"你要在这儿待多久？"她问。

索尔瞟了眼手表："大概两小时。但舒姆埃里克答应我，在我完成之前，他都不会让别的游客进来。"

娜塔莉拽了拽沉重的背包："我去走走，试着整理和记忆那些恶魔在维也纳时期的资料。"

"舍拉姆。"索尔说。娜塔莉离开后，他认真阅读了头三份档案。然后他转向一边，打开了小频闪灯，设定了计时器。伴随着节拍器发出的嗒嗒声，灯有规律的忽闪忽灭。索尔完全放松，放空思绪，只剩下闪烁的灯光，让自己走进了另一个时空。

他周围的墙上，一张张苍白的面孔透过历史的烟尘俯视着他。

娜塔莉站在这座方方正正的建筑之外，注视着忙碌的定居点居民，最后一卡车工人正在前往农田。索尔告诉过她，这个定居点是华沙犹太人隔离区和波兰犹太人集中营的幸存者建立的，但娜塔莉看见的大多数工人都是土生土长的犹太人，同年轻的阿拉伯人一样，有着瘦瘦的身材和古铜色的皮肤。她缓步走到田边，坐在一棵桉树的树荫里。一个高高的喷洒器正在有节奏地向田里的农作物洒水，具备索尔的节拍器一样的催眠效果。娜塔莉从背包底部取出一瓶马卡比啤酒，用新买的瑞士军刀上的开瓶器打开。啤酒已经温温的，但喝起来仍然可口，加上这天反常的温暖、喷洒器的声音，还有泥土和生机勃勃的植物的芬芳，感觉惬意极了。

一想到要回到美国，她就不禁恶心想吐，心跳加速。对罗布·金特里死后的那些日子，娜塔莉的记忆已经相当模糊。她只记得自己对索尔又骂又打，因为索尔把罗布的尸体留在了那座该死的房子里，只记得索尔带着她在黑夜中穿行，她腿上的疼痛让她游离在清醒和昏迷之间，就像在波涛汹涌的大海上浮浮沉沉的游泳者。她还记得——她觉得自己记得——杰克森像拯救伤员的消防队员一样，将马文·盖尔软绵绵的尸体扛在肩上。索尔后来告诉她，在那个充斥着尖厉警报声的夜晚，他们同杰克森和马文在黑暗小巷中分离时，马文昏迷了，但并没有死。

她还记得自己躺在公园的长椅上，而索尔在打开门的电话亭里打电话。然后天亮了——尽管那只是一道微弱的晨光——她躺在旅行车的后座上，周围都是陌生人，索尔同一个男人坐在前排。后来她了解到那人叫杰克·科恩，是华盛顿以色列大使馆的摩萨德站长。

随后四十八小时发生的事，在娜塔莉脑中也是一团糨糊。她只记得一些零星的片段：一个汽车旅馆的房间，为缓解踝部疼痛而打的麻醉针，医生给踝部打上古怪的膨胀的石膏，为罗布哭泣，在梦中呼唤他的名字，因为想起击穿文森特口腔上部的子弹的声音而尖叫，墙上灰色和红色的脑浆，还有那个老女人令娜塔莉灵魂战栗的疯狂眼神——“再见，尼娜。再见，尼娜。我们还会再见的。”

索尔后来说，同杰克·科恩谈话的那四十八个小时，他可以说是费劲唇舌，这辈子从未如此累过。脸上有疤、头发花白的特工是不会相信整个故事的，但索尔必须通过巧妙的谎言，让他相信真相中最重要的部分。最后，这个以色列人相信，索尔、娜塔莉、艾伦·艾希科尔，以及失踪的密码事务负责人利瓦伊·科尔，都陷入了某种复杂而危险的阴谋中，牵扯到许多华盛顿高层人物和一个隐姓埋名的前纳粹军官。科恩几乎没有得到大使馆和特拉维夫上级主管的支持，但在1月4日星期天，旅行车载着索尔、娜塔莉和两个美国出生的以色列特工经尼亚加拉大瀑布上游的和平桥进入加拿大。五天后，他们都换上了新身份，从多伦多飞往特拉维夫。

后面的两个星期，娜塔莉也是在迷迷糊糊中度过的。她到以色列第二天，脚踝的伤莫名其妙地恶化了，高烧不退。她恍惚记得乘私人飞机很快飞到耶路撒冷，索尔通过老熟人为她在哈达萨-希伯来医疗中心订到一个私人房间。索尔自己那周也接受了手臂手术。她住了五天院，在最后三天的黄昏和清晨，她拄着拐杖拜访了犹太会堂，凝视着马克·夏加尔[1]在玻璃窗上的创作。娜塔莉感到浑身发麻，仿佛整个身子都被注射了一大管麻醉剂。每天

① 马克·夏加尔（1887—1985），超现实主义画家，犹太人。

晚上闭上眼，她都会看见罗布·金特里注视着她。他的蓝眼睛里充满了胜利的喜悦，但眨眼间利刃便劈砍下来……

娜塔莉喝完啤酒，将瓶子放回背包。大清早自己就在喝酒，而别人都在工作，她不禁感到一丝愧疚。她取出第一摞文件夹——关于二三十年代维也纳的照片和手写资料的复印件，由维森塔尔的助手翻译的警察局档案，已故的弗朗西斯·哈灵顿打出来的尼娜·德雷顿的简单背景资料，空白部分写满索尔难以辨认的字迹。

娜塔莉叹了口气，开始工作。

正午刚过不久，他们就往南驶去，在海法稍作停留，补吃了午饭——今天是安息日[1]，店铺很早就会打烊。他们在哈内维姆街的路边摊买了色拉三明治，一边大嚼大咽，一边朝繁忙的港口走去。几个黑市商人靠上来，试图兜售牙膏、牛仔裤和劳力士手表。但索尔用希伯来语训斥了几句，他们都退开了。娜塔莉靠在栏杆上，望着一艘正要入海的大货轮。

她说："我们什么时候回美国，索尔？"

"我三周之内做好准备。或许会更快。你觉得自己什么时候能准备好？"

"怕是永远都不行了。"娜塔莉说。

索尔点点头。"那你愿意什么时候回去？"

"随时都行。"娜塔莉说，"实际上，越快越好。"她长舒一口气，"天啊，一想到要回去，我就两腿发软。"

---

① 犹太教定为星期六。

“是的。”索尔附和道，“我也有同感。我们来回顾一下事实和假设，看看计划中有无漏洞。”

“我就是漏洞。”娜塔莉轻声说。

“不。”索尔说，眯眼眺望海面，“好吧，假设艾伦提供的信息是准确的，阴谋集团核心成员有——至少有——五个：巴伦特、特拉斯科、科尔本、开普勒，还有名叫萨特的福音派牧师。我看见特拉斯科死在上校的手上。我们假设科尔本先生也被梅勒妮·福勒所杀。这样就只剩下三个人。”

“算上哈罗德的话是四个。”娜塔莉说。

“是的。”索尔说，“我们知道，他似乎在同科尔本的人合作。那就算是四个吧。或许还有海恩斯探员，但我怀疑他只是受人控制的傀儡，而不是主谋。那么问题来了：为什么上校要杀死特拉斯科？”

“为了复仇？”娜塔莉说。

“有可能。但我总觉得里面有权力斗争的因素。我们可以暂时假设，他们在费城设的整个局的目标是上校，而不是姓福勒的女人。巴伦特留我一命，只是因为我是对付上校的另一件武器。但为什么上校留我一命，还把你和罗布也都引入这场游戏？”

“为了混淆视听？转移注意力？”

“有可能。”索尔说，“但我们还是回到先前的假设吧——他在间接利用我们。詹森·鲁哈无疑是威廉·波登在好莱坞的助手。杰克·科恩根据哈灵顿的笔记确认了这点。鲁哈在飞机上向你表明的了身份。他完全没必要这样做，除非上校想让我们知道他在操控我们。上校还费尽心机地让巴伦特和科尔本相信，我死在了费城的大爆炸中。为什么？”

“他还要把你派上别的用场。”娜塔莉说。

“不错。但为什么他不直接操控我们？”

“也许这样做太困难了。”娜塔莉说，“这些精神吸血鬼必须在近距离才能展开操控。也许他根本就不在费城。”

“在费城的只是他的代理人。”索尔赞同道，“鲁哈、可怜的弗朗西斯，还有他的白人傀儡——汤姆·雷诺兹。圣诞前夜在福勒家外面袭击你的就是雷诺兹。”

娜塔莉倒吸一口凉气，她之前没听过这个假设：“你凭什么这么说？”

索尔摘下眼镜，用衬衣下摆擦了擦：“除了让你和罗布重回正轨外，还有什么理由袭击你？上校希望同科尔本的人最后摊牌时你们俩都在费城现场。”

“我不明白。”娜塔莉说，摇了摇头，“那梅勒妮·福勒是什么角色？”

“我们还是坚持原来的假设吧——福勒女士同上校和上校的敌人都不是一伙儿的。”索尔说，“你觉得她意识到这两拨人的存在了吗？”

“没有。”娜塔莉说，“她只提到尼娜——好像是尼娜·德雷顿。”

“是的。‘再见，尼娜。我们还会再见的。’如果我们遵循罗布的逻辑——我不知道有什么理由不这么做——是梅勒妮·福勒在查尔斯顿枪杀了尼娜·德雷顿，那么为什么福勒认为你是那个已经死去的女人派来的呢，娜塔莉？”

“因为她是个该死的疯婆娘。”

“希望事实如此。”索尔说，“尽管梅勒妮·福勒可能是最致命的那条毒蛇，但她失常的精神状态也许可以为我们所用。那哈罗德先生呢？”

“我希望他死了。”娜塔莉说，想起了他入侵自己思想时那种湿滑而强硬的感觉。

索尔点头，戴上了眼镜：“但哈罗德的操控被打断了——就像四十年前上校中途丧失对我的操控一样。所以，我们都对这段经历有所记忆，并且多多少少窥见了操控者的……怎么说呢，思想？”

“不够准确。”娜塔莉说，“应该说是感觉，是人格。”

“不错。”索尔说，“不管怎么表述，至少有一点是明确的：托尼·哈罗德讨厌将他的念控力运用在男人身上？”

“我可以肯定。”娜塔莉说，“他对女人抱有病态的感情。我感觉他只是……袭击女人，仿佛我就是他母亲，而他必须通过与我性交来证明什么……”

“可以用弗洛伊德学说解释这种性心理。”索尔说，“但我们暂时不管这个问题，直接接受你的判断，即哈罗德只具备影响女人的能力。如果这是真的，那这个恶魔团体就至少存在两个弱点：一个不属于任何派别、能力强大的疯女人，还有一个不知是否属于这个团体、不能或不愿对男人运用念控力的男人。”

“很好，”娜塔莉说，“假如这一切都是真的，我们应该怎么做？”

“我们应该坚持二月商定的计划。”索尔说。

“但那样我们会死的。”娜塔莉说。

“很有可能。”索尔说，“但如果我们要同这些毒蛇一起待在沼泽里，你是想一直等它们咬你，还是冒着被咬的危险把它们揪出来？”

娜塔莉笑道：“那还用说，索尔？”

“我们只有一个选择。”

“那我们去找麻袋来，练习怎么抓蛇吧。”娜塔莉说。她抬头仰望卡梅尔山上熠熠生辉的巴哈伊神庙的金色穹顶，回头看了看消失在大海中的货轮。“你知道，”她说，“说来奇怪，但我就是觉得，罗布会喜欢我们这个计划的，喜欢那种紧张感。尽管这个计划看上去是如此疯狂，注定难以成功，但我们会乐在其中。”

索尔拍了拍她的肩膀。“那我们就着手执行这个疯狂的计划吧。”他说，“不要让罗布失望。”

他们一同朝停在雅法路上的路虎走去。

38

梅勒妮

回家的感觉真的太棒了。

尽管我住的是单人病房，两边的病房没让住人，所有的医护人员都在伺候我，但我已经厌倦了住院。说到底，世界上没有任何地方比家更适合调养身体，振奋精神的了。

许多年前，我读到过一些离奇的故事——濒死患者体验“灵魂出窍”，不幸死在手术台上的病人又活过来，诸如此类——对此我一概不信。如今，这种荒诞不经、耸人听闻的新闻仍然大行其道。可是，当我在医院中苏醒过来时，那感觉就跟这些故事中描述的一模一样。有一阵子，我觉得自己仿佛飘浮在病房的天花板上，虽然什么都看不到，却仿佛又能感知到一切。我能感知到病床上我那干瘦蜷曲的躯体，我能感受到连在那具躯体上的传感器、输液管、针头和导尿管，我能感知到护士、医生、勤杂工和其他许多人都在忙着维持我的生命。当我重新进入影像和声音的世界后，我才意识到自己先前是通过这些人的眼睛和耳朵感知一切的，而且是同时感觉这些人的所见所闻！我的念控力从未强大到可以同时获取多人的清晰感觉信息。我知道威利和尼娜也没有过。有一定经验的念控者可以同时操控一个陌生人和一个调教好的傀儡；经验更丰富的念控者甚至能通过快速转换操控对象同时操控两个陌生人，只是这样更耗费精力。但像我现在这样轻松地获取如此清晰的视觉、听觉和触觉信息，却是我闻所未闻的。更重要的是，我们在操控别人的时候，受控者必定会感知到我们的存在，他们要么会因此发疯，要么会下意识地不去回忆被操控的经历——后者是人的本能反应，但会造成受控者丧失一段记忆，而且受控者无法解释自己为何会失忆。可是现在，我同时拥有六个人的视角，而且我知道，这些人完全没有觉察到我的存在。

可是，我能操控他们吗？我小心翼翼地试探，一会儿让护士拿起杯子，一会儿让勤杂工关门，一会儿又让医生说一两句他并不打算说的话。我不会进入他们的意识太深，以免影响到他们的医护专业能力。他们全都没有感觉到我的存在。

日子一天天过去，我的身体还处在昏迷之中，靠机器和不间断的看护来维持生命。我看上去像是被囚禁在躯壳中，但实际上，我的灵魂在以从未达到甚至想象过的灵活四处遨游、探索。我会进入一个护士，躲在她的双眼背后离开房间，感受她的活力和旺盛的生命力，品尝她口中咀嚼的薄荷味口香糖。来到走廊尽头的时候，我会伸出另一只感觉触角，进入外科主任的意识——同时绝不会与年轻护士脱离连接！——同他乘电梯下楼，发动林肯大陆汽车，向郊区行驶六英里，去与等待他的妻子会面。整个过程中，我还同时与另外四人保持着紧密连接，包括那名护士、走廊中的义工、病房楼下查看X光片的实习生，以及正站在病房里俯视我身体的第二个医生。我的念控力已经不再受距离的影响。多年以来，我和尼娜一直都惊叹于威利远距离操控傀儡的能力，但现在我比他强大得多。

我的念控力每天都在增强。

第二天，就在我测试新能力的时候，那家人回来了。我没有认出那个高个子、红头发的男人和苗条的金发妻子，但我透过接待员的眼睛看见了那三个孩子，并立刻认出了他们就是我在公园里见到的那些孩子。

红发男人一看到我的模样就惊呆了。我住在重症监护病房。这里就像是一个网，中心是护士站，周围辐射出一个个扇形的小房间。而在我所属的房间，我又被困在一个由静脉注射软管和感应线路构成的更小的网之中。医生将红发男人带离了可以观察重症监护病房的探视区。

“你是她的家人吗？”医生问。他是一个医术精湛、一丝不苟的男人，留着一头棕色长发。他是哈特曼医生，每当他出现在护士们面前时，我都能感觉到她们的愉悦、焦虑和尊敬。

“哦，不是。”红发男人说，“我名叫霍华德·沃登。昨天我……不，是我的孩子在我们的……呃……院子里散步时发现了她。她摔倒了……”

“不错，”哈特曼医生说，“我看过你给急诊室护士的报告。你不知道这位女士是谁？”

“是的。当时她只穿着浴袍和睡袍。我的孩子说，他们看见她从森林里走出来……”

“也不知道她从何而来？”

“唔……”沃登说，“我……我没有报警。我想我错了。南希和我在这儿待了几个小时。等确认她……这位老妇人……不会……我是说，确认她情况稳定之后，我们就回家了。我今天休假，我本来打算今早报警，但我想先来看看她怎么样了……”

“我们已经通知警察了。”哈特曼医生撒谎道。我是第一次操控他，简单得就像穿上一件自己钟爱的旧外套。“他们来录了口供。他们似乎也不知道这位多伊[①]夫人是从哪儿来的。没有人报警说有亲人失踪了。”

“多伊夫人？”霍华德·沃登说，“哦，是简·多伊的意思吧。听我说，医生，我们也觉她很可疑。我们住在公园里面大概两英里的地方，而孩子们说，她甚至都不是沿着公路走进来的。”说着，他朝重症监护病房瞥了一眼，“她怎么样了，医生？她看上去……看上去情况不妙。”

“这位女士得了严重中风。”哈特曼医生说，“很可能是连续发作了。”见霍华德面色煞白，医生继续说道，“这在我们医学上称之为‘脑血管意外’，也就是过去所说的脑出血。大脑供氧短暂中止。据我们诊断，出血发生在患者的右半脑，导致大脑和神经机能崩溃。这在她的左半身得到集中体现——眼皮低垂，上下肢瘫痪——不过，从某种意义上说，这反倒值得庆幸，因为失语症——就是说不出话来——一般是左半脑损伤造成的。我们对患者做了脑电图和计算机轴向断层扫描。实话对你说，结果令我们费解。计算机轴向断层扫描确认患者很可能脑中动脉梗死，而脑电图的读数却不支持这一结论……”

我对不知所云的医学讨论丧失了兴趣，将关注点转移到门厅中的中年接待员那里。我让她站起来，走到三个孩子身边。“你们好，”我让她说，“我知道你们来这儿是探望谁的。”

---

① 美国警方一般用“简·多伊”来称呼某个姓名未知的女人。

“我们不能进病房去。”六岁的女孩说，她曾在太阳升起的时候演唱《嘿，朱迪》，“我们太小了。”

“但我知道你们想见谁。”接待员微笑着说。

“我想看到那位慈祥的老奶奶。”小男孩说，眼中带泪。

“我不想。”年纪最大的女孩断然否定。

“我也不想。”她六岁的妹妹也说。

“为什么？”我有点儿伤心。

“因为她很怪。”年纪最大的女孩说，“我原来也喜欢她，但我昨天碰到她手的时候，那感觉太搞笑了。”

“搞笑是什么意思？”我问。接待员戴着厚厚的眼镜，我的视野被扭曲了。我从不需要眼镜，除非要读书看报。

“搞笑，”女孩说，“古怪。就像摸到了蛇皮。我很快就松开了手，在她晕倒之前就松开了。可我就是觉得她不是好人。”

“不错。”女孩的妹妹说。

“闭嘴，艾莉[1]。”年纪最大的女孩说，显然后悔对我讲了这么多。

“我喜欢那位慈祥的老奶奶。”五岁的男孩说。他在来医院之前似乎哭过。

我招手示意两个女孩去服务台。“过来，姑娘们。我有东西给你们。”我在抽屉里翻了一会儿，找到了两颗包着糖纸的薄荷糖。年级最大的女孩伸手要拿，我狠狠地抓住她的手腕，“我先来给你算算命吧。”我让接待员压低声音说。

“放开我。”女孩说。

---

① 阿里森的昵称。

“闭嘴！”我喝道，“你的名字是塔拉·沃登，你妹妹的名字是阿里森。你俩住在公园山上的一座大石头房子里，你们管那儿叫城堡。不久之后的一天深夜，一个长着黄色尖牙的绿色大妖怪就会来你的房间找你，他将把你——把你们两个——**撕成碎片，吃进肚子**。”

两个女孩踉跄着后退，脸色惨白，双眼圆睁。惊惧之中，她们甚至都忘了合上嘴。

“如果你们把这件事告诉别人……比如你们的爸爸、妈妈，**任何人**，”我让接待员故意发出可怕的嗞嗞声，“妖怪**今晚**就会来吃你们！”

两个女孩跌跌撞撞地后退到座椅边，跌坐下去，瞪着这个蛇一样可怕的女人。一分钟后，一对老夫妇来服务台询问某个房间怎么走，我便让接待员恢复成她自己——可爱，单纯，还有点儿好管闲事。

楼上，哈德曼医生已经向霍华德·沃登介绍完我的病情。走廊上，护士长欧德史密斯检查了给病人的药物，还特别留心检查了给“多伊夫人”的药。在我的房间，名叫休厄尔的年轻护士正在温柔地用冷压布给我擦拭身体，几乎是虔诚地在为我做按摩。那种感觉只是若有若无，但知道自己的身体正在接受悉心呵护，我会安心许多。重新拥有家人的感觉真好。

第三天，准确地说，是第三天晚上，我正在休息——我已经不会真正地睡眠，只是让自己的意识在不同的受控者之间随机地飘来飘去，就像是做梦一样——这时我突然感受到一种几十年都没有体会过的肉体兴奋。一个男人搂住了我，下身不停地撞击我。我感觉心脏狂跳，我年轻的乳房紧贴着他的胸膛。

是康妮·休厄尔护士在储物间里与实习医生交欢。我反正也睡不着，就索性让意识重返休厄尔护士的大脑。我安慰自己，这场交欢不是我主动挑起的，我只是参与罢了。那一晚过得非常快。

我不知道我是何时有了回家的念头的。头几个星期或者说头一个月，医院对我来说都是必不可少的，但到二月中旬，我就越来越频繁地思念查尔斯顿和我的家。入院第三周，哈特曼医生将我转移到七楼一个更大的私人病房里。在大多数医护人员的印象中，我都是一个配得上特殊照顾的有钱老太太。这倒不假。

可是，医院的一位主管——马卡姆医生——却不停地问我的情况。他每天都会来七楼，像一条闻到猎物气息的猎犬一样。我让哈特曼先生打消他的疑虑。我让欧德史密斯护士长给他解释。最后我甚至进入那个家伙的思想，用我自己的办法让他放心。但他铁了心要同我过不去。四天之后，他又回来了，问护士我接受了哪些特别护理，并要求知道是谁在为我的药品、检查、计算机轴向断层扫描和专家会诊付钱。马卡姆指出，办公室没有我的入院记录，没有病历，没有电脑打印出的费用清单，也没有费用如何支付的确切说法。欧德史密斯护士和哈特曼医生答应出席明天上午的会议，讨论我的问题。参会的除了马卡姆，还有医院董事会主席、办公室主任和其他三名高管。

那天晚上，马卡姆回家的时候，我进入了他的意识。斯古吉尔河高速公路非常拥堵，让我想起了圣诞前夜的纽约。就在我们即将达到与罗斯福高速公路的交叉口时，我让我们的这位朋友把车开上了狭窄的路肩，打开闪烁的应急灯，站在这辆奔驰车前。我帮他在那儿站了一分多钟，挠着光头，不知道他的车出了什么毛病。他很快就会明白我的目的——五条车道都是高速行驶的汽车，其中内侧车道上是一辆大卡车。

我们的高管朋友三个箭步冲出去，跳到车前。我听到气喇叭发出的咆哮，看到快速逼近的卡车司机脸上的惊恐表情，感受到马卡姆转瞬即逝的困惑与惊惧。沉重的撞击将我送回到别的视角。我找到了休厄尔护士，她正焦急地等待着换班，等待着那个年轻医生的到来。

住院期间，时间对我来说已经没什么意义。我能在时间的长河中进退裕如，就像我能轻而易举地在不同的视角间转换一样。我尤其喜欢重温我和尼娜，以及我们的新朋友威廉在欧洲度过的那些夏日。

我记得，在凉爽的夏日夜晚，我们三人会沿着维也纳有名的戒指路散步。维也纳的名人全都身穿华美制服在这条路上行走过。威利喜欢去诺斯多弗街的斗兽场电影院，但那里放的全是沉闷的德国宣传片，我和尼娜经常骗我们的年轻导游去克鲁格–基诺电影院，那里经常播放美国黑帮电影。我还记得，有天晚上，我有生以来第一次看到配音的有声电影，在听到吉米·卡格尼[1]在屏幕上说蹩脚的奥地利德语时，我笑得眼泪都掉出来了。

我们常常在离卡特纳大道不远的莱斯酒吧喝饮料，同其他年轻的狂欢者互致问候，在高雅舒适的真皮座椅里放松，看着红木

① 詹姆斯·卡格尼（1899—1986），美国电影演员，曾获1942年奥斯卡最佳男主角奖。

椅、酒杯、镀铬托盘、镀金大理石桌反射的流光。有时候，一些穿着时髦的妓女会从旁边的克鲁格街带着她们的客人过来，让整个夜晚带上狂野放纵的色彩。

我们每晚在城里做的最后一件事，是去维也纳最好的音乐餐厅“傻大个”。我还能清晰地记得，经营那个店的是两个犹太人——卡尔·弗拉卡斯和弗里茨·格伦鲍姆。即便后来，纳粹党员和冲锋队员在这座古老城市的街道上大肆破坏时，这两个喜剧演员也会逗得老顾客哄堂大笑。他们会夸张地模仿纳粹的行为，粗暴地闯入聚会，争论法西斯教条的细节，同时对狗、猫和行人都会行纳粹见面礼。我记得威利捧腹大笑，最后连眼泪都顺着红色脸颊流下来了。有一次，他甚至都笑得喘不上气，尼娜和我只好猛拍他的后背，还给他喝了我们的香槟酒。战争结束后过了几年，在我们的一次聚会上，威利漫不经心地提到，在他被转移到东部前线之前，弗拉卡斯或格伦鲍姆——我记不起来到底是谁了——死在威利管理的一个集中营里。

尼娜当年非常漂亮。她的金发烫剪成当时最时髦的样式，而且她继承了一大笔钱，可以穿巴黎最好的丝绸裙子。我尤其记得她的一条绿色礼服，前胸领口开得非常低，柔软的织物紧贴着她的小乳房。绿色凸显出她精致的粉红色肌肤，也让她的眼睛看上去更蓝了。

我不记得那年夏天是谁正式提出玩那个游戏的，但我记得操控傀儡追逐时的兴奋和激动。我们轮流操控不同的傀儡——我们的熟人、朋友——但这个错误我们没有再犯。第二年夏天，我们玩得更认真了。我们在约瑟夫施塔特街上的旅馆房间里坐在一起，操控着同一个傀儡——一个头脑迟钝、脖子粗大的农民。他从未被捉住，但威利后来抛弃了他。我们三人处在同一个意识当中，分享着同样鲜明感受——不知怎的，这种感觉甚至比我们三人上床更亲密、更兴奋。

我还记得我们在巴德伊舍度过的那个夏天。我们从维也纳出来后，在一个名叫阿特南-普赫海姆的小镇换乘了一次火车。尼娜开玩笑说，将这个镇子的名字以越来越快的速度反复念出来，就是火车自己发出的声音。我们捧腹大笑，笑完了又接着笑。我记得过道对面年长的贵妇人向我们投来指责的目光。

就是在巴德伊舍，一天正午过后，我发现早诺咖啡馆里只有我一个人。我像往常一样去参加发声课，但老师病了，我只好回咖啡馆。威利和尼娜总是在那儿等我，但他们常坐的那张桌子是空的。

我回到河畔散步大道上尼娜和我住的旅馆。我记得，我当时还有点儿纳闷，不知道为什么我的朋友们会突然离开，为什么不等我一起走。我打开门，客厅走到一半的时候，我听见了尼娜房中传来的声音。一开始我还以为那是痛苦的呻吟，于是我连忙跑过去，天真地想为某个遇到麻烦的女仆提供帮助。

当然，声音是尼娜和威利发出的。他们没有遇到麻烦。我记得，在透过褐红色窗帘的昏暗光线中，我看见了尼娜洁白的大腿，还有威利向前猛冲的侧腹部。我在那里站了整整一分钟，注视着他们，然后转过身，默默地离开了房间。在那漫长的一分钟里，威利的脸都没有对着我，而是埋在尼娜的肩膀和羽绒枕头里，但尼娜立刻转过头，用湛蓝的眼睛看着我。我肯定她看到我了，但她没有停下。从她那张开的精致的粉红色嘴巴中，有节奏的野兽般的呻吟也没有中断。

三月中旬，我决定离开医院和费城，返回查尔斯顿的家。

我让霍华德·沃登负责搬家的具体事务。可是，就算将他的储蓄全拿出来，霍华德也只凑出两千五百美元。这家伙一辈子都会没出息。但南希卖掉了她母亲的房子，取出了她所有的储蓄，结果很不错——一共凑出了四万八千美元。这本来是为孩子们读大学准备的，但现在他们已经不用操心这件事了。

我让哈特曼医生去了趟城堡。霍华德和南希在自己的房间里等待，医生带着两根针管去了女孩们的房间。随后，医生处理了后事。我记得在费尔蒙特公园里，向铁路桥方向走大约一英里，有一小块可爱的空地。早上，霍华德和南希给五岁的贾斯汀喂了饭——在我的调教之下——但他们没有觉察到任何异常，除了一丝若有若无的记忆，就像是做了一个荒诞不经的梦，梦见自己忘了穿衣服，正赤身裸体地坐在学校或者其他公共场合一样。

这些事做完之后，霍华德和南希很顺利地适应了只有一个孩子。我很高兴我没有操控霍华德去完成那些必须完成的事。一般来说，没有残留创伤或愤恨的人更容易调教。

哈特曼医生和欧德史密斯护士长的婚礼是一件小事，婚礼由费城的一位太平绅士主持，观礼的只有休厄尔护士、霍华德、南希和贾斯汀。我觉得他们是一对俊男靓女，尽管有人说欧德史密斯护士长有一张严肃而缺乏幽默感的脸。

搬家结束之后，哈特曼医生也捐出了他的钱。他用了一段时间才卖掉了股票和房产，还有那辆他钟爱的保时捷轿车。除去信托财产——他必须用这笔钱给他的两个前妻支付赡养费——他仍然为我们贡献了十八万五千六百美元。考虑到哈特曼医生实际上即将提前退休，这笔钱应该足够支持我们这些人近期的基本开销。

可是，这笔钱还不足以购买我的老房子或者霍奇斯的房子。我不愿意让人再住到我家院子的另一头。但愚蠢的沃登夫妇竟然没有给他们的孩子买保险。霍华德只给自己买了一份保额一万美金的寿险。同查尔斯顿房子的价钱相比，这笔钱简直渺小得可笑。

最后，是哈特曼医生的母亲的房子提供了最佳解决方案。这个老太太八十二岁，身体健康，住在棕榈泉别墅。圣灰星期三[①]，哈特曼医生还在做手术，接到消息说他母亲突发栓塞。他当天下午就飞去了西岸。葬礼在三月七日星期六举行。因为还有一些法律事务需处理，他直到十一日星期三才飞回来。霍华德也同机返回。那座房子卖出了四十万美元出头。一个星期后的圣帕特里克节[②]，我们搬往南方。

在离开北方之前，还需要敲定一些最终的细节。我新的家人——霍华德、南希和年幼的贾斯汀，还有我们未来的邻居——哈特曼医生，欧德史密斯护士，以及休厄尔小姐，我对他们感到很满意，但我总觉得安全方面还有所欠缺。医生身材瘦小，只有五英尺五英寸。霍华德人高马大，但行动起来就跟思考的速度一样缓慢，而且他身上的脂肪太多。我们这个集体中需要一两个能给我安全感的人才。

在我们离开之前的那个周末，霍华德把卡利带到了医院。他是一个巨汉，身高至少六英尺五英寸，体重至少二百八十磅，身

---

① 复活节前第七个星期三和大斋期的第一天。在这一天，很多基督教都用灰在前额画一标记，以作为忏悔的标志。

② 圣帕特里克节为3月17日，以纪念爱尔兰守护神圣帕特里克。

体露出来的部分全是一块块紧绷的肌肉。卡利脑子有点儿笨，几乎不能连贯地说话，但像丛林野猫一样敏捷灵活。霍华德解释说，卡利本是负责公园场地维护的副工头，但七年前因为过失杀人而被开除。去年他又回来上班了，但只能干最低级、最艰苦的维护工作——清除树桩，拆掉老建筑，给大小道路铺沥青，清除积雪。卡利毫无怨言，而且已经过了假释期。

卡利的脑袋在颌颈连接处最宽，然后向上收窄，到头顶处最尖。他剪着平头，发茬儿极短极粗糙，仿佛理发师是个瞎了眼的虐待狂。

霍华德告诉卡利，一次千载难逢的工作机会出现了，但霍华德用的语言更简单。把卡利带到医院来是我的主意。

“她今后就是你的老板。”霍华德说指着病床上我的躯壳说，“你将为她服务，保护她，在必要的时候为她献出生命。”

卡利发出来一种如同猫在清嗓子的声音。“这老太婆还活着？”他说，“她看起来就像死了一样。”

然后我进入了他的意识。在那颗仿佛被挤扁了的小脑瓜里，只留存着原始的动机：饥饿、干渴、恐惧、骄傲、仇恨，以及取悦他人的愿望——这源自一种模模糊糊的希望得到归属感和被人关爱的欲望。我利用了这种欲望，将其放大增强。卡利在我的房间中连续待了十八个小时。当他离开房间去帮霍华德打包行李并做其他旅行准备时，原来的卡利只剩下高大的肉体、力量、灵敏，以及取悦我的欲望。

我从来都不知道卡利是他的姓还是名。

我年轻的时候，每次外出旅行都会犯一个毛病——我抵抗不住收集纪念品的诱惑。同威利和尼娜在维也纳的时候，我经常想立刻就去买纪念品，这也成了我的侣伴取笑我的原因。现在，我已经好多年没有旅行过，但我收集纪念品的毛病并没有完全消失。

3月16日晚上，我让霍华德和卡利开车去德国城。对我来说，那些街道如同隐约记得的梦中景物一般。尽管霍华德被调教过，但我相信如果不是卡利在他身边，他到了那个黑鬼聚集的地方一定会浑身发抖。

我知道我要什么。我只记得他的姓和别人对他的描述。霍华德接触的四个年轻人要么拒绝回答，要么就用五花八门的绰号加以回答。但问到第五个人的时候——一个大冷天里仍然穿着破烂运动衫的十岁孩子——他说："我知道，伙计。你是说马文·盖尔吧。他刚从牢里放出来，伙计，因为发动骚乱什么的。你找马文干什么？"

霍华德和卡利并没有回答那个问题，反而从孩子口中套出了马文家的位置。马文·盖尔住在一座朽败的、石棉瓦屋顶的联排房屋的二楼，紧挨着两座高高的公寓楼。一个男孩打开了门，卡利和霍华德走进屋子，只见客厅里坐垫下陷的沙发上盖着一层粉红床单，一台古老的电视中一个绿皮肤的知识问答节目主使人正兴奋地讲个不停，灰泥已开始剥落的墙上贴着宗教宣传品和一张罗伯特·肯尼迪的照片。一个趴在沙发上的十几岁的女孩傻傻地看着两名来访者。

一个肥胖的黑人妇女从厨房中走出来，一边在花格子围裙上擦着手，一边问："你们俩要干啥？"

"我们想找你的儿子谈谈，夫人。"霍华德说。

"谈什么？"女人质问道，"你们不是警察。马文什么也没干。你们走吧。”

“不是你想的那样，夫人。”霍华德谄媚地说，“我们只是想给马文提供一份工作。”

“工作？”女人难以置信地看着卡利，然后又看着霍华德，“什么工作？”

“没事的，妈妈。”马文·盖尔站在内走廊的门口，只穿着一条旧短裤和一件超大的T恤。他脸部松弛，眼神涣散，就像刚睡醒一样。

“马文，你用不着同这些人说话——”

“没事的，妈妈。”他盯着母亲，脸上死气沉沉。见母亲垂下头，他转头看着霍华德问，“你们找我干什么？”

“我们能到外面谈谈吗？”霍华德问。

马文耸耸肩，跟我们走出房间。外面黑黢黢的，寒风凛冽。在母亲的抗议下，马文关上了门。他抬头盯着卡利，然后走到霍华德面前。他的眼中闪烁着一丝兴奋的光芒，仿佛他知道接下来将发生什么，并且乐见其成。

“我们将给你一个新的人生。”霍华德小声说，“一个全新的人生……”

马文·盖尔刚想张口讲话，我就从十英里之外挤入了他的意识，这个黑人男孩的下颌张开，却没有说出一个字。严格地说，在我向格朗布索普告别前的最后几分钟，我曾操控过这个男孩，所以这次“进食”或许会容易那么一点点儿。不过这其实无关紧要。我患病之后，念控力已经大涨。透过霍华德·沃登的感官过滤，同时操控卡利、我的医生，以及不同地方的好几个被调教的傀儡，我的意志之钳依然如此有力，以至于那个黑人男孩倒吸了一口凉气，踉跄着后退了，面无表情地盯着我，等待我发出第一条命令。他的眼神不再像瘾君子那样颓废，而是像大脑严重受损的人一样，空洞地瞪视着虚空。

马文·盖尔的生活、思想、记忆和可怜的抱负永远消失了。这种彻底的调教，我从没有一举成功过。我几乎忘了我那具躺在医院病床上完全瘫痪的躯体。在休厄尔护士的按摩下，这躯体会不时地抽搐一下。

马文·盖尔——如今只是一副没有灵魂的皮囊——静静地在寒风和黑暗中等待着。

我最后通过卡利说话。我不需要直接向卡利下令，只需要让他去听霍华德的意识。“去穿好衣服。”他说，“把这个给你母亲。告诉她，这是预付的薪水。”卡利将一张一百美元的钞票交给这个年轻的黑人。

马文返回房间，三分钟之后走了出来。他只穿着牛仔裤、毛衣、运动鞋和黑色皮夹克，没有携带任何行李。这正是我所期待的。我们可以在搬家之后为他准备几套服装。

在长大成人的这段时间里，我记得家中始终都有黑人奴仆。回到查尔斯顿之后恢复这一惯例也不是坏事。

我不能不带什么纪念品就离开费城。

三天之后，由若干辆卡车、两辆豪华轿车、一辆租来的厢式货车（里面装着我的床和医疗器械）组成的车队上路了。霍华德开着家里的沃尔沃先行出发——贾斯汀称它为“蓝色窝窝”——去为我回家做最后的准备工作，比如打开宅子的窗户透气。

我们在入夜之后很久才到。卡利把我抬上了楼。哈特曼医生和欧德史密斯护士举着静脉注射的输液瓶跟在一旁。

我的卧室亮着灯，被子掀开到合适的位置，床单干净而清爽。床、梳妆台、衣柜都是黑檀木做的，散发着擦亮剂的柠檬香味。我的梳子整整齐齐地排列在梳妆台上。

我们都哭了。卡利温柔地、近乎虔诚地把我放在长长的床上，眼泪顺着他的脸颊流下来。矮棕榈叶和含羞草花的气味从窗户缝里飘进来。

医疗器械被搬上来安装好。闪着绿色荧光的示波器在我熟悉的卧室中显得格格不入。有那么一小会儿，所有人都在这个房间里——哈特曼医生和他的新婚妻子欧德史密斯护士给我做身体检查；霍华德和南希规规矩地站着，贾斯汀站在他们中间，仿佛在照全家福；年轻的护士休厄尔在窗边对我露出微笑；穿着白色勤杂工制服的卡利站在门边，看起来仍然十分高大；马文穿着燕尾服，打着白领结，擦洗干净的手上戴着白手套，他深黑的脸几乎融入了黑漆漆的走廊背景之中。

39

内华达上空三万五千英尺

1981年4月4日，星期天

“再放一遍，理查德。”C. 阿诺德·巴伦特说。

特别定制的波音747飞机的机舱又暗了下来，图像再次在巨大的屏幕上跳动：总统朝一个大声提问的人看过去，举起左手挥了一下，然后五官就扭曲起来。人群中爆发出尖叫，一时间大家都不知道发生了什么事。一名特勤局特工向前一跃，似乎脚趾被某种看不见的线缠住，抬了起来。枪声不大，让人甚至怀疑其真实性。一把乌兹冲锋枪像变魔法般出现在另一个特工手里。几个警察和特工将一个年轻人扭住，按倒在地。镜头一扫，只见一个头部正在流血的光头男人倒在地上，一名警察面朝下趴在地上。手持乌兹冲锋枪的特工蹲下身，像交警一样大喊着命令，而其他人继续制伏嫌疑犯。总统被一波特工推进豪华轿车，长条的黑色轿车加速驶离路边，将混乱的现场和喧嚣的人群抛在身后。

“好了，停下，理查德。”巴伦特说。正在离去的轿车定格在屏幕上，机舱中的灯光又亮了。“各位怎么看？”巴伦特问。

托尼·哈罗德眨眨眼，扫了眼其他围坐在一起的人。C. 阿诺德·巴伦特坐在巨大的环形书桌边缘，背后的电话分机和电脑散发着幽幽的光。舷窗外漆黑一片，飞机引擎的噪声被机舱的柚木内饰吸收。约瑟夫·开普勒坐在巴伦特对面。开普勒的灰色西装看起来刚熨过，黑皮鞋也油光锃亮。哈罗德看着开普勒那张粗糙而俊俏的脸，觉得他长得很像查尔顿·赫斯顿，并且同样也是混球。吉米·韦恩·萨特牧师无精打采地坐在巴伦特旁边的椅子里的，双手十指交叉，放在圆鼓鼓的肚子上，白色长发在头顶的嵌入式照明灯下闪闪发光。这个房间里唯一的“外人”是巴伦特的新助理理查德·海恩斯。玛利亚·陈和其他人坐在前部机舱。

“我觉得，”吉米·韦恩·萨特开口了，他用传教士特有的抑扬顿挫的声音说，“有人想要杀死备受我们爱戴的总统。”

巴伦特的嘴抽搐了一下。“这相当明显。但是为什么威利·波登会冒这个险？他的目标是里根还是我？”

“我没在录像里看见你。”哈罗德说。

巴伦特瞟了眼好莱坞制片人。“我就在总统身后十五英尺，托尼。我刚从希尔顿酒店的侧门出来就听到了枪声。理查德和我的其他保镖立刻把我推进了酒店。”

“我仍然不相信威利·波登同这件事有什么关系，”开普勒说，“我们这周得到了更多的信息。那个叫欣克利的孩子长期精神有问题。他写了本日记。他之所以刺杀总统，跟他对朱迪·福斯特[1]的迷恋有关，上帝啊。他看上去完全不像是疯子。老家伙

① 1981年3月30日，里根总统在华盛顿希尔顿饭店召开的一次劳工集会上发表演讲，在他返回自己的轿车时遭到枪击。凶手名叫约翰·欣克利，据说他刺杀总统的目的只是为了赢得女演员朱迪·福斯特的芳心。福斯特因在电影《出租汽车司机》中扮演一个妓女而名声大振。

大可以操控里根的特勤局特工，或者华盛顿的警察，比如那个受伤的警察。何况，那个德国佬原来是德国国防军军官，对吧？他真想动手的话，绝不会用那把跟玩具枪差不多的点22口径转轮手枪！”

“但他用的是高爆子弹。”巴伦特提醒他，“子弹没爆炸只是偶然。”

“一发子弹打在车门上，被反弹后击中了里根。”开普勒说，“如果威利真要杀你们，他大可以等你和总统舒舒服服地坐好之后，操控拿乌兹冲锋枪或Mac-10冲锋枪的特工对你们扫射，那样你们必死无疑。”

“你这样说让我感觉好多了。”巴伦特冷冷地讽刺道，“吉米，你怎么看？”

萨特用丝绸手帕抹了抹眉毛，耸了耸肩，“约瑟夫说得有道理，C教友。医生已经鉴定那男孩是个疯子。费力地找一个背景故事如此丰富的人做傀儡，最后却没有打中目标，这似乎说不通。”

“他打中了的。”巴伦特柔声道，“总统的左肺中弹了。”

“我是说，没打中你。”萨特咧嘴笑道，“毕竟，我们的制片人朋友跟可怜的老罗尼[1]有什么仇？他们都是好莱坞制片人。”

哈罗德不知道巴伦特会不会问他有什么看法。毕竟，这是他第一次以岛俱乐部执行委员会成员的身份参会。

“托尼？”巴伦特说。

① 罗尼是罗纳德的昵称。

“我不知道。”哈罗德，“我真的不知道。”

巴伦特朝理查德·海恩斯点点头。“也许下面这段录像有助于我们的思考。”巴伦特说。灯光暗淡下来，屏幕上出现了抖动而模糊的画面，那是拷贝到录像带上的八毫米胶卷拍下的影像。先是三三两两的人群，然后是豪华轿车和特勤局汽车组成的车队。哈罗德意识到，这是总统抵达华盛顿希尔顿酒店时的情景。

“我们发现并没收了能找到的所有私人拍摄的照片和家用摄影机拍摄的录像带。”巴伦特说。

“‘我们’是谁？”开普勒问。

巴伦特扬起了眉毛：“约瑟夫，尽管查尔斯的死亡对我们来说是巨大的损失，但我们在一些情报机构里还有联络人。看，就是这里。”

画面上基本都是空空的街道和一排排后脑勺。

哈罗德猜这是从枪击现场三十或四十码之外拍摄的，拍摄者站在对面的街道上，而且多半得了大脑性麻痹，因为镜头几乎一直都在抖，而且没有声音。枪击发生的时候，只看得到一小群人发生了骚乱。拍摄者没有将镜头对准总统。

“这里！”巴伦特说。

大屏幕的画面固定在一帧上。镜头的角度很奇怪，但在两个围观者的肩膀之间，可以看到一张老人的脸。那个人看上去七十出头，花格子赛车帽下露出几缕白发。他正出神地看着街对面的枪击现场，小眼睛里射出冰冷的目光。

“是他吗？”萨特问，“你能肯定吗？”

“同我看到的照片不一样。”开普勒说。

“托尼？”巴伦特说。

哈罗德感觉自己的上唇和前额上都渗出了汗珠。因为拙劣的镜头，怪异的角度和廉价的胶卷，定格的画面模糊而扭曲。右下角有一块八角形的光斑。哈罗德知道自己可以说图像太模糊了，他不能确定。该死，他本可以这么说。但最终从他嘴里蹦出的是："对，那就是威利。"

巴伦特点点头，海恩斯关闭了屏幕，重新打开灯，然后离开了。一连几十秒，机舱里只听得见喷气引擎的嗡嗡声。"也许只是巧合，你说呢，约瑟夫？"C. 阿诺德·巴伦特说。他绕到矮矮的环形书桌后面坐下。

"这不是巧合，"开普勒说，"但这还是说不通啊。他这么做到底是想证明什么？"

"也许是证明他还活着。"吉米·韦恩·萨特说，"证明他还在暗处等待。证明他可以随时干掉我们。"萨特低下头，下颚上的肉堆叠起来。他从双焦镜片背后看着巴伦特，微笑道，"看来你得隐姓埋名一段时间了，C教友。"

巴伦特将手指相抵成尖塔状："在六月举行的俱乐部夏令营之前，我们不会再聚会。我将离开这个国家……去出差，等到夏令营的时候再回来。我劝你们也采取适当的防范措施。"

"防范什么？"开普勒问，"他到底想要什么？我们已经通过我们能想到的所有渠道向他表明了态度：我们愿意接纳他加入俱乐部。我们甚至让那名犹太精神病医生给他带去了口信。我们可以肯定，那个犹太人已经联系到了鲁哈。当然，他们后来都被炸死了……"

"死者的身份还没有完全确认。"巴伦特说，"拉斯基博士的牙科记录从纽约的牙科诊所失踪了。"

“不错，”开普勒说，“但这又怎么样？我们的话应该已经传给他了。威利想要什么？”

“托尼？”巴伦特说。

其他三人都盯着哈罗德。

“我他妈的怎么知道他要什么？”

“托尼，托尼，”巴伦特说，“你同威利共事多年，一起吃饭，一起谈话，一起说笑……你应该知道他想要什么。”

“他想要游戏。”

“什么？”萨特说。

“什么游戏？”开普勒问，探出了身子，“他想在夏令营结束后在岛上玩游戏？”

哈罗德摇头。“不是。”他说，“他知道你们在岛上玩的游戏，但他要玩的是他喜欢的游戏。就像很早之前——我猜是在德国——他和那两个老太婆干的一样。那游戏就像是下棋。威利非常痴迷下棋。他有一次告诉我，他会在梦里下棋。他认为我们都在他妈的一盘棋里。”

“棋。”巴伦特嘟囔道，敲击着手指头。

“不错。”哈罗德说，“特拉斯克出了昏招，派两个小兵深入威利的地盘。结果特拉斯克就被从棋盘上拿下了。科尔本也一样。他对我们没有私仇……只是在同我们下棋。”

“那个老太婆呢？”巴伦特说，“她是一个听话的王后，还是威利的小兵之一？”

“我他妈的怎么知道？”哈罗德厉声道。他站起身，开始来回踱步，皮靴落在厚地毯上几乎没有声音。“威利这种人，”他说，“在这种事上，绝不会相信任何人可以做他的盟友。也许他害怕那个老太婆。有一点可以肯定，他把我们引到那个老太婆那儿，是因为他知道我们会低估她。”

“我们确实低估她了。”巴伦特说，“那个女人的念控力曾经异常强大。”

“曾经？”萨特问。

“没有证据表明她还活着。”约瑟夫·开普勒说。

“还在对她查尔斯顿的宅子进行监控吗？”吉米·韦恩牧师问，“有人接手聂曼和查尔斯的这项工作吗？”

“我的人在。”开普勒说，“没什么值得报告的发现。”

“航班呢？”萨特追问，“科尔本非常肯定，她本来打算离开这个国家的，但她在亚特兰大被什么事情给吓到了。”

“重要的不是梅勒妮·福勒，”巴伦特插话道，“托尼说得对，她只是威利用来转移我们视线的。如果她还活着，我们也可以无视她；如果她已经死了，她的角色是什么就无关紧要了。现在摆在我们面前的问题是，我们怎样应对……我们德国朋友最近走的这步棋？”

“我提议不去考虑这个问题。”开普勒说，“星期一发生的事件，只是那个老家伙用来向我们展示他还能反击的方式。我们都同意，倘若他打算干掉巴伦特先生，他完全做得到。就让那个老家伙自娱自乐去吧。等他折腾完了，我们再跟他谈。如果他懂规矩，就可以坐俱乐部的第五把交椅。否则……我是说，去他妈的，我们三个——对不起，托尼，我是说，我们四个——我们有数以百计领薪水的警卫供我们驱使。威利有多少，托尼？”

“他离开洛杉矶的时候，有两个。”哈罗德说，“詹森·鲁哈和汤姆·雷诺兹，但他们不领薪水。他们是他的宠物。”

“懂我的意思了吧？”开普勒说，“等他厌倦玩这场单边游戏之后，我们就与他谈判。如果他拒绝谈判，我们就派海恩斯带几个你们的人去搞定他。我的保密检查员也可以派上用场。”

“不行！”吉米·韦恩·萨特说，“我们挨打了却不还手已经很多次了。‘耶和华是忌邪施报的神。耶和华施报大有愤怒；向他的敌人施报，向他的仇敌怀怒……他发忿恨，谁能立得住呢？他发烈怒，谁能当得起呢？他的愤怒如火倾倒，磐石因他崩裂……他将驱逐仇敌进入黑暗。’《那鸿书》第一章。”

约瑟夫·开普勒强忍住哈欠：“谁在说上帝啊，吉米？我们说的是一个下棋下魔怔了的老纳粹。”

萨特涨红了脸，抬起一根指头，粗鲁地指着开普勒，戒指上的红宝石熠熠生辉。“不要嘲笑我。”他发出低沉的怒吼，“上帝把他的旨意告诉了我，并通过我向世人传达他的旨意。他的旨意不容违抗。”萨特环顾四周，“‘你们中间若有缺少智慧的，该求那厚赐予众人又不斥责人的上帝，上帝必赐给他。’”他嘟囔道，“《雅各书》第一章第五节。”

“那上帝对这件事有什么旨意？”巴伦特平静地问。

“这个家伙很可能是个反基督者。”萨特说，他的声音盖过了喷气引擎微弱的嗡鸣，“上帝说，我们必须找到他，消灭它。我们必须狠狠地惩罚他。我们必须找到他和他的走狗……‘他也必喝上帝烈怒的酒；他要在圣天使和羔羊面前，在火与硫黄之中受痛苦；使他们受痛苦的烟往上冒，直到永永远远。’”

巴伦特微笑道：“吉米，听你这么说，你是不赞成同威利谈判并邀请他加入俱乐部咯？”

吉米·韦恩·萨特牧师喝了一大口兑水波旁威士忌。“是的，”他的声音非常轻，哈罗德探出身子才听得见，“我认为我们应该杀了他。”

巴伦特点点头，在大皮椅上转过身子。“赞成和反对各占一半。”他说，“托尼，你的意见呢？”

“我弃权。”哈罗德说，“但我觉得，我们在这儿做出决定是一回事，真的去跟踪威利并同他打交道又是另一回事。光是梅勒妮·福勒都已经把我们弄得很狼狈了。”

“查尔斯在那件事上犯了错，并且得到了相应的惩罚。”巴伦特说，他看着另外两个人，“既然托尼放弃了投票权，看来这决定性的一票将由我来投出了。”

开普勒张嘴想说什么，但最后改变了主意。萨特静静地喝着波旁威士忌。

“不论我们的朋友威利想在华盛顿做什么，我都不赞成。但我们可以暂时将他的行为理解为生气的表现。或许托尼说得对，威利对下棋的痴迷有助于我们认识他的逻辑。再过两个月，我们就要在多尔马恩岛举行夏令营，还有……呃，随后的一系列活动。我们必须明确做事的顺序。如果威利放弃骚扰，我们就考虑同他谈判；如果他继续惹麻烦，制造冲突，我们就会调用所有资源，无论是公共资源还是私人资源，去将他找出来干掉，就像刚才吉米引用的《启示录》中的话那样。你刚才引用的是《启示录》吧，J教友？”

“是的，C教友。”

“好啦，”巴伦特说，“我想去睡一会儿了。我明天还要在伦敦开一个会。你们的卧室也都已经准备妥当。你们打算在哪里下飞机？”

“洛杉矶。”哈罗德说。

“新奥尔良。”萨特说。

“纽约。”开普勒说。

“好。”巴伦特说，“唐纳德几分钟前告诉我，我们正在内华达上空飞行，所以我们首先送托尼下飞机。很遗憾，你不能享受今晚飞机上的住宿了，托尼。但在我们降落之前，你或许可以先打个盹儿。”

“好啊。”哈罗德说。

巴伦特站起身，海恩斯从外面打开了通往前走廊的门。“岛俱乐部夏令营再见，先生们。”巴伦特说，“再见！祝诸位好运。”

一个穿着蓝色西装夹克的服务员领着哈罗德和玛利亚·陈前往他们的舱房。波音747的后部被改造成巴伦特的大办公室、起居室以及卧室。办公室的前面，走廊的左边，有许多装饰着绿色和粉色百叶窗的大舱房，里面有私人浴室、超大号的床、沙发和彩电，这让哈罗德想起了他曾在欧洲坐过的火车。“壁炉在哪儿？”哈罗德低声问穿着西装夹克的服务员。

“我想只有卡塔尔王妃的飞机上才有真正的壁炉。”年轻英俊的男人答道，脸上不带一丝微笑。

哈罗德又倒了一杯加冰伏特加，坐到沙发上玛利亚·陈的旁边，这时传来了敲门声。一个穿着与男服务员同样的西装夹克的年轻女人说：“巴伦特先生请您和陈女士去猎户座休息室，不知二位是否愿意？”

“猎户座休息室？”哈罗德说，“好啊，管他呢。”他们跟随年轻女人走进走廊，穿过一道需要密码卡打开的门，进入一段螺旋楼梯。哈罗德知道，在747商务飞机上，螺旋楼梯通往头等舱。来到楼梯上方的时候，哈罗德和玛利亚·陈都被惊呆了。

女人走下楼梯，关上楼梯口的门，将最后一丝反射灯光阻隔在外。

这个房间同普通747头等舱差不多大，但它看上去就像是有人将飞机顶盖揭开了一样，露出一个平台，在三万五千英尺高的地方直面苍穹。头顶群星璀璨，但从这个高度看去，它们根本没在眨眼。哈罗德看到飞机左右状如黑色楔子的两翼，以及机翼上闪烁的绿色导航灯。而在一英里以下，是星光中的云海。在他们所处的位置和无边无际的夜空之间，仿佛没有任何阻隔，也听不到任何异响。阴影中的陈设和坐在头等舱中的那个人只是星空下的低矮轮廓。

“上帝啊。”哈罗德低声惊叹。他听见玛利亚·陈突然吸了一口气，仿佛刚才一直忘了呼吸，现在才想起来。

“很高兴你们喜欢这里。”巴伦特的声音从黑暗中传来，“过来坐下吧。”

哈罗德和玛利亚·陈朝一张圆桌周围的矮椅子小心翼翼地走去，他们的眼睛慢慢适应着星光。在他们身后，螺旋楼梯的最顶层的阶梯上亮着红色警示灯。通往船员舱的舱壁在西方星域的衬托下，呈现出黑色的半球形。哈罗德和玛利亚·陈倒进软绵绵的坐垫上，继续凝望着夜空。

“这是一种透明的塑料化合物。”巴伦特说，“尽管有三十层，但几乎是完全透明的，而且比有机玻璃更坚固。拱顶上有数十条支撑梁，但它们十分纤细，根本不会影响观看夜空。拱顶的外表面会偏振日光，所以从外面看仿佛是涂上了一层闪亮的黑漆。我的工程师用了一年才研制出这种材料，我用了两年才说服民用航空局相信，这架经过改装的飞机是达到了安全飞行标准的。如果任由工程师来设计飞机的话，机舱里一扇给旅客看的舷窗都不会存在。”

“太美了。”玛利亚·陈说，哈罗德看见她的黑色眸子反射着星光。

“托尼，我之所以叫你俩过来，是因为这件事和你们有关。”巴伦特说。

“什么事？”

“你也许已经注意到了，我们俱乐部内弥漫着一丝紧张的氛围。”

“我意识到所有人都他妈的快疯了。”

“不错。”巴伦特说，“过去几个月发生了许多事，让我们……呃，感到烦心。”

“我不知道为什么。”哈罗德说，“大多数人在同事被炸成碎片或者掉进斯古吉尔河之后，都不会这么兴奋。”

“事实上，”C. 阿诺德·巴伦特说，“我们变得过于自满。这个俱乐部存在好几十年了，我们一直纵横无忌，威利对我们展开的复仇或许为我们提供了一次必要的、自我修正的机会。”

“只要我们不会被‘修正’就行。”哈罗德说。

“当然。”巴伦特把酒倒进一个水晶高脚杯里，把酒杯放在玛利亚·陈面前。

哈罗德的眼睛适应了这里的光线，可以更清楚地看清别人，但同时星星也更璀璨了，乳白色的云海也愈发清晰。

“可是，”巴伦特说，“俱乐部内部必定会出现不平衡。之前建立的那种平衡十分脆弱，而且建立这种平衡的条件现在也不存在了。”

“你是什么意思？”哈罗德问。

“我的意思是，现在出现了权力真空。”巴伦特说，声音如同头顶的星光那样冰冷，“或者，更准确地说，是有人认为出现了权力真空。威利·波登让小角色觉得他们也可以成为大人物，所以他必须去死。”

“你是说威利？”哈罗德问，“先前说要同威利谈判并且邀请他加入俱乐部都是扯淡咯？”

“是的。”巴伦特说，“如果可能的话，我会亲自负责俱乐部的运作，但我绝不会让那个前纳粹坐上谈判桌。”

“那为什么……”哈罗德顿了顿，思考片刻，“你认为开普勒和萨特要造反？”

巴伦特笑了：“我认识吉米很多年了。我第一次看见他布道，是四十年前，在得克萨斯的一个帐篷里。他的念控力并不集中，但强大得不可阻挡。他能以上帝的名义，让满满一帐篷大汗淋淋的不可知论者心甘情愿地听他摆布。但吉米老了，他很少运用真正的念控力，而是越来越依赖于他建造的布道设施。我知道上周他让你去了他那个原教旨主义的魔法王国……”巴伦特举起一只手，阻止了哈罗德的辩解，“没关系的。吉米肯定告诉过你，我会知道这件事，也会表示理解。我相信吉米不会造反，但他察觉到了可能的权力结构变化，并且想在尘埃落定之后，站在最终胜利的一方。威利的干扰，从表面上似乎改变了微妙的平衡。”

“但事实上没有？”哈罗德说。

“是的。”巴伦特说，声音轻柔却坚定，“他们忘记了最重要的事实。”巴伦特伸手打开他们面前矮桌的抽屉，取出一只复动式半自动手枪。“拿起枪，托尼。”

“为什么？”哈罗德问，忽然毛发倒竖。

“这把枪是真的，而且上了子弹。”巴伦特说，“请你拿起来。”

哈罗德接过枪，松垮垮地拿着。“好吧，你要我干啥？”

“瞄准我，托尼。”

哈罗德眨了眨眼。无论巴伦特想证明什么，他都不愿意被卷进去。他知道海恩斯和其他警卫就在附近。“我不想瞄准你。”哈罗德说，“我不喜欢这些该死的游戏。”

“瞄准我，托尼。”

“你自个去玩儿吧。”哈罗德说，起身打算离开。他挥了挥手，表示没兴趣奉陪，然后朝亮着红灯的螺旋楼梯最上层走去。

“**托尼**，”巴伦特说，“**过来**。”

哈罗德感觉自己仿佛撞到了塑料墙上。他肌肉痉挛，全身冒汗。他奋力向前冲，试图远离巴伦特，但这只能让他双膝跪地。

有一次，是四五年前，在同威利的一次对话中，那个老家伙曾经试图对他使用念控力。哈罗德向威利问起多年前他在维也纳进行过的游戏，于是威利友好地展示了一番。哈罗德对女人运用念控力时，就像是用温暖的波浪将她们包裹，但威利的攻击要猛烈得多，哈罗德感觉颅骨突然遭到重压，脑子嗡嗡作响，自己如同被囚禁在极小的空间里，压抑而恐惧。但哈罗德并没有丧失自控力。哈罗德立刻意识到，威利的念控力比自己的强大得多——他想到的表述是“更野蛮”——但威利大可以操控别人来攻击他，而用不着直接操控他。“没错，”威利说，“道理就是这样的。我们本可以互相攻击，但操控者是不可以被操控的，不是吗？我们通过操控第三方来互相较量，对不对？这很可悲，但国王之间不必亲自动手厮杀，托尼。记住这一点。”

哈罗德记住了，但巴伦特显然没有这种顾忌。“过来。”巴伦特说，他的声音依然很柔和，很克制，但它的回音填满了哈罗德的颅骨，填满了舱室，填满了宇宙，就连星星都开始晃动起来，**“过来，托尼。”**

哈罗德跪在地上，双臂、脖子、身体上的肌肉都紧绷着，然后被向后一拉，后背着地，就像特技演员被一条看不见的绳索拦住，从马上坠落下来一样。哈罗德的身体不住地痉挛，穿着皮靴的双脚敲击着地毯。他紧咬牙关，双眼鼓圆，仿佛就要从眼窝里掉出来。哈罗德感觉自己想要尖叫，但他知道这叫声永远也出不了喉咙，只会不断地累积压力，最终将喉咙撑爆，血肉横飞。他躺在地上，双腿僵硬，不断抽搐，双臂的肌肉反复地紧缩又舒展，双肘陷入地毯，手指弯曲成钩状，慢慢向后朝那个坐着的人影移过去。**“过来，托尼。”**托尼·哈罗德乖乖地服从命令，如同一个正在学习如何仰面爬行的婴儿。

脑袋碰到低矮的咖啡桌时，哈罗德感觉意志之钳松开了他。他的身体骤然放松，差点儿小便失禁。

他翻过身，双膝跪地，额头贴在桌面的黑色玻璃上。

“瞄准我，托尼。”巴伦特继续用和蔼可亲的口吻说。

哈罗德突然怒不可遏，杀意在胸中沸腾。他的双手颤抖着朝枪伸过去，握住枪把，举起枪……

枪管还没有举到水平的位置，他就感到恶心想吐。许多年前刚到好莱坞的时候，哈罗德得了肾结石，痛得死去活来。后来一个朋友告诉哈罗德，那种疼痛的感觉就像是后背被人捅了一刀。但哈罗德不这么看。他小时候同芝加哥黑帮混的时候，后背曾经被人捅了一刀，但肾结石的疼痛远甚于此。那感觉就像是有人从身体里面往外扎一样，尖利的刀刃划过内脏和动脉。在难以想象的疼痛之外，还伴随着恶心、呕吐、痉挛和高烧。

但现在的感觉比肾结石发作更糟糕——糟糕得多。

哈罗德蜷缩在地板上，呕吐物沾满了丝绸衬衣。在痛苦、恶心和屈辱感之上，是一个无比清晰的认识：**我企图伤害巴伦特先生**。这个念头令他难以忍受，令他前所未有的难过。他一边继续呕吐呻吟，一边痛哭起来。手枪从他软绵的手指中滑落，掉在黑色的玻璃桌面上。

“噢，你身体不舒服。”巴伦特轻声说，“也许陈女士可以拿枪瞄准我。”

“不行。”哈罗德喘息着说，蜷缩得更紧了。

“行的。”巴伦特说，“我要让她这么做。**告诉她，拿枪瞄准我，托尼**。”

“拿枪瞄准他！”哈罗德说，“对准他！”

玛利亚·陈缓缓移动，仿佛置身在水下一般。她举起转轮手枪，在小手中握紧，瞄准了托尼·哈罗德的头。

“不对！是瞄准他！”痉挛再度来袭，哈罗德又蜷缩起来，“瞄准他！”

巴伦特微笑道：“即使我没有明说，她也会遵从我的命令，托尼。”

玛利亚·陈用拇指扳起击铁。黑洞洞的枪口正对着哈罗德的脸。哈罗德看见她的褐色眼睛里流露出恐惧和悲伤。玛利亚从未被操控过。

“不可能。”哈罗德喘息道，疼痛和恶心的感觉正在消退，他知道自己也许马上就要死了。他摇摇晃晃地跪起来，徒劳地举手阻挡子弹。“不可能……她是**免控者**！”他几乎尖叫起来。

“免控者是什么意思？”C. 阿诺德·巴伦特问，“我从没有遇到过什么免控者，托尼。”他转过头，“请扣下扳机，玛利亚。”

击铁落下。哈罗德听见清脆的撞击声。玛利亚·陈又扣动扳机。然后又一次。

“我真粗心，”巴伦特说，“忘装子弹了。玛利亚，请帮托尼坐到椅子里吧。”

哈罗德颤抖着坐下，汗水和呕吐物沾满了衬衫，一直流到腹部。他垂着头，前臂撑在膝盖上。

“黛博拉会带你下去，帮你收拾干净，托尼。”巴伦特说，“理查德和戈登会打扫这里。在降落之前，你们愿意的话，可以随时上猎户座休息室来喝一杯。这是个独一无二的地方，托尼。有的人或许会禁受不住诱惑，产生改变事物自然秩序的想法。这至少部分是我的错，托尼。我已经很多年没有向他们中的大多数人展示过我的能力了。记忆会褪色的，但对个人来说，最好别太健忘。请记住我说的话。”巴伦特探出身子，“约瑟夫·开普勒找你谈条件的时候，你要假装同意。明白了吗，托尼？”

哈罗德点点头，汗水落在他肮脏的裤子上。

“说‘遵命’，托尼。”

“遵命。”

“你必须立刻通报我。”

“遵命。”

“好孩子。”C. 阿诺德·巴伦特说，拍了拍哈罗德的脸颊。他转动高椅，哈罗德只能看见椅背，如同星空背景上的一座黑色方尖碑。但椅子转过来的时候，巴伦特已经不见了。

几个男人进来清洁地毯上的污物并消毒。一分钟后，一个年轻的女人拿电筒过来搀扶哈罗德。他一把推开了她。玛利亚·陈将手放在他肩上安抚她，但他没有理会，径直蹒跚着走下了楼梯。

二十分钟后，他们抵达了洛杉矶国际机场。一名司机开着豪华轿车来接机。乌黑的波音747在跑道上滑行起飞时，托尼·哈罗德没有回头去看。

40

墨西哥，蒂华纳

1981年4月20日，星期三

在日落前不久，索尔和娜塔莉开着租来的大众离开蒂华纳，朝东北方向驶去。下了二号高速公路，郊区就变成了一座迷宫。废弃的工厂和小农场之间，散落着白铁皮屋顶的简陋房屋和窝棚——这就是这里的农村，而他们的车就穿行在乡间土路上。娜塔莉查看着杰克·科恩的手绘地图，索尔开着车。他们将大众停在一个小酒馆旁边，穿过沙尘和一群小孩，向北走去。血红的残照彻底隐没之后，山坡上开始燃起篝火。娜塔莉查看地图，指向一条山坡上的小路，路上遍布垃圾，三五成群的男女坐在空地里的火堆旁，或者蹲在矮树的阴影里。北面大概半英里外，峡谷对面的黑色山坡上，有一排高高的白色栅栏。

“我们先待在这儿，等天色非常暗之后再走。”索尔说。他放下行李箱，将一个沉甸甸的帆布背包搁在地上。“听说最近边境线两侧有强盗活动。我们千里迢迢赶过来，如果被边境强盗杀了的话，就太讽刺了。”

“我刚好也想坐一会儿。”娜塔莉说。他们还没有走到一英里，但她的蓝色棉衬衫已被汗水濡湿，贴在皮肤上，而她的运动鞋外面也全都是灰土。蚊子在耳边嗡嗡作响。他们身后山上的酒吧亮着这一带唯一一盏电灯，无数的飞蛾被吸引过去，在电灯周围飞舞，从远处看就像是纷纷洒洒的雪花。

他们默默地坐了半小时。极度的疲惫让他们说不出话来。他们坐了三十六个小时长途航班和短途航班，一路上心惊胆战，害怕他们用的假护照被查出来。在伦敦的希思罗机场转机那次是最难挨的，他们在警卫的监视下足足待了三个小时。

尽管天气炎热，蚊虫叮咬，蹲坐在大石头旁边也很不舒服，但娜塔莉还是打起了瞌睡。索尔轻轻地摇了摇她的肩膀，把她唤醒。“我们要出发了。”他小声说，“走吧。”

至少有一百名偷渡者正分成小队朝远方的栅栏踽踽而行。他们身后山坡上的篝火越来越多。往西北方望去，远方是美国城镇中闪烁的灯光，但他们前方则只有黑暗的峡谷和山坡。在栅栏的美国一侧，一对车头灯消失在东边某个看不见的入口通道里。

“边境巡逻队。”索尔说，领着娜塔莉走下陡峭的小路，爬上另一座山。没过几分钟，他们都累得大声喘息起来，汗水浸透了帆布背包，但他们仍吃力地提着装有文件的大行李箱。他们本来打算与其他偷渡者保持距离，但很快就加入了一长队大汗淋淋的男女。一些人用西班牙语小声交谈着，其他人则默默地迈着沉重的脚步。在索尔前面，一个身材瘦高的男人背着一个七八岁的男孩，一个胖女人抱着一个硬纸板箱子。

这支队伍在一段干涸的河床上停了下来，再往前走二十码，就是一个涵洞，涵洞从边境的栅栏和远处的碎石路下穿过。偷渡者三四人一组越过河床，消失在涵洞的圆形入口里。洞的另一头不时传来叫喊，娜塔莉认定其中一声叫喊来自碎石路远端。娜塔莉发现自己心脏狂跳了好几分钟，皮肤上黏糊糊的全是汗。她牢牢抓住行李箱，强迫自己放轻松。

第二支边境巡逻队的巡逻车开过来停下，队列中的所有人立刻躲在乱石、灌木和队友的后面。明晃晃的探照灯射入河谷，从娜塔莉和索尔藏身的带刺的树旁不到十英尺的地方扫过。东北方向传来了叫喊和一声枪响，巡逻车快速驶离，无线电中高声播放着警察用英语进行的交谈，偷渡者又开始再次稳步朝涵洞进发。

几分钟后，娜塔莉跟在索尔身后，手脚并用地爬行起来。她推着前面沉重的行李箱，背包撞击着起伏不平的隧道顶部。隧道里伸手不见五指，弥漫着屎尿的味道。她的手和膝在潮湿柔软的泥浆中摸索，不时还会碰到玻璃碴和金属碎块。她身后令人窒息的黑暗中，一个女人或者孩子开始哭起来，但在一个男人粗暴的怒喝之后，哭声止住了。娜塔莉觉得涵洞是个死胡同，会越来越窄，粗糙的洞壁会垮下来，将他们压入泥浆和屎尿之中，水会淹过他们的头……

“快到了。”索尔咕哝着，“我看见月光了。”

娜塔莉一直憋着气，狂跳的心脏把肋骨都撞痛了。索尔跳到一个遍布碎石的河床里，出口离地两英尺。索尔帮她爬出臭烘烘的隧道，她到这时才长长地呼出一口气。

“欢迎回到美国。”他气喘吁吁地说。两人收好携带的包裹，朝溪谷中的阴影跑去。但那里无疑埋伏有杀人越货的强盗，等待着今晚这批满怀希望的偷渡者。

“谢谢。”娜塔莉气喘吁吁地说，“下次我宁愿坐人民快递航空公司[1]的飞机直飞回来。”

杰克·科恩在第三座山的山顶等他们。那里停着一辆蓝色厢式货车，每隔两分钟，他就闪一次车灯。娜塔莉和索尔就是看到这个信号才赶过来的。科恩先后同索尔和娜塔莉握手，然后说：“走吧，我们得抓紧时间。这个地方不适合停车。我带来了你在信中要我带给你的东西，我可不希望向边境巡逻队或者圣迭戈警察解释那是什么。快！”

厢式货车的尾部堆了不少箱子。他们将行李都甩进了车尾。娜塔莉坐在副驾驶席，索尔坐在前排两个座椅中间靠后的一个矮箱子里，杰克·科恩开车。他们在凹凸不平、遍布车辙的土路上行驶了半英里，向东驶入一条碎石路，然后进入一条沥青路，向北驶去。十分钟后，他们沿着一条入口坡道进入州际高速公路，娜塔莉一下子找不到北了，仿佛美国在她离开的三个月里发生了许多微妙的变化。不，这感觉更像是我从没有在这个国家生活过一样，透过车窗看着郊区的小商店时，她忍不住这样想。她注视着街灯和汽车，忽然意识到一个难以置信的事实：这里的人竟然能安之若素地享受这个夜晚，仿佛什么都没有发生一样。但是，就在离这些中产阶级的舒适住宅十英里的地方，男女老少正在爬过屎尿横流的涵洞；而在半个地球之外，目光锐利的年轻以色列人正全副武装地在居民点外围巡逻，蒙面的巴勒斯坦解放组织杀手——他们都只是孩子——正在给卡拉什尼科夫自动步枪上机油，等待夜晚发动袭击。车外的人更不可能知道娜塔莉的痛苦，

① 美国的一家廉价航空公司。

罗布·金特里死了，永远地离开了她，就像她小时候最喜欢的那条好管闲事的达克斯猎狗马科斯。她还记得，父亲每天晚上都会来到她床边，给她讲马科斯的故事，哄她入睡……

“有没有在墨西哥城拿到我说的那支枪？”科恩问。

娜塔莉猛然惊醒。她刚才睁着眼打起了瞌睡，极度的疲劳麻痹了她。她的耳朵里仿佛还能听到飞机引擎的声音。她努力倾听车上另外两人的对话。

“拿到了。”索尔说，“没遇到什么问题，只是我曾担心如果被墨西哥联邦警察发现了怎么办。”

娜塔莉眨巴着眼睛，努力看清那名摩萨德特工。杰克·科恩五十出头，但看样子要老得多，甚至比索尔还要老——现在索尔刮了胡子，留了更长的头发，比之前年轻了不少。科恩面容消瘦，满脸麻子，但眼睛很大，鼻梁明显不止一次被打断过。他一头稀疏的白发乱蓬蓬的，似乎曾自行修剪，但中途放弃了。科恩的英文十分流利，各种习语也运用得非常准确，但还是带着一种娜塔莉分辨不出来的口音，就像跟着威尔士人学习英语的联邦德国人的口音，而这个威尔士人又师从一名布鲁克林学者。娜塔莉喜欢杰克·科恩的声音。她喜欢杰克·科恩。

“给我看看那把枪。”科恩说。

索尔从腰带中抽出一支小手枪。娜塔莉不知道索尔身上带有武器。那看上去就像一把廉价的玩具枪。

他们的车孤零零地行驶在一座大桥的左侧车道上。后方至少一英里内都没有人。科恩拿过手枪，将其抛出窗外。枪越过栏杆，坠入下方漆黑的山谷。“你第一次用它的时候，它很可能会爆炸。”科恩说，“抱歉，这是我的主意，但我来不及拍电报通知你了。你对墨西哥联邦警察的看法是对的，不管你有没有许可证，如果他们发现你身上有枪，就会把你折磨得死去活来，每隔一两年还要来检查一遍你是不是还在受罪。他们可不是善类，索尔。要不是你带了那些该死的钱回来，我才不会让你们冒这个险。你们到底带了多少钱回来？”

“大概三万美元。”索尔说，“另外六万美元会由戴维的律师电汇到洛杉矶的一个银行。”

“这钱是你的还是戴维的？”科恩问。

“我的。”索尔说，“我卖掉了内坦亚附近一个九英亩的农场。那个农场在独立战争之前就是我的。我觉得动用我纽约的储蓄账户是不明智的。”

“你考虑得对。”科恩说，他们已经来到了城里。水银灯在挡风玻璃上投下了长方形的光斑，科恩丑陋的面庞染上了一层黄晕。“上帝啊，索尔，”他说，“你知道你的购物清单上的一些东西有多么难入手吗？一百磅C-4塑胶炸弹！压缩气枪。麻醉飞镖！上帝啊，老兄，你知不知道，全美国只有六家商店可以买到麻醉飞镖，就连专业的动物学家也不知道这些商店在哪儿。”

索尔咧嘴笑道：“抱歉，但你也知道，你一直都是我们的救星。”

科恩凄然一笑。“救星之类的高帽子就别给我戴了。”他说，“我被折腾得够惨了。你知不知道，为了帮你跑腿办事，我把累积了两年半的假期都用完了？”

“我改天会补偿你的。”索尔说，“那个导演还在给你找麻烦吗？

“没有了。戴维·艾希科尔的办公室给他打了电话，然后问题就基本解决了。真希望我退休二十年后还能有这样的影响力。他还好吧？”

“你是说戴维？不太好，毕竟他曾两次心脏病发作，但他一直很忙。娜塔莉和我五天前在耶路撒冷见过他。他托我们向你问好。”

“我之前同他共事过一次，”科恩说，“那是十四年前。他本已退休，但还是出山领导了那次行动。我们就在埃及人的眼皮子底下，迅速夺取了整个苏联地对空导弹发射站，从而在‘六日战争’中避免了我方的巨大伤亡。戴维·艾希科尔真是一位智谋超群的战术家。”

他们进入了圣迭戈，娜塔莉注视着窗外，心中生出一种怪异的疏离感。车开上五号州际高速公路，向北驶去。

“接下来的几天，你怎么打算？”索尔问。

“先把你们安顿下来。”科恩说，“星期三我得回到华盛顿。”

“没问题。”索尔说，“你还能为我们提供建议吗？”

“随时可以。”科恩说，“但你得先回答我一个问题。”

“什么问题？”

“这到底是怎么回事，索尔？你说的那个老纳粹，华盛顿的那伙人，还有查尔斯顿的老太太，这三者之间到底有什么关联？我怎么想都想不明白。为什么美国政府会包庇那个战犯？”

“政府没有包庇他。”索尔说，“政府的人像我们一样，也在努力搜寻他，但他们是出于别的目的。相信我，杰克，我确实可以告诉你更多的信息，但你的疑惑并不会因此而减少。整件事很难用逻辑来解释。”

“太棒了。”科恩讥讽道，“如果你不肯告诉我更多的信息，我就绝不可能说服摩萨德介入此事，不论组织里的人有多么尊敬戴维·艾希科尔。”

“你们最好别介入。”索尔说，“你也看到了，艾伦和你的朋友利瓦伊·科尔被卷进来之后落得什么下场。我终于认识到，我只能单枪匹马地去战斗。事实上，这么多年来，我迟迟不肯行动，就是幻想着能有骑兵从山那边冲过来支援我。但现在我意识到，这件事，必须我自己去做……娜塔莉也这么看。”

“疯话。”科恩说。

“不错。”索尔承认道，“但我们的生活不都是建立在对疯话的某种程度的信仰的基础上的吗？一个世纪之前，犹太复国运动也明显是疯话。但现在，我们的国境线——以色列的国境线——是唯一可以从太空轨道上看见的国境线。树林结束、沙漠开始的地方，便是以色列的边境。”

“你在转变话题。”科恩直截了当地说，“我做了这么多事，是因为我喜欢你的外甥，并且把利瓦伊·科尔当作儿子看待，而你在追踪那些杀他们的凶手。我说得对不对？”

“不错。”

“那个你认为已经返回查尔斯顿的女人参与了谋杀，而不是受害者？”

“不错，她参与了谋杀。”索尔说。

“你说的那个上校在杀害犹太人？”

索尔犹豫片刻，然后说：“不错，他在杀害无辜者。”

“那个洛杉矶的混蛋也牵扯其中？”

“不错。”

“那就好。”科恩说，“你会继续得到我的帮助。但总有一天，我会要求你把来龙去脉说清楚。”

“实不相瞒，”索尔说，“娜塔莉和我给戴维·艾希科尔留了一封信。就连戴维也不知道这场噩梦的细节。如果娜塔莉和我死了或者失踪了，戴维或者他的委托人就将打开那封信。他们被要求与你分享信中的内容。”

“太棒了。”科恩又讥讽道，“我恨不得你们俩立即死掉或者失踪。”

他们在沉默中朝洛杉矶驶去。娜塔莉梦见她、罗布和她父亲正行走在查尔斯顿的老城区里。那是春天里的一个美好夜晚。星星在矮棕榈和新芽背后闪耀，空气中飘荡着含羞草花和风信子的味道。突然，一条浅色脑袋、黑色身子的狗从黑暗中蹿出来，朝他们狂吠。娜塔莉很害怕，但她父亲告诉她，狗只是想交朋友。父亲蹲下来，伸出右手给狗嗅，但狗却一口咬上去，不停地咀嚼，呜呜低吼着，吞咽着肉和骨头，直到整只手都被吃光，然后是整条胳膊，最后她父亲整个都消失了。这时，狗变了，变得更大了，但娜塔莉意识到，不是狗变大了，而是自己变小了，变成了一个小女孩。狗转而攻击她，它那与身体不协调的白脑袋在星光下闪着光。娜塔莉惊惧之中，竟然没有转身逃跑，也没有发出尖叫。罗布摸了摸她的面颊，并在狗向她扑来之前挡在了她身前。狗撞在他胸膛上，将他扑倒。罗布和狗扭打起来，娜塔莉发现狗的怪头变小了，消失了。然后她发现狗已经掘穿了罗布的胸膛。她甚至听到了狗在罗布体内大嚼大咽的声音。

娜塔莉重重地跌坐在路边。她穿着旱冰鞋和蓝色裙子，后者是她六岁生日时她最喜欢的姑妈送她的。罗布背对着她，就像是一堵灰色的大墙。她看到罗布臀部枪套里的手枪，但枪被皮盖和摁扣固定住，她不敢伸手去拿。他的身体随着那只狂暴的动物的动作而颤抖，她可以清晰地听见它咀嚼肉体和咬断骨头的声音。

她努力站起来，但每次她脚下用力，旱冰鞋就会飞出去，她就会再次仰面摔倒。她的一只旱冰鞋松开了，只靠绿色鞋带挂在脚上。她翻身跪在地上，只见几英尺外就是罗布那高得不可思议的灰色背部。这时，狗头突然从罗布的身体里伸出来，它的脸上和牙齿上沾着肉丝和衬衣碎片。它胡乱挣扎着，罗布胸口的洞越来越大。它的双眼闪着疯狂的光，鲨鱼般强劲有力的上下颚不停地张合着。

娜塔莉向后爬了两英尺，但再也爬不动了。她的注意力都集中在狗身上。它边叫边咬，朝她逼近。它的脖子和肩膀已经刨出了罗布胸部的大洞。口水和血液滴溅在她身上。它奋力钻出洞的时候，她看到了它肩膀和前腿上的蓬乱的黑色皮毛，就像是在目睹噩梦的诞生。而她知道，噩梦的诞生便意味着罗布的死亡。但真正让娜塔莉目不转睛的，让她顿时僵住的，让恐惧爬上喉咙、引发作呕的，是那张脸。剧烈扭动的肩膀和四处乱刨的爪子的黑色皮毛上沾满了鲜血，使其呈现出诡异的蓝灰色，而在这蓝灰色之上，开始浮现出一团白色——那是梅勒妮·福勒如同死人面具的脸。那张脸被疯狂的大笑和巨大的假牙扭曲了，而闪着阴森白光的假牙离娜塔莉的眼睛只有几英寸。

那狗身人头怪发出一声长号，扭动全身，带着野性和鲜血从洞中挣脱，俨然一头刚分娩的恶魔。

娜塔莉猛然惊醒，大口喘息，连忙伸手撑在厢式货车的仪表盘上，稳住身子。从敞开的车窗中吹进来的风带着下水道和柴油尾气的味道。州际高速公路隔离带外对向来车射来刺目的强光。

索尔嗓音低沉地说：“也许我需要你提供如何杀人的建议。”

科恩斜眼看着索尔：“我不是杀手，索尔。”

“你不是。我也不是。但我们都见过了太多的杀戮。我在集中营里见过的杀戮冷酷而高效，森林里的杀戮迅捷而短暂，沙漠中的杀戮热血而崇高，街道上的杀戮随机而卑鄙。也许是时候去学习如何专业地杀戮了。”

“你想参加杀戮研讨班吗？”

“是的。”

科恩点点头，从衬衣口袋的香烟盒里摸出一根烟，用厢式货车上的点烟器点燃。“这些烟就能杀人。”他说，呼出一团烟雾。一辆时速七十五英里的半挂车呼啸而过。

“我在想，有没有一种能快速杀死目标，并能尽量避免无辜的方法。”索尔说。

科恩微微一笑，叼着烟说道：“最高效的杀人方法是雇一个擅长杀人的人。”他瞟了索尔一眼，“我是认真的。大家都这么做——克格勃、中情局，还有两大阵营中的小虾米。几年前，得知中情局雇用黑手党职业杀手去干掉卡斯特罗的时候，美国民众十分反感。但仔细想想，中情局这么做不无道理。难道民主国家的特务机构训练杀手去杀人就更道义？詹姆斯·邦德之类的纯属瞎编。职业杀手都是精神变态者，同查尔斯·曼森[①]一样值得同情，但他们更有自制力。雇用职业杀手不仅可以达成目的，而且，将这些精神变态者派出去执行任务的几周里，就不会有美国

① 查尔斯·米勒·曼森（1934—），美国著名的杀人魔王。

人死在他们手上。”科恩默默地开了一会儿车，每次吸气，香烟顶端就发红发亮。最后，他将烟灰掸在窗外，说：“在进行有预谋的杀人时，我们都会用到雇佣兵。我在以色列国内的时候，负责的一项工作就是策反巴勒斯坦解放组织的新兵，去刺杀巴勒斯坦领导人。我猜，恐怖组织内部三分之一的内斗都是我们策反行动的成果。有时候，如果我们想干掉A，就对D胡乱地来几枪，然后告诉D，是A命令B雇了C去干掉D的，接下来就只需要坐山观虎斗了。”

“但如果雇用杀手是不可能的呢？”索尔说。

娜塔莉意识到，他们觉得她睡着了，所以才会轻言细语。她的眼睛就快再次闭上，接连不断的车头灯和偶尔扫过的头顶路灯的光芒透过眼睫毛进入眼球。她想起了小时候在轿车后排里打瞌睡，听着父母柔声而单调的对话。但那声音与她现在听到的截然不同。

“那好，”科恩说，“假设由于政治方面、执行方面或个人方面的原因，你雇不到人，那事情就复杂了。你首先必须做出决定，是否愿意拿自己的命去换你的目标的命。如果你愿意，那你就拥有了一大优势。传统的安保手段从根本上说都是无用的。历史上许多伟大的刺客都愿意放弃自己的生命——或者至少不怕被立即逮捕——因为他们认为自己执行的是神圣的使命。”

“如果这个杀手希望能在完成任务之后逍遥法外呢？”索尔说。

“那事情就更复杂了。”科恩说，“你可以选择军事行动，但我们的F-16战斗机对黎巴嫩的攻击不过是无差别的刺杀而已。你还可以选择精准的炸弹攻击，或者远距离的狙击，或者近距离的手枪射击——事先得确定逃跑路线——或者下毒，或者白刃刺杀，或者空手搏斗。”科恩把第一根香烟的烟头扔出了窗外，点燃另外一根。“现在流行炸弹袭击，但这种方法很容易失控，索尔。”

“为什么？”

“就拿车后面的C-4来说。它同橡皮泥一样安全。你可以压它，捏它，坐它，打它，甚至用它做堵塞材料，它都不会爆炸。只有硝酸能引爆它，这些致命的小雷管被非常谨慎地装在一个特制的盒子里，而这个盒子又装在另一个塞满塑料填充物的盒子里。你有没有使用过塑胶炸弹，索尔？”

“没有。”

“上帝保佑。”科恩说，“好吧，明天在秘密联络点，我给你上一堂塑胶炸弹的讲座。但是，假设你把炸弹安装好了，你打算怎么引爆它？”

“什么意思？”

“我的意思是，你有无数种选择——机械的，电动的，化学的，电子的——但没有一种是安全的。许多炸弹专家都在准备炸弹时就被炸死了。恐怖分子的头号杀手是别的恐怖分子，第二号就是炸弹。但我们可以先假定，你成功地安装了塑胶炸弹，插好了雷管，给雷管连上了电子引爆器——由无线电信号激发——一切准备就绪。你坐在车里，与目标所坐的车保持着安全距离，并且远离目击者和无辜行人。可是，明明你的无线电发射器处在关闭状态，目标车辆却在经过一辆满载残疾儿童的校车时突然爆炸。”

“为什么会这样？”

娜塔莉听出了索尔声音中的倦意。她知道，索尔肯定同她一样精疲力竭了。

“车库门开关、飞机的无线信号、孩子们的步话机、民用波段上的无线电，”科恩念诵道，“甚至电视遥控器都可以激发这种引爆器。那么，再假定你用了至少两个开关，一个手动开关，用于解除保险，一个发射视距电波的开关，用于引爆炸弹。但你失败的概率依然很高。”

“那别的办法呢？”索尔说。

“那就说说狙击枪。”科恩说，嘴里的第二根烟快抽完了，“它可以让你处在安全距离上，能给你从容撤退的时间，可以精确锁定目标，而且只要运用得当，它的杀伤效率很高。它是首选武器。李·哈维·奥斯瓦尔德和詹姆斯·厄尔·雷[①]和无数默默无闻的杀手都选择了它。但它也有一些问题。”

“什么问题？”

“首先，电视里关于狙击过程的描绘都是骗人的。狙击手不会把狙击枪放在手提箱里，到现场组装起来，等待目标乖乖上门。瞄准镜必须事先安装在狙击枪上，然后根据距离、角度、风速和武器自身的特点进行校准。狙击手必须对武器非常熟悉，还必须熟练地估算距离和风速。在战场上，从狙击手开枪到子弹击中目标这段时间，目标可以走三步。你有使用狙击枪的经验吗，索尔？”

“战争之后就没有碰过——我是说二战。”索尔说，“战后我再也没有杀过人。”

---

① 詹姆斯·厄尔·雷（1928—1998），暗杀美国著名黑人民权领袖马丁·路德·金的凶手。

“那狙击枪对你几乎无用。”科恩说，“我照你清单买的东西都在后面……你的一万八千美元都被用于购买这些该死的武器了。我费了九牛二虎之力才采办齐全。但里面没有狙击枪。”

“那安保措施呢？”索尔问。

“你是问你的还是他们的？”

“他们的。”

“安保怎么了？”

“怎么突破安保这一关？”

科恩将烟夹在拇指和食指之间，眯眼看着车头灯刺破夜色投来的光柱。“如果有人下定决心想杀你，那安保措施只能延缓你的死亡而已。如果你的目标是公众人物——他不得不在公众场合露面——那即使最严密的安保措施也顶多只能让刺客得手之后难以逃跑而已。你也看到了，就在上个月，一个枪法业余的小流氓差点儿用点22口径转轮手枪干掉美国总统……”

“艾伦告诉我，你们的特工在训练中使用的是点22口径伯莱塔手枪。”

“最近几年才是这样。”科恩说，“但他们只有在与目标距离很近的时候才使用这种枪——近到适合做白刃格斗了——而且是在需要速战速决、避免过多噪声的情况下。如果我们派出一个小组去杀人，那就会是整个小组的集体行动。他们会用几个星期跟踪目标，演习，测试逃离路线。上个月朝你们总统开枪的男孩则是毫无准备的，就像你我一时兴起，去街角买了一份报纸一样。”

“这又说明什么呢？”

“这说明，如果目标的行为是可预测的，那所谓的安保措施就脆弱不堪。”科恩说，“一名优秀的安保主管绝不会让自己的保护对象遵守时间表，或者按惯例行动，或者把预先安排公之于众。正是因为行动变化莫测，希特勒才数次死里逃生。我们之所以一直未能铲除官方暗杀名单上的那三四个巴勒斯坦领导人，也是因为他们的行踪飘忽不定。好了，在你的假想中，要打算突破谁的安保？”

“假想中？”索尔说，“那我们就把C. 阿诺德·巴伦特先生作为假想对象吧。”

科恩猛然转过头。他把烟头弹出了车窗，没有点燃第三根。“所以你才让我搜集巴伦特的夏令营的资料？”

“这只是假想罢了。”索尔说。

科恩用手指梳了梳头发。“上帝啊，老兄，你疯了。”

“你说过，安保措施只能延迟目标的死亡罢了。”索尔说，“难道巴伦特先生是个例外？”

“你听我说，”杰克·科恩说，“只要美国总统外出旅行，不管是去什么地方，即便是在隐蔽而安全的场所会见外国领导人，特勤局都会提心吊胆。要他们说的话，总统最好永远别离开白宫的地下掩体——即便对那里，他们其实也不是很满意。但在一种情形下，特勤局会长舒一口气，那就是总统同C. 阿诺德·巴伦特待在一起的时候。三十多年来，美国历届总统都是巴伦特的座上宾。每年六月，巴伦特的西方传统基金会都会举行夏令营，世界最有权力的四五十个人将在他的岛上纵情狂欢。不知这番介绍是不是有助于你了解他的安保状况？”

“非常好？”

“是世界上最好的。”科恩说，“如果特拉维夫明天通知我，以色列这个国家的未来取决于C. 阿诺德·巴伦特的突然死亡，那我会从以色列召集最优秀的特工，出动完成恩德比机场人质营救行动的突击队员，甚至把在欧洲执行复仇暗杀任务的队伍都抽掉过来，但是，就算我把所有这些力量加一块儿，能接近他的概率也不足十分之一。”

“你会怎么做？”索尔问。

科恩默默地开了好几分钟车。“假如我真的要杀他，”他最终开口道，“我会等他处在别人的安保之下再动手，比如总统的特勤局负责他的安全的时候。上帝啊，索尔，你竟然同我讨论怎么杀死巴伦特。3月30日你在什么地方？”

“在凯撒利亚。”索尔说，“有许多证人可以证明。你还会做什么？”

科恩咬着嘴唇说：“巴伦特经常飞来飞去。只要是飞机，那必定存在着弱点。地面上的警卫不会允许你偷偷把炸弹带上飞机的，那你就只剩下地对空导弹拦截这一个办法。但你必须事先知道飞机要去什么地方，什么时候起飞，并且能在它飞行过程中锁定它。”

“你能做到这些吗？”索尔问。

“能啊。”科恩说，“如果我们拥有以色列空军的所有资源就行，外加电子情报机构的协助，并且得到美国卫星和国防情报部门的援手，还得让巴伦特先生提前几个星期制订飞行计划，而且飞行线路必须通过地中海或者欧洲的最南部。”

“他有一艘船。”索尔说。

“不。”科恩说，“他有一艘两百十六英尺长的游艇——‘安托瓦内特号’。十二年前购入的时候耗费了六千九百万美元。卖家是一位希腊船王，你可能不知道他的名字，但他是一个著名美国寡妇[①]的第二任丈夫，而这个寡妇的前夫被前海军陆战队狙击手狙杀了。”科恩吸了口气，“巴伦特的‘船’上的安保措施同他居住的岛屿上的相差无几。没有人知道船开到哪儿去，或者巴伦特什么时候上船。船上有可供两架直升机降落的停机坪，游艇旁边还有快艇作为护卫，以防别的船只靠近。鱼雷或者飞鱼导弹可能会击沉它，但我不能肯定。游艇的雷达、机动性和损控系统比大多数现代驱逐舰都强大。”

“假想到此为止。”索尔说。听他的声音，娜塔莉猜他对科恩告诉他的一切都心知肚明。

“我们马上就要下车了。”科恩说，开上了一条出口坡道，指示牌上的文字是：圣胡安-卡皮斯特拉诺。他们在通宵加油站里加油，科恩用信用卡付账。娜塔莉下车伸展腿脚，抵抗着睡意。空气已经凉爽下来，她似乎闻到了海水的味道。她朝科恩走去的时候，后者正从一台机器里取咖啡。

“你醒了啊。”他说，“欢迎回来。”

“我在车上……大多数时候都醒着。”娜塔莉说。

科恩啜了口咖啡，立刻五官扭曲：“我们谈了些莫名其妙的东西。你同索尔讨论过他的计划吗？”

“是的，方案是我们共同制订的。”

“那你也知道车后面的那些东西咯？”

“如果它们与我们清单上的东西一致的话，是的。”

科恩和她朝货车走去。“希望你们知道自己在干什么。”

---

① 指的是肯尼迪总统的夫人杰奎琳。

“我们不知道。”娜塔莉说，然后对他微微一笑，“但我们非常感谢你的帮助，杰克。”

他哼了一声，为她打开了车门。“只要我的帮助没有把你们往死路上推就行。”

他们沿着74号高速公路行驶了八英里，离开大海，穿过灌木林北上，最后停在一座农舍前面。这座房子在一条狭窄的乡间小路旁，距大路四分之一英里。房子里黑漆漆的，没亮灯。

“这里曾经是我们西岸特工的秘密联络点。”科恩说，“虽然最近一两年都没有派上用场，但有人一直在照看这里，会来院子里除草。本地人只知道，这里是阿纳海姆山的一对年轻夫妇的避暑别墅。”

农舍有两层，二楼的三个卧室里有许多廉价床，足以供十多个人睡觉。楼下的一面单镜子背后，还有一个隐蔽的小房间，位于这座老式框架建筑的后部。房间里有几张沙发和一张矮桌。“那里是专门为审讯一个黑色九月[①]成员而建起来的。他还以为自己是在向中情局投诚呢。我们帮他躲避了邪恶而强大的摩萨德，于是他就把他知道的一切都告诉了我们。我觉得这个房间应该能满足你们的要求。”

“非常好。”索尔说，“我们不用再花几个星期去寻找藏身处了。”

“我希望我能留下来。你们做的事情很有趣。”科恩说。

“如果真那么有趣的话，”索尔说，强忍住一个大哈欠，

① 巴勒斯坦恐怖组织。

“我们再找时间坐下来聊，我会把一切都告诉你。”

“那咱们一言为定。”杰克·科恩说，“我建议我们各挑一个房间睡会儿，你说怎么样？我还要去赶明天上午十一点半的飞机，离开洛杉矶。”

上午八点过后不久，娜塔莉就被巨大的爆炸声惊醒了。她四处打量，最初几秒都没反应过来自己身处何地，然后她找到牛仔裤穿上。她叫了叫索尔的名字，但隔壁房间里没有回应。杰克·科恩也不在自己的房间。

娜塔莉下了楼，走出前门。碧蓝的天空和温暖的空气令她心旷神怡。一片低矮的农作物一直延伸到他们进来走的那条乡间小路旁。她绕到房子背后，发现索尔和科恩蹲在一扇斜靠在栅栏上的旧门边。门板中央炸开了一个直径十英寸的洞。

“塑胶炸弹讲座。”见她走过来，科恩解释道。他转头对索尔说：“这还是不到半盎司的量。你可以想象下你那四十磅炸弹的威力。”他站起身，将挽起的裤腿放下来，“去吃早餐吧。”

冰箱里是空的，而且没通电，但科恩从厢式货车里带来了一个大的便携式冰箱，接下来的二十分钟里，三人挤在厨房里，找盘子和咖啡壶，轮流用炉子，一不留神就挡住了对方的路。秩序恢复之后，厨房里飘出了咖啡和煎蛋的香味，三人坐到饭厅大飘窗旁的桌子背后。在早餐闲谈中，娜塔莉突然悲从中来，因为这个房间令她想起了罗布的房子。那一刻，仿佛查尔斯顿已在一万英里之外，仿佛她已经离开那里多年。

早餐之后，他们清空了厢式货车上的货物。他们三人合力将装脑电图设备的箱子抬进房子。这台电子仪器也被搬进了单向镜后面的密室里。他们将装C-4塑胶炸弹的盒子和装雷管的大箱子搬进了地下室。

卸载完毕之后，科恩将两个小盒子放在饭厅桌子上。“这是我给你们的礼物。”他说。盒子里放着两只半自动手枪，蓝钢枪身上刻着一行字：柯尔特MK IV系列政府型自动手枪。“我本想给你们我佩带的点45号口径手枪，它的火力相当猛。但现在给你们的枪要比点45号口径政府型手枪轻几乎一磅，枪管要短将近两英寸，弹仓可以容纳七发子弹，而不是普通的六发。而且对初学者来说，这种枪的后坐力更小，也更容易掩藏，适合近距离作战。”他将三盒子弹放在桌上，“这些枪弹都难以追查，”他说，“来自被截获的爱尔兰共和军的弹药。”他将一个更大的箱子放在桌上，取出一把又长又重的武器，看样子就像是一把造型夸张的玩具枪。在长长的棱柱形金属枪管的对比下，枪把显得特别短。它看上去就像是冲锋枪模型，只是枪口太小，而且没有弹夹。“我好不容易才找到这把射程超过十英尺的气枪。”他从中间掰开枪，从盒子里取出一只飞镖，将它塞进只能容纳一只飞镖的后膛。“一小瓶液态二氧化碳可供发射大概二十只飞镖。”科恩说，“想看我演示一下吗？”

娜塔莉走下前门廊，看着厢式货车，不禁哈哈大笑起来。车身的蓝底子上写着几行黄色的字：

杰克与纳特联营公司

专业提供浴缸与浴盆安装与维修服务

“这是车上本来就有的，还是你后来喷上去的？”娜塔莉问科恩。

“我后来喷的。”

“是不是太惹眼了？”

“有可能。但我的初衷是避免太惹眼。”

“怎么说？”

“你们要去的是一个租金很高的社区。”科恩说，“那里警察的安全意识是全国最高的。而且社区里的人普遍神经质，如果你把车在一个地方停了超过半小时，附近的人就会生疑。把车身伪装起来可以为你们提供掩护。”

娜塔莉又轻笑了两下，跟随他们绕到了谷仓后部。猪圈里的一头小猪朝他们跑过来。“我还以为这农场已经荒废了呢。”娜塔莉说。

“确实荒废了。”科恩说，“我昨天早上捡到这家伙的。是索尔的主意。”

娜塔莉看向索尔。

“我们的目标大概一百四十磅重。”索尔说，“你还记得伊扎克在特拉维动物园里讨论的那个问题吗？”

“哦。”娜塔莉恍然大悟。

科恩举起气枪。“拿起来有点儿笨拙，但用法基本跟手枪一致。把枪管当作你的食指，瞄准，然后射击。”科恩举起这只大手枪，然后就是噗的一声，带着蓝色羽尾的小飞镖插在了十五英尺外的谷仓门中央。科恩从中间掰开气枪，打开飞镖盒，“蓝色这排没有装注射器。你可以自己配。红色这排装的是五十毫升的注射器，绿色这排五十毫升，黄色这排三十毫升，橙色这排二十毫升。药瓶还有多余的，你也可以自己调配剂量。”他拿起一只红色的飞镖，塞进了后膛里，“娜塔莉，你想不想试试？”

“当然。”她合上气枪，瞄准谷仓门。

“算了。”索尔说，“还是在我们的朋友身上试吧。”

娜塔莉转过身，犹豫不决地看着那头猪。它的大鼻子对着她，鼻孔大开，哼哧、哼哧地吸着气。

“注射器里的药剂的主要成分提取自马钱子。”科恩说，“非常昂贵，野生动物专家绝不会建议使用这种药剂。你必须根据目标的体重决定使用的剂量。事实上，这种药剂并不会让人昏迷——它不是镇静剂，而是可以麻痹神经系统的一种特殊的神经毒素。剂量太少的话，目标只会感到局部的钝麻感；剂量太多的话，又会抑制呼吸、心跳和其他自主机能。”

“这里的剂量够不够？”娜塔莉看着飞镖枪问。

“只有一个办法可以确认。”科恩说，“这头小肥猪刚好是索尔要求的重量，这么大的动物适用五十毫升的剂量。试试吧。”

娜塔莉绕着猪圈寻找最佳射击角度。猪把脑袋从猪圈板条的缝隙中伸出来，似乎在期盼索尔和杰克·科恩给它喂食。“是否需要射中某个特别的部位？”娜塔莉问。

“别射脸和眼睛。”科恩说，“射到脖子上也会有问题。躯干上的任意部位都可以。”

娜塔莉举起气枪，从十二英尺外射中了猪的屁股。猪跳了起来，尖叫一声，满怀怨恨似的瞪着娜塔莉。八秒钟之后，它的后腿撑不住了，勉强用前腿支着身子，转了半圈，然后就倒下了，身体两侧剧烈地起伏。

三人进入猪圈查看。索尔把手贴在猪的身体上。“它的心脏在狂跳。这样的剂量也许太大了。”

“但药剂必须快速见效。”科恩说，“在不杀死你要捕获的动物的条件下，这样的剂量能保证最快的麻醉速度。”

索尔盯着猪睁开的眼睛。“它能看见我们吗？”

“能。”科恩说，“它的神志时而清醒时而模糊，但大多数时候它的感官都没问题。它动不了，也不出声音，但小肥猪已经把我们这些仇人牢牢地记在了心里。”

娜塔莉拍了拍被麻醉的猪的身侧。“它的名字不是‘小肥猪’。”她说。

“哦？”科恩笑看着她，“那它叫什么？”

“哈罗德。”娜塔莉说，“安东尼·哈罗德。”

41

华盛顿特区

1981年4月21日，星期二

返回东岸的飞机上，杰克·科恩一直在想索尔和娜塔莉的事。他很担心他们，不知道他们到底打算干什么，更怀疑他们的执行力。三十年的情报工作经验告诉他，每次行动最后伤亡的往往都是非专业人员。他提醒自己，这不是他们之前执行的那种行动。**它到底是什么呢**？他问自己。

索尔非常关心摩萨德打探巴伦特和其他人信息的情况——在科恩看来，索尔有些关心过头了。科恩有没有采取防范措施，掩盖查询电脑信息的痕迹？去查尔斯顿和洛杉矶的时候有没有谨慎小心，以免被发现？科恩最后不得不提醒精神病医生，自己从四十年代就开始从事情报工作了。

飞机接近华盛顿的时候，科恩的心中涌起越来越强烈的焦虑感和淡淡的负罪感。他意识到这是因为他在执行行动的过程中利用了平民所致。但他第五十次提醒自己，他不是在利用他们。**那他们有没有利用我呢**？

科恩非常肯定，是科尔本手下的反情报小组中的一个恶徒杀害了索尔·拉斯基的外甥和利瓦伊·科尔。但是，将艾伦·艾希科尔全家灭门却是出人意料而且解释不通的。科恩知道，中情局如果失去了对雇员的控制，或许会犯下这样的错误。科恩自己就目睹了在约旦的一次行动出了岔子，导致三个平民丧生。但他从来没听说过联邦调查局会行事如此嚣张。不过，在听过拉斯基的解说之后，他豁然开朗了——查尔斯·科尔本同亿万富翁巴伦特有关系。科恩决心查明同利瓦伊·科尔之死有关的所有证据。利瓦伊是科恩的手下。他是一名年轻的特工，只是被暂时安排在通信和密码部门工作，以积累必要的经验，但他将来注定会承担更大的责任。利瓦伊拥有一线特工所必需的素质，而一线特工是最稀缺宝贵的人才。利瓦伊拥有本能的谨慎，但又对博弈充满兴趣——互不知道对方的真实姓名和位置，但斗智又斗勇的暗战对他有无穷的吸引力。

科恩低下头，看见下午的阳光照在嫩芽和花骨朵上。对于联邦调查局为什么会如此迅速地变成邪恶的机构，科恩有一套自己的理论。科恩认为，艾伦和利瓦伊在不经意间走漏了风声，让科尔本了解到了“约拿计划”——一个为期七年的渗透美国反情报机构的计划。“六日战争”胜利后的几个月里，以色列趾高气扬，于是一个计划在特拉维夫被提了出来——通过安插长期潜伏的间谍，以及收买重要职位上的告密者，达到打入美国主要情报系统的目的。因为中情局和其他对外情报机构没有必要渗透，所以摩萨德分析了如何打入联邦调查局和其他美国国内情报机构，以获取以色列的竞争对手的信息。通过渗透联邦调查局，以色列不仅可以获取摩萨德无法掌握的电子情报，还可以获取美国国内信息，尤其是重要政治人物的档案。出于自身利益考虑，从J. 埃德加·胡佛时代开始，联邦调查局就在收集这方面的信息。在未来的危机中，以色列很可能需要美国国会和政府方面的支持，而这方面的信息将为以色列带来难以估量的优势。

起初，当局认为这一行动风险极大，就同戈登·利迪的“宝石计划”[①]一样。但“赎罪日战争”突然爆发后，以色列高层震惊万分，从此认清了一个事实：以色列的存亡取决于大量有价值的情报，而这种情报只有美国人能够提供。1974年，杰克·科恩成为华盛顿摩萨德站长的那个月，“约拿计划”开始实施。而现在，这个计划令摩萨德骑虎难下。大量时间和金钱被投入到这个项目当中——首先是扩展它，然后又要掩盖它。特拉维夫的政治家一直担心美国在以色列特别需要美国支持的时候发现这个计划。从华盛顿发回以色列的情报大多都没有派上用场，因为那样做会暴露以色列对美国情报机构进行的渗透。科恩觉得，摩萨德越来越像是一个通奸者——害怕奸情曝光，并且深感内疚，但又因此而心理疲惫，甚至暗暗期待着奸情曝光那天早点儿到来。

科恩思考着自己的选择。他可以继续同索尔和娜塔莉保持联系，看这两个非专业人员到底想搞什么名堂——他们一直刻意与摩萨德保持着距离——他也可以现在就介入，让西岸的摩萨德工作站发挥更大的作用。他没有告诉索尔，秘密联络点里安装了窃听装置。科恩可以派三个人驾驶洛杉矶的通信车来到距离秘密联络点一英里的树林里，实时监听保密线路。这意味着至少动用西岸工作站一半的特工，但科恩别无选择。

索尔·拉斯基说过，他不再等待骑兵从山那边冲过来了。但

① “水门事件”的策划者戈登·利迪提出的一系列秘密而非法的行动。

科恩认为，在这件事情上，不论索尔是否愿意，骑兵都会过来。巴伦特和科尔本有联系，但科恩认为他们应该同“约拿计划”没有关系。他还认为，拉斯基口中那个失踪的神秘纳粹同华盛顿和费城的疯狂杀戮无关。不过，这里面肯定有什么事情不对劲。

科恩决心去查明真相，就算摩萨德局长反对也无所谓。他本来随身携带着一个小行李箱，里面装着他的点45口径自动手枪，但现在行李箱不在他身上。机场安保也真够烦人的，科恩想，一边在杜勒斯机场的行李传送带边等他被托运的行李箱。

他带着包朝长期租车位上停放的蓝色老雪佛兰走去，心情很不错。他打算下午给洛杉矶的约翰或者埃弗拉伊姆打个电话，提醒他们注意秘密联络点，让他们开始监视。至少，索尔和娜塔莉在行动的时候会有一个后备队。

科恩挤进他的车和旁边车的缝隙中，打开门，将行李箱扔到副驾驶位上。这时有人也进入了那个狭窄的空间，他愤怒地转过头来。这人怎么不等他把车倒出来之后再进来……

杰克·科恩一怔，然后辨认出微光中那个男人的脸——是利瓦伊·科尔。

科恩的手下意识地伸进西装夹克，但他立刻想起点45手枪还放在行李包中的袜子和内裤下面。他双手做出防御动作，但利瓦伊·科尔的出现把他搞糊涂了：“利瓦伊？”

“杰克！”对方大喊着求助。年轻特工看上去身材消瘦，面色苍白，仿佛被囚禁了几个星期。他的眼睛里满是惊恐，几乎看不到眼仁。他举起空空如也的双手，似乎要拥抱科恩。

科恩解除了防御姿势，但还是一只手顶住年轻男人的胸膛，制止他继续前进。“出什么事了，利瓦伊？”他用希伯来语问，

“你这么多天都到哪儿去了？”

科恩忘了，利瓦伊·科尔是左撇子。带弹簧的刀鞘一弹，短刃匕悄无声息地落入利瓦伊的手中。利瓦伊持刀猛然一刺，动作之快，就像是痉挛发作。但两秒之后，科恩也不由自主地痉挛起来——刀刃插入肋骨之间，扎进了他的心脏。

利瓦伊将尸体塞进前排座位，转过身。一辆豪华轿车开到雪佛兰后面停下，没有熄火。利瓦伊取出了科恩的钱包，拿走了钱和信用卡，然后在西装夹克的口袋和行李箱中翻找，把衣服倒在后排座上。他带走了点45口径手枪、机票、钱、信用卡和一个装着收据的信封。利瓦伊将尸体塞到后排地板上，关上车门，朝等候着的豪华轿车走去。

他们离开室内停车场，沿着高速公路朝阿灵顿驶去。

“东西不多。”理查德·海恩斯对着无线电话说，“两张胡安-卡皮斯特拉诺壳牌加油站的加油收据，还有长滩旅馆的收据，有什么意义？”

“让你的人去查。”巴伦特的声音传来，“就从旅馆和加油站查起。现在该是燕子返回卡皮斯特拉诺的时候吧[①]？”

“时间应该过了。”海恩斯通过保密线路说。他瞟了眼坐在身边的利瓦伊·科尔，后者正直愣愣地目视前方。“我们该拿你的这位朋友怎么办？”

“他已经没用了。”

“今天没用还是永远没用？”

“我想应该是完全没用了。”

---

① 美国加州南部小镇，传说每年3月19日燕子一定会飞到小镇中的一座教堂。有一首传唱一时的歌曲就叫《当燕子返回卡皮斯特拉诺》。

“好的。”海恩斯说，“我们会处理的。”

“理查德？”

“什么事？”

“请你立刻着手调查。我很想知道，到底是什么事情让科恩先生那么感兴趣？我希望最晚周五看到报告。”

“你会看到的。”理查德·海恩斯说。他将电话放回听筒架，注视着窗外不停往后退的弗吉尼亚乡村风景。一辆大型喷气客机从头顶飞过，一点点向上爬升。海恩斯怀疑巴伦特先生也许就在那架飞机上。透过深色的隔热玻璃，晴朗的天空呈现出白兰地的颜色——一种病态的红棕色——让人觉得一场大风暴马上就要来临了。

42

怀俄明州，梅里登附近

1981年4月22日，星期三

怀俄明州首府夏延的西北部，是一派典型的西部风光，荒凉而空旷，会让一些人浮想联翩，但也会让另一些人得上广场恐怖症。下了州际高速，沿着州道行驶四十英里，一路上都是广阔无垠的草地。在大草原的背景下，暴露在风中的防雪栅栏看上去十分渺小，几乎可以忽略。农场都坐落在距离州道几英里的地方，而且许久才见到一个。北面和东面隆起的孤山如同巨大的要塞。偶尔出现的小溪从三叶杨和灌木中穿过。羚羊三五成群，犹豫着要不要逃开。牲口的数量不多，悠闲地在数百万英亩的牧场上吃草，显得很不协调。

还有导弹发射井。

在那片旷野中之中，任何人造物都毫无吸引力可言，发射井也一样。从外面看，它们是一小块方形碎石地，周围拉着金属网，通常离州道五十到一百码。金属风向标，四条带反光镜的管子，以及生锈的横梁上低矮而巨大的水泥屋顶——如果没有这些特殊的标志，你很难将这里同天然气加气站和空地区分开来。只有沿着碎石小路走到近前，你才能看见一块警告牌，上面写着：**美国政府财产，禁止进入，否则将被合法诛杀**。除此之外，就再也没什么可看的了。你只能听见吹过草原的呼呼风声和远处哞哞的牛叫声。

每天凌晨六点零五分，蓝色的空军厢式货车都会离开沃伦空军基地，将执勤的士兵放在他们所属的指令站，并在上午八点二十七分将上一批执勤的中队带回基地。那天上午，厢式货车里坐着六个年轻中尉，两名来自梅丽登东南八英里的战略空军司令部导弹航空队总部，四名来自离楚格沃特三十八英里的掩体。

后座的两名中尉目光呆滞地看着窗外流动的风景，他们已经被日复一日枯燥的工作折磨得神经麻木了。他们看过了六千平方英里区域的卫星照片——苏联人也看过了——十个由导弹发射井组成的圈，每个圈的直径都有八英里，包含十六个导弹发射井，每个井中暗藏一枚分导式多弹头“民兵III”洲际导弹。最近几个月，这些老化的发射井的脆弱性备受关注，因为据说苏联的“压制性战略”可以在数小时里保证每分钟都有一枚核弹头在这片草原上空爆炸。还有传言说，这些发射井会被用水泥加固，或者安装上更新的武器。但丹尼尔·比尔中尉和汤姆·沃尔特斯中尉对这些政策问题没有任何兴趣。他们只是两个年轻人，正在寒冷的春日清晨去上班而已。

“汤姆，你今天还清醒吧？”比尔问。

“是的。”沃尔特斯说，他的视线没有离开远方的地平线。

“你昨晚又出去同那些观光客开派对了吗，伙计？”

“唔，”沃尔特说，“我八点之前就回来了。”

比尔扶了扶墨镜，露齿一笑。“是啊，你回来了。”

空军厢式货车放慢速度，左转驶上一条碎石小道，沿着一道缓坡向西北方向开去。他们路过三个告示牌，告示牌上的文字警告擅闯者必须立刻停下，转身离开。距控制站四分之一英里的地方，他们在第一道大门和岗亭外停下。车上的人都出示了他们的身份卡，岗亭通过无线电告知他们继续前进。进入主体建筑之前，他们又验证了一次身份。比尔和沃尔特斯中尉沿着装有防护栏的走廊朝竖直的入口大楼走去，厢式货车则掉了个头，头朝山下停放，排放的尾气在清晨的冷空气中飘荡。

“你有没有玩斯米梯的赌博游戏？”等升降吊笼的时候，比尔中尉问。一名手持M-16自动步枪的无聊警卫强忍住一个哈欠。

“没有。”沃尔特斯中尉说。

“你没骗我吧？我还以为你恨不得立刻把钱投进去呢。”

沃尔特斯中尉摇了摇头。他们走进吊笼中，下降了三层，来到发射指挥中心。他们通过两个检查点，来到导弹控制室外的前室，向执勤长官敬礼。正好是0700时①。

“比尔中尉向您报到，长官。”

“沃尔特斯中尉向您报到，长官。”

“请出示身份证件，先生们。”彼得·亨肖上尉说。他认真比对了两人身份卡上的照片，尽管他已经认识他们一年多了。亨肖上尉点点头，身边的一名士兵用一张加密门卡在电子锁中刷了一下，外门嗞嗞打开了。二十秒后，内门被推开，走出两名空军中尉。四名中尉互相敬礼，面带微笑。

“士兵，写日志：比尔中尉和沃尔特斯中尉在……0701.30时

① 电子时钟的时间显示方式。为尊重此章节时间的重要性和特殊性，格式与原文保持一致。下文同。

接替了洛佩兹中尉和米勒中尉的岗位。”亨肖上尉说。

“是，长官。”

两个满脸倦容的中尉将挂在身侧的武器和两本厚厚的三环活页笔记本交出来。

“有情况吗？”比尔问。

“地面通信线路在0350时出了些问题，”洛佩兹中尉说，“古斯去处理了。0420时执行了准备程序。0510时执行了发射程序。0535时特里在南6段发现有东西撞到了铁丝网里，已经去检查了。”

“又是兔子吧？”比尔问。

“压力感应器故障。你还清醒吗，汤姆？”

“没事。”沃尔特斯说，露齿一笑。

“交接完毕。”洛佩兹中尉说，然后就同米勒中尉离开了。

比尔和沃尔特斯关上身后的两个气闸门，进入长而窄的导弹控制室。

在北面和西面墙上的控制台前，是一排可以在轨道上移动的操作椅。两人坐进蓝色的厚坐垫操作椅里，系上安全带。他们高效地检查头五份清单上的项目，不时通过头盔上的话筒同指挥中心其他部分的人交谈。0743时，沃伦空军基地进行了指令链测试。比尔中尉处理是十二信道的应答。电话放回蓝色盒子里后，比尔转头看向沃尔特斯中尉：“你真的没问题吗，汤姆？”

“我头痛。”沃尔特斯说。

“那边的医疗包里有阿司匹林。”

“等会儿再说。”沃尔特斯说。

1156时，就在比尔取出保温杯准备吃饭的时候，沃伦空军基地发来了执行准备程序的命令。1158时，比尔和沃尔特斯打开了二号控制台下的红色保险柜，取出钥匙，激活了导弹发射程序。1210.30时，导弹发射程序执行完毕，只是没有真的给十六枚导弹装上一百二十个核弹头。沃伦空军基地表扬他们“干得好”。比尔开始执行两分钟的解除戒备程序的时候，沃尔特斯解开安全带，从控制台前走开了。

“汤姆，你在干什么？”比尔说。

“我头痛。”沃尔特斯说。他面色苍白，目光迟钝。比尔伸手去拿架子上的医疗包，架子上还放着他的保温杯。“这儿应该有些药效更强的阿纳辛——”

沃尔特斯中尉取出点45口径自动手枪，击中了比尔中尉的后脑。他刻意让弹道朝下且偏向外侧，以免射穿后的子弹打中控制台。子弹没有射穿。比尔痉挛了一下，软绵绵的身躯就向前倒下，但又被安全带绷住了。流体静压导致鲜血从眼睛、耳朵、鼻子和嘴巴里涌出来。被击中几秒钟后，两个黄色内部通信灯开始闪烁，指示器显示外气闸门正在打开。

沃尔特斯不慌不忙地走到内气闸门旁，朝电子锁盒开了两枪。他返回比尔的控制台，按下了开关，让独立构造的导弹控制室靠储量百分百的备用氧气供氧。然后沃尔特斯返回自己的椅子，研究了几分钟操作手册。

厚重的钢门外传来疯狂的敲打声，沃尔特斯站起身，走了七步，来到比尔的座位上，从死人的口袋里拿出长长的点火钥匙，插入合适的面板中。他按下了五个按钮，给导弹装上了弹头。然后在自己的控制台上进行了相同的操作，插入了自己的钥匙。

沃尔特斯中尉打开了内部通信开关。“……你他妈的在干什么，中尉？”说话的是沃伦空军基地指挥中心的安德森少校，“你知道得两个人同时使用钥匙才行。现在给我马上打开门！”

沃尔特斯关闭了内部通信器，回头看见数字钟上的时间仅剩九十秒，并且仍在减少。根据操作手册，发射井上巨大的水泥顶盖炸药此时应该正在装填，准备将草地上直径四分之一英里、重达一百一十吨的发射井顶盖炸开，暴露出光滑的钢制坑洞，以及“民兵”导弹的圆锥状头部。点火前六十秒，每一个工作站都会鸣响警告汽笛，据说这是为了警告正在从事维修和检查工作的人员，但事实上，这些尖叫只会吓走兔子、附近的牛，还有开着皮卡偶尔经过的牧场主。“民兵”导弹使用的是固体燃料，等待着电子点火器将其点燃。目标指令、制导程序、陀螺仪、电子辅助设备在发射程序的演习阶段都已经启动。点火前三十秒，电脑会中止程序，等待双钥匙发射激活信号。没有这两把钥匙的同时转动，中止就会永远持续下去。

沃尔特斯回头去看比尔的控制台。两把钥匙相距十六英尺，必须在一秒的误差内同时转动。空军做了精心设计，确保一个人无法在激活了自己的钥匙之后，再在一秒内跑到另一把钥匙前。

汤姆·沃尔特斯的嘴角抽搐起来。他走到贝尔的控制台前，将载着尸体的椅子沿着轨道滑走，从自己口袋中抽出一支勺子和两根线。勺子是晚餐用的普通类型，是从沃伦空军基地混乱的物品中偷走的。沃尔特斯将勺子头部绑在钥匙尾部，将勺子尾部向下倾斜适当的角度，然后将长绳子绑在勺子尾部。他走到自己的控制台前，将绳子拉紧，等待倒计时显示还剩三十秒，然后转动自己的钥匙，同时猛拉绳子。勺子带动比尔的钥匙转动。

电脑识别到发射激活信号，验证了他和比尔在演习阶段编入的发射代码，发射程序最后三十秒倒计时开始。

沃尔特斯拿过一个记事本，写下一段简短的信息。他看着门。门把附近的一块区域开始发出桃红色的光，那是外面的人在用乙炔焊炬切开气闸门。至少还需要两分钟，厚重的金属门才会被烧穿。

汤姆·沃尔特斯中尉笑了，将自己固定在椅子里，把点45口径手枪的枪口伸进嘴中，让准星顶住上颚，用大拇指扣动了扳机。

三个小时之后，美国空军的维恩·凯彻姆将军及其助理斯蒂芬·安德森上校离开了控制中心大楼，到外面呼吸新鲜空气，顺便看看这里到底混乱成了什么样子。十多辆军车和三辆救护车不仅塞满了停车场，还沿着山坡一直往外停，有的甚至越过了内层警戒线。五架直升机停在西部边界外的空地上，凯彻姆看见从西南方向还有两架直升机正轰隆隆地飞来。

安德森上校看着没有一丝云彩的天空。“真想知道苏联人觉得我们出什么事了。”

“让苏联人见鬼去吧。”凯彻姆说，“今天所有人都追着我屁股后面问这个问题，连副总统也问过我。回去之后，我又得不停地接电话。每个人都要求知道出了什么事。我该怎么告诉他们，斯蒂夫[1]？”

“我们之前也出过问题。”安德森说，“但这次不一样。你看见了沃尔特斯的最近一份精神报告吧。就在两个月之前出的。这家伙的智力水平一般，未婚，抗压能力正常，工作积极，但并没有野心，还严格遵守命令。去年秋天举行的范德伯格发射比赛

① 斯蒂芬的昵称。

中，他在获胜的一组。他的想象力同荒野里的一丛山艾差不多。简直是模范导弹兵。”

凯彻姆点燃一支雪茄，在烟雾背后皱眉怒视。“那他妈的到底发生了什么事？”

安德森摇了摇头，看见直升机飞了过来。“这根本说不通。沃尔特斯知道，最后的导弹激活程序必须同另一个控制中心的另外两把钥匙协同使用才能完成。他知道电脑会在倒数五秒的时候中止程序，等待授权。他杀了自己和比尔，完全没有意义啊。”

“那张字条在你那儿？”凯彻姆叼着雪茄，低声问。

“是的，长官。”

“给我。”

沃尔特斯自杀前留下的字条被装在一个塑料袋里，但凯彻姆不明白为什么这么做。他们肯定不会去提取上面的指纹。透过透明塑料袋，字条上的字清晰可辨：

WvB[①]致CAB[②]：

王前兵走到后翼象6。将军。

该你了，克里斯蒂安。

“是不是什么该死的密码，斯蒂夫？”凯彻姆问，“你看得懂这些国际象棋的破玩意儿吗？”

“不懂，长官。”

“你觉得，CAB是民用航空局的意思吗？”

① 威廉·冯·伯夏特的缩写。

② 克里斯蒂安·阿诺德·巴伦特的缩写。

“似乎不怎么像，长官。”

“这个克里斯蒂安又是什么人？难道沃尔特斯重生转世了？”

“不是的，长官。根据基地教士所述，沃尔特斯中尉是唯一神教派教徒，但他从没有参加过宗教仪式。”

“W和B也许是沃尔特斯和比尔的意思，”凯彻姆沉思道，“但中间的‘v’是什么意思？”

安德森摇头：“我也不知道，长官。也许军队的情报机构或者联邦调查局能查出来。那边的绿色直升机上应该就是丹佛来的联邦调查局的人。”

“真希望他们别插手。”凯彻姆嘟囔道。他摘下了雪茄，啐了口痰。

“这是法律规定的，长官。”安德森说，“他们必须参与调查。”

凯彻姆将军转过身，瞪了年轻的上校一眼，后者连忙垂下视线，仿佛突然对裤子折缝很感兴趣。“算了。”凯彻姆最后说，将雪茄弹到角落里，“我们和那些调查高手谈谈。反正今天不可能更糟了。”凯彻姆向后转身，朝远处那群联邦调查局的人走去。

安德森上校跑到将军雪茄掉落的地方，确认烟头是熄灭的，然后快步跟上将军。

43

梅勒妮

世界似乎更安全了。

从窗帘和百叶窗中透进柔和的光，照亮了熟悉的物品：床下黑色的护墙板；1900年父母订制的高大衣柜；梳妆台上一如既往地整齐排列着梳子；祖母用过的被褥铺在床尾。

光是待在房间里，听房子里的人忙来忙去的声音，就令我心情愉悦。霍华德和南希住在我的卧室隔壁的客房里，那儿曾是我父母的卧室。欧德史密斯护士睡在我房间内门边的滚移式折叠床上。休厄尔小姐大部分时间都在厨房，为大家烧菜做饭。卡利住在厨房外的一个小房间，那里之前是索尔先生的住处。卡利睡得很少。夜里，他会坐在走廊里前门旁的椅子上。那个黑人男孩睡在后门廊我们给他做的简易床里。晚上外面仍然很冷，但他并不介意。

那个叫贾斯汀的男孩大部分时间都和我待在一起，给我梳头，帮我看我想读的书，替我跑腿。有时候，我只是把他打发到我的针线房里，坐在藤条椅上。透过他，我能享受那里的阳光，看到花园外的蓝天，闻到卡利买来重新装在花盆中的植物。我让黑人男孩修好了玻璃柜，把喜姆和其他牌子的瓷娃娃放在里面。

长时间通过贾斯汀的眼睛看世界让人感觉很舒服，但也令人不安。他的感觉和认知太灵敏，常常被毫无预警地干扰，而且这种干扰就来自他自己。这让我很痛苦。不过，这种感觉还是令我着迷，因为我几乎忘掉了自己身体的种种不便。

欧德史密斯护士和休厄尔小姐对我的恢复情况感到很乐观，而且一直坚持对我的治疗。我允许——甚至可以说是鼓励——她们对我采取这一态度，因为我确实渴望能重新行走、说话，重新进入这个世界。可是，对于她们看到我的“进步”，我其实还是有些抵触的。因为身体痊愈之后，我已经得到强化的念控力肯定会衰退。

每天哈特曼医生都会给我做检查、测试，还不断地鼓励我。护士们帮我洗澡，每隔两个小时给我翻一次身，活动我的四肢，以避免肌肉和关节坏死。返回查尔斯顿后没多久，他们就开始了对我的治疗，但我必须积极参与其中。我可以动左边的胳膊和腿了，但每当这么做的时候我就发现，我对这个小家庭的控制变得十分困难，几乎无法维持。于是，后来我们形成了一个规矩，每天两个半小时的治疗时间里，除了护士和我，所有人都必须坐着或者躺在床上，保持静止，这样我就不用再直接关注或者操控他们，就像把马关在马厩里一样。到四月下旬，我的左眼开始看得到东西，而且四肢也勉强可以动了。我左半身的感觉非常怪异，如同下颚、手臂、身侧、臀部和腿被注射了麻醉药一样。这感觉并不糟。

哈特曼医生对我感到相当骄傲。他说我是个特例，因为尽管我在脑血管受创之后全身丧失知觉了好几周，尽管我明显左半身轻偏瘫，但在我醒来之后，却没有表现出异食癖，视觉感知也没问题，说话依然流畅不结巴。

医生的判断没有错——虽然我整整三个月都没说话，但我并没有中风者通常会罹患的语言功能障碍。我每天都通过霍华德、南希、休厄尔小姐或者别的什么人说话。听哈特曼医生解释一番后，我对语言能力为何没有受损做出了自己的判断。

主要原因应该是，局部缺血性梗死被局限在右半脑，而我大脑的语言中枢位于左半脑，所以没有受到影响。

不过，哈特曼医生指出，像我这种遭遇大面积脑血管意外的患者通常都会出现语言和感知方面的问题，直到这些功能被转移到新的未受损的大脑区域之后才能恢复。我意识到，这种转移经常在我身上发生，因为我拥有念控力。而现在，我的这种能力大大增强，我相信即使我的左右半脑都受到影响，我也能保持语言能力和个性。我有无穷无尽的健康脑组织可用！我接触过的所有人都会为我捐献神经元、神经突触、语言集群和记忆存储器。

现在，我真真正正永生不死了。

就在这一刻，我开始懂得，我们的“游戏”为何会让人上瘾，以及参与“游戏”对我们的健康多么有益。运用念控力，特别是在“游戏”中将念控力运用到极致，可以让我们更年轻。如同病人因为移植了新器官和组织而重获新生一样，通过操控别人的意志，移植别人的能量，借用别人的核糖核酸、神经元和其他神秘的化合物——现代科学将意志简化为这些物质的集合——我们同样获得了新生。

透过贾斯丁清澈的眼睛看梅勒妮·福勒时，我发现自己只是一个呈胎儿状蜷缩在床上的老妇人，干瘦的手臂上插着输液针管，苍白的皮肤紧裹着骨头。但我现在知道，这一切都是假象——事实上，我比以前更年轻了。我吸收着周围的人的能量，就像向日葵把阳光储存在体内一样。用不了多久，我就会从病床上爬起来。每一天、每一周注入我体内的新鲜能量将驱使我复活。

我在深夜中猛然睁开眼。**上帝啊，难道尼娜就是用这种方式死而复生的**？

既然在大脑的一小部分缺氧死亡的情况下，我的念控力仍然可以增强，那拥有更强大念控力的尼娜在我击中她后的瞬间又能做到什么呢？我用查尔斯的柯尔特和平捍卫者手枪射入尼娜脑中的子弹，难道不就是一个更严重的脑血管意外吗？

尼娜的意志在我们冲突之后数小时至数天之内，可以分散到上百个从属的意志之中。近几年里，我看了很多书，知道如今机器可以替换、刺激心脏、肾脏和其他器官，从而延续人的生命。既然生命可以通过这种方式延续，那尼娜纯粹而强大的意志当然也可以通过操控别人的意志来维持下去。

虽然尼娜的肉体在棺材中腐朽，她的念控力却让她能像千变万化的恶鬼般在暗夜中逡巡。

虽然尼娜的蓝眼睛从堆满蛆的眼窝中浮出来，她的大脑被啃啮干净，但她的意志在别处复原。

她操控的那些人的能量源源不绝地涌入她的身体，直到她也像我一样，在青春之光中复活。但尼娜只是一具在黑夜中移动的尸体。

她会到这里来吗？

那天晚上，我的所有家人都没睡，一些人同我待在一起，一些人在我周围的黑暗之中。但我仍然无法入睡。

霍奇斯夫人坚持不卖她的房子，除非哈特曼医生支付一笔过分高昂的费用。我本可以在讨价还价的过程中出手干预，但在看到霍奇斯夫人之后，我决定不这样做。

她的丈夫遭遇那次不幸的事故才不到五个月，但那个老太太却老了足足二十岁。她总是将头发精心地染上虚假但光鲜的棕色，但现在，她的头上只是有气无力地耷拉着一缕缕白发。她的眼睛毫无光彩。她原本就没有魅力可言，但现在，她都懒得去用化妆品掩盖自己的皱纹、肉赘和皮瘤了。

我们付了那笔天价。钱很快就不会是问题。而且，我与霍奇斯夫人重一见面就立刻想到，在未来几天或几周里，她可能还有别的用途。

春天迈着优雅的脚步来了。在我钟爱的南方，春天向来如此。有时候，我会让卡利把我抱去针线房。有一次——仅有这一次——我让他把我抱到了房外门廊的藤椅上，而黑人男孩就在花园里工作。卡利、霍华德和哈特曼医生在房子周围树起了高高的栅栏，后部的栅栏高达十英尺，足以保护隐私，防止偷窥。我不喜欢直接暴露在阳光之下。我更愿意分享贾斯汀的感觉。当他坐在草地上，或者躺在正在中庭中享受裸体日光浴的休厄尔小姐旁边时，那种感觉好极了。

白天越来越长，天气也越来越暖。和风吹入敞开的窗户。有时候，我仿佛听见霍奇斯夫人的孙女和她的朋友尖叫欢笑着跑过院子，但我很快就意识到，那声音应该是街区上别的孩子发出的。

白天的空气中飘荡着刚剪过的青草的味道，夜晚的空气中则弥漫着金银花的味道。我感觉很安全。

图书在版编目（CIP）数据

魔鬼在你身后：全3册 / (美) 丹·西蒙斯 (Dan Simmons) 著；汪洋译. -- 南京：江苏凤凰文艺出版社, 2017.12

书名原文: Carrion Comfort

ISBN 978-7-5594-0218-9

Ⅰ. ①魔… Ⅱ. ①丹… ②汪… Ⅲ. ①长篇小说–美国–现代 Ⅳ. ①I712.45

中国版本图书馆CIP数据核字(2017)第085363号

图字：10-2017-141号

书　　名　魔鬼在你身后

著　　者　（美）丹·西蒙斯
译　　者　汪　洋
责任编辑　丁小卉　姚　丽
特邀编辑　叶　子　闵　唯
责任监制　刘　巍　江伟明
策　　划　读客图书
版　　权　读客图书
封面设计　读客图书　021-33608311
出版发行　江苏凤凰文艺出版社
出版社地址　南京市中央路165号，邮编：210009
出版社网址　http://www.jswenyi.com
印　　刷　三河市龙大印装有限公司
开　　本　890mm x 1270mm　1/32
印　　张　38.75
字　　数　835千
版　　次　2017年12月第1版　2017年12月第1次印刷
标准书号　ISBN 978-7-5594-0218-9
定　　价　158.00元

如有印刷、装订质量问题，请致电010-85866447（免费更换，邮寄到付）

读客

读客外国小说文库

激发个人成长

CARRION COMFORT

魔鬼在你身后 Ⅲ

[美] 丹·西蒙斯 著
DAN SIMMONS
汪洋 译

江苏凤凰文艺出版社
JIANGSU PHOENIX LITERATURE AND
ART PUBLISHING, LTD

目录

Part 3 终局

48 / 049

圣胡安–卡皮斯特拉诺附近，1981年4月25日，星期六

索尔一直认为，上校和他的同类是某种变异体，是进化中的另类产物，在统计学上只是极少数。但同哈罗德共处四十小时后，他的看法彻底改变了。

49 / 057

圣胡安–卡皮斯特拉诺附近，1981年4月25日，星期六

理查德·海恩斯人生三分之一的时间都在为查尔斯·科尔本和C. 阿诺德·巴伦特工作。作为免控者，他不能被科尔本操控，但他获得了金钱和权力方面的丰厚回报。

50 / 069

圣胡安–卡皮斯特拉诺附近，1981年4月25日，星期六

每次战争中，他都是军医。除了被上校操控去跟踪老家伙的那几个小时，索尔从来没有杀过人。

51 / 088

阿拉巴马，多森，1981年4月26日，星期天

吉米·韦恩牧师边走边脱，在地毯上留下一串被汗水浸透的衣物，最后赤身裸体地站在吧台旁。办公桌后的高背皮椅转动过来，一个红脸庞、灰眼睛的老人说："真是一场刺激的布道啊。"

52 / 092

梅勒妮

我开始回想起同威利的浪漫时光。当我通过他们感受到激情的潮水时，我想到的总是威利。

53 / 095

查尔斯顿，1981年5月4日，星期一

有人从房内打开了前门。但娜塔莉看到里面一团漆黑。她快步行走在两个男人中间，右臂仍被高个男人紧紧抓住。她进入了房子。

54 / 115

梅勒妮

她说她是尼娜派来的。起初一分钟，我惶恐极了。我逃回自己的身体，想要爬下床，我的右臂和右腿胡乱地舞动着，拖拽着失去知觉的另一半身体，仿佛那是一块腐肉。

55 / 127

查尔斯顿，1981年5月5日，星期二

娜塔莉强打精神，走完了第一个街区。她绕过街角，离开了福勒家的视线范围。她知道，她现在要么就屈膝瘫倒在人行道上，要么就发足狂奔。

56 / 132

梅勒妮

那晚在霍金斯家族墓地，我只看到了骨头和粉尘，还有下葬时所穿的华丽衣物腐朽后的残渣。尼娜没有藏在那里。

57 / 137

多尔马恩岛，1981年5月9日，星期六

米克斯接过钱，放在大腿上翻了翻。“听着，”他说，“如果我能帮你查出谁杀了罗布·金特里，就算不给我这笔奖金我也愿意。

58 / 151

梅勒妮

通过试探，我认为这个女孩存在三种可能：第一，尼娜在操控她，但根本无意与我争夺控制；第二，这个女孩是个调教得非常好的傀儡；第三，她根本就没有被操控。

59 / 158

查尔斯顿，1981年5月10日，星期天

索尔在讲座中说，流行节目和畅销小说中的这种恐惧和憎恶孩子的倾向是非理性的，其根源是普遍的罪恶感、共同的焦虑和全人类所共有的对衰老的苦恼。

60 / 176

多尔马恩岛，1981年6月13日，星期六

这一周结束的时候，托尼·哈罗德已经烦透了跟有钱有势的家伙打交道：那些权贵明显有朝浑蛋发展的倾向。

61 / 188

多尔马恩岛，1981年6月14日，星期天

索尔意识到，这里并不需要全尺寸囚房，因为囚徒在岛上都待不了一个星期。索尔紧接着进入了自己的裂缝。

62 / 197

多尔马恩岛，1981年6月14日，星期天

哈罗德是第一次来到隔离区北面。尽管他知道岛上肯定藏有秘密基地，但亲眼看到这座地下堡垒时，他还是备感惊诧。

63 / 204

梅勒妮

威利还活着！透过休厄尔小姐的眼睛，我的视线越过囚笼的栅栏，立刻捕捉到他的身影。

64 / 209

多尔马恩岛，1981年6月15日，星期一

头一天晚上对他来说简直就是个噩梦。他选的那个女人难操控极了，哈罗德不得不动用所有念控力，才能让她同另外四个男性傀儡一起走完隔离区北面栅栏外五十码的距离。

65 / 219

多尔马恩岛，1981年6月15日，星期一

索尔在狭小的囚牢中被囚禁了超过二十四小时。索尔躺在黑暗中。四个世纪以来，这里留下了太多的恐惧，而他却想到了勇气。

66 / 247

梅勒妮

从某种意义上说，这么多年来，尼娜和威利一直在“进食”我的生命。是时候阻止他们了。

67 / 258

多尔马恩岛，1981年6月16日，星期二

似乎只有巴伦特和威利明白现在的状况。开普勒不停地走来走去，绞拧着双手，就像一个即将被行刑的死刑犯，吉米·韦恩·萨特则目光钝滞，嘴角带笑，一副轻微痴呆的模样。哈罗德说：“那该死的棋盘在哪儿？”

68 / 273

查尔斯顿，1981年6月16日，星期二

她有许多年都没有想起这个噩梦了，但当她坐在梅勒妮·福勒的客厅里，对面坐着脸色苍白的贾斯汀，用那个疯狂老妇般的眼睛瞪着她，娜塔莉却不禁产生了当年噩梦中的反应。

69 / 287

多尔马恩岛，1981年6月26日，星期二

索尔已经可以看到南面那座灯火通明的大宅。此时他唯一的目标就是活着进入大宅。

70 / 303

梅勒妮

过了这么多年，威利和我终于在那个疯狂的夜晚做爱了。当然，我们是通过傀儡做的。

71 / 307

多尔马恩岛，1981年6月16日，星期二

对“玩更大的游戏”这个提议，威利和巴伦特都是认真的。如果威利赢了——哈罗德几乎就没见这老浑蛋输过——他和巴伦特将把游戏升级到向城市发射核弹、将国家化为焦土的水平。

72 / 327

梅勒妮

我的傀儡朝主出口走去，刚转过一个拐角，就被一个满脸络腮胡、墨西哥人模样的警卫射杀了。我又连忙将意志转移到墨西哥人身上，让他跑上水泥坡道。

73 / 331

多尔马恩岛，1981年6月16日，星期二

娜塔莉猛然将头转向左侧，刚好看见那艘船上又有三团火焰升起——那是更多的导弹在向他们袭来。

74 / 341

多尔马恩岛，1981年6月16日，星期二

“所有的暴力都是同源的，小兵。那就是对权力的欲望。权力才是唯一真正的道德，犹太人。权力才是不死之神，而对暴力的渴求是这个神的唯一诫命。”

75 / 353

多尔马恩岛，1981年6月16日，星期二

她最后看了一眼上校的尸体，死亡让那恶魔看起来是那么渺小，那么无足轻重。

76 / 366

查尔斯顿，1981年6月16日，星期二

老巫婆在床上虚弱地蠕动着，娜塔莉愈发觉得，她就像一个被从自然栖息地里拎出来的得了酸皮病的海洋生物。

77 / 387

贝弗利山，1981年6月21日，星期六

托尼·哈罗德庆幸自己死里逃生。黑人婊子在岛上对哈罗德发起猝不及防的一击之后，他还以为自己的运气用光了。

78 / 394

以色列，凯撒利亚，1981年12月13日，星期天

娜塔莉开着菲亚特沿着海法公路向北驶去，一路上不时停下观赏风景，享受冬日的阳光。她不知道自己下次再走这条路是什么时候。

尾　声 / 401

1988年10月21日

一晃，这么多年就过去了。我坐在这儿等待尼娜。明天应该会更暖和。但今天我很冷，心情忧郁。没有人陪我做游戏。我孤独极了。我感到很饿、很饿。

致　谢 / 405

Part 3
终　局

44

贝弗利山

1981年4月23日，星期四

星期四中午过后不久，托尼·哈罗德躺在贝弗利山希尔顿酒店的一张大床上，思考着爱情。对这件事，他从来没有多大兴趣。在哈罗德看来，爱情不过是一场闹剧，只会让你满嘴陈词滥调地爱来爱去。爱情是两性关系所赖以维系的种种谎言、自欺和伪善的借口而已。托尼·哈罗德干过数以百计的女人——也许是数以千计，他为此感到自豪——但他从未假装与她们中的任何一个坠入爱河，尽管在她们被征服的最后几秒里，在他达到高潮的瞬间，他似乎感觉到了某种近乎爱情的东西。

但现在，托尼·哈罗德恋爱了。

他发现自己经常想念玛利亚·陈。他清晰地记得手掌和手指抚摸她的肌肤的感觉。他幻想着她身体的芬芳。他的黑发、黑眼和微笑在她的意识边缘徘徊，仿佛视野角落里若有若无的图像，一转头就消失不见。甚至连呼唤她的名字都让他心神荡漾。

哈罗德双手垫在脑后，盯着天花板。缠绕的床单依然散发着做爱后的味道，就像在海滩闻到的那种咸腥味。浴室里突然传来哗啦啦的淋浴声。

哈罗德和玛利亚·陈按部就班地生活着。她每天早上把信件带给按摩浴缸里的他，接听电话，记录他口述的命令，然后同他一起去片场观看《白色口水》的拍摄，审阅前一天拍的镜头。因为英国工会的问题，片场从派恩赫斯特搬到了帕拉蒙特。对此，哈罗德很是欢迎，因为他可以不用离家几个星期去监督拍摄了。昨天，哈罗德看了珍妮特·德拉科特的样片。这个二十八岁的大胸老女人要在片中扮演十七岁的性感少女。突然，他脑海中浮现出由玛利亚·陈来扮演主角的场景：玛利亚·陈的细腻代替德拉科特的浮夸，玛利亚·陈的诱人香艳代替德拉科特的臃肿苍白。

自从在费城第一次有肌肤之亲后，哈罗德和玛利亚·陈只做过三次爱。他不知道自己为什么会如此克制，但这点燃了他的欲火，使他对她的渴望从生理层面发展到心理层面。他几乎无时无刻不在想她。仅仅是看她从房间另一头走过来，都让托尼·哈罗德感到欣喜。

浴室里的水声停了，哈罗德听见毛巾擦身体的声音，然后是电吹风的轰鸣。

哈罗德努力想象同玛利亚·陈共度一生是什么样子。他们有足够多的钱，可以取出来远走高飞，无忧无虑地生活两三年。他们可以去任何地方。哈罗德一直想抛弃一切，在巴哈马群岛上找个小岛，尝试去写点东西——不是那种老掉牙的恐怖暴力片剧本。他想象着自己给巴伦特和开普勒留一张字条，上面写着“去死吧”三个字，然后抛开一切去过自由自在的日子。他想象着玛利亚·陈穿着蓝色泳衣从沙滩上走回来，他们两人边吃羊角面包边喝咖啡，开心地聊着天，看着太阳从潟湖后面升起。托尼·哈罗德喜欢恋爱的感觉。

珍妮特·德拉科特光着身子从浴室里走出来，将长长的金发甩到肩后。“托尼宝贝，你有烟吗？”

“没有。”哈罗德睁开眼看着她。珍妮特长着一张十五岁少女的脸，却有一对罗斯·梅尔色情片中的大奶子。接拍三部电影之后，她的表演能力仍然未见提高。她嫁给了一个六十三岁的德州富翁，这老家伙出钱给她买了一匹良种马，还出钱让她担当了一场歌剧的女主角——后来一连几个月都被休斯敦人引为笑谈。现在，老家伙又用金钱为她在好莱坞铺路。上周，《白色口水》的导演舒·威廉姆斯在同哈罗德喝酒时说，就算把德拉科特推下悬崖，她也演不来如何坠落。但哈罗德提醒威廉姆斯，这部电影预算九百万美元，其中三百万来自德拉科特的丈夫，所以他建议第五次修改剧本，删除那些超出珍妮特能力范围的情节，比如对话，代之以更多浴缸和闺房里的镜头。

“没事。我的包里有一支。”她在一个比哈罗德平时携带的行李箱还大的帆布手提包里摸索起来。

“今天你不是还要回片场吗？”哈罗德问。

“你是说，同德克再拍一次那个后宫镜头？”

“嗯。”

她边抽烟边嚼着口香糖。真不知道她是如何张着嘴同时做这两件事的。“导演说，我们星期二拍的就已经足够好了。”她趴在床上，双肘撑起上半身，巨大的乳房贴在哈罗德的小腿上，就像放在水果店货架上的一对香瓜。

哈罗德闭上眼睛。

“托尼，宝贝，那份母带是不是就在你手上？”

“什么带子？”

“你知道。莎依拉·伯灵顿给一个家伙打飞机的带子。”

“哦，那个啊。”

“老天，过去几个月，我在大概六十个派对上看过那段十分钟的录像。大家都快看吐了。她的胸就像搓衣板一样平。”

“嗯。”哈罗德说。

“上次我同她一起参加过一次慈善活动。你知道，就是给那些得了什么症的瘫痪小孩募捐的活动。她同德莱弗斯、克林特和梅丽尔坐一桌。她太自大了，好像她拉的屎就不是臭的一样，你懂我的意思吧？所以她就是活该。现在所有人都在嘲笑她，看她出的大洋相。”

“大家都在笑话她？”

“是啊。当时的场面太好笑了。主持人说了一段特别可笑的话，好像是要把坐在前排桌边的人都射杀之类。然后他提到了莎依拉，说她是‘埃丝特·威廉姆斯[1]之后最漂亮的年轻美人鱼’。这让大家笑得更欢了。你应该有吧？”

“有什么？”

“就是那盘母带啊。”

“既然城里到处都是拷贝了，母带还有什么用？”

“托尼宝贝，我只不过是好奇罢了。我是说，你邀请她参演《白色口涎》，她拒绝了你，然后你就给她弄出了那段录像——你的手段真是有点狠啊。”

“《白色口涎》？”

① 埃丝特·威廉姆斯（1921—2013），美国女演员，少年时曾获游泳冠军，主演过《出水芙蓉》。

“导演就是这么叫的。就像克里斯托弗·普鲁默[1]总是把《音乐之声》念成《音乐之神》一样。在片场上我们都这么叫。”

“有趣。”哈罗德说，“但谁说我邀请过她出演《白色口水》呢？”

“哦，宝贝，所有人都知道她是第一候选人。我猜，如果阳光小姐签了约，电影预算就会是两千万美元了。”珍妮特·德拉科特掐灭了烟头，笑道，“当然，现在她什么也得不到了。我听说，迪士尼的人取消了本来计划由她出演的大型音乐剧。唐尼和玛丽也把她从夏威夷的一档子特别节目里踢了出去。她的摩门教老妈都被气得心脏病发作了。太惨了。”她摆弄着哈罗德的脚趾头，硕大的乳房在他腿上荡来荡去。

托尼·哈罗德把腿挪开，坐在床沿上：“我去洗个澡。我出来的时候你还在吗？”

珍妮特·德拉科特吐出口香糖，翻身躺在床上，对他露出一个颠倒的微笑。“你想让我留下吗，宝贝？”

“不是很想。”哈罗德说。

她又翻身趴着。“你去死吧。”她的声音中并无恨意，“我去逛街了。”

四十分钟后，哈罗德从贝弗利山希尔顿酒店的遮阳棚下走出来，把钥匙交给了一个穿红背心白裤子的男孩。

“今天您开哪辆车，哈罗德先生？”男孩问，“是奔驰还是

---

① 克里斯托弗·普鲁默（1929—），加拿大演员，奥斯卡金像奖及托尼奖、艾美奖获得者，《音乐之声》男主角。

法拉利？”

“我开那辆灰色的德国车，约翰尼。”哈罗德说。

“好的，先生。”

等车的时候，哈罗德在镜面墨镜后面眯上眼，看着棕榈树和蓝天。他觉得，洛杉矶很可能拥有全世界最烦人的天气。也许，只有芝加哥南部的天气才算宜人，那里是他长大的地方。

奔驰停下来，哈罗德绕到车边，拿出五美元钞票递过去，却看到满脸笑容的约瑟夫·开普勒。

“上车，托尼，”开普勒说，“我们得好好谈谈。”

开普勒驾车朝冷水峡谷的方向驶去。哈罗德透过镜面墨镜瞪着他。

“希尔顿的安保措施越来越渣了，”哈罗德说，“街上的流浪汉也能随便进你的车。”

开普勒的嘴唇抽动了几下，露出查尔顿·赫斯顿式的微笑，“约翰尼认识我。”他说，“我告诉他，我要同你开个玩笑。”

“哈哈。”哈罗德说。

“我想同你谈谈，托尼。”

“这话你已经说过了。”

“你真聪明，对不对，托尼？”

“少废话。”哈罗德说，“你想说什么就赶紧说。”

开普勒驾驶奔驰在蜿蜒的峡谷公路上飞驰。他开得很霸气，只用上了右臂，手腕搭在方向盘上方。“你的朋友威利有行动了。”他说。

“我声明一条基本原则，”哈罗德说，“我们可以谈，但如果你再说他是我的朋友威利，我就会把你的假牙打到你喉咙里去。听懂了吗，约瑟夫老伙计？”

开普勒瞟了哈罗德一眼：“威利有行动了，我们也必须反击。”

“他这次干啥了？莫非搞了总统的老婆？”

“比那更耸人听闻，也更难办到。”

“你是在跟我玩儿猜谜游戏吗？”

“他做了什么无关紧要，”开普勒说，“你在报纸上也看不到相关报道。但巴伦特不能置之不理。这意味着，你的——哦，错了，是那个威利，他下了更大的赌注。我们必须反击。”

“所以我们就要采取焦土政策了，对吗？”哈罗德说，“把所有五十五岁以上的德裔美国男人都杀掉？”

“不，巴伦特先生想同他谈判。”

“你们都找不到那个老浑球儿，要怎么谈判？”哈罗德看着车窗外草木不生的山坡说，“难道你们以为我还同他有联系？”

“没有。”开普勒说，“但我同他有联系。”

哈罗德猛地坐起来：“同威利？”

“还能有谁？”

“他在哪儿？你是怎么找到他的？”

“我没有找到他。”开普了说，“我给他写了封信。他回了信。我们保持着非常友好的通信往来。”

“上帝啊，你把信寄到哪儿去了？”

“我给他在巴伐利亚森林里的宅子寄了挂号信。”

“瓦尔德海姆？靠近捷克边界的那座老房子？那里没有人。自从我去年十二月去过之后，巴伦特就让人监视那里了。”

“不错。”开普勒说，“但他的家臣还在守卫那里。一对姓迈尔的德国父子。我的信一开始也石沉大海，但几个星期之后，我收到了威利的回信。邮戳是法国的。第二封信的邮戳是纽约的。”

“他在信里说什么？”哈罗德问。他恼怒地发现，自己的心跳速度是平常的两倍。

“威利说，他只是想加入俱乐部，今年夏天去岛上放松一下。”

“啊！”哈罗德说。

“我相信他。”开普勒说，“我们没有早点儿想到邀请他，所以他很受伤。”

“他可能还有点儿生气呢，因为你们曾试图把他在天上炸死，还让他的老情人尼娜反过来对付他。”

“可能吧。”开普勒说，“但我想他应该会既往不咎的。”

“巴伦特怎么说？”

“巴伦特先生不知道我同威利有联系。”

“上帝啊，”哈罗德说，“你他妈的也太冒险了吧？”

开普勒咧嘴笑道：“巴伦特前些日子对你的调教令你心有余悸吧，托尼？其实这并不冒险。就算巴伦特发现，他也不会轻举妄动。要知道，查尔斯和聂曼都死了，C. 阿诺德的联盟摇摇欲坠。我想巴伦特也不愿意他一个人在岛上玩游戏吧。”

“你打算告诉他吗？”

“是的。”开普勒说，“昨天的那件事之后，巴伦特应该会感激我同威利取得了联系。巴伦特应该会同意让那个老家伙参加夏季狂欢——只要他确定这没有什么危险。”

“怎么可能没有危险？”哈罗德问，“威利能干什么，你难道没看见？什么都挡不住他。”

“不错。”开普勒说，“但我已经说服了我们无畏的领袖，将威利放在我们身边会更安全，那样我们就可以监视他。否则他就会一直躲在暗处，将我们一个个干掉。何况，巴伦特仍然相信，只要是他……呃，‘亲密接触’过的人，都不会成为威胁。”

“你觉得他可以‘消除’威利？”

“你难道觉得不行？”开普勒好奇地问。

“我不知道。”哈罗德最后说，“巴伦特的念控力很特别，但是威利……我觉得威利很难说是人。”

“这不重要，托尼。”

“什么意思？”

“我的意思是，岛俱乐部很可能要更换领导人了。”

“你是说扳倒巴伦特？我们该怎么做？”

“不需要做什么特别的事情，托尼。我们只需要继续同我们的笔友威廉通信，并向他保证，一旦岛上发生了什么不愉快，我们会保持中立。”

“威利会来夏令营？”

“在公开活动的最后一个晚上到。”开普勒说，“接下来的一周，他将同我们一起狩猎。”

“我不相信威利会在巴伦特的龙潭虎穴中现身。”哈罗德说，“巴伦特有多少警卫来着？一百个？”

“应该是两百个。”开普勒说。

“好吧，就算威利的念控力对付这些人绰绰有余，他又为什么非得以身犯险呢？”

“巴伦特会承诺保障威利的人身安全。”开普勒说。

哈罗德笑道：“那就没问题了。如果巴伦特他妈的守信用的话，威利就不怕把脑袋伸到断头铡下面。”

开普勒沿着穆赫兰道行驶。他们看得到下面的高速公路。“可是，托尼，你很清楚事情有两种可能：倘若巴伦特干掉了那个老家伙，我们就自然该干什么干什么，你也可以稳稳当当地成为俱乐部的正式成员；倘若威利为我们准备了什么惊喜，我们也热烈欢迎。”

“你觉得你可以同威利相安无事？”哈罗德问。

开普勒拐入好莱坞露天剧场附近的一个停车场，那里停着一辆贴了隔热膜的灰色豪华轿车。“如果你长期同毒蛇相伴，托尼，”他说，“你不会特别介意新来的这条蛇身上带着什么毒——只要它不会咬它的同伴。”

“萨特的态度呢？”

开普勒熄掉奔驰的引擎：“我刚同牧师进行了长谈。对于他同老朋友克里斯蒂安之间的感情，他非常看重，但他并不打算插手‘世俗’事务。”

“什么意思？”

“意思是，如果巴伦特先生的职位发生了变化，吉米·韦恩·萨特不会有什么怨言，这一点可以向威利保证。”开普勒说。

“我能给你提个意见吗，开普勒？”托尼·哈罗德说，“你他妈的说话能不能直来直去，用简洁易懂的陈述句？”

开普勒笑着打开门。他没有理会奔驰发出的警报声，问道：“你愿意同我们一起干吗，哈罗德？”

“如果你的意思是老老实实地不掺和这堆破事，那我愿意。”哈罗德说。

“请用简洁易懂的陈述句。”开普勒厉声道，“你的朋友威利需要知道你是什么立场。你愿不愿意同我们一起干？”

哈罗德望向窗外明亮而宽敞的停车场，然后转头看着开普勒，用倦怠的声音说：“我愿意。”

快到深夜十一点的时候，哈罗德突然想要吃两个带芥末和洋葱的热狗。他放下手中在看的修改过的剧本，走到西厢玛利亚·陈的房间。脚下的门缝里还透着灯光。他敲了两下门：“我要去平克斯热狗店，你要去吗？”

她的声音不太清晰，仿佛是从厕所里传来的。“不，谢了。”

“你确定？”

“确定。但还是要谢谢你。”

哈罗德穿上皮质飞行夹克，从车库中开出法拉利。一路上他都很享受，猛烈地换挡加速，甩掉了两辆低底盘跑车——后者居然敢发起挑战，在日落大道上追了他三个街区。

平克斯热狗店里人满为患。这个店总是这样。哈罗德在柜台上吃掉两个热狗，带着第三个热狗走向停车场。两个男孩站在一辆黑色厢式货车和他的轿车之间，其中一个男孩同两个女孩聊天的时候，甚至靠在了法拉利上。哈罗德走到男孩面前，把脸凑到离男孩的脸只有几英寸的地方：“快把你的屁股挪开！”

那男孩比哈罗德高六英寸，但他嗖地从跑车身上跳开了，仿佛那不是车而是火炉一样。四名男女缓缓离开，不时回头瞥一眼哈罗德，等走到合适的距离便开始咒骂起来。哈罗德仔细打量那两个女孩。个头较矮的那个看上去来自富裕的墨西哥裔家庭，黑色的头发，棕色的皮肤，昂贵的短裤包裹着浑圆的屁股，硕大的乳房几乎快把吊带衫都撑破了。哈罗德想象着那块诱人的巧克力主动进入他的法拉利宽衣解带的模样。那两个沙滩男孩肯定会目瞪口呆吧。**去他妈的**，哈罗德想，**我太累了**。

他坐在方向盘后吃掉第三块热狗，伴着最后两口无糖可乐吞下肚，然后发动引擎。这时他听到了一个温柔的女声："哈罗德先生。"

四英尺之外，厢式货车的门打开了。一个黑人小妞侧着身子坐在副驾驶座里。哈罗德觉得她似曾相识，于是下意识地笑了笑，然后猛地想起是在什么地方见过。她正拿着个东西瞄准他。

哈罗德连忙踩下离合，伸手去够变速杆，但他突然听到一声轻响，就像他的侦探电影里无声手枪的射击声一样。他感觉自己的左肩上部如同被黄蜂蜇了一样。"操！"哈罗德大叫一声，举起右手，试图将那只虫子赶走，但他很快意识到，那不是黄蜂，然后视野骤然倾斜，中控台和副驾驶座狠狠地撞到他的脸上。

哈罗德没有彻底失去意识，但那种效果其实是一样的，就像有人把他驱逐到他身体的避风窖里。他仍然能看到图像，听到声音——只是非常模糊——但那种感觉就像是通过一台廉价的黑白电视收看遥远的超高频波段电视节目，而混乱的声音却来自另一间屋子里的收音机。有人用袋子罩住了他的头，但这么做意义不大。有时候，他会意识到自己在微微滚动，似乎正躺在小船的甲板上，但他的触觉却是不连续的，不真实的，费劲力气也无法推断出确切的信息。

有人在抬着他前进。他能感觉得到。他的胳膊和腿上的手或许是他自己的。不，他自己的手在他身后，被一条不知从何处冒出来的皮绳捆了起来。

哈罗德没有丧失意识，但也绝非清醒。他仿佛漂浮在一池虚假感觉和错乱回忆构成的浓汤里，这段时间不知过了多久。他隐约听见两个声音，一个是他自己的，但两个声音之间的对话——如果那真是对话的话——让他感到厌倦，于是他立刻重返体内的黑暗之中，如同裸体潜水者放松身体，任凭温柔的水流将其带入紫色的深渊。

托尼·哈罗德知道肯定出了大事，但他压根儿不想理会了。

光唤醒了他。他感到手腕上传来的疼痛，不由得联想到雷德利·斯科特的《异形》中，外星怪物从一个浑球儿的胸口钻出来的样子。那个演员叫什么来着？约翰·赫特。为什么光线直射进他的眼睛？为什么他的手腕会疼？他到底喝了什么，弄得自己的脑袋快要爆炸一样？

哈罗德坐起来——试图坐起来。他又试了一遍，疼得大叫起来。这叫声似乎清除了他自己同这个世界之间最后一层隔膜。他躺在那里，开始思考那些曾经觉得无足轻重的东西。

他被铐上了手铐。他躺在床上，右臂放在枕头上，右手腕上的手铐铐在沉重的白色金属床头板上。他的左臂放在身侧，但左手上的手铐铐在床垫侧面下方某种坚固的东西上。哈罗德努力举起左臂，却只听到金属碰撞的当啷声。

肯定是床侧面的什么东西，也许是一截钢管。他没有转头去看。等会儿再说吧。

我他妈的昨晚跟谁在一起？哈罗德认识热衷于玩捆绑性游戏

的女性朋友，但他从来都不愿做被捆绑的一方。**我是不是喝多了？维塔终于把我弄进了她的快乐屋？**他又睁开了眼，强忍着刺目的强光。

白色的房间。白色的床——床单是带着黄铜色的白色。白色的墙壁，对面的墙上挂着白色边框的镜子。一扇有着白色门把的白色的门。一个没有灯罩的灯泡——哈罗德觉得那灯泡简直有一千万瓦。哈罗德穿着一件医院的白色罩衣。他感到衣服后背开了一条长口子，罩衣之下什么都没穿。

好吧，不是维塔。她的快乐屋里有天鹅绒和石头。他认识的女人里，谁对医院有特殊嗜好来着？没有人。

哈罗德扯了扯手铐，感到左腕的皮肤已经被擦伤了。他身子左倾，朝下看去。白色的地板。左腕被铐在白色的金属床框上。他可以歇一歇了，没必要把自己折腾得吐到漂亮的白色地板上。好好想想目前的处境吧。

哈罗德走了一会儿神。等他回过神来，发现自己还待在原地——一样的灯光，一样的白色房间，只是头痛稍稍缓解了——他想到了精神病院。会不会有人趁他神志不清将他强行送到了精神病院？

但精神病院不会把病人铐起来。不是吗？

恐惧如同一道闪电一样击中了他，让他在床上挣扎扭动，手铐与金属床框发出哐当哐当的声响，直至他气喘吁吁地躺回床上。巴伦特。开普勒。萨特。那些卑鄙下流的浑蛋把他关在了一个“安全”的地方，他的余生都只能盯着白墙，在床上撒尿。

不，那伙人大可以杀了他了事。他们真的想这么干的话，他早就完蛋了。

然后，哈罗德想起了品克斯热狗店、那几个孩子、厢式货车，还有那个黑人小妞。应该就是她干的。在费城的时候，科尔本是怎么说她的来着？他们认为威利在操控她和那个警长。但那个警长死了。哈罗德就在现场，他知道。开普勒和海恩斯故意让人在巴尔的摩的一个公交站发现尸体，这样警长之死就不会同他们在费城的那次失败的行动联系起来。

现在谁在操控她呢？威利吗？有可能。或许，对于开普勒转告他的那些话，威利感到非常不满。但威利为什么要借黑人小妞之手搞这么一出呢？

哈罗德决定暂时让头脑放空。想多了脑袋很疼。他决定等人来接触他。如果那个黑人小妞进来了，而威利或是别的什么人对她的操控不是特别严，那哈罗德就会给他们一个惊喜。

哈罗德觉得自己必须去撒尿，于是大声喊叫起来，然后门终于打开了。

来者是一个男人。他穿着绿色的外科罩衣，头上罩着黑色帽兜，戴着镜面墨镜。哈罗德想到了开普勒的墨镜，然后想到了他制作的《沃尔珀吉斯之夜》系列电影中的连环杀手，想到了杀人不眨眼的威利。他几乎当场小便失禁。

但哈罗德很快就发现，那人不是威利。从体型和年龄判断，他也不是威利手下那个怪异的扼颈傀儡汤姆·雷诺兹。但这无关紧要。威利有时间招募一大帮新人做傀儡。

哈罗德试图对那人发动攻击。他真的尝试了。但在最后一秒，熟悉的恶心感袭来，这一次头疼得更加厉害，他只好在接触到那个人的意志之前收手。即便是去舔另一个男人的屁眼或者阴茎，也比触碰这个男人的意志更容易。单单是这个念头都让他战栗不已，冷汗直冒。

“你是谁？我在哪儿？”哈罗德的舌头僵直，吐出的字词几乎难以辨认。

男人走到床边，俯视着哈罗德，伸手从外科罩衣下取出一把自动手枪，对准哈罗德的前额。“托尼，”他用轻柔的声音说，“我数到五，然后开枪。如果你想做什么，最好现在就做。”

哈罗德用力拉扯手铐，以至于床都被拉动了。

“一……二……三……”

哈罗德就快动摇了，但三十年培养出的自制力让他没有去接触对方的思想。

“四……”

哈罗德闭上眼睛。

“五。”击铁落下，发出咔嗒一声脆响。

哈罗德睁开眼睛，看见男人站在门口，手枪已不见踪影。“你有什么需要吗？”他轻柔地问，带着一丝口音。

“我需要便盆。”哈罗德呻吟道。

帽兜男点点头：“护士会送过来的。”

哈罗德等门关上，然后紧闭上眼。**护士**，他想，**上帝啊，请派那种传统的大胸女护士过来吧**。

他静静等待。

护士是那个来自费城的黑人小妞。哈罗德就是被她射中并带到这里来的。

他想起了她的名字。娜塔莉。他欠她很多。

她没戴帽兜，但在太阳穴的位置贴着白色块状物，头发里连着导线。她拿着一个便盆，娴熟地将盆子塞到准确的位置，后退一步等待。

哈罗德松了口气，同时伸出意识触手，掠过她的思想。没有人在操控她。他不敢相信，他们竟然如此愚蠢——不论他们是谁。或许，这一切只是这个愚蠢的黑人婊子和她的一名帮凶干的。科尔本说过，这两人在追踪梅勒妮·福勒。他们显然不知道他能做什么。

哈罗德等她取回便盆，朝门口走去。他必须确定门没有关上。也许威利会跟他开玩笑，将他和娜塔莉锁在一个屋里——给哈罗德操控她的机会，但又让哈罗德无法下手。她头发里的导线到底是什么玩意儿？哈罗德在医院题材的电影里见过类似的东西，但那是病人戴的，不是护士。那应该是某种传感器。

她打开了门。

他猛然侵入了她的意识，她松开便盆，尿洒出来，打湿了她的白裙子的正面。**凶婆娘**，哈罗德想，驱使她走出门，通过她的眼睛观察。**去拿钥匙**，他命令道，**用尽手段干掉另一个浑蛋，拿到钥匙，把我弄出去**。

六英尺之外，又有一扇门。这扇门上了锁。他让娜塔莉去撞门，直到他感到自己的肩膀都受伤了，然后又让她不停地挠门，但那扇门纹丝不动。**操**。他让她返回房间，但房间里没有一件可用做武器的东西。她走到床边拉扯手铐。如果她可以为他把床拆散架就好了。但哈罗德现在被铐在床框和床头板上，她绝不可能迅速完成这项工作。他通过娜塔莉的眼睛看着自己，只见白皙的面庞上生出了黑胡茬，双眼瞪得老大，头发乱蓬蓬地缠在一起。

镜子。哈罗德看了看镜子，发现那应该是一面单向镜。如果有必要的话，他会让娜塔莉用拳头将镜子砸烂。如果他逃不出去，就会让娜塔莉在那个该死的帽兜男进来的时候用玻璃碎片发起攻击。如果镜子打不烂，他就会认定那是单向镜，然后让她用自己那张漂亮的小脸猛击窗户，直到白骨从一团黑肉酱里冒出来，给镜子另一侧的人演一出好戏。然后，等他们进来的时候，娜塔莉就会用她的指甲和剩下的牙齿撕破他们的喉咙，夺走手枪，抢下钥匙……

门开了，帽兜男走进来。娜塔莉迅速转身，蹲伏下来，作势欲跳。她发出的咆哮让人联想到动物园里饿了好多天的野兽。

帽兜男用手中的飞镖枪射中她的臀部。她蹦了起来，十指大张。帽兜男接住她，将她放在地板上。他在她身边跪了一分钟，摸她的脉搏，掀开眼皮，检查瞳孔。然后他站起来，走到哈罗德的床边，用颤抖的声音说："你个狗娘养的。"说完，他就转身离开了房间。

他回来的时候，手中拿着注射器，正在从一支倒立的药瓶里抽取药液。他推出了针尖的几滴药水，转身面对哈罗德，"你可能会感到有点儿痛，哈罗德先生。"他用轻微却紧张的声音说。

哈罗德试图挣脱左臂，但帽兜男将注射器刺入罩衣，直接扎进了他的臀部。他感到瞬间的麻木，然后感觉动脉中仿佛直接注入了苏格兰威士忌。灼热感从腹部上升到胸部。暖流从心头穿过时，他忍不住喘息起来。"这……是什么？"他嘟囔着。他知道帽兜男已经对他下了毒手。小报上会称其为"注射针剂"。哈罗德向来赞同保留极刑。"是什么？"

"闭嘴！"帽兜男说，然后转过身。托尼·哈罗德被卷入黑暗的旋涡之中，就像是风雨大作的海面上的一块破木板。

45

圣胡安-卡皮斯特拉诺附近

1981年4月24日，星期五

娜塔莉从麻醉导致的昏迷中醒过来。她感到了光线，以及索尔用湿布揩她额头的轻柔触碰。她向下看去，发现自己的手脚都被绑着，然后哭喊起来。“好啦，好啦。”索尔说，他弯下腰，轻轻地吻她的头发，“没事啦。”

“我……”娜塔莉停下来，舔了舔嘴唇，那嘴唇像橡胶一样，感觉不像是她自己的，“我昏迷多久了？”

“大概三十分钟。”索尔说，“我们对他使用的麻醉剂剂量还是太保守了。”

娜塔莉摇了摇头。她还记得那恐怖的一幕：她看见自己，感受到自己正要跳起来扑向索尔。她知道她完全有可能赤手空拳杀死他。“我们得……得快。”她低语道，“哈罗德呢？”她几乎费尽全身力气才说出那人的名字。

索尔点点头。“第一次审讯相当成功。脑电图显示出异常。他应该很快就会醒过来，所以……”他指了指绑带。

“我明白。”娜塔莉说。帆布绑带就是她帮索尔装在床上的。她的心脏仍然狂跳不已。刚才哈罗德对她意识的侵占令她分泌了大量肾上腺素。在进入房间之前，她其实已经十分恐惧了。走进那个房间是她这辈子做过的最困难的事。

“我觉得现在情况很好。”索尔说，“脑电图显示，在注射硫喷妥钠[1]之后，他没有尝试对你我使用念控力。药效已经过了大概十五分钟……他的脑电波读数基本已经回复到今早确认过的水平……他也没有尝试再次进入你的意识。我有充足的理由认为，他只有在看到你本人的时候才能再次进入你的意识。”

娜塔莉努力抑制住想哭的冲动。绑带还算舒服，但她却感到强烈的幽闭恐怖。导线从头皮上的电极连接到固定在腰间的遥测盒。索尔是从研究睡梦的同事那里了解到这些仪器的，所以他可以告诉科恩购买仪器的准确地点。“但我们知道的还是太少了。”她说。

“比起二十四小时前，我们已经知道了很多。”索尔说。他拿出两条长长的脑电图。电脑描画针打出一串起伏巨大的波峰和波谷。“看看这个。一开始他的海马体似乎陷入了混乱。哈罗德的α波升至最大值，然后又降到几乎为零。他似乎进入了快速眼动睡眠状态。三点四秒之后……看……”索尔向她出示了第二条脑电图，上面波峰波谷的形状与第一条一模一样。“完全一致。你丧失了所有高级功能，无法控制自主神经反射，就连自动神经系统都被他控制。不到四秒，你就陷入了同他一样的快速眼动睡眠状态。

① 一种快速起效的短效全身麻醉剂。医学上用于麻醉、精神科恐慌症治疗等，刑事上可用作吐真药。由于服用太多会死亡，所以也被用来执行死刑或安乐死的静脉注射。

“但最值得关注的反常之处是，哈罗德在这里产生了 θ 波。这是确定无疑的。你的海马体也产生了相同的 θ 波，而你的大脑新皮质没有产生任何脑电波。娜塔莉，这种 θ 波现象曾在兔子、老鼠等动物从事某种特定行为时发现过，比如侵害和支配，但从来没有在灵长类动物身上观察到！”

“你是说我有一副鼠脑？”娜塔莉说。这个虚弱的笑话依然没能制止她想哭的冲动。

“哈罗德——还有其他念控者——通过某种方式，在他自己以及被他侵入的受害者的海马体中产生了这种异常的 θ 波。”索尔仿佛是在自言自语。他没有觉察到娜塔莉刚才的笑话。“你的大脑中，这种同步效应抑制了新皮质的活动，同时人为地制造出快速眼动睡眠状态。你有感知，但却无法做出反应。哈罗德可以。真实不可思议……”他指着娜塔莉脑电图上突然变成一条直线的脑电波，“这刚好是麻醉飞镖生效的时候。请注意，他的脑电图里并没有做出相应的反应。他的意志显然可以转化为你身体的神经化学命令，但你的感知却不能转换为他真实的神经信号，而只是一种想象，或者说共鸣。你的疼痛和麻木在他看来同梦境无异。四十八秒之后，我给他注射了硫喷妥钠。”索尔指着脑电图，上面疯狂的脑电波恢复了正常，“上帝啊，我该怎么做才能把他留在这儿一个月，用计算机轴向断层扫描机对他做更详细的检查啊！”

“索尔，如果……如果他又可以操控我怎么办？”

索尔扶了扶眼镜，“我会立刻知道，不用看脑电波读数也知道。我重新编写了电脑程序，一旦侦测到他的海马体的异常活动，或者你的 α 波突然消失，或者 θ 波突然出现，就会立刻触发警报。”

“好吧。”娜塔莉说，吸了一口气，“但然后你做什么？”

“我们会按照计划进行时间和距离关系的研究。”索尔说，“使用杰克购买的发射机的话，方圆二十五英里左右的数据通道都会被清空。”

“但如果他的念控力可以达到一百英里或者一千英里怎么办？”娜塔莉努力让自己的声音显得平静。她想尖叫，如果他永远不放过我怎么办？她感觉自己就像参与了一项医学实验，身体里被注入了某种恶心的寄生虫。

索尔抓住她的手：“我们目前只需要二十五英里。如果他的念控力超出这个范围，我们只需要回去就可以了，我会再次把他弄昏。我们知道，他丧失意识的时候是无法操控你的。”

“他死了就永远操控不了我了。”娜塔莉说。

索尔点点头，捏了捏她的手。“他现在醒了。我们再等四十五分钟，如果他没有试图操控你，你就可以起来。我个人认为，我们的哈罗德先生不可能那样做。不论这些恶魔的力量从何而来，所有前期证据都表明，安东尼·哈罗德都只是一个小鬼罢了。”他走到水槽边，取了杯水，扶住娜塔莉的头，喂她喝。

“索尔……你放了我之后，依然会开启电脑警报，并且携带飞镖枪，对吧？”

“不错。”索尔说，“只要这条毒蛇还在房子里，我们就必须把他关进笼子。”

“第二次审讯安东尼·哈罗德。1981年4月24日，星期五……晚上七点二十三分。受审者被注射了硫喷妥钠。录像机、脑电图、测谎仪和生物传感器均在记录数据。

“托尼，你听得见我说话吗？”

“听得见。”

“你感觉如何。”

“感觉好得很。”

“托尼，你是什么时候出生的？”

“啊？”

“你是什么时候出生的？”

“10月17日。”

“哪一年，托尼？”

“呃……1944年。”

“你现在多少岁？”

“三十六。”

“你是在哪里长大的，托尼？”

“芝加哥。”

“你第一次发现自己具备那种能力是什么时候，托尼？”

“什么能力？”

“控制他人行为的能力。”

“哦。”

“第一次发现是什么时候，托尼？”

“呃……我姨妈让我去睡觉，我不愿意，然后我就让她说，我不用去睡觉。”

“你那时多大？”

“我不知道。”

“你觉得自己有多大，托尼？”

“六岁。”

“你的父母在哪儿？”

“我父亲死了。我四岁的时候，他自杀了。”

“你母亲呢？”

“她不要我了。她恨死了我，把我扔给了姨妈。”

“她为什么不要你？”

“她说那都是我的错。”

“什么错？”

“我害死了爸爸。”

“她为什么会这么想？”

“因为爸爸打我……伤害我……他跳楼之前就在伤害我。”

“跳楼？从窗户里跳出去？”

“是的。我们住在三楼。爸爸撞在了带矛头的栅栏上。”

“你父亲经常打你吗，托尼？”

“是的。”

“你还记得？”

“现在我想起来了。”

“你还记得他自杀那晚为什么打你吗？”

“记得。”

“告诉我，托尼。”

“我被吓到了。我睡在起居室里，那里放着一个大柜子，柜子很黑。我醒了，很害怕。我像往常一样去妈妈的房间，但这次爸爸也在那里。他很少出现在哪里，因为他到处卖东西，经常不在家。但他这次在，而且在伤害妈妈。”

“他是怎么伤害你母亲的？”

“他趴在妈妈身上。他没有穿衣服。他在伤害她。”

“你做了什么，托尼？”

“我大叫起来，让他停下。”

“你有没有做别的事？”

“没有。”

“后来发生了什么，托尼？”

“爸爸……停下来了。他看上去怪怪的。他把我带到起居室，用皮带打我。他非常用力地打我。妈妈让他停下，但他还是在打我。我很疼。”

“你让他停下来了？”

“没有！”

“后来发生了什么，托尼？”

“爸爸突然不打我了。他抬起头，左摇右晃着走开了。他看了看妈妈。妈妈没哭了。她穿着爸爸的法兰绒睡衣。爸爸不在的时候她经常穿这衣服，因为它比她的睡衣更暖和。然后爸爸就走到窗边，栽了下去。”

“窗户是关着的吗？”

“是的。外面非常冷，栅栏很新，房东在感恩节前才竖起来的。”

“那件事过后多久，你就去同你姨妈生活了，托尼？”

“两个星期后。”

“你为什么认为你母亲对你很生气？”

“她告诉我的。”

“她告诉你她很生气？”

“她告诉我，是我害了爸爸。”

“因为你母亲认为，是你让你父亲跳下去的？”

“是的。”

“你有没有让他跳下去，托尼？”

“没有！”

“你确定？”

“是的！”

“那你母亲是怎么知道你可以操控他人的？”

“我不知道！”

“你知道，托尼。好好想想。你确定你让姨妈允许你不睡觉那次，是你第一次操控他人？”

“是的！”

“你确定，托尼？”

“是的！”

“那你母亲为什么认为你可以做这种事，托尼？”

“因为她也能！”

“你母亲可以操控他人？”

“妈妈可以。她经常那么做。我很小的时候，她就让我坐在便盆上自己撒尿。我想哭的时候她让我不哭。爸爸在家的时候，她总是让他干活，所以爸爸常常不回家。这些都是她干的！”

“那天晚上是她让他跳楼的？”

“不是，她让我控制他跳楼的。”

“对安东尼·哈罗德的第三次审讯。4月24日，星期五，晚上八点零七分。托尼，谁杀死了艾伦·艾希科尔和他的家人？”

“杀死了谁？”

“那个以色列人。”

“以色列人？”

“科尔本先生应该给你说过这件事。”

“科尔本？哦，不，是开普勒告诉我的。想起来了，是大使馆的那个小子。”

“对，就是大使馆的那个小子。是谁杀死了他？”

“海恩斯派了一队人去同他谈话。”

“理查德·海恩斯？”

“不错。”

“联邦调查局特工海恩斯？”

“是的。”

“是海恩斯亲手杀死了艾希科尔一家？”

“应该是吧。开普勒说，是海恩斯带队的。”

“是谁授权执行这次行动？”

“呃……科尔本……巴伦特。”

“到底是谁，托尼？”

“这无关紧要。科尔本只是巴伦特的提线人偶罢了。我能不能闭上眼？我很累。”

“可以，托尼。闭眼吧，等你醒了我们再谈。”

“对安东尼·哈罗德的第四次审讯。1981年4月24日，星期五，晚上十点十六分。已静脉注射硫喷妥钠。晚上十点零四分再次注射异戊巴比妥钠[1]。录像机、脑电图、测谎仪和生物传感器

① 一种催眠、抗惊厥药物。

均在记录数据。

“托尼？”

“在。”

“你知道上校在哪里吗？”

“谁？”

“威廉·波登。”

“哦，威利啊。”

“他在哪里？”

“我不知道。”

“你有关于他下落的线索吗？”

“没有。”

“你有没有办法找到他？”

“也许有吧。我不知道。”

“为什么你不知道？有谁知道他的下落吗？”

“或许开普勒知道。”

“约瑟夫·开普勒？”

“是的。”

“开普勒知道威利·波登在什么地方？”

“开普勒说威利会给他写信。”

“上一次通信是什么时候？”

“我不知道。几个星期前。”

“你相信开普勒吗？”

“是的。”

“信是从哪里寄来的？”

“法国。还有纽约。开普勒没有把所有事都告诉我。”

“是威利发起通信的吗？”

“我不懂你的意思。”

“谁先写信的？威利还是开普勒？”

“开普勒。”

“他是怎么联系上威利的？”

“他把信寄给了威利德国老宅的看护人。”

“瓦尔德海姆？”

“是的。”

“开普勒给瓦尔德海姆的看护人寄了一封信，请他们转交给威利，然后威利就写了回信？”

“是的。”

“为什么开普勒会给他写信？威利回信中说了什么？”

“开普勒脚踏两只船。威利有可能进入岛俱乐部，所以他想先赢得威利的好感。”

“岛俱乐部。”

“是的。但这个俱乐部已经残缺不全了。特拉斯科死了，科尔本也死了。开普勒多半是觉得，在威利的节节进逼下，巴伦特会最终让步。”

“给我讲讲岛俱乐部，托尼……”

索尔进入厨房的时候，已经是下午两点过了。娜塔莉发现这位精神病医生看上去脸色苍白，疲倦异常。她为他冲了一杯咖啡，他们坐下，盯着一幅大大的交通道路图。“我只能找到这东西。”娜塔莉，“我是在五号州际高速公路上的通宵卡车停靠站里找到它的。”

“我们需要一份真正的地图，或者是卫星数据。也许杰克·科恩可以帮我们。”索尔用手指沿着卡罗来纳海岸向下滑，“这幅图上没有那个岛。”

“是没有。”娜塔莉说，“但如果哈罗德说的是对的，它真的位于海岸外二十三英里，它就不大可能出现在这幅地图上。我认为，那个岛应该在这里，希德岛和墨菲岛以东……最南不超过罗曼角。”

索尔摘下眼镜，揉了揉鼻梁，“那里不是退潮后露出的暗礁，也不是沙洲。”他说，“根据哈罗德的说法，多尔马恩岛有差不多七英里长，最宽处达三英里。你在查尔斯顿住了那么久，难道就没有听说过这个岛？”

“没有。”娜塔莉说，“你确定他已经睡着了？”

“是的。”索尔说，“他还会再睡六个小时，叫都叫不醒。”索尔取出他根据哈罗德的描述绘制的地图，同科恩获取的巴伦特的档案中的地图相比较，“你足够清醒，能够参与讨论吗？”

“我试试看。”娜塔莉说。

“好吧。巴伦特和他的同伙——还没死的同伙——将在6月7日开始的那一周，在多尔马恩岛举行夏令营。这是公开的活动。哈罗德说参与夏令营的都是知名人士，其地位之高，符合杰克·科恩的描述。全都是男人，不允许女人参与，即便玛格丽特·撒切尔想参加也不行。所有工作人员也都是男性。根据杰克的情报，到时候会有数十名警卫。公开的活动将在6月13日，星期六结束。根据哈罗德的说法，6月14日，星期天，上校将会到达，同岛俱乐部的四名成员——包括哈罗德——进行五天游戏。”

“游戏！”娜塔莉惊叹道，“我可不觉得那是游戏。”

“血腥游戏。”索尔补充道，“这么叫是有道理的。这些人拥有同上校、梅勒妮·福勒和那个姓德雷顿的女人一样的念控力。他们同样对暴力充满了渴望，但他们是公众人物。上校和那两个老太婆从维也纳开始就进行街头暴力游戏，但岛俱乐部的人却不可能干这种事。”

“所以，他们每年专门拿出一个星期的时间尽情发泄施暴的欲望。”娜塔莉说。

“而且，通过这种方式，他们还可以每年不流血地——对他们来说是不流血——重新确立他们的啄序。那个岛十分隐秘。实际上，那个岛甚至都不在美国的管辖之下。巴伦特和他的客人们将待在这个区域——岛的南端——他的宅邸和所谓的夏令营设施都在这个区域。在剩下的三英里长的区域中，遍布丛林小径和红树沼泽，被隔离区、栅栏和雷区分隔开来。他们就是在那里进行他们的暴力游戏的。”

“怪不得上校会费那么大的劲争取受邀。”娜塔莉说，“在这一个星期的疯狂杀戮中，会有多少无辜者牺牲呢？”

“哈罗德说，每个岛俱乐部成员每天可以猎杀五个猎物。”索尔说，“总共五天。”

“他们到底是从哪儿找人来做猎物的？”

“哈罗德说，查尔斯·科尔本以前会提供大部分猎物。”索尔说，“他们通过抽签的方式选择……该怎么说呢？选择他们的棋子。他们每天早晨为白天的游戏随机选择棋子——实际上是夜晚的游戏。哈罗德说，游戏要到差不多黄昏的时候才开始。他们要测试自己的念控力，但又必须加入点儿随机的因素。他们不愿意失去……那些他们已经调教了多年的棋子，所以才会在狩猎中随机选择新棋子。”

“他们今年是从哪里弄来猎物的？”娜塔莉问。她走到橱柜边，带回一瓶杰克·丹尼威士忌，往咖啡中倒入了许多。

索尔对她微笑道：“问得好。作为新伙伴，或者说吸血鬼学徒，我们的哈罗德先生负责提供十五个猎物。他们必须身体健康，但是失踪了也不会被人想起。”

“荒唐。”娜塔莉说，“几乎没有人会失踪了也不被人想起。”

“不一定，”索尔叹息道，“每年这个国家都有数以万计离家出走的孩子，其中大部分再也没有回家。每个大城市都有精神病院，其中有一半的病人都没有背景可查，也没有家人来寻找他们。警察经常都能接到丈夫失踪或者妻子任性出走的报告。”

“他们绑架几十个人，把他们运到那个该死的岛上，让他们互相杀戮？”娜塔莉的声音里透着浓浓的倦意。

“是的。”

“你相信哈罗德？”

“他传递的信息有可能不完整，但药物让他不可能说谎。”

“你打算让他活下去，索尔？”

“是的。我们能否找到上校，很大程度上取决于这伙人能否在岛上展开疯狂游戏。消灭哈罗德，或者延长他的拘禁期限，都很有可能破坏他们的计划。”

“难道……难道这头猪跑出去告诉巴伦特和其他人我们的事情，就不会让他们改变计划？”

“我认为他不大可能这么做。”

“上帝啊，索尔，你怎么能确定？”

“我不能确定。但我确定的是，哈罗德自己也弄不清楚状况。他一会儿认为我们是上校派来的，一会儿又觉得我们是开普勒或巴伦特的人。他完全不知道，我们是这出戏里的独立演员……”

“戏？说得好。”娜塔莉说，“爸爸经常让我在星期五深夜看怪物恐怖片，《最危险的游戏》之类。这些戏都是骗人的垃圾，索尔。”

索尔·拉斯基狠狠地拍了一下餐桌，仿佛在贴着瓷砖的厨房里放了一枪。娜塔莉的咖啡杯跳了起来，咖啡溅到了木桌上。“不要告诉我这是骗人的垃圾！”索尔怒吼道，五个月以来，娜塔莉还是第一次听见索尔用这么大的嗓门说话，“不要告诉我这是一出蹩脚的戏！把这话对你父亲和罗布·金特里说！对我的外甥艾伦和他的妻儿说！对他们说……对上校送进焚尸炉的几千名受害者说！对我父亲和弟弟约瑟夫说……”

索尔站起来的速度太快，椅子都被撞翻了。他从桌上探过身，娜塔莉看到他古铜色前臂上的肌肉，看到他左臂上可怕的伤疤，还有那褪色的文身。他再次开口时，声音低沉了不少，但仍然激动难耐。他已经控制住了愤怒的情绪。“娜塔莉，整个二十世纪就是一群下流写手以他人的灵魂与生命为代价编写的可怕戏剧。我们无法阻止他们。即使我们消除了上校那种变态，也不过是将聚光灯转移到另外一个食腐演员的身上罢了。暴力每天都在上演，而且绝大多数施暴者都不具备那种难以置信的超能力……暴力可以来自于地位和职务，可以来自于子弹或选票，可以来自于刀刃……但这些狗娘养的会伤害我们的家人，我们的朋友，我们必须阻止他们。”索尔停下来，双手撑住桌面，垂下了头。汗水滴落在桌面上。

娜塔莉摸着他的手。“索尔，”她轻声说，“我明白了。我很抱歉。我们都累了。我们需要睡觉。”

他点点头，拍了拍她的手，然后揉了揉自己的面颊，“你去睡几个小时吧。我去楼下观察室的滚移式折叠床睡。哈罗德一醒，传感器就会触发警报。如果运气好的话，我们可以睡七个小时。”

娜塔莉关上灯，和索尔一同走到楼梯下端。她刚向上走了两步就停下来说：“看来我们不得不进行下一步计划了，对不对？去查尔斯顿？”

索尔无力地点点头：“是的。我们已经别无退路。我很抱歉。”

“没事。”娜塔莉说，但她一想到即将发生的事，浑身就绷紧了，“我知道迟早会有那一天的。”

索尔抬头看着她。“你没有必要去。”

“不。”娜塔莉说，开始缓缓拾级而上，她的下一句话只有自己能听见，“不，我必须去。”

46

洛杉矶

1981年4月24日，星期五

理查德·海恩斯探员用联邦调查局的保密电话，联络了巴伦特先生在棕榈泉别墅的通信中心，但他并不知道这位亿万富翁接电话时身在何处。

“理查德，你有什么要报告的吗？”

“内容不多，先生。”海恩斯说，“联邦调查局一直在监视本地以色列领事馆——这是标准程序——但他们没有发现科恩去过领事馆或者洛杉矶的摩萨德支部办公室。我们找到了摩萨德在这里的一个特工，他发誓说科恩没有来这里出过差。”

“就这些？”

“还不止。我们调查了长滩的汽车旅馆，发现科恩曾经入住。旅馆接待员说，他入住那天开的是一辆租来的车——那天是16号，星期四——但他星期一早上离开的时候，开的却是一辆厢式货车。接待员非常肯定，那是一辆福特伊克诺莱恩。一名女服务员记得，星期六和星期天，科恩的房间里放着几个大箱子，她说差不多有板条箱那么大，其中一个箱子的标签上写着‘日立’。”

“电子产品？”巴伦特说，“监控设备？”

“有可能。”海恩斯说，“但摩萨德通常不会通过可追查的途径购买此类设备。”

“科恩会不会是在单独行动……或者为了别的什么人这么做？”

“我们现在正是如此假定的。”海恩斯说。

“你能确定威利·波登是否在当地吗？”

“不能，先生。我们又派人去监视他的房子，那里还没有出售，但没有发现他以及雷诺兹和鲁哈的踪迹。”

“那哈罗德呢？”

“呃，我们没有联系上他。”

“这是什么意思，理查德？”

“是这样，先生，我们有好几个星期都没有监视哈罗德。昨天和今天，我们打电话找他，但他的秘书告诉我们，他出门了，她不知道他去了哪儿。我们今天派人到他家监视，但截至目前都没有发现他离开过房子，或者在帕拉蒙特的片场出现。”

“我有些失望，理查德。”

海恩斯的身子不禁微微颤抖起来。他将双肘支在桌上，双手紧握话筒：“我很抱歉，先生。我还要负责怀俄明的调查，所以对加利福尼亚州别行动组的监控有些困难。”

“怀俄明的调查还有什么发现？”

“呃……我们没有确定的结论，先生。我们可以肯定的是，沃尔特斯，那个发了疯的空军军官——”

“对，就是他。”

“沃尔特斯星期二晚上在夏延的一个酒吧里待过。酒保非常肯定，他见过一群人，其中有一个符合对威利的描述——”

“非常肯定？”

“当时酒吧里人满为患，巴伦特先生。我们认为那就是威利。我们以酒吧为中心，搜索了周围所有的酒店和汽车旅馆，最远达到丹佛。但没有人记得见过他或者他的两个侍从。”

“你的调查一直没有取得任何成果，理查德。你到底有没有掌握威利目前下落的线索？”

“先生，我们对全美所有的航班、铁路、公路的电脑进行了监控，一旦威利的随从使用信用卡或者以他们的真实姓名乘坐航班，我们就会收到警报。我们还将那个可能在费城死亡的犹太精神病医生和那个姓普雷斯顿的女孩纳入了监控对象。我们还监控了海关。在联邦调查局每周工作表中，这项工作的优先级是A-1。我们的地区分局及其下属的联络处也都处于警戒状态——”

“这些我都知道，理查德。”巴伦特轻声说，“我问的是，你有没有新线索。”

“自从上周二发现杰克·科恩的电脑被入侵之后，就没有发现新线索了。”

“你仍然认为科恩被威利操控了？”

“我不知道还有谁会调查萨特牧师、开普勒先生和您之间的关系，先生。”

“或许科恩先生回来的时候，我们接待他的方式太不成熟。”

海恩斯无言以对。他的身体停止了颤抖，但额头和上唇渗出了一层亮闪闪的汗水。

“加油站的收据查过没有，理查德？”

“呃……是的，先生。这方面我们也查了。加油站老板说他很忙，他不可能记住每一个客人。通过信用卡的副本，我们确认科恩确实在加油站出现过。填写信用卡单子的男孩请了一个星期的假，目前正在圣安娜山脉徒步旅行。不过从他入手调查，似乎希望渺茫……”

“在我看来，理查德，即使是希望渺茫的线索，你现在也得去查。我要找到威利·波登，还要查明科恩同他的关系。你听明白了吗？”

“是的，先生。”

“你不要让我太失望，理查德，否则我会把你叫回来施加惩罚，这可不是我愿意看到的。”

海恩斯用约瑟夫·班克斯牌毛葛西装夹克的衣袖擦掉脸上的汗水：“明白了，先生。”

“你不是说过，以色列人在洛杉矶附近有一个或者多个秘密联络点吗？只是联邦调查局很难发现。”

“呃……我说过有这种可能，巴伦特先生。但可能性不大。”

“但可能性是存在的？”

“是的。两年前，曾经有一个巴勒斯坦人答应投靠美国。他是法塔赫的中层，为黑色九月做会计。他认为与自己打交道的是中情局特工，但实际上那些人是科恩手下的摩萨德特工。他们将这个家伙带到美国，让他看到自己来到了洛杉矶，然后就把他迅速转移到一个中情局和联邦调查局都找不到的秘密地点——”

“理查德，这同我们讨论的问题无关。你是否有理由相信洛杉矶附近还存在别的秘密联络点？”

“是的。”

“那个地方可能在圣胡安-卡皮斯特拉诺加油站附近？”

“是的，但也可能在别的地方。”

“那好，理查德。我来告诉你该怎么做。首先，你要立即前往哈罗德先生的家，对陈小姐进行一次彻底审问……我再强调一遍，是‘彻底’审问。如果哈罗德在，也要审问他。其次，你要动用洛杉矶分局的所有力量和能够调动的本地资源，找到那个徒步旅行的加油站员工，或者其他你可能审问的目击证人。我要准确地掌握科恩先生开的是什么车，他同谁在一起，还有他离开加油站之后往哪里去了。第三，调查长滩和附近区域的电子设备商店，确认杰克·科恩或者威利有没有在那里买过东西。第四，重新审问长滩汽车旅馆的女服务员和接待员，寻找关于科恩的更多信息，哪怕是一丁点儿都不放过。你可以采用任何你觉得必要的‘劝说’手段。

“最后，我也会为你提供协助。今天下午，约瑟夫会派出十多名保密检查员去协助你进行……呃，进行秘密调查。另外，我们会找到另一个秘密联络点。我会在二十四小时内告知你相关信息。”

海恩斯揉着眉毛说：“但您如何——”他立即闭上了嘴。

C. 阿诺德·巴伦特的笑声像无线电噪声一样充斥了整个保密线路：“理查德，你不会以为我只有你和查尔斯两个情报源吧？如果所有的手段都无效，我就会打电话给……呃，给以色列政府里的某个联络人。因为时差的关系，我可能要明天早上才能把具体的地址给你。但你不能等那么久才行动。你要立即去调查销售记录，调查那些常年未住人的房子……如果你想不出什么办法，就开车到处转悠，寻找黑色的福特厢式货车。记住，你在寻找的是秘密区域的隐蔽居所，很有可能远离居住区。”

“遵命。”海恩斯说。

“我会尽快通知你的。”C. 阿诺德·巴伦特说，“对了，理查德？”

“还有什么吩咐，先生？”

“不要再让我失望了。”

“不会的，先生。”理查德·海恩斯说。

47

洛杉矶

1981年4月25日，星期六

他们将蒙着眼并且注射了镇静剂的哈罗德扔在迪士尼乐园附近的一个街区。他完全清醒过来后，发现自己正坐在他的法拉利的方向盘后面，穿戴整齐，手上的绑带被解开了，眼睛上蒙着黑色眼罩。车停在廉价地毯店后面，两边是垃圾桶和砖墙。

哈罗德钻出车，靠在引擎盖上，直到基本感觉不到恶心和眩晕。过了三十分钟他才感觉恢复到可以开车的水平。

哈罗德没有走高速公路，而是融入星期六的车流往西驶去，然后沿着长滩大道北行。一路上，哈罗德都在努力理清头绪。最近这四十个小时里发生的事，大部分都是模糊不清的，宛如梦境。他只记得漫长对话的零星片段。但最后一发麻醉飞镖造成的静脉挫伤和残留的刺痛却是明确无误的证据，表明他曾经被人下药、绑架、虐待。

肯定是威利干的。最后一段对话——那是他完全记得的唯一一段对话——令他对此确信无疑。

帽兜男进屋之后坐在床上。哈罗德想看清他的眼睛，但他只看到镜面眼镜中自己那张苍白的、胡子拉碴的脸。

“托尼，”那个男人用熟悉的、令人不快的口音柔声道，“我们要放了你。”

那一刻，哈罗德断定自己要死了。

“在你离开之前，我有一个问题要问，托尼。”那个男人说，他的整个头部只有嘴巴是露出来的，“今年你打算如何为岛俱乐部的五日游戏提供猎物？”

哈罗德舔了舔嘴唇，却发现舌头上没有唾液：“这件事我压根儿不知道。”

黑色帽兜前后摇晃，眼镜镜片闪烁着白光：“哦，托尼，别跟我装蒜了。我们知道是你负责提供猎物，但你打算怎么做？莫非根据自己的喜好来，这次全都用女人？他们今年真的愿意只用女人进行游戏？”

哈罗德摇头。

“我们在道别之前必须弄清楚这件事，托尼。”

“威利？”哈罗德用低哑的声音说，“看在上帝的分上，威利，你不必如此大费周折地审问我，**直接跟我谈就行了！**”

两枚镜片静止下来，正对着哈罗德的脸。“威利？我们可不认识叫威利的人，不是吗？现在告诉我，既然你能力不足，又如何为岛俱乐部提供两种性别的猎物呢？”

哈罗德闻言大怒，猛拽手铐，弓起身子，想踹掉帽兜男的脑袋。但那个男人不慌不忙地站起来，走到床头，处在哈罗德的手脚够不到的位置。他轻轻地抓住哈罗德的头发，将他的脑袋从枕头上提了起来。“托尼，你必须告诉我们答案。这一点是毋庸置疑的。或许我们已经得到答案了，只是需要在你清醒的时候得到你的确认。如果我们不得不再次对你注射镇静剂，就必然会推迟你获释的时间。”

推迟你获释的时间，在哈罗德听来，就是“晚一点儿杀你”的委婉说法。如果沉默——即便是在痛苦和拘禁中沉默——能够推迟子弹射入脑袋的时间，让哈罗德像他妈的斯芬克斯一样沉默他也愿意。

但他不相信帽兜男的话。他从记忆碎片中推断，他把该说的话都说了。在他们给他注射的化学药物的作用下，他坦白了一切。如果帽兜男是威利——这个可能性很大——那他自然会知道答案。威利知道了答案反而对哈罗德有利。哈罗德仍然保留着一丝希望——希望自己对威利仍然有用。他想起了瓦尔德海姆的棋盘上的小兵的脸。如果黑人小妞和帽兜男是巴伦特、开普勒、萨特三人中的一个或三人共同派来的，那他们想要的就是获得对他们已经掌握或者可以轻松获取的信息的确认。不管是哪种情况，哈罗德现在都必须同帽兜男谈话。

“我花钱请海恩斯帮忙找人。”他说，“离家出走的人，犯了前科的人，之前干过线人、现在又具备新身份的人。他会设一个局，让这些人觉得自己不过是在拿钱办事，被卷入了某种政府骗局之中。当他们意识到自己唯一能得到的只是一个浅浅的墓穴时，早已被关在岛上的监牢里了。”

帽兜男低声笑道：“花钱请海恩斯探员？他真正的主子会怎么想？”

哈罗德本想耸耸肩，却发现在被铐着状态下做不出这个动作，只好摇了摇头。“我他妈的才不在乎。而且我觉得巴伦特也不会在乎。把这脏活儿派给我是开普勒的主意。这只是为了测试我的智商，而不是我的念控力……

帽兜男点了点头。“再给我多讲讲那座岛，托尼。讲讲岛上的布局、监牢、营地、安保，把所有你知道的都告诉我，然后我们还想请你帮个忙。”

就是在这一刻，哈罗德确信他面前这个人就是威利。于是他滔滔不绝地讲一个小时。然后，他捡回了一条命。

回到贝弗利山的时候，他决定把这件事告诉巴伦特和开普勒。他不可能永远摇摆不定——如果绑架是威利指使的，那个老家伙或许希望他把这件事告诉巴伦特。哈罗德了解威利，搞不好这就是整个计划的一部分。但如果这是巴伦特和开普勒设置的忠诚度测验，那不向他们报告就很可能导致致命的后果。

哈罗德将他知道的所有关于多尔马恩岛和俱乐部在岛上的游戏的信息和盘托出，帽兜男听罢道：“很好，托尼。我们很欣赏你的协助。在你获释前，作为交换条件，我们只想请你帮一个忙。”

“什么忙？”

“你说，你将在6月13日星期六从理查德·海恩斯那里接收……志愿者，我们将6月12日，星期五联系你。我们想用一个或者多个人替换海恩斯找来的志愿者。”

这不奇怪，哈罗德想，**威利是想作弊**。然后，他猛然意识到一个事实：**威利真的要去岛上**！

“你同意了？”戴镜面眼镜的男人问。

“好的，没问题。”哈罗德仍然不敢相信他们会放了他。他可以答应任何条件，然后将其抛到九霄云外。

“替换志愿者这件事你要保密。”

“好。”

“你明白你的性命取决于你能不能办好这件事吧？无论是现在还是将来，你答应了就必须完成。否则，对叛徒可是没有诉讼时效的，托尼。”

“是的，我明白。”哈罗德很想知道在威利眼中自己到底有多蠢，或者说威利自己变得有多蠢。这个人口中的“志愿者”被编了号，赤身裸体被关在监牢里，俱乐部成员将抽签决定选择谁在何时投入战斗。哈罗德认为威利绝不可能在这场游戏中做手脚。如果威利希望让他的“志愿者”携带武器，通过巴伦特的安全检查，那威利就真的变成了一个痴呆老头——哈罗德初见威利时曾错以为他是这种货色。“是的，我明白。”哈罗德重复道，“我答应你。”

“非常好。”帽兜男说。然后他们就放了他。

哈罗德打算先洗个澡，喝杯酒，同玛利亚·陈聊聊整件破事。他很想知道她有没有想念他，担心他。一想到她给警察局打电话报告他失踪的样子，哈罗德就不禁好笑。过去那么多年，他有多少次失踪好几天，甚至好几星期，却没有让她知道他去哪里了？但哈罗德脸上的笑容很快消失了，因为他忽然认识到，正是那种放荡的生活方式给了绑架者可乘之机。

他将法拉利停在目光邪恶的森林之神雕像之下，拖着沉重的脚步朝房子走去。或许他可以先洗个澡，喝杯酒，再享受一会儿按摩，然后再给巴伦特打电话……

前门打开的时候……

哈罗德僵立了好几秒，然后冲进打开的门，扶着墙壁和家具蹒跚而行。那种仿佛被注射了镇静剂一般的眩晕感再次袭来。他边走边呼唤玛利亚·陈的名字，对倒地的家具浑然不顾。他试图跳过一把倾倒的椅子，却重重地摔在地毯上。他一跃而起，继续呼喊玛利亚的名字，四处搜寻。

他在玛利亚的办公室发现了她。她蜷缩在办公桌后面。她的黑发前部沾满了血，脸肿得老高，几乎辨认不出模样。她五官扭曲，嘴唇青紫，至少被打掉了一颗牙。

哈罗德翻过桌子，单膝跪下，抱住玛利亚，让她的头靠在他的另一条腿上。被挪动的时候，玛利亚发出了痛苦的呻吟："托尼。"

托尼·哈罗德感到前所未有的愤怒，但他发现，怒火万丈的自己竟然没有想到一个脏字。他没有大喊大叫，在最终能张嘴说话时，他的声音也近乎耳语："谁干的？什么时候？"

玛利亚·陈想开口说话，但她被打肿的嘴让她说不出话来，还疼得差点儿掉下眼泪。哈罗德凑得更近，以便在她再次开口说话时听清楚："昨天晚上，三个男人，来找你。没说是谁派来的。但在他们按响门铃之前，我看见了理查德·海恩斯坐在车里……"

哈罗德示意她别再说下去，小心翼翼地将她抱了起来，朝他的房间走去。这时他忽然觉察到，她居然只是挨了一顿狠揍，活了下来。这真称得上是一个奇迹。他惊讶地发现，两行热泪正从脸颊流下。

如果昨晚巴伦特的人来找他，那绑架他的人就是威利无疑。

他希望现在就打电话给威利。他要告诉威利，不要再设圈套考验他了，也不用再提防他反水。

因为不论威利想对巴伦特干什么，哈罗德都十分愿意帮忙。

48

圣胡安-卡皮斯特拉诺附近

1981年4月25日，星期六

星期六中午过后不久，索尔和娜塔莉开车返回秘密联络点。娜塔莉满脸轻松，索尔心头却阴晴不定。“研究本来还可以更深入。”他说，“如果我有一个星期的时间来研究哈罗德的话，将会获得海量的数据。”

“话虽如此。”娜塔莉说，“但他很可能会找到脱身的办法。”

“我觉得不会。”索尔说，“接触和操控他人神经系统需要相应的脑波，而我们仅仅用巴比妥酸盐①就可以抑制住这种脑波。”

“但如果我们拘押他一个星期，就会有人开始找他。”娜塔莉说，“就算你的研究取得了更多的成果，你也没有机会进入计划的下一部分。”

---

① 一种作用于中枢神经系统的镇静剂，其应用范围可以从轻度镇静到完全麻醉，还可以用作抗焦虑药、安眠药、抗痉挛药。前文提到的异戊巴比妥钠就属于巴比妥酸盐。

“不错，”索尔赞同道，声音里带着一丝不甘。

“你真的认为哈罗德会履行诺言，把我们弄到岛上吗？”娜塔莉问。

“他有可能那么做。”索尔说，“现在哈罗德的行事原则是尽量少给自己惹麻烦。他有理由执行我们的计划。退一步说，即便他不配合，我们也没有损失什么。”

“可是，他大可以把我们带到岛上，交给巴伦特和其他人邀功请赏啊。我是他的话就会这么干。”

索尔瑟缩了一下：“如果是那样的话，我们就押错宝了。但在考虑这一可能性之前，我们还必须处理别的事情。”

农舍同他们离开时一模一样。娜塔莉看着索尔播放的录像片段。即便是在录像里看托尼·哈罗德也让她感到恶心。“接下来干什么？”她问。

索尔环顾四周：“我们有好多事要做。誊写和分析审讯内容，检查并重新标记脑电图和医疗传感器的数据带，用电脑对这些数据进行分析和综合，利用获取的信息开始生物反馈实验。你必须学会催眠技术，并且研究尼娜·德雷顿在维也纳期间的资料。我们现在都必须参照多尔马恩岛的数据分析我们的计划。可能的话，还必须重新评估杰克·科恩在计划中的作用。”

娜塔莉叹息道：“好吧。你想让我先做什么？”

“什么也不用做。”索尔咧嘴笑道，“或许你在以色列的时候没有留意，今天是我们民族的安息日。今天我们休息。你先上楼去吧，我来准备一桌大餐，庆祝我们重返美国——牛排、烤土豆、苹果派，还有布德威瑟啤酒。”

“索尔，我们没有食材。杰克只采购了罐头和冷冻食品。

“我知道。所以，你小睡的时候，我会去峡谷那边的小商店购物。”

“可是……”

“别可是了，亲爱的。”索尔转动她的身体，在她后背上轻拍了一下，“烤牛排的时候我再叫你，然后我们可以打开你储藏的杰克·丹尼尔斯威士忌，好好庆祝一下。”

“我来帮你做一份馅饼吧。”娜塔莉睡意蒙胧地说。

“那就说定了。”索尔说，“我们要喝杰克·丹尼尔斯，还要烤牛排。”

索尔不慌不忙地购物，推着购物车走在灯光明亮的通道里，听着单调的背景音乐，思索着θ波和意识侵害的事。他很早之前就发现，美国的超市提供了一种最简单的自我催眠途径。他也很早之前就养成了在轻度催眠恍惚中思考复杂问题的习惯。

在通道里穿梭时，索尔发现，过去二十五年里，他一直在沿着错误的方向探究人类内部的支配机制。同大多数研究者一样，索尔认为社会性的暗示、生理上的细微区别，以及高级行为之间存在复杂的互动关系。尽管索尔知道上校在操控自己时是多么简单粗暴，他却一直在脑皮质回路中寻找答案，有时候甚至还找到了小脑。现在，脑电图数据显示，念控力源自原始的脑干，由海马体和下丘脑传播开去。索尔一直认为，上校和他的同类是某种变异体，是进化中的另类产物，在统计学上只是极少数。但同哈罗德共处四十小时后，他的看法彻底改变了。倘若他的神秘超能力来自于脑干和早期哺乳动物遗传下来的边缘系统，那么精神吸血鬼的念控力的出现时间肯定早于智人。哈罗德及其同类身上只是碰巧发生了返祖现象而已。

索尔结了账，手上提着两个鼓鼓囊囊的大袋子，脑子里依然思考着θ波和快速眼动睡眠状态的问题。他突然心血来潮，找收银员要了四美元硬币。索尔提着袋子朝厢式货车走去，盘算着要不要给杰克·科恩打个电话。

但理智阻止了他。索尔仍然不愿让那个以色列人卷进来，除非确实有必要，所以他不能把过去几天的详细情况告诉他。何况他也不需要科恩再做什么，至少现在没有。所以打电话给科恩纯粹是自我放纵的行为。

索尔将买到的货品放进厢式货车，然后跑向超市入口旁边的公共电话亭。或许，现在就应该来点自我放纵。索尔的心中满是胜利的喜悦，他想与人分享这种好心情。他会非常谨慎的，但杰克为索尔付出了时间和精力，应该得到相应的回报。

索尔拨打了记忆中杰克的家庭电话号码。没有人接听。他取回硬币，直接给以色列大使馆打去电话，请接线员接通杰克的分机。分机接通后，一名秘书问他是谁，索尔按照科恩的吩咐报上了“萨姆·特纳”的名字。科恩应该已经告诉秘书，只要萨姆·特纳打电话来，就立刻接进去。

对方沉默了几乎一分钟。一种似曾相识的感觉再次涌上心头。电话另一个头换了一个人，说道：“你好，请问你是谁？”

“萨姆·特纳。”索尔说，恶心感越发强烈。他知道自己应该挂断电话。

“请问你要找谁？”

“杰克·科恩。”

“请问你找科恩先生什么事。”

"一些私事。"

"你是科恩先生的亲戚或者朋友吗？"

索尔挂断了电话。他知道，追查电话可不像电影电视中那么简单，但他已经通话太久了。他给查号台打去电话，得到了《洛杉矶时报》的电话，然后用最后一枚硬币拨通了电话。

"这里是《洛杉矶时报》。"

"你好。"索尔说，"我是柴姆·赫佐格，我是洛杉矶以色列领事馆的新闻副官，我想向你们核实本周的一篇报道中的错误消息。"

"您好，赫佐格先生。您需要找文档和记录部门。请稍等，我将为您接通。"

索尔注视着高速公路另一侧山坡上长长的阴影，一个女声传来："这里是资料室。"索尔吓了一跳[①]，然后又把刚才那番说辞讲了一遍。

"您说的这篇报道出现在哪天的报纸上。"

"不好意思，"索尔说，"我手头没有剪报，我忘了是哪天了。"

"那这篇文章中提到的那位先生叫什么名字？"

"科恩。"索尔说，"杰克·科恩。"他靠在电话机上，看着高速公路边上草丛中正在专心啄食的几只大乌鸫。头顶上方五百英尺，一架直升机向西方呼啸而去。他脑海中浮现出资料室的女人敲击电脑键盘的模样。

"找到了。"她说，"4月23日星期三的报纸，在第四版上，

① 报馆资料室的英文是morgue，该词还有停尸房的意思。

《以色列大使馆官员在机场抢劫案中遇害》。这就是您说的那篇报道吧，先生？”

“是的。”

“那是美联社的一篇报道，赫佐格先生。如果上面有错，那肯定是这家华盛顿的通信社弄错的。”

“你能把那篇报道给我念一遍吗？”索尔问，“以便我核实是不是真的有错。”

“当然可以。”女人把只有四段的报道念了出来，“今天下午，在杜勒斯国际机场的停车场发现一具尸体，遇害者是杰克·科恩，五十八岁，以色列大使馆高级农业专员。他显然是一起抢劫袭击案中丧生的……警方仍在调查，目前仍然没有凶手的线索。”

“谢谢。”索尔说，挂断了电话。高速公路另一侧的黑鸟放弃了被草丛遮蔽的食物，扑腾着翅膀，盘旋着飞上天空。

索尔以七十英里的时速沿着峡谷行驶，把厢式货车的动力和操控性都发挥到极致。他在电话旁至少站了整整一分钟，努力寻找一个符合逻辑的理解，用来解释杰克·科恩之死确实就是一次突发的抢劫所致。在现实生活中，这种巧合十分常见。就算这不是巧合，那也已经发生四天了。如果凶手发现了科恩与秘密联络点之间的联系，那他们现在应该已经到了。

索尔不相信这种情况。他把车开上通往农场的小路，树木和栅栏飞速向后退去，车后尘土飞扬。他没有携带那把柯尔特自动手枪。枪放在楼上他的卧室里，旁边就是娜塔莉的房间。

房子前面没有停车。前门是关着的。索尔打开门，走进去，

“娜塔莉！”楼上没有人回应。

索尔四下查看，但没有发现凌乱的迹象，于是快步穿过饭厅和厨房，来到观察室，发现飞镖枪还放在原处。他检查了一下，枪膛里还放着一支红色飞镖，他拿起飞镖盒就跑回客厅。“娜塔莉！”

他迈上三级台阶，半举着飞镖枪，这时娜塔莉出现在楼梯顶端。“怎么了？”她揉着惺忪睡眼问。

“收拾东西！直接塞进包里就行。我们必须马上离开这里。”

她没有提任何问题，转身就往自己房间走去。索尔回到自己的房间，拿起放在行李箱上的手枪，查看了弹匣，拉动滑套，将一发子弹推入枪膛。他确认保险是开着的，就将枪放进了西装夹克的口袋。

索尔把自己的背包和袋子拿出来的时候，娜塔莉已经把行李箱放进了厢式货车的后备箱。“我该怎么做？”她那身农妇裙的大口袋里鼓鼓囊囊的，那里放着她自己的柯尔特手枪。

“还记得杰克和我在谷仓里发现的两个汽油桶吗？把它们带到门廊上来，然后待在外面，观察有车开过来没有。或者是直升机。等等，厢式货车钥匙给你，把它插进点火锁里，明白吗？”

“明白。”

索尔跑回房子，开始拆掉电子设备的线路，取下转接器，将各种设备胡乱地扔进箱子。录像机和摄像机可以留下来，但他需要脑电图设备、遥测包[①]、磁带、电脑、打印机、纸和无线电发

① 一种可移动的生理信号监控装置，可将心电图或脑电图传送到远处的电脑屏幕上。

射机。索尔将箱子搬到厢式货车上。索尔和娜塔莉花费了两天来安装校准设备，准备审讯室。但索尔不到十分钟就将这一切都拆掉并塞进了厢式货车的货厢里。“发现异常了吗？”

“还没有。”娜塔莉大声回答。

索尔只思考了一秒钟，便将汽油桶抱到房子后部，开始朝审讯室、观察室、厨房、客厅泼洒汽油。他惊讶于自己怎么会做出如此野蛮无情的举动，但他不知道海恩斯和巴伦特的人会从这些遗留物品中推测出什么。他将汽油桶抛到房外，确认二楼房间都被腾空了，然后将厨房里剩下的最后几件物品都装上车。他拿出打火机，站在门廊上：“我有没有落下什么东西，娜塔莉？”

“塑胶炸弹和雷管在地下室！”

“上帝啊。”索尔惊呼一声，朝楼梯跑去。娜塔莉在厢式货车的箱子中间做了一个鸟巢似的垫子，用来承载装雷管的箱子。索尔把箱子抱回来后，她把箱子放在了垫子上。

索尔最后一次巡视房子，把杰克·丹尼尔斯威士忌从橱柜架子上取下来，朝柜子洒上汽油点燃，霎时烈火熊熊。索尔伸手挡住扑面而来的热浪，心中默念：**对不起，杰克**。

索尔走出火场的时候，娜塔莉已经坐在方向盘后面，没等索尔关上门，她就发动了厢式货车，朝小路驶去。小石子被高高扬起，落入草丛。“朝哪边走？”驶上公路后她问。

“东边。”

娜塔莉转向东方。

49

圣胡安-卡皮斯特拉诺附近

1981年4月25日，星期六

理查德·海恩斯赶到的时候，刚好看见以色列人的秘密联络点开始冒出黑烟。他左转驶入通往农场的小路，率领三辆轿车全速向那座房子驶去。海恩斯刹住庞蒂亚克公务车，朝前门廊跑去时，他已经看到了一楼窗户里冒出的火焰。他抬起前臂挡住脸，朝客厅看去。他试图闯进房子，却被热浪挡住了。“操！”他命令三名手下绕到房子背后，另外四人搜索谷仓和其他附属建筑。

整座房子都被火海吞没了。海恩斯退下门廊，朝庞蒂亚克走了三十步。

“我要不要报火警？”拿着无线电通话器的探员问。

“你最好还是报一下。”海恩斯说，“但消防员赶到的时候，这里应该已经烧成一片灰烬了。”海恩斯走到房子侧面，观看从二楼窗户中吐出的火舌。

一名穿着黑色夏装的探员跑过来，手里握着枪，微微喘着气：“谷仓、储物棚、鸡舍里都没有发现，长官。只在后院里发现了一只四处乱跑的猪。”

“后院？”海恩斯说，“你是说在猪圈？”

“不是，长官。那只猪没有关起来。猪圈的门是大打开的。”

海恩斯点点头，看着房顶开始被大火吞没。停在房子前面的三辆车都被挪开了，探员们双手叉腰，不知所措地走来走去。海恩斯来到第一辆车边，对负责无线通信的探员说：“彼得，指挥搜索那个加油站男孩的县骑警叫什么名字来着？”

“内斯比特，长官。埃尔托罗区的内斯比特治安官。”

“他们在我们的东边，对不对？”

“是的，长官。他们认为那个男孩和他的朋友去特拉布克峡谷徒步旅行了。他们让林务局的人也协助搜寻了——”

“他们还在用那架直升机吗？”

“是的，长官。我之前接听到直升机的呼叫。不过那架直升机不只是在执行搜寻任务，克利夫兰国家公园那边发生了火灾——”

“找到他们的无线电频率，让内斯比特同我通话。”海恩斯命令道，“然后把我接入距离最近的加州公路巡警总部。”

彼得探员将无线电话筒递给海恩斯的时候，第一辆消防车已经到了。“是内斯比特治安官吗？”海恩斯问。

“不错。你是谁？”

“我是联邦调查局探员理查德·海恩斯。是我委托你们搜索那个叫戈麦斯的男孩的。但现在我们遇到了更加紧急的情况，需要你们的帮助。完毕。”

“请讲。我在听。完毕。”

“我现在发布对一辆1976至1978年产福特伊克诺莱恩厢式货

车的全境通缉，”海恩斯说，“车上的人涉嫌纵火和谋杀。他们可能刚刚离开纵火点，具体位置是……圣胡安峡谷，距你们12.2英里。我们不知道他们逃向了东方还是西方，但我们猜测可能是东方。你们能在纵火点东方七十四英里的高速公路上设置路障吗？完毕。”

“这些行动的经费由谁来出？完毕。”

海恩斯握紧了话筒。他身后的农舍屋顶垮塌了，火舌舔舐着天空。另一辆消防车赶到，消防员开始卷开沉重的水管。“这个案子关系到国家安全，而且十万火急！”他大叫起来，“联邦调查局正式要求地方警局予以协助。你现在能设置路障吗？完毕。”

对方沉默良久，听筒里只传来刺耳的噪声。终于，内斯比特的声音再次响起：“海恩斯探员？在七十四号高速公路的东面有我的两辆警车，它们在那里搜查蓝鸟营地和山中小路。我让拜尔斯副警长在那边的主路上设置了路障，就在埃尔思诺湖西面的县境线上。完毕。”

“很好。”海恩斯说，“在那之前有没有岔路？完毕。”

“没有。”内斯比特说，“只有一些通往国有森林的支线道路。我让达斯蒂率领第二队去路口拦截。我们需要车上嫌犯的更详细的描述，除非你要我们直接把整个车扣下来。完毕。”

农舍的正面已经向内垮塌，海恩斯眯眼注视着大火。四条水管的力量太单薄，根本无法抑制住火势。海恩斯打开话筒，“我们不清楚嫌犯的数量和具体特征。”海恩斯说，“可能是一个白人男性，七十岁，德国口音，白发……一个黑人女性，三十二岁，六英尺一英寸高，两百磅重；一个白人男性，二十八岁，金发，五英尺十一英寸高。后两者可能同时在车上，也可能只有一个在。这些嫌犯携带着武器，非常危险。不过现在驾驶厢式货车的可能是别人。你们要找到并拦截那辆车。靠近车上的人时必须特别小心。完毕。”

“你收到了吗，拜尔斯？”

“收到。”

“达斯蒂呢？”

“收到，卡尔。”

“好的。海恩斯探员，你要的路障设好了。还要我们做什么吗？完毕。”

“有的，治安官。你们负责搜索的直升机还在天上吗？完毕。”

“啊……是的。斯蒂夫刚刚完成了对圣地亚哥峰附近的搜索。斯蒂夫，你收到了吗？完毕。”

“收到，卡尔。我在听。完毕。”

“海恩斯，你还要我们的直升机？斯蒂夫现在可是林务局和我们专门雇来的。完毕。”

“斯蒂夫，”海恩斯说，“从此刻开始，你受雇于美国政府，从事一项事关国家安全的工作。你收到了吗？完毕。”

“收到。”斯蒂夫爽快地答应道，“我一向以为林业局就是美国政府的一部分呢。你想让我上哪儿去？我刚加了油，还能在这个高度飞三个小时。完毕。”

“你现在是什么位置？完毕。”

“呃……我在圣地亚哥峰和特拉布克峰之间靠南的位置。距你那里大概八英里。你想要我报上地图坐标吗？完毕。”

“不用。”海恩斯说，“我要你到这儿来接我。我在圣胡安峡谷北侧的一座农舍，米申维耶霍以北大概五英里。你能找到吗？完毕。”

“当然。”直升机飞行员说，“我从这儿都看得到黑烟。你们联邦调查局真给我找了个降落的好地方呀。我两分钟后到。”

海恩斯打开庞蒂亚克的后备箱，一名消防员路过，看到里面那一堆M–16、霰弹枪、狙击枪、防弹背心、弹匣，不由得吹了声口哨，“老天啊。”他惊叹道。

海恩斯取出一把M–16，用弹匣敲击后备箱边缘，装入子弹，然后啪的一声装上弹匣。他脱掉西装，仔细叠好，放进后备箱，取出防弹背心，将后备弹匣装进超大的口袋。他从备胎上拿出一顶蓝色棒球帽戴在头上。负责无线电通信的探员朝他喊道：“我联系上加州高速公路巡警队长了，长官。”

“把全境通缉信息也发送给他。”海恩斯说，“请他从橘县传达给所有的高速公路警察。”

“请他们设置路障吗，长官？”

海恩斯瞪着年轻的探员：“在五号州际高速公路上设路障，泰勒？你到底是像传说中一样愚蠢，还是容易犯糊涂？告诉他，我们要通缉那辆伊克诺莱恩。让他们的人搞到车牌号码，实施监视，通过联邦调查局的洛杉矶通信中心同我联系。”

洛杉矶分局的巴里·梅特卡夫探员走到海恩斯身边报告道：“迪克，我得承认我根本没想明白。这帮利比亚恐怖分子利用以色列人的秘密联络点干什么？又为什么要烧了这里？”

“谁说他们是利比亚恐怖分子，巴里？”

“你在案情通报会上说，他们是中东恐怖分子——”

“你难道就没听过以色列恐怖分子？”

梅特卡夫眨了眨眼，一言不发。在他身后，农舍的正面向内坍塌，火星四溅。消防员已经放弃扑灭农舍的大火，转而将水喷向附属建筑。一架有机玻璃窗的贝尔直升机从东北方向呼啸而来，盘旋了一次，降落在农舍南面的一块空地上。梅特卡夫说：“想让我同你一起去吗？”

海恩斯指了指直升机：“那架老古董好像只能搭载一名乘客，巴里。”

“是啊，那玩意儿似乎是朝鲜战争时期传下来的。”

“你替我处理这里的事务。等火扑灭之后，我们还必须仔细筛检灰烬。里面甚至可能有尸体。”

“噢，老天。”梅特卡夫沮丧地说，朝他的手下走去。

海恩斯朝直升机小跑过去，那个名叫斯旺森的男人走上前来。他是海恩斯带来的开普勒的六名保密检查员中最年长的一个。他满脸狐疑地看着海恩斯。

“尽管可能性不大，”海恩斯的声音盖过了发动机的轰鸣，“但我觉得这也许是威利干的！那个老家伙也许没有亲自出马，而是派鲁哈或雷诺兹出来动手。如果我能把他们揪出来，就直接杀死他们。”

“报告该怎么写？”斯旺森说，朝梅特卡夫及其手下点了点头。

“我会处理的。”海恩斯说，“你照我的吩咐做就是了。”斯旺森缓缓地点了点头。

海恩斯刚爬上直升机，直升机正要盘旋着穿过黑烟，海恩斯就收到了第一条无线电报告。

“我是率领三队的拜尔斯副警长，正从七十四号高速公路东面的路障呼叫海恩斯探员。完毕。”

“继续，拜尔斯。”起伏的山脉逐渐出现在直升机下方，蜿蜒的峡谷公路如同一条惨白的丝带。路上的车很少。

“啊，海恩斯先生，几分钟前我看见一辆黑色的厢式货车——可能是福特——在路障之前两百码的地方突然掉头。完毕。”

“那辆车现在朝哪边去了？完毕。”

“朝你的方向去了，长官，沿着七十四号高速公路往回开了。但它可能进入通往森林的支路。完毕。”

“它可能通过那种路绕过你吗？完毕。”

“不行，海恩斯先生。那些路要么就是死路，要么到后面就成了只有山羊才能走的小径，除非他们选择林务局的消防通道。但那里有达斯蒂把守。完毕。”

海恩斯转头面对直升机飞行员，后者体格健硕，穿着洛杉矶道奇队的西装夹克，戴着克利夫兰印第安人棒球队的帽子。“斯蒂夫，你能帮我接通达斯蒂吗？”

“他的信号时有时无。”飞行员在内部通信频道中说，“这取决于他在山的哪一面。”

“我想同他说话。”海恩斯说，注视着三百英尺下飞速后退的乡村风景。灌木丛和矮松构成了一道模糊的光影，从眼前闪过。在干涸的河床两侧和低矮区域，长着更高大的松树和三叶杨。海恩斯估计距离天黑只有一个半小时。

他们飞过了峡谷最高处的隘口。直升机获得了足够的高度，开始盘旋。海恩斯看到了西面的蓝色太平洋和西北面洛杉矶上空的橘褐色烟雾。

“路障就在这座山的另一边。”飞行员说，“我没有在高速公路上发现黑色厢式货车。要往南飞去达斯蒂负责的区域吗？”

“去。”海恩斯说，“你联系上他了吗？”

“他没有应答……哎哟，他来了。”他摁下控制台上的一个按钮，“25号信道，海恩斯先生。”

“副警长吗？我是海恩斯探员。收到了吗？完毕。”

“是的……信号非常清楚。呃……我找到了一些你可能感兴趣的东西，海恩斯先生。完毕。”

“什么东西，副警长？”

“呃……是一辆1978年款蓝色福特厢式货车……呃……我开车前往一条崎岖难走的小路，发现了这辆被遗弃的车。完毕。”

海恩斯摸着头戴式耳机的话筒，咧嘴笑道：“里面有人吗？完毕。”

“呃……没有。但在后部车厢里发现了一些东西。完毕。”

“该死，副警长，说具体些。有什么东西？”

“电子设备，长官。我不确定。你最好自己来看看。呃……我要去森林里搜查一下……”

“不行，副警长！”海恩斯厉声道，“守好厢式货车。哪儿都别去。你的坐标是什么？完毕。”

“坐标？呃……告诉斯蒂夫，我在主消防通道上，离黑鸭湖半英里。完毕。”

海恩斯看向飞行员。斯蒂夫点了点头。“收到。”

海恩斯说："待在原地，副警长。拔出左轮手枪，保持警惕。我们对付的是国际恐怖分子。"直升机大幅右转，朝树木茂密的山坡落下了去。"泰勒，梅特卡夫，你们都收到了吗？"

"收到，迪克。"梅特卡夫的声音传来，"立刻行动。"

"不行。"海恩斯说，"你们待在农舍。重复，待在农舍。我要斯旺森和他的手下到厢式货车那边与我会合。明白吗？"

"斯旺森？"梅特卡夫的声音中满是疑惑，"迪克，这个案子归我们管——"

"我要斯旺森！"海恩斯怒吼，"别让我说第二遍。完毕。"

"理查德，我们已经收到，正在往那边赶。"斯旺森的声音传来。海恩斯从打开的舱门中探出身子，直升机正从黑鸭湖上方六百英尺朝一条小峡谷降落。他抱着M-16，面露笑容。巴伦特先生会为他感到高兴的。他对将来几分钟充满了期待。他现在几乎可以肯定，威利这次没有亲自动手——那个老家伙大可以操控副警长，通过路障，而不是抛弃厢式货车——但不管动手是谁，他们都输掉了这场游戏。山上有数百平方英里的国有森林，但只要威利的人开始步行，那他们就死定了。海恩斯可以支配的资源几乎是无限的，而所谓的"森林"基本上只是灌木。

但海恩斯不想使用那无限的资源，也不想等到天亮才展开搜索。他想要在天黑之前结束这场游戏。

也许是鲁哈或者雷诺兹，海恩斯想。但也可能不是。说不定是威利在德国城操控过的那个黑人女性，她后来彻底消失了。甚至可能是托尼·哈罗德。

海恩斯想起了昨天晚上对玛利亚·陈的审讯，不禁微笑起来。他越想越觉得，干这事的可能是哈罗德。也好，他们早就该收拾掉那个好莱坞小白痴了。

理查德·海恩斯人生三分之一的时间都在为查尔斯·科尔本和C. 阿诺德·巴伦特工作。作为免控者，他不能被科尔本操控，但他获得了金钱和权力方面的丰厚回报。理查德·海恩斯觉得这份工作很有成就感。他喜欢这份工作。

直升机以七十英里的时速从两百英尺的高空越过空地。黑色厢式货车停在空地上，后门开着。在货车旁边，一辆大型四驱警车空无一人。“副警长到哪儿去了？”海恩斯怒吼道。

飞行员摇摇头，试图通过无线电联络达斯蒂，但没有得到回应。他们在空地上方盘旋，半径越来越大。海恩斯举起M–16，搜索树木之间异常的运动和颜色。但一无所获。“再绕飞一遍。”海恩斯命令道。

“听着，队长，”飞行员说，“我不是警察，也不是联邦特工，更不是什么英雄，而且我已经在越南服过役了。这架飞机是我吃饭的家伙，伙计。如果它或者我们有可能吃枪子的话，恐怕你就得找别的直升机和飞行员了。”

“闭嘴，再绕飞一遍。”海恩斯说，“这事关国家安全。”

“不错。”飞行员说，“水门事件也关系到国家安全。但我也不关心那件破事。”

海恩斯转过身，将步枪架在双膝上，枪口对准飞行员，“斯蒂夫，我重复一次：再绕飞一遍。如果我们没有发现异常，就降落在空地的南侧，听懂了吗？”

“是的，”飞行员说，“听懂了。但不是因为你把那支该死的M–16对着我。即使该死的联邦探员也不会朝飞行员开枪，除非他们自己可以驾驶，而且相信自己可以从容地操控各种装置。”

"降落。"海恩斯说。他们绕着空地飞了四遍，但他没有发现副警长或者其他什么人。

飞行员将这架小型飞行器压低高度，但速度仍很快。直升机爬升越过树林，才降低速度，准确地降落在海恩斯指定的地点。

"出去。"联邦调查局特工说，挥了挥步枪。

"你他妈的在开玩笑吧？"斯蒂夫说。

"如果遇到紧急情况，我们必须一起撤离。"海恩斯说，"现在出去，不然我就会在你吃饭的家伙上戳一两个洞。"

"你他妈的疯了。"飞行员说，把帽子往后一掀，"我要向联邦调查局提出强烈抗议，让你们的老上司J. 埃德加·胡佛从坟墓里爬出来收拾你！"

"出去！"海恩斯说，解除了步枪保险，设定为全自动模式。

飞行员在中央操控台上做调控，螺旋桨慢了下来。他解开安全带，走出直升机。等飞行员离直升机三十英尺，站在树林边缘之后，海恩斯才解开自己的安全带，朝副警长的福特野马跑去。他俯下身子，迂回前进，M-16半举在身前。他蹲在野马的左后顶盖侧板后面，扫描着山坡上的细微动静，以及金属或玻璃反射的阳光。但他一无所获。

海恩斯小心翼翼地抬起头。他检查了后排座，然后挪动到驾驶室旁，结果发现前排也是空的。在前后排座位之间的金属网上有两个步枪托架，但上面没有枪。海恩斯试着拉了拉前门。门是锁了的。他单膝跪地，仔细搜索山坡。他的视野扇面只有一百二十度。

如果那个白痴副警长违抗命令，进了林子，那他带走步枪、锁上车门就可以解释了。如果……如果车上还有枪，如果副警长还活着……

海恩斯从前侧方探出头，查看二十英尺外的厢式货车。他突然希望自己还留在天上，等斯旺森及其手下到了再下来。他们还有多久才能到这儿？十分钟？十五分钟？也许花不了那么久，除非从高速公路到这个湖的实际距离比从空中看起来更远。

海恩斯的脑中突然毫不费力地冒出了托尼·哈罗德清晰的面孔。他微笑起来，跑到厢式货车侧面。

货车的后门大打开。海恩斯沿着依然滚烫的厢式货车侧面挪动，直到能看见车内的情况。他知道，如果有人拿枪埋伏在空地南侧的山上，自己就是绝佳的靶子。但他对此无能为力。他选择从南面进入空地，是因为除了飞行员身边的那点林子之外，南面的山坡上大部分都是草和小石头，毫无藏身之所。在先前的四次绕飞中，海恩斯没有在林子里发现异常。他将M-16平举在腰间，绕到厢式货车后面。

箱子、凌乱的导线和电子设备。海恩斯辨认出一部无线电发射机和一台爱普森电脑，没有空间可以藏下一个人。海恩斯进入厢式货车内部，翻检电子设备和箱子。中央的一个箱子里放着一个六七十磅重的用于做模型的褐色黏土，被仔细包裹在若干独立的塑料袋里。“噢，该死。”海恩斯咕哝道。

他不想再在货车里待下去了。

“嘿，队长，我们现在能走了吗？”飞行员从三十码外喊道。

“好。发动引擎吧！”海恩斯大声回应。他让飞行员返回直升机，然后才俯下身子，迂回着朝直升机右侧打开的舱门跑去。

他刚跑到一半，就听见一个野兽怒吼般的声音从北面山坡传来：“**海恩斯**！”第一轮弹雨紧随而至。

50

圣胡安–卡皮斯特拉诺附近

1981年4月25日，星期六

看到第一道路障的时候，索尔和娜塔莉还没有开十五分钟。一辆警车横着停在高速公路中间，燃着信号火炬，车辆只能从警车两边的狭窄通道通过。东行的道上停着四辆车，西行的道上停着三辆车，索尔和娜塔莉正对着后者。

娜塔莉将厢式货车停到山顶路边，距警车四分之一英里。

“出事故了？”她问。

“我不这么看。”索尔说，“掉头，赶快！”

他们重新穿过刚刚通过的山顶隘口。

“我们要重返峡谷吗？”娜塔莉问。

“不，往回开大概两英里，有一条碎石路。”

“就是竖着营地标志牌的那个地方？”

“不是。还要再往前走一英里左右，在公路南侧。我们也许可以绕到路障的南面。”

“你觉得那个警察看到我们了吗？”

“我不知道。”索尔说。他从副驾驶座的后面搬出一个硬纸板箱，取出柯尔特自动手枪，检查子弹是否已经上膛。

娜塔莉发现了那条碎石路。他们左转进入碎石路，穿过茂密的松林和厚厚的草地。有一次，他们不得不停在路边，给一辆拖着小活动房屋的皮卡让路。路上有几条岔道，但它们看上去都太狭窄，而且很久没有人走过，于是娜塔莉一直在消防通道上行驶。但开着开着，石子路就变成了土路。他们沿着弯弯曲曲的土路，先是向南，然后往东，最后又向南。

在一连串急转弯后，他们开始从一面长满树的山坡往下开。这时，他们蓦然发现距他们两百码的下方空地里停着一辆警车。在确认自己不会被发现后，娜塔莉立刻刹住厢式货车。“该死！”她说。

“他没有看见我们。”索尔说，“我瞥见了那个看着像警长的家伙，他下了车，正用双筒望远镜朝相反的方向看。”

“这里的路太窄，我得倒车爬坡，转两个弯，才能回到刚才那片开阔地。该死！”娜塔莉说。

索尔思索片刻，“不要倒车，”他说，“继续往下开，看他会不会拦下你。”

“但他会逮捕我们的。”娜塔莉说。

索尔在后排翻找一番，找到了帽兜和他们用来对付哈罗德的那支飞镖枪，“我等会儿下车步行。”他说，“如果他没来追捕我们，你就开车向东，翻过山头，在空地另一头同我会合。”

“如果他们来追捕我们怎么办？”

“那我就会提前同你会合。我敢肯定，那家伙是独自一人。或许我们可以查明出了什么事。”

“索尔，如果他想上车搜查怎么办？”

“让他搜。我会尽量跟在你后面，你得让他无暇旁顾，那样我才可以穿过最后一小段空地。如果顺利的话，我会从南面上来，进入副驾驶一侧。”

“索尔，他可能也是精神吸血鬼的一员，对不对？”

“我觉得不像。他只是他们调动的当地警力而已。”

“那他可以说……只是一个无辜的局外人？”

索尔点头道：“那我们必须确保他不会受伤。我们也不能伤害他。”他看了眼长满树木的山坡，“给我五分钟寻找合适的隐蔽点。”

娜塔莉摸了摸他的手，“小心，索尔。我们现在谁都不能离了谁。”

他拍了拍她冰冷细长的手指，点点头，拿起帽兜和飞镖枪，悄悄进入树林。

娜塔莉等了六分钟，然后发动厢式货车，缓缓下坡。她把车驶入空地的时候，那个穿着县警制服、靠在野马车上的男人被吓了一跳。他连忙从枪套中抽出手枪，右手持枪，架在引擎盖上。货车来到距他二十英尺的地方后，他通过左手举着的电子扩音器喊道：**“马上停车！”**

娜塔莉挂到停车挡，将双手放在方向盘上清晰可见的地方。

“熄火。下车。举起双手。”

关闭引擎，打开车门时，她感到颈动脉在突突直跳。那个警官看起来非常紧张。娜塔莉举着手站在厢式货车边的时候，他往野马车里瞟了几眼，似乎想拿无线电通话器，但又不想松开手中的枪和扩音器。

“出什么事了，治安官？”她大声问。“治安官”二字出口时她的心抽动了一下。这个家伙根本不像罗布，又高又瘦，大概五十岁出头，满脸皱纹，仿佛这辈子都在眯眼看太阳一样。**“闭嘴！离开那辆车。对了。双手放在脑后。现在趴下，腹部贴住地面。”**

趴在枯黄的草丛中，娜塔莉嚷嚷起来：“出什么事了？我犯了什么罪？”

“闭嘴。车上的人——出来！快！”

娜塔莉挤出一丝笑容：“车上只有我一个人。您一定是弄错了，警官。我连违章停车都没有过——”

“闭嘴！”警官犹豫了片刻，把扩音器放在引擎盖上。娜塔莉觉得他有点儿胆怯。他又瞟了眼无线电通话器，终于下定决心，快步绕过野马车，左轮手枪一直对着娜塔莉，一面紧张地注视着厢式货车。“别动！”他喝道，站在打开的驾驶室一侧的门后，“如果车上有人，你最好叫他们马上下来。”

“就我一个人。”娜塔莉说，“出什么事了？我什么都没干……”

“闭嘴。”副警长说。他突然笨拙地扑进驾驶室，掉转枪口，对准厢式货车内部，但整个人立刻放松下来。他刚把半个身子探出驾驶室，就再次将手枪对准娜塔莉，“你要是敢动一下，小妞，我就让你吃枪子儿。”

娜塔莉双肘支在泥土里，双手放在后颈上，费力地越过肩头看着四肢瘦长的副警长。那把对准她的枪看起来无与伦比的大。一想到吃枪子儿，她背部双肩之间的肌肉就骤然紧绷起来。倘若他也是精神吸血鬼怎么办？

“双手放到背后，**马上！**”

娜塔莉的双手刚放到后腰上，他就几个箭步冲上去，将手铐啪一声铐在她的手腕上。娜塔莉的头一栽，嘴里尝到泥土的味道。“你不声明我拥有的权利吗？”她说，肾上腺素和愤怒取代了麻木和恐惧。

“让你的权利见鬼去吧，小妞。”副警长说，他直起了身子，明显松了口气，将长枪管手枪插回枪套，“起来。我得把联邦调查局的人叫来，不然我也不知道到底出了什么事。”

“好主意。”他们身后传来一个低沉的声音。

娜塔莉侧过身，看见索尔从厢式货车前面现身，他戴着帽兜和反光镜片眼镜，右手拿着柯尔特自动手枪，笨重的飞镖枪挂在左肩。

“别乱动！”索尔呵道。副警长定在原地。黑色的枪口和帽兜、银色的反光镜片，让娜塔莉自己都不寒而栗。“脸趴在地上。马上！”索尔喝道。

副警长犹豫不决。娜塔莉知道，他的自尊正在同求生意识搏斗。索尔将滑套向后一拉，咔嗒一声扳起击铁。副警长立即跪倒在地，趴在地上。

娜塔莉踉踉跄跄地走开了，边走边观察。现在局面相当微妙。副警长的手枪仍然插在枪套里，索尔本应在命令他趴下之前就让他把枪甩过来的。现在索尔只好冒着被对方抓扯到的危险，凑上前去将其缴械。**我们毕竟都是外行**，她想。她希望索尔直接给副警长的屁股上来一发麻醉飞镖，一了百了。

但索尔快步上前，单膝跪下，压在这个瘦高男人的背上，让他喘不上气来，再把柯尔特的枪口顶在他的脸上。索尔将副警长的手枪扔到十英尺之外，然后把一串钥匙抛给娜塔莉。“这里面应该有手铐的钥匙。”他大声对她说。

“非常感谢。”娜塔莉说，努力将腿从身后的手铐里一条条抽出来。

“我们现在聊聊。”索尔对副警长说，枪顶得更用力了，“是谁安排了这些路障？”

“去死吧。”副警长说。

索尔嗖的站起来，向后退了四步，朝副警长脸旁四英寸的地方开了一枪。娜塔莉吓得钥匙都从手中掉下来了。

“错误答案。”索尔说，“我不是在叫你透露国家机密，只是在问是谁下令设置这些路障的。如果我在五秒内得不到答案，我就会给你的左脚来一枪，然后顺着你的左腿往上射击，直到我听到想要的答案。一……二……”

“你个狗娘养的浑蛋。”副警长说。

“三……四……”

“联邦调查局！”副警长说。

“联邦调查局里的谁？”

“我不知道！”

“一……二……三……”

“海恩斯！”副警长说，“是来自华盛顿的一个叫海恩斯的人。大约二十分钟前他通过无线电通话器联系到我。”

“海恩斯此刻在哪儿？”

“我不知道，我发誓。”

第二发子弹掀起了副警长两条长腿之间的尘土。娜塔莉将最小的那把钥匙塞进锁眼，手铐立刻打开了。她搓了搓手腕，朝落在泥土中的副警长的手枪爬过去。

“他在斯蒂夫·戈尔曼的直升机里，正沿着高速公路飞过来。”副警长说。

“海恩斯在下令时有没有说要具体通缉什么人，还是说他只要求拦下厢式货车？”索尔厉声问。

副警长抬起头，眯眼看着他们：“他要抓人。一个黑人女孩，二十多岁，还有一个白人男性。”

“你在撒谎，”索尔说，“如果你知道厢式货车上有两个通缉犯，你就不会上前搜查了。海恩斯到底是怎么说的？”

副警长嘟哝了两句。

“大声点儿！”索尔怒吼道。

“恐怖分子。”副警长粗暴地回答道，“他说他在抓国际恐怖分子。”

索尔在黑布帽兜后面大笑道：“他说得很对！将你的双手放在身后，副警长。”镜面镜片转向娜塔莉，“把他铐上。把另一把枪给我。如果他敢轻举妄动，我就只好杀了他。”

娜塔莉给副警长铐上手铐，向后退了几步。索尔把长枪管的手枪递给她。“副警长，”他说，“我们去无线电通话器那边呼叫一次，我会告诉你说什么。现在摆在你面前的有两条路：要么死，要么就通知骑兵队，兴许他们会来救你。”

通过无线电设下陷阱之后，娜塔莉和索尔领着副警长走上山。沿着南面的山坡上行六十码，有一棵倒地的小松树。他们将副警长铐在松树树干上。两棵树倒在一起，更大那棵的树干压在一块四英尺高的大石块上。繁茂的树枝盖住了石头，为他们提供了绝佳的掩护，以及观察下方空地的良好视角。

“待这儿别动。”索尔说，“我返回车上拿针管和戊巴比妥，然后把他的步枪从野马车上取走。”

“可是索尔，他们来了！”娜塔莉说，“海恩斯来了。用麻醉飞镖吧！”

“那种药的效果不太满意。”索尔说，“上次我们被迫在你身上使用的时候，你的脉搏实在太快了。如果这家伙有心脏病，他或许会撑不住。我马上回来。”

娜塔莉蹲在大石块后面。索尔朝野马车跑去，消失在厢式货车里。

“小妞，”副警长用嘶哑的声音说，“你遇上大麻烦了。打开我的手铐，给我枪，兴许你可以保住一条命。”

“闭嘴！”娜塔莉低吼道。索尔带着副警长的步枪和蓝色小背包跑上山坡。她听到远处传来直升机的隆隆声，越来越响。她并不害怕，只是激动得要命。娜塔莉将副警长的手枪放在地上，解除了索尔给她的那把柯尔特自动手枪的保险，练习射击。她双手持枪，放在面前平坦的石头上，瞄准后门打开的厢式货车，尽管她知道那里已经超出了手枪的有效射程。

索尔拨开树枝和枯死的针叶时，直升机刚刚从他们背后的山脊呼啸而过。他蹲下来，喘着粗气，将一瓶麻醉剂吸入针管。被注射的时候，副警长咒骂着抗议，挣扎了一会儿就昏睡过去。索尔脱下帽兜和眼镜。直升机又绕飞了一圈，这次更低了，索尔和娜塔莉在厚密的树枝下拥抱在一起。

索尔将背包里的东西倒出来，把红白相间的盒子里的铜壳子弹一发发装填进副警长的步枪。“娜塔莉，抱歉在做这件事之前没有同你商量。我不能错失这次机会——海恩斯简直是送上门来的。”

“嘿，没事儿。”娜塔莉说。她激动得动来动去，一会儿单膝跪地，一会儿蹲着，一会儿又双膝跪地。她舔了舔嘴唇：“索尔，这很有趣。”

索尔看着她。

“我是说，我知道这很可怕，但同时也令人兴奋。我们要干掉这个人，离开这儿，然后……噢！”

索尔紧紧地抓住她的肩。他将步枪靠在石头上，把右手放在她的另一只肩上。“娜塔莉，”他说，“这一刻，我们身体里全是肾上腺素。这是很令人兴奋，但这不是电视。枪战结束之后，演员不会站起来去喝茶。头几分钟就会有人受伤。这同交通事故一样，没什么好兴奋的。你要做的是集中精力，让别人去遭遇事故吧。”

娜塔莉点点头。

直升机绕了最后一圈，短暂消失在南面的山脊背后，然后带着一团尘土和松针降落在空地上。娜塔莉紧贴着地面，肩靠在石头上。索尔俯卧着，步枪靠在肩膀上。

索尔闻到了被太阳炙烤的泥土和松针的味道，不禁回忆起了另一个时间，另一个地点。1944年10月，从索比堡逃出来之后，他加入了猫头鹰森林里一个叫“奇尔”的犹太游击队。十二月，在成为游击队医生的助手和勤务兵之前，索尔分到了一支步枪，被安排去站岗。

那是个寒冷和晴朗的夜晚，满月下的雪地上呈现出一层淡蓝。突然，一个德国士兵跌跌撞撞地闯进索尔埋伏的空地。那名士兵还只是个孩子，没有戴头盔，也没有佩步枪。他的手上和耳朵上都包裹着破布，苍白的脸上都是冻伤。索尔从他所属部队的标志立刻判断出，他是一个逃兵。上一周，苏联红军发动了一次大规模进攻。虽然还有十周德国国防军才会被彻底打败，但这个孩子同成百上千人一样，加入了溃败的行列。

关于如何对付单个的德国逃兵，奇尔游击队队长耶切尔·格林斯潘下达过具体的指示：射杀他们，将尸体丢进河里，或者留在原地腐烂。没有必要在他们身上浪费审讯的时间。但有德国巡逻队经过的时候就不能开枪，以免暴露游击队的位置。这时候，哨兵就得改用匕首，或者直接放逃兵走。

索尔大声盘问起来。他本可以开枪的。他的战友隐藏在数百米之外的山洞里，这一带都没有德国兵活动的迹象。但他没有立刻开枪，而是选择了盘问。

那个男孩立刻跪在雪地里哭泣起来，用德语哀求索尔。索尔绕到金发男孩身后，古老的毛瑟枪枪口离男孩后脑勺不到三英尺。索尔想到了那个大坑，想到了被扔进大坑中的苍白尸体，想到了那个德国国防军士兵脸上的橡皮膏——他叼着烟休息，两只脚在恐怖的大坑上晃荡。

男孩痛哭着，泪水冻成了冰，在长长的眼睫毛上闪着光。索尔抬起毛瑟枪，往后退了一步，用波兰语说了一句："走吧。"德国男孩转过头，难以置信地看着他，然后连滚带爬地从空地逃走了。

第二天，游击队向南转移。他们在一条小河的开阔段发现了那个德国士兵面朝下被冻僵的尸体。就在那一天，索尔找到格林斯潘，请求担任雅克兹克医生的助手。奇尔游击队队长瞪了索尔好一阵子才开口说话。游击队可没工夫培训不愿或不能杀德国人的犹太人，但格林斯潘知道，索尔是切姆诺和索比堡的幸存者，于是他同意了。

索尔在1948年、1956年、1967年、1973年都参加了战争，但最后一次他只参战了几个小时。每次战争中，他都是军医。除了被上校操控去跟踪老家伙的那几个小时，索尔从来没有杀过人。

索尔俯卧在温暖而柔软的松针上，在直升机降落时瞟了眼手表。这个地方在空地的远端，视线被副警长的野马车挡住不少。副警长的步枪非常古老——木制枪托，栓式枪机，只有凹槽式准星。索尔扶了扶眼镜，真希望它是一副望远瞄准器。以杰克·科恩的标准判断，这里的一切都十分不利——一把索尔从未开过的枪，一块视线被遮蔽的射击场地，而且没有撤退的道路。

索尔想到了艾伦和黛博拉，还有那对双胞胎，于是用枪栓将一发子弹推入枪膛。

飞行员首先跳下直升机，然后慢慢往外挪。索尔感到既惊讶又困惑。等在直升机驾驶舱右边的人持有自动步枪，戴着长舌帽，还穿着一件很大的背心。隔着六十码的距离，再加上驾驶舱有机玻璃的反光，索尔无法确定男人是不是理查德·海恩斯。索尔没有开枪。他突然感到一阵反胃，觉得接下来要做的事是不对的。去野马车取步枪的时候，他听到了海恩斯通过无线电通话器呼叫斯旺森。这个人肯定是海恩斯。但这个联邦调查局的家伙本来不需要亲自出马的。索尔将副警长的扩音器放在左手边，再次用步枪瞄准。穿防弹服的家伙也动了起来，以战术蹲伏的姿势跑向野马车躲起来。索尔的射击线上有障碍物，但他看到了那轮廓分明的下巴和帽子下精心修剪过的头发。他现在正看着理查德·海恩斯。

“他在哪儿？”娜塔莉低声问。

“嘘。”索尔说，“他在厢式货车后面。别抬头。”他将扩音器放在他面前的地面上，打开电源，双手握紧步枪。

飞行员大喊了两声，躲在厢式货车后面的探员大声回应。飞行员缓缓返回直升机，五秒钟后，探员现身了，行动异常矫捷。

“海恩斯！”索尔大叫道。从扩音器中传出的轰响令娜塔莉不禁跳了起来。从对面山坡甚至传来了回音。飞行员朝树林跑去，穿防弹背心的家伙迅速转身，右膝跪地，开始用自动步枪扫射山坡。索尔觉得那枪声很小，就像玩具枪发出的一样。子弹嗖嗖地从他们头顶八九英尺的地方飞过。索尔将油腻的枪托紧贴住面颊，瞄准，发射。在后坐力的作用下，枪托狠狠地撞在肩膀上。海恩斯仍在站着开枪，M-16射出的子弹划出致命的短弧线。两发子弹击中了索尔面前的大石头，另一发子弹陷入了倒地的树干中，发出斧子劈砍木头的咔嚓声。索尔后悔先前没有把副警长铐到木材堆的更深处。

索尔看见松针在海恩斯前面和左侧被子弹弹飞。他抬起准星，向右移动，通过眼角余光瞥见飞行员转身向树林跑去。索尔看见海恩斯连续射击时从枪口喷出的火光。最后一串子弹击中了娜塔莉藏身的大石头，她像婴儿一样蜷缩起来。这时，枪声戛然而止。跪地射击的海恩斯扔掉了一个长方形弹匣，从背心口袋里取出另一个弹匣。索尔抓住机会，瞄准海恩斯，扣下了扳机。

特工仿佛被一根看不见的绳索猛然向后一拽，墨镜和帽子飞了出去。他仰面倒地，双腿叉开，步枪落在离头六英尺的地方。

突然降临的安静令人产生了耳聋的幻觉。

娜塔莉爬起来，跪在地上，从大石头侧面探头窥视，张开嘴，喘着粗气，“噢，上帝啊。”她低声惊叹。

“你没事吧？”索尔问。

“没事。”

“你留在这儿。”

“不行。”娜塔莉站了起来，同索尔一道起身走下了山坡。

他们刚走了四十英尺，海恩斯就翻了个身，连滚带爬地取回了步枪，藏身到对面山坡的树林中。索尔单膝跪地射击，但没有打中。“妈的！这边。”他拉着娜塔向左，穿过厚密的灌木丛。

“他们的同伙就要来了。”娜塔莉气喘吁吁地说。

“是的。”索尔说，“别出声。”

他们继续向左移动，在树林之间穿行。空地对面的山坡上几乎寸草不生，海恩斯根本不可能继续往前跑——他要么待在原地不动，要么就只能朝他们走。索尔很担心飞行员身上也有武器。

索尔和娜塔莉躲在树后面，不去靠近空地边缘，以最快的速度穿行。在他们靠近海恩斯进入树林的地点时，索尔向娜塔莉挥挥手，示意她在一片茂密而低矮的再生林中停下，他自己则蹲伏着向前移动，每走一步都要左右打量一番。多余的子弹在西装夹克的口袋里叮当作响。树荫下，光线越来越昏暗。蚊子出来了，在索尔汗涔涔的脸上嗡嗡乱飞。他感觉自直升机降落之后，时间已经过去很久。但他瞟了眼手表才发现，其实只有六分钟。

树林地面上，一道水平射来的光捕捉到了黑色松针中的某种东西。索尔趴在地上，双肘支撑身体，向前蠕动。他停下来，左手握住步枪，伸出右手，摸了摸溅到松针和泥土上的鲜血。左手边也发现了一串血迹，延伸到树林深处。

索尔正一点点向后爬，自动步枪的枪声在他左侧和身后突然响起，声音很大很疯狂，一点儿也不像是玩具枪。索尔将脸紧贴住地面，恨不得将身子和脊梁骨都埋进土中。子弹撕开了树枝，击穿了树干，带着啸叫飞入空地。他至少听见两次子弹撞击金属的声音，但他没有抬头去看到底哪辆车被击中了。

四十英尺外突然传来一声尖叫，接着是痛苦的呻吟——一开始音量被刻意压低，然后又仿佛变成了听不见的超声波。他跳起来朝左侧跑去，中途抓住了被树枝刮掉的眼镜，最后几乎被蹲伏在一截腐朽树墩后面的娜塔莉绊倒。他瞬时倒在娜塔莉身边，低声问："你没事吧？"

"没事。"她说，用手枪指了指一片茂密的新松和云杉林，那片林子的左侧是一条沟壑，"叫声是从那边传来的。他没有朝我们开枪。"

"不错。"索尔看着眼镜说。镜框弯了。他拍了拍西装夹克的口袋，子弹叮当作响。手枪仍放在他的左口袋里。他的双肘沾满了泥土。"我们走。"

他们匍匐前进，娜塔莉在索尔右侧三码处。他们来到一条从沟壑中流出的小溪边，这里的灌木丛更浓密了，还有云杉和冷杉、低矮的白桦和蕨类植物。娜塔莉找到了飞行员。她绕过一片刺柏时，差点儿将前臂放在他的胸膛。他几乎被M-16的火力撕成了两半。他的腹部肌肉一片片翻开，暴露出来，手握着白灰色的肠子，似乎想把它们塞进去一样。他的头后仰着，张大了嘴，仿佛仍在无声地尖叫，空洞的双眼注视着高处树枝缝隙中的一小片蓝天。

娜塔莉转过头，默默地朝蕨类植物丛中呕吐。

"走吧。"索尔低声说。溪流的声音足以盖过这句细语。

在一排云杉幼树后面的一根倒地的树干上，他们发现了星星点点的血迹。几分钟前，海恩斯肯定藏身于此，直到听到飞行员穿过灌木寻找藏身处。

索尔向云杉林外望去。海恩斯走哪条路了呢？左边，穿过二十五英尺宽的一块空地，便是成年树木组成的森林，遍布山谷，并向东南方向的缓坡延伸。右边，沟壑中满是幼树，向上四十码有一道隘口，那里全是三英尺高的刺柏。

索尔必须做出选择。但无论做何选择，如果对方去的是相反的方向，那自己就会被对方发现。但穿越左边空地必须克服心理障碍，正是这一点让索尔判断，海恩斯应该是去了右边。索尔往后爬去，将步枪交给了娜塔莉，嘴凑到她耳边说："我要上那边去。你就躲在树干后面。等四分钟，然后朝天开枪。不要暴露自己。如果你没听见什么动静，就再等一分钟，然后再开一枪。如果我十分钟内没有回来，你就返回厢式货车，离开这个鬼地方。他从那上面看不到公路。听懂了吗？"

"听懂了。"

"护照还在你手上，"索尔说，"如果局势恶化，就直接回以色列。"

娜塔莉一言不发。她的精神高度紧张，但她始终紧闭双唇。

索尔朝她点点头，穿过枝条柔软的冷杉丛，沿着小溪边朝沟壑上方爬去。

他闻到了血腥味。从低矮刺柏中爬过时，这种味道愈发浓烈了。他的速度非常慢，以至于三分钟过去了，他还没有往沟壑上方爬多远。握着柯尔特手枪的右手汗淋淋的，眼镜不停地从鼻梁上滑落。他的肘和膝都酸痛不已，他的呼吸急促而刺耳。苍蝇从另一处鲜红的血迹上嗡嗡飞起，扑倒他的脸上。

还剩半分钟。海恩斯不可能逃太远，除非他在跑。索尔本来是可以跑的。十码的距离足以决定胜负生死。M-16的射程是索尔的手枪的二十倍。索尔共有八发子弹——他已经将一发子弹压入枪膛，然后又往弹匣中加了一发子弹。他的口袋里有副警长步枪用的重子弹，但他将手枪的三个备用弹匣整齐地放在副警长被铐住的地方了。

这不重要。还有二十秒娜塔莉就会开枪。现在最重要的是，他必须靠得足够近。索尔手肘与膝盖并用，迅速朝前爬去，呼哧呼哧地喘着气，但他已经管不了这噪声了。他滚到一丛刺柏下方，张大嘴喘气，努力调整呼吸。

娜塔莉的枪声响彻整条沟壑。

索尔翻过身，仰面朝天，前臂捂在嘴上，掩盖喘息声。但什么都没发生。上方没有传来回击的枪响，也没有什么动静。

索尔躺在地上，手枪紧贴着脸。他知道自己应该继续向前爬。但他没有动，天空越来越暗。一层卷云映着一道霞光，沟壑边缘升起一颗亮星。索尔抬起左手，看了眼手表。直升机降落后已经过了十二分钟。

索尔呼吸着凉爽的空气。他闻到了血腥味。

离娜塔莉开第一枪已经很久了。索尔再次抬手查看时间，这时娜塔开了第二枪。子弹击中了沟壑上方三十英尺的石头，这次似乎离目标更近了。

理查德·海恩斯从离索尔八英尺不到的草丛中跳起来，向沟壑下方倾泻子弹。索尔看见了头上枪口的闪光，闻到了无烟火药的气味。子弹撕开了他刚刚爬过的那从灌木。直径两英寸的小树纷纷被截断，仿佛被看不见的镰刀收割了一般。子弹击中了沟壑东侧的石头，然后又扫向西侧，继而掀起了东侧更远处的泥土。空气中充斥着树液和无烟火药的味道。海恩斯的射击持续了很久。当他最终停下来的时候，索尔有两三秒钟都瘫在原地动不了。他听见一个弹匣被弹出，另一个弹匣被拍入的声音。海恩斯再次站起来的时候，伴随着小树枝被踩断的咔嚓脆响。就在这个时候，索尔站起了来，发现了不足十英尺之外的海恩斯，然后索尔伸出右臂，朝海恩斯连开了六枪。

联邦调查局探员松开了手中的枪，咕哝着坐在了地上。他好奇地注视着索尔，就好像他们是两个做游戏的小孩子，而索尔作了弊。海恩斯的头发凌乱，浸透了汗水，防弹背心松垮垮地垂在身体一侧，脸上沾满泥土。他的左裤腿被渗出的鲜血染红了。索尔的三发子弹击中了防弹背心，巨大的冲击力将他往后推，但海恩斯的左肩被击中了，至少有一发子弹射入了防弹背心保护不了的喉部。索尔穿过低矮的刺柏丛，蹲在距海恩斯三英尺的地方。他看见白色的锁骨碎片从海恩斯的肌肉里刺出来。索尔用左手将M–16拿开，放到一边。

海恩斯双腿摊开坐在地上，黑皮鞋的鞋尖对着天空。他严重受损的左臂以令人恶心的角度悬垂着，但他的右手以轻松随意的方式软绵绵地搭在膝盖上。这个英俊男人的嘴开合了几次，索尔看见他舌头上鲜亮的血。

“好痛啊。”理查德·海恩斯用低沉的声音说。

索尔点点头。他蹲着观察这个男人，专业本能和老习惯让他分析起伤口来。海恩斯的左臂肯定保不住了，但如果能立刻施以救治，输入足够的血浆，在二十或三十分钟内将其空运至医院，他的性命或许保得住。索尔想起了他最后一次见到艾伦、黛博拉和他们的双胞胎孩子的情形。那天是赎罪日，他和艾伦在沙发两头谈话，孩子们则在沙发中间睡着了。

“救救我……”海恩斯呻吟着，“求求你了。”

“不，我不会救你。”索尔说，朝他脑袋开了两枪。

娜塔莉拿着步枪爬上来，索尔则已经开始往下走。她看见索尔手中的M-16和口袋里多出来的弹匣，不禁扬起了眉。

“他死了。”索尔说，“我们得赶快。”

娜塔莉再次发动厢式货车的时候，已经是直升机降落此地十七分钟之后。

“等等。”索尔说，“第一次射击之后，你有没有查看过副警长。”

“有。”娜塔莉说，“他睡着了，但身体无碍。”

“等一下。”索尔说。他手持M-16跳下厢式货车，观察四十英尺外的直升机。驾驶舱后有两个泪滴状油箱。索尔将步枪设定为单发，然后开了一枪。他听到类似撬棍撞击锅炉的声音，但油箱没有爆炸。他又开了一枪。空气中立刻飘散出浓烈的航空燃油的气味。第三枪引燃了大火，吞没了引擎，直冲云霄。

“走。”索尔跳上厢式货车说。他们冲过野马车，刚开到空地东南方的树林时，第二个油箱就爆炸了，将驾驶舱盖抛入树林，并且烤焦了野马车的左侧。

他们身后四分之一英里外，两辆黑色轿车正在“Z”形盘山道上飞驰。

“快！”他们开进黑暗树林时索尔说。

“我们逃脱的机会不大，对不对？”娜塔莉说。

“对。”索尔说，“他们会出动橙县和河滨县的所有警察来追捕我们。他们会封闭高速公路，关闭通往十五号州际高速公路的道路，并且派出直升机和四轮驱动警车连夜进山。”

他们飞速穿过一条小溪，以七十英里的时速爬上山坡，一路尘土飞扬。娜塔莉来了个漂亮的甩尾，绕过弯道，说：“你觉得做这些值吗，索尔？”

他抬起头，暂停修复弯折的镜框，道：“我觉得值。”

娜塔莉点点头，驶下一道长长的上坡，进入一片更黑的树林。

51

阿拉巴马，多森

1981年4月26日，星期天

星期天早上，在八千现场观众和大约两百五十万电视观众面前，吉米·韦恩·萨特牧师进行了一次极端热情的布道。观众深受震撼：礼拜殿中的信徒纷纷站起来狂热地祈祷；而那些家中的信徒则开始打电话，把自己的维萨和万事达信用卡号码告诉等待捐款的人。电视直播的崇拜仪式进行了九十分钟，其中七十二分钟是萨特牧师的布道。吉米·韦恩向忠实的信徒朗读了《哥林多前书》和《哥林多后书》，然后用更长的篇幅想象保罗给哥林多人写了新的信，揭露美国的社会风尚和道德水平。

吉米·韦恩牧师通过保罗之口，谴责美国如今无人祷告，追逐情色和世俗的欢愉。毫无抵抗的年轻人被灌输欧了邪恶的社会主义思想，生活放纵，性生活混乱，还如同被魔鬼附身一般痴迷于摇滚乐和龙与地下城游戏。但最普遍、最明显的堕落在于，有罪之人拒绝接受基督作为他们的拯救者。信徒听到基督的事业需要紧急赞助，纷纷慷慨解囊，拨打世界圣经外联中心的热线电话：1-800-555-6444。

外联中心福音唱诗班结束了最后一段意气风发的合唱，九台巨大的摄像机上的红灯熄灭了，吉米·韦恩牧师穿过私密走廊进入自己的办公室，身后只跟随着他的三名保镖、一个会计和一个媒体顾问。萨特将这五人都留在外部办公室，自己走向铺着地毯的内室。他边走边脱，在地毯上留下一串被汗水浸透的衣物，最后赤身裸体地站在吧台旁。他往高脚杯中倒入波旁威士忌，办公桌后的高背皮椅转动过来，一个红脸庞、灰眼睛的老人说："真是一场刺激的布道啊，詹姆斯。"

萨特不禁跳了起来，将波旁酒洒在了手腕和手臂上。"该死，威利，我以为你今天下午才来。"

"不错，但我决定早点儿到。"威廉·冯·伯夏特说。他手指相抵成尖塔状，面带微笑，注视着萨特的裸体。

"你是通过秘密通道进来的？"

"当然。"威利说，"难道你想让我同游客一起进来，给巴伦特和开普勒的手下说早安吗？"

吉米·韦恩·萨特咕哝了一声，喝完了酒，走进私人浴室，打开淋浴。他边洗澡边大声说："克里斯蒂安教友今早给我打了电话，是关于你的。"

"哦？"威利依然保持着微笑，"我亲爱的老友想干什么？"

"只是告诉我你最近一直很忙。"萨特大声说。

"哦？什么意思？"

"海恩斯。"萨特说。他走进淋浴间的时候，声音在铺着瓷砖的墙面间回荡。

威利走向浴室门。他穿着一件白色亚麻西装和淡紫色开领衬衫。"联邦调查局那个海恩斯？"他问，"他怎么了？"

“说得像你不知道似的。”萨特说，搓着大肚子，身体抹上肥皂。他全身粉红，没有毛，看起来如同一只刚出生的巨大老鼠。

“就当我不知道，告诉我吧。”威利脱下外套，挂在钩子上。

“特拉斯克死后，巴伦特就一直在追查这事同以色列人的关系。”萨特将脑袋置于水流下，含混不清地说，“他们发现以色列大使馆有人对访问受限文件进行了电脑检索，关键词是C教友还有我们其他人。但这并不是什么新闻，对吧？”

“说下去。”威利说。他脱下衬衣，同西装夹克一起挂在钩子上，然后脱掉了三百美元一双的意大利平底鞋。

“然后巴伦特干掉了那个爱管闲事的家伙，海恩斯根据线索追查到西海岸。我不知道你在那里搞了什么名堂，总之昨晚海恩斯差点儿就逮住你的人，但却遭遇了‘事故’。有人将他诱骗到树林中射杀了。你操控谁干的？鲁哈吗？”

“他们没有抓到凶手？”威利问。他仔细将长裤叠好，放在五斗柜的深处。他穿着熨帖的蓝色四角裤。

“没有。”吉米·韦恩牧师说，“他们往树林中派了无数警察，但还是没有找到凶手。你是怎么把他们弄出来的？”

“商业秘密。”威利说，“告诉我，詹姆斯，如果我说我与此事无关，你会信吗？”

萨特大笑。“当然信！如果我说所有的捐款都拿去买新《圣经》了，你肯定也会信吧？”

威利摘下金手表。“这件事会对我们的时间表或者说计划产生不利影响吗，詹姆斯？”

“我觉得不会。”萨特说，清洗着长银发中的洗发液，“克里斯蒂安教友会更渴望把你弄到岛上好好收拾。”萨特打开滑门，看见威利赤身裸体站在那里。

“我们不会动摇吧，詹姆斯？”威利说，进入浴室，来到福音传教士身边。

“不会。”吉米·韦恩·萨特说。

“我们怎么知道该做什么？”威利说，带着祈祷般的语调。

“《启示录》。”萨特说。

“我们的目标是什么，亲爱的？”威利低声问。

“基督复临。”萨特呻吟道，闭上了眼。

“我们在实现谁的旨意？”威利亲吻着萨特的面庞。

“上帝的旨意。”吉米·韦恩牧师答道。

“那我们的神圣工具是什么？”威利在萨特的耳边问。

“哈米吉多顿[①]。”萨特大叫起来，“哈米吉多顿！”

“上帝的旨意必须被实现。”威利也大叫起来。

“阿门！”萨特喊道。

“阿门！”

---

① 《圣经》中世界末日之时善恶对决的最终战场，后多用于指大规模战争。

52

梅勒妮

我开始回想起同威利的浪漫时光。或许是因为休厄尔小姐的原因——她是一个充满活力、感觉敏锐的年轻女人；她欲望强烈，而且有能力享受满足欲望的欢愉。她服侍我的时候，不时会被这种冲动所搅扰，这时我会允许他同卡利待上几分钟。有时候，我会从她的视角偷听他们之间短暂而激烈的肉体交欢。有时候，我会换成卡利的视角。有一次，我甚至从两人的视角同时体验。但不论哪一次，当我通过他们感受到激情的潮水时，我想到的总是威利。

在战前——二战前的太平日子里，威利是那么英俊。他那贵族气质浓郁的清瘦面庞和淡淡的金发向所有见到他的人宣告着他的雅利安血统。尼娜和我喜欢被人看到同他在一起。我觉得他也因为能有我们两个美丽风趣的美国女人陪伴而感到自豪——一个是金发蓝眼，一个则有棕色的卷发和长长的睫毛；后者更害羞，更安静，但不知为何却更迷人。

我记得有一次在巴德伊舍散步时，我因为威利讲的笑话而大笑起来，这时他握住了我的手。我突然感到一股电流袭遍全身，笑声戛然而止。我们偎依着，他漂亮的蓝眼睛注视着我，我们的脸隔得如此之近，以至于都能感受到对方呼出的热气。但我们没有亲吻。那时没有。当年，拒绝是求爱游戏的必备一环，就像在享受美酒佳肴之前的斋戒，那样才能增添食欲。现在如狼似虎的年轻人根本不明白这种巧妙的克制。他们见到一盘菜，就要迫不及待地吞下去。无怪乎所有的欢愉对他们来说就像长期敞放的香槟酒一样索然无味，而伴随着每一次征服的必定是深深的失望。

我至今都觉得，如果没有尼娜厚颜无耻的勾引，那年夏天威利和我应该会相爱。在巴德伊舍撞见他们的丑事之后，我连续几年都拒绝再玩我们的维也纳游戏，甚至在第二年夏天拒绝同他们在欧洲见面。我与他们重新建立联系时，我们之间已经形成了新的更正式的关系。现在回想起来，那时候威利和尼娜的恋情应该早已结束了。尼娜的激情是热烈但短暂的。

我们在维也纳度过的最后几个夏天，威利完全被他的政党和领袖迷住了。我记得，1934年布鲁诺·沃尔特[①]指挥《大地之歌》首演时，他穿着褐色衬衫，戴着丑陋的臂章去了剧场。那年夏天特别热，我们同威利住在霍荷瓦特的一座阴森的老房子里。自命不凡的阿尔玛·马勒[②]就住在附近。这个高傲的女人从来没有邀请我们参加她的派对，我们也不与她来往。我有好几次都很想在游戏中操控她，但因为威利热衷于愚蠢的政治活动，那时候我们已经很少做游戏了。

---

① 布鲁诺·沃尔特（1876—1962），著名德裔美籍指挥家，钢琴家。他是马勒《第九交响曲》和《大地之歌》的首演指挥者。

② 阿尔玛·马勒（1879—1964），德国作曲家古斯塔夫·马勒的夫人。马勒去世后，她又先后嫁给了画家柯科西卡和和建筑师格罗皮厄斯，并同多位艺术家保持着情人关系。

现在，我躺在查尔斯顿自己家中的床上，等待身体慢慢康复，我时常回想起那些日子，回想起威利。我想象着，如果我能通过一声轻微的叹息、一个微笑或者一次回眸，鼓励威利更早地与我亲热，帮助他避开尼娜那极具破坏性的进攻，那我以后的人生将会是如何不同。

也许这些想法是我在潜意识中为即将发生的事情所做的准备。患病期间，时间对我来说愈发没有意义，也许正因为此，我才能在时间的长廊中自由穿梭。谁能说得清呢?

到了五月，我已经彻底习惯了哈特曼医生和欧德史密斯护士的照顾，习惯了休厄尔小姐的温柔按摩，习惯了霍华德、南希、卡利和那个黑人男孩的服侍，习惯了小贾斯汀的呵护。倘若不是有人在一个温暖的春天傍晚敲响了铁门，我或许可以继续在这种舒适的状态中待上几个月，甚至几年。

敲门的是那个使者。她叫娜塔莉。是尼娜派来的。

53

查尔斯顿

1981年5月4日，星期一

在娜塔莉未来的记忆中，这段三千英里的路程将会是一个梦，而这个梦是以那辆厢式货车创造的奇迹开始的。

他们在克利夫兰国家森林中穿行了一夜。在山顶拐弯处，他们看到了远方的车灯，立刻驶下主消防通道，沿着只比羊肠小道好一点儿的小路向南蜗行。然后连小路都没有了，他们只能顺着峡谷中的林间空地前行。首先沿着河床行驶了四英里，厢式货车哐当哐当地颠簸了一路，只能开着停车灯照明。然后又翻越了一道矮矮的山脊，在茂密的草丛中不停地撞上树干和石头。就这样坚持了几个小时，意外终于不可避免地发生了。当时是索尔开车，娜塔莉在摇晃嘈杂的环境中打着盹儿。他们在一道陡坡上遇到了最后一块看不见的大石头。厢式货车以二挡的速度撞了上去。前车轴勉强蹭了过去，但石头锋利的棱角刮破了承油盘，还撞松了一部分驱动轴，他们全靠机能尚存的后车轴才勉强维持着平衡。

索尔拿着手电筒爬到车下，三十秒后蠕动出来。“算了。”

他说，“我们走路吧。”

娜塔莉累得都哭不出来了，甚至都不想去哭。“我们带什么走？”她问。

索尔用电筒扫了扫车内。“钱。”他说，“装背包里。地图，一些食物，手枪。我想就这些了。”他看到了两把步枪，“我们有理由带走这些吗？”

“我们要向无辜的警察开枪吗？”娜塔莉问。

“不。”

“那我们把手枪也留下吧。”她望着繁星点点的夜空、黑魆魆的山和上方的树林，“你知道我们在什么地方吗，索尔？”

“我们本来是要前往默里埃塔，”他说，“但在拐了这么多次弯之后，我对现在的位置也全无头绪。”

“他们会追上我们吗？”

“晚上不会。”索尔说，瞟了眼手表。现在是凌晨四点。“天亮之后，他们就会发现我们留下的车辙。他们会首先搜查森林里的路。飞机早晚会发现厢式货车。”

“把车掩盖起来有用吗？”

索尔朝山上看去。最近的树林离他们至少还有一百码。要砍下足够多的树枝覆盖在车上，将用掉今晚剩下的所有时间。“没有用。”他说，“我们收拾好东西直接离开。”

二十分钟以后，他们气喘吁吁地朝山顶爬去，娜塔莉背着包，索尔则拖着沉重的手提箱，箱子里装满了钱和他不愿丢弃的文件。他们抵达树林边，娜塔莉说：“等我一分钟。”

“为什么？”

“因为我得上厕所。”她从背包中找出纸巾，带着手电筒，走进树林里。

索尔叹了口气，坐在手提箱上。他发现自己只要闭眼几秒钟就会打瞌睡，而每次打瞌睡的时候，他的脑海中就会浮现出同一个形象——理查德·海恩斯，苍白的脸，惊恐的眼，嘴巴开合着，但声音随后才传来，就像是一部配音蹩脚的电影。

“救救我……求求你了。”

“索尔！”

索尔猛然惊醒，抽出随身携带的柯尔特自动手枪，跑进树林。娜塔莉在三十英尺外，正拿着手电筒照向一辆锃亮的红色丰田四驱车，外观酷似英国路虎。

“我在做梦吗？”她问。

“如果你在做梦，那我们就在做同一个梦。”索尔说。

车很新，似乎刚从展示厅里拖出来。索尔照了照路面，地上没有路，但他可以看见车开进树林的车辙。他试着拉了拉门和后备箱，都关着。

“看，”娜塔莉说，“有东西夹在雨刮下面。”她取出一张纸，在手电筒下查看。“是字条。”她说，“‘亲爱的艾伦和苏珊：你们可以把车开过来。我们在两英里半之外的小珍珠营地收拾行李。带上啤酒。爱你们的，希瑟和卡尔。’”她把手电筒光照进后挡风玻璃，发现载货板上放着一箱银子弹啤酒。“太棒了！”娜塔莉说，“我们把车热发动了开走吧？”

“你知道怎么热发动吗？”索尔问，再次坐在手提箱上。

“不知道，但在电视上看起来很简单。”

“电视上一切都很简单。”索尔说，“在我们去摆弄点火系统之前——我猜那是电子点火系统，以我粗浅的汽车知识根本搞不懂——我们最好先想一想，艾伦和苏珊该如何拿出啤酒呢？车门是上了锁的。”

“备份钥匙？”娜塔莉说。

“有可能。”索尔说，“也可能把钥匙放在了事先安排好的隐藏点。”

娜塔莉找了两个地方就发现了钥匙。它们被挂在尾排气管上，钥匙环同车一样新，上面还有圣迭戈丰田经销商的名字。他们打开车门，新车内装的味道扑面而来，熏得娜塔莉直落眼泪。

“我去看看能不能安全地把车开下山。”索尔说。

“为什么要下山？”

“我要把我们需要的物资转运到这辆车上——C-4塑胶炸弹和雷管，还有脑电图设备。”

“你觉得我们还需要那些东西？”

“我需要它们才能做生物反馈[①]。”索尔说。他为娜塔莉打开了车门，但她却往后退。“哪里不对劲吗？”他问。

“没有。等你重新上山的时候再接我吧。”

“你忘了什么东西？”索尔问。

娜塔莉扭着身子说：“可以这么说吧。我忘了上厕所。”

他们遇到了一道路障。四驱丰田车在开阔地行驶起来十分平稳。开了一英里半之后，他们发现了一对模糊的车辙。跟随车辙前进，不久就进入了林间公路，然后驶上了碎石县道。天亮之前，他们发现已经与一道高高的铁丝网平行行驶了一段时间。娜

① 利用电子仪器监测心跳等身体状况，以便加以控制。

塔莉看到一块标志牌挂在铁丝网上六英尺处，便大叫着让索尔停车。“美国政府财产——禁止进入——美国海军陆战队彭德尔顿军营司令官军令。”

“我们竟然迷路到这里来了，简直没想到。”索尔说。

“阿门。”娜塔莉说，“想再喝瓶啤酒吗？”

“还不想。”索尔说。

他们驶上柏油路上一英里就遇到了路障，那里已经离一个名叫福尔布鲁克的小社区不远。他们刚进入铺装路面，娜塔莉就在座椅和载货板之间的空间蜷缩起来，将一张毛毯盖在身上，想在凸出的传动装置上找到一个舒适的位置。“很快就会遇到路障的。”索尔说，将那堆设备和那箱啤酒放到了她身体周围，“他们在寻找一辆驾驶厢式货车里的年轻黑人女性和一个身份不明的男性同伙。我相信一个驾驶新丰田的老头儿不会引起他们的注意。你觉得呢？”

娜塔莉的鼾声回答了他。

五分钟后看到警察路障时，索尔唤醒了她。一辆高速公路巡警的车横着停在路中央，两个睡眼惺忪的警官站在车尾，正从金属保温杯中倒咖啡喝。索尔将丰田驶入狭窄的车道，停了下来。

一个警察留在车后，另一个将杯子换到左手，缓步走向丰田，“早上好。”

索尔点点头：“早上好，警官。出什么事了？”

巡警探出身子查看车内，他看见了后部的一堆设备。“你从国家森林里出来？”

“没错。”索尔说。心虚之人总是喜欢说个不停，试图解释清楚一切，索尔曾与纽约警察局短暂合作，担任“萨姆之子”谋杀案的顾问，一名擅长审问的警督告诉他，他总是能看穿那些自作聪明的犯罪分子，因为他们很快就给出了流畅的、合理的故事。警督说，无辜者往往因为害怕而在回答时结结巴巴。

“进山待了一晚？”警察问，后退了一部，凑在窗玻璃上，看到了躺在毛毯、背包和一堆啤酒罐下的娜塔莉。

“两晚。”索尔说。他看见另一个警察绕到了搭档身后。“出什么事了？”

“露营？”第一个警察问，啜了一口咖啡。

“是的。”索尔说，“顺便试试新买的四驱车。”

“这车很漂亮。”州警说，“新车？”

索尔点点头。

“你在哪儿买的？”

索尔给出了钥匙环上的经销商名字。

“你住哪儿？”警察问。

索尔犹豫了片刻。杰克·科恩给他的假护照和假驾照上是一个纽约地址。“圣迭戈。”索尔说，“两个月前搬过去的。”

“圣迭戈什么地方？”警察友好地交谈着，但索尔发现他的右手已经放在了手枪的木制枪把上，而枪套的皮搭扣已经解开了。

索尔只去过圣迭戈一次，那还是六天前，杰克·科恩载着他们在州际高速公路上路过圣迭戈。那天晚上，紧张和旅途的疲惫令他对每一个画面和每一个声音都印象深刻。他至少记得三个出口标志牌上的地名。“舍伍德庄园。”他说，“1990云杉大道，离琳达·维斯塔路不远。”

“哦，那儿啊。”警察说，“我姐夫曾经在琳达·维斯塔路上开了个牙医诊所。你家离大学近吗？”

“不是很近。”索尔说，“看来你不打算告诉我出什么事了。”

巡警打量着丰田的后部，试图猜出箱子里放着什么东西。“埃尔思诺湖那边出了点儿事。”他说，“你说你在哪儿露营来着？”

“我之前没说。”索尔说，“我在小珍珠营地露营。如果我不早点儿回家，我老婆就去不成教堂，那我就有大麻烦了。”

警察点点头：“你过来的路上有没有看到一辆蓝色或黑色的厢式货车？”

“没有。”

“我猜也没有。这儿同黑鸭湖地区中间没有道路相连。那你有没有看见有人在步行？黑人女性，大概二十多岁。还有一个年级更大的男性，也许是巴勒斯坦人。”

“巴勒斯坦人？”索尔说，“不。只看见一对白人夫妻，名叫希瑟和卡尔。他们在山上度蜜月。我没有打扰他们。这儿冒出什么中东恐怖分子了吗？”

“有可能。”州警说，“我们在搜寻一个黑人女孩和一个巴勒斯坦人，他们都携带有武器。我发现你带着口音。请问怎么称呼？”

“格罗兹曼。”索尔说，“索尔·格罗兹曼。”

“匈牙利人？”

“波兰人。”索尔人说，“但战争结束后不久我就是美国公民了。”

“这些数字代表什么意思？”

索尔目光下移，落在他搭在车窗上的胳膊上，他的袖子卷了起来，“这是纳粹集中营的文身。”他说。

巡警缓缓点头：“我之前从未见过这种文身，格罗兹曼先生。很抱歉耽误了你，但我还有最后一个重要的问题。”

“请讲。”

巡警后退了两步，将手重新放在左轮手枪上，看着丰田车的后部：“这种日本越野车得花多少钱？”

索尔大笑：“按照我老婆的说法，很贵，警官。非常贵。”他朝两名警官点点头，把车开了出去。

他们穿过圣迭戈，沿着8号州际高速公路到达尤马，将丰田停在一条小街上，在一家麦当劳里吃了午餐。

“是时候弄一辆新车了。”索尔舔着奶昔说。他有时候会想，如果他那奉行严格的犹太饮食规矩的祖母看见自己会说什么。

“这么快？”娜塔莉说，“我们在这儿学习热启动吗？”

“你想学也可以学。”索尔说，“但我想用更简单的办法。”他朝街对面一个二手车店点点头，“我们可以用我手提箱里的三万美元的一部分买辆车。”

“好吧。”娜塔莉说，“但我们得买辆有空调的。我们接下来一两天都要穿越荒漠。”

他们开着一辆三年车龄的雪佛兰旅行车离开了尤马。这辆车有空调，有动力转向装置、动力制动装置和电动车窗。索尔让销售员惊讶了两次——一次是问销售员车上有没有电动烟灰缸，第二次是他没有讨价还价直接就付了钱。没把时间浪费在侃价上被证明是明智之举。当他们回到停放丰田的那条小街时，一群棕色皮肤孩子正在用石头砸车窗。他们笑着抛开了，冲索尔和娜塔莉竖起了中指。

“还好他们只是砸车窗。”索尔说，“真不知道他们发现塑胶炸弹和M-16步枪后会干出什么来。”

娜塔莉瞟了他一眼：“你没说你带了M-16啊。”

索尔扶了扶眼镜，环顾四周：“在这一带行动必须迅速。跟我来。”

他们开着两辆车来带到最近的购物中心，索尔将所有的设备转移到雪佛兰上，将丰田车的钥匙留在车里，车窗打开，“我不想让这辆车被破坏，”他解释道，“只是被偷走就行了。”

第一天之后，他们都在夜晚行动。娜塔莉一直想在美国西南部旅行，但她的记忆大部分却是满天的繁星，以及星空下一层不变的高速公路。沙漠中的日出称得上是唯一的美景，朝阳将粉红、橘黄和靛蓝洒向灰暗的世界。路上入住的小汽车旅馆中，过载的空调发出巨大的噪声，房间里弥漫着雪茄烟和消毒剂的味道。

索尔越来越沉浸在自己的世界里，大部分时间都让娜塔莉开车。早晨停车的时间越来越早，这样他就可以研究文件和机器。等他们到了东得克萨斯，索尔干脆每天晚上都待在旅行车的后部，盘腿坐在电脑屏幕和脑电图设备前。电力来自于他在沃思堡的电器店购买的电池组。娜塔莉甚至都不敢开车载收音机，生怕打扰到他。

关于自己思考的内容，索尔只同娜塔莉讲起过几次。“听着，θ波就是关键。它是完美的信号，是精确的指示器。我自己不能产生θ波，但我可以通过生物反馈环‘重放’θ波。通过训练我自己对一开始的α波波峰做出反应，我就可以将自己的触发机制调节到接受催眠后暗示。”

“你能通过这种方式对抗他们的……念控力吗？”娜塔莉问。

索尔扶了扶眼镜，皱眉道：“不能。我觉得除非你自己也具备这种能力，否则很难真正对抗他们。在可控的条件下对不同的个体做测试会——”

“那这有什么用？”娜塔莉怒吼起来。

“这可以给我们一个机会……一个机会，”索尔说，“让我们可以在大脑皮质中建立一种远程预警系统。通过适当的调节和生物反馈，我就可以用θ波现象触发催眠后暗示，从而回忆起我一直在记忆的数据。”

“数据？”娜塔莉说，“你是说你在以色列犹太大屠杀纪念馆和犹太隔离区斗士之家的日子？”

“是的。”索尔说，“阅读维森塔尔寄给你的文件，记下那些照片、自传、磁带，在自我诱发的恍惚状态中自动回忆……”

“可是，如果不能抵抗精神吸血鬼的话，分享那些人的痛苦又有什么用呢？”娜塔莉问。

“想象一个幻灯片播放机，”索尔说，“上校和其他精神吸血鬼可以自由地加快播放速度，并且插入他们自己的幻灯片，将他们自己的意志和超我[①]强加于被我们称为个性的一堆记忆、恐惧和偏好之上。而我只是在播放队列中加入更多的幻灯片而已。”

“但你不知道这是否有用？”

“不知道。”

---

① 在弗洛伊德人格结构理论中，超我是指人格结构中的道德良心和自我理想部分。

“你觉得这在我身上没有用？”

索尔摘掉眼镜，揉了揉鼻梁。“你需要合适的诱发物，娜塔莉。但它必须与你独特的背景、受精神创伤的经历以及移情的途径相匹配才行。我无法对你实施催眠诱导，产生必需的……呃，幻灯片。”

“但如果这一套东西对你有用，那它就不能在你的上校之外的其他精神吸血鬼身上发挥作用。”

“不错。只有他同我有共同的背景，而这种背景是充实我在移情过程将创造——试图创造——的人格所必需的。”

“即使这几个月的工作和脑电图之类的玩意儿管用，这一套东西也不足以阻止他，只能让他困惑几秒钟？”

“不错。”

娜塔莉摇摇头，盯着车头灯投向远方没有尽头的柏油路的圆锥形光柱：“那你耗费了这么多时间，值吗，索尔？”

索尔打开文件夹。他刚才在看一个小女孩的照片，她脸色苍白，眼神惊恐，穿着黑色外套，系着黑色头巾。在照片的左上角，看得到一名党卫军士兵的黑裤子和长筒皮靴。女孩的脑袋正快速转向照相机，所以她的脸看上去只是一团模糊的影子。她的右手提着一个小旅行包，左手将一个破旧的手工缝制的洋娃娃抱在胸口。除了这张照片，西蒙·维森塔尔寄来的薄薄的信纸上只有半页打印出的德文。

“就算全都失败了也值得。”索尔·拉斯基淡淡地说，“施暴者获得了全世界对他们的关注，尽管他们的暴力是赤裸裸的邪恶。受害者则是面容不清的芸芸众生，他们以数字的形式存在，身后只留下一座座坟墓。这些恶魔让我们这个世纪竖满了受害者的墓碑，现在是弱小的人们找回自己的名字、面容还有声音的时候了。”索尔关掉手电筒，靠到椅背上。“抱歉，”他说，“我的执念可能影响了我的判断。”

“我开始理解执念了。”娜塔莉说。

索尔借着仪表盘的柔和灯光看着娜塔莉：“那你也要在执念的指引下行动吗？”

娜塔莉不安地笑了：“我别无选择，不是吗？但我越接近目标就越害怕。”

“我们可以不用再往前走。”索尔说，“我们可以去什里夫波特的机场，飞到以色列或者南美去。”

“不，我们不能那么做。”娜塔莉说。

等了一分钟，索尔才说：“你说得对，我们不能那么做。”

他们交换了位置，索尔驾驶了几个小时，娜塔莉打了会儿瞌睡。她梦到罗布·金特里的眼睛，梦到刀刃划开他的喉咙时，他惊恐和难以置信的表情。她梦到父亲给在圣路易斯给她打电话，告诉她这一切都弄错了，所有人都很好，就连她的母亲都回家了，而且很安全。可是，当她回到家里，房子却黑漆漆的，房间里挂满了黏糊糊的蜘蛛网，水槽里盛着黑乎乎的胶状液体。娜塔莉突然又变成了一个小女孩，哭着跑向父母的房间。但她父亲不在，而她母亲从覆盖着蛛网的被子下坐起来时，却已经面目全非。她是一具腐朽的尸体，脸干缩结痂，头颅里塞着着梅勒妮·福勒的眼睛。那具尸体在放声大笑。

娜塔莉猛然惊醒，心脏狂跳不已。他们仍行驶在州际高速公路上。外面似乎有些蒙蒙亮。“快破晓了吗？”她问。

“没有。”索尔说，声音异常疲惫，“还没有。”

在“老南方”，城市的郊区都沿着州际高速公路的支路分布——杰克森、梅里第安、伯明翰、亚特兰大，都是如此。他们在奥古斯塔下了州际高速公路，沿着78号高速公路穿过了南卡罗来纳州的南部。即使在夜里娜塔莉也能分辨出窗外的景色——圣乔治，她九岁的时候去那里度过夏令营，母亲去世后的那个夏天似乎永无止境；萨默维尔，她曾经在星期天的下午去那里拍摄老建筑；还有查尔斯顿。

查尔斯顿。

他们在旅行开始后的第四个晚上进入了这个城市，当时快要凌晨四点。这是夜里最没有生气的时间，人的灵魂是最脆弱的。对娜塔莉来说，儿时熟悉的景物看上去歪斜扭曲，贫穷但整洁的圣安德鲁居住区如同投映在暗淡屏幕上的模糊影像一般不真实。她的家中没有一丝亮光。门口没有“此屋出售”的牌子，车道上没有停着陌生车辆。娜塔莉压根儿不知道，在自己突然消失之后，是谁处置了她家的财产。她看着这座陌生又熟悉的房子——五个月前，她、索尔和罗布就是坐在这里的门廊上，一边喝着柠檬水，一边讨论神秘的精神吸血鬼——她没有一丝半点想进去的欲望。她很想知道谁继承了父亲拍的照片——迈纳·怀特、坎宁安、米利的精彩作品，还有她父亲的中庸之作——她惊讶地发现，热泪突然灼痛了她的眼睛。她加速驶离了这条街。

“我们今晚不必进入老城区。”索尔说。

“不，我们得去。”娜塔莉说，朝东驶去，过了桥，进入老城区。

梅勒妮·福勒的房子里亮着一盏灯，就在二楼正面她之前住过的那个房间。不是电灯，甚至都不是柔和的烛光，而是令人毛骨悚然的微弱绿光，如同黑暗沼泽中的朽木发出的磷光。

娜塔莉紧抓住方向盘，控制住抖动的身体。

“正面的栅栏换成了高墙和对开门。”索尔说，“这里被改造成一座堡垒。”

娜塔莉注视着从百叶窗和窗帘缝隙中透出的忽明忽暗的绿光。

“我们还不知道那就是她。”索尔说，“杰克提供的信息并未得到证实，而且是几个星期前提供的。”

“就是她。”娜塔莉说。

“我们走吧。”索尔说，“我们很累。我们今天先找个地方睡觉，明天再去找个安全的场所，把我们的设备组装起来，绝对不能被人发现。”

娜塔莉挂上挡，旅行车沿着黑暗的街道缓缓离开。

他们在城市的最北端找到了一家廉价旅馆，沉睡了七个小时。娜塔莉在中午醒过来时，感到自己神志不清而且十分脆弱。她从凌乱复杂而惊心动魄的噩梦中逃脱出来。梦中，无数只手从破碎的窗玻璃中伸出来抓住了她。

索尔和娜塔莉都疲惫而暴躁，基本没说话。他们购买了快餐炸鸡，在河边的北查尔斯顿公园用餐。天气很热，有八十多华氏度。阳光强烈得如同手术室里的无影灯。

“我觉得你不应该白天出去。”索尔说，“你可能被认出来。”

娜塔莉耸耸肩，“他们是吸血鬼，而我们却只能在夜里行动。”她说，“听起来不公平啊。”

索尔眯眼看着河对岸明晃晃的太阳。“我一直在想副警长和直升机飞行员的事。”

“他们怎么了？”

“如果我没有让副警长给海恩斯打电话，那名飞行员或许还活着。”索尔说。

娜塔莉啜了口咖啡，“那样的话，海恩斯也会活着。”

“是的，但我当时意识到，即使我必须牺牲飞行员和副警长，我也依然会这么做，只要能干掉海恩斯。”

“他杀了你的家人。”娜塔莉说，“还试图杀了你。”

索尔摇摇头，“但这些人都是非战斗人员。”他说，“你还没看出这里的含义吗？二十五年来，我都在鄙视那些戴着方格头巾的巴勒斯坦恐怖分子，他们只能盲目地攻击无辜者，因为他们太软弱，不能正大光明地战斗。现在我们却采用了相同的战术，因为我们太软弱，不能面对这些恶魔。”

“荒谬。”娜塔莉说。她看见在河边野餐的一家五口。母亲正在警告那个还在上幼儿园的孩子远离河岸。“你没有炸飞机，没有朝公共汽车扫射。”娜塔莉说，“杀死那个飞行员的不是我们，是海恩斯。”

“是我们间接导致他死亡的。”索尔说，“设想一下，娜塔莉，如果所有精神吸血鬼——巴伦特、哈罗德、姓福勒的女人，还有上校——同一百个无辜的平民登上了同一个商务航班，你会用一颗炸弹将他们都杀死吗？”

“不会。”娜塔莉说。

“好好想想。”索尔说，“这些恶魔害死了成百上千的人。

一百个无辜者的死亡将会让他们获得惩罚，并且不再作恶。他们永远也害不了人了。你难道觉得不值得吗？”

“不值得。”娜塔莉坚定地说，“不应以这种方式复仇。”

索尔点点头：“你是对的。确实不能以这种方式复仇。如果视人命如草芥，那我们同他们有什么两样？但是，从牺牲那名飞行员开始，我们就已经走上了那条邪路。”

娜塔莉愤怒地站起来。“你到底想干什么，索尔？我们在特拉维夫、耶路撒冷和凯撒利亚讨论过这个问题。我们知道风险有多大。听着，我父亲就是一名无辜的局外人。罗布也是，艾伦、黛博拉和他们的双胞胎孩子，还有杰克，还有……”她说不下去了，双臂抱胸，出神地望着河面，“你到底想干什么？”

索尔站起来，“我觉得不能让你参与下面的行动。”

娜塔莉猛然转身，盯着他：“你疯啦！要干掉其他的恶魔，这是我们唯一的机会！”

“胡说。”索尔说，“我们只是还没有找到更好的办法。我们一定会找到的。我们太急于求成了。”

“太急于求成！”娜塔莉大叫起来。河边野餐的那家人回头看着她。她降低了音量，但语速极快，“太急于求成？联邦调查局和这个国家一半的警察都在找我们。我们知道，这些狗娘养的将全部聚在一起，而这样的机会只有一次。他们越来越强，越来越谨慎，而我们却越来越弱，越来越恐惧。现在只有我们两人在战斗，我很害怕，再过一个星期，我可能会丧失行动的能力……而你却说，我们他妈的太急于求成！”说到最后一句的时候，她又克制不住地大叫起来。

“好啦好啦。”他说，“但我觉得，你没有必要同我战斗下去。”

“你在说什么啊？我当然要同你战斗下去。这是我们在戴维的农场上就决定了的。”

“我们错了。”索尔说。

“梅勒妮会想起我的！”

“那又怎样？我们可以让他相信尼娜派来了第二个使者。”

“就是你？”

“这可行。”索尔说。

“不，根本不行！”娜塔莉厉声道，“情人节之后我记下了那么多的事实、数据、日期、死亡、地点，你有吗？”

“这些东西并没有那么重要。”索尔说，“如果她像我们怀疑的一样是个疯子，逻辑对她而言就毫无意义；而如果她冷静而理智，我们掌握的事实就太少了，我们的故事就太站不住脚。”

“哦，太棒了。”娜塔莉说，“五个月来，我用光了所有的勇气才走到这一步，而你却告诉我，这并不是必需的，而且起不了作用。”

“我没有这么说。”索尔安慰道，“我只是说，我们应该花时间寻找替代方案，而且我觉得你无论如何也不适合再参与其中了。”

娜塔莉叹息道：“好吧。这个问题我们明天再谈怎么样？我们坐了太久的车，都累了。我们需要晚上好好睡一觉。”

“同意。”索尔说。他们朝旅行车走去的时候，他牵住她的手臂，轻轻捏了捏。

他们决定付两个星期的租金，租下汽车旅馆中两个相邻的房间。索尔将生物反馈装置运进来，工作到晚上九点，直到娜塔莉让他停下来，吃点儿她做的晚餐。

“机器弄好了吗？”她问。

索尔摇头道：“即使是在最简单的情况下，生物反馈也不是总能成功。我相信，我记下来的东西可以通过催眠后暗示被唤醒，但我还没有建立触发机制。θ波不可能被复制，我也不能刺激出α波波峰。”

“这么说，你的工作毫无成果？”娜塔莉说。

“目前看是的。”索尔赞同道。

“你想去睡觉吗？”她问。

“晚点儿再去。”索尔说，“我还要再工作几个小时。”

“好吧。”娜塔莉说，“我回房之前给我们泡点儿咖啡。”

“好的。”

娜塔莉来到狭小的厨房，在电炉上烧水，给两个杯子中多加了半勺咖啡，增强提神效果，然后小心翼翼地将微量吩噻嗪[1]放进索尔的咖啡中。这种药物是索尔在加州给她的，用来在必要的时候麻醉托尼·哈罗德。

索尔尝到咖啡的时候皱了皱眉。

“怎么了？”娜塔莉问，喝了口自己的咖啡。

“真带劲。”索尔说，“我喜欢。你去睡觉吧。我可能会弄到很晚。”

“好的。”娜塔莉说，在他面颊上亲了一下，然后穿过门进入旁边的房间。

---

① 用于治疗急慢性精神分裂症、躁狂症等精神病的药物。

三十分钟后，她悄悄地回来，穿着长裙、黑衬衫和薄毛衣。索尔在绿色塑料椅里睡着了，电脑和脑电图设备还开着，大腿上放着一摞文件。娜塔莉关掉机器，把文件夹放在桌上，她写的字条放在文件夹上，摘掉索尔的眼镜，给他盖上一层薄毛毯。在离开之前，她把手在他肩头轻轻地放了一会儿。

娜塔莉确认旅行车上没有留下什么贵重物品。C-4塑胶炸弹藏在她房间的橱柜里，雷管藏在索尔的房间。她想起了汽车旅馆的钥匙，将它放到了自己房间。她没带钱包，也没带护照，没有带任何可以提供更多信息的东西。

娜塔莉谨慎地驾车开往老城区，规规矩矩地等红灯，也从不超速。她将旅行车停在亨利餐厅附近——她在字条里告诉索尔车就停在这儿——然后步行了几个街区，前往梅勒妮·福勒的家。夜色深沉，空气潮湿，头顶浓密的枝叶阻隔了星光，氧气似乎也被它们吸光了。

到达福勒家之后，娜塔莉没有犹豫。高大的铁门上了锁，但门上有一个装饰用的门环。娜塔莉当当当地敲了敲门环，便在黑暗中静静等待。

两座楼都黑黢黢的，只有梅勒妮·福勒的房间亮着绿光。敲门之后也没有亮灯，但一两分钟后，两个男人从黑暗中现身了。高个男人拖着脚步走上来，他是个秃子，脸上堆满肉，一对小眼睛，眼神迷离，如同重度小头白痴症患者。“你想干什么？”他嘟囔着，每个字似乎都是劣质语音合成器发出的一样。

“我想同梅勒妮谈谈。”娜塔莉大声说，“告诉她，尼娜来了。”

足足有一分多钟，两个男人都一动不动。昆虫在灌木丛中鸣叫，一只夜莺扑腾着翅膀，从老房子二楼飘窗旁的矮棕榈中飞出来。几个街区外，一声长笛划破夜空，仿佛是痛苦的尖叫。叫声戛然而止。娜塔莉因为恐惧而双腿发软，但她用尽气力让自己站得笔挺。

最后，高个男人说话了："进来。"他用钥匙打开门，将娜塔莉拉进院子，在她身后把门关上。

有人从房内打开了前门。但娜塔莉看到里面一团漆黑。她快步行走在两个男人中间，右臂仍被高个男人紧紧抓住。她进入了房子。

54

梅勒妮

她说她是尼娜派来的。

起初一分钟，我惶恐极了。我逃回自己的身体，想要爬下床，我的右臂和右腿胡乱地舞动着，拖拽着失去知觉的另一半身体，仿佛那是一块腐肉。胳膊上的针管被拔掉，输液架被拉翻。有那么一瞬，我丧失了对所有人的控制——霍华德、南希、卡利、医生和护士，黑人男孩依然站在侧院的黑暗之中，手持屠刀——然后我平静下来，蜷缩着身子，一动不动。我又恢复了对他们的控制。

我的第一个念头是让卡利、霍华德和那个黑人男孩在院子里干掉她。他们可以用喷泉里的水清洗砖石上的血污。霍华德可以将她带进车库，用浴帘将她的尸体裹起来，以避免弄脏哈特曼医生的卡迪拉克。卡利可以在五分钟内把车开出巷子，把她的尸体抛入垃圾堆。

但我知道的还太少了。如果她是尼娜派来的，我就得掌握更多信息。如果她不是尼娜派来的，那我就想搞清楚是谁派她来的，然后再采取行动。

卡里和霍华德把她带进了房子。哈特曼医生、欧德史密斯护士、南希和休厄尔小姐聚在一起，马文在外面警戒，贾斯汀则在楼上陪我。

那个自称是尼娜派来的黑人女孩将客厅里我的家人扫视了一圈。“这里真黑。”她小声说。

我现在基本上不用点灯了。我对房子里的布局陈设了然于胸，就算闭上眼也能自由穿梭其中。除了在照顾我的时候，我的家人也不需要点灯。而在这里，医疗监护仪器发出的柔和宜人的光芒基本上就够用了。

如果这个女孩是尼娜的代言人，那我就对尼娜还没有习惯黑暗感到诧异。她的棺材里应该很黑才对。如果这个女孩在撒谎，那她很快就会习惯黑暗的。

哈特曼医生替我发言道：“你想干什么，孩子？”

那个女黑鬼舔了舔嘴唇。卡利帮她在长沙发上坐下。我的家人全都站着。尽管偶尔有光线落在苍白的面孔和胳膊上，但在她眼中，我们大部分应该都只是一团黑影。她抬头盯着我们，“我是来同你谈话的，梅勒妮。”女孩说。她的声音着带着一丝颤抖，我从未听过尼娜用这种音调说话。

“这里没有人叫梅勒妮。”哈特曼医生在黑暗中说。

女黑鬼大笑起来。我似乎从中听出了尼娜沙哑的笑声的味道，不禁战栗起来。“我知道你在这儿。”她说，“就像我知道在费城的什么地方可以找到你一样。”

她是怎么找到我的？我让卡利在女孩身后举起了一双大手。

“我们不知道你在说什么，小姐。”霍华德说。

女孩摇摇头。**为什么尼娜会操控一个黑鬼？**我犯起了嘀咕。

“梅勒妮，”她说，“我知道你在这里。我知道你很不安。我是来警告你的。”

来警告我什么？格朗布索普的耳语警告了我，但她同那些耳语无关。她是后来情况恶化之后才来的。等等，不是她找到了我，而是我找到了她！文森特抓住了她，把她带回到我那里。

而她杀死了文森特。

如果这个女孩真的是尼娜的使者，那我的最佳选择还是杀了她。那样尼娜就会明白，我不是好惹的，我不会让她干掉我的傀儡而得不到任何惩罚。

马文仍然等在外面的黑暗之中，手持一把长刀，休厄尔小姐将那把刀留在了砧板上。最好在外面杀了她，那样我就不用担心血溅到地毯和硬木地板上了。

“年轻的女士，”我让哈特曼医生说，“恐怕我们都不知道你在说什么。这里没有一个叫梅勒妮的人。卡利会送你出去的。”

“等等！”那个女人大叫道。卡利抓住她的胳膊就往门口走。“等一下！”她的声音根本不像尼娜从容不迫的腔调。

“再见。”我的五个家人同时说。

黑人男孩在喷泉后面等着。我已经好几周没有“进食”了。

刚走到门口时，女孩就转过身喊道：“威利没有死！”

我让卡利停下来，我们都没有动。不一会儿，我让哈特曼医生说：“你说什么？”

黑鬼女孩带着傲慢的蔑视看着我们。“威利没有死。”她平静地说。

“愿闻其详。”霍华德说。

女孩摇摇头，“梅勒妮，我会同你谈。但只会同你谈。如果你杀了这个使者，我就不会再联络你。那些试图杀死威利并打算杀死你的人，就让他们得逞好了。”她转过身，看着墙角，一副满不在乎的模样，丝毫不理会卡利紧紧钳住她胳膊的大手。那个女孩看上去就像一台被关掉了电源的机器。

楼上，我举棋不定地扭动着身子。我的脑袋很疼，就像做了噩梦一样。我想让这个女人离开，别来烦扰我。尼娜死了。威利也死了。

卡利又把她带了回去，坐在长沙发上。

我们都看着他。

我打算操控这个女孩。有时候——应该是时常——在进入他人意识的时候，在完成支配的那一瞬间，在感官印象之外，还会产生浅层思想的交流。如果尼娜在操控这个女孩，我或许不能打断她的操控，但我有可能感觉到尼娜的存在。如果尼娜没有再操控这个女孩，那我或许可以窥见这个女孩的真实动机。

霍华德说：“梅勒妮马上就下来。”就在女孩做出反应的瞬间——我不清楚是惊恐还是满足——我溜进了女孩的意识。

我没有遇到反抗。我本来做好了同尼娜争夺控制权的准备，但对手的缺失让我打了个趔趄，就像在黑夜中靠到并不存在的椅子或梳妆台上一样。接触是短暂的。我捕捉到了恐慌的味道，听到了“拜托别再来”的乞求声——这种现象通常会在曾被操控但后来未经调教的人身上出现——觉察到了一串一闪而过的念头，就像黑夜中乱窜的小动物。但没有连贯的思想。我看到了一个破碎的图像——一座石桥，阳光照在桥上，石桥横跨在沙丘之海上，沙丘上变幻着各种阴影。这对我来说毫无意义。我不能将其同尼娜的任何记忆联系起来，但战争结束这么多年来我都没有同她有多少接触，所以其实也不能完全肯定。

我退出了女孩的意识。

女孩痉挛了一下，坐直了身子，瞪大眼睛扫视黑暗的房间。这是尼娜重新获得了控制权，还是一个骗子在故作镇定？

“别再这么做了，梅勒妮。”女黑鬼说。从她傲慢的语调中，我第一次听到了明确属于尼娜·德雷顿的声音。

贾斯汀带着一根蜡烛进入房间，火焰从下方照亮了五岁男孩的面庞。跳动的光影让他的眼睛看上去无比苍老，而且疯狂。

黑人女孩看着她——看着我——如同易惊的马看到了爬过来的蛇。

我把蜡烛放在乔治亚风格的茶桌上，注视着黑鬼女孩，“你好，尼娜。”我说。

女孩慢慢地眨了一下眼，“你好，梅勒妮。你难道就不亲自现身说你好吗？”

“我现在有点儿不方便。”我说，“也许你下次亲自来的时候，我也会亲自下楼迎接。”

黑人女孩嘴角露出一丝浅笑：“这个对我来说很困难。”

世界突然在我眼中天旋地转了好几秒钟，我好不容易才控制住我的家人。**尼娜会不会没有死**，她会不会只是受了伤，但并不致命？

我看见了她额头上黑洞洞的枪眼。她的蓝眼睛上翻到脑内。

击中她的子弹很旧了。那颗子弹会不会击碎了头颅，甚至进入了脑子，但并没有对她造成致命的伤害，就像我的脑血管意外一样？

新闻中说她已经死了。遇害者名单我在广播里听到过，在报纸上也读到过，她的名字就在里面。

我的名字也在。

在我床边，一台医疗监护器开始发出刺耳的警报声。我强迫自己的呼吸和心跳降下来。警报声消失了。

从别的视角，我看见贾斯汀的表情有好几秒钟都没有变化。在跳跃的烛光下，他那张六岁孩童的脸依然扭曲变形，如同年轻恶魔的面具。他站在我父亲最钟爱的皮椅的垫子上，一双小拖鞋又尖又直。

“说说威利吧。”我通过贾斯汀说。

“他还活着。”女孩说。

“不可能。他的飞机上没有幸存者。”

“除了威利和他的两个侍从。”女黑鬼说，“起飞前他们下了飞机。”

“既然你知道你没有干掉威利，为什么又要来对付我？”我咆哮起来。

女孩踌躇了片刻，“我没有摧毁那架飞机。”她说。楼上，我的心脏突然狂跳不已，示波器上出现了绿色的波峰，房间里的绿光随着我的心跳忽明忽暗。“那是谁干的？”我问。

“其他人。”她淡淡地说。

“什么其他人？”

女孩深吸一口气：“还有一群人拥有我们这种能力。一群隐秘的——”

“我们的能力？”我打断她，“你是说念控力吗？”

“是的。”她说。

“不可能。我们从来没有遇到别的拥有哪怕是一点点念控力的人。”我让卡利在黑暗中举起双手。她的脖子从黑色毛衣中伸出来，又细又直。折断它就像折断一节干枯的小树枝。

“这些人就有。”黑人女孩大声强调道，“他们试图杀掉威利。他们试图杀掉你。你难道就没想过在德国城朝你开枪的人是谁吗？就没想过掉进河里的直升机是谁派来的吗？”

尼娜怎么知道那件事？怎么可能会有第二个人知道？

“你也可能是他们中的一员。”我狡猾地说。

女孩平静地点头：“不错。但如果我是的话，我会来警告你吗？我在德国城就试图警告过你，但你根本没听进去。”

我努力回想。这个黑鬼女孩警告过我什么？当时的耳语声实在太响亮了，我很难集中精神。“你和治安官一起来杀我。”

“不对。”女孩缓缓摇头，如同一个生锈的金属提线人偶。尼娜的巴雷特·克拉默的动作也是如此，“治安官是威利派来的。他也是来警告你的。”

“其他人都是谁？”我问。

“名人。”她说，“掌握权力的人，有巴伦特、开普勒、萨特和哈罗德。”

“我从未听说过这些名字。”我说。突然，我用贾斯汀那六岁孩童的尖厉嗓音大叫道：“你在撒谎！你不是尼娜！你已经死了！你怎么会认识这些人？”

女孩犹豫起来，似乎没有拿定主意是否开口，“我在纽约认识了其中几个。”她终于开口道，“他们劝服了我，我才做了……之前做的那些事。”

沉默持续了很久，通过我的八个感觉来源，我听见了二楼飘窗窗台上栖息的鸽子的声音。我让外面的男孩将刀从右手转移到左手。休厄尔小姐轻手轻脚地退进厨房，回来后站在门口的阴影中，米黄色的裙子背后藏着切肉的宽刃大刀。卡利激动起来，从他饥渴而焦躁的情绪中，我瞥见了文森特的影子。“他们让你杀死我，”我说，“还承诺会干掉威利。”

“是的。”她说。

“但他们失败了。你也一样。”

“是的。”

“你为什么告诉我这些，尼娜？”我问，“这只会让我更恨你。”

“他们背叛了我。”她说，“他们让我独自与你战斗。我想让你干掉他们，不然他们又会回来对付你。”

我让贾斯汀探出身子。“和我说说话，尼娜。”我低吟着，“跟我说说过去那些好时光。”

她摇了摇头。“没时间说这些了，梅勒妮。”

我笑了，感到贾斯汀的幼齿间渗出的口水。“我们是在哪里相遇的，尼娜？我们是在谁的舞会上比较了跳舞卡①？”

黑鬼女孩微微颤抖起来，抬起一只黑手扶着额头。“梅勒妮，我的记忆……有缺失……因为我的伤。”

“但刚才你的记忆还表现得相当惊人呢。”我厉声道，“是谁同我们一起去丹尼尔岛野餐的，亲爱的尼娜？你记不起他了吗？在那个遥远的夏天，谁是我们的情郎？”

女孩的身子摇晃起来，她的手仍然揉着太阳穴：“梅勒妮，拜

---

① 上流社会的舞会上，绅士想要邀请某位女士跳舞，就会在跳舞卡上，把自己的名字写在与某支舞曲对应的地方，表示他预定要和那位女士跳这曲舞蹈。

托别问了，这些记忆在我脑子里浮现了又消失……痛……”

休厄尔小姐从背后靠近这个女孩。她的高跟护士鞋在地毯上没有发出声响。

“我们在巴德伊舍的游戏中最先‘进食’的是谁？”我问这个问题只是为了给休厄尔小姐争取走完最后两步的时间。我知道这个黑鬼骗子答不上来。我们可以看看，当她的身子坐在长沙发上而脑袋滚落到地板上时，她还会不会继续冒充尼娜。或许贾斯汀想要一个新玩具了。

黑鬼女孩说：“第一个是从柏林来的那个舞女——我想她的名字是梅尔——我记不住所有的细节，但我像往常一样，是在早诺咖啡店发现她的。”

我登时一怔：“什么？”

“第二天……不，是两天之后，星期三……我们‘进食’了那个制冰人。我们把他的尸体留在冰库里……挂在冰钩上……梅勒妮，我的脑袋疼得厉害。我想起来但转眼就忘掉了！”女孩开始痛哭。

贾斯汀蜷缩到坐垫边缘，跳到地板上，绕过茶桌，拍了拍她的肩膀。“尼娜，”我说，“对不起。真的对不起。”

休厄尔小姐沏好茶，盛在我最好的玮致活瓷器里端上来。卡利带来了更多的蜡烛。哈特曼医生和欧德史密斯护士来到楼上检查我的状况，而霍华德、南希和其他人在客厅里各自坐下。黑人男孩则待在外面的草丛里。

“威利在哪儿？”我通过贾斯汀问，“他怎么样了？”

“他很好。”尼娜说，“但我不清楚他的藏身之处。”

“躲避你提到的那些人？”我问。

“是的。”

“他们为什么要伤害我们，亲爱的尼娜？”

“他们害怕我们，梅勒妮。”

“为什么他们会害怕我们？我们又没有伤害他们。”

“他们害怕我们的……我们的念控力。他们害怕他们会被暴露，因为威利太……太放肆了。”

小贾斯汀点点头：“威利也知道其他人的存在？”

“应该知道。”尼娜说，“他起初想加入他们的……他们的俱乐部。现在他只想活命。”

“他们的俱乐部？”我说。

“他们有一个秘密组织。”尼娜说，“每年他们都会在一个地方狩猎预先挑选好的猎物。”

“这下我知道威利为什么想加入他们了。”我说，“我们现在能信任他吗？”

女孩顿了顿。“我想可以。”尼娜说，“但抛开别的不谈，我们三人必须联手自保，度过危机。”

“给我讲讲那些人。”我说。

“我会的。”尼娜说，“但要等下一次。我……我现在很容易累……”

贾斯汀露出天使般的笑容。“尼娜，亲爱的，告诉我你此刻在哪儿。让我来帮你。”

女孩笑了笑，什么也没说。

“那好吧。”我说，“我能见到威利吗？”

“有可能。”尼娜说，“但即便你见不到，我们也必须与他合作，直到指定的时间。”

“指定的时间？”

“一个月后。去岛上。”那个女孩又揩了揩额头，她颤抖的动作透露出她已精疲力竭。尼娜一定是用尽了全身力气才让这个女孩能动能说话。尼娜的尸体在漆黑的墓穴中腐烂的形象从我眼前一闪而过，贾斯汀不禁瑟缩起来。

“告诉我。”我说。

“下次吧。”尼娜说，“我们下次见面再谈必须做什么……以及你可以如何帮助我们。现在我必须走了。”

“那好吧。”我说。我的童声中透露着失望。

尼娜——那个女黑鬼——站起来，缓缓走向贾斯汀的椅子，在他的脸上温柔地亲了一下——亲了我。

在她背叛我之前，这样的犹大之吻给过我多少次？我想起了我们上次重聚时的情形。

“再见，梅勒妮。”她喃喃道。

“下次见，亲爱的尼娜。”我答道。

她朝门口走去，左右打量着，似乎在提防卡利或休厄尔小姐随时拦住她。我们微笑着坐在烛光中，茶杯放在大腿上。

“尼娜。”她到门口的时候，我说。

她缓缓转过身。我想起了安妮·毕晓普的猫，它被文森特最后逼到二楼卧室角落里时就是这个样子。“什么事，亲爱的？”

“你为什么派这个黑鬼女孩过来，亲爱的？”

女孩诡秘地笑了笑。“你说呢，梅勒妮？你派过黑人侍从出来办过事吗？”

我点点头。女孩离开了。

门外，手持屠刀的黑人男孩没入草丛深处，看着她从眼前经过。卡利出来替她开门。

她左转，沿着漆黑的街道慢慢走开。

我让黑人男孩溜进她身后的阴影中。一分钟后，卡利打开门，跟了上去。

55

查尔斯顿

1981年5月5日，星期二

娜塔莉强打精神，走完了第一个街区。她绕过街角，离开了福勒家的视线范围。她知道，她现在要么就屈膝瘫倒在人行道上，要么就发足狂奔。

娜塔莉选择了跑。她飞速跑过了第一个街区，在街角停下往后看。借助一辆转弯车的头灯光芒，她看见了一个穿过院子的黑影。那个年轻人看起来似乎有点儿熟悉，但从那么远的距离，她看不清男孩的具体样貌。但她看见了他手中的刀。另一个人——他的体型更大——绕过了街角。娜塔莉向南跑过了一个街区，再次向东转，上气不接下气，肋骨灼烧般刺痛，但她对此全不理会。

旅行车停放的街区的路灯更亮，但商店和旅馆都关了，人行道上空荡荡的。娜塔冲到车边，打开驾驶席一侧的门，钻进了车。一个更可怕的念头攫住了她，她发现点火锁里没有钥匙，自己身上没有钱包也没有口袋。但转瞬之后她便想起，她把钥匙放到了座椅下，以便索尔来找车的时候能发现。她弯下腰拿钥匙，副驾驶席一侧的车门打开了，一个男人进入车中。娜塔莉强忍住尖叫的冲动。她下意识地挺直身子，举起拳头。

“是我。”索尔说，扶了扶眼镜，“你没事吧？”

“哦，上帝啊。”娜塔莉长吁一口去。她四处摸索，找到了钥匙，轰的一声发动了引擎。

一个黑影从灌木丛中蹿出，跑进五十英尺外的街道。“坐好！”娜塔莉大叫一声，猛然挂挡，驶离了路边。他们到达街区尽头时，车子已经加速到时速五十英里。在那个年轻人跳开躲避之前，车头灯照亮了他的身影，尽管只有短短两秒。

“上帝啊。”娜塔莉说，“你有没有看见那是谁？”

“马文·盖尔。”索尔说，身子撑在仪表盘上，“前面右转。”

“他在这儿干吗？”娜塔莉大声问。

“我不知道。”索尔说，“你最好停下来。没有人跟踪我们。”

娜塔莉把车速降到时速五十英里，驶上往北的高速公路。她发现自己流着眼泪大笑起来。她摇了摇头，又放声大笑，好不容易才用平静一些的语调说：“上帝啊，我成功了，索尔。成功了。我在学校里一次戏都没演过，但我骗过了她。简直难以置信！”她决定尽情欢笑，结果却只是流泪。索尔捏了捏她的肩膀，她这才第一次转头看他。但一个可怕的念头骤然攫住了她：梅勒妮·福勒没有上她的当，那个老恶魔发现了他们，识破了他们的计划，而且已经操控了索尔……

娜塔莉不由得往后一缩，挣脱了索尔的手。

索尔愣了一下，然后摇着头说：“没事的，娜塔莉。我醒了，看到你留的字条，打车到离亨利餐厅不足一个街区的地方……”

“吩噻嗪……”娜塔莉嘟哝道，瞟了眼索尔，立刻将视线投向前方道路。

“我没有喝掉所有的咖啡。”索尔说，“太苦了。何况，你是按照安东尼·哈罗德的剂量给我下的药。他的块头比我小。”

娜塔莉盯着他，不禁怀疑自己是不是快疯了。索尔扶了扶眼镜，“听着，”他说，“我们之前讨论过，精神吸血鬼无法读取你的记忆。我本应向你提问的。但现在你可以先问我。要不要让我描述一下戴维在凯撒利亚的农场？或者我们在耶路撒冷经常光顾的餐厅？或者杰克·科恩从蒂华纳发来的命令？”

“不用。”娜塔莉说，“不用测试。”

“你没事吧？”

娜塔莉用手腕擦掉了泪水，笑着说：“哦，上帝啊，索尔，我刚才被吓惨了。那个地方伸手不见五指，一个白痴的大块头和一个僵尸一样的家伙把我带进了客厅之类的地方。就在那里，六七个人围成一圈，站在黑暗里。上帝啊，他们就像是一具具直立的尸体——有个女人，她的白裙子的扣子都是错位的，她的嘴就一直张着没合拢过。我脑子里一片空白，我觉得我根本说不出话，我仿佛一下子失声了。然后，一个……一个小鬼拿着蜡烛走过来。那一幕比在格朗布索普还恐怖，比我想象的恐怖一百倍。他的眼睛看上去就跟梅勒妮一样，充满了疯狂，直勾勾地盯着我。哦，上帝，我从不相信魔鬼、撒旦和地狱，但这个小鬼就像从但丁或者耶罗尼米斯·博斯的噩梦之中走出来的一样。她不断通过他向我提问，我一个也答不上来。我感觉身后的那个护士——一个穿护士服的僵尸——就要对我下手了，但就在这时，梅勒妮——其实是梅勒妮操控的那个小鬼——提到了巴德伊舍，我突然灵光乍现——索尔，灵感就这么突然爆发了。我花了那么多时间阅读记忆维森塔尔收集起来的资料，此刻终于派上用场了。我还记得那个来自柏林、名叫贝塔·梅尔的舞女，于是轻松赢得了她的信任。但我还是很害怕她再询问他们早年的经历，但她没有再发问。索尔，我觉得我们骗过她了，她上钩了。但我很害怕……”娜塔莉说不下去，轻声喘息起来。

“前面停下。”索尔指着一家肯德基附近的空停车场说。

娜塔莉停下车，挂到驻车挡，努力调整呼吸。索尔探过身子，双手捧住她的脸，在她的左脸亲了一下，然后在右脸亲了一下。“你是我认识的最勇敢的人，亲爱的。如果我有个像你这样的女儿，我会非常骄傲的。”

娜塔莉揩掉最后几滴眼泪：“索尔，我们必须赶快返回汽车旅馆，按计划连上脑电图设备。你向我提问。她进入了我的脑子……我感觉到了……比哈罗德那次更糟。冰冰的，黏黏的，就像……我说不上来……就像是坟墓里的东西。”

索尔点点头：“她认为你来自坟墓。她害怕再同尼娜展开较量，所以不想对你怎么样。如果她要对你使用念控力，早就下手了。”

“她称之为‘我们的能力’，我听得出这是一个专属名词。”娜塔莉说，眼神惊恐地打量着周围，“我们必须回去，索尔，按计划将我隔离二十四小时。你要向我提问，确保我……我没有被操控。”

索尔轻声笑了。“娜塔莉，等你睡着之后我们再连上脑电图遥测包吧。你可以睡觉，但我不需要问你问题。你在车上的这番自说自话已经证明你就是原来那个你……证明你是一个非常勇敢美丽的姑娘。快到我的位置上来，我来开车。”

娜塔莉把头靠在头垫上，索尔开了返回汽车旅馆的最后几英里。她想起了她父亲，想起了他们在暗室里安静地洗照片，想起了同他共进晚餐，想起了她在汤姆·派珀家背后被生锈的金属划破了膝盖——那时她只有五六岁，她母亲也还活着——她跑回家，父亲穿过院子迎上她，把隆隆作响的割草机留在原地，惊恐地看着她的腿和被鲜血染红的短袜。但她没有哭，他抱起她，带她穿过了纱门，一路喊着：“我勇敢的小姑娘，我勇敢的小姑娘。”

而她就是勇敢的姑娘。娜塔莉闭上双眼。她就是。“开始了。”索尔说，“真的开始了。他们的末日开始降临了。”

她依然闭着眼，但心跳总算平缓下来。娜塔莉点点头，继续想念父亲。

56

梅勒妮

天亮后，很难相信尼娜来联系过我。我的第一反应是焦虑——尼娜发现了我，我随时都可能受到攻击。但这种感觉很快就消退了，取而代之的都是决心和振作。不论这个女孩代表谁，她都促使我再次思考我的未来。

星期三，我想应该是5月5日，那个女黑鬼没有回来，于是我自己行动起来。哈特曼医生拜访了一个又一个医院，表面上寻找新的实习机会，实际上是寻找符合尼娜医学特征的长期病号。根据我在费城住院时的经验，哈特曼医生没有去询问医生护士或者医院的行政人员，而是以检查医院设施的名义，进入电脑查看用药清单、手术记录和物料采购单。搜寻一直持续到星期五，但女黑鬼始终没有带来尼娜的新口信。到周末结束的时候，哈特曼医生已经检查了所有可以提供长期医护服务的医院、疗养院和医疗中心。他还询问了县殡仪馆，但后者坚称德雷顿夫人的尸体已经被她房产的遗嘱执行人认领并且火化了。但这只能证明，她有可能活着，或者她的尸体被藏匿了起来。我快速探查了每一个殡仪馆工作人员的思想，结果发现一个名叫托比的头脑迟钝的中年男人。他思维里的痕迹表明，他被操控过，而且被操控的记忆被抹除了。

卡利那一周开始调查查尔斯顿的各个墓地，寻找可能埋有尼娜尸体的不到一年的新坟。尼娜的老家是波士顿，所以对查尔斯顿墓地的搜索一无所获之后，我派休厄尔北上——我不想让卡利在这个危险时期离开我——她在古老的波士顿北区的一块私人小墓地里发现了霍金斯家族墓地。星期五晚上半夜过后，她带着从剑桥的凯马特买来的撬棍和鹤嘴锄，进行了一次彻底的搜查。墓地里埋葬了一堆霍金斯家族的人，总共十一个，其中九个是大人，但所有人看上去都在里面躺了五十年以上。透过休厄尔小姐的眼睛，我看着尼娜父亲残破的颅骨——他曾经拿他嘴里的那颗金牙开玩笑——忍不住再次怀疑尼娜父亲的死因。那年夏天，尼娜因为父亲不允许她买那辆她喜爱的蓝色双门轿车而恼怒不已，我怀疑她因此把父亲的脑袋塞到了那辆电车的轮子下面。

那晚在霍金斯家族墓地，我只看到了骨头和粉尘，还有下葬时所穿的华丽衣物腐朽后的残渣。但为了百分百确定，我让休厄尔小姐敲开了每一颗头颅往里看，结果只发现了褐色的粉尘和昆虫。尼娜没有藏在那里。

虽然我很失望，但同时也很开心，因为我的思维相当清晰。几个月的康复期在一定程度上让我变迷糊了，不像以前那样感觉敏锐，但现在，我发现过去那种缜密的思维又回来了。

我本该猜到，尼娜不会同自己的家人葬在一起。她憎恨自己的父母，对自己早逝的姐姐——她只有这一个姐姐——也十分厌恶。如果尼娜真的成了一具尸体，那她应该就在一座新买的宅邸里，很有可能就在查尔斯顿本地，穿着漂亮的衣服，脸上涂脂抹粉，庄严地躺在铺满奢侈品的棺材里，周围陪葬着许多仆人。我承认，我派欧德史密斯护士穿着最精美的丝绸衣服去曼德萨旅馆的“种植园厅”用过午餐，但并没有在那里发现尼娜。虽然尼娜和我一样，不是循规蹈矩的人，但她应该没有蠢到再回那里去。

我并没有将那一周所有时间都浪费在徒劳地搜索可能并不存在的尼娜身上。我还做了一些扎实的工作。霍华德星期三飞到法国，开始为我将来在那里旅居做准备。那座别墅同我十八年前离开时差不多。土伦的保险柜里放着我的法国护照，索尔先生三年前刚帮我办了新护照，并且送到了那里。

尽管相距两千多英里，但我仍然能获取霍华德的感知，这说明我的念控力得到了无法估量的提升。以前，只有索恩先生那种经过精心调教的傀儡才能去那么远的地方，而且只能按照预先设定好的方式机械行动，无法接受我的直接指挥。

透过霍华德的双眼，我看到了法国南部苍翠的群山，看到了果园，看到了我的农场附近镇子里的橙色方形房顶，不禁感叹自己竟迟迟没做出逃离美国的决定。

霍华德星期六晚上回来了。所有准备工作都已快马加鞭地完成，以确保霍华德、南希、贾斯汀和南希“体弱多病的母亲”能在一小时之内离开这个国家。卡利和其他人会稍后再走，为我们殿后。虽说我不想丧失我的私人医疗组成员，但如果他们真的跟不过来，那在法国也不是找不到优秀的医生和护士。

安排好撤退路线之后，我反而有点拿不定主意是否要撤退。我同尼娜和威利的重聚其实没有那么不愉快。一想到我同这两个老朋友之间还有那么多斩不断的牵绊，这几个月的游荡、痛苦和孤独就令人愈发不安。几个月前，我在亚特兰大机场接到尼娜的电话，从此踏上了没头没脑的逃亡之路，但等尼娜的代表——如果她没骗我的话——真的来找我的时候，我却觉得没那么惶恐。

我迟早会查明真相的，我想。

星期四，欧德史密斯护士去公共图书馆检索那个女黑鬼提过的那些名字。她在几篇杂志文章和最近出版的一本书上发现了神秘亿万富翁C. 阿诺德·巴伦特，在几本关于华盛顿政治的书上看到了查尔斯·科尔本，在几本书上找到了一个名叫开普勒的天文学家——这个人几百年前就死了，所以不可能是我要找的那个开普勒——但女黑鬼提到的其他名字都没查出任何资料。那些查出的书和文章也缺乏说服力。如果那个女孩不是尼娜派来的，那她肯定在说谎。如果她是尼娜派来的，那她也很有可能在说谎。我和尼娜素有嫌隙，不需要一拨同样拥有念控力的阴谋团体挑拨，她也照样可能对付我。

莫非，死亡把尼娜逼疯了？我想。

星期六，我处理了最后一件琐事。哈特曼医生一直同霍奇斯夫人和她女婿洽谈购买院子里的另一座房子的事。我知道她住什么地方。我还知道，每个星期六上午她会独自驾车去老城区的超市购买新鲜蔬菜。她对新鲜蔬菜的热爱几乎到了迷信的程度。

卡利把车停在霍奇斯夫人女儿的车旁边，等待老太婆从超市里出来。见她抱着一大堆杂货走出门口，卡利立即迎上去说：“嘿，我来帮你一下吧。”

“哦。”霍奇斯夫人说，“不，我可以……”卡利抓起一袋杂货，用力钳住她的左臂，将她拽到哈特曼医生的卡迪拉克旁，塞进座位，就像火冒三丈的大人将顽劣的两岁孩童强行带上车一样。她摸索着想开车门出去，但卡利钻进了驾驶座，伸出一只同这个白痴女人脑袋一样大手，一把勒住她的脖子。她重重地倒在门上。卡利查看了一下，她还能呼吸，于是就把车开回了家，一路上都在播放莫扎特的音乐磁带，还笨拙地跟着哼唱。

5月10日，星期日，正午刚过不久，尼娜的黑鬼信使就敲响了房门。

我派霍华德和卡利出门把她带进了屋子。这一次，我已经做好了准备。

57

多尔马恩岛

1981年5月9日，星期六

早上七点半刚过，娜塔莉和索尔就乘飞机离开了查尔斯顿。这是她四天以来第一次没有佩戴脑电图遥测包，她产生了一种奇特的感觉，就像自己赤身裸体，自由自在，仿佛真的刚从被隔离状态解放出来一样。

塞斯纳180小型飞机从查尔斯顿港口另一侧的机场起飞，转弯向朝阳飞去，然后在海湾与大洋相交的蓝绿色水域再次右转。佛利岛出现在右翼下方。娜塔莉看见，在海湾、潮汐通道和沿岸沼泽组成的混乱网络中，近岸内航道[①]蜿蜒向南。

“你觉得要飞多久？”索尔大声问飞行员。索尔坐在前排靠右的位置，娜塔莉坐在他身后。塑料防水布包裹的大袋子就放在她脚下。

达利尔·米克斯瞟了眼索尔，然后转头去看侧后方的娜塔莉，“大概一个半小时。”他喊道，“如果东南风刮起来的话，

① 美国大西洋岸和墨西哥湾沿岸与海岸平行的通航水道。

还会更久一点儿。”

同七个月前娜塔莉在罗布·金特里的前门廊上见到他时相比，这个包机飞行员并没有太大变化。他戴着廉价塑料墨镜，穿着帆船鞋、破破烂烂的牛仔裤和运动衫，运动衫上印着几个褪色的字：瓦巴什学院。娜塔莉依然觉得，米克斯看起来像年轻长发版的莫里斯·尤德尔。

娜塔莉还记得，罗布·金特里的老朋友叫米克斯，是个包机飞行员。她稍微翻了一下黄页就找到了他在普莱森特山北面小机场的办公室，就在一条从查尔斯顿流出的河流旁边。米克斯也还记得她，他们聊了几分钟罗布的轶事，他就同意带索尔和她低空飞越多尔马恩岛。米克斯显然相信了他们的说辞——娜塔莉和索尔要写一篇关于神秘亿万富翁C. 阿诺德·巴伦特的报道。娜塔莉可以肯定，米克斯在收费上给了他们优惠。

这天晴朗温暖，万里无云。娜塔莉看见长达一百英里的锯齿形海岸边，浅色的近海水体融入了大西洋的蓝紫色水体。覆盖着绿色和棕色的南卡罗来纳渐渐变成了西南方热气蒸腾的地平线。飞行过程中，他们几乎没有交谈，索尔和娜塔莉各自想着心事，米克斯则忙碌着操纵飞机，不时与航空管制员进行无线电通话。他显然对今天的天气很满意。在海上飞了一段时间后，他指着西边远方两个模糊的轮廓说：“那个大点儿的是希尔顿·海德岛，有钱人很喜欢去那儿度假。我从没去过。小点儿的是帕里斯岛，上面有海军陆战队的营地。许多年前，他们请我免费在那里度了一个假。他们那会儿就知道怎么把男孩变成男人，把男人变成机器人。听说他们现在仍然擅长此道。”

到萨凡纳以南海域后，飞机又转弯朝海岸飞去。他们看到了长长的海滩和绿色植物，米克斯认出那里是圣凯瑟琳岛、黑胡子岛和萨婆罗岛。接着飞机左转，稳定朝112方位飞去。米克斯指着远方海中的又一个轮廓，模仿海盗的低吼说："那儿就是多尔马恩岛。"

娜塔莉拿起300毫米镜头的尼康相机，靠在侧窗上，用单脚架固定。她用的是快速感光照片，索尔将他的素描本和写字板放在大腿上，翻阅从杰克·科恩的资料中抽取的地图和图表。

"我们将从北面靠近，"米克斯大喊道，"沿着面朝大西洋的一侧飞，然后绕岛一圈，看看那座古老的大宅。"

索尔点点头："你能靠得多近？"

米克斯咧嘴一笑："他们这儿管得很严。表面上，岛的北部是一个很大的野生动物保护区，候鸟迁徙的固定路线也经过那里，所以那里的空域是禁飞的。但实际上，来头极大的西方传基金会拥有那片区域，而且防守十分严密，都快赶上俄国导弹基地了。只要你从那儿低空飞过，然后降落在海岸附近，你就会吃不了你兜着走。一旦他们查明你的注册号码，民航管理委员会就会立即吊销你的飞行执照。"

"那你有没有闯过禁区？"索尔大声问。

"当然有。"米克斯说，"不知你注意到没有，我飞机上的注册号码都是红胶带做的，扯掉胶带，就能换上新的注册号码。瞧那边。"他指着岛东面一英里处一艘正向北缓慢航行的高桅灰色船只说，"那是他们的巡逻艇。装着雷达。这些船速度极快，在海岸来回巡逻，如果有哪个傻瓜想来多尔马恩岛野炊或者观鸟，准会在这儿找到惊喜的。"

"那六月份夏令营举行的时候呢？"索尔问。

米克斯笑道："到时候海岸警卫队和海军都会出动。听说在西南部的简易机场配备了武装喷气涡轮直升机——我等会儿会带你们过去看——有朋友告诉我，一旦有轻型飞机进入方圆三英里的范围就会被打下来。好了，到北沙滩了。除了大宅和俱乐部附近的游泳场，这个岛就只有这里有沙滩。"米克斯转头看着娜塔莉，"希望你已经准备好了，女士。这趟环岛观光只能看一遍。"

"准备好了！"娜塔莉高声回应。飞机在海岸外四分之一英里的地方，以四百英尺的高度飞行，她开始咔嚓咔嚓地拍照。她庆幸自己今天带的是可以自动卷片的大号胶卷，这种东西她平常几乎用不上。

她和索尔都研究过科恩找到的这个岛的地图，但真实的情况更有趣，尽管他们只看见矮棕榈和沙洲从眼前一掠而过，几乎捕捉不到细节。

多尔马恩岛是那种经常在海岸附近见到的海岛。从飞机上看，它就像一个潦草的手写"L"，几乎是正南正北走向，"L"的一竖长6.8英里，一横向长2.7英里，在"L"的一横拐弯向北的地方，岛宽骤然缩小到半英里。

越过最北端长长的白色海滩，飞机沿着东海岸飞行，可以瞥见沼泽地和亚热带森林，后者覆盖了整个岛三分之一的面积。从矮棕榈和柏树中，一大群白鹭疯狂地拍打着翅膀飞起来，从表面看，这里确实像是野生动物保护区。娜塔莉在自动卷片功能许可的范围内快速拍着照。她瞥见一个岩岬南部的灌木丛中的有一片被火焚烧过的石质建筑废墟。

"那是古老的奴隶医院的遗址。"索尔大声说，在地图上做了个记号，“森林吞没了医院后面的杜波斯种植园。岛上还有一个奴隶墓地……瞧，那就是隔离区！”

娜塔莉从相机取景框上抬起头。接近“L”底部一横的时候，地势渐高，森林仍然茂密得没有一处缝隙，只是这里除了矮棕榈和热带植物外，还有小橡树、柏树和海松。前方还可以瞥见一些低矮的半埋在土中的水泥建筑，状如诺曼底海滩的碉堡。一条平坦的黑色柏油路在棕榈树之间穿行，通往一片被高高的栅栏围起来的宽一百码的区域，里面没有任何植被，而且横贯整个岛。从高处看，那里的地面上似乎铺满了锋利的贝壳。娜塔莉开始使用长焦镜头拍照。

米克斯摘下耳机，“老天，你们真应该听听那艘雷达巡逻艇上的人在喊什么。可惜我的无线电坏了。”说着，他向索尔坏笑了一下。

他们朝“L”底部东西走向的一横飞去。米克斯来了个急转弯，以免直接越过那部分。

“拉高！”索尔大叫道。

随着飞机逐渐攀升，娜塔莉的视野更开阔清晰了。她换上了装有广角镜头的理光相机，改用手动模式拍照，保持着最快的卷片速度。她忽然冲到左舷窗边，拍了几张正在往后退去的长海滩。

“L”底部一横的北面同岛上其他区域截然不同——那里在隔离区南部，生长着橡树和松树，地势缓缓升高，最后在南面很远的地方形成一条高出海平面两百英尺的山脉。岸边精心铺设了柏油路，就像一条无比柔滑的缎带，掩映在棕榈树和古老的小橡树之间。他们在五百英尺的高度平飞时，树林之间不时露出绿色的房顶，岛中心的草地上排着一圈长椅。

“夏令营宿舍和圆形露天剧场。”索尔大声说。

“坐稳了。”米克斯说，然后再次向左急转，掠过一处形如镰刀的珊瑚礁，以免直接飞越岛的东南角的人造港口和长长的水泥码头。“我猜他们不会朝我们开枪。”米克斯咧嘴笑道，“但还是小心为妙。”

飞过港口之后，他们又向右急转，沿着高耸多岩的东部海岸飞。在岛上最高点的古老橡树和鲜艳木兰背后偏南的地方，浮现出一个屋顶，米克斯朝那里点点头，说：“就是那座大宅，过去是范德胡夫种植园。大宅主人是个爱钱如命的老牧师。1770年左右用柏木板建造的。三楼上有二十一个天窗。挺过了四场龙卷风、一场地震，还有内战。树林这边有直升机场……瞧，就在空地里。”

塞斯纳飞机再次右转，降低高度，沿着白色悬崖的顶部飞行。悬崖下方两百英尺就是波涛汹涌的海面。娜塔莉用长焦镜头拍了五张照片，又用广角镜头拍了两张。一长排高大的橡树通往大宅。经过几百年的风吹雨打，那座宅子已经老旧凋敝。宅子后面是一块精心修剪过的四分之一英里宽的草坪，草坪边缘就是悬崖。

索尔看了看地图，眯眼望向渐渐隐没在高大橡树后的大宅屋顶，“应该有一条公路……或者林荫小道从北面通往大宅。”

“小橡树路。”米克斯说，“有一英里多长，从港口笔直地通往大宅另一侧的山脚下，花园也在那一侧。但那不是公路，而是一条长满草的小道。有三十码宽，两侧是一百英尺高的小橡树，树龄高达两百年。树上挂着类似日本灯笼一样的照明装置……晚上十英里外都能看见……那些头面人物晚上到了之后，会被车载着沿小橡树路送到大宅去。那里就是飞机跑道！”

他们沿着“L”的底部横向西飞了两英里，高耸的悬崖被低矮的多岩海岸线所取代，然后又变成了一片宽阔的白色沙滩，这时飞机跑道映入眼帘：一条长长的黑色空地，朝东北方向的森林延伸而去。

“他们坐飞机过来，然后徒步去小橡树路。”米克斯说，“只是走不了多久。这条跑道，无论是私人小飞机还是公务机都可以降落。紧急情况下甚至可以降落波音727。”

飞机大幅右转，绕过岛的西南角，游泳场消失在他们身后。

前方“L”笔直的一竖被锯齿状的潮汐通道破坏了。围着栅栏的隔离区跨过地峡往内陆延伸。这片一百码宽的区域光秃秃的，在周围茂盛的热带植被中显得尤其突兀，就像是天堂中赫然树起了一座柏林墙。越过隔离区往北飞，岛的西侧看不到任何人造物体的痕迹，连废墟都没有，茂密的矮棕榈、海松和木兰一直生长到海边。

“他们是怎么解释隔离区的？”索尔问。

米克斯耸耸肩。“说是用来把野生动物保护区和私人领地隔开的。”他说，“但实际情况是，这里全都是私人的。在他们的夏令营上——这名字蠢透了，对吧？——他们会把一大拨总理和前总统送到岛上来。他们让这些家伙留在隔离区南面，这样安保工作也轻松一些。当然，这并不意味着这座岛不安全。那边是西面的巡逻艇。”他朝左边点点头，“再过三周，巡逻艇就会多出十几艘，还有海岸警卫队的快艇，把这里围个水泄不通。就算你上了岛也走不了多远。到处都有特勤局和私人安保公司的人。如果你们在做关于C. 阿诺德·巴伦特的报道，那你们肯定知道，那个家伙不喜欢被打扰。”

他们即将抵达岛的最北端。索尔指着那里说："我想在那儿降落。"

米克斯转过头，在墨镜后面瞪着他。"听着，伙计，"他说，"我们可以制订一个假想的飞行计划。我们甚至可以偷偷进入巴伦特的空域。但如果我把飞机降落到那条跑道上去，我就永远别想再见到我的飞机了。"

"我不是说降落到跑道上去。"索尔说，"最北端的海滩又直又硬，"索尔说，"长度似乎也足够。"

"你疯了。"米克斯说。他皱起眉头，摆弄操作台上的按钮。越过最北端，便是浩渺的大海。

索尔从衬衫口袋中取出四张五百美元的钞票，放在操作台上。

米克斯摇摇头，"如果我们落地后撞上了石头或者软沙滩，这点儿钱根本不够买新飞机，也不够付医药费。"

娜塔莉探过身子，抓住飞行员的肩膀。"求你了，米克斯先生。"她的声音盖住了引擎的轰鸣，"这对我们非常重要。"

米克斯挪了挪身子，以便能看到娜塔莉。"你们不是在做杂志报道，对吧？"

娜塔莉瞅了眼索尔，然后又看着米克斯，点了点头。"不错。"

"是不是同罗布的死有关？"米克斯问。

"是的。"娜塔莉说。

"我就知道。"米克斯点点头，"罗布在费城遇到了什么事？这些事同联邦调查局又有什么关系？关于这些问题，我压根儿不信他们给我的解释。莫非这个叫巴伦特的亿万富翁也牵涉其中？"

“我们觉得他脱不了干系。”娜塔莉说，“但我们还需要更多的信息。”

米克斯指着身下的海滩说：“在那边降落，停留一会儿，你们就可以查出些东西？”

“有可能。”索尔说。

“好吧，管他的呢。”米克斯嘀咕道，“我猜你们俩都是恐怖分子。但恐怖分子从来没伤害过我，而巴伦特那样的浑蛋已经折磨我好多年了。”

塞斯纳向右急转，他们掉头再次朝北沙滩飞去，高度二百英尺。那条狭长的沙滩最宽处也只有十码，旁边就是浓密的植被。沙滩西北端河流和潮汐通道纵横交错。“沙滩只有一百二十码长。”米克斯说，“我们必须在冲进海里之前停下来。让我们祈祷不会遇到什么洞或者石头吧。”他检查了一下操作台，俯视着身下的白色的海浪和摇曳的树冠，“现在刮的是西风。”他说，“抓稳咯。”

塞斯纳再次右转，他们在海上绕了一圈，降低了高度。索尔系紧安全带，双手撑在控制台上。后座的娜塔莉收拾好照相设备，将柯尔特自动手枪塞在宽松的女衬衫下，检查了自己的安全带，固定好身子。

米克斯后拉油门杆，塞斯纳缓缓下降，有整整一秒仿佛都悬浮在岛东部的波浪之上。索尔根据航线判断，他们将降落到海面上，而不是沙滩上。但最后关头，米克斯又突然给了塞斯纳一点推力，飞机侧滑着越过一堆岩石。飞机朝岩石降落的时候，石头看上去越来越大，让人悚然心惊，但米克斯最后成功地让飞机在十英尺外的潮湿沙滩上稳稳落地。

机头往下一栽，海水泼溅在挡风玻璃上，索尔感觉左轮打滑了，米克斯手忙脚乱，仿佛在同时操纵油门、方向舵、制动装置和副翼。机尾接着落了下来，飞机虽然在减速，但显然减速得不够快，因为透过越来越慢的螺旋桨的模糊光影，他们看见刚才还挺远的海滩西北角的潮汐通道逼近眼前。米克斯将右轮朝下压，海水都溅到了索尔一侧的舷窗上。米克斯猛拉制动装置，机尾骤然抬升转弯，飞机滑行着转了一个大弯，左轮离地，右轮离潮汐通道和沙丘只有几英寸。这一系列操作都在五秒钟完成，最后飞机停了下来，螺旋桨怠速旋转着，挡风玻璃正对东方。身后的潮湿沙滩上，留下三条根本不平行的着陆痕迹。

“你有三分钟。”米克斯说，手已经放在油门杆上，“我会在海滩东端等你。如果风停了，或者我看见他们的船绕过了奴隶角，那我只好同你说再见了。女士留在飞机里，好在转弯的时候帮我抬机尾。”

索尔点点头，解开安全带，走出薄薄的舱门，长发在螺旋桨卷起的风中飞舞。娜塔莉将那个又长又重的袋子推了下去。袋子外面裹着塑料防水布，皮质把手从袋子里伸出来。

“嘿！”米克斯大叫起来，“你可没说这个——”

“走吧！”索尔也大叫回应，然后跑到了森林边上。潮汐通道就消失在他旁边的浓密棕榈叶和热带花卉之中。

离沙滩十英尺的地方就是沼泽，索尔脚踝以下的部分都陷了进去，森林外围的木兰和矮棕榈被挂着铁兰的古老柏树和扭曲粗糙的橡树所取代。一只鹗从索尔头顶六英尺的大鸟巢扑腾着翅膀飞起来，一种不知名的生物在他右边十英尺游走了，留下“V”

字形的涟漪，让索尔想起了金特里说过的抹黑抓蛇的故事。

三分钟差不多快结束的时候，索尔才看了看指南针，认定自己已经走得够远了。他的右肩扛着那个沉重的袋子，他四下打量了一番，发现了一棵古老的柏树，树身上留有火烧或雷击的痕迹，低处的两条树枝伸在咸水上方，就像一个尖叫的男人张开了一双烧焦的手臂。他朝那棵树走去，抵达粗大的树干的时候，水已经没过了他的腰。闪电在树干正面撕开了一条锯齿状的裂缝，露出腐朽的树心。

泥浆和水流拉扯着索尔的左裤腿，但他全然不顾，小心翼翼地将长袋子塞进裂缝，用力往上推，直到从外面根本看不见，然后从灰色树干上折下两根枯枝，交叉支撑在袋子下面，以防松脱。他后退了十步，对这番掩蔽工作十分满意，然后开始记住那棵老树的形状，以及相对于潮汐通道和其他树的位置。他抬起头，又记下了铁兰和扭曲树枝之间那片天空的模样。然后索尔转身，快步返回沙滩。

泥浆阻碍了他的脚步，似乎随时可能把他的鞋子扒下来，或者折断他的踝关节。咸腥的渣滓覆满了他的衬衫，死水散发出海水和腐败物的味道。棕榈树和蕨类植物的叶片拍打着他的头，一团叮人的小虫组成浓密的乌云悬在他汗涔涔的脸和肩膀上空。走出沼泽的路上，植物似乎茂密了无数倍，他费尽九牛二虎之力也没走到尽头。然后，他穿过最后一层树枝屏障，趺趺撞撞地越过水浅沙清的潮汐通道，爬上深沟，返回沙滩。他发现自己虽然有指南针辅助，却还是没有从进入沼泽的地点出来，而是向西偏离了三十码。

塞斯纳飞机不见了。

索尔刹那间吓得魂飞魄散，简直不敢相信自己的眼睛。他向前跑了五十英尺，终于看到了金属和玻璃的反光。那架飞机就藏在一座低矮的沙丘之下，似乎离他无穷远。他从潮湿的沙滩上冲过去。引擎声越来越响亮，潮水似乎涨了起来，但他几乎不为所动。潮水已经漫过了临海一侧的轮胎痕迹，被太阳烤干的可用海滩面积急速缩小。跑过三分之二距离的时候，他已经累得气喘吁吁，以至于没有听见那艘快艇隆隆驶来的马达声，直到他看见它激出白色的飞沫，绕过了岛的东北角。船上至少有五个持枪的人影。索尔发足狂奔，靴子踏进海浪里，水花四溅。他径直冲到塞斯纳前方，如果这架飞机现在就起飞，那除非索尔潜入水中，否则铁定被螺旋桨绞成肉泥。

他离飞机十码的时候，忽然看到飞机左翼下蹿起三条沙柱。这场面相当诡异，就像是有掘沙的动物或者巨大的沙蚤正从沙下朝他袭来一般。但一秒过后他就听到了子弹嗖嗖嗖的啸叫。快艇就在两百码外，他已经进入步枪的射程。索尔猜测，要不是碎浪和过快的船速影响了射手的精准度，他可能早就被击中了。

索尔冲过最后二十英尺，左侧舱门忽然打开，他踩着起落架支柱跳上副驾驶座，瘫倒在座位里，全身被汗水浸透。他刚一跳进舱门，飞机就颠簸摇晃着，沿着狭窄的潮湿沙地滑行起来。娜塔莉奋力关上了砰砰作响的舱门。身后传来子弹击中金属的声音，米克斯咒骂了一声，摆弄了一下头顶的操作按钮，将油门杆推到底，牢牢抓住颤抖不止的驾驶杆。

索尔坐起来，刚好透过挡风玻璃看到塞斯纳抵达了沙滩的尽头，但仍然没有升空。飞机呼啸着驶过潮汐通道和狭窄河流岸边的沙坡。西侧的嶙峋怪石和低矮植物迎面扑来。

但机身下三英尺厚的气流帮助了他们。在右轮溅起水花之后，他们终于升入空中，以一英尺的微小距离与岩石擦身而过，然后右转，爬升了二十英尺，三十英尺。索尔向右侧看去，发现快艇疯狂地在海面上颠簸着追逐他们，枪口闪着光，仿佛在正对索尔的眼睛开枪。

米克斯猛踩方向舵脚蹬，后拉驾驶杆，然后又前推，让塞斯纳划出了一条诡异的向左侧滑的弧线，从海浪上方五英尺处加速升空，越过了岛的西端，森林挡在了他们和巡逻艇之间。

索尔没有系安全带，头撞到了舱顶，又从没关紧的舱门上反弹回来。索尔抓住座椅和操作台，以免撞到飞行员和驾驶杆。

米克斯狠狠瞪了他一眼。索尔系好安全带，观察四周。树林从他们左侧飞掠而过，前方半英里，三艘快艇径直朝他们驶来，船头仰起，完全脱离了水面。

米克斯叹了口气，然后向右急转。机身偏斜得如此厉害，索尔甚至都可以看见正下方水下十英尺的一只蝠鲼的轮廓。翼尖与海浪之间只有他前臂那么长的距离。

他们绕了个圈，恢复向西水平飞行，将多尔马恩岛和快艇抛到了身后，但高度仍然很低。当他们加速到时速一百五十英里时，可以明显感觉到速度的提升。索尔希望塞斯纳有可收缩的起落架，因为起落架的震动让他的双脚忍不住要从地板上抬起来。米克斯用双膝固定住驾驶杆，然后从口袋中取出一块红手绢，捂住鼻子大声擤鼻涕。

“我们得直接飞到我的朋友特伦斯在蒙克角的私人机场，还要给阿尔伯特打电话，让他做一份备用飞行计划。”米克斯说，“虽然那个沿岸机场已经很靠北了，但也要防着他们来查。这真他妈的是一团糟啊。”他摇了摇头，但嘴角的笑容暴露出了他的真实想法。

“你先前说，这次观光旅行收费三百美元。”索尔说，“但我想现在应该不止这个价了。”

“不止？”米克斯说。

“是的。”索尔说。他朝娜塔莉点点头。她从相机包里摸出了一捆五十美元和二十美元钞票，总共四千美元。索尔将钱放在了飞行员座椅的边上。

米克斯接过钱，放在大腿上翻了翻。“听着，”他说，“如果我能帮你查出谁杀了罗布·金特里，就算不给我这笔奖金我也愿意。”

娜塔莉探出身子，“你帮上忙了，”她说，“所以奖金你拿着。”

“你们能告诉我那个叫巴伦特的王八蛋同罗布的死有什么关系吗？”

“等我们掌握更多情况之后就告诉你。”娜塔莉说，“我们可能还需要你的帮助。”

米克斯挠了挠运动衫，咧嘴笑道：“当然，女士。你们闹革命的时候别忘了我，好吧？”

米克斯打开了挂在仪表盘把手上的收音机。在钢鼓乐队的鼓点和西班牙文歌曲声中，他们朝大陆飞去。

58

梅勒妮

星期天，尼娜的傀儡驾车带走了贾斯汀。

她在上午快十一点的时候敲响了大门。这个时间，体面正派的人都应该在教堂。她拒绝了卡利请她入内的邀请，反而请贾斯汀——她称其为“男孩”——出来随她坐车走一趟。

我思索了片刻。让贾斯汀离开这座宅子的想法令我很不安——在所有家人中，我最喜欢他——但不让那个黑人女孩进屋也有好处。何况，这趟出行有可能发现尼娜行踪的线索。所以我同意了，让黑人女孩在喷泉边等待。欧德史密斯护士给贾斯汀穿上最漂亮的衣服——蓝色短裤配水手服——他便和女黑鬼离开了。

我在女孩的车上没有找到任何信息。那只是一辆几乎全新的达特桑，样子和味道像是租来的。黑人女孩穿着黄褐色的裙子、高筒靴和米黄色的衬衫，没带钱包或者钱夹，所以也不大可能找到她的身份证件。当然，如果她是尼娜调教出来的工具，那她已经没有身份可言。

我们沿着东湾大道缓缓行驶，然后沿着高速公路向北驶向查尔斯顿高地。女孩在高地上的一个俯瞰海军造船厂的小公园里停下，从后座取出双筒望远镜，带着贾斯汀来到一道黑铁栅栏前。她看了一会儿水面另一侧密密麻麻的起重机架和灰色舰船，然后转头对着我。

“梅勒妮，你是否愿意救威利的命，同时也保护你自己？”

“当然愿意。”我用带着孩子气的女低音说。我其实并没仔细听她说话，而是把注意力集中在一辆驶入停车场、停在尽头的旅行车上。车上有一个男人，他戴着墨镜，脸藏在阴影中，而且隔得很远，所以我看不真切。我敢肯定，我们从卡尔豪恩街左转进入东湾大道后不久，这辆车曾出现在我们身后。我让贾斯汀扭来扭去，偷偷地观察——做到这点很容易，贾斯汀本来就个不安分的小孩。

“很好。”黑鬼女孩说，又把那个荒诞不经的故事讲了一遍，说一群同样拥有念控力的人在一个岛上拙劣地模仿我们的游戏。

“那我该怎么帮你？”我问。我将贾斯汀的脸扭曲成很感兴趣的模样。孩子天真无邪，你很难不信任。黑人女孩回答这个问题的时候，我思考着可能的选择。

先前，操控这个女孩对我来说毫无用处。通过试探，我认为这个女孩存在三种可能：第一，尼娜在操控她，但根本无意与我争夺控制；第二，这个女孩是个调教得非常好的傀儡，不需要尼娜或者其他调教者的监督指挥；第三，她根本就没有被操控。

但现在，情况变了。如果旅行车上的男人同黑人女孩有联系，那操控女孩就是获取信息的好办法。

“给，用望远镜看看。”她说，把望远镜递地给了贾斯汀，“就是从右边数的第三艘船。”

我接过眼镜，潜入了她的思想。我感到了她的震惊，还看到了一个叫示波器的机器上的古怪图像——这让我想起了哈特曼医生在我卧室里安装的那种设备——然后我就控制住了她。这一过程几乎毫无障碍——在我念控力增强之后，这是理所当然的。黑人女孩年轻而强壮，我能感到她旺盛的生命力。这种力量在接下来的几分钟里可能会派上用场。

我把贾斯汀留在原地，拿着可笑的望远镜。我则操控黑人女孩快步走回旅行车，心中暗想：要是这个黑人女孩带了什么能做武器的东西就好了。车停在停车场的尽头，因为挡风玻璃上反射的阳光，我走到一半才发现车上没有人，驾驶席一侧的门开着。

我让女孩暂时停下，观察四周。公园里只有几个人：一对黑人男女在栅栏边散步；一个穿着慢跑服的年轻女人毫无廉耻地靠在树边，单薄的衣料下明显看得出乳头的轮廓；两个商人在自动饮水器边热烈交谈；一个比我年纪还大的短须老人站在另一辆车边注视着我；一家人坐在附近的野餐桌边。

有那么一小会儿，恐惧又攫住了我，我四处搜索尼娜的脸。这是一个阳光灿烂的春天的星期天，但我却感觉随时会发现一具腐尸坐在公园长椅上，或者从一辆车的前排座椅上瞪着我，蓝色的眼睛从眼窝中升出来，下面跟着一波蠕动的蛆虫……

贾斯汀以顽皮孩童特有的无忧无虑的神情拿起一根落在地上的树枝，在自己面前挥舞着，靠近黑人女孩，紧跟着她，我则操纵着她靠近旅行车。我透过驾驶员一侧的窗户往里看，看见从一堆电子设备里延伸出的缆线蜿蜒着越过座椅，延伸到车的后部。贾斯汀转过身，监视着公园里的其他人。

我让黑人女孩挪动身子，以更好地观察后座。突然，我感到一股轻微的疼痛。我立刻将其压制下来，但我感觉自己失去了对她的控制。有那么一小会儿，我相信这是尼娜在试图抢回对她的控制权。但我立刻意识到，女孩浑身瘫软，摔倒在人行道上。我及时把所有意识转移到贾斯汀身上，正好看见女孩重重落地，脑袋从金属车门上滑下来。她中弹了。

我驱动贾斯汀的短腿往后退去。他手中还拿着那根一开始从贾斯汀的角度看无比厉害的树枝，但现在我意识到那只是一条可笑的小木棍。望远镜仍然挂在我的脖子上。我朝一个空空的野餐桌退去，不停地转头搜索，不知道我的敌人是谁，也不知道他会从什么方向袭来。似乎没有人察觉那个黑人女孩倒地了，或者看见旅行车和蓝色跑车之间她的尸体。我不知道是谁杀了她或是用了什么方法杀了她。贾斯汀瞥见她米黄色衬衫后背上的一个红点，但比弹孔小许多。我想起了无声手枪和其他古怪的玩意儿。这些东西我曾在电视上的晚间剧场里看过，但后来我让索尔先生把电视扔掉了，再也没买过。

操控女孩看来并不明智。现在她死了——或者说，我认为她死了，我可没兴趣让贾斯汀去接近她的尸体——贾斯汀又离家这么远。我离开停车场，朝栅栏移动。一个穿着西装的男人转过身，开始朝我的方向走来。我转身面对他，举起树枝，像野兽一样咆哮。那个男人只是瞟了一眼我，然后就继续朝野餐亭走去。我让贾斯汀转身朝栅栏跑去，在公园远端角落里停下来，后背对着冰冷的铁栅栏。

从这个角度看不到黑人女孩的尸体。两个男人从停车场这一侧跳下大型摩托，朝我走来。

卡利和霍华德跑去车库取卡迪拉克。霍华德不得不下车去打开车库门。那里很黑。

欧德史密斯护士给了我一针，让我的心跳平静下来。诡异的光线照在床尾我母亲的被子上；这光线经库珀河的河面反射后映入贾斯汀的眼睛；在霍华德摸索着门闩的时候，这光线也透过车库蒙着污垢的窗玻璃照到他身上。

休厄尔小姐在楼梯上摔了一跤。厨房里的黑人男孩呻吟起来，莫名其妙地抱住自己的头。贾斯汀的视线模糊了又清晰，看见草地上出现更多的男人……同时控制这么多人真是太困难了，我头痛欲裂。我在床上坐起来，通过欧德史密斯护士的眼睛观察自己……哈特曼医生**去哪儿了**？

该死的尼娜！

我闭上眼睛——所有傀儡的眼睛，除了贾斯汀。没必要惊慌。贾斯汀太矮了，即使他找到了钥匙也不能开车。但我可以通过他操纵任何他可以看见的人，让他们开车带他回家。可是，我太累了。我的脑袋很痛。

卡利驾驶卡迪拉克倒车，撞开车库的门，差点儿撞倒霍华德，没等后者上车就沿着小巷开走了，后备厢和后挡风玻璃上还挂着腐朽的木头碎屑。

我来了，贾斯汀。没有什么好担心的，即使他们抓走了你，也有别人在这儿陪我。

这会不会是调虎离山之计？卡利走了。霍华德在车库里爬，试图站起来。尼娜的傀儡会不会正在穿过前门？翻过栅栏？

我集中精力操纵名叫马文的黑人男孩拿着斧子从后门廊来到前门外。他产生了抵抗。虽然只有一秒钟——也许不到一秒——**但他抵抗了**。我的调教太松懈了。他残留了太多的自我意识。

我强迫黑人男孩进入院子，经过喷泉。那里没有人。休厄尔小姐也加入进来，共同承担警戒任务。我将正在霍奇斯家客厅小憩的哈特曼医生唤醒，让他跑着来到我身边。欧德史密斯护士从橱柜中取出一把霰弹枪，把凳子拖到床边。卡利来到了米廷街，朝海军造船厂附近的斯普鲁尔大道上的出口驶去。霍华德站在后院警戒。

我感觉好多了。我又能掌控局面了。只有尼娜能让我产生这种恐慌。但现在恐慌结束了。如果有人威胁贾斯汀，我一定会让那家伙把自己钉在铁栅栏上。我会很乐意帮他挖出自己的眼睛……

贾斯汀不见了。

刚才注意力分散的时候，我留下他自我调教。一个六岁的男孩，背对着栅栏的河流，手中拿着木棍，对抗着全世界。

他不见了。完全没有感觉输入。我完全没有感到有人对他做了什么，既没有中弹，也没有挨刀。也许本来是有感觉的，但被霍华德的疼痛盖住了，或者受到了那个黑人男孩自我意识觉醒的影响，或者就是笨手笨脚的休厄尔害的。我不知道。

贾斯汀不见了。晚上谁来给我梳头呢?

或许尼娜没有杀他，只是绑架了他。但为什么呢?难道就是为了报复我害死了她那个傻兮兮的黑鬼信使?尼娜会这么小气?

是的，她会。

卡利来到公园里，拖着沉重的脚步四处乱转，人人都盯着他。盯着我。

黑人女孩租来的车还停在那里，但车上没人。旅行车已经开走了。黑人女孩的尸体不见了。贾斯汀不见了。

我让卡利的前臂撑在铁栏杆上，俯瞰着下方四十英尺的河流。灰扑扑的河水波浪翻滚。

卡利哭了。我也哭了。我们都哭了。

该死的尼娜。

那天深夜，我吃过药，半睡半醒之间，忽然听见前门传来愤怒的咆哮。我昏沉沉地操控卡利、霍华德和黑人男孩出了门。我看到了来者是谁，不由得惊呆了。

是尼娜的黑人女孩，她脸色苍白，衣服肮脏破烂，眼睛瞪得老大。她怀里抱着贾斯汀软绵绵的尸体。欧德史密斯护士掀开窗帘，透过百叶窗窥视，给了我另一个观察的角度。

黑人女孩抬起一根长手指，直指着我的房间，直指着我。

“你，**梅勒妮！**”她大叫着，我怀疑整个老城区的人都要被她吵醒，“梅勒妮，**马上**打开这扇门。我想和**你**谈谈。”

她的手指继续举着，指着我。时间仿佛过去了很久。我床边显示器上的绿色线条疯狂地波动。我们全都闭上了眼，然后睁眼再看。黑人女孩仍然在那里，仍然指着我，仍然傲慢专横地瞪着我。自从上次破坏尼娜·德雷顿的计划之后，我还是第一次再见到这样的表情。

我犹豫不决，但最终还是派卡利前去开门，然后立即后退，以免被尼娜派来的这个东西触碰到。她动作敏捷，迈着大步穿过了打开的前门。

她进入客厅之后，我们所有人都给她让出了路，与她保持距离。她将贾斯汀的尸体放在长沙发上。

我不知道该怎么做。我们只好等待。

59

查尔斯顿

1981年5月10日，星期天

索尔监视着公园里娜塔莉和贾斯汀的一举一动，并且通过夹在衬衫衣领上的麦克风监听他们的对话。这时候，电脑突然发出了尖锐的警报声。他的眼睛陡然一亮，朝放在旅行车副驾驶席上的便携式电脑的屏幕看去。起初的一秒，他以为是遥测包、传感器或者后排的电池组出了故障。但瞥了一眼过后，他就发现不是设备故障，而是他和娜塔莉都担心的那种事发生了。屏幕上出现了明确的 θ 波，α 波则开始出现快速眼动睡眠状态下特有的波峰波谷。这一刻，他找到了几个月来百思不得其解的那个问题的答案，但同时也发现，他的生命即将面临危险。

索尔往窗外看去，发现娜塔莉朝他转过头。他抓起飞镖枪，拉开门，从旅行车边小步跑开，利用这辆车和停车场的其他车辆做掩护，挡住娜塔莉和男孩的视线。**不，那不是娜塔莉**，他想，然后停在了最后一辆车后面。这时他已经距离旅行车二十五英尺了。

为什么那个老太婆现在决定操纵娜塔莉了呢？索尔怀疑自己的跟踪可能露出了马脚。他不得不紧跟他们——他们在娜塔莉身上安的麦克风和发射机的使用半径不足半英里——路上的车又比较少。上周成功骗过了梅勒妮，昨天又去岛上做了考察，他们变得过度自信了。索尔轻声咒骂了几句，蹲下身，透过一辆白色福特费尔蒙特的窗户看着娜塔莉大步朝旅行车走去。

男孩跟在娜塔莉身后十五步的地方，手里拿着从草丛中拾起的一根树枝。索尔顿时产生了杀死那个孩子的强烈冲动，他恨不得将夹克口袋中的柯尔特自动手枪掏出来，把整个弹匣的子弹都送那具小小的躯体中，用死亡将附身其中的恶魔驱赶出来。索尔深吸一口气，在哥伦比亚大学和其他大学里，他曾经讲授过现代暴力的独特与反常之处，在《驱魔人》《凶兆》和数不清的模仿之作中对这种暴力都有描写，最远可以追溯到《罗斯玛丽的婴儿》。在索尔看来，这些以恶魔化的孩童为主角的娱乐作品的大量涌现，反映了隐藏在观众内心深处的恐惧和憎恶：首先是“我世代”[①]的恐慌，他们无力承担负责任的父母的角色，因为这意味着他们无休无止的童年期的终结；其次是离婚父母的内疚，这种感情转移到电影中施虐者的身上，因为电影中的孩子并不是一个孩子，而是一个年级更大的恶魔，大人自私的行为对它造成的任何伤害都是它罪有应得；再次是整个社会的愤怒，因为二十年来，整个文化中占主导地位的都是年轻的面庞、年轻人喜爱的音乐和电影，而这种电视和电影中的孩子都超级早熟，无比聪明、冷静、时髦，家里的大人却显得十分幼稚。索尔在讲座中说，流行节目和畅销小说中的这种恐惧和憎恶孩子的倾向是非理性的，其根源是普遍的罪恶感、共同的焦虑和全人类所共有的对衰老的

① 二战结束后，美国婴儿潮时期（1946—1964）出生的一代，他们被认为更加自私。

苦恼。他警告说，目前美国出现的虐待、忽视和疏远儿童的现象在历史上是有先例的，而且还会持续一段时间，但我们必须竭尽所能去避免和消除那种暴力，以防美国深受其害。

索尔蹲着，透过后挡风玻璃，偷偷观察着那个令人厌恶的曾是贾斯汀·沃登的僵尸。他不打算开枪。还不到时候。何况，他们还想继续在查尔斯顿隐姓埋名，星期天下午在公园里开枪放倒一个六岁的孩子显然会破坏他们的计划。

娜塔莉来到旅行车边上，往里窥探，微微躬身，看向后座，背对着索尔。与此同时，那个男孩转身去看附近桌边的人。索尔嗖地起身，在车顶上架好飞镖枪，扣动扳机，然后迅速蹲下。

一开始，他觉得自己肯定射偏了，压缩空气驱动的小飞镖飞不出那么远，但他的眼睛捕捉到了娜塔莉衬衣后背上的红色尾羽，紧接着她就倒下了。他想跑到他身边检查她有没有因为药物过量或者摔到地上而受伤。但贾斯汀朝他的方向看过来，索尔立刻在福特车后面趴下，摸出一个装麻醉飞镖的小盒子，掰开飞镖枪，又装上一枚飞镖。

一双赤裸的短腿跑到索尔的脸边。他仰起头，看到一个八九岁的男孩正在捡蓝色的足球。男孩盯着索尔和气枪，“嘿，先生，”他说，“你是要射谁吗？”

“走开。”索尔压低声音说。

“你是警察吗？”男孩问，脸上写满好奇。

索尔摇摇头。

“那是一把乌兹手枪？”男孩问，将球夹在手臂下，“看上去像一把上了消音器的乌兹手枪。”

“快滚。”索尔低喝道。占领巴勒斯坦的英军在被街头顽童拦下时，用的就是这个词。

男孩耸耸肩，跑回去继续玩游戏了。索尔抬起头，刚好看见贾斯汀也在跑，背对着停车场，右手挥舞着树枝。

索尔迅速决断，快步朝野餐区走去，远离停着的车辆。他可以看见躺在地上的娜塔莉的茶色裙子。他走得很快，一直躲在树木后面，以免被贾斯汀看见。公园里似乎还没有人发现娜塔莉。两辆摩托轰隆隆地驶入停车场。

索尔脚步轻盈，又向贾斯汀靠近了四十英尺。贾斯汀这时正背靠着河流上方的栅栏。男孩眼神空洞，嘴张得老大，口水都流到了下巴上。索尔背靠着树，深吸一口气，检查了一下气枪枪把里的二氧化碳剂量。

“嘿。”一个穿着灰色布鲁克斯兄弟牌夏装的男人从身旁走过，“这枪真酷。得有许可证才能持这种武器吧？”

“不用。”索尔说，瞟了眼树后的贾斯汀，确认他依旧茫然地盯着远方。那男孩离他有五六十英尺。太远了。

“真酷。”穿灰西装的年轻男子说，“它用的是点22口径子弹还是弹丸啊？”

同灰西装聊天的同伴也发话了，他留着小胡子，金发被吹干成型，穿着蓝色的夏装：“你是从哪儿买的这玩意儿，伙计？凯马特有卖吗？”

“不好意思。”索尔说，从树后绕出来，在众目睽睽之下朝栅栏走去。贾斯汀没有转头看他。男孩空洞的目光固定在停车场上方的某个点上。索尔将气枪藏在身后，沿着栅栏朝那个一动不动的六岁男孩走去。他在离男孩二十步的地方停下。贾斯汀浑然未觉，索尔觉得自己就像是一只跟踪玩具老鼠的猫。他走完了最后十五步，从身后拿出气枪，朝男孩光着的右腿发射了一枚蓝色飞镖。贾斯汀浑身僵硬地向前倒下去，索尔伸手接住了他。似乎没有人发现这一幕。

他强忍住跑回停车场的冲动，但脚下的步子依然飞快。两个骑着摩托来的长发男子站在人行道上，看着软绵绵瘫倒在地的娜塔莉。但没有一个人伸出援手。

“不好意思，请让一让。”索尔说，从两人身边挤过，迈过娜塔莉，拉开了旅行车左后门，将贾斯汀轻轻地在电池组和无线电接收机旁边。

“嘿，伙计，”更胖的那个摩托车手说，“她死了吗？”

“哦，没有。”索尔假装强忍着笑说，气喘吁吁地用力将她搬到前座，尽量推到右边。她左脚上的鞋掉下来，啪的一声落在地上。他捡起鞋，对两个目瞪口呆的摩托车手微笑道：“我是医生。她只是癫痫小发作了，神经功能缺陷性心肺水肿引发的。”他钻进旅行车，将飞镖枪放在座位上，继续对两个摩托车手保持微笑，“这个男孩也是，”他说，“这是……呃……是家族病。”索尔挂上挡，倒出了停车场。他本以为会有一辆装满梅勒妮·福勒的僵尸的车冲出来拦住她，但他没有遇到任何阻挡就来到了街上。

索尔开车兜了几个圈子，直到他确认没有被跟踪，然后返回了汽车旅馆。从路上看不到他们的房间，但他还是确认没有车停在附近之后，才把娜塔莉和男孩先后抱进了房间。

娜塔莉的脑电图感应器还藏在她的头发中，运转正常。麦克风和遥测包也仍在工作。索尔观察了一会儿才断开电脑连接，把电脑带进了屋。θ 波不见了，快速眼动睡眠状态的波峰也没有了。脑电图读数表明，娜塔莉正处在药物引发的无梦深度睡眠之中。

索尔把设备搬进屋之后，让娜塔莉和贾斯汀睡舒服，检查他们的生命体征。他打开了第二个遥测包，将电极贴在男孩的头上，敲下一个编码，激活了一个程序，将两组脑电图数据同时呈现在电脑屏幕上。娜塔莉的数据表明她仍处在深度睡眠状态，而那个孩子的脑电图则是一条直线，表明他处于临床脑死亡状态。

索尔检查了男孩的脉搏、心跳和网膜反应，测了血压，并对其施以声音、气味和疼痛刺激。电脑仍未显示任何高等神经功能的迹象。索尔更换了遥测包和传感器，检查了发射机电池，恢复为单一显示模式，使用了更多的电解质膏，增加了两个电机，结果得到的数据同第一次一模一样。六岁的贾斯汀·沃登在法律意义上已经脑死亡，他是一具毫无意识的皮囊，只有原始的脑干还在维持着他的心跳、呼吸和肾过滤。

索尔垂下头，用双手撑住，保持这个姿势很长时间。

“我们接下来怎么办？”娜塔莉问。她正在喝第二杯咖啡。镇静剂的药效在她身上只维持了不到一个小时，但她醒来之后又花了十五分钟才恢复清晰的思维。

“我们继续给他使用镇静剂。”他说，“如果我们将他从深度睡眠状态唤醒，梅勒妮·福勒就会重新控制她。这个叫贾斯汀·沃登的小男孩——他的记忆、他的爱恨、他的恐惧，所有正常人拥有的东西——永远消失了。”

“你确定？”娜塔莉问，她的声音含混不清。

索尔叹了口气，放下咖啡杯，往里加了点儿威士忌。“不。”他承认道，“要想完全确定，就必须准备更好的设备，做更复杂的测试，并且在更广的条件范围内进行观察。但他的脑电波那么平直，我想他恢复意识的可能性极低，更不用说恢复记忆和人格了。”他喝了一大口饮料。

“我们还以为可以解救他们呢……”娜塔莉喃喃道。

“不错。”索尔啪的一声放下空杯子，“想想看，这是有道理的。那个老巫婆的调教越深入，被调教者的人格就丧失得越彻底。我怀疑，成年人还保留着一丝身份感，或者说人格，因为她绑架一群没有医护技能的医护人员是毫无意义的。不过，远程精神控制——这种精神吸血行为——在一段时间过后肯定会损害原来的人格。这就像是一种疾病，一种脑癌，随着时间的流逝，坏细胞会杀死好细胞。”

娜塔莉揉了揉疼痛的脑袋：“她的……她的傀儡里会不会有一些被操控得没那么严密？或者说中毒没那么深？”

索尔摊开一只手，质疑道：“有可能吗？我想应该有。但如果他们被充分调教——或者说改造——以至于她将其视作可信任的奴仆，那我怀疑这些人的所有高级神经功能都受到了严重损害。”

“但上校不是操纵过你吗？”娜塔莉淡淡地说，“我也被哈罗德吸过两次血。老巫婆也至少对我两次下手。”

“然后呢？”索尔说，摘下眼镜，揉了揉鼻梁骨。

“他们有没有伤害我们？我们身体里现在是不是也有癌细胞在生长？我们同那些人不一样吗，索尔？是这样吗？”

“我不知道。”索尔说。他一动不动地坐着，娜塔莉最后把视线从他身上挪开了。

“对不起。”她说，“那个满脸褶子的老巫婆进入我的思想的感觉……太恶心了。我从没有感到如此无助过，甚至比被强奸还要糟糕。至少你的身体被侵犯的时候，思想还是自己的。而且最可怕的是……最可怕的是……你被精神强奸一两次之后……你……”娜塔莉说不下去了。

“我知道。”索尔说，握住她的手，“你在心底竟然萌生出再体验一次的想法，就像服用了一种副作用强烈的可怕药物，但又让人上瘾。我知道。”

“你从未说过你……”

“这样的事，你是不愿拿出来说的。”

“是的。”娜塔莉浑身发抖。

“但这不是我们讨论的那种癌症。”索尔说，“我敢肯定，这种上瘾的感觉，与吸血鬼对其选中的少量傀儡的深度调教密不可分。但这又会导致我们陷入另一个伦理困境。”

“什么伦理困境？”

“如果我们按计划行事，我们必须让至少一个人——或许更多——让一个无辜者接受几个星期的调教。”

“但这不一样——这种调教是暂时的，只是为了完成一种特殊的功能。”

“从达到我们的目的来说，调教是暂时的。”索尔说，“但我们现在知道，一旦被调教，影响就会是永久的。”

“该死！”娜塔莉咆哮道，“这有什么关系！这是我们的计划。你能想出另一个计划吗？”

“不能。”

“那我们就只能向前。”娜塔莉坚定地说，“即使我们会丧失思想和灵魂，即使会牵连到无辜者。我们只能向前，因为这是我们欠那些逝者的。我们的家人和我们深爱的人付出了代价，现在我们只能向前……找凶手偿债……我们现在停下来的话，将永远无法获得公正。无论付出什么代价，我们只能向前。”

索尔点点头。“你说的当然没错。”他悲伤地说，“但正是同样的道德律令驱使巴勒斯坦年轻人在公交车上放炸弹，驱使西班牙的巴斯克分离主义分子朝人群开枪。他们其实并非别无选择。艾希曼也是奉命杀人，他也认为自己不用承担责任。我们的行为同艾希曼有多大的不同？”

“当然不一样。”娜塔莉说，“我现在太他妈沮丧了，压根儿不在乎你讲的那套道德情操。我只需要认准目标，然后去做。”

索尔嗖地站起身。“埃里克·霍弗说，在沮丧的人看来，不用承担责任比被从监牢中释放更具吸引力。”

娜塔莉猛烈摇头。索尔看见连到她衬衣领子上的脑电图传感器的细小黑线。“我不是在追求不承担责任。”他说，“我恰恰是在承担责任。现在我就在思考是否把那个男孩还给梅勒妮·福勒。”

索尔一脸惊诧：“把他还回去？我们怎么能这么做呢？他——”

“他脑死亡了。”娜塔莉插话道，“老巫婆杀死了他的姐姐们，也杀死了他。我今晚回去的时候，他派得上用场。”

“你今天不能再去那里了。”索尔难以置信地瞪着她，就像根本不认识她一样，“太快了。她太不稳定……”

“所以我才需要现在去。”娜塔莉坚定地说，“趁她头晕目眩，不知所措的时候。尽管那个老巫婆已经老得快散架了，但她还不蠢，索尔。我们必须确认她被我们诓住了。我们不能再遮遮掩掩下去了。我不能再以信使的身份，以一个模糊不清的身份出现在她面前。我必须让这个老恶魔相信，我就是尼娜·德雷顿。”

索尔摇头道：“我们掌握的信息还不充分，所以我们行动的前提还不牢固。”

“但我们目前只掌握这些信息。”娜塔莉说，“我们只能在这样的前提下行动。我们没有别的选择——折中只会导致失败。我们需要商谈，你和我。我们必须找到一个只有尼娜·德雷顿知道的东西，一个能让梅勒妮·福勒大吃一惊的东西。”

“维森塔尔的资料。”索尔说，心不在焉地揉着眉毛。

“不行。”娜塔莉说，“我们需要比这更强有力的东西。尼娜·德雷顿在纽约找你做了两次心理咨询，她当然是在捉弄你，但你仍然发挥了精神治疗师的作用。人们总是会在不知不觉中透露内心真实的一面。”

索尔手指相抵成尖塔状，盯着虚空看了一会儿，“不错。”他说，“她的确提到了一些事。”他用哀伤的眼神盯着娜塔莉，“但你将冒极大的风险。”

娜塔莉点点头，“然后我们就能进入下一阶段——你冒险去做我想一想都觉得恶心的事。”她说，“我们就按计划行事吧。”

他们讨论了五个小时，将之前讨论过无数遍的细节又重复了一遍，但现在这些细节被再次打磨，就像刀剑要在上战场前磨砺得更加锋利一样。他们晚上八点结束了讨论，但索尔建议他们再等几个小时。

“你觉得她会睡觉吗？”娜塔莉问。

“也许不会，但即使魔鬼也不是疲劳毒素的对手。至少她的小兵不是。何况，我们对付的是一个真正的偏执狂人格，而我们侵入了她的私人空间——她的领土。有充足的证据表明，这些精神吸血鬼的领地意识非常强烈，这样的原始意识根植于他们的下丘脑中。如果是这样的话，晚上的侵入就会更有效。盖世太保通常都是晚上来。”

娜塔莉看着她做的一捆笔记，“这么说，我们利用的正是她的偏执症？我们假设她有典型的偏执型精神分裂症患者的症状？”

“不光如此。”索尔说，“我们必须记住，她的道德水平处在柯尔伯格零阶段。梅勒妮·福勒在许多方面的发展还停留在婴儿期。或许所有精神吸血鬼都是如此。他们的超能力是一个诅咒，将他们永远禁锢在要求和期待立刻获得满足上。任何妨碍欲望达成的东西都是难以接受的，所以他们不可避免地都是偏执狂，而且痴迷暴力。托尼·哈罗德可能比大多数精神吸血鬼都高级——或许他的念控力是稍晚才形成的，而且不怎么成功——他使用这种有限的能力，顶多是为了满足青春期的手淫幻想。但将梅勒妮·福勒的婴儿期自我和深度偏执症结合起来考察的话，我们会发现，她同尼娜的长期竞争关系背后，是根深蒂固的在校女生间的相互妒忌，以及她自己都不承认的同性相吸。”

“说得太好了。”娜塔莉说，“从进化的角度看，他们是超人。但从心理发展的角度看，他们是弱智。从伦理角度看，他们是次人。”

“不是次人，”索尔说，“是非人。”

他们在沉默中坐了好一阵子。自从十二个小时之前吃过早餐之后，他们都滴米未进。电脑屏幕上的波峰波谷反映了娜塔莉跌宕起伏的思绪。

索尔从沉思中清醒过来，“我解决了催眠后触发刺激的问题。”他说。

娜塔莉坐直身子：“怎么解决的，索尔？”

“我的错误在于试图用θ波或者人造α波波峰来触发自己做出反应。前者是我无法生成的，后者虽然可以生成，但又太不可靠。所以，我应该用来做触发器的是清醒的快速眼动睡眠状态。

“清醒的时候可以复制这种状态？”娜塔莉问。

“有可能。”索尔说，“但我没有十足的把握。我会设置一种临时刺激——可能是轻柔的铃声——用自然快速眼动睡眠状态触发它，然后用它触发催眠后暗示。”

“也就是进入梦境的状态。”娜塔莉沉思道，“我们还有时间吗？”

“还有差不多一个月。”索尔说，“如果我们能让梅勒妮调教我们需要的人，我就能对自己的意识进行自我调节。”

“但你要做的那些梦……”娜塔莉说，“那些奄奄一息的人……死亡集中营里的绝望……”

索尔露出虚弱的微笑，“反正我也会做那些梦。”他说。

夜半过后，索尔驾车将她送到老城区，在离福勒家半个街区的地方停下来。车上没有放监控设备，娜塔莉没有佩戴麦克风和传感器。

街道和人行道上都空无一人。娜塔莉将贾斯汀从后排座里抱出来，温柔地拨开了落在他前额上的一缕头发，透过打开的车窗对索尔说："如果我没出来，你就照计划行事。"

索尔朝后排座点了点头，剩余的二十磅C-4塑胶炸弹被分成若干小包，缠在一条腰带上。"如果你没出来，"他说，"我就会进去救你。如果她伤害了你，我就会把他们都杀掉，然后尽我所能继续执行计划。"

娜塔莉犹豫片刻，然后说："好。"她转过身，抱着贾斯汀朝福勒家走去。整幢楼里只有二楼亮着幽幽的绿光。

娜塔莉将昏迷的男孩放在古老的长沙发上。宅子散发着霉菌和灰尘的味道。梅勒妮·福勒的"家人"如同行尸走肉一样围绕在她身边——那个看起来智障的大块头，老巫婆叫他"卡利"；一个更矮、更黑的男人，娜塔莉认为他是贾斯汀的父亲，但他从未看过男孩一眼；两个穿护士服的女人，其中一个的妆实在太厚，看起来就像个盲人小丑，另一个则穿着破烂的条纹衬衫和完全不搭的印花布裙；房间里唯一的光芒来自于马文手持的那支噼啪爆响的蜡烛，这个前黑帮首领右手拿着一把长长的匕首。

娜塔莉·普雷斯顿完全没有理会他们。她的身体里充斥着荷尔蒙，心脏怦怦狂跳，整个人都沉浸在扮演的角色当中——几个星期乃至几周以来，她已经渐渐熟悉了这一角色的方方面面。现在她脑子只是一心想着：该出手了。拼死一搏总比在恐惧中坐以待毙好，总比落荒而逃好……"梅勒妮，"她竭力模仿南方白人美女所特有的口音，拖长腔调厉声说，"这是你的小玩偶。千万别再这么干了。"

大块头白人卡利缓步上前，凝视着贾斯汀："他死了吗？"

"**他死了吗？**"娜塔莉模仿着对方的语气，"没有，亲爱的。他没有死。但他本来会死，而且也应该死。你也一样。你到底在想什么？”

卡利嘟哝了两句，似乎在说不知道这个黑人女孩是否真的是尼娜派来的。

娜塔莉大笑：“难道我操控这个黑人让你觉得不舒服了？你是不是在妒忌我，亲爱的？我记得，你从来没喜欢过巴雷特·克拉默。这么多年来，我的仆人里有几个是你喜欢的，亲爱的？”化小丑妆的护士开口道：“给我看证据！”

娜塔莉转身面对她：“**该死的，梅勒妮**！”娜塔莉咆哮起来，护士后退了一步，“选一个固定的人同我说话，不要换来换去。我烦透了你这套把戏。你的热情好客上哪儿去了？如果你再试图抢夺我的信使，我就会杀死你派来的任何人，然后直接来找你。自从你开枪射杀我之后，我的力量增强了许多许多，亲爱的。你的念控力过去就不及我，现在更不可能是我的对手。**你明白吗？**”最后这一句，娜塔莉是对着脸蛋上画着口红印的护士尖叫出来的。护士又向后退了一步。

娜塔莉转过身，逐一打量着他们蜡黄的脸，然后坐在离茶桌最近的那把椅子上。“梅勒妮，梅勒妮，为什么我们非得这样呢？亲爱的，我已经原谅你了。你知道死有多难受吗？你知不知道，你用那把愚蠢的古老手枪射出的铅弹留在我的脑子里，我要集中注意力有多么困难？如果我能原谅你杀了我，那你为什么仅仅因为宿仇就让威利和你——**让我们三人**——一起陷入险境？你为什么会这么蠢？过去的就让他过去吧，亲爱的。要不然，**上帝做证，我一定会把这座房子烧成灰烬，把你一起带入地下。**”

不算贾斯汀，房间里有梅勒妮的五个傀儡。娜塔莉怀疑在楼上老巫婆的房间里还有人，或许霍奇斯家也有。娜塔莉的尖叫声一落地，五个傀儡明显都在往后缩。马文撞到了一个木头和水晶制的橱柜，架子上的碟子和精致的小雕像都在咔嗒咔嗒地震动。

娜塔莉向前迈出三步，紧盯着小丑护士的脸，“梅勒妮，”她说，“看着我。”这是直截了当的命令，“你认识我吗？”

护士动了动被口红涂抹得脏兮兮的嘴，“我……我不……这很难……”

娜塔莉缓缓点头：“这么多年了，你认出我难道还很困难？你难道过于自我封闭，以至于没有意识到别人不可能知道你的存在，更不可能知道我们的存在？如果他们真的知道，那只会把你当作对他们的威胁消灭掉。”

“威利……”小丑护士艰难地吐出两个字。

“啊，威利。”娜塔莉说，“我们亲爱的朋友威利。你认为会像我一样来警告你吗，梅勒妮？他会这么贴心吗？难道你忘了威利是怎么对付维也纳帝国酒店里的那个艺术家的了？你希望他也那样对付你？”

护士摇了摇头，睫毛膏从她的眼睛上滴落。她的眼影抹得很厚，使她在烛光下看上去就像是一个骷髅头。

娜塔莉倾身向前，在这个女人涂着口红的脸颊旁低声说：“梅勒妮，如果我杀了自己的父亲，你觉得我会在你再次阻拦我之后放过你？”

这座黑宅子里的时间仿佛停止了。娜塔莉感觉自己仿佛待在一个堆满衣衫凌乱、身体残破的人体模型的房间里。小丑护士缓缓眨眼，假睫毛都歪斜了，“尼娜，你从没有告诉我……”

娜塔莉后退一步，惊讶地发现自己脸上竟然挂着两行真实的泪水，“我没有对任何人讲过，亲爱的。”她低语着。她知道，如果尼娜·德雷顿把自己透露给索尔·拉斯基博士的秘密也告诉过梅勒妮，梅勒妮肯定会要了她的命，“我当时特别生他的气。他正在等电车，我就推了他……”她飞速抬头，凝视着目瞪口呆的护士，“梅勒妮，我想见你。”

那张大花脸前后摇晃起来，“不可能，尼娜。我不舒服。我——”

“没有不可能。”娜塔莉厉声打断道，“如果我们要继续一起努力……重建信任……我必须知道你在这里，必须知道你还活着。”

除了娜塔莉和昏迷的男孩，房间里的所有人都在步调一致地摇头，五张嘴同时说：“不……不可能……我不舒服……”

“再见，梅勒妮。”娜塔莉说，转身大步离开房间。

在她即将进入院子之前，护士冲上来拽住她的胳膊：“尼娜……亲爱的……请不要走。我在这儿很孤独。没有人陪我玩儿。”

娜塔莉僵立在原地，毛骨悚然。

“好吧好吧。”骷髅头护士说，“走这边。但首先……你不能带武器……什么都不能带。”卡利上前来搜娜塔莉的身，他的大手挤压着她的乳房，沿着她的大腿往上摸，把她身上的每一寸肌肤都触摸过了。娜塔莉没有看他。她紧咬舌头，强忍住歇斯底里的尖叫。

“来吧。”护士说。卡利手持蜡烛，娜塔莉同五具僵尸们排成一列，庄严肃穆地从客厅走到门厅，从门厅走上宽大的楼梯，从楼梯走到楼梯平台。影子跃上十二英尺高的墙，走廊看上去就像隧道一样幽暗。梅勒妮·福勒卧室的门紧闭着。

娜塔莉记得，六个月之前进过那个房间。当时她的大衣口袋里揣着父亲的手枪，她听见高大的衣柜里传来窸窸窣窣的声响，然后在那里找到了索尔·拉斯基。当时这个房间里没有恶魔。

哈特曼医生突然打开门，带出的风把蜡烛都吹灭了。房间里只剩四柱床两侧的监护器屏幕发出的柔和绿光。从床罩上垂下的精致蕾丝纱帘看上去就像腐烂的薄棉布，让人联想到黑寡妇蜘蛛巢穴的厚密蛛网。

娜塔莉向前走出三步，医生立刻从房中伸出一只脏手拦住了她。

但这个距离已经足够近了。

床上那个东西依稀看得出女人的轮廓。大把大把的头发已经脱落，但残存的头发都经过精心梳理，摊在硕大的枕头上，就像瘆人的蓝色鬼火。那张脸苍老，皱缩，遍布伤口和皱纹，深陷的左脸颊如同被火焰灼化变形的蜡质死人面部模型。牙齿掉光的嘴一张一合，如同数百年高龄的鳄龟。那个东西的右眼不停乱转，上一秒还看着天花板，下一秒就上翻进眼窝里，只露出眼白，仿佛一个嵌在骷髅头里的蛋。当她闭眼的时候，这个蛋就仿佛蒙上了一层松软的褐色羊皮纸。

灰白的纱帘背后，那张脸转向娜塔莉，鳄龟嘴里发出黏糊糊的啪嗒啪嗒的声音。

娜塔莉身后的小丑护士悄声说："我变年轻了，对吧，尼娜？"

"是的。"娜塔莉说。

"很快我就会像我们战前一起去傻大个音乐餐厅时一样年轻

了。你记得吗，尼娜？”

“傻大个。”娜塔莉说，“记得，在维也纳的时候。”

医生把他们往后赶，关上了房门。梅勒妮的五个傀儡站在楼梯平台上。卡利突然伸出手，用他的大手温柔地握住娜塔莉的小手。“尼娜，亲爱的，”他用几乎可以称得上妖娆的假声说，“你想让我做什么都行。告诉我接下来怎么做。”

娜塔莉强打精神，盯着卡利手中自己的手。她用力握紧他的手，用另一只手拍了拍他的胳膊。“我明天会开车再来接你，梅勒妮。贾斯汀明早就会醒，你可以操控他。”

“我们要去哪儿，亲爱的尼娜？”

“去做准备。”娜塔莉说。她最后一次握了握大汉满是茧子的手，强忍住撒腿就跑的冲动，走下看似没有尽头的楼梯。马文站在门边，眼神呆滞，就像没有看见她一样，长长的匕首依然握在手中。娜塔莉抵达门厅的时候，他为她打开了门。她停下脚步，用最后一点儿意志力抬头看向楼梯上方黑暗中令人疯狂的场景，微笑着说：“明天见，梅勒妮。别再让我失望了。”

“我不会的。”五个傀儡异口同声地说，“晚安，尼娜。”

娜塔莉转身离开，马文关上了外层大门。娜塔莉没有转身，也没有回头。即便遇到了路边旅行车里的索尔，她也是径直经过。每往前走一步，她的呼吸就深一分。她要用尽所有的气力，才能阻止呼吸变成哽咽。

60

多尔马恩岛

1981年6月13日，星期六

这一周结束的时候，托尼·哈罗德已经烦透了同有钱有势的家伙打交道。就算从最克制的角度看，也能得出这样的结论：那些权贵明显有朝浑蛋发展的倾向。上周星期天入夜不久，在经过了有史以来最甜美的七小时飞行之后，他和玛利亚·陈乘私人飞机到达了佐治亚州的梅里迪恩，却被告知另一架私人飞机将带他们去岛上。当然，他们也可以乘船。哈罗德毫不犹豫地选择了后者。

五十五分钟的海上航行非常颠簸，但是就算靠在栏杆上无福享受伏特加、奎宁水和航班上的小吃，哈罗德也宁愿在白浪中出没，也不愿忍受八分钟的飞行。巴伦特的船库或者码头算得上是哈罗德见过的最漂亮的库房。房子有三层高，有饱经风雨的灰白柏树墙板，房内如同大教堂一样开阔而庄严，彩色玻璃窗户增添了这里的肃穆气氛。彩色光柱照在水面上，照在一排排闪闪发光的铜质饰品上，也照在木质赛艇船头收卷的三角旗上。这个地方可能是他经过的最浮华和晦暗的建筑。

举行夏令营的那一周，女人不准登上多尔马恩岛。哈罗德知道这个规矩，但专门抽出十五分钟把玛利亚·陈放在巴伦特的游艇上时，他还是感到一阵难受。那条船通体白色，在阳光下熠熠生辉，足有一个橄榄球场那么长，上层建筑是全流线型的，白色的球形阵列里，暗藏着雷达和无处不在的通信设备。哈罗德第一千次认识到，C. 阿诺德·巴伦特是一个不喜欢与外界脱离联系的人。一架流线型直升机停在扇形船尾上，其样式仿佛来自于二十一世纪中叶，螺旋桨没有转动，但并没有收拢，显然只要主人吹一声口哨，就会起飞上岛。

水面上挤满了舰船：线条流畅的快艇，载着手持M-16步枪的警卫；体型臃肿的雷达巡逻艇，天线不停地转动；来自七八个国家的各式各样的私人游艇，周围跟着更多的安保船只，正绕过海岛一角朝港口方向驶去；一英里外还有一艘海军驱逐舰。那艘船威风凛凛，灰白色的船身，鲨鱼形的整体造型，一路劈波斩浪，朝他们高速驶来，碟形天线不停转动，军旗猎猎飘飞，看样子就像一条即将扑倒可怜兔子的饥饿猎狗。

“那他妈的是什么鬼？”哈罗德对驾驶快艇的人大喊道。

穿着条纹衬衫的男人咧嘴一笑，露出两排洁白的牙齿，在古铜色肌肤的映衬下格外显眼。“那是美国海军的‘理查德·S. 爱德华兹号’，先生。弗雷斯特·谢尔曼级驱逐舰。每年西方传统基金会举行夏令营期间，这艘船都会来这里巡逻，为外国的贵宾和国内的达官显贵保驾护航。”

“就是那艘船？”哈罗德说。

“是的，先生，就是那艘军舰。”舵手说，“实际上，它每个夏天都在这儿执行封锁和阻断任务。”

驱逐舰越来越近，哈罗德看到了船首上的白色数字：950。

“后面那个箱型的东西是什么？”哈罗德问，“就在尾部机炮附近。”

“那是反潜艇火箭，先生。”舵手说，将快艇左转，朝港口驶去，“拆掉了原来的5英寸口径MK 42舰炮和一对3英寸口径MK 33舰炮，改造得更适合反潜战。”

“哦。”哈罗德说，紧紧抓住栏杆，浪花混合着汗水，挂在他苍白的脸上。“我们快到了吗？”

一辆大马力高尔夫球车将哈罗德从码头载到大宅，司机穿着蓝色西装夹克和灰色宽松长裤。小橡树路路面宽阔，长满青草，两侧排列着高大的橡树，似乎在远方交汇为一点。粗大的树枝交叉覆盖在头顶上一百英尺的地方，形成了一个巨大的天蓬。阳光从树叶的缝隙投下来，抬头可以瞥见傍晚的天空和云朵，与绿叶搭配，构成一幅精美的水彩画。他们沿着比美国还古老的大树构成的长隧道无声无息地行驶，光电池感应到暮色降临，隐藏在高处树枝、藤蔓和巨大树根之间的一连串泛光灯和日本灯笼随之点亮，洒下柔和的光芒，营造出魔幻森林般的效果。清亮的古典长笛奏鸣曲从看不见的扬声器中流淌出来。从海面吹来的微风摇得树叶沙沙作响，送来了橡树森林中数以百计的风铃的叮当声，给长笛奏鸣曲增添了空灵的音符。

“该死的大树。”哈罗德说。高尔夫球车即将走完最后四分之一英里，前方是一座宽广的露台花园，位于坐北朝南的大宅的北基座上。

“是的，先生。”司机说，继续驾车。

迎接哈罗德的不是C. 阿诺德·巴伦特，而是吉米·韦恩·萨特牧师。他右手拿着一个盛有波旁威士忌的高脚杯，满脸通红。福音传教士穿过铺着黑白地砖的空荡荡的大厅，向哈罗德走来。这里让哈罗德想起了法国的沙特尔大教堂，尽管他从未去过那里。

“安东尼，我的孩子。”萨特的嗓音低沉，如同闷雷，“欢迎来到夏令营。”他的声音在大厅里回荡了数秒。

哈罗德后仰身子，像游客一样瞪大眼睛，呆呆地仰望着这个巨大的空间。这座大宅有五层半高，周围是夹层、阳台、阁楼和若隐若现的走廊，穹顶由雕刻精美的椽子和曲折交错的扶壁支撑。拱顶本身由柏木和红木镶嵌而成，四周的彩色玻璃中透着天光。现在天色已暗，从天窗射入的霞光给黑沉沉的木制拱顶染上了一层状如干涸血迹的颜色。一条巨大的锁链悬着吊灯，即使《歌剧魅影》中所有的幽灵都抓住锁链晃荡，估计也很难落得下来。

“真他妈漂亮。”哈罗德说，“难道这是服务员进出的门吗？把我带到前门去。”

萨特闻言，不由得皱了皱眉。一个穿着蓝色西装夹克和灰色宽松长裤的服务员啪嗒啪嗒地走过足有一英亩大小的铺满地砖的大厅，提起哈罗德破旧的随身行李，立正等待。

“你是想待在这儿，还是想去小平房？”萨特说。

“小平房？”哈罗德说，“你是说棚屋吗？”

“是的。”萨特说，“五星级住宿标准、由法国马克西姆餐厅提供膳食的‘棚屋’。大部分客人选择住小平房。毕竟，这一周我们是来度夏令营的。”

“是的。”哈罗德说，“但我还是算了。我要住这里最舒适的房间。我早就过了当童子军的年纪。”

萨特对服务员点点头，说："去准备布坎南套房，马克斯韦尔。安东尼，我等会儿带你过去。先上酒吧坐坐。"

他们来到大厅旁边一个镶嵌着红木墙板的小房间，男管家乘电梯去楼上了。哈罗德在高脚杯中给自己倒上伏特加，"别告诉我这地方是十七世纪建的。"他说，"太他妈大了。"

"范德胡夫牧师当初刚把这里建起来的时候，就已经相当宏伟了。"萨特说，"后来的几任主人对这座大宅进行了一定的扩建。"

"别的人都在哪儿？"哈罗德问。

"不那么重要的客人正在陆续赶到。"萨特说，"王子、君主、前首相、石油酋长会在明天上午十一点到达，按惯例参加开营早午餐。星期三我们才能看到前总统。"

"哇！"哈罗德说，"巴伦特和开普勒在什么地方？"

"约瑟夫今晚就会到。"福音传教士说，"大宅的主人则会明天到。"

哈罗德想起最后一眼看到玛利亚·陈的时候，她正靠在游艇栏杆上。开普勒先前说，所有甩不掉的女助手、副官、行政秘书、情人和夫人，都将登上"安托瓦内特号"，这样他们的主人就能在多尔马恩岛上无拘无束地娱乐。"巴伦特在不在那艘船上？"他问萨特。

电波牧师摊开双手，"只有上帝和克里斯蒂安的飞行员知道他每天的具体行程。对于他的朋友——或者敌人——来说，每年只有在接下来的十二天明确知道在哪里可以找到他。"

哈罗德粗鲁地哼一声，喝了口酒，"但对他的敌人来说没什么用。"他说，"上帝啊，你来的时候没看到那艘该死的驱逐舰？”

“安东尼。”萨特警告道，“我之前告诉过你，不可妄称上帝之名。”

“他们在防范谁？”哈罗德说，“防范苏联海军陆战队登陆？”

萨特又给自己倒满威士忌，“差不多，安东尼。几年前，一艘苏联拖网船鬼鬼祟祟地来到离这儿一英里的地方。苏联人在卡纳维尔角附近有一个基地，船就是从那儿来的。我不说想必你也知道，美国海岸附近逡巡的大多数苏联拖网船都是搞情报的，船上装的窃听设备技术之高是你想象不到的。”

“那他们在一英里外的海面上到底能听到什么？”哈罗德问。

萨特轻笑道：“我想只有苏联人和他们的敌基督[①]知道。”他说，“但他们会给我们的客人带来困扰，克里斯蒂安教友深感忧虑，所以你就看到了那条在附近巡逻的大恶犬。”

“狗还不止这一条呢。”哈罗德说，“这些安保武装到第二周也都会在？”

“不会。”萨特说，“狩猎环节发生的一切都只能我们自己知道。”

哈罗德紧盯着红脸牧师：“吉米，你觉得威利下周会出现吗？”

吉米·韦恩·萨特牧师猛然抬头，小眼睛中闪过一丝不可捉摸的光：“会的，安东尼。我敢肯定，波登先生会在预定的时间出现。”

---

① 反对基督者。

“你怎么知道？”

萨特露出灿烂的笑容，举起酒杯，柔声道：“因为《启示录》里是这么写的，安东尼。数千年前就已经被预言了。我们所做的一切都在很久很久以前雕刻在时间的长廊里了。对于石头上的细小微粒，这位伟大的雕刻家比我们所有人都看得清楚。”

“真的吗？”哈罗德说。

“是的，安东尼。就是这样。”萨特说，“我可以向你保证。”

哈罗德的薄嘴唇拉出微笑的形状，“我想我只能选择相信你，吉米。”他说，“我不知道能不能适应这一周的活动。”

“这一周根本不足挂齿。”萨特说，闭上眼，将冰冷的酒杯贴在脸上，“这只是序曲，安东尼。只是序曲。”

但这为期一周的序曲让哈罗德感觉长得没有尽头。同他在《时代》杂志和《纽约时报》上看到的那些人物打交道之后，他发现他们身上总是笼罩着权力的光环，就像世界级运动员身上总是散发着汗味一样。但除了这一点，他们只是普通人，经常会犯错，经常像愚蠢的驴子一样，想疯狂地逃离董事会会议室、局势研究室、简报会，逃离那些与有钱有势的生活相生相伴的囚笼。

6月10日，星期三晚上，哈罗德正懒洋洋地坐在圆形露天剧场的第五排观看着表演。世界银行的副总裁、富裕程度排行世界第三的石油出口国的王储、美国前总统和他的前国务卿正在跳草裙舞，他们拿拖布当头发，拿椰子壳当胸部，腰上系着用匆匆收集来的棕榈叶做的草裙。他们周围的看台上，八十五位西半球最有权势的人吹着口哨，尖叫着，看起来就像是第一次在公众场合喝醉的大一新生。哈罗德盯着篝火，想起《白色口水》的初剪片本来三个星期前就应该加配乐了，结果现在还没完成。作曲家兼乐队指挥拿着三千美元的日薪，在贝弗利山希尔顿酒店无所事事地等待。他将指挥管弦乐队演奏他谱的曲子，并确保那听上去同他为先前六部电影谱的曲子一样精彩——浪漫的木管乐器搭配雄壮的铜管乐器，经杜比环绕声系统播放出来，将几乎同现场效果一模一样。

星期二和星期四，哈罗德都乘船去“安托瓦内特号”看望玛利亚·陈，在镶嵌着木板、垂挂着丝绸的安静贵宾房里同她做爱，聊天，然后赶回去参加晚上的夏令营活动。

“你在这儿都干些什么？”他问。

“读书。”她说，“处理逾期的信函。躺着晒太阳。”

“有没有看到巴伦特？”

“没有。”玛利亚·陈说，“难道他不是和你在一起吗？”

“是啊，我看到了他。他一直待在大宅的西厢，忙着和上层人物在一起。我只是好奇他有没有来这儿？”

“你是在担心我？”玛利亚·陈问，她翻过身，将黑发从脸上撩开，“还是说妒忌他？”

“去死吧。”哈罗德说着下了床，光着身子走向酒柜，“他干了你才好。那样我们或许还能知道他的一点儿秘密。”

玛利亚·陈从床上滑下来，走到哈罗德背后，抱住他，“托尼，”她说，“你在说谎。”

哈罗德愤怒地转身。她抱得更紧了。

“你不愿别人干我。”她耳语道，“再也不愿意了。”

“放屁。”哈罗德说，“简直就是放屁。”

“你撒谎。”玛利亚·陈说，边说边亲吻他的脖子，“这就是爱。你爱我，我也爱你。”

“没有人爱我。”哈罗德说。他本来想大笑着说出这句话，但结果却变成了哽咽。

“我爱你。”玛利亚·陈说，“你也爱我，托尼。”

他把她推到一臂之外，怒视着她，“你怎么能这么说？”

“因为这是事实。”

“为什么？”

“为什么是事实？”

“不，”哈罗德说，“为什么我们会相爱？”

“因为我们不得不相爱。”玛利亚·陈说，拉着他朝柔软的大床走去。

过了一会儿，哈罗德躺在玛利亚·陈身边，一条胳膊搂着她，手慵懒地搭在她的身上，闭着眼睛，听着哗哗的水声和船上不知什么东西发出的轻微声响。自从懂事以来，他第一次感到无畏无惧。

星期六中午举行的夏威夷宴会结束后，前总统就走了。到晚上七点，岛上只剩下一些又瘦又饿的中下层跟班，他们是穿着鲨鱼皮西装和拉尔夫·劳伦牛仔裤的卡西乌斯[①]和埃古[②]。哈罗德觉得是时候回大陆了。

“狩猎明天就开始。”萨特说，“错过这场游戏就太可惜了。”

“我是为了威利才来的。”哈罗德说，“巴伦特真的确定他

① 刺杀恺撒的主谋之一。

② 莎士比亚戏剧《奥赛罗》中的反派人物，欺骗奥赛罗杀死了自己的妻子。

还会来？”

“日落之前到。”萨特说，“这是威利给的最终答复。约瑟夫一直对他同波登先生通信的内容含糊其词。或许隐瞒得太多了。我猜克里斯蒂安教友已经生气了。”

“那是开普勒的问题。”哈罗德说。他从码头迈上长长的摩托艇的甲板。

“你就非得去把这些额外的傀儡接过来？”萨特牧师问，“我们的存货已经很充足。全都年轻、强壮、健康。大多数是从我的离家出走者康复中心里挑选出来的。有足够多的女人供你挑选，安东尼。”

“我需要几个我自己选的傀儡。”哈罗德说，“我今天深夜就回来。最迟明天凌晨。”

“好吧。”萨特说，眼中闪过一道诡异的光芒，“我可不想你错过精彩内容。今年可能会是特别的一年。”

哈罗德点头道别，引擎隆隆启动，摩托艇缓缓驶离港口，离开防波堤之后便陡然加速。除了巡逻艇和正在驶离的驱逐舰，巴伦特的游艇是这一带唯一的大船。和前几次一样，一艘载着安保武装的快艇驶上前来，看清他的模样以确认身份，然后跟他走完了前往游艇的最后几百码。玛利亚·陈正在船尾的阶梯上等待，手里提着短途旅行包。

返回大陆这晚的风浪比来岛时小多了。哈罗德先前要求给他安排一辆车，上岸后，他在巴伦特的船库后面发现了一辆小奔驰。西方传统基金会还真是慷慨。

哈罗德驾车驶上十七号高速公路，前往南纽波特，然后选择九十五号州际高速公路，行驶三十英里，进入萨凡纳。

“为什么是在萨凡纳？”玛利亚·陈问。

“他们没有说。电话里的人只是告诉我，把车停在郊外的一条运河边。”

“你觉得他就是绑架你的那个人？”

“是的。”哈罗德说，“我敢肯定。他们有相同的口音。”

“你还是觉得这是威利干的？”玛利亚·陈问。

哈罗德沉默了一分钟，“是的。”他最后说，“这才解释得通。巴伦特和其他人有办法搞到预先调教好的人来做傀儡。威利必须用自己选的人，否则就会对他不利。”

“而你打算跟他一起干？你依然忠于威利·波登？”

“忠个屁。”哈罗德说，“巴伦特派海恩斯闯进我的家……把你暴打一顿……想以此警告我。没有人可以这么对我。如果威利想冒险，那就由他去吧，管他那么多呢！”

“这难道不是很危险吗？”

“你是说那些傀儡？”哈罗德说，“我们不会让他们携带武器。他们一上岛，就根本没有机会制造问题。在这五天暴力奥运会结束之后，就算是冠军也会被深埋进岛上某个古老的奴隶墓地里。”

“那威利打算做什么？”她问。

“把他们打得屁滚尿流。“哈罗德说，从立体交叉道上驶出了16号州际高速公路。“我们只需要活着旁观就行了。对了，这倒提醒了我——你带勃朗宁手枪了吗？“

玛利亚·陈从钱包中取出那只自动手枪，交给哈罗德。哈罗德单手抓着方向盘，空出的手将弹匣从枪把中弹出来，检查了一下，又用大腿将它塞了回去。他把枪插进腰带，用宽松的夏威夷衬衫盖住。

“我恨手枪。”玛利亚·陈平静地陈述道。

“我也是。”哈罗德说，“但我更恨一些人，其中一个戴着滑雪面罩，操波兰口音。如果他就是威利派我带上岛的傀儡，那只要游戏一开始，我就会打爆他的头。”

“威利不会高兴的。”玛利亚·陈说。

哈罗德点点头，进入一条岔路。这条路从高速公路一直延伸到一个废弃的船舶下水区，旁边是萨凡纳–奥吉奇运河的一部分，沿岸杂草丛生。一辆旅行车正在那里等待。哈罗德按照预先的安排停在了六十英尺之外，闪了闪头灯。一对男女下了车，缓缓朝他们走来。

“我已经厌倦了如何取悦威利，或者巴伦特，或者他妈的别的什么人。”哈罗德咬牙切齿地说。他走下车，抽出腰间的自动手枪。玛利亚·陈打开短途旅行包，取出了锁链。那对男女走到离他们二十英尺的地方，双手依然空空如也，哈罗德朝玛利亚·陈探过身，咧嘴一笑，“现在轮到他们思考如何取悦托尼·哈罗德了。”他说，稳稳地举起手枪，瞄准那个留着小胡子、白色长发盖住耳朵的男人。那个男人停下脚步，紧盯着哈罗德的手枪枪口，用食指扶了扶眼镜。

61

多尔马恩岛

1981年6月14日，星期天

索尔·拉斯基感觉这一切仿佛昨日重现。

半夜过后，船才在水泥码头上靠岸。托尼·哈罗德把索尔和休厄尔小姐领下船。他们站在码头上，哈罗德把武器收了起来，因为他们本应是他来操控的两个傀儡。两辆电动高尔夫球车开过来，哈罗德对一个穿西装夹克和宽松长裤的男人说："把这两个带去傀儡圈。"

索尔和休厄尔小姐顺从地坐在车中央，一个手持自动步枪的男人站在他们身旁。索尔瞟了眼自己身旁的女人，她一脸茫然，没有任何表情。她没有化妆，头发绾在脑后，廉价印花裙松松垮垮，似乎一拉就会掉下来。车在隔离区南端的检查站停下来，然后驶过一片铺着碎贝壳的无主之地。索尔很想知道，梅勒妮·福勒有没有通过六岁的仆人给娜塔莉传递什么信息。

隔离区北面栅栏外的水泥设施笼罩在一片强光之中。索尔和休厄尔小姐进入一个篮球场大小的水泥地面院子中，与另外十个刚刚抵达的傀儡集合，院子周围树立着高高的铁丝网。

隔离区这边看不到蓝色西装夹克和灰色宽松长裤，只有身着绿色连体工作服、头戴黑色尼龙棒球帽、手持自动武器的人。根据科恩的笔迹，索尔可以断定这些家伙是巴伦特的私人安保武装。而根据两个月前对哈罗德的审讯，他同样可以断定，他们每一个人都在一定程度上接受了主人的调教。

一个手枪插在枪套中的高个子男人上前几步，说："好了，听着，脱衣服！"

十多个囚徒中，大多数是年轻男人，但索尔还是看到了两个女人——刚刚成年不久——站在前门。囚徒全都神情呆滞地面面相觑，似乎被下了药或者处在极度震惊当中。索尔见过这种表情。在切姆诺朝大坑走去的时候，在索比堡下火车的时候，他都见过这种表情。他和休厄尔小姐开始脱衣服，而大部分其他人站在原地，一动不动。

"我说脱衣服！"高个子男人再次大声下令，另一个手持步枪的男人走上前来，用枪托殴打离他最近的囚徒——一个十八九岁、戴着眼镜的龅牙男孩。男孩一声不吭地向前倒下，脸重重地撞在水泥地面上。索尔可以清晰地听见他牙齿碎裂的声音。其他九个人纷纷开始脱衣服。

休厄尔小姐首先脱完。索尔发现她的身体看上去比她的脸更年轻、更光滑，只是有一道明显的阑尾切除术留下的痕迹。

他们将囚徒排成两列，没有分隔男女，驱赶他们走下一条长长的水泥坡道，进入地下。走在这条中央地下大道上，索尔用眼角余光瞥见了几道门，通往侧面贴着地砖的走道。傀儡们走过门口的时候，有穿着连体工作服的警卫到门口监视他们。有一次，两列队伍不得不紧贴墙壁，避让四辆吉普车。车队让隧道里充满了噪声和一氧化碳。索尔怀疑整个岛的地下都遍布着这种隧道组成的纵横交错的网络。

他们被送到一个没有家具、光线明亮的房间，穿着白色外套和手术手套的男人检查了他们的口腔和肛门，女人还被检查了阴道。一个年轻女人开始啜泣，但被警卫打了一巴掌之后，立刻就噤了声。

索尔不知为何特别冷静，心里思索着这些傀儡来自何方，是否被操控过，以及他自己的行为怎样才能与他们保持一致。从检查室里出来，他们进入一条似乎是直接在岩层中开凿出来的长而窄的通道。通道墙壁被刷成白色，滴着水。墙上的弧形裂缝里关着赤身裸体、默不作声的囚徒。

队列停下来，等休厄尔小姐进入她的裂缝。索尔意识到，这里并不需要全尺寸囚房，因为囚徒在岛上都待不了一个星期。索尔紧接着进入了自己的裂缝。

白色石墙上，一层层新月形的裂缝高低不一，交错分布，裂缝前树着铁栅栏。索尔的裂缝离地面有四英尺。他翻身钻进去。石头贴在皮肤上，冰凉刺骨，缝里的长度足够完全躺下身体，后部凿有一个臭烘烘的洞，那里就是他大小便的地方。栅栏由液压装置控制，从顶部插入底部的深孔里。栅栏上有一条两英尺宽的缝隙，以方便餐盘进出。

索尔躺在裂缝里，盯着十五英寸高的石壁。通道里传来一个男人嘶哑的哭声，但紧接着就响起脚步声和金属击打肉体的声音，哭声戛然而止。索尔非常冷静。他的决心无比坚定。不知为何，几十年来，他从未觉得自己同家人——父母、约瑟夫、斯特法——如现在这般亲近。

索尔的眼皮不知不觉闭上了，他强行睁开，揉了揉，重新戴上眼镜。他们居然允许他保留眼镜，这真是怪事。索尔努力回想在切姆诺的时候，他们有没有允许裸体囚犯戴眼镜去大坑。没有。他记得曾被分配去干一项工作，用铲子将成百上千的眼镜从一个房间转运到一条粗糙的传送带上，由其他囚犯将玻璃从金属里筛选出来，再将贵金属从普通金属里筛选出来。第三帝国决不允许浪费任何东西。只有在消耗生命时，他们从不吝惜。

他强行睁开眼，捏了捏脸颊。石头床铺很硬，但他知道，自己可以轻松入眠，甚至轻松入梦。过去三周，他其实没有真正睡过觉，因为每天晚上刚一入梦，快速眼动睡眠状态就会触发催眠后暗示，塑造出他的梦境。他已经有八个晚上不需要铃声的刺激了，单单靠快速眼动睡眠状态就能触发梦境。

索尔已经无法区分那是梦境还是记忆。这种梦境般的记忆同现实的界限也模糊了。他同娜塔莉一起筹划准备的日日夜夜成了梦，所以他才会如此冷静。黑暗中，冰冷的通道、赤裸的囚徒、狭窄的囚笼——所有这些都宛如梦境般的现实，就像那些关于集中营的残酷的自我诱发的记忆一样。相反，在查尔斯顿的炎夏监视娜塔莉和那个叫贾斯汀的小孩——或者说娜塔莉和那个看上去是小孩的死物——反而没有那么真实。

索尔努力回忆娜塔莉。他紧闭上眼，直到眼中充满泪水，然后瞪大眼睛，继续回忆娜塔莉。

两天前——现在已经是三天了——也就是星期四，娜塔莉向他讲述自己的解决方案。“索尔！”她大叫着，将地图放在桌上，转头面对他。他们当时正坐在汽车旅馆小厨房的一张小桌旁。“我们不必单枪匹马地干。我们可以让人帮忙我们在查尔斯顿进行监视！”在她身后，多尔马恩岛的放大照片贴满了厨房的墙面，如同粗糙的马赛克图案。

索尔摇摇头，疲惫的大脑没有领会她激动陈述的内涵：“怎么可能？他们全都死了，娜塔莉。罗布、艾伦、科恩。而米克斯还要负责开飞机。”

“不——我是说找人！”她用手掌根击打着额头。

“这几周里，我一直在想有没有人——有没有人是我们的潜在支持者。我明天就能找到他们。到星期六上午我再同梅勒妮会面。”

她说完这话后十八小时，他看到她走下从费城飞来的飞机，两名黑人跟在他左右两侧。杰克森看上去比六个月前更老了，光头反射着机场大厅的明亮灯光，脸上流露出历经风雨之后对这个世界的冷漠与淡然。娜塔莉右手边的年轻人与杰克森完全相反——身材瘦高，手脚灵活，表情如万花筒般丰富多变。年轻人的尖声大笑在走廊里回荡，引得旁人纷纷转头。索尔记得，这个人的绰号是“鲶鱼”。

稍后在开往查尔斯顿的车上，杰克森问：“拉斯基，你肯定你说的那人就是马文？”

“就是马文。”索尔说，“但是他……他变了。”

“是老巫婆干的？”鲶鱼问。他正在摆弄车载收音机，搜寻着中意的频道。

“是的。”索尔说，这还是他第一次对娜塔莉之外的人讲述梅勒妮的事，“但我们仍有可能使他康复……我们仍有可能拯救他。”

“好的，伙计，我们就这么干。”鲶鱼说，“只要通知我们老大，灵魂砖厂的人就会杀到这个城市来，把这里围个水泄不通。”

“不，”索尔说，“这么干没用。娜塔莉肯定已经告诉你们原因了吧。”

“她告诉我们了。”杰克森说，“但你打算告诉我们什么，拉斯基？我们需要等多久？”

“两个星期。”索尔说，“无论如何，这件事在两个星期内都必须结束。”

“那我们就等两个星期。”杰克森说，“然后我们就必须尽一切可能把马文救出来，不管你的事情有没有结束。”

“一定会结束的。”索尔说，他看着坐在后排的大块头，“杰克森，我还不知道杰克森是你的姓还是名。”

“我的姓。”杰克森说，“从越南回来之后我就放弃我的名了。名对我来说已经没用了。”

“我真正的名字也不是鲶鱼，拉斯基。”鲶鱼说，“而是克拉伦斯·阿瑟·西奥多·瓦尔什。”他同索尔握了握手，“可是伙计”，他露齿一笑，“因为你是娜塔莉的朋友，你可以叫我瓦尔什先生。”

出发前的最后一天是最难挨的，索尔觉得娜塔莉的方案根本不会管用——老巫婆不会做她答应要做的事情，或者她的调教失败了。老巫婆说她在五月里进行了三周调教，贾斯汀和娜塔莉在河对岸用望远镜都看到了。科恩提供的信息也可能有错。即便没有错，但计划也可能中途发生改变。托尼·哈罗德可能不会对六月上旬的那通电话做出反应，或者一上岛就把电话内容告知其他精神吸血鬼。就算他没有告密，也可能在带着索尔和梅勒妮·福勒派来的人乘船离开大陆后干掉他们。索尔被送上岛之后，梅勒妮·福勒也许会趁机杀害娜塔莉，而索尔只能被关在囚笼里等死。

星期六下午，他们开车南下去萨凡纳，在日落之前就开始在停车场做准备。娜塔莉和杰克森藏在北面六十码外的灌木丛中。娜塔莉手持加州副警长车上的步枪。M-16和大多数C-4塑胶炸弹都被藏起来了，但这把步枪被留在了身边。

鲶鱼、索尔还有贾斯汀口中的“休厄尔小姐”在车上等待。鲶鱼和索尔不时会从金属保温杯里喝几口咖啡。

有一次，那个女人如同腹语表演者手中的人偶一样转过头，直勾勾地注视着索尔，说：“我不认识你。”

索尔什么也没说，只是木然地回瞪着她，努力想象着这个数十年来肆无忌惮地实施暴力的恶魔的内心世界。休厄尔小姐忽然闭上眼，动作之快堪比挂钟上的发条猫头鹰。所有人都没再说话，直到午夜将至时托尼·哈罗德到来。

矮小的制片人一直举着枪瞄准索尔的脸。一个念头从索尔脑中闪过：说不定他真的会开枪。索尔看见哈罗德脖子上青筋暴起，扣扳机的手指也因为紧张而发白。索尔确实害怕了，但这是一种清晰而可控的恐惧，同过去一周的焦虑不一样，同对大坑的愤怒和无奈不一样，同晚上噩梦里的绝望也不一样。不论接下来将发生什么，都是索尔自己选择去承受的。

最后，哈罗德只是咒骂着抽了索尔两个耳光，第二下反手一击在索尔的右脸上划出了一条浅浅的切口。索尔没有开口，也没有反抗，休厄尔小姐也同样表现得如同没有知觉的木偶。只有哈罗德真的朝索尔开枪，或者操控休厄尔小姐去杀他的时候，娜塔莉才能从藏身的灌木丛开枪。

索尔和休厄尔小姐被塞进奔驰的后座，细细的铁链在他们手脚上缠绕了一圈又一圈。哈罗德的欧亚混血秘书——根据哈灵顿和科恩的报告，索尔得知她的名字是玛利亚·陈——手脚麻利，但在勒紧锁链并上锁时，还是小心地避免了阻断他们的血液循环。索尔狐疑地看着她，不知道她来这里的理由和动机是什么。他怀疑这正是自己民族衰败的原因——犹太人永远都不会放弃对事物的理解，对动机和理由的探寻，围绕犹太法典的琐碎细节进行无休无止的辩论，听任浅薄而高效的敌人将他们牢牢捆住，带去焚尸炉。只要火车按时运行，公文处理得当，他们的杀手就从不担心手段和目的的问题，也不担心道德的问题。

在进入快速眼动睡眠状态从而触发梦境之前，索尔·拉斯基猛然惊醒。他将西蒙·维森塔尔提供的一百份人物经历加入了催眠诱发的人格之中，但只有十几份经历会反复出现在他调教自己产生的梦境之中。尽管在犹太大屠杀纪念馆和犹太隔离区斗士之家，他曾经长时间观察这些照片，但他的梦中没有出现他们的脸，因为他一直凝视着他们的眼睛。但他们生命中的背景——宿舍和工厂，铁丝网和空洞的目光——再次成了索尔·拉斯基此时生命中的背景。躺在多尔马恩岛的石墙裂缝中，他意识到自己从未真正离开过死亡集中营。实际上，只有在集中营这个国家中，他才是真正的公民。

在梦境的边缘徘徊时，他意识到这一晚谁的经历会进入自己的梦境：舍拉姆·克拉凯克。他还记得这个男人的模样和经历，但现在，当他在梦境中重历这些细节时，它们却模糊在真实记忆的迷雾之中。索尔从来没去过华沙的犹太人隔离区，但在这个夜晚，他却想起了那里——黑暗狭窄的下水道里，挤满了逃离大火的难民，他们只能一个跟一个地往前爬，不时还有排泄物落在他们头上。他们一边咒骂，一边祈祷前面的人不要死，因为那样就会堵住通道。在高墙、铁丝网和装甲车包围的隔离区里，还有数十个惊恐的男女正趴在地上又抓又刨，奋力钻进雅利安人的下水道。克拉凯克带着九岁的孙子莱昂穿行在雅利安人的下水道中，雅利安人的粪便淋在他们头上，周围的污水不断上涨，几乎将他们淹没。突然，前方出现了光亮，克拉凯克身后一个人都没有。他独自一人爬进雅利安人的阳光之中。在黑暗的下水道里跋涉十四天之后，他强迫自己转过身，返回那个黑漆漆的、奇臭难闻的洞里，回去寻找莱昂。得知这将是他在梦中经历的第一个故事，索尔坦然入睡。

62

多尔马恩岛

1981年6月14日，星期天

星期天日落前一个小时，托尼·哈罗德看到威利乘坐的双引擎公务机降落在平坦的跑道上，高大的橡树在跑道上拉出长长的影子。巴伦特、萨特、开普勒同哈罗德在停机坪尾部开着空调的小候机厅里等他。哈罗德本来坚信威利不会在飞机上，所以当汤姆·雷诺兹、詹森·鲁哈和威利·波登的熟悉面孔出现时，哈罗德不由得惊讶得倒吸一口凉气。

其他人却十分冷静。约瑟夫·开普勒就像威利的老朋友一样，主动为他介绍众人。吉米·韦恩欧·萨特鞠了一躬，同威利握了握手，露出意味深长的笑容。哈罗德只能在一旁目瞪口呆地看着，威利说："看到了吧，我的朋友托尼，天堂就是一座岛。"巴伦特像政客见面时一样，一手抓住威利的手肘，一手握住威利的手，用力上下摇晃，表现出非同一般的热情。威利系着黑领带，穿着燕尾服，一身晚装打扮。

"久仰大名，今日得见，不胜荣幸。"巴伦特满脸堆笑，没有松开威利的手。

“是啊。”威利也微笑着说，“我也很荣幸。”

随行人员乘着高尔夫球车来到大宅，一路不断有助手和保镖上车。玛利亚·陈在大会堂里同威利碰面，在他两边的面颊都亲了一下，笑靥如花地说：“比尔，我们非常高兴你能回来。我们非常想念你。”

威利点点头，“我也想念你的美丽和智慧，亲爱的。”他说，吻了吻她的手，“如果你有天厌倦了托尼的粗鲁行径，请考虑来我身边上班。”他空洞的眼睛中闪烁着光彩。

玛利亚·陈开怀大笑，握着他的手说：“希望我们很快能一起工作。”

“是啊，或许很快就可以了。”威利说，挽住她的胳膊，跟随巴伦特和其他人进入餐厅。

晚宴一直持续到九点过。餐桌旁围坐着二十多个人——只有托尼·哈罗德带了一名助理——但最后只有四个人在巴伦特的带领下进入空荡荡的西厢里的游戏室。

“我们不会现在就开始吧？”哈罗德警惕地问。他不知道是否可以操控他从萨凡纳带来的那个女人。他也没看到其他傀儡。

“不，还没到时候。”巴伦特说，“我们的惯例是，在选择参加夜晚狩猎的傀儡之前，先在游戏室里处理岛俱乐部的事务。”

哈罗德环顾四周，整个房间风格十分别致，看上去就像是图书馆、维多利亚时代的英格兰俱乐部和会议室的结合体：两面排满了书的墙，墙上有阳台和楼梯，书柜下有皮椅，皮椅旁点着光线柔和的台灯；中央放着好几张台球桌；在远端的墙边是一张巨大的绿色台面呢圆桌，照明全靠顶上的一盏吊灯。五把高背扶手皮椅放在圆桌周围的阴影里。

巴伦特摁下一个凹板中的按钮，沉重的窗帘无声拉开，露出一面三十英尺宽的窗户，俯瞰着楼下灯火通明的花园和小橡树路的长隧道。哈罗德可以断定，这面微微偏光的玻璃从外面看是不透明的，而且肯定也是防弹的。

巴伦特手掌朝上伸出手，就像在为威利·波登介绍这个房间和窗外的风景一样。威利点点头，坐进离他最近的皮椅里。头顶的灯光让他的脸看上去就像一副刻满皱纹的面具，眼窝则如同两个漆黑的窟窿。“是啊，非常棒。”他说，“我坐的是谁的椅子？”

“是……呃，是特拉斯科先生的。”巴伦特说，“但现在似乎更适合你来坐。”

其他人也纷纷落座，萨特给哈罗德指出他该坐的椅子。哈罗德让身体陷进这把古老而豪华的椅子里，在台面呢上双手交握，忽然想到了查尔斯·科尔本。科尔本的尸体被发现之前，已经在斯古吉尔河幽深的水底喂了三天鱼。“这俱乐部真不赖。”他说，“我们现在干什么？学习秘密誓词然后唱歌？”

巴伦特对哈罗德的调侃付诸一笑，将众人扫视了一圈。“岛俱乐部第二十七次年会现在开始。”他说，“今晚有未尽事宜需要讨论吗？”没有人回应，“那有新事宜需要讨论吗？”

“讨论新事宜时会举行全体会议吗？”威利问。

“当然。”开普勒说，“任何人在本周任何时候都可以要求举行会议，除非狩猎已经正式开始。”

威利点点头。“那样的话，我就再等等。”他对巴伦特微微一笑。在头顶投下的耀眼光芒中，他的牙齿泛着黄光。“我得牢记，自己还是新会员，所以必须谨言慎行，对吗？”

“没这回事。”巴伦特说，“坐在这张桌旁的所有人都是平等的……我们是同辈，是朋友。”说到这里，巴伦特才第一次正眼去瞧哈罗德，“既然今晚没有新事宜需要讨论，大家是否准备去傀儡圈转一转，选择今晚操控的对象？”

哈罗德点点头，威利开口道：“我想操控我自己的人。”

开普勒眉头微蹙。“比尔，我不知道你是否可以……我的意思是，如果你愿意，当然可以选择自己的人，但我们都会尽量避免使用我们的……常用侍从。五个晚上都取胜的概率……呃，非常低，真的，所以我们要保证大家的宝贵资源不会蒙受损失，我们要大家都带着愉快的心情离开。

“我明白，”威利说，“但我仍然更喜欢用我自己的人。我是可以这么做的，对吧？”

“是的。”吉米·韦恩·萨特说，“但你选的人必须接受检查。如果他今晚幸存下来，也必须像其他傀儡一样关进傀儡圈。”

“没问题。”威利说，他又笑了，哈罗德愈发觉得说话的是一颗无眼的骷髅头，“非常感谢你们迁就一位老人。我们现在就去圈里转转，选择今晚游戏的棋子吧。”

哈罗德是第一次来到隔离区北面。尽管他知道岛上肯定藏有秘密基地，但亲眼看到这座地下堡垒时，他还是备感惊诧。在哨所和监控室里有二十五到三十个穿着连体工作服的警卫，同夏令营那一周铺天盖地的安保武装相比，这里的防御措施可谓形同虚设。哈罗德推测，巴伦特的安保武装应该大部分都在海上——安置在游艇或者巡逻艇里——主要负责防止外人靠近小岛。他很想知道，这些警卫是如何看待傀儡圈和狩猎游戏的。哈罗德在好莱坞工作了二十年，他知道有钱能使鬼推磨的道理，甚至有时候不用付钱也会有人排着队帮你做事。哈罗德怀疑巴伦特也许不用费神使用念控力，就会找到一大把人为他免费工作。傀儡圈凿在一条狭窄的通道的原生岩里，那里比地下堡垒的其他部分更加古老，气氛十分诡异。哈罗德跟随其他人经过一道道裂缝，那里囚禁着蜷曲赤裸的傀儡。他第二十次想到这里简直是在拍B级片。如果有作家给哈罗德献上这样的剧本，他一定会当场掐死那个浑蛋，然后把他踢出美国编剧协会。

“早在范德胡夫种植园，甚至杜波斯种植园建立之前，这些囚笼就已经存在了。”巴伦特说，“我手下的一位考古学家兼历史学家推测，这些囚笼是西班牙殖民者囚禁反叛的印第安人的，尽管西班牙人很少在如此靠北的地方修建基地。这些囚笼至少是在公元1600年之前开凿的。一个有趣的事实是，克里斯托弗·哥伦布同时也是西半球的第一位奴隶主。他抓了几千名印第安人运回欧洲，在西印度群岛上奴役并杀害了更多印第安人。事实上，如果不是教皇以逐出教会相威胁，他也许会把岛上的土著都杀光。”

“教皇之所以会阻止哥伦布，很可能是因为他本人没有从殖民行动中获取足够多的好处。”吉米·韦恩·萨特牧师说，“牢里的任何人我们都能选？”

“除了哈罗德先生昨晚带来的那两位。”巴伦特说，“我想他们是你自己要用的吧，托尼？”“是的。”哈罗德说。

开普勒凑上来，碰了碰哈罗德的手肘：“吉米告诉我，你带来的人里有一个男人。托尼，你的口味变了吗？还是说，他是你的一位特别的朋友？”

哈罗德盯着约瑟夫·开普勒完美的发型、完美的牙齿和完美的古铜色皮肤，很想让这些完美瞬间变成不完美。但他一句话也没说。

威利扬起眉毛："男性傀儡，托尼？我才离开几周啊，你就让我刮目相看了。你要操控的男人在哪儿？"

哈罗德盯着这位老制片人，但威利的表情没有透露任何信息。"就在那边的什么地方。"他说，朝通道深处指了指。

这群人散开了，像狗展上的裁判一样检查每个傀儡的质量。也许是因为有人提前警告囚徒必须保持安静，或者是因为他们五人的现身立刻压制住了所有噪声，通道里只听得到脚步声的回响，以及从古老隧道未被开发的黑暗深处传来的细微滴水声。

哈罗德非常紧张，他检查了一条又一条裂缝，寻找他从萨凡纳带来的那两个人。莫非威利又在拿他寻开心了？哈罗德想，还是说，是他自己对形势做出了错误的判断？不，他妈的，其他人没有理由让他把特别调教过的傀儡偷偷运到岛上。除非开普勒或者萨特在秘密谋划什么，或者是巴伦特在下一盘很大的棋——但他也可能只是设了个圈套，好让哈罗德颜面扫地。

哈罗德感觉很恶心。他沿着通道匆匆检查，窥探栅栏背后一张张因为惊恐而发白的脸。他怀疑自己也是同样的神情。

"托尼。"威利在他身后二十步的地方说，语气严厉，仿佛是在发出命令，"这是你的男性傀儡吗？"

哈罗德快步走过去，注视着高度仅容人平躺的裂缝中的男人。暗影之中，灰白的胡茬勾勒出消瘦的面颊，但哈罗德肯定，这就是他从萨凡纳带来的男人。威利到底打算干什么？

威利凑到牢笼边上。那个囚徒回瞪着威利，因为被惊醒而双眼充血。两人之间忽然形成了一种难以解释的默契。“欢迎来到地狱，我的小兵。”威利对那人说。

“下地狱去吧，上校。”囚徒咬牙切齿地说。威利大笑，笑声在狭窄的通道里回荡，哈罗德知道自己这下捅了大娄子了。

除非威利在耍他。

巴伦特走上前来，被吹干成型的白发在60瓦灯泡的照射下散发着柔和的光。“有什么事那么好笑，先生们？”

威利抓住托尼的肩，对巴伦特微微一笑：“我的门徒给我们讲了个小笑话，C. 阿诺德。仅此而已。”

巴伦特看着他们二人，点点头，沿着狭窄的通道走开了。

威利的手依然放在哈罗德的肩头，他用力一挤，哈罗德疼得五官扭曲。“但愿你知道自己在做什么，托尼。”威利恶狠狠地说，脸都涨红了，“我们等会儿再谈。”威利转身跟上巴伦特和其他人，朝秘密基地走去。

哈罗德惊慌失措地看向囚笼。那个他本来坚信是威利小兵的人浑身赤裸，蜷缩在铁栅栏后的石头缝隙里，苍白的面孔几乎被阴影吞没；他看起来老弱不堪，已经被年纪和苦难折磨得不成人形；一条醒目的伤疤纵贯整个左前臂；一条条肋骨清晰可见。在哈罗德看来，这个老头子完全构不成任何威胁；他身上唯一谈得上有点儿可怕的，只有那双哀伤的大眼睛里流露出的公然蔑视。

“托尼，”吉米·韦恩·萨特牧师喊道，“快挑选你的傀儡。我们要回大宅开始游戏啦。”

哈罗德点点头，最后一次瞟了眼栅栏后的老头儿，然后迈开脚步，认真审视囚徒们的脸。为了今晚的游戏，他要给自己找一个足够年轻健壮而且容易控制的女人。

63

梅勒妮

威利还活着！

透过休厄尔小姐的眼睛，我的视线越过囚笼的栅栏，立刻捕捉到他的身影。他那犹如黄鼠狼毛发般浓密的头发如今只剩下几缕银丝，来自他后上方灯泡的光照在他头上，形成了一圈刺目的光晕。

威利还活着。尼娜至少在这一点上没有撒谎。对于现状，我几乎摸不着头脑：尼娜和我把我们的猎物带到这个邪恶的盛宴之上，而威利——尼娜说他命在旦夕——却在和抓捕他的人谈笑风生。

威利看起来几乎没有任何变化——或许比六个月前更放浪不羁了。当他的脸在隧道的昏暗灯光中浮现的时候，我让休厄尔小姐转过头，往囚笼的阴影中缩。但很快我就发现这么做有多愚蠢。威利用德文同被尼娜的女黑鬼称作“索尔”的人说了一句话，欢迎他来到地狱。那个男人让威利滚开。威利哈哈大笑，对一个长着爬行动物般眼睛的年轻男人说了两句话。就在这时，一位非常英俊的绅士走上前来。威利称他为C. 阿诺德，我知道这就是休厄尔小姐调查过的那位传说中的巴伦特先生。尽管灯光刺眼，环境肮脏，我依然立刻辨识出那人举止高贵而优雅。他就像我的爱人查尔斯一样，操着一口剑桥口音，显得颇有教养。他的西装夹克经过精心剪裁。如果休厄尔小姐的调查没错，那他就是世界上八位顶级富翁之一。我觉得这个男人可能会欣赏我的成熟和良好教养，说不定能真正理解我。我让休厄尔小姐凑到栅栏前，抬起头，半闭着眼睛，挑逗性地垂下了睫毛。巴伦特先生似乎根本没注意到，径直走开了。威利和他的年轻朋友随后也离开了。

“出什么事了？”尼娜的女黑鬼问，她称自己“娜塔莉”。

我让贾斯汀怒气冲冲转向她：“你自己看啊。”

“我现在看不到。”黑人女孩说，“我之前解释过，因为隔得太远，连接不是很理想。”我们坐在客厅里，女孩的眼睛反射着烛光。那双浑浊的褐色眸子，同尼娜的蓝眼睛根本不沾边儿。

“那你是怎么操控傀儡的，亲爱的？”我问，贾斯汀轻微的咬舌音让我的声音比预期的更甜美。

“调教。”尼娜的傀儡说，“出了什么事？”

我叹气道：“我们还待在小囚笼里，威利刚来过——”

“威利！”女孩尖叫起来。

“你为什么这么惊讶，尼娜？是你自己告诉我，威利被要求到岛上去。难道你说你一直同他保持着联系是在骗我？”

“当然没有！”女孩断然否定，迅速而坚决地恢复了冷静，这一点倒是像极了尼娜，“但我已经有一些日子没见到他了。他看起来还好吧？”

“不好。”我冷冰冰地说。我犹豫片刻，决心考验她一次。“巴伦特先生也在。”我说。

“哦？”

“他非常……迷人。”

“是的，他很有魅力，对不对？”

她的话里是不是有那么一丝忸怩？“我明白为什么你会经不住他的蛊惑，选择背叛我了，亲爱的尼娜。”我说，“你是不是……同他睡过？”我讨厌这种荒谬的固定表达，但我找不到更文明的方式来质问她。

黑人女孩只是瞪着我。我在心头第一百次咒骂尼娜选择操控这个——这个奴隶——而不是我可以平等对待的正常人。即使是可恶的巴雷特·克拉默小姐也是个更好的谈话对象。

我们沉默中坐了一会儿，女黑鬼沉浸在尼娜注入其脑中的幻想之中，我的注意力则分配在不同的家庭成员身上：休厄尔小姐对冰冷石块和空寂隧道的有限感知；贾斯汀对尼娜的认真监控；以及对我们海上朋友的最微弱的思维触碰。最后一种连接是最难维持的，不仅仅是因为距离遥远——自从我患病以来，距离对我来说已经不是什么障碍了——而是因为在尼娜下达新的命令之前，这种连接必须保持在若有若无的状态，以免被觉察。

当然，这只是她的一厢情愿而已。我之所以按照她的要求去做，是因为我需要暂时配合她，也是因为我必须回应她那番幼稚的嘲弄——她竟然说，我不可能与只在望远镜里观察到的人确立并维持连接。但既然我已经证明我有这样的能力，我就没有必要再继续跟着尼娜的思路走。现在我已看清死亡大大削弱了尼娜的念控力，就更没理由怕她了。就算是六个月前在查尔斯顿发生分歧之前，她恐怕都不能在两百英里之外操控某人。但我肯定，她绝不会向我暴露她的弱点，或者表现出对我有一星半点的依赖。

就像她现在依赖我一样。女黑鬼坐在我的客厅里，穿着一件松垮垮、皱巴巴的毛衣和一条黄褐色裙子，而实际上尼娜是看不见也听不见的。只要我不告诉她，她就不可能知道此时此刻岛上发生的情况——我如今越发确信这一点。她说她能够间歇性地操控那个名叫索尔的傀儡，但我压根儿不相信。乘船出海的时候，我曾蜻蜓点水似的触碰过他的意识。尽管我发现了被操控的痕迹——曾被大规模操控的痕迹——但我也感觉到了别的东西，潜藏在表面之下，也许十分危险，似乎尼娜用一种高深莫测的方式在他的思想里设置了陷阱。我还感觉到，这个男人现在并没有在她的操控之下。我知道，即使是经过充分调教的傀儡，在情况发生改变或者出现偶发事件的情况下，其可靠性也是极其有限的。在我们三人过去的美好时光中，在调教自己常用的傀儡时，我的念控力是最强的。尼娜嘲笑我说，这是因为我惧怕去征服新的对象；威利藐视所有长期关系，就像他经常换床伴一样，被他操控的傀儡也是一个接一个，从不固定。

如果尼娜想单单利用调教过的傀儡在岛上纵横驰骋，那就注定会失望。我感觉现在，我们之间的力量对比改变了——这么多年来终于轮到我占上风了！——接下来选择什么时间、什么地点、在什么条件下采取行动，都是我说了算。

但我真的很想知道尼娜在哪儿。

女黑鬼正在客厅里喝茶——在客厅！父亲如果看见了肯定会被气死！——她不知道，一旦我找到了可以查出尼娜行踪的另一种方法，这个讨厌的黑人傀儡就会立刻被清除掉，尼娜也会为我采用的手段之新颖而惊叹的。

我可以等。时间的流逝将对我越来越有利，而对尼娜越来越不利。

门厅里的落地大摆钟刚刚敲过十一下，贾斯汀正昏昏欲睡，这时身穿连体工作服的狱卒打开了通道末端古老的铁门，通过液压装置开启了五个囚笼的栅栏。休厄尔小姐的囚笼没有开，更高处尼娜的傀儡的囚笼也没有开。

我看到四个男人和一个女人经过，明显已经受到了操控。我震惊地发现，其中一个高大魁梧的黑鬼我见过，在我们上次的重聚中，威利表现出很难驾驭他的样子——他好像叫詹森什么的。

我很好奇，于是放松了对贾斯汀的感知，放松了对睡在缓缓摇摇的舰上休息室中的那个男人的感知，放松了对所有人、甚至我自己的感知，同时动用了所有增强后的念控力，将自己投射到一名警卫的意识中，以获取最低限度的感知，就像在观看信号微弱的电视节目一样。我看到被选出的四男一女走出通道，穿过铁门和古老的吊门，再经过进来时经过的那条地下大道，爬上一条黑魆魆的长坡，进入热带岛屿弥漫着腐朽植物气息的夜晚之中。

64

多尔马恩岛

1981年6月15日，星期一

第二天晚上，哈罗德不得不尝试操控他从萨凡纳带来的那个男人。

头一天晚上对他来说简直就是个噩梦。他选的那个女人难操控极了。那是一个高挑、健壮、下巴轮廓分明的悍妇，乳房小，头发短，一点儿也不吸引人，是萨特提供的那种“获得新生”的流浪者。他在《圣经》外联中心里收留了这样一批人单独“喂养”，每年岛俱乐部举行狩猎游戏的时候，他就会抽部分出来做猎物。但这个女人可不是好用的傀儡。哈罗德不得不动用所有念控力，才能让她同另外四个男性傀儡一起走完隔离区北面栅栏外五十码的距离。

一个巨大的五角星被浇铸在泥土里，五星的每一个角上都用粉笔画出一个圆圈。另外四人已经各就各位——詹森·鲁哈迈着坚定的大步，走进了他的圆圈——等待哈罗德的女性傀儡像醉汉一样进入她的位置。哈罗德知道他有很多理由解释：他过去都是在更近的距离、操控与自己亲密的女人；这个女人太像男人了，不合他的胃口；最重要的是，他害怕了。

游戏室里的大圆桌边，其他男人都舒舒服服地坐在高背椅里，哈罗德则在自己的座位上不停地扭动身子，拼命与那女人保持连接，把她送到准确的位置。当他终于将她固定在近乎圆圈中心的位置上时，他把注意力转移到房间里，点点头，擦了擦脸颊和眉毛上的汗水。

“很好。”C. 阿诺德·巴伦特居高临下地说，“我们似乎都准备好了。你们都知道规则。如果你的傀儡能在日出之前还活着，但没有杀死其他傀儡，那你就会获得十五分，而这个傀儡也必须被杀掉。如果你的傀儡在日出之前干掉了其他所有傀儡，那你就将获得一百分，并且可以选择同一个傀儡参加第二天晚上的游戏。新玩家们都听明白了吗？”

威利微微一笑。哈罗德敷衍地点点头。“提醒一下，”开普勒说，将前臂放在厚厚的台面上，转头看着哈罗德，“如果你的傀儡很早就被干掉了，你可以到隔壁的监控室里观看接下来的游戏。岛的北部有七十多台摄像机，覆盖了几乎每一个角落，观看起来会很爽。”

“但坐着看绝没有继续参与游戏爽。”萨特说。牧师的前额和上唇渗出一层细密的汗珠。

“先生们，”巴伦特说，“我们都已经准备好了吧？照明弹将在三十秒后发射，然后狩猎将正式开始。”

头一晚对哈罗德来说简直就是噩梦。其他人闭上眼睛，立刻就对各自的傀儡操控自如。但在三十秒准备阶段，哈罗德基本上都在努力重建对那个女人的全面连接。

终于，他进入了她的意识之中，感受到林间的微风从她裸露的肌肤上吹过，她的小乳头在夜晚的冷空气中挺拔起来。他模模糊糊地意识到，詹森·鲁哈正从十英尺外他的圆圈中探过身子，指着她——指着哈罗德——带着威利所特有的邪笑：“你是最后一个，托尼。我最后再来收拾你。”

这时，红色的照明弹在矮棕榈树冠上方三百英尺炸开，另外四人展开了行动，哈罗德让自己的傀儡转身，一头扎进背面的丛林之中。

一连几个小时，哈罗德都如同置身在狂热的梦境里。他操纵的傀儡在纵横交错的树枝之间穿行，密密麻麻的蚊虫如影随形，因恐惧而大量分泌的肾上腺素在他和他操纵的傀儡体内奔流。他们穿过了丛林和沼泽，跌跌撞撞地一路向前，但这条路仿佛没有尽头一般。有好几次他都肯定自己马上就要到达岛的北端了，但钻出密林之后却发现，前方横亘的是隔离区栅栏。

他努力思考着应对策略，点燃自己采取行动的热情，但这一切都是徒劳。随着黎明的步步逼近，他能做的只有阻断他对疼痛的感知——他的傀儡脚在流血，皮肤也被树枝划破了——让傀儡继续逃。那女人手里握着一根沉甸甸的棍子，但这毫无用处。

游戏开始不到三十分钟，哈罗德就听到了今晚的第一声尖叫。当时他让自己的傀儡藏在一小片甘蔗林里，而尖叫就从五十英尺外传来。十分钟后，他和他的傀儡从甘蔗林里爬出来，看到了一个强壮的金发男人的尸体，那是萨特操控的傀儡。他的俊俏面庞上，一双无神的眼睛盯着泥土，脖子已经被硬生生地旋转了一百八十度。

几个小时后，刚从一个遍布毒蛇的沼泽中出来，哈罗德的傀儡就尖叫起来，因为开普勒操控的那个又高又瘦的波多黎各人从隐身处跳出来，用一根沉甸甸的树枝反复击打她。哈罗德感觉她已倒地，便让她顺势一滚，但后背还是结结实实挨了一棍。哈罗德阻断了痛感，但仍然感觉到一股麻木正在全身蔓延。波多黎各人狂笑着举起迟钝的胳膊，即将发动最后一击。

一支标枪——实际上是一棵被剥掉了树皮、削尖了顶端的小树——从黑暗中飞出来，插入波多黎各人的脖子，十四英寸长、沾满鲜血的枪尖从他的喉结处突出来。开普勒的傀儡紧抓脖子，跪倒在地，侧翻进一丛浓密的蕨类植物里，抽搐了两下就死了。哈罗德强迫他的傀儡趴在地上，然后单膝跪地，直起身子。这时，詹森·鲁哈走进空地，将那柄粗制的矛从尸体的脖子上抽出来，矛尖对准她的眼睛，两者只间隔几英寸。“还差一个就到你了，托尼。”魁梧的黑人微笑着说，白色的牙齿反射着星光，“好好享受狩猎的过程吧，我的朋友。”鲁哈在哈罗德的傀儡的肩上拍了一下，起身融入了夜色之中。

哈罗德驱使她沿着狭窄的海滩奔跑，全然不顾被别人发现的危险。进入狭长的泥土地带后，她不时被石块和树根绊倒。在没有海滩的地方，她就直接踏着海浪前进。她总是竭力避开鲁哈可能出现的地方——威利可能出现的地方。

游戏开始之后，他还未曾看到巴伦特的那个留着平头、肌肉像摔跤选手一样发达的傀儡，但直觉告诉他，巴伦特的傀儡绝不可能战胜鲁哈。在爬满藤蔓的古老奴隶种植园废墟深处，哈罗德找到了一处绝佳的藏匿地点。那里位于废墟最深处拐角的一道被烧毁的墙下，他让他的傀儡将伤痕累累的身体塞进树叶、藤蔓和古老横梁织成的复杂网络之中。他不可能因为干掉了对手而得分，但在天明之前让傀儡存活下来的话，他就可以获得十五分。而且，巴伦特的安保巡逻队杀死他的傀儡时，他可以不用在场。

天快亮的时候，哈罗德和他的傀儡差点儿就要睡着了。她透过树叶间的一个洞，茫然地注视着一小片天空，微弱的星光不时从云层背后透出来。詹森·鲁哈现身的时候，脸上的笑更放肆更凶残了。他的手伸进来，抓住哈罗德的傀儡的头发，将她甩进奴隶房远端一堆棱角锋利的碎石之中。哈罗德不由得连连尖叫。

“游戏结束了，托尼。”鲁哈/威利说，他俯下覆满汗水和血水的身体，挡住了背后的星光。

哈罗德的傀儡先是被痛打，然后被强奸，最后鲁哈抓住她的前脸和后脑勺，猛地一拧，将她的脖子折断。威利其实只需要杀死她，强奸虽然是被允许的，但跟得分无关。游戏时钟显示，哈罗德的傀儡是在日出之前两分钟十秒时被杀死的，所以那十五分他是得不到的。

星期一，游戏玩家们都很晚才起床。哈罗德是最后一个醒的，他晕乎乎地洗了澡，刮了胡子，然后在正午前不久去吃了一顿精致的早午餐。其他四人已经有说有笑了。大家都在祝贺威利——开普勒大笑着发誓说今晚一定要报复，萨特说自己第一个就被干掉实属幸运，巴伦特则真诚地保持着微笑，告诉威利，他能来参加游戏真是太棒了。哈罗德接过了酒保调制的两杯血红玛丽，坐到远端的角落里，陷入沉思。

吉米·韦恩·萨特是第一个来同他说话的。哈罗德正喝着第三杯血红玛丽的时候，牧师穿过铺着黑白相间地砖的地面，朝哈罗德走来。“安东尼，我的孩子。”萨特说。他们二人站在阳台的大门旁，俯瞰着一条通往海边悬崖的长长低湿地。“你今晚的表现得更好些才行。克里斯蒂安教友和其他人只是在追求时髦和激情，而不是得分。今晚上操控你带来的那个男人，安东尼。让他们瞧瞧，让你加入俱乐部是正确的决定。”哈罗德目光呆滞，一言不发。

他们带着威利参观夏令营里各处设施时，开普勒也凑到了哈罗德身边。开普勒跳上圆形露天剧场的最后十级台阶，向哈罗德露出一个查尔顿·赫斯顿式的笑容，“你干得不赖，哈罗德。”他说，“差一点儿就坚持到日出了。但我来给你提一条小小的建议吧，孩子。巴伦特先生和其他人希望你能表现得更积极一些。你不是带了自己的男性傀儡吗？可能的话，今晚就操控他吧。”

返回大宅的路上，巴伦特让哈罗德同他一起乘坐电动车，“托尼，”亿万富翁对闷闷不乐、沉默不语的哈罗德微笑着说，“今年你能来，我们感到非常高兴。如果你能尽快操控男性傀儡的话，别的玩家或许会更满意。当然，这都取决于你自己。没必要着急。”他们在沉默中朝大宅驶去。

威利是最后一个找到哈罗德的。晚餐前一个小时，哈罗德离开大宅，到海滩上去找玛利亚·陈，路上遇到了威利。当时他刚从侧门出来，正在花园小径中穿梭。这个花园隐藏在地面之下，宛如迷宫，两侧是蕨类植物和花卉组成的高墙。他越过一座装饰性的小桥，左转，穿过一个微型的禅意花园，然后就看到威利坐在一条白色长椅上，如同盘踞在铁网中的一只苍白的蜘蛛。汤姆·雷诺兹站在长椅后，双眼无神，柔软的金发，细长的手指。哈罗德觉得——这不是他第一次产生这样的想法——威利第二钟爱的这名傀儡看上去就像一个变成了刽子手的摇滚明星。

“托尼，”威利用带着德国腔的沙哑嗓音低语道，“我们该谈一谈了。”

“现在不行。”哈罗德说，试图绕过去。雷诺兹跨步上前，挡住了他的去路。

“你知道你在做什么吗，托尼？”威利轻声问。

“你知道你自己在做什么吗？”哈罗德大声回应，但他立刻就听出了自己底气不足。他只想赶快离开这里。

“是的。”威利说，“我知道。但如果你乱来的话，就会让我多年来的努力付诸东流。”

哈罗德环顾四周，发现他们所在的这个地方十分隐蔽，从大宅里看不到，布满鲜花的死胡同里的监控摄像机也捕捉不到。他不愿返回大宅，而雷诺兹依然挡住了他的去路。“听着，”哈罗德说，因为紧张而提高了声调，“我他妈的才不在乎这个鬼游戏，我他妈的也根本不知道你在说什么，**我他妈的只是不想被卷进来**，好不好？”

威利笑了，他的眼睛已经浑然不似人眼。“好的，托尼。但我们已经进入最后阶段，我不想受干扰。你听明白了吗？”

前搭档的声音令哈罗德毛骨悚然。他这辈子从没如此害怕过，一时间竟然说不出话来。

威利的语调陡然一转，几乎变得如同闲聊般轻松了。“我猜，你是在费城找到我的犹太小兵的吧。”他说，“要么是你，要么是巴伦特。就算他们命令你如此开局也没有关系。”

哈罗德刚想张嘴说话，威利就举起手制止了他。“今晚就用犹太小兵玩吧，托尼。他对我来说已经没用了，而这一周结束后，我却需要你在我的计划里扮演角色……当然，前提是你不会继续制造麻烦。听明白了吗，托尼？”深蓝灰色的刽子手眼睛中射出的目光仿佛穿透了哈罗德的大脑。

“明白。”哈罗德好不容易才挤出两个字。一个鲜明的幻象从哈罗德眼前一闪而过，仿佛威利·波登，也就是威廉·冯·伯夏特已经死了，哈罗德盯着的是一具尸体。对他微笑的是一颗由边缘锋利的白骨雕刻而成的骷髅头。如果仔细分辨的话，那个骷髅头里还藏着数以百万计的其他骷髅头，从那张长着鲨鱼牙齿的嘴里，吐出的是藏尸所和万人坑中散发的尸臭。

“非常好。”威利说，“我们等会儿游戏室里见，托尼。”雷诺兹让到一边，脸上挂着威利似的笑。昨晚，在詹森·鲁哈拧断哈罗德的傀儡的脖子前几秒，哈罗德也在他的脸上看到过同样的表情。

哈罗德来到海边，找到了玛利亚·陈。他一直在颤抖，即便躺在灼热阳光下的温暖海滩上，颤抖也没有停下。

玛利亚·陈碰了碰他的胳膊：“托尼？”

“操。”他说，牙齿嘎达嘎达地打着架，“操。他们谁想要那个犹太人都行。不管谁是幕后主使，不管他们在搞什么鬼，今晚他们都可以结果了他。操。操他们全家。”

第二天晚上的宴会氛围低沉了许多，每个人似乎都在思考几个小时后的狩猎游戏。除了哈罗德和威利，其他人都先去傀儡圈挑选了各自中意的傀儡，选择之细致好比检查纯种良马。巴伦特在晚餐时透露，他将操控他带来的一个供大家挑选的牙买加聋哑人——此人在家族冲突中杀死了四个人，然后逃离了家乡。开普勒花费了好些时间才挑选出第二个傀儡，他尤其关注年轻男人，两次经过索尔囚笼旁时都几乎视而不见。最后，他挑选了萨特的一个重获新生的街头孤儿——一个又高又瘦的男孩，腿上肌肉发达，长发及肩。“一条灵缇[1]，”开普勒在晚餐上说，“满嘴尖牙的灵缇。”萨特第二晚也挑选了一个经过调教的傀儡。他宣布他将操控一个名叫阿莫斯的男人，此人在圣经外联中心给他当了两年的保镖。阿莫斯是一个身材矮短但看起来孔武有力的男人，留着土匪一样的小胡子，脖子和肩膀上肌肉虬结，如同橄榄球中后卫。

威利似乎将在第二晚继续操控詹森·鲁哈。哈罗德只说了一句——他会操控那个犹太男人——然后那晚就再没开过口。

巴伦特和开普勒昨晚就下了一万多美元的赌注，今晚他们将赌注翻了一倍。比赛才进行到第二天，赌注就已经如此之高，角逐就已经如此之激烈，大家都认为这太不寻常了。

星期一的夕阳被厚密的云层所遮挡。巴伦特说，气压表下降得很厉害，因为暴风雨正从东南方向靠近。晚上十点半，他们离开了餐桌，留下了保镖和助手，乘坐柚木衬里的私人电梯前往游戏室。

紧锁的大门背后，唯一一盏吊灯将灯光洒在巨大的绿色台面呢圆桌上，围坐在圆桌周围的五个人就像戴着面具，隐没在暗影中。长长的窗户外，闪电正在撕裂地平线。巴伦特下令整个基地和花园的泛光灯都关闭，以免同暴风雨争辉。所有人都默默注视着闪电，然后巴伦特发话道：“照明弹将在三十秒后发射，然后狩猎正式开始。”

---

① 一种速度非常快的狩猎犬，深受中世纪欧洲贵族喜爱。

其他四人闭上了眼睛，脸上写满热烈的期待。哈罗德转头去看东南方。白色的闪电勾勒出小橡树路两旁树木的轮廓，同时也照亮了蓝黑色的暴风云内部。

他不知道他们打开名叫索尔的犹太人的牢门之后会发生什么。哈罗德压根儿不想触碰那个人的意识。他今晚不会操控任何傀儡，所以也对今晚即将发生的一切一无所知。这恰好是哈罗德求之不得的。不论是谁在作弊，不论他打算用这张混进来的牌干什么，对托尼·哈罗德来说都毫无意义。他知道，接下来的六个小时将同他无关。在这场游戏中，他将彻彻底底地做一个观众。对此他十分肯定。

哈罗德从未错得如此离谱。

65

多尔马恩岛

1981年6月15日，星期一

索尔在狭小的囚牢中被囚禁了超过二十四小时。这时，岩石中传来某种机械的呜呜声，铁栅栏打开了。刹那间，他有些不知所措。

不知为何，他在囚牢中居然感到很自在，甚至可以说是心满意足，仿佛过去四十年都是多余的，他又回到了生命中最关键的那段时间。他躺在冰冷的石头裂缝中，用二十个小时思索人生。他想起了同娜塔莉在凯撒利亚的农场附近散步的情景，每一个细节都清晰毕现，从洒在沙滩和砖石上的傍晚阳光，到绿波荡漾的地中海。他记得他们之间的对话和爆发的欢笑，记得当时满满的自信和激动的泪水。但睡意来袭之后，梦境会让他重历别人的人生，令他几乎不敢相信希望的存在。

每天两次，看守会从细缝中塞进食物，索尔会把食物吃掉。塑料托盘中装满了脱水冻干的炖菜、肉和面条。这是航天员的食品。索尔不会去想，在十七世纪的奴隶囚笼中吃航天飞机上的食物有多么可笑。他吃掉所有送来的东西，喝掉每一滴水，还保持锻炼，以防肌肉抽筋，身体冻僵。

他最担心的还是娜塔莉。他们几个月前就知道他们必须做什么，知道他们将没有别人可以依靠。但与娜塔莉分别的时候，索尔却品尝到了诀别的滋味。索尔想起了他父亲背上的阳光，还有搭在父亲肩上的约瑟夫的胳膊。

索尔躺在黑暗中。四个世纪以来，这里留下了太多的恐惧，而他却想到了勇气。他想到了被囚禁在这些石头囚笼中的非洲人和美洲土著人。他们肯定像他一样感到对人性深深的绝望。但他们不知道，最终的胜利会属于他们。他们的后代没有坐以待毙，甘当奴隶，而是奋起抗争，为自己赢得了阳光、自由和尊严。他闭上眼睛，一幅景象立即浮现在眼前——家畜运输车厢缓缓驶入索比堡，车厢里，瘦弱的肢体缠绕交叠，冰冷的尸体拥抱着取暖，而温暖已永远离开了他们。不过，透过这些冰冻的肉体和充满怨恨的眼睛，他也看到了定居点里年轻的以色列人——早晨他们会去果园劳动，傍晚他们会携带武器去边界巡逻。他们目光严肃，充满自信。这种自信证明了他们的活力，而他们的存在本身便是对那些死不瞑目者的回答。1944年，索尔将那些死者搁在一条结霜的侧轨上，然后将冻结在一起的尸体一一撬开。

索尔担心娜塔莉，也担心自己。那是一种足以令他睾丸上升到体内的恐惧，就像有人用刀扎他的眼睛，或者将枪管塞进他的喉咙。但他意识到，这种恐惧并不陌生——他深知，这种恐惧从未离开过他——于是欣然接纳了它，而不是让自己被它所吞没。他第一千次设想了他要做的事和可能遇到的阻碍。他检查了自己能做的选择。如果娜塔莉能像计划的那样准确地控制那个老巫婆，他有一套行动方案。而如果梅勒妮·福勒发疯失控——这种可能性应该更大——他也有一套应对之策。如果娜塔莉死了，他会独自战斗下去。如果一切都不顺利，他照样会义无反顾。就算毫无希望，他也会拼死一搏。

索尔躺在冰冷的石头裂缝中，思索着人生和死亡，有自己的，也有别人的。他梳理了每一种可能性，又做出了更多的假设。

这时候，栅栏升起，四个蠕动的人影从他们的囚牢里溜出来，朝远处的出口走去。索尔・拉斯基竟然一时间不知所措。

过了仿佛永恒的一刻后，他从自己的裂缝里滑下来，站在石头地面上，脚掌传来冰冷的触感。康斯坦斯・休厄尔从铁栅栏和纠缠的头发背后瞪着他。索尔跟随其他傀儡朝通往黑暗的出口走去。

托尼・哈罗德坐在游戏室里，半闭着眼，打量着等待今晚游戏开始的四个人。巴伦特表情平静沉着，手指相抵成尖塔状，顶着他的下唇，嘴角肌肉抽动，露出微微的笑意。开普勒脑袋后仰，因为精力高度集中而紧皱眉头。吉米・韦恩・萨特在座位上探出身子，双臂放在桌子的绿色台面呢上，汗水布满了沟壑纵横的额头和长长的上唇。威利则深坐在椅子里，只有眉毛、棱角分明的面颊和笔直的鼻梁被灯光照亮，但哈罗德强烈地感觉到威利正注视着自己。

哈罗德不由得恐慌起来，因为他发现自己的处境十分荒谬——他没法知道正在发生什么事。他压根儿不想触碰那个犹太傀儡的意识。他知道，即使自己打算这么做，操控犹太人的那个家伙也不会允许他进入的。哈罗德最后一次扫视了众人的面庞。谁可以同时操控两个傀儡？逻辑告诉他，这个人只可能是威利——无论是从动机上还是从能力上，那个老家伙都是最可能的人选——但为什么他要在花园里玩那套花招呢？哈罗德百思不得其解，而且越想越害怕。幸好玛利亚·陈正在楼下等待，而且把偷偷带来的枪放在了在码头等待的那艘船上，以防他们需要突然离开。但这些能给哈罗德带来的安慰也十分有限。

“他妈的这是怎么回事？”约瑟夫·开普勒嚷嚷起来。四名玩家都睁开了眼盯着哈罗德。

威利将身体从阴影中探入灯光下，因为暴怒而涨红了脸，“你在干什么，托尼？”他用冰冷的目光扫过了其他人，“还是说，这不是托尼干的？你们就是这么光明正大地玩游戏的吗？”

“等等！等等！”萨特大道，眼睛又闭上了，“瞧，他在跑。我们可以……我们一起……”

巴伦特猛然睁开眼，就像捕食动物在夜晚因为觉察到危险的逼近而惊醒一样，“果然是他，”他轻声说，手指依然相抵成尖塔状，“拉斯基，那个精神病医生。我本应该早点儿发现的。他剃了胡子，骗过了我。无论是谁干的，这都是一出蹩脚的恶作剧。”

“恶作剧个鬼。”开普勒说，又闭紧了眼睛，“抓住他。”

巴伦特摇摇头：“不，先生们。因为出现了不寻常的情况，所以今晚的比赛取消。警卫会把拉斯基抓回来。”

“不！”威利大吼道，“他是我的！”

巴伦特转身面对威利时，脸上依然挂着笑：“是的，他很可能还是你的。我们会看到的。不过，我已经摁下按钮通知警卫了。他们监控着游戏的开局，所以知道该去找谁。如果你愿意的话，可以协助抓捕他，波登先生，但请务必保证精神病医生在受审之前还活着。”

威利发出极像野兽嚎叫的声音，然后闭上眼睛。巴伦特将死水般平静的目光投向哈罗德。

索尔跟随另外四个傀儡走上坡道，进入热带的夜晚之中。空气潮湿异常，暴风雨即将来临。天上看不到星光，只有闪电间或照亮树木和隔离区背面的一块空地。他摔了一次，跪在地上，但很快站起来朝前走。空地上有一个巨大的五角星，其他傀儡已经站在各自的角上了。

索尔考虑这时候就逃之夭夭，但每次闪电都会照亮隔离区另一头的两名警卫，他们手持M-16步枪，头戴夜视镜。他要再等等。索尔不得不站到詹森·鲁哈和一个又高又瘦的长发男人之间的圆圈里。不知为何，他们赤裸相见似乎没有那么尴尬了。索尔是五人之中唯一体质孱弱的。

詹森·鲁哈机械地转过头，就像脑袋安装在转盘一样，“如果你能听见我说话，我的小兵，”它用德语说，“我会对你说再见。我不会在暴怒中杀你。那样游戏就进行不下去了。”鲁哈转过头，像其他人一样仰望天空，似乎在等待某种信号。闪电的银色光芒勾勒出这个黑人壮硕身躯的轮廓。

索尔转过身，举起手，将他刚才故意跪倒捡起的一块手掌大小的石头奋力投出去。石头击中了鲁哈的左耳后部，大块头应声倒地。索尔转身就跑。他已经钻进灌木丛和热带森林，其他三人却还在原地发愣，眼睁睁地看着他跑掉。警卫也没有开枪。

头五分钟里，他就像没头苍蝇一样乱跑，松针和落地的矮棕榈叶扎着他的赤脚，树枝和灌木刮着他的胸，他呼哧呼哧地喘着气，然后让自己停下来，蹲在一小片甘蔗丛的边缘聆听动静。他听见左侧传来波浪拍打海岸的声音，远处还隐约传来大马力舷外马达的轰鸣。此外还听得见一种刺耳的电子音，那应该是有人在拿着手持式扩音器喊话，但内容已经模糊不清。

索尔闭上眼睛，努力回想这座岛的地图和照片。他同娜塔莉曾在汽车旅馆的小厨房中研究了很久。现在他所在的地方距离岛的北端还有四英里多——几乎五英里。他知道，再往北走下去，森林会变成密集的丛林。在北端下方一英里左右才会有一小块海水沼泽，但很快又会是湿地和丛林交错，一直延伸到海岸边。

路上将经过的唯一建筑是奴隶医院废墟、东岸岩岬附近被藤蔓覆盖的杜波斯种植园遗址，以及墓碑倒塌的古老奴隶墓地。

借助暴风雨闪电的光芒，他看见了身后的甘蔗丛，一股藏身其中的强烈冲动涌上心头。他只想爬进去，蜷缩成婴儿的形态，躲开所有人的目光。他知道，如果这么做，自己只会死得更早。大宅里的魔鬼——至少其中三个——多年来都在这几英里长的丛林里跟踪、狩猎。在秘密联络点对哈罗德进行审讯时，索尔了解到所谓的“复活节彩蛋狩猎”。这项活动在最后一晚举行，岛俱乐部会释放所有未被操控的傀儡——至少十几名赤裸无助的男女——然后操控各自中意的傀儡，用刀子和手枪猎杀这些猎物。巴伦特、开普勒、萨特知道所有的藏身之所。索尔总是冥冥之中觉得，威利知道他在什么地方。老恶魔的脏手随时都可能伸进他的意识之中。他知道，一旦在这么近的距离被上校操控，那就意味着所有的计划都彻底失败了，几个月的工作和一辈子的梦想都将付诸东流。

索尔知道，只有逃到北面，他才有活下去的机会。于是他离开甘蔗丛，在电闪雷鸣之中继续奔跑。

“在那儿。”巴伦特说，指着第五排显示器中的一台说。屏幕中，转动的镜头捕捉到一个苍白的赤裸身影。“此人无疑就是那个精神病医生——拉斯基。”

萨特啜了口高脚杯中的波旁威士忌，跷起二郎腿，身体陷入监控室松软的沙发里，“从来就没有人怀疑过。”他说，“问题是：是谁把他弄进游戏里的？又为什么这么做？”

另外三人注视着威利，但老家伙只是盯着第一排的一台显示器。屏幕中，警卫正在将仍然处于昏迷之中的詹森·鲁哈带走。另外三个傀儡也进入了丛林，去追捕拉斯基。威利似笑非笑地转向其他玩家：“把犹太人安插进来是愚蠢的，而我不做蠢事。”

C. 阿诺德·巴伦特从屏幕旁走开，双臂抱胸：“为什么说那么做是愚蠢的，威廉？”

威利挠着脸说：“你们都觉得那个犹太人同我有关，但实际上，是你，巴伦特先生，你前不久才调教过他。你是我们当中唯一不用害怕他的人。”

巴伦特眨眨眼，但什么也没说。

“如果我要带一个——怎么说呢？——带一个顶包的傀儡参加游戏，为什么不选一个你们都不认识的？为什么不选一个身体素质更好的？”威利微笑着摇摇头，“你们只需要稍微动动脑筋，就会发现我做这件事是多么荒谬。我不做蠢事。如果你们觉得我会这么干，那你们就是一帮蠢货。”

巴伦特看着哈罗德：“你先前说有人绑架勒索你，你还坚持这种说法吗？”

哈罗德瘫坐在低矮的沙发里，啃着指关节。他之所以讲了实话，是因为他察觉到他们已经将矛头对准了他，他需要洗脱自己身上的疑点。现在他们认为他是个骗子，于是减轻了对威利的怀疑和恐惧。“我不知道他妈的是谁在背后捣鬼。”哈罗德大声说，“但肯定是我们在座的某人。我他妈的搞这些能有什么好处？”

“是啊，到底能有什么好处？”巴伦特语气随和，如在闲聊。

“我觉得这可能是某种转移我们注意力的伎俩。”开普勒咬牙切齿地说。他投向威利的目光里明显透着紧张。

吉米·韦恩·萨特牧师大笑出声，“我们的注意力有什么好转移的？”他问，依然乐个不停，“这个岛同外界完全隔绝。没有人可以进入岛的这一头，除了C教友的私人警卫，而这些人都是免控者。我相信，游戏中一出现异常，我们所有的助手……呃，都会被护送回房间。”

哈罗德警觉地抬起头，但巴伦特的脸上依然挂着微笑。哈罗德发现，将希望寄托在危急关头玛利亚·陈能施以援手是多么愚蠢。

“我们的注意力有什么好转移的？”萨特继续问，“在我这个偏远地区的可怜老牧师看来，为了一个犹太人转移注意力根本说不通。”

“可是，有人在操控他。”开普勒厉声反驳。

“也许没有。”威利柔声说。

大家都齐刷刷地转头看着他。

“这么多年来，我的犹太小兵一直都怀有很深的怨念。”威利说，“七个月前，我在查尔斯顿发现他的时候也着实吃了一惊。”

巴伦特脸上的微笑消失了：“威廉，你是说……这个人是自愿来这里的？”

“不错。”威利微笑道，“我过去用过的小兵还跟着我。”

开普勒怒气冲冲地质问：“那你是承认他是你招惹来的咯？他主动来岛上找你？”

“不。他不是我招惹来的。”威利彬彬有礼说，“在弗吉尼亚杀死那个犹太人的亲人可是你的天才构想。”

巴伦特用钩起的手指敲了敲下唇，“就算他知道那件事是谁干的，他又是怎么了解到岛俱乐部的详细情况的？”问题还未说完，巴伦特就已经看向了哈罗德。

“我怎么知道他是自己在行动？”哈罗德哀怨地说，“他们给我他妈的注射了药。”

吉米·韦恩·萨特起身来到一台显示器前。夜光镜头中，一个苍白的赤裸人影正在藤蔓和倾倒的墓碑之间艰难穿行。“那现在他有同党吗？”萨特轻声问，仿佛是在自言自语。

“那个黑人女孩。”威利说，“就是在德国城同治安官一起行动的黑人女孩。”说着，他仰头大笑起来，露出了臼齿里的填充物。漫长的年月已经让他的齿冠磨损了许多，“元首担心的事终于发生了——劣等人开始反抗了。”

萨特从屏幕前转过身，摄像机刚好捕捉到巴伦特的牙买加人傀儡，后者正在穿过覆满藤蔓的墓地，动作敏捷而沉着。拉斯基前不久也跌跌撞撞地经过了这里。“那个女孩现在在哪儿？”萨特问。

威利耸耸肩：“这无关紧要。你的傀儡圈里有黑人婊子吗？”

“没有。”巴伦特说。

“那她就在别的地方。”威利说，“也许正在做梦，梦里向杀害她父亲的秘密组织复仇。”

“我们没有杀害她父亲。”巴伦特说，明显陷入了沉思，“是梅勒妮·福勒或者尼娜·德雷顿干的。”

“没错。”威利大笑，“这又是一个可笑之处。但犹太人已经来这儿了，而且我几乎肯定，黑人女孩帮了他。”

所有人都看向显示器，但屏幕上只能看见一个傀儡，那就是萨特的阿莫斯。他正在古老的杜波斯种植园南面的高高草丛中扭动身子，奋力前进，看上去就像一名迷你版的相扑选手。萨特紧闭着眼，全神贯注地操控者那个傀儡。

“我们必须审问拉斯基，”开普勒说，“查出黑人女孩在哪儿。”

“不。”威利说，目光灼灼地注视着巴伦特，“我们必须尽快杀死那个犹太人。就算他是个疯子，也有可能会向我们发动某种形式的攻击。”

巴伦特放下胳膊，再度露出微笑，“你开始担心了，威廉？”

威利耸耸肩：“我只是实话实说。如果我们联合起来杀死犹太人，我们中的任何人都不可能再利用他在游戏中作弊。那个女孩很容易就能找到，是吧？我猜她又回查尔斯顿了。”

“猜测是不够的。”开普勒厉声说，“我主张审讯他。”

“詹姆斯？”巴伦特说。

萨特睁开眼，“杀了他，继续游戏。”他说，然后闭上了眼。

“托尼？”

哈罗德惊讶地抬起头：“你的意思是，我他妈的也能投票？”

“别的事我们稍后再处理。”巴伦特说，“现在你是岛俱乐部的成员，有权投票。”

哈罗德露出又小又尖的牙齿，“那我弃权，”他说，“让我他妈的安静地待着就好。你们想对那家伙做什么都行。”

巴伦特用手指敲了敲嘴唇，盯着一台屏幕中空无一物的显示器。一道闪电划过，敏感的镜头瞬间超载，屏幕中填满了白光。“威廉，”巴伦特说，“我不明白这个人为什么是威胁，但我同意你的判断——他死了的话，威胁的程度就会大大降低。至于那个女孩和其他可能的复仇者，我们不用费什么劲就能找到他们。”

威利探出身子：“你能等詹森——我的傀儡——恢复神智之后再行动吗？”

巴伦特摇摇头，“那样只会拖延这场游戏。”他说，从控制台上拿起麦克风，“斯旺森先生吗？”他说，用一副小耳机听取回复，“你是不是在跟踪那个往北跑的傀儡？很好。是的，我在27B6区也看到了他的踪影。是的，我们应该立刻采用极端措施解决这个闯入者。让海岸巡逻队仔细搜索，让3号直升机从岗哨起飞。是的，有必要的话，使用红外线。将地面传感器的数据直接发给搜索小组。是的，我相信你会做到，但请务必抓紧时间。谢谢。巴伦特完毕。”

娜塔莉·普雷斯顿坐在查尔斯顿老城区梅勒妮·福勒的黑暗宅子里，回忆着罗布·金特里。过去的几个月，她经常想起他，几乎每个晚上入睡之后，她都会梦到他。但离开以色列后的两个月里，她都在努力摆脱悲伤和悔恨，让必要的坚决和信念占据自己的思想空间。但她的努力失败了。来到查尔斯顿之后，她每天都会开车从罗布家门前经过，通常是在晚上。她绝大部分时间都同索尔在一起，而不在一起的时候，她会重访那些她同罗布曾经逛过的街道。她不仅会回想他们对话的细节，还会重温他们之间萌生的更深层次的感觉。尽管他们双方都明白，形势复杂而严峻，容不得儿女私情，但那种情愫却不由得在心底滋生蔓延。她曾三次去罗布的墓前。每次去，她都会被沉痛所吞没。她知道，就算复仇成功也无法弥补失去罗布所带来的痛苦。每次去，她都发誓不会再来了，但不久就自食其言。

这是娜塔莉在梅勒妮·福勒的恐怖宅子中度过的第二晚。时间仿佛漫长得没有尽头。能否在接下来的几小时乃至几天里活下来，取决于她能唤起多少爱，而不是复仇的决心有多么坚定。

娜塔莉已经单独同梅勒妮·福勒的脑死傀儡们共处了二十四小时多一点的时间。这一天仿佛永恒那么长久。

星期天晚上的感觉如同置身地狱。娜塔莉在福勒家待到星期一凌晨四点，直到确认索尔在第二晚的屠杀开始之前都暂且安全，她才离开。当然，她并不知道索尔是否还活着。她所知道的一切都是梅勒妮通过脑死的孩子贾斯汀·沃登的嘴告诉她的。她给梅勒妮的解释是，在这么远的距离上，尼娜无法操控索尔，而要救威利和他们自己，免遭岛俱乐部的荼毒，尼娜就需要得到梅勒妮的帮助。但随着时间的流逝，这条借口越来越站不住脚了。

第一晚，贾斯汀一言不发、眼神茫然地坐了很久，梅勒妮的其他“家人”也像人体模型一样死气沉沉。娜塔莉猜老巫婆正忙着操控休厄尔小姐，或者操控那个船上待命的男人。她同贾斯汀曾经在俯瞰河流的公园里，用望远镜观察了那个男人好几个星期。不，这时候派他上场似乎太早了。贾斯汀说，梅勒妮是通过一个警卫的眼睛观察第一晚的屠杀的。娜塔莉以她所能模仿的最接近尼娜人格特征的语气警告梅勒妮不要过早插手，以免暴露自己。贾斯汀只是一言不发地瞪着她，足足瞪了一个小时。娜塔莉只能在无助中等待消息，等待老巫婆潜入她的意识杀了她，杀了她和索尔。

娜塔莉坐在弥漫着垃圾和朽木味道的房子里，努力回忆罗布，思索他在这样的环境下会说什么，会开什么玩笑。午夜过后，娜塔莉用尼娜的傲慢口吻要求开灯。名叫卡利的大汉拖着沉重的脚步来到开关前，打开一盏台灯。台灯里只有一个四十瓦的灯泡，灯罩脱落了一半。冷冷的灯光在黑暗中尤其刺眼，还不如不开。客厅里布满灰尘，墙角挂着蜘蛛网，地上散落着忘了收拾的衣服，还有一堆乱七八糟的发了霉的食物。在一张塌陷的沙发下，露出一根啃了一半、已经变成褐色的玉米。乔治亚风格的茶桌下散落着橘子皮。有人——很可能是贾斯汀——无意间将山莓酱或草莓酱涂在了椅子和沙发上，留下的手印已结成了硬块，让娜塔莉联想到变干的血迹。她听见老鼠在墙壁里匆匆跑过的声响，但它们很可能就在走廊里活动。对老鼠来说，爬上矮棕榈、从破裂的窗玻璃里钻进来轻而易举。娜塔莉每次靠近这座房子，都能从院子里抬头看到那些窗户。

有时候，二楼会传来一些响动。但声音很大，不应该是老鼠弄出来的。这时娜塔莉就会想起躺在楼上的那个濒死的怪物。皱缩蜷曲的老巫婆就像一只掀掉了龟壳的老龟，靠静脉注射的生理盐水和冰冷无情的机器维系着生命。有时候，梅勒妮·福勒的家人全都一动不动，甚至看上去都不在呼吸，娜塔莉就会禁不住会怀疑老巫婆可能已经死了，而这些血肉机器人只是根据他们腐朽大脑中最后一丝狂想在行动，就像被主人垂死的痉挛所牵动的提线人偶。

“他们抓住了你的犹太人。”第二天深夜，贾斯汀突然口齿不清地说。当时已过午夜时分。

娜塔莉从半睡半醒的状态中猛然惊醒。卡利站在贾斯汀的椅子后面，下方台灯的光照在他肿胀的脸上。马文、霍华德和欧德史密斯护士隐身于娜塔莉身后的阴影中。“谁抓了他？”她几乎喘不过气来。

冷光之中，那孩子的脸看上去很不真实，就像用一片片橡胶拼贴出的玩偶的面容。娜塔莉想起了在格朗布索普看到的那些真人大小的玩偶。她惊恐地意识到，梅勒妮已经将这个孩子改造成了那个腐朽死物的模样。“没有人抓他。”贾斯汀厉声道，“他们一小时前打开了牢门，放他去找晚上的乐子了。你难道同他没有连接吗，尼娜？”

娜塔莉咬着嘴唇，环顾四周。杰克森在一个街区外的车里，鲶鱼在街对面的小巷里监视福勒家。娜塔莉感到他们仿佛远在另一颗星球。“梅勒妮，时间还不到。”她厉声说，“告诉我，到底出了什么事。”

贾斯汀露出乳牙，“我不这么看，亲爱的尼娜。”他用低沉的嗓音说，“是时候告诉我你在哪儿了。”卡利从椅子背后绕过来。马文从厨房进入客厅，手中的长刀反射着四十瓦灯泡的光芒。欧德史密斯护士在娜塔莉身后也发出了声响。

“停下。”娜塔莉小声说。她在喉咙在最后一秒收紧，尼娜威严的命令结果变成了呜咽的哀求。

“不不不。”贾斯汀从椅子上滑下来。他半蹲着挪向她，手指触摸着布满灰尘的东方风格地毯，就像一只在墙上爬行的苍蝇。“你也该把你知道的一切都告诉我了，尼娜。不然你就会失去这个女黑鬼。让我看看，尼娜。让我看看你的念控力还剩下多少——如果你是尼娜的话。”男孩的五官扭曲成一副狂野的面具，这个橡胶玩偶的脑袋仿佛正在看不见的火焰中融化。

“不。”娜塔莉说，站起了身。卡利挡住了通向门口的路。马文绕过沙发转角，刀刃从他半握着的手中划过，带出黏糊糊的鲜血。

“该把你知道的一切都告诉我了，尼娜。”贾斯汀低声说，二楼传来有人在床上翻来覆去拍打床铺的声音，“不然这个女黑鬼就得死。”

狂风先于暴雨袭来，疯狂地摇晃着棕榈树，将棱角锋利的碎石倾泻在树叶和树枝上。索尔连忙跪地，双臂抱头。树叶如同成千上万只爪子一样撕扯着他。闪电将暴风中的混乱场景定格，然后连缀成一串频闪画面，接踵而来的霹雳仿佛在他周围树起了一道坚硬的高墙。

索尔迷路了。他蜷缩在一大片蕨类植物之下，躲避风暴。他努力在混乱的夜晚中寻找方向。他已经来到盐沼，但接着就迷了路。他本以为自己进入了丛林的最后一段，结果跋涉了一个小时后却发现自己回到了奴隶墓地。一架直升机从头顶呼啸而过，探照灯灯柱扫来扫去，亮度之强，丝毫不亚于身后的闪电。

索尔钻进蕨类植物的更深处，他不知道自己在盐沼的哪一边。几个小时前，他重返奴隶墓地之后不久，那个长发高瘦的傀儡从倾倒的墙后阴影中突然跳出来，对索尔又撕又咬。疲劳和恐惧令他头晕目眩。索尔抓住离自己最近的东西——一根可能用来支撑墓碑的生锈的铁棍——试图抵挡那个男孩。铁棍砸在男孩的脑侧，划出一条长长的切口。男孩晕倒在地。索尔跪在他身边，摸到了他的脉搏，然后跑入丛林。

索尔刚刚躲到盐沼后面的柏树林里，直升机就又飞来了。它从树冠上方二十英尺的高度飞过，在狂风中努力保持着平衡，但螺旋桨的轰鸣已经被狂风的呼啸盖住。索尔并不担心直升机。在风暴之中，直升机是一个很不稳定的射击平台。他甚至怀疑他们看不见他，除非他在开阔地里被逮住。

索尔不知道为什么太阳还没有升起。他觉得自从遭受折磨以来，时间已经过去很久了，就算是十几个夜晚连在一起，现在也该结束了吧。他感觉自己已经奔跑了一个世纪。索尔蹲在柏树下喘着气。他深呼吸了几次，盯着自己的腿脚，似乎有人用剃须刀片在上面狠狠刮过一样。恍惚间，他不无自嘲地想象自己正穿着红白相间的条纹袜子和深红色的鞋。

风忽然平息了，在暴雨来袭的短暂宁静中，索尔抬头望天，用希伯来语喊道："喂！你还为我准备了什么样的玩笑？"

柏树林外，一道亮光从水平方向射向他。索尔起初还以为那是闪电，然后又怀疑是降落后的直升机的探照灯，但不一会儿他就认识到两者都不是。在柏树林外是狭窄的海滩，在海滩之外是大海。巡逻艇正在用探照灯搜索海滩。

索尔不顾被探照灯发现的危险，径直朝海滩爬去。隔离区这一侧唯一的海滩位于岛的北端。他终于到达目的地了。他很想知道，自己曾多少次与海滩相距仅几码，结果却迷失了方向，返回了沼泽和丛林。

这里的海滩十分狭窄，宽只有十到十二英尺。海滩之外就是拍打着岩石的大浪。在短暂的宁静降临之前，浪声都被风声和雷声掩盖了。索尔跌跌撞撞地跪在沙地里，眺望着大海。

海面上至少有两艘小船，大功率探照灯射出的亮白光柱在海滩上扫来扫去。闪电瞬间照亮了两艘船，索尔看到它们距离岸边不到一百米，船上手持步枪的黑影清晰可见。

一道光柱沿着海滩和树林朝索尔的方向靠近，他连忙跑进丛林，在光柱即将照到他之前，扎进蕨类植物和高高的草丛之中。他趴在低矮的沙丘后面，思考自己所在的位置。直升机和巡逻艇的出现表明，巴伦特和其他人放弃了用傀儡进行游戏，而且几乎可以肯定，他们已经知道他们要抓的是谁。索尔的出现可能在他们中间制造了混乱甚至不和，但他不能将希望寄托在这上面。低估敌人的智力和韧性对自己绝没有好处。索尔曾在赎罪日战争进行得最焦灼的时期飞回以色列，他深知自满往往会带来致命的后果。

索尔沿着与海滩平行的方向狂奔，在厚密的灌木丛中奋力穿行，不时被红树林树根绊倒。他甚至不知道自己是不是在朝正确的方向跑。每隔一两分钟，灯光就会从他旁边扫过，或者，直升机就会沿着海滩飞过。每当这时，他都会立刻扑倒，身体紧贴地面。他知道，他们已经认定他就在岛的这一小片区域内。他在逃跑途中没有见到摄像机或传感器，但他确信巴伦特和其他玩家肯定会动用一切技术手段记录这场恶心的游戏，同时避免出现一个聪明的傀儡在岛上躲藏数周或数月。

索尔被一条看不见的树根绊倒，张开双臂前扑，脑袋撞在粗树干上，头没入六英寸深的沼泽黑水之中。他趁自己还未丧失意识，连忙侧翻，抓住一丛叶缘锋利的野草，将自己拽向海滩。鲜血顺着脸庞淌下来，流入嘴中，味道同腥咸的沼泽水差不多。

这里的海滩更宽一些，但没有塞斯纳飞机降落的那片海滩宽。索尔发现，如果自己一直藏在树丛里，就永远找不到潮汐通道和小溪。在噩梦般的沼泽和丛林中，就算他经过了那里也未必会察觉。倘若那里离自己很远，而他又只能在丛林中穿行的话，他可能需要几个小时才能抵达那里。他唯一的希望就是回到海滩上。

这一带聚集的舰船越来越多。索尔趴在一棵柏树的低矮树枝下，他可以看到四艘船，其中一艘还在不断靠近，距离岸边已经不到三十米，在风暴掀起的大浪中被高高抛起。现在开始下雨了，索尔祈祷这会是一场倾盆暴雨，将能见度降到零，并且淹死所有当地人，就像洪水吞没法老的士兵一样。但雨量一直维持在毛毛雨的水平，也许这只是风暴的前奏吧，但风暴也可能压根儿就不会来，天亮之后会阳光普照，索尔也将难逃一劫。

他在树下等了五分钟。每当巡逻艇靠近或者直升机飞过时，他都会蹲到海草或者倒地的树木背后。他很想放声大笑，很想站起身，在子弹击中自己之前的几秒里，痛痛快快地朝他们扔石块，咒骂他们。索尔蹲着继续等待，窥见另一艘巡逻艇在雨中驶过，掀起的羽状水柱拍打着海岸，形成一道盐水帘幕。

身后的丛林中穿来巨大的爆炸声。索尔一开始还以为那是正在逼近的雷击，但他立刻听到了直升机螺旋桨的呜呜声。他知道搜索者肯定在从直升机上扔炸弹，以其威力推断，绝不是手榴弹那么简单。索尔感受到从沙粒深处和柏树树枝传来的震动。随着爆炸声越来越响，震动也越来越强。索尔猜测，他们正沿着海滩投弹，深入丛林二三十米，落弹点间隔六十到八十米。尽管飘着雨，火药味还是沿着他右边的海滩飘了过来。索尔意识到，如果风暴还是仍然来自东南方向，那根据火药味传来的方向可以得知，他现在已接近岛的北端，但仍在东北端附近徘徊，没有到达塞斯纳飞机的起飞点，距离潮汐通道四分之一英里以上。

要想沿着海滩边的丛林开辟出一条通往潮汐通道的路的话，至少需要几个小时。而要想寻找一条穿越沼泽的捷径，他注定会再次迷路。

南面两百米的地方，巨大的爆炸撕裂了夜空。一群苍鹭尖叫着从隐蔽处飞起，消失在夜幕之中。然后，他听到有人发出痛苦的尖叫，声音拖得更长，也更凄惨。索尔怀疑这是某个傀儡发出的。但也可能是他身后巡逻的警卫被直升机上投下的炸弹误伤了。

直升机螺旋桨发出的呼呼声愈发清晰尖厉，索尔推断直升机正在从南面逼近。海面上传来了嘟嘟嘟的自动武器射击声，那是巡逻艇上的人在沿着海岸线朝丛林中随机射击。

要是自己穿着衣服就好了，索尔想。冷雨透过树叶间的缝隙落在他身上，他的腿和踝关节都剧痛难忍。一低头，他就能看见自己皱缩消瘦的腹部，瘦骨嶙峋的苍白双腿，以及因为恐惧和寒冷而缩小的生殖器。这样的光景让他没有信心跑出去同敌人战斗。此刻他更想洗一个热水澡，穿上几件厚衣裳，找个安静的地方睡觉。在奔涌的肾上腺素的驱使下，他的身体已经亢奋了几个小时。现在肾上腺素退潮了，他的身体开始被后遗症折磨。他感到冰冷、迷茫、惊恐，似乎只剩下一具躯壳。所有的感情都被抽离，除了恐惧；所有的动机都已丧失，除了没来由的原始生存欲望。总而言之，索尔拉·斯基又变成了四十年前在大坑里劳动的那个人，只是少了年轻时的旺盛精力和对未来的希冀。

但索尔知道，区别还不止于此。他抬起头，望着威力越来越强的风暴。“我是自己选择来这里的！”他用波兰语对着天空放声大喊，全然不顾追捕者是否会听见。他举起拳头，但没有舞动，只是高高地紧握着，如同在向上天宣告自己毕生的信心和对敌人的蔑视，或者仅仅表示他已经听天由命。就连他自己也不知道这一举动意义何在。

索尔跑过柏树丛，左转越过最后一片海草，冲进开阔的海滩中。

“哈罗德，到这儿来。”吉米·韦恩·萨特说。

“等一下。”哈罗德说。监控室只剩他一人。尽管安装在地面的摄像机没有再捕捉到重要画面，但在岛北端外海的巡逻艇上还有一台黑白摄像机，在正向树林投掷成型炸药和凝固汽油罐的直升机上还有一台彩色摄像机。哈罗德觉得摄像效果简直糟透了——他们真的需要给直升机上的摄像机增加一个运动拍摄稳定器——两个屏幕上的图像上下左右不停地晃动，让他恶心想吐。但他得承认，他们在烟火上的投入远远超过了他和威利制作的任何一部电影，几乎达到了科波拉《现代启示录》片尾烈焰狂潮的水平。哈罗德一直觉得，科波拉在倒数第二版中将凝固汽油弹场景剪掉简直是疯了。虽然最终剪辑版中，这一幕被偷偷塞了回去，但他依然十分不满。早知道今晚有这番好戏，哈罗德肯定会预先准备两台运动拍摄稳定器和一部移动式摄影机座台——他会把这段影像用在将来的电影里，即使这意味着他必须写一部充满火药味的剧本。

“快来，托尼，我们都在等你呢。”萨特说。

“马上就来。”哈罗德说，又往嘴里投了一把花生，然后喝了口伏特加，“从无线电通话的内容判断，他们已经在北面包围了那个可怜的浑蛋，这会儿正在焚烧该死的丛林……”

“快点！”萨特怒斥道。

哈罗德看着福音传教士。另外四个玩家已经在游戏室里交谈了大半个小时。从萨特的脸色看，肯定出了什么非常严重的状况。“好。”哈罗德说，“我来了。”他离开监控室的时候又回头看了一眼，两个显示器里都出现了一个正沿着海滩奔跑的裸体男人。

游戏室里的氛围也十分紧张，分毫不输于电视屏幕里的大屠杀。威利坐在巴伦特正对面；萨特走到德国佬旁边；巴伦特双臂抱胸，看上去非常不开心；约瑟夫·开普勒在长玻璃窗前来回踱步。窗帘被拉开了，雨水顺着玻璃窗滑下来。借助一波波闪电的光芒，哈罗德瞥见了外面的小橡树路。隔着多重玻璃和厚密的墙壁，也仍然听得见隆隆雷鸣。哈罗德瞟了眼手表，现在是凌晨零点四十五分。他不知道玛利亚·陈是否还被关押着，也不知道那些助手有没有被释放。他打心眼儿里希望自己从来没有离开过贝弗利山。

“我们遇到了一个问题，托尼。”C. 阿诺德·巴伦特说，“坐下吧。”

哈罗德坐了下来。他怀疑巴伦特——更有可能是开普勒——会宣布他的岛俱乐部成员资格被取消了，他自己也要被取消生存权。哈罗德知道，同巴伦特、开普勒或者萨特比拼念控力的话，他绝无胜算。他压根儿不指望威利会帮他。受死之前，哈罗德忽然领悟到，或许就是威利利用那个犹太人给他设了一个局，好让他丧失岛俱乐部的信任，从而被消灭。**但为什么呢**？哈罗德想，**我对威利怎么能构成威胁呢？我被消灭了对他有什么好处？**除了玛利亚·陈，这座岛上没有一个女人是他可以使用的。隔离区南面的大约三十个警卫都是亿万富翁高薪聘来的免控者。巴伦特费不着使用自己的念控力来消灭托尼·哈罗德，只需要摁下按钮就可以了。“好吧，什么问题？”他无力地问。

“你的老朋友波登先生为今晚带来了一个惊喜。”巴伦特冷冷地说。

哈罗德眨了眨眼，看着威利。他猜想这个“惊喜”的前提是他得去死，但又拿不准威利到底打算干什么。

“我们只是建议修改一下岛俱乐部的活动日程。”威利说，“C. 阿诺德和开普勒先生不赞同我们的提议。”

“那太荒谬了！”开普勒从窗边大声说。

“安静！”威利呵斥道。

开普勒闭上了嘴。

“我们？”哈罗德傻兮兮地问，“我们是谁？”

“萨特牧师和我自己。”威利说。

“原来我的老朋友詹姆斯同波登先生许多年前就是朋友了。”巴伦特说，“真是始料不及的有趣转折啊。”

哈罗德摇摇头：“你们知道这座该死的岛的北端出了什么事吗？”

“知道。”巴伦特说，他从耳中取出一个比助听器还小的肉色耳机，拍了拍用一根细线连在上面的球形麦克风，“但同我们讨论的事情相比，那简直不值一提。你也许会觉得很荒谬，但在你进入执行委员会后的第一周，你就掌握了决定性的一票。”

“我都不知道你们他妈的在讨论什么。”哈罗德说。

威利说：“我们在讨论将岛俱乐部狩猎活动扩大到……呃，适当的规模，托尼。”

“扩大到全世界。”萨特说。福音传教士满脸通红，蒙着一层细汗。

“全世界？”

巴伦特讥笑道：“他们希望操控傀儡国家，而不是傀儡选手。”他说。

“国家？”哈罗德重复道。一条闪电击中了小橡树路外的某个地方，偏光玻璃窗霎时暗了下来。

“该死，哈罗德。”开普勒忍不住嚷嚷起来，“你难道只知道在那儿重复别人说过的话吗？这两个想要玩大的，大到没边了。他们要用导弹和潜艇来玩，灭掉一个国家就得一分。”

哈罗德靠在桌边，瞪着威利和萨特，说不出话来。

“托尼，”巴伦特说，“你是第一次听到这个建议？”

哈罗德点点头。

“波登先生从没同你提过这件事？”

哈罗德摇摇头。

“你认识到自己的一票多么重要了吧。”巴伦特静静地说，“这将在极大程度上改变我们年度娱乐活动的主旨。”

开普勒哈哈哈地笑了，但笑声很不自然，“这将把这个狗娘养的该死世界都毁掉。”他说。

“是的。”威利说，“很有可能。但也可能不会。不管怎样，这将带给我们超凡绝伦的体验。”

哈罗德坐进椅子里，“你们在耍我吧。”他好不容易才用沙哑的嗓音说出几个字。自从成年后，他还是第一次用这种声音说话。

“我们很认真。”威利平静地说，“我已经向大家展示过，即使安保等级最高的军事设施也可以被轻松攻破。巴伦特先生和其他玩家也早就明白，要对国家领导人施加影响是多么容易。我们只需要取消时间和规模上的限制，就能让游戏有趣无数倍。游戏进入……呃，白热化阶段后，我们可能需要旅行，还需要找个安全的聚会地点。但我们相信C. 阿诺德可以提供这些服务，对吧，巴伦特先生？”

巴伦特揉了揉面颊，“当然。我们之所以反对，并不是因为资源不足，甚至不是因为这种规模的比赛将消耗难以想象的时间，而是因为这么长的比赛时间里，将对资源和人力造成极大的浪费。”

吉米·韦恩·萨特放声大笑。数以百万计的信徒都在电视上听过他的这种笑声。“克里斯蒂安教友，你不会认为你将永远享用你现在拥有的一切吧？”

“不。”巴伦特轻声说，“但仅仅因为我不能享用这一切就将其全部摧毁，我认为这是没有道理的。”

“但我认为有道理。”威利断然道，“我们已经提出动议了。吉米·韦恩和我投了赞成票，你和懦夫开普勒投了反对票。托尼，现在你投。”

哈罗德吓得跳起来。威利的声音里带着不容抗拒的威严。“我弃权。”他说，“你们他妈的都别烦我。”

威利一拳头砸在桌上：“哈罗德，该死，你这个热爱犹太人的浑蛋。给我投！”

哈罗德感觉一双巨钳仿佛夹住了他的脑袋，钢夹板嵌入了颅骨。他抱住太阳穴，大张着嘴，仿佛在无声地尖叫。

“住手！”巴伦特呵道。钳子松开了。得到解脱的哈罗德几乎再次尖叫起来。“他已经投了。”巴伦特说，“他有权投弃权票。因为没有获得多数票，动议被驳回。”

“不。”威利说，冰冷的灰色眸子后面仿佛燃起了蓝色的火焰，“因为没有获得多数票，所以我们的动议被冻结。”他转头看着萨特，“你说呢，吉米·韦恩，我们能不能冻结这项动议？”

萨特满脸是汗。他盯着巴伦特脑袋右上方的一个点，说：“拿着七枝号的七位天使就预备要吹。第一位天使吹号，就有雹子与火搀着血丢在地上。地的三分之一和树的三分之一被烧了，一切的青草也被烧了……

“第二位天使吹号，就有仿佛火烧着的大山扔在海中。海的三分之一变成血……

“第三位天使吹号，就有烧着的大星好像火把从天上落下来，落在江河的三分之一和众水的泉源上……

“第四位天使吹号，日头的三分之一，月亮的三分之一，星辰的三分之一都被击打……

“我又看见一个鹰飞在空中，并听见它大声说：‘三位天使要吹那其余的号，你们住在地上的民，祸哉！祸哉！祸哉！’

“第五位天使吹号，我就看见一个星从天落到地上，有无底坑的钥匙赐给它……”[1]萨特停下来，喝光了最后一滴波旁威士忌，静静地坐着。

巴伦特问：“这意味着什么，詹姆斯？”

萨特似乎突然从幻想中惊醒。他从白色西装外套的胸袋中取出淡紫色丝绸手帕，擦了擦脸，“这意味着我们不能停步不

---

① 出自《圣经·启示录》第八章和第九章。

前。”他用沙哑的嗓音低语着，“敌基督就在这里。他终于现身了。我们能做的只是谨遵《圣经》的教诲，见证降临在我们身上的苦难。我们没有别的选择。”

巴伦特双臂抱胸，微笑着问：“那我们当中，谁是你所说的敌基督呢，詹姆斯？”

萨特狂乱的目光在威利和巴伦特身上扫来扫去，“上帝助我。”他说，“我不知道。我已经将灵魂献给了他。但我真的不知道。”

托尼·哈罗德推了一下桌子，椅子朝后滑去，“这他妈的太荒唐了。”他说，“我要走了。”

“待着别动。”开普勒喝道，“在我们解决这件事之前，没有人可以离开这个房间。”

威利往椅背上一靠，双手十指交叉放在肚子上，“我有个建议。”他嘀咕着。

“说说看。”巴伦特说。

“我建议我们下完这一局棋，巴伦特先生。”威利说。

开普勒停止踱步，先是瞪着威利，然后又瞪着巴伦特，“棋？”他说，“什么棋？”

“是啊，”托尼·哈罗德说，“什么棋？”他用一只手揉了揉闭上的眼睛，看见了用象牙雕刻的自己的脸。

巴伦特笑道：“波登先生和我已经通过信件往来下了几个月的棋了。”他说，“一项无伤大雅的消遣。”

开普勒有气无力地靠在窗户上：“哦，全能的上帝啊。”他说。

“阿门。”萨特说，他的目光再次飘忽起来。

“几个月。”哈罗德重复道，“几个月。你是说，这几个月发生的一切……特拉斯科、海恩斯、科尔本……都只是你们下的该死的棋？”

吉米·韦恩·萨特发出了一种古怪的声音，既像在打嗝，又像在大笑，“若有人拜兽和兽像，在额上或在手上受了印记，这人也必喝神大怒的酒；此酒斟在神愤怒的杯中纯一不杂。他要在圣天使和羔羊面前，在火与硫黄之中受痛苦。他受痛苦的烟往上冒，直到永永远远。①”萨特又发出了那种古怪的声音，“它又叫众人，无论大小、贫富，自主的、为奴的，都在右手上或是在额上受一个印记……它的数目是六百六十六。②”

“闭嘴。”威利温和地说，“巴伦特先生，你同意吗？棋已经下到终局，我们只需要坚持下完。如果我赢了，我们就扩大……比赛的规模。如果你赢了，我就会满足于现在的安排。”

“我们在三十五步的时候中止了比赛。”巴伦特说，“而你的形势……呃，并不乐观。”

“是的。”威利咧嘴一笑，“但我会玩下去。我不需要再下一局。”

“那如果这盘棋陷入僵局呢？”巴伦特问。

威利耸耸肩，“如果是僵局，那么算你赢。”他说，“而我要以压倒性优势取胜才算赢。”

巴伦特望着窗外的闪电。

“千万别理会他的一派胡言。”开普勒嚷道，“他疯了。”

“闭嘴，约瑟夫。”巴伦特说，然后转向威利，“好吧。我

---

① 出自《圣经·启示录》第十四章。

② 出自《圣经·启示录》第十三章。

们下完这局棋。我们就用棋盘上剩下的可用的棋子下？”

“我万分赞同。”威利的脸上漾开了笑，露出完美的假牙，“我们转移到一楼去如何？”

“好的。”巴伦特说，“请稍等。”他拿起耳机，又听了一会儿，“这里是巴伦特。”他对着球形麦克风说，“派一队人上岸，立刻干掉那个犹太人。听明白了吗？很好。”他将耳机放在桌上，“一切就绪。”

哈罗德跟随他们进入电梯。走在他前面的萨特突然一个趔趄，转身抓住了哈罗德的胳膊，“在那些日子，人要求死，决不得死；”他急切地凑在哈罗德面前低语着，“愿意死，死却远避他们。[1]”

“滚蛋。”哈罗德说，挣脱了手臂。五人一道默默乘电梯下了楼。

① 出自《圣经·启示录》第九章。

66

梅勒妮

我还记得，我们常去维也纳郊外群山中野餐：山中弥漫着松树散发的清香，满山遍野盛开着野花，威利将他的敞篷标志轿车停在溪边或者可以瞭望四周景色的高台旁。威利脱下了可笑的棕色衬衣和臂章，穿着丝质夏装，戴着音乐餐厅的一名演员送他的漂亮白色宽檐帽，看上去英俊极了。在巴德伊舍事件之前，那时尼娜还没有背叛我，我只需要同他们这对妙人待在一起就会感到快乐。在我们度过的最后几个惬意的夏天里，尼娜正处在她人生中最迷人的阶段。尽管我们俩都不再是少女——以当时的标准而论，甚至都不再是年轻姑娘——但只要我看到金发蓝眼的尼娜活力四射的模样，就会感到那股子蓬勃的生命力，自己也会跟着活跃起来。

我现在知道，我人生真正的转折点并不是多年前尼娜对我的第一次背叛——那次她抢走了我的查尔斯——而是在巴德伊舍她和威利对我的联合背叛。巴德伊舍事件之后，我就开始开始变老了，而尼娜却没有。从某种意义上说，这么多年来，尼娜和威利一直在“进食”我的生命。

是时候阻止他们了。

在我同尼娜的女黑鬼第二晚熬夜的时候，我决定结束等待。我应当采取某种展示实力的行动。即便黑人女孩被干掉，威利也会告诉我尼娜真实的行踪。

我承认我分神了。这些天来，我感觉年轻与活力又注入了身体，左腿和左臂的僵硬状态也开始缓解，但与此同时，我感觉自己对家人和其他对象的操控却不像以前那么自如了。休厄尔小姐看到詹森·鲁哈、那个叫索尔的人，还有其他三个傀儡离开囚牢后，我对黑人女孩说："他们抓住了你的犹太人。"

从黑人女孩的回答中，我觉察到尼娜对她的傀儡也失控了。我让我的人全都打起精神，要求尼娜告诉我她在何处。她拒绝了，还让她可怜的小女仆往门口移动。我断定尼娜已经不能操控她在岛上的傀儡了，所以也无法与威利发生接触。这个黑人女孩实际上只能任由我摆布。

我将卡利挪动到两步就可以抓住女黑鬼的地方，让费城来的黑人男孩进了房间。他带着一把刀。"该把你知道的一切都告诉我了，尼娜。"我戏弄道，"不然这个女黑鬼就得死。"

我猜尼娜会牺牲这个女孩。没有傀儡——无论这个傀儡被调教得有多好——值得尼娜暴露自己的藏身之所。我让卡利做好准备，随时能以迅雷不及掩耳之势伸出双臂，掐住女孩的脖子，将其拧成一个不可思议的角度，抛在地毯上。这让我想起了当年的布斯嬷嬷，她在晚餐前就是这样在房子背后杀鸡的。妈妈选好杀哪只鸡，然后布斯嬷嬷就会一把抓起鸡拧断脖子扔到门廊上，那只鸡甚至都没反应过来就死了。

女孩做了一件令我震惊的事。我本以为尼娜会让她逃跑或者反抗，或者至少会试图操控我的一个傀儡，同我进行一番念控力的搏斗。但黑人女孩只是站在远处，掀起松垮垮的毛衣，露出一条非常古怪的腰带，腰带上缠着一圈块状物，就像是用玻璃纸包裹的陶土，陶土块上有一条电线，连着一个貌似晶体管收音机的设备。“梅勒妮，停下！”她大喊道。

我停了下来。卡利的双手悬在空中，没有继续伸向女黑鬼细细的脖子。尼娜的疯狂行为并没有引起我的担心，只不过激发了我的一点儿兴趣。

“这些是炸药。”女孩气喘吁吁地说，她的手摸到了收音机的一个按钮上，“如果你动我，我就会引爆炸弹。如果你触碰我的意志，监控器就会自动引爆炸弹。爆炸将把这座臭烘烘的坟墓夷为平地。”

“尼娜，尼娜，”我让贾斯汀说，“你太紧张了，先坐下吧。我让索恩先生给我们沏茶上来。”

我说错话了，这是个自然得不能在自然的错误，但黑人女孩却咧开嘴，露出了白牙，但那表情绝不是笑。“索恩先生不在这里，梅勒妮。你的脑子糊涂了。索尔先生——不论他真实的姓名是什么——杀害了我的父亲，然后你的一个恶心的朋友杀了他。但罪魁祸首一直都是你，你这个老不死的巫婆。你就像一只盘踞在蛛网中心的蜘蛛……**别碰我！**”

卡利几乎没有动。我让他慢慢放下手，往后退。我考虑过夺取她的自主神经系统，虽然只可能控制短短几秒钟，但已经足以让我的傀儡抢在她按下那个红色小按钮之前抓住她。我当然压根儿不信她那可笑的威胁，“你说那是什么炸弹来着，亲爱的？”我通过贾斯汀问。

“它的名字是C-4。”女孩说，声音平稳和镇定，但我可以听见她急促的呼吸声，“是军方使用的一种塑胶炸弹……我身上捆了十二磅，足以将你和这座房子炸得灰飞烟灭，就连霍奇斯的房子也会被炸毁一半。”

女孩说话的语气听起来不像尼娜了。楼上，哈特曼医生笨手笨脚地从我的手臂上取出静脉注射针管，帮我翻身至右侧卧床。我用恢复知觉的手臂将他推开。“如果我把你的小黑鬼干掉，你怎么引爆炸弹？”我让贾斯汀问。霍华德从我的床头柜上拿起沉重的点45口径手枪，脱掉鞋子，悄无声息地走下楼梯。通过休厄尔小姐，我仍然保持着对岛上一个警卫的意识连接，尽管这种连接已经非常微弱。这名警卫与他的同事正将昏迷的詹森·鲁哈带入安全隧道，其他警卫则去继续追捕被黑人女孩叫作索尔的男人。即便是身处囚牢的休厄尔小姐，也听到了警报声。暴风雨即将来临，一名船员报告说，海浪已高达六英尺，而且还会更高。

黑人女孩朝贾斯汀迈出一步，“看见这些电线了吗？”她身子前倾，问道。几股细线从她的头皮延伸进衬衫领口里，“这些传感器能把我的脑电波信号传给监控器。你明白什么意思了吗？”

“明白。”贾斯汀口齿不清地说。但我其实根本不知道她在说什么。

“脑波是有一定形态的。”女孩说，“同指纹一样，每个人的脑波形态都是唯一的。只要你用你那肮脏、腐朽、病态的脑波触碰我的意志，你就会产生一种叫作θ波的东西——这种脑波常见于老鼠、蜥蜴和你这样的低等动物的脑子——监控器里的小电脑会感应到这种脑波，然后引爆C-4塑胶炸弹，间隔时间不到一秒，梅勒妮。”

“你在撒谎。”我说。

“那你尽管试试。”女孩说。她又朝贾斯汀迈出一步，狠狠推了一把这个可怜的孩子。贾斯汀踉跄着后退，撞到我父亲最钟爱的椅子上坐下。“尽管试试呀！”她怒吼起来，“有胆就来试试，你这个干尸一样的老巫婆！我们一块儿下地狱吧！”

“你是谁？”我问。

“我的名字不值一提，”女孩说，“只是一个父亲被你杀害的女孩而已，根本不配你记住。”

“你不是尼娜？”我问。霍华德已经来到楼梯底端。他举起枪，准备绕过门口就开枪。

女孩转头看了看卡利和门厅。借着二楼楼梯平台投来的微弱绿光，隐隐可见门口霍华德的身影。“如果你杀了我。”女孩说，“监控器就会感应到我的脑波突然消失，并引爆炸弹。这座房子里的每个人都会死。”她的声音中毫无畏惧，反而有一种近乎得意的情绪。

当然，这个女孩在撒谎。准确地说，是尼娜在撒谎。一个街头黑人女孩绝不可能知道尼娜的生活，不可能知道尼娜父亲之死的秘密，不可能知道我们在维也纳狩猎的细节。但我在格朗布索普第一次见到这个女孩的时候，她确实提到她杀了她父亲。会不会是我记错了？我的记忆已经十分混乱。也许，死亡的确将尼娜逼疯了，脑子一团糨糊，以至于认为是我把她父亲推到波士顿电车前面的。也许，在她生命的最后几秒，尼娜的意志逃入了这个女孩的低级大脑——她会不会是曼萨德旅馆的服务员？——所以现在尼娜的记忆里掺入了黑人女佣的世俗记忆。想到这里，我差点儿通过贾斯汀大笑起来。这可真是太讽刺了!

无论真相如何，我都不惧怕她虚构的爆炸。我听过“塑胶炸弹”这个词，但我肯定这种炸弹长得并不像一块块陶土。那东西看上去甚至都不是塑料。何况，我不是没有见过爆炸。战前，父亲和工头小心翼翼地带着危险的雷管和炸药来到湖边，炸毁了佐治亚州庄园里的水獭坝。将炸药缠在腰带上的做法太荒唐了。至于女孩说的脑波和电脑，更是无稽之谈。这些想法只可能出现在科幻小说中。威利以前就爱看刊登这种故事的恶俗廉价德语杂志。就算这种想法可行——我确信是不可行的——也是黑鬼绝对想不出来的。我很难想象他们有这种能耐。

不过，我最好别再刺激尼娜了。尽管可能性很小，但她傀儡的爆炸装置中还是有可能藏着真的炸药。我应该暂时哄哄尼娜。她已经处在歇斯底里状态，十分危险。“你想要什么？”我问。

女孩舔了舔厚嘴唇，环顾四周。“把你的人都弄出去，除了贾斯汀，他坐椅子上别动。”

“当然。”我咕哝道。黑人男孩、欧德史密斯护士和卡利从不同的门分别离开。卡利从身前经过时，霍华德往后退了一步，但并没放下枪。

“告诉我正在发生什么事？”女黑鬼喝道。她依然站着，手指放在腰带上的爆炸装置的红色按钮旁。

“你说什么，亲爱的？”

“岛上正在发生什么事？”女孩质问道，“索尔怎么样了？”

我让贾斯汀耸了耸肩，“我对岛上的事没兴趣了。”我说。

女孩又向前迈出三步，感觉就像是要去打那个无助的孩子，

“去你妈的！”她说，“告诉我我想知道的，不然我马上就引爆炸弹。只要你能死，我就心满意足了……你这老不死的无毛鼠后，会被架在火上烤成肉干。有胆就来试试吧，婊子。”

我向来讨厌脏话。她描述的恐怖画面丝毫没有减弱我对粗俗言辞的憎恶。我母亲极度害怕洪水，而我最害怕的是火。“游戏开始之前，你的犹太人朝名叫詹森·鲁哈的傀儡扔了一块石头，然后跑进了森林。”我说，“其他傀儡也跟了上去。两名警卫将詹森·鲁哈带进了隧道里的医务室。他昏迷了几个小时。”

“索尔在哪儿？”

贾斯汀五官扭曲起来，他的声音里带着超乎我预期的哀怨，“我怎么知道？我又不能到随时都到任何地方去。”我没有理由告诉她，就在我说话的当儿，我通过休厄尔小姐连接的警卫朝医务室里瞟了一眼，刚好看到威利操控的黑鬼从病床上站起来，掐死了将他带进来的两名警卫。这一幕让我觉得似曾相识。我想起1932年夏天，我曾同威利和尼娜去维也纳的克鲁格-基诺电影院看名叫《弗兰肯斯坦》的动作电影。我记得那头怪物的手在桌上抽动，然后怪物突然起身，掐死了正俯在桌上、毫无防备的医生。那个医生发出了惊恐的尖叫，而我现在却没有意愿尖叫。我让警卫继续前进，经过其他警卫观看一排排电视的房间，在行政办公室附近停下来。我没有理由告诉尼娜的女黑鬼我的这些行动。

“索尔走的是哪条路？”女孩问。

贾斯汀双臂抱胸，“既然你这么聪明，不如你告诉我好了。”我说。

“好吧。”女孩儿说。她垂下眼皮，直到只看得见一线眼白。霍华德在门厅的阴影里静静等待。“他正在往北跑。”女孩说，“穿过浓密的丛林。路上……路上有被废弃的建筑。还有墓碑，那儿是墓地。”她睁开了眼。

楼上，我在床上发出呻吟，身体挣扎扭摆。我一直确信尼娜无法连接她的傀儡。但就在不到一分钟前，我在警卫的电视上看到的正是相同的情景。在迷宫般的隧道里，我已经跟丢了威利的黑人傀儡。莫非是威利在操控这个女孩？他好像喜欢操控黑人和其他劣等种族。如果操控者是威利，那尼娜在哪儿？我感觉自己开始头痛了。

“你想要什么？”我再度发问。

“按原计划行事。”女孩说，她依然站在贾斯汀身边，“像我们之前讨论过的那样。”她瞟了眼手表。她的手没有再放在红色按钮旁，但脑波和电脑的问题依然没有解决。

“我觉得咱们再进行下去没什么意义了。”我建议道，“你的犹太人体质太差，破坏了今晚的行动，我怀疑剩下的傀儡——”

“闭嘴！”女孩喝道。尽管她用语粗俗，但音调却是尼娜的，“你必须按计划行事。否则，我们就来瞧瞧C-4塑胶炸弹会不会瞬间把整座房子炸成一片瓦砾……”

“你从来都不喜欢我的房子。”我说。贾斯汀努了努嘴。

“**按计划行事，梅勒妮**。”女孩命令道，“如果你没有行动，我很快就会知道，然后我就会不发出任何警告就引爆炸弹。**快行动！**”

这一刻，我差点儿就让霍华德开枪了。在我家里，没人可以对我这样说话，特别是一个女黑鬼，她甚至都不应该出现在我的客厅里。但我强忍着没有发作，让霍华德缓缓放下枪。我还有一些顾忌。

如此大胆地挑衅我，显然是尼娜才干得出来的——或者也可能是威利。如果我现在杀了黑人女孩，客厅里就会被弄得一团糟，我还得去打扫。而且，我也再也找不出尼娜的藏身之所了。何况，黑人女孩之前编造的故事不能说完全不可能是真的。她向我描述的那个诡异的岛俱乐部至少是真的，不过巴伦特先生显然比她描绘的绅士多了。已经有足够的证据表明，这伙人对我构成了威胁，但我认为他们完全威胁不到威利。如果我错失了这次机会，我不仅将失去休厄尔小姐，而且还将在未来的岁月生活在焦虑和惶恐当中，不知道这伙人打算如何对付我。

所以，虽然半小时以来我同黑人女孩之间爆发了冲突，但我最终还是不得不回到原始状态——同尼娜的女黑鬼保持尴尬的协作关系。这种关系其实已经持续好几周了。

“好吧。”我叹息道。

“**快行动！**”女孩说。

“好好好。”我咕哝着。贾斯汀瘫坐在椅子里，一动不动。我的家人都固化成了雕像。我紧咬牙关，上下牙龈互相摩擦，同时闭上双眼，身体紧绷起来。

走廊尽头的沉重大门被砰地撞开，休厄尔小姐抬起了头。威利的黑人傀儡走进来，岗亭里坐在独脚凳上的警卫登时跳了起来，举起了冲锋枪。黑鬼一把夺过枪，一巴掌拍在警卫的脸上，砸扁了他的鼻子，破碎的骨碴儿刺入他的脑子。

黑人进入岗亭，摁下开关，囚牢的栅栏升起，没入墙中。其他囚徒都缩在缝隙里不敢动弹，但休厄尔小姐爬了出来，伸展四肢，使血脉畅通，转身面对那个黑人。

“你好，梅勒妮。”他说。

“晚上好，威利。”我说。

“我知道是你。”他柔声道，“这么多年了，我们仍然能够看穿彼此的伪装认出对方，这真的很神奇，不是吗？”

“是很神奇。”我说，“你能不能给我的这个傀儡穿件衣服？她赤身裸体地站在这儿是不得体的。”

威利的黑鬼露齿一笑，点点头，伸手扯下死掉的警卫的衬衣，搭在休厄尔小姐的肩头。我集中精神扣上仅存的两个纽扣。“你要把我带到那座大房子里去？”我问。

“是的。”

“尼娜在那儿吗，威利？”

黑人皱了皱眉，然后挑起一道眉，“你希望她在那儿吗？”他问。

“不。”

“其他人会在那儿。”他说，又咧嘴一笑，露出白牙。

“巴伦特先生，”我说，“萨特……还有岛俱乐部的其他成员。”

威利的傀儡开怀大笑，“梅勒妮，我的宝贝，”他说，“你总是能让我刮目相看。你看起来懵懂无知，但实际上却无所不知。”

我微微噘起了休厄尔小姐的嘴，“别这么刻薄，威利。”我说，“你本来是很温柔的人。”

他又大笑起来，“没错没错，”他嗓音低沉，“今晚我肯定会很温柔。这是我们的最后一次重聚啦，我的宝贝。来吧，其他人还等着呢。”

我跟她沿着通道离开，爬上坡道，来到夜空之下。我们没有看见其他警卫，但我仍然保持着同那个站在行政办公室附近的警卫的微弱连接。我们经过了一道高高的栅栏，栅栏下，一名警卫的尸体还在嗞嗞地冒着烟，四肢张开，贴在电网上。我在夜色中看见了许多晃动的白影——其他裸体囚徒也逃了出来。头顶乌云翻滚，暴风雨已近在眼前。“伤害我的人今晚会得到惩罚，对不对，威利？”我说。

“没错。”他低吼着，“你说的完全正确，梅勒妮，我的宝贝。”

我们朝被闪电照亮的那座大房子前进。我让贾斯汀指着尼娜的女黑鬼，“这就是你想要的！”我用六岁孩子嗓音尖叫，“这就是你想要的！现在你就看好吧！”

67

多尔马恩岛

1981年6月16日，星期二

索尔从来没有在置身于这么大的雨中。他在海岸上奔跑，暴雨倾盆而下，就像是砸在不幸站错位置的演员身上的巨大帷幕，几乎要将他压进沙滩里。海面上的巡逻艇和远方的直升机射来的明晃晃的探照灯灯柱，如同夜幕下的一道道曳光弹尾迹，但它们只照亮了汹涌的巨浪。索尔继续奔跑。暴雨将沙地变成了泥沼，他的光脚不时会打滑。他小心翼翼地避免跌倒，不知为何，他觉得如果自己摔倒了，就再也不会爬起来了。

但雨势很快就弱了下来，就像它变强时一样突然。上一秒，暴雨还在猛敲他的脑袋和赤裸的双肩，隆隆的雷声和雨打树叶的啪啪声交织在一起，淹没了其他所有声音；下一秒，雨滴敲打的力度就减弱了，透过被风掀起的雨帘，他已经能看到十几米开外，听见有人在朝他大喊。他前面矮矮地蹿起一股股沙子，索尔起初还以为这是蛤蜊或者螃蟹对暴风雨做出的某种反应，但他转瞬就意识到，这是有人在朝他射击。螺旋桨的轰鸣透过呼啸的风声传来，一个巨大的物体从头顶一闪而过，白色光柱扫过海滩，想要锁定他。直升机大幅转弯，逆风绕到他前方，在沙滩和海面上方二十英尺的位置倾斜着滑行。两艘船穿过远处的白浪，舷外马达发出隆隆的怒吼。

索尔趔趄了几步，差点儿跪到地上。稳住身形后，他接着奔跑。他不知道自己身在何处，只是模模糊糊地记得岛北面的海滩比这条海滩短，丛林也距海滩更远。探照灯从他身上扫过，直升机终于转过了弯，他猛然意识到，自己或许在暴雨中错过了潮汐通道。夜色、暴风雨和潮水让他丧失了方向感。但他只能继续跑，每呼吸一次，就像有一根被烧得通红的铁丝在气管和肺里烫过一遍。他现在听得见突突突的枪声，看得见两侧沙地上弹跳的沙子。

直升机沿着海滩呼啸而来，闪着金属光泽的起落橇与他的头部齐高。索尔纵身向前一扑，胸部、腹部和生殖器仿佛狠狠地从砂纸上滑过。螺旋桨搅起的狂风将他的脸压入沙中。从伏卧在地的索尔身上飞过时，直升机剧烈地起伏颠簸，索尔突然听见一个如同扳手掉进滚动的钢桶中的声音，可能是直升机被子弹击中了，也有可能是直升机自己出了机械故障。五十码外，直升机试图爬升，但只是向左滑向了海面，然后又大幅右倾。螺旋桨和尾翼奋力维持着平衡，直升机径直朝丛林中飞去。

一开始，索尔还以为直升机会用螺旋桨在十米高的丛林中劈砍出一条通道，树冠上的棕榈叶和腐烂的落叶会瞬间沸腾起来，就像麦克·塞纳特[①]的喜剧电影中突然跳开躲避失控摩托车的挖沟工人。可是，几秒之后，直升机不可思议上下颠倒过来，出现

① 麦克·塞纳特（1880—1960），美国喜剧片创始人。

在丛林边缘的上方。驾驶舱的有机玻璃窗反射着直升机自己的探照灯光。现在这些光柱正直射天空，因为整个机腹都翻转过来了。直升机的残骸碎片从天而降，散落在五十米长的海滩上，索尔连忙再次趴下。

驾驶舱撞在海滩边缘，弹起来，越过近岸的白浪，就像用力抛出打水漂的石头，消失在十英尺深的水面之下。一秒之后，不知什么东西引爆了舱内残存的炸弹，海面瞬间炸开，如同透过厚厚的绿玻璃看到的一大团火焰，白色水柱蹿上二十英尺的高空，如同遽然喷发的间歇泉。索尔的脸上也蒙上了一层飘来的水雾。直升机残骸碎片又"啪嗒、啪嗒"陆续落在沙滩上，持续了半分钟之久。

索尔站起身，将沾在身上的沙粒拂掉，痴痴地打量周围。他发现自己正在一个大洼地的一条小溪里，这时，他被第一发子弹击中了。他感觉左大腿传来一阵刺痛，刚转过身，右肩胛骨又狠狠挨了一枪，整个人四肢张开栽进了泥泞的溪水里。

两艘快艇朝岸上驶来，第三艘则在一百英尺外转弯掉头。索尔发出痛苦的呻吟，翻身侧躺，去查看自己的左大腿。子弹在他大腿外侧髋骨下拉出了一条血淋淋的沟槽，他用左手摸索后背上的伤口，但他的肩胛骨已经全麻痹了。他的手上沾满了血，但这无助于判断伤情。他抬起右胳膊，动了动手指，至少他的胳膊仍然功能完好。

去他妈的，索尔用英文暗骂，朝丛林爬去。二十码开外，第一艘快艇已经冲上沙滩，四个男人跳下来，高举步枪，涉水上岸。

索尔一边爬，一边抬头望去，发现层层乌云已经从头顶散去。尽管闪电依然照亮了北面和西面的天空，但他已经能看到星星了。然后，最后一大片云也飘走了，就像拉开了戏剧第三幕、也是最后一幕的大幕。

托尼·哈罗德发现，自己已经被吓傻了。他们五人下楼进入大厅，巴伦特的手下已经在铺着地砖的宽阔大厅两头安置了两把面对面的高大椅子。巴伦特的免控者站在每一道门和每一扇窗户边把守，他们穿着蓝色西装夹克和灰色宽松长裤，与手中的自动武器十分不协调。其中几个免控者围在玛利亚·陈身边，包括开普勒的那个名叫泰勒的助理，以及威利的另一个傀儡：汤姆·雷诺兹。透过敞开的法式大门，哈罗德看见巴伦特的直升机座驾停在三十码开外离海边悬崖不远的低洼地里，引擎正在怠速空转，一小队免控者围着直升机，在探照灯的强光中眯缝着眼。

似乎只有巴伦特和威利明白现在的状况。开普勒不停地走来走去，绞拧着双手，就像一个即将被行刑的死刑犯，吉米·韦恩·萨特则目光钝滞，嘴角带笑，一副轻微痴呆的模样，仿佛正陷入迷幻剂诱发的幻觉之中。哈罗德说："那该死的棋盘在哪儿？"

巴伦特笑了笑，朝一张路易十四时代风格的长桌走去，桌上放满了酒瓶、酒杯和自助早餐。另一张桌子上放着一排电子设备，旁边站着名叫斯旺森的联邦调查局特工，他佩戴着耳机和麦克风。"下棋并不一定需要棋盘，托尼。"巴伦特说，"说到底，下棋主要是一种心智的锻炼。"

"你说，你们已经通过邮件往来下了几个月的棋了？"约瑟夫·开普勒问，声音里透着紧张，"也就是说，从去年十二月开始？就是我们在查尔斯顿释放尼娜·德雷顿不久之后？"

“不是。”巴伦特说。他点了点头，一名身穿蓝色西装夹克的仆人为他倒上了一杯香槟。他啜了一口，点点头：“其实，在查尔斯顿事件前几周，波登先生就首先联系上了我。”

开普勒发出刺耳的大笑：“你和萨特明明同他有联系，却让我错以为我才是唯一与他接触的人？”

巴伦特瞟了眼萨特。牧师茫然地盯着法式大门外。“萨特牧师同波登先生的接触比我还要早许多。”巴伦特说。

开普勒走到桌边，往高脚杯中倒入威士忌，“你利用了我，就像你利用科尔本和特拉斯科一样。”他几乎将杯中酒一饮而尽，“就像科尔本和特拉斯科一样。”

“约瑟夫。”巴伦特安慰道，“查尔斯和聂曼只是在错误的时间出现在了错误的地点。”

开普勒再次放声大笑，又给自己倒了一杯酒。“他们是被吃掉的棋子，”他说，“所以被拿下了棋盘。”

“不错。”威利衷心附和道，“但我也损失了几枚棋子。”他给一个煮熟的蛋撒上盐，大咬了一口，“游戏刚开始的时候，巴伦特先生和我都对我们的王后太大意了。”

哈罗德挪到玛利亚·陈身边，拉起她的手。她的手指冷冰冰的。巴伦特的警卫在几码开外。她凑到哈罗德耳边，低语道：“他们搜了我的身。他们知道我们在船上藏着枪。现在没法逃出这个岛了。”

哈罗德点了点头。

“托尼。”她紧握着他的手，“我害怕。”

哈罗德环顾四周。巴伦特的手下安装了小探照灯，只照亮了铺着黑白相间地砖的大厅的一部分。每一块地砖的边长似乎都有四英尺。哈罗德发现灯光照亮的部分刚好有八横排、八纵列，也就说，这是一块巨大的棋盘。“别担心。”他对玛利亚·陈说，“我会把你弄出去的，我保证。”

“我爱你，托尼。”美丽的欧亚混血女郎说。

哈罗德看了她一会儿，也捏了捏她的手，然后回到了自助餐桌边。

“有一件事我不明白，波登先生，”巴伦特说，“你是怎么阻止姓福勒的女人离开这个国家的？理查德·海恩斯的人始终没有查出亚特兰的机场发生了什么。”

威利哈哈大笑，从嘴唇上拾起一小块煮鸡蛋的蛋白，“一通电话，”他说，“一通简单的电话。许多年前，我就富有远见地录下了我亲爱的朋友尼娜和梅勒妮的电话通话，然后做了些剪辑加工。”威利换上了假声，“梅勒妮？梅勒妮，亲爱的，我是尼娜……梅勒妮？亲爱的，我是尼娜……”威利放声大笑，又吃了一个煮蛋。

“你那个时候就已经选择将费城作为我们中盘交手的场地了吗？”巴伦特问。

“没有。”威利说，“我没有决定具体某个地点，只是打算在梅勒妮·福勒的藏身之地交手。不过，费城是个不错的选择，因为我的侍从詹森·鲁哈可以在黑人聚居区行动自如。”

巴伦特懊悔地摇了摇头，“我们在那里都损失惨重啊。双方都出了大昏招。”

“是啊。我的王后换了你的一个马和几个小兵。”威利说着皱起了眉，“这可以避免我们过早打成平手，但却不是我通常的玩法。”

联办调查局特工斯旺森走上前来，对巴伦特耳语了几句。“我失陪一下。”亿万富翁说，朝通信桌走去。回来之后，他怒视着威利质问：“你想干什么，波登先生？”

威利舔了舔手指，张大眼睛，一脸无辜地回瞪着巴伦特。

“怎么啦？”开普勒大声问，“出什么事了？”

“几个傀儡逃离了囚牢。”巴伦特说，“隔离区北面至少有两个警卫死了。我的人刚刚发现，波登的黑人侍从和一个女人——哈罗德先生带到岛上来的女傀儡——出现在距这儿不到四分之一英里的小橡树路上。你怎么解释，先生？”

威利张开手掌：“詹森是我宝贵的老侍从，我带他来这儿只是为了结束这场游戏，巴伦特先生。”

“那个女人呢？”

“我承认，我本来打算也要操控她。”威利耸耸肩，环顾大厅，发现有二十多名手持自动步枪和乌兹冲锋枪的免控者把守着出入口，上方的阳台阴影中潜藏着更多警卫。“当然，两个赤身裸体的傀儡对任何人都构不成威胁。”他轻轻笑着说。

吉米·韦恩·萨特牧师从窗户前转过头，“倘若耶和华创作一件新事，”他说，“使地开口，把他们和一切属他们的都吞下去，叫他们活活地坠落阴间，你们就明白这些人是藐视耶和华了。”他回头望向窗外的夜空，“《圣经·民数记》第十六章。”他说。

“嘿，我真他妈的感谢你。”哈罗德说。他取掉了一瓶昂贵伏特加的盖子，拿起容量为一夸脱的瓶子就喝起来。

“闭嘴，托尼。”威利喝道，“那么，巴伦特先生，你能不能把我的小兵们带上场，以便我们继续进行游戏？”

开普勒瞪大了眼睛，怒惧交加，拽住C. 阿诺德·巴伦特的袖子，“杀了他们。”他指着威利，“杀了他。他疯了。他想要摧毁整个世界，仅仅因为他自己就快死了。杀了他，趁他还没——”

“闭嘴，约瑟夫。”巴伦特说。他朝斯旺森点点头，“把他们带上来，我们开始吧。”

“等等。”威利说。他闭眼思索了半分钟，“还有一枚棋子。”威利睁开眼，笑意盎然，“另一枚棋子到了。这场游戏比我期待得更令人满意，巴伦特先生。”

索尔·拉斯基曾经被下巴上贴着橡皮膏的德国党卫军士兵开枪打中，被扔进大坑，同数以百计赤身裸体的犹太遇害者躺在一起。但索尔没有死。在突如其来的黑暗中，他在大坑潮湿的沙地上爬行，爬过一具具光滑冰冷的尸体，他们是来自罗兹和其他一百座波兰市镇的男人、女人和孩子。他原本麻木的右肩和左腿如同火灼般疼痛。他挨了两发子弹，最后被抛进大坑，但他还活着。活着，而且满腔愤怒。这股愤怒比疼痛更强烈，比疲劳、恐惧和震惊都更强烈。索尔爬过赤裸的尸体和大坑潮湿的底部，愤怒令他下定决心，无论如何都要活下去。他向前爬进了黑暗之中。

索尔恍惚意识到，他在经历一场清醒的幻觉。他的医学思维忍不住好奇，也许是中枪激发了这种幻觉。虽然时隔四十年，当年的场景却如此逼真地叠加在现实之上，令他不禁暗自惊叹。可是，他的理智又将这段体验视作现实，视作对他生命中最难解开的那个心结的一种回应。四十年来，他一直心怀愧疚，拒绝去过正常人的生活。他没有结婚，没有组建家庭，没有思考未来。

四十年来，他一直在心中责问自己，为什么唯独自己偷生下来？为什么当年在大坑里没有同其他遇害者一起死掉？

现在他开始明白。

上岸的四个人互相叫喊着，在他身后散开，开始搜索三十码宽的海滩。小型武器的弹药倾泻进丛林中。索尔用手摸索着，专注地朝几乎什么也看不见的前方爬去。他感觉沙地和软土逐渐被更多倒地的原木和更深的沼泽所替代。他把头埋进水中，然后猛然抬头喘息，甩掉头上的水珠和小树枝。他的眼镜不知落在了什么地方，但黑暗之中有没有眼镜差别不大。他可能距自己要找的那棵树只有十英尺，也可能有十英里，但黑暗之中，这样的数字之差没有多少的意义。头顶厚密的植被挡住了星光，幸亏在离脸几英尺的地方，他还看得见自己的白色手指，否则索尔简直就要怀疑，右肩中弹也导致了失明。

作为医生，索尔很想知道伤口流了多少血，以及子弹卡在了什么位置——他没有发现出口伤——也很想知道，自己必须在多少时间内接受医疗处理，才有可能保住性命。他一直在思考这个学术问题，直到第二轮子弹撕开了索尔头上方两英尺的树叶，小树枝啪啪啪地落入了沼泽之中。他身后三十英尺的地方，一个男人大喊起来："这边！他是从这里逃走的！凯尔蒂、萨格斯，同我来。欧沃霍特，沿着海滩继续搜索，以防他从别处钻出来！"

索尔继续往前爬。在水深及腰时站了起来。强光手电筒的黄色灯柱突然照亮了他身后的丛林。索尔向前蹒跚了十到十五英尺，突然被一条水下的原木绊倒，大腿也被刮伤。他的头没入水中，呛了一口漂着浮渣的脏水。

他好不容易才跪稳身子，抬起头。这时，一道手电光束径直射入他的眼睛。

“他就在这儿！”光束挪开了片刻，索尔连忙埋头，将脸紧贴住腐朽的原木。子弹在他周围嗖嗖乱窜，其中一发子弹击穿了离他面颊不到十英寸的软木，像一只发疯的昆虫一样掠过沼泽水面。三条手电光束在附近搜索着他的踪迹，光束从一棵被雷电劈开烧焦的死树上扫过时，索尔本能地别过了脸。

“去左边了！”一个人高叫着。自动步枪发出恐怖的咆哮，头顶厚密的植被让这里犹如一个巨大的封闭空间。

趁手电光束离开的间隙，索尔站起身，摇摇晃晃地朝二十英尺外的那棵树走去。一条光束扫回来，照到了他。警卫举起武器，灯光随之从他身上移开。索尔发现，子弹从耳边掠过时，发出的嗡嗡声就像一群疯狂的蜜蜂。一排子弹扫过沼泽，射入树中，发出空洞的回响。水花溅到了索尔脸上。

他刚刚来到树边，将手伸进被闪电劈开的裂缝中，手电光束就锁定了他。

他塞进那里的袋子不见了。

索尔刚将身子缩到水面之下，子弹就尾随而至。如果他没及时闪躲，现在脑袋和肩膀肯定已经中弹了。更多的子弹射入水中，发出一种诡异的歌声。他在水底抓着树根、水生植物的藤蔓和其他任何可以抓住的东西前进。他从树后冒出头来，大口喘气，祈祷能在生命最后几秒里，手中攥着木棍、石头或者别的可以用来反击的东西。他的愤怒此时已经成了一种超凡的存在，就连伤口的疼痛也被愤怒驱走了。索尔想象自己的愤怒能从体内如光芒一样射出来，就像传说中摩西从山上下来时一样。

从空心树被子弹打穿的孔洞中，射出一道道细小的光束。借助微弱的光芒，索尔看见与水面齐高的树中有什么东西在反光。

“快！”刚才大叫的那个男人又喊了起来，枪声暂停，他和另一个人涉入沼泽，往右寻找更好的射击角度。第三个人则来到左侧，打着手电筒为队友照明。索尔捏紧拳头，猛击强光从树皮中透过的位置。一下，两下。第三拳之后，树皮被洞穿，他抓到了落入此处的塑料袋。

“看到他了吗？”索尔左侧有人大声问。低矮的树枝上垂下的铁兰挡住了一部分手电筒的光。

“妈的，再凑近点儿！”索尔右侧有人说。那人就在树干背后。只要稍微偏偏头，就能看到他。

索尔抓住滑溜溜的塑料袋，想将其从他砸出的小洞中拽出来。但袋子太大了，根本过不来。他只好松开袋子，双手并用掰树皮。被烧焦和腐烂的木头大块大块地脱落，但树干内部却像钢铁一样坚硬。

“我看到他了！”他左侧的另一个人嚷嚷起来。紧接着射来的一串子弹让索尔连忙潜入水中，周围水花四溅。

两三秒后，枪声停了。索尔探出头喘气，摇头甩掉眼中的水。

“……巴里，你这个该死的白痴！”索尔左侧不到二十五英尺的地方有人尖叫起来，“我他妈的就在你的射击线上，你这个没脑子的浑蛋。”

索尔将手探入树干中，结果只摸到了水。塑料袋落到了更低的位置。他绕到侧面，将左胳膊伸进洞中。他的指头钩住了袋子上方的提手。

“我看到他了！”他右边的人大喊道。

索尔挪到树后。一想到身后还有两人在靠近，索尔就禁不住肩胛骨一紧，用尽全身力气将袋子往上拉。袋子往上移动了一截，但又被卡得死死的。洞口仍然太小了，袋子根本过不来。

索尔右侧的人稳住了手电筒，开了一枪。子弹在树干上钻开一个洞，光束从洞中斜射出来，弹孔距索尔头顶仅有几英寸。索尔半蹲身子，换了一只手，继续拉拽。但袋子仍旧一动不动。第二发子弹射来，他右臂和肋骨之间又多出一道光束。索尔意识到，他身后的人之所以没开枪，仅仅是因为他们的一个同伴此刻就在他们的正对面。此人正朝索尔靠近，准备开第三枪，手电光束牢牢锁定在索尔的方向。

索尔双手抓住塑料提手，蹲下身子，用尽全身力气往后仰。索尔怀疑提手会被扯断，结果真的就断了。但在此之前，大袋子带着树皮碎片破洞而出，激起了一片水花。索尔紧抓住湿乎乎的袋子，差点儿从手中滑落，将其紧紧抱在胸前，转身就跑。

他右侧的人立即开枪，并且换成了全自动模式扫射。但索尔已经跑出了手电灯照射的范围。索尔左侧的另一道光束锁定了他，但又突然凌乱了。左侧的人发出痛苦的尖叫，然后开始大声咒骂。在距上一个开枪地点十五英尺的位置，又有人开枪了。索尔边跑边想，要是自己没弄掉眼镜该多好啊。

终于来到水深及踝的地方，但他却被一条倒地的原木绊倒，滚入灌木丛和沼泽碎石之中。他听见至少两个人正朝他逼近。他将沉重的袋子甩到肩头，摸到拉链，拉开，打开防水内袋。

“他拿到了什么东西！”一个人大声提醒同伴，“快！”他们越过那条浅水沼泽，眼看着就要追上索尔。

索尔拽出捆着C-4塑胶炸弹的腰带，甩到一边，取出他从海恩斯手中缴来的M-16。枪里没有上子弹。索尔小心翼翼地避免将袋子落入水中，伸手摸到了六个弹匣中的一个，发现它是上下颠倒的，但他还是准确地将其塞进了卡槽里。他曾在查尔斯顿反复练习枪械的拆卸、组装和射击。在那几个星期时间里，他从未考虑过为什么数月之前科恩建议他必须掌握蒙眼状态下组装枪械的本领。

索尔蹲着躲在一条圆木背后，手电光束紧随而至。从水花激溅的声音推断，带头的人已经离他不到十英尺，而且还在迅速逼近。索尔在地上一滚，习惯性地将切换器从“保险”拨到“半自动”，将塑料枪托顶在肩上，把一串铜壳子弹射入那人的胸部和腹部。此时两人之间相距不到六英尺。那人身子一弯，向后飞入空中，手电筒落入沼泽。第二个人在索尔右侧二十英尺的地方停下来，嘴里嚷嚷着索尔听不懂的话。索尔顺着手电光束开枪，玻璃和钢铁被击碎的声音传来，伴随着一声尖叫。紧接着，黑暗降临了。

索尔眨了眨眼，发现数英尺外有一道幽幽的绿光。然后他意识到，那是他杀掉的第一个人的手电筒在二十英寸深的水下发出的光。

“巴里？”一个低沉的声音从索尔左侧四十英尺处传来，就是刚才那两人开始包抄他的地方，“基普？他妈的出了什么事？我受伤了。别再添乱了。”

索尔从袋子里又取出一个弹匣，将缠着C-4塑胶炸弹的腰带扔回袋子，然后快速转移到左侧，努力保持留在阴影里。

“巴里！”那个声音又叫了起来，现在距离索尔只有二十英尺了，“我要撤了。我受伤了。你他妈的射中了我的腿，你这个浑蛋。”

那人一动，索尔也跟着动，他的脚向前一滑。“嘿！是谁？”男人在黑暗中高声问。索尔听见十五英尺外，枪械保险被打开的声音。

索尔背靠着树，压低声音说：“是我。欧沃霍特。给我们弄点光。”

“操。”男人咒骂着打开了手电筒。索尔从树后窥去，看到了一个穿着灰色制服、左腿正在流血的男人，他抱着乌兹冲锋枪，手里摆弄着手电筒。索尔将一发子弹送进他的脑袋，要了他的命。

警卫的制服是一套正面有拉链的连体装。索尔关掉手电筒，将制服从尸体身上扒下来，摸黑穿上。远方海滩上传来叫喊声。连体装太大了，靴子太小了，即使不穿袜子也穿不上，但索尔·拉斯基这辈子都不是很喜欢穿太多。他在三英寸深的水中摸索那人戴的鸭嘴帽，找到后戴到自己头上。

索尔抱着M-16，右手拿着乌兹冲锋枪，三个备用弹匣放在制服的深口袋里，手电筒别在腰带环上，涉水返回他将袋子放下的地方。C-4塑胶炸弹、步枪备用弹匣和柯尔特自动手枪都没有进水，完全可用。他将乌兹冲锋枪放进袋子，封上口子，扛起袋子，走出沼泽。

另一艘冲锋艇已经冲上二十码外的海滩，第四个警卫去同新来的五名队友会合。索尔从潮汐通道西面现身朝他们走去，那人连忙转身。

“基普，是你吗？”那人在风声和波浪声中高声问。

索尔摇头，“我是巴里。”他用手拢着嘴大声回应。

“刚才那阵枪声是他妈的怎么回事？你们抓到他了吗？”

“东边！”索尔语义含糊地叫着，朝那些人身后的海滩挥手。三名警卫举起武器，朝那边跑去。发出大喊的那人操起无线电通话器，语速极快地说了一通。海面上的两艘巡逻艇立刻掉头向东，将探照灯光柱射向树林。

索尔涉水朝第一艘上岸的巡逻艇走去，把小船的锚从沙地中拔出来，扔回船上，爬上船，将袋子放在副驾驶的座位上。他背上的血浸透了长长的提手。船上有两台巨大的舷外马达，但必须电子点火，所以需要钥匙，而钥匙此时就插在仪表盘上的点火开关里。

索尔发动马达，巡逻艇咆哮着搅起一股水花和沙粒，退入水中，朝开阔的海面驶去。开出两百码之后，他掉头向东，全速前进。船首抬起，他绕过了岛的东北端，以四十五节的时速向南方飞驰。浪涛重重地拍打着船首和龙骨，索尔甚至能感受到骨头的震动。无线电通话器里发出刺耳的噪声，他索性将其关掉。向北行驶的船朝他闪灯，但他不予理会。

索尔将M-16的位置放得更低，以免水沫溅到上面。长着胡茬的面颊上挂着水珠，他就像冲了一个凉水澡一样，精神为之一振。他知道自己流血了，而且正越流越多——他腿上的伤口还没止血，而他背上的血已经黏成一片。虽然肾上腺素的狂潮已然退去，但他的意志却无比坚定。他感觉自己非常强大，而他心头的怒火已无比炽烈。

一英里外，长长的码头末端，闪烁着一点绿光。码头直接连着小橡树路，而沿着小橡树路走下去，便是那座大宅和大宅里的威廉·冯·伯夏特上校。

68

查尔斯顿

1981年6月16日，星期二

午夜过后，娜塔莉·普雷斯顿被噩梦魇住了。那是她孩童时代曾经做过的噩梦。母亲葬礼那天的晚上发生了一件事，让她每周至少有一次会从梦中惊醒，嘴里大喊着父亲。这样的情况持续了好几个月，从夏天一直进入秋天。

那是一个老式葬礼，在太平间里瞻仰逝者的环节持续了几个小时。赶来的亲友们从打开的棺材旁鱼贯而行，悲伤的娜塔莉默默坐在父亲身边，感觉时间仿佛过去了好几天。过去两天她都在痛哭，现在已经没有泪水了，只能坐在那里，握着父亲的手。但她突然想上厕所，于是在耳边悄悄告诉了父亲。父亲起身，牵着她朝厕所走去，但就在这时，另一群年长的亲属围住了父亲。她的一位姑妈主动帮忙，从父亲手中接过她的手，领她穿过走廊，经过几扇门，登上一段楼梯，然后指着一扇白色的门告诉她，厕所到了。

娜塔莉上完厕所，压平硬邦邦的深蓝色裙子，但推门却不见姑妈的身影。娜塔莉自信地左转——正确的方向是右转——穿过几扇门，经过走廊，走下楼梯，但很快就迷路了。她并没有害怕。她知道，小教堂和接待室占据了一楼的大部分空间，如果她打开足够多的门，她肯定会发现她父亲。她不知道，末尾的那段楼梯直接通到了地下室。

娜塔莉先后打开两扇门，可门后只是空荡荡的房间。她推开第三扇门，借助走廊里的灯光，她看见一张张钢桌，一排排装着黑色液体的瓶子，空钢针连在细细的橡胶软管上。她双手捂住嘴，退入走廊，转身狂奔，穿过宽大的双开门。等她的眼睛适应从挂着窗帘的小窗里透进来的微弱光线，她发现自己正处在一个堆满箱子的大房间的中央。

这里空气凝滞，阒寂无声。而她周围的箱子也不是箱子，而是棺材。棺材那沉重的黑木似乎吸收了漫射的灯光。有几副棺材带铰链的盖子是开启的，同她母亲的棺材一样。在离娜塔莉不到五英尺的地方，有一个白色小棺材——大小可以容得下她——盖子上有一个十字架。许多年后回想起来，娜塔莉认为自己应该是闯进了棺材库房或者陈列室。但当时的她却断定，自己正站在装着死人的棺材堆里。昏暗的光线中，那些尸体仿佛随时都会坐起来，动作僵硬，如同好不容易才扳起来的折叠刀，然后它们会朝她睁开眼，张大嘴，就像她和父亲在星期五晚上看的恐怖片里的吸血鬼一样。

房间里还有一道门，但看上去却十分遥远。通往那道门的路上，有四五个棺材里的死人完全可以伸手抓住娜塔莉。但她还是鼓起胆子走了过去，眼睛死死盯着那道门，步子缓慢，脑子里幻想着苍白的胳膊和手伸向她，但她强忍着没有逃跑，也没有尖叫。今天太重要了——今天要举行母亲的葬礼，而她爱母亲。

娜塔莉穿过门，爬上一段亮着灯的楼梯，进入前门附近的走廊。“原来你在这儿，亲爱的！”姑妈惊叫道，将她带回到隔壁房间她父亲身边，边走边小声警告她不要再跑开去玩儿了。

她有许多年都没有想起这个噩梦了，但当她坐在梅勒妮·福勒的客厅里，对面坐着脸色苍白的贾斯汀，用那个疯狂老妇般的眼睛瞪着她，娜塔莉却不禁产生了当年噩梦中的反应。梦中，棺材盖里的尸体纷纷僵直地坐起来，推开棺材盖子，伸手抓住她，把她往那副空空的、仿佛为她量身定做的白色小棺材里拖。

“你在想什么，亲爱的？”坐在她对面的孩子用老妇的声音说。

娜塔莉猛然惊醒。自从二十分钟前那孩子徒劳地又指又骂之后，这还是他们第一次说话。“出什么事啦？”娜塔莉问。

贾斯汀耸耸肩，但他的笑容却非常灿烂。他的乳牙看上去像被磨尖了一样。

“索尔在哪儿？”娜塔莉问，她的手摸到了她腰带上的监控器。“告诉我！”她怒喝道。索尔确实将遥测包连接到了炸药上，却不愿她同梅勒妮在一起的时候使用，于是在监控器上动了手脚，使其无法引爆C-4塑胶炸弹，只是给车上候命的杰克森发送警报。索尔离开去岛上之后，娜塔莉将线路重新连到缠在腰上的C-4塑胶炸弹上。在过去的二十七小时，她其实暗暗暗希望那个老巫婆会尝试入侵她的意识，从而引爆炸弹。娜塔莉已经精疲力竭了，她常常想，与其如此，不如索性被炸死痛快。她不知道C-4是否可以炸死楼上的老巫婆，但她肯定梅勒妮的僵尸家人不会让她靠近那个怪物。

“索尔在哪里？”娜塔莉重复道。

“哦，他们逮住他了。”男孩若无其事地答道。

娜塔莉站起身。隔壁房间阴影中的潜伏者也有了动静。“你在撒谎。”她怒斥道。

“是吗？”贾斯汀微笑着说，“我为什么要这么做？”

“出什么事了？”

贾斯汀又耸耸肩，强忍住哈欠。“我该去睡觉了，尼娜。我们明早再谈，行不行？”

“**告诉我！**”娜塔莉高喊，手指放到监控器的超弛控制键上。

“哦，好吧。”男孩噘嘴道，“你的希伯来朋友摆脱了警卫，但威利还是派人抓住了他，把他带回了大宅。”

“大宅……”娜塔莉低呼。

“不错。”男孩厉声说，用鞋跟敲了敲椅腿，“威利和巴伦特想同他谈谈。他们在玩一个游戏。”

娜塔莉环顾四周。门厅里有影子在移动。“索尔受伤了吗？”

贾斯汀耸耸肩。

“他还活着吗？”娜塔莉质问。

男孩做了个鬼脸，“我说了，他们想同他谈谈，尼娜。他们不能同死人谈，对不对？”

娜塔莉举起空着那只手，咬着指甲说：“是时候按我们的计划行事了。”她说。

“还没到时候。”六岁孩子抱怨道，“现在根本不是你让我等待的那种情况。他们只是在做游戏。”

“你撒谎。”娜塔莉说，“威利都派人将索尔抓去了大宅，他们不可能还在玩游戏。”

“不是那个游戏。”男孩说着摇了摇头，似乎在叹息娜塔莉的愚蠢。娜塔莉差点儿忘了，他只是由楼上的老巫婆操纵的血肉玩偶。“他们在下棋。”男孩说。

“下棋？”娜塔莉问。

“是的。胜利者可以决定下面的游戏怎么玩。威利希望玩得更大。”贾斯汀以老妇般的姿态摇了摇头，“威利一直都像瓦格纳一样痴迷于‘世界末日’。我相信这是某种源自日耳曼血统的东西。”

“索尔受伤了，被抓到他们下棋的大宅里。”娜塔莉冷冰冰地说。她还记得，七个月前的那个下午，她和罗布听索尔·拉斯基讲述的故事。拉斯基被上校从集中营带到波兰森林中的一座荒废城堡里，上校和“老家伙”在那儿进行了一场终极对弈。

“不错不错。”贾斯汀愉快地说，“休厄尔小姐也会上场，她是巴伦特先生一方的棋子。巴伦特先生非常英俊。”

娜塔莉后退了几步。索尔和她曾讨论过，计划倘若落空她该怎么做。他建议娜塔莉将开启了四十秒引爆倒计时的C-4塑胶炸弹扔出去，自己先跑，尽管这意味着巴伦特和其他人都会逃脱惩罚。第二个选择是，她继续虚张声势，借梅勒妮之手干掉巴伦特和岛俱乐部的其他成员。

现在，娜塔莉看到了第三个选择。离天亮至少还有六个小时。她知道，虽然自己为父报仇的动机仍然存在，但她对索尔的爱却更加热烈。她也知道，虽然索尔同她讨论过退出计划，但那不过是说说而已——他根本没有给自己留后路。

娜塔莉知道，正义要求她留下来，坚持按计划行事，但她此时最想要去做的不是追求正义，而是全力以赴地去救索尔——不管成功的机会有多么渺茫。

“我要离开一会儿。”她坚定地说，“如果巴伦特试图离开，或者发生了其他满足条件的情况，你必须严格地按计划行事。我是认真的，梅勒妮。我不会容忍失败。这也关系到你自己的性命。如果你失败了，岛俱乐部肯定会来杀你。但我会抢在他们之前就杀了你。你明白吗，梅勒妮？”

贾斯汀盯着他，圆脸上露出一抹微笑。

娜塔莉转身朝门厅走去。有人在她前方的黑暗中快速移动，穿过通往饭厅的门。贾斯汀跟在他身后。有人在楼梯顶端的平台上移动，厨房里也传来了响动。娜塔莉在门厅里停下脚步，手指仍然按在红色按钮上。将电极固定在头上的胶带让她头皮发痒。“我会在日出之前回来。”她说。

贾斯汀对她微微一笑，脸上映着二楼的幽微绿光。

娜塔莉从福勒家出来的时候，鲶鱼已经监视福勒家超过六个小时。今晚的预定计划并没有要求他监视这么久。他按了两次廉价无线电通话器上的通话键——杰克森将这个动作叫作“打破静音”——然后蹲在草丛中观察状况。他还没有看到马文，但他决定，只要看到了，不管发生什么，都要先将他的前老大从老巫婆手里救出来。

娜塔莉快步穿过院子。她等着鲶鱼不认识的一个家伙为她打开了门。

她头也不回地穿过了街道，右转经过鲶鱼所在的小巷，而不是左转前往杰克森停车的地方。根据事先的约定，这是她可能遭到跟踪的信号。鲶鱼三次“打破静音”，通知贾克斯[1]绕到街区另一头的接人地点。然后，鲶鱼把身子埋得更低，静静等待。

就在娜塔莉的身影消失时，一个男人从福勒家院子的阴影中现身，半蹲着穿过了街道。鲶鱼捕捉到了手枪的蓝钢枪管反射的街灯光芒。看样子是一把大号的自动手枪。“操。”鲶鱼低声咒骂道，又等了一分钟，确认没有人再从院子里出来，于是借助街道东侧停着一排车做掩护，飞速地跟了上去。

那个持枪的家伙鲶鱼不认识——身材太矮小，不像他曾在院子里瞥见的那个叫卡利的恶魔；皮肤也太白了，不像是马文。

鲶鱼悄悄来到街角，爬过一道篱笆，探出头来。娜塔莉已经走过了半个街区，正要过街。那个持枪的白人则在街道这一侧的阴影中缓慢移动。鲶鱼四次“打破静音”，跟了上去。他的黑裤子和防风运动夹克让他几乎隐形。

他希望娜塔莉已经把所有的C-4塑胶炸弹都拆了。一想到那些高能炸药，鲶鱼就不禁背心发凉。他曾经亲眼看见他最好的朋友勒罗伊被炸得四分五裂。那小子当时不知发了什么疯，竟然引爆了他携带的炸药。鲶鱼其实并不怕死——他一直觉得自己活不过三十岁——但他希望自己死的时候是完完整整的，脸上带着笑，穿着他最好的七百美元西装，玛茜、希拉和贝琳达这三个小妞才好趴在他身上哭泣。

收到四次“打破静音”信号之后，杰克森连忙加速，而且在接娜塔莉上车时，将车甩到了街道左侧，以充当掩护。跟踪者双手握枪，架在一辆沃尔沃的车顶上，瞄准了杰克森面前的挡风玻

---

① 杰克森的昵称。

璃反射的街灯。

今晚老巫婆可得吃点儿苦头了，鲶鱼想，**她肯定会被气炸的**。他跑上前去——五十美元的阿迪达斯鞋让他的脚几乎落地无声——给那家伙直接来了个扫堂腿，后者的下巴撞上了车顶，鲶鱼又狠狠地将那家伙的脸朝副驾驶一侧的车窗上猛砸了几下。鲶鱼接住那人手里滑脱的枪。为了以防万一，他用虎口捂住了击铁。电影里的人像对待玩具一样乱扔枪，但鲶鱼曾经见过兄弟被掉落的枪误伤。**杀人的不是人**，他一边将那白人放到人行道上一边想，**而是该死的枪**。

载着娜塔莉离开的杰克森两次“打破静音”。鲶鱼环顾四周，检查了一下那个白人——他晕了过去，但仍在呼吸——按下了通话键。“嘿，伙计，”他说，“你那边怎么样？”

杰克森的声音从廉价耳机里传出来，又小又不清楚，“女士没事，伙计。你那边呢？”

“这白鬼拿了把点45口径的大家伙，但他不想见你，伙计。他现在睡了。”

“睡得多深？”贾克斯的声音都尖了。

“只是在打盹儿，伙计。你想让我怎么办？”鲶鱼身上带了匕首，但他们都觉得，如果让人在这个极端保守的白人社区发现尸体的话，他们可能会惹上麻烦。

“把他放到一个僻静的地方。”杰克森说。

“好主意。”鲶鱼说。他将昏迷的白鬼拽进柳树下的灌木丛中。他脱掉了白鬼的衣服，按下通话键。“你俩是要回来还是要去私奔？”

因为相距太远，杰克森的声音已经模糊难辨。鲶鱼不知道他们究竟要去哪儿。“回头见，伙计。”贾克斯说，“要冷静。我们会回来的。你好好等着。”

“操。”鲶鱼对着无线电通话器说，“你俩开车兜风，我却要守在该死的白人社区的小巷里。”

“别没大没小的，伙计。”杰克森说，声音已细若游丝，“你还在你老爸卵蛋里的时候，我就已经加入灵魂砖厂了。待在那儿别动，兄弟。”

“少给老子发号施令。”鲶鱼说，但对方没有回应，显然已经开出了通信范围。他将通话器装进口袋，步履飞快地悄悄返回原来那条小巷。他留意观察了每一片阴影，确认老巫婆没有再派出别的手下。

他坐在一个垃圾桶和一道旧篱笆之间的藏身处，脑子里快速回放着她同贝琳达在切尔腾·阿姆斯旅馆的床上度过的那段甜美时光，到精彩处还会特意定格，细细回味。但他的白日梦只做了不到十分钟，就听见身后传来了几不可闻的低语。

鲶鱼登时起身，弹出匕首。他身后的光头身材十分魁梧，简直就像从噩梦中闯出来的人物。

卡利伸出大手，一巴掌就将匕首从鲶鱼手中打掉。他用右手掐住了黑人男孩的细脖子，将他从地上拎了起来。

鲶鱼感觉自己窒息了，视野也模糊了，但就在那对巨大的肉钳将他举起来的过程中，他朝那个金刚的下身狠踢了两脚，还朝这光头的耳朵上猛扇了一耳光，力道之大，足以震破鼓膜。但那恶魔连眼睛都没眨一下。鲶鱼的手指正要去抠那浑蛋的眼睛，脖子上的巨钳却忽然夹得更紧了。伴随着响亮的“咔嚓”一声，鲶鱼的喉头被捏碎了。

卡利将身子仍在抽搐、嘴里仍在喘息的黑人丢在小巷的煤渣路上，面无表情地看着他。过了差不多三分钟，那个黑人才死，被捏碎的喉头膨胀到足以阻断空气进入肺部。最后，卡利不得不用穿着靴子的大脚压住黑人挣扎翻滚的身体。等他最终咽气之后，卡利拿起他的匕首，在他身上试探性的扎了几下，确保他确实已经死掉。然后他绕过街角，扛起已经昏迷的霍华德，毫不费力地携着两个人穿过街道，回到那座只有二楼亮着绿光的大房子。

雨再次落下的时候，他们正在前往普莱森特山的路上。杰克森试过呼叫鲶鱼，但暴风雨和十英里的距离不费吹灰之力就打败了他们的无线电通话器。

“你觉得他没事吧？”娜塔莉问。她一上车就卸下了腰带上的C-4塑胶炸弹，但保留了脑电波监控器。倘若θ波出现，就会触发警报。但娜塔莉并没有因此而安心。她现在只能寄希望于梅勒妮到现在也不敢轻易争夺尼娜对她的控制权。但她已经坦白自己不是尼娜的傀儡，这或许会让那个老恶魔下决心取她性命。

“你是问鲶鱼吗？”杰克森说，“他没事。他也是经历了大风大浪的，不简单。而且，必须有人留下监视老巫婆。”说着，她瞟了一眼娜塔莉。雨刮器以固定的节奏在雨水横流的前挡风玻璃上扫来扫去。“我们的计划是有希望成功的，对吧？”

娜塔莉点了点头。

杰克森将一根牙签在嘴里从左挪到右：“你打算上岛，对不对？”

娜塔莉叹了口气：“你是怎么知道的？”

“飞行员就是靠这种直觉活下来的。你今天下午打电话找的那个人，你是要给他点儿活儿干吧？”

“没错。”娜塔莉说，“但我想的是明天这一切结束之后的事情。”

杰克森取下牙签：“这一切明天就会结束吗，娜塔莉？”

娜塔莉紧盯着正前方的挡风玻璃，大雨已经让她几乎看不清路面，“是的，”她坚定地说，“会结束的。”

达利尔·米克斯站在他的活动房屋的厨房里，裹着一条破兮兮的蓝色浴袍，眯眼看着面前这两位浑身滴水的客人，“我怎么知道你们俩不是黑人革命者？说不定你们是要把我卷进疯狂的阴谋当中。”他说。

“你不需要知道这个。”娜塔莉说，“你只需要相信我说的话：巴伦特和他的同伙才是罪魁祸首。他们抓住了我的朋友索尔，而我要去把他救出来。”

米克斯挠了挠布满白色胡茬的下巴：“进来吧。你们就没发觉现在正下着大雨吹着狂风吗？”

“我们知道。”杰克森说。

“那你们还要让我载你们去？”

“是的。”娜塔莉说。

“我拿不准这一趟该收你们多少钱。”米克斯说，扯掉了罐装柏斯特啤酒的拉环。

娜塔莉从毛衣下面取出一个沉甸甸的信封，放在厨房餐桌上。米克斯打开信封，点点头，喝了口啤酒。

“两万一千三百七十五美元十九美分。”娜塔莉说。

米克斯挠了挠脑袋，“把巴勒斯坦解放组织的小银行的钱都取出来的吧？”他又喝了一大口，“管她娘的。”他说，“今晚夜色迷人，正适合飞行。你们在这儿等我换衣服。如果克格勃的纪律允许的话，你们也可以喝瓶啤酒。”

一道道雨帘从院子和飞机场上扫过，四十码外聚光灯下的小机库已经看不分明。

“我也要去。”杰克森说。

她环顾四周，心不在焉地说：“不行。”

“放屁！”杰克森发出低沉的怒吼，拿起她从车上带进屋的那个沉重的黑色提包。“我准备了血浆、吗啡、战场包扎用具——一整套该死的医疗急救包。如果你们成功撤离，而有人需要紧急救治怎么办？你想过没有？你费尽力气把他救出来，他却在回来的路上因为流血过多而死，你难道想要这样的结果？”

“好吧，你可以一起去。”娜塔莉说。

“准备好了！”米克斯在走廊里嚷道。他戴着一顶蓝色棒球帽，帽子上用白线绣着传奇球队“横滨大洋鲸队”几个字，穿着老旧的皮质飞行夹克，牛仔裤，绿色运动鞋，腰上系着皮带，皮带上的枪套里插着一支珍珠手柄的长枪管点38口径史密斯&韦森左轮手枪。“只有两条规矩。”他说，“第一，如果我说不能降落，那我们就不能降落，但我仍然要拿三分之一的酬金。第二，不要再从后座抽出那把该死的柯尔特手枪，除非确实派得上用场。你们最好别挥着枪同我交涉，不然你们就只能一路游回来。”

“同意。”娜塔莉说。

娜塔莉曾经同父亲坐过过山车，之后就明智地再也没去坐过。而这次飞行却比过山车糟糕一千倍。

塞斯纳飞机的驾驶舱很小，舱内蒸汽弥漫，挡风玻璃如同一道水墙。娜塔莉甚至都不知道他们是何时起飞的，只是感觉到颠簸、旋转和侧滑越来越严重。米克斯的脸映着下方仪器发出的红光，看上去既可怕又痴呆。娜塔莉觉得自己看上去也同样痴呆，而且还带着纯粹的恐惧。杰克森不时会在后座被颠一下，嘴里咒骂着："操！"然后机舱里就只剩寂静，除了雨声、风声、机械拼命运转的声音、雷声，以及那台小引擎发出的可怜的弱小噪声。

"目前为止，一切都好。"米克斯说，"我们飞不到风暴云上面，但到了撒佩罗岛之后，我们就能摆脱它们。现在情况好极了。"他转头问杰克森，"越南老兵？"

"是。"

"步兵？"

"医务兵，101空降师。"

"什么时候退役的？"

"不是退役的。我和两个兄弟在远程侦察巡逻的时候，一个投诚的越南侦察兵误碰了他自己埋的地雷。"

"另外两个人活下来了吗？"

"没有。他们是躺在裹尸袋回家的。我又得了一枚勋章，然后被送回了国，刚好碰上尼克松竞选总统。"

"你给他投了一票吗？"

"投个鬼啊。"杰克森说。

"就是。"米克斯说，"政客从来都不会为我们着想。"

娜塔莉注视着这两个人。

塞斯纳飞机突然被一道似乎击中了右翼的闪电照亮，与此同时，一阵狂风袭来，飞机差点儿上下颠倒，紧接着直坠两百英尺，如同坐上了一台没有缆绳的电梯。米克斯在头顶的控制仪器上摆弄了一会儿，然后在一台设备上敲了几下按键，打着哈欠说：“还有一小时二十分钟才能到。”他强忍住下一个哈欠，“杰克森先生，你脚下放着一个大保暖壶，还有些小蛋糕之类的零食。你可以喝点儿咖啡，然后把保暖壶递给我喝点儿。我想吃几块巧克力蛋糕。普雷斯顿小姐，你想吃点儿什么？你付了头等舱的费用，自然有权在飞机上吃点儿零食。”

娜塔莉转头看向窗外。“不，谢谢。”她说，闪电击穿了一千英尺下方的雷暴云砧，照亮了快速移动的团团乌云，看上去就像是女巫披着的破烂长袍。“我什么都不想吃。”她说，努力闭上了眼睛。

69

多尔马恩岛

1981年6月26日，星期二

索尔松开油门，让快艇滑行着靠上码头。防波堤末端的绿光闪烁着，向空旷的大西洋发射着没有人理会的信号。索尔拴好缆绳，将塑料袋扔到码头上，跳下船，单膝跪地，手持M-16，摆好射击姿势。码头和周边区域都空无一人。几辆高尔夫球车停在沿海岸线向南延伸的沥青路上。码头上没有停靠别的船。

索尔将塑料袋甩上肩头，小心翼翼地朝树林前进。虽然大部分警卫都去岛北端搜寻他，但索尔不相信巴伦特会在通往大宅的北部道路上一个人都不留。他匆匆跑进黑漆漆的树林，身体紧绷，提防着随时可能射来的子弹。但他只听见风力渐缓的海风吹拂树叶的沙沙声。索尔已经可以看到南面那座灯火通明的大宅。此时他唯一的目标就是活着进入大宅。

小橡树路上没有亮灯。索尔记得，那个叫米克斯的飞行员说过，因为会有达官显贵走这条路，所以路上会点灯，但今天晚上，这条长满草的通道却像森林一样幽暗。索尔从容地在树木和灌木丛之间穿行。三十分钟过后，他已经走完了一半路程，但他仍没有发现巴伦特的警卫。索尔忽然僵住，一个比死亡更冰冷、更可怕的念头涌进脑海：巴伦特和威利是不是已经离开了？

有可能。巴伦特是一个懂得避开危险的人。索尔原本打算利用这个亿万富翁的自负——凡是被巴伦特调教过的人，包括索尔，都不可能伤害他——但威利在费城的介入，或者索尔的意外逃脱，让巴伦特提高了警惕。索尔不顾危险，双手举枪，沿着橡树之间的绿草小路奔跑，塑料袋撞击着受伤的肩膀。

他只跑了两百码，就已经痛苦地喘息起来。这时他忽地止住脚步，单膝下跪，举起了步枪。他眯眼注视着前方，衷心地希望自己没弄掉眼镜。一具赤裸的人体面朝下趴在一棵小橡树的阴影中。索尔左右打量，放下塑料袋，快步上前。

那女人并非完全赤裸。一件沾着血迹的破衬衣盖着她的一条胳膊和部分后背。女人趴在地上，脸转向一边，头发蒙住了脸，双臂伸开，手指抓着泥土，右腿弯曲。看她这样子，应该是在狂奔的时候遭到了突然袭击。索尔狐疑地四下观察了一番，保持着射击姿势，摸了摸女人颈动脉。

女人突然转过头，索尔瞥见了休厄尔大睁着眼睛，眼神中露着疯狂。她张开嘴，狠狠地咬在了索尔的左手上。她发出非人类的呻吟。索尔五官扭曲，抬起M-16步枪的枪托，砸在她的脸上。但就在这时，詹森·鲁哈从橡树上跳下来，用粗大的胳膊勒住索尔的脖子。

索尔呼号着，扣下全自动模式的M-16的扳机，努力掉转枪口，对准鲁哈，但他只是把头上的树枝和树叶扫射下来。鲁哈哈哈大笑，将步枪从索尔手中夺走，扔到二十英尺外的阴影之中。索尔扭动身子，用下巴紧紧夹住鲁哈强壮的前臂，以免被勒死，同时试图将左手从休厄尔的嘴中挣脱。他的右手向斜后方伸去，摸索着黑人的脸和眼。

鲁哈再次大笑，单臂从索尔腋下穿过，钩住索尔的后颈。索尔感觉左手虎口的肉被咬了下来。鲁哈身体一旋，将他甩出了七八英尺远。索尔受伤的左腿重重砸在地上，肩膀如同火灼一般。他滚了一周，手脚并用，朝装着柯尔特手枪和乌兹冲锋枪的塑料袋爬去。他的视线越过肩头向后瞥去，只见詹森·鲁哈像摔跤选手一样蹲伏着，汗水和索尔的血覆在赤裸的身体上，泛着微光。休厄尔小姐则匍匐在地，身体紧绷，准备随时跃起，蓬乱的头发遮盖了双眼。她吐出索尔手上的一块肉，鲜血从嘴角流到下巴上。

索尔爬到距塑料袋三英尺的地方，鲁哈忽然冲出，光脚迅速交替踏地，几乎听不到声响。鲁哈的脚结结实实地踹到了索尔的肋骨上。索尔滚了四周，感觉空气和能量从他身体里急剧涌出。他努力稳住身体，但他的视野模糊了，收缩为一条长长的黑暗隧道，中心是鲁哈逼近的脸。

鲁哈又踹了索尔一脚，将塑料袋远远地扔到了阴影中，然后揪住心理医生额上的头发，让他仰头正对着自己的脸。“醒醒，小兵。”鲁哈晃了晃索尔，用德语说，“到游戏时间啦。”

大会堂里的聚光灯照亮了八排方格。每个方格都是一块边长四英尺的黑色或白色的地砖。呈现在托尼·哈罗德面前的，是一块边长三十二英尺的棋盘。巴伦特的警卫在阴影中窃窃私语，桌子那边传来电子仪器发出的轻柔声响，只有岛俱乐部的成员及其助手站在聚光灯下。

“到目前为止，这场游戏都很有趣。”巴伦特说，“尽管有好几次我都断定，我们会打个平手。”

“是啊。”威利说，从阴影中进入灯光下。他在白色西装下还穿着白色丝绸高领衫，看上去如同神父，只是将黑色的装扮换成了白色。他稀疏的白发反射着头顶聚光灯的光芒，面颊和下颌也显得红润异常。“我向来偏爱塔拉什防御[①]。我年轻的时候，这种下法很流行，但后来就很少有人用了。但我觉得，只要变化得当，塔拉什防御还是相当管用的。”

“在第二十九步之前，我们都只是在布局，”巴伦特说，“直到波登先生主动让我吃掉了他的王翼车行兵。”

“一个毒兵。”威利说，皱眉盯着棋盘。

巴伦特笑道：“对棋力不足的玩家来说，它很可能是致命的。但换子结束之后，我还有五个兵，而波登先生只有三个兵了。”

“还有一个象。”威利说，朝站在吧台边的吉米·韦恩·萨特看去。

“还有一个象。”巴伦特赞同道，“不过，在终局阶段，两个兵常常会击败独象。”

“谁快赢了？”开普勒质问道。这家伙已经醉了。

巴伦特揉了揉面颊：“局势没有你想得那么简单，约瑟夫。现在，黑棋——就是我这一方——占着微弱的优势。但在终局阶段，局势总是瞬息万变。”

威利走到棋盘上：“你想交换棋子吗，巴伦特先生？”

亿万富翁呵呵一笑：“不，先生。”

---

① 国际象棋的一种开局方法。

"那我们就继续吧。"威利说，把站在阴影边缘的人扫视了一遍。

联邦调查局特工斯旺森又对巴伦特耳语了几句。"稍等。"大宅主人说，转身面对威利，"你现在打算干什么，老家伙？"

"让他们进来。"威利说。

"我为什么要这么做？"巴伦特厉声道，"他们是你的人。"

"不错。"威利说，"但我的黑人侍从显然没有携带武器，而我的犹太小兵已经被我改邪归正，开始重新履行自己命中注定的职责。"

"一个小时前你还说我们应该杀了他。"巴伦特说。

威利耸耸肩："如果你愿意的话，现在仍然可以杀了他，巴伦特先生。那个犹太人差不多快死了。不过，他不远万里前来再次为我所用的壮举戳中了我的笑点。"

"你仍然主张他是自己来岛上的？"开普勒揶揄道。

"我什么也没主张。"威利说，"我要求在游戏中使用他。我会因此而感到愉快。"威利斜眼看着威利，挑衅似的说，"何况，巴伦特先生，那个犹太人已经被你调教得非常好，就算他带着武器来这儿，你也没什么好害怕的。"

"他为什么会来这儿？"巴伦特问。

威利开怀大笑，"他是来杀我的。"他说，"快做决定吧，我想要用他下棋。"

"那个女人呢？"巴伦特问。

"她曾经是我王后的小兵。"威利说，"我把这颗棋让给你。"

“你王后的小兵。”巴伦特重复道，“你的王后仍在操控她？”

“我的王后已经被从棋盘上拿掉了。”威利说，“不过你可以在小兵到了之后问她。”

巴伦特打了个响指，六名持枪的警卫便站了出来。“把他们带进来。”他说，“一旦发现他们有可疑举动就杀了他们。告诉唐纳德，我飞往‘安托瓦内特号’的时间可能会比预期更早。召回巡逻队，将隔离区南部的安保等级提升一倍。”

托尼·哈罗德一点儿也不喜欢最近事态的进展。他知道，自己是离不开这座该死的岛了。法式大门外就是巴伦特的直升机，跑道上停着威利的里尔喷气机，就连萨特都有一辆飞机等着。但哈罗德明白，他和玛利亚·陈没有任何办法离开这里。现在，一大帮警卫押着詹森·鲁哈和哈罗德从萨凡纳带来的两个傀儡走了进来。鲁哈一丝不挂，浑身都是凸起的黑色肌肉。那女人只穿着一件被鲜血浸透的烂衬衫，看上去来自某个隔离区。她的脸上满是泥污和血痕，但最让哈罗德不安的是她圆睁的眼睛：头发一缕缕地垂在眼前，虹膜完全被眼白所包围，看起来甚至有些滑稽。但这女人的情况同哈罗德带来的名叫索尔的男人相比，就要好多了。那男人被鲁哈拎着，笔直地站在巴伦特面前十步的地方。哈罗德的这个傀儡已经气息奄奄：血从脸上滴下来，衬衣和左裤腿也被血浸透；他的左手好像刚被金属利齿咬啮过一般，血顺着摇晃的手滑落到白色地砖上。然而，他逼视的眼神中仍然闪烁着警觉和蔑视。

哈罗德一头雾水，但他很快发现，威利认识这一男一女——

甚至承认犹太人曾经是他的傀儡——但巴伦特似乎赞同，这两个可怜的囚徒是自愿上岛的。威利之前说过，犹太人被巴伦特调教过，但亿万富翁没有将他带上岛，只是将他当作一个自由人。他们同那女人的对话则更加奇怪，哈罗德完全摸不着头脑。

“晚上好，拉斯基博士。”巴伦特对血流不止的犹太人说，“抱歉我没有早点儿认出你。”

拉斯基一言不发，将视线投向坐在高背椅中的威利。詹森·鲁哈硬将他的脑袋扳过来对着巴伦特，但他的视线仍然停留在威利身上。

“几个星期前在北部沙滩降落的，是你的飞机。”巴伦特说。

“是的。”拉斯基说，依旧盯着威利。

“明智的安排。”巴伦特说，“很可惜你没能成功。你是否承认你是来这儿杀我们的？”

“不是杀你们所有人。”拉斯基说，“我只想杀他。”他没有伸手指威利，但大家都明白他在说谁。

“不错。”巴伦特说。他揉了揉脸面颊，看向威利，“那么，拉斯基博士，你是否仍然打算杀我们的客人？”

“是的。”

“你不担心吗，波登先生？”巴伦特问。

威利只是微微一笑。

然后巴伦特做了一件令人难以想象的事：离开他在三个傀儡到来之前就坐着的椅子，径直走到女人面前，抬起她肮脏的右手，轻轻地吻了一下。“波登先生告诉我，我有幸称呼您‘福勒女士’。”他用比融化的黄油还要柔滑的声音说，“这称呼准确吗？”

眼神狂乱的女人面露傻笑，“你可以这么叫我。”她拉长腔调，用浓厚的南方口音说。她的牙齿上沾着干涸的血渍。

“我非常开心，福勒女士。”巴伦特说，依然牵着女人的手，“我们之前从未见面，我一直深以为憾。不知您到我们的小岛来有何贵干？”

“只是好奇罢了，先生。”女人答道，身子缓缓移动着。透过她敞开的衬衣，哈罗德看到她下身那片“V”字形的厚密耻毛。

巴伦特挺直背站着，脸上挂着笑，仍旧抚摸着女人的脏手，“我明白了。”他说，“您没必要隐姓埋名来这里，福勒女士。您大可以随时亲自光临，我保证您会受到最热烈的欢迎，而且您会发现，我们……呃，我们为客人提供的住宿非常舒适。”

“谢谢，先生。”傀儡说，“我目前身体抱恙，但恢复健康之后，我一定会接受你慷慨的邀请。”

“太好了。”巴伦特说。他松开她手，返回椅子。他的警卫稍稍松了口气，放下了乌兹冲锋枪。“我们刚好快下完这盘棋了。”他说，“我们应该让新来的客人参与进来。福勒女士，您能否允许您的傀儡加入我这一方？我向您保证，我绝不会冒险让她被吃掉的。”

女人捋了捋破衬衫，拍了拍凌乱的头发，将眼前的发丝拨开，“我不胜荣幸，先生。”她说。

“太好了。”巴伦特说，“波登先生，你是不是也打算启用你的这两枚棋子？”

“不错。”威利说，“我的小兵会给我带来好运。”

“好的。”巴伦特说，“我们从第三十六步继续，好吗？”

威利点点头，“我上一步吃掉了你的象。”他说，“然后你把王走到了后3，打算往棋盘中央挪动。”

“嗯。”巴伦特说，“你这样的高手一眼就洞悉了我的策略。”

“没错。”威利赞同道，“我们开始玩吧。”

飞机终于在撒佩罗岛以东摆脱了风暴云，娜塔莉长舒一口气。狂风还在摇晃塞斯纳飞机，星光照亮了下方白浪翻滚的海面，但至少不用再像过山车一样颠簸了。“大概还有四十五分钟。”米克斯说。他用左手搓了搓脸，“我们正在逆风飞，飞行时间会延长半个小时左右。”

杰克森探出身子，在娜塔莉耳边轻声说：“你真的认为他们会让我们降落？”

娜塔莉将脸贴在舷窗上：“如果老巫婆不食言的话，或许会。”

杰克森冷笑：“你觉得她会遵守承诺？”

“我不知道。”娜塔莉说，“我只是觉得把索尔救出来更重要。我认为我们已经尽了全力让梅勒妮明白，她这么做其实是为了自己好。”

“没错，但她是疯子。”杰克森说，“疯子并不总是做为自己好的事，孩子。”

娜塔莉不禁莞尔：“所以我们才会来这儿，对吧？”

杰克森将手放在她的肩头。“你有没有想过，如果索尔死了，你要怎么办？”他柔声问。

娜塔莉微微点头。“我们把他的尸体弄出来。”她说，“然后回查尔斯顿杀了那个老巫婆。”

一分钟后，杰克森靠在后座的椅背上，蜷缩着睡着了，鼾声如雷。娜塔莉出神地望着大海，直到眼睛涨痛，她才把目光转向飞行员。米克斯正讶异地看着她。见她转过头，他连忙摸了摸棒球帽，将视线重新投向面前发着微光的仪器。

尽管伤痕累累，血流不止，而且站立不稳，强打精神才能保持清醒，但索尔还是很高兴能得偿所愿地来到这里。他的目光始终锁定在上校身上，顶多偶尔离开两三秒。在搜寻了差不多四十年之后，他——索尔·拉斯基——终于同威廉·冯·伯夏特上校同处一室了。

这并不是最佳结果，但为了这样的结果，索尔赌上了一切，甚至在自己本可以抢先取到武器的情况下仍让鲁哈制伏了他，为的就是能被带到上校面前，尽管这样的可能性很低。早在几个月前，在以色列飘着橘子芬芳的暮色中，他曾同娜塔莉一边喝着咖啡一边想象同上校见面的情景，但现在并不是他想象中的最佳状态。只有威利对他使用念控力，他才有机会同这个纳粹杀人魔对决。可是现在，所有的返祖变态都齐聚一堂——巴伦特、萨特、开普勒，甚至还有哈罗德和梅勒妮·福勒的傀儡——索尔担心他们中会有人试图操控他，从而浪费唯一一次令上校大吃一惊的机会。在同娜塔莉预想的情景中，索尔的身体比上校更强壮。可是现在，索尔单是维持站立都消耗了大部分精力，垂在身侧的左手还流着血，压根儿使不上劲，而且有一枚子弹卡在锁骨附近。而端坐着的上校看上去身体健康，精力充沛，比索尔重三十磅，周围至少有两个精心调教的傀儡，外加至少六个随时可以操控的其他人选。更何况还有巴伦特的警卫——只要索尔未经允许胆敢上前，未走出三步，就会被他们毫不留情地击毙。

但索尔很高兴。他终于来到梦寐以求的地方。他摇摇头，将注意力集中在当下正发生的事情上。巴伦特和上校坐在椅子里，巴伦特将人肉棋子安排到各自的位置。在这仿佛没有尽头的一天中，索尔第二次产生了幻觉，大会堂光影摇曳，如同泛起涟漪的池塘中的倒影。他突然看到了一座木石结构的波兰城堡，身穿灰色制服的党卫军特别行动队士兵在有几个世纪历史的挂毯下寻欢作乐，而那名老将军蜷缩在制服里，仿佛一具裹在肥大衣服中的木乃伊。火把照亮了大会堂，石头和地砖上掠过士兵们舞动的身影。三十二个形同骷髅的犹太囚犯疲惫地直立在两名德国军官之间。年轻的上校将额前的金发拂开，手肘撑在膝盖上，对索尔面露微笑。

上校对索尔面露微笑，“欢迎你，犹太人。”他说。

“来吧来吧。”巴伦特说，“我们都来玩儿吧。约瑟夫，你到KB3的位置去吧。”

开普勒面带惊恐地退了两步，“你开什么玩笑！”他说，撞到吧台上，打翻了几瓶酒。

“哦，不。”巴伦特说，“我没有开玩笑。请快点儿，约瑟夫。波登先生和我希望尽快下完这一局。”

“去死吧！”开普勒尖叫。他紧握拳头，脖子上青筋暴起，“我才不会充当你操控的该死傀儡……”开普勒的声音戛然而止，就像唱针突然被从有缺陷的唱片上拔起一般。他的嘴张了两下，但没有发出半点儿声音。开普勒的脸涨得通红，然后发紫，继而迅速变黑。他的身体猛地摔在地上，双臂似乎被看不见的手粗暴地别到身后，脚踝被看不见的绳索捆住。他抽搐着、扑腾着往前挪——让人联想到毛毛虫在蠕动——每抽搐一下，他的胸膛和下巴就会在地砖上撞击一下。约瑟夫·开普勒就是以这样的方式，用自己的脸、肚子和大腿，一寸寸地蹭过了二十五英尺，最后到达了王翼象3的位置。蹭破皮的下巴在白色地砖上留下一道道血痕。巴伦特放松操控后，开普勒的肌肉明显因为放松而抽动了几下。开普勒发出轻声的呻吟，尿液浸透了裤子，流到了黑色地砖上。

“请站起来，约瑟夫。”巴伦特轻声说，“我们要开始游戏了。”

开普勒手撑着地跪起来，震惊不已地瞪了亿万富翁片刻，然后双腿打着战，默默地站起来。他那高档意大利裤子的正面已被血和尿污染。

“你打算像这样操控我们大家吗，克里斯蒂安教友？”吉米·韦恩·萨特问。福音传教士站在临时棋盘的边缘，厚密的白发反射着头顶聚光灯的光芒。

巴伦特微微一笑，“我觉得没有必要操控任何人，詹姆斯，”他说，“只要他们不妨碍这场比赛。你怎么看，波登先生？”

“我也觉得没有必要。”威利说，“来这儿吧，萨特，我的象。除了国王和小兵，你是我唯一的棋子了。来吧，站在被拿掉的王后这一格旁边。”

萨特抬起头，汗水浸透了丝绸西装夹克，“我就没有选择吗？”他咕哝着，他那戏剧演员般深沉洪亮的嗓音变得羞怯而颤抖。

“没有。”威利说，“你必须玩。来吧。”

萨特转头面对巴伦特，“我是说，我能选择参加哪一方吗？”他说。

巴伦特挑起一道眉，“你一直都在为波登先生效力，”他说，“你现在想改换阵营吗，詹姆斯？”

“‘我断不喜悦恶人死亡’[①]。”萨特说，“‘当信主耶稣，你和你一家都必得救。’[②]”

巴伦特轻笑了两声，揉着下巴说：“波登先生，你的象好像要叛变。你是否反对他在终局阶段加入黑方？”

上校的表情就像一个气急败坏的孩子，“尽管拿走这枚该死的棋子好了。”他说，“我不需要这个肥基佬。”

“来吧。”巴伦特对汗流浃背的福音传教士说，“你应该站在国王左手边，詹姆斯。”他指着一块白色地砖，即黑方王前兵在游戏开局时的位置前一格。

萨特站到了开普勒旁边。

索尔的脑子里冒出一个渺茫的希望：或许，精神吸血鬼不用对他们的小兵施加念控力，这场游戏也可以继续下去。只要能推迟上校入侵他的意识就好。

上校在巨大的椅子里探出身子，呵呵一笑，“如果我的牧师盟友转投到你那一边，”他说，“那我就要求将我的老小兵提升为象。小兵，你懂吗？来吧，犹太人，接过你的主教法冠和曲柄杖吧。[③]”

索尔不待被操控，就立刻穿过被聚光灯照亮的地砖，来到第

---

① 出自《圣经·以西结书》第三十三章。

② 出自《圣经·使徒行传》第十六章。

③ 国际象棋里的“象”就是“主教”。

一行的黑格子里。他离上校不到八英尺，但鲁哈和雷诺兹站在他们中间，而巴伦特的警卫监督着他迈出的每一步。此时，索尔的伤口如钻心般疼痛——左腿僵硬，肩膀则如受火灼——但他佯装没事，大步向前。

“昨日重现啊，对吧，小兵？”上校用德语说，“抱歉，”他补充道，“我应该称你‘主教先生’。”上校露齿一笑，“加快进度，我还剩三个兵。詹森，请你去K1。托尼，你去QR3。汤姆去QN5。”

索尔看见鲁哈和雷诺兹各就各位，哈罗德则站着没动。“我他妈不知道QR3在哪儿。”他说。

上校不耐烦地指了指，“就是我的后翼车前方第二个方格。”他厉声道，“快！”

哈罗德眨了眨眼，蹒跚着来到棋盘左侧的黑格子里。

“把你的最后三个棋子放上棋盘。”上校对巴伦特说。

亿万富翁点点头：“斯旺森先生，如果你不介意的话，请前去开普勒先生旁边。”

留着小胡子的警卫环顾四周，放下了自动武器，走到了开普勒左后方的黑格里。索尔发现，斯旺森是王翼马前兵，从开局到现在还没有走过一步。

“福勒女士，”巴伦特说，“请您将您可爱的傀儡放到后翼车前兵的位置。对，就是那里。”那个曾经是康斯坦斯·休厄尔的女人拖着光脚，小心翼翼地走到了哈罗德前方第四格。“陈女士，”巴伦特继续说，“请站到休厄尔小姐旁边。”

“不！”玛利亚·陈刚迈出一步，哈罗德就大叫起来，“她不玩！”

“不，她要玩。”上校说，“她将给游戏带来一种美感，不是吗？”

“不！”哈罗德又大叫着抗议，转身面对上校，“她同这个游戏没关系！”

威利微笑着将脑袋偏向巴伦特，“多感人啊。我建议，如果托尼的秘书受到……呃，威胁，我们允许托尼同她交换位置。你同意吗，巴伦特先生？”

“同意。”巴伦特说，“如果哈罗德愿意，他们就可以交换位置——只要这种交换不会破坏游戏进程。我们继续吧。我们还得把国王安放就位呢。”说着，巴伦特将目光投向剩余的助手和警卫。

“不，”上校大声说，站起身，走到了棋盘上，“我们就是国王，巴伦特先生。”

“你在说什么啊，威利？”亿万富翁有气无力地问。

上校摊开双手，微笑道：“这是一场重要的比赛，”他说，“我们必须向我们的朋友和伙伴表明，我们必须与他们同仇敌忾。”他站到詹森·鲁哈右侧第二个格子里。“何况，巴伦特先生，”他补充道，“国王是不会被吃掉的。”

巴伦特摇了摇头，起身走向Q3的位置，毗邻吉米·韦恩·萨特牧师。

萨特将无神的双眼转向巴伦特，高声背诵：“神就对挪亚说：‘凡有血气的人，他的尽头已经来到我面前，因为地上满了他们的强暴，我要把他们和地一并毁灭……’[①]”

“哦，闭上你的臭嘴，肥基佬。”托尼·哈罗德大声说。

---

① 出自《圣经·创世纪》第六章。

“安静！”巴伦特怒吼道。

在紧接着的片刻寂静中，索尔努力想象着第三十五步之后棋盘上的局势：

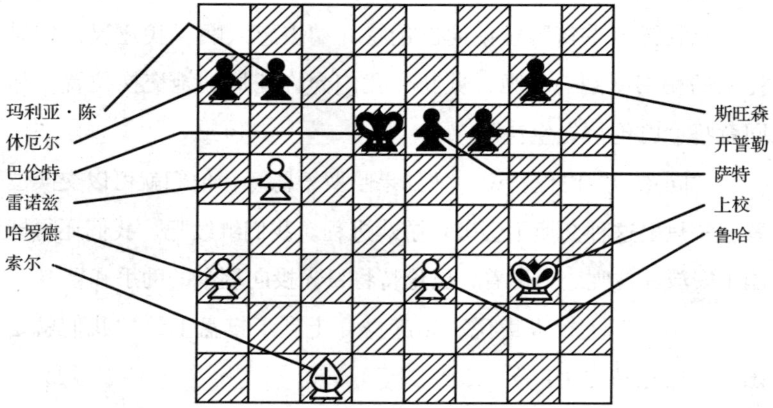

终局的形势太复杂，以索尔薄弱的棋力，是很难预测的——他知道自己即将见证的是大师之间的对决——但他感觉巴伦特通过最近几步取得了很大的优势，对取胜满怀信心。即便上校发挥出最佳水平，顶多也是同巴伦特打个平手。不过，索尔听见上校说，如果双方打成平手，也算是巴伦特赢。

索尔还知道一件事：棋盘上除了三个兵，上校只剩他这个象了。作为唯一幸存的重要棋子，他会被上校过度使用，即使冒极大的风险也在所不惜。索尔闭上眼，努力抗住突然袭来的疼痛和虚弱。

“好吧，波登先生。”巴伦特对上校说，“该你下了。”

70

梅勒妮

过了这么多年，威利和我终于在那个疯狂的夜晚做爱了。

当然，我们是通过傀儡做的，就在我们抵达大宅之前。如果他主动提出这种要求，即便只是在付诸行动之前做出些微暗示，我也会给他一耳光。但威利操控的黑人大汉根本没有给我任何准备时间。詹森·鲁哈紧抓着休厄尔小姐的肩膀，将她推倒在橡树下的柔软草丛中，粗暴地对她为所欲为，对我们为所欲为，对我为所欲为。

就在黑人的沉重身躯压在休厄尔小姐身上时，我不禁回想起了尼娜和我年少时在睡衣聚会上的那些密语。老于世故的尼娜将她显然从别处听来的黑人故事讲给我听，说他们有多么强壮多么英勇，听得我都屏住了呼吸。尽管我仍被詹森·鲁哈脸朝下压在冰冷的地面上，但在威利的引诱下，我将意志从休厄尔小姐转移到贾斯汀身上。迷乱中，我想起尼娜的黑人女孩曾经说，她根本不是尼娜派来的。所幸我知道那女孩在撒谎。我想告诉尼娜，她是对的……

我不是随随便便就与人发生如此亲密的接触。在费城医院里，我通过休厄尔小姐曾有过做爱的体验，但那都是短暂的，出人意料的，感觉就像在做梦。现在是我第一次体会到爱情里肉体交媾的那部分。当然，黑人粗暴而狂野的动作根本谈不上是爱情，更像是我姨妈那只暹罗公猫抓到一只不幸的发情母猫后的疯狂行径。我承认，休厄尔小姐似乎始终处在发情之中，因为对黑人那难以想象的暴力求爱，她立刻就做出了回应，与我同时代的年轻姑娘绝不会如此淫荡。

随着威利的傀儡突然撑起身体，转动脑袋，张大鼻孔，这段伴着种种回忆和联想的体验戛然而止。“我的小兵到了。”他用德语咕哝着，将我的脸重新按到地面上，“别动。”说完，威利的傀儡就像一只大猩猩一样，爬进了橡树低矮树枝中。

接下来的荒唐打斗不提也罢，总之最后威利的黑人将尼娜的傀儡——那个名叫索尔的犹太人——带回了大宅。但有一个场景颇为梦幻，那是在尼娜的可怜傀儡被制伏后，警卫将我们包围之前，所有的外部探照灯、泛光灯和树上光线柔和的电灯笼都被打开了，刹那间，他仿佛进入了一个童话王国，或者穿过一扇隐秘的魔法之门来到了迪士尼乐园。

尼娜的女黑鬼突然离开我在查尔斯顿的家，随后又发生了一些莫名其妙的事，我的注意力被迫分散了几分钟，但卡利将昏迷的霍华德和多管闲事的黑人的尸体带回来之后，我便将全部注意力用于同C. 阿诺德·巴伦特的会面上。

巴伦特先生是一位十足的绅士。作为我的代表，休厄尔女士得到了应得的尊重。我立刻觉察到，他透过我傀儡的土黄色皮囊，看到了下面我成熟而美丽面庞。我躺在查尔斯顿的床上，沐浴着哈特曼医生的仪器发出的绿光。我知道，我的女性魅力被准确地通过休厄尔的凡胎俗骨传递给了品位高尚的C. 阿诺德·巴伦特。

他邀请我下棋，我欣然同意。我承认，在那之前，我对国际象棋从未产生过一丝兴趣。我向来觉得下国际象棋的人太自命不凡，我看着都觉得烦——我的查尔斯和罗杰·哈里森过去常玩——我压根儿没费神去记那些棋子的名字或者对战规则。我更喜欢的是童年雨天布斯嬷嬷同我玩的跳棋。

这场愚蠢游戏开始了好一会儿，我才从初见C. 阿诺德·巴伦特先生后产生的幻想中摆脱出来。我把大部分时间都用在了别处。我将卡利和其他人送上楼，防范尼娜的女黑鬼回来。尽管多有不便，但现在似乎应该开始执行我几个星期前就构想好的计划了。与此同时，我继续保持着与“那个人”的连接。贾斯汀同尼娜的黑鬼女孩外出期间，我曾长时间监视“那个人”。现在，我打算不再按尼娜要求的方式利用他——我有自己的安排。不过，保持同他的连接已经越来越困难，因为他身居关键职位，而且下达的命令中有太多复杂的技术术语。

后来我会非常高兴当初努力同他保持了连接，但此刻，我只觉得这又是一项恼人的负担。

与此同时，威利同大宅主人的对弈继续进行，就像是从《爱丽丝漫游仙境》中删掉的超现实场景一样。威利前挪后移，如同穿着体面的“疯帽子”。我则让休厄尔小姐站起来，在方格间不时走动——我一直相信巴伦特先生的承诺，相信她不会被置放到危险的位置——其他可怜的棋子或进或退，或攻击别的子，或被别的子攻击，丢掉微不足道的性命，被从棋盘上搬走。

在巴伦特先生令我失望之前，我几乎就没有理会也没有真正参与这场男孩之间的游戏。尼娜和我有自己的比赛要进行。我知道，她的女黑鬼会在日出前回来。尽管非常疲惫，但我还是抓紧做起了准备。

71

多尔马恩岛

1981年6月16日，星期二

哈罗德渴望能想出对策来。情况已然严峻，但到目前为止，哈罗德都束手无策，这让他越发觉得自己蠢透了。

在他看来，对“玩更大的游戏”这个提议，威利和巴伦特都是认真的。如果威利赢了——哈罗德几乎就没见这老浑蛋输过——他和巴伦特将把游戏升级到向城市发射核弹、将国家化为焦土的水平。如果巴伦特赢了，游戏将维持现状，但这个结果也好不到哪儿去，因为哈罗德刚刚目睹巴伦特将整个俱乐部都押在了这场该死的游戏上。哈罗德站在黑色地砖上，离棋盘底线两格，离那个叫休厄尔的疯婊子三格，努力思索着对策。

他本来打算就这样站在那儿，直到想出什么主意来。但威利开始下棋了，他说：“请P走到R-4。”

哈罗德瞪大了眼睛。其他人也回瞪着他。阴影里藏着二三十个呆瓜警卫，但诡异的是，竟然没有一个人发出半点儿声音。

“他说的是你，托尼。”巴伦特柔声道。穿黑西装的亿万富翁就站在十英尺外的右上方，与他相距两个方格。

哈罗德的心脏在胸腔里狂跳。他害怕威利或者巴伦特再次操控他。“嘿！”他大喊，“我不懂这玩意儿！看在上帝的分上，直接告诉我怎么走。”

威利双臂抱胸。“我告诉你了。”他憎恶地说，“P走到R-4的意思就是让兵走到车4，而你在车3，托尼，你只需要上前一格。”

哈罗德快步走到他面前的白色地砖上。现在，他的斜上方就是金发僵尸汤姆·雷诺兹，前方两格之外就是叫休厄尔的女人。玛利亚·陈默默地站在梅勒妮·福勒的傀儡旁边的白色方格里。“你有三个兵，”他大声抱怨，“我他妈的怎么知道你是在说我？”哈罗德的目光得绕过黑人巨汉詹森·鲁哈才能看到威利。

“我在车列有几个兵，托尼？”威利反问，“闭上嘴，别让我动手挪你。”

哈罗德转过头，朝阴影中啐了一口痰，努力控制住颤抖的右腿。

巴伦特立刻就做出了回应，这让哈罗德感觉有些意外，因为在他的印象中，棋手在两步之间总会思索很久。“王走到后4。”他边说边向前走了一步，脸上挂着自嘲的笑容。

哈罗德觉得这一步走得很臭。现在亿万富翁比他所有其他棋子都更靠前，离詹森·鲁哈只有一个方格。黑人巨汉竟然是个白兵——想到这里，哈罗德就忍不住想狂笑。哈罗德紧紧抿住嘴，心想现在要是能躺在家里的按摩浴缸中该多好。

威利点点头，仿佛就在等这一步——哈罗德记得威利先前说过，巴伦特要将国王推至棋盘中央——他不耐烦地朝正在流血的犹太人挥挥手。“象走到车3。”

他盯着叫索尔的前傀儡一瘸一拐地沿着斜线走了两个黑方格，来到刚才哈罗德站的位置。从近距离观察，这个人看上去更糟了，宽大的连体服已经被血汗浸透。高度近视的犹太人痛苦地眯缝着眼，带着些许戒备。哈罗德可以断定，这就是那个在加州弄晕他并审问他的浑蛋。他压根儿不关心这个犹太人身上发生了什么，但他希望这家伙能在被吃掉之前多干掉几个对方的棋子。**狗日的**，哈罗德想，**我这想法真他妈怪**。

巴伦特双手插在口袋里，又往他的斜上方走了一步，正对鲁哈。“王走到王5。”

哈罗德猜不出这局该死的棋会如何发展。他只在孩童时代下过为数不多的几次国际象棋——仅仅学会了每个子该怎么走，但已经作出自己不喜欢这种游戏的判断——他和他的对手会先把所有的兵干掉，然后开始“大棋”之间的拼杀。他们从不挪动国王，除非打算王车易位——哈罗德已经忘了这一招怎么玩——或者，除非有别的子已经威胁到了国王。可是现在，这两位世界级的国际象棋大师都差不多只剩下小兵，而他们的国王全被移了出来，就像露阴癖的生殖器一样暴露在外面。**真操蛋**，哈罗德想，不再试图思考棋该怎么走。

威利和巴伦特只相距六英尺。威利眉头深锁，用指头敲了敲下唇，然后用德语说：“小兵——抱歉，应该是象走到象5。”威利看着十英尺外的吉米·韦恩·萨特，又用英语重复道，“象走到象5。”

哈罗德身后那个瘦骨嶙峋的犹太人搓了搓脸，沿着黑色方格走到雷诺兹旁边。哈罗德从棋盘底线开始数，确认那个位置确实是象那一列的第五格。过了好几秒，哈罗德才意识到，现在这个犹太人保护了鲁哈这个兵，同时威胁到黑方格斜线上那个叫休厄尔的女人。但那女人对此似乎还浑然不觉。她简直比死人还要死气沉沉。哈罗德又朝她看去，期待能看瞥见她破烂衬衣下的耻毛。哈罗德渐渐回想起国际象棋的一些基本规则，于是心情放松了许多。只要威利不挪动他，他应该就不会受到任何威胁。兵不能吃掉正面相对的兵，而雷诺兹在他右前方，面对玛利亚·陈，可以说保护着哈罗德的“前翼”。哈罗德紧盯着叫休厄尔的女人，猜想如果有人能给她洗个澡的话，她看上去或许会好很多。

“兵走到车3。”巴伦特说，相当礼貌地指了指相应的位置。

哈罗德一怔，以为自己又得挪位了，但转而想起，巴伦特是黑方国王。休厄尔小姐看见了亿万富翁的指示，于是优雅地向前迈出一步，站到白砖之上。

“谢谢，亲爱的。”巴伦特说。

哈罗德感觉心跳再度加速。犹太人象不再威胁休厄尔兵。她就在汤姆·雷诺兹的左上方一格。如果威利不让雷诺兹吃掉她的话，她就可能在下一步吃掉雷诺兹，来到托尼·哈罗德右上方一格。操，哈罗德暗骂一声。

“兵走到马6。”威利立刻就做出了回应。哈罗德转动脑袋，思考自己怎么才能从走到马6去。但挪动位置的是雷诺兹，而且威利还未开口他就开始挪动了。金发傀儡向前迈出一步，进入黑方格，来到休厄尔小姐旁边，正对玛利亚·陈。

哈罗德舔了舔突感干燥的嘴唇。玛利亚·陈暂时安全。雷诺兹不可能直行吃掉她。**上帝啊**，哈罗德想，**我们这些兵被吃掉的话，会发生什么？**

“兵走到象4。”巴伦特平静地说。斯旺森从侧后方礼貌地推了一把开普勒，这位岛俱乐部成员眨了眨眼，向前迈出一步。威利突然看上去比巴伦特孤立多了。

“这应该是第四十步吧？”威利说，然后向右上方迈出一步，进入黑方格。“王走到车4，先生。”

“兵走到象5。”巴伦特说，又将开普勒前移一格。

西装被弄脏的开普勒小心翼翼地向前迈出一步，轻轻将脚放在黑色地砖上，就像巴伦特旁边的方格里设有陷阱一样。双脚都进入地砖后，开普勒刻意站在地砖后半部分，紧盯着斜上方六英尺外黑方格中裸体的黑人。鲁哈却目不斜视地看着正对面的巴伦特。

“兵吃掉兵。”威利低语道。

鲁哈向斜上方迈出一步，约瑟夫·开普勒尖叫着转身就跑。

“不不不。”巴伦特蹙眉道。

开普勒动作登时僵住，肌肉紧绷，双腿蹬直。他转过身，一动不动地站在进逼的黑人面前。鲁哈进入同一个方格。开普勒的眼睛中充满了恐惧。

“谢谢，约瑟夫。”巴伦特说，“你很好地发挥了作用。”他朝威利点了点头。

詹森·鲁哈双手朝开普勒布满皱纹的脸伸去，压住脑袋，用力一拧。开普勒脖子折断的“咔嚓”脆响在大会堂里回荡。他蹬了一下腿就死了，落地后再次弄脏了西服。巴伦特挥挥手，警卫就跑上来拖走了他的尸体。他的脑袋松垮垮地挂在脖子上，晃来荡去。

鲁哈一个人站在黑格里，直视着前方的虚空。巴伦特转身看着他。

哈罗德不相信威利会让巴伦特吃掉鲁哈。至少从四年前开始，那个黑人就是老制片人最喜欢的侍从，每个星期至少要跟他睡两次。巴伦特显然也有相同的困惑。他抬起一根手指，六名手持乌兹冲锋枪的警卫便走出阴影，枪口对准了威利和他的傀儡。

“波登先生？”巴伦特挑起一挑眉毛说，“我们可以和棋，然后在明年或者别的时候继续进行正常的比赛。”

白色丝绸高领衫和白色西装夹克之上，威利的脸就像一张没有表情的面具，“我的名字是威廉·冯·伯夏特将军。”他用呆板的声音说，“继续下棋。”

巴伦特怔了一会儿，然后朝警卫点点头。哈罗德本以为乌兹冲锋枪会立刻齐射，但警卫只是做好射击姿势，确保射击线内没有阻碍物。“那就继续吧。”巴伦特说，将一只苍白的手放在鲁哈的肩膀上。

哈罗德后来回想，如果他有不受限制的预算，有阿尔伯特·维特洛克做视觉设计，还有一堆液压道具师和血袋道具师，他一定会将接下来发生的场景在大银幕上再现出来。但他永远也无法再现真实场景的那种音效，或者其他演员脸上的表情。

巴伦特将手掌轻轻放在黑人的肩上，转瞬之间，鲁哈的肌肉就开始扭曲起来，他的胸肌扩展到极限，仿佛整个胸腔都要爆炸一般。他胖肚子上的肉到处乱拱，就像风中狂舞的帐篷门帘。鲁哈的脖子向上拉伸成潜望镜的样子，脖子上的肌肉绷紧、扭曲，最后“啪”的一声断开。傀儡的身体开始疯狂地抽搐摆动——在哈罗德想象中，黑人就像一尊黏土素描，因为雕塑家的愤怒发狂而被捏烂砸碎——但最恐怖的还是他的那双眼睛。鲁哈眼珠上翻，露出的眼白不停地膨胀——从高尔夫球到棒球，再到随时可能爆炸的气球。鲁哈张开嘴，但从中涌出的不是尖叫，而是一大股鲜血，涂满了下巴和胸口。哈罗德听见鲁哈的身体内部传来嘎吱嘎吱的声响，那是他的肌肉发出的痛苦呻吟，就像被拉伸到超出其极限、开始一根根绷断的钢琴线。

巴伦特后退一步，以防自己的黑西装、白衬衫和擦得锃亮的皮鞋被弄脏。“王吃掉兵。”他说，正了正他的丝绸领带。

警卫上来拖走了鲁哈的尸体。现在巴伦特和威利之间只相隔一个白方格。国际象棋的规则不允许他们任何人走进那一格。国王不能将国王。

“下面该我走了吧。”威利说。

“是的，伯……冯·伯夏特将军。”巴伦特说。

威利点点头，碰了下脚后跟，大声宣布了他要走的下一步。

“我们应该到了吧？”娜塔莉·普雷斯顿问。她身体前倾，透过雨水横流的挡风玻璃观察着窗外。

达利尔·米克斯嘴里叼着一支嚼了很久的没点燃的雪茄，将它从嘴的一头挪到另一头。“逆风比我想象得更严重。”他说，“放松。我们很快就会到了。注意观察右舷出现的宴会灯光。”

娜塔莉将身子靠回椅背，费了老大的劲儿才忍住没有第三十次伸手到钱包里摸柯尔特手枪。

杰克森挪到前排，靠在她的椅背上，“我还是不明白你干吗大老远地跑这里来，你还是个孩子啊。”

他原本只是想说句套话，或者开个玩笑，但娜塔莉忽然大发雷霆，声色俱厉，“听着，我知道我来这里干什么。你又干吗来这儿？”

杰克森觉察到了她的紧张，所以只是慢慢地露齿一笑，用平静的声音说：“对那些胆敢到我们地盘上欺负我们兄弟姐妹的家伙，灵魂砖厂绝不会轻饶，宝贝。我们必须找他们算账。”

娜塔莉捏紧拳头，“但这次你要对付的可不是普通人，”她说，“他们都是邪恶的化身。”

杰克森用一只手包住她的拳头，轻轻一捏，“听着，宝贝，这世上只有三种人：邪恶的浑蛋，邪恶的黑人浑蛋，还有邪恶的白人浑蛋。邪恶的白人浑蛋是最坏的，因为他们作恶的时间最长。”他看向飞行员，“我并非有意冒犯你，伙计。”

“我不觉得被冒犯了。”米克斯说。他又在嘴里将雪茄换了个位置，用食指戳在挡风玻璃上，“看海平线那边的灯光，我们要找的岛就在那边。”

米克斯检查了空速表，“二十分钟后抵达，”他说，“或许二十五分钟。”

娜塔莉将手探进手提包里寻找点32口径柯尔特手枪。每摸一次，那把枪似乎就小了轻了几分。

米克斯松开油门，塞斯纳逐渐减速下降。

索尔强迫自己忍住疼痛和疲倦，将精力投入到游戏当中。他最担心的是突然昏迷，或者因为精力不集中而让威利不得不提前对他施加念控力。这两种情况都会促发索尔进入梦境，而快速眼球运动还会促发更多的反应。

此时此刻，索尔最想做的就是躺下来，睡一个无梦的长觉。六个月以来，他每次睡觉都会梦到那些相同的、反复出现的、预先设计好的梦。如果死亡只是一场无梦的长眠，那索尔就会像对朋友一样欢迎她。

但现在还不是死的时候。

鲁哈死后，上校——索尔拒绝用他升职后的军衔“将军”称呼他——在周围五个方格内都没有一个己方棋子了。上校走出了第四十一步：他自己继续前进一格，来到车5。上校成了棋盘右侧唯一的白棋，离斯旺森两格，离萨特三格，离巴伦特两格。

索尔是唯一可以帮助德国佬的白棋，他强迫自己打起精神。倘若巴伦特的下一步打算消灭上校的象，那索尔现在应该向老纳粹冲锋。他离上校几乎二十英尺。索尔唯一的希望是，巴伦特的存在会让一些警卫有所忌惮，不敢向索尔开枪。此外还有汤姆·雷诺兹的问题，这家伙是白兵，站在离索尔三英尺的黑格上。即使巴伦特的人都没有做出任何反应，上校也可以操控雷诺兹干掉他。

巴伦特的第四十二步是让自己走到王翼象4，仍然与上校相隔一个地砖，并且毗邻萨特的方格。

“象走到王3。”上校宣布。索尔立刻打起精神，快速挪动，以免上校亲自操控他走。

巴伦特让自己走到王4，也就是与索尔毗邻的方格里。索尔闭上眼睛，想象着现在棋盘上的形势：

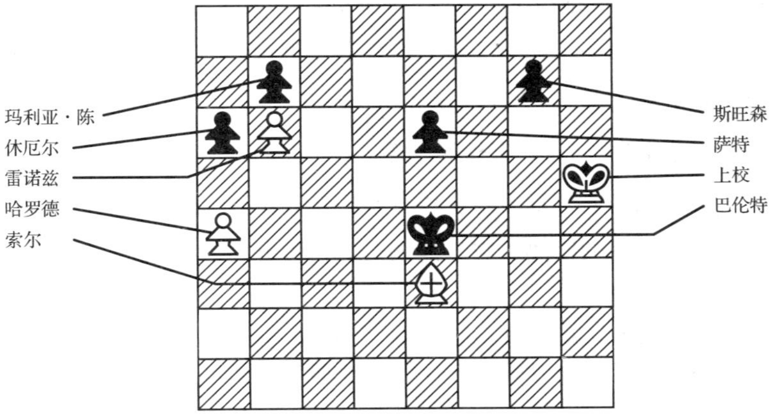

如果上校没有让索尔立刻挪动，巴伦特就会在下一步吃掉索尔。索尔紧闭双眼，强忍住逃跑的冲动。他想起了在切姆诺牢房里那晚，他宁愿以死相拼，也不愿被带入黑夜。

“象走到象2。”上校下令道。

索尔朝右后方退了一步，与巴伦特拉开距离。

亿万富翁思索片刻，然后微笑着看向上校，“听说战争结束的时候，你同希特勒在一起，这是真的吗？”他问。

索尔愕然。在下棋过程中同对手交谈是严重违规行为。

但上校不以为意：“是的，在帝国最后的日子里，我是待在元首的地堡里，巴伦特先生。问这个干什么？”

“没什么。”巴伦特沉思道，“我只是在想，你对世界末日的敏锐嗅觉是否来自那个时代。”

上校轻笑道：“元首是个装腔作势的虚伪家伙。”他说，“4月22日——我记得两天前他刚过了生日——元首决定在柏林陷落之前去南方接管舍纳尔①和凯塞林②的军队。我劝他留了下来。第二天，我乘坐一架轻型飞机离开柏林，用沦为瓦砾的蒂尔加滕公园③里的一条道路作飞机跑道。该你走了，巴伦特先生。”

巴伦特又等了四十五秒，后退到王翼象那一列的第四格，再次站在萨特附近。“王走到象4。”

“象走到车4。”上校喝令道。

索尔往斜上方走了两个黑方格，站在上校身后。索尔蹒跚着走完这段短短的距离，腿上的伤口裂得更开了。他站定后，隔着

---

① 约翰·斐迪南·舍纳尔（1892—1973），纳粹德国陆军元帅。
② 阿尔贝特·凯塞林（1885—1960），纳粹德国空军元帅。
③ 德国第三大、柏林第二大市内公园。

连体服死死地摁住伤口。他现在距离上校如此之近，以至于都能闻到上校的气味，那是混合着年龄、古龙水和口臭的味道，又甜又酸，像极了集中营里齐克隆B毒气的味道。

“詹姆斯？”巴伦特说，吉米·韦恩·萨特从空想中回过神来，向前一步，站在巴伦特身边，也就是国王那一列的第四格。

上校瞟向索尔，突然指了指巴伦特和他自己之间的那一格。索尔依令上前。

“象走到马5。”上校在无声的大会堂中高声宣布。索尔面朝前方，盯着两个方格前方名叫斯旺森的特工那张无动于衷的脸。他能感觉到左侧两英尺外的巴伦特和右侧同样距离上的上校。索尔感觉自己就像是被塞进了两只愤怒的眼镜蛇之间。

与上校近在咫尺，索尔必须现在就行动。他要做的只是转过身，然后……

不行。现在时间不对。

索尔偷偷朝左边瞟了一眼。巴伦特看上去对他毫无兴趣，视线锁定在棋盘左侧远端的四个被遗忘的棋子上。他拍了拍萨特宽大的后背上，低语道：“兵走到王5。”牧师向前一步，进入白方格。

索尔立刻看出了萨特对上校构成的威胁。“通路兵”如果抵达了第八行，就可以变成任意棋子。

但萨特只是走到了第五行。索尔这个象控制着斜线，包括萨特必经的第六行方格。一旦萨特继续前进，他——索尔——就很有可能被用来“吃掉”萨特。尽管索尔讨厌这个可恶的伪君子，但他在那一刻却决心再也不充当上校杀人的工具。一旦上校下令杀死萨特，那就意味着索尔将对上校发起进攻，无论有没有取胜的机会。

索尔闭上眼，几乎再次坠入睡梦之中。他猛然惊醒，拧了拧受伤的左手，让疼痛唤醒自己。他的右肩顺着胳膊向下传来阵阵刺痛感，右手手指几乎不再听他使唤。

索尔很想知道娜塔莉在哪儿。为什么她还没有让那个老巫婆采取行动？休厄尔小姐站在后翼车那一列的第三行，看样子就像是一尊被遗弃的雕像，出神地望着被笼罩在阴影中的大会堂的椽子。“象走到王3。”上校说。

索尔深吸一口气，摇摇晃晃地返回了之前的位置，挡住萨特。只要黑兵待在白色地砖上，索尔就拿他没办法。同理，萨特也伤害不了他。

“王走到象3。”巴伦特说，朝后退了一格。斯旺森站在他的左后方。

“白王走到马4。”上校朗声说道。他朝萨特和索尔靠近了一步。

“黑王毫不畏缩。”巴伦特带着戏谑的口吻说，“王走到王4。”他上前一步，来到萨特的左后方。一场厮杀在即。

索尔直视着两英尺外吉米·韦恩·萨特牧师的绿眼睛。眼里没有惊恐，有的只是莫名的困惑。他极其渴望知道正在发生什么事。

索尔认识到游戏即将进入最后阶段。“王走到马5。”上校宣布道，走到了与巴伦特同一行的黑色方格中。

巴伦特顿了顿，四下打量一番，然后走到他右侧的地砖上，与上校拉开距离。“将军，你想休息一会儿吗？现在已经凌晨两点半都过了。我们可以先吃点儿东西，三十分钟后继续。”

“不行！”上校厉声道，“下面应该是第五十步。”他朝巴伦特走了一步，进入毗邻萨特的白色方格中。牧师没有转头查看。“王走到象4。”上校说。

巴伦特别过脸，不再与上校对视。“请兵走到车4。”他大声说，“福勒女士，您不介意吧？”

远端车列上的女人浑身一哆嗦，然后像生锈的风向标一样转动脑袋：“是叫我吗？”

“请向前移动一格。”巴伦特说，声音里带着一丝焦躁。

“如您所愿，先生。”休厄尔小姐向前迈出一步，然后站定，“巴伦特先生，这一步不会让我的姑娘面临风险吧？”

“当然不会，女士。”巴伦特微笑道。

休厄尔小姐拖着光脚向前走去，停在托尼·哈罗德面前一英尺处。

“谢谢，福勒女士。”巴伦特大声说。

上校双臂抱胸：“象走到象2。”

索尔退到右后方的方格中。他不明白上校为什么走这一步。

巴伦特的笑容愈发灿烂，“兵走到马4。”他立即说。名叫斯旺森的特工眨眨眼，迅速前进两格——这是他在棋盘上第一次挪动，只有这一次他可以走两格——站在与上校同一行的方格里。

上校叹了口气，转身面对牵制它的这枚棋子，“你在铤而走险，巴伦特先生。”他盯着斯旺森说。特工一动不动，没有逃跑，也没有做出任何反应。他被意志之钳——可能是巴伦特的，也可能是上校的——牢牢禁锢，丧失了所有自主性。上校吃子时的表现也没有巴伦特那么夸张。上一秒钟斯旺森还在稍息，下一秒钟他就死了，四肢摊开，趴在黑白方格中间的分界线上。“王吃掉兵。”上校说。

巴伦特朝哈罗德靠近一步。“黑王走到象5。”他说。

“好。”上校说，然后走到了毗邻吉米·韦恩·萨特的黑色方格中。“白王走到白象5。”索尔意识到，上校已锁定萨特，而巴伦特也将终结哈罗德的命运。

“王走到马5。”巴伦特说，进入哈罗德旁边的方格中。

托尼·哈罗德意识到，自己即将沦为巴伦特的下一个猎物。脸色蜡黄的制片人舔了舔嘴唇，一个劲儿地往身后瞟，似乎打算逃入阴影之中。巴伦特的警卫向他围拢。

索尔将注意力转移到吉米·韦恩·萨特身上。福音传教士即将殒命。毋庸置疑，上校的下一步就是吃掉他这个不幸的兵。

“王吃掉兵。”威利·冯·伯夏特确认道，走进了萨特的白色方格里。

“等等！”萨特大叫，“等一下。我有话要对犹太人说！”

威利厌恶地摇摇头，但巴伦特说：“给他点儿时间吧，将军。”

“快！”上校喝道，明显想尽快结束这场游戏。

萨特伸手去掏口袋里的手帕，却没有找到，只好用手背揩去上唇上的汗珠。他直视着索尔，声音低沉而坚定，决然不似他在电视布道中的那种做作的咆哮。

“《所罗门智训》，”他说，“第三章——

“然而义人受上帝保护永远不遭磨难。

“认为义人死亡以及死亡，会给他们带来可怕的灾难，这乃是一个愚蠢的错误。

“他们离开我们，但这并非一场灾难。实际上，义人是在平安里。

“表面上看来他们似乎遭受了惩罚，然而他们怀有永生的希望。

“他们的遭遇，比起他们将要得到的祝福来，那是微不足道的。

“上帝考验他们，如同炉火炼金，发现他们配得上与他同在。

“上帝悦纳他们，正如他悦纳礼拜者烧在祭坛上的牺牲一样。

“当上帝来报偿义人的时候，他们将面对恶人燃起怒火，如同干草中的火焰。

“只有那些相信上帝的人，才能理解上帝的真道。

“只有那些胸怀虔诚的人，才能生活在主爱之中。

“上帝对其选中的人，施以仁爱和怜悯。”

“你背完了吗，詹姆斯教友？”上校揶揄道。

“完了。”萨特说。

“王吃掉兵。”上校重复道，“巴伦特先生，我累了。让你的人帮我干掉他。”

巴伦特点了点头，一名警卫从阴影总走出来，将乌兹冲锋枪对准萨特的颅骨下方，开了一枪。

“该你了。”尸体被拖走的时候，上校对巴伦特说。

索尔和上校孤独地站在棋盘右半部。巴伦特则与那一堆兵待在一起，他盯着托尼·哈罗德，然后又回头看了看上校，问：“如果我们和棋不算你输，你愿意吗？我会同你商量再举行一次更大规模的比赛。”

“不，”威利说，“继续下。”

C. 阿诺德·巴伦特迈出一步，将手放在托尼·哈罗德的肩上。

“不！等等，等他妈一下好不好？”哈罗德尖叫。他已经退到了极限，差一点儿就要脱离白色方格。两名警卫从两侧包抄上来，枪口瞄准了他。

“完了，托尼。”巴伦特说，“乖乖上路吧。”

“再见，托尼。”威利说。

“等等。”哈罗德尖叫，“你说我可以交换的。你答应过的！”哈罗德的声音上升为愤怒的哀号。

“你在说什么？”巴伦特不快地问。

哈罗德大张着嘴喘息。他指着威利：“你答应过的。你说我可以同她交换位置……”哈罗德的脑袋朝玛利亚·陈的方向偏了偏，但眼睛仍然盯着巴伦特伸出的手。“巴伦特先生听你说过了。他也说可以。”

威利的表情从恼怒转为开心：“他说的不错，巴伦特先生。我们同意过他可以交换位置。”

巴伦特却依然愠怒不已：“胡说。他说，如果那个女孩受到威胁，他们就可以交换位置。现在明明是他自己受到了威胁，这不满足条件。”

“但你说过我可以的！”哈罗德悲号着，双手绞拧着朝上校伸过去，似乎在祈求上校为他说情，“威利，告诉他。你们都答应过，如果我愿意就可以交换位置。告诉他，威利。求求你了。告诉他。”

上校耸耸肩：“你来决定吧，巴伦特先生。”

巴伦特叹了口气，瞟了一眼手表：“我们让女士决定。陈女士，你怎么说？”

玛利亚·陈目光灼灼地注视着托尼·哈罗德。索尔看不懂她黑色眸子里的表情。

哈罗德紧张不安地朝她看去，然后迅速别开了脑袋。

“陈女士？”巴伦特说。

“我同意。”玛利亚·陈低喃道。

“什么？我听不见。”

“我愿意。”玛利亚·陈说。

哈罗德闻言，整个身子都耷拉了下去。

“挺可惜的。”上校若有所思地说，“你的位置是安全的，女士。无论这场游戏结局如何，你都可以保全性命。你同这个毫无廉耻、狗屎不如的浑蛋交换位置，我认为是对你自己的羞辱。”

玛利亚·陈没有答话。她高抬着头，故意不看哈罗德，与他交换了位置，走到他所在的白色方格里。高跟鞋敲击地砖发出的嗒嗒声响在大会堂里回荡。她转过身，对休厄尔小姐露出微笑，然后转头面朝哈罗德。“我准备好了。”她说。哈罗德没有看她。

C. 阿诺德·巴伦特叹息一声，轻抚着她乌黑的秀发：“王吃掉兵。”

玛利亚·陈的脖子向后弯曲，嘴巴张得老大。她徒劳地吸着气，但只发出干涩而短促的声音。她向后倒下，手指抓挠着脖子上的肉。恐怖的呻吟和濒死的挣扎持续了几乎一分钟。

她的尸体被挪走的时候，索尔努力分析着巴伦特和上校在做什么。他判定，他们并不是在展示他们的能力达到了什么新维度，而只是在用野蛮的方式展示他们已有的能力——他们可以操控人的自主神经系统和基本生物机能。他们明显已经厌倦了这种操控，但操控的过程应该是一样的：受害者突然产生θ波，促发快速眼动睡眠状态，并丧失对自身的控制。索尔愿意用性命打赌，自己不会猜错。

“王走到后5。”上校说，朝巴伦特前进一步。

“王走到马5。”巴伦特回应道，沿斜线后退了一步。

索尔努力思索巴伦特该如何挽救局面。但他想不出任何办法。休厄尔小姐——巴伦特在车列的黑兵——虽然可以继续前进，但只要上校手里还有象，她就走不到第八行。哈罗德这个兵又被汤姆·雷诺兹挡住了，发挥不了作用。

索尔眯缝着近视的眼睛，观察二十英尺外的哈罗德。哈罗德目光低垂，盯着地板，明显对周围迅速发展、即将结束的棋局毫不关心。

上校充分使用了他的象，也就是索尔，可以随时包围黑王。索尔看不出巴伦特有何脱身之策。

“王走到后6。”上校说，走到了与雷诺兹同一列的黑色方格中。威利和巴伦特在斜线上相距一块黑色地砖。上校正在玩弄亿万富翁。

巴伦特露齿一笑，抬起三根手指，自嘲地敬了个礼：“我认输，将军。”

“我是大师。”上校说。

“当然。”巴伦特说，“你当之无愧。”他走过六英尺的间隔，同上校握手。巴伦特将大会堂扫视一圈，“我对这场宴会丧失兴趣了。我明天同你联系，商量下一次比赛的细节。”

“我今晚就会飞回去。”上校说。

“好。”

“你别忘了，”上校说，“我已经给我的个别欧洲朋友留下了信件和说明，里面记录了你遍布全世界的企业。为了能安全返回慕尼黑，我不得不准备这道护身符。”

“好的，好的。”巴伦特说，“我没有忘记。你的飞机已经可以起飞了。我会通过往常的渠道同你联系。”

“很好。”上校说。

巴伦特扫视了一圈空旷的棋盘，“结果就像你几个月前预料的一样，”他说，“这真是一个令人兴奋的夜晚。”

“没错。”

巴伦特快步走向法式风格的大门，脚步声回荡在大会堂中。一群警卫围住他，另外的警卫纷纷离开。“你想让我处理拉斯基博士吗？”巴伦特问。

上校转身朝索尔望去，仿佛已经忘掉了这个人。“把他留给我。”他最后说。

“那我们今晚的英雄呢？”巴伦特问，指了指哈罗德。制片人已经坐在了白色方格里，双手抱头。

“我来处理托尼。”上校说。

“这个女人呢？”巴伦特说，朝休厄尔小姐点点头。

上校清了清喉咙：“我们明天商讨的第一个议题就是如何应对我亲爱的朋友梅勒妮·福勒。”他说，“我们必须表现出恰当的尊重。”他揉了揉鼻子，“杀掉这个傀儡。”

巴伦特点点头，一个特工上前，乌兹冲锋枪中喷出一串火光。休厄尔小姐的胸部和腹部中弹，向后飞去，就像被一只看不见的大手从棋盘上扫开了一样。她滑过光滑的地板，最终停下时双腿大张，唯一一件衣服也被从身上扯掉了。

“谢谢。”上校说。

“别客气。”巴伦特说，“晚安，大师。”

上校点点头。巴伦特和他的随从离开了。不久后，直升机起飞，朝海上待命的游艇飞去。

大会堂里只剩下雷诺兹、瘫软在地的托尼·哈罗德、刚死的人的尸体、上校，还有索尔。

“好了，”上校说，将双手插入口袋，带着几乎有些悲伤的表情，从十五英尺外注视着索尔，“该说晚安了，我的小兵。”

72

梅勒妮

C. 阿诺德·巴伦特显然不是我最初认为的那种绅士。

巴伦特先生杀害可怜的休厄尔小姐的时候，我正在查尔斯顿忙别的事情。至少可以说，我受到了惊吓。不论感同身受的程度如何，被子弹贯穿肉体的感觉都绝非愉快，何况我暂时分了神，所以那种感觉让我更加惊讶难受。休厄尔小姐在为我服务之前，只是个十分俗气的普通人，无论我怎么调教，她都始终受天分不足所限，不能很好地作出响应。不过，她到底算是我的新家庭中忠诚有用的成员，就算要死，也应该死得更体面一些才对。

休厄尔小姐在被巴伦特的手下枪击后几秒内就停止了呼吸——我很遗憾地发现，杀死休厄尔小姐是威利的建议——但就在这几秒里，我将意志转移到了那个我留在地下堡垒行政办公室附近的警卫身上。

这个人带着一把复杂的自动手枪。我不知道如何操作这种古怪的武器，但他知道。我让他在执行我的命令的时候能自主射击。

五名下班的警卫正围坐在一张长桌周围喝咖啡。我的傀儡连开数枪，将三人从椅子上掀翻，当场毙命。第四人跃身去抓放在旁边柜台上的武器时也中枪受伤。第五人逃跑了。我的傀儡绕过桌子，踩在尸体上，对着徒劳地朝角落中爬去的受伤男子连开两枪。警报声大作，充斥迷宫般的隧道，如同班西女妖[1]的哀号。

我的傀儡朝主出口走去，刚转过一个拐角，就被一个满脸络腮胡、墨西哥人模样的警卫射杀了。我又连忙将意志转移到墨西哥人身上，让他跑上水泥坡道。一辆载有三个人的吉普车停下来，后排座的军官朝墨西哥人大声提问。我开枪射中军官的左眼，然后将意志转移到驾车的下士身上，然后从墨西哥人眼中看到吉普车加速撞向通电的铁丝网。吉普车在一阵电火花雨中翻滚了两圈，还触发了隔离区里的一枚地雷。前排的两个人被甩出窗户，滚过引擎盖，跌落进电网之中。

墨西哥人沿着隔离区内铺着石板的小路缓缓行进，我将意志转移到带着九个人冲上来的年轻中尉身上。见到中尉朝他们举起武器时，警卫的脸上写满了惊恐，我的两名新傀儡乐得哈哈大笑。

另一批警卫正带着他们抓住的最后几名傀儡返回基地。詹森·鲁哈逃跑后，警卫便开始了搜寻。我让墨西哥人朝他们来的方向抛出一枚磷光弹。火光映出了几具赤裸的人体，他们尖叫着跑进了黑暗之中。霎时枪声四起，惊慌失措的警卫们互相开枪。两艘巡逻艇靠到岸边观察发生了什么状况。我让年轻的中尉跑到岸边迎接他们。

我很想留在大宅里观察事态的进展，但是休厄尔小姐是我在那里唯一的连接。巴伦特的免控者是我操控不了的，大会堂里唯

---

① 盖尔族民间传说中的女鬼，其哀号预示家庭中将有人死亡。

一活着的我可以操控的棋子就是那个希伯来人，而我感觉他有些不对劲。他是尼娜的傀儡，而此时此刻，我还不想招惹她。

但我恢复了同另一个人的连接。他不在岛上。在过去的几个小时里，我在查尔斯顿忙碌，几乎失去了他的连接。幸亏我已经远距离调教了他很长时间，所以又重新恢复了连接。

尼娜的女黑鬼拖着贾斯汀去俯瞰河流和海军造船厂的公园，一天天地透过愚蠢的望远镜观察那个人。但直到四次观察之后，我才第一次尝试与那人建立连接。尼娜的女黑鬼要求我在进入的时候要比以前更小心谨慎——她有什么资格教我小心谨慎！

我同他维持了几个星期的连接，但他却对此浑然不觉，他的同事也没有觉察到他有何异样，我为此颇感自豪。我万万没想到，透过他人的眼睛被动观察的时候，竟然也能学会这么东西，学会这么多技术细节和行业术语。

直到休厄尔小姐被打死之后，我才决定将尼娜的阴谋诡计抛诸脑后，动用这项后备资源。

现在局势已然大大不同了。

我唤醒了那个叫马洛里的男人，让他从床铺上坐起来，走完一条短短的走廊，爬上一段梯子，进入一个亮着红灯的房间。

"先生。"名叫利兰的男人打招呼道。我记得，利兰之前被称作"XO①"。这让我想起了小时候玩过的井字棋游戏。我常常孤独地把棋盘上的"X"和"O"挪来挪去。

"很好，利兰先生。"我让马洛里轻快地说，"你继续。我去作战信息中心了。"

---

① 即executive officer，海军中的副舰长。

我让马洛里走出房门，爬下梯子，以免有人看到他表情的变化。幸亏没人在亮着红灯的走廊里看见马洛里的脸，否则这人一定会感到诧异，甚至紧张，因为马洛里的嘴角向后拉扯到牙齿的最远端，露出了满怀期待的笑。

73

多尔马恩岛

1981年6月16日，星期二

“抓紧了。”米克斯说，“下面会很刺激。”

塞斯纳飞机控制台上的一个小盒子鸣叫起来，米克斯立刻让飞机急速下降，然后在离波涛汹涌的海面五英尺的地方平飞。娜塔莉抓住座椅，飞机朝前方六英里的海岛飞去。

“那是什么？”杰克森指着停止嗡鸣的黑盒子问。

“雷达侦测器。”米克斯说，“雷达开始跟踪我们。我们要么飞得太近，要么已经进入了他们的监控范围。”

“他们知道我们来了？”娜塔莉问。看着微光粼粼的海水以一百英里的时速从身下掠过，她的声音很难保持平静。她知道，只要米克斯的计算有丝毫偏差，飞机的起落架就会落入看似只有数英尺距离的波涛之中。娜塔莉强忍住将双脚抬起来的冲动。

“他们肯定知道我们在这儿。”米克斯说，“但我给我们预设了向东的航线，将从岛北面五六英里掠过，脱离他们的监控范围。现在我们正从东北方向进入，因为我估计他们在西面的防御会更严密。”

“看！”娜塔莉大叫。他们看到了码头的绿灯和码头外的火光。她转头面对杰克森，“也许是梅勒妮干的。”她兴奋地说，“也许她已经开始行动了！”

米克斯瞥了他们一眼，“我听说他们会在一个很大的圆形露天剧场燃放篝火。”他说，“也许这会儿正在上演什么节目。”

娜塔莉看了眼手表，“在凌晨三点上演节目？”她问。

米克斯耸耸肩。

“我们能从岛上空飞过去吗？”娜塔莉敦促道，“我想在降落之前看看那座大宅。”

“不行。”米克斯说，“太冒险了。我会绕过岛的东面，然后沿着岛的南岸再回来，就像第一次来时一样。”

娜塔莉点点头。她看不到火光了，码头也从视野中消失了。他们沿着东岸一路向南，整座岛看上去就像没有人烟一样。绕过东南角的悬崖时，米克斯将飞机向大海方向偏离了一百码，并提升了飞行高度。

“上帝啊！”米克斯惊呼道。塞斯纳大幅右转，向相对安全的海面俯冲下去。三人身体左倾，以获得更好的视角。

南方的海面上升起一朵耀眼的蘑菇状火云，一道道黄绿色火舌朝塞斯纳伸来。飞机终于降落到海面上方六英尺处，开始平飞，娜塔莉借助火光看见船上升起两团耀眼的火焰，越来越亮，直奔他们的飞机而来。一团撞入大海，随即熄灭。另一团从飞机身边掠过，击中他们身后一百码远的悬崖。爆炸的气浪将塞斯纳飞机抬升了六十英尺，就像大浪抬起冲浪板一样，然后又朝漆黑的海面拉拽下来。米克斯在控制台上奋力操作，油门全开，发出起义者一般的呐喊。

娜塔莉的脸紧贴着舷窗，看见身后那团火焰分裂为数以百计的小火球，被炸碎的悬崖石块坠入大海之中。她猛然将头转向左侧，刚好看见那艘船上又有三团火焰升起——那是更多的导弹在向他们袭来。

“我的老天！”杰克森惊叹道。

“抓紧了，孩子们！”米克斯大喊着，让飞机紧急右转，倾斜角度之大，娜塔莉都能看到舷窗正下方二十英尺的棕榈树叶。

娜塔莉紧抓住座椅。

离开大宅，进入直升机后，C. 阿诺德·巴伦特松了口气。贝尔商务直升机的涡轮喷气发动机咆哮起来，螺旋桨越转越快，他的飞行员唐纳德驾机升到树冠之上，脱离了草坪上聚光灯的照射范围。他们左边，一架更大也更古老的贝尔UH–1易洛魁直升机——俗称“休伊”直升机——载上了巴伦特的特别安保小队的九名成员——少了斯旺森。在“休伊”直升机的左边，升起了世界上唯一一架私人拥有的“眼镜蛇”攻击直升机。这种流线型的致命直升机上装备有大量武器，负责为他们提供空中保护。直到巴伦特的游艇“安托瓦内特号”驶入大海深处后，“眼镜蛇”直升机才会返航。

巴伦特长舒一口气，身体陷进皮质座椅里。同威利摊牌应该是安全的，毕竟阳台上和阴影中藏着那么多免控者狙击手，但巴伦特很庆幸自己没有走这一步。他着手整理领带，竟惊讶地发现自己的手在颤抖。

“即将着陆，先生。”唐纳德说，他驾机绕着“安托瓦内特号”转了一圈，正在小心翼翼地朝扇形船尾上升起的直升机起降坪降落。巴伦特欣慰地看到大海已经平静下来，三英尺高的波浪对稳定性极佳的游艇并不构成威胁。

巴伦特考虑过让威利离不开小岛，但老家伙口中说的那些“欧洲朋友”会给他造成很大的麻烦。在某种程度上，巴伦特对这场热身赛的结束感到欣喜——这一局干掉了那些他早就想除掉的绊脚石——对老纳粹几个月前提出的扩大游戏规模的建议，他自己其实也非常期待。巴伦特觉得，自己肯定可以劝说老家伙接受一种令他十分满意但又没走极端的方案——在中东，或者非洲赛一局。反正他又不是第一回在国家之间进行这种游戏。

但查尔斯顿的那个老女人却很难搞定。巴伦特提醒自己，今早就派斯旺森去结果她，但他转而想起斯旺森已经死了，不由得对自己的健忘报以自嘲的一笑。算了，没了斯旺森，还可以派新的局长助理德·普利斯特去，或者几乎无限的后备人选中的某一个。

“已降落，先生。”飞行员说。

“谢谢，唐纳德。请用无线电通知夏尔斯船长，我将在上床睡觉之前去舰桥一堂。等直升机固定住之后，我们就可以起航了。”

四名特别安保小队成员呈普通队形护卫着巴伦特步行二百英尺前往舰桥，另一架直升机先将他们运送到了游艇上。“安托瓦内特号”是巴伦最安全的交通工具之一，仅次于他的定制版747飞机。

这艘游艇由二十三名经过精心调教的免控者操控，又有特别安保小队防守，比小岛更加安全——航速飞快，暗藏武器，靠近陆地后会有巡逻艇赶来护航，而且还十分私密。

巴伦特进入舰桥后，船长和两名军官恭敬地点头致意。“航行目的地设为百慕大群岛，先生。”夏尔斯船长报告说，“等我们将‘眼镜蛇’纳入机库之后，就可以起航。”

“非常好。”巴伦特说，“岛上的警卫报告波登先生的飞机起飞了吗？”

“还没有起飞，先生。”

“起飞之后请立刻通知我，好吗，乔丹？”

“好的，先生。”

第二名军官清了清喉咙，对船长说：“长官，雷达发现一艘大船绕过了东南角。角度169，长官。距离4英里，并且仍在靠近。”

“靠近我们？”夏尔斯船长问，“一号前哨船怎么说？”

“一号前哨船没有回应，先生。斯坦利报告说，不明船只目前已到3.5英里外，速度25节。”

“25节？”船长说。他拿起一副大夜视望远镜，来到右舷窗边的大副身边。舰桥上的电脑设备发出的柔和红光不会干扰夜视效果。

“立刻确认不明船只的身份。”巴伦特喝令道。

“已经确认了，先生。”夏尔斯说，“是‘爱德华兹号’。”他的语气轻松了许多。“理查德·S.爱德华兹号”是弗雷斯特·谢尔曼级驱逐舰，夏令营举行的这一周会奉命来多尔马恩岛周围执行警戒任务。林登·贝恩斯·约翰逊是第一个“出借”“爱德华兹号”的总统，之后的总统都沿袭了这一传统。

“‘爱德华兹号’回来干什么？”巴伦特质问道。他压根儿没有轻松下来。“它两天前就应该离开这一海域了。立刻联系‘爱德华兹号’的舰长。”

“距离2.6英里。”第二名军官说，“雷达确认就是‘爱德华兹号’。对方未响应无线电呼叫。要打信号灯吗？”

巴伦特如同梦游般来到舷窗边。窗外一片漆黑，什么也看不见。

“距离2英里，船长。”第二名军官说，“已将舷侧炮对准我们。依然没有响应我们的呼叫。”

“或许马洛里舰长认为我们遇到麻烦了。”夏尔斯船长说。

巴伦特从梦游状态猛然惊醒，“快离开这里！”他大喊，“让‘眼镜蛇号’发动攻击！不，等等！让唐纳德准备好贝尔直升机，我要去船尾。快！该死，夏尔斯，快！”

留下面面相觑的三名军官，巴伦特径直跑出门，冲散了等他的特别安保小队，快步走下舰桥楼梯，来到主甲板上。他在楼梯上落了一只锃亮的皮鞋，但并没有去捡起来。快到亮着灯的起降坪时，巴伦特被一条缆绳绊倒，摔在甲板上，撕裂了西装夹克。他立刻爬起来，继续奔逃，气喘吁吁的警卫紧跟而来。

“唐纳德，该死！”巴伦特恼怒地咆哮道。飞行员和两名机组成员解开他们刚刚拴好的固定好起落架的缆绳，正在解开固定螺旋桨的锁具。

装备小机枪和两枚热寻的导弹的“眼镜蛇”武装直升机在“安托瓦内特号”上方三十英尺处盘旋，挡在游艇和驱逐舰之间。大海瞬间被火光照亮，让巴伦特隐约回想起童年在康涅狄格州森林边缘里看到的那些萤火虫，然后“眼镜蛇”就在半空中爆炸了。它发射出的一枚导弹拖着白烟毫无目的地在夜空中飞行了一段距离，而后坠入大海，没有对驱逐舰造成任何伤害。

巴伦特转身离开直升机，蹒跚着来到右舷栏杆边。他刚看见驱逐舰舰首的五英寸口径舰炮炮口迸射出的火光，就听到了警卫的警告和炮弹袭来的尖啸。

第一枚炮弹偏离了“安托瓦内特号”十码，冲击波剧烈摇晃着游艇，炮弹坠海后溅起大量海水，落到扇形船尾上，将唐纳德和三名警卫掀翻。第一枚炮弹溅起的海水尚未完全落下，第二枚炮弹就紧随而至。

巴伦特双腿叉开，紧握栏杆，直到钢丝切入手掌。“该死的威利！”他咬牙切齿地说。

第二枚雷达校正和雷达制导的炮弹击中了“安托瓦内特号”的扇形船尾，距巴伦特站的地方只有二十英尺。炮弹击穿了两层甲板，引爆了船尾发动机舱和两个装着柴油的主油箱。

火球吞没了半个“安托瓦内特号”，蹿升了八百英尺才收缩暗淡下来。

“目标已摧毁，长官。”舰桥上传来副舰长利兰的声音。

在“理查德·S. 爱德华兹号”的作战信息中心，美国海军的詹姆斯·J. 马洛里舰长拿起声能电话[①]，“很好，XO。”他说，“掉转方向，让SPS-10水面搜索雷达搜索海岸目标。”

反潜作战指挥官和舰炮指挥官盯着他们的舰长。他们已经进入一级战备状态四个小时，并在四十五分钟前进入战斗岗位。舰长说，国家遇到了紧急事态，但具体内容属于高级机密。军官们只需看看舰长那张苍白的毫无生气的脸就知道，一定发生了某种可怕的事情。他们可以确定的只有一件事：倘若今晚的行动被证明是错误的，那舰长的职业生涯就岌岌可危了。

① 一种不需外加电源而完全靠说话人的声音产生的电流工作的电话机。

“是要停止射击，搜寻幸存者吗？”副舰长问。

“不是。”马洛里说，“我们将发现目标B3和B4，然后开始攻击。”

“长官！”防空指挥官大喊起来，俯身在SPS-40空中搜索雷达的信号显示屏上，“刚刚发现一架飞机。距离：2.7英里。速度：80节。”

“准备好‘梗犬’导弹，斯基普。”马洛里说。“爱德华兹号”通常只装配有20毫米口径方阵防空火炮，但为了执行今年夏天的警戒任务，又新增了四枚“梗犬”导弹，即标准舰载地对空导弹，安装在船尾巨大的反潜导弹发射器上。官兵们已经抱怨五个星期了，因为“梗犬”导弹占据了一大片空间，让他们没法进行飞盘比赛。一枚“梗犬”已经在三分钟前发射，摧毁了可能袭击他们的武装直升机。

“那是一架民用飞机，长官。”雷达指挥官说，“单引擎，或许是一架塞斯纳。”

“发射‘梗犬’。”马洛里下令道。

狭窄的作战信息中心里响起两枚导弹发射的声音，接着是弹药换装机的沉闷撞击声，又一枚导弹发射出去，然后是弹药换装机在哐啷哐啷地空响。

“该死。”发射指挥官报告说，“抱歉，长官。目标降到了悬崖下方，第一枚导弹没有击中，第二枚导弹撞上了悬崖，第三枚导弹击中了什么东西。”

“目标还在屏幕上吗？”马洛里问。他的眼睛空洞无神，犹如盲人。

“不在了，长官。”

“很好，”舰长说，“舰炮指挥官？”

“听候指令，长官。”

“发现跑道后，双炮塔齐射。齐射五次后，将目标转移至名叫大宅的建筑。”

“是，长官。”

“我回自己的舱室了。”马洛里说。

舰长离开后，所有军官都盯着那扇打开的舱门。然后火力控制指挥官宣布：“发现目标B–3。”

军官们将疑问暂时抛诸脑后，埋头工作。十分钟后，副舰长利兰正要敲舰长室的舱门时，门内传来了一声枪响。

娜塔莉从没有在树木之间飞行过。尽管今晚看不到月亮，但她也仍然觉得这种体验糟透了。米克斯驾驶塞斯纳忽而跃上树冠，忽而俯冲寻找开阔地。一团团黑色的树叶忽而猛扑到眼前，忽而落到身下。小屋、道路、游泳池、空荡荡的圆形露天剧场从飞机下方和侧方掠过，娜塔莉在黑暗之中也能分辨出它们的轮廓。

米克斯脑子里的雷达显然比第三枚导弹所依赖的传感器更管用，因为导弹击中了一棵橡树，伴随着巨大的爆炸，树皮和树枝如暴雨般洒落。

米克斯飞到没有覆盖树木的隔离区上空。下方燃起了熊熊大火，至少有两辆车在冒黑烟，森林中还不时闪烁着枪口火焰喷射的光芒。南方一英里外，炮弹开始落在唯一的飞机跑道上。“哇哦！”机库附近的燃料罐爆炸时，杰克森不由得发出一声低呼。

他们越过北面的码头，向大海方向飞去。“我们必须回去。”娜塔莉说。她的双手放在秸秆编织的手提包里，手指摸着柯尔特手枪的扳机护环。

“给我一个站得住脚的理由。”米克斯说，将飞机提升到海面上方十五英尺处。

娜塔莉将手从包里拿出来，手中空无一物，“求你了。”她说。

米克斯看着她，然后朝杰克森抬起一条眉毛，“管他的呢。”他说。

塞斯纳大幅右转，优雅地掉转机头，朝正前方闪烁着绿光的码头飞去。

74

多尔马恩岛

1981年6月16日，星期二

巴伦特乘直升机离开后，大会堂里陷入了沉默，上校双手插在口袋里站在原地。“好了，该说晚安了，我的小兵。”

“我现在应该是象吧。”索尔说。

上校轻笑一声，朝巴伦特刚才坐的高背椅走去，“一次小兵，永远小兵。”上校说着坐了下去，就像国王登上自己的御座。他瞟了眼雷诺兹，高个男人立即过来站在上校椅子旁边。

索尔的目光始终锁定上校，但他用眼角余光瞥见托尼·哈罗德爬进了阴影之中，将死去秘书的头放在自己的大腿上，发出低沉的呜咽。

“成果丰硕的一天，不是吗？”上校说。

索尔一言不发。

“巴伦特先生说，你今晚至少杀死了三个他的人。”上校说，面带微笑，“杀人是一种什么感觉，犹太人？”

索尔估算着自己同上校的距离。六个方格外加六英尺左右。大概三十英尺。十二步。

"他们都是无辜者。"上校说，"只是拿薪水的警卫，离开妻儿老小在这里打工。你难道就不愧疚吗，犹太人？"

"不。"索尔说。

上校抬起一条眉毛。"这么说，你终于明白在必要的时候取无辜者性命是无可厚非的了？太好了。我第一次遇见你时，就觉得你多愁善感，我还担心你会满怀这种恶心的情感进坟墓呢。你进步了。就像你的杂种国家以色列一样，你学会了屠杀无辜者，以换取自己的生存。想象一下我的求生欲望是多么强烈，小兵。天生具备我这种能力的人太稀少了，也许几亿人中都没有一个，全人类中每一代人也许只有十几个。在整个人类历史中，我们族类都是被畏惧和被猎杀的对象。我们表现出不同凡人的能力之后，就被打上了女巫和魔鬼的烙印，被毫无大脑的民众虐杀。我们收起爪牙，同时学会掩藏自身散发的耀眼光芒。躲过凡人的伤害之后，我们还面临着同类的倾轧。如果你是一头被金枪鱼包围的鲨鱼，那在你遇见别的鲨鱼时，就只能奋起捍卫自己的领地，对吧？我同你一样，是第一个也是最后一个幸存者。尽管我们不屑承认，但我们其实有许多相似之处，你说呢，小兵？"

"没有。"索尔说。

"没有？"

"没有。"索尔说，"我是一个文明人，而你是一头鲨鱼——一头没有思想、没有道德、进食腐肉的杀人机器。你是进化产生的怪胎，只知道咀嚼和吞咽。"

"你在故意激怒我。"上校冷笑道，"你害怕我会慢慢折磨你。别害怕，小兵。我会给你一个痛快的。很快。"

索尔深吸一口气，抵抗住肉体上的疲惫，努力支撑住自己没有跪下。他的伤口还在流血，但疼痛已经转化为麻木，而麻木的范围还扩大，索尔知道这是不祥的征兆，留给自己行动的时间只有几分钟了。

上校还没有结束他的长篇大论：“同以色列一样，你一面空谈道德，一面行事却像盖世太保。所有的暴力都是同源的，小兵。那就是对权力的欲望。权力才是唯一真正的道德，犹太人。权力才是不死之神，而对暴力的渴求是这个神的唯一诫命。”

“不对，”索尔说，“你是个无望又可怜的家伙，你永远不明白人类的道德以及道德背后对爱的需求。听好了，上校，同以色列一样，我渐渐明白，有一种道德需要我义无反顾地付出，就算牺牲也在所不惜，那就是，绝不能再次沦为你们这些恶魔和你们的傀儡的受害者。这是一代又一代被你们伤害的人提出的要求。我别无选择。”

上校摇了摇头。“你什么都不懂。”他啐道，“你同你那些被送进焚化炉的亲人一样愚蠢，一样多愁善感。他们笑着拽着自己的侧边发辫，示意自己的愚蠢孩子跟上。你们是一个没有希望的肮脏种族。元首唯一的罪过是没能实现将你们完全清除的目标。不过，我消灭你，小兵，不是因为我与你有私人恩怨。你发挥了你作为小兵的价值，但你太难以捉摸，而这是有损于实现我的目标的。”

“我杀了你，这完全是因为我与你的私人恩怨。”他朝上校走上一步。

上校疲惫地叹了口气。“你现在就得死。”他说，“再见，犹太人。”索尔感觉上校的念控力猛烈来袭，自己的大脑和脊柱底端都遭到了猛烈冲击，就像被硬生生地扎进了一根削尖的钢钎。索尔感觉自己的意识被瞬间夺走，就像强奸犯一把拽掉了受害者轻薄的衣裙，与此同时，大脑深处产生了θ波，在小脑中激发了清醒的快速眼动睡眠状态。索尔彻底丧失了对自己行为的控制，就像梦游症患者，或者说行尸走肉一般。

尽管索尔的意识被囚禁在大脑的阴暗阁楼里，他还是能感觉到上校存在于他的脑中，就像吸入的第一口灼热毒气一样，散发着刺鼻的恶臭。在上校进入索尔大脑的头一秒，索尔同上校分享着同样的意识。他察觉到上校的惊恐，因为索尔迅速进入了快速眼动睡眠状态，进而触发了隐藏在索尔潜意识之中的记忆和印象，就像藏在冬麦地下的地雷。

将索尔·拉斯基的意识抛到一边后，上校突然遭遇了另一种人格——虚弱无力，被催眠所诱发，包裹着精致的神经控制中枢，就像冒充真正铠甲的可怜锡皮一样。上校曾在1941年有过同样的遭遇。那时他率领的行动队正要杀死立陶宛的一家精神病院中的数百名病人。纯粹是为了排遣无聊，在党卫军士兵的子弹射进一名精神分裂症患者的大脑、将他送进冰冷的大坑之前几秒，上校偷偷潜入了这个病入膏肓者的意识之中。他被潜藏在那里的第二个人格吓了一跳，但制伏这个人格也很轻松。可怜的犹太人竟然又徒劳地为他准备了一份“小惊喜”，他不禁为之一哂，决定在将其轻松击溃之前，拿出些许时间来品味索尔无望的挣扎。

马拉·卡根，二十三岁，带着四个月大的女儿艾德克，朝奥斯维辛集中营走去，她的右手中紧握着暗藏了几个月的一块刀片。一名党卫军军官从缓缓移动的赤裸妇女们当中挤过去，来到马拉面前。“你手里拿着什么，犹太婊子？给我。”马拉将孩子塞进姐姐怀里，转身面对军官，张开了手。“给你吧！”她高喊道，用刀片朝他的脸划去。军官尖叫着连连后退，鲜血从他捂着脸的手指间涌出。十多名党卫军士兵举起武器，马拉将小小的刀片夹在食指与拇指之间，朝他们扑上去。“生命！”她呼喊着，所有的机枪同时开火。

索尔感到了上校的冷笑和未说出口的质问：**你想用鬼魂来吓唬我？**

索尔用了三十个小时进行自我催眠，才重现了马拉·卡根生命的最后几分钟。上校毫不费力地驱散了这个人格，就像扫开阴暗房间中的蜘蛛网一样轻松。

索尔向前迈出一步。

上校再次无情地进入索尔的大脑，寻找神经控制中心，轻而易举地激发了必需的快速眼动睡眠状态。

六十二岁的舍拉姆·克拉凯克在华沙的下水道中手脚并用地爬行。下水道中伸手不见五指，“雅利安厕所”冲水时，屎尿不时落在这一队无声的幸存者身上。舍拉姆是十四天前进入下水道的，也就是1943年4月25日。那一天，他们结束了长达六天的与数千名纳粹精兵的对抗。舍拉姆带着自己九岁的孙子莱昂。男孩是舍拉姆的大家族中唯一幸存的亲人。这一队不断减员的犹太人已经在散发着恶臭的狭窄下水道迷宫中爬行了两个星期，德国人朝隔离区里的每一个检修井和厕所里倾泻子弹，喷射火焰，抛掷毒气罐。舍拉姆带了六片面包。在黑暗和排泄物中穿行时，他同莱昂就靠这点儿食物果腹。十四天来，他们时而躲避，时而爬行，奋力朝隔离区的高墙外前进。他们只能喝泄洪沟中渗下的污水，但好歹是活了下来。现在，头顶的一个下水道井盖打开了，一张波兰反抗军斗士的模糊的脸朝下张望。“来吧！”他说，“快出来，你们安全了。”舍拉姆拼尽最后一丝力气，爬入夺目的阳光之中，躺在街道的鹅卵石地面上。另外四个人也爬了出来，其中没有莱昂。眼泪从舍拉姆脸上流下。他努力回想上次在黑暗中同男孩说话时什么时候。一个小时前？一天前？舍拉姆无力地推开了他的拯救者的手，重新进入黑暗的管道之中，一边呼唤莱昂的名字，一边朝相反的方向爬去。

上校戳破了舍拉姆·克拉凯克的人格构建的这一层厚厚的保护膜。

索尔又上前一步。

上校在椅子里挪了挪身子，猛然侵入索尔的意识，如同钝斧劈砍进颅骨一般。

十七岁的彼得·盖恩坐在奥斯维辛作画，一支男孩组成的长队从他面前经过，朝毒气室迤逦而去。过去两年，彼得和朋友们在泰雷津集中营坚持出版一份名为《先锋》的小报，他和其他年轻艺术家在报纸上发表诗歌和绘画。在被移送到奥斯维辛前，彼得将总共八百页的资料交给了年轻的兹德内克·陶西格，嘱咐他将其藏在马格德堡牢房后的古老锻铁厂里。男孩们到奥斯维辛之后，彼得就没有见过兹德内克。现在，彼得用最后一张纸和最后一截炭笔描绘着十一月寒冷空气中看似没有尽头的这列赤裸男孩们。他用大胆而自信的线条，勾勒出男孩们嶙峋的肋骨、圆睁的眼睛、颤抖着的瘦弱双腿，以及羞涩地遮掩着因恐惧而皱缩的阴茎的双手。一个穿着厚衣服、手持木棍的囚犯头目大步走上来。“你在干什么？”他质问道，“快同其他人一起走。”彼得没有从画纸上抬起头，“等等。”他说，“我马上就画完了。”暴怒的囚犯头目用木棍朝彼得脸上揍去，将男孩的手狠狠地踩在脚下，折断了他的三根手指。囚犯头目抓住彼得的头发，将他拽起来，塞进缓慢移动的人群之中。彼得抱住受伤的手，回头看见他的素描被十一月的清风吹起，挂在高高的栅栏上的铁丝网顶端，转而又被风吹走，翻转着，跳跃着，朝西边的树林飘去。

上校将这个人格横扫开去。

索尔又上前两步。上校对他持续施加的精神强奸令他痛苦不已，就像眼睛里扎入了钢钉一样。

比克瑙集中营的黑暗牢房里，在即将被送去毒气室之前的那一晚，诗人伊茨哈克·卡茨内尔森向他十八岁的儿子和十几名拥抱在一起的囚犯朗读自己的诗。战前，伊茨哈克是波兰著名诗人，因为给孩子们谱写谐趣诗歌而闻名全国，他的每一首诗都在庆祝年轻的快乐。十八个月前，伊茨哈克最小的孩子——本杰明和本西翁——同他们的母亲在特雷布林卡集中营被杀害了。此刻，伊茨哈克正在用希伯来语念诗。在场的犹太人里，只有他的儿子听得懂这些诗句，所以承担了将其翻译成波兰语的责任。

我做了一个梦，
一个恐怖的梦：
我的族人都不在了，
一个都不剩！
我尖叫着醒来。
我的梦成真了：
噩梦里的一切都发生了，
发生在我的身上。

在念完诗后的寂静中，伊茨哈克的儿子蜷缩进冰冷的稻草之中。“等我长大了，”男孩喃喃道，“我也会写出伟大的诗来。”伊茨哈克揽住儿子瘦弱的肩膀，“你会的。”他说，然后开始哼唱一首旋律优美而缓慢的催眠曲。其他囚犯纷纷跟着唱起来，很快整座牢房都充斥着他们轻柔的哼唱。

上校用他钢铁般的意志轻轻一弹，伊茨哈克·卡茨内尔森的人格就灰飞烟灭了。索尔上前一步。

托尼·哈罗德目瞪口呆地发现，索尔·拉斯基朝威利走去的样子，就像在激流中逆流而上，或者在狂风中顶风而行。两人之间的战斗是无声无形的，但又像雷暴一样散发着威力；但每次无声的斗争结束后，犹太人都会抬起腿，往前迈出去，再把脚放下，就像一个学习走路的下身麻痹患者。就这样，这个衣衫褴褛、浑身血污的男人走过了六个方格，来到棋盘最后一排。就在这时，威利忽然从幻梦中醒来，朝汤姆·雷诺兹看去。那个金发的杀手伸出长而有力的手指，朝犹太人扑来。

三英里之外，“安托瓦内特号”发生了强烈爆炸，冲击波震碎了法式大门的几扇窗户，但威利和拉斯基都浑然未觉。哈罗德看见那三人缠斗在一起，雷诺兹扼住拉斯基的脖子，然后听见机场方向传来更多的爆炸声。哈罗德无比轻柔地将玛利亚·陈的头放在冰冷的地砖上，抚平她的头发，然后站起来，从三人身边缓缓走过。

索尔距离上校还有八英尺时，精神强奸突然停止了，就像有人突然关掉了充斥在天地之间的那种令人神经崩溃的疯狂噪声。索尔一个踉跄，差点儿摔倒在地。他重新掌控了自己的身体，就像重返童年居所的游子，带着几分胆怯，又带着几分悲哀，因为漫长的时间和遥远的距离已将他同他曾熟悉的环境区隔开来。

有那么几分钟——或者说几个世纪——索尔和上校几乎融为一体。在精神能量的剧烈冲突中，他在上校的思想里，上校也在他的思想里。索尔感到那个恶魔从自负变为心虚，从心虚又变为恐惧。上校意识到，他面对的不只是几个敌人，而是一支庞大的军队，由千千万万从他帮助挖掘的万人坑中爬起来的牺牲者组成，他们都在发出最后一次抗争的呐喊。

对这些与他共同战斗的人格，索尔自己也感到始料未及，甚至有些害怕。他们从阴影中接二连三地涌出来包围他，很快又被上校扫进阴影。其中有许多是他有意构建的——来自于对照片和资料，以及在以色列犹太大屠杀纪念馆中收集到的信息——包括年轻的匈牙利圣歌队领唱者，华沙的最后一位犹太学者，在赎罪日自杀的来自特兰西瓦尼亚的少女，西奥多·赫兹尔[①]的在特莱西恩施塔特集中营中饿死的女儿，在拉文斯布吕克集中营被党卫军军官的妻子杀害的六岁女孩。但还有一些，他不记得自己构建过。**他们是从哪里来的呢？**索尔忽然陷入了恐慌与无助之中，他怀疑犹太民族的集体记忆以不可思议的方式进入了自己的大脑。数百小时的自我催眠和几个月的自我诱发的噩梦，都不足以达成这样的功效。

上校最后一个赶走的人格是十四岁的索尔·拉斯基自己。他无助地站在切姆诺集中营里，看着正往毒气室走去的父亲和弟弟约瑟夫的背影。只是这一次，在上校将他们驱散之前，索尔想起了之前未能想起一个细节：父亲转过身，将约瑟夫紧紧抱在臂弯里，用希伯来语大喊："以色列啊，你要听！我的大儿子一定要活下来！"家人都死了，而自己独活下来，这是他此生最大的罪过。四十年来，索尔都在寻求宽宥。而现在，他从唯一可以赦免他的人的脸上看到了宽宥，那个人就是十四岁的索尔·拉斯基。

索尔踹跚了两步，稳住身形，朝上校跑去。

汤姆·雷诺兹起身拦截，双手伸向索尔的脖子。

---

① 西奥多·赫兹尔（1860—1904），奥匈帝国的一名犹太裔记者，锡安主义创始人，被尊为现代以色列的国父。

索尔没有理会雷诺兹，用所有加入自己阵营的亡灵的力量将他退开，冲过了自己和上校之间最后五英尺的距离。

索尔再次看见上校惊恐的脸，苍白的眼睛瞪得老大，仿佛不相信眼前正发生的一幕。索尔抓住了他，手指掐住老家伙肌肉紧绷的脖子。索尔刚扑到上校身上，雷诺兹也紧随其后扑了上来，三人随上校坐的椅子向后倒去。

威廉·冯·伯夏特将军虽然年事已高，但他的前臂却分外有力。他用坚实的前臂不停地击打索尔，顶撞索尔的脸和胸，力图摆脱索尔的纠缠。但无论上校打他多少下，无论上校用膝盖踹他下身多么狠，无论汤姆·雷诺兹在他的头部和背部砸得多么用力，索尔只是一味将身体重量施加在伸直的胳膊上，双手牢牢箍住上校的脖子。他知道，在上校咽气之前，他都不会松手。

上校殴击着，挣扎着，掰索尔的手指，抠索尔的眼睛。唾沫从上校大张的嘴里飞到了索尔的脸上。上校的胸部剧烈起伏着，红润的面庞变成血红，再变成深红。索尔感觉一种超自然的力量注入了自己的臂膀，双手在上校的脖子上愈勒愈深。老家伙的脚后跟敲击在倒地的大座椅的椅腿上，发出哐啷哐啷的声响。

索尔没觉察到一发炮弹击中了距窗户四十英尺的法式大门，玻璃被震裂，碎片撒满他们全身。索尔没觉察到又一发炮弹击中了大宅的上层，古老的柏木椽子燃烧起来，大会堂瞬间被浓烟填满。索尔没有觉察到雷诺兹将力道加大了两三倍，像一个上错了发条的疯狂玩偶一样，对索尔又打又砍，又抓又抽。索尔没有察觉到，托尼·哈罗德从玻璃碴儿上嘎吱嘎吱地爬过，带着从酒吧柜台中取出的两瓶沉甸甸的1971年产唐·培里侬香槟王，挥起其中一瓶砸在雷诺兹的后脑勺上。这个傀儡从索尔身上滚落，晕了过去，但身体仍在抽搐颤动，那是上校的命令导致的随机神经冲动造成的。索尔没有觉察到，哈罗德坐在一块黑色地砖上，打开第二瓶酒，往喉咙里大灌。索尔将所有注意力集中在扼住上校脖子的双手上，而且箍得越来越紧，就连自己被划伤的脸和喉咙中的血溅到上校发黑的脸和凸出的眼睛上，他也浑然未觉。

不知过了多久，索尔终于意识到，上校死了。索尔的手指嵌入恶魔的脖子中如此之深，以至于索尔用力松开手时，上校的脖子上赫然出现了一道道深深的沟槽，就像雕塑家在软黏土上留下的手印。威利脑袋后仰，喉头如同被压烂的易碎塑料，肿胀乌青的脸上，一双无神的眼睛从眼眶中凸出来。汤姆·雷诺兹则躺在旁边的方格里，面部肌肉扭曲，折射出他主人临死前的痛苦。

索尔感觉最后一丝气力从身体中溜走，就像水从打破的容器中流光了一样。他知道，哈罗德就在房间里，必须去应对，但现在他没气力去做这件事。或许永远也做不成了。

意识恢复之后，疼痛也紧随而至。索尔的右肩骨折，流血不止，他感觉碎骨正在肩里互相摩擦。上校的胸部和脖子上覆满了索尔的血，勾勒出索尔在老家伙脖子上留下的淡淡手印。

大宅在接下来的两次爆炸中继续摇晃。浓烟吞没了大会堂。数不清的玻璃碎片反射着索尔背后不知何处燃起的熊熊大火。他感到背上灼热难当，知道自己应该站起来，寻找火源，立刻离开这里。但他做不到。

索尔将脸往上校的胸口贴去，任凭重力将他往下拉拽。破碎的法式大门外又传来了剧烈的爆炸声，但索尔无暇顾及。他只想休息一会儿，只想在站起来之前打个小盹儿。索尔闭上双眼，任由温暖的黑暗将他包围。

75

多尔马恩岛

1981年6月16日，星期二

“好啦，就这么着吧。”飞行员说。

炮轰一停止，米克斯就驾驶塞斯纳飞机降低高度，从简易跑道上掠过。炮弹在跑道上轰出了为数不多的几个弹坑，如果驾驶得当，运气也足够好，应该是可以避开这些弹坑的。但跑道南端横着两棵倒下的树，而北端燃烧着航空燃油。一架公务机在主停机坪上着火了，附属区域散落着正冒着烟的飞机残骸。机库已经被炸成一堆灰烬和断梁。

“我们已经全力尝试过了。”米克斯说，“燃料表提醒我们得返航了。事实上，我们的燃油仅够返航用了。”

“我有一个主意。”娜塔莉说，“我们可以降落到别的地方去。”

“不行。”米克斯摇着头说，“我们几分钟前绕过来的时候，你应该看到北端的海滩了吧。”他说，“涨潮了，而且暴风雨把那里弄得一团糟。我们没法降落。”

“他说得对，娜特。”杰克森有气无力地说，“我们无能为力。”

“还有那艘驱逐舰——”米克斯接着说。

“你说过，那艘船现在已经在东南端以东五英里了。”娜塔莉厉声道。

“但它有导弹。”米克斯说，“你的脑子里到底在想什么呀，孩子？”

他们正在第三次低空飞越机场，接近跑道南端。

“左转。”娜塔莉说，“我指给你看。”

“你在开玩笑吧。”飞出悬崖外几百码后，米克斯说。

“我觉得这个计划很棒。”娜塔莉说，“趁那艘船回来之前，我们抓紧执行吧。”

“不是船，是军舰。”米克斯自动纠正道，“还有，你疯了。”

二十分钟前导弹在悬崖上自毁后，灌木丛一直在燃烧。西方的天空被机场上的大火映得通红。三英里之外，“安托瓦内特号”的残骸漂在海上，冒着青烟，如同一块黑布上的灰烬。驱逐舰轰炸完机场之后，沿着海岸从东面回航，向大宅及其周边倾泻了至少六枚炮弹。那座巨大建筑的屋顶着了火，东厢被完全摧毁，浓烟在残余的聚光灯下翻滚。一发炮弹落在大宅南面靠近中庭的位置，冲击波震碎了窗户，在面朝长草坪的一侧房屋上扎出了无数窟窿眼。草坪一直往前就是海边悬崖。

草坪本身看起来并未受损，只是有一些没有被聚光灯照亮的地方是漆黑的。悬崖上的大火照亮了悬崖边缘的低矮灌木和小树。如果没有火，这些植被是很难被发现的。草坪远端最后二十码左右沐浴在聚光灯的光芒之中，看起来相当平坦，只是在被炸毁的中庭附近有弹坑和碎石。

“这计划很棒。”娜塔莉说。

“压根儿行不通。”米克斯说，“在通往大宅的最后一段，必须爬上一个三十度的陡坡。”

“对降落来说简直是绝配。”娜塔莉说，“这样你的跑道就不需要太长了。英国航空母舰设计上翘的甲板不就是基于同样的原因吗？”

“她说得有道理，伙计。”杰克森说。

“呸！”米克斯说，“三十度？就算我们能在撞上那座燃烧的房子之前停下来，草坪上的阴影里——草坪上大部分都是阴影——或许还暗藏着树枝、大坑，或者装饰用的石头花园。这简直就是在自杀。”

“我投赞成票。”娜塔莉说，“我们必须找到索尔。”

“我也投赞成票。”杰克森说。

“投票是他妈怎么回事？”米克斯难以置信地问，“驾驶飞机什么时候也要靠民主决策了？”他拽了抓棒球帽，看着向东撤退的驱逐舰。“给我说实话。”他说，“我们正在掀起一场革命，对不对？”

娜塔莉望向杰克森，决心冒险一试，“是的。”她说，“是革命。”

“哈。”米克斯说，“我就知道。告诉你们，你们正在同多切斯特郡唯一缴纳会费的社会主义者一起飞行。”他从衬衫口袋里掏出一支冷冰冰的雪茄，放在嘴里嚼了一会儿。“哎，管他的呢。”他终于开口道，“反正汽油也很可能不够我们回航了。”

油门关闭以后，飞机仿佛失速一般，朝悬崖滑而去。星光下，悬崖正面反射着白光。娜塔莉从没有如此兴奋过。宽大的安全带紧勒住她，让她几乎无法呼吸。她身子前倾，紧抓住控制台，只见悬崖以令人窒息的速度迎面扑来。在还有一百英尺着陆时，娜塔莉发现他们的高度太低了——塞斯纳飞机将直接撞进石堆里。

“侧风真他妈帮了大忙了。”米克斯抱怨道。他稍稍给了点儿油门，轻轻拉起起落架。飞机从悬崖边缘和灌木丛上方十英尺飞过，进入高大树木之间的阴影之中。“杰克森，告诉我，那艘船有没有回来。”

杰克森从后座里咕哝了一声。

米克斯精准地将塞斯纳的起落架落在距离被聚光灯照亮的第一块区域。滑行的过程比娜塔莉想象中颠簸。她在嘴里尝到了血的味道，她知道自己咬破了舌头。几秒之后，他们就进入了光亮地带之间的阴影之中。娜塔莉想到了倒地的树干和装饰用的石头花园。

“目前为止一切顺利。”米克斯说。飞机颠簸着穿越了倒数第二个光亮地带，再次扎入阴影之中。娜塔莉感觉他们仿佛在爬一面垂直的鹅卵石墙。右轮撞上了什么东西，又被这东西缠住，塞斯纳飞机瞬间打滑，眼看着就要以五十英里的时速侧翻，米克斯就像一个发疯的风琴手一样，手忙脚乱地操控着油门、刹车和方向舵踏板。飞机稳定下来，滑过了最后一段光亮地带。透过挡风玻璃射进来的探照灯光如同爆发的超新星一般夺目。燃烧的大宅的南墙迅速向他们逼近。

飞机碾过松软的土块，弹跳着转了个弯，右翼从弹坑之上扫过。中庭就在十五英尺外。一张搭在桌子上的遮阳伞被飞机尾流卷走了。

飞机停下来时，机头已经朝向下坡一侧。娜塔莉甚至觉得，自己去过的蓝钻滑雪场的顶峰也没有如此陡峭。他们的飞行员摘下雪茄盯着，就像刚刚发现还没把它点着一样。“你们都下机。”他说。他将放在座椅之间的珍珠手柄点38口径手枪从枪套中掏出来，用枪管敲了敲太阳穴，草草地做了个敬礼的动作。“革命万岁！”

“走吧。”娜塔莉说，挣扎着推开门，解开安全带。她几乎从飞机上摔下去，弄掉了手提包，差点儿崴了脚踝。她从包里取出点32口径柯尔特手枪，把其他东西都留下，闪到一旁，让杰克森跳下。杰克森只带着黑色医疗包和手电筒，但他在头上缠了一条色彩鲜艳的头巾。

“我们去哪儿？”他大喊道，盖住仍在转动的螺旋桨发出的噪声，“很可能有人发现我们降落了。我们得抓紧。”

娜塔莉朝大会堂的方向点点头。大宅这部分的灯都灭了，但透过破烂的法式大门，可以看见门内烟尘弥漫，橘红色的火光中映出几个模糊的身影。杰克森从中庭倾塌的石块中间穿行，踹开装有弹簧的主门，打开坚固耐用的手电筒。光柱刺穿浓烟，照亮了一大块铺着地砖的区域。这里遍地都是玻璃碴儿和碎砖石。娜塔莉走到杰克森前面，高举着柯尔特手枪。她用手帕捂住嘴鼻，以方便在浓烟中呼吸。左手远端有两张桌子，桌上摆放着食物、饮料和一堆乱七八糟的电子设备。在大门和桌子之间的空地上，娜塔莉隐约觉得有一些缠绕在一起的凌乱的衣物，但定睛一看才发现，那些都是尸体。杰克森稳稳地拿着手电筒，小心翼翼地朝第一具尸体走去。手电光束下，浮现出一张欧亚混血美女的脸。索尔三天前同托尼·哈罗德在萨凡纳碰头时，这个女人就在哈罗德开的那辆车里。

“别用光照她的眼睛。”一个熟悉的声音从娜塔莉左侧的阴影中传来。娜塔莉连忙蹲下，将手枪指向声音传来的方向，杰克森也将手电光束射向那里。只见哈罗德盘着腿坐在地板上，身边有一把打翻的椅子，椅子周围是更多的尸体。哈罗德的大腿上放着一个半空的酒瓶。

娜塔莉往杰克森身边一靠，取过他手中的电筒，让他拿着柯尔特手枪。“他操控女人，”她说，将手电筒对准哈罗德，“如果他动，或者我表现怪异，就开枪打死他。”

哈罗德忧郁地摇摇头，灌下一大口酒，“完了，”他嘟哝着，“都完了。”

娜塔莉抬起头。透过第三层楼上破裂的屋顶，她看见了繁星。不知何处传来自动喷洒器洒水的沙沙声，但大火已经吞没了第二层和第三层。娜塔莉还听见远方零星的轻型武器开火的声音。

“看！”杰克森喊道。手电光束映出了大椅子附近的三具尸体。

“索尔！”娜塔莉尖叫着冲上前去，“哦，上帝啊。杰克森！他死了吗？哦，上帝，索尔。”她将索尔从另一具尸体上翻过来，把索尔的双手从那具尸体的衬衣上掰开。她马上意识到，这肯定是上校的尸体——索尔曾经给她看过“威廉·波登”在报纸上的照片——但上校脸色乌青，五官扭曲，眼球凸出眼眶，双手布满黄褐斑，僵硬呈爪状，看上去很难分辨，甚至可以说不似人类。索尔仿佛趴在某种扭曲变形、已经干尸化的怪物身上。

杰克森跪在索尔身边，抓起他的手腕寻找脉搏，然后掀开他的眼皮，让娜塔莉用手电筒近距离照射他的眼睛。娜塔莉看到的只有血，血覆盖了索尔的脸、肩膀、胳膊、脖子和衣服。显然他已经死了。

“他还活着。”杰克森说，“脉搏十分微弱，但总算是有。”他撕开索尔的连体服，轻轻地将精神病医生翻过身，让娜塔莉用光束将他从头到脚扫了一遍。杰克森打开医疗包，取出注射器，在他左臂上打了一针。用药棉擦净他的后背，开始包扎伤口。“上帝啊。”他说，“他中了两枪。腿没事，但我们必须止住肩上伤口的血。他的手和脖子肯定被人死命掰过。”他抬头看了看楼上的火势，“我们必须离开这里，娜特。到飞机上再给他输血浆。帮我一下好吗？”

他们将索尔扶着坐起来时，索尔不禁发出呻吟。杰克森架住他的左臂，笨手笨脚地将他背上身。

“嘿，”哈罗德从阴影中说，“能带我走吗？”

娜塔莉连忙停下去捡杰克森留在地板上的柯尔特手枪，差点儿把手电筒搞掉。她将枪塞进杰克森的左手，帮着杰克森扶起索尔，好让杰克森解放出胳膊来。“他要操控我了，贾克斯。”她说，“杀了他。”

“不。”索尔出言阻止道，他的眼皮不住地跳动，嘴唇青紫肿胀。他舔了舔嘴唇，用嘶哑的声音说，“他帮了我。”说着朝哈罗德的方向偏了偏头。他的一只眼睛被干涸的血蒙住了，但另一只睁着，注视着娜塔莉的脸，“嘿，”他轻声说，“你怎么才来？”他试图露出微笑，娜塔莉却不禁泪崩。她抱住他，但见他因为肋骨被压痛而五官扭曲，她便立刻松开了。

“我们走吧。”杰克森说。

枪声越来越近，娜塔莉点点头，最后一次用手电光束扫了大会堂一遍。大火已经蔓延到二楼旁边的走廊里，离他们越来越近。在熊熊烈火之中，这里简直就成了耶罗尼米斯·博斯画中的地狱，而地板上的碎玻璃仿佛就是黑暗中无数恶魔闪亮的眼睛。她最后看了一眼上校的尸体，死亡让那恶魔看起来是那么渺小，那么无足轻重。“我们走吧。”她附和道。

山坡上原本亮着的三组聚光灯现在也熄灭了。娜塔莉拿着手电筒和柯尔特手枪走在前面，杰克森则背着索尔紧随其后。他们还没有穿过法式大门，精神病医生就再次昏迷过去。塞斯纳飞机还停在原地，螺旋桨仍在转动，但飞行员不见了。

“哦，上帝啊。”娜塔莉低呼，将手电光束朝后座和飞机附近的地面照去。

“你会开飞机吗？”杰克森问，将索尔放在有衬垫的后排座椅上，蹲在他身边，开始撕开消毒纱布，准备血浆袋。

“不会。”娜塔莉说，朝山坡下看去。刚才还勉强算得上跑道的山坡此时已被黑暗笼罩。手电光束太刺眼，她甚至都看不见树林在哪里。

山坡下忽然传来气喘吁吁的声音。娜塔莉左手抬起手电筒，右手持枪，支在手电筒上。达利尔·米克斯举手挡住光线，弯下腰，呼哧呼哧喘气。

“你去哪儿了？”娜塔莉问，放下手电筒。

米克斯张开嘴，啐了口痰，又喘了片刻，才说：“灯灭了。”

“我们知道。我问你去——”

“上飞机。”米克斯说，用“横滨大洋鲸队”棒球帽擦了擦脸。

娜塔莉点点头，绕到了飞机背后，从自己那一侧上飞机，而不是从驾驶座一侧上去，因为那样的话，在爬过控制台去自己位置的时候，也许会不小心踢到紧急刹车装置之类的东西。托尼·哈罗德则在另一侧的机翼下等待。

“求你们了。”他哀求道，“你们一定要带上我。我确实救了他的命。真的。求你们了。”

娜塔莉感觉有东西悄悄潜入了她的意识，就像黑暗中一只鬼鬼祟祟的手。她立刻采取了行动——哈罗德刚开口说话，她就朝他靠了上去。现在，她忽然用尽全身力量踢向哈罗德的下身。她很高兴自己穿的是硬邦邦的登山鞋，而不是运动鞋。哈罗德丢掉了手中的酒瓶，双手捂着两腿之间，弯腰倒在了草丛之中。

娜塔莉踏上飞机的起落架，打开了舱门。她不知道精神吸血鬼需要多么专注才能实施操控，但她想托尼·哈罗德现的精力应该不足以支持他玩这种把戏。“走！”她高喊，但米克斯在她关门之前就已经让飞机滑行出去了。

她哆嗦着手寻找安全带，却怎么也找不到，只好双手抓住控制台，但手中的柯尔特手枪妨碍了她抓稳。如果说降落时的爬坡算得上刺激的话，那下坡就相当于太空山过山车、马特宏过山车和父亲最喜欢的野猫过山车三者合为一体。娜塔莉很快就发现米克斯刚才去做了什么。在黑暗跑道的尽头，燃烧着两枚铁路上用的应急烟火棒，两者相距三十英尺，正噼噼啪啪的闪着红光。

“我得知道陆地会在哪里结束，飞机会在哪里腾空！”米克斯在渐渐洪亮的引擎轰鸣和起落架撞击地面的嘎嗒声中高喊着，

“我和我老爸在黑夜里玩套马蹄铁游戏的时候，会把点着的香烟放在木桩上，特别管用。”

他们没有时间说话了。飞机颠簸得越来越厉害。烟火棒迎面扑来，又飞速掠过。过山车恐惧症忽然攫住了娜塔莉——倘若翻过了山顶，车轨没了，而车厢还在走，那该怎么办？

娜塔莉曾估计大宅边的濒海悬崖有大概两百英尺高，那时她觉得两百英尺似乎没那么可怕。现在，塞斯纳飞机已下坠了一百英尺，而且毫无奇迹降临的迹象。就在这时，米克斯做出了一件奇怪的举动——他压低机头，加大油门，将飞机朝充满整个挡风玻璃的白色海浪猛推。娜塔莉后来不记得自己发出了尖叫，也不记得自己下意识地扣下了柯尔特手枪的扳机。但杰克森后来告诉她，她的尖叫非常恐怖，而塞斯纳舱顶的弹孔也证明她确实开了枪。

返航途中，米克斯对这个弹孔耿耿于怀。飞机刚一结束俯冲——这一动作给了他们足够的速度，让他们开始向西爬升到巡航高度——娜塔莉就将注意力转移到别的事情上。“索尔怎么样了？”在椅子上转身问。

“晕过去了。”杰克森说。他还跪在狭窄的空间中。整个惊险起飞的过程中，他都在救治索尔。

“他能活下来吗？”娜塔莉问。

杰克森看着她，眼睛反射着昏暗的仪表盘灯光。“如果我能把他的情况稳定住，他或许就能活下来。”他说，“但我不知道他有没有别的伤，内伤或者脑震荡之类。他肩上的枪伤没有我想象中那么严重。子弹似乎是走了相当一段距离之后，或者是经过反弹之后才打中他的。我摸到子弹没入体内两英寸，刚好卡在骨头上面。被子弹打中的时候，索尔肯定是弯着腰的。如果他是直立的，子弹肯将会贯穿他的右肺。他流了很多血，但我给他输了很多血浆。我这里还有不少血浆呢。嘿，你知道一件事吗，娜特？”

“什么事？”

“是黑人发明了血浆。一个名叫查尔斯·德鲁的家伙。我曾看到过一个报道，说他在五十年代遇到车祸之后流血过多而死，因为北卡罗来纳州的某家疯子医院说，他们的冰箱里没有‘黑人血’，而又拒绝给他输‘白人血’。”

“现在说这个有什么意义！”娜塔莉厉声道。

杰克森耸耸肩：“索尔肯定会喜欢的。这家伙可比你更喜欢反讽，娜特。或许是因为他是个精神病医生。”

米克斯摘下雪茄，“恕我打断你们的浪漫对话，”他说，“你们的朋友需不需要被送到最近的医院去？”

“你是说除了查尔斯顿的医院？”杰克森问。

“是啊。”米克斯说，“萨凡纳比查尔斯顿少一个小时航程，布伦斯威克或者梅里迪恩或者那周边的某个城市又比萨凡纳和查尔斯顿近很多，对燃油不多的我们来说也更安全。”

杰克森看向娜塔莉：“让我先给他输些血，检查一下生命体征，然后再做决定。”

“如果能在不威胁到索尔生命的前提下返回查尔斯顿，那我想返回查尔斯顿。”娜塔莉说出的这句话连她自己都感到惊讶，“我必须回去。”

“你的旅行你做主。”米克斯耸耸肩，“我可以直飞进去，而不是落在海滩上。不过，如果我错判了燃油的状况，我们就只好掉海里去了。”

"那就别错判。"娜塔莉说。

"但愿吧。"米克斯说，"你有口香糖吗？"

"抱歉，没有。"娜塔莉说。

"那就用你的手指堵住你在我的舱顶开的洞。"米克斯说，"这嗖嗖嗖的气流声听得我浑身难受。"

最终是索尔定下了他们将返回查尔斯顿。在输入三品脱血浆后，他的生命体征稳定下来，脉搏也更有力了。他将没被血覆盖的那只眼睛睁开，问："我们在哪儿？"三人的争论随之结束。

"我们正在回家。"娜塔莉跪在他身边说。杰克森检查索尔的生命体征之后，宣布自己的双腿已经麻木了，娜塔莉就同医生交换了位置。米克斯并不赞成他们的举动，说在独木舟和飞机上站起来的人都是疯子。

"你会没事的。"娜塔莉抚摸着索尔的额头，补充道。

索尔点点头，"我感觉有点儿怪怪的。"他说。

"那是吗啡的缘故。"杰克森靠在舱壁上，边说边摸索尔的脉搏。

"这感觉有点儿舒服。"索尔说，看起来似乎又要晕过去了。他突然强行睁开眼，用更响亮的声音问，"上校，他真的死了吗？"

"是的。"娜塔莉说，"我看到他的尸体了。"

索尔深吸一口气："巴伦特呢？"

"如果他在游艇上，那肯定也死了。"娜塔莉说。

"就像我们计划的一样？"

"可以这么说吧。"娜塔莉说，"虽然事事都不顺利，但梅勒妮最后还是动手了。我不知道为什么。如果她没有撒谎，她告诉我的最后一句话表明，她同上校和巴伦特先生还相敬如宾呢。”

索尔咧开肿胀的嘴，露出痛苦的微笑。“巴伦特干掉了休厄尔小姐。”他说，“这或许激怒了梅勒妮。”他转头直面娜塔莉，皱眉问，“你俩来这儿干什么？我们从没有讨论过你们来岛上啊。”

娜塔莉耸耸肩。“你难道要让我们掉头把你送回岛上去？”

索尔闭上眼，用波兰语说了一段话。

“我很难集中精力思考。”他用英语嘟囔道，“娜塔莉，我们能不能把最后一步缓一缓？能不能晚点儿再去对付她？她是他们当中最狠毒也最厉害的。我觉得就连巴伦特最后也怕她了。你一个人搞不定的，娜塔莉。”他渐渐昏睡过去，声音越来越小，“结束了，娜塔莉。”他喃喃着，“我们赢了。”

娜塔莉抓着他的手。确定索尔入睡之后，她轻声说：“不，还没有完全结束。”

他们朝着西北方缥缈的海岸线飞去。

76

查尔斯顿

1981年6月16日，星期二

得益于精准的导航和强劲的顺风，他们在太阳升起前四十五分钟降落在查尔斯顿北面米克斯的小机场里。最后十英里他们都在滑翔，油箱里完全没油了，但他们最终成功地在航标灯标出的跑道上成功降落。

直到被转移到米克斯放在机库里的一台帆布担架之上，索尔才醒过来。“我们还需要一辆车。”娜塔莉说。米克斯和杰克森将昏迷的精神病医生从飞机上抬下来。“那个是可以卖的吗？”她问，朝一辆十二年车龄的大众小型巴士点了点头，那辆车就停在米克斯的新款增强型皮卡旁。

“我的‘电子酷爱快车号’？”米克斯说，“可以卖。”

“多少钱？”娜塔莉问。那辆古老的巴士的设计是六十年代的迷幻风格，车身上绿漆已经褪色，但车上有窗帘，而且尾部座位又宽又长，足够放下担架，娜塔莉觉得这两点相当有用。

“五百美元？”

“成交。”娜塔莉说。杰克森和米克斯将担架固定在驾驶座后面的长椅上，娜塔莉则在旅行车后部的行李箱中翻找，取出了藏在索尔备用皮鞋里的一叠二十美元钞票，总计九百美元。这是他们最后一笔钱了。她将行李箱和多余的包转移到了小型巴士上。

正在给索尔测血压的杰克森抬起头：“为什么要准备两辆车？”

“我想尽快将他送到医院去。”她说，“我们开车送他去华盛顿会不会风险太高？”

“为什么去华盛顿？”

娜塔莉从索尔的公文包里取出一个资料袋：“这里有一封……索尔亲戚来的信。里面解释得很清楚，需要帮助的时候可以找以色列大使馆。可以说，那里就是我们的紧急出口。如果我们把他带去找查尔斯顿的医生或者医院，警察一定会来过问他身上的枪伤是怎么回事。我们没有必要去冒这种险。”

杰克森正踮着脚尖蹲着。他点点头，然后探了探索尔的脉搏：“如果大使馆的人能迅速将他送去很好的医院，那去华盛顿也可以。”

“他们会在大使馆给他治疗。”

“他需要手术，娜特。”

“他们在大使馆里就有一间手术室。”

“是吗？真奇怪。”他做了个举手投降的姿势，“好的，你为什么不同我们一起走？”

“我要去接鲶鱼。”娜塔莉说。

“我们可以在离开这里之前顺道接上他。”杰克森说。

“我还得去处理那些C-4塑胶炸弹和电子仪器。”她说，“你先走吧，杰克森。我会在今晚到大使馆同你会合。”

杰克森看了她好一会儿，才点头同意。他们走出小型巴士，米克斯走过来。“广播里还没有关于革命的消息。”他说，“革命这种事，难道不是各个地点同时行动的吗？”

“你接着听吧。”娜塔莉说。

米克斯点点头，从她手中拿走了五百美元。“要是革命继续这样搞下去，我说不定可以赚些钱呢。”

“谢谢你载我们飞行。”娜塔莉说。

他们握了握手。

“革命成功之后，你们三个最好去干点儿别的事，这样才能好好享受人生。”米克斯说，“希望你们能一直酷下去。”说着，他吹起了听不清曲调的口哨，走进了活动房屋。

“我们华盛顿见。”娜塔莉说，在旅行车的车门边停下，同杰克森握了握手。

杰克森握住娜塔莉的肩膀，把她拉到面前，在她的唇上重重地吻了一下：“你小心，宝贝。你今晚要做的任何事情，都可以等索尔康复之后我们三个一起做。”

娜塔莉点点头，但并没有说话。她开车快速驶离机场，找到了通往查尔斯顿的主路。

高速驾驶时，娜塔莉还同时忙着许多事。她将用腰带捆住的C-4塑胶炸弹、脑电波监控器、电极、手持无线电通话器、柯尔特手枪和两块多余的弹匣、发射镇静剂的气枪、一盒飞镖放在第一排，将剩下的电子设备和一把他们上周五买的斧子放在第二排，斧子上盖着毯子。倘若自己因为超速而被拦下，娜塔莉真不知道交警会觉得这些东西是什么。

夜空泛出微茫的灰白色，她父亲将这种现象称为“假黎明”。但东方依旧云层厚密，难见晨光踪影，所以路上的街灯也都亮着。娜塔莉缓缓穿过老城区的街道，心脏狂跳不已。她将车停在距福勒家半街区的地方，按了两下无线电通话器上的通话键“打破静音”，却没有收到任何回应。最后，她只好按下通话键，问：“鲶鱼？在不在？”毫无回应。几分钟后，她从福勒家门口经过，但街对面的小巷中没有一个人影。鲶鱼本应在那里等她的。她将无线电通话器放在一旁，希望鲶鱼在什么地方睡着了，或者去找他们了，或者因为在福勒家门口鬼鬼祟祟地徘徊不去而被警察抓了起来。

福勒家的院子里，大树的树叶上还滴着雨水，那是刚过不久的暴风雨带来的。大树下的福勒家依然一片漆黑，只有二楼的百叶窗中透着微弱的绿光。

娜塔莉绕着街区慢慢打转。她的心脏跳得太快，甚至都有些疼。她的手上满是汗，虚弱得连拳头都无法握住。睡眠的缺乏令她头晕目眩。

单独行动是不明智的。她应该等索尔康复，等鲶鱼和杰克森帮她制订一个周密的方案。从理智的角度说，她应该立刻掉头，向华盛顿驶去，远离那座一百码外的黑漆漆的房子，远离那如同森林偏僻地带的发光菌发出的绿色磷光。

娜塔莉将车挂在空挡上，努力平复因惊慌而失调的呼吸。她将额头顶在冰冷的方向盘上，强打精神开始思考。

她很想念罗布·金特里。罗布肯定知道下一步该怎么做。

她忍不住泪水肆流，但她觉得这只表明自己太累了。她猛然坐起身，用手背擦干净鼻涕。

到目前为止，除了娜塔莉小姐，大家都在这场噩梦之中都付出了太多太多。罗布履行了使命，英勇牺牲；索尔单枪匹马去岛上同五个恶魔交锋；杰克·科恩因为帮了他们而罹难；就连米克斯、杰克森和鲶鱼也为娜塔莉小姐做了大部分工作。

在内心深处，娜塔莉知道，如果他们晚来几个小时，梅勒妮·福勒肯定已经不在家里了。说不定她已经走了。

娜塔莉紧紧抓住方向盘，以至于指节都发白了。她强迫自己昏沉的大脑去分析梅勒妮的动机。娜塔莉知道，经过这么长时间，这么多事，尤其是过去几个月的一系列疯狂举动，她的复仇渴望已经被消磨殆尽了。在那个遥远的十二月里的星期天，她无助又无措地站在闭门的殡仪馆外，她知道自己父亲的尸体就躺在里面，心底暗暗起誓，一定要手刃仇人，尽管她还不知仇人是谁。然而现在，她已经不是那时的她了。同索尔不一样，驱使她行动的已不是对虚无缥缈的正义的追求。

娜塔莉看向半街区外的福勒家。她发现，自己现在的行为动机竟然与当年选择接受教师培训时如此相似。如果任由梅勒妮·福勒活在这个世上，那就像明知一条致命毒蛇在全无察觉的学生中横行，却逃离了学校一样。

娜塔莉用颤抖的双手重新系上腰带，捆好沉重的C-4塑胶炸弹。脑电波监控器需要更换电池，但她忽然记起，她把放后备电池的包留在小型巴士上了，不由得惊慌失措了一分钟。最后，她笨手笨脚地打开了廉价无线电通话器的电池盒，将电池转移到脑电波监控器里。

固定传感器线路的两条胶带松脱了，她没有重新粘上，任其晃来晃去。她将引爆器连接到C-4塑胶炸弹的雷管上。主雷管是电雷管，但还有一个机械定时器可以引爆。她和索尔甚至还安装了一条可燃烧三十秒的引线。她拍了拍口袋，恐慌再度袭来，因为她一直随身携带的打火机不在那里——它同包里的其他东西一起落在岛上了。娜塔莉在储物箱里翻找一番，发现在几张州地图之间夹着一盒火柴，那是他们在塔尔萨的一家餐馆里拿走的，一根火柴都没用过。她把火柴盒塞进口袋。

娜塔莉瞟了眼身旁座位上的东西，挂上挡，但脚仍踩在刹车上。她七岁的时候，曾去一处新开的市政游泳池游泳，一个朋友反复唆使她去一块高高的跳水板试试。那块弹跳板是六块之中最高的，比下一层板子高十英尺，位于一座专门给擅长跳水的成年人用的高塔之上。娜塔莉当时几乎不会游泳，但她听了朋友的话，立刻从浅水区里爬上来，满怀信心地经过一名救生员，朝高塔走去。救生员正同一名少女聊得热火朝天，没有察觉一个七岁幼童爬上仿佛没有尽头的梯子，走到窄窄跳板的顶端，跳入看上去遥远得仿佛小碗的游泳池。

经过这件事，娜塔莉认识到，凡事只要想太多，就不敢去做了。只有放空大脑，不多想，才能付诸行动，一气呵成。至于接下来怎么办，得先干起来再去考虑。她挂上挡，沿着安静的街道开走。这一刻，同她当年跳下跳板时相同的念头窜进脑中：现在不能回头了——**我真的要这么做吗**？

老巫婆回家之后，就在家门口新建了一道六英尺高的砖墙，墙上还竖着四英尺高的黑色铁栏杆。不过，原来那扇装饰用的大门还是保留了下来，门两侧有三英尺高的铁格栅。门上了锁，但没有深深嵌入水泥中。娜塔莉将旅行车的时速提升到三十三英里，然后突然右转，开上人行道，撞进了黑色铁门之中。娜塔莉的牙齿在剧烈的颠簸中碰得咔哒作响。

铁门顶部倒下来，将挡风玻璃砸成一面布满裂纹的白网，右挡泥板撞裂了装饰用的喷泉。车滑过院子，穿过灌木丛和矮树，轰隆一声扎进房子正面。

娜塔莉忘了系安全带，身子向前一飞，额头撞在挡风玻璃上，被反弹回座位。她看见满天金星，感觉恶心想吐。最近三个小时里，她第二次把舌头咬出了血。那些精心摆放在座位上的武器也散落在地板上。

开局不错，娜塔莉有气无力地对自己说。她俯下身子去拿柯尔特手枪和飞镖枪。那盒飞镖同手枪的备用弹匣一起掉到了座椅下面。算了，反正两把枪都装填好了弹药。

她踹开车门，迈入黎明前的黑暗中。他只听到水从破裂喷泉中涌出的汩汩声和从汽车冷却器上滴落的滴答声，但她肯定进门时弄出的这番动静惊醒了半个街区的人。留给她去做必须做的那件事的时间只有几分钟。

她本来打算用三千磅的汽车撞开房门，但车子偏了两英尺。她将点32口径手枪插到腰间的枪套里，飞镖枪拿在右手中，试着推了推房门。或许梅勒妮没有锁门，那就好办了。

但门是上了锁的。娜塔莉记得门内有一串锁和锁链。

娜塔莉将飞镖枪放在旅行车的车顶，从后座取出斧子，去砍门装着铰链的那一侧。她一连猛砍了六下，汗水混合着刚才撞在挡风玻璃上而流出的血混合在一块儿，落入娜塔莉的眼里。八下之后，铰链附近的木头裂开了。十下之后，沉重的房门被劈开，向内塌陷，但左侧依然连着门闩和锁链。

娜塔莉气喘吁吁，强忍住呕吐的冲动，将斧子扔入草丛之中。房内仍然没有响起警报，也没有任何动静。二楼犹自向院子里投下令人毛骨悚然的绿光。

娜塔莉抽出柯尔特手枪，扳起击铁。她想起这把枪里只有七发子弹，因为她在塞斯纳飞机里已经误射了一发。她转身拿上飞镖枪，双手中各持一把枪。她愣了一会儿，感觉自己的造型很滑稽。她父亲或许会说她这会儿看上去像是他最喜欢的牛仔——胡特·吉布森。娜塔莉从没看过胡特·吉布森的电影，但他至今也是娜塔莉最喜欢的牛仔。

她踹开塌陷的大门，步入黑黢黢的走廊，完全不去想接下来该怎么做。她惊讶地发现，自己的心脏跳动得如此疯狂，却还没有蹦出胸膛。

鲶鱼跨坐在离门六英尺的一把椅子里，一对死鱼眼紧盯着娜塔莉，一条线缠在他大张开的嘴巴的下颚牙齿上，线上吊着一块牌子。借助院子里传来的微光，她可以看见牌子上用记号笔写着两个潦草的字：**走开**。

或许她已经离开了，或许她已经离开了，娜塔莉在内心安慰自己，绕过鲶鱼，朝楼梯走去。

马文从她右侧的餐厅门中冲出，紧接着，身形魁梧的卡利也堵在了她左侧的客厅门口。

娜塔莉向马文的胸膛发射了一枚镇静剂飞镖，然后扔掉无用的飞镖枪。见马文挥动致命的屠刀砍下来，娜塔莉立刻举起左手，抓住他的右腕。这个动作减缓了刀下降的速度，但刀尖仍然没入了她左肩半英寸。她死命地阻挡着马文的胳膊，迈开笨拙的舞步，将男孩转了个圈。这时卡利撒开粗壮的光膀子，将她和马文一齐抱住。娜塔莉感觉卡利的双手在她背后交叉握紧。她知道，这个巨汉只需两秒就能将她的脊柱勒断。于是他将柯尔特手枪插进马文的左臂之下，将枪口顶在卡利柔软的腹部，开了两枪，发出两声闷响。

卡利平静的脸瞬间阴沉下来，就像一个失望孩子。他的手松开了，向后踉跄两步，紧抓住客厅门的门框，就像地板突然变垂直了一样。他的胳膊上肌肉紧绷，几乎将门框捏碎。他抵抗住将他拉回门厅的那股看不见的力量，向娜塔莉的方向重重地踏出一步。他伸出右臂，似乎要在她身上寻找支撑。

娜塔莉将手臂搭在马文突然松垮下来的肩上，又开了两枪。第一发子弹射穿卡利的手掌，进入他的腹部；第二发子弹则像变戏法一般，齐齐打掉了他左耳的耳垂。

娜塔莉发现自己开始啜泣、尖叫。“倒下！倒下！”但他没有倒，而是再次抓住门框，慢慢地坐下来。他的慢动作几乎与马文的同步。马文手中的刀哐当一声落在地板上。娜塔莉在黑人男孩的脸撞到抛光木地板前抓住了他的头，扶着他躺在鲶鱼的脚边，然后猛然转身站起来，将枪口转向饭厅门和通往厨房门的短走廊。

没有人出来。

娜塔莉开始登上长长的楼梯时仍在啜泣，大口呼吸着空气。她啪地拍下电灯开关。挂在门厅里的水晶吊灯没有亮，而楼梯尽头的平台也仍然淹没在阴影之中。她迈上三级台阶便看到了从梅勒妮·福勒卧室门下缝隙中透出的绿光。

娜塔莉发现自己的啜泣变成了低声哀号，于是连忙止住。在距楼梯平台三级台阶的地方，她停下来，解开了腰带，将一包包

C-4塑胶炸弹挂在左臂上，机械定时器面朝上，倒计时定为三十秒。只要按下开关，就能其触发。她瞟了眼脑电图监控器。绿色的工作灯仍在闪烁，引爆器依然连着C-4塑胶炸弹的雷管。她又等了二十秒，让老巫婆有机会采取行动。

但楼上依旧一片静默。

娜塔莉向楼梯顶端的平台看去。一把藤条坐垫的曲木椅子放在梅勒妮卧室门口的左侧。出于直觉，娜塔莉立刻判定，索恩先生几十年来就是坐在这把椅子上为梅勒妮守夜的。平台左侧是一条漆黑的走廊，转过走廊末端的拐角，就可以去房子后部。但她看不见拐角那边的情况。

娜塔莉听见楼下传来了响动，连忙转身，却只看见躺在地板上的三具尸体。那声音是卡利发出的——他的尸体软绵绵地向前倒去，额头撞在抛光木地板上时发出轻柔的碰撞声。

娜塔莉又转过身，举起柯尔特手枪，迈上台阶，来到楼梯平台上。她本以为漆黑的走廊中会冲出什么东西，并为此做足了准备，差点儿就朝那深邃的阴影中开枪。可是，什么都没有发生。

走廊里空无一人。梅勒妮的房门紧闭着。

娜塔莉转身面对梅勒妮的卧室房门，手指紧扣在扳机上，左臂半弯，左手握着沉重的C-4塑胶炸弹带。楼下传来挂钟滴滴答答走动的声音。

或许是异响惊动了她，或许是一股微弱的气流从她脸上拂过，总之，某种下意识的线索让她在那一刻抬起了头，望向阴影中十英尺高的天花板，以及天花板上一个颜色更深的方块——通向阁楼的小活板门开着，一个身影悬在上面，随时准备跳下。那是六岁的贾斯汀。他疯狂地咧着嘴，双手化为钢爪，反射着幽幽的绿光。

娜塔莉边往旁边跳去边向上射击。但贾斯汀嘴中发着刺耳的嘶嘶声跳了下来，子弹只打中了木头，他的钢爪从娜塔莉的右臂上划过，将柯尔特手枪从她手中拍落。

她踉跄着连连后退，抬起左臂，将缠着C-4塑胶炸弹的腰带当作盾牌。小时候，每逢万圣节，娜塔莉都会去街角的杂货店买“女巫之爪”，那是一种蜡做的指套，上面的彩色指甲足有三英寸长。贾斯汀的十根指头上都套着这种指套，只不过他的指套是钢做的，指甲则是三英寸长的手术刀。娜塔莉的脑海中不禁浮现出一个画面：卡利或者梅勒妮的其他某个傀儡在制作这副钢指套时，往指套里倒入融化的铅，然后眼睁睁地看着男孩将手指插入其中，等待铅冷却凝固。

贾斯汀朝她扑过来。娜塔莉倒退到墙边，本能地抬起左臂。贾斯汀的指甲深深扎进了腰带之中。八柄手术刀划开帆布、塑料衬里和C-4塑胶炸弹，两柄手术刀刺进娜塔莉的前臂，她不由得紧咬牙关。

贾斯汀将缠绕炸弹的腰带从娜塔莉手中扯断，甩到栏杆之外，嘴里发出令人毛骨悚然的欢呼。娜塔莉听见十二磅的惰性炸药落在下面走廊时发出的扑通一声闷响。她将视线投向地板，发现柯尔特手枪正躺在楼梯扶手的两根支柱之间。她朝枪迈出半步，但贾斯汀抢在他前面跳过去，用一只穿着蓝色帆布鞋的脚将枪踹飞，旋转着掉到楼下。

娜塔莉向左虚晃一下，跳到右边，试图接近楼梯。贾斯汀跳过来拦截她，将她堵回去，但娜塔莉已经瞥见卡利正沿着阶梯往上爬，强壮的身躯填满了楼梯间。他已经爬完了三分之一的路，身后拖这一条长长的血迹。

娜塔莉转身跑过短走廊，但又突然停住。她知道，这正是老巫婆给她设的陷阱。谁知道在那些黑暗的房间里有什么东西正等着她呢。

贾斯汀快步跟上，手指不停地飞速舞动。娜塔莉猛然转身，用沾血的右手抓起曲木椅，一条椅腿击中了贾斯汀的嘴，将其牙齿打松，但男孩没有丝毫迟疑，如同被恶魔附身的傀儡，挥舞着双手。他锋利的指甲从椅腿上划过，撕掉了藤条坐垫。贾斯汀蹲下身子，瞄准娜塔莉的下盘发动攻击，寻找着股动脉。娜塔莉拿着椅子向下砸去，力图将他压在地板上。

但男孩的速度很快，锋利的爪子从几英寸外划过她的大腿，在娜塔莉压住他之前他就闪开了。他向右虚晃一下，然后冲到左边，向上挥砍，朝后跳开，然后再次猛冲。他的帆布鞋在硬木地板上发出轻微的吱吱声。

娜塔莉挡住了贾斯汀的所有进攻，但她被划伤的胳膊已经因疲累而疼痛不已。左臂上的刺伤仿佛已经伤及骨头。每次抵挡她都会后退，现在她已经背靠梅勒妮·福勒卧室的房门。尽管无暇多想，但她大脑的一个角落里依然浮现出一幅画面：房门猛然打开，她落入了等待已久、胳膊乱舞的老巫婆怀中，老巫婆伸手抓住她，上下颌不停开合着，没有牙齿的牙龈发出啪嗒啪嗒的声响……

但房门没有开。

贾斯汀继续俯身向她冲击，一次次地承受着椅腿在胸膛和脖子上的猛击。他大幅挥舞着胳膊，企图用锋利的指尖划伤她的双手、双臂和乳房。但他的胳膊太短了，每次挥舞都与目标相差好几英寸。

贾斯汀将利爪扎进椅子的木座框中，用力拉拽，试图将曲木椅从她手中挣脱，或者撕为两半。木屑不断飞出，但座框仍然牢固如初。

在惊恐之余，理智也开始向娜塔莉发送信号。她仿佛听到了索尔那干瘪又迂腐的声音在说话：老巫婆在操控一个孩子的身体，娜塔莉，她只有一个六岁孩子的攻击半径和体重。梅勒妮的优势是恐惧和愤怒，而你的优势是体型和体重，是力量和质量。千万别浪费。

贾斯汀发出了蒸汽壶中的开水溢出时声音，再次向她发动攻击，紧贴着地面又抓又刨。娜塔莉看见卡利的秃顶脑袋从楼梯平台边缘升起来。

她挡住贾斯汀的冲击，双手伸直，抓住椅子，把整个身子的重量压在上面，手使劲推，脚也使劲踹。破裂的椅腿夹住了他的脖子和躯干，将他推回去，撞到了磨光的栏杆上。木质栏杆发出咔嚓一声，但并没有断裂。

贾斯汀以貂一样的柔软和猫一样的敏捷跳上五英寸宽的栏杆，用很短的时间就掌握了平衡，作势就要朝他扑来。说时迟那时快，娜塔莉一个箭步冲到斜上方，抓着椅子，抡圆了胳膊，奋力挥出，将贾斯汀从栏杆上打下去，就像他是一个血肉做的棒球一样。

贾斯汀、卡利和梅勒妮紧闭的门后无数的声音一齐发出一声尖叫，但那个孩子傀儡并没有就此罢休。

贾斯汀弓着身子，头发飞舞，抓住六英尺外的大吊灯末端，那里刚好与平台平齐。转眼间，他开始沿着吊灯往上爬，在楼梯平台上方十五英尺处稳住了身形。他的钢爪紧握着铁链，双腿挤压着水晶灯饰，发出叮叮当当的声响，仿佛一曲混乱的音乐。

娜塔莉难以置信地看着这一幕，手中的椅子悄然放下。卡利还在继续往上爬，手已经放到了最顶部的台阶上。贾斯汀前后摇晃着吊灯，圆脸上咧开一个可怕的讥笑。他伸直左臂，每晃来一次，手指就离栏杆近一分。

在房子刚落成不久——那至少是一个世纪前——吊灯上就算挂着十个贾斯汀也不在话下。铁链和铁锚栓现在也仍然结实，但在经历了一百多年南卡罗来纳潮湿天气的侵蚀，昆虫的蛀咬，以及无心的忽视之后，固定铁链的那块九英寸厚的木梁终于经不起折腾了。

娜塔莉看着贾斯汀和吊灯一同从视野中消失，五英尺宽的天花板灰泥、电线、锚栓和朽木一同坠下去，落地时发出震耳欲聋的噪声。水晶水片像手榴弹弹片一样扎进墙中。

娜塔莉想下楼取回手枪和C-4塑胶炸弹，但她立刻想起，它们应该已经被掉落的这堆垃圾掩埋在了下面的走廊里。

警察都去哪儿了？这到底是什么社区啊？娜塔莉想起，昨晚附近的大部分房子都没有亮灯，邻居们要么都住得很远，要么就都是老人。她闯入时虽然闹出了她自认为很大的动静，但很可能没有人注意到这辆车，或者明白这些动静是怎么造成的。她一共开了四枪，其中两枪应该都能让人听见，但本街区厚密的热带植被会阻挡乃至扭曲声音。也许大家只是不愿惹麻烦罢了。她看了沾着血的手表。从她闯入前门到现在，总共还不到三分钟。

天啊！娜塔莉在心中惊呼。

卡利将她拽倒在楼梯平台上，抬起一双苍白无神的眼睛，正对着娜塔莉的眼睛。

娜塔莉无声地抽泣着，抡起椅子，朝卡利头上砸去——一下，两下，三下。一条椅腿折断了飞出去，在墙上反弹回来。卡利的下巴撞到了木地板上，巨大的身体下滑了五个阶梯。

娜塔莉看见他抬起覆满血污的脸，手脚抽搐着，又开始向上爬来。

她转过身，用椅子猛击沉重的房门。“该死！梅勒妮·福勒！”她用最大的嗓门高喊。敲击四下之后，曲木椅在她手中裂解了。

房门向内开启。门并没有上锁。

房间的百叶窗是关闭的，窗帘也都拉上了，黎明前的灰白天光压根儿透不进来。示波器和其他生命维护仪器散发着微弱的电子光芒。欧德史密斯护士、哈特曼医生、南希·沃登——贾斯汀的母亲——站在娜塔莉和床之间。三人都穿着白色罩衣，脸上带着整齐划一的表情。同样的表情，娜塔莉只在关于集中营幸存者的电影纪录片里见过——他们瞪圆了眼睛，张大了嘴，难以置信地注视着铁丝网外驶来的盟军部队。

在这最后一道防线之后，就是那张大床和躺在床上的老巫婆。床罩上垂着蕾丝纱帘，床罩内还设有透明塑料氧气帐。尽管有这两层东西阻隔视线，但娜塔莉还是轻松地辨认出床单下那个干皱的人形。她布满皱纹的脸上五官扭曲，茫然地瞪着眼，头皮上长满老人斑，只在头颅边缘还留有稀疏的蓝发，枯骨似的右臂搭在被子外，干瘦的手指痉挛似的抓扯着床单和被褥。老巫婆在床上虚弱地蠕动着，娜塔莉愈发觉得，她就像一个被从自然栖息地里拎出来的得了酸皮病的海洋生物。

娜塔莉飞快地左右打量，确保没人躲在门后或者从走廊里进来。她的右手边有一个镜面肮脏的梳妆台。一把梳子被小心放发黄的桌巾上。梳齿上缠绕着几缕蓝发。娜塔莉的左手边，一堆食物托盘同茶杯和脏碟子一起放在地板上，脏衣服垒成了一座座三英尺高的小山，高高的衣橱敞着门，衣服掉落在衣橱下，医疗器械凌乱地摆在秽物之中，四个长长的氧气罐靠在两轮的推车上。氧气罐上的密封阀是完好的，说明它们是新近运来的替换品，而老的氧气罐正在往老巫婆的塑料帐篷里注入氧气。房间里散发的恶臭是娜塔莉从未闻过的。她听到一声响动，向左转头，看见两只老鼠正在脏碟子和臭衣服里搜寻食物。老鼠对这里的人视而不见，就像这里无人居住一般。娜塔莉意识到，事实上这里确实没有真正意义上的活人。三具行尸走肉以整齐划一的步调张开嘴。“走开。”他们像气急败坏的孩童一样抱怨道，“我不想再玩了。”曲折起皱的透明塑料氧气罩下，老巫婆的脸被扭曲和拉伸。她来回摆动着脑袋，没有牙齿的嘴里满是唾液，一开一合地发出啪嗒啪嗒的声响。

三个傀儡同时抬起右手，就像同一个人一样。他们手中的手术刀反射着显示器屏幕发出的绿光。只有三个傀儡吗？娜塔莉不禁起疑。她觉得应该有更多才对，但她又累又怕又疼，没法细想。等会儿再说吧。

此时此刻，她很想说点儿什么。但她拿不准该说什么。或许可以向这些僵尸及其主人解释，她父亲曾经对她来说有多么重要，不应该像烂电影中的路人甲一样被随意抹杀。任何人——所有人——都不能被随意抹杀。总之就是类似的台词。

可是，外科医生却开始拖着沉重的脚步向她走来，另两个傀儡紧随其后。娜塔莉快步冲向左侧，打开第一个氧气罐的密封阀，转动节气阀，将其朝哈特曼医生用力抛过去。她不禁倒抽一口冷气。氧气罐比想象中重多了。它重重地砸在地板上，撞翻了南希·沃登，滚到了床下，将纯氧喷进了屋子。

哈特曼持刀横向一挥，娜塔莉往后一跳，但慢了半拍。她将载着一个空氧气罐的推车推到神经外科医生和她自己之间，然后向下一瞥，发现她的衬衣下腹部上划出了一条小口子。虽然只伤及浅表皮肤，但血已经渗到了衬衣上。

卡利用手肘为支点，爬进了屋子。

娜塔莉感觉自己火冒三丈。她、索尔、罗布、科恩、杰克和鲶鱼——他们所有人付出了那么多，决不能在这里止步。索尔或许会认为这充满了讽刺意味，但娜塔莉讨厌讽刺。

在肾上腺素的作用下，母亲可以将汽车从孩子身上抬起来，商人可以抱着钢保险箱跑出着火的大楼。同样，肾上腺素也让娜塔莉将七十五磅重的第二个氧气罐高举过头顶，径直朝哈特曼医生的脸上砸去。节气阀开关被完全撞掉，罐子同医生一起砸到地板上。

南希·沃登朝她爬过来。欧德史密斯护士举起手术刀，径直朝她冲过来。娜塔莉将一张浸着尿的床单扔向高挑的护士，俯身闪到右边。被床单罩住的护士撞到橱柜上。转眼间，手术刀就刺破了淡薄的床单，再次露出锋芒。

娜塔莉抓住一个灰色的枕套，边跑边往里面塞东西。但南希·沃登突然伸出手，抓住了她的脚踝。

娜塔莉重重地摔在破旧的地毯上，努力用光脚踹开那个女人。贾斯汀母亲手里的手术刀不见了，但她双手牢牢地箍住了娜塔莉的腿，显然打算将娜塔莉同她一起拽入高床下面。

三英尺之外，卡利已经爬进了屋子。伤口撕开了他的腹腔壁，内脏流了一路，从屋内一直延伸到到漆黑的楼梯平台上。

欧德史密斯护士将床单完全划开，像迟钝的街角哑剧演员一样转过身。

“住手！”娜塔莉用最大肺活量发出尖叫。南希·沃登将她又往床的方向拉了一英尺。她摸出火柴盒，擦亮一根火柴，试图点燃枕套。枕套被烧焦了，但没有点着。火柴熄灭了。

卡利已经抓住了她的头发。

娜塔莉点燃了第二根火柴，凑到枕套边，力图让转瞬即逝的火焰尽量向枕套释放热量，就连手指被灼伤了也浑然不顾。

枕套燃了起来。

娜塔莉侧肩将枕套投到挂着床罩的高床上。床底的纯氧助长了火势，床罩、床上用品、木床框被瞬间点燃，蓝色的火焰如同间歇泉一般喷射到天花板上，不到三秒钟，整个房间都被火焰吞没。

空气变得无比灼热，娜塔莉不由得屏住呼吸，将身上已经着火的那个抓住她脚踝的女人一脚踢开，起身就跑。

卡利松开她的头发，但她站起来的时候，卡利也站了起来，挡在门口，就像一具被掏空了大半内脏的尸体突然愤怒地从解剖台上爬了下来一样。

他伸出长臂，抱住娜塔莉，将她摔了出去。娜塔莉继续屏着气，看见床上的老巫婆在纯蓝色的高热火焰中扑腾挣扎。她焦黑的身体已经只剩下破碎的躯壳，就像被烤焦的蝗虫。就在这时，床上的老巫婆发出一声震耳欲聋的尖叫，欧德史密斯护士、南希·沃登、卡利、哈德曼医生，以及娜塔莉都听到了这声尖叫。

娜塔莉拼死一搏，抱住卡利，顺势一转，跌到门外的楼梯平台上。就在这时，第二个氧气罐也爆炸了。卡利为娜塔莉挡住了爆炸的威力。眨眼间，房子里便弥漫着烤肉的味道。他们一起撞到了楼梯间拐角的墙上，卡利摊开了双臂，娜塔莉滑落到楼梯上，身上已经着火的卡利则掉在墙下的栏杆上，翻落到下面的尸堆之中。

娜塔莉在楼梯上埋下头，脸凑到栏杆支柱边。她感受到燃烧的天花板传导下的热量，看到水晶碎片反射的火焰光芒，但她太累了，根本动不了。

她已经拼尽了全力。

一双强健的臂膀将她抬了起来。她虚弱地挥拳反击，但拳头绵软无力，就像棉球一样。

“是我，娜特。我还要腾出一条胳膊扶马文呢。”

“杰克森！”高个子黑人用左臂搀扶着她，用右手抓住他的前黑帮首领的衬衫胸部。娜塔莉恍恍惚惚地记得自己来到一个一面墙被打碎的玻璃房间，经过一个花园，穿过车库的黑暗隧道。一辆小型巴士在小巷里等待，杰克森将她温柔地抱到尾部座椅上，将马文放在后部的地板上。

“上帝啊，”杰克森喃喃自语，“今天可真够折腾的。”他在娜塔莉身边蹲下，用一条湿毛巾擦掉她脸上和身上的血迹和污渍，“上帝啊，女士，”最后他说，“你可真是个厉害的角色。”

娜塔莉舔了舔裂开的嘴唇。“让我看看外面。”她低声说。杰克森架住她，帮她站起身。大火已经将福勒家完全吞没，并且蔓延到了霍奇斯家。透过建筑物之间的缝隙，娜塔莉看到了街道上挤满了消防车、轿车和攒动的人头。两条水柱徒劳地喷向福勒家的熊熊大火，其他消防水管则对准了邻居家的树和屋顶。

娜塔莉向左转头，看见索尔已经坐起来，眯缝着近视的双眼看着火焰。他转头面对娜塔莉，面露微笑，虚弱地摇了摇头，仿佛不敢相信眼前这一幕，然后就又躺下去睡着了。

杰克森将一捆卷好的毯子垫在她头下，又给她盖上一层毯子，然后跳下车，大力关上车门，爬进驾驶席，发动了引擎。“如果你们这些游客不介意的话，”他说，“我得在警察和消防队员找到这条小巷前把我们都弄走。”

小型巴士一路顺畅地行驶了三个街区。当然，对面车道上仍有轿车和救护车在朝浓烟的方向驶去。

杰克森驶上52号高速公路，向西北方向前进，经过俯瞰海军造船厂的公园和狭长的汽车旅馆区，然后在多彻斯特路再次切入26号州际高速公路，经过主机场，离开了这座城市。

娜塔莉发现，自己只要一闭眼，就会看到不想看到的东西，听到内心深处的尖叫。“索尔怎么样了？”她用颤抖的声音问。

杰克森目视路面答道：“他很好。他中途醒来，告诉了我你打算做的事。”

娜塔莉改换话题：“马文怎么样？”

“他还在喘气。”杰克森说，“其他人我们等会儿谈。”

“鲶鱼死了。”她的声音已明显不受控制。

“是的。”杰克森说，“听着，宝贝，地图上说，再开几英里，过了拉德森之后，有一个休息区。我会在那儿把你弄干净，包扎两处刺伤，给烧伤和割伤的地方涂抹膏药，再给你来一针，让你好好睡一觉。”

娜塔莉点点头，强打精神说：“好的。”

“你知不知道，你的头上撞了一个大包，眉毛也烧掉了，娜特？”他从内后视镜里看着她。

娜塔莉摇摇头。

“能告诉我，里面都发生了什么事吗？”杰克森柔声问道。

“不行！”娜塔莉开始无声地啜泣。她感觉这样很舒服。

“好吧，宝贝。”他说，吹了一小段口哨，然后又说，“妈的，我只想离开这座该死的城市返回费城，结果比拿破仑从该死的莫斯科撤退还难。要是有人再挡着我们去以色列大使馆，他们一定会吃不了兜着走。”他拿起珍珠手柄的点38口径左轮手枪，然后迅速塞进座位下方。

“这把枪从哪儿弄来的？”娜塔莉问，拭掉了眼角的泪水。

“从达利尔那儿买的。”杰克森说，“你不是唯一愿意资助革命的人，娜特。”

娜塔莉闭上双眼。那些她不愿看到的东西还在眼前，但尖叫的冲动已经减弱了几分。一个念头飘进脑海：索尔·拉斯基并不是唯一坚持理想的人。

“我看到路牌了。”杰克森用深沉而坚定的声音说，“马上进入服务区。”

77

贝弗利山

1981年6月21日，星期六

托尼·哈罗德庆幸自己死里逃生。

黑人婊子在岛上对哈罗德发起猝不及防的一击之后，他还以为自己的运气用光了。他用了半个小时才重新直起身子，然后把那个疯狂夜晚的剩余时间都花在躲避警卫上。那些人像发了疯似的，一见到人就开枪。哈罗德本来想去机场，打算连蒙带骗地混上萨特或者威利的私人飞机，但他一看到那边燃起的大火，便拔腿跑回了树林。

哈罗德钻到圆形露天剧场附近的一间夏令营小平房的床下，躲了好几个小时。一对醉醺醺的警卫曾闯进来，将厨房和主卧中的酒和值钱的东西洗劫一空，在客厅里玩了三局扑克，然后才东倒西歪地归队。从他们兴奋的交谈中，哈罗德得知，“安托瓦内特号”被摧毁的时候，巴伦特就在船上。

天刚擦亮，哈罗德就从床下爬出来，朝码头区走去。那里拴着四艘船，哈罗德成功热启动了其中一艘——那是艘十二英尺长的快艇。这本事是他在芝加哥黑帮里混的时候学会的，自那以后便在没用过。一名在橡树下宿醉的警卫朝他开了两枪，但此时哈罗德已经驶出大海一英里了。对方也没有再追来的迹象。

尽管航海技能贫乏，但哈罗德知道，多尔马恩岛离大陆海岸只有二十英里，只要一直向西行驶，肯定会遇到大陆。

天空阴云密布，但大海很平静，也许是为了补偿昨晚那场疯狂的暴风雨吧。哈罗德找到一条绳子，固定住方向盘，将帆布罩在驾驶舱上，然后昏昏睡去。他醒来时距海岸两英里，油已经耗光的快艇漂在海面上。他用九十分钟就走完了十八英里，但剩下的两英里却又花了他八个小时，这还得多亏了一艘小型商业渔船发现了他，将快艇拖到自己旁边。佐治亚州渔民将哈罗德带上船，给了他水、食物、防晒霜和足够返回海岸的燃油。他跟随渔船从小岛和绿树成荫的海岬之间穿过。这番景象，他觉得仿佛有三个世纪都没见过了。最后，他将快艇停在了一个名叫圣玛丽的偏僻小镇附近的小港里。他发现自己身在佐治亚州南部，与南面的佛罗里达州只隔着一个三角洲。

哈罗德谎称自己不懂航海，在希尔顿·海德岛附近租了船，然后就迷路了。尽管当地人很难相信有人会如此愚蠢，迷路迷到这里来，但他们最后似乎都接受了哈罗德的说辞。为了进一巩固关系，他带着自己的营救者、码头主人和五个旁观者去了最近的酒吧——一个破破烂烂的下等酒吧，就在通往圣玛利亚州立公园的岔路旁边——热情地请他们消费了两百八十美元。

老伙计们还在举杯祝他身体健康，他却说服了酒吧老板的女儿斯塔尔开车送他去杰克森威尔。彼时才傍晚七点三十分，夏日的阳光还要过一个小时才会消失。但当车快到目的地时，斯塔尔却说天色太晚，她不愿意单独驾车返回三十五英里外的圣玛丽，并提议他们在杰克森威尔海滩或者彭特·维德拉找一家汽车旅馆住下。她快四十岁了，穿着涤纶裤子的双腿以哈罗德难以想象的角度张开。哈罗德给她塞了五十美元小费，告诉她下次来好莱坞的时候找他，然后让她把他送到杰克森威尔国际机场美联航的出入口。

哈罗德的钱包中还剩下差不多四千美元——他旅行时向来都爱随身携带一些钱，而且没人告诉他岛上不能购物——但他用一张信用卡购买了前往洛杉矶的头等舱机票。

他在飞往亚特兰大的航班上小睡了一会儿。在亚特兰大转机后，给他送晚餐和饮料的空姐明显觉得哈罗德来错了机舱。他打量了一下自己，闻了闻身上的气味，知道她的怀疑是合理的。

他的黄褐色乔治·阿玛尼丝绸西装夹克虽然没有在昨晚沾上什么血渍，但却散发着烟尘、汽油和鱼的味道。他的黑色丝绸衬衫吸收的汗，就算一个海水淡化厂工作一个月也处理不干净。而他的夏季款亚麻质休闲裤和鳄鱼皮软皮鞋，用一句不太好听的话说，简直就像沾满了狗屎一样。

不过，哈罗德还是不喜欢那个空姐婊子这么对待他。他买了头等舱的机票。托尼·哈罗德给了钱，就要得到相应的回报。他向来如此。他瞥了眼前面的厕所，里面没人。头等舱的十来个客人要么在打瞌睡，要么在阅读。

哈罗德盯着那个自命不凡的金发空姐。“呃，小姐？”他叫道。空姐走过来，他清晰地看到了她染过的头发，厚重的脂粉，还有略花的睫毛膏。她的门牙上隐约可见粉红色口红的印记。

“先生，有什么事？”她的声音听上去明显在屈尊俯就。哈罗德又盯了她好几秒，“没事。”他最终说，“没事。”

哈罗德在星期三凌晨抵达了洛杉矶国际机场，但他用了三天才回到家中。

他忽然谨慎小心起来，租了一辆车，开到拉古纳海滩。特丽·伊斯特恩在那里有一座僻静的海滨别墅。他同她热恋的时候，曾去那里住过几晚。哈罗德知道，特丽这会儿在意大利拍摄一部意大利式西部片，但房子的钥匙就埋在第三个杜鹃花钵里。房子需要通风换气，而且装饰是内罗毕[①]风格，但冰箱里放着进口的浓啤酒，水床上铺着干净的丝绸床单。星期三的白天，哈罗德几乎都在昏睡。晚上起来后，他在录像机上观看特丽早年的电影。午夜时分，他开车沿着海滩寻找中餐馆。星期四，他戴上墨镜和中南美洲风格的软呢帽——这顶帽子属于特丽众多男友中的一位——开车返回城内，去自己家周围查探了一番。一切看似正常，但他当然还是返回了拉古纳海滩。

在星期四的报纸的第六版上，刊登了一则简短的报道，说离群索居的亿万富翁C. 阿诺德·巴伦特在他的棕榈泉别墅因心脏病突发病逝。他的遗体已被火化，巴伦特家族的欧洲分支正在安排私人追悼会。四位在世的美国总统发了唁电。报道还提到了巴伦特常年从事慈善事业，并对他的商业帝国的未来做出了预测。哈罗德连连摇头。文章里对游艇、岛、约瑟夫·开普勒和吉米·韦恩·萨特牧师只字未提。哈罗德断定，不久之后他们的讣告就会像夏末的花儿一样突然出现。有人正在掩盖真相。莫非是窘迫不已的政客？或者那三个浑蛋的老奴才？抑或欧洲版的岛俱乐部？

① 肯尼亚首都。

说实话，哈罗德不想知道答案，除非那些人找上门来。

星期五，他又去监视自己的房子，同时竭力避免引起贝弗利山警察的怀疑。看上去一切正常，感觉没有什么不妥的地方。这么多年来，托尼·哈罗德第一次觉得，自己可以大胆地迈出这一步，而不用担心一旦走错就会给自己惹上一大堆麻烦。

星期六一大早，不到十点，他就径直驱车回家。他对半人半羊雕像敬了个礼，吻了下西班牙女仆，告诉厨师做完早午餐就可以回家休息。然后他给电影公司负责人和舒·威廉姆斯打了个电话，了解《白色口水》到底进展如何了——片子已经进入最终再剪辑阶段，剪掉了十二分钟试映观众感觉无趣的部分——又打了七八个电话给别的关键人物，告诉他们自己回来了，即将投入工作。最后，他接到了他的律师汤姆·马圭尔的电话。哈罗德明确表示，自己会搬到威利的老宅子去住，还要求保留那里的警卫，然后哈罗德问汤姆是否认识什么出色的秘书。马圭尔不敢相信，哈罗德竟然不顾多年的情谊，将玛利亚·陈炒了鱿鱼。“就算是聪明妞儿，让她们跟你太久，她们也会黏着你。”哈罗德说，“我得在她给我补袜子并把她的名字缝在我的内裤上之前把她打发走。”

“她去哪儿了呢？”马圭尔问，“回香港了？”

“我他妈的怎么知道？这跟我他妈的有什么关系？”哈罗德咆哮起来，“如果你听说有谁速记流利、脑子灵光，就立刻通知我。”

他挂上电话，在放映室里默默地坐了几分钟，然后去按摩浴缸里躺下。

哈罗德脱光衣服，躺在热水里，闭上眼睛，全身放松，思索着等会儿去游泳池里游两圈，不知不觉差点儿睡着了。他仿佛听见了玛利亚·陈带着今天的邮件走进来时的脚步声。哈罗德坐起来，从盛着伏特加的高脚杯旁的烟盒中取出一支烟，又躺回去，任由喷出的热水按摩他酸痛的肌肉。想让自己好受点儿，就**最好别再想那些不愉快的事了**，他告诉自己。

他差点儿又睡过去，烟头几乎烧到指头，就在这时，他听见走廊里传来高跟鞋敲击地砖的声音。

哈罗德猛然睁开双眼，将烟叼在嘴里，摊开的双臂收拢到胸前，做好站起来快速移动的准备。他的橙色睡衣在六英尺外。

他一开始并没有认出这个拿着他的邮件、穿着朴素白裙子的年轻美女是谁。然后，他注意到了她传教士一般严肃的脸上的漂亮眼睛，像猫王一样噘起的下唇，还有模特一般优雅的步态。

“莎依拉。”他说，“该死，你吓到我了。”

“我把你的邮件带进来了。”莎依拉·伯灵顿说，“我不知道你还订了《美国国家地理》。”

“哦，孩子，我正想给你打电话来着。”哈罗德语速飞快，“去年冬天发生了一些不愉快，我正打算向你解释和道歉呢。”哈罗德说着，又忍不住想索性操控她了事。但他止住了。不行，他应该重新开始。他可以不用施展那套鬼把戏的。

“没事。”莎依拉说。她的声音向来轻柔而梦幻，但现在听上去却令人昏昏欲睡。哈罗德怀疑，这个可怜的摩门教孩子在失业的几个月里染上了毒瘾。“我不再生气了。”莎依拉疯言疯语地说，“上帝帮我度过了最痛苦的时期。”

“那太好了。”哈罗德说，将胸口的烟灰掸走，“你说得很对，《白色口水》不适合你。那片子太贱了，你的档次不知比它高多少倍。不过，我今早同舒·威廉姆斯谈过，他正考虑为奥利安电影公司拍一部片子。我觉得这部片子对你、对我都特别合适。舒说，鲍勃·雷德福和一个叫汤姆·克鲁斯的小子同意重拍——"

"这是你的《美国国家地理》。"莎依拉打断道，将那本杂志和一摞信递给他。

哈罗德将烟叼到嘴里，伸手去接邮件，以免被打湿。他突然发现她手中拿着一把银色手枪，看上去就像玩具，就连那把枪接连发出的嘭嘭声，听上去也像玩具枪朝地砖上发射塑料子弹的声音。

"嗷……嘿！"托尼·哈罗德说，低头看着自己胸膛上的五个小洞，试图将它们拂走。他抬头看着莎依拉·伯灵顿，张大了嘴，烟头掉进浴缸里，随旋转的水流飘走。"我操。"托尼·哈罗德咒骂着，小心翼翼地向后靠，手软绵绵地落下，同时闭上了沉重的眼皮。他的脸缓缓没入翻滚的水面之下。

莎依拉·伯灵顿默默地注视了十分钟。泛着白泡的水先是变成粉红，然后变成鲜红，但最后，因为有干净的水不断地注入，过滤装置也发挥了作用，浴缸里又恢复了原样。然后她转过身，慢慢走开。她姿态优雅，高昂着头，擦得锃亮的高跟鞋敲出"啪嗒、啪嗒"的声响，在哗哗的浴缸喷水声的背景上，显得尤为响亮。离开房间的时候，她关掉了顶灯。拉上了百叶窗的房间顿时阴暗下来，但经过按摩浴缸的反射，细碎的阳光被投在白色的灰泥墙上，就像电影结束后，放映机里还滚动着没有图像的空胶卷，于是银幕上映出了杂乱的光影。

78

以色列，凯撒利亚

1981年12月13日，星期天

娜塔莉开着菲亚特沿着海法公路向北驶去，一路上不时停下观赏风景，享受冬日的阳光。她不知道自己下次再走这条路是什么时候。

开到海岸公路那一段，她遇到了大批军用车辆。好不容易摆脱堵车，她驶下通往玛根·米卡尔居民点的岔路。车行至艾希科尔家下方的山路时，路上已经没有别的车辆，路边不时能看到一片片角豆树。

同往常一样，索尔正在矮门附近的大石头边等她。见她来了，索尔便下山来迎她。娜塔莉跳下车，给了索尔一个拥抱，后退一步，打量着他。“你看上去很不错。”她说。她的话是有道理的。索尔看上去确实好多了。尽管他尚未恢复体重，左手和手腕也刚动过手术，正缠着绷带，但他蓄着浓密的白胡子，看上去如同一位犹太族长。他苍白了许久的脸终于被晒成了古铜色。额前的卷发留得很长，几乎垂到了肩上。不出娜塔莉所料，索尔微微一笑，扶了扶角质框架的眼镜。每次尴尬的时候，他都会做出这样的动作。

“你看上去也不错。”他说，然后插上门闩，朝一个在围栏边站岗的年轻以色列人挥了挥手，“我们上房子里去。晚餐差不多准备好了。”

他们朝主屋驶去的时候，娜塔莉瞥了眼他缠着绷带的手，“你的手怎么样了？”她问。

“什么？哦，很好。”索尔说，又扶了扶眼镜，看着绷带，仿佛是第一次见到一样，“起初你会觉得大拇指是不可或缺的，但等你真没有了之后，就会发现没有了也没什么。”他对她微笑道，“只要你没有把两个大拇指都丢掉。”

“真奇怪。”娜塔莉说。

“什么真奇怪？”

“身中两枪，肺炎，脑震荡，三根肋骨骨折，还有无数割伤和擦伤。如果把你这些伤分给橄榄球运动员，整支球队一个赛季都不用打比赛了。”

“犹太人是很难杀死的。”

“我可不是在跟你开玩笑。”娜塔莉说，将菲亚特停进了车棚，“那个女人差点儿咬死你——至少差点儿让你丢了一条胳膊。”

“被人咬伤后，伤口往往都会感染。”索尔说，为她打开了后门。

“休厄尔小姐不是人。”娜塔莉说。

“不错。”索尔人说，又扶了扶眼镜，“到那一刻她已经不是了。”

索尔已经做好了美味的晚餐，还配有羊肉和新鲜烘焙的面包。他们用晚餐时有一搭没一搭地聊着——索尔在海法大学的课程，《耶路撒冷邮报》最近给娜塔莉分配的摄影任务，还有天气。吃过奶酪和水果点心之后，娜塔莉想把咖啡带上，去引水桥那边喝。于是索尔把咖啡装进不锈钢保温杯，娜塔莉则去自己房间，从行李箱中取出一件厚毛衣。现在已是十二月，晚上去海边会很冷。

他们漫步下山，经过橘园，赞美着柔和的阳光，尽量不去想身后不远处跟着的两个肩挎乌兹冲锋枪的年轻以色列人。

“对戴维的去世，我感到很遗憾。”他们刚走到沙丘，娜塔莉就开口道。前面的地中海已经镀上了紫铜色。

索尔耸耸肩：“他度过了充实的一生。第二次中风来得很快，他没感到多少痛苦。”

“抱歉我没去参加葬礼。”娜塔莉说，“我在雅典折腾了一天，但航班全乱套了。”

“你不用抱歉，”索尔说，“我感觉你一直就在我身边。”他朝保镖挥了挥手，告诉他们留在原地，然后带头朝引水桥走去。天边的余晖将他们的影子拉成了巨人，投在被沙丘掩埋的雉堞上。

他们在长长的引水桥上走了一段，娜塔莉不由得双臂抱胸。风很冷。东方已经可以看见三颗星星和一轮指甲盖大小的月亮。

“你明天还是要走？”索尔问，“回美国去？”

“是的。”娜塔莉说，“十一点三十起飞，本-古里安机场。”

“我开车送你。”索尔说。

“我喜欢这个主意。”娜塔莉笑道。

索尔给他们俩倒上咖啡，递给她一只塑料杯。水蒸气在冷空气中升腾。“你害怕吗？”他问。

“害怕返回美国还是害怕遇到更多的精神吸血鬼？”她问，啜了一口味道浓郁的热土耳其咖啡。

“我问的只是返回美国。”索尔说。

“我害怕。”娜塔莉说。

索尔点点头。海岸公路上行驶的几辆车虽然开着头灯，却被夕阳的光芒所掩盖。北方数英里外，十字军城的雉堞被染成了红色。卡梅尔山被紫色的浓雾所笼罩。倘若没有在照片上亲眼目睹，她简直不敢相信那紫罗兰一般的颜色是真实的。

“我是说，我也不知道。”娜塔莉继续说，“我会先努力尝试一段时间。在……在所有那些事情发生之前，美国就是个可怕的地方。但那里是我的家。你懂我的意思吧？”

“懂。”

“你就没考虑过回家吗？我是说，回美国？”

索尔点点头，坐到一块大石头上。阳光未能照射到的缝隙里已经结了霜。“我一直想回去。”他说，“但我在这里还有很多事要做。”

“我现在都不相信，摩萨德竟然……竟然这么快就相信了我们告诉他们的一切。”

索尔笑道：“他们是著名的妄想狂，而且患这种病很久了。”他说，“我们的说法刚好符合了他们的成见。”他啜了口咖啡，又给自己和娜塔莉加了一点儿。“另外，他们也掌握了许多令他们费解的情报，而他们现在认识到了真相的基本轮廓，尽管匪夷所思，但总算是对那些情报的一种解释。”

娜塔莉指着昏暗大海的北面：“你觉得他们会找到……找到那些人吗？”

“上校的神秘联系人？”索尔说，“或许吧。我的预感告诉我，他们其实已经在同那些人打交道了。”

娜塔莉的眼神阴郁下来：“我一直在想福勒家失踪的那个人。”

“霍华德。”索尔说，“那个红头发的男人。贾斯汀的父亲。”

“是的。”娜塔莉不由得打了个哆嗦。太阳已经落到了地平线上，风又刮了起来。

“鲶鱼在无线电通话器中告诉你和杰克森，霍华德‘睡了’。”索尔说，“假设跟踪你的人就是霍华德，那么，梅勒妮派人——很可能就是那个巨汉——杀掉鲶鱼后，肯定也同时把霍华德带了回去。或许房子燃起来的时候，霍华德还处在昏迷当中。也许在里屋等着你的就是他。”

“有可能。”娜塔莉说，双手握住杯子取暖，“也可能梅勒妮认为他已经死了，就埋在院子里了，所以报纸上公布的尸体数才对不上号。”她看着天上越来越多的星星，“你知道今天是什么日子吗？是——”

“是你父亲逝世一周年的日子。”他说，扶娜塔莉站了起来。他们在暮色之中沿着引水桥往回走。“你不是说你收到了杰克森的一封信吗？”

娜塔莉忽然快活起来：“一封长信。他回德国城了，成了社区活动中心的新主任。但他抛弃了那座老房子，让灵魂砖厂又去找了一家俱乐部——他之所以能指使黑帮的人，我猜可能是因为他仍是其中的一员——在德国城大道开了好几家店铺搞社区服务。他自己则开了一家免费诊所。”

“他提到马文的情况了吗？”索尔问。

“提了。我猜杰克森应该收养了他。他说马文情况已有所好转，智力水平已经接近四岁的孩子了……杰克森的原话是，‘聪明的四岁孩子’。”

“你打算去看看他吗？”

娜塔莉理了理毛衣。“有可能吧……是的，我会去。”

他们小心翼翼地走下古老引水桥坍塌的路缘，回首来时路。一座座沙丘看上去就像是凝固的海面，海浪轻轻拍打着古罗马遗址。

“你回学校继续读研之前还会不会再接一些摄影工作？”

“会的。《耶路撒冷邮报》已经让我去拍一些关于美国犹太教大会堂衰败的照片。我打算从费城开始着手。”

索尔朝在两根圆柱的背风面等待的保镖挥了挥手。一个保镖手中燃着烟，烟头在突然降临的暮色中如同一只红眼。“你在特拉维夫拍摄的那一组阿拉伯拉劳动阶层的图片故事棒极了。”

“恕我实话实说，”娜塔莉说，“以色列人对待他们就像美国白人对待黑人一样。”

“是的。”索尔答道。

两人默默地在山脚的公路上站了好几分钟。虽然夜风刺骨，但他们都不愿上山，在灯火通明的温暖房子轻松地交谈，然后睡觉。突然，娜塔莉扑入索尔怀里，脸紧贴着他的夹克，头发埋在了他的大胡子下。

“哦，索尔。”她泣不成声。

他用缠着绷带的手笨拙地拍了拍她。这一刻仿佛被定格在永恒的时间之中，就连离别的悲伤也化作了喜悦。他听见身后风轻柔地吹动沙粒的声音。黄沙就是这样，将人类已经建造和希望建造的一切都掩埋起来，亘古不止。

娜塔莉稍稍抬起身子，从毛衣口袋里掏出一张纸巾，擤了擤鼻涕。“该死，”她说，“不好意思，索尔。我是来跟你说‘舍拉姆’的，但我还没准备好。”

索尔扶了扶眼镜，“记住，”他说，“‘舍拉姆’的意思不是‘再见’，也不是‘你好’，它的意思是‘平安’。”

“舍拉姆。”娜塔莉说，又依偎到索尔的怀里，抵挡寒冷的夜风。

“舍拉姆，干杯——”索尔说，用面颊摩挲着她的头发，注视着狭窄公路对面在风中旋转飞散的黄沙，“敬生命。”

尾　声

1988年10月21日

一晃，这么多年就过去了。我在这儿过得很开心。我现在住在法国南部，戛纳和土伦之间，离圣特鲁佩斯不是太近。

我的病几乎已经痊愈，可以不用助步车也能行走，但我几乎从不外出。亨利和克劳德帮我去镇上购物。有时候，我会让他们带我去意大利的公寓，那里位于佩斯卡拉南部，濒临亚得里亚海。我甚至会让他们带我去苏格兰，去那里一间租借的农舍里看望他。但就连这样的旅行也变得越来越少了。

我家后面的山中，有一座被废弃的修道院。因为距离很近，所以我偶尔会去那里，坐在石块与野花之间沉思。孤独和禁欲，这两者相辅相成，难以分割，每每想到这里，我就会觉得这很残酷。

我近来感觉自己真的老了。我告诉自己，这是我长期患病所致，尤其是在这寒冷的十月，关节病无时无刻不在折磨我。但我总是梦见查尔斯顿那些熟悉的街道，以及过去的那些日子。

我五月派卡利绑架了霍奇斯夫人，但我当时并不知道我要拿这个老太婆干什么。我让她在霍奇斯家的地下室里苟延残喘，把她的头发染成和我相同的颜色，还给她注射了各种针剂，模仿我的病情。有时候，我觉得做这些事情没什么意义。但最终事实证明，我这么做是对的。黑鬼女孩点燃我的房子时，我待在一个街区外一辆租来的救护车里，然后霍华德开车把我送到了机场，同我一起坐上了飞机。我很感激霍奇斯一家，他们上一年已经为我付出了许多。他们几乎是无可挑剔的。把霍奇斯夫人绑在床上看似没有必要——毕竟她已经像我一样病入膏肓——但现在回想起来，我真心觉得，倘若她没有被牢牢固定在床上，肯定会从火海里跳出来，逃出那座房子，从而破坏我呕心沥血布置的这一场骗局。

我可怜的房子，我亲爱的家人。想到这些，我至今仍会热泪盈眶。

霍华德头几天还是有用的，但等我在镇子里安顿下来，确定没有人跟踪之后，我决定最好让他在离我很远的地方遇上一起事故。克劳德和亨利来自当地的一户人家。几十年前，这户人家也曾是我的忠实奴仆。

我坐在这儿等待尼娜。我现在知道，她已经夺取了对世界上所有劣等种族的控制权——黑人、希伯来人、亚洲人——这一事实本身就排除了我重返美国的可能性。威利多年前说的那些话是对的。在我们三人认识的头几个月，我和尼娜曾坐在维也纳的咖啡馆里，礼貌地倾听威利发言。他用科学术语向我们解释，美国已经变成了一个混血国家，贪婪的劣等人等着推翻高等种族。而现在，尼娜操控了所有劣等人。

那一晚，在岛上，我一直同那名警卫保持着连接，我看到尼娜的傀儡对可怜的威利干了什么。就连巴伦特先生也被她操控了。原来威利一直都是对的。

但我不甘心坐以待毙，等着尼娜和她的混血傀儡找到我。

讽刺的是，给我启发的正是尼娜和她的女黑鬼。她们带我去用望远镜监视了马洛里船长几个星期，成功地与他建立了连接。这件事让我想起了我之前与另一名船长的接触。那次接触其实是相当偶然的。那是在一个遥远的十二月里的星期六。那一天，我去萨姆特堡做告别访问，听到了威利遇害的消息。我知道，尼娜要转过头来对付我了。

我先是看到那东西，它黑色的身影像鲨鱼一样悄无声息地划过海湾，然后我同那名船长建立了连接。那时他正站在灰色的指挥塔上——我现在知道，他们管那东西叫帆罩——脖子上挂着望远镜。

后来，我先后六次找到他，重建了连接。我同他的偶尔接触要比被迫同马洛里做的精神结合美好多了。在阿伯丁[①]附近的农舍里，我可以一个人站在海边悬崖上，观看那艘潜艇驶入港口。他们为他们的钥匙、密码和安保程序感到骄傲，但船长训练多年才掌握的东西我现在都掌握了——操控那艘潜艇对我来说易如反掌。

但如果真要动手，我就必须抓紧时间。船长和潜艇的年纪都不小了。我也一样。时间一长，船长和潜艇都动不了了。我可能也是。

对尼娜的恐惧也好，关于这场盛大“进食”的计划也好，其实并非每天都萦绕在我脑中。但现在，情况变了。

有些日子，我会被从门前经过的镇上女孩的歌声叫醒，她们正骑着自行车去制酪场，温暖的阳光照在修道院倾圮的石料之间生长的白色小花上，我也乐得同她们一起享受这份阳光与祥和。

① 英国苏格兰东北部城市。

但在另外一些日子里——比如像今天这样又冷又阴暗的日子，乌云从北方卷来，布满天空——我就会想起那艘在海湾的幽深水下行进的潜水艇，进而开始怀疑自己的禁欲只是在白费功夫。在这样的日子里，一个念头不禁爬上心头：如果来一场规模空前的终极“进食”，我会不会更年轻些？就像威利在打算恶作剧之前常说的那句话：这对我能有什么损失呢？

明天应该会更暖和。我或许会开心一点儿。但今天我很冷，心情忧郁。没有人陪我做游戏。我孤独极了。

冬天快到了。我感到很饿、很饿。

致谢

任何一本完成“漫长航行”抵达出版彼岸的书，都不是作者一个人的功劳，而是众人协力的成果。但一本故事如此之长、设定如此之大的书，其凝聚的心血定然远超同类。在此，我要对下面这些人表示感谢，没有他们的帮助，《魔鬼在你身后》就不可能抵抗住暴雨、狂风、大浪的侵袭，抵达安全的海港：

迪恩·R.孔茨[1]，他总是及时给予我慷慨的鼓励。

理查德·柯蒂斯，感谢他的坚持不懈与专业态度。

保罗·米科尔，他的品位无可挑剔，我珍视与他的友谊。

布莱恩·汤姆森，感谢他对国际象棋的钟爱，以及对历史的尊重。

西蒙·霍克，他是杰弗里·布思罗伊德[2]那样的武器专家。

阿琳·坦尼斯，一位出色的打字员，感谢她在炎炎夏日整理并录入我不知道修改过多少遍的手稿。

---

① 迪恩·R.孔茨（Dean R. Koontz，1945—），美国惊悚悬疑小说大师。

② 杰弗里·布思罗伊德（Geoffrey Boothroyd，1925—2001），英国武器专家，曾为詹姆斯·邦德系列的作者伊恩·弗莱明提供武器方面的建议。

克劳迪娅·洛泽奎斯特，感谢她耐心地提醒我，德语中的变音符号不能像撒盐一样随便乱打。

《耶路撒冷邮报》的沃尔夫·布利策，感谢他帮助查出海法[1]最好吃的沙拉三明治在哪个摊位上卖。

埃伦·达特洛，《魔鬼在你身后》一开始是投给她主编的杂志的中篇，而她说这篇已足够好，不用再写续篇。

我要特别感谢的人——

凯西·谢尔曼，她一接到我的请求就热情地投入了本书的封面和插图的创作中，尽管报酬微薄。

我的女儿简，她耐心地等待爸爸写完那本“吓人的书”，但从我开始动笔到小说最后出版，竟然横跨了她当时生命的三分之二。

我的妻子卡伦，她迫不及待地读完了整个故事。

最后，我要对爱德华·布赖恩特致以最诚挚的谢意。这本书就是献给这位优秀作家的。

① 海法，以色列北部港口城市。

The End

图书在版编目（CIP）数据

魔鬼在你身后：全3册 / (美) 丹・西蒙斯 (Dan Simmons) 著；汪洋译. -- 南京：江苏凤凰文艺出版社, 2017.12

书名原文: Carrion Comfort

ISBN 978-7-5594-0218-9

Ⅰ. ①魔… Ⅱ. ①丹… ②汪… Ⅲ. ①长篇小说—美国—现代 Ⅳ. ①I712.45

中国版本图书馆CIP数据核字(2017)第085363号

图字：10-2017-141号

书　　名　魔鬼在你身后

著　　者　（美）丹・西蒙斯
译　　者　汪　洋
责任编辑　丁小卉　姚　丽
特邀编辑　叶　子　闵　唯
责任监制　刘　巍　江伟明
策　　划　读客图书
版　　权　读客图书
封面设计　读客图书　021-33608311
出版发行　江苏凤凰文艺出版社
出版社地址　南京市中央路165号，邮编：210009
出版社网址　http://www.jswenyi.com
印　　刷　三河市龙大印装有限公司
开　　本　890mm x 1270mm　1/32
印　　张　38.75
字　　数　835千
版　　次　2017年12月第1版　2017年12月第1次印刷
标准书号　ISBN 978-7-5594-0218-9
定　　价　158.00元